长篇围棋传奇小说

仙子谱

青斗 著

(上)

学苑出版社

图书在版编目（CIP）数据

仙子谱/青斗著．—北京：学苑出版社，2019.6
ISBN 978－7－5077－5676－0

Ⅰ.①仙… Ⅱ.①青… Ⅲ.①长篇小说－中国－当代 Ⅳ.①I247.5
中国版本图书馆 CIP 数据核字（2019）第 054752 号

责任编辑：	黄小龙
出版发行：	学苑出版社
社　　址：	北京市丰台区南方庄 2 号院 1 号楼
邮政编码：	100079
网　　址：	www.book001.com
电子邮箱：	xueyuanpress@163.com
销售电话：	010－67601101（销售部）、010－67603091（总编室）
印 刷 厂：	北京通州皇家印刷厂
开本尺寸：	710×1000　1/16
印　　张：	75.75
字　　数：	1400 千字
版　　次：	2019 年 6 月第 1 版
印　　次：	2019 年 6 月第 1 次印刷
定　　价：	198.00 元

为适应现代读者的阅读习惯,本作品改变了"座子制"及"白先黑后"的古代棋规,请读者知悉。

内容简介

少年方国涣有着极高的围棋天赋，幼时走失，曾随一围棋师父落魄江湖，结识了猎户卜元，并助他在棋盘上赢得了一件神器——霸王弓。后得高人指点，前往连云山天元寺拜访佛棋高人修悟真正的棋道。

途中，方国涣救下了被人追打的少年罗坤，两人成为好友，但随后两人走散。罗坤去关外寻找方国涣，意外服用"雌雄宝参"，并拜药王谷司晨为师，颇多奇遇。

方国涣应一棋擂，欲以棋术扬名立万的擂主李无三视其为日后的劲敌，竟起杀机。方后来被一游方僧人救下，并见到了佛棋高人，也就是天元寺的主持苦元大师。苦元大师携其同返天元寺，历经三年，受尽磨难，得以修悟成棋道的最高境界——天元化境。

罗坤遍寻方国涣不得，在太湖灭了一伙水盗，得一防身宝物——无缝天衣。

方国涣棋道既成，遵师命游棋天下，以棋济世。途中结识了天下第一江湖势力六合堂的总堂主连奇瑛，并随六合堂人马前往关外接应一伙欲加盟六合堂的关东绿林好汉，其间与罗坤相遇。

在关外接应关东人马，却被明朝边关守军拦在关外。时值二十万女真铁骑追杀而至，危急时刻，方国涣大胆地以棋势布下了一座天元大阵，阻杀女真铁骑于关外，竟一战成名，成就了一桩棋道化兵的无上神话。

后方国涣继续游棋天下，探索棋道济世的道理……

时值江湖上出现了一种神秘的杀人鬼棋，多有高手名家，棋终人亡，施鬼棋者身份神秘莫测。为匡扶正道，方国涣开始追踪施鬼棋之人，更有了一系列的奇遇……

在玉棋山庄，方国涣遇到另一名棋达化境的少年高手简良，此人因对棋子用意极深，于棋上别生奇术，得高人指点，练就了一种可防身制人的棋术——无相棋。

后方国涣、简良与人联手设棋黄鹤楼，于棋局上引出了施鬼棋之术的国手太监李无三，经历了一场充满了无形杀气的天地之战，废其杀人棋道。

方国涣因得罪了汉阳王，避走海外，在经历了一系列的奇遇之后，由陆路转至藏地，在昆仑山大雪峰的地下湖中，施以无上的棋道，化解了事关中原安危的"风水棋"困局……

昆仑雪　昆仑雪
映透星星夜
但指苍穹做棋盘
明月定天元
一子石精坠地
震动昆仑岳

黑白内　枰子间
唯我却棋魔
世事如棋千般变
丹心稳六合
纵有仙家妙手
与他弈后说

目　　录

第一部　天元化境 ……………………………………………… (1)
　第　一　回　落难刘家庄 …………………………………… (3)
　第　二　回　枫林草堂 ……………………………………… (14)
　第　三　回　陀螺观 ………………………………………… (25)
　第　四　回　雌雄宝参 ……………………………………… (35)
　第　五　回　药王 …………………………………………… (45)
　第　六　回　白虎山 ………………………………………… (55)
　第　七　回　美食家 ………………………………………… (65)
　第　八　回　三味玉清汤 …………………………………… (75)
　第　九　回　棋擂 …………………………………………… (86)
　第　十　回　天元寺 ………………………………………… (96)
　第 十 一 回　悟棋白云洞 …………………………………… (107)
　第 十 二 回　天元化境 ……………………………………… (118)
　第 十 三 回　朗月山庄 ……………………………………… (128)
　第 十 四 回　缉盗洞庭湖 …………………………………… (139)
　第 十 五 回　无缝天衣 ……………………………………… (149)
　第 十 六 回　国手状元 ……………………………………… (159)
　第 十 七 回　八珍宴 ………………………………………… (169)
　第 十 八 回　六合堂 ………………………………………… (180)
　第 十 九 回　杀人棋 ………………………………………… (190)
　第 二 十 回　宝马神驹 ……………………………………… (200)
　第二十一回　百溪棋馆 ……………………………………… (211)
　第二十二回　鬼棋 …………………………………………… (222)

第二部　杀人鬼棋 ……………………………………………… (233)
　第二十三回　地煞棋经 ……………………………………… (235)
　第二十四回　换脑术 ………………………………………… (245)
　第二十五回　神竹少年 ……………………………………… (255)

第二十六回　曲家集 …………………………………… (266)
第二十七回　孙武兵阵 ………………………………… (276)
第二十八回　金枪无敌将 ……………………………… (286)
第二十九回　相会齐家堡 ……………………………… (297)
第 三 十 回　校场夺马 ………………………………… (307)
第三十一回　困阻独石口 ……………………………… (318)
第三十二回　棋布天元阵 ……………………………… (328)
第三十三回　血战天元 ………………………………… (339)
第三十四回　群英脱险 ………………………………… (349)
第三十五回　牧野仙踪 ………………………………… (359)
第三十六回　天星棋子 ………………………………… (370)
第三十七回　碧瑶山庄（上）………………………… (381)
第三十八回　碧瑶山庄（下）………………………… (392)
第三十九回　江南棋王 ………………………………… (403)
第 四 十 回　血棋谱 …………………………………… (414)
第四十一回　雨夜棋话 ………………………………… (424)
第四十二回　棋情 ……………………………………… (434)
第四十三回　燕山田叟 ………………………………… (445)
第四十四回　棋祭 ……………………………………… (456)

第三部　棋战黄鹤楼 ……………………………………… (467)
　第四十五回　火器专家 ………………………………… (469)
　第四十六回　惊棋 ……………………………………… (480)
　第四十七回　龙凤琴 …………………………………… (490)
　第四十八回　相国寺 …………………………………… (500)
　第四十九回　玉棋山庄 ………………………………… (511)
　第 五 十 回　棋公子 …………………………………… (522)
　第五十一回　天人弈战 ………………………………… (533)
　第五十二回　响枰神针 ………………………………… (543)
　第五十三回　无相棋 …………………………………… (554)
　第五十四回　随州客栈 ………………………………… (565)
　第五十五回　释棋白兆山 ……………………………… (575)
　第五十六回　昆吾刀 …………………………………… (586)
　第五十七回　棋惊黄鹤楼 ……………………………… (597)
　第五十八回　棋神 ……………………………………… (607)

第五十九回	拒礼汉阳王	（617）
第 六 十 回	兰玲公主	（627）
第六十一回	误陷囹圄	（638）
第六十二回	戏闹武昌府	（649）
第六十三回	徐州棋案	（660）
第六十四回	客留凤阳城	（670）
第六十五回	六合岛	（680）
第六十六回	大明公主	（690）
第六十七回	菊花夫人	（700）
第六十八回	五毒菊全	（710）
第六十九回	途中救险	（721）
第 七 十 回	兵护黄鹤楼	（731）
第七十一回	棋战黄鹤楼（上）	（741）
第七十二回	棋战黄鹤楼（下）	（751）
第七十三回	琴曲化梵音	（763）
第七十四回	汉阳王府	（773）
第七十五回	虎口逃生	（784）
第七十六回	小全子	（795）

第四部　棋行天下　…………………………（805）

第七十七回	木各庄	（807）
第七十八回	灵棋术	（817）
第七十九回	太湖帮	（827）
第 八 十 回	东瀛棋士	（837）
第八十一回	起死回生	（848）
第八十二回	郑和航海图	（858）
第八十三回	风景盛宴	（869）
第八十四回	群英出海	（880）
第八十五回	海王三	（891）
第八十六回	避风火山岛	（901）
第八十七回	三战棋	（912）
第八十八回	珍珠區	（924）

第五部　棋定昆仑　…………………………（935）

第八十九回	蛇角吸毒	（937）

第 九 十 回	海萤石	(947)
第 九 十 一 回	海市蜃楼	(957)
第 九 十 二 回	奇遇大西岛	(967)
第 九 十 三 回	西洋海船	(977)
第 九 十 四 回	印度商队	(987)
第 九 十 五 回	黑衣盗	(997)
第 九 十 六 回	三王之乱	(1007)
第 九 十 七 回	脉卜	(1017)
第 九 十 八 回	谜团	(1027)
第 九 十 九 回	金圣法王	(1037)
第 一 百 回	地象	(1047)
第 一 百 〇 一 回	地下之旅（上）	(1056)
第 一 百 〇 二 回	地下之旅（中）	(1059)
第 一 百 〇 三 回	地下之旅（下）	(1069)
第 一 百 〇 四 回	幽灵再现	(1077)
第 一 百 〇 五 回	转世灵童	(1084)
第 一 百 〇 六 回	医圣	(1087)
第 一 百 〇 七 回	惊走鄱阳湖	(1097)
第 一 百 〇 八 回	口技	(1107)
第 一 百 〇 九 回	盲棋	(1117)
第 一 百 一 十 回	重逢	(1127)
第 一 百 一 十 一 回	小活佛	(1138)
第 一 百 一 十 二 回	寻仇	(1149)
第 一 百 一 十 三 回	群英会（上）	(1159)
第 一 百 一 十 四 回	群英会（下）	(1169)
第 一 百 一 十 五 回	巧破徐州案	(1178)
第 一 百 一 十 六 回	浴血辽东	(1189)

第一部 天元化境

第一回　落难刘家庄

天做棋盘，星做子，谁人能下？所谓世事如棋，说的是人世间如那棋局一般，千变万化，不可捉摸，棋道即世道。

围棋一道，古已有之，堪称雅艺。传为帝尧所发明，教其子丹朱以敛其性。或有上古圣贤，仰观天文，俯察地理，中参人事，应万物之象而置。后世盛行，代有国手，一为修身养性之法，二做诸家竞技之术。其三百六十一格应先天河图之数，合周天三百六十五度四分度之一。黑白分阴阳以象两仪，立四角以按四象。九星分布，天元中定，纹枰之内，黑白之间，有着无穷趣味。其中千变万化，奇境异感，非具极高的天赋和灵性不能领悟其奥妙而为高手。至于技精合天地，通鬼神，便是另一番境界了。

明朝万历年间，北直隶河北某地，刘家庄。

一场大雪，下了两天两夜，覆盖了方圆数百里。万物银装素裹，山川一色，鸟兽绝踪，天地肃然。偶尔山风一起，林木间，雪花飞舞，四下激荡，远远望去，似雾气升腾一般，本已无形的山沟谷壑，又都笼罩在了其中。

雪后的山村，尤显寂静。冬日严寒，山里人家多起得晚，况且是在这等大雪之后，更是懒得动一动。然而毕竟有勤快人家，一座宅院的大门"咯吱"一声启开了，走出了一位持竹扫帚的老者。那老者先自扫净了台阶上的积雪，随后让出了一位身着裘皮的发福的中年人。此人扬目向远处眺望了片刻，慨叹一声道："好雪！好雪！多年不见有此等大雪了！"言罢，长长吁了一口气，畅爽之极。

此人名为刘义山，是刘家庄的一位乡绅。早年曾苦读经书欲博个功名，奈何在中了个秀才之后便不长进了，索性弃了八股，在这偏僻的山村自做起隐士来。在乡人眼中，算是一个有里有面的人。

刘义山正沉浸在雪景之中，"咦？"那扫雪的老者忽然讶道，"老爷，你看这是什么？"

原来台阶下凸起了一堆雪包，显是埋有东西。

刘义山见了，便道："刘福，扫过看看。"

刘福应了一声，上前用扫帚轻轻扫拂了几下，积雪退去，下面竟露出了两个人来。

刘义山见状，吃了一惊，近前看时，原是一老一小。老的衣衫破旧，未穿棉衣。小的是一名十三四的少年，身上虽多了几层布衣，仍看出其衣着单薄。

刘福愕然之余，忙俯身摇晃了二人几下，那老少似已冻倒多时，呼之不应。

刘义山急对刘福道："快唤人将他们抬进暖室救护。"

刘福随即跑进门内喊道："老爷吩咐，快出来救人！"

几名仆人闻声跑了出来，将那老少二人抬进一间屋子里，分置床上，用棉被裹了，一名仆人忙端了火盆来。

刘义山见状，不禁责备道："冻僵之人如何用火烤？快快再加几床棉被来，真是些无用之人！"然后又吩咐人道："速去煎两碗姜汤。"

众人忙乱了一阵，刘福自将那老少二人查看了，随后摇摇头，起身对刘义山道："回老爷，这个年纪大的已不济事了，小的身体尚温，还有一口气在，需暖两个时辰才能醒来。"

刘义山闻之，恻然道："可怜！可怜！事已至此，须救了这孩子性命，也算善事一件。先把老者装殓了，等这孩子醒了再议。"

说完，刘义山转身欲回客厅，此时从门外跑进两位十五六岁、衣着华丽的少年，进门便嚷道："发生了什么热闹事？"

见了刘义山，二人慌忙站在一旁，笑嘻嘻地说道："爹爹大人早！"

刘义山见二人形态不拘，满带愠色道："刘财、刘禄，你二人不去读书，跑这里来做什么？"

那刘财伸长了脖子向床上扫了一眼道："听说爹爹救了两个人，不知什么样的？"

刘禄不以为然地道："原来是两个要饭的，管他们做甚。"

刘义山闻之，嗔怒道："混账！不得无礼。"

那兄弟二人见无什么大趣，便灰溜溜地去了。

午后，刘义山正在厅上用茶，家人刘福进来，躬身道："老爷，那孩子醒了。"

刘义山闻之，忙起身道："走，去看看。"

主仆二人随后来到了厢房内，此时那冻死的老者已被抬到柴房安置了，屋中只躺着那少年，正睁着眼睛茫然地四下望着，见有人进来，忙吃力地坐起道："二位大人！我师父呢？"

刘福忙上前扶了道："小公子，躺着勿动，我家主人来了，是他救的你，有话慢慢说。"

刘义山于床边坐了，此时才看清这少年生得眉清目秀，尤其神色间透出一股灵气来，心中不由赞叹道："好一个清秀的孩子！"

那少年此时急切地道："这位先生，可知我的师父在哪里？"

刘义山微怔道："那位老人家是你的师父？你们是哪里人氏？"

少年摇头道："我也不知自己是哪里人，是师父十年前在路边救了我，于是便以师徒相称。日前雪大迷了路，师父又病了好多天，在一家门旁避风雪时，不知怎么就睡着了，醒来却躺在这里，不见了师父。"说完，那少年便抽泣起来。

刘义山听罢，方知这一老一少乃流浪之人，叹道："你这孩子，却也曲折。实不相瞒，救起你时，令师已冻死，现暂安置在柴房内。"

少年闻讯，不由大声悲哭，便要拖着虚弱的身子去见师父的遗体。刘义山见少年对死去的老者如此情深，也自感慨，便叫刘福扶着那少年一同来到了柴房内。

此时那冻死的老者已被安放在一块门板上，身上盖了张草席，两名仆人正在旁边打着简易的棺木。

那少年一见自己的师父冰冷冷地躺在这里，惊愕之下，扑倒过去抚尸大哭起来，刘义山、刘福主仆二人在一旁也忍不住陪着落泪。只因少年体弱，又悲伤过度，一时间竟哭昏了过去，刘义山忙叫刘福把那少年搀回了房内。

刘福给那少年喂了些汤水。少顷，少年渐渐醒来，刘福又喂进了一碗稀粥，那少年这才恢复了些气力。在刘义山的询问下，少年哭着述说了一番身世。

原来那位冻死的老者名叫方兰，是一漂泊的江湖客。少年随师父之姓，叫作方国涣，十年前不知怎么从家中走失，坐在路旁啼哭，时值方兰经过，救了起来，走访了几个月，再也找寻不到方国涣原先的家了。在方国涣模糊的记忆中，原先家中有很多高大的房子，门前经常有许多人马车辆走动，似一大户人家。后来方兰一叹之下，便收了方国涣为徒，并随己姓取名，从此带着方国涣云游天下。那方兰虽是落魄的江湖客，却也通晓四书五经，博才多艺，闲里教方国涣识字读书。十年下来，方国涣也自出脱个如饱学秀才一般，能文善写，不曾徒耗了光阴。师徒二人情同父子，相依为命，浪迹江湖多年，方国涣尽得方兰照顾。不想方兰突然逝去，扔下方国涣一人，一个少年举目无亲，不知日后如何过活。方国涣述完一切，又痛哭不已。

刘义山听罢，大为感叹，闻方国涣适才所言，知他必是大户人家走失的孩子，得亏遇上方兰，教书识字，也是不幸中的万幸，此时心中便有了个主意，于是慰言道："方公子不必忧伤，你虽落难于此，却也是识字之人，日后自留家中，与我的两个犬子伴读，吃穿用度当不亏待于你。日后你的家人若是寻了来，跟去便是，不知方公子意下如何？"

方国涣闻之，忙起身拜倒道："多谢先生能收留我一个落难之人，实为感激之至，日后有机会必当厚报。"

刘义山见方国涣年纪虽小却也知礼，着实胜过自己的两个儿子，心下大喜，忙扶了方国涣道："刘某一生最喜读书知礼之人，公子这般实是难遇。"随对刘福道："去唤两个公子来，让方公子日后与他二人伴读，树个榜样。"刘福应声去了。

刘义山见方国涣衣衫单薄破旧，便命人寻了一身与他换了，方国涣又自拜谢了。刘义山接着问了些文章上的事，方国涣倒也对答如流，刘义山心中自是喜欢，随后道："明日去后山择一处好地，葬了尊师，公子以后自放心在敝舍住下，有机会再去博个功名前程，当不会辜负了孔圣。"

方国涣闻之，流着泪又拜谢了，心中感激道："有幸遇上刘先生这样的好人，日后若有出头之日，当全力以报。"方国涣少年聪颖，自有那般感恩图报之心。

第二天，刘义山便命人将方兰的棺木发送安葬了，方国涣自又大哭了一回，复谢过了刘义山的葬师之恩。

此后，方国涣便与刘义山的两个儿子刘财、刘禄伴读。那刘义山早年科场不利，自家虽已淡泊功名，却着力让两个儿子能有出息。可那刘氏兄弟久居山村之中，不曾见过世面，读了几本诗书，便以为学问大得很，不曾把别人放在眼里。兄弟二人见家中救起的那个小叫花子来做他们的伴读，自有不屑之色，只把方国涣看作僮仆来使唤，呼来喝去，时加刁难。方国涣却不以为意，为报刘义山救命葬师之恩，用心服侍，自无怨言。

过了几日，刘氏兄弟见方国涣十分听话顺从，也自喜欢，便不着意作难了。也是三人年纪相差无几，少年性情相投，方国涣与那兄弟二人处得倒也融洽。无事时，方国涣也自不敢闲着，和仆人们一起干些活计，没出几日，刘家上下都很喜欢他，刘义山见了也自高兴。

过了十余日，这期间又下了一场大雪，山中鸟兽忍耐不住饥饿，时常到村边觅食。刘氏兄弟见了，便拉了方国涣，带了箩筐、稻谷去山中捕鸟。

三人离了村子，踩着没膝深的雪吃力地向山上爬，为了捕到大些的山鸟，也是雪后山景怡人，兴之所至，三人相扶着上了山顶。

刘财寻了一块开阔地道："就是这里了。"上前用树枝扫出了一丈见方的空地。刘禄便叫方国涣把稻谷撒在地上，自己又寻了支短树丫杈，系上细长绳之后，支起箩筐半覆稻谷之上。一切准备妥当，刘氏兄弟便欢呼一声，拉了方国涣远远地在一棵松树后面藏了，伏在雪中，静等山鸟来投。

方国涣见那兄弟二人如此做法，便问道："这样能捕到鸟吗？"

刘禄得意地道："放心吧，这法子我兄弟二人经常用的，每次都有收获，绝不会空手而归。"

"嘘！"刘财这时示意了二人一声，三人注目望去，只见一只色彩明艳的山鸡远远低飞而来，警惕地盯着箩筐下的稻谷，迟疑不前。三人立时紧张起来，伏着一动不敢动，屏息注视，生恐惊走了这只难遇的猎物。

这只山鸡在箩前转了几转，"咕咕"叫了几声，实在耐不住饥饿，便伸颈抢啄了几粒稻谷，接着又远远地走开。

刘财、刘禄这时兴奋得满脸通红，激动不已，兄弟二人也似捕鸟的老手，神情虽紧张，却并不急着拉绳子。

方国涣心中道："是了，大雪封山，鸟兽无食，设些简单的圈套便可捕捉，鸟为食亡，便是这个道理了。"

那只山鸡初啄得手，见无动静，胆子便大了起来，索性移进箩筐下，任意吃食起来。刘财见状，便用力一拉绳子，将这只贪食的山鸡完全扣在了箩筐下面，露在外面的几支漂亮的尾羽，一经惊吓扑打，也抽进了箩底。

三人见已得手，一声欢呼跃起，跑了过来。刘财伸手于箩筐下面将那只山鸡捉了，随后用绳子将山鸡的双爪缚住，抱在怀里乐得嘴脸开了花。刘禄、方国涣上前抚其羽毛，急相摸抱，三人自是大喜。

初捕成功，三人兴奋异常，便又重新支起箩筐。时间不大，自引来一群山鸟，"叽叽喳喳"，鸣声喧沸，不下百十只。三人捕了多时，但得一些山雀，再无大鸟来投。刘禄见天色将晚，便道："今天到此为止，明日再来吧。"刘财应了，便与方国涣上前收拾捕具，刘禄自在一旁抚弄喂食那只山鸡。

方国涣收了稻谷，又把箩筐负了。就在这时，忽听得一声惊叫："狼！"方国涣闻之一怔，抬头看时，只见刘禄仰面倒在雪地上，面色惊恐。

其不远处，一条灰色健壮的野狼，露着白森森的牙齿，紧跑几步，忽地一跃而起，直向刘禄扑来。此狼已饿了多时，实在受饥不住，竟不顾这里有三个人，贸然相犯，当是饿狼难防。

刘禄此时吓得"妈呀"一声，竟不知所措，那边刘财早已惊得呆了。

方国涣见刘禄危险，情急之下，大喊一声，将捕鸟的箩筐向狼投去。倒也恰当其时，当狼的前爪已近刘禄抬起的手臂时，恰逢箩筐撞来，也是方国涣情急之下用力大了些，那箩筐竟把这条狼撞翻了去。这条狼遭意外之袭，凶光毕露，在地上打了个滚，低嗥一声，盯住方国涣猛扑过来。

方国涣在雪地上一时间寻不着抵挡之物，随手抓起那根支箩筐的树杈，用力往狼的面部戳去。此狼张开的血盆大口已到面前，方国涣已然清楚地看到上下两排尖锐的牙齿，同时感受到了一股腥热之气直冲面门，而此时那根短树杈已戳在狼颈折断。

就在这千钧一发的危急时刻，狼头在方国涣的眼前忽地一晃便栽了下去，这一切都发生在一瞬间。待方国涣稳神看时，那头狼的颈部竟多出一支长箭，已然毙命。

这时从一棵大树后面跳出一个手持硬弓的青年人来，腰围兽皮，一副猎户打扮。

那年轻人一边跑来一边问道："你们没事吧？"

刘财、刘禄兄弟一见到这个年轻人，立时从惊慌失措中缓过神来，齐声欢呼道："卜大哥，是你呀！"

那年轻人望了刘氏兄弟一眼，未加理会，径直走到方国涣面前，一拍他的肩头，赞叹道："小兄弟，好胆量！没有被这头狼吓住。"

方国涣见这年轻人浓眉大眼，生得强壮，知自己为此人所救，忙拜道："多谢这位英雄大哥救命之恩。"

那年轻人忙扶起方国涣，笑道："在下卜元，哪里是什么英雄，倒是敬佩小兄弟临危不惧的胆色。"卜元接着又诧异道："这位小兄弟哪里人氏？以前怎么没有见过？如何与刘家的两位公子在一起？"

这时，刘财、刘禄兄弟围上前来。刘财搭话道："卜元大哥，他是我们家新收的书僮，叫方国涣。"

卜元闻之笑道："原来是方老弟，失敬！失敬！"

刘禄一旁用脚踢了一下那头死狼，抹了抹头上的汗，心有余悸地道："你这畜生，若不是卜元大哥及时赶了来，我刘禄这条命就没了。"

卜元闻之，摇头道："救你性命的不是卜某，而是这位方老弟，要不是他及时投以箩筐，把狼撞开，你的喉咙早被狼咬断了，哪里还能站在这里说话。你兄弟二人太不济事，不如这位方老弟有胆量。"刘氏兄弟听了，羞愧不语。

方国涣见卜元性情豪爽，箭术高超，心中敬服，便道："卜大哥真是位神射手，一箭便要了此狼的命。"

卜元笑道："我本以打猎为生，这算不得什么本事。"说完，上前拔下狼颈中的长箭，擦去了血迹，插回箭袋中。

刘财此时见那条狼的毛皮确是上等成色，不由转了心思，自有些难为情地对卜元道："卜大哥，你的恩情我们领了，但这只狼是我们引来的，应……应归我兄弟二人的。"

此言一出，方国涣大吃一惊道："公子怎能这般说话？若不是卜大哥，我三人今日必丧命狼口，卜大哥对我们是有救命之恩的，况且此狼本为卜大哥所射杀，公子如何来争？"

刘财听了，脸色一红，讪讪地道："这个……其实……"

卜元这时哈哈大笑道："公子哥就是公子哥，自不如方老弟义气，这畜牲归你们便是了，与尔等有何争的，今日能遇见方老弟，我卜元便感到高兴了。"

刘氏兄弟见卜元把狼给了他们，各自大喜，忙着去抬那狼的尸首。岂知这头狼体大身重，兄弟二人抬着走了几步便抬不动了，又舍不得放下，吃力拖着。

卜元见了，摇摇头道："也罢，你兄弟二人既然抬不了，就暂交给我好了。你们所求者不过其皮毛而已，狼肉味怪，人多不食，留我日后以引山中大兽，毛皮明日自送到府上如何？"

刘财闻之喜道："好极！好极！肉归你，皮毛归我们，都不得亏吃，也算公平。"刘氏兄弟刚才还怕卜元把狼争了去，现闻卜元可送归狼皮，却又十分的信任。

卜元此时把硬弓于腰间挂了，随后持了那头死狼的前后足，轻轻一翻，于肩头背了，转身对方国涣道："方老弟，明日再会。"言罢，并不理会刘氏兄弟，径直往山后去了。

刘财这时道："我们也走吧，免得再遇上什么东西。"

刘禄心有余悸，忙道："快些走吧。"三人便收拾了捕具，抱了那只山鸡循原路下山。

路上，方国涣道："原来两位公子是与这位卜大哥相识的。"

刘财道："卜元是这方圆百里有名的猎户，名气大得很，无人不知的。"

刘禄道："此人却也古怪，不在村里住，唯与他那瞎眼的老娘住在山上。"

刘财又道："这卜元十分义气，乡里的人都服他，要不然我们怎能放心他把狼背走呢！"

方国涣见刘氏兄弟如此贪心，无一丝刘义山的仁厚，暗中摇头不已。

到了庄里，仆人们见刘氏兄弟捉了些山鸡、山雀来，都竞相夸奖，那兄弟二人更是得意。

到了厅上见刘义山，刘氏兄弟便把捕鸟遇狼、后被卜元相救的事说了一遍，却不提方国涣投箩筐救刘禄的情节，当时听得刘义山后怕不已。

刘财随后又得意地道："我们将那恶狼引来，卜元便一箭射死了它，大家平分，狼肉归他，皮毛归我们。"刘禄也自在一旁帮腔。方国涣见他兄弟二人胡说八道，心中暗笑，只是不言语，任他兄弟二人夸自家的勇敢。

刘义山听说卜元明日还要送还狼皮来，更加敬道："这卜元真是一位义气英雄，明日倒要好好地谢他。"接着又对两个儿子不满地道："卜元救了你们，感激他还来不及，却要分那狼皮来，岂不令人笑话！"

刘禄争辩道："哪里是我们要分，实是卜元自愿送的。且那狼的毛皮也是上等成色，到集上最少也能换它几两银子来用。"刘义山听了，只是摇头不语。

第二天一大早，刘财、刘禄二人便跑到大门外望着，等候卜元送那狼的皮来，谁知到了中午也不见卜元的影子，二人不免焦急起来。

　　刘财愤愤道："如此小人不讲信用，令我们空信了他。再不来，本公子就带人抄了你的破家。"刘禄一旁也是口出怨言。

　　方国涣在厨中帮刘福烧水，听见二人在门外嚷嚷，便出来对刘氏兄弟道："两位公子勿要心急，我看卜元大哥不是那种不讲信用的人，并且才刚刚过了半天，还有一个下午呢，二位公子不妨进屋候着吧。"刘氏兄弟闻之，也觉得有理，然二人性子太急，自到村口候卜元去了。方国涣摇了摇头，转身回到了厨下。

　　刘福见方国涣转来，便道："方公子回来得正好，烦你往厅上送趟茶，老夫再往灶内添把火。"方国涣应了，端茶去了。在刘家半月余，方国涣自知不容易，常帮着仆人们做些活计，众人也觉为常。

　　方国涣端了两杯茶来到客厅上时，才知刘家今天有客人，此时刘义山正与一位老者在聚精会神地走着围棋。

　　方国涣见二人在临枰对弈，心中一动，上前把茶盘轻轻放于桌上道："请二位先生用茶。"

　　刘义山应了一声，并不抬头，手中持了一枚白子却久久不落。原来刘义山的白棋棋势已被那老者的黑棋棋势围逼到了险地，似无扭转之术了。

　　此时那老者脸上露出快意，端茶呷了一口，自有些得意道："刘老兄可认输否？"刘义山凝视了棋盘片刻，摇了摇头，将棋子复放回棋罐中，轻叹了一声道："唉！难道刘某今生就赢你不得？"

　　那老者越发得意起来，扬声笑道："刘老兄的棋艺在这方圆几十里也算数得着的，不过在老夫面前，就显得有些那个了。"说完，哈哈大笑起来，刘义山脸色虽不自然，却也无可奈何。

　　这时，一旁的方国涣见那老者如此狂态，有些按捺不住，忽然开言道："还有一招未走，先生何故就投子认输了？"说着，拾起一枚白子于棋盘中轻轻落下。刘义山先是一怔，继而起身脱口道："妙！妙手！"原来方国涣所示的这一招棋不但把白方点活，而且令黑方棋势反处劣势，端的是扭转乾坤的妙手。刘义山抬头见是方国涣示棋，不觉又惊又喜。

　　那老者笑声未断，忽被方国涣在棋盘上横了一子，细看之下，大吃一惊，诧异道："此子是何人？竟有如此奇招！"

　　不待刘义山说话，方国涣便已施了一礼道："小书僮失礼，还请老先生恕罪。"那老者闻之，更呈惊讶之色。

　　刘义山这时高兴万分，畅然道："想不到敝舍的一名书僮就把朱员外难住了，不知可认输否？"

第一回 落难刘家庄

那朱员外羞愧之余，诧异道："这孩子以前怎么没有见过？"

刘义山此时的心情豁然开朗，微微一笑，煞有介事地道："此子在我府中多时，先前怕扫了朱员外的棋兴，故没有让他现身。今日觉得火候差不多了，便让他出来杀杀朱员外的威风，也令朱员外知道，强中更有强中手的。"言罢，哈哈大笑。

那朱员外愧然道："原来刘兄暗请高手羞我，告辞！"说完，起身拂袖而去。

刘义山拱手道："不送！"想必平时被那朱员外在棋上羞辱惨了，今番见他狼狈而去，心中好不快活。

方国涣见自己贸然地一手棋竟将那朱员外赶走，心中自悔，忙向刘义山致歉道："在下无知，冲撞了先生的客人，还请恕罪。"

刘义山惊喜之余，欣然道："何罪之有？若无公子点示妙手，今日又会让那朱员外得了势去，越发目中无人了，镇他一镇也好。"

接着，刘义山诧异道："没想到公子竟然精通棋艺，刚才所示一招，实为高手，不知如何习得，技高若此？"

方国涣恻然道："先师是棋道中人，我现今的棋艺都是他老人家所传授。"

刘义山闻之，惊讶道："原来令师方兰老先生是位棋中的高人，可惜刘某未能与之相识，真是一件憾事。"说完，叹惜不已，又对方国涣加了几分好感。

二人正说话间，忽听院门外人声喧哗，但闻刘财兴奋地高声道："我就说卜元大哥是讲信用、一诺千金的人，说今天来准来。"

接着便听刘禄道："那是自然，卜大哥是远近闻名的人物，信义二字最是守得牢的。"

遂见刘氏兄弟拥着卜元走了进来，刘财、刘禄接着抢抱着一卷狼皮往后院去了。

方国涣一见卜元，高兴地叫了声"卜大哥"，便迎了出来。

卜元见了方国涣，立时喜道："方老弟，你好吗？"恰似久逢故友一般。

刘义山这时迎出道："原来是救小儿性命的卜壮士到了，快快有请！"卜元、刘义山二人互见了礼，随后入厅落了座。

仆人端上茶来，刘义山先让卜元用了，随后起身道："昨日若不是卜壮士相救，小儿必丧狼口，此等大恩，当受刘某一拜。"说完，深施一礼。

卜元忙扶了道："大家乡里乡亲，何必多礼，其实救了令公子性命的是这位方老弟。"

刘义山闻之，愕然道："这又是怎么回事？"

卜元便把昨日山上的情形叙述了一遍。刘义山听罢，方知原委，不由对方国涣大为感激，起身欲谢，那边方国涣已经拜谢道："落难之人得先生相救，残命得以苟全，朝夕思图回报，恨无机会。昨日所为，只尽心力而已，先生何要谢我，方国涣受不起的。"说完又拜。

刘义山感动得双眼已湿润，忙扶起方国涣道："公子是大义之人，你我之间勿要再言谢字，你师徒能走到我刘家门前，也是缘分。"

卜元在旁边见二人说话蹊跷，忙问何故，方国涣便把刘义山从雪中救起自己的事说了一遍。

卜元闻之，惊讶道："原来方老弟是落难于此！"

刘义山道："方公子虽是落难之人，也是读过诗书能做文章的，更令人想不到的还是棋中的高手，把南村的朱员外都给镇住了。"刘义山一提起此事，脸上便泛起喜色来。

卜元听罢，又望了望桌上的棋盘，眼睛忽一亮，忙拉住方国涣兴奋地道："方老弟可走得一手好棋？"

方国涣应道："小弟不才，倒也能担当得起平常之局。"

卜元闻之，大喜道："好极！"起身拉了方国涣便走。刘义山见了，忙拦了道："卜壮士何事这般急切？"

卜元激动地说道："老天赐给我一个方贤弟，我要带他去在棋上赢一物件回来。"

刘义山惊讶道："什么东西能令卜壮士心动？刘某备了酒菜，待用过后再去也不迟。"

卜元摇头道："刘老爷休怪，卜某性急，一时也等不得，去办了此事再说。"刘义山不舍方国涣去，自欲阻拦。

方国涣见卜元如此急切，当有大事情一般，便对刘义山道："刘先生，我看还是随卜大哥走一趟吧，或许能帮上什么忙。"

刘义山见如此这般，只好应道："也罢，方公子去去就回，勿让人挂念。"卜元这时大笑，拉了方国涣转身就走，方国涣挥手作别，刘义山只得将二人送出。

离了刘家庄，卜元欢喜道："贤弟今番随我一去，勿再回转了。"

方国涣似有不解，摇头道："刘先生对我有恩，怎能这般轻别去了，当是失礼的。"

卜元道："贤弟乃是落难之人，岂能在刘家久住？那刘义山倒也仁厚，不过他的两个儿子无什么德行，不便与他们常住的。"

方国涣闻之，黯然无语。

卜元宽慰道："贤弟既有胆气，又有棋上的本事，日后但随了我去，定短不了吃喝用度。昨日一见你，便觉得你我二人性子相投，只因老母在堂，卜某不敢擅自出走，否则约了贤弟到天下间走上一回，也不枉了人生一世。"接着，卜元又问及方国涣的身世，闻后感叹不已。方国涣得识卜元这般豪情之人，心中也自喜欢。

第二回　枫林草堂

　　卜元引着方国涣翻过了两座山，然后向一处山坡上的两间木屋走去。此时山上的雪地虽已有人走出路来，但毕竟山深林密，积雪又厚，煞是难走。

　　离木屋还有十几米远，卜元便喊道："朱七哥在家吗？"话音刚落，迎出一个猎户打扮的中年人来。

　　那人见了卜元，不由喜道："原来是卜元兄弟。"见了一旁的方国涣，那人问道："这个小朋友是谁？"

　　卜元道："这是我新结识的一个朋友，方国涣贤弟。"

　　那人笑道："失敬！失敬！在下朱七。"

　　方国涣忙上前见礼道："原来是朱七哥。"

　　朱七随后把卜元、方国涣二人让进了木屋。这是一处典型的山中猎户人家，四壁挂满了兽皮，墙边用木桩支了一张大床，足可睡五六个人。门后挂着弓箭和一柄旧腰刀，一支锃亮的钢叉立在旁边。地当中一张大木桌，四下摆了几只简易的木凳。旁置一火炉，炉内炭火正炽，室内倒也暖和。

　　朱七招呼了卜元、方国涣二人坐下，倒了两碗炒米水，然后对卜元道："你不来，我还要去找你呢。"

　　卜元道："可有什么事？"朱七道："最近大雪封山，山中饿出来一头豹子。"

　　卜元闻之，精神一振道："可有踪迹？"

　　朱七道："这只畜生多在北山出没，已伤了好几个村民，还咬死了两头牛。目前兄弟们正在追寻，估计这两天就能有消息。"

　　卜元有些为难道："可惜我有事在身，暂时去不得，不过若有消息，可到枫林草堂寻我。"

　　朱七一怔道："怎么，你还去找那和尚？不知这次你又请了哪家好手来？"

　　卜元笑道："就是这位方老弟。"

　　朱七闻之，又是一怔，望了方国涣一眼，诧异道："是这位兄弟？真看不出来。"

　　卜元笑道："方贤弟年纪虽小，却有些胆量，敢与饿狼搏斗救人，棋上也是有手段的。"朱七闻之，面露惊讶之色。

第二回　枫林草堂

这时天色将晚，朱七道："稍候了，我到村中沽些酒来。"说完，提了一只大葫芦去了。

卜元随后对方国涣道："今晚且睡在这里吧，明天再去办我们的事。"方国涣茫然道："恕小弟冒昧，不知卜大哥叫小弟做什么？"

卜元道："贤弟可是走得一手好棋？"

方国涣正色道："实不瞒卜大哥，我的棋艺是先师所授，至今还未曾输过他人。"

卜元闻之大喜道："这就是了，只要明日贤弟在棋盘上胜了那和尚，我便可以得到一样宝贝。"说完，卜元脸上自泛起兴奋之色。

方国涣讶道："可是件值钱的东西？"

卜元道："对我来说是件无价之宝。"接着面呈喜色道："这是一张罕见的弹弓。"

方国涣摇头道："一张弹弓有什么好的，竟叫卜大哥喜成这样。"

卜元道："贤弟有所不知，这是一张宝弓，名为'霸王弓'，威力无比，以射铁丸为妙。两年前，我在枫林草堂认识了一名叫智善的和尚，就是他藏有此弓。那和尚示与我看，其弹丸之力可断树碎石，我自是喜欢，要知道山中猎户有一样好弓刀，就如多了条性命一般。我便向和尚讨要此弓，愿以他物来换，或者重金相购。和尚不与，但要我寻棋上的好手来与他斗棋，若胜了他，此弓自当奉送。那和尚还教我打弹弓之法，越发引得我兴起，先后用兽皮请了四位棋上的高手，谁知和尚好本事，那四人无不败在了他的棋上。贤弟若能在棋上为我赢得霸王弓，卜某将感激你一辈子。"

方国涣闻之笑道："原为如此，卜大哥既然喜欢此弹弓，明日小弟如了你的心愿便是。那和尚虽是棋上的高手，也不足为惧。先前小弟随师父行走江湖时，也多与高手斗棋，都能应付来的，小弟也希望遇上一个棋界高手。"

卜元喜道："好极！看来贤弟是遇上了一个好师父。"

方国涣闻之，心下感伤，叹然道："先师时运不济，以至漂泊江湖间。小弟自幼时不慎从家中走失随了师父后，他老人家除了教我读书识字外，便是日夜教我习棋，说日后可在这棋上讨口饭吃。先前因无钱置棋具，便拣了那些两色石子来用，师父也是用石子教我习练成棋艺的。"

方国涣接着又道："这半年来，我的棋艺已与师父不差上下，闲时对弈，互有胜负。师父很高兴，说现在难逢对手，再过几年，当可天下无敌。师父还说，帝尧置棋，乃是为我而设，因为我是有棋根之人。"

卜元这时已然听得呆了，方国涣见他这般，笑道："卜大哥不必尽信，师父时常说些大话来戏人，这也是有的。"

卜元高兴地站起身来，欢快地笑道："你那师父，必是有见识的，在棋上调教出贤弟这么一位高手来，定是为我卜元讨那霸王弓的。贤弟所言，哥哥确信无疑，明日大事可成！"

这时柴门一开，朱七回来了，把一葫芦酒放于桌上后，又从怀中掏出几包豆腐干、油花生之类的食物，接着又去另一间木屋取了些腊肉、鹿脯，胡乱地摆了一桌子。

朱七随后对方国涣道："山野人家，没有什么好东西招待小兄弟，这些管饱便是。"

卜元这时笑道："朱七哥，我明日必会取了那张霸王弓来。"

朱七闻之，大喜道："如此一来，老弟你便是如虎添翼了。"接着惊异地望了望方国涣道："看来小兄弟真是一个有大本事的人，那就拜托了。"

朱七随后又对卜元道："适才在村中遇见铁五，他们已发现了那只豹子的踪迹，正在追寻。稍后我便赶去与兄弟们会合，若有消息，来不及寻你，烽火为号。"

卜元点头道："如此也好，你们先去追踪豹子，待我拿到弹弓之后，随后就赶来。"

朱七又道："从这只豹子的足迹来看，当是一只母豹，块头不小，若非霸王弓，倒也难制伏它。"说完，朱七另取了一只葫芦，怀中揣了几块肉脯，然后对卜元道："我这就去了，锅中有炖的鹿肉，你与方兄弟随意用了。"言罢，挎了弓刀，持了钢叉，道声"告辞"自去了。

方国涣这时有些担心道："听说母豹赛虎，朱七哥他们会很危险的。"

卜元道："放心吧，朱七哥他们都是有经验的猎户，若无把握，会等我去的。"

此时室内已暗了下来，卜元便点燃了油灯，随后用大碗盛了炖得稀烂的鹿肉，倒了两碗酒，便与方国涣吃喝起来。方国涣酒量不济，卜元却也不管他，自个豪饮。用毕酒肉，卜元在床上铺了层兽皮，又与方国涣讲了些山中狩猎的闲话，直到夜半，二人这才睡去。

第二天，天刚见亮，卜元叫声"起床喽"，从床上一跃而起，方国涣也自醒了。二人简单地吃了些东西，收拾停当后，离了木屋，关了柴门，卜元引方国涣下了山路，顺一条大道而去。

路上。方国涣问道："卜大哥，枫林草堂可远？"卜元道："也不算太远，过晌午就到了。"

走了多时，二人来到一座小镇上，镇子不大，街上的行人也不多。卜元、方国涣二人寻了家茶肆吃了些东西，接着来到一家店铺前。

卜元道："贤弟且候我片刻，店中有些毛皮账我先去收了。"说完，转身进了店铺，方国涣便在路旁站候着了。

这时候，从镇外飞驰而来十余骑，驰到街口，马上之人便收住缰绳，缓缓而行。这十余人皆着劲装，各带刀剑，似江湖中的人物。为首的是一名披着斗篷的年轻女子，虽有二十多岁，却英姿勃发，给人一种威严之感，其余人等都是些强壮剽悍的大汉。

这队人马缓缓行来，那年轻的女子一眼瞧见了站在路边的方国涣，见他衣衫粗旧，身体单薄，冷风一吹，有弱不禁风之感。那女子以为方国涣是个街边讨饭的乞儿，心中恻然道："这小乞丐生得倒也清秀，却委实可怜！"便从马背上的布袋中取出两张白面饼来，递与方国涣道："喂！小兄弟，这个给你。"

方国涣忽见那女子在马上唤他，不知怎么，竟伸出双手把两张饼接了，同时心中赞叹道："好漂亮的姐姐！"那女子见方国涣一双眼睛天真地望着自己，不由对他微微一笑，引马自去了。方国涣见那女子一笑尤显得好看，更感到亲切，竟望着那队人马去远了。

卜元这时从店铺中出来，见方国涣拿着两张面饼向远处呆看，便上前拍了拍他的肩头道："贤弟，发什么怔？怎么？刚才没吃饱？"

方国涣见是卜元，托起两张饼道："这是一位姐姐给的。"

"姐姐？"卜元诧异道，"哪来的姐姐？"

方国涣道："一位骑马好看的姐姐。"

卜元向那队人马远去的背影望了望，又看了看方国涣，忽然哈哈笑道："原来如此，贤弟是被人家当成乞丐了，在施舍你呢。"

卜元接着一捶自己的头道："真该死！忘了给贤弟换身像样的衣服了。"说完，拉了方国涣就走。二人进了一家衣布店内，卜元选了一套衣衫，方国涣却不肯穿。

卜元急道："你我兄弟，还差一身衣服不成？"便自家硬买了下来。方国涣盛情难却，只得谢过穿了。

卜元见了，笑道："这就对了，贤弟穿了新衣服果然精神了不少。"

二人随后出了小镇，又走了约一个时辰，转下大路，穿过一片枫树林，来到了几间整齐雅致的稻草屋前，正中一间较大的草舍木门上方横着一块白木牌，上书"枫林草堂"四个字。方国涣见了，心中道："就是这里了。"

卜元这时前走了几步，大声喊道："和尚在家没有？卜元来取霸王弓了。"话音刚落，草堂内便有人应道："卜施主，又请了什么人来？这回可不要令我再失望了。"

卜元笑道："和尚放心，这回只叫你一个人失望。"草堂内传出一声冷笑，"如此最好不过，贫僧求之不得，请进吧。"

卜元推开木门，引了方国涣进入了草堂之内。方国涣一进来，心下不由微微吃了一惊。但见此草堂内宽敞明亮，地面皆用木板铺成，正中铺了一块毛毯，上置一张矮脚的方桌，桌上摆放了一张湘妃竹棋枰，两竹篓云南窑棋子，一套茶具。桌旁还支有一架精巧的红泥小火炉，炉上一只白云石壶，正冒着热气。此外，室内别无他物，显得清静安和。一位身着黄袍的中年僧人，手持一卷经书端坐桌旁。方国涣心中惊讶道："好一个雅致的和尚！"

那僧人继续翻阅经书，并不理会卜元、方国涣二人，只说了声"二位请坐"。卜元早已习惯了一般，笑嘻嘻地拉了方国涣于桌旁坐下。

那僧人又道："炉上煮有热茶，二位施主请便。"

卜元道声："不客气。"然后介绍道："这位是智善和尚，这位是我的朋友方国涣方贤弟。"那智善和尚抬头望了方国涣一眼，见是一位少年，眉头不禁皱了皱。

方国涣这边忙起身施礼道："见过大师。"智善和尚这才放下手中的书卷，淡淡地说道："礼施于有能之人，你且暂坐了。"

卜元这时兴奋地道："和尚，可开始吗？"

智善和尚道："你倒心急。"接着便把那篓黑色棋子推至方国涣面前道："方小施主，请吧。"语气中自有不屑之意。

方国涣见这智善和尚清高孤傲，态度冷淡，心下道："师父常说，非常之人必有非常之处，这个和尚看来在棋上能有大本事，能是高手最好。"当时心中一静，道声"承让"。持了一枚黑棋，抬手落子天元。

"咦？"智善和尚见之一怔。本来智善和尚见卜元请来的是一位少年，便有让先对方三子之意，走一盘让子棋，不致失了自家身份。谁知未及开口，对方却一子直落天元，智善和尚立时面呈愠色。原来棋盘上有九星之位，天元居中，大凡棋家布子开局，多抢布边角而占实地，自有先手之利。除非有高超的棋力，或有羞辱对方之意，并且有十分把握稳操胜券的高手，才有此开局天元一招的走法。先前方国涣与人对弈时，多以此招惊人，深得师父方兰赞许，认为开子天元可挫对手锐气，有先声夺人之势。也是以前在棋上罕遇敌手，走得惯了，所以方国涣顺手而出，想都没想。

卜元在旁边见方国涣仅一手棋竟令智善和尚动了声色，这是先前没有过的，卜元虽不懂棋，但也知智善和尚遇着了对手，不由暗自得意起来。

智善和尚此时并没有持子应对，而是抬头对卜元正色道："卜施主，你若有意让人戏弄贫僧，贫僧宁愿毁了霸王弓，也不愿此弓落入无礼小人之手。"

卜元闻之大惊，急得起身道："和尚，你这是说何话来？难道想要赖不成？"

方国涣见状，不解其故，睁大眼睛疑惑地望着二人。卜元此时恼道："你这和尚莫不是怕了我这贤弟，舍不得好宝贝弹弓？我们可是有言在先的，若

第二回 枫林草堂

是反悔,把话说明白些,卜某即刻离开,日后绝不再来就是。"

智善和尚见卜元真发了怒,又见一脸天真茫然的方国涣,也自无唬人戏弄之状,心下一怔,暗讶道:"难道这少年果真是一位棋中的神童国手不成?我且试他一试。"想到这里,智善和尚便缓了缓语气道:"方小施主既是卜施主请来的高手,贫僧奉陪便是。"言罢,随手应了一子,方国涣也自持子应对。卜元见二人走上棋了,便嘟囔了几声,坐下观看。

双方十八手棋过后,智善和尚暗里吃了一惊,此时才知对面这位少年棋力高深,不是一般的对手。待五十余手棋之后,方国涣不觉有些后悔开子天元这一招了,发觉对方的棋力竟与师父方兰不差上下,不敢大意,集中精力应对了。

智善和尚更是惊喜交集,见方国涣小小年纪竟有如此棋力,实在出人意料。惊异之余,暗责自己对其轻视怠慢,落子更是谨慎,全力施棋。

卜元见二人战得正酣,尤见智善和尚一扫轻慢之态,已然全身心投入了,心中大是喜欢,对方国涣自是敬服十分,暗里欣然道:"我这方贤弟果是有大本事的,能令这个清高怪僻的和尚如此模样,真是不简单!"卜元不懂棋,时间久了便有些不耐烦,想出去走走,又恐错过了机会,被和尚赖了,于是咬着牙,耐着性子,坐在旁边呆看。

过了许久,卜元见棋盘上布满了黑白棋子,因自己看不出谁优谁劣,很是着急。

这时只见智善和尚轻叹一声,收手正坐了,却是面呈喜悦。方国涣随即摇了摇头,也收手坐了。

卜元知棋局已终,急切而又担心地问道:"胜负如何?"方国涣叹了一声道:"可惜,小弟与大师走成了和棋,没有为卜大哥把那弹弓赢来。"

卜元闻之,也自惊喜道:"你二人果是棋逢对手,既然如此,再战一盘,以决胜负。"智善和尚这时和颜悦色道:"不必再战了,棋上和局难遇,贫僧认输了,输得心悦诚服。"

卜元听罢,欢呼一声,一个跟头向后翻了出去。

方国涣这时恭敬地道:"大师棋艺高超,实为少见,应再对弈一局,以决胜负。"

智善和尚摇了摇头,感慨道:"英雄出于少年,此语果然不差。贫僧是知深浅的人,小施主棋上天分奇高,远胜贫僧,胜负已决,若再牵强,实陷贫僧于不义,刚才失礼之处,还望海涵。"言罢,起身竟向方国涣合掌躬身施了一礼。

方国涣见状大惊,忙起身回拜。卜元在旁见了,哈哈大笑道:"你这和尚也有向人施礼之时,当真稀罕之极。"

智善和尚正色道："人无贵贱，只有高低，贫僧最敬的就是有本事的高人。何况方施主年少棋高，小小年纪竟有如此修为，实为贫僧生平首遇，岂能让人不敬。"

卜元笑道："和尚说得极是，我这贤弟有着让人敬服的本事，连我都想不到哩！现在你自家已经认输了，是否……？"说着，卜元做了一个拉弓的架势。

智善和尚这时微微一笑，俯身从地上移开一块木板，从里面提出一只宽扁的木匣来，于桌上放了。卜元此时眼睛一亮，忙至近前。

智善和尚随手将木匣推至卜元面前道："贫僧有言在先，今日便宝弓赠英雄，多谢卜施主为贫僧寻了一位棋上的对手来。"

卜元大喜，忙起身拜接了，打开来，里面呈现出一张奇特的铁弹弓。此弓比寻常弓架小一半，然而弓身弓弦却比普通的弓身弓弦粗了一倍，弓身似为乌铁所铸，隐隐透着玄光。卜元兴奋地说道："霸王弓终于归我卜元了！"随即双手开弓，拉了个满月。忽一松手，荡出"嗡嗡"的震耳之声。

方国涣见了，暗暗称奇，见弓背上有三个凸出的小字——霸王弓，知为非常之物，自为卜元感到高兴。

卜元惊喜之余，朝方国涣、智善和尚二人一抱拳道："二位，卜元这里一并谢了。"智善和尚笑道："就是没有方小施主在棋上令贫僧心服，此弓日后也会赠予你的，因为能拉开此弓者除了卜施主外，贫僧还没有遇见第二个人。"说完，智善和尚又从一旁取出二十几枚鸽卵大的浑铁丸来，递与卜元道："这些弹丸也一并送你吧，用尽时，照样子寻家铁铺再打铸些就是了。"卜元大喜，谢过接了。

待重新落座，智善和尚亲自斟茶给卜元、方国涣二人，然后说道："贫僧今日得识方小施主，实为荣幸之甚，还敢问小施主哪里人氏？"

卜元一旁接嘴道："这个我来对和尚说。"接着便把方国涣的遭遇叙述了一遍。智善和尚听罢，惊讶不已，问方国涣道："方小施主既是落难之人，不知日后有何打算？"

方国涣叹了一口气："晚辈身处如此境地，迷茫得很，还请大师指点。"卜元在一旁道："贤弟日后随了哥哥就是，保证酒肉不缺，落个快活。"

智善和尚摇摇头道："不可、不可。"卜元急道："有何不可？日后卜某自视方贤弟如亲兄弟一般，处处不会亏了他的。"

智善和尚道："方小施主乃是棋道中的异人奇才，前途不可限量，焉能耽误于你等猎户之中！"卜元闻之，挠了挠头道："和尚说得也有道理，我这贤弟的本事可令人敬服，不一般的，当不能误了他的前程。和尚有什么好主意，说来听听。"

第二回 枫林草堂

　　智善和尚此时肃然道："贫僧云游天下多年，现知道有一个适合方小施主的绝好去处。"方国涣闻之，心中忽地一动，忙问道："敢问大师是何去处？"

　　智善和尚顿了一下，然后缓缓地道："十年前，贫僧云游到了一处叫连云山的大山之中，晚上挂单于山中的一座天元寺内。偶见寺中有僧人在临枰对弈，贫僧自以为手法了得，便寻那些僧人斗棋较量。寺中人见是同门，不好拒绝，便派了一名烧火僧来。贫僧自是不服，想先败了对方再说。谁知一盘棋下来，贫僧竟然惨败，大惊之下，连夜愧走，从此游访天下棋道高手，待棋力大长后，以图二进天元寺，报那败棋之辱。然而十年下来，贫僧棋力虽提高许多，但也自知仍不能与那天元寺中的高手相抗衡，如今感到棋力已老，也就止了再去较量之心。今见方小施主棋艺高超，年轻有为，不落俗手，若再得天元寺内的棋上高人指教，便可一日千里，棋上的修为不可估量，几年之后，天下间便罕有与小施主在棋上成对手的人了。"

　　卜元闻之，欢喜道："好极！好极！大丈夫在世，当可天下闻名。"

　　智善和尚道："不错，所谓一技之长骄狂天下，百技之长便可踏遍诸家，男儿志当四方。"

　　方国涣此时已对那天元寺心驰神往，忙起身朝智善和尚拜道："晚辈曾得益于先师棋上教化，自是迷于此道，若再得高人指点，实为人生幸事，更为心中所愿，敢向大师乞求天元寺所在，拜师修棋。"

　　智善和尚闻之喜道："方小施主棋上根基深厚，天赋又高，能有此再进之心，日后必得大成，实为棋道之幸。"接着又道："那连云山天元寺在八百里洞庭之南，离此地数千里之遥，寻到那里实非易事，自会吃尽万般的辛苦。"智善和尚随后详细地述说了一番路径，方国涣记下后拜谢了。

　　卜元见天色已不早，便对智善和尚道："和尚，我这贤弟既有了好去处，卜某也自喜得很，回去准备准备，好送贤弟上路，博一个棋上的前程。天色不早，我二人这就辞了吧，日后叫人多送些柴米与你。"

　　智善和尚虽有不舍之意，也自应了，随后将二人送出了草堂外，拉了方国涣的手叮嘱道："方小施主当努力，以图在棋道上得大成就，希望日后再到枫林草堂来展示妙手高棋。"方国涣含泪应了，遂与智善和尚揖手作别。卜元、方国涣走出了很远，回头看时，仍见智善和尚站在草堂前挥手相送。

　　卜元、方国涣二人返回先前的那座小镇上时，天色已黑了，卜元便引了方国涣至一熟人处住了。

　　第二天两人回到了朱七的木屋中，见朱七未曾回来过，卜元有些忧虑道："朱七哥他们可能发现豹子的老巢，我且等等，看他们在何方以烽烬招我。"卜元随后燃了火炉，寻了些肉脯，就着先前剩下的那半葫芦酒与方国涣对饮起来。

一盅酒下肚，卜元叹道："贤弟，哥哥谢谢你从棋上赢来了霸王弓，待哥哥猎杀了那头豹子，再与山中的兄弟们凑些盘缠，好送贤弟上路，寻那什么天元寺去。"言罢，竟流下泪来。

　　方国涣大为感动道："多谢卜大哥成全，小弟日后一定会回来找卜大哥的。"说完，也自感伤。

　　卜元慨然道："可惜老母在堂，无人照顾，不能护送贤弟，更不能与贤弟同游，实为人生憾事。"接着长叹不已。方国涣虽与卜元相处才几日，但二人相见恨晚，不忍分别。

　　卜元连饮了数盅酒，见方国涣也陪着饮了两盅，不由高兴万分。

　　饮至酣畅处，卜元便持了霸王弓，拉了方国涣来到了屋外，指着百步外的一棵碗口粗细的松树道："贤弟，看我射它一弹。"说完，扣弹拉弓，卜元借着酒劲，但将霸王弓拉到了极限处，大喝一声"着"！那弹丸便如流星般飞出，便听"咔嚓"一声脆响，枝叶乱飞，那棵松树竟被拦腰击断。看得方国涣惊呼了一声道："卜大哥，神力也！"卜元仰天哈哈大笑，笑声倒把周围树上的积雪震落许多。

　　这时，东北方向的一处山头上升起了一道浓烟，方国涣见了，忙指了道："卜大哥，烽火！"

　　卜元见状，大吃一惊道："不好！这烽火的烟柱比往常浓大，朱七哥他们有危险，我应速去。"随后急对方国涣道："贤弟且勿乱走，等我回来。"说完，卜元持了霸王弓飞也似地去了。

　　方国涣站在那里目送卜元远去，直至不见踪影，又望了一会儿，觉得有些疲倦，这才回到了木屋内，掩了柴门，躺在床上睡去了。

　　也不知过了几时，方国涣忽被一阵说话声惊醒，起身看时，室内漆黑一片，已是到了夜间了。随见火光闪动，柴门一开，卜元、朱七二人持着火把拥了进来，脸上各溢出兴奋之色。

　　方国涣见了，一声欢呼，起身迎上前道："卜大哥，朱七哥，你们回来了！"

　　卜元一见方国涣，嬉笑道："我还担心野狼进来把贤弟叼了去，好在没事。"朱七这时将火把插在柱子上，室内更加明亮起来。

　　方国涣忽见卜元、朱七二人的脸上、身上都沾有血迹，不由大惊道："二位哥哥可受了伤？"朱七笑道："方兄弟放心吧，我们无事，这是豹子的血。多亏卜元兄弟及时赶了去，二十丈外飞弹击杀了那头母豹，否则今日会有几名兄弟丧命在豹口之下。"

　　方国涣闻之，知道众猎户是与豹子经历了一番殊死搏斗后，才将其制伏的，暗里也自胆战，遂往门外望了望道："那豹子可在？"

卜元笑道："已被其他兄弟连夜抬去镇上卖了，这畜牲今天倒也成全了我们，已有贤弟上路的盘缠了。"

朱七那边高兴地道："是啊！弟兄们听说方老弟在枫林草堂的和尚那里，从棋上为卜元兄弟赢来了霸王弓，都惊喜万分。这可是我们兄弟日夜盼望的宝贝，方兄弟能叫那个清高孤傲的和尚折服，真是一件奇事！听说方兄弟还要出游，接着去长棋上的本事，需要盘缠，大家便连夜把那畜牲处理掉，换些银子，大家再凑些，给方兄弟做个盘缠。"

方国涣听了，大为感动："这般劳动各位哥哥，叫小弟如何回报是好？"

卜元笑道："贤弟勿要客气，你将来是有大出息的人，不能因为少了盘缠而耽误了，明日送你上路便是。"

卜元说完，与已倦极的朱七倒在床上，不一会儿便鼾声如雷。方国涣见众猎户如此义气，心中感激不已，独坐了一会儿，感叹一声，也自睡了。

第二天一早，方国涣、卜元、朱七三人还未起床，柴门一开，拥进来七八位猎户。一个胖子进门就嚷道："老朱，你们说的那个神奇的小兄弟在哪里？"卜元、朱七、方国涣三个闻声，忙都起了来。

朱七随手一指方国涣，笑道："远在天边，近在眼前。"那胖子见了，双手一抱拳道："在下铁五，见过小兄弟，听说你的本事大得很哩！"方国涣忙上前礼见了。朱七接着又介绍了其他猎户，无非是张三、李二、宋八等人。众猎户见方国涣原来是个少年，个个称奇。

铁五这时从腰间解下一包裹，放在桌上打开来，乃是一包银子，约有三十余两。铁五随后对方国涣道："这是兄弟们的一点心意，十两是卖豹子的钱，二十两是大家凑的。山中清苦，别无许多，请小兄弟收下吧。"

方国涣见众猎户如此慷慨大义，心中感激，忙倒地拜道："承各位哥哥大义相助，小弟方国涣没齿难忘，请受一拜。"卜元上前扶了道："大家兄弟，贤弟就不要见外了，况且也是我们兄弟应该做的。"朱七、铁五也上前扶了方国涣，方国涣称谢不已。众猎户都带了酒肉来，此时摆了满满一桌子，一顿吃喝完毕，铁五等人便辞别去了。

送走了众猎户，卜元凄然道："真不放心贤弟一人独行，本想留你多住几日，又恐误了你去做正经事，今天便送贤弟上路吧。"说完，一阵感伤。

方国涣也好生难过，便宽慰卜元道："小弟先前常在外漂泊，已是习惯了，卜大哥勿要担心。"接着又道："刘家庄的刘先生对小弟有救命葬师之恩，应去辞行才是。"

卜元道："贤弟真是有心人，刘家庄自有我去代别，贤弟启程便是。"方国涣道："若不亲去，此番轻别，实为失礼。"

卜元道："来回需一天的路程，见了刘义山，他未必舍得放你走，贤弟自去了，免得麻烦。"方国涣沉思了片刻，然后道："也罢，就有劳卜大哥了，请带话给刘先生，方国涣不会忘记他的大恩的，日后必去拜谢他。"

　　方国涣与卜元随后别了朱七，上了大路后，卜元又送出了十余里，二人这才洒泪而别，方国涣自家孤身去了。卜元回来路上，又猎了一头獐子，提着到了刘家庄。见了刘义山后，把事情经过说了一遍，刘义山惊异之余，自是抹泪感叹不已，但把那刘财、刘禄兄弟二人听得呆了，没想到方国涣会生出这么大的举动来。卜元把獐子留在了刘家，说是代方国涣所赠，然后别了刘氏父子，急回家中看望母亲去了。

第三回　陀螺观

且说方国焕别了卜元，孤身独行。先前随师父方兰漂游四方，也走惯了，此时虽然有种失落孤单之感，却也适应。但想早一日找到天元寺，寻得高人指教，在棋上有所长进。这也是方国焕少小跟随方兰习棋，久之成瘾，觉得这棋上果然奥妙无穷，一心想修得个棋道正果。有此念牵着，路上虽风餐露宿，劳顿辛苦，也自咬牙坚持了。

走了数日，途中遇见一队做生意的商人，见方国焕少年独游，商人们便把他收在商队中同行。到了郑州，商队便转向徐州去了，方国焕于是别了商队，一路向许昌而来。

这日，方国焕走到了一个叫吴家集的镇上，走得久了，感到饥渴，欲寻茶肆买些东西吃。

此时街上忽一阵骚乱，遂见一名粗壮的汉子挥着根木棍正在追打一少年，那少年十二三岁的年纪，此时被打得捂着头四处乱窜。

方国焕正惊愕间，忽从人群中闪出一人，将那少年拦腰抱住，顺势往地上一摔，口中得意地叫道："让你小子跑，虎爷，我抓住他了。"显是来了一个帮凶。

那粗壮汉见了，狞笑一声道："阿西，来得正好。"接着抡起木棍，一阵乱打。那少年被打得满地翻滚，但却倔强得很，咬着牙不吭一声。

围观的人群中，有人小声议论道："不知这孩子如何得罪了吴老虎，竟遭这般毒打，真是可怜！"有胆小怕事者，远远地避开了。

方国焕见那少年被如此痛打，已是忍耐不住，喊了声"住手"！便从人群中走了出来。这一声喊，人群立时被惊住了。

那吴老虎先是一怔，举在半空中的棍子慢慢地收了回来，见是一少年站在面前，便斜着眼睛瞟了瞟方国焕，冷冷地道："小子，干什么的？为何多管闲事？"

方国焕一拱手道："我是过路的，有理说理，为何胡乱打人？"旁边的那个叫阿西的无赖，仗着那吴老虎在，凶巴巴地道："这小子欠我们虎爷的钱，怎么？你小子也想找打？"说着，拦住了方国焕的去路。

方国焕并不畏惧，便对那吴老虎道："不知这位小兄弟欠了阁下多少钱？

我来替他还。"此言一出，人群中一阵噪动，那个趴在地上的少年不由得抬头望了方国涣一眼，自流露出感激和几丝的疑惑之色来。

那吴老虎闻听此话，忽然哈哈大笑，蓦地笑声一止，瞪着双眼，恶狠狠地盯着方国涣道："你小子拿什么替他还债？"

方国涣见事已至此，也自豁出去了，毅然道："欠债还钱，不知这位小兄弟欠阁下多少？"吴老虎伸出左手五指在方国涣眼前一晃。

方国涣心中不由一紧。"五百两？"

"五两白银！"吴老虎这边逼上前道。那少年这时却大声喊道："不对，才一两银子。"吴老虎闻之怒道："按老子的利息来算就是五两。"说着，转身想去踢打那少年。

方国涣见是五两银子，心中一松，也不愿与吴老虎计较，忙上前拦了道："且慢，五两银子还了你就是。"方国涣随即从怀中掏出一包银子，拣了一块五两重的银锭，递与吴老虎道："银子还你，请放过这位兄弟吧。"

也是方国涣粗心了些，手中布包里的银子尽被那无赖阿西收在了眼中。吴老虎这时伸手抢过那五两银子，倒也没再多事，对那无赖阿西一摆头道："阿西，无事了，走人。"那无赖不怀好意地望了方国涣一眼，便随吴老虎分开人群去了。围观的人群中有人赞扬了方国涣几句，见无热闹可瞧，便各自散去了。

方国涣这时上前扶起那少年道："小兄弟，没事吧？"那少年俯身拜谢道："多谢这位大哥相救。"方国涣忙扶了道："快快请起，现已无事了，快些回家去吧，日后切勿再与这些恶人牵扯。"

那少年闻之，神色忽变得黯然，低头叹息了一声道："我没有家。"方国涣闻之一怔，一种同是天涯沦落人的感觉油然而生，便安慰道："你可以去投奔亲戚。"

少年闻之，摇头叹道："爹娘早亡，两年前被叔婶赶出了门，天下间哪里再有什么亲戚可言。"说着，竟流下泪来。方国涣见那少年刚才被人毒打时不吭一声，此时说起凄苦的身世却伤感落泪，心中恻然，慨叹道："你我二人一般命苦，都是无家可归的人。"

那少年闻之一怔，听说方国涣也无亲无故，立即收了泪毅然道："哥哥好讲义气，日后但跟了我罗坤吧，保证饿你不着。"方国涣闻之笑道："饿不着，却被人家追着打。"

少年听了，神态大窘。

方国涣又笑道："原来你叫罗坤，是罗贤弟了。我叫方国涣，交个朋友吧。"罗坤听了一喜，随即有些为难道："方大哥，那五两银子我一定设法还你。"

方国涣摇头道:"钱财乃身外之物,贤弟何须过虑。走,我们吃些东西去。"罗坤闻之,越发感激,摸了摸怀里,没掏出什么东西来,脸一红道:"本该我请方大哥来酬谢才是,可是……"方国涣笑道:"你我兄弟,不必客气。"自拉了罗坤进了一家饭铺。

　　方国涣见罗坤脸上有些血迹灰土,便向店家讨了一盆水来,帮着罗坤洗净了。污垢一去,罗坤原来是一个英俊的少年。方国涣随后要了两碗肉汤、十几个包子和罗坤吃了,见罗坤饭量颇大,显然是饿了一天了,又多要了几个包子来与他吃。罗坤心中感激道:"这位方大哥对我真是好,日后必以性命相报才是。"

　　二人吃毕,出了饭铺。罗坤问道:"不知方大哥要到哪里去?"自有不舍之意。方国涣道:"我要到一个叫连云山的地方,寻一个好的去处。你我二人有缘,贤弟既然无家可归,且随我一起去了吧,将来共同找一个安身之地如何?"

　　罗坤听到此,忽然落下泪来。方国涣惊讶道:"贤弟为何如此?难道不愿随我一路跋涉不成?"罗坤连忙摇头道:"小弟这是心里太激动了,方大哥愿意收留我,实是喜欢得很,无论有多大的苦,也愿去受的。"

　　方国涣笑道:"原来如此,现在你我便是兄弟了,日后有什么甘苦,同当便是。"罗坤大喜,跪地叩头道:"请方大哥受小弟一拜。"方国涣急忙扶了罗坤,兄弟二人握手言欢。

　　方国涣此时见天色已不早,便对罗坤道:"你我先寻个去处休息一夜,明日一早再赶路。"罗坤道:"郊外有一座破旧的道观,唤作陀螺观。以前住着一名香火道人,这几年也不知去了哪里,如今却是小弟的安身之处。方大哥若不嫌脏,去委屈一夜如何?"

　　方国涣点头道:"能有遮风挡雨的去处便足矣了,这就过去吧。"罗坤大喜,引了方国涣向镇外而去。

　　二人出了街口,方国涣忽见路旁端坐着一名道人,面前铺了一块发黄的旧布,却在上面绘了幅棋盘,布列了一盘残局,旁边地上用炭笔写着两行字:破此棋局者,得银二两。

　　方国涣心中一动,停下来细观之后,才知是一盘走势复杂的"死活棋"。罗坤一旁道:"方大哥走吧,这道士在此地摆摊许久了,无人能走得了他布的棋局,那二两银子是唬人的。"方国涣道:"看看无妨。"

　　那道士见两个少年在棋摊前停下,笑问道:"两位小居士也来弄棋吗?"方国涣细观了片刻,暗自点了点头,便从旁边备用的棋子中拾了一枚黑子,伸手落定棋盘中。那道士忽见方国涣竟然持子应棋,不由一怔,待凝视方国涣所落子之处片刻,忽面呈喜色,随手应了一白子,方国涣顺势又应了一手黑棋。

　　那道士见了，俯身注视了棋盘一会儿，忽然释然般地哈哈大笑，随即站起身来，惊喜道："小居士真乃国手也！贫道被此残局困扰了一年，以为天下间无人能走得活，今被小居士妙手点通了玄关，解去了贫道心中的一件憾事，如此多谢了。"言罢，向方国涣深施了一礼。罗坤一旁看得呆了，心下惊讶道："原来方大哥还有这般神奇的本事！"

　　那道人这时从怀中摸出几块碎银子，双手呈于方国涣道："些许银子敬奉小居士，以谢解惑之恩。"

　　罗坤见了，喜道："好极！好极！方大哥这般下去，便成财主了。"方国涣知道那道人摆棋设摊，是为了解心中棋上的困惑，敬他好棋若此，便推却道："举手之劳罢了，哪里敢收道长的银子。"那道人一怔道："贫道岂能言而无信，守此地年余，也遇上许多好手，可谁能有小居士这般大手段，此银不成敬意，贫道专备酬谢的。"

　　方国涣见这道人于棋上却也痴迷得很，便笑道："道长勿客气的，这银子还是你自家留了吧。"说完，拉着罗坤跑开了。那道人望着二人远去，呆立了许久，随后如释重负般地长吁了一口气，收了棋摊，感叹一声去了。

　　罗坤对方国涣解了那道人布的棋局，并且不收酬金大加赞叹不已，一路引着方国涣来到了镇郊的一座破旧的道观内。这道观破旧不堪，野草丛生，尘网四布，在香案下面有一堆乱草，显是罗坤睡觉的地方。

　　方国涣见了，想罗坤长居此间，心中自是一阵感伤。罗坤这时道："方大哥，这陀螺观便是小弟的栖身之处，虽简陋了些，却是不花钱的。"说完，从一尊没了头颈的神像后面抱出几块木板来，搭在香案上，然后又在上面铺了层干草，便自成了一张床。

　　罗坤忙完后，笑让道："请方大哥上床安歇。"方国涣见了，笑道："有劳贤弟了。"随后二人便在陀螺观内歇息了，促膝长谈，甚是相得。不觉间，陀螺观内暗了下来，天已是黑了。兄弟二人又说了许多话，罗坤尤为兴奋，夜深时，二人才不知不觉睡去。

　　方国涣由于白天走得倦累，睡得沉了些。不知几时，睡梦中忽被一阵浓烟呛醒，起身时感到观内浓烟笼罩，时见火光，偶听得外面有人喊起火之声。方国涣大惊之下，睡意全无，寻找时，已不见了罗坤，见火势愈猛，便急忙冲了出来。此时，天已微亮了。方国涣回头再看时，陀螺观已被烈火浓烟埋住，心下大急，惊呼罗坤，却不知去了哪里。

　　这时附近几位起早的农人赶了过来，见方国涣无恙而出，一位老者庆幸道："你这孩子真命大！若再晚出一会儿，便会埋在里面烧死了。"

　　方国涣急忙问道："老人家，可见我的罗坤贤弟？"那老者道："你说的可是经常住在这陀螺观里的罗家少年？"

方国涣道："不错，就是他，可知他去了哪里？"老者道："老夫起得早，远远见了这观内起火时，那罗家少年追赶一个人往河沿去了。"方国涣闻之一惊，忙问清了方向，谢过老者，转身追了下去。

方国涣追出了三四里，仍不见罗坤的踪迹，心中大急。沿着河边一路找来，忽见一树枝上挂有一片布条，似从罗坤所穿的衣衫上撕下的，并且还沾有血迹，方国涣立时胆战。又见河岸边有人滑下去的痕迹，方国涣心知不妙，急往下游追寻了一阵，仍无所获，四下喊了多时，也自无人应。方国涣心中一凛道："难道罗坤贤弟遭受了什么不测？"

方国涣悬着心思，怀着一线希望复转回了陀螺观前。陀螺观此时早已烧塌，火势燃尽，废墟上冒着残烟。望着焦黑的断墙残壁，方国涣泪水涌出，一时间万分的凄楚。在烧毁的陀螺观前，方国涣候了两日，希望出现奇迹，罗坤突然地转回来。到了第三天，方国涣料定罗坤已经遭遇不测，不可能回来了，便怀着无限的伤感与悲痛，离开了已成废墟的陀螺观，自家哭着去了。

再说那一晚，罗坤与方国涣倾心而谈之后，自家兴奋异常，想日后能随方国涣同游天下，心中欢喜之极，翻来覆去，想了许多将来高兴的事。

罗坤似睡非睡，蒙眬中隐隐听到外面有些声响，心中大异，便起身悄悄来到了观外。忽见一黑影蹲在角落里打火，火燃时，借着火光一闪，罗坤识出那黑影竟是镇上的无赖阿西，心知此人要使坏，趁阿西不备猛然扑了过去。

原来那无赖白日在街上见方国涣怀中揣了许多银子，心中便起了歹意，知道罗坤常在郊外的陀螺观内居住，料定今晚方国涣也会随了罗坤去那里过夜，也自没把这两个少年放在心上。那无赖躲在家中睡了一觉，准备夜深人静时动手。一觉醒来后，知自己差一点误了时，便悄悄溜到了陀螺观。时值黎明前的黑夜，陀螺观内黑暗不能辨物，那无赖胆小不敢硬摸进去，索性一咬牙起了杀机，欲放火把陀螺观烧了，将罗坤、方国涣呛昏烧死里面，然后再取了银子走人。那无赖于是找了一把干草，用火石打着了火。忽见一人直扑过来，心中一惊，本是做贼心虚，扔了燃着火的干草，挣扎开去，转身就跑。罗坤已知那无赖要谋财害命，气愤之极，紧追不舍，那把干草就势引燃了陀螺观。

无赖阿西一直跑到河边，见身后之人仍苦苦追赶，回头看时，天已微亮，识得是罗坤。那无赖毕竟做贼心虚，见了罗坤，又惊又怕，见甩脱不掉，欺罗坤年少力薄，索性转身迎住。厮打时，罗坤力弱不支，被那无赖打昏。恐罗坤日后张扬告发此事，那无赖一狠心，便把罗坤拖到河边推了下去，见四下无人，慌慌张张地逃回家去了。这也是罗坤的劫数，如果他当时叫醒方国涣，或者大喊一声，也不至身单力孤被阿西算计。

且说昏迷中的罗坤在河水中顺流漂下，所幸被一位渔夫救起，待他醒来已是三天之后了。罗坤拜别了渔夫急急赶回陀螺观时，却见那陀螺观已经成废墟了。罗坤呆怔了片刻，以为方国涣已被大火烧死，悲切之下，不由放声大哭起来。

哭声惊动了附近的一位农人，也就是与方国涣说过话的那位老者，闻声来到跪哭的罗坤身旁，用手拍了拍他的肩头道："罗小哥，你在哭什么？"

罗坤抬头，识得那老者人称田翁的，便悲痛地道："我的一位好心的哥哥被烧埋此处了。"田翁道："可是与你相仿的那个年轻人吗？"罗坤哭道："正是方大哥，是我害了他的。"那田翁已知原委，便哈哈大笑起来。

罗坤见了，起身怒道："你这老头，也是个幸灾乐祸的人，有什么可笑的。"那田翁笑道："老夫笑你在哭活人。"罗坤闻之一怔，诧异道："此话怎讲？"田翁道："那日陀螺观火起之时，你那哥哥从观内无恙而出，四下寻你不着，竟在此地候了两日。昨日大早，老夫见他哭着走了，也不知去了哪里。"罗坤听罢，立时惊喜万分。

陀螺观的一场大火，令方国涣、罗坤二人走散，因方国涣先自去了，致使罗坤大为失落。别谢了田翁后，罗坤寻思道："都是那无赖阿西分开了我与方大哥，还有那吴老虎，这二人着实可恶！"罗坤心中便燃起了一股怒火，几日后夜里趁吴老虎与那无赖阿西不备，放火焚烧了二人的家宅。这两把火烧得很是厉害，连及了周围十几家住户的房屋。罗坤心知事情闹大，恐官府追究，便逃离了吴家集，寻找方国涣去了。

起初，罗坤听方国涣说起过，要去一处叫连云山的地方，便四处打听，人多不知，虽得了两处重名的地方，也自寻了个空。

转眼半年时间已过，罗坤流浪了许多地方，仍无方国涣的半点音信，心犹不甘。罗坤与方国涣虽然结识仅一天时间，但二人感情上已处得十分融洽，罗坤自把方国涣当作亲人一般看待了，暗中发誓，就是走遍天涯海角，也要找寻到方国涣。

这一日，罗坤走得倦了，坐在路边纳凉歇息，此时一位骑驴的老者远远而来。罗坤见那老者摇头自吟，看模样，似饱读书卷、阅历极广之人，心中一喜道："这老头一大把年纪，必然见识得多，也许能知道那连云山所在。"想到这里，罗坤便起身迎拜道："老人家请了，可否打听个地方？"

那老者止了毛驴，大咧咧地道："什么地方？只管说来，老夫熟知天下地理，无有不知去处者，但有其名，便知其地。"

罗坤闻之大喜，庆幸果然问对了人，于是道："老人家可知道连云山所在吗?"

"连云山?"那老者沉思了片刻,随后道:"听说关东有一座宝山,其巅峰上连云海,尽为白雪所覆盖,四季可见,似与云接,你问的莫非是此山?"

罗坤但听是宝山与云相连,形态相似,便自喜道:"就是此山了,请问老人家,怎么个走法?"那老者自有些得意道:"老夫所言,从无错理,你若去那连云的宝山,可至山海关,出长城,奔关外,关东之人无有不知此山者,那里一问便知。不过关东的女真人凶悍野蛮,你此去倒要小心了。"罗坤欣然道:"多谢老人家指路之恩。"深施一礼,拜别而去。

罗坤一路行来,初秋时分,到了山海关内一个叫古平镇的大镇上。这古平镇是关内关外交界的北方重镇之一,尤以这个季节,关内外的商家会聚于此,镇上一下子便热闹起来,南来北往的各色人物四下云集,单行的、结队的,彼此各怀心思。

罗坤寻至了一家马店,心下道:"需在这里歇脚,明日好出关。"此时马店内人声鼎沸,好不热闹。十余名伙计,端酒送菜,上水献茶,招呼着爆满的客人,忙得团团转,无一时的闲暇。罗坤看准一个机会,便上前帮着伙计们忙了起来,一名伙计感激地朝他笑了笑。这是罗坤一路上讨吃喝的法子,他觉得帮人做些活计再要些吃的来,比直接伸手讨饭强许多,此法时常奏效。虽然有时也遭人不予理睬和白眼,甚至让人赶走,但大多时候都会得到善待。

罗坤正帮着伙计们忙前忙后,那马店掌柜的恰好出来看见了,走到近前拍了拍他的肩头道:"小兄弟,好好干,一会儿准让你吃个饱。"显然是见罗坤是一个讨饭流浪的乞儿,见他会来事,也自喜欢。罗坤自对掌柜的感激一笑。那掌柜的见罗坤生得机灵,还透出几分朝气来,满意地点了点头。

这一忙直到半夜,客人们才渐渐少了,伙计们彼此才松了一口气,几名伙计便招呼了罗坤过来一起吃饭。一名伙计道:"小兄弟来得真及时,帮了我们一个大忙。"另一名伙计道:"小兄弟吃完饭后若无去处,可到后院柴房里过一夜便是。"罗坤听罢,正中下怀,忙自谢过了。这时,马店掌柜的笑着走了过来,伙计们见了,忙都起身施礼请安。

那掌柜的招招手示意伙计们坐了,随后走至罗坤跟前道:"小兄弟,要吃饱,不知你明日要到哪里去啊?"罗坤忙应道:"回掌柜的,小人准备到关东去。"

"哦!"那掌柜的点头道,"原来如此。"接着又道,"本掌柜平时最懒得理会你们这些流浪儿,不过见你还精明些,给你介绍一个吃饭的去处如何?"

罗坤摇头道:"多谢掌柜的看得上眼,我只想到关东去,不想留在此地。"

掌柜的闻之笑道:"给你找一个吃饭的去处还不干,你自家身无分文,到哪里还不一样。罢了,实话对你讲,后院楼上住着一位做大买卖的广东老客,明日就要出关，身边急需一个精明能干的听随。因为这位客人年年都在本店歇脚，信得过本人，故托了这件事来。你既然也想出关到关东去，不如随了那位广东老客，顺路同行，听些使唤就是了。每日不但能有三顿饭供着，回来时，还有几两银子的工钱算与你，哪里去找这等好事去。你若同意，这就随了我去见那客人，不同意，我再另寻别人。"

罗坤听罢，心中思量道："这样也好，关东那边自家不知个深浅，且随了他去，路上也得些照应，到时候再做计较。"

想到这里，罗坤便上前谢道："既然如此，还请掌柜的成全小人这个差事。"掌柜的闻之大喜，便拉了罗坤向后院而来，并且叮嘱罗坤道："若是客人问起，你就说是这镇上人家的孩子。"罗坤应了。

掌柜的领了罗坤转向后院，上了二楼，来到一间客房门前。掌柜的上前轻敲了一下门道："王先生，睡了吗？"里面有人应道："宋掌柜，进来吧。"那宋掌柜便拉了罗坤进了房间内。此时在灯下端坐着一位富态的中年人，庄重肃然，神色沉稳。此人叫王怀，广东的商人，每年秋尾都到关外走上一回，贩运山货药材等关东特产。

宋掌柜这时把罗坤往前推了推道："王先生，这就是我给您找的孩子，很能吃苦的。"罗坤忙上前施礼道："罗坤见过王先生。"

王怀见罗坤也自精明些，微点了一下头道："很好，以后你就在我身边做事，回来时，自不会亏待于你。"随后在桌上的包裹里取了二两银子，递与掌柜道："有劳宋掌柜了，这个孩子我很满意，给你些许银子，是个意思。"

那宋掌柜接过银子，满脸堆笑道："能为王先生做点事，应该的，应该的。"接着朝罗坤叮嘱道："好好侍候王先生，回来后，我也有赏钱与你。"说完，那宋掌柜便告辞退出，高兴地去了。

王怀见宋掌柜去了，便走到一侧墙边，用手掌在墙上拍了几下。时间不大，门一开，进来一名年轻人，对王怀施了一礼道："叔叔唤侄儿何事？"

王怀便指了一旁的罗坤道："他是我新找的听随，以后听个使唤，你领去歇了，明日要早些出发。"

那年轻人望了罗坤一眼，应道："侄儿知道了。"王怀又看了看罗坤上下，见他衣衫也破旧了些，便对那年轻人道："云平，你去伙计们的衣服中，寻一身合适的与他换了。"那王云平应了一声随后与罗坤退了出来。

到了隔壁房间，罗坤见南北两张大床都躺满了人，显然是商队的伙计们，此时有的已睡了，有的还坐着说话。

王云平对其中一人道："张路，你给这位小兄弟找身干净的衣服，他是我叔叔新找的听随。"那张路见了，一喜道："很好，我们商队又多了一个新伙计。"随即在一包裹内翻了翻，找出一套青衫来。

第三回 陀螺观

那张路便递与罗坤，很友好地道："小兄弟，这套衣服给你穿了，不要钱的。"罗坤感激地谢过接了。

王云平这时对罗坤道："小兄弟，你就靠他睡。"说完，自到一头躺下了。张路便让出了一块地方，招呼罗坤过来歇了。那边王云平此时发话道："都睡吧，明日还要早起的。"伙计们便都倒下睡了。

第二天，天还未亮，马店的客人们大都起了来。一时间，马店后院的马厩、货仓等处，立刻繁忙起来，拉马的，套车的，吵吵嚷嚷，好不忙碌。罗坤随伙计们简单吃了些东西，便来到院中。此时发现，商队共有十余辆大挂马车，四五十人，其中大多数伙计的身上都佩有刀弓利器。有一武师模样的人，腰挂硬弓，背负一口单刀，骑在一匹大青马上，显得威武十分。身后两骑，乘着两名粗壮的大汉。张路一旁告诉罗坤道："此人是王老板雇的随队镖师，叫黄魁的，带了两名徒弟负责商队的人货安全。"王云平此时与罗坤、张路站在楼下的楼梯口处，候着王怀出来，其余人等都在后面立了。

时间不大，王怀从房间中走出，见楼下的车货、人马都已收拾停当，整装待发，满意地点了点头，慢慢走下楼来。当王怀走至楼梯中间，不知怎么，脚底突然一滑，竟从楼梯上摔了下来，大头朝下直落。原来这马店的楼梯侧靠着一面墙壁，简陋得没有遮拦，所以王怀一下子便从梯道上滑出坠落，而正下方又有一块废弃的石磙，情形自是万分危急，院中诸人不由齐声惊呼。

罗坤离得近些，见事发突然，大惊之下，来不及多想，冲上前去用身体托垫了王怀一下。王怀体重，落势又猛，自撞得罗坤眼冒金星，与王怀同时滚倒一旁。此时王怀的头部仅距那石磙半尺之遥，多亏被罗坤接转了一下方向，否则不堪设想，院中诸人自都惊出了一身冷汗。王云平、张路二人忙上前将王怀扶起，见无大恙，这才心安，各叫了声"侥幸"！

王怀稳了稳神，摇摇头道："好险！好险！"见罗坤昏昏然坐在地上，忙上前扶了，感激地道："多谢了，多谢舍身相救，你无事吧？"

罗坤呆怔了半天才缓过劲来，挠挠头，回想着发生了什么事，见王怀安然无恙，也自欣然地笑了笑。

王怀见罗坤这般，喜道："好样的！你我真是有缘，昨晚刚收了你，今日便救了我一命，实为王某造化，不该命丧他乡。"

这时，宋掌柜闻讯赶了来，已是吓得变了脸色，见王怀无事，暗松了一口气，忙着赔不是。

王怀愠色道："王某险些在你这店里丢了性命，如此破旧的楼梯，全然不顾及客人的安全。宋掌柜这般做生意，乃是在砸自家的饭碗。"宋掌柜忙赔礼道："王先生教训得极是，回头马上叫人修，保管王先生从关外满载而归时，不会再见到现在的样子。"

王怀应了声道："但愿如此。"随即一挥手道："给罗坤兄弟备马，出发。"张路忙牵过来一匹马道："此马驯服，正合罗兄弟用。"接着众人各上了马匹，商队便出发了。

　　王怀因罗坤在危急之中舍身救护了自己，心中感激，便与罗坤在前面并马同行，语气上自然亲近了许多。伙计们见罗坤初来便立此大功，受此礼遇，都十分羡慕。谈话中，王怀知晓了罗坤是一个孤儿，自又添了几分怜意。待罗坤说出自己的目的时，王怀更是佩服他的义气和毅力，也自生出几分敬意来，但是王怀肯定知道罗坤找错了方向，便对他道："关东本无连云山之名，罗兄弟所说的乃是长白山。"

　　罗坤听罢一惊，一时间不知如何是好。王怀宽慰道："罗兄弟也勿着急，待从关外回来，带你去南方，王某自会派人帮你寻找那位朋友的。"

　　罗坤心中思量道："看来也只好如此了，且随王先生到关东走一遭，见见关外的风光，也不枉来此一回，日后再去寻连云山找方大哥吧。"想到这里，罗坤便向王怀谢过了。王怀见罗坤愿意随自己走一回关外，心中也格外高兴。

第四回　雌雄宝参

　　罗坤随了王怀的商队离了古平镇，一路向山海关而来。罗坤见那十几辆马车上的货物多用油布遮着，不知载些什么，便对王怀道："王先生，既到关东去贩货，为何又带了这许多东西来？"

　　王怀道："从广东到关东，路途遥远，带现成的银两走路甚是不便。车上所载，都是丝绸、茶叶等江南好货，到关东换取些毛皮、药材等山珍特产，如此一回当获利十几倍，乃是商家常营之术，比那单单带了银子去收购，却要实惠得多。"罗坤闻之，暗自惊讶不已，知这商家也有大术。

　　行至中午，商队便已到了天下第一关的山海关前，远远地见到了长城，伙计们都显得高兴起来。罗坤初次见到长城，立时惊叹万分。见那逶迤的城墙，如巨龙一般，盘走于高山峻岭之间，绵延而去，不见尽头，甚是雄伟壮观，罗坤一时间竟看呆了。

　　山海关关口有戍兵把守，验了商队的行文，收了卡金，便放出关了。罗坤在马上左右盼顾长城，啧啧称奇。

　　王怀见了，笑道："不到长城非好汉！这一回，罗坤兄弟也算是一个好汉了。"张路旁边笑道："没有亲自登上长城，一经而过，不算数的，待回转时得空再上去看看吧，心情又不一样的。"王云平道："上去久了，也是累人，不如远观的好。"

　　王怀这时问众人道："你们可知这万里长城的典故吗？"那边镖师黄魁应道："秦始皇修长城，这些谁人不知。"

　　王怀又道："黄师傅，你可知秦始皇修筑长城的真正用意吗？"黄魁道："乃是巩固边防，以阻夷族扰内，适才出关时，不是见有戍兵把守吗？先生这般问，难道还会有别的意思来？"王怀点了点头道："世人所知，经史所载，都认为长城是阻挡外夷入侵之防地，是与战事有关的，这是只知其一，不知其二。这其二才是最重要的，也自是秦始皇修筑长城的真正目的所在。"众人一听，都来了兴致。

　　王云平忙道："还望叔叔说与我等明白。"王怀道："也好，说出来让大家解解闷吧。"接着便道："我有一故人，是位风水地理名家，自号霞云先生。"王云平道："可是一年前曾到过家里的那个疯子？"王怀道："正是此人，其实霞云先生虽然形态不拘，却是一位身怀异术的世外高人，尤善地理风水之术。"

张路一旁道："风水之术，骗人的把戏罢了，这些术士之中又能出什么高人来。"王怀道："地堪风水之术，玄奥难懂，然也有极为灵验之例，上至求官禄，下至问财丁，多得助于风水一学。"张路一旁极欲想听故事，便问道："不知那霞云先生对长城怎么说？"

王怀这时缓缓地道："霞云先生曾言，万里长城实为地堪术上的一种'长龙引水局'，又名'苍龙引水局'。"

众人听罢，都觉得新鲜离奇，忙问其详。王怀便接着道："当年秦始皇灭六国统一天下之后，时值天下初定，人心思治，当以止怨安民为首务。可那秦始皇却迫不及待，倾全国之力来修筑这万里长城，是因为秦灭六国之后，天下间的奇人异士都网集到了秦始皇一人手下。其中有位高人向秦始皇献定国安邦之策，便是设此地理风水格局，以保大秦江山'子孙万世之基业'。后世史学家对秦始皇修筑长城的真正目的不知，但以经史为准，故无异议者。"

黄魁一旁接道："先秦以前，燕赵已各筑有长城，秦始皇只不过接而扩之罢了，如何能与地堪术有关？"

王怀道："战国时，燕赵之长城，实为边防之用，然而这些只不过是'散龙'，秦始皇一统天下，自然要全一条'长龙'了。其实亡国之因很多，高而厚的城墙，是挡不住敌人千军万马的。秦始皇也深知这一点，所以举国修长城，非以城墙拒外夷，而是在地理上固江山。当时修筑的西起临洮，东到东辽海口的长城，意在引东海之水。"王云平讶道："这如何能引东海之水？"王怀道："意引而已。想我中华大地，已有长江、黄河两条'水龙'，滚滚东流直入大海，龙之脉气四布，哺育我大汉民族。'苍龙引水局'再引东海之水，令水气回复，以示风水轮转之意，可保一朝永世。万里长城以其雄伟之势，布成了天下最大的一式风水格局，欲以人力胜天，永定天下。"

众人见王怀讲得玄乎又玄，却好像也有些道理，听兴愈浓。王云平问道："既然有这般风水格局保佑，大秦当永世才对，秦朝却又为何亡了呢？"

王怀道："这里原因很多，一是秦始皇死得早，没有最后定局成形，故水气不复，龙脉不显。"黄魁一旁笑道："先生真会讲故事，长城自古便是边关防地，战事之用，哪里会生出这般玄论怪谈。"

王怀道："既做兵家防地之用，以阻外族扰内，仅在战略要地修筑些也就罢了，却又为何延伸到高山峻岭之中，人马所不能至之处？况且耗费了巨大的人力、物力，以致逼得百姓造反，天下不宁，难道秦始皇不明白这个道理吗？""这个……"黄魁倒被反问住了。张路一旁道："最后秦朝还不是很快灭亡了，这'苍龙引水局'一点作用也不起的。"

王怀这时叹息一声道："以人力胜天，要有个过程的，秦始皇急于求成，以图早定国基，甚至不顾民声哀怨。此风水格局布得太大，还未成形之际，中间又被一女子哭泄了'龙气'。"

　　张路笑道："可是孟姜女哭长城？"众伙计闻之，哄然而笑。王怀点头道："不错，正是这个孟姜女。"

　　黄魁一旁道："孟姜女哭长城倒是有此事的，民间流传甚广，如今长城边上，还有座'姜女庙'呢。可也怪了，这孟姜女果真能把长城哭倒？"

　　王怀道："孟姜女实为江女，江女者，龙女也！"张路惊讶道："这与名字有什么关系？"王怀道："未曾闻三国时的凤雏庞统死于落凤坡吗？"

　　张路道："巧合罢了。"

　　王怀道："巧合之事便是非常之事。那孟姜女或许就是江中的龙女转世，用已成人形之龙女怨哭未成全形之苍龙，苍龙不忍，故自毁其形八百里。那长城被孟姜女哭倒之后，秦始皇大为惊怒，欲杀破他龙脉之人。后有高人献策，说孟姜女乃是龙女，故能哭破'苍龙引水局'，是为怨气太重之故。长城龙气既泄，再无补救之法，唯可缓补者，便是让秦始皇娶孟姜女为妻，消其怨气，以人稳天。想那阿房宫内丽人无数，孟姜女纵有天仙之貌，秦始皇也不会理会这个破他国家龙脉之人，但为了补救'苍龙引水局'，秦始皇不得不为之。哪知孟姜女是一刚烈女子，千里寻夫不着，竟投水而死，所以长城的龙脉之气在秦始皇时就已泄了。虽然以后还在继续修筑，也是想保其余气而已，但已无什么大效了。"

　　众伙计听后相视而笑，暗里直道："谬论！谬论！"

　　王怀这时仍然滔滔不绝地道："秦始皇当初修筑长城时，为了防止民间再有高人异士识出这种'苍龙引水局'，便'焚书坑儒'，以愚天下之人，那时有许多奇书都给毁了。长城龙脉气泄，便失去了地理术上的作用，但做边防之用，又出现了朝代更替的局势。"

　　王云平问道："如今的长城就不能再有那种神秘的作用吗？"王怀道："霞云先生说过，长城虽失定国安邦之力，但其灵气犹存，可惜历经战乱毁坏，多有残缺，龙尾处遂成荒凉沙漠，是为水气不复之故。若重修整治，使龙头一贯龙尾无断残处，也有逐沙漠变绿洲、保持国运长久的作用，'长龙引水局'还是有些灵气的。所以本朝尤重视长城的修复，以至有了东起鸭绿江、西到嘉峪关的长城来，除了边防之外，或许也有这些个缘故，别有深意的。"

　　王云平又道："一路看来，长城好像不是一条远去的，还有并行的，相距也远了些。"王怀道："听霞云先生说，这是几条'伴龙'，有护卫主龙脉的作用，如果长城从海口一连至底，灵气可就大了。"王怀的这一番长城之论，把伙计们听得云山雾罩，各自摇头冷笑。罗坤一旁暗赞道："王先生可真有学问！"

商队又前行了两日，便进入了女真人的地界。明朝曾在关东设置了奴儿干都司卫所，随着女真人的逐渐强大，奴儿干都司卫所便慢慢失去了作用，不过女真各部落与关内民间的生意往来暂时还没有间断。关内的丝绸、茶叶、工艺品、铁器等货物运往女真各部落，换回牛马、毛皮、药材等关东特产，尤以秋季往来繁忙显著。

王怀的商队来到一处关卡前，忽见关卡上布满了女真兵马，正在严密搜查每一位入关卡的人和每一件货物，而对出关卡的人马货物一律放过，气氛较以往紧张。商队众人不知其故，心中纳闷。

王云平前去缴纳了关卡税金后，回来对王怀道："叔叔，没什么大事，只不过女真人在搜寻什么要紧的东西。"王怀听了，心中略有一丝不安。商队过了关卡，又继续赶路。

罗坤初至关外，一路所见关东风光，尽与中原大不一样，少年心性，自是高兴起来。商队一路行来，尽可能地选择人口密集的镇子，再寻马店投宿安歇。

商队又前行了几日，感觉气温比关内凉爽了些，高山密林渐渐多了，王怀、黄魁等人的神情便有些紧张起来，警惕而行。

午后，商队进入了一片平原地带，众人稍松了口气，张路自与几名伙计说笑起来。就在这时，忽见前方尘土大起，百余骑迎面而来。黄魁见了，惊呼一声道："马贼！大家当心了。"众伙计大惊，各亮刀枪，围护了车马货物。

王怀此时虽脸色大变，却也故作镇静，高声道："大家莫慌，见机行事。"转瞬间，那百余骑风卷而至，马上尽是些剽悍的蒙面人，刀枪舞动，来势汹汹。在距离商队数十米处，为首两人收住坐骑，其中一人一扬手，五六十骑分抄商队两侧，顷刻间便把人马车货围了起来。

黄魁见事情不妙，也自壮着胆子引马上前，一拱手道："不知各位是哪路的好汉？"随即抽出了背上的单刀。

那边为首的一名黑衣人，此时一声冷笑，从马背上解下一张巨型硬弓来，搭上一支长翎箭，对准黄魁喊了声"着"！弓弦响处，一箭飞来。黄魁大惊，刚要举刀拨挡，其箭已到，正击在那柄单刀刀背上，但听"当"的一声脆响，单刀竟折为两段。直震得黄魁右臂麻痛，几乎失去了知觉，不由得把另半截刀柄也扔了出去，心下大骇，引马急退，知对方手下留情，无意伤己，不敢再言。众伙计立时惊惧，相顾失色。

罗坤暗自惊讶道："好厉害的箭法！"自为商队的处境担忧起来。

那黑衣人一箭将商队诸人镇住，随后收了巨弓。旁边另外一名黑衣人便高声喊道："过路的老客，你们听好了，我们今天一不劫货，二不杀人，但请

第四回　雌雄宝参

各位把车上的货物、身上的包裹，都打开摊在地上，我等要寻一样东西，查完便走。若不然，休怪我等发难。"

王怀听罢大惊，知道车上载的尽是些江南产的好货，这些强盗见了岂有不劫之理。王怀行商多年，也是经历过风险之人，心知此时只能照对方的意思做，不然会立生祸变，从刚才那一箭来看，对方不是寻常的马贼，或许真要找一样东西。王怀随即吩咐王云平道："按他们的意思做，卸货拆包。"

王云平迟疑了一下，见王怀说得也自坚决，只得回身对伙计们道："卸货拆包，摊在地上放好了，小心别碰损了。"伙计们听了，便纷纷下马拆卸起来，一时间，五颜六色的成匹丝绸，各式的器玩，成包的茶叶……各色货物摆满了一地，甚是耀眼。看得罗坤惊叹道："好家伙！这么多好东西！"不免替商队担心害怕起来。

这时，为首的那黑衣人一挥手，身后的几十人便放马前来，到了近前，纷纷下马，奔向那些货物。

王怀双眼一闭道："完了！"随见这些黑衣蒙面人，对那些散落的、极易查寻的东西，只看一眼，无论贵贱，不予理睬，唯仔细查看那些成包的大件，查完了，即扔在一边，无丝毫的掠取之意，果真是在着力寻找一样什么东西。

王怀等人见了，心中各是惊异，不知这些人到底想找什么。那些黑衣人翻找了半天，似无所获，又仔细查寻了每个人与每匹马所带的东西后，仍无所得，便一声呼哨，舍了满地凌乱的货物，丝毫不取，各自飞身上马，径直退下了。其中一人向为首的蒙面人耳语了几句，那人点点头，遂对这边说了声"打扰了"！一挥手，百余骑放马急奔，转眼间，尘烟远遁，群盗竟自去了。

伙计们此时余悸未了，呆呆然，如坠云雾中，不知对方为何这般大举动，莫名其妙得很。王怀暗里松了一口气，道声"侥幸"！遂对茫然不知所措的伙计们喊道："还不快装车赶路，等着做甚？"伙计们如梦方醒，这才忙着收装货物，罗坤也自上前帮了。

王怀坐在马上，对群盗的此番举动，摇头苦思不解。那镖师黄魁红着脸，引马来到王怀马前，张嘴想说什么。王怀摆手止了道："贼人势大，也怪不得黄师傅，我们又未曾损失什么，请勿自责。"黄魁面呈愧色，对王怀拱拱手，引马一边去了。

货物装上了车，商队又继续赶路。此番遭遇虽有惊无险，一路行来，更是小心。又行了几日，人烟渐渐多了起来，众人这才稍安了些。途中经常发现一些行踪诡异的人，有的甚至暗中跟随商队，私下窥视。常有马匹在商队前后出没，似在观察什么，确定无所发现后，便各自消失了，整个关东似处在一种异常的气氛中。

在马店歇息时,经常看到人们交头接耳,好像在谈论一件价值连城的宝物,神秘得很,并且有装束奇特的怪异之客常用狐疑的眼光看人。由于在途中受了惊吓,商队里的人也自不便上前打听,免得惹人注意,再遭麻烦。

　　又行了数日,前方出现了一处女真人的大部落,也就是商队所至的目的地,王怀与伙计们这才有了欢颜。离部落还很远,便已惊动了部落中人,一名女真族年轻人骑马迎住问道:"可是广东的王老客到了?"

　　王怀应道:"正是王某。"那年轻人喜道:"族长已候老客多日了,我这就去禀报。"说完,飞马去了。

　　刚至村口,前方部落中已迎出一队人马来,为首的是一位女真族老者,后面拥了四五十骑,尽是些年轻力壮的、负弓挎刀的汉子。王怀这边见了,忙驱马上前。那女真族老者扬手招呼道:"可是王怀王老客?"

　　王怀挥手喜应道:"是阿骨洪大族长吗?"二马相交,两人拉手大笑,自是老友重逢一般。阿骨洪随即一摆手,身后众骑往两旁一分,让出条路来,王怀便与阿骨洪有说有笑,并马引了商队进入部落。

　　这是一座有千户人家的大部落,用木桩修筑的房屋井然有序,屋顶上晒着一排排整张的兽皮,房檐下挂着大块的腊肉和成串的蘑菇,几条雄壮的猎犬刚吠了几声,便被主人止住了。部落内外令人感到那般粗犷和豪野,处处显现着一种别样的关东风情。商队一到,部落沸腾,老少争看,立时热闹起来。商队被迎至一处大院子里,自有人接过了车马。伙计们似到了家里一般,任由女真人把货物卸车入库,自不去看护点验,十分放心地随热情的主人进屋落座饮酒。为欢迎远道而来的商队,部落中备下了丰盛的酒席,山珍野味摆满了桌子。王云平、黄魁、罗坤及众伙计,被热情好客的女真人拉住,大碗喝酒,大块吃肉。女真人豪爽粗犷,人人善酒,劝得伙计们也自开怀畅饮。

　　王怀单独被阿骨洪请到了楼上,那里自备了一桌更丰盛、更讲究的酒席。二人落座,举杯欢饮,诉说旧事,却闭口不谈生意,这也是女真人首次待客之道。王怀、阿骨洪互劝了几杯,叙了一番重见时的感慨。

　　王怀然后道:"老族长,今有一事不明,还请指教了。"阿骨洪笑道:"你我来往多年,坦诚相交,有事但讲无妨,知无不言。"王怀于是将出关后途中所经历的一切向阿骨洪述说了一遍。

　　阿骨洪听罢,慢慢放下手中的酒杯,肃然道:"此事说来话长。老客远道初至,有所不知,一个月前,我关东圣地长白宝山,出土了一棵双身的'雌雄抱团参王'。"王怀听罢,惊异万分,惊呼道:"竟有这等奇事!"

　　阿骨洪饮了一口酒,感慨道:"这千年都难得一遇的奇事,没想到竟能出现在我们这个地方。"阿骨洪让了一下王怀酒菜,接着又道:"此参王乃是我女真族中的一名年轻人偶然在一耸立的石碴子上挖得,出土之后,那座石碴子因灵气尽失，就在当晚崩塌了。"

"咦?"听得王怀惊叹了一声。

阿骨洪又道："那年轻人得了这宝物后，即被一位闻风而至的关内老客用三万两雪花白银收买了去。"

王怀听到这里，懊悔得一拍大腿道："如此神物，千年不遇，十万两银子也不为多!"阿骨洪接着又道："那关内老客购此参王之后，惊喜异常，立即舍弃了已采购的大批山货，带着心腹之人连夜走掉了。谁知数天之后，不知怎么走漏了风声，有人发现那位关内老客及一行十七人被人杀死在荒山野地，'雌雄参王'不翼而飞。自此以后，关东一地便不太平了，血案连发。"

王怀吃惊道："怪不得贵族兵马、马贼强盗也都兴师动众，令人恐慌惊吓得很，原来都是为了争夺这棵宝物。"阿骨洪道："我女真族的大首领放出消息，有献此物者，赏好马五千匹，牛羊各万头，奴隶三百名，还有一块好土地，可做一方主。"

王怀听罢，惊叹道："谁人有此大福?"阿骨洪又道："那参王乃我宝山神物，自不会让它流出关东，所以缉查得很紧。不过此神物虽未离开关东，却也不知落入何人之手。这一个月来，天下黑白两道的人物，纷纷会集关东，争夺此宝，不知还会有多少人因此丧命。"说完，阿骨洪摇头感叹不已，王怀也自惊异。

第二天，阿骨洪叫人摆出了部落内所积攒的毛皮、药材等特产山货。王怀见这些货物比往年又多出许多，成色又好，大为高兴，列了一张货单与阿骨洪，写明了双方所要交易的货物。阿骨洪便命人照单备货，尤见王怀带来的丝绸、茶叶等江南特产，也自喜欢。王怀随后又带了王云平、罗坤二人到附近的几个部落内订购了一些货物，傍晚时回到了阿骨洪的部落。阿骨洪自又摆酒设宴，宾主极尽欢畅，兴至深夜。

过了几日，阿骨洪部落内的货物准备得差不多了，王怀因忙着清点，便叫罗坤到附近的几个部落内，去催促先前所订购的货物，并给了罗坤一两银子，让他随便买些吃的，罗坤高兴地领命去了。

这几个部落距阿骨洪的部落不算很远，罗坤一天便都走遍了。那几个部落的族长让罗坤回复王怀，货物多已备齐，不日便可来取，并且多少都赏了罗坤一点银子。罗坤办完事情后，离开了最后一个部落往回赶，走至半路，有些累了，便坐在一棵树下歇息。

就在这时，一阵急促的马蹄声惊动了罗坤，起身看时，见东南方向一匹快马疾驰而来，后面尘土扬处，又似有数骑追赶。罗坤心中一惊，忙隐入一片草丛中探头窥视。

那匹快马飞驰到一棵白杨树下突然间停住了，马上一青衣人回头看了看远处将至的追兵，似乎觉得今日有可能脱不了身，便从背上解下一只长木盒，跳下马来，急转到树后，见四下无人，忙将那木盒藏入了一处草丛中，又随手折了一些杂草掩盖了，接着环视了一遍四周的环境后，那青衣人便飞身上马，疾驰而去，顷刻间，十数骑黑衣人尾随追去。

罗坤见那些人去得远了，便起身从草丛中走出，心下异道："先头那人神色慌张，不知把什么东西藏在了那里，且去看一下吧。"罗坤来到那棵白杨树后面，见一块草丛倒伏了，上面遮掩了些杂草，知道便是此处了，伸手将乱草拨开，下面露出了一只长方形的木盒来。

罗坤一时好奇，便开启了盒盖，却见盒内是两片对合在一起的宽厚的白桦树皮，里面似裹了什么东西。罗坤伸手拿去了上面的那块树皮，见里面又是一层翠绿的苔藓，不由诧异道："什么东西放得如此麻烦？"用手拂去那层苔藓，罗坤再看时，不由摇头失望道："我当是什么，原来是两棵长在一起的山萝卜。"罗坤曾在阿骨洪的部落中见过类似的东西，问过张路，张路见罗坤连人参都不识得，便戏他说这是关东特产山萝卜。原来罗坤无意中得到了那支震动关东全境的"雌雄抱团参王"，山参贵重，故用苔藓保鲜，以全其形。

罗坤此时并不识这宝物，以为是两棵长在一起的所谓山萝卜。当细观之下，罗坤忽然笑出声来，乃是见这两棵山萝卜竟长成了人形，一棵似八十岁的老翁，一棵似十七八的少女，长须彼此缠绕，上身对抱一起。罗坤见了笑道："怪不得那人把这东西丢了，留着这两个光着身子抱在一起的小萝卜人是很羞人的，也不知是怎么长出来的，这山萝卜的须子也太长了些。"

罗坤将这宝物玩弄了一会儿，寻思道："不知这山萝卜能否生食得？"此时但觉口中微渴，便"吭吃"一口咬了下去。嚼了几下，罗坤不禁皱了皱眉头，觉得满口苦涩。细嚼之下，却又透出一种甘甜来，摇了摇头道："真不如田翁菜园里的青萝卜好吃。"又咬了几口，自语道："却也将就，都吃了吧。"罗坤不分好歹，竟将这支"雌雄抱团参王"当作萝卜，索性都吃了。吃完了参身，便把剩下的参须在手里团了团，一把塞入口中，闭上眼睛嚼动了几下，皱着眉头硬咽了下去，却是一点都没有浪费了。罗坤抹了抹嘴，抬头见天色不早，便把那桦树皮、木盒、苔藓之类的东西丢在一旁，站起身来，自赶回阿骨洪部落中去了。

罗坤回来见了王怀，把所办的事情交代了一下，王怀听了很高兴，赞扬了他几句。由于没有把路上吃"萝卜"的事放在心上，罗坤也就没有对别人提起。

这时王云平、张路等人正在清点捆装换来的货物，黄魁师徒也在其中帮忙。罗坤见张路正把一些山萝卜往木盒里装，便走上前道："这山萝卜也无甚好吃处，苦涩得很！"此语一出，王云平、张路等院中众人都哈哈大笑起来，自笑得罗坤不知所以然。

这时,一位女真族老者走上前来,对罗坤笑道:"看来这位小哥初入此道,没见过这些好东西吧?"

张路一旁道:"他是新来的,不问生意,自不懂这行当。""哦!"那女真老者点了点头道,"原来如此,我说呢!"接着对罗坤道,"你所说的这些山萝卜,其实就是你们汉人所说的人参,大补气血的。"

"人参?"罗坤闻之一怔,他以前只闻其名未见其形,知道都是些有钱人家才能用得起的名贵东西。

那女真老者接着道:"不错,这就是人参。"指了张路手中的那些人参道:"这是园参,就是家植参,非野生的,也很贵的。"那老者随手开启了一只很精致的锦盒,示于里面的人参道:"这就是真正的野山参,也叫'棒槌',我们女真人奉为'山神',此种参生长在高山密林,背阳向阴,不喜风日,极是难寻。"

罗坤见那锦盒里的人参与自己吃的那棵"山萝卜"差不多,只是细小了些。那女真老者又道:"你来看,此山参皱密须长,别看它这般大小,却是长了一百多年,值几百两银子的,若拿到你们关内,不知又贵出多少来。"

罗坤这时已然听得呆了,心下痛惜道:"乖乖!路上吃的那东西不就是支大山参吗!若照此说来,最少也能值上千八百两银子。"想到这里,罗坤后悔得直拍头跺脚。众人见了,哄然一笑,以为罗坤在责备自家见识短。罗坤刚要向众人说出自己吃了一支长得古怪的山参,心中忽又道:"不可,说出来更后悔了,不讲也罢。"摇摇头,回转屋内歇着去了。

罗坤躺在木床上寻思道:"原来那人被追赶,是要抢他的那支人参,看来是很值钱的。可惜自家不识货,当作萝卜吃了。此事可声张不得,否则叫那些抢人参的人知道了,不杀了才怪。"想到这里,罗坤心中倒坦然起来,知道自己不说,何人能晓得那人参被谁吃了。忽又转思道:"听说人参是大补药,有钱的人家才用得起,既是补药,我吃了也不会有什么坏处吧?"罗坤随即拍了拍肚子,晃了晃脑袋,倒也未觉有何异常,于是更放心了。

傍晚时,张路进来唤道:"罗坤兄弟,阿骨洪老族长又请我们吃酒席了,快走吧。"罗坤闻之一喜,从床上一跃而起,跟着张路来到了厅堂内。此时酒菜已经摆好,无非是大块肉、大碗酒之类。伙计们一哄围了桌子,张路也自拉了罗坤上前坐了,陪酒的女真人又劝起酒来。罗坤平素也是能吃几块肉、喝上两碗酒的,而此时坐在桌旁,瞧着满桌的酒肉,但觉腹中不饥,竟无一丝的食欲,心中怪异道:"午间在外面也没有多吃些什么,肚子也不甚胀,如何有这般吃不下去的感觉?"

张路在旁见罗坤坐在那里发怔,不动碗筷,便道:"罗坤兄弟,这般好酒肉，如何不吃？"罗坤摇了摇头道："我肚子不饿，你们慢用吧，我先去了。"说完，起身离桌而去。张路见了，心中道："罗坤必在外面多吃了好东西，以至这酒肉都吃不下，我且享用了。"自与伙计们吃喝起来。

　　罗坤回到房中，心中惑异，百思不解其故。然而更奇怪的是，罗坤竟然一夜未成眠，想睡也睡不着，但觉精力百倍，愈感兴奋。早上起床时，伙计们见了他，各自异道："喂！罗坤兄弟，今天怎么这般精神？"问得罗坤也自惑然。吃早饭时，罗坤愈觉腹中不饥，似感体内充满了一种"饱和"之气，便推故回到房中，心下异道："难道是那人参补的不成？这样下去，如何是好？"不免有些忧虑起来。

　　这时，在阿骨洪部落东南方向的一座山顶上，伫立着三十几骑，马上之人，清一色的黑衣劲装，为首者，竟是一箭震断黄魁单刀的那位大力神射之人。此人乃是关东绿林中有名的盗魁，姓弓，名长久，人称"人力弓王"，善使一张巨型硬弓，威力无比，手下聚集了近万名关东流寇，占山称王。关东七十二座有名的绿林山寨，竟有五十六座山寨的人马听其调遣，自是关东绿林中的总瓢把子。手下诸盗凶悍健猛，女真大小部落闻之色变，女真人的铁骑也曾围剿过，都以失败而告终，"大力弓王"更是响遍关东全境。

　　此时一名叫杜健的寨主，指了山下对弓长久道："总寨主，弟兄们追上并且擒住了'草上飞'何雄时，那宝物已不见了。雷天豹寨主一怒之下折断了何雄的四肢，何雄受苦不过，便招出逃跑途中将那宝物藏了。弟兄们原路找到何雄所指的地方时，那宝物竟然不见了，只剩下只空盒子和两张树皮，显是被人取走了，何雄当不敢用'调包计'诈我们。如今看来，那宝物估计是被附近这个部落的女真人拾了去。"

　　弓长久凝望着山下，沉沉地道："先派弟兄们暗中打探，若有下落，立刻抢回，倘若女真人藏匿不交……"弓长久接着淡淡道："血洗部落，鸡犬不留。"

第五回 药 王

这一日，王怀与阿骨洪坐在厅上饮茶，因为交易妥当，双方都很满意，二人彼此说着些感激的话。

这时，一名族人兴冲冲进来禀报："禀族长，大恩人谷先生到了。"阿骨洪闻之，大喜道："原来是药王到了！"

"药王？"王怀闻之一怔，忙道："请问老族长，是哪个药王？"阿骨洪兴奋道："老客是汉人，没有听说过'南医圣，北药王'吗？"随即道声"老客稍候"，便高兴地迎了出去。

王怀此时惊讶道："原来闻名遐迩的'北药王'也来了这里。"王怀是常年在外行商之人，对于世事也知晓些，"南医圣，北药王"，又称"南医，北药"，指的是当今天下两大神医奇人，一个医术高超，一个药理精深，各自游医民间，活人无数，有很多离奇的传闻。王怀此时为马上能见到这样一位传奇人物而激动不已。

这时，门外一阵说笑，阿骨洪拉了一人高兴地走了进来，一些部落里的孩子拥在厅外探头观看。王怀忙上前相迎，看那人时，身着蓝袍，头系方巾，背负长剑，人似中年，却显得十分年轻，一眼望去，便给人一种清亮脱俗的飘逸之感，敬慕之心油然而生。

阿骨洪这时介绍道："这是我部落中的大恩人，人称药王的谷司晨先生。"王怀忙施礼道："久闻药王大名，今日得见，实为三生有幸。"

阿骨洪一旁道："这是货物往来的广东王怀王老客。"谷司晨自对王怀笑着拱了拱手道："幸会！幸会！"随后各落了座，族人献上茶来，三人相让着用了。

阿骨洪这时高兴道："几年不见药王先生，甚是想念，今日重逢，药王却是越发的年轻有精神了，莫非自家服了什么灵丹妙药？"

谷司晨闻之笑道："老族长过奖了，谷某哪里服过不老的丹药，不过平日善养生罢了。"阿骨洪自又感激道："七年前，若不是药王相救，我们的部落岂有今日的兴旺。"接着对王怀道："王老客有所不知，七年前，部落里闹瘟疫，一下子倒了几百人，族人束手无策，坐以待毙。时值药王先生上长白山采药，路过这里，见我部落有难，便出手相救，急在山中随手采集了几把药草，放入大锅中熬了，然后每人饮一碗。说来也怪，不出两日，染病的族人竟都痊愈了，药王之名真是名不虚传！"谷司晨这边笑道："举手之劳，何足挂齿，老族长这般夸奖，实令谷某有愧，无地自容了。"王怀心中自是敬服万分。

且说罗坤又一日夜不饥不眠，尤感精力旺盛异常，自无其他的不适，先前还有些担心，此时却恍悟道："莫非吃了那人参成就了神道不成？听人说吃了灵药成仙的事也是有的。"心中随即一喜，忙跑到院中帮助整理货物去了。

张路此时见到罗坤，不由得吃了一惊，但见罗坤精神抖擞，意气勃发，双目含光，比以前突然精神了几倍，不由诧异道："罗坤兄弟，发了什么大财？竟如此光彩？"

罗坤摇了摇头道："我能发什么大财，能跟着大家吃饱饭就足矣了。"心中忽然笑道："日后就算有山珍海味也咽不得了，如此下去，倒省了许多麻烦。"张路一旁摇摇头，惑然不解。

这时，阿骨洪陪了谷司晨在观赏部落中的山货。阿骨洪指着小山似的毛皮、晒满地的药材，高兴道："今年部落山货大丰收，比往年多出一倍来，实托山神之福啊！"

谷司晨点头道："关东这里，山多林密，物丰人杰，实是一处风水宝地！"阿骨洪听罢大笑。

谷司晨这时托起了一架鹿茸玩赏，无意中一抬头，忽见院子里忙碌的众人中有一少年，神采非常，大异他人，有一种鹤立鸡群之感。谷司晨立时一怔，忙放下手中的鹿茸，走到正在低头干活的罗坤跟前，拍了拍他的肩头道："喂！小兄弟。"

罗坤抬起头来，正与谷司晨朝了个对面。谷司晨乍看罗坤之下，不由吃了一惊，但见此少年神采照人，容光焕发，双目中闪烁着点点灵光，通身上下似罩绕着一片祥和之气。

谷司晨心下惊异道："这少年如此怡人，大非寻常，其内里透发显示的神采气质绝非凡俗之人所具有，天生此相，必是极尊极贵之人。"忽又悟道："既是极尊极贵之人，也不能具有如此形色神态，况此少年与众人忙碌，显是一个下人。若不是天赋异禀，必是误食了奇异之物。"

罗坤此时见面前站着一位陌生人，惊讶地望着自己，不知何故，便问道："这位先生，唤我有事吗？"

阿骨洪这时走上前道："这孩子是广东王老客的小伙计，很能干的。"旁边诸人见族长与一陌生人上前与罗坤说话，便都放下手中的活计，站着观看。

谷司晨见此时人多，知道不便细问，于是对罗坤笑了笑道："没什么事，随便看看这些药材。"说完，自与阿骨洪走开了。罗坤望着谷司晨的身影，不由自言自语道:"这位先生好生面善!"

到了午间吃饭时,罗坤又借故走开了,闲着无聊,便信步出了部落。到得野外,始觉秋气爽然,清风畅意。罗坤踱步上了一座山顶,见远处群鸟飞散,旷野空无,别有一种深秋的肃杀之气,触景生情,不觉间有些伤感起来。暗叹道:"方大哥也不知去了哪里,这半年来让我找得好苦。如今误投关外,想必离方大哥去得更远了。"罗坤哀叹了一声,自落下泪来。

这时,忽听身后有人道:"小兄弟,小小年纪,何故如此唉声叹气?"

罗坤闻之一怔,回头看时,却是午前在部落中见过的那位陌生人,此人正是谷司晨。罗坤见了,心下道:"这个人怎么也到了这里?午前好像有话要对我说似的。"便上前施了一礼道:"原来是先生,罗坤有礼了。"

谷司晨笑道:"你叫罗坤,很好!在下谷司晨。"罗坤见谷司晨言语和气,自生好感。谷司晨这时道:"大家都去吃饭了,你怎么自己跑出来了?"

罗坤应道:"谷先生有所不知,我肚子总不觉得饿,已经两天没吃东西了。"

"咦?"谷司晨闻之一怔,忙问道,"当真有此事?两日不进食物,你就不觉得腹饥吗?"罗坤道:"我骗先生何来,总之肚子始终觉得饱饱的,见了任何东西都不想吃,更是不想睡的。"

谷司晨闻之,心知有异,便想进一步探试,于是道:"谷某略懂医理,小兄弟若不介意,可否让我一诊,看你是不是生了什么怪病?"罗坤闻之喜道:"好极!我也觉得怪怪的,无端生出这种'饱病'来。"罗坤知道谷司晨是部落族长阿骨洪的客人,也自信任,便把手腕伸了过去。

待谷司晨拿住罗坤脉位,细诊之下,心中忽地一惊,但觉罗坤六脉平和有力,自有一股充沛的真气在血脉中鼓荡。谷司晨暗中惊异道:"此脉象似有内家修炼几十年的功力,看来不出所料,这孩子必是天缘巧合,误食了奇异之物,不过天下间能有什么东西竟有如此神效呢?"

罗坤见谷司晨诊脉不语,神情似有异色,不免紧张起来,担心地问道:"谷先生,有……有什么不妥吗?"

谷司晨慢慢收了手,神情庄重地注视了罗坤片刻,自把罗坤看得心里发毛,接着,谷司晨拍了拍罗坤的肩膀,感慨一声道:"小兄弟,祝贺你,你已成为人中之仙了!"罗坤听罢,心中虽安,却百思不得其解。

谷司晨随后拉了罗坤寻了块石头坐下,问道:"小兄弟,你也不用瞒我,最近一些时日你吃过什么奇怪的东西没有?"罗坤闻之,暗里惊讶道:"这位谷先生好厉害!定是个高人,也罢,我对他说了就是。"想到这里,罗坤便对谷司晨道:"谷先生好本事!不敢相瞒,两天前,我在野外拾了一只骑马人藏的盒子,里面用树皮裹了两支长在一起的人参,像两个小人抱在一起,好是可笑……"

"咦？"谷司晨此时大吃一惊，随即脱口道，"雌雄参王！"接着激动得站起来，仰天感叹道："天意！真是天意！"

原来谷司晨此次到长白山采药，途中听说了出土"雌雄参王"一事，很是惊奇，药王心性，自是想目睹一回这千年罕得的参王。没想到事出离奇，竟被眼前这少年误食了去，并在内里起了异常的变化，一时间，谷司晨激动不已。

罗坤见谷司晨兴奋的样子，不知何故，怔怔地望着。

谷司晨见罗坤茫然的神情，不由摇头笑道："多少成名的人物不惜任何代价想得到这个宝贝，不想天降缘分与你，真是造化！也是你我有缘，午前在部落中见你神采非凡，便知有异。告诉你吧，你所吃的这双支参为参王，千年都很难遇一回的，更不要说它在土中生长几千年了。山川灵秀之气汇以大地育养此物，更采日月之精华，有福之人遇之，有缘之人食之。据说此参王出土之后，其山因失灵气，竟在当夜崩塌了。"

罗坤听罢，惊讶道："这东西当真有此神奇？"

谷司晨道："奇处还不止这些，大凡山野之参，味甘苦，性微凉，大补元气，更补五脏之气，精自生而形自盛，故神采照人。气足不思欲，故食欲、睡欲两无。"罗坤闻之，方恍悟道："原来如此，怪不得这两日吃睡全消。"

谷司晨这时又道："参为大补之物，尤以野参为贵，然而人用之，必分次而食。若一起补进大量，人体受补不过，立生奇祸，轻者五脏损、四肢废，神志不清而为痴人，重者七窍流血而亡。"

罗坤听到这里，大吃一惊道："哎呀不好！我一下子全吃了，就要死了，先生救我！"说罢，大为紧张。

谷司晨见了，笑道："不要担心，待我把话说完。你所食的这棵双支一体的'雌雄参王'，与其他野参不同，也是你造化，若食了这许多量其他野参早就没命了。此参王千年难遇，一参雌雄双备，阴阳调和，其神效赛他参百倍不止，实为天地间极上神品。你之所以无事，且精神大增，食眠两无，乃是其本身雌雄阴阳互调之果。"

罗坤听罢，这才放下心来，也自后怕道："好险！"谷司晨道："确实好险，你若只食了其中一个，雌的或雄的，后果真是不堪想象，哪里还有你现在神仙般的感觉。"罗坤听了，不由惊出了一身冷汗。

谷司晨又道："小兄弟既已幸食宝物，不理会它，顺其自然，十余天后，饮食睡眠自可如常，从此不但体健身强，一生百病不患，且可延年益寿。若过百岁，其驻颜之功仍能保你年轻之貌。"

罗坤听罢，大喜道："如此一来，可成不老神仙了！"谷司晨笑道："虽不至于千岁万年，但二百岁的寿数，谷某看来还是有的。"

罗坤闻之，一时间心花怒放，手舞足蹈起来。谷司晨见了一笑，接着又道："这是走自然之法，倘若加以顺导，又可演化无穷。"罗坤忙道："可又有什么稀奇处？"

谷司晨道："若以行气之法导之，可演化成轻身、辟谷、祛眠、绝息等神奇之术，若习练于武技，自可功高盖世。"罗坤听了，欢喜道："真要成神仙了！"

谷司晨心中寻思道："所幸被这孩子误食了去，若是那千年参王落入大奸大恶的人之手，当真不好办，从此天下可要多事了。"

谷司晨随即感叹一声，对罗坤道："也罢，既是天意，也是缘分，我且先传你一套'行气功'，依法演练，日后你自会知晓其中有许多奇妙的好处，也不枉你食那宝物一回。"

罗坤闻之大喜，知道谷司晨果然不是一般的人，当即拜谢了。

谷司晨见罗坤少年天真纯厚，又幸食以奇物，也是想成全他，便将自己自创的一套不轻易示人的"行气功"传与了罗坤，并将调息行气的要领向罗坤细讲了。罗坤天性聪明，"行气功"又不是很复杂，不足一个时辰，罗坤便掌握熟悉了，随后自家又演练了一遍。谷司晨见罗坤领会得如此之快，满意地点了点头。

就在这时，忽听山下人喊马嘶，突然乱了起来。谷司晨、罗坤闻之一惊，忙起身观看。但见山脚下，约有千余骑疾驰而来，马上都是些劲装的黑衣人，转眼间，已将阿骨洪的部落围了起来。

罗坤见状，心中不觉一懔，脸色大变，不知所措地望了望谷司晨。谷司晨眉头皱了皱，忧虑道："这是来寻你的，切记，食参王一事，除了你我知道外，不得向任何人说起，否则必遭杀身之祸。"罗坤紧张地点了点头。

谷司晨见了，宽然一笑道："有谷某在，倒也不必担心。走，去看个虚实。"随即拉了罗坤急转下山来，寻了一处草丛隐了身形，静观其变。

部落中人突然遭此意外，老幼惊慌。时间不大，阿骨洪乘马迎出，身后二百多名女真族的年轻人，箭上弦，刀出鞘，列在两旁警戒了。镖师黄魁在木楼上望见那名为首的黑衣人，似箭断自己单刀的那位大力神射之人，吓得急忙掩头躲了。来的正是"大力弓王"弓长久。

阿骨洪见群盗将部落团团围住，惊骇之余，自知来者不善，稳了稳神，引马上前问道："不知各位好汉到这穷村野落中有何贵干？"

弓长久身边的杜健，马鞭一指道："你这族长听着，我们已查出'雌雄参王'就在你们部落中，快快交出，自然无事，否则将扫平你们部落。"

罗坤在草丛中闻之，倒吸了一口凉气，知道自己给部落闯了大祸，这些人果然是来找那支人参的。阿骨洪此时大吃一惊道："这位好汉，如何这般说话？参王乃宝山圣物，岂能在我部落中，况且我女真族人万万不敢私藏此神物的，各位好汉莫非弄错了吧？"

杜健冷笑一声道："你这族长，勿要狡辩，如此不知死活，可知我家总寨主是谁？"阿骨洪闻之，心中一震，随即疑惑地摇了摇头。杜健这边得意道："我来告诉你，小心听了，我家总寨主便是'大力弓王'！"

"大力弓王！"阿骨洪与后面的女真族人皆是一惊，满脸的骇然之色。

谷司晨惊讶道："是'大力弓王'到了，看来事情有些棘手。"随即附于罗坤耳边道："事急矣！我得现身了，你在这里千万勿动。"说完，谷司晨起身从草丛中缓缓走出，朗声道："原来是威震关东的'大力弓王'到了，可不要滥杀无辜，坏了自家一世名节。"

众盗闻之，皆自一惊，回身看时，见是一名蓝衣儒生，从容不迫，缓缓走来。

弓长久见了，也自惊讶，阿骨洪不由惊呼了声"谷先生"！群盗自被谷司晨从容而来的气势镇住，往两旁一分，让出条路来。

谷司晨走到阿骨洪马前，一拱手道："老族长，勿要惊慌。"阿骨洪大悔道："先生既已不在部落中，为何不走掉，反来受累？"谷司晨含笑不语，转身面对群盗。

杜健此时怒道："来者何人？敢在这里说话！"

谷司晨一拱手道："在下是老族长的客人，见部落中有事，不能置身事外，希望能调和调和。"

杜健闻之，冷笑道："好一个不知死活的人，待我来调教调教你。"说着，抽出单刀欲驱马上前。

弓长久这时突然扬手制止道："杜寨主，你且退下。"杜健不敢违命，收马一旁立了。弓长久一双锐利的目光打量了谷司晨一番，冷冷道："这位先生肝胆照人，弓某佩服，不过此事与先生无干，勿管闲事为好。"

谷司晨拱手一礼道："久闻弓寨主英名盖世，从不恃强凌弱，身为关东绿林盟主，行的是侠义之事，何必难为一个小小的部落？"

弓长久闻之，心中微微惊讶道："此人胆气过人，似有些来历的。"随即缓了缓口气道："弓某得到消息，那支参王落在此间，是手下人办事不力遗失了的，故来索取，只要部落交出宝参，自然无事。"

谷司晨摇头道："自那参王出土以来，便已震动关东全境，岂能轻易落在这些小部落中？况且在下居此多日，部落中并无异常，是没有人能有那么大福分的。如今对此宝物垂涎之人多得是，难道就不能被他人得了手去？在下不才，敢向弓寨主担保，那宝物绝不在部落中，希望勿要难为他们才是。"

第五回　药　王

弓长久闻之，鼻中"哼"了一声道："你来担保，让弓某如何相信？"

谷司晨道："弓寨主若是不信，在下也无办法，便是杀了我们这些人，那宝参也不会找到的。弓寨主英雄一世，不能因为猜疑就滥杀无辜吧，并且在此耽搁无谓的时间。"

弓长久听罢，注视了谷司晨片刻，冷冷地道："弓某从不放过任何一次机会，阁下既然有胆量为这个部落担保，也应有胆量受我一箭，才能令弓某相信，立刻引兵自退，否则……"弓长久顿了一下，接着淡淡地道："杀人寻物！"

阿骨洪及族人闻之大惊，因为弓长久以一张巨型硬弓射遍关东无敌手，任何人在他的箭下都无生还的希望。

阿骨洪大急道："谷先生，既是我部落中的灾难，就由我们族人承受好了，先生是局外人，请速速离去。"

谷司晨暗赞阿骨洪忠义，便言道："老族长，此事已经由不得你我，且听天由命吧。"随即面对弓长久，大义凛然道："希望弓寨主言而有信，为证明部落中人的无辜，谷某愿接弓寨主一箭。"谷司晨自知，事已至此，已无退路，只能冒险一试了。

群盗闻之，面露讥笑，阿骨洪及族人自是大急。弓长久此时一怔，因为没有人敢在他面前坦言接箭的，也自无人能接得了，但话已出口，驷马难追，暗讶之余，只得慢慢解下了巨弓。

罗坤在草丛中识出了那弓长久便是一箭震断黄魁单刀之人，心中惊骇道："此人箭术霸道，谷先生若受他一箭必死无疑，事情是因我误食了那参王引起，岂能连累了别人，我且出去说明白了，与部落无关的，死活由他们就是了。"想到这里，罗坤便从草丛中一跃而出，喊道："谷先生，切莫接这个人的箭，他的箭术很厉害的，就让我来受吧。"这一喊，双方众人都大吃一惊。

谷司晨暗里喝了声彩，"好胆量"！阿骨洪识出罗坤是王怀的伙计，不知为何出现，心下大惑，躲在村中探看的王怀等人见了，都自惊得呆了。群盗见一少年跑出，喊着代人受箭，相顾愕然。

罗坤跑到谷司晨面前，毅然道："谷先生，这一箭就让我来受吧，全都是因为我……"

谷司晨恐罗坤将自己食参王的事说出来，连忙打断他的话，佯怒道："小孩子不知天高地厚，到后面去，这里没你的事。"

罗坤大急，还要再说什么，谷司晨忙用眼神止了，低声道："你且退下，我自有办法。"罗坤见了，只好焦急地站在一旁。

那边弓长久已经弯弓搭箭，嗔怒道："弓某的箭，难道是花枝柳叶吗？小孩子家也抢着来受。"

谷司晨一拱手道："他是在下的一位小朋友，不知好歹，还请弓寨主见谅。"弓长久冷笑一声道："各位都不怕死吗？看来是没有领略到死亡的滋味，今天且让你等知道弓某的厉害。"言罢，弓弦响动，一箭飞出。

　　女真人素知"大力弓王"之名，不由得齐声惊呼起来。罗坤自是急得大叫"先生小心"！谷司晨但闻弓弦一响，见那利箭已然到了胸前，暗赞了一声"好快的箭"！千钧一发之际，向左一闪，右手疾出，竟将箭身反握住，随往身旁一引。此箭力道甚大，谷司晨在原地急转了数圈，方将那迅猛的箭势卸去，接着身形稳住，持箭迎风而立，极是飘逸自然。"好！"群盗与女真人异口同声暴喝起彩来，罗坤竟自看得呆了。

　　谷司晨将这一箭硬生生地接住，立时镇住了群盗。弓长久惊愕之余，知道遇上了高人，呆怔片刻，竟一声不吭，忽一挥手，引了群盗疾驰退去，一场劫难立解。女真人欢声雷动，拥上前来。阿骨洪惊喜万分，忙翻身下了马，率族人跪了一片。

　　谷司晨忙上前扶了道："老族长快快请起，折煞谷某了。"阿骨洪已然老泪纵横，感激道："谷先生神人降世，挽救了我部落劫难，当受我等族人一拜。"自率族人再施大礼。谷司晨忙将阿骨洪扶起道："老族长礼重了，此举谷某当义不容辞的。"

　　此时部落内一片欢腾，男女老幼都跑出来迎了。谷司晨这时拍了拍还在发怔的罗坤，笑道："这一箭若让你来受，可接得了？"

　　罗坤脸一红道："先生原来是怀有大本事的，空手接箭，真是厉害！"谷司晨笑道："你日后的修为，或许能胜过谷某的。"接着女真人敬若神明般地拥着谷司晨进了部落，着实欢庆了一番。

　　两天之后，王怀商队的货物已配齐全，准备起程。王怀见罗坤与谷司晨的关系处得密切，便私下恳求罗坤，请谷司晨护送商队入关。罗坤见王怀待己不薄，便试着去对谷司晨说了。谷司晨倒也笑着应了，更是想与罗坤再处一段时间，帮助他理顺体内的那种饱和之气，上长白山采药的事也自无暇考虑了。王怀闻谷司晨应允了，不由大喜，忙亲自去谢过了。第二天，商队便满载着关东特产上路了。阿骨洪率了族人送出二十余里，才互相挥手告别。

　　由于商队内有谷司晨伴行，王怀等人放心之余，自是恭敬有加，尤对罗坤已是另眼相待。罗坤对谷司晨敬慕之极，每日都习练那套行气功，慢慢地将体内那种饱和之气化成了真元之气，渐渐开始进了些食物。谷司晨又教了罗坤一些内功心法，罗坤熟记了。一路欢颜，有说有笑。

　　这一日，商队正行间，远远见有三名黑衣人骑马在前方的路旁立了。

　　王怀见了，立时惊吓道："祸事来了！祸事来了！"商队诸人自有些慌乱。

第五回 药王

谷司晨暗里一怔，忙让商队停了，随后驱马上前，罗坤自在后跟了。

那三名黑衣人见谷司晨过了来，忙自翻身下马，躬身施礼，其中一汉子毕恭毕敬地道："我家弓寨主烦请先生山寨一叙，特命我等在此恭候。"谷司晨微微惊讶，随即道："不知弓寨主何事要见谷某？"

那汉子道："弓寨主十分敬服先生的本事，自想交个朋友，别无他意。"

罗坤一旁急忙道："先生勿去，你接住了他的箭，他必然恼恨于你，哪里会安好心请你。"

那汉子闻之，忙道："切莫误会，我家弓寨主绝无恶意，临来前持命我等，对先生不可有丝毫的勉强。恐先生不愿前去，便准备了一些礼物相赠，以表敬意，并命我等一路护送出关东地界。"说完，那汉子回身一声呼哨，一黑衣人从一侧林中赶出一辆马车来，车上载满了东西。

汉子随后道："这是我家弓寨主送与先生的一些关东特产，还望先生笑纳。"说完躬身一礼，极是恭敬。罗坤见状，茫然不知所措。

谷司晨这时点了点头道："原来如此，既然弓寨主盛情邀请，谷某今日走一回便是了。"

罗坤一旁忙道："我也随先生去。"乃是怕对方难为谷司晨，自家也好出来担当食那宝参之责。谷司晨想了一下，点头道："也好。"

罗坤闻之一喜。那三名黑衣人见谷司晨应了，各自欣然，一汉子道："总寨主有令，这车礼物请先生务必收下。"谷司晨心知不好推却，便笑道："弓寨主倒是一个慷慨豪爽之人，也罢，我且不可负了弓寨主的一番好意。"接着回身对王怀喊道："王先生，无事了，且把这车东西收了。"

王怀等人赶上前来，见此情景，大是愕然。谷司晨对王怀道："弓寨主今番有请，我与罗坤去见他一见，王先生带了人马货物先走一步吧。"王怀闻之，大惊道："谷先生千万不要去，实在太危险了。"

谷司晨笑道："如今在人家的地面上，岂能由得了你我。"王怀忧虑道："那我们？……"

一名黑衣汉子道："老客勿要担心。"说着，从怀中掏出了一面小黑旗来，上面绣了一副弓箭，递与王怀道："但请老客收了，路上若有麻烦，亮出此旗，保管无事。"

王怀闻之大喜，连忙谢过收了，随后对罗坤道："罗坤兄弟与谷先生回来时若是追赶不上我们，且去古平镇你我相识的那家马店相会，王某押了谷先生的东西自会在那里恭候二位平安回来。"罗坤点头应了，王怀便别了谷司晨率领商队先去了。

几名黑衣汉子引了谷司晨、罗坤二人行了一程，前方又迎出四五十人来，见把谷司晨请到，皆高兴不已。众人便拥了谷司晨、罗坤二人转进了一条山谷，里面又拥出百余号人来，为首的是那个杜健，忙上前与谷司晨见了礼，言语甚是恭敬。见了一旁的罗坤，杜健笑道："临行前弓寨主还提过这位小兄弟，说是若能同谷先生一同请来，再好不过。"罗坤闻之，心中也自高兴，知道对方是诚意相邀了。前行了三四里，出了山谷，对面现出一座高耸的大山来，山林中隐见飘有旗帜。杜健道："谷先生，这里便是白虎山龙云寨了。"话音刚落，从山上跑下二三百人来，其中一些人敲锣打鼓，好不热闹。谷司晨暗自点了点头。罗坤惊讶道："这些强盗们倒也热情，有些请客的意思。"

　　杜健引了谷司晨、罗坤二人向山上走去，行至半山腰，道路渐宽，两边时可见到木筑的房屋，有妇人、儿童从门窗内向这边观看，路两旁站满了持着刀枪的大汉，自行注目礼。至山顶，便进了一座大寨，迎面是一座高大雄伟的石木建筑——聚义厅，旁竖一旗，绣有"大力弓王"四字。这时，但闻一阵豪爽的大笑，从聚义厅内迎出三十多人，为首者，正是大力弓王弓长久。

第六回　白虎山

　　弓长久见了谷司晨，不由大喜，抢前几步迎了道："能把先生请到山寨，实为我等的荣幸！"
　　谷司晨拱手一礼道："弓寨主客气了，想弓寨主名震关东，今得拜见，幸会！幸会！"弓长久摇头道："惭愧！惭愧！"见了旁边的罗坤，弓长久一喜道："这位小兄弟也同来了，是想来接我一箭的吧？"罗坤闻之，不好意思地一笑。
　　弓长久随后请了谷司晨、罗坤进了聚义厅。此厅极为宽敞，可容几百人，正中一虎皮高座，旁置数排厚木大椅。待分宾主落座，弓长久对谷司晨拱手道："弓某一张硬弓射遍关东无敌手，不想竟能被先生赤手将箭接住，实在出人意料，弓某自是佩服得五体投地。今番有幸把先生请来，但想与先生交个朋友。"
　　谷司晨微微一笑道："弓寨主客气。"接着也自赞叹道："弓寨主大力神射，不愧为'大力弓王'之名。其实这一箭谷某接得也甚费力，实为侥幸。若在三年前，谷某是接不住的，也不敢接的。"
　　弓长久摇头笑道："惭愧！在先生面前，实在是卖弄了。"
　　用过了几道茶，宾主气氛融洽，谷司晨道："有几句话，谷某不知当讲不当讲？"
　　弓长久道："先生是世上的高人，今日得以相识结交，是弓某的荣幸。先生有话，但讲无妨，不必忌讳。"
　　谷司晨随后道："弓寨主威震关东几十年，虽操的是绿林中的买卖，但行的也多是侠义之事。今日已成就了富可敌国的基业，手下又有万人之众，关东一地，无有敢窥视弓寨主者，财富与王侯，弓寨主当不会放在眼里。令谷某不明白的是，那支'雌雄参王'，虽是罕见的宝物，人所争者，不过想换一场富贵罢了，这对弓寨主来说，似乎没有必要，何以这般兴师动众，亲自出马，志在必得呢？难道是为了自家受用，延年益寿，便不顾一世的名节，杀人夺物？"弓长久闻之，忽神色黯然，面呈伤感之态。
　　杜健一旁道："谷先生有所不知，弓寨主有难言……"
　　未等杜健说完，弓长久打断道："还是由我对谷先生讲吧。"停顿片刻，叹口气道："弓某本生在中原，十二岁便来到了关东，为了生存，搏杀于绿林之中。一生也无什么大的建树，膝下仅得一女，名英儿，年方十四，自视为掌上明珠，万分疼爱。谁知在两年前忽患一怪疾，浑不识人。弓某伤痛之余，遍请名医诊治，可惜至今毫无起色，每日但以米汤维持生命。百治不效之后，心知只有灵丹妙药或能挽回一二。两个月前，长白山忽出土了'雌雄参王'。若在平日，得与不得这宝物，自不会放在心上。然知此参王是一味千年罕见的灵药，或能救爱女性命，于是着力追寻，时动杀机，实为迫不得已。不料差一点就要得手，却又意外地失去了。看来是老天不佑弓某，罚我平日罪孽深重，故受此惩，可小女无辜啊！"说完，弓长久满脸的凝重，半天不语。

　　罗坤一旁闻之，心中大为懊悔，知道自己误食的宝参是用来救人性命的，望了望在座诸人，想说出那支参王是被自己无意中拣来吃掉了，实在对不住大家，然而见那些寨主尽是些凶悍性狠之人，话到嘴边，又硬咽了回去。

　　谷司晨明白了事情原委，感叹一声道："可怜天下父母心！"随后对弓长久道："弓寨主，谷某不才，自幼学了些医术，懂得几味药性，可否见见令爱，看有没有医治的法子？"

　　弓长久闻之大喜，知对方是身怀绝技的高人，必有异能，忙起身离座，拜谢道："先生若能救醒小女，弓某愿意让出关东五十六寨总寨主之位。"

　　谷司晨忙上前扶了道："弓寨主勿要施如此大礼，在没有见到令爱之前，谷某还无把握，但请引见了。"

　　弓长久忙道："先生初至山寨，未及安歇，待酒宴之后，休息一晚，明日再行诊治吧。"谷司晨道："弓寨主有所不知，谷某见到疑难之症，心下起急，一刻也等不得。待见到令爱诊断之后，再歇息不迟。"

　　弓长久见谷司晨态度执着，便万分感激地道："如此，就有劳先生了。"

　　弓长久随后引了谷司晨出了聚义厅，一行人众转向后山。那后山竟有几百间的房屋，错落有致，如集镇一般。整座山寨井然有序，险要之处都设有关卡，谷司晨见了，心中暗暗叹服。

　　进了一处宽敞的院落，在一处雅致的房间内，一名少女躺在床上，似在沉睡。几名在旁边看护的侍女，见了弓长久等人进来，忙都施礼退了出去。

　　弓长久伸手相让道："谷先生，这就是小女。"谷司晨上前看时，不由吃了一惊，但见此少女面色苍白无血色，憔悴之极，形销骨立，似有残息，直如活死人一般，虽如此，却也显出几分俏丽。

　　罗坤旁边见了，惊得"咦"了一声，心中大为怜惜。同进来的几位寨主不忍看视，悄然退了出去。弓长久脸色凝重，一扫先前的豪气，忧伤之至。

　　谷司晨上前持了那少女的脉位，细诊之下，心中暗暗惊异，但感六脉微弱散乱，气若游丝，实是一极险之症。

第六回 白虎山

诊毕，谷司晨轻声问道："弓寨主可知令爱何故发病，竟致如此症状？"

弓长久叹然道："两年前的夏日，小女与侍女在山后玩耍了一整日，归来后，大汗淋漓，吵着要水喝，饮了冷水后便睡去了，谁知一睡不醒，以至今日。"说罢，竟带咽声。

谷司晨点了点头，眉头皱了皱道："原来如此！"

弓长久急问道："先生可知小女所患何疾？两年来，所请医家，众说不一，实令弓某好生烦恼！"

谷司晨叹息一声道："此为'暑气失神症'，夏日大热，中了伏暑，又暴饮冷水，以至寒热相激，邪气不得出，内犯五脏，上侵脑髓，蒙蔽清窍，故而神明不用，昏不知人，日久形损肉削，脉微欲绝，实是一险症。"

弓长久闻之，急切道："不知小女可有救否？"

谷司晨摇了摇头道："实不相瞒，此症若发在三个月之内，谷某倒也有几分的把握。如今病延日久，已成绝症，杂医滥治，正气伐无，目前可以说是没什么希望了。"

弓长久闻之，凄楚不已，眼中竟含泪光，拜道："弓某现今已信不得他人，但请先生大胆施术，死马当作活马医吧。纵有意外，也是小女命数该绝，弓某自无怨言。"

谷司晨见弓长久如此刚硬豪气之人竟也落泪，心下恻然，想自己原本一晤弓长久便走的，谁知竟遇此耗时费力之事。但人命关天，哪有见死不救之理！略一思忖便道："也罢，此症也是难遇，谷某只好暂留数月，全力施治便是。"接着又道："日后一切药水饮食当由谷某亲定，他人不可擅自为之。"

弓长久面呈喜色道："一切皆遵先生之意。"希望自是大增。

弓长久随后引了谷司晨来到外室，谷司晨提笔书了一方，上列了几十味草药，然后道："请弓寨主派人下山，照方抓药。"

弓长久道："倒可不必下山，为医小女之病，山寨中备了几乎能买到的天下间所有药物，在山寨中提药便是了。"

谷司晨闻之喜道："如此方便，最好不过。"接着指了指所开药方道："按此方配齐药后，研成粗末，装入透气的布袋中，放在令爱身体周围及枕内，三日一换，以保药力。"弓长久立即命人持方配药去了。

谷司晨又从怀中取了两颗黑褐色药丸，对弓长久道："弓寨主可令人将此丹药分两日，当在午时，温水化开给令爱服下，不可误时。"弓长久接过，吩咐了内宅侍女照法做了。

谷司晨接着又开了一方，细审了片刻，随后道："但将此方之药煎浓汁兑入糖水中，叫人服侍令爱每日频饮。"弓长久接过药方道："弓某立即叫人去办。"

谷司晨迟疑了一下，止了道："此入口之药，还是由谷某亲自配制吧。"弓长久感激道："如此，请先生药房一行。"旁边众寨主见谷司晨处方遣药周备细致，并且十分谨慎，敬佩之余，知道小姐的病症有了一线生机，都暗自高兴起来。

罗坤心中惊讶道："谷先生不但武功高强，还有医病救人的本事，真是厉害！"

众人陪了谷司晨来到一所大木房子前，弓长久命人开了木门，随有一股浓厚的药味扑鼻而来。但见里面十几架药橱四面列了，药物分门别类，用纸签标得极是明白。地上堆满了小山似的袋子，也是那胡乱买来的药物了。

谷司晨见了，笑道："如此多的药物，弓寨主可以开家大药铺了。"弓长久无奈笑道："为了医治小女之病，弓某恨不能将天下所有的药物都搬到山寨来，可惜无高人遣用，也只当废物一般。"谷司晨闻之，暗中也自感慨。

弓长久随后命看管此药房的管事协助谷司晨取药配制，谷司晨却在一样的药物中，挑挑拣拣，似有区别一般，时间不大，便将药物配全了。谷司晨将配好的药交与了旁边侍者，让他去煎熬，又详细叮嘱了文武火候，那侍者领命去了。

弓长久这时感激道："先生仁心至爱，实为病家之福。忙碌多时，但请于厅上用酒菜吧。"谷司晨一笑作答，随众人回到了聚义厅。

自此以后，谷司晨与罗坤便在白虎山龙云寨暂住了下来，谷司晨每日则去医治弓英儿。罗坤闲着无事，便在山寨中游玩，弓长久自派了人跟随侍候。

到了晚间，罗坤便习练谷司晨传授的那套行气功及内功心法，数日后，身体中竟有了反应，罗坤惊讶之余，练得更勤了。如此过了半月有余。

这天晚上，罗坤在室中静坐练功，此时已将先前腹中的那种饱和之气尽数化去了，似乎转换成了另一种气力，在腹中奔腾不止，四下激荡，偶又流窜四肢，但感神意非常，畅然之极。接着，罗坤又觉得体表肌肉跳动，且在不同的部位连成线条状，体内的那种气力欲有膨胀之势，但感力量无穷……

过了月余，弓英儿的病况有了好转，面色渐现红晕，身体也趋于正常，但仍昏睡不知人事。弓长久见有了起色，兴奋至极，更待谷司晨如上宾，恭敬有加，寨中上下，人人欢喜。谷司晨心中也自高兴，知道病情有了转机，信心大增，猛然间想起一个人来，寻思道："若是神针秋海林在此，施以金针妙术，针药合用，倒可能令这女娃早些醒来。"见罗坤每日潜心练功，谷司晨尤感欣慰。

又过了数日，罗坤已将体内那股气力控制自如，运至双手，拍树击石，威力无比，运至两腿，踢打之力更是如此，尤其翻腾跳跃，捷健超常，院中木栏，一跃而过，身轻若燕。罗坤知道自己练出了本事，便跑到谷司晨那里，惊喜地道："谷先生，我练出了好大的力气，好像永远也使不尽的。"

谷司晨闻之，大喜道："好快！没想到这么短的时间内竟习成了内力。既然如此，我且试试你的力道如何。"说罢，一掌迎面拍去。

罗坤见了，惊急之下，索性闭上眼睛，运掌全力相迎，但听"砰"的一声，谷司晨的身形立时倒退了数步，脸色灰白，忽眉头一皱，似呈痛苦状。

罗坤睁眼后，见了谷司晨的这般形态，不由诧异道："谷先生，没事吧？"

谷司晨摇了摇头，苦笑道："我……我没事。"原来谷司晨欲试罗坤内力，又怕伤着他，故只用了三成力道，没想到罗坤全力相迎之下，掌力雄劲，险些将谷司晨震飞开去。多亏谷司晨下盘稳健，这才立住了身形，心中大是惊异道："那参王果是神物！竟能增人内力如此。"见罗坤一脸关切之情，谷司晨宽然一笑道："我无事，不要担心。"其实已被罗坤浑厚的掌力震成了内伤。

谷司晨随后叫罗坤回房歇息了。待罗坤一走，自家急忙吞服了一丸丹药，接着坐于床上运功疗伤。两个时辰后，谷司晨这才缓过劲来，长吁了一口气，后怕道："这小子好厉害！若是换了别人，必当场丧命不可，好险！好险！孺子可教！"

几天后，谷司晨的伤势才逐渐痊愈，见罗坤根基已成，便传授了一套自创的剑法与几路拳脚。罗坤勤学苦练，武功日益精进。谷司晨见了，心中暗自高兴，时常有一个念头出来，却也不表示，以待水到渠成。

这一日，罗坤来到弓英儿的住处，见谷司晨正在给弓英儿把脉，便问道："谷先生，这位小妹妹好些了吗？"谷司晨摇头道："可惜，身体恢复得虽好，却还在昏睡，不知几时才能醒来。"

罗坤上前看时，见那弓英儿神色已如常人，静静地躺在那里如甜睡一般，与初次见到的情形判若两人，显得更加俏丽，罗坤不由称赞了一句道："这位妹妹长得怪好看的。"

谷司晨闻之笑道："等把她救醒，与弓寨主说一声，送与你做媳妇吧。"

罗坤闻之大窘，脸一红道："先生说笑了。"接着懊悔道："都怪我，吃了救治这妹妹的人参。"谷司晨道："此事怪你不得，况且那宝参即使拿了来，也未必能救得醒她。"罗坤叹道："只可惜吐不出来了，否则甘愿送于这妹妹吃，也增一线希望的。"

谷司晨笑道："你这孩子，心地倒也善良，不枉你得了一场造化，误食了那宝参……"谷司晨这时忽然恍悟道："是了，那参王堪称药中之神物，能大增你的真元之气，你若用内功将此真元之气传送弓姑娘体内，或能有奇迹发生。"

罗坤闻之喜道："能把这妹妹救醒，当真好极！"谷司晨又道："你体内的这种真元之气，非其他内家高手可比，同时具备了阴阳两种真气，主要是那参王所汇聚的大地山川之灵气。女为坤，坤为地，同气相感，必有效应，阴阳融汇，是为中和。"

罗坤道："既然能起作用，却不知怎么个传法？"谷司晨道："上传百会，以醒其脑，下输神阙，以固其本。培元养真，五脏安和，自能神明窍开。"罗坤闻之，摇头道："百会？神阙？我不知在何处的。"谷司晨道："百会位于头心处，神阙就是脐中，是人身上两处要穴。"接着，教了罗坤传功输气之法。

谷司晨随后掀开了弓英儿的腹部衣衫，指了脐部，对罗坤道："右手按在上面，行功运气便是。"罗坤见了，慌忙摆手道："男女授受不亲，这如何使得！"

谷司晨摇了摇头道："小孩子家，忌讳些什么，此乃救人之举，勿要推脱。"罗坤无奈之下，只好闭上眼睛，伸手于弓英儿的脐部上按了，运气行功，把一股股雄厚的真气源源不断地输送过去。时间不大，弓英儿的全身便发热起来，显是气通血脉之故。罗坤此时但觉腹内真气无穷无尽，越发兴起，不断地催送。

谷司晨旁边见状，心中惊讶道："这孩子的内力太强了，当今天下，恐怕没有人能及他了。"过了半个时辰，谷司晨便让罗坤转于弓英儿头顶百会穴处，继续运送真气，以让"天地之气"相接。少许，弓英儿嘴唇忽然一动，轻微地"哼"了一声。

罗坤见状大喜，全神贯注，气随意走，真气不断输入。谷司晨更是一喜，知道起了作用，有了大转机。就在这时，弓英儿喉间"咕"的一响，随即缓缓睁开了双眼，苏醒了过来，一双大眼睛呆呆的向上望着，茫茫然不知所措。罗坤、谷司晨二人见状，立时惊喜万分。旁边的一名侍女欢呼一声，奔跑出去，通知弓长久去了。

罗坤这时已收手停功，谷司晨上前轻声唤道："英儿姑娘！英儿姑娘！"弓英儿瞳仁仅动了一下，并不应声，浑然无觉，仿佛这个世界不存在这般。

此时听得门外人声喧杂，众寨主拥了弓长久急奔进来。见了已睁开双眼的弓英儿，弓长久激动得上前一把抱起，惊喜地唤道："英儿！英儿！"弓英儿神色茫然，头部仅微摆了一下。

弓长久见女儿不应，忙问谷司晨道："谷先生，小女已醒，为何不认得我？"谷司晨道："弓寨主勿急，令爱福大，不过神明虽醒，清窍未开，还需一些时日，气机顺畅调和了，方能辨物识人。"弓长久闻之，慢慢放下女儿，转身跪拜，已是感激得不知如何是好。

谷司晨忙扶了道："弓寨主礼重了，快快请起。此功当归罗坤，若不是他以独特雄厚的内家真气，打通了英儿姑娘的血脉气机，令爱恐怕还要睡上许久的。"

弓长久闻之一怔，诧异道："谷先生，此话怎么讲？"谷司晨道："且请到外室，谷某自当详说。"

众人退至外室各落了座，仆人献上茶来，大家用了。谷司晨放下茶碗，随后道："弓寨主追寻的那支'雌雄参王'可有下落？"

弓长久摇了摇头道："并无消息，看来那神物已入地隐遁去了。"谷司晨笑道："谷某倒知道那宝物的下落。"在座诸人闻之，各是一惊。

杜健忙问道："莫非真在那个女真人的部落中？"谷司晨道："谷某已接了弓寨主一箭，担保那部落中并无此物的。"

杜健诧异道："那又能在哪里？请谷先生指明了，我等即刻去取了来。"

罗坤在旁边，心中不由一紧。

谷司晨这时指了罗坤笑道："在罗坤的肚子里。"弓长久等人闻之一惊，也自把罗坤吓了一跳。

杜健愕然道："谷先生，可在开玩笑？"谷司晨笑道："各位有所不知，那支参王是被罗坤在野外无意中拾得，因不识宝物，当作萝卜解渴用了。"

"啊！"众人闻之，俱是一惊。杜健惊讶道："怪不得那参王不翼而飞，原来是被罗坤兄弟吃掉了！我说罗坤兄弟怎么与众不同，神色光彩得很，敢情是那宝物养的。"

弓长久恍然大悟道："罗坤兄弟运送真气救醒小女，原来是借了那参王之功，真乃奇事！"说着，起身向罗坤施了一礼道："多谢罗坤兄弟救治小女之恩。"慌得罗坤连忙站起道："我无意吃了那东西，实在对不住各位，勿要谢我的。"

弓长久大笑道："此乃天意！那宝物惹得多少人眼红，却被你吃进了肚里，造化！造化！"众寨主皆惊慕不已。

弓长久这时感慨道："谷先生医术高明，令小女起死回生，想那中原盛传的'南医圣，北药王'，浪得虚名而已。"

谷司晨闻之，微微一笑道："谷某不才，便是天下人抬举的，弓寨主所说的那位'药王'，实是有失众望的。"

"药王？"弓长久一惊道，"谷先生便是那位大名鼎鼎的药王先生？"谷司晨笑着点了点头。弓长久惊喜之余，率众人起身拜道："真人不露相！原来是药王先生到了，弓某有眼不识泰山，这些日子怠慢先生了。"

谷司晨起身回了一礼道："谷某一点微名，不足为道，弓寨主勿要客气才是。"弓长久这时朗声笑道："我说呢！谷先生不但武功高强，还身怀医家绝技，不是药王，又能是谁？"众寨主大笑。

罗坤心中惊讶道："谷先生原来还有'药王'之称的，果然是一位高人。"庆幸结识,欢喜不已。由于药王谷司晨到了山寨,弓英儿又快醒如常人,白虎山上下充满了节日般的喜庆气氛。

罗坤一连几日去给弓英儿运气行功,那弓英儿可以转目视人了,人人高兴不已,对罗坤已是另眼相看。

这一日,罗坤又给弓英儿推送了一阵真气,然后坐在旁边等候谷司晨回来,忽听一个微弱的声音道:"你……你是……谁?怎么在……在这里?"

罗坤闻之一怔,四下看时,并无他人,当回视弓英儿时,见她瞪着一双水灵灵的大眼睛正疑惑地望着自己,天真俏丽,可爱之极。

罗坤不由大喜道:"刚才可是你说话?"弓英儿眉头一皱道:"你……你这人……好生无理,如何在……在我的房间内?"接着,弓英儿茫然四顾道:"这是……怎么回事?我……我怎么还在这里?"

罗坤见果然是弓英儿在讲话,惊喜非常,连忙道:"你这一觉睡了好长时间,你可知道吗?"

弓英儿神色茫然道:"我……我好像昨天睡的吧?"接着又惑异道:"我睡觉时,不知哪里来的阵阵暖流,好是舒服。"

罗坤笑道:"是我传给你的。"弓英儿惊讶道:"是你?"罗坤道:"不错,是我传给你的真元之气。"说着,用手在弓英儿头顶一按,传送了一股真气过去。弓英儿忽呈出笑道:"对!就是这个样子,你是谁?怎么会放气流的?"

罗坤见弓英儿有了笑意,也自欣然道:"我叫罗坤,刚来这里不久,适才是用内力给你运功行气的。"

弓英儿道:"原来是罗坤哥哥,我叫弓英儿,爹爹是大力弓王,你知道吗?"罗坤应道:"你爹爹我知道的,就是弓寨主。"这时,弓英儿头部转动了几下,忽然惊喊道:"罗坤哥哥,我……我怎么起不来了?"

罗坤道:"谷先生说过,你醒来后还要过些日子才能动的。"弓英儿诧异道:"谷先生是谁?我……我怎么了?"说话间,神情大是恐慌。罗坤忙道:"你患了一种怪病,一直睡了两年,今天才完全醒了。"

弓英儿闻之,立时惊急得变了脸色,想挣扎起来,上肢仅动了几下,欲起不能。罗坤见了,心中大为怜惜,上前道:"小妹妹,我来帮你。"说着,伸手握了弓英儿的双手,一股股真气传了过去。弓英儿但感两股源源不断的气流传进手心,激荡双臂,极是舒畅,心中喜道:"这位罗坤哥哥真有本事!"

过了片刻,罗坤收了功道:"现在试试怎样?"弓英儿犹豫了一下,随后一咬牙,竟然勉强支撑着双臂坐了起来。罗坤见状大喜,又开始对弓英儿的双腿传送真气,以打通滞缓的经脉气血。弓英儿望着前后忙来忙去的罗坤,只是发笑。

罗坤传送了一阵真气之后,便扶着弓英儿下地行走。弓英儿双足发软,倒也勉强地走了几步，把刚刚进来的两名侍女惊得呆了。

弓长久、谷司晨等人闻讯赶来，见此情形，各自惊喜万分，那弓氏父女抱头大哭。

十余日后，在罗坤每天运功行气的治疗下，弓英儿便基本康复了，全寨欢喜，大摆宴席相贺。那五十六寨的寨主，都各自带了厚礼来祝贺，山寨内一时间热闹起来。弓长久率众寨主把谷司晨、罗坤二人推至首位坐了，齐施拜谢之礼，二人推辞不过，只好受了。

酒席间，众寨主都对罗坤称赞不已，皆有礼物来赠，忙得罗坤不亦乐乎。

弓长久这时私下对谷司晨道："谷先生与罗坤救了小女性命，弓某无以为报，想这罗坤也是少年英雄，弓某愿把小女许配给他，招之为婿，以报大恩，还望药王先生中间为媒，成全此事。"

谷司晨道："罗坤有那误食宝参的奇遇，进而救治了令爱，这是他二人的缘分，谷某也有意成全他们。不过二人尚小，皆未成人，暂缓几年吧，将来有机会，谷某一定促成这桩好事。"弓长久闻之大喜，忙自谢过了。寨中上下便已知道罗坤是那将来的少主人了，皆自欢喜，唯罗坤、弓英儿二人不知就里，弓英儿知道是罗坤救了自己，喜欢与他在一起玩耍，以至形影不离。

过了几日，五十六寨寨主相继别去了。罗坤寻个空隙，自家出来散心，寻一崖顶立了，任风拂吹，忽然心生寂寞，良久，轻叹一声道："应该去找方大哥了，耽搁得太久了。"忽听身后有人道："罗坤哥哥，你原来在这里，让我好找。"

罗坤回头看时，见是弓英儿，暗里摇头道："这小妹妹真是缠人，走到哪里都跟了来。"弓英儿见罗坤呈出一种伤感之态，不由关切道："罗坤哥哥，为何不高兴？明日叫爹爹带我们去长白山打猎好吗？"

罗坤摇头道："不好，我还要去找方大哥的。"弓英儿问道："他是谁呀？你为何去找他？"罗坤道："你不懂的，方大哥对我如亲兄弟一般，并且走得一手好棋，可惜不知他去了哪里。"说完，摇头一叹，转身回走，弓英儿随后闷闷地跟了来。

晚间，罗坤来到了谷司晨的房间内，道："谷先生，我们明天走吧，反正这里也没什么事了。"

谷司晨点了点头道："我也正有此意。"接着，谷司晨一笑道："你留在这里不好吗？"罗坤摇头道："我还要去找方大哥的，留在这里做什么。"

谷司晨先前听罗坤讲起过寻找方国涣的事，不觉慨叹一声道："你那方大哥不知是位何等人物，竟令你这般魂牵梦萦。也罢，谷某一生漂游四海，也无个止处，姑且带你去寻找那位方大哥吧。"

罗坤闻之大喜，忽呆怔了片刻，随后真诚地道："自识得先生以来，罗坤受恩匪浅，我也是个无去处的人，恳请先生收我为弟子吧，日后也好跟随左右。"说完，跪地便是三拜。

谷司晨见状大喜，自受了罗坤拜师之礼，随后高兴地扶起罗坤道："今日收你为徒，实为人生乐事。"罗坤欣然道："先前叫了多日的先生，却受着徒弟的好处，早该唤师父才是。"谷司晨笑道："其实初见你那一刻起，为师便有此私心了。"师徒二人相视一笑。

第二天，弓长久闻谷司晨与罗坤已成师徒，自是大喜，拱手相贺，接着笑道："如今弓某与药王先生也算半个亲家了，日后更不必见外了。"

谷司晨闻之一笑，随后道："扰了山寨两月有余，今日特向弓寨主辞行，带罗坤下山。"弓长久闻之，急忙挽留道："贵师徒对弓某有大恩，还请多住些时日，令弓某聊表感激。"

谷司晨道："弓寨主盛情，谷某心领，不过谷某散漫惯了，乐于游走，日后有机会再相见吧。"弓长久知道对谷司晨这等世间高人勉强不得，只好应道："既然如此，随先生意便是，不过高徒罗坤……"

谷司晨道："谷某新收弟子，自想带他到天下间见识一番。况且罗坤前途无限，将来作为必超你我，暂时不可为了儿女私情拖误了他。待他长大成人之后，谷某再把他带回来，了却弓寨主心愿如何？"弓长久闻之，欣然而应。

随后，弓长久率了山寨中大小头目亲自送谷司晨、罗坤师徒二人下山。弓英儿见罗坤走了，急得大哭，躲在屋中不肯出来相送，着实伤心了一回。弓长久送出了三十余里，才与药王师徒拱手依惜而别。

谷司晨、罗坤二人到了关内的古平镇，寻到那家马店时，王怀因久候不着已率商队回广东了，把弓长久赠送的那车礼物寄存在马店宋掌柜处。宋掌柜见了罗坤，大为惊喜，不想一个流浪儿竟在关东有此奇遇，直称幸事。出了货物，并不短缺。谷司晨随后将那车东西尽数变卖了，自赏了那宋掌柜五十两银子，接着师徒二人乘了两匹好马，一路扬尘去了。

第七回　美食家

且说方国涣与罗坤那日在陀螺观中走散之后，独自悲伤而去，一路寻那连云山天元寺而来。这一日，走得晚了，见前方有一片村落，便走至村头一户人家门前，轻轻敲了几下。

门一开，出来一位老者。方国涣拱手一礼道："老人家请了，过路之人，恳求借宿一晚。"

那老者见是一位单身独游的少年，风尘仆仆，似走了很远的路，不觉微微惊讶，侧身相让道："小官人若不嫌贫舍简陋，请进吧。"

这是一户简朴的农家，屋中仅一床、一柜、一桌而已。那老者端来一盆清水道："小官人路上劳累，先洗把脸吧。"方国涣谢了声，放下包裹，自去洗了手脸，顿觉精神了许多。

那老者接着从厨下端来一碗黄米饭，一碟豆腐，又于桌上摆了茶水，然后让请方国涣道："农家贫寒，别无好酒菜，小官人若不介意，但吃了充腹吧。"方国涣自是感激，谢过那老者用了。

食毕，老者收拾了碗筷，随手取了只杯子坐在对面陪方国涣饮茶。方国涣见屋中仅老者一人，便问道："老人家，家里人都出去了吗？"

那老者摇了摇头道："哪里有什么家人，唯老汉一人过活而已。""哦！"方国涣饮了杯茶，又闲聊了两句，随后那老者便引了方国涣到另一间房中歇了。

此房间倒还洁净，一张木床支在墙边，上面摆了套简单的被褥，门后堆放了几件农具，房梁上还悬了只竹筐。方国涣随手推开后窗，见屋后是一块菜地，旁边是另一户农家的院落。时已日暮，那农家的屋中已燃亮了灯烛，偶听得有人在高声讲话，方国涣无心理会，便回床上躺了。

这时，但听得由那农家传来的声音道："外面天高月明，你我兄弟何不到院中赏月饮酒，也学学古人的那般风雅。"

另一人应道："王兄所言甚是，想你我都是读过诗书做过文章的人，有酒饮时自不能落了俗套。"接着，便听一阵搬动桌椅的声音，人在院中，说话声音又自清楚了些。便闻一人道："你我兄弟二人，虽不是一父所生，却像一个娘养的，是十分的知己，看那书上的古人，有几个如你我这般的义气。"

另一人应声道："那是！就拿我二人的文章说吧，实是古今难寻的，那些天下的所谓才子，谁能比得上我们来。"

方国涣这边听得那二人头几句话，心中道："村野之中，倒也有这般古风豪情之人。"待听到后来几句，不由皱了皱眉头，便起身到窗前观看。此时那户农家的院中放了张桌子，桌上摆了一坛酒，旁边胡乱堆了些花生、果子等食物。一名粗大的汉子左脚踩在凳子上，腆胸露怀，端着碗在大口地饮酒。另一名身着长袍，系着方巾的小个子萎缩地坐在旁边，低着头但挑拣桌上的东西吃。那粗大汉子饮完了一碗酒，似来了兴致，感慨一声道："古人酒中的第一家要算李太白的，只可惜我二人不能与之同世，否则也会有那斗酒诗百篇的文章。"

那小个子似乎被东西噎了一下，打了个嗝，忙端碗饮了一口酒，随后一咧嘴道："那是！我二人的文章并不比古人差的，便是那李太白此时又能把我二人怎样？"

方国涣见他二人这般语无伦次的情形，觉得无聊，重回床上躺了，然而声音犹在窗前，由不得你不听。好似那二人被酒激起了性子，那粗大汉子扬声道："人逢知己千杯少，遇得意处便高歌，来来来！今日痛快一回。"这几句话惹得小个子更加性起，跳将起来，似把凳子碰倒了，大喊道："先干十碗，不喝是婊子养的。"接着便是对饮之声，随后又是一阵狂笑谩骂。

胡为了一番，便闻那粗大汉子道："今日如此痛快酣畅，也不枉了人生一回。"

小个子应道："英雄遇美酒，天下无敌，如今大骂天下人一句，谁敢应声？"那小个子接着又道："陆兄，你我今日可谓是少得的痛快，可惜月亮光淡，院中暗些，不如把贵宅这两间草房烧了，以火助酒兴如何？"

那粗大汉子道："你我自家兄弟，何须商量，待我去取火种来。"遂闻一妇人跑出来嚷道："使不得，烧了房子，叫我娘儿俩哪里住去？"

方国涣听到这里，也自一怔，忙起身到窗前观看。此时见那粗大汉子朝一妇人打了一拳，怒道："你这婆娘，哪晓得饮酒人的兴致，勿要扰了我等的酒兴。"说罢，又是几拳，打得那妇人哭叫不迭，急忙抱了孩子跑出，自去邻家避了。

那粗大汉子果真到厨下取了火种来，一拍胸脯，递于小个子道："王兄，索性把这几间房子都燃了吧，这样才是痛快，人生能有几回尽兴之事。"

小个子立时喜道："陆兄真乃豪爽慷慨之人！有气魄！"说着，随手将那火种往房上一扔，燃着了房上草，那火势立时就起了来。

方国涣见状，大吃一惊，没想到这二人酒至兴头上，毫无顾忌，说烧房便点火，竟然不计后果。时值天气干燥，那火势越发大起来，顷刻间，几间

第七回 美食家

草房连带烧着，火光一片。那粗大汉子与小个子对着大火狂呼乱叫，兴奋到了极点，接着又是一阵暴饮。由于火势太猛，热浪逼人，二人索性抱了酒坛退到菜园中，坐在地上，望着通红的烈火，喊叫不已。

火光冲天，惊动了村民，互相吆喝着，端盆提桶的来救火。那粗大汉子见了，起身上前拦了道："你们想做什么？"

一个年轻人道："你家房子失了火，难道没看见吗？"粗大汉子怒道："我家失火，关你屁事，快些走开，勿要扰了我等兴致。"众村民听罢，皆成不快之色，见这几间草屋单处一地，并无别家房子相连，而且那粗大汉子拦阻众人，并无救助的意思，便都袖手旁观。

时间不大，几间房屋俱已化成灰烬。那二人似已倦极，竟抱着酒坛卧在菜地里睡着了。村民们随后也各自说笑着散了，无人来看顾他们。方国涣摇了摇头，关了窗扇，回身于床上睡了。

第二天一大早，方国涣被一阵吵闹声惊醒，起身开窗看时，但见昨晚的那双酒友拉扯在一起。粗大汉子怒道："你这混蛋，简直没心肝，为何趁我酒醉，放火烧光了我家房子？"

小个子恼道："是你取火让我来烧，却反怨起我来，真是岂有此理！"二人争执不休，已有了拼斗的样子，一些村民站在远处幸灾乐祸地看着。

这时，一位村中的长者上前劝道："二位勿要相争，若出了人命，村人都要受累，不如见了县里老爷，判个公断。"那二人于是拉扯着，村民拥了，自去县里了。方国涣见事情闹得很有些出奇，便在村中候了，想知道个结果怎样。

午后，房东老者回了来，见方国涣还没有离开，倒也不以为然。方国涣问起了那两人的事，老者笑道："县里老爷听他二人在堂上争论了半天，才明白是酒鬼生事，大怒之下，各打了四十板子，轰出了公堂，如今县里正传着呢。"方国涣闻之，摇头苦笑不已，随后留了几钱银子，别了老者自去了。

方国涣一路行来，一心想早日走到连云山天元寺，寻访棋上高人，使自家棋艺再有所精进。想起枫林草堂的智善和尚所说的那般，时常寻思道："莫非天下间的棋上好手都集在了天元寺不成？若如此，能得以拜师学棋，当别无他求了。师父说过，大凡世间的高人隐士，不居深山，就住闹市，能遇到比自己本事高的人，自能受益匪浅。"方国涣对天元寺心驰神往，一路上更是不辞劳苦。

这一日，天气酷热，方国涣走得口渴，一路寻来不见村落，正着急间，忽见前方不远处的路旁有一棵粗大的槐树，枝叶茂盛，伸出的侧枝像伞盖一般，竟把道路的上方空间遮掩了几尽一半。方国涣心中一喜，快步走到了那棵槐树之下。此树荫处十分的凉爽，自无一丝的阳光射进来，地面都已被人踩实，十余块扁平的石头沿树根部围了一圈，显是过往之人经常在此歇脚。不远处，有一溪水，涓涓细流，清亮诱人。方国涣跑过去，痛快淋漓地喝了个饱，又洗了脸面，自感爽快了许多。随后到树荫下于树后面坐了，长吁了一口气，从包裹里取了个馒头来，暂作歇息。

这时，从另一条路上来了一伙人，为首的是两名骑着马匹衣着华丽的年轻人，后面跟着十余名仆从，抬着两只方形的盒子。远远见了这棵大槐树，仆人们都高兴地指指点点，加快了步伐。

到了槐树下，这伙人便停了下来，一年轻人道："表哥，如此好地方，歇息一下，避避暑气再走吧。"另一年轻人应道："正合我意。"二人随即下了马，有仆人接过缰绳，牵到溪边饮马去了。一名仆人在石头上铺了垫子，请了二人坐下，接着有仆人递上刚刚浸过溪水的面巾，二人自净了脸面。此时四名仆人把那两只盒子并放在一起，这两只盒子做得别致，中间都分了层的，一名仆人抽出了一层，竟从里面端出来两碟精美的菜肴，原来是装食物的食盒。接着六碟菜肴摆好，酒器碗筷备就，仆人们便退下了。

方国涣见有人来，在树后向这边望了一眼，心中微微惊讶道："这二人却也雅致，当不是一般的大家公子。"倒也无心理会，自在树后食自己的馒头。

那两名年轻人对饮了一杯，便说笑起来，一人道："荒野之中，烈日之下，在这片树荫内把酒临风，倒也有几分的惬意。"

另一人道："只要表哥高兴就好，待到了前面的镇子上，寻家大酒楼，品尝些当地的风味名菜，以饱表哥的口福。"方国涣这边闻之，心中道："这二人竟有此兴致，勿要如先前那两个酒鬼闹事才好。"随后闻一人感慨一声道："天下间的美味佳肴，我赵明风几乎都品尝遍了，不知能再有什么可口的。人生不过几十年，死后双腿一蹬，世间的一切你能带去几分几毫？想那王侯将相虽耀极一时，与那荣华富贵也只是转眼的烟云罢了，唯这入口果腹的美味，才是人生最实在的享受。"

另一人道："表哥在江南素有'美食家'之称，并不是虚传的。小弟赵胜虽赶不上表哥，但跟随表哥多年，同尝天下美味，也算得上半个'美食家'了。"言罢，二人大笑。方国涣这边心中惊讶道："天下竟有这等好美食之人！这位自称赵明风的，言谈不俗，当不是一般的人。"

那赵明风此时又道："天下南北大菜，品尝了多年，虽然偶有可口者，却常常不能尽如人意。天下第一名厨韩玉公的厨艺，至今没有领略到一点味道，实为人生憾事。"说完，赵明风摇头感叹不已。

赵胜一旁道："那韩玉公是宫廷御厨，嘉靖帝曾下旨封其为'天下第一厨'，嘉靖帝升天后，听说韩玉公就退隐民间了。"赵明风叹然一声道："可惜寻访了多年，没有查到韩玉公的一点踪迹，或许早已过世了吧，若品尝不到

第七回　美食家

天下第一厨的厨艺，这'美食家'也是空做了一回，枉为庖客。"赵胜道："听说韩玉公的厨技通神，便是普通的食材，只要一经他手，做将出来，可赛过山珍海味。"赵明风道："虽是传闻，却也足见其人厨艺之高，若能请到这位高人，多大的代价也是值得的。"方国涣这边闻之，心中倒生出几分敬意来，暗里道："此人品味奇高，世上难寻。我以棋道为人生乐事，这位赵公子以美食为人生乐事，可见兴趣所致，可令人追求不倦，忘乎一切。"

赵胜这时道："伯父为江南首富，就是天下首富也当得的，莫说一个韩玉公，便是十个百个也自请了来。"

赵明风摇头一叹道："真人只有一个，莫说请，至今连面都未曾见到，哪里请得来。看来即使富甲天下，也有不能尽如人意之时。"

方国涣这边闻之，心中诧异道："从他们的话语中看，这位赵明风果是非常之人，不是王侯将相之后，必为富商巨贾之子。"

赵胜这时又道："其实表哥美食家的大名，也多归功于伯父他老人家的，若无伯父的开明，表哥哪里会有这许多银子出来用度。想去年，表哥为了品尝江南名厨刘本财的拿手绝活——九曲乌龙肉，出了高其标价十倍的银子，压倒了十余名来争食的大家公子，独尝自品，令那苏州城风传一时。"

赵明风听罢，笑道："表弟说得有理，父亲大人曾说过，他赚尽天下之财，我尝遍天下美味，其功等同，父亲大人还羡慕我比他老人家活得自在潇洒哩！"说罢大笑，与赵胜举杯对饮起来。

方国涣心中惊讶道："这赵明风倒也豁达，不似那般轻浮浪荡的大家子弟，取了家里银子去胡为之人，只不过迷恋美食罢了，却不知如何生成这种特殊的嗜好？未必与其家境有关吧。"

赵明风饮酒谈笑间，无意中看见了树后的方国涣，始知还有他人同歇在此，便出自豪爽之性，唤过一仆人道："阿炳，去请那位公子来饮酒。"

一名仆人走到方国涣面前，施了一礼道："这位公子，我家主人有请。"方国涣见赵明风邀请自己，颇感意外，忙起身过了来，拱手一礼道："在下方国涣，打扰二位公子酒兴了。"

赵明风起身相让道："原来是方公子，既然同歇于此，过来共饮一杯吧。"那赵胜坐着未动，只是微点了一下头。方国涣本欲推辞，然见赵明风热情相请，不好拒绝，便谢过一旁坐了，自有仆人从食盒中取出一副杯筷摆了。

赵明风亲自斟满了酒，敬了方国涣一杯，随后道："方公子风尘仆仆，一个人赶路，不知欲往何方？"方国涣见赵明风态度友善，全无富贵骄人之气，心中自生好感，应道："在下从河北而来，欲往湖南寻访一处叫天元寺的所在。"

赵明风闻之，惊讶道："河北至湖南几千里之遥，方公子一人独行孤游，真是叫人佩服。"暗里自对方国涣生出几分敬意来。

方国涣笑道："在下也是为了一件兴趣，如赵公子一般，远道奔波，不辞劳苦。"赵明风闻之，知道刚才所谈之话尽被方国涣听了去，不由快意地笑道："方公子有此毅力，赵某算是遇一知己了。"高兴地请方国涣又对饮了一杯。

方国涣见面前的酒菜精致，便笑道："赵公子遍尝天下美食，所行之处又有美味相随，如此口福，实令人羡慕。"

赵明风笑道："人生之乐，不过如此。"赵明风是大家公子，平日里与之坦诚交谈的人不多，今见方国涣虽平常之人打扮，却不亢不卑，清秀之中又透出几分豪气，心中喜欢，怪自己请之太晚。言谈中，二人甚是相得。

此时空气中吹来几丝凉风，酷热自减弱了些，赵明风便命仆人收拾东西起程，并热情的邀请方国涣同行。方国涣见赵明风与自己同路，欣然应了。赵明风很是高兴，便请方国涣乘自己的坐骑，方国涣自然不肯，赵明风索性拉了他，一路谈笑而行。那赵胜自家骑在马上，走了一段路，觉得不是滋味，便下了马，交于仆人牵着，自己于后面跟着走了。

待上了一段坡路，眼下呈现出一片大集镇来，由于路势高低之隔，互望不见，所歇槐树之处与这集镇甚近，众人不由相顾大笑。

进了镇内，寻了一家当地有名的大酒楼，唤作"四海楼"的，赵明风便拉了方国涣到楼上坐了。方国涣不好推辞，自随了他去。

赵胜转到厨下吩咐道："凡有什么风味名菜，无论贵贱，统统做来，我家公子若吃得高兴，必有重赏。"厨中的五六位大师傅立时惊动，各自施展本领忙将起来，一时间，叮叮当当，锅勺碰撞，烟火缭绕。

酒楼上管事的见众人穿戴不俗，知是贵客到了，连忙通知了掌柜，那掌柜的随即出来接待，陪着说话。时间不大，一道道的汤菜便端了上来，大盘小碟的自把两张并在一起的方桌摆满了。赵明风坐在首位，方国涣与赵胜左右各坐了，仆人们分坐旁侧。那掌柜的这时介绍起每道菜的风味特色来，口若悬河，滔滔不绝，把方国涣听得一头雾水，没想到菜肴中还有这许多考究。赵明风等人却已习惯了一般，不甚理会。那掌柜的介绍了数道菜后，又指着两道大菜，详细地介绍了一番，言罢，自有些得意。哪知赵明风又很自然地补上了数句，乃是这两道菜的菜系特色，全是那掌柜的所疏漏之处，自把那掌柜的惊得目瞪口呆。

方国涣一旁暗自叫了声好，心中赞叹道："没想到赵明风在美食上的学识竟如此渊博，不知用了多少心思在里头，不愧为一位美食家！"

那酒楼掌柜的也是见过世面的，马上恍过神来，知道是真正的食客，大吃家到了，忙吩咐伙计道："速去地窖中取两坛贮藏多年的好酒来。"随后对赵明风赔笑道:"公子既是贵客,这两坛酒全当小店敬奉。"

酒菜上齐,赵明风伸手相让方国涣道:"方公子,请用,不要客气。"方国涣笑着谢了声,暗里直是摇头。

那赵明风每样菜只挟一二筷,一筷所持也不多,送在口中慢慢细嚼品尝,便是摇头的多,点头的少,把那掌柜的看得更是不知所措。赵胜与众仆人却是往饱里吃,不过却是动那些赵明风挟过的菜。方国涣此时暗暗惊奇,知道赵明风果是一路吃来,寻访遍尝美食的。

酒菜用毕,竟剩大半。赵明风刚放下筷子,那掌柜的便在旁边,惶惶道:"小店简陋,不知公子吃得怎样?可是合些口味?"

"菜不如酒好。"赵明风淡淡说道。那掌柜的一听,急得直是搓手,不知如何才是。赵胜一旁道:"我家公子从苏州一路吃来,就数你们这里的菜最差,难道就没有什么可口的让我家公子高兴高兴吗?"

那掌柜的擦了擦头上的汗,赔笑道:"小店酒菜平常,不能满足公子的口味,还请多多包涵,多多包涵。"掌柜的心知对方来头不小,不像是诈食的,若作难起来,着实难办,心下大是不安,忙着赔礼说话。

赵明风有些厌烦,便对赵胜道:"算过酒菜之资,我们走人。"赵胜应了一声,自去柜台结账。那掌柜的心下稍安,忙唤伙计献上茶来,赵明风并不理会,待赵胜回来,起身拉了方国涣道:"方公子,我们走吧,明日找家好的酒楼,我再复请。"

那掌柜的恭送道:"招待不周,招待不周,请公子慢走。"暗里已是松了一口气。

当赵明风等人走至楼梯口,欲要下楼时,那掌柜的忽然想起了什么,迟疑了一下,随即唤道:"请这位公子留步,老夫有话要讲。"

赵明风闻之一怔,也自停了下来。赵胜不悦道:"怎么?短了掌柜的酒钱?"

掌柜的忙道:"不要误会,还请各位坐下说话。"

赵明风犹豫了一下,便自回身坐下道:"掌柜的,有话请讲吧。"

掌柜的稳了稳神道:"公子非寻常人,小店招待不周,实是惭愧。"

赵胜这边急道:"有话直说便是,不要婆婆妈妈的。"

那掌柜道:"各位勿急,老夫这就说来。今见这位公子品味奇高,不是一般大师傅的厨艺所能应的,老夫现知道一个去处,住着一位厨中的高人。"

赵明风闻之大喜道:"请问掌柜的,是何去处?离此多远?"

掌柜的说道:"远倒不甚远,此镇东行十里,有一石岩村,内居一老者,人称石鱼公,十余年前移家至此。曾有人吃过他做的菜,味道绝美,似非人间所有。然而此翁性格怪僻,少与人交,更不轻易与人下厨,但有一嗜好,走得一手好棋，远远自无对手。有嘴馋者上门搅扰，那石鱼公被缠不过，便放出风来，若有胜其一盘棋者，当有更高之人为他做一道古今没有过的大菜。若有胜其两盘棋者，那更高之人便为他烧制一桌味美绝伦的奇宴。倘若胜其三盘者，便让此人尝尽天下美味。"

赵明风听罢，大喜道："那位更高之人，可是唤作韩玉公的？"掌柜的摇摇头道："不是，听说是一位十五六的女子。"

"女子？"赵明风闻之，大是惊异，随后一拍桌子，起身道，"不管是谁，但做得美味佳肴就行，我等这就去拜访。"

掌柜的忙道："公子且慢，那石鱼公为了拒阻一些闲人食客，故设了个规矩，只有赢棋之人，才能有幸品尝到那人间的美味佳肴。公子纵然出手豪绰，若无很好的棋家手段，那石鱼公自不会见的，公子还是莫去碰壁的好。"赵明风听罢，颓然而坐。

赵明风此时懊悔道："早知如此，请田阳午叔叔同来就好了。田叔叔棋压江南，他若在此，定能成全我这桩心愿。"一时间，顿足不已。

赵胜道："那石鱼公莫非并无什么厨家的本事，却设了棋局来唬人的？"

掌柜地道："一年前，本镇上有个秀才叫曹水银的，倒是个不俗之人，也是好事，便去寻那石鱼公斗棋，竟然叫他胜了一盘，于是赢得了那女子烧制的一道菜。品食之后，狂喜而归，再尝我等酒楼之佳肴，竟皱眉吐出，说是味同嚼蜡。那曹水银平日里也是正经的，不做乖张事，所言当不虚。老夫大惊之下，派人以重金相聘，但被拒之门外。"

赵明风听罢，忙道："那曹秀才既然在棋上胜了石鱼公，每日莫不是在尽尝美味佳肴了？"

掌柜地道："那秀才倒是有此想法，第二日便又去了，谁知竟败在了石鱼公的棋上，原来头次得胜不过是侥幸罢了。那曹秀才执着不已，数次败棋之后，便离家远游，发誓学到更高的棋艺后，再回来做那有口福的神仙。时至今日，也无那曹水银的消息，怕是自家在棋上无什么进展吧。"

赵明风焦急之余，忽对赵胜道："你即刻骑快马赶回苏州，请田阳午叔叔速来，他有'江南棋王'之称，棋上当无败理，必能胜那石鱼公的。"

赵胜为难道："此地距苏州路途遥远，往返需月余。况且田阳午先生时常出游，行踪不定，万一不在苏州怎么办？"

"这个……"赵明风一时也无了主意。

方国涣心中暗道："那石鱼公既然设了棋局，必是棋上的高手，机会难得，当拜访讨教才是，也要助赵明风公子一臂之力，以报知遇相请之恩。"刚想对赵明风说出自己代他应棋的意思，赵明风却已下定决心道："既有厨中高人在此，能烧制出奇香美味，机缘难遇，我等明日自去恳求，或许有些

第七回 美食家

希望。"

赵胜一旁道："不错，棋上虽应他不得，明日便去跪请，不怕他不应的。"那掌柜的心中苦笑道："天下竟有这等嘴馋之人，要去跪请乞食，少见！真是少见！"

方国涣见状，暗道："也罢，明日且随了去，自当见机行事。"赵明风随后辞谢了四海楼掌柜的，请方国涣自去客栈投宿了，准备明日去拜访石鱼公。临走时赏了那掌柜的十两银子，以谢告知此事。那掌柜的自是十分感激，晚上备了一席精致的酒菜，派伙计送至客栈，回敬赵明风，赵明风自赏了来人。

这天晚上，赵明风来到了方国涣的房间内，递上一包银子道："方公子，赵某明日去那石岩村不能与你同行了，这是三十两银子，且拿去用了，日后有机会再相见吧。"说完，面呈一种无可奈何之态。

方国涣推谢道："赵公子的心意在下心领了，我倒也不急于赶路，我平日对棋艺倒也爱好，公子既然有困难，明日愿与公子同行，希望能助些微薄之力。"

赵明风闻之，感激道："方公子果是义气之人，既如此，同去也好。"方国涣见赵明风如此执着于美食，心中感叹不已。

第二天一早，赵明风、方国涣等人离了客栈，一路打听石岩村而来。那赵胜见方国涣一直跟着，没有离开的意思，以为是赖食之人，心生厌意，但在赵明风面前又不好说什么，只是对方国涣态度冷淡。方国涣已是察觉出赵胜的心思，却也不甚理会。

一行人到了石岩村，向一村民询问了石鱼公的住处。那村民很是奇怪地望了望这群人，便指了路径。众人来到一处院落前，院中有一名正忙着活计的汉子，见门外来了一群陌生人，迎上前，隔着篱笆问道："各位，有什么事吗？"

赵明风一拱手道："请通禀石老前辈一声，姑苏赵明风求见。"那汉子低声自语了一句道："又是一个嘴馋的。"随即问道："见我家老爷可以，但不知这位公子可是走得一手好棋？"

赵明风不自然地道："棋艺也自懂些，但不甚精，不过……"那汉子打断道："老爷吩咐过了，无论什么人，但因口馋来讨食者，一概不见，不过在棋上有大手段者例外，这位公子懂棋但不精，难为高手，见了老者也是枉然，请回吧。"那汉子说完转身便走。

赵胜这时急道："我家公子远道而来，若品尝不到府上的美味佳肴，我等甘愿跪地相求，不应不起。"言罢，率众仆人跪成一片，赵明风站在一旁极是尴尬。

方国涣见状，大是惊异，没想到为了赵明风的口中滋味，这些家人竟致如此程度，出人意料。适才那汉子回头见门外跪了十来个人，愕然之余，吓得忙跑进通报去了。

方国涣知道此时不能再等，该自家出面的时候了，忙对赵胜等人道："各位快起来，勿要折了赵公子的脸面。"

赵胜愤愤道："方公子若有心相助，当一起跪求才是，也不枉了我家公子厚待你一回！"

方国涣摇了摇头道："各位跪地相求，虽是诚意，但有损赵公子美食家之名声。那石鱼公既然设了规矩，我来应他的棋局就是。"说完，拉了一脸茫然的赵明风推开院门往里就走，赵胜等人竟自呆住了。

第八回　三味玉清汤

这时，院中迎出一位长须老者，身材魁梧，二目扬神，气度不凡。方国涣见了，忙上前拱手一礼道："可是石鱼公老前辈？"

那老者望了望方国涣、赵明风二人，点了下头道："不错，正是老夫，听说门外有跪乞之人，老夫倒要看看，何人嘴馋若此。"

赵明风闻之愧然，看了一眼早已起身的赵胜等人一时不知如何是好。

方国涣这时道："前辈误会了，我等今日是前来应棋的，赢棋之后当以品尝贵府的佳肴美味，刚才几位之举，实则想引起前辈的重视。"

石鱼公闻之一怔，随即笑道："好极！既有本事，就请进来吧。"说完，让进了方国涣、赵明风二人。赵胜等人自在门外候了，见方国涣如此举动，相顾茫然。

石鱼公引了方国涣、赵明风进了一间厅堂内，此厅布置得雅致而洁净，似找不出半点灰尘。尤以中堂之上挂着一幅古朴的画像，最为显眼，上面画的是一位黄袍老翁，白须拂地，面目慈祥，不知为何许人。

石鱼公这时道："二位公子既然晓得老夫的规矩，不知由谁来与老夫对上一局？不瞒二位，几个月了，无对手走棋，手痒得很。"

方国涣恭敬地道："晚辈方国涣敢请前辈赐教。"石鱼公见是方国涣应棋而不是赵明风，颇感意外，望了赵明风一眼道："老夫倒觉得这位赵公子似有口福之人。"

方国涣道："前辈好眼力，晚辈正是为这位赵明风公子来应棋的。"

石鱼公闻之，惊讶道："方公子代人应棋，着实难得，也好，待走完一局棋再说。"随后请了方国涣于一侧安置的棋桌旁对坐了，石鱼公伸手让方国涣先。

方国涣道声"承让"，持了一枚黑子，起手习惯性地落子天元。那石鱼公见之一怔，露出惊异之色，自语道："嗯！倒是有些味道的。"随手应了一子。

赵明风也略知棋艺，见方国涣开子天元，心中诧异道："难道这位方国涣棋上是有大手段的？若如此，实为我赵明风之幸。"暗喜与方国涣结识。

待双方五十余手棋过后，方国涣心中惊讶道："此翁棋力不弱，是一高手，当小心应对才是。"

石鱼公这边已然惊奇万分,暗里诧异道:"这少年年纪不大,棋艺竟如此了得,实为生平首遇。开子天元,棋走大势,果是位少年国手,后生可畏!"落子应对,愈为谨慎。

棋至中盘,方国涣一子横落,封压对方一条大龙。石鱼公见之,心中一凛道:"棋拐一头,力大如牛!此人棋路果然老到,这几手托、压、靠、镇,走得绝妙,亏象已现,再赢他不得了。"石鱼公又思虑了片刻,随后摇头一叹,投子认输,佩服道:"方公子乃为国手应世,棋上好本事,老夫甘拜下风。"

方国涣此时松了口气道:"前辈承让了。"

石鱼公虽负,却自欣然,朗声笑道:"先前用棋局挡一些找上门来讨食的无聊之人,没想到却引来了方公子这般高手,幸甚!幸甚!"赵明风一旁见了,已是惊喜万分。

这时,从侧门走出一名黄衣少女,笑吟吟地道:"爷爷今日输得可是心服?莫要再如那个曹秀才一般占了便宜去。"

石鱼公笑道:"爷爷今日遇到的是棋上的真正高手,自是心服口服,杏儿且要露一手绝活,如了这两位公子的心愿。"接着,石鱼公向方国涣、赵明风二人介绍道:"这是老夫的孙女杏儿,厨中的本事不知要比老夫高上几倍。不是老夫夸口,天下最大的口福,除了我祖孙二人,今天便属两位公子了。"

方国涣、赵明风闻之,知道眼前的这位杏儿姑娘便是那位更高之人了,惊异之余,忙上前见礼了,杏儿也自欠身回了一礼。

赵明风此时有些激动地道:"今日能有缘品尝到姑娘的厨艺,实是三生有幸。"杏儿瞟了赵明风一眼道:"可是你自家本事赢来的?"赵明风闻之,立呈尴尬之色。

方国涣见状,忙道:"在下之所以代赵公子应棋,因为赵公子是一位名副其实的美食家,为了品尝到天下间的佳肴美味,不惜离家远游,寻访名厨,算得上厨家的知音。"

石鱼公、杏儿祖孙闻之,颇感意外。杏儿随即不以为然道:"世上竟也有这般专究美食的人,看来这位赵公子也是位有钱的闲人了。那些富家公子哥们,闲着无聊,炫耀锦衣美食,吃了几道上不得席面的所谓名菜,便评头论足,以为自己便是那什么'美食家''美味家'了,这种虚浮之徒本姑娘见多了。若不是方公子于棋上妙手胜了爷爷,合了爷爷所订的规矩,本姑娘这双手可不是侍候人的。"说完,转身去了。赵明风被那杏儿一顿数落,神态大窘,自无语以对,好生难受,方国涣不由摇了摇头。

石鱼公此时笑了笑,随后请了方国涣、赵明风二人落了座,有仆人献上茶来,三人用了。石鱼公叹道:"老夫自隐多年,不问世事,没想到世间人仍

第八回　三味玉清汤

旧找上门来，看来天下间自无清静之处。"

方国涣道："既为人世中人，人世间的事，自是躲不掉的，何况前辈身怀厨中绝技，若不用于人世，岂不空负自身。"

石鱼公闻之，感慨道："方公子所言不谬，不过世事清浊难分，老夫未免坠其中，也只有洁身自好了。"方国涣闻之，心中略感惊讶，知道这石鱼公一定是一位不寻常的人物，愈生敬意。

赵明风庆幸方国涣代他赢了棋，不知稍后将会品尝到何种美味佳肴，自有些急不可待，耐着性子候了。此时见厅堂上挂着的那幅黄袍长须老翁图，觉得画中人物特别，便问石鱼公道："前辈，这幅古人画像，不知是那位圣贤？"

石鱼公抬头望了望画像，肃然道："此为老夫先祖，名讳韩仲，汉时曾为高祖御下首厨。"

赵明风闻之，忽有所悟道："前辈，当今天下第一名厨韩玉公可是其后人？难道前辈就是……"

石鱼公这时微微一笑道："事隔多年，竟还有人记得'天下第一厨'之名，实不相瞒，老夫便是韩玉公。"此语一出，赵明风、方国涣二人大吃一惊，尤为赵明风，惊喜异常，激动万分道："韩老前辈，为了能领略到您老人家的厨中绝技，晚辈游遍千山万水，四下寻访，今日有幸得见前辈尊容，是为天降福分于我，且受赵明风一拜。"说完，上前施以大礼。

韩玉公见赵明风言辞恳切，心下也着实感动，忙起身扶了道："赵公子莫要这般，起来说话。"复请了赵明风落座，韩玉公不由摇头道："赵公子一表人才，气质脱俗，当出自富贵之家，本应在风华正茂之时，求取个功名前程，有所作为才是，如何为了这种口腹之快而屈驾于人？"

赵明风恭敬地道："前辈有所不知，晚辈自幼便有好美食之癖，并以此为人生乐趣，自视那般功名利禄如粪土，此生但求得口中好滋味足矣！"

韩玉公闻之，颔首道："赵公子竟活得如此洒脱，世上少见！"

方国涣一旁笑道："赵公子与前辈在一起，可谓是天下间最相得的知己。"

赵明风兴奋地道："晚辈因好美食成性，不能自拔，今番得遇天下第一名厨，日后当别无所求了。"

韩玉公笑道："天下第一的名头，老夫日后当不得了，真正的天下第一，此时正在厨中为两位公子烧制佳肴呢。"

赵明风欣喜道："今日真是不虚此行，竟幸遇两位高人。"忽又道："不对，乃是三位高人。"说着，对方国涣深施一礼道："多谢方公子成全，否则赵某当要遗憾终生了，先前不知方公子是身怀绝技的高人，怠慢之处，还请海涵。"

方国涣忙道："赵公子勿要客气，这两日得以公子礼遇，甚是感激，正愁无以为报，今日侥幸于棋上胜了并结识了韩老前辈，也是我的荣幸。"

韩玉公朗声笑道："二位公子不要客气，我三人同遇，也是缘分，老夫欣喜得很，一日遇到了两位知己。"

这时，一名仆人进来禀道："小姐请老爷与两位公子过去用餐。"

赵明风闻之一喜，忽又惋惜道："可惜，方公子只胜了韩老前辈一盘棋，今日仅能品尝一道美味了，明日希望方公子再赢了两盘棋吧。"

韩玉公闻之笑道："此规矩只用于那些俗客罢了，老夫与方公子一盘棋大势已定，何须走上三盘。"赵明风闻之大喜，随即道："前辈与方公子稍等片刻，门外还有随从，我且打发他们先回了。"说完，急着去了。

韩玉公望着赵明风出去的身影，摇了摇头道："赵公子舍了富贵生活，如此这般离家远游，寻访美食，也算执着之人了。"

方国涣道："赵公子执着于美食之性超于常人，今日寻访到了前辈，怕是不肯轻易去了，希望前辈能成全他这番苦心诚意。"

韩玉公点了点头道："此人嗜好美食之性也是难得，既有方公子说话，老夫应了就是。"

方国涣闻之喜道："如此一来是成就了一件奇事，大名厨与美食家相处，当没有比这再好的事情了。"韩玉公听罢，仰头大笑。

待赵明风回转来，韩玉公便引了他与方国涣来到了另一处厅堂内。此厅堂敞亮，三壁多窗，窗栏上爬满了翠藤绿叶，窗外还遍开着各色花卉，清风一荡，满室幽香。厅中摆了一张八仙桌，桌上备了四副碗勺，旁置四椅，按四方中正而设。韩玉公请了方国涣、赵明风二人落了座，遂见韩杏儿端了一只冒着热气的大白瓷碗进了来，轻轻地于桌中间放了。此白瓷碗白亮而厚大，与普通的瓷碗有别。待赵明风、方国涣二人注目细观时，不由大失所望，原来这白瓷碗内并无什么诱人的美味佳肴，不过是一大碗清澈见底的热水、碗内放了一只大汤勺而已。赵明风、方国涣二人见是一海碗无色无味的白开水放在了桌上，而不是一道独特的大菜，各自愕然。韩玉公见了，心中倒是一怔，暗自点了点头。

韩杏儿这时于桌旁坐了，笑吟吟地让请道："献丑了，二位公子不要客气，请用吧。"赵明风、方国涣二人相顾茫然，二人开始以为是净口的水，见了韩杏儿热情相让，才知道激动了半天，费了一番周折，得到的所谓美味佳肴竟是一道白开水。

韩杏儿见他二人呆坐，没有动勺的意思，便又让道："经汤须趁热品尝才好，否则热气一散，便会变成另一种味道了。"说完，起身用大汤勺往各人面前的碗里盛了。

第八回　三味玉清汤

赵明凤见了，愈加不解，索性问道："敢问韩姑娘，这道白水如何品尝？"

韩杏儿闻之，立呈大不悦之色，嗔怒道："怎么？赵公子以为这是一碗白水？亏你还自称'美食家'，竟然识不出本姑娘特别精制的'三味玉清汤'，你不用便罢了！"赵明凤、方国涣二人，闻之愕然，实在不敢相信，眼前的这碗白水竟会是一道佳肴美味。

韩玉公这时道："赵公子误会杏儿的一番好意了。请问赵公子，百菜之中何为首？"赵明凤应道："百菜之中自然以汤为首。"

韩玉公闻之，点了点头。韩杏儿一旁讥讽道："看来赵公子倒也没有白吃了许多的美食，倒还知道一些的，你可明白这其中的道理？"

赵明凤道："一菜之中，不过几种味道，而一汤之内，可容百种滋味在里头，易做而难调。"

韩玉公点头道："不错，赵公子果是品尝美食的大家。要知道杏儿烧制的这道汤名为'三味玉清汤'，是以其清澈无浊故名，为杏儿首创，调理于精微之间，味独于群肴之外，口感非常，功效奇异，老夫一年中也只是品尝几次而已。杏儿今日是想在两位公子面前露一手，只因此汤若白水，天下独有，无人能识，故而令赵公子这样的美食家也辨不得了。"

赵明凤听罢，惊异之余，忙起身满脸愧色地向韩杏儿赔礼道："赵某无知，不识香滋味，还请韩姑娘恕罪。"

韩杏儿见赵明凤一副难受的样子，扑哧一笑道："算了，不知者不怪，趁汤中热气未散，快些品尝吧，还请你这位美食家指点一二的。"

赵明凤心中这才一松气，道声"不敢"复正坐了，郑重地盛起一勺，感觉汤质微稠，果是与白水有异的。待慢慢送至口中，赵明凤忽停止了动作，双目微闭，惬意非常，继而喜溢于色道："妙哉此汤！赵某此生没有白活！"接着又饮了第二勺，随即头身一摆，极是沉醉，忽而感叹道："赵某此刻便是死了也心甘了！"

韩玉公、韩杏儿祖孙二人，自在一旁品汤微笑。

方国涣见赵明凤仅饮了两口所谓的"三味玉清汤"，竟发出如此感慨，神情似痴了一般，心中惊异，看了看面前冒着热气但若白水的三味玉清汤，迟疑了一下，端起碗来便自喝了一口。汤入口中，方晓其味，但觉一股奇异的浓香甘味入胃之后，直透五脏六腑，四肢百骸。这股异香随着热量，似在肚腹中荡漾开去，肠胃为之散发，上达巅顶，下至足心，全身毛孔如开放了一般，似浴香气中，极是舒畅。方国涣没有想到此汤竟能品尝出这等奇妙的境界和感觉来，惊叹之余，连饮了两碗，愈发的迷醉。韩氏祖孙自尝了一勺碗中之汤，便停下勺来，笑看着赵明凤、方国涣二人。

待汤盆见底，赵明凤，方国涣二人这才放下碗勺，意犹未尽，忽见韩氏祖孙笑望着自己的饮汤忘形之态，二人不觉大窘，不好意思地笑了笑。

赵明风此时激动地说道："韩姑娘莫不是天厨下凡，竟做出如此奇异的美味汤来，赵某今日似做了回神仙一般。"

方国涣也自感慨道："怪不得赵公子肯舍了一切，唯美食是务，人生原来不过如此！"韩杏儿这时欣然道："既得二位公子夸奖，此汤倒也没有白做了。不过三味玉清汤，现在只是尝了第一味而已，还有两味未品。"

赵明风诧异道："这玉清汤如何能分成三味？"韩杏儿笑道："稍后赵公子自会明白。"说完，端了那只瓷碗欲去。

赵明风忙又问道："韩姑娘，盛汤的瓷碗为何这般厚实？可是别有他意的？"韩杏儿笑道："你这美食家不但吃得讲究，看得倒也仔细，告诉你吧，三味玉清汤有一特点，其香气并不散发于汤面，而是着物而散，此厚瓷碗是特别定做的，以使汤中的香气少跑掉一些罢了。"说完又是一笑，转身去了。方国涣、赵明风二人这才知道汤中的香气在体内透肠发散于外的原因，暗自称奇。

韩玉公这时笑道："此汤热饮可畅人体气机，舒情开郁，祛阴散寒，通达血脉。"

赵明风赞叹道："此汤味奇性异，品之境感奇异，可妙称天下第一汤了！"

这时，韩杏儿又端了一瓷碗玉清汤上来，汤面已不见了热气，却也是一彻透底，白水一般，唯觉有些温气浮其上。

韩杏儿笑道："三味玉清汤者，以热饮为一味，温尝为一味，凉品又成一味，感觉都不同的，二位公子请用吧。"赵明风、方国涣二人自不敢再视此汤若白水了，认真地品尝了，觉得那口感味效又自不同，温和适口，一股奇异的淡香，似轻烟缥缈，游出胃肠，回绕五脏，绵绵散动，如坠云中，自有那飘飘欲仙之感，神意非常。

方国涣赞叹道："汤清若水，却又奇香溢口，荡胃回肠，仙丹神药也就这般了！"

赵明风感叹道："一汤之中，温热饮之有别，味效各异，若非天府之汤，怎能有此奇滋味。"

韩杏儿闻之，笑道："你这美食家，果是与人不同，每品一味，别有所感，称得上食客中的高人了。"

赵明风忙道："在韩姑娘面前，实是惭愧。"

韩杏儿闻之一笑，见温汤已无，起身道："二位公子稍后，第三味马上就来。"说完，端了空瓷碗转身去了。

方国涣这时对韩玉公羡慕地道："前辈有韩姑娘调理口味，可见日日做那快活神仙了。"

第八回 三味玉清汤

韩玉公笑道："所谓美味不可多用，多用便失其味了。数日间一美食，且常变换其样式，方能领略感受到菜肴的本来真正滋味，也不枉了厨家一番辛苦。有句话唤作'饥不择食'，大饥大饿之人，若遇到糠饭粗菜，也自视作山珍海味一般，吃得甜美无比。反过来，吃饱了蜜不甜，也是这个道理，美食的真正滋味在于不同人、不同环境下的品尝。"赵明风、方国涣二人听罢，点头称是。

韩玉公又道："此温味玉清汤，可中和人体之气，辨清分浊，尤有温阳缓急，保元固本之效。"

这时，韩杏儿又端上一瓷碗玉清汤来，显是那道凉味了，更是如一碗清水一般。

方国涣惊讶道："这汤也有凉饮的？"便自浅尝了一口，但觉如新汲的井水温度差不多，随即一股奇异的清香，溢口入腹，荡胃激肠，百转散去，遍游周身，立感神清气爽，如立山中拂清风浴晨雾般畅然。

方国涣惊叹之余，感慨道："今日有幸得尝玉清汤，此生也不算虚度了！此汤清澈若水，净而无浊，品之立出奇滋味，令人恍若置身仙境，其功已出汤名所限了。多亏是三味，若是百味玉清汤，饮而不止，恐怕要胀倒在这里了。"

韩杏儿闻之笑道："这玉清汤中也是用了百味配料的。"

赵明风诧异道："汤质若水，清而无浊，却又温、热、凉三味俱备，实是想不出韩姑娘是怎样烧制出来的？"

韩杏儿笑道："此乃厨家大秘，岂能说与你听。"韩玉公一旁道："三味玉清汤为杏儿自创，先用'提味法'将百种配料的味道中和之后提出，再以他法调成无色，烧调于精微之间，前后工艺甚是复杂烦琐，便是老夫也不能为。"赵明风闻之叹服。韩玉公接着又道："此玉清汤凉之一味，尤能清脑醒神，畅爽气机，解暑甚佳。"

韩玉公又道："当年药王先生路过此地，品食了一回杏儿烧制的玉清汤后大为叹服，评价此汤为汤中的奇品，汤性若灵药，三味俱备，凉热有异，若于病家做药引，自可增效数倍。"

韩杏儿道："爷爷说的这位药王先生乃是当今天下两大名医之一，药王先生说我烧制菜肴时的调制菜料之法，可赛过他这个药王配药之能。其实药王先生治病救人，功德无量，我这个厨下女是自叹不如的。"

赵明风道："韩姑娘自谦了，姑娘的厨艺，神仙也会迷倒的，其功自与药王先生医病救人等同。药王先生是解除人生的病苦，韩姑娘的厨艺却大增人生的乐趣，令人体会到美食之妙，可忘却诸多烦恼，这又是药王先生所不及的。"韩杏儿闻之，自是喜形于色，方国涣、韩玉公二人则相视而一笑。

赵明风这时心中忽生出一种念头，随即起身朝韩玉公深施一礼道："今日有幸得遇前辈与韩姑娘，领略到了美食中的真滋味，自知天下间再无去处了，晚辈赵明风诚意拜韩老前辈为师，终生侍候左右，不知可赏脸否？"

　　韩杏儿一旁急道："不可、不可，你拜师实是出于嘴馋，说是侍候爷爷左右，其实是日后要我和爷爷一起侍候你的这张嘴才是真的。"

　　赵明风忙道："我虽有品尝美食之心，可这拜师学艺的诚意也是有的。"

　　韩玉公摇了摇头道："老夫于数年前便不运此道了，赵公子这个师却是拜错了的。"

　　赵明风闻之，惊急之下，忽朝韩杏儿跪施一礼道："韩老前辈既然不收徒，就请韩姑娘收下我这个弟子吧。"

　　韩杏儿见状，不由惊得跳起，闪于一旁道："你这个人好赖皮，哪有这般强行拜师的。爷爷既然输了一盘棋，按规矩你尝食了三味玉清汤，自去便了，又何以生出这些事来。早知如此，随便做一道菜应付你罢了。"赵明风见韩杏儿已然动气，心下大是惊慌，一时间不知所措，可怜他一位大家公子，为了口腹之物，狼狈如此。

　　韩玉公见了，自觉过意不去，也是应了方国涣先前的请求，便言道："方公子棋力高深，应下了老夫的棋局，依老夫昔日的诺言，让赵公子日后遍尝各种美味就是，这徒弟老夫与杏儿却是不敢收的。"

　　方国涣心中敬服，于是道："韩老前辈果是守信之人，既然如此，互不为难，赵公子但备得山珍海味，每日经韩姑娘之手，再入赵公子之口品尝，让大家各有施展之处如何？"

　　韩杏儿道："方公子代赵公子应下了爷爷的棋局，依所订的规矩，我自无话可说，但每日都烧制菜肴与他吃不成，一个月一次还差不多。"

　　赵明风闻之，大急道："一月一次美食，倒不如让我死了的好，怎能等得来。"韩玉公道："这样吧，大家互让一些，十天一次好了，有段间隔，品尝是尤得真滋味。"韩杏儿见爷爷发了话，也就不再言语，赵明风一旁也自默认了，方国涣这才舒了口长气。

　　方国涣见事情已成，便起身道："赵公子如愿以偿，韩姑娘又可施展厨中绝技，不致埋没了自家本事，两下互为知音，可成佳话。在下向各位祝贺了，因有他事未了，这就向各位告辞吧。"

　　韩杏儿心中敬服方国涣棋上胜了韩玉公，又觉方国涣心有大志，不觉已有好感，便挽留道："方公子若无太着急的事，还请再留一日，让杏儿备一桌酒菜，与公子品尝，也算对公子的一点敬意。"韩玉公、赵明风二人也忙着劝留。方国涣推辞不过，只好答应再盘桓一日，赵明风与韩氏祖孙大喜。

　　韩杏儿道："明日我要备一桌特别的宴席为方公子饯行。"

赵明风一旁喜道："明日又可以品尝到韩姑娘厨中绝技了。"

韩杏儿瞟了他一眼道："我是为了给方公子饯行的，赵公子不过借了方公子的光而已。"

赵明风嘻嘻一笑道："不管怎样，有得美味佳肴品尝就行了。对了，不知韩姑娘需要什么山珍海味，我自叫人去镇上备了。"

韩杏儿道："你倒想得周全，明日是我请客，做些什么与你何干？"那赵明风此时对韩杏儿已是敬若神明，为自己能留下来满心欢喜，自不敢有违韩杏儿的意，生怕一不小心有所得罪，于是不再言语。方国涣又与韩玉公谈论了一番棋艺，随后与赵明风起身辞去，应了韩氏祖孙之请，明日一早来赴宴。

回到镇上的客栈，赵胜见赵明风、方国涣二人在石岩村逗留了多时，知道事情已成功，便打听品尝到了什么奇异美味，赵明风笑而不答。

到了晚间，赵明风叫人去四海楼订了一桌丰盛的酒菜送到客栈，自与方国涣饮酒作彻夜谈，因方国涣出人意料地促成了赵明风的心愿，赵明风甚是感激，敬佩之余，大有相见恨晚之感。

第二天一早，赵明风取了二百两银子赠送方国涣，以待石岩村宴毕之后送他上路。方国涣推谢不受，赵明风执意相与，盛情难却，方国涣只好收下五十两，其余坚辞不受，赵明风也只好作罢。随后赵明风仍叫赵胜等人在客栈中候了，自与方国涣乘了马匹一路向石岩村而来。

到了石岩村，韩玉公迎了赵明风、方国涣二人于厅中坐了。赵明风不见韩杏儿在侧，便问道："前辈，怎么不见韩姑娘？"

韩玉公道："怕误了方公子的行程，杏儿大早起来便去准备一桌特别的宴席，以为方公子饯行，这会正在厨中忙碌。"

方国涣闻之，感激道："真是辛苦韩姑娘了。"

韩玉公道："杏儿从不为那些乡间俗客、浪荡公子中的嘴馋之辈下厨，她若用心做了，必是她敬重之人。"方国涣闻之，心下着实感动。

用过了一番茶，韩杏儿进了来，见方国涣、赵明风二人已到了，十分高兴，上前礼见了，随后几个人来到了昨日饮玉清汤的那处厅堂内。

一进门，立感浓香扑鼻，一桌丰盛的酒席已摆好，尽是些鸡鸭鱼肉等畜禽水鲜，色泽诱人，形全体正。

赵明风见了，点头道："厨家真正的本事在肉类上，尤能烧制出奇特风味来。"待各自落了座，韩杏儿持了一壶酒道："这是爷爷酿的'百花酒'，平日不舍用的，今日敬了方公子吧。"遂于杯中各自满了，此酒果然溢出花之幽香。

赵明风端杯嗅了几下，点头道："好酒！先前倒不曾着意杯中物，故无意苛求，心思专用在菜肴了。"

韩玉公道："酒也为口腹之物，尤助食兴，其中自有奇品，别成天地的。"韩氏祖孙接着让请赵明风、方国涣用酒菜，大家对饮起来。

赵明风尝过几道菜，立时赞不绝口，连连点头道："吃遍多少南北大菜，无如此席之味正者，口感纯香，味美至极，好吃！好吃！"

方国涣笑道："赵公子是厨家的真正知音，能品出个滋味来，方某则口味低下，觉得好吃，便胡乱吃个饱罢了，实是有愧厨家一番辛苦的。"

韩玉公道："味美的东西人人都喜欢的，若品出个境界来，则非偏执于美食者莫属，也是品味不同罢了。"赵明风、方国涣二人面对这桌丰盛的酒菜，可谓大饱了口福，吃得快意之极。

这时，赵明风发现了一种奇怪的现象，那满桌的鸡鸭鱼肉，竟然全无骨刺，且入口不腻，肉香尤著。

赵明风不由诧异道："韩姑娘的厨艺果然是高得出奇，这鸡鱼形整无损，而骨刺全消，似这鸡鱼从未生过骨刺一般，不知是以何种异法烧制的？"

方国涣也自感奇怪，便挟了一块鱼头道："韩姑娘本事再大，这鱼头内骨恐怕是无法剔除的。"随即送入口中。忽地一怔，感觉这鱼首与肉质无异，自是浓香满口，待查看桌上鸡鸭鱼身，果无丝毫的骨刺在里头。

方国涣惊异道："韩姑娘的烹饪本事，难道能把骨刺同化于肉质不成？"

韩玉公这时笑道："两位公子都被杏儿瞒过了，其实这是一席豆腐宴，席上鸡鱼诸菜，均是豆腐一物雕成。"赵明风、方国涣二人闻之，大吃一惊，在韩玉公的提示下，勉强地辨识出鸡体鱼身果是豆腐之质雕成，浑然一体，真假难辨。

韩杏儿这时笑道："豆腐一物，烹制好了，可上百席，可合百菜，是菜肴中的君子。"

赵明风摇头叹然道："惭愧！没想到昨日一汤，今日一宴，赵某竟吃了个糊涂。"

韩杏儿笑道："这才到哪里，你这个美食家没见过、没尝过的美味佳肴多着呢！"赵明风闻之，愧然不语。

方国涣惑异道："不知韩姑娘用了什么法子烹饪出的这般真伪难辨的鸡鸭鱼肉来？并且吃鱼是鱼，吃鸡是鸡，与真鸡鱼肉质滋味、口感一般无二，可谓通神入化！"

韩杏儿道："但备大块豆腐，择其老嫩，雕成鸡鱼等鸟兽形状，内纳脏腑，更可乱真。然后用提味易质法于烹饪中改变其色泽、滋味，可令口感如真，难辨其伪，没想到还真把二位公子瞒住了。"说完，韩杏儿好是得意。

韩玉公道："提味与借味不同，一经提味，原鸡鱼的本味尽失，多弃之不要，这是我韩家厨中的一绝。"

第八回 三味玉清汤

韩杏儿道："我韩家还有一绝，就是汤菜之中多用了爷爷炼制的菜精，故而味美异常。"赵明风惊讶道："何为菜精？未曾闻过。"

韩玉公道："五谷配于五蔬五畜，才是人之所食的真正滋味。老夫偶从五谷中提炼出一物，晶体无色，味道奇美，调以汤菜中，口感绝伦。不过精料虽齐备，也要看经过何人之手，老夫所烧制的菜肴始终与杏儿相差一些。"赵明风、方国涣二人听罢，惊叹不已。

用过豆腐宴，也是当日午后，方国涣看天色不早便辞别了韩玉公、韩杏儿、赵明风三人，乘了赵明风赠送的坐骑，拱手别去，又寻访那连云山天元寺而来。

第九回　棋　擂

　　且说方国涣离了石岩村，因有了马匹，行程加速了许多，路上也自不那么劳苦了。每想起三味玉清汤与豆腐宴来，口中似有余味，数日不绝，感叹这天下间无论何种技艺，若是达到了出神入化的程度，当令人别生境界。光阴荏苒，不多日入湖北奔湖南，方国涣一路打听，知道离洞庭湖已不远了，连云山天元寺指日可至，兴奋之余竟有些紧张。

　　这一日，方国涣行至一处叫丰台的大镇，见天色将晚，便寻了一家客栈投宿。先把包裹于房间中放了，然后来到楼下，择了张桌子要了饭菜，自家用了。

　　临桌有几位客人不知在谈论些什么，兴致颇高，方国涣开始没有理会，偶听得一人道："那姓李的口气未免太大，虽然设擂十余天没有遇上对手，不过是还没有高人出来赢他罢了，以为自己的棋道天下第一怎么着？"

　　方国涣闻之一怔，本对一个"棋"字敏感，便侧耳细听起来，此时听得另一人道："人家若没有大本事，敢摆棋设擂吗？此人或许是国手出山也未可知。"

　　"摆棋设擂？！"方国涣闻之，心中讶道，"有设擂比武的，没有听说设擂斗棋的，此人设棋擂是何用意？"

　　又闻一个道："如今擂台上放了一千两银子的彩金，十多天了，自无人能取了去。城东的王秀才本是丰台一地棋上的最高手，昨日竟然在擂台的棋盘上，被那姓李的杀得一败涂地，真应了那句'满盘通吃，不留一子'。"

　　方国涣闻之，暗里惊异道："把有一定棋力的对手的棋子通盘围吃掉，将是何等的高手？"方国涣承认自己此时都没有这个本事，因为这几乎是不可能的事。

　　棋家本性，方国涣耐不住好奇之心，便起身来到临桌，拱手一礼道："各位请了。"桌旁几位说话的客人见是一名陌生的少年，便有一个应道："小兄弟，有事吗？"

　　方国涣道："适才听各位在讲一件事，在下觉得奇怪，不免想知道个究竟，故来打扰。"

　　那人道："看来小兄弟是过路的外乡人，对本地出了这件奇事还不知晓，

第九回 棋擂

小兄弟想听，给你讲讲就是了。我们这丰台城内有一大户人家，主人叫王恩的。他有个哥哥叫王和，是在京城中做高官的，半个月前回乡省亲，在路上收了个棋师叫李如川，棋上本事高得出奇，有那国手刚出山的模样。王和老爷为了满足他的兴致，特在铁龙寺摆棋设擂，让李如川挑战各方棋道高手，并设彩金一千两银子，一盘定输赢，若有胜过李如川者，便可取了银子走人。可惜十多天了，数名棋上好手，都是高兴而来，败兴而去，无人是那李如川的对手。"

另一人道："这李如川棋上本事了得，常常是满盘通吃，不留一子，实为棋家大手段。因棋擂上无了对手，昨日放出风来，说是在棋盘上但能存有余子占据一块实地者，赏银五十两，若占百子之地者，赏五百两，已不按胜负论了。口气虽然大些，也是想引出一个棋上对手来。"方国涣闻之，惊讶不已，谢过那几位客人，自回房歇了。天元寺未至，先遇上此等高手，方国涣心中已有了明日去应那棋擂之意，也是对手难逢，着实兴奋了一夜。

第二天一早，方国涣便离了客栈，一路打听奔铁龙寺而来。因那棋擂影响很大，自有许多人如赶庙会般向铁龙寺汇集去，方国涣随了看热闹的人流进了寺内。此时，铁龙寺大雄宝殿前面的场地上，已是人山人海，连寺院的墙壁上都攀满了人，虽设的是棋擂，却比那比武打擂的场面还要热闹。在大殿正门前用木桩搭了一座一米多高的平台，上铺红毯，正中放了一张高脚棋桌，旁置两罐棋子。在平台右侧摆了一排竹椅，一张桌子上有用红布遮着的彩金。十步开外，三面用矮栏杆围了，十几名粗壮的家丁站着护了，也自有些气势。设的虽为棋擂，实是一棋场而已。方国涣好不容易从人群的缝隙中吃力地挤到了前面，暂观其变，伺机现身应棋。

眨眼之间，太阳已出半竿，这时，一名管家模样的人走上台来，朝人群拱了拱手，随后大咧咧地道："各位父老乡亲，自古有打擂比武的，而今我家老爷为李如川先生摆擂台斗棋，来场文的，为的是引出那些棋上的好手来与李先生较一高下，可惜十多天了，竟没有一个能与李先生走得上手的。"

这时，人群中有人喊道："李先生既然如此厉害，何不设让子棋？也令大家瞧个热闹，更多些人上台应的。"

那管家闻之，摇头道："李先生摆棋设擂的目的，是想看看这天下间棋上还有无好手，能与他走出个模样来的。让子棋说明双方棋力有差异，李先生不感兴趣的，也不屑与这样的对手走棋的。李先生的棋风是满盘通吃，不留一子。若能在棋盘上存有数目活棋，也有赏钱的，不知今日可否有高手上台来应棋打擂的？"

这时，台下忽有一人冷笑道："好大的口气，'满盘通吃，不留一子'，当真有这么大的本事，还设什么擂，斗什么棋，不早就高到天上去了？实是欺我湖北无人。"说话间，从人群中走上台来一位书生。

那管家见了，不由喜道："这位公子可是来斗棋打擂的？可否报上名来？"

那书生冷笑道："在下荆州卢文义，去叫那个棋主李如川出来，本公子让先他三子便了。"此言一出，人群哗然。方国涣也自一惊，知道有高手应棋了。

那管家此时却是欢喜道："卢公子有备而来，当是有大手段的，如此甚好，李先生巴不得这样的对手来，请稍候。"说完，转身入殿内去了。

时间不大，由大雄宝殿内走出一行人来，为首一青衣人，五旬开外，瘦面黄须，脸色阴沉，给人一种不适的感觉。旁边的是一位大腹便便似官员的胖子，还有几位当地的有脸面的人物。那青衣人径直走到棋桌旁坐了，此人正是摆棋设擂的李如川。那位胖子叫王和，官至礼部侍郎，在由京城回乡探亲的路上，偶见李如川与人斗棋，战无不胜，每每杀得对手大败而去。王和自知当今万历皇帝好棋，李如川棋高无敌，日后在京城中必有大用，便以重金礼聘。那李如川性情阴沉古怪，目中无人，起初并不理会王和，后见其是位京官，也就随了来。此时，王和由几位地方官员陪着，穿了便服坐在一旁的竹椅上观棋。王和见那李如川虽然孤傲冷漠，自视国手出山，有称天下第一的意思，棋上还真是厉害，不遇对手，霸气凌人，知道自己无意中请到的这位高人棋师，日后必会令自己官运亨通，飞黄腾达，每想到这里，那王和心中便自欢喜。

这时，那卢文义见李如川旁若无人地坐了，并不理会自己，显是受了冷落，自有些恼道："摆棋设擂，当今天下棋上的三大高手名家都不敢为的，而先生大名，未曾听说过，胡乱生出此举来，是要哗众取宠吗？"

李如川望了卢文义一眼，冷冷地道："废话少说，阁下若有本事，棋上来讲。"一双阴冷的三角眼中忽地暴射出几点寒气。

那卢文义见了，心中一凛，已是有了怯意，便拱了拱手道："在下荆州卢文义，前来向先生讨教。"李如川冷冷地道："既有本事上台应棋，执黑先行便是。"

那卢文义自被李如川这种阴冷凌人的气势给镇住，不再提让先三子的事，自恃有几成棋力，欲挫败对方，于是运子布局，先手而应。李如川沉稳应对，一盘棋便已走上。台下此时鸦雀无声，静息而观，大多数人都是来看这种不热闹的热闹，都想知道那一千两银子的彩金，最终能被何方高人夺了去。

方国涣虽然挤到了人群前面，但离台上的棋桌太远，双方所走的棋势看得不甚清楚，只好耐着性子候其结果。

双方几十手棋过后，卢文义便有些烦躁起来，时呈惊异之色。而那李如川则正襟危坐，面无表情。卢文义思虑许久才能走出一步棋，李如川则随手应对，不费心思。

方国涣见状，心中讶道："这李如川从容得很，果然是一位棋上的高人，此番有幸遇上，当不能错过请教的机会。"

棋至中盘，那卢文义的棋力似乎尽了，已无路可走，表情愕然地呆视着棋盘好一会儿，随后投子认输，摇头惊叹一声道："先生果是高人！这等大手段，当……当为天下第一的！"已是折服万分。

接着，卢文义起身欲走，忽闻李如川冷笑一声："阁下棋力不凡，竟然也存活了几十目之地，可要赏钱吗？"卢文义听罢，满脸羞愧，长袖掩面，跳下台去，分开人群仓皇去了。人群立呈一片惊叹之声，旁观的王和点了点头，愈加得意。

台下的方国涣心中惊讶道："那卢文义的棋力看似不弱，竟也如此败走，可见这李如川在这盘棋上，虽未达到满盘通吃，不留一子的程度，也自高得出奇，世间罕遇。"心中敬服，已是被激起了兴致。此时见台上有仆人收了棋桌上的棋子，李如川欲起身离去，方国涣不及多想，走出人群，上台来一拱手道："李先生请留步，晚辈方国涣前来讨教。"

围观人群见是一少年出场应棋，皆呈惊异之色。李如川闻声一怔，回身看时，见是一名清秀的少年，不由诧异道："怎么？小公子也懂棋吗？"

方国涣恭敬地道："晚辈不才，自幼便入习棋道，今见前辈棋力高深，良机难遇，故而大胆应棋，还望前辈赐教。"

"咦？！"李如川闻之，自是吃了一惊，见方国涣出语不凡，自有些意外，上下打量了方国涣一遍，看得方国涣心里发毛，因见此人目光阴冷锐利，而且不可捉摸。过了片刻，李如川这才点了点头，冷冷一声道："棋上不分老幼，小公子既然敢上台应棋，当是有过人的本事，或许是位神童国手。老夫姑且念你年幼，破例让先你九星之位，但能占有百子之地，便算你赢了，一千两银子的彩金拿走便是，免得老夫落下欺小之嫌。"自有不屑之意。

此言一出，人群大动，有懂棋者，不由惊慕道："只要这位小兄弟有几成的棋力就可以了，让先九子，真是占了大便宜。"这时，一名年轻的僧人挤到了人群前面，见有一少年上台应棋，颇感惊讶，便于一旁观望了。

方国涣见李如川如此冷傲轻慢于人，先前的敬意自减了许多，也是棋家本性使然，此时摇了摇头道："晚辈不才，却也是不愿与人走让子棋的，先生棋高难遇，只有走对手棋，才能领略到先生棋上高手风范，于棋上有所获益，还请先生不吝赐教。"

"咦？！"李如川闻之又是一惊，暗讶道，"这小子口气蛮大，或许是个有些来历的，却也不知深浅，不识好歹。"神情已呈不悦之色，"哼"了一声，冷笑道："小公子倒也有些魄力，也罢，就走一盘对手棋，让老夫领教领教你的本事，先行吧。"随即与方国涣在棋桌旁对坐了。

方国涣见李如川有轻视自己的意思，知道只有在棋上与他说话了，心中立时一静，道声"承让"，也不客气，持了一黑子，习惯性地落子天元。

李如川见方国涣开子天元，神色突地一变，二目凶光毕露，杀机顿现，不由抬起了左掌。然见方国涣一脸天真专注的神情，又斜视了一下旁观的人群，李如川抬起的手掌慢慢又放下了。方国涣这一手开局天元的走法，曾使枫林草堂的智善和尚误会过，也是方国涣自入习棋道以来，罕遇对手，自恃棋力高深，造成一种先声夺人的阵势罢了，并无轻人之意。近观的人群中有懂棋的，能望见这边棋桌上的起始之势，见这登台应棋擂的少年，不但不占让子棋的便宜，而且开局便走"欺人"之着，各自愕然。

那名年轻的僧人，心中也自一怔，暗讶道："起手便走天元大势，这少年在棋上必有过人的本事，除非胜了这位擂台棋主，否则凶多吉少，不过……"那僧人心中忽一懔道："便是胜了此人，这少年恐怕也有性命之忧。"显是发觉了李如川适才被方国涣一子天元激得动了杀机。

李如川见方国涣虽开子天元，但并无戏弄人的意思，心中更为惊异，继而暗里狠狠地道："小子不知死活，竟对老夫不敬，棋上如此狂大，难道有如老夫这般的棋力不成？你若真有一些本事便罢了，否则定让你活不过今天。老夫于世外修习棋道几十年，此番出来，是要以棋鸣世，棋惊天下，岂能让你这个乳臭未干的小子捉弄了。也罢，且试试你的棋力如何。"想到这里，李如川起手布了一子于左下星位，方国涣随手应在了右上星位。

李如川又应了两手棋走成了"三连星"布局，方国涣则应在了右下"小目"和"三、九"路位置。李如川见状，不以为意，分点上下星，方国涣则右上拆二右下拆三走。二人俱以大势布局，棋局已然走开。

待双方三十六手棋过后，方国涣便已感到了从未有过的艰难，棋盘上虽布子稀疏，但对方的白棋棋势已尽占全局优势，自家已不如先前走得那般顺手，已是后悔开子天元的大意，低估了对方的棋力，落子应对自是十分的谨慎起来。

五十手棋过后，李如川这边暗暗吃惊不已，此时才知这少年果然棋艺非凡，不似先前遇到的那般俗手，激不起自家的兴趣，于是便收敛了神色，专一应对起来。

人群前面那名僧人虽距棋桌较远，但此人目力极强，竟把棋桌上的双方棋势看了个清楚，暗里惊讶道："他二人棋力之高，乃是当今天下罕遇的一双棋逢对手之人，这般高手对弈的棋局，可谓少见。"李如川、方国涣二人这时俱已全神应对，台下人群屏息而观，但听棋子落枰时的清脆响亮声，"啪啪"传响开来……

李如川见方国涣虽是一少年，却是自己出山数月以来棋上遇到的最高一人，惊奇之余，倒也为自己能棋逢对手而感到欣喜，寻思道："这小子棋力果然不弱，小小年纪几乎赶上了我几十年的修为……"李如川此时心中忽一懔，一种异样的感觉在头脑中闪了一下，随即思量道："这盘棋上虽有把握胜他，却也自吃力得很，且寻一微妙处试他一试，看他是否……"想到这里，李如川便寻机故意走了一着缓手棋。

方国涣这时见对方的棋路走得绝妙，处处掣肘自己，令自己的棋势不得展开，感到李如川棋力之高，实难应付。正处困境之时，忽见对方走了一缓手，方国涣心中立时一喜，忙应了一子，将对方的一条"大龙"压住，这才略占了优势，起了一线生机。

李如川见状，心中一惊，骇然道："这手棋微妙之极，非棋上的绝顶高手不能看出，这小子当真这么厉害？棋上有此潜力，将来的修为必远胜于我，而为我棋上争名的劲敌，那么几十年的心血岂不空耗。"李如川心中懊恼，杀机复现，然此人城府极深，虽起杀机，但凶光在眼中一闪而逝，继续不动声色地应棋。但是李如川的这种细微的变化，却被旁观的那名僧人捕捉到了，眉头一皱，顿呈不安之色。

李如川虽走了一着缓手棋，被方国涣借机略占了优势，但数手棋过后，李如川妙手迭出，仍控制着局面。结果一局终了，李如川领先六子胜了方国涣，然而李如川已感到了自己的棋力似达强弩之末，而对方却有大增之势，虽胜犹负，知道此人不除，日后必为大患，杀机复动。

方国涣在这盘棋上施出了全力，虽有抢占缓手之利，但有开局天元之误，以至负了六子，却是输得痛快，佩服之余，起身对李如川深施一礼，恭敬地道："前辈棋力高深莫测，堪称国手，晚辈有幸请教，获益匪浅，虽败犹荣。"那李如川木然地坐在那里，脸色愈发阴沉，双目盯着方国涣，内透杀人的寒气。

方国涣见状，心中一凛，忽生不祥预感，知道须马上离开这里，忙向李如川复施了一礼道："前辈棋高无敌，晚辈自愧不及一二，多谢赐教，还有他事，就此别过。"说完，方国涣转身跳下台来，分开人群急着去了。

围观人群见方国涣一败而走，立时议论纷纷。一老者嘲笑道："小孩子家分不出好歹来，学会了几步棋，就敢来寻李先生这等高手较量，不知天高地厚。"

另一人望着桌上细密的棋势，惑异道："这孩子的棋走得不错，看样子存活了很大一块地，应该得到赏钱才是，如何就走了？"此时，李如川坐在棋桌旁，似输了棋一般，脸色铁青，阴沉得愈加可怕。

方国涣离了铁龙寺一路急走，回到客栈取了包裹与马匹，策马驰出了丰台城。飞奔了一程，方国涣这才收马缓行，见身后并无异处，心下稍安，摇头叹然道："这李如川棋力高深莫测，实是罕遇的一位棋上高人，却不知眼中为何透出杀机来，似有着莫大的敌意？"方国涣苦思了半天，也不知自家何处恼了李如川，想起李如川那双冰冷阴毒的眼神，便自骇然。

方国涣又驱马前行了一程，因刚才紧张之故，人马已倦，便寻了一片树林，暂作歇息。回想起适才在丰台城内上台应棋，方国涣感叹一声道："棋上遇此高人，实为幸事，只可怕此人神情阴沉古怪，不能与之交厚，是为遗憾。"摇摇头，叹惜不已，似有所失。

方国涣歇息了片刻，欲起身继续赶路，忽觉面前立了一个人，抬头看时，脸色大变，那李如川已不知什么时候站在了面前，更不知如何赶上的。李如川此时背负双手，阴沉着脸，冷冷地道："你跑得好快，老夫险些追及不上。"

方国涣倒吸了一口凉气，寒意徒生，知道今日凶多吉少，已是后悔出场应棋，无端地生出事来，当下稳了稳神，起身施了一礼道："晚辈方国涣见过前辈，不知前辈急着赶来是为何事？"

李如川望了望方国涣，摇头冷叹一声道："上天既生我李如川，何必再生你一个方国涣来。"一语既出，凶光毕现，其杀人之意已明。

方国涣惊骇道："前辈棋高无敌，世间罕有，晚辈自非对手，愧叹弗如，前辈何出此言？"

李如川冷笑地说道："老夫避居世外潜心修棋几十年，就是为了有一天能以棋道称绝天下。没想到你小子棋上天赋奇高，日后修为当在老夫之上。勿怪老夫心狠手辣，实不愿看到你将来与老夫棋上争名，且去了你这块心病，老夫才能心安。"说话间，慢慢逼上前来。

方国涣这才全然明白，李如川是恐自己的棋艺日后超过于他，故而产生了妒忌之心，起了杀人之念。方国涣虽处险境，此时倒镇静下来一边向后退、一边愤然道："棋本雅艺，胜负乃为常事，难道因高低之争便要杀人不成？李如川，你枉为棋道中人，有辱这种雅艺的……"话未说完，方国涣后退中竟靠在了一棵树上。

李如川见方国涣没了退路，狰狞地一笑道："今天也怪不得老夫，看来是上天并不想成就你这个奇才。"说话间，身形前倾，手势如钩，伸出十指抓向方国涣的咽喉。

就在方国涣欲遭李如川毒手的危急时刻，忽听有人诵了一声佛号道："阿弥陀佛！施主白日杀人，罪过！罪过！"

李如川遂感身后有物袭来，一惊之下，忙舍了方国涣，向旁跃开。再看时，数米之外站着一名和尚，此人正是在铁龙寺人群中观棋的那名僧人。

李如川此时心中一凛，身后何时多了一个人自家竟然没有察觉，当即双

第九回　棋擂

掌护了前身，道："和尚，也想找死吗？"

那僧人摇了摇头道："上天有好生之德，焉有自己寻死之理。棋上高低胜负本为常事，李施主何以看得这般重，以致有了杀人之举？"

李如川冷冷地道："那又能怎样？"

那僧人道："人外有人，天外有天，有与李施主成对手的就想杀之，恐怕李施主这一辈子也杀不净的。"

李如川仍自全神戒备道："那也未必，老夫有多大的本事，自己知道，日后除了这小子能在棋上与老夫争名外，天下再也无人是老夫的对手。"

那僧人闻之，摇了摇头道："李施主棋艺之高，当今天下却也难寻，不过就贫僧所知，现今棋上的名家高手能与李施主不分上下的，至少要有五位，非独这位小施主日后能与你成对手的。"

李如川闻之一惊，随即摇头道："老夫虽久居世外，但习棋练武多年，自信在棋上可争天下先。你这和尚勿要唬我，不过想救这小子的命罢了，既然多管闲事，且将你一并毙了。"说话间，忽地一掌拍击而来。那僧人见李如川掌风甚急，知是有内家修为的高手，惊异之下，身形旁避，随后与李如川互拆了十几招。空地上立时掌风激荡，尘草飞扬，方国涣一旁看得呆了。

此时忽见李如川与那僧人各自向后跃开，那僧人稳住身形，摇了摇头道："李施主原来身负武技棋艺两大绝学，世间少有的高人，但心胸却为何这般狭窄，连一少年也不放过？"说话间，依然神色自若。

李如川此时惊骇地望着那僧人，竟言语不得，忽地双腿一软，跪在了地上，随见额头冷汗渗出，面呈痛苦之色，已是被制住了。

那僧人摇头叹道："可惜了李施主一身好功夫，为了日后不再因妒意杀人，贫僧已将你的功力废了，希望李施主记住此番教训，悔过自新吧。"说完，对一旁早已惊呆的方国涣笑道："小施主，无事吧？"

方国涣回过神来，自知被高人所救，忙上前拜道："多谢大师救命之恩。"

那僧人扶了道："小施主勿要客气，贫僧法无，因在铁龙寺的棋擂旁见那李如川有不善之心，恐对小施主不利，故而随了来。棋道呈雅，也要择人而下。"

方国涣心有余悸，感激道："所幸大师及时相救，否则我便被这人害了。"

法无和尚笑了笑道："小施主因棋之故，而险遭杀身之祸，倒也少见。此地不便久留，且与贫僧前方说话。"

方国涣望了一眼瘫软在地上的李如川，问道："不知大师如何处置他？"

法无道："此人棋力之高，也是难得，武功已被贫僧废去，且留他一条性命悔过吧，一个时辰后便可缓解自去，无须管他。"

法无和尚引了方国涣一路前行，方国涣赞佩道："今日逃脱此劫，大师有再造之恩，没想到大师能把李如川制住，真是好功夫！"

法无笑道："一些防身之术罢了，倒是小施主棋艺高超，敢打擂应棋，且在棋上惹得李如川起了妒意，实令贫僧佩服的。对了，小施主似一人独游，不知欲往何处？"

方国涣道："承蒙一位朋友指点，前去寻访连云山天元寺。"

法无和尚闻之一怔，忙问道："不知小施主寻访天元寺何干？"

方国涣道："听说天元寺内都是些棋上的高手师父，我此番不远千里而来，为的是拜寺中的高人为师，修习棋道。"

"原来如此！"法无和尚闻之微讶，随即摇头道，"不过据贫僧所知，天元寺隐于连云山中，避处世外，寺中人很少接触世事，更极少理会世间人，小施主此番去拜师修棋，恐怕天元寺留你不得。"

方国涣闻之，神情大急道："我此次前来，希望能得到高人指教，棋上有所大成。若天元寺不收留于我，天下间再无别的去处，这如何是好？"一时苦楚，方国涣不由落下泪来。

法无和尚见了，心中道："此人天资聪慧，少年棋高，或许能中师父的意。"遂对方国涣道："小施主不必太急，贫僧不妨先领你去见一个人，运气好了，或许能了自家心愿。"

方国涣闻之一喜道："不知是何方高人？"

法无道："是贫僧的师父，他老人家与天元寺极有渊源，若是相中了小施主，引荐你入天元寺当不是什么难事。"

方国涣闻之，惊喜道："不知这位前辈现在何处？"法无道："贫僧与师父恰巧云游至此，他老人家正在前方不远处歇息。小施主且记，此番去见师父，师父可能要试棋于你，你要全力施展本事才是。师父中意便是你的造化，若不中意，那天元寺小施主也勿再去了，去了也是徒劳无功，此番就看你的运气了。"

方国涣闻之，知道法无和尚的这位师父必是棋上的一位高人，激动之余，忍不住略整衣袖，向法无深施一礼，"师傅如此大恩，不知何时才能相报！"

法无急忙合掌当胸曰："小施主言重了，贫僧不过是遵循了善道本分而已。"

说话间，法无和尚已引了方国涣上了大路，行了约半个时辰，转下大路来到一座荒废的古庙前。

法无和尚道："师父临时歇脚在此，已候我多时了，我们进去吧。"

二人进了庙门，来到庙中仅存的大殿上。此时在一尊佛像下端坐着一位老僧，身裹黄色僧袍，慈面白须，内含庄严，正在会神地注视着面前一盘于绢布上绘制成棋盘的棋局。法无这时轻轻地走上前，低声道："师父，弟子带了一个人来，或许是师父要找的。"

"哦！"那老僧抬头应道，"此人何在？"

方国涣忙上前施礼道："晚辈方国涣见过大师。"那老僧一见方国涣，心中不由一动，暗赞道："好一个清秀的孩子！"随即点头道："老衲苦元，小施主且坐了。"

法无又道："弟子今日在丰台镇铁龙寺内的棋擂上，见着了一盘难得的妙局，临枰对弈的竟是两位几成对手的高手，其中一位便是这位方小施主。弟子见方小施主年少棋高，或许能中师父的意，便把他带了来。"

法无和尚不知何故，竟对废李如川武功救方国涣性命一事只字不提，好像没发生过此事一样。苦元大师闻之，微微惊讶道："小施主能被我徒法无看重，当不一般。"伸手指了面前的棋局，对方国涣道："这是春秋时，齐相管仲与齐王走的一盘死活残局，不知方小施主能否解得？"

方国涣心知对方在试自家棋力，便上前观看。片刻之后，方国涣便持了枚白子于棋盘中点落。法无见了，暗自点了点头。

苦元大师倒不以为然，但说了声："小施主棋力果然不差。"说完，尽收了棋盘上的棋子，随后数了十枚黑棋子，放于方国涣面前道："请小施主与老衲各对十子如何？"方国涣闻之一惊心下不免有几分紧张。

第十回　天元寺

方国涣见那苦元大师欲与自己在棋上各以十子相对，不由诧异道："一人十子，不过二十手之数，如何分得胜负？"

苦元大师道："善弈者看势，胜负虽不能分得，高低却能定得，小施主可有兴趣？"

方国涣知道，仅十子之数，只能定式布局，占以大势，见苦元大师如此试棋于己，心中惑然，也只好应道："晚辈尽力吧。"便收过那十枚黑色棋子，忽"咦"了一声，发现这些棋子的质地非普通，圆亮润泽，持在手中十分压手，刚才却没有注意到，此时不由赞叹道："好棋子！"

苦元大师道："这是一副'罗汉棋子'，是棋中上品。"

法无一旁道："看来方小施主的运气不错，能持罗汉棋子对弈者，都是些棋上的高人，一般棋家沾不得手的。"方国涣闻之，暗讶不已。

方国涣一日之内，连遇两位棋上高手，此时自是不敢再走以开子天元的布局之法了，但于右下星位点落一子，苦元大师随手而应，各在全局布以大势。

待双方互走至第十八手棋时，方国涣不由吃一惊，虽然双方布列棋盘上的棋子稀疏，但白棋寥寥数子，将全局的棋势都占了，自家黑棋无论怎样布列，始终罩在白棋的棋势之内，无法展开。方国涣惊异之余，知道对方是真正的棋上高人，也自不失冷静，思虑了片刻，将手中最后一枚棋子布下。

苦元大师此时暗讶道："这孩子果非寻常，与老僧十子之内能走出这般棋势者，世间少见。"心中不由一喜，甚感欣慰，也自落了最后一子。

方国涣再看时，大是惊讶，双方虽然各弈对了十子，但白方棋势一统全局，几无破绽可寻，而自家黑方棋势却已呈出两处亏象来。

方国涣一惊之下，忙起身拜道："大师是真正的棋上高人，晚辈今日有幸得遇，还请赐教。"

苦元大师点了点头，起身相扶道："小施主天资聪慧，手法高妙，虽暂不能称绝天下，却是老衲平生中所遇棋上最有天分的一个，没想到苦寻了几十年，今日终于在你身上找到了棋上的灵气。"说话间，苦元大师自有些激动。

方国涣闻之，一时不得其解。法无和尚一旁高兴道："恭喜师父，苦寻了

第十回 天元寺

多年，今日终于如愿以偿。"

法无接着对一脸茫然的方国涣笑道："小施主不是想去天元寺拜师学棋吗，师父便是天元寺的住持。"方国涣闻之一惊，望着苦元大师一时间百感交集，竟自呆了。

苦元大师这时点了点头，欣然道："老衲时常云游天下，为的是想找到一个像你这般有着棋根的孩子，天不枉人的苦心，让你我在此相遇，是为缘分。"

法无和尚这时拍了一下激动得有些不知所措的方国涣，笑道："还不快拜见师父，等着做甚？"

方国涣如梦方醒，忙惊喜万分的俯身叩拜道："弟子方国涣，拜见师父。"泪水自是夺眶而出。

苦元大师高兴地受了方国涣的三拜之礼，随后扶起他，道："为师几十年的心愿，看来是要应在你身上了，今日收你为徒，或是天意吧。"接着指了法无和尚道："这是你的法无师兄，且拜见了。"

方国涣忙上前施了一礼道："多谢师兄引见，否则不知何时才能见到师父。"

法无欣然道："没想到你被师父选中了，能有你这么一位小师弟，实为我的造化，也是天元寺的喜事。"

苦元大师随后询问了方国涣的身世，方国涣便把自己幼小从家中走失，流落江湖的遭遇说了一遍，苦元大师与法无闻之恻然。

当说到枫林草堂的智善和尚时，苦元大师讶道："多年前，天元寺确实来过一位法号叫智善的同门，因在寺中输了盘棋后便走掉了，没想到是他指引你来的，真是一位有心人，是一位真正的棋家！"

法无这时才讲了丰台城铁龙寺棋擂的事，苦元大师闻之，惊异道："这是一位世外的高人，此番出山，是欲以棋响世的。"

法无道："那李如川棋力高深，可与大师兄成对手，国涣师弟就是不误开子天元，也很难胜他。只可惜此人棋道虽高，却是一位心胸狭窄、性情阴险之人，不值得我等相交，若不是弟子救护得及时，国涣师弟可能就被他害了。"遂将经过讲了一遍。

方国涣此时仍心有余悸，惑然道："师父，弟子不明白，那李如川棋力高深，过弟子很多，棋擂上又胜了的，却为何还要追杀弟子？"

苦元大师道："此人必是见你年少棋高，将来的修为当赛过于他，故生妒意，而起杀机。所谓棋家一动手，便知有没有，在那棋擂上，李如川虽然胜了你，但是感到与你对弈时棋力显老，而你却有日进千里之势，此人欲以棋名扬世，称绝天下，岂容别人日后有赛过他的机会，棋上与他争名，故要先除之为快。"

方国涣闻之，摇头叹道："李如川棋力高深莫测，弟子再苦习几年，怕是也难追及他，何必下此毒手，坏了棋上雅趣？"

苦元大师道："不然，棋品也即人品，多因品格所限，每提高一二子极难。李如川修习棋道多年，虽有大成，却不知有此局限，自以为棋高无敌，目中便无他人。当感觉你日后在棋上有一飞冲天之势，潜力尤过于他，自然也就有了妒意歹心，这是他的心性不纯之故，棋力自然也就限在那里了。"方国涣闻之，对苦元大师这番精辟的分析，佩服不已。

苦元大师这时又道："就天下技艺而言，多为有形之学，倘若精妙到极点，古有吹箫引金凤、弹筝唤鬼神之说，别生奇境。而围棋一道尤妙，其中千变万化，鬼神难测，自古便上列仙品，尊为雅艺。"

苦元大师接着郑重道："为师少好棋道，勤于习练，自认有所成，一生中见过棋家高手无数，可惜连为师在内，于棋上仍不出俗家攻守之势，不能达任意之境，依旧拘于术内。"

方国涣闻之，诧异道："在弟子看来，师父的棋艺，已然天下无敌了，还有更高的棋道吗？"

苦元大师道："棋道广博，无有至其极者，虽能无敌于一时，也仅限于棋盘之上，而对那种真正棋境的感悟，至今无人能为，是为棋家的憾事。"

方国涣讶道："师父，何为真正的棋境？"

苦元大师道："棋道应心，别生妙境，互互奇感，中合万物。棋与心合，至高无上，棋之境界，便是心之境界，二者合一，便是真正的棋境。"

方国涣惊异道："这种棋境当是在棋上的另一种感受，或是一种最高的修为，不知如何才能达到？"

苦元大师感叹一声道："这便是为师一生中苦求不解的难题，棋为雅艺，本以明心开智，修养性情为上，若执着于胜负输赢则为之下，然而世事如棋，乱于攻杀斗守之中，人之神思又岂能脱离于此间。"

苦元大师接着又道："虽然也有那些胜固欣然，败也可喜之人，以棋道娱乐养身，每逢秋高气爽，庭院落花之际，二人对坐，随意一枰，自叫那些文人士大夫们心旷神怡，境感非常。就是山翁野叟，也能因棋引出几丝雅气来，这是世行的棋之小术。然有视棋为大道者，怀大棋之风，自以纹枰论世事，以棋声动天下。万物一理，世事如棋，能以棋道贯通世道，以棋济世，方是棋家大德为。真正的棋境，非仅棋盘上的奇妙感受，而是能化合于棋之内外，应感于万物，是为化境，这虽然只是一种幻而不达境界，不过人之天赋禀性不同，也自有达到这种无上修为的可能。"苦元大师的一番话，令方国涣似有所悟。

第十回　天元寺

苦元大师收下了方国涣，尤感欣慰，此时对法无道："你我师徒云游了数月，今日既已收了你国涣师弟，我们也该回天元寺了。"

法无道："弟子还有些事情未了，请师父与小师弟先行一步吧。"苦元大师道："也好，众师兄弟中，数你江湖事最多，既然如此，为师与你国涣师弟先行一步便是，你也要早些回寺中的。"听说要回天元寺，方国涣心中一阵欢喜。

法无随后辞别了苦元大师、方国涣二人，自家先去了，苦元大师便带了方国涣一路回转天元寺而来。将近洞庭湖时，苦元大师道："这几年湖中多盗患，不甚太平，我们走旱路吧。"于是引了方国涣绕走他径。

这一日，苦元大师带着方国涣来到了一座大山之下，此山山势高耸，数峰并立，林密草深，气爽境幽，人迹罕至，为一世外桃源地。

苦元大师这时道："涣儿，这里便是连云山了。"方国涣闻之释然，心中自喜，别有一种亲切之感。

师徒二人沿山路走了多时，忽山回路转，前方现出一座庙宇来，此寺庙依山而建，虽不甚壮，却也古朴庄严，红墙碧瓦之内，隐现殿堂。到了山门前，"天元寺"三个字映入眼帘，方国涣忽恍悟道："是了，天元寺是就棋枰上天元之位而名了。"

苦元大师这时上前轻轻拍打了几下寺门。

时间不长，寺门开启了一道缝，接着探出一个小和尚的头来。那小和尚一见苦元大师，立时惊喜道："师父回来了！"随即敞开了寺门，让进了苦元大师和方国涣，接着高兴地跑在前面引路向正殿走去。

苦元大师边走边问道："法能，我出门数月，可有外人来过？"那名叫法能的小和尚应道："回师父，五华山青河寺的庆明长老云游至此，候了师父两日，等不及也就去了。"

"哦！是庆明长老。"苦元大师点了点头。法能又道："对了，师父走后一个月，有一位残了右臂的同门，法号叫不了师父的来过。"

苦元大师闻之，忽怔了一下，随即问道："那不了师父可曾说过什么？"法能道："不了师父说，三年后的八月十五请师父不要外出，在寺中候他，那时他定会来拜访师父。"

苦元大师摇摇头，慨叹一声道："这个废僧，还是不服，简直没完没了。"说话间，已到了大雄宝殿上。

几名扫地的僧人见了苦元大师，各呈喜色，忙都放下手中活计，合掌施礼道："师父！"另有数名僧人也都忙着过来礼见了。苦元大师点头应了，自拉了方国涣于一旁的椅上坐了，立有僧人献上茶来，二人用了。

苦元大师饮了口茶，随后道："法远。"一名中年僧人上前应道："弟子在。"

苦元大师道："去把你的师兄弟们都唤来，为师有话要讲。"

法远道："奉遵师命！"施礼退出。

苦元大师接着和蔼地对方国涣道："涣儿，天元寺日后就是你的家了。"

方国涣激动地点了点头道："多谢师父。"法能一旁见了，知道又多了一个师兄弟，朝方国涣友好地微微一笑。

这时，法远领了十余名僧人进了来，老少皆有，见了苦元大师，立刻齐身礼拜道："拜见师父。"随后分于两旁恭敬地立了，动作轻微，生怕弄出声响来。

方国涣见了，心中讶道："师父面容慈祥，不甚严厉，这些和尚们却也如此敬畏。"身子也不由自主地正了正。

苦元大师这时道："都齐了吗？"法远上前道："回师父，法阳大师兄下山采办盐米去了，这两日便能回来，法无师弟随师父出游却未归还，其余的师兄弟都齐了。"

苦元大师点了点头，然后介绍了方国涣道："这是你们新来的师弟，为师收的俗家弟子，叫方国涣的，你等日后要好生相处了。"众僧闻之，便把目光一起投向方国涣，皆成惑然之色。方国涣忙起身施礼道："方国涣见过各位师兄。"

苦元大师这时缓缓地道："你们平日里自恃棋艺高超，以为胜得了天下俗人，而你们这位国涣师弟，棋上修为尤高，强中更有强中手，日后要互相激进了。"众僧闻言，各自惊异，又都重新打量着方国涣。

方国涣心中道："师父的棋力深不可测，这些师兄们也必然都是棋上的高手，日后要小心谨慎才是，勿让这些师兄们笑话了。"

苦元大师又道："法能，你的这位师弟初到寺中，一切还都不习惯，日后你要多加照顾了。"法能高兴地道："弟子明白。"

苦元大师又道："涣儿，走了一天，也累了，且随法能去歇了吧，明日叫法能领你到后山的白云洞见我。"方国涣忙起身应了，与法能施礼退出。

出了大殿，法能便亲热地拉了方国涣，欢喜道："师父如此看重师弟，师弟必是有过人的本事，不简单的。"

方国涣拘谨地道："师兄过奖了，日后还请多多指教了。"法能笑道："不要客气，师父既能收下你，当比我们都强的。"

转过两道院门，来到了后院一排精致的僧舍前，法能道："国涣师弟就住左边这间吧，你先进去歇了，我去厨下把茶饭提来。"说完，推开房门，让进了方国涣，自家便转身去了。

第十回　天元寺

方国涣进了僧舍内，见此房间收拾得整洁干净，南北靠墙侧各设了张木床，床上叠放着整齐的素布被褥，地中一张方形木桌，却在桌面上刻画了一幅棋盘来，方国涣心中一动道："是了，这寺中的和尚们，敢情都是些棋僧了。"

不多时，法能提了一只食盒进了来，把饭菜于桌上一一摆了，一碗上尖的米饭，两碟素菜，还有一壶茶水。方国涣道了声谢，便胡乱用了。

食毕，法能收拾了碗筷，仍旧放在食盒里，方国涣欲上前帮忙，法能拦了道："这些活我来吧，师弟不必客气的。"

方国涣不安道："怎敢劳师兄侍候。"这时，门外有一人应道："天道生人，各有所主，既是师父的安排，小师弟勿要客气才是。"方国涣闻声看时，见是法远与几名僧人站在门外，忙上前迎了道："各位师兄快请。"把法远等人让进了屋内，一名僧人把手中的两篓棋子放在了桌上。

法远这时笑道："适才听师父说，师弟是百年不遇的奇才，天资棋力皆在我等之上。世间好手难寻，一时技痒，故不顾师弟旅途劳累，来向师弟讨教一局。"

方国涣忙道："不敢当，还请各位师兄指教才是。"法远笑了笑道："好说。"随后对身旁的一名僧人道："法化师弟，你来领略一下这位小师弟的妙手。"

法化和尚道："遵二师兄之命。"即上前与方国涣临桌对坐弈棋。法能见有棋局看了，忙把食盒送至厨房，跑回来观棋。

这时，方国涣与法化已互走了十几手棋。方国涣心知对方是一高手，运子布局非常谨慎，知道这些师兄们在试自己棋力的高低，更是不敢大意了。几十手棋过后，方国涣暗讶法化棋路特别，全不同于昔日与自己对弈之人，极是难缠，已是感到吃力起来。棋至中盘，方国涣愈加感到艰难，棋势不能尽展，暗中惊叹道："难道这天下间的高手都集在了天元寺不成？"

而这边的法化更是惊讶万分，心中异道："这位小师弟运子非常，着着妙手，如此年纪，竟修成这般棋力，不知师父哪里寻得他来？"旁边观棋的法远等人各自惊异不已，以法化的棋力，在天元寺中，除了师父之外不下前四名，此时竟然在这个新师弟面前，棋路蹇涩，棋势走不开去。众僧始知师父所言果然不差，皆对方国涣心生敬意。法能这时暗里喜道："这位师弟真是厉害！竟与法化师兄棋逢对手，此时更略占优势，这般走下去，必要胜的。日后有了他在，再不怕师兄们在棋上欺我了。"

结果一局终了，方国涣仅以一子半领先，实为险胜。法化此时粲然一笑道："小师弟果然是师父要找的那位神童国手，佩服！佩服！"

法远一旁赞叹道："没想到小师弟竟有这般棋力，日后修为当不可限量，我天元寺中又多一位高手了。"众僧惊喜之余，各自折服，陪方国涣说了会儿话，法远等人便告别离去了。

送走了法远、法化等人，法能尤显高兴地道："师弟可真行！刚一来就露了脸面，法远师兄此时都不敢和你过子，故令法化师兄来试。"

方国涣摇了摇头，感叹道："法化师兄是我生平所遇几位棋上的高手之一，适才一局，胜得实为不实，也是法化师兄见我初来，让了我的。天元寺内，真是高手如林，能在此修习棋道，不枉此生了！"

法能这时道："看来除了师父，只有法阳大师兄能高过你了。法阳大师兄的棋力已近师父，有时竟然还能高出师父一子半子的。"方国涣闻之，愈加惊奇，自知天元寺内，皆为高人，暗中庆幸有此际遇。方国涣又与法能说了会儿话，二人年龄相仿，交谈得十分融洽。到了掌灯时分，法能这才离去了，方国涣也自上床安歇。

第二天，当方国涣醒来时，已是日高过竿，想起还要见师父，方国涣不由大急，连忙穿了衣衫，出了房门。此时各屋舍内的僧人都已走空了，四下不见不个人影，方国涣茫茫然，一时间不知如何是好。

这时，法能提着食盒走了过来，见方国涣站在檐下发怔，便招呼道："国涣师弟，昨晚睡得好吗？"

方国涣见了法能，心中这才一松，忙道："日高多时，师兄怎么不唤我一声？"

法能道："法远师兄交代过，只要不误了见师父的时辰，可让你多睡一会，故不曾唤得。"方国涣闻之，心下稍安。到盥洗间简单洗漱了，进了室内，法能从食盒中取了茶水点心，让方国涣用了。

方国涣一边用茶点，一边问道："怎么不见其他师兄？"

法能道："师兄们这会该念完佛经，去做棋课了。"

"棋课？"方国涣讶道，"什么棋课？"

法能道："这是师父早年立下的规矩，柔曰棋经，专究棋之理法，刚曰棋课，则是实战对弈。"

方国涣闻之，暗里惊讶道："怪不得天元寺多高手，原来这棋上的修习，功夫上用得深，并且不曾断了的。"

用毕茶点，方国涣便随了法能出了天元寺后门，一路寻那白云洞而来。

路上，方国涣问法能道："法能师兄，能向我说说法无师兄吗？"

法能一听，立时眉飞色舞道："你说的是三师兄啊！他练就的一身武功绝技，尤以轻功见长，江湖上人称'飞天和尚'，算是寺中的大护法，爱管江湖上的闲事，据说是本朝一位很有名的大将军之后，早年便跟了师父出家的。法无师兄功夫了得，曾有一只幼虎，不慎从山后百丈崖上跌落谷中，摔成了

第十回 天元寺

重伤，法无师兄负着这只幼虎硬是从陡峭的崖壁下跑将上来，如履平地一般，那才叫绝呢！"

方国涣闻之，惊奇不已，想起法无从那位李如川的手下救了自己，心中尤为想念，自盼法无早日归寺，快些见到他。方国涣又向法能询问了些寺中的其他情况，对天元寺内的一切，也有了个大概了解。天元寺众僧皆好棋道，都是佛棋双修之人，也大多是苦元大师从天下间寻觅到的棋上好手。

正行走间，前方呈现出了一片宽阔整齐的松林。方国涣此时发现这片松树林有些古怪，树干几乎一样的粗壮，枝繁叶茂，遮得林中昏暗不可测，尤其是树木之间的间距排列似有规则，而非天然成形，自给人一种异样的感觉。

法能这时拉了方国涣在树林边站了，肃然道："师弟，你可知这是什么所在吗？"

方国涣惑异道："这片松树林看起来与众不同，当真有什么古怪吗？"

法能这时显得神秘兮兮的，附于方国涣耳边道："这是一片棋林，也就是用树木布成的棋阵。"

"棋林？"方国涣闻之惊讶道，"这棋林是何人布的？"

法能道："这是师父在年轻时，择优质松苗，按一盘奇妙的棋势栽植布列下的，黑白同色，不以棋枰论，自成一座棋阵。棋林内如迷宫一般，树木之间的排列十分复杂，人若误闯了进去，休想出来，也就是被困在里面了。"方国涣闻之，惊异道："依棋谱按棋势布林成阵，当真会有这么大的作用？"法能得意道："当然了，师父说这是棋盘内外相互化通的结果，万物一理，棋家不可拘于一尺纹枰之内，限于黑白二子之间，当要以棋应物，互相变通，才能达到大棋之境。"

方国涣闻之，惊讶道："难道师父布植这片棋林，是要证明这种大棋之境吗？"

法能道："也许吧，或者还有别的用意，内里玄机，我也不甚明白。"

方国涣望着这片神秘莫测的棋林，惑然道："植木成林，依棋布阵，能有多大的作用呢？这毕竟不同于奇门数术之类，或以幻术来迷乱人心智的。"

法能道："国涣师弟且不可小看了这片棋林，现已无人敢进去了。曾有一猎户误入其中，师父也是费了好大力气才把他找出来，再晚一些，那猎户恐怕要饿死在里面了。说来也怪，在山中别处时常看到野兽出没，而不曾见有动物在棋林边缘出现过，就连飞禽也难见栖息在此，山中鸟兽似对此棋林有种畏惧之感，却又不知何故？"

方国涣闻之，愈加惊奇。

法能接着又道："当年法远师兄一时好奇，自行闯进棋林，结果在里面困了三天三夜，饿得奄奄一息，师父为了救法远师兄，也是在里面转了一天才把法远师兄背出来。"

方国涣惊讶道："师父怎么也会被困住一天？"

法能道："后来听师父说，这片棋林由于年头久了，枝繁叶茂，罩住了林顶的空间，光线不得入，白昼也如黑夜，昏暗不能辨物。并且有些较粗的侧枝，横生乱长，竟完全改变了师父当初布成的格局，而变得更加复杂起来。师父为防再生意外，便把棋林列为禁地，寺中诸人不可再进入。后来又出了许多意外的事，法无师兄曾在百丈崖下救起的那只幼虎，当年被圈养寺中，伤势渐愈，法无师兄本想过几日把它放归山中。不料此虎在寺中受了惊吓，从笼中逃出，窜出后门，慌乱间跑进了这片棋林中。法无师兄追到林旁没敢进去，便在外面候了，想等那只幼虎出来。可在棋林周围转了三四天，也未见个动静，知道那畜生必是困死在里面了，只好作罢。"

方国涣听法能说得如此怪险离奇，也自动了好奇之心，不由得走进了棋林内。

法能见了，急得大叫道："师弟，万不可进去，里面危险。"方国涣走进林中没几步，也就停下了，林内昏暗怖人，隐隐可见那些排列诡异的树干，地上虽寸草不生，却已铺满了厚厚的针叶，一股潮湿的阴冷之气，夹杂着霉腐气味冲鼻而来。往深里探望，黑暗中似伏着一头巨兽，张着恐怖的大口，等人自投。方国涣此时身上激起了一层鸡皮疙瘩，毛发竖立，寒意徒生，心下不由大骇，连忙退了出去。法能见了，心中一松，便拉了方国涣远远走开，一路向后山的白云洞而来。

连云山山势起伏，奇峰耸立，云浮雾隐，野径幽迷，青树绿草，旷谷深溪，实为一处风光秀丽地。方国涣一路观来，心神畅然，自感山水之妙可令人陶醉。法能引方国涣登上了一座高山，山势初看陡峭，无路可行，其实在草丛中隐藏着一条不易察觉的通向山上的小径。越走越高，渐渐地似与天上浮游的白云相视而平。越高越陡，以致手脚并用，攀着人工凿成的石阶而行。忽在路尽头处，现出了一块三四米见方的青石平台，一处幽深的洞口也呈现在了眼前，这便是那白云洞了。此时，法化与一名僧人站在洞口旁，见方国涣、法能二人上来，法化笑迎道："师父等候多时了，小师弟快进去吧。"让进了方国涣，法化自与法能在洞口守着。

方国涣进了洞内，立感洞中甚是宽阔，光线也不甚暗。拾级而下，迎面是一套石桌石凳，一石床上铺置了软席。苦元大师身着洁素的僧袍，垂帘闭目，一脸的安详，盘膝在上面坐了。

方国涣轻轻地走上前，施了一礼道："弟子方国涣拜见师父。"

苦元大师微点了一下头道："你来了，上来坐吧。"

方国涣惶惑道："弟子不敢与师父同坐。"

第十回　天元寺

苦元大师此时睁开了双眼，和蔼地道："不必多礼，涣儿，你是俗家弟子，不比他们，且上来坐吧，为师有话对你说。"方国涣犹豫了一下，这才上了石床与师父对坐了。

苦元大师关切道："昨晚休息得还好吧？"

方国涣忙应道："多谢师父关心，弟子虽到寺中仅一日，却也习惯。"

苦元大师点了点头道："天元寺不比别处，你不受拘束最好，日后自要潜心修习棋道。"苦元大师接着肃然道："你是为师一生中所遇棋上灵性和天赋最高的一人，日后的修为，师父也不敢定深浅。但是你此时的棋艺多走习于民间，术上虽高，理上欠通，日后需在棋之理法上下些功夫，方可成就大棋之材，而趋无上妙境。"

方国涣闻之，敬服道："师父言棋，博大精深，令弟子每感不足，还请师父教诲。"

苦元大师郑重地道："棋道深奥广博，不明棋之大理，对于一个单会走子的棋家来说，是不会有大成就的。棋之为艺，古有三十二法：冲、斡、绰、约、飞、关、劄、粘、顶、尖、觑、门、打、断、行、立、捺、点、聚、跷、夹、拶、峨、刺、勒、扑、征、劫、持、杀、松、槃。前朝又有人创三十六法、六十四法的，本因棋上千变万化，从定式布局，中盘官子，时有创新。又因人的品格、天分不同，代出国手，独领一时棋风，以至天下好棋者日众。这些棋之理法，为师日后自会讲解你听，自能于棋上有所益，增加感悟的。"

苦元大师又道："既为棋家，当要了解现今棋上事。本朝棋风大盛，高手辈出，其中有三位极负盛名的棋家，棋力皆高深莫测，都已达大棋之境，此三人为棋家的楷模，不可不知。一位住在苏州，人称'江南棋王'的田阳午；一位以走快棋闻世，有'天下第一快棋手'之称的河北青河的钟世源；还有一位是四川的刘诃刘敏章，为一代宗师。此三人的棋上造诣都不在为师之下，并且各有风范，日后机缘得遇，当要虚心请教了，每与三人对弈一局，自家尤能获益匪浅。"方国涣闻之，暗暗吃惊，又想起那位摆棋设擂的李如川，知道这天下间棋上的高人多得是，皆非自家所及，感慨之余，修棋之志尤增。苦元大师见方国涣闻言有立敛之色，点头笑道："你如今年龄尚小，还未到棋扬天下之时，依为师看来，不出三五年，本朝的棋坛领袖，则非你莫属了。"

方国涣闻之，惶恐道："弟子实不敢当，师父羞煞我了。"

苦元大师道："当然，这也要看你自家日后的修为了。"接着，苦元大师在棋盘上向方国涣讲授了一种极难的"调棋"之法，方国涣一点即通，丝毫不费口舌，苦元大师心中暗自惊喜。

师徒二人又研讨了一阵棋道，不觉间，天色将晚，苦元大师便道："涣儿，你且回寺中歇了，明日早些来此，你我师徒再研棋吧。"

方国涣道："师父不回寺里吗?"苦元大师慨然一声道："师父为了悟以最高棋境，时居此洞中潜修，看来为师已老，日后这里当是你静修悟棋之所了。"

方国涣闻之，自对师父的悟棋精神所感，其余倒未多想，随后施礼退出。

这时洞口仅剩法能一人，法化与另外一名僧人不知何时已去了。

见方国涣出了来，法能迎上前，羡慕道："师父果对师弟器重得很，谈了这许久。平日里师父说我等的棋力已到顶了，再提高几子极难。而今看来师弟是与众不同的，当是师父说的那种高而无界之人了。"

方国涣摇了摇头道："人外有人，天外有天！师兄莫要夸我，若能达到师父那般棋力，便自足矣。"说完，又疑惑地向洞内望了望。

法能见了道："师父苦心修悟棋道多年，在此独坐惯了，稍后自有师兄送茶饭来，不要担心的。"说完，法能便拉了方国涣，一路谈笑回转天元寺了。

第十一回　悟棋白云洞

　　第二天一早，方国涣、法能二人又来到了白云洞。苦元大师此时坐在石桌旁，对着桌上的一张古木棋枰，持了罗汉子，正在打谱研棋。方国涣、法能上前施礼请安，苦元大师便叫他二人一旁坐了。

　　方国涣闻苦元大师落子应枰之声十分清脆悦耳，尤见那张古木棋枰古色古香，实非寻常物，不由惊讶道："罗汉棋子已是少有，这张棋枰却也少见，棋子应枰之声清脆得很！"苦元大师笑道："这套棋具是天元寺前辈师祖空悟大师所遗之物，为棋中罕见的珍品，千金不易的。"

　　苦元大师随后指了适才所布的棋局道："这是前人棋谱中的名局，你二人看看有何妙处。"方国涣、法能二人便上前细观。

　　过了片刻，法能惊奇道："这是一子定两征的妙局！"

　　苦元大师点头道："不错，白棋一子定两征之后，胜负已决，棋局到此也就止了，然而前辈师祖空悟大师却在三个月之内悟出了反胜之法。"

　　法能闻之，诧异道："棋局到此大势已定，再走下去也如废棋一般，实不知道有何妙手扭转乾坤？"

　　苦元大师道："此局双方走得巧妙，奇绝之处就在这里。当年棋艺天下第一的顾香童也认为棋局终此，后被前辈师祖空悟大师悟出了破解之法，顾香童佩服万分，便把家传的罗汉棋子与古木棋枰赠予了师祖，天元寺也就有了镇寺之宝。"法能闻之惑然，摇头不解。

　　方国涣此时一言不发，凝神专注着棋枰。少许，忽点头道："师父，此棋局果有破法，不过当在第三手之后。"

　　苦元大师闻之一惊，连忙道："不错，你且持棋试走。"方国涣便旁取了一枚黑棋于枰中落下，苦元大师见之一喜，忙自应了一着白棋。法能棋力不弱，看罢摇头道："国涣师弟这一手棋却是无甚用处，缓不了急的。"

　　然而当方国涣第三手棋落定，苦元大师立呈惊喜道："正是如此！正是如此！没想到空悟师祖三月之功，被你顷刻间便得了，真乃奇事！"苦元大师暗自庆幸收此弟子，一时间竟有些激动。

　　法能注视了棋盘好一会儿，忽恍悟道："是了，三着破一子！师弟真乃神仙国手！"随即狂喜不已。

苦元大师这时感叹道："若不是空悟师祖在棋谱后指示得明白，为师恐怕今生也是悟不出的。这盘棋全局布得巧妙，一子定两征后并非终局，今被你在半个时辰内三着走活，古今当无人能为，看来这个奇迹源于你棋上的灵性，实为天意！"方国涣解此妙局，又得师父赞许，也自欣然。

苦元大师高兴之余，便道："涣儿，你初来此地，一切还都陌生，且与法能在山中前后转转，以熟悉一下连云山的地理环境。这会儿去轻松一下，勿令棋事累心，过于耗神，日后再与师父研棋吧。"

法能一旁喜道："好极！我是师弟最好的向导。"随后拉了方国涣施礼退出，离了白云洞游玩去了。

一路走来，方国涣愉快非常，因为终于到了天元寺，得以拜高人为师修习棋道，心有所依，甚是安定。

路上，法能道："师弟一来，我看寺中的名次，倒要重新排一排了。"

方国涣不解道："排什么名次？"

法能道："自然是棋上的名次。"

方国涣感兴趣道："不知怎么个排法？"

法能道："这是师兄们私下以棋力的高低来排列的，师父自然居首位，第二位是法阳大师兄，第三位是法远师兄。"

方国涣诧异道："法远师兄既然如此棋高，前日我来寺中时，他为何在旁观棋不战？"

法能道："这是法远师兄的宽人之处，见师弟初来，怕挫了你的锐气，折了棋兴。当然，也是听了师父说师弟如何高明，不敢贸然讨教，这几日便会寻你斗棋了。"

法能接着又道："排在法远师兄之后，第四位当属法无师兄了。"

方国涣闻之讶道："怎么？法无师兄也有这么高的棋力？"

法能道："这个自然，只因法无师兄醉心于武学，棋上荒废了些，否则棋力不下于法远师兄的。"方国涣闻之，惊奇不已，忽恍悟道："怪不得那日法无师兄救了我之后，便领我去见了师父，当是从我与李如川对应的那盘棋上寻的我吧。"

方国涣想起了与自己棋逢对手的法化和尚，便问道："不知法化师兄排在第几位？"法能道："排在法无师兄之后，为第五位的，第六位是法慧师兄，第七位是法智师兄，法智师兄两个月前曾胜了一位来天元寺挑战的棋上高手。"

方国涣此时笑问道："不知法能师兄排在第几位？"

法能摇摇头道："二十名以外吧，在寺中，师兄们都是高手，比不得他们的，但在外面，我倒也未曾输于别人。"方国涣闻之，惊叹不已。

说话间，法能领了方国涣登上了一座峰顶，立觉清风拂面，心胸畅然，放眼远望，群山低小，天广地阔，别有一番景致。

法能这时用手指了山下道："师弟请看，那片方形的树林，便是棋林了。"

方国涣望去，果有一片树林方形整齐，独处一地，与周围树林自是有异，别有一种神秘感。

法能又指了前方一座高崖道："这是百丈崖，连云山最险峻的地方，三面为陡壁，中间一脊背可通巅顶，人立其上有登天之感。"二人又观望了一阵，因山上风大，法能便引了方国涣转下山来。

四下又游走了一番，二人随后在一条溪水里洗了澡，法能于山中寻了些果子与方国涣吃，见方国涣兴致愈浓，便又领着游了几处自家认为的名胜之地，走得倦了，二人便找一处山坡，躺在草地上歇息。

法能指了对面几座碧绿的青山道："这几座山是宝山，山中长有几百味草药，有几种还是天下别处不生长的，野果山珍也比别处的多。师父每年都领着众师兄们上山采药，留些自用的，其余的便运到山外换米醋油盐了。不过山中毒虫甚多，师弟日后若是自家独游，还要注意了。"天色将晚，法能、方国涣二人这才抄近路回到了天元寺。

回到天元寺，法能引了方国涣在厨中用了些茶饭。一名挑水的火头僧告诉二人，大师兄法阳回来了，去白云洞见过师父后，与几位师兄正在殿上说话。法能闻之大喜，忙拉着方国涣跑了去。

大殿上，法远、法化二人正与一位中年僧人兴致勃勃地谈论着什么。见方国涣与法能进了来，法远起身笑迎道："说曹操，曹操就到。国涣师弟，来见过大师兄。"那边法阳已经站起。

方国涣注目看时，见那法阳身高肩阔，气宇威严，神态与众僧大是不同，心中暗赞一声"好是威武"！忙上前施礼，恭敬地道："见过大师兄。"

法阳见方国涣是一位清秀英俊的少年，心中一喜，暗自点头，双手扶了道："小师弟，不必客气。"

法能这时高兴地上前拉住法阳讨糖果吃，法阳笑道："你如今已有一个师弟了，要有个做师兄的模样，勿如先前孩子般的嘴馋了。"说完，自于怀中掏出一包糖果来。法能见了，欢喜地谢过接了。

法阳随后又对方国涣笑道："没想到我去山外采办盐米，晚回来两日，寺中便有了大变化。适才见了师父，说是新收了一位非凡的小师弟，见之果然。"

方国涣见法阳虽威武凛人，却态度和善，心生敬意。法阳接着请方国涣旁边坐了，问及了一些他的身世，方国涣一一如实答了，法阳闻之，感叹不已。

用了几杯茶水，谈了一番话题，天色便暗了下来，大殿内燃亮了火烛。

　　法阳这时笑道："听师父说，小师弟棋上灵性过人，世间罕有，若修习得当，则有日进千里之势。所谓物以类聚，人以群分，世间好手难遇，灯下向小师弟讨上一局如何？"

　　方国涣忙道："还请大师兄赐教。"

　　法远这时于桌上摆好了棋具，笑道："小师弟来了两日，我未敢与他过子，今日倒要看大师兄的了。"法阳、方国涣二人于是临枰对坐，法阳示意方国涣持子先行。

　　方国涣想起法能说过，法阳的棋力已近师父，心下犹豫，想向法阳讨让两子，随即便消去了此念，拾了一枚黑子，于右上角"三·三"之位小心布下。

　　法阳见方国涣起手谨慎，微微一笑，自于左上星位应了一子。方国涣先前与人临枰对弈，起手便是中定天元，以气势开局，近日来连遇高手，便收敛了霸气，运子布棋沉着起来。十余手棋过后，方国涣见法阳的棋路自与他人不同，但以白子疏布，势占九星，以大气开局，并不理会黑方的阻隔遏制，且有违棋上常势。

　　待三十手棋过后，法阳棋上这才显出了攻守杀夺、救应防拒之意。方国涣此时暗里吃了一惊，想起师父苦元大师曾以十子试自己棋力高低，法阳的棋路与师父近同，心知法阳实是领会了师父棋上的真谛。方国涣敬服之余，极力施棋应对。

　　棋至中盘，双方棋势已互漫开来，复杂难辨。法阳心中惊异道："师父所言果是不差，这位小师弟如此年纪棋力便已十分了得，日后的修为必在我与师父之上，看来真是师父要找的那位棋上灵童了。"方国涣、法阳二人互相暗中佩服，棋上尽数施展妙手，一时间杀得难解难分，直把观棋的法远、法化等人看得迷了。

　　结果一局终了，方国涣以五子之差负于了法阳，自是叹服道："大师兄棋风迥异，高深莫测，堪称国手，今日有幸领教，佩服万分。"

　　法阳摇了摇头，坦言道："我尽全力仅领先小师弟五子，是除了师父之外，我所幸遇的又一个棋呈大势者，不出两年，小师弟必能高过我的。"

　　方国涣忙道："大师兄棋力之高，世所罕遇，便是十年八年，我也难追及上的。"

　　这时，忽闻身后有一人朗声道："小师弟不必过谦，大师兄与那位摆棋设擂的李如川一样，对普通好手，都是满盘通吃，不留一子的。小师弟虽暂负五子，却已然把大师兄的棋路逼到绝顶了。"众人闻声回头看时，但见法无含笑而立，显是悄然而至，旁观许久。

第十一回　悟棋白云洞

方国涣见是法无归寺，惊喜道："法无师兄！"忙起身相迎，此时倍感亲切。法能则欢呼一声，跳上去搂住了法无的脖子，打起秋千来，多时未见，显得格外的亲热。

法阳这时起身笑迎道："法无师弟的这句'逼到绝顶'，说得也自贴切，我确有此种感觉的。"方国涣见法阳言之诚恳，不拘胜负，心中更为敬服。

法无与众人互相礼见了，随后拉了法能笑道："先前寺中数你最小，现在来了位比你还小的国涣师弟，你这位小师兄日后可要好生照顾了。"

法能笑道："那是自然，以后我还要叫国涣师弟在棋上多多照顾各位师兄呢。"众人闻之大笑。方国涣见天元寺众僧彼此间皆相处融洽，对自己更是亲切，欣慰之余，自将初来的那种陌生之感，消之无形去了。

从此以后，方国涣每日但去白云洞，听师父苦元大师讲解棋道，或与师父研棋讨势，法阳自在天元寺中主持一切。每至初一十五，苦元大师则回寺中检验众僧棋课，加以指点。方国涣在棋上理法兼修，棋力日长，曾与法远对弈了一局，竟走成了棋上罕得的平手。方国涣在专心致志修习棋道之余，平日里也与众僧采药劳动，互磋棋艺，不知不觉中，一年时间已过。此时的方国涣，已融会贯通了苦元大师所授的棋之理法，棋力更是有了突飞猛进的进展，比已是平手的法远，又高出数子，与法阳对弈，竟互有胜负。在苦元大师让先两子的情况下，几成对手，自叫天元寺众僧惊叹折服。方国涣又把天元寺秘藏的几十卷棋经、棋谱通研精读，感悟领会古人的棋道，每有所得。

时间飞逝，又过了将近一年，方国涣棋力日益精进，与法阳对弈，已是胜多负少，与苦元大师平手相抗，已然平分秋色。平日间，每于棋上指点众僧，使大家各有长进。其中以法能棋力增进最快，竟然超越法慧、法智，直逼法化，也是平时多经方国涣指点之故，寺中众僧对方国涣佩服之余，更是恭敬有加。方国涣也自随了师父苦元大师的修棋习惯与法门，时与师父对坐白云洞，宁心静气，闭目冥想，悟道思棋，有时竟整日不移身形。苦元大师见方国涣棋力日益精进，禅定之功也增，心中愈加欢喜。有时方国涣偶在棋上悟得一着，走将出来，尤令苦元大师吃惊不已，感叹方国涣两年的修为，便赛过了自己半生的努力，欣慰之余，自有了一番打算。

这一日，方国涣一人独立棋林外，望着昏暗怖人的林中发怔。想起师父苦元大师曾对他说过，布植棋林的目的，是想证明棋势可变化于棋盘外，而另化异能，因为棋道可示万物理，当可应变于世事。方国涣不觉自语声道："棋道深奥广博，看来这棋盘内外都有着玄机的。"

这时，忽听身后有人道："师弟原来到了这里，让我好找。"方国涣回头看时，见是法无。

法无走上前来，笑道："师弟一人在此做甚？莫非想入棋林中走走？这可使不得的。"

方国涣道："难道这片棋林果真成了一盘天然死局吗？"法无道："时过境迁，枝叶旁生，已改变了里面的格局，早非当初布列之势。现今已无人能进出，我也只能在棋林之上来去而已，不敢入其中的。"

方国涣讶道："师兄何以能在棋林上来去？"法无笑道："也罢，今日且叫师弟看看我的本事。"说罢，法无身形一纵，"嗖"的一声，犹如一只大鸟，飞跃棋林之上。方国涣不由喝了声彩"好"！随见法无身形一展，借脚下松枝反弹之力，又向前跃出数丈，连续几个起落，如蜻蜓点水，如鸟凌空。

法无在棋林上以轻身术走了两个来回，飘然落下，依旧神色自若，方国涣竟自看得呆了。

法无这时笑了笑，走到方国涣身边，拍了拍他的肩头道："师父差我寻你，有要事商谈。"方国涣闻师父召唤，忙随法无向白云洞而来。

到了白云洞，法无便在洞口守了。

方国涣入得洞内，见苦元大师已坐候多时了，忙上前礼见了师父。

苦元大师点头应了，便叫方国涣于石床上坐了，随后道："涣儿，你到天元寺有多久了？"

方国涣道："回师父，弟子自入天元寺修习棋道以来，至今已两年有余。"

苦元大师点了点头道："两年来，你刻苦习棋，棋力日益精进，现已过为师数子，天下间当无对手可言了。"

方国涣感激道："多承师父教诲，弟子才有今日成就，但天下间棋道中的高人甚多，弟子不敢为人先。"

苦元大师道："此言也是有理，除非另有棋上灵性和天赋高于你者，得了机遇，修就国手之术，或能与你成对手。然则为师纵观古今棋坛，国手棋圣虽不乏其人，但是到了你这里，已是棋上最高的一个了。不过学无止境，你此时的棋艺虽能独步天下，但是还没有达到为师所希望的那种境界。"

方国涣道："人外有人，天外有天，弟子虽较两年前有所长进，若与棋上的真正高手临枰弈对，胜其一子半子也非易事，五子六子更是艰难，自没有达到那种任意之境，弟子虽感不足，但不知再以何法增进？！"

苦元大师闻之，点了点头道："二十年前，为师便悟感棋家有此局限，棋上虽达顶峰，仍不出棋家攻守之势，真正高手间的差别，不算很大的。传说中有一种化境之棋，也就是那种真正的棋境，才是至高无上的。"

"化境之棋？"方国涣闻之讶道，"这是一种什么样的棋境？"

苦元大师正色道："但把它想象成一种在棋盘上随心所欲，无不能为，又能化合于棋之内外，应感于万事万物的通神仙化的无上高妙化境。"

第十一回 悟棋白云洞

方国涣闻之，诧异道："当年弟子初见师父时，曾闻师父谈起过这般棋境，可是棋上的这种高妙境界，如何修悟得成呢？"

苦元大师肃然道："明心见性，与棋道通。真正的棋境，即是极高的心境，也就是佛境、仙境、化境。古人修成正果为佛，羽化成仙者，莫不首修其心。棋道也然，心正神通，佛心、道意，便是无上的棋境，棋达化境者，可与仙佛论短长尔。"

苦元大师接着突然放低声音，似有难言之意。沉吟一声道："为师禀赋不高，故难得其中奥妙，如今悟性已老，更是难达此境界。不过万法同宗，你果是功夫到了，或是能成就这种无上的棋道，为师把这种化境之棋称之为——天元化境，是棋上最高的境界，苦苦追求，故自起法号苦元。看来苦海无边，师父是达不到彼岸了，这件事情便寄托于你来做了，以了为师的心愿。"

方国涣闻之一惊，连忙道："这种至高的棋境，弟子恐难修成，将有负师父厚望的，还请师父三思，别有所托吧。"

苦元大师摇了摇头道："涣儿，勿为其难而推却。不管怎样，无论从棋上的灵性、禀赋，还有年龄方面，你都有着先天过于常人的优越性，这种棋境并非虚幻，自有它的可能，能领略到棋上的那种无上的妙境与乐趣，当是一名棋家追求所在。师父现已再无高法教你，所谓学棋三日，悟棋三年，这也是为你自家成就之道，成功与否，便看天意和你的造化了。"方国涣见师父把一生追求而未能实现的愿望寄予了自己，深感责任重大，自有些不安起来。

苦元大师这时又道："从今日起，为师便回寺中居住，白云洞就是你独自修悟棋道之所了。"

方国涣闻之一惊道："师父可是让弟子一人独居这里？"方国涣自知白云洞远离天元寺，独处高峰，人迹罕至，不免立生恐意。

苦元大师见了，宽慰道："白云洞居高山险处，人兽多不能寻到。并且洞内冬暖夏凉，温度适宜，是一处最佳的清修悟棋道之所。为师独居多年，从无意外惊扰，涣儿不必担心的。"

方国涣闻之，心下稍安，想起平日里也常与师父研棋或对坐一整日，在此也是习惯了。方国涣性本清静，喜独居孤处，此时倒有些欣慰起来。

苦元大师这时又道："棋即大道，大道即棋，非世行小术。为师示你悟棋之法，你且记住了：'静坐悟道，其觉在通。一通百通，道在其中。'师父多年来，对此玄机，久悟不达，日后就看你的修为和造化了。茶饭饮食自有法能照顾，寺中也无杂事扰你，心神当专一了。"

方国涣已然明白了师父的一片苦心，毅然道："但请师父放心，弟子一定努力去修习感悟这种化境之棋，不成此棋道，终生不出连云山。"

苦元大师点了点头道："你能立此志甚好，不过神思上勿太过于执着，若呆得厌烦，自可去山中游玩，或回寺中与师兄们交流所得，但有个心思在此便是了。"说完，苦元大师又指了石桌上的罗汉棋子和那张古木棋枰道："这副棋具留于你打谱研棋用吧，为师这就回寺了，你自家坐悟吧。"苦元大师随即起身，竟自去了。

洞内但剩方国涣一人，呆呆地坐了，一时间竟生生离死别之感，心下凄然。

法无在洞口接了苦元大师，下山回转天元寺。

路上，法无道："师父把国涣师弟独留白云洞内修悟棋道，不知小师弟可否吃得起这般寂寞之苦？又能否修成那般无上的棋道？"

苦元大师道："涣儿天分奇高，专一棋道，虽在少年，正值本性纯真无杂之时，以他现有的棋力为基，以清静地，养他无私天性，日久则静，静极生动，自能明心见性，感悟天元化境。非此人不有此器，非此器不育此功！"

法无轻声道："希望国涣师弟能在棋上夺此天地造化之功，成就古今棋中第一人来。"

苦元大师又道："涣儿初居独处白云洞，恐有不适，你且暗里看护了，不得有丝毫的闪失。"法无点头应了。

且说方国涣在白云洞内呆呆地坐了，忽然独处幽境，不免生出了一丝两丝的凄凉意来。不过半个时辰，忽省悟到自家一人过活，茶饭又有人照顾，出入无碍，自可忘情山水，又可思研棋道，真如天上的快活神仙一般。想到此处，方国涣心情宽然一松，有些得意起来，于是宁心静虑，端正身子坐了。

傍晚时分，法能提着食盒进了来，见了方国涣便笑道："师弟如此清闲，叫人好生羡慕。"

方国涣摇摇头道："如今我住在这里，可要做一个苦行僧了。"

法能笑道："不然，师弟却不晓得此中的诸多好处，白云洞清幽高居，是一处绝好的思棋之地。况且师父又不是把你关在洞里苦修，只不过在你心有所动、神有所思的情形下，坐在这里加些熟虑罢了，出来进去，谁又会管你来着。师父为了这种化境之棋，也自用心良苦，为了师父的心愿，更是为了你自家，师弟当尽心尽力才是。"

法能接着又笑道："当年法慧师兄初来天元寺，嫌寺中活计累人，便对师父说，他能修悟成那种天元化境，师父于是准了法慧师兄到白云洞静修彻悟。不料法慧师兄在这洞里洞外，山前山后，清闲玩耍了三个多月，后来觉得实在无聊，便跑回寺中告诉师父，悟性没有了。师父说，既然没有了，那就在活计中找吧，便规定了法慧师兄双倍的活计，把法慧师兄后悔得不得。"

方国涣闻之，不禁笑道："竟也有这等事，看来虽落得个清闲，却不那么轻松的。"

法能又道："来此思悟棋道，并不是谁都适合的。师父既然选中了师弟，自有他的道理。师弟肩负着一种特殊的使命，能在棋上得大成就，脱俗超凡，窥破棋中之奥，古今可没有人能做到。"

方国涣闻之，始知天元寺众僧皆向往天元化境，如今都期盼在了自己身上，深知责任重大，神情随之肃然。法能又与方国涣说了会儿话，待他用完茶饭，便提了食盒，道声"坐安"，别了方国涣，自回天元寺了。

天色将黑，洞内愈显得异常的寂静，方国涣遂生孤独之感，正忐忑不安时，忽见洞口人影闪动，跳进一个人来。

方国涣看时，见是法无，不由喜道："法无师兄，可是来与我同住的？"

法无摇头笑道："我可没有师弟的悟性，适才路过，进来瞧瞧。"

方国涣闻之，不免大失所望。法无见了，摇头一笑，伸手于怀中取出一支竹节来，递于方国涣道："这个送给师弟吧，以防万一之需。"

方国涣接过来，感觉这支竹节实心略沉，便问道："法无师兄，这东西有何用处？"

法无道："这是一支示警的响箭，内纳硝黄，为高手匠人特制，只要按动底部机关，便有哨箭飞出响空，十数里外皆可闻得。师弟若有急事，只要启动它，我片刻自会赶来，要好生保管了。"方国涣闻之大喜，连忙谢过了。

法无随后道："师弟歇了吧，我回寺了。"方国涣便把法无送到了洞口。法无道声"师弟不必远送，我去矣"！紧走几步，忽往谷中一投，便没了身影。

方国涣见状，不由大吃一惊，忙扶在崖边探视，但见一个黑点在崖壁上闪现了几下，便消失在了这万丈不测之渊中，惊得方国涣目瞪口呆。

方国涣吃惊一回，复回洞中于石床上坐了，深吸一口气，闭目垂帘，不视外物。

过了片刻，心中这才缓和了些，暗道："师父与几位师兄都是世外高人，能与他们结识，也是我这个孤儿不幸中的万幸吧。师父所说的这种天元化境，不知是一种什么样的奇妙感受和境界？且按师父所示的方法修悟吧。"想到这里，方国涣便收了神思，静坐起来。

然而越着意思静求悟，却不似先前那般自然而静了，立时间杂念乱起，思绪纷纷，实不如打谱研棋时的那般神注，方国涣心下大骇，忙睁了双眼。此时洞中已是漆黑一片，令人恐意立生，方国涣忙将那支响箭在手中握了。隐隐的风声从洞外传来，夹杂着阵阵松涛之声，猛然想起那片神秘的棋林，方国涣心中更是一紧。心神被恐意所扰，无法求静，方国涣便伸手摸过被褥，蒙头裹身，紧缩其中，再无心理会其他了。

不知过了几时，也是困倦了，方国涣便提心吊胆，迷迷糊糊地睡去了。由于警恐之故，睡得也是不沉，偶从山中遥传来几声狼叫，把方国涣从半睡半醒中惊醒，心中一颤，头皮作麻，身子不由得在被子中缩成一团，紧掩双耳，尽力减些恐意，心中自有些懊悔起来。就这样，方国涣在白云洞内熬过了不同寻常的一夜。

恍惚中，方国涣发觉洞外的天色见亮了，恐意方减，不知不觉中又复睡去，以补夜间的睡眠。这白云洞果然特别，虽高居山间，并不令人有寒凉感。不知过了几时，忽有一声音道："师弟起了吗？"方国涣一惊而醒，起身看时，见是法能提着食盒进了来，时已天光大亮。

法能进了洞来，把食盒于石桌上放了，转身道："昨晚师弟过得好吗？"

方国涣含糊道："还……还好。"

法能又笑问道："可感到害怕些？"方国涣坦言道："一个人住在山洞里，哪有不怕的。"对昨晚战战兢兢的一夜，自是心有余悸。

法能这时笑道："其实用不着怕的，法无师兄担心你第一天有所不适，在洞外守了一夜。"

方国涣闻之，惊讶道："法无师兄昨晚没有走？这会儿在哪里？"说着，起身要去洞外寻找。

法能道："法无师兄已回寺里歇了，他还夸奖师弟有些胆量哩！"

方国涣闻之大窘，知道自己昨晚的情形尽被师兄瞧去了，自家还不知，忙问道："法无师兄今晚还来吗？"

法能道："那可不知，不过法无师兄一高兴准来伴你。"

方国涣闻之，略安道："这样最好。"两人又说了会儿话，待方国涣用过茶饭，法能说寺中还有事做，提了食盒自去了。

送走了法能，方国涣自慰道："原来晚间有法无师兄暗中护我，还怕些什么。"复于石床上盘膝坐了。就这样，方国涣在白云洞内宁心静气又坐了一天，也没悟出个子午卯酉，索性持了罗汉棋子自家对弈起来。

到了晚间，方国涣到洞外寻了几回，自没见到法无的影子，便安慰自己道："法无师兄必在暗中藏着，不让我见到罢了。"这一晚恐意大减，安稳睡了。

过了几日，方国涣便渐渐地习惯了，安闲地在白云洞内独居静悟，修习棋道。法能按时送来茶饭，有时还另采了些山中的果子给方国涣调换口味。方国涣在洞中坐得腻烦，便跑出去，山前山后游逛了一番，以散其心。这期间，法阳、法远来看望过方国涣几次，法阳还专门为方国涣采购了一些精美可口的食物糖果，令方国涣好生感激。如此过了月余，也自无他。有时方国涣也回天元寺，与众僧研棋讨势，互磋技艺，一待就是一整天，傍晚才回白

第十一回　悟棋白云洞

云洞，时间久了，更加习惯了。

半年时间下来，方国涣虽然没有修悟到什么高妙的棋境，但长时间的打坐，禅定养气，静虑思棋，尽改变了先前的气质，出脱了另外一个人来。于是，在洞中静悟的时间多了，外出的时间少了，有时数日不离洞内一回，杂念渐少至无，但一坐下，便觉得天地安稳，万物和合。虚涵之中又时有妙思，有时悟出棋上一些极难极妙的棋路，偶然一得，自是欢欣非常，跑回天元寺演示于众僧看，直叫众僧敬服万分，惊奇不已，棋力又是精进许多。有一回让先师父两子，又反以两子胜之，苦元大师心中虽是惊喜，面上却只是摇头。方国涣知道还没有达到师父所期盼的那种化境之棋，便回白云洞，又自修悟去了。

第十二回　天元化境

　　方国涣在白云洞内潜心修悟棋道，时间飞逝，又过了将近一年。这一日，方国涣正思解着一手极难的棋路，百思不得其法，气因思结，气血一时不畅，壅阻胸中，以致心中懊恼，随觉喉中一热，竟吐出了一口鲜血来，接着眼前一黑，昏死了过去。法能这时正好提了食盒进来，见状大惊，转身飞报苦元大师，满寺惊动，齐集白云洞。

　　当众人赶到时，见方国涣脸色苍白，浑然不觉，嘴角血丝犹存。苦元大师暗责一声"罪过"！急取了一粒丹药于水中化开，忙给方国涣服了下去。法无自在方国涣胸前背后疾点了数穴，接着运功行气，配合药力，以将瘀血化开。

　　到了第二日，方国涣才苏醒过来，众人见了，各自松了口气，苦元大师便把方国涣接回天元寺调养。

　　十余日后，方国涣才痊愈。这日觉得身体已无大碍，便来向师父辞别，再回白云洞。苦元大师见方国涣已然康复，欣慰之余，不觉略有不忍之念，幸好此念转瞬即逝，随后开示道："法本无相，不着一物。日后且不可再拘于谱上之势，要神思于虚无之处，而非有所执着，方有涵育之力、潜移默化之功，否则化境不至而导魔境，实为凶险，日后棋上修悟本当无念为是。"接着，苦元大师传授了方国涣几种引气调息的方法，方国涣随后别了师父与众师兄，由法无陪着回转白云洞。

　　路上，方国涣对法无说道："可惜，我在佛学上知之甚浅，若有师父的高深造诣，棋上的修悟或许能激进些，更不至于出了偏差。"

　　法无摇头道："不然，师父佛家功力虽深，且广博天下之学，而不能悟达天元化境，这似乎也是师父没有成功的原因。师弟则不同，专修一棋之术，精诚之至，且棋力深厚，以此为基，虚思涵悟，不为别情所扰，悟达那种化境之棋，当比别人的机会多些。"

　　"虚思涵悟！"方国涣低吟了几遍，点头道，"师父开示我的也是这个意思，果是这样，当再无思结气血之理，不会再有那种险境了，看来棋上的高境界，应抛开常势，从虚思涵悟中感悟，才为正法。"

　　法无闻之，慨然道："师弟悟性果非常人，若致力于武学，自可成为一代宗师。"

方国涣笑道："天生众相，各有其功。舍了棋道，我恐怕于别的技艺学不来的。"法无笑道："师弟当是为棋生的吧。"说话已到了白云洞，法无又叮嘱了一番，便别去了。

方国涣伤势初愈，觉得洞中冷清，自有些坐立不住，便出了白云洞，向百丈崖闲游而来。百丈崖为连云山最高所在，三面峭壁，唯一脊背通其顶，尤为险峻。时值深秋，天高气爽，云薄烟淡，方国涣内伤初愈，元气并未全复，但感凉气袭人，微寒侵体，不由冷战颤颤。独径孤行，漫步其中；树木林立，叶尽枝空；鸟鸣其间，幽然凄婉，闻其声而不见其形。小兽觅食，往来其中，已失其时，山泉干枯，欲饮昔日之水而寻无。方国涣见此萧瑟景色，一声长叹，摇头不已。

一路走来，直至崖顶，忽心情一荡，神感激然，上邻万里虚空，下踏百丈高崖，天下万物尽收眼底。放眼望去，天地交合之处，群禽乱飞，大地苍茫，雄鹰高翔；百川东去，叠峰西来。方国涣领略此景，神意两融，始觉竟有如此妙处，一时间心胸大阔，引颈长吸，不由得心旷神怡。清风徐徐，身爽气畅，但感天下唯我一无，融于天地中矣！大风忽起，尘飞沙扬，荡于山谷河道之间，立时激起万丈豪情，仰天狂啸，声回千里，山河俱震。

方国涣此时似有一种超然物外的感觉，恍惚然，不知所以。衣衫飘荡，发似波扬；傲然直立，得意扬扬；热血内涌，百孔吸张；形神虚若，不知存亡；身合宇宙，难辨温凉；魂魄离体，漫游天际，万念俱灭，唯一灵独存，无形中已入神感之境界。也不知怎么，方国涣竟循来时路径下意识地返回了白云洞，习惯一般呆呆地在石床上盘膝坐了。心神恍惚中，似觉亲人相唤，遥际无边，欲应已远。好像想起了什么，随即便忘却了。

傍晚时分，法能提了食盒进入洞来，见方国涣在静坐思悟，便轻轻地走到石桌旁放下食盒，生恐惊动了他。然而当法能回身再看方国涣时，不由吃了一惊，但见方国涣垂帘呆坐，神色漠然，无任何的表情，似已经枯坐了几百年，如石像一般，与先前大有异处。

法能心中疑道："师弟莫非旧病复发不成？"随即上前轻唤道："师弟！师弟！"叫了数声，方国涣才从一种迷蒙的状态中微睁双眼，茫然地瞟了法能一眼，喃喃道："你……你是谁？"

"咦？"法能惊呼了一声，吓得倒退了数步，见方国涣神情有异，视自己如陌生人一般，忽一拍头道："不好！师弟患上痴呆症了。"慌得法能连忙跑出，飞报天元寺去了。

这时的方国涣昏昏然，似睡非睡，但感有气无力，欲抬臂之不起，欲伸腿之不动，忘身置何处，四下漫寻，忽生恐惧之意，神警而又漠然。瞿中但感睡中，睡中而觉醒来，眼忽睁而又忽合，茫茫不知欲要如何，以至浑然不觉，物我两空。

似过了几百万年那般长久，方国涣忽感心中一动，觉察到了自己的存在，随从这种恍惚无我的状态中苏醒过来。睁眼看时，只见法能瞪着一双奇异的大眼睛，正站在床前探着头望着自己，苦元大师、法无二人从一旁站起，面呈喜色。

方国涣心中大异，不知发生了什么事，愕然道："法能师兄，你为何这样子看着我？"

法能闻之，怔了一下，诧异道："师弟，你醒了，没……没事吧？"

方国涣见法能说话有些古怪，又见师父、法无站在一旁，不知何时进来的，心中感然，忙起身礼见了师父，随即问道："师父，出了什么事？怎么您也来了？"

苦元大师闻之一怔，忙关切道："涣儿，你没事吧？"

方国涣茫然道："这是怎么了？我能有什么事？"

法无一旁道："师弟无事就好，这两天来，我们好为你担心。"

方国涣闻之，大是惊讶道："两天？法无师兄是说我在这里坐了两天？"

苦元大师道："不错，两天前，法能急报，说你神情有异，为师便赶了过来，见你漠然呆坐无觉，似入化境，现在感觉怎样？"

方国涣闻之，愕然道："我真的是坐了两日，却为何一点也不知晓的？"忽地忆起道："是了，那日闲游百丈崖，神情便觉得有些恍惚，也不知怎么回到洞内，便如现在醒了，哪知竟然昏睡了这许久，不知是何缘故？"

法无异道："观师弟神色，似无睡态，如此两日浑然不觉，不知内里起了什么变化？"

苦元大师忽然开口道："为师见涣儿神态，当不为旧病复发，所以并不惊扰，如今醒来，或许已经修悟成了天元化境！待于棋上试了，便知损益。"

法无点头道："师父言之有理。"忙把罗汉棋子和古木棋枰在桌上摆好。

苦元大师便执黑先行，起手落了一星位，对方国涣道："涣儿，且与为师对弈一局试看。"

方国涣见了面前的棋枰棋子呆怔了一下，眉头皱了皱，伸手拾起一枚罗汉棋子，面呈异色，乃是觉脑中一片空白，竟不知棋为何物，落子何处，一时间将先前的棋艺全都忘却了，棋力尽失。

苦元大师见方国涣拿着棋子发怔，神色茫然，不解其故，便催促道："涣儿，但将棋力尽数施展，走棋吧。"

方国涣茫然地摇了摇头，用力拍了拍前额，想从脑海中回忆起什么，因为此时全然不知这棋怎么走法，就如未曾摸过棋子一般，陌生之极。

第十二回　天元化境

苦元大师见了方国涣的古怪神色，诧异道："涣儿，可有何不适吗？"方国涣摇头一叹道："师父，弟子实在不知棋为何物，怎么个走法。"

"咦？"苦元大师、法无、法能三人闻之，皆自大吃一惊，自是不敢相信，往日棋高无敌的方国涣竟能说出这番话来，然见他的茫然神情，似无虚作之态。

苦元大师心中一惊，忙上前把了方国涣两手之脉，诧异道："六脉平和，似无异处，何以棋力尽失，将棋道全都忘却了？"

法无惊讶之余，问道："师弟，棋道既忘，我与师父如何识得？"

方国涣道："师父、师兄怎能不识，只是这棋……"接着摇摇头，茫然道："却是未曾见习过的。"

法无讶道："师弟既然不知棋为何物，可记得来这里做什么？"

方国涣惑然道："是啊！我在这里做什么……"眉头一皱，好似依稀记起些什么，随即又摇头不已，一时间苦恼之极。

法能一旁叹惜道："完了！完了！师弟这回又患上失忆症了。"

方国涣棋道尽失，苦元大师百思不得其解，摇头叹息道："怎能会有此异变？早知如此，为师实不该引你自修独悟，棋上化境不达，反失了棋道。"

苦元大师焦虑地来回踱了几步，忽有所悟道："难道涣儿已达到坐忘之境了？"

法无讶道："坐忘之境？这是何道理？"

苦元大师道："坐忘之境导致忘棋之境，便是无为之境，以有为之境而入无为之境，乃是内修的大进展，本无反损之理。"

法无一旁，恍然大悟道："无为之后便是无不为了，当是棋上无不为的最高境界！"

"不错！"苦元大师此时惊喜而激动地道，"无为而无不为，这才是棋上的天元化境！"法无、法能二人，尤显得惊喜万分。方国涣见苦元大师、法无、法能三人各自喜形于色，说了些自己似懂非懂的话，更是茫然。

法能这时道："师父，师弟既已入无为忘棋之境，不知如何快些进入无不为的棋上化境？以免吓得人慌。"

苦元大师道："这种忙谁也帮不了的，还需他自家醒悟了，当是那种豁然开朗的'顿悟'之感。"苦元大师随后对方国涣以言辞相慰，不再提棋上事，接着又陪方国涣用了些茶饭。恐生意外，苦元大师便命法无留住白云洞，日夜守护方国涣，然后和法能返回了天元寺。法阳、法远等人闻方国涣已入一种无为的忘棋之境，十分惊讶，便都赶去白云洞看望方国涣，试之果然，各自称奇。

如此过了半个月，方国涣依然处于那种忘棋无为的状态中，众人自有些焦急起来，担心方国涣照此"无为"下去，可就真的无所作为了。苦元大师心中也很忧虑，但事已至此，别无他法，只能静观变化。方国涣常和去白云洞看望他的师兄们说笑，若谈起棋上事，则茫然不知，自家时常持了罗汉棋子对着棋枰发呆，有时似有所悟，接着又摇头苦叹。法无在旁见了，心中甚是不忍，却又无能为力，每以语言、棋子诱导，也自无济于事，只好细心照料了。

这一日，法能坐在天元寺大殿前的台阶上发怔，想起往日棋高无敌的方国涣，如今变得痴了一般，对棋子再无那种敏感了，不由叹惜不已，托着腮，坐在那里，一副无精打采的样子。

这时，忽传来一阵清脆的敲打寺门声，法能闻之，心中异道："若是哪位师兄外出，回来时多走后门，至正门者多半是外人。本寺远居世外，处于深山之中，一年里也少有人来，这能是什么人呢？"随即起身去开启了寺门，探头看时，见门外站立着一位青衣少年，十六七的年纪，神色非常，光彩照人。

法能心中赞叹一声"好精神个人"！忙合掌施了一礼道："这位施主，有何贵干？本寺不纳香客的。"

那少年一抱拳道："请问小师父，这里可是连云山？"

法能应道："不错，方圆数十里正是连云山所在。"那少年闻之一喜，忙问道："向小师父打听一个人，贵寺可否来过一位叫方国涣的公子？"

法能闻之一怔，心下道："莫不是国涣师弟的朋友来寻他？不过师弟此时正处在忘棋无为的状态中，不宜见外人，师父也盼咐过，禁止任何干扰，暂且回了他吧。"

想到这里，法能便对那少年道："这位施主，本寺远居方外，从不接待外客，自无施主要找的人，请回吧。"心中却暗道："出家人不准妄语，国涣师弟此时在白云洞而不在寺中，当不算妄言了。"

那少年此时呈出失望之色来，接着又问道："不知小师父可曾听说过此人？这位方公子在棋上有着过人的本事，并且说过要来连云山这里的。"

法能慌忙道："不曾听说！不曾听说！施主再于别处寻了吧。"说完，急着掩上了寺门。那少年见了，失望之余，道声"有劳了"。一拱手，掉头而去。

法能关了寺门，回身寻思道："此事也不知做得对错，不过此时国涣师弟是不宜见外人的，日后再与他说吧，也不知能不能错怪我？"一边想着，一边进大殿去了。

天元寺门前寻找方国涣的那位青衣少年正是罗坤，罗坤自与师父药王谷司晨在关东经历了一番奇遇之后，回到了中原，便随师父云游天下，四处寻

第十二回　天元化境

访连云山所在。找了几处同名的地方，自无方国涣半点消息。每次失望之余，罗坤寻找方国涣的激情却与日俱增。谷司晨暗中惊叹罗坤对方国涣的情谊如此深厚，也自有些感动。

几年来，师徒二人云游天下，行侠仗义，施药救人，罗坤在师父的指教下，武功日益精进，也是借了误食的那支"雌雄参王"之功。罗坤又经师父的引见，结识了不少奇人异士，自在江湖中成长起来。此番师徒二人云游至洞庭湖，打听到了连云山所在，因谷司晨要去拜访一位故人，便与罗坤相约，日后于洞庭湖沙洲岛上的葛家村相会。罗坤别了师父后，满怀希望而来，却被不明原委的法能给挡回了。

罗坤失望之余，又在连云山内游寻了一番，遇着几名樵夫、猎户，打听时，都推说不知，心中大是失落，自在山中乱走。偶见对面一座高山之上，似有一处隐蔽的洞穴，时见几名僧人出入，罗坤知道那是天元寺中的僧人，却也未曾理会，实不知方国涣此时正在洞中。罗坤在连云山中游了一整日，一无所获，便知又寻了个空，想起还与师父有约，叹了一口长气，转回洞庭湖了。

罗坤寻方国涣不着，心中怅然，一路走到洞庭湖畔时，心情这才舒畅起来，一扫先前的不快。但见八百里洞庭，一望无际，碧波荡漾，水气连天，湖中数岛遥饰其间。芦花荡里，一鸟惊起，百鸟齐飞，沙鸥低翔，忽惊跃水之鱼，渔舟隐现，似驰雾里云中。罗坤不由赞叹道："好一处人间胜境！"然而在岸边候了多时，并不见舟楫往来，只是在极远的水面上，偶见数点白帆，一显即逝。罗坤心中讶道："洞庭湖名闻天下，是为鱼米之乡，人间景胜之地，船只却为何如此少见？"于岸边一路寻来，见有一处临时渡口，便耐心等待了。

这时，忽从芦苇荡中驰出一条小船来，船上唯见一灰衣人负手而立，虽无摇桨划船之人，而小船却游走自如。罗坤见状，觉得奇怪，待细观之下，不由吃了一惊。原来那人竟借小船在水面上摇摆晃动之势，两腿左右驱动，以腿力巧妙地驱船而行。

罗坤惊异道："竟有如此厉害的腿功！不可思议！"此时见那人腰腿转动，驱使船只行到了岸边渡口，随手从船中拾起一根缆绳，飞身上岸，将缆绳套在一截木桩上之后，负手而来。快打罗坤身旁走过时，那人侧头望了罗坤一眼，上岸自去了。

罗坤近看此人，不由一怔，乃是此人脸面奇长，比那般少见的"马脸"之人还要长出许多，而且面上麻点密布，乃是一奇丑之人，尤其适才那一眼，目带厉光，使人不寒而栗。

罗坤心中诧异道："天下竟有如此奇相之人！"望着那人远去的背影，罗坤惊叹道："此人虽面目丑陋，但腿具神力，善使舟船，无桨自行，实在不可思议！"一时间感慨万分，敬服不已。

罗坤在渡口候了许久，正在不耐烦时，才见一条船遥驰而来，上面坐了七八名船客，乃是一条摆渡船。船靠岸边，一人起身付了船钱，上岸去了。

罗坤上前问道："不知贵船是否经过沙洲岛？我要去葛家村的。"

船老大应道："此船是到吴王渡口的，这里没有船直接到沙洲岛，小客人且上了我的船到吴王渡口另换船只去吧，否则等到天黑，再不会有船来的。"

罗坤听罢，心知也只好如此了，便轻身跳上船头。船老大双桨摆动，船只缓缓离岸而去。

罗坤上了船后，便在船头坐了，问那船老大道："这位大哥，湖中的船只为何这般少？"

船老大闻之，摇头道："小客人有所不知，这几年湖上出现了一伙水盗，劫船越货杀人，闹得十分厉害，大户的商船，若无重兵押送，从不敢走此水路。我等靠打鱼渡客为生之人，舍此别无生计，只好冒险做几次生意，以养活家中老小，不至于饿死。"说完，一阵唉声叹气，忧愁不已。

船上的客人们，各抱紧了自家的东西，皆呈紧张之色。

罗坤眉头皱了皱道："原来湖中起了盗患，怪不得船只少见。"

船老大又道："小客人去的沙洲岛深居湖中，离岸甚远，很少有渡船往来的。若在吴王渡口遇见了岛上的渔船，或许能捎带了小客人去，否则水路太远，一般是没有渡船敢去的。"

罗坤"哦"了一声，心下道："这伙水盗如此猖獗，着实可恶，待会着师父，想法子把他们铲除了，去此地方匪患。"

当渡船经过一片芦苇荡时，船老大的神色便紧张起来，加快了船速。

就在这时，忽听苇丛中一声呼哨，随即见四条渔船左右驰出并围了上来，船上尽是些凶悍的汉子，各持刀枪棍叉，杀气腾腾。船老大见状，立时脸色大变，骇然道："水……水盗！"已是吓得瑟瑟发抖停船不行。船上的客人们慌得挤缩在仓中，似大难临头。

罗坤见事发突然，便起身立在船间以观其变。

此时盗船上一名持了双股铁叉的大汉，高声喝道："尔等且把钱财货物留下，不伤性命，若敢有私存一物的，勿怪我等心狠。"说话间，指挥四条盗船逼了上来。几名胆小的船客，吓得忙把包裹行李放在了船头。

罗坤此时道声"大家莫慌"，回身从不知所措的船老大手中拿过双桨，两手持了，立于船头道："各位，想打劫吗？且要过了我这关才行。"自是毫无惧色。

盗中为首的那名大汉见状，先是一怔，继而怒道："小子，不知死活。"一

第十二回 天元化境

挥手，盗船攻进。罗坤叫声"来得好"！将那沉重的双桨舞起，连扫带拍，左右兼顾，秋风扫落叶般将较近的两条渔船上的水盗纷纷击落水中，无能挡者。

那名持铁叉的盗首见状大怒，待船靠近，一声暴喝，举叉直刺罗坤。罗坤瞧得真切，一桨侧面击去，正拍在叉杆上。那大汉本握得极紧，忽觉剧烈一震，虎口开裂，铁叉脱手飞出，那大汉也被顺势带落水中。群盗见状惊呼，知道遇上了高手，慌忙救起那大汉与落水的同伙，驱船狼狈退去。

此时船老大与众船客惊魂未定，见罗坤一人击退了水盗，齐在船上拜倒，但呼救命之恩。罗坤一笑，忙将众人扶了。一船人随后欢欢喜喜地到了吴王渡口，众船客又一番千恩万谢后，上岸各自散去了。

船老大这时感激地对罗坤道："小客人少年英雄，救了一船性命，别无他报，愿送小客人去沙洲岛。"罗坤喜道："如此多谢了。"船老大便双桨摆动，船载了罗坤向湖中而来。

小船在湖面上行了多时，一路倒也无事，此时前方湖面上现出了一座岛屿来。

船老大道："小客人，这就是沙洲岛了，葛家村是岛上葛云湘葛老爷子的庄子。"

罗坤闻之，心下道："师父约我于此，莫非就是访那叫葛云湘的人？"

遥见那座沙洲岛，四面环水，岛上树木茂盛，竹楼木舍隐现其间，景色怡人。

罗坤赞道："真是个好地方！不但风景优美，而且与外界隔绝，如那世外桃源一般。"

船老大闻之笑道："小客人看来不是水乡之人，这样的地方在八百里洞庭湖内多的是。"说话间，船已近岛靠岸。

罗坤从怀中取了一锭银子，递于船老大道："有劳相送，以此为谢。"

船老大忙推却道："不敢收恩人的船钱，能送恩人一程，也是应该的。"罗坤便将银子于船头放了，道声"不必客气，后会有期"。身子轻轻一跃，已到了岸上，那船老大自在船上朝罗坤的背影拜谢不已。

罗坤上得岛来，见此沙洲岛虽远处湖中，却与陆地无异，高山流水，稻田菜圃，一派迷人的风光。

寻到葛家村，问了路径，罗坤来到了一座大宅子前，上前轻轻叩打门环。时间不大，出来一位似管家模样的人，问道："有什么事？"

罗坤拱手一礼道："请问，这里可是葛云湘先生府上？"

那人道："不错，你找谁？"

罗坤道："前几日，可有一位姓谷的先生来过？那是家师，约我到此相会。"

那人闻之，忙上下打量了罗坤一遍，忽面呈喜色道："你可是罗坤公子？"

罗坤闻之讶道："不错，正是罗某，先生怎知我的姓名？"

那人道："昨日一早，我家老爷与来访的故友谷先生出门办事时，着重吩咐过小人，说这两日谷先生的徒弟可能来家，告诉了公子的姓名，叫小人接着了好生侍候，没想到罗公子这么快就来了。"说着，忙把罗坤让进门内，引向客厅。

罗坤此时一怔道："怎么？家师不在府上？"

那人道："老爷临走时，说是与谷先生去办件大事，要耽搁几天，罗公子安心候了便是。"说话间，到了客厅上，落了座，即有仆人献上茶来。

那人伸手让了让，随后道："小人葛六，是这里的管家，罗公子有什么事，吩咐一声就是，不必客气。"

罗坤拱手谢过了，心中寻思道："师父去办什么要紧的事，走得这般急？也罢，候了师父回来再说。"罗坤于是便在葛家村住了下来。

再说方国涣自进入那种忘棋无为的状态之后，又过了十几日，神情愈加迷离起来，渐渐地，天元寺众僧谁是谁都分不清了，大家焦虑万分，也自无可奈何。苦元大师翻遍了典籍，也没找出什么良策来，心中已是有了悔意，天元寺处在了一种不安的沉重气氛中。

这一日，方国涣神智更加昏然，但坐于白云洞内的石床上发呆。恍惚中，感觉天地间的一切都淡化了，不存在了，不知自己是谁，从哪里来，又到哪里去。又觉得自家飘浮在虚空之中，茫茫无际，无个着落，忽生出一丝悲伤恐惧之感，紧接着也就淡化去了。神思游荡，似飞到了晴朗的夜空之中，群星闪烁，异常明亮，一轮皎洁的明月挂在天心，天空一片蔚蓝，并且这种景象愈加清晰起来。天似棋盘，星似子，九星分布，天元月定，各式星象尽呈现其间，三垣二十八宿遥挂天际，星分大小，光呈强弱。忽又有无数流星四下划落，散布于各式星象之中。星空变动，一时间呈现出了千变万化的如棋势般的星势……心与天合，无不明了。

好似又过了几百万年那般漫长，头脑中忽有东西炸开了一般，但感额前一亮，神归本位。随即有一种豁然开朗之感，似醍醐灌顶，激透全身，一时间百窍畅通，心悦神欢，快然之极，自是张口"哈"了一声。

这一声把方国涣从妙境中唤了回来，睁眼看时，洞内已坐落了天元寺僧众，此时除了苦元大师、法无二人外，其余众僧皆呈掩耳张口之势。原来方国涣这"哈"的一声，乃是一股充沛的浩然之气从口中发出，众僧但觉声若洪钟，嘹亮彻耳，在洞中一震，直贯出洞外，似当头棒喝。众人被这声音一激荡，直入耳中，又似从内里把周身毛孔胀开一般，立觉百骨酥麻，有说不出的舒畅。

苦元大师此时面露喜色道："大功成矣！"众僧立时欢呼起来。

方国涣这时但感神清气爽，周身融融，高兴地站起身来，上前于苦元大师面前拜倒道："师父，弟子似已悟达天元化境了。"

苦元大师已是激动得老泪纵横，双手扶了方国涣道："涣儿，你连坐七日七夜，终成棋道正果，不是'似已悟'，而是真正大彻大悟无不为的最高棋境了，可喜可贺！"

法能一旁道："师弟，七日七夜不吃喝，腹中饥了吧，我这里备有茶水点心。"

方国涣笑道："似无感觉。"

苦元大师道："静坐潜心修悟，耗能极少，七日便如一日，自无饥渴感。"

法阳上前道："师弟既已成就化境之棋，不知是何种奇妙之境？"

方国涣道："悟境中所见棋道，是与天象合，九星分布，天元月定，所谓天做棋盘，星做子，便是如此境界。可见棋家一道，无论帝尧所置，还是圣贤发明，当是应天而成。"

方国涣棋风自此一变，但以星象式定式中腹而布大局，如"北斗七星"布局之法，起身以七子布列斗柄状，占据棋盘中腹大势，不以常势占边角，以"天"绕"地"，这便是天元化境之棋。方国涣从此任意于棋枰之上，达到了随心所欲、无不为的通神仙化之境。苦元大师、法阳等人，见方国涣竟从悟境中感知精通了天文星象式，大是惊异，便与方国涣试对化境之棋。

苦元大师与方国涣对弈了第一局，方国涣则言：让先师父三子，再反胜三子。众僧惊疑，后试之果然。在与法阳对弈第二局时，方国涣又言："大师兄棋上有'满盘通吃，不留一子'之说，当令其中盘败北，以磨其性。"后如所言，众僧叹服。

方国涣又与法无对弈了一局，仅领先半子，众僧问其故。方国涣言：自家棋力可随对手棋力高低而施，棋力高者，当随其高，棋力低者，当随其低，总以一子、半子领先，以激对手棋趣，不使其有负而心灰意冷之感。苦元大师心中感叹："棋道到了涣儿这里，已生奇变，在涣儿眼中，棋上已失去了攻守杀夺之势，救应防拒之能，棋境相感，可致化合，运子布局，中占大势，古今国手再无出其右者，这便是真正的棋境——天元化境了！"

后来方国涣于天元寺藏经阁中查阅天文星象典籍，得《三才图会》《晋书·天文志》《石氏星经》等历代天文书，竟然还在书籍中发现了一册《西洋星海图》，乃是西人研究天文星座所著之书，与《三才图会》等书所述互有异同。此书是先前一番僧访天元寺所遗，今被方国涣所得，于是合参诸书及夜观天象，后并以悟境中所见之星象式，择其能应棋的星座共计七十七星象式，书之成谱，曰《天星棋谱》，收藏在了天元寺。

第十三回　朗月山庄

且说罗坤那日到了沙洲岛葛家村，不巧晚到了几日，师父谷司晨与主人葛云湘外出了，只好在葛家住了下来，以候师父。

第二日，罗坤坐得无聊，便出了门在岛上闲走，管家葛六随后寻了来，自陪了罗坤在水边观游。此时从沙洲岛另一侧划出了一条渔船来，船上一老翁与一少年，看样子是岛上的渔民。那老翁这时一网撒向水中，回收了一半时便收不动了，渔网似在水中被什么东西挂住了。

那少年见了，道："爷爷暂歇了，待孙儿下去看个究竟。"说完，赤了上身，但着一条短裤，"扑通"一声投入水中，便没了踪迹。罗坤见有渔家网鱼之趣，自站在岸上看了。

候了多时，罗坤见水中并无动静，而那老翁坐于船上，悠然自得，打了几个哈欠，却无焦急之意。罗坤这边倒有些担心起来，抬手想向那位老翁喊话，以示提醒。

葛六这时跑了过来，怀里抱着刚从陆地来岛的船上相识的熟人那里要的一把香蕉，见罗坤欲与人喊话，便道："罗公子要与何人说话？"

罗坤指向湖中的渔船道："适才那舟上少年入水查看渔网，可是过了多时还无动静，我想提醒那位老人家一下。"

葛六一边分了香蕉与罗坤吃，一边望了那船上老翁一眼，随即笑道："原来是米氏祖孙俩，罗公子不必担心，无事的。"

罗坤急道："那少年潜入水中多时，气力不接，恐要憋出事来。"

葛六笑道："罗公子有所不知，这米氏祖孙是本岛上唯一的外姓，平时我家老爷对他们也是看顾的。这老儿人称米翁，水里的少年是他的孙子，唤作米迁的，那米迁天生一种奇异的本事，善于水性，在水中含水入口，再从鼻出，这空当间便把气给换了，就如鱼类在水中呼吸一般，奇妙得很，莫说这少许时间，就是在水中睡上一觉，七天八天地不出来，也不碍事的，人称他为'小龙王'，在洞庭湖上，名气大得很哩！"

罗坤闻之，惊异道："竟有这等奇人！"又想昨日来时，在湖边见到的那位使腿驱船的马脸麻面之人，暗中慨然道："八百里洞庭，竟隐居着这许多奇人异士，此番不枉来一回了。"

第十三回　朗月山庄

这时，就见湖中水花一翻，那米迁浮出了水面，果无常人般的气喘之相，双手举着一大段树枝，对船上喊道："爷爷，网是被树枝挂住了。"

那米翁点了点道："我说的是呢！"米迁弃了树枝，翻身上了船，复把渔网收了。

葛六旁边瞟见罗坤敬慕的神情，不由笑道："谷先生的弟子，必然也是侠气之人，罗公子若想与这米迁结识结识，在下倒也能引见引见。"

罗坤正有此意，闻之喜道："那么就有劳葛管家了。"葛六道声"不必客气"，几口吃尽了手中的香蕉，随手丢了皮，用衣袖抹了抹嘴，前走几步，朝湖中渔船上的米氏祖孙喊道："喂！米迁，把船划到岸边来。"

米氏祖孙见是葛家村的葛六，与一位陌生的少年站在岸边，不知何事，米迁忙回应道："原来是葛大管家，唤小人有什么事？你昨天要的那条大鲤鱼，我已托人送到府上了。"

葛六道："那件事我已知道了，我家老爷有一位朋友，岛上来的贵客，就是这位罗坤公子，听说你有过人的水中本事，想与你认识认识，交个朋友。"米氏祖孙闻之，忙把渔船划到了岸边，米迁随即跳到了岸上。

到了近前，米迁拱手一礼道："在下米迁，见过罗大哥。"

罗坤自还了一礼道："适才见贤弟在水中出没无碍，真是好本事！"

米迁见罗坤与自己年龄相仿，且神采非凡，心中一喜，高兴道："罗大哥过奖了，今日小弟与罗大哥有幸相遇，可否到寒舍一叙，饮几杯米酒如何？"

罗坤见米迁热情相邀，也自欣然道："承谢贤弟厚意，如此甚好。"

葛六旁边急道："罗公子不可乱走，若有闪失，我担当不起的。"

罗坤笑道："不妨事，片刻即回。"

葛六见罗坤真有去的意思，不好阻拦，便对米迁道："罗公子是我家老爷的座上贵宾，你不可怠慢了，掌灯前，一定亲自送回。"

米迁前："大管家放心便是，米迁理会得。"

葛六道："既如此，早去早回吧。"米迁随后高兴地拉着罗坤上了渔船，驾舟去了，葛六目送了片刻，摇摇头，自回庄了。

罗坤上得船来，礼见了米翁，米翁一见罗坤，不由喜道："好精神个孩子！当是个小贵人。"罗坤随米氏祖孙一路谈笑，乘船驰向了沙洲岛另一侧。

到了岸边，离船上岸，米迁引了罗坤向几间竹舍走去。米翁揽好渔船，从仓中提出两尾洞庭鲤鱼，自去备饭了。

米氏祖孙所住的这几间竹舍，居于岸边高处，背靠青山，前临湖水，是一处幽雅所在。院中挂晒了几张渔网，旁边一块菜地，生长着数种翠绿的果蔬。米迁请罗坤于竹舍中落了座，随后提了壶茶来，与罗坤品茗交谈。

罗坤端杯呷了一口，但觉茶香爽口，不由赞道："好茶！"米迁笑道："这是洞庭湖特产，君山银针茶，很有名气的。"

罗坤点头道："有名气的东西，就是与众不同。"

米迁这时道："罗大哥似外乡人，不知何故来此沙洲岛？"

罗坤道："岛上的葛云湘先生与家师是旧交，因与家师有约，来此与他相会，不巧家师与葛先生外出了，只好在此等候了。"

罗坤接着又道："对了，昨日来岛上时，在湖边候船，谁知洞庭鱼米之乡，船只甚少，后来好不容易上了一条渡船，却又在途中遭了盗劫。"

米迁闻之一惊道："罗大哥可被劫去了什么财物？又如何脱的身？"

罗坤笑道："那些水盗也太不济事，都被我用船桨打发了。"

米迁闻之，惊异道："原来罗大哥是身怀武学的侠士，失敬！失敬！"

罗坤笑道："一点防身之术罢了，算不得侠士的。"接着又道："后来才明白洞庭湖上起了匪患，所以船只少得可怜，米贤弟是当地人，可晓得其中一些事情？"

米迁闻罗坤一人将水盗击退，知道不是一般的人，心生敬服之意，实言相告道："最近几年，不知哪里冒出一伙强人，估计是一些洞庭湖畔的渔民与一些不法之徒勾结在一起，做那杀人越货的买卖，八百里洞庭时发血案，不但贩货载客的船少了，就连渔家也多在近岸捕鱼，不敢深去。官府也曾派兵围剿过这伙水盗，可惜都无功而返。听说这伙水盗人数不少，由一个叫何飞雁的人领头，行踪诡秘，飘忽不定，忽聚而为盗，劫财越货，忽散而为民，隐于湖畔及各岛渔村间，故极难捕捉，乃是一伙十分厉害的强人。"

罗坤道："不知那盗首何飞雁是位什么样的人物？"

米迁道："此人尤为狡猾，从不亲自作案，估计这何飞雁也是化名，现今无人识其真面目，所率众盗十分狠毒，拦船劫货时，遇有反抗者即杀。也曾有遭劫之人识得几名水盗面目，告官去捕拿，人早已失踪多时了。不出几日，那告发者便无端的身首异处，所以有知情者也不敢举报了。"

罗坤愤然道："这伙强人如此霸道，着实可恶，可惜昨日没有擒拿住一个，否则问出些底细来，也好一举铲除他们。"

米迁道："这伙强人鬼得很，也曾有深受其害者用计擒住过几名水盗，皆云临时招集而来，只知头领唤作何飞雁的，至于巢穴在哪里却是死也不知的。"

罗坤闻之，诧异道："如此看来，这伙强人倒是有心计的，不易对付。"

米翁这时端来一盆烧好的鲤鱼，于桌上放了，道："今日别无他物，但以湖中的鲤鱼招待小贵人吧，明日再叫迁儿去湖中捉几只洞庭鳖，让小贵人尝个鲜。"说完，又提来一坛米酒，摆了几碟果蔬，随后道："小贵人但与迁儿用了，老夫倦累了，先去歇了，你们年轻人说话吧。"罗坤忙起身谢过，米翁用手止了，转身自去了。

　　米迁、罗坤二人推杯换盏对饮起来，极尽欢畅，二人话语投机，大有相见恨晚之感，不觉间，酒干菜尽，饮了个淋漓酣畅。时近傍晚，米迁欲留罗坤作彻夜长谈，罗坤也有不舍之意，但恐师父回来见不着面，便起身告辞，欲在岛上步行绕回葛家村，米迁不应，自掌船送了。

　　行至半路，遇见了管家葛六派人来迎的小船，罗坤便换过了船只。米迁于是与罗坤约定，明日一早来接，去湖中捕鳖游玩，随后驾舟自回。

　　回到葛府，罗坤见师父谷司晨还没有回来，与葛六招呼了一声便去睡了，葛六自对罗坤埋怨了些不回来用饭，却去渔家饮那淡酒之类的话。

　　第二天清晨，米迁早早地驾舟来迎了。葛六见有米迁相伴，也自放心他们去游湖，罗坤别了葛六，自与米迁驾舟荡去。

　　八百里洞庭，南接湘、资、沅、澧四水，北向吞吐长江，水连天，天接水，碧波浩渺，气象万千，不由看得罗坤心醉神迷。舟至近岸而行，放目极望，但见湖滨处，平畴绿野，牧童牛牯，风掀稻浪，水带禽涟；湖上远景白帆，近飘荷香，鱼跃鸟飞，令人陶然欲醉……罗坤立在船头，览此人间胜景，感慨不已。

　　米迁则潜入水中，近没远出，手中不时地便多了只洞庭鳖，或几尾财鱼、鳊鱼来，直看得罗坤拍手叫绝，好生欢喜。洞庭鳖、财鱼、鳊鱼是洞庭湖中三种名贵的特产水鲜，味道极美，远近闻名，为厨家所青睐。米迁任舟在湖中自行，水鲜捉得差不多了，便上船来与罗坤说话，讲些水中的趣事。

　　罗坤无意中抬头，忽见远处一大岛，四面环水，群峰耸立，景色十分优美，不由问米迁道："贤弟，这是何方妙处所在？"米迁道："这便是君山，也称湘山，山中大小七十二峰，斑竹满山，茶园四布，更有许多古迹，如'湘妃墓'，秦始皇'封山印'便在其中。"

　　罗坤闻之喜道："如此胜地，不可不游。"

　　米迁笑道："好极！陪了罗大哥尽兴便是。"

　　船近岸边一渡口处，此时水面上已布满了大大小小的船只，岸上似一集市，人来人往很是热闹。米迁寻了一空隙，把船揽了，四下望了望，见不远处，有一老者正在船上烧饭，便招呼道："刘老爹，给我望会儿船，我上去走走。"

　　那老者抬头见是米迁，不由喜道："原来是'小龙王'，放心便是，老夫自会看顾了。"米迁谢了一声，拉了罗坤上岸而来。

　　途中遇见不少熟人，各都热情地与米迁打招呼，罗坤笑道："贤弟的名气果然大得很，到处都有人识得。"

　　米迁笑道："多承乡亲们抬举罢了。"二人寻了家饭铺，饮了一壶碧螺春，吃了两碗阳春面，随后米迁便引了罗坤四处闲游。

君山四处都是斑竹，与那常见的青竹翠叶自是有异，罗坤初次见到，觉得很是新鲜。

米迁介绍道："相传舜帝南巡死于苍梧，其妻娥皇、女英二妃，闻讯赶至此君山，望南号哭，因悲伤过度，竟哭出血泪，滴于竹上而成血色斑竹。"

罗坤闻之笑道："可惜那二妃的眼泪也少了些，若涌如泉水，把这竹子通身染成赤竹红叶，岂不更有名气。"

米迁笑道："传说罢了，若照罗大哥所言，这洞庭湖水恐怕也会变成红色的了。"

二人一路游至湘妃墓，那墓身为石砌，前立石柱，上雕麒麟、狮、象，墓周遍植斑竹，别有一番肃然。

罗坤看罢感叹道："真乃两位痴情的烈女子，那舜帝也算死得值得。"

二人又游至柳毅井，罗坤先前也听人传说过柳毅为龙女传书而入仙道的故事，此时不由感慨道："人生当如柳毅君，仙化而去足矣！"米迁见罗坤忽起向古之意，忙拉了他往别处游去了。

米迁、罗坤二人又观游了一阵，随后寻了一家茶肆，讨了两碗闲茶来喝，暂作歇息。这时，罗坤无意中一抬头，见茶肆外来往的人群中，有三个人一晃而过，其中的一名汉子，正是前日在湖上遭盗劫时，盗中为首的那名持叉大汉。

罗坤心中立时一惊，起身拉了米迁就走，米迁不知何故，忙扔了两个铜板在桌上，作为茶资，便跟了出来。

出了茶肆，米迁诧异道："罗大哥，何事这般急？"

罗坤"嘘"了一声，忙附在米迁耳侧，轻声道："前面那三人中，有一个便是我前日在湖上遇见了的水盗头目，你我后面秘密跟了去，定能寻其老巢，发现其同伙。"

米迁闻之，大吃一惊道："罗大哥可认准了，莫要误识了人。"

罗坤道："保无差错。"二人于是便悄悄尾随而来。

此时，前面那三名汉子离了人群往山中走去，罗坤、米迁二人在后面远远地谨慎跟了。

走至一片斑竹林前，那三人忽停住脚步，警惕地四下张望，米迁以为被发现，不由一惊。罗坤忙拉了他于路旁避了，低声道："他们做贼心虚，警觉一些罢了。"

此时果见前面那三人观察了一番，见无异处，便钻进了竹林。米迁见罗坤经验老到，心中佩服。二人随后也进了竹林，沿着一条不易察觉的小路跟踪而行。曲曲折折走了多时，那三人走到了竹林中几间破旧的竹屋前，又四下望了望。接着，为首那名汉子上前轻轻叩击了三下竹门，里面似有人回应了三声，随即门一开，三人便闪了进去。

罗坤、米迁二人悄悄绕到了竹屋后面，在竹壁上寻了缝隙往里观看，见里面除了先前那三人外，另多了五名凶悍的大汉。为首一人，满脸横肉，溢着杀气，坐在一把竹椅上，对刚进来的那三人拱了拱手，道："刘松老弟，还好吗？"

那叫刘松的汉子一屁股坐于另一把椅子上，摇摇头道："别提了，狄彪大哥，小弟前日在湖上险些栽了。"

狄彪道："此事我已知道了，查到那小子的下落了吗？"刘松道："洞庭湖上哪有咱兄弟们查不到的事，听说那小子去了沙洲岛葛家村的葛云湘那里。"

外面的罗坤、米迁二人闻之，暗吃一惊，想不到水盗已了解了罗坤的行踪，二人不由互望了一眼，继续窥听。

此时见那狄彪狠狠地道："又是葛云湘这老匹夫，我们遵照何大哥的意思，给他面子，退避三舍，不动他分毫，没想到他却在暗中查我们的底细，最近又请了帮手来。看来你们在湖上遇到的那小子，也是葛云湘老匹夫请来的人了。"

刘松此时不由自主地揉了揉手臂，心有余悸道："那小子好大的力道，我这胳膊两天没敢动，现在还疼得很。要不是他住在葛云湘那里，我早就召集弟兄们下手了。"

外面的米迁对罗坤敬服地一笑，罗坤努了努嘴，心中感疑道："葛云湘先生似与盗首何飞雁相识的？这是何道理？"

此时见那刘松道："狄彪大哥这次约了小弟来，可是有大宗的买卖，合力一起做？"

狄彪却道："祸事到了，还去做什么买卖，此番不比寻常，是关系到弟兄们生死存亡的关键时刻。"

刘松与外面的罗坤、米迁闻之，各是一怔，随即听那狄彪道："三天前，葛云湘那老匹夫与一位陌生人到了何大哥的朗月山庄。"

罗坤闻之，心中一喜，知道随葛云湘同去之人便是师父谷司晨，继而暗讶道："师父与那葛云湘为何去了水盗的巢穴？"

米迁这时却呈惑然之色，低吟一声："朗月山庄？"尤感惊异。

此时见那刘松道："他们去了朗月山庄又能怎样？"狄彪道："何大哥敬那葛云湘老匹夫是洞庭一带的名士，自是以礼相待。谁知那老匹夫一见何大哥的面，便相质问，刨根问底。何大哥虽然百般辩解，却还是露出了几处破绽。"

刘松怒道："那老儿如此不知死活，何不一刀宰了？"

狄彪道："葛云湘老匹夫之所以有这么大的胆子，敢到何大哥的庄上质问，乃是那陌生人给他撑腰压阵。"

刘松讶道："那人又不是什么三头六臂，加上葛云湘老儿，顶多才两个人，有什么大不了的？"

狄彪这时面呈惊骇之色道："老弟有所不知，那人自称姓谷，是葛云湘老匹夫的朋友，不知什么来头，见何大哥辩解不过，对那老匹夫言语上露出威胁之意时，竟借讨茶之机，把客厅中的那八仙大桌的四只桌脚，以掌力按入地中半尺，而桌面上却见不到掌印痕迹。"

刘松闻之，大吃一惊道："此人竟有这么深厚的功力！当是一位身怀绝技的武林高手。"

罗坤在外面闻之，心中笑道："那盗首何飞雁还没有真正见到师父的本事呢，不过此举也自把他镇住了。"

此时又见那狄彪愤愤道："何大哥见葛云湘老匹夫身旁有高人相助，言语上便缓和了些，极力掩饰。何大哥与那老匹夫平日里也是交厚，年节都有礼物往来，面子上很敬他的。葛云湘不知从哪里得了些风声，来到何大哥这里，一连追问了三天，何大哥已是无路可退了。"

刘松一旁发狠道："明的不行来暗的，何不在酒菜中下了毒药，两下不就都轻松了吗？"外面的罗坤、米迁二人闻之，不由各是一惊。

此时便听那狄彪道："开始时何大哥极力辩白，想掩盖过去也就算了。就在昨天，何大哥实在搪塞不过，便在茶饭中下了迷药。"外面的罗坤、米迁二人听到这里，险些惊呼出来。

此时见那刘松喜道："早些这么做，能省去多少麻烦。"狄彪却摇头叹道："何大哥被迫无奈才出此计策，想把他二人迷倒，逼其就范，以灭口实。谁知他二人直至今日还是无事一般。"

罗坤闻之，猛然恍悟道："是了，怎么忘记师父是天下闻名的药王了，这点雕虫小技如何瞒得过师父。"心情立时一松。

那狄彪接着又道："何大哥见他二人安然无恙，心知不妙，便暗中传消息于我，招集各路兄弟，待他二人坐船回沙洲岛葛家村时，半路截杀，以绝后患。"外面的罗坤、米迁闻之，大吃一惊。

此时见那刘松道："不杀他二人，我等皆有灭顶之灾，不知葛老儿与那姓谷的何时离开朗月山庄？"

狄彪道："葛云湘老匹夫却也狡猾，见何大哥不住掩饰，也就不再追问，以免扯破了面子，不好脱身，便出言劝慰，对何大哥说了些迷途知返、悬崖勒马的混账话。何大哥知道在朗月山庄内动不了手，便极力挽留二人，以有时间通知各路兄弟半路设伏。葛云湘与那姓谷的似有察觉，今日已有了离去

第十三回 朗月山庄

之意。"

刘松兴奋道::"很好，就在半路干他一家伙，不至于泄了何大哥的底。"忽又忧虑道："那姓谷的武功高强，弟兄们恐怕挡他不住。"

狄彪道："此人武功虽高，不过有葛云湘这个没什么本事只会饶舌的废物累赘，并且在水面上，那姓谷的本事再大，也施展不开多少的。为了防止意外，恐令他二人逃脱回去，报官发难，何大哥还专门请了铁水鹰先生前来助战。"

刘松闻之，大喜道："有了铁先生出马，那姓谷的再厉害，也会保万无一失的。"

罗坤闻之，心中讶道："这位铁水鹰是什么人？竟令众盗如此推崇？"也自有些忧虑起来。

此时见那狄彪道："时辰不早，赶快通知弟兄们半路设伏，在他们必经的土龙岛附近截杀，务必得手。"刘松应了一声，随后一拱手，带了两名手下兴冲冲地去了。

狄彪等人又候了一会儿，见无什么动静，也自出了竹屋，钻进竹林中不见了。

罗坤见众盗走尽了，忙对米迁道："应快些找到家师与葛先生，告之危情，助以一臂之力，共同御盗。"米迁点头称是，二人便起身离了竹屋。

待出了斑竹林，米迁自是惑疑道："真是怪了，依刚才强人所言，他们所说的何飞雁何大哥，应当是朗月山庄的主人，可是朗月山庄的庄主却是葛云湘先生的好友顾康之先生，顾庄主我见过，慷慨好施，也是洞庭一地的名士。"

罗坤道："莫非何飞雁是顾康之的化名？若如此，这个人可谓隐藏得极深。"

米迁道："有道理，不过顾庄主怎么会成为为害一方的盗首呢？实在不可思议。"

罗坤道："事不宜迟，我们当去接应一下家师与葛先生，但不知朗月山庄在何处？"

米迁道："朗月山庄是君山有名的一座庄园，离这里不远的。"

罗坤道："如此最好，我们这就去吧。"

米迁道："你我这时贸然进庄，势必引起不便，为免众盗狗急跳墙，立时发难，我们且在庄外候了尊师与葛先生，然后再从长计议。"

罗坤道："我也正有此意。"

罗坤、米迁二人转过一座山，见前方一面山坡上坐落着一座山庄，庄门上有"朗月山庄"四字，罗坤知道便是这里了，遂与米迁在路旁的竹林内隐了身形，密切注视着山庄的大门。此时有一些行踪诡秘的人在朗月山庄的庄门前进进出出，气氛显得有些异常。

米迁道："今日果比平时热闹些，看来真要有所举动了。"

不多时，从庄门内陆续出来一些人，互相耳语了几句，便都散去了，庄门前倒一时静了下来。

大约过了半个时辰，庄门忽然大开，从朗月山庄内走出了一群人。罗坤一眼便看见了师父谷司晨在其中，走在前面的还有一白衣人与一位绿袍儒士。

米迁这时悄声道："那位白衣人便是朗月山庄的主人顾康之，着绿袍者是葛云湘先生，另一位气度不凡之人当是罗大哥的师父了？"

罗坤道："不错，正是家师。看来有家师护着葛先生，那顾康之不敢妄动。"

此时见葛云湘与顾康之拱手作别，又说了几句什么，那顾康之唯唯诺诺，也自恭敬。葛云湘则是失望地摇了摇头，一揖而别。谷司晨稍断其后，不离左右。

顾康之目送二人片刻，忽一挥手，率众入内，庄门立时紧闭。谷司晨、葛云湘回头望见，便加快了速度向罗坤、米迁这边走来。走得近时，便听葛云湘道："此事需细加斟酌才是。"谷司晨道："事急矣！当以周全。"

罗坤、米迁二人这时从路旁跳出，罗坤高兴地喊了声"师父"！米迁也自道："葛先生。"冷不防把葛云湘吓了一跳，待看清是罗坤、米迁二人时，谷司晨、葛云湘心中各自一喜，都暗道："来得正是时候。"

接着，罗坤礼见了葛云湘，米迁礼见了谷司晨，葛云湘望了望他二人，诧异道："你们俩怎么会在一起？又如何来了这里？"

罗坤道："晚辈前两日到贵府会师父不着，便结识了米迁贤弟，今日相约去湖上游玩，偶然到了这里，现有件重要事情有报于师父与葛先生知道。"谷司晨朝身后的朗月山庄望了望，止了罗坤道："此地不便叙话，换了地方再详谈吧。"四人随即离去。

谷司晨、葛云湘、罗坤、米迁四人来到渡口旁的集市上，寻了一家茶楼，上了二楼雅座。葛云湘与了店家几钱银子，嘱其勿让人打扰。店家也自识得葛云湘，应了一声，备了茶水，高兴地去了，葛云湘回身把门关了。

罗坤随后便把山中竹屋旁听到的一切细述了一遍，谷司晨、葛云湘听罢，各是大吃一惊，谷司晨眉头一皱道："顾康之果然要动手了，事情变得严重了。"

葛云湘自是急得在桌旁来回走动，有些不知所措道："我……我便知道他能做出这等伤天害理的事，这……这怎么办？"

米迁一旁道："传闻中的水盗头领何飞雁，当真是顾康之庄主？"

葛云湘愤然道:"除了他还能是谁,与我称兄道弟,背地里却干着如此杀人越货的勾当,真是个道貌岸然的东西,竟被他隐藏得数年来不露马脚。我质问了他这几天,始终不肯承认,如今还要做出狗急跳墙的事来,我……我不信,他……他真的敢加害于我?"葛云湘这时已然变了脸色,额头渗出汗来。

谷司晨道:"葛兄稍安勿躁,事情既已突变,当想出一条万全之策才是。"葛云湘这才稳了稳神,桌旁坐了。

罗坤这时道:"师父与葛先生如何到了这里?又如何发现顾康之便是何飞雁的?"

谷司晨道:"此事说来也巧,那日你我师徒分手后,为师便法沙洲岛拜访葛先生,在岸边久候无船。后来寻了一条网鱼的渔船,船家起初不肯渡送,说湖中多盗,后来我与他一两银子,船家重利心动,这才应了。开始倒还平静,船至湖心时,忽有两条盗船围攻过来,可见这些强人因往来船只甚少,生意不得做,连独舟孤客也来劫了。当时盗中有一名持纸扇的年轻人,见我没有交出钱财的意思,便上前来欲制服于我,以扇击来,我便乘机反拿其手腕,此人功夫似也不弱,惊急之下,全力回抽。我顺势拿住扇身,以内力将其震脱手,那人自知不敌,弃扇退走,呼哨一声,率众尽数去了。到了沙洲岛见了葛先生,述逢盗经过,以纸扇示之,葛先生不由大惊……"

葛云湘这时接着道:"谷先生是葛某故交,突然来访,自是高兴万分,然以强人纸扇示我,葛某见之大惊,因识出此扇是两年前葛某托人从苏州买来,在一次与好友,就是朗月山庄的主人顾康之,饮酒赏月时题字赠送的。洞庭湖水盗猖獗,葛某也曾暗中查访过盗踪,自无线索,那日见了纸扇,便想起顾康之近年来做事神秘,多让人不解。并且葛某平日出游访友,从不逢盗,觉得事有蹊跷,便拉了谷先生壮胆,前去朗月山庄质问。见了顾康之之后,他虽百般辩解,但在言语间,还是有破绽露出,后搪塞不过,欲示以威胁恐吓。多亏谷先生以神功将其镇住,令他不敢有所妄动。那顾康之见事情要暴露,便起了阴谋害人之心,在前晚的酒菜中下了迷药,谷先生不愧为'药王',自有防范,故不曾遭其毒手。谷先生见事已至此,叮嘱葛某,不可再相质问,应想法脱身,从长计议,故又在庄上拖延一日。至今晨,葛某言缓和了些。那顾康之见我二人安然无恙,虽是惊疑,面上倒也未曾显示出来,见我不再逼问他,也自松了口气,说是朋友之间,当消除误会,摆了一桌和气宴。我与谷先生推辞不过,也是不让他起疑心,只得应了,待酒席后立即脱身走人。席间隐见庄中人手频频调动,知道事情已处在了一触即发的险境,故草草饮了几杯,便要别去。顾康之极力挽留不住,也只好将我二人送出。不料与你二人不期而遇,可谓来得正是时候。"

谷司晨这时道："如今顾康之已伏兵半路，我们不能贸然相投。然而顾康之与我们都是箭在弦上，不得不发，他是杀人灭口，免除后患，我们是灭盗安民，保存自身。如今为了截杀我们，顾康之已尽调各路水盗于土龙岛设伏，朗月山庄已是空虚，当是一举铲除洞庭盗患的大好良机。可惜我们此时仅四个人，人手不够，无法成此大事。"

葛云湘道："谷兄言之有理，如今不是他死，便是我亡，我们在此不能耽搁太久，以免顾康之起疑心，再生他变。"

葛云湘这时咬了咬牙，决然道："顾康之，你这样做，也怪不得我。"随对谷司晨道："谷兄，我有一计，现急书一封至巴陵，巴陵守备常于道指挥使与葛某素有交情，也曾托请我暗中查访盗踪。今让常将军分兵两路，一路反袭土龙岛设伏之盗，灭其主力，一路直捣此君山朗月山庄，顾康之的水盗老巢，双管齐下，定不让他走脱一个，从此令八百里洞庭水盗患绝。"谷司晨、罗坤、米迁三人闻之称妙。

谷司晨随后道："如今我们的行踪在朗月山庄的观察之内，为了计划顺利实施，需做周密安排。"米迁灵机一动，欲言又止，似有了主意。

谷司晨看在眼里，鼓励说："公子有何妙计，但说无妨。"米迁于是说出了自己想法，谷司晨、葛云湘、罗坤三人闻之，点头称善。

葛云湘即从身上扯下一块衣衫，咬破手指，给巴陵守备常于道写了一份告急血书，写毕，交于罗坤收了。随后四人下了茶楼，向渡口而来，暗中果有人远远窥探。

四人上了米迁的渔船，米迁解了缆绳，随后又到了给望船的那位刘老爹船上相谢。

刘老爹道："小龙王为何去了这般光景？让老汉好等，若不是应了你，老汉早去了。"

米迁一笑谢过，漫不经意地在刘老爹身旁低语了几句，刘老爹自应。米迁复回船上，荡起双桨，载了谷司晨、葛云湘、罗坤三人向土龙岛方向而去。岸上有盯梢的，见他四人乘船往土龙岛方向去得远了，便回身飞报朗月山庄。此时，那刘老爹也起身驾船离去。

第十四回　缉盗洞庭湖

米迁划船载了谷司晨、罗坤、葛云湘三人远离君山渡口，待去得远了，便停船不行。

时间不大，刘老爹的渔船赶了上来，两船接近，刘老爹道："小龙王约老汉到此，做些什么名堂？"

米迁道："现有一件急迫之事，烦请刘老爹相助。"

刘老爹道："今日反正也做不成什么事了，权当侍候小龙王一回吧。"米迁笑道："多谢老爹成全，现请老爹把我的两位朋友火速送到巴陵，事成之后，必有重谢，管老爹你下半世快活受用。"

刘老爹道："能见小龙王在水里走上一回，老汉便足矣了。"

米迁一笑谢过，随即请了葛云湘、罗坤二人到了刘老爹的船上。

谷司晨叮嘱了罗坤道："坤儿，好生照顾了葛先生，不得有何闪失。"

罗坤应道："师父但请放心，有弟子在，保无差错。"

葛云湘一旁道："今有谷兄和米迁去拖住土龙岛的设伏之盗，葛某与罗小侠去巴陵搬兵，那贼人做梦也想不到会有奇兵天降。"

罗坤又关切道："师父与米贤弟此去危险万分，可要小心了。"

葛云湘道："放心吧，你师父是陆上的猛虎，有米迁这个水中的龙王配合，不会轻易失手的。过不了多久，巴陵的援兵就会赶到。"

那刘老爹一旁惊道："几位可是官家老爷，去巴陵调兵来打水盗的？"葛云湘知道此时没有必要隐瞒，便道："洞庭匪患，过了今日便可断绝，百姓不再受其苦了。"

那刘老爹惊喜道："如此可是洞庭万民之福。"精神一振，驾着渔船疾速而去，米迁与谷司晨也自放船去了。

刘老爹驾船载了葛云湘、罗坤二人，小船一路飞驰，不多时便已到了巴陵，已是望见那座天下闻名的岳阳楼了。

罗坤自无心观赏，船距岸边还有十几米远，道声"葛先生，我先去了"。身形一跃而起，落地后疾驰而去，葛云湘、刘老爹二人见了，惊异不已。

罗坤寻到了巴陵守备常于道的官邸，往里就闯，守护的兵士见了，惊呼一声"拿刺客"！纷纷上前拦截。

罗坤用手挡过一条刺来的长枪，大声喊道："我有要事求见常将军，尔等勿要拦我！"接着双掌齐发，震断一排长枪，并不伤及兵士，随即收身一跃，从众兵士头顶一纵而过，府邸立时大乱。

　　罗坤闯进门内，击退了近身的兵士，正不知如何寻那常于道时，忽听有人喝道："何人大胆，敢闯我府邸？"

　　罗坤转身看时，见一侧房檐下站着一位中年武官，说了声"是常将军吗"？身形随即欺至常于道面前。常于道一惊，双手前探，欲抓罗坤肩臂。罗坤身形一缩避过，顺势把葛云湘的告急血书递在了常于道手中，闪立一旁施礼道："在下罗坤，奉葛云湘先生之命，速请常将军发兵湖中灭盗。"

　　常于道一抓而空，暗叫了声好，忽听罗坤所言，不由一惊，忙止住了欲上前围攻罗坤的兵士，急看血书。看罢，大吃一惊道："葛先生在哪里？"

　　罗坤道："现在湖边舟中，随后就到，事情危急，请将军火速发兵。"

　　常于道忙对众兵士道："击鼓升帐，发兵湖中剿灭水盗。"

　　常于道接了葛云湘十万火急的盗情血书，不敢耽搁，立刻调遣兵马，命副将曹干领兵五百，随同葛云湘、罗坤发兵君山朗月山庄，直捣盗巢，势必拿住化名何飞雁的盗首顾康之。常于道则亲率八百水兵，直袭土龙岛，灭水盗主力，援救拖缠住水盗大部的谷司晨、米迁二人。

　　一时间，巴陵全城惊动，百姓奔走相告，洞庭一地的渔民百姓，素受盗苦极深，今见发兵捕盗，各自踊跃参战，自发组织了三百多名年轻力壮者，手持棍棒鱼叉，要求随军助战。常于道见之大喜，便命一百人收归自己队内，二百多人归于副将曹干指挥。军情十万火急，船只一时不齐，刚贴出布告征船，早有几十条大小渔船前来相助，随后一声炮响，两军急发。

　　伐朗月山庄一路，一至君山渡口，众兵士一声呐喊，奔上岸来，直扑朗月山庄，集上百姓一时惊散。朗月山庄诸盗不提防有官兵突至，被打了个措手不及。

　　副将曹干依了葛云湘之计，让罗坤领兵攻打正门，自引三百兵士四面包抄，堵封后门。罗坤首先率兵攻进了庄门，手中持了一条长棍，四下飞舞，挡者无不立仆，立时间，朗月山庄内杀声一片。

　　庄主顾康之见事发突然，此时不由暗叫了声"苦也"！原来庄中仅剩了五十余名能打斗者，大部人手都调往土龙岛了。顾康之见大势已去，带了十余名心腹死命冲出，不曾想迎面遇上了葛云湘。

　　顾康之一见葛云湘，知道事情都坏在他的身上，不由肝胆爆裂，双目立赤，一声怒喊，砍翻了几名兵士，扑向葛云湘。那葛云湘忽见顾康之发了疯似的冲向自己，吓得立时惊叫道："罗小侠救我！匪首顾康之在此。"

　　罗坤闻声，见那顾康之不顾一切地扑向葛云湘，不及近前相救，长棍立时脱手飞出，棍端点在了顾康之的腰眼上，盗首随即向前跌倒，动弹不得，立有几名军士拥上前，将顾康之捆了个结实。

葛云湘此时已是惊吓得脸色苍白，好半天才缓过劲来。顾康之被俘，庄中诸盗树倒猢狲散，纷纷束手就擒。曹干命人将庄中的男女老幼一起缚了，等候发落，然后查封庄中财物。

罗坤见朗月山庄已平，担心土龙岛那边师父与米迁的安危，便辞别了葛云湘、曹干，前去增援。曹干便令一百兵士同行，听从罗坤指挥，罗坤心中焦虑，奔至渡口上了船只，催促兵士火速急进。

此时，在朗月山庄的一处隐蔽的洞穴里，发现了大量的金银珠宝，撒得满地皆是，显是一时忙乱，来不及运走，直把曹干与众兵士惊得呆了。那曹干骂了声："妈妈的！不知劫了多少船，才能达这许多？"随即命令道："严格点数，全点查封，不得私匿，违者严惩。"

葛云湘这时在顾康之的书房里帮助查封契卷文书，无意中见一面墙壁有异，便命人刨开，发现是一处夹壁墙，内无他物，仅放了一册厚厚的书卷。葛云湘取出来随手翻出版页，忽地一惊，忙回身辞退了众人，自把书房的门关了，逐页细看。

这是一本洞庭水盗花名册，上列姓氏名谁，家住哪里，何时参与过什么买卖，分赃多少，都详细笔录。忽见有几处人名，着实让葛云湘吃了一惊，回头见左右无人，提起笔来给划掉了。再往后翻看，又见有几处名字，葛云湘沉思了一下，也就随手翻了过去，有的则不假思索，提笔划掉，但将划掉的名姓及记录强记脑中。看完后，摇了摇头，便把这本名册揣入了怀中。

葛云湘在书房内又四下查看了一番，偶见一侧墙壁上挂着一幅画卷，近前细观之下，不觉惊讶万分，此画竟是唐人吴道子的传世真迹——五僧诵经图。葛云湘此时犹豫了片刻，回见四下无人，猛地一咬牙，下了决心，走上前摘下卷起，掀起长袍，缚在了小腿上，随后又从怀中取出了那本名册，将顾康之一侄儿的名字划掉，点头自语道："你是灭门之罪，今取你一画，救你一亲吧。"复把名册怀中藏了，接着心安理得般地走出书房，对院中忙碌的众人道："细加查点了，不得丢失任何东西。"

顾康之等庄中诸人这时都已被缚置于院中，见葛云湘经过，顾康之便大喊道："葛云湘，顾某平时待你不薄，为何这般加害于我？"

葛云湘闻之，便停下脚步，摇了摇头叹道："顾康之，葛某曾念与你交厚，故上门好心规劝，希望你洗心革面，从此悔过，你不但不听，反而叫人在湖上截杀于我，以灭口实，实是辜负了葛某的一番好意。现在常于道将军的兵马恐怕已把你所设的伏兵都歼灭了，你有今天的这般下场，也是你自家为盗所种的苦果，怪他人不得。"

顾康之闻之一惊，知道事情全部败露，又气又急，张口怒骂，看守的兵士忙用棍棒止了。葛云湘摇摇头，大步走开了。

　　朗月山庄被官兵攻下，君山一地的百姓齐来观看，万没有想到为害洞庭湖上的水盗巢穴竟在朗月山庄，盗首何飞雁竟是庄主顾康之，众百姓惊异之余，一时间议论纷纷。

　　一位老者摇头叹道："那顾康之不耕不种，虽接了他祖上的家私，也不至于如此豪阔，敢情都是抢劫来的，真是自作孽不可活。"

　　一年轻人愤然道："千刀杀的，竟被他隐藏了这许久，这些年来，不知被他害了多少人。"

　　一人又道："水盗为害湖上多年，今被铲除，真是大快人心。此番听说是沙洲岛葛家村葛云湘先生报的官，并且带兵抄的朗月山庄，葛先生为地方除此大害，功德无量！"

　　另一人又道："听说葛云湘老爷与那顾康之平日里也是往来交厚的，今番此举，必是葛云湘老爷发觉了顾康之罪恶勾当，先前假意结交，待摸清底细后，才大义灭亲，告官发难。"围观百姓，多点头称是。

　　这时，一个卖肉的二汉旁边道："顾康之为盗固然该杀，可是葛老爷平时与他饮酒交游，亲兄弟一般，既然报官也就罢了，又何必带兵亲自抄了人家，我看这葛老爷也不算个地道人。"

　　此言引得一人怒道："葛云湘先生灭盗为地方除害当居首功，你如此说话，可是和那些水盗有关系的？做过害人的勾当？"

　　另一人道："必是得了顾康之的好处，与水盗串通一气的，我说呢，你的猪肉船在湖上从来没被劫过，当是一伙的吧？"

　　那二汉见自己不经意的一句话，惹起了众怒，便缩着头，蹲在一旁不敢出声了。那些平日间受过朗月山庄好处的人，唯恐受了牵连，忙躲开了。朗月山庄周围人山人海，人群中不免有些躁动，曹干恐有人趁乱哄抢劫走人犯，命军士严加防范守了庄门，严禁出入，以待常于道兵马的到来，同时贴出告示，安抚百姓，示之盗患已除，百姓当协助官府维护秩序，举报漏网者云云。

　　且说罗坤率领一百兵士乘船向土龙岛方向增援而来，远远望见兵船上旗帜飘扬，官兵们正往大船上押解人犯，水中不时漂来残板断木，一些还沾有血迹，显然在经过一番激烈的搏杀后，战斗已经结束。罗坤四下寻望，没有看见师父谷司晨与米迁的身影，心中不由大急。

　　常于道见罗坤领兵来援，忙乘船迎了上来，二人互见了礼，常于道闻朗月山庄已定，盗首顾康之被擒，不由大喜。

　　罗坤随后问起师父与米迁二人，常于道敬佩道："谷大侠武功高强，令三军敬服。本将军率兵来时，见谷大侠与一少年，正水上水下的与百余名强人激战，已是把群盗拖住了。本将军便命兵船四下围歼，群盗见大军突至，四下逃窜，除两名悍匪乘一条小船死命逃脱外，其余众盗全部被歼或被俘，不曾走了一个。谷大侠为免除后患，与本将军招呼了一声，便和那少年乘船追下去了。"

罗坤听罢，忙到被俘的水盗中查看，单不见了刘松、狄彪二人，问清了师父追击的方向，便欲前往。常于道忙命一名善使桨行船之人，配了一条轻舟快船，载了罗坤疾速而去，接着又命五十名军士乘了两艘大船随后跟进支援。

罗坤乘快船追出数里，始望见前方有三条小船，一条小船上仰面躺着两个人，显是被点封了穴位，动弹不得。另一条船已在水中翻覆露底，谷司晨独立其上，正与另外一条船上的一位马脸麻面之人对峙着。罗坤此时不由大惊，因为那人正是几天前在湖边渡口处见过的以腿驱船之人，心中讶道："看来此人便是群盗所推崇的铁水鹰。"

这时见那铁水鹰双腿转动，驱船向谷司晨攻来，谷司晨身立覆船之上，脚下本已不稳，铁水鹰船进波动，荡得覆船更是摇摆不定。谷司晨情急之下，脚尖一点覆船跃起，但向那铁水鹰的船头落去。铁水鹰见状一惊，抬腿上踢。谷司晨身处半空，见铁水鹰一脚上踢阻了下落之地，因见此人竟然以腿驱船，知腿力异常，不敢硬受，身形即在空中旁翻，斜落船侧，右手两指在船舷上一扣，身子一横，左脚随即搭住船沿，竟在船外把身形稳住了。

铁水鹰一脚踢空，忽见对手身形一翻旁落，反贴在船沿上，立时一惊。谷司晨待身形一稳，左手剑指疾出，封点铁水鹰小腿外侧足三里穴。铁水鹰见之大骇，立收右腿于左，避过来势，随即腰腿扭动，竟把那小船原地驱转起来。谷司晨见降他不住，尤处险境，只得就小船急转甩脱自己之势，顺势一拍船舷飞起，身形随在空中一转，三踏水面向十五六丈外的、正向这边而来的、罗坤所乘的船头落去。一踏水点足尖，二踏水沾足底，三踏浸水右足鞋沿，而左脚已落于船头之上。

铁水鹰见了，不由脱口赞叹道："好一个燕子三掠水！"见对方有援兵来，便双腿驱动小船，疾驰而走。

谷司晨立稳船头，见铁水鹰远去，摇头叹道："此人腿具神力，在水面上竟奈何他不得，就由他去吧。"

罗坤见师父安然无恙，心中一松，随又急问道："师父，可见米迁？"

谷司晨一怔道："适才我点封了两名欲逃走的强人的穴道，船翻落水，米迁自去水中把他二人提拿上来，这会儿又去了哪里？"

话音刚落，忽见远去的铁水鹰的轻舟在水面上剧烈摆动，停止不前，似被什么东西在水下绊住了一般。铁水鹰以腿驱转了数下，挣脱不开，不由大怒，一脚猛踏，竟将所乘之船震散了架，随即跃上一块船板，身形时起时落，顺势踏板滑水而去。

接着见湖面上水花一翻，米迁从水中现出头身来，见铁水鹰逃脱远去，摇了摇头，游了回来，罗坤见了大喜。

谷司晨这时笑道："你这位朋友，水里果然好本事，官兵未到之前，在水中掀翻了七八条贼船，多亏他在水里策应，否则为师是很难在水面上应付那些水贼的。"

米迁这时游到了船边，罗坤高兴地把他拉了上来，米迁连连摇头道："可惜，可惜，让那怪人跑了。"

谷司晨笑道："一个是水上的鱼鹰，一个是水中的蛟龙，也算是个平手。"

米迁抹了一把脸上的水道："这个怪人好是厉害，见我在水里摇掀小船，一时挣不开去，为了尽快走脱，竟然自破船身，拣了一块船板去了。"

谷司晨赞叹道："以腿驱船，已是罕见，空凭一块木板在水面上以腿力和技巧滑行，却也未曾闻过。可见江湖上奇人异士的本领，常出我们想象的。"

这时，后面两艘兵船赶了上来，自把那刘松、狄彪二人绑了，众人随后驱船回转。谷司晨闻朗月山庄已定，顾康之被擒，便放下心来，自是摇头叹道："那顾康之也是洞庭一地的名士，可惜误入歧途，以至招此杀身灭门之祸。"

待与常于道的兵船会合一处，常于道自对谷司晨、罗坤、米迁三人协助剿匪灭盗，尤为感激，请于主船坐了。

船队一路到了君山渡口，众百姓听说在湖上已将水盗全部剿灭，欢庆不已，列队相迎。常于道自命兵士把顾康之等一干人犯押上了船，复命副将曹干率兵驻守朗月山庄，一切财物严封，等候发落，又请了谷司晨、葛云湘、罗坤、米迁四人同回巴陵，备案取证。常于道见人犯众多，并且有顾康之在内，恐途中有变，自请谷司晨、罗坤、米迁三人在俘虏船上守了，其余兵船则布在四周护航。顾康之见了被俘群盗，长叹一声，闭目不语。

常于道在主船舱内对葛云湘说了些感激的话，洞庭盗患多令常于道困扰不已，今见一网打尽，尤为高兴。

葛云湘这时见左右无人，从怀中掏出了那本名册，递上前道："今日常将军已立了大功，葛某现与将军一样东西，再立奇功一件。"

常于道接过名册，看罢大惊，名册所列二百余人，今所捕获的有一百六七十人，还有三四十人在案未捕。

葛云湘献计道："今番发难，虽网大半，恐有漏网之鱼闻风而逃，事不宜迟，斩草须除根，只要照名册抓人，保无遗漏。"

常于道点头称是，即命亲兵十余人去俘虏船上把群盗姓氏逐一问记，以

第十四回　缉盗洞庭湖

及湖上、山庄一战被杀的水盗名姓。

顾康之见官兵未审而急于先问明众盗姓氏，心中不由一凉，明白了怎么回事，自知一切都完了。

常于道把捕获群盗的姓氏与名册逐一对照后，把剩下的三十八人名单单列出来，唤了心腹之人，各带兵士，立即乘船分路出发，照单抓人。常于道偶见名册上有用重笔划掉者，也未在意，以为盗中先死者。

到了巴陵，满城轰动，百姓争相来看，人心大快。有人在被俘群盗中见到了相识之人，不是朋友，便是亲友，不由各是惊骇，掩面急退，恐受株连。那常于道也自精明，知道案情重大，便连夜分堂急审，并快马飞报长沙太守朱为晴，长沙府立时震动，一面表奏朝廷，一面派官员赶巴陵陪审。

在第二天天亮之前，那些派出去照单捕人的兵士各带人犯而回，不曾走脱了一个，常于道大喜，分赏了众人。这些后捕来的人犯开始大喊冤枉，百般抵赖，常于道大怒，命人照着名册所录，高声念了每人所犯的罪状，众盗这才惊惧，纷纷俯首认罪。

顾康之见大势已去，自是一一招供了。审后才知，顾氏祖居六世洞庭，世世为盗，"洞庭十年一盗乱"，便是其顾氏所为。然而到了顾康之的父亲顾百川那里，积财甚丰，已是厌倦了水盗生涯，便暗自金盆洗手，改邪归正，并极力培养顾康之学文习礼，与名士交游，想从此断绝顾氏匪盗根源，令子孙安心度日。不曾想顾百川一死，顾康之头几年还算个样子，谈诗论文，弄些风雅的韵事。后来无意中发现了顾百川忘记焚烧的一卷"英雄名册"上列姓氏及联络的方法。顾康之好奇心大起，依名册所列，招集顾氏旧部，化名何飞雁，又做起了水盗勾当，因以朗月山庄慷慨好施的庄主身份为掩护，广交名士，多年来无人能识破其真面目，不曾想却栽在了他的至交好友葛云湘的手里，也是为恶太过之故。

至于铁水鹰，审过顾康之才知晓，此人是顾康之的父亲顾百川早年曾施恩的一位洞庭居士，年轻时也干过水盗行当，后来便洗手不干了，不列顾康之所录的名册，更没有与顾康之共过事，此次是为了报顾百川当年之恩，才替顾康之出手，虽不是同犯，但助盗也是有罪。按顾康之所供地址，常于道发兵湖中一座小岛上的渔村捕拿他时，早已人去屋空，不知了铁水鹰的去向，常于道便空发了一纸海捕文书了事。

以顾康之为首的水盗，为害八百里洞庭，所做大案无数，依名册所录与各人所招之供，论其情节，所捕群盗二百一十七人当中，伏诛者一百四十三人，其余皆判重监。朗月山庄的仆役、丫鬟及女眷，尽行遣散或官卖，全部财产与山庄作为赃物充公。

行文上报长沙府，长沙府又奏请朝廷，皇上旨意下，准巴陵官员所判，常于道剿匪有功，提升长沙守备，其余有功人等，各行封赏。尤对洞庭名士葛云湘，因发现盗情并且举报有功，更行重赏，除了金帛之外，把整座朗月山庄也赏赐了他。谷司晨、罗坤、米迁三人也各得封赏，药王师徒不受，把赏金都赠送了米迁，米迁推辞不过，只得谢过受了。米迁随后又把赏金分了一些给那位驾船送葛云湘、罗坤去巴陵搬兵的刘老爹，那刘老爹却无福受用，守了大堆的银子，高兴得不知怎么花费用度才好，乐极生悲，竟然一命呜呼去了。因刘老爹无儿无女，反留给了平时不相往来的侄儿。那小子本是个混账的穷光蛋，自得了刘老爹的遗金后，从此却愈加得发富起来。

葛云湘虽得了偌大个朗月山庄，但是心里虚得很，自不敢把家搬来去住，又不好变卖，知道药王师徒是两个游走天下的散客，不便赠送，索性白白赠与了米迁，做了个大人情。米迁一时间成了朗月山庄的主人，便接了米翁，祖孙二人高高兴兴地住了进去，谷司晨对葛云湘此举也自赞许。

师徒二人在葛家村住了几日，因罗坤挂念米迁，师徒二人便别了葛云湘，前去米迁的朗月山庄。葛云湘挽留了几句，也就由他们去了。

待药王师徒一走，葛云湘便书了七八份请柬，分别请客来聚，每来一人，但单邀于书房中闭门谈话。那些人在离了葛家村时，皆面呈慌恐。不数日，竟然都各自带来几船礼物，拜访葛云湘。那葛先生便大咧咧地说了些不必如此客气之类的话，来者不拒，全部收下。从此以后，那些人在葛云湘面前俯首帖耳，唯唯诺诺，年节都有船载着厚礼送来，葛云湘倒也没有做出什么过头的事来，家业愈兴而已。

米迁住进朗月山庄后，邀了一些平日里相识的贫困渔民同来居住。那些人有幸来享受大富贵，自是感激不已，皆把米迁当作庄主、主人来看，唤米翁为老太爷。然而米翁见这些人到了庄上后，都舍了先前的营生，大模大样地做起庄客来，心中不快，自家每日里仍旧去湖中捕鱼。米迁劝阻不住，只得一笑，任他去了。

米迁随后请了一位怀才不遇的旧交，叫陆宇衡的落第秀才来做管家。那陆秀才倒也有些治家的本事，来了不到两月，便把庄中上下治理得井井有条，增加了些仆役、丫鬟，还备了些事情叫那些庄客去办，办好者赏，不利者罚，庄中上下自对他敬畏起来。米迁见了，心中欢喜，乐得做一个闲神仙，无事时，便把这座已属于自己的朗月山庄，里外查看了个遍。

这日，米迁在厅中与陆管家饮茶，商量日后做何生计的事，免得一庄人坐吃山空，尤其是近日，又有一些平日相识的来投。此时门人来报，谷司晨、罗坤师徒来访。

米迁闻之喜道："这两日刚安定下来，准备差船去接的，没想到罗大哥他们先来了。"起身欲跑出去相迎，忽又停下道："不可、不可，现在不比往日，礼节上应隆重些才是。"

转身对管家道："陆兄，庄外来了两位重要朋友，你我能在此做主饮茶，都是他二人灭盗之功，须有个样子欢迎他们才是。"

陆管家闻之大惊道："既是灭贼的英雄侠士，又是主人的朋友，自当大礼相迎了，一切交给我吧。"米迁大喜。

谷司晨、罗坤二人在朗月山庄的庄门前候了一会儿，忽见庄门大开，杂七杂八地跑出一群人来，到了门外，你推我搡地往两旁一分，自把药王师徒看得一怔。随之见里面郑重其事地走出一位中年人来，谷司晨见了，心下异道："难道朗月山庄又另换了主人不成？"

罗坤也自感然，此时见那人走到一半，忽往旁边一站，正直子身子喊道："迎接贵客，米庄主到。"这才见米迁穿了一件白袍出了来，走了没几步，便忍不住欢呼一声"罗大哥！谷先生"！随即飞跑过来，药王师徒这才回过味来，相视大笑。

罗坤对跑到近前的米迁笑道："米庄主好威风，摆出这么大的排场，可别学了顾康之做起强人来，否则你只要往洞庭湖里一钻，天下可就无人能拿得住你了。"

米迁脸色一红，大窘道："罗大哥与谷先生见笑了，本想隆重一些欢迎你们的，谁知却弄出这般光景来。"随后把药王师徒热情地让进了庄内。那陆管家见庄客们不成个体统，知道日后要加强训练才是，否则真是丢人不起，一挥手，自令众人散去了。

米迁把谷司晨、罗坤二人请至厅中落了座，即有仆人献上茶来，谷司晨见朗月山庄已是新人换旧主，感慨之余，也自欣慰。

米迁这时屏退仆人，关了厅门，回身道："这两日准备差船去接罗大哥与谷先生的，因有一事，非二位不能说，还请谷先生拿个主意。"

谷司晨闻之，微讶道："米公子有何事？但讲无妨。"

米迁轻声道："昨日我在庄内发现了一处洞穴，本是顾康之以前藏匿赃物的地方，现已被官兵搜得空了。此洞穴倒也深些，在尽头处，有一汪两米见方的水池，我觉得有些古怪，便想探其深浅。谁知下潜了三四米，黑暗中触觉到内有一洞旁通他处，于是循洞前游了五六米，最后发现前方竟是一处宽大的水窖，隐有发光之物，似存放有东西，用手触摸，各俱形状，轻重不一，可谓无数。还摸索到了一只铁箱子，独放一旁，心知有异，不敢乱动，但拿了一样东西上来。"

米迁说完，于旁边的木柜内取了一红布包，放于桌上打开看时，里面是一块金锭。谷司晨托起细看，不由讶道："这是一锭赤足精金，成色实为少见。"

罗坤一旁惊奇道:"原来贤弟发现了一处宝藏!"

谷司晨道:"闻顾氏一案,其祖上六世为盗,看来此水窖内的财宝是顾康之的先人所藏,而他并不知洞中另有一处水洞的。"

米迁道:"水窖内还有许多他物,数量甚丰。晚辈见此事非常,不敢擅动,故请谷先生拿个主意。"

谷司晨感叹道:"这是天意,此宝藏不给顾康之,更不给葛云湘,单单让你发现,并且照你所说,此水窖内水洞曲折,常人是进出不了的。米公子宅心仁厚,所以老天独赐与你,自家收藏了吧。"

罗坤一旁高兴道:"恭喜贤弟,得了朗月山庄,又探寻到了这般宝藏,日后便做一个大财主了。"

米迁摇头道:"这是顾氏历代先人为盗所积之财,不知有多少性命在里头,我私家独占,于心不忍。"

谷司晨闻之,心中赞许,于是道:"富贵本命中注定之事,想拿拿不来,想扔扔不了。如今洞庭盗患刚绝,米公子又新主朗月山庄,自有许多难以预料的事会发生。当前之际,此事切不可声张,以免旁生祸端,米公子但以此财济世救贫,也是循了天道。"

米迁道:"既然如此,我权且保管吧,其中有一只奇怪的铁箱,不知内有何物?明日但把它弄上来,大家看个新鲜吧。"

米迁随后设宴款待药王师徒,又复谢过所赠的灭盗赏金,对谷司晨、罗坤二人淡泊名利,视钱财若无物,米迁心中敬服万分,庆幸交识,欣慰不已。

第十五回　无缝天衣

第二天一早，米迁吩咐陆管家，在那洞穴内遍然火把，严禁杂人出入，随后提了一捆长绳，引了谷司晨、罗坤来到山庄的后花园，进了一道不易察觉的石门，步入洞内，那陆管家亲自在洞口守了。

此时洞内三五步悬着一支火把，照得亮如白昼，米迁、谷司晨、罗坤沿洞穴前行了三十余米，尽头处果见有一汪水池。

米迁道："就是这里了，待我下去用绳子拴了那只铁箱，罗大哥在上面接应便是。"说完，赤了上身，持了长绳一端，入水而没，水中黑暗，米迁探游而行，引绳进了水窖。

来过一次，米迁自记得那只铁箱的位置，游摸过去，用绳子把那箱身缠了几道，系紧了，随后用力拉了拉绳索，以示意水上的罗坤。罗坤见长绳抽动，忙回收上提。

谷司晨这时叹道："此水穴深邃，非常人可以进出，顾氏先人藏宝于此，可谓用尽了心思。"

那只箱子在水中被下托上提，倒也不甚费力，显得不那么沉重。罗坤回收绳索，拉着拉着，忽觉手中一沉，随见一只铜箱柜露出了水面，谷司晨旁边援手用力提了上来，米迁接着也钻出了水面。

待三人看时，火把光下，呈现眼前的是一只赤色红铜的雕纹古铜箱，用一色的铜锁锁着，上面却系了一条铜链，铜链上连着一把铜钥匙。

罗坤见了笑道："看样子有些年代了，却也配套。"

米迁上前用那铜钥匙开了铜锁，随后与罗坤用力上抬箱盖，刚一启动，铜箱内便溅出一些水来，随着那铜箱盖的掀起，忽见满箱通亮，白光耀眼，罗坤、米迁二人不由齐声惊呼起来。

原来这铜箱中装满了水，里面有一颗鹅蛋大的珠子，通体放光，竟把箱中的几种物件照得一览无遗。罗坤此时惊奇万分，不由得探手入水去取那颗珠子，手在水中，珠光映照，手臂立时变得通红。谷司晨、米迁二人旁边见了，大是惊异。当罗坤用手托了这颗珠子刚刚离开水面，其光顿失，箱中之水也立刻变得昏暗起来，珠身随呈灰白之色。

罗坤忽见珠子失了光色，不由一惊，忙又还于水中，其光复现，满箱又是通亮。

谷司晨这时吃了一惊道:"照水珠!"

米迁旁边讶道:"先生识得此珠?"谷司晨道:"不错,依此珠入水光现,离水光失的奇异特性来看,当为那种'照水珠',谷某曾于一位常年出海的老海客那里听得。并且此珠还不能久离于水,因其在水中愈久,其光愈亮,而且另有异能,若入浊水中,可使浑水变清,又名'净水珠',乃是一件罕见的奇世珍宝。"米迁、罗坤听罢,惊异不已。

谷司晨又道:"顾氏先人藏宝此水窖,当是用这颗珠子照路的。"米迁喜道:"好极!水窖内黑暗,正需此物。"

这时,罗坤又从箱内水中取出一物,见是一包多层油纸裹着的什么东西,然而年久水蚀,油纸油性已失,一揭即落一层,十分松散。罗坤于是用手托了,小心地把数层油纸揭除掉,最后发现里面原来裹藏了两册已不成样子的古书,字迹模糊不清,内外封页微呈纸浆态,用手轻翻,粘连互贴一起,已是毁了。

罗坤见了,不由摇头道:"可惜,不知是什么样的好书?已不中看了。"

谷司晨异道:"顾氏先人不会料到此书会在水中浸泡了这许多年,如此秘不示人,不知是何缘故?看来应是两册奇书,否则不会与'照水珠'一起放入铜箱内的。"

米迁见油纸与书页已粘成一团,知已无用,便从身上扯了一块衣衫,重新包裹了,复放入铜箱内,道:"既然毁坏,且归于原处吧。"见"照水珠"旁有一只方形铜盒,米迁便顺手取出,擦干了水迹,双手一启,没有开动。

罗坤道:"我来吧。"接过铜盒,暗运气力于双手,叫声"开"!但听"砰"的一声,盖启气出。此时,罗坤、米迁、谷司晨三人同时感到一股异香扑鼻,细看时,方知此铜盒封闭的严密,没有进去水,盒中仅放了一块拳头大小的褐色石头。

谷司晨旁边见之一惊,忙于罗坤手中接过铜盒,近于鼻端细嗅了几下,忽面呈惊喜道:"九香石!"

米迁见了,讶道:"一块石头有何用处?竟叫先生这般惊奇。"

谷司晨此时掩不住兴奋的神情道:"米公子有所不知,这块九香石味带九香,为药中至宝,是一味奇药,可解百毒,有起死回生之神效,救人性命于顷刻。五代时,世上便已失存此物,仅见古药书中偶载,今见此石色味形质,必是九香石无疑。"

罗坤一旁喜道:"有了这块石头,师父日后与人医病,更加应手了。"

米迁笑道:"谷先生既能医病救人,把这块石头拿去便是,比空放在这里无用处强得多,这样做也是顺了天意,鬼神不怪的。"

第十五回 无缝天衣

谷司晨欣然道："那么谷某就却之不恭了。"自是高兴地收了。

米迁这时见铜箱内仅剩一块金色圆盘没有看过，便探手入水搬起，不由说了声"好沉"！捧出来看进，见是一块纯金铸就的金盘，上面雕刻着一些古怪的图形，惑然道："谷先生，这是做什么用的？"

谷司晨见金盘上的图案古朴而怪异，似一人面熊身的形状，又有几条似龙像蛇的动物环绕四周，工艺流畅，实为一高手匠人所雕刻。观金盘背面，又有一些日月星辰的标记，却不甚明了。

谷司晨内外观看了一番，道："这好像是一件外邦异教祭坛上的祭祀品，似非中土之物，若究本探源，非学识渊博的金石大家不能为之。既为古物，不便轻动，且归藏水窖中吧。"

此时铜箱内除了"照水珠"和那包已毁的粘书外，就是这块金盘和谷司晨适才收留的那盒九香石，此外便没有别的东西了。

米迁这时欲把金盘放入铜箱内，旁边的罗坤无意中借着"照水珠"的光亮，发现箱子底部似有异处，忙拦了米迁道："贤弟慢放，这铜箱内好像还有什么东西。"说着，探手入水，在箱子底部的底角处，用手指一抠，竟然抠起了一块与铜箱底部一般大小的铜板来，却是还有一处夹层在下面的。因"照水珠"与金盘诸物都是压放在铜板上面的，尤其是那块金盘被米迁捧出，铜板受压减轻，夹层中又似有物将其托起，露出了间隙，这才被罗坤发现。

再说罗坤把那块铜板抠起后，又用力向上轻轻一掀，忽从铜板下方涌出一团东西来浮在水面上。

罗坤先是一怔，诧异道："这是何物？"随手取出，抖展开看时，竟然是一套灰色衣衫，上面水珠，一抖即落，丝毫不沾水的，虽在箱内水中存放了多年，仍干而不湿，并且质地轻柔，软细如纱，然而却是识不出为何种丝料所制。

罗坤怪异之余，忽又惊讶道："这套不沾水的衣衫，怎么不见衣缝？浑然一体，天成一般！"

谷司晨闻之一惊，忙从罗坤手中接过这套衣衫细看，果于衣裤之间，找不出任何裁剪缝接痕迹，天然一体，但成衣裤之形，全套衣衫呈浅灰色，质地轻柔怪异，辨不出何物所成，更不知如何做成，奇妙之极。

米迁一旁讶道："所谓天衣无缝，难道就是这个样子？"

"天衣无缝？"谷司晨闻之，忽一惊道，"莫非此套衣衫是传说中的那件'无缝天衣'？"罗坤、米迁二人闻之，皆呈惑然之色。

谷司晨随即把这套奇异的衣衫又拿到火把光亮下仔细看了一回，两手又用力拉了拉，不由喜道："如果谷某没有猜错的话，定是那件宝贝了。"

罗坤讶道："师父，这套衣衫真的是那什么无缝天衣不成？"

谷司晨点头道："不错，汉人刘颖的《博物志·神物》篇中便载记着这件无缝天衣，人若穿之，入水不沉，近火不燃，似如古时有过的那种不怕火燃的火浣布。并且刀枪不入，可挡百般利器，又可排汗泄热、保温御寒，尤有调节之功，一年四季皆可着之，又名'四季裳'，险恶环境中，可护人性命于一时，因其无裁剪缝接之痕，故名无缝天衣，是为衣中之尊。"

罗坤异道："这套衣衫竟有如此神奇功能，可知是何人以何料又以何种巧工制作的？"

谷司晨道："《博物志》中也只是记载了无缝天衣的名称性能，说明汉时此件天衣便应世了。至于出自何料何工、何人何法等出处来源，《博物志·神物》篇中却是没有记录，想那刘颖也是不知的，估计是前世高人以异物奇法炼制而成，否则只能说成是天上的神仙遗于人间之物了。"

米迁这时欢喜道："勿要论它哪里来的，如何做就的，穿着它既有诸多好处，就与了罗大哥吧，日后行侠仗义，除暴安良，以之防身，最是大有用处的。"

罗坤闻之，忙道："我现在的武功防身足矣，还是贤弟留着用吧，自家也保安全些。"

米迁笑道："此衣浮力太强，穿了它反倒碍事，小弟是水里的本事，纵有千军万马来捉我，小弟但往湖中一投，便可万事大吉，谁又能奈何得了我？若是穿了此衣，浮而不沉，岂不遭殃。不慎被坏人抢夺了去，那就可惜了。"

谷司晨、罗坤听罢，不由笑了。

米迁又道："权当上天所赐，与了罗大哥这身无缝天衣来穿，罗大哥若是不受，只能复放回箱中，沉入水底，如此岂不拂了天公的一番美意？"

罗坤见米迁执意相赠，知道推辞不得，不好违米迁的一番好意，便谢过，将这套无缝天衣收了，米迁欢喜不已。

谷司晨一旁暗中感慨道："上天也真成全这两个孩子，让他们有如此际遇。"

米迁这时提出了照水珠，复把铜箱锁了，又用绳子系了，随后手持了珠子跳进水池，抚了那铜箱沉入水中，罗坤在上面放绳送了。

米迁持珠一入池内，水中立时变得大亮，可清楚地看见米迁在水中拉着铜箱潜游，令谷司晨、罗坤二人称奇不已。遂见米迁拐进了一洞口，水中的光度便暗了下来，不多时，光线便消失了，米迁已是到了水窖深处。

米迁持了照水珠一路游来，如在此黑暗的水穴中举着火炬一般，比那阳光地面行走散步更为惬意。待拖拉着铜箱进了水窖内，借着珠光看时，米迁不由大吃一惊，但见此处约一般厅堂大小，除进来的洞道外，八面石壁，别无通他之处，水中堆满了无数的金银器玩、玉石珠宝，那珠光宝气与米迁手

第十五回 无缝天衣

中照水珠发出的光亮一映，光色炫耀，立时间看得米迁眼花缭乱。

米迁惊异之余，掩目适应了一会儿，随后把铜箱上的绳子解了，任其沉在一边，接着上游至水窖的顶端，寻了一侧凹处，把照水珠安置在了顶壁上，然后俯身下看诸般宝贝。那照水珠似水窖内的一盏明灯，令整座水窖藏物一览无遗。无数的赤足金锭、玉石珠宝，毫光透射，与那照水珠的光色相辉映，水窖内似乎又增亮了许多，身罩其中，令人心醉神迷，在一侧还堆放着十几尊大小不一的金铸佛像及大量的各俱形状的古玩器皿。米迁自在诸般宝物上面游来游去观看个不够，寻思道："朗月山庄庄大人多，且取了一些做日常用度，其余的再长从计议吧。"随后拣拾了一些珠宝于裤角内系了，复往回游去。

谷司晨、罗坤二人在水池旁候了多时，才见水花一翻，米迁游出了水面，罗坤伸手接了。

米迁一上来就气喘道："不得了！不得了！水窖内的宝贝真是多得很，谷先生与罗大哥不要走了，大家一起在朗月山庄做个洞庭湖中最大的财主，也过个神仙的日子吧。"

罗坤笑道："还是你自家受用了吧，不过贤弟见了这宝藏，也太激动些，竟弄得如此气喘。"

米迁摇摇头道："罗大哥不知的，这水窖里的水与外面湖中的水不同，是汪死水，水气不足，以致小弟呼吸的有些不接。此处宝藏丰巨，虽令人激动些，但不至于让小弟兴奋得失了形态，乱了气息。"

罗坤闻之一笑。谷司晨赞叹道："米公子在水中换气呼吸、自由来去的本事，当今天下，恐怕再找不出第二个人来。"

米迁、谷司晨、罗坤三人随后出了洞穴，见那陆管家正持了一条大棍在洞口忠心地守着，米迁一笑，自让他把洞门封闭了。米迁命人摆了宴席，与谷司晨、罗坤二人饮酒相谈，先自敬了药王师徒几杯，接着真诚挽留，共享富贵，谷司晨但笑着婉言谢绝了。

罗坤便对米迁道："贤弟的好意我与师父心领，总是我与师父在天下间走惯了，不愿久偏安一隅，并且我还要去寻访一位故人。这般大富贵，贤弟自家受用了吧。"

米迁自知挽留不得，心中愈生敬意，随后又敬了谷司晨一杯酒，道："晚辈还有一事，想请教先生。"

谷司晨笑道："谷某受了米公子的九香石，正思图报，有事但说无妨。"

米迁道："葛云湘先生把偌大个朗月山庄白白赠送于我，晚辈心中每有不安，本无以回报，今日幸得了水窖中的宝藏，想送一些于葛先生，报其赠庄之恩，不知此举可否妥当？"

谷司晨闻之，不由沉思了片刻，随后道："所谓财不可外露，况且这是水盗旧巢，更不宜把宝藏之事泄出，以防旁起祸端，生不测之变，至于葛云湘吗……"

谷司晨犹豫了一下，接着便道："米公子宅心仁厚，又与我师徒成倾心之交，有些话谷某不得不对公子点明，剖析利害的。"

米迁道："先生是当世的高人，看得自然远些，晚辈愿听教诲。"

谷司晨点了点头，这才道："谷某与葛云湘先生也算是旧交，此人心地虽然不坏，并且还有些正义感，但是城府极深，有些事情做将起来，我也是捉摸不透。公子是久居本地之人，不像我等闲云野鹤一般，我意公子日后与葛先生但以礼相待，勿结交过甚。水窖中的财物，米公子但行大善之事，济贫救苦于暗中，虽自家受用了些，也是一件福事，不会因财易祸的。"

米迁听罢，深以为是，起身拜道："先生教诲的是，晚辈日后定循先生的言教，谨慎行事便是。"谷司晨点头赞许。

药王师徒在朗月山庄住了五六日，每日与米迁乘船饮酒游洞庭，极尽兴至，罗坤因先前去连云山寻访方国涣不着，心中偶感失落。

这日，葛云湘遣船来接，师徒二人便又去了沙洲岛葛家村小住了几日，随后别了葛云湘又回到了朗月山庄，向米迁辞行。米迁苦留不住，自去水窖内拣了包玉石珠宝等细软相赠，罗坤受情不过，只得接了，随后米迁亲自驾船送谷司晨、罗坤师徒出洞庭。

在岸边，三人不舍而别，药王师徒一路经长沙、过衡阳，往广东去了。

米迁回到朗月山庄之后，心中牢记谷司晨的话，财不外显，暗中运作，济孤救贫，不到一年，洞庭老幼称颂。后来娶了妻室，日子过得愈加安逸，时常一人泛舟八百里洞庭，不分日夜，饮酒赏景闲游，有次潜入湖水中一两日不出，直叫庄中上下惊吓了一回。

且说方国涣在连云山天元寺后山的白云洞内，大彻大悟了棋道的最高境界天元化境之后，苦元大师及寺中众僧惊喜之余，皆庆祝方国涣了悟了真正的棋道，天元寺上下欢颜。方国涣又破解了寺中秘藏的古人四大死活残局棋谱，更令众僧惊服不已。

这日，方国涣在白云洞内翻阅一些天文星象典籍，每见书中各种星象式多与自己在妙境中所见者同，自是感叹棋道应天的神奇。

法能这时提了食盒进了来，方国涣便用了茶饮，与法能说话。

法能忽想起一件事来，忙道："国涣师弟，我有件事情想对你说，勿要怪罪我的。"

方国涣笑道："师兄每日两次茶饭送来，感激还来不及，怎会怪罪，有事但说无妨。"

第十五回　无缝天衣

法能便道:"先前有一位年轻的公子来寻师弟,不知怎么找到了天元寺,当时师弟正处在忘棋无为的关键时刻,不便相见,我便把他给挡回去了。"

方国涣闻之一怔,忙问道:"你可知来寻我的人姓氏名谁?"

法能挠了挠头道:"我当时一时性急,忘记问了,不过指名道姓要找师弟的,离开时,像是很失望的样子。"

方国涣异道:"此人貌相如何?能有多大的年纪?"

法能道:"十六七的岁数,生得也自英俊,对了,那位公子神色光彩得很,一眼就看出与众不同的,可是师弟以前的朋友吧?"

方国涣闻之,心中讶道:"此是何人?如何知道我可能在这里而寻了来?是卜元大哥?不对,卜大哥现今至少也是二十三四的年纪,难道是……"

方国涣猛然想起一个人来,不由惊喜道:"难道是罗坤!?"继而又摇头道:"不可能的,罗坤贤弟那晚在陀螺观内突然失踪,必是遭了歹人的暗算,就是还活着,也不知我去了哪里,自不会寻到天元寺的。"想起昔日走失的罗坤,方国涣不觉黯然伤神。

方国涣自修悟成天元化境之后,每日常以静坐,闭目冥思,追忆先前的那种妙境奇感。

这日正在白云洞内禅坐,忽听见一阵急促的脚步声,方国涣似觉有异,睁眼看时,见是法能慌慌张张地跑了进来,忙问道:"师兄,何事如此慌乱?"

法能急切道:"师弟快回寺里,师父有事。"

方国涣闻之一惊道:"发生了什么事?"

法能道:"午前寺里来了一位游方的僧人,与师父摆枰斗棋,谁知那游僧棋力十分了得,师父已与他僵持在棋上了,师弟快些回去助师父一臂之力,否则时间久了对双方都有损的。"

方国涣大是诧异道:"当今天下能与师父棋力相当者,已无几人,此人看来不简单。"拉了法能,一起跑回天元寺。

方国涣、法能二人回到天元寺,急忙来到了大殿上,此时见苦元大师正与一位残了右臂的和尚临枰相对,不过两人此刻似塑像般盯着棋盘上的棋势一动不动,神注之至。法阳、法远等几位僧人虽站在旁边观棋,也自看得呆了一般,面呈苦思之色,方国涣、法能二人跑进来竟无人发觉,都似被那盘棋引定了神去。

方国涣见此情景心中一惊,忙来到苦元大师身后向棋盘上观看,此时双方棋上已走到中盘之末。

方国涣细观之下,不由皱了皱眉头,原来这盘棋已走到了至关重要时刻,可谓一子走错,满盘皆输。黑白两色棋子层层互围,彼此相困,竟然走到了双方都不敢再落子的地步,此时的棋势对双方来说已无插针之处,下一手棋无论点至何处，势必立现亏象，而对方即便应了一子，所造成的劣势比先行者还要大些，以至难解难分，战又不可，欲罢不能。对弈者与旁观者都已心随棋定，思随局僵，达到了一种出神的"迷棋"状态。

方国涣此时心中大骇，知道时间久了，若无妙着点破僵局，众人心神势必有损，而又不能从旁边直接唤醒，如对梦游之人不能直接惊吓一样，否则有失神之患。方国涣思虑了片刻，知道黑白双方都已无妙手可解，这是一百年内也很少能走出的奇势异局。

纳罕之余，方国涣忽心中一动，随手从地上寻了一粒棋形大小的石子，上前轻轻地点落棋盘之上。这粒不白不黑的小石子一落棋枰，众人立都"咦"了一声，各呈惊异之色，形神缓动。

随即见那游方僧忽喊了声"妙"！这一声妙，把众人从苦思神定的僵滞状态中唤醒，皆自长舒一口气，形态立时一松。原来方国涣这一粒石子，竟以第三者的身份给成僵局的黑白双方下了和着，一石双解两色棋，这是一着古今棋家都意料不到的外来妙手。此局棋谱，后来被法远等人石刻天元寺。

再说苦元大师见僵局出人意料地被一粒石子和解，令双方立出困境，抬头看时，见是方国涣所施，不由大喜道："如此外来神着非涣儿不能走出，快上前见过不了大师。"

那不了和尚见方国涣竟是一位少年，却以石子点和了这局僵棋，尤感意外和惊奇。

方国涣这时上前施了一礼道："晚辈方国涣见过大师。"

不了和尚慌忙起身扶了道："受不得！受不得！"随对苦元大师讶道："这个神仙般的孩子可是你的徒弟？"

苦元大师得意地道："不错，正是老衲收的俗家关门弟子，棋上的天赋和灵性，古今第一的。"

不了和尚闻之，摇头叹道："你这老僧，把天下间的棋上好手都拢到你天元寺了，不曾让给我一个来。"接着又惊讶道："这孩子的棋路怎么如此特别？竟然能走出这种外来的妙手神着，超乎我等想象的。"

苦元大师笑道："你这和尚有所不知，涣儿已经修悟成了棋道的最高境界——天元化境，成就了化境之棋。"

"天元化境!？"不了和尚闻之，愕然道，"可是你自家先前幻想的那种真正棋境？"

苦元大师点头笑道："不错，正是棋上那种随心所欲，无不为的至高无上的通神仙化之境。"

苦元大师的这番话惊得不了和尚起身围着方国涣看了两圈，诧异道："那种只能幻达而不可实至的天元化境之棋，竟然真的被你这孩子神悟了去？不

第十五回　无缝天衣

是刚才那着外来妙手，贫僧怎么也不信的。"接着摇头叹息一声道："罢了，罢了，一生毕尽精力所学，今天却在你这孩子面前显得微不足道，日后如何胆敢再提一个棋字。"

方国涣一旁恭敬道："大师自谦了，就刚才大师与师父对应的这一局棋势来看，高手之中，一百年间也难能走出一回的。"

苦元大师道："涣儿所言不差，这一盘棋，你我各将一生所潜修磨炼出来的棋力都使尽了，方走出了如此棋势，今日虽叫涣儿以外来之力定了终局，你我二人却已是不易了。此手棋虽非棋上正法，但是和解了你我僵持不下的险境，不可不谓之神奇绝纱，或许棋道的奥秘就在此处吧。"

苦元大师接着笑道："几十年来，你这个不了和尚与老衲没完没了，以争棋定高下，如今看来，却是不了了之了。"旁边法远等人闻之，不禁各是一笑。

不了和尚惊叹之余，也自敬服道："今日能领略到化境之棋，贫僧折服了。"

不了和尚随后向方国涣请教棋上化境之奇，方国涣便在棋枰上向不了和尚展示了以星象式定势布局之法，及其中变化之妙。

经方国涣详细讲解了几局之后，不了和尚大为惊异，自是感慨道："与公子对弈，但如棋投大海虚空一般，不能测其深，公子既能天做棋盘，星做子，这般大棋，也就唯你一人能下了。"

不了和尚感慨之余，接着又道："天下事物，真是不可捉摸，尤以棋家一道，最为不可思量，黑白之间，尺余枰内，竟能生出百般妙奇境来。今见国涣公子的天元化境之棋，已是出人神思之外了，不由令贫僧想起一个人来，此人善一种九宫棋术，与天元化境之棋似有异曲同工之妙，皆出俗家攻守之势，棋上别生异法而为高手所不敌。"苦元大师、方国涣等人闻之，大为惊讶。

不了和尚此时问苦元大师道："大师可知河北的钟世源？"苦元大师道："老衲怎能不知，此人是当今天下三大棋上名家之一，以善走快棋闻世，其神思敏捷，古今罕有，落子应对，一手接一手，速度极快，棋风迥异，棋路反因慢而滞，且棋力高深，不下你我，天下棋家但推其为第一快棋手。"

不了和尚道："大师所言不差，钟世源走棋速度之快，几乎不用思想棋路，随手而应，这一点天下无人能比的，而他的师父青云子，棋力高深不可测，似达绝顶。"

苦元大师道："四十年前青云子，棋艺天下第一，无人能敌。"

不了和尚道："不错，青云子当年棋上的修为，可谓炉火纯青，独领天下二十几年，然而青云子却曾经败在了这个人的九宫棋术之上。"众人闻之，俱是一惊。

不了和尚接着道："这位会走九宫棋的人，曾在一盘棋上，以三子之差领先青云子。"

苦元大师惊异道："什么人可以反胜青云子？"

不了和尚道："曾闻钟世源言，其师青云子，一次云游到了山东济南府，结识了一位隐居的高人。此人复姓巫马，名启，字连干，这巫马氏精通易理阴阳、奇门数术，并且还是一位棋道高手。巫马氏认为，世事如棋，天地之间的事，既不能出阴阳五行三界之外，那么棋盘之上，阴阳二子的攻守之间也自有定数，棋路当有玄机可循，于是以八卦之'乾、坤、坎、兑、巽、离、艮、震'八方，加上中宫之位，配以棋枰上星位九区，而成九宫棋。阴阳两色棋子便有了生克之相，以五行相生相克承制之法，竟能推演运算出每一手棋所落之处的克位与生位，运子布局，大异常法，出俗家攻守之势，每以人意想不到的地方落子，无形中便形成了克制对方棋势之象。双方走布的棋子越多、越密，运算越是复杂，以致能预先推算出对方所要应的棋路，自有那种先知的神效。甚至可以摆示出双方终局时的棋谱，而早早定其胜负了，这便是巫马氏独创的九宫棋，棋上的大术。巫马氏曾把九宫棋的理法向青云子述之，青云子不信棋上能有此异术，在棋上不是思棋而走，而是以阴阳五行数术推算而行。于是二人便对弈验证，青云子极力施展棋艺，巫马氏则对青云子走的每一手棋，不以常势攻守对应，而是暗中运算其相克之位与对自家棋路的互生之位，然后再相弈对。结果以九宫棋术应之，所推算之位，对青云子的棋路有着极大的克制，虽不在两三手内显现出来，也自在七八手后呈出威力。青云子当时大惊，发觉巫马氏虽在自家算计，所应的棋路却毫无破绽，实为一绝顶高手，后以三子负之，自此叹服。巫马氏对青云子言，世事如棋，人在世事之中，走着世间之棋，自不能超出阴阳五行的定数。对青云子大加赞赏，说是仅差三子，便可化合于棋上的阴阳五行，而达绝顶了，至于超出五行三界之外者，自是仙家所为了。可见巫马氏的九宫棋能把棋路算尽，无往而不胜。"

一席话，听得众人惊异不已，方国涣尤感愕然。

第十六回　国手状元

　　不了和尚说完一番九宫棋后，对方国涣道："那巫马连干的九宫棋，已是把棋路算尽了，如果这个传说是真的话，也只有公子的化境之棋能与之弈对了，公子若能与那巫马氏对上一局，当是古今棋上的第一妙局。"

　　方国涣道："棋逢对手，乃是棋家的一大乐事，那位巫马前辈如果还在世的话，机缘得遇，我一定会前去讨上一局的，以领略九宫棋的奥妙。"

　　不了和尚闻之笑道："好！有志气，敢于挑战，才是真正的棋道中人。"

　　苦元大师感叹道："能把奇门数术运用至棋道中，实为高人。巫马氏的这种大棋之术，也自达棋上的另一种高境。涣儿若以化境之棋与之临枰对弈，当别生境感，不以胜负论了，棋能至此，也似仙为。"

　　不了和尚点头道："这或许是真正的棋道。"

　　这时，殿外传进一声音道："我当是谁？原来是不了大师到了。"说话间，法无大步走了进来，乃是外出云游刚刚归寺。

　　不了和尚见是法无，立时喜道："原来是法无师侄。"

　　法无上前与不了和尚见了礼，随后又礼见了师父及师兄弟。

　　不了和尚这时又发感慨道："天元寺真是藏龙卧虎之地，法无师侄的武功威震武林，更叫贫僧羡慕之极。"

　　法无笑道："大师乃世外高人，天下间有本事的人见得多了，哪会把我这点功夫放在眼里。"

　　不了和尚摇摇头道："可惜，贫僧一人游散惯了，不曾收得个徒弟，今日见了你们众师兄弟，才知你们的师父是有些远见的。"

　　苦元大师闻之笑道："你这和尚，莫非想与我争徒弟不成？"

　　不了和尚摇头道："君子不夺人所爱，贫僧只有羡慕的份儿，仅能私下咽些唾沫罢了。"众人见不了和尚话语间时呈诙谐，不由各是一笑。

　　不了和尚随对法无道："二月间，贫僧路过沧州时，沧州武林名宿徐元靖，还向贫僧打听过师侄的消息。"

　　法无道："原来是徐大侠，我与他是有些旧交的。"

　　苦元大师道："我这个徒弟，但以习武为本，棋道次之，时常爱管些江湖上的闲事。一年之中，倒有七八个月出去，虽于佛门清规有违，但也是做得一些侠义上的事，老衲也只好随他去了。"

不了和尚道："法无师侄在江湖上被人称为'飞天和尚'，乃是我佛门中的侠客，所做侠义之事，比单诵十万遍《金刚经》所修的福果多得多。"

方国涣一旁，心中道："法无师兄当是一名文武双修的罗汉吧。"

这时，侍客僧复送上茶来，众人用了。

不了和尚饮毕，放下茶杯道："贫僧这次来天元寺，除了赴同苦元大师棋上三年一战的旧约外，还有另一件事来讲的。"

苦元大师笑道："你这个和尚，虽是出家人，却是喜欢往天下最热闹的地方去，如今又有什么奇闻趣事，说来大家听听。"

不了和尚道："你这'闭门僧'，足不出寺门，只管自家清修，可知半年前，天下发生了一件什么大事吗？"

苦元大师道："为了涣儿修悟成无上棋道，老衲这几年不理世事，自不晓得天下间的风云变故，有何大事，讲来便是。"

不了和尚道："这是一件与天下棋家有关的棋坛盛事。"

法无一旁道："我这次下山，也有所耳闻，急着赶回来，就是想对师父与众师兄弟们讲的，不过听到的仅是些传闻，不了大师云游四方，了解得定然详细些，如此正好，就由大师讲吧。"

不了和尚于是道："事情还得从头讲起，当今的万历皇帝乃是一位嗜棋成癖的天子，每耽于棋道中，后宫的娘娘、妃子为了讨皇上宠幸，竞相习棋，以博一欢，都不惜重金从民间请了高手师傅来指教，以致天下棋风大盛，所谓天下盛行之事多由宫中起。这样一来，本朝棋风盛况空前，尤过隋唐，自出了不少棋家好手。令人称奇的是，后宫竟出了位'国手太监'李公公，这位李公公，只知其姓，不知其名，听说是三年前带棋艺入宫，是皇上的宠妃刘娘娘令讨好的大臣从民间请来的，下得一手叫人称绝的好棋，与人以局，往往是满盘通吃，不留半子。因此人之故，刘娘娘在棋上较各宫的妃子、娘娘优先，深得天子宠幸，此人便成了刘娘娘与皇上眼中的红人，以棋艺一时红极宫中。然而令人奇怪的是，此人入宫之前还是个正常男身，入宫教棋两年后，不知是何缘故，偌大把年纪竟然自残了身体，甘愿做起了太监。自家说是常在后宫教棋，留得男儿身，往来进出多有不便，为了表示其效忠尽职，故有此'壮举'。此事令皇上与刘娘娘惊讶之余，大为感动，即刻升为总领太监。此人棋力之高，天下罕有，忽然做出这等意外的事来，多让人不解，不知是何原因，难道仅是急功近利之故？此人甘愿做了太监之后，果不简单，自把刘娘娘与皇上在棋上调教得手段非常，从民间征调的好手棋师多败在这个天子手下。偶有一两位棋力高深，胆子大些的，虽胜过皇上，却无不败在李公公的棋上，刘娘娘便乘机进言皇上册封李公公为'天下第一国手'。然而

第十六回　国手状元

这位好棋的天子倒也清醒些,说这御赐皇封的'天下第一'让一个太监得了,传出去岂不令天下人耻笑,堂堂大国的棋上国手竟被太监占先。然而皇上也是佩服李公公的棋艺,说是也够国手资格了,于是宫中传遍李公公是皇上口封的'国手太监'。后来那李公公又连败了各州府举荐的十几位棋上高手,龙颜大悦,说这'天下第一'果然要出自宫中的太监不成?从此这位国手太监因棋得宠,权势高人,朝中百官莫不依声附和,李公公愈加气势骄横,常以'天下第一手'自居。据京城传闻,说这个李公公很是神秘,自从不知何故自毁身体甘做了太监之后,棋力越发得高深莫测,棋路诡异多变,时出怪着,常常导致一些棋家好手思住神定,坐在那里迷得一两日解,最后不得不让人抬回家去,从此有绝棋之念。"

不了和尚讲到这里,见众人听得入了迷,饮了口茶,又道:"那万历帝因喜棋上了瘾,兴致所至,便传旨天下各州府县,选拔举荐高手入京应试,不分僧俗,无论老幼,若在棋上争先无敌者,便由朝廷册封其为'国手状元',统领皇家棋院。诏书一颁布,天下震动,弃诗书而改习棋艺蔚然成风,棋风愈加兴盛,有的地方甚至闹起'棋灾'来,农不耕,士不读,专在黑白之间下功夫。哪家若出了个好手,就如出了个举人一般,府县官员今日我请,明日你迎,侍奉得贵人似的,这如何令天下人不动心?"

不了和尚说到这里,口风一变道:"本朝棋风大盛,自是件好事,可惜如此泛滥下去,势必生乱。棋为雅艺,常人习之,多为闲时遣乐之备,若以功名系以人生大事,是为不妥。除非有高深造诣,别有所成,尚可为之,否则耽时废务,无甚益处。就这样,各州府县逐级选拔高手,从乡试、县试、府试,一级级筛选下来,便剩下了引人注目的几百名棋家举子来,入京争棋,如那入京赶考文章状元一般,可谓集天下高手于一时,这是以前各朝历代从未有过的棋坛盛事。"苦元大师、方国涣等人闻之,惊讶不已,只因久居山中,竟然未闻知此事。

不了和尚饮了一口茶,接着又道:"棋坛盛会难得,引得一些得到消息的高人前来观望,在京城中,贫僧见到了快棋手钟世源,还有江南棋王田阳午。"

苦元大师一旁道:"哦!他二人也去了,果是棋家盛会。"

不了和尚接着道:"皇上见天下群英聚会京师,龙颜大悦,御批安国府为皇家棋院,礼部尚书高云龙为监棋的钦差御使,总理一切赛局。国手太监李公公自不甘落后,早已抢先第一个报了名,要与天下众高手决一雌雄,非要争个名副其实的第一不可。就这样,历经一个月的轮番赛事,国手选拔,已决出了榜眼、探花的名次。最后至殿试,争那第一名的'国手状元'时,仅剩下了李公公与一位来自江苏的叫曲良仪的人。这曲良仪之名先前未在江湖上听说过，也是贫僧孤陋寡闻了，此人手法极其了得，竟在与众高手对弈中，轻松过了层层赛局，有时即使让先对手数子，仍是百战百胜，未有败迹，一时名动京师。曲良仪一路过关斩将，直至殿试，不逢敌手，朝野哗然。京中百姓、朝中百官，自把希望都集中在了曲良仪身上，因为朝野上下实不情愿一个忽然喜欢做太监的人，得了这个千载难逢的御赐'国手状元'封号。万历皇帝见天下同剩两个最高手，感慨不已，传旨下来，一局定胜负，随后册封'国手状元'。谁知事情变化出人意料，那李公公与曲良仪接连对弈七局，竟然都走出了棋上极难出现的平局，七战七和，没有一局说是谁高出谁半个子来，实为古今第一双的棋逢对手之人。万历皇帝与百官见此局面称奇不已，随后暗示监棋御使、礼部尚书高云龙做判曲良仪为第一。接着在金銮殿上，曲良仪被册封为'国手状元'，棋学博士，御前供职，同时又点封了前列的十二位高手为棋学院大学士，国手状元曲良仪从此总领安国府皇家棋院。第二天，曲良仪便奉旨骑马佩花，显游京师，一时间万人空巷，都来目睹国手状元的风采，天下震动。而那位李公公，白费了一番力气，仍然空占'国手太监'之名，圣意难违，也只好作罢，自家酿成的苦果自家咽了，否则国手状元非他莫属。"

不了和尚说到这里，停下来寻水喝，杯内的茶水已尽了，方国涣旁边忙又递上一杯，不了和尚接过饮了，见众人听得入了神，便道："京城棋家盛事，到此也就完了，大家喜欢听，贫僧再接着讲些吧。"

不了和尚随即又道："本朝出了个人杰，御赐皇封的国手状元曲良仪，立时天下风传，仅仅半个月，便传到关外辽东女真人那里去了。那女真族这些年来日益强大，对我大明朝已是虎视眈眈。有一位叫阿尔都的女真王子，自幼得了中原异人的指教，在棋上有着特殊的手段，闻我朝天子招棋，于天下众高手中点出了个国手状元，便前来京城讨教。这阿尔都王子一来，关系重大，朝廷便把此事交给了皇家棋院的国手状元曲良仪。曲良仪先自派出了两位棋院大学士，到了阿尔都王子的寓所，与之较棋，以试其棋力。那阿尔都王子在棋上果然有些造诣，连胜了两位棋院大学士，气焰上便有些嚣张起来，非要见本朝的棋家第一手国手状元不可。曲良仪见此人果然有些手段，便着了便装，诈称本朝第三手，前来较棋。那王子起先态度傲慢，但一盘棋之后，被曲良仪领先了十余子，在那王子惊愕间，曲良仪一笑而退。然而那阿尔都王子还是不服，跑到安国府皇家棋院门前，吵着非要见国手状元不可。里面传出话来，要想见第一国手，须胜了第三手，然后见第二手，胜了第二手，方能见第一手。如今第三手都胜不过，还想见第一手的国手状元，那是没指望了。阿尔都王子闻之，满面羞愧，连夜出关转回辽东去了。本是曲良仪把那王子唬了，也自显示出了曲良仪此人的精明来。贫僧因在京师有事滞留，

第十六回 国手状元

故又逢着了此事,觉得事情更不一般,于是离了京城,一路到了连云山天元寺,来寻苦元大师弈棋叙事。"

不了和尚说完,一口饮尽了杯中的茶水,见众人还有想听的意思,便一摇头道:"没了。"此时众人却是兴致未尽。

苦元大师道:"你这和尚,说得倒也神奇,如此看来,当今世间棋上高人辈出,非我等所能料及。"

方国涣心中讶道:"没想到棋上竟能出这些奇事,日后须谨慎了,不知还会有什么样的高人出现。"

法无这时道:"听一位道上的朋友讲,江南棋王田阳午事后去过皇家棋院,拜访了国手状元曲良仪,以棋会友,对弈了一局,结果负了两子。"

苦元大师闻之,惊讶道:"那田阳午棋力高深,独步江南,是老衲一生中最佩服的几位高人之一,竟也不敌曲良仪,看来此人今番以棋响世,是早已修就了国手之术的,故而一鸣天下。"

不了和尚道:"闻曲良仪正值壮年,能有此棋道,是为不可思议。今番京城夺冠,而为棋坛领袖,初出茅庐,便有如此作为,尽显棋家本色,古今也难找出第二人来。"

接着,不了和尚又一摇头道:"可惜,方公子修悟成了化境之棋,这次京中棋试没有赶上,否则'国手状元'当是公子的。好在引出一个棋高无敌的曲良仪来,日后可为公子棋上的第一位好对手。"

方国涣道:"闻大师所述,始知天下高人多的是,晚辈不觉汗颜,自不敢为人先,唯愿机缘得遇,领略高手棋风,便足矣了。"

不了和尚闻之,点头道:"公子境界高远,非我等所及,既已成就无上的化境之棋,当今天下自无人能为公子先。"

不了和尚接着对苦元大师道:"方公子棋道已成,不应久留天元寺,自可任他游棋天下,领略各家高手棋风,以棋应世,方不枉了一番苦心修就的化境之棋,学以致用,可为福果。"

苦元大师点头道:"和尚这句话说得最是有理,老衲久有此意,自不愿让涣儿在此空误自身。棋道即大道、天道,也为世道,所谓世事如棋,应让他继续在人世中感悟棋道的真谛。过些时日,老衲自会安排他去的。"

方国涣一旁闻之,见师父有让自己离开天元寺之意,默言不语,不免有些失落之感。

法无这时对苦元大师道:"弟子回来时路经洞庭湖,先前湖上水盗闹得很凶,前些日子被官兵尽数剿灭了。听说领头的盗首竟是君山朗月山庄的庄主,此案前后涉及二百余人,已惊动了朝廷。"

苦元大师道:"如此一来,洞庭百姓又可安居乐业了,天道循环,善恶终有报应。"

不了和尚道："贫僧进入湖南时，也有所耳闻，据说有几位能人异士协助官府，才将此洞庭盗患铲除的。"

苦元大师道："路有不平，自有人拔刀相助。"

不了和尚又道："贫僧出家之前，曾记得有位远亲住在洞庭，几十年未见，明日可就近去拜会拜会。"

方国涣这天晚上没有回白云洞，留住天元寺，陪着不了和尚说了一夜的话，二人甚是投缘。

第二天一早，不了和尚便辞别苦元大师及天元寺众僧，去洞庭湖探亲访友，临行前拉了方国涣的手，道："日后若有缘，你我于江湖上再相会吧，贫僧但送公子一句话：世上奇人异士，多自隐民间，公子日后游棋天下时，凡事谨慎，不可以貌取人。"

方国涣闻之，自是拜谢了，随后与法无送不了和尚出了连云山。

过了两日，苦元大师遣法阳去白云洞把方国涣召回了天元寺。

到得大殿上，苦元大师辞退了众僧，这才对方国涣道："涣儿，你来天元寺已经三年多了。三年来，经过你自家的苦修潜悟，终于成就了化境之棋，实现了为师一生中的最大心愿，为师足慰矣！棋道广博，是大道而非小术，真正的棋道，并非只在棋枰上争以胜负高低。一生在世，当以棋道贯通世道，游棋天下，以棋济世，才是棋家的大德为。现今你棋道已成，不宜久留寺中，当要以棋应世，领略天下各家高手棋风，把棋道发扬光大，或能另有所成，这些都需要你自家感悟了，明日你就下山去吧。"

方国涣闻之，别有一番感伤，自入天元寺以来，与师父及众师兄，日久情深，已视作亲人一般，今要离去，自是难舍，不禁泪下。

苦元大师抚慰道："涣儿，天下没有不散的筵席，这也是为你自家成就之道。艺成应世游天下，方是大丈夫所为，闲暇，回来看看师父与师兄们，大家都期待听到你的好消息，希望真正的棋道是能合于世道的。"

苦元大师随后又将那套罗汉棋子赠与了方国涣，道："这套罗汉棋子为棋中上品，千金难易，今日就送于你吧，日后游棋天下，不可无所持。"方国涣感动之余，拜泣而受。

第二日，天元寺众僧为方国涣准备好了行装及足够的盘缠，为他送行，各自感伤，皆有不舍之意，法能难过得大哭起来，被法远暗中止了。

方国涣与众师兄一一话别，待寻师父辞行时，苦元大师已不在寺中。

法阳这时道："师父不忍见到离别时的伤感，昨晚便已去白云洞闭关静修了。师父有话，望师弟日后自勉图进，于棋道上更能有所作为。"

方国涣闻之，心中凄然，自朝白云洞的方向施礼叩拜，随后与天元寺众

第十六回　国手状元

僧相拥而别，由法无一人送出了连云山。

出了连云山地界，上了大路，法无这才与方国涣话别，自讲了一些江湖上应该注意的事情。方国涣此时想起了一件事，自从怀里摸出先前法无送的那支示警的竹节响箭，道："法无师兄，我如今奉师命游棋天下，这支以前用来壮胆的响箭就还了你吧。"

法无笑道："师弟如今得了自由身，可任意闲游四方，我好生羡慕，不过江湖多险恶，这支响箭你还是自家藏了吧，或许能有些用处。"

方国涣摇头道："就算遇上什么险恶事，发响箭示警，但那时不知师兄在几千里外，如何能察觉赶来助我？"

法无道："师弟有所不知，这支响箭乃是请名家特制而成，其发出声震讯号，十数里外尤可闻见，就算那时我不在附近，或许有些江湖上的朋友，识得此信号，也会赶来相助的，预防万一吧。"

方国涣知道法无在江湖上交游甚广，名气大得很，便自喜道："这支响箭竟有如此好处，先前持它在白云洞内壮胆，如今又能拿它在江湖上壮胆，如此多谢师兄了，留它以应万一之需吧。"高兴地复藏了，随后二人不舍而别，方国涣自去了。

方国涣离开连云山天元寺，如今棋道已成，游棋天下，已非先前那个流浪江湖的少年，心情畅然，一路飘飘逸逸而来。

方国涣计划先回访昔日刘家村，拜谢曾有救命葬师之恩的刘义山，接着拜祭先师方兰之墓，然后会着卜元再去拜访枫林草堂的智善和尚。诸事完结后，再去天下间寻访棋上高手名家，以棋会友，应棋济世。多年未见，方国涣对刘义山、卜元、智善和尚尤为感激和思念，知道若没有此三人，也就没有修就成化境之棋进而游棋天下的今天，心潮澎湃，激情日生，恨不能立时见到昔日的故人，所以方国涣复循当年千里寻师来连云山的路线，一路出了湖南回转河北而来。

这一日，方国涣行至一座集镇上，想起此镇东行十里外有一石岩村，正是当年与美食家赵明风去拜会的"天下第一厨"韩玉公及韩杏儿祖孙居处，忆起当年品尝的人间美味"三味玉清汤"和"豆腐宴"来，口中似有余味泛起，思量道："不知那赵明风是否还留在石岩村，已尝尽韩杏儿的厨艺？韩氏祖孙是厨家中的奇人，当年既已相识，便是故人吧，此番路过，应去拜访才是。"方国涣于是在镇上寻了家客栈住了一夜，天一亮，便一路寻向石岩村而来。

方国涣到了石岩村，待寻到韩玉公祖孙当年所居旧址时，先前数间房舍已然不见，现坐落着一处宽大高敞的宅院，大门里面隐现楼阁。

方国涣见状，心下异道："难道韩玉公祖孙已搬迁他处，此地易了大富之家，另造了宅院？"回头欲寻人相问，这时打那朱色大门内走出一个人来，见方国涣在门前左右盼顾，那人先自一怔，随即问道："前面的可是方国涣方公子？"

方国涣闻声回头看时，见是昔日的赵胜，不由喜道："原来是赵胜公子！"

赵胜见果然是方国涣，迎上前大喜道："真的是方公子，我还以为看错了呢。"

方国涣拱手一礼，随即诧异道："此地怎么变化这么大？"

赵胜笑道："自方公子当年成全了表哥，品尝到了天下第一厨的厨艺，越发得痴迷，索性从苏州家里调来银两，大兴土木，建此庭院，迎奉韩姑娘祖孙二人居住。又是派人购进天下间的奇珍美味，经韩姑娘的手，入我家公子的口。韩姑娘自被表哥的这番诚意和执着所感，如今已是三天一套大菜，两天一种风味，月无重复，吃得表哥心花怒放，兴头日增，已是有三年多没回苏州老家了。"

方国涣闻之，惊讶道："明风公子竟然留恋美食到这般地步，可是要在这里安家不成？"

赵胜笑道："表哥确是有这个意思，万分情愿在此居住一辈子的。"随即忙请了方国涣进入了院门内，吩咐门房内的门人道："速去禀告公子，就说有贵客到了。"门人应了一声，飞跑去了。

赵胜引了方国涣转过一面屏壁墙，进入院中。此庭院甚阔，东西各十余间厢房，脚下的青石路通向前方一大厅，石路两旁各植了七八株柳树，树下又置花圃，开着一些不常见的花卉。西厢房与正厅间隔处，是一精致的月亮门，通向后面的花园，绿树花草间，竖立着一座两层的楼阁。

赵胜引了方国涣将近正厅，里面已迎出了神采奕奕的赵明风和韩玉公、韩杏儿三人。

赵明风一见方国涣，飞跑上前一把抱住，惊喜道："国涣贤弟，想煞我也！"

韩玉公一旁欣然笑道："怪不得老夫今晨听见喜鹊叫，原来是有贵人到了。"

方国涣随即与韩玉公、韩杏儿互见了礼。韩杏儿笑道："方公子几年不见，越发的精神了，必是得了什么福事。"

方国涣笑道："全凭韩姑娘当年的一道'三味玉清汤'，品过了之后，一路畅顺，心愿得偿。"韩杏儿闻之，欢然一笑，韩玉公、赵明风忙请了方国涣入厅落座。

有仆人献上茶来，众人用了，赵明风道："贤弟这几年去了哪里？竟无个音信，叫我好生想念。"

韩杏儿一旁笑道："不至于想念方公子想得饭菜都吃不下去吧？"

赵明风笑道："在韩姑娘这里，哪有吃不下菜饭的时候。"

方国涣笑道："赵兄可谓实现了此生大愿。小弟不才，访着高人为师，自家在棋上又长进了些，倒也遂了心愿。"

韩玉公闻之喜道："好极！老夫这几年又修成了几手妙着，回头当向方公子请教了。"

方国涣笑道："如此甚好，晚辈也有此意。"

赵明风这时高兴道："贤弟来得真是时候，昨日家父刚刚遣人从苏州送来两样好东西，乃是八珍美味中难觅的驼峰与猩唇。附带书函，信中说，有故人从塞外来，专呈此二物，献礼食中奇品。可惜家父请遍苏杭名厨，除有数人知驼峰烹饪法外，其余众人，但闻猩唇之名，而未曾见过实物，皆不晓如何烹饪。故家父派人专程送来，请天下第一名厨韩老前辈与韩姑娘，施展厨中绝技，烧制成此天下独特美味。"

方国涣闻之讶道："天下竟有这等稀奇难做之物？"

韩玉公道："八珍美味，皆为奇特物，罕遇难得，故厨家多烹饪不得法，以致世人认为八珍中的熊掌、鱼翅等物，味道虽鲜美，却无绝好之处。其实既列八珍，便有其独特烧制之法，更有其奇异绝美滋味，所谓不见八珍不为厨。尤以猩唇一物，最为难遇是难烧制，老夫一生中也只是按着家传古法做过两回，能尝食到此稀罕物者，可谓有缘之人。"

方国涣闻此喜道："今日又有得口福享了。"

韩杏儿这时起身道："方公子且请稍坐，待我去厨下，烧制成驼峰、猩唇二物，让公子尝个新鲜吧。"

方国涣拱手相谢道："有劳韩姑娘了，在下能再食一回人间美味，是为荣幸之至。"

赵明风也自起身道："此二物做法必然独特，待我去观个究竟，贤弟且与韩前辈用茶吧，在下失陪了。"

韩杏儿见状，显得不悦道："你在我身前身后转了三年多，厨中的技艺也自偷学尽了，难道还要再偷去我韩家仅剩的这一点家传古法不成？"

赵明风闻之，脸一红，立呈尴尬之色，支吾道："这个……这个……"

韩玉公这时笑道："杏儿，不要难为赵公子了，若无赵公子，你这一生恐怕也难遇上猩唇一物，空负家传古法而不能施展一试，就让赵公子去看个稀奇吧，我还要与方公子有话说。"

赵明风闻之大喜，忙朝韩玉公拜谢道："多谢前辈成全。"随后跟着暗自偷笑的韩杏儿去了。

韩玉公见赵明风、韩杏儿二人去了，自是对方国涣感叹道："没想到明风公子对美食偏爱执着到如此程度，自三年前，方公子去后，明风公子对杏儿唯唯诺诺，生恐拂了她的意。杏儿见明风公子这般迷恋美食，被他诚心所感，连烧制了几道大菜与他尝了，致使明风公子越发的不肯走了，索性遣赵胜回苏州家中调来银两，建造了这处宅院，迎老夫与杏儿居住，自是劝他不住。后来又购尽天下奇珍美味央求杏儿来做，这倒也成全了杏儿，做就了许多极难寻见而贵重的山珍海味，尽展厨艺，两下欢喜。天下间，再不能找出第二位如明风公子这般，对美食情有独钟之人了。"

方国涣笑道："赵公子与韩姑娘，一位是美食家，一位是厨中的高手，互成知己，倒是天生的一对佳人。天下间，再没有比他二人更加般配的了，也是天意在成全他二人，前辈何不做主，成其美事。"

韩玉公道："明风公子为品尝美食，落得个三年不归，老夫看得出，二人也自有了些感情。老夫已老，杏儿厨艺虽高，毕竟是一个女孩家，有个好归宿，才能令老夫心安的。明风公子早有诚心聘娶之意，其人品才学，老夫也是满意。明风公子的父亲，江南巨商赵琛先生，也曾来信，几次让明风公子把杏儿迎了家去。杏儿因老夫年迈，不舍别去，始终不放口，害得明风公子苦等不倦。赵琛先生责怪明风公子三年不归苏州，也自惊异杏儿厨艺之高，竟能将明风公子留住，为了试探杏儿厨艺的高低，故送来猩唇一试，如烧制得法，便可为赵家的媳妇，否则只能做赵府的厨娘，自有逼明风公子早归苏州之意。明风公子曾立誓，无论如何，都不会负了杏儿的，倒是一位义气男儿。"

方国涣听罢，点头道："赵公子与韩姑娘因美食之故造就的这场姻缘，必成为一段佳话，可为千古之美谈。"

韩玉公道："明风公子是大家世子，不便在此耽搁太久，勿为口腹之快而耗了光阴。这两日还望方公子多多调和开导二人，使明风公子早日迎娶杏儿回苏州，也去了老夫的一桩心愿。"

方国涣闻之，欣然道："这是大好事，晚辈一定尽力而为，成全他二人便是。"

第十七回　八珍宴

　　韩玉公陪着方国涣饮了一回茶，如今见了这一昔日对手，韩玉公早已技痒，命人置了棋具，拉了方国涣临枰对弈。方国涣便以"天秤六星"式，定势开局，布列中腹，韩玉公见方国涣棋风尽改，不循常法，大是惑然。

　　几十手棋过后，韩玉公见自家棋势稳占边角，棋形坚实且厚，而对方棋势疏布中腹，棋形虽虚且薄，但有统全局之势，大为惊异。

　　又互走了十几手，韩玉公不由讶道："三年前与方公子斗棋，老夫尚有棋路可循，今日却似于雾里云中与公子走棋一般，实是摸不着公子棋路的边际，没想到三年之内，公子的棋力竟提高到不可测的境界，似达到传说中的那种仙化之境了，妙不可言！"

　　方国涣笑道："前辈的棋力较三年前，果是大有进展，若运此棋力于昔日，晚辈当不能胜之。"

　　棋过一百五十六手，韩玉公忽摇头道："走不得了！走不得了！公子的棋路是以天制地，虽有意让势于老夫，却是有登天之难，老夫上不去的，公子的棋道已达化境了。"说罢，投子认负，叹服不已。

　　这时，一名仆人进来禀道："公子与小姐已准备妥当，有请老爷与方公子仙品堂用八珍宴。"

　　韩玉公闻之喜道："今日要让方公子品尝一回八珍中的绝美之味。"说完，拉了方国涣出了客厅，转向月亮门，进了后花园。

　　此后花园内又是另一番景象，鱼池假山，树茂花盛，是一幽静之地。

　　转过一片花丛，来到一座双层楼阁前，韩玉公道："这是美食楼，一层为厨，名为'佳膳房'，下设地窖，贮藏从各地采购来的山珍海味等菜料，楼上是'仙品堂'，为品尝佳肴之所，为了取杏儿一悦，明风公子倒费了不少心思。"

　　方国涣摇摇头笑道："赵公子真是一个'食痴'，吃到这种程度，古今也算是头一个了。"

　　这时，离美食楼还有二十几步远，一股奇异的浓香从佳膳房飘荡过来，方国涣不由连吸了几口气，赞叹道："好香！好香！"

　　韩玉公闭目嗅了嗅，随即点头笑道："杏儿烧制的这副猩唇倒还地道，气味纯正。"

二人刚进美食楼，但听得阵阵鼻嗅之声，原来是三四名仆人，一边忙着手中的活计，一边忍不住用力嗅吸着这股奇异的香气，生怕少吸了几次会吃亏似的，以至嗅声大作。

方国涣此时也不由得着意吸了数下，尤感香透肺腑，食欲大振。

赵胜这时迎了上来，把韩玉公、方国涣二人引向二楼仙品堂，随后便退了下去。

仙品堂内甚是宽敞明亮，三面窗扇大开，花园景色一览无遗，室内虽可容几十人座席，但在洁净的地板上，正中位仅放了一张红木的八仙桌，旁置四椅，古色古香。在一旁还摆有几套小些的精致桌椅，上设茶具，似候宴席用。屋中四角，各支花架，坐有四盆不同品种的吊兰，墙壁上有规则地挂了数幅名人字画。

尤在中堂处，挂了一大幅蟠桃图，上面画着一只特大的诱人的蟠桃，桃身粉红，下有两片绿叶相衬，鲜活一般，似出高人手笔，旁书对联，上联为：天上王母蟠桃宴，仙家自品；下联为：人间我家美味席，寡人独尝；横批为：人生不过如此。

方国涣见了，摇头感叹道："人生若似赵明风这般活得实在，足矣！"

这时，就听赵明风一边上楼来，一边吟道："八珍经玉手，奇香溢满楼；但闻飘余气，人生不虚度。"声音未落，人已进了来，尤呈惊喜之态。

方国涣迎上前，笑道："赵兄，好雅兴！"

赵明风高兴地一拍方国涣肩头道："贤弟，今日当有大口福！"接着向韩玉公施了一礼道："杏儿姑娘请前辈佳膳房开启八珍之锅。"

韩玉公闻之笑道："猩唇一物烧制成后，需有高手师傅候气开锅，才不致走了真味，这些细节，杏儿倒还记得。"说完，高兴地下楼去了。

方国涣这时笑道："赵兄真乃是天下第一享受之人。"

赵明风闻之，得意地一笑，随即拉了方国涣桌旁坐下，轻声道："贤弟来得真是时候，今有一要紧事，还望贤弟能于中间周旋，帮衬些。"

方国涣已知其意，笑道："但有尽力处，言无不从，赵兄有何事，说出便了。"

赵明风此时微微一笑道："杏儿姑娘不但厨艺天下第一，可化腐朽为神奇，而且性格开朗，心地善良，长得更是秀色可餐。赵某若能娶来为妻，此生便无憾事了。家父怪我在外延留太久，催我快回苏州，所以想与杏儿早些定了终身，迎了家去。我二人相处三年多，终日在厨间形影不离，时间久了，彼此也有些意思。不过姑娘家腼腆，始终不肯放口。韩老前辈也有意成全我们。并且杏儿以家传之法，真正烧制出了八珍中的奇特猩唇美味，合了家父

第十七回　八珍宴

信中的意思。贤弟今日到此，实为天意，助我成了此事吧。"

方国涣闻之笑道："赵兄是要小弟挑明此事，好极！此事韩老前辈适才也向我提起过。赵兄与韩姑娘是天生地造的才子佳人，美味相投，小弟今天就做个月下佬，成全了你们的好事便是。"

赵明风听罢大喜，起身长揖拜谢了。

这时，听得门外韩杏儿的声音道："慢些，再慢些，端稳了，勿要摆动。"

说话间，韩杏儿与一名仆人到了仙品堂门外，那名仆人正小心翼翼地端着一只扁平的大银盘，上面自扣了银盖。赵明风忙迎上前，从仆人手中轻轻将银盘接过，回身放在了八仙桌上，显得极为庄重，似托了什么宝贝一般。

接着，又有一名仆人端了一只紫砂锅上了来，上面也自扣着盖子。赵明风复又回身接过，于八仙桌上稳当放了，随后两名仆人施礼退去。

这时，韩玉公提了一坛酒上了来，朝方国涣晃了晃，笑道："这是老夫酿的百花酒，三年前方公子也是饮过的，不过那是七年窖的，如今变成了十年窖的，味道又有不同。"

随后韩玉公、方国涣、赵明风、韩杏儿四人入席落了座，赵明风自往各人杯中满了酒，已是主人一般，接着正了正身子，郑重地道："今日让大家品尝一回八珍中的红烧驼峰。"说完，将紫砂锅的盖子轻轻提了去，一股不同寻常的浓厚香味扑鼻而来。

但见那驼峰似一乳猪大小，一峰独置砂锅中，香气四溢实令人津生涎流。方国涣见了，讶道："曾闻骆驼之峰，有储水之能，以应其所在干旱的沙漠，没想到也是席上的美味佳肴。"

韩杏儿笑道："方公子有所不知，这是幼年野驼之单峰，非常驼之双峰，八珍中的驼峰一物实指此单峰，共有六种烧治法，极纳水气，红烧锅焖是香味最浓的一种。"

韩玉公这时道："今日再让方公子见一件八珍中的稀罕物。"说着，站起身来，将那只大银盘的盖子猛地提了去，忽一股奇特的异香飘溢满室，正是先前于楼外闻到的那种诱人香气，此时更为浓郁，如浴其中。

当方国涣往那银盘中看时，忽见一副特大的可怖猴脸平置其中，一时惊骇，后仰避去。原来银盘中所谓猩唇一物，不仅是两唇，而是将一只大猩猩自额至颏，整个面部全剥而下，口鼻眉目，一一宛然如戏场面具，此时面无表情地躺置盘中，尤令人生畏。

方国涣惊吓万分道："这种东西，如何能食得？"韩玉公见了，忙道："方公子不必如此害怕，这只不过是一道菜肴、一种食物罢了。八珍中，猩唇一物，便是猩猩面部。庖人多有不识，只因猩猩为兽，力猛如牛，极难捕捉，且远在异域，中土难寻，故一枚猩唇千金难得。食此物或过于残忍，然天生人兽，有时也自彼此相食，如人食牛羊、虎狼吃人一般。人虽有不忍，也是天赐于人间的一道美味，只要不过分强求，既得之，则食之无碍，所谓鸟兽勿怪，厨家之菜。"

韩杏儿这时又道："此物面部也恐怖了些，不过猩唇为八珍之首，是人间的第一美味，若无秘法，极难将其真味烧制出，烹饪不得当，味道虽较其他奇珍有些异处，却也无什么可品尝之味。此物昨日午前刚从苏州运到，全部以腊固其形，保存得完好。从昨日下午，我便着手准备了，至现在才大功告成。机遇难得，当无第二次了，方公子不可不食。"

说完，韩杏儿起筷于盘中夹下了猩唇的厚下唇，送在了方国涣面前的碗中。方国涣忽见那猩面无了下唇，更显得狰狞可怖，吓得忙摆手转头，慌乱道："这般'美味'，我食不得，食不得！"

韩玉公、赵明凤、韩杏儿三人，见方国涣如此惊慌失措的样子，不由各自失笑。

赵明凤这时笑道："贤弟非我食家，没有见过许多古怪的菜来，便是天珍美味，也引不起你的食性，今日所见不过是一道奇特的'死菜'而已，若是见了那些怪异的'活菜'，便要作呕了。广东有一道'三响'菜，又名'吱吱'，乃是将未睁眼的赤裸幼鼠端上桌来，人食之，用筷夹起，那幼鼠受疼不过，'吱吱'乱叫为一响；再送于汤料中点蘸滋味，幼鼠裸体被料汁浸辣极痛，'吱吱'大叫为二响；最后送于口中咀嚼，那幼鼠在临死前又'吱吱'惨叫为三响，故名'三响'菜，极其有名，味道奇特，感受非常，不是一般人所能安心食得的。"

方国涣听罢，不由浑身泛起了层鸡皮疙瘩，隐隐作痒，激得胃气上返，欲作呕，一咬牙强耐了。

赵明凤见了方国涣这般模样，觉得好玩，一时说得兴起，便又添火加油，作弄他道："在我们南方，还有一道菜，唤作'肉芽'的，乃是将一块新鲜的肉挂于檐下，天热生蛆，把这些蛹动爬行的大蛆扫下来，便是所谓的'肉芽'菜了，有的人弄熟了来吃，有的人就那么生着来吃，别有风味的。"

方国涣听到这里，再也受激不住，感到一股浊气上冲，忙起身跑至窗前朝外干呕了数声，实是恶心得很。

赵明凤见状，方知自己说过了头，暗叫一声"惭愧"！忙起身去扶了方国涣，满脸歉意道："贤弟无碍吧，为兄说得走了嘴，太过渲染，见谅、见谅。"

方国涣见了园中的花草树木，始觉舒服了些，摇头叹然道："天下果真有这种菜肴和食客吗？"

赵明凤笑道："我也是听说罢了，这样的菜再有风味，我也不敢受用的。"说着，用余光偷窥了韩杏儿一眼，见她杏目圆睁，已然嗔怒，赵明凤心中大

第十七回 八珍宴

是惊悔，忙扶着方国涣回来坐了，再也不敢目视韩杏儿。

方国涣这时摇摇头道："我虽不懂美食，实不知这种东西也能入口的，怎么能吃得下去呢？"

韩玉公一旁对赵明风此举暗中也自摇头，递了杯酒于方国涣，道："方公子受不得言语刺激，先饮了这杯百花酒压一压吧。"方国涣谢过接了，一口饮尽，又舒适了些。

韩杏儿这时已然作怒道："赵公子也是空负美食家之名，难道不知品尝八珍奇味，须宁心静气，神无所扰，然后食之，方能领略其中的真滋味吗？如今你这般不知深浅，捉弄方公子，影响其食趣，是何居心？要知道，本姑娘一生中从不制'活菜'的，你这般毫无顾忌地在桌前乱讲，不但有违美食之道，而且在我面前犯了禁忌，更重要的是冒犯了方公子这等贵客。若无方公子当年在棋上胜了爷爷，应了规矩，你何以这三年来过着神仙般的日子，让人家百般地侍候你？早知你是这般轻浮之人，本姑娘便不下那些大力气了，应付你这个粗浅的食客还不容易吗？"

一席话说得赵明风坐立不安，忙起身长揖一礼道："赵某无知，惹恼了姑娘，还望韩姑娘恕罪，以后再也不敢了。"

韩杏儿头一转，自不去理会他，弄得赵明风十分尴尬。

方国涣见了赵明风可怜的模样，忍不住捏着鼻子笑，随即为赵明风解围道："此非赵兄之错，乃我一时间不能适应世上还有这些古怪的菜来，权当长些见识罢了，勿要因我扫了大家的兴致。既是难得的八珍美味，摆在面前焉能不食。"说着，夹起韩杏儿让的那块猩唇，闭起眼睛强行送入口中，咀嚼起来，忽感异香满口，透达肠胃，味道绝美之至，先前不适一扫而净，来不及嚼烂，便已咽入腹中，自把那香气引入五脏六腑。

方国涣随即惊喜道："原来此绝美之味是吓那些无缘之人，没想到世上还有这么好吃的东西，尝此一回，不枉一世了。"说着，又自伸筷夹了一块。

那猩唇烧制得十分特别，虽呈全形，但以筷一夹即离，丝毫不用扯拉，且韧软异常。

韩杏儿见方国涣自家用了，自是喜道："第一口却让方公子先尝了，在这一点上，两个美食家也抵不过方公子这一先了。"说着，又夹了一块驼峰送于方国涣的碗中，道："这驼峰的第一口，方公子也自先尝了吧，以罚有的人言语之失。"

赵明风一旁不失时机地道："该罚、该罚，贤弟只要留一点点的剩汤让我品尝个味就可以了。"方国涣、韩杏儿、韩玉公三人闻之，相视一笑，接着四人便品尝对饮起来，赵明风、方国涣二人自是赞不绝口。

方国涣感慨道："人生真的不过如此啊！今日始知赵兄为何沉迷美食

中了。"

赵明风闻之一笑，也自感叹道："八珍之味，果是独有的真香真味，与南北大菜不同的。"

方国涣笑道："主要的还须真人烧制出，才不致淹没了八珍的真滋味，否则空有八珍美味，无人善做，胡乱吃来，也是可惜。"赵明风点头称善，韩杏儿一旁含笑不语。

此时韩玉公突然站起身来说："少陪，我去方便一下就来。"

方国涣拱手说："先生请便。"待韩玉公离席后，方国涣举酒韩杏儿、赵明风二人各敬谢了一杯，随后道："在下每次来，都得以韩姑娘的美味佳肴相待，领略到了美食中的人生境界，有口福得很。"

方国涣突然缓了缓，接着又道："韩姑娘，恕在下冒昧，明风公子在此学艺品食三年，与韩姑娘互成知己，可以说是天意使然，算得上天成地造的一双才子佳人。所谓知音难觅，韩姑娘何不早早嫁了明风公子，成就一段好姻缘，也让在下讨杯喜酒来喝，不知韩姑娘意下如何？"

韩杏儿闻之，脸一红，低头偷看了一眼神情大为紧张的赵明风，含笑道："杏儿自幼跟随爷爷长大，婚姻大事，就由爷爷做主吧。"

韩玉公此时恰巧回身桌边，闻听此言，不禁哈哈大笑道："这层窗户纸终于被方公子捅破了，明风公子乃是食客中的不俗之人，更与我厨家有缘，是真正的知音，既对杏儿有情有义，杏儿愿意，随了去便是。"

赵明风一旁闻之大喜，忙离桌跪拜道："多谢爷爷成全。"韩玉公忙躬身扶了，笑道："三年来，我们便如自家人一般，今日果真成就了一家人，好好好！老夫也自心安了。你二人可要向方公子谢过，是方公子自始至终成全了你们，算得上大媒人了。"

赵明风、韩杏儿又向方国涣拜谢，方国涣高兴道："恭喜二位成就了美食中的一段佳话。"笑着受了二人之礼。

待重新落了座，韩玉公欣慰道："既然事情已定，过几日，明风便与杏儿回苏州，选定良辰吉日完婚，去了我心中的一桩心愿。"

赵明风道："希望您老人家能与我们同回苏州，共享富贵，颐养天年。"

韩玉公摇头道："杏儿有此归宿，老夫心愿已了，望你二人日后好生过活，我已厌尽世间的繁杂，不愿离此清静地，你们自去了便是。"

赵明风急道："这如何使得，怎能留下您老人家独居于此。"

韩玉公笑道："这里已被你建成一处神仙福地，老夫自在此给你看管了。"

赵明风还欲恳求，韩杏儿感伤之余，幽然道："爷爷不是牵强之人，公子不必劝了吧，此地荒废了倒也可惜，就让爷爷自家住了便是，日后在你苏州家中，你若生了旁心，我韩杏儿还有个归宿来处。"说着，伤感得几欲掉下

第十七回 八珍宴

泪来。

赵明风见了,大为惊乱,起身跪地举掌发誓道:"苍天在上,日后我赵明风若负了心,天诛地灭,来世托生个乞丐,莫要说美食,吃都吃不饱的。"

韩杏儿见他言出真诚,又喜又气,忙将赵明风拉起道:"亏你还是个大家公子,也不知丢人。"

方国涣一旁笑道:"你二位日后且不可忘了我这媒人,待相见时,再烧制一些稀罕的美味佳肴来吃,也添一添我的口福。"

韩杏儿笑道:"就怕方公子不常住,否则日不重样,保管公子遍尝天下美味。"

方国涣笑道:"如此当一言为定。"

赵明风这时道:"希望贤弟过几日与我们同返苏州,聚些时日。"

方国涣道:"小弟这次别了恩师下山,想先拜访几位故人,办几件重要的事,此次不便同行,待日后得了机会,再去苏州寻你吧。"

赵明风道:"既然如此,还望贤弟半年后无论如何也要苏州一行,赴我与杏儿的婚宴,因家父在信中把我的婚限定在半年内,我若自己寻佳丽不着,父母便要替我另择她人了。天可怜赵明风,赐了我一位神仙般的妻子。"说话间,好是得意。

韩杏儿笑道:"你倒自以为是得很。"

赵明风与韩杏儿订了终身,众人各自欢喜。

过了两日,方国涣便向韩氏祖孙和赵明风辞行。赵明风又叮嘱了方国涣半年后必往苏州一行,赴以婚宴,届时介绍江南棋王田阳午与他相识,方国涣高兴地应了。

临别前,赵明风将一块贴身玉佩递与方国涣,道:"日后贤弟来苏州时,可到苏州城内最大的'金元钱庄'示此玉佩,自有人迎送我赵家的碧瑶山庄。"接着又赠一千两银票,方国涣不受,赵明风执意相与,推辞不过,方国涣只好谢过收了,随后别了赵明风、韩玉公、韩杏儿三人,自家去了。

过了不几日,苏州来信回催赵明风,赵明风便迎了韩杏儿,与赵胜等人别了韩玉公回返苏州去了。韩杏儿免不了一番感伤,与韩玉公抱哭而别。

赵明风临行前,把一心腹家人赵向与另几位仆人留下服侍韩玉公。自此以后,年节自有金银从苏州调来用度,韩玉公得个清闲自在,时常烧制些美味佳肴与赵向等人吃,仆人们越发不肯走了。

方国涣离了石岩村,一路上也不知走了多少时日,这天走到了黄河岸边,望着滔滔河水,知道过了黄河便离河北刘家村不远了,方国涣心中自是高兴,路途上时常听人谈起京城棋试,出了个国手状元曲良仪,思量道:"此人已成当今天下棋家的领袖,本朝棋风因此愈盛,日后应去京城会他一会,领略其国手棋风。"

方国涣沿岸边行来,以寻渡口候船过河,这时见对岸划过一条小船来,船上两人,东张西望,神情似非常紧张。方国涣见二人举止鬼鬼祟祟,行踪甚是可疑,知非善辈,忙隐于岸边的草丛内把身形藏了,观其动静。

不多时,船至岸边,其中一人从船内扛起一条布袋,另一人稳了船,两人随即上了岸。一人接着把船只在岸边的水草里藏了,然后回身与另一人交头耳语。因与方国涣藏身处甚近,但听得一人道:"目标太大,先在岸边藏了,回去禀告师父,再转来取走不迟。"

另一人道:"也好,反正被点封了穴道,绳子又捆得结实,死活逃不掉的。"

方国涣闻之,心下异道:"难道布袋内装着个人不成?这二人面相凶恶,必是绑票诈财的匪人。"

此时又听一人道:"你我兄弟这次意外得手,不知师父敢不敢做的?事情重大,弄不好会丢了性命。"

另一人狠狠地道:"我们做的是件轰动江湖的大事,既已做了,就要干到底,是福是祸且不要管它,有这个人在我们手里,谁又敢把我们怎么样?"随后那二人把布袋藏入草丛中,又另折了一些草在上面掩盖了,接着转身从方国涣前面走过,方国涣忙把头低了。那二人走了不远,又回头望了望,这才放心地去了。

方国涣待那二人走得远了,不见了踪影,忙从草里出来,寻到那两人藏布袋的地方,拨去了乱草,觉得布袋里果是装了个人,心中道:"不知那两个歹人绑了谁人家的儿女?既被我遇上,救了他便是。"随手解开布袋扎口,先自露出几缕青丝来,待把布袋退去,里面竟是一位被捆绑的年轻女子,睁着一双愤怒的眼睛望着方国涣。

方国涣见了,先自一怔,忙解去了绳索,那女子却瘫软地上不动,眼中转呈惑疑之色。方国涣见那女子虽去了绳索,但身子不能动,忽恍悟道:"是了,适才听那个贼人说过点封了她的穴位。"忙对那女子道:"这位大姐,你被那两个贼人制住了穴位,可惜我不会解的,这如何是好?"

那女子此时已明白被人所救,脸上现出惊喜和感激之色,忙对着方涣眨了眨眼睛似表达什么意思。方国涣见了,摇头道:"姐姐不开口说话,我不明白的。"

那女子忙转目旁视,示意自己的左手。方国涣见了,道:"这位姐姐可是让我抬起你的左手吗?"那女子眼中忽呈喜悦之色,用力眨了数下眼睛。

方国涣笑道:"看来我猜对了。"便抬起了那女子的左手臂,却不知起什

第十七回　八珍宴

么作用，见那女子目光又转向右侧，斜视肩部。

方国涣道："姐姐莫非是让我把你的左手搭在你的右肩上吗？"

那女子眼中自是一喜，连眨了数下。

方国涣见了，笑道："姐姐的这种'眼语'倒不难领会。"遂将那女子的左手搭在了其右肩之上。那女子眼中忽又呈出焦急之色来，眼睛不断眨动。

方国涣见了，大急道："这怎生是好？一会儿那两个贼人回来，可就麻烦了，姐姐还要我怎么办？"那女子双眼又连眨数下，还是示意右侧肩部。

方国涣异道："难道是位置不对？"便持了那女子左手手指在其右肩部慢慢寻按。待那女子左手中指指尖按到其右肩肩井穴时，那女子左手微微一动，指尖似吸在了肩上，随见双目急眨数下，方国涣知道找准地方了，便收了手，那女子便闭上双眼，似在运气冲穴。

方国涣这时才仔细端详了一下这位年轻女子，见其二十四五的年纪，生得清秀端庄，别具一种美姿，尤在眉宇间透出一股英气，内含威严，不似寻常女子。

方国涣这时忽然发觉这位年轻女子有几分面熟，似曾在哪里见过一般，猛然忆起当年随卜元去枫林草堂寻智善和尚斗棋的路上，经过一座小镇，自己当时站在路边，有一伙人骑马路过，中有一位年轻的女子误把自己当成沿街行乞的小乞丐，施了两张面饼，事后还被卜元笑过一回，此事记得很深刻。

方国涣此时不由惊喜道："原来这位姐姐就是当年送我面饼的那位姐姐，真是有缘得很，竟在这里又遇上了。"

那女子正在闭目运气冲穴，听了方国涣的话，不由睁开双眼，疑惑地望了望方国涣，目光茫然，自有不识之意。

方国涣见了，忙道："这位姐姐可曾记得三年前在一座小镇上，你骑在马上送过我两张面饼吗？"

那女子眉头皱了皱，回想片刻，仍是一脸的茫然之色，索性闭了双目，全力运气冲穴了。

方国涣轻叹一声道："是了，这位姐姐当年以为我是一名小乞丐，不经意间送了两张饼，事隔三年，自不会记在心上了。"心中忽又一喜道："因缘相报，这位姐姐当年的施饼之恩，我今日也算是回报了吧。"

过了片刻，那女子左手臂忽然颤抖了几下，接着双肩一动，随即长吁了一口气，从地上一跃而起。

方国涣见了，惊喜道："姐姐好本事，竟然自家把穴解了。"

那女子穴位解了，精神立时一振，自呈出几分侠气来，拱手一礼道："多谢小兄弟相救之恩，此地不便久留，应速速离去。"

方国涣道："刚才那两个人把船藏在岸边了，我们乘船过河吧，这样会安全些。"

那女子道："甚好。"遂与方国涣寻着了小船，上了船只，那女子自是十分熟练地摆动双桨，驾船如飞而去。

不多时，船只便已到了对岸。上得岸来，方国涣这才长吁了一口气，道："可脱险了，不怕他们追来了。"

那女子此时心情也自一松，忙向方国涣深施一礼道："连奇瑛谢过小兄弟救命之恩，敢问尊姓大名？"

方国涣闻之喜道："原来是连姐姐，我叫方国涣，以前见过姐姐的。"

连奇瑛摇头一笑道："小兄弟说以前见过我，还曾送过你什么面饼，我实在想不起来了，不过见小兄弟面善得很，我们或许有过一面之缘吧。"

方国涣道："对了，连姐姐怎么会落到那两个坏人手里？"

连奇瑛愤然道："午前我在离此不远的一座镇子上，独自一人等候几位朋友，不慎遭了小人的道，被药迷倒了。若无小兄弟相救，必要出大麻烦的。"说完，自对方国涣感激一笑。

就在这时，忽从一侧岸边飞驰而来三十几骑人马，方国涣见状，大吃一惊。

连奇瑛先是一怔，举目细看时，忽然喜道："小兄弟勿怕，是自己人。"

说话间，那队人马已风卷而至，为首的是三位老者，其余人众尽是些威风凛凛的大汉，各携兵器。这些人见了连奇瑛，皆呈喜色，纷纷下马，跪倒一片，一老者道："属下来迟，让总堂主受惊了。"

连奇瑛一挥手道："你们先都起来吧。"

方国涣此时心中惊疑道："这位连姐姐是什么人？竟有如此高的身份！"那些人接着起身垂手立于一旁，表情皆肃然，显是对连奇瑛十分敬畏。

连奇瑛这时道："你们来的倒也是时候，适才我险些被老龙会的贼人害了。"众人闻之大惊，皆成骇然之色。

一老者急切道："怪不得属下久寻总堂主不着，原来是被老龙会的人劫了，真是吃了豹子胆了。"

另一老者愤怒道："先前念老龙会二十年前与我六合堂有些渊源，故不曾动他，没想到他们倒先动起手来，竟敢冒犯连总堂主，请总堂主速速发令，让弟兄们把老龙会灭了。"

连奇瑛此时神色一怔，断然道："事已至此，也怪不得我了，刘、齐二位堂主听令。"

两位老者齐上前道："属下在。"

连奇瑛道："你二人带人马从此岸速去五里，然后寻船渡河，回抄老龙会严子秋老贼师徒的后路，他们稍后必来对岸的草丛中寻我。记住，不要走脱

第十七回　八珍宴

一个，死活勿论。"

刘、齐两位堂主道声："遵命。"回身带了大半人马沿岸下去了。

连奇瑛随即又对另一位老者道："马堂主，你速去通知对岸的六合堂兄弟们，就近调两处分堂的人马，火速增援刘、齐二位堂主，调三处分堂的人马乘机去灭老龙会的老巢，事情做得周密些，免得日后官家找麻烦。"

那马堂主恭敬地应道："遵总堂主令。"接着对余下的十余名大汉道："尔等须严加保护总堂主，不得再生差错。"说完，带着几个人飞马去了。

连奇瑛这时对一旁看得发愣的方国涣笑道："没有什么事了，他们自会处理得利索，方兄弟，我们走吧。"

方国涣见连奇瑛调兵遣将，有王者之风，且十分威厉，心中万分惊奇，敬佩不已。

这时有人牵过两匹马来，连奇瑛与方国涣分乘了，在十几名大汉的护卫下，向北行来。

方国涣此时感叹道："连姐姐好威风！竟有这许多人听从号令，适才以为姐姐是大户人家的小姐，被坏人绑架了去勒索钱财呢。"

连奇瑛笑道："不瞒小兄弟，姐姐是当今江湖上第一大帮会'六合堂'的总堂主。"

"六合堂！？"方国涣讶道，"六合可是指东西南北天地六方？"连奇瑛诧异地看了看方国涣，道："不错，六合便是指六方极远之地，六合堂取其广大之势。"接着又道："要不是那两个亡命之徒识出我来，见我单身一人，暗里用药迷倒我，便想日后以此威胁六合堂，冒险做出一些惊天动地的事来，江湖上还无人敢与六合堂作对，今日是他们自寻死路，勿怪六合堂发难的。"方国涣闻之，暗自惊奇不已。

这时，又从对面飞驰而来二十几骑，马上之人远远见了连奇瑛立刻都欢呼起来。连奇瑛笑道："原来是洪堂主他们到了。"

第十八回　六合堂

那队人马到了近前，为首一名彪形大汉，高兴道："总堂主无事就好，刚才接到消息，说总堂主突然失踪了，令弟兄们好是心急，生怕出了什么乱子。"

连奇瑛道："让弟兄们担心了，怪我一时大意，着了老龙会贼人的道，还好，总算有惊无险，这会儿刘、齐、马三位老堂主已去对付他们了。"

那大汉闻之，不由吓出了一身冷汗，见连奇瑛安然无恙，这才放下心来，两队人马会合后又继续前行。

那大汉此时望了一眼方国涣，觉得眼生，便问道："总堂主，这位小兄弟是谁？可是新招的兄弟？"

连奇瑛笑道："是这位方国涣兄弟救了我，若无他，我今日便被老龙会的贼人害了。"接着便把事情经过简述了一遍。

那大汉闻之，万分感激地朝方国涣拜谢道："原来是方公子救了总堂主，当是我六合堂的大恩人，在下洪金山，在此多谢了。"

连奇瑛介绍道："这是洪金山堂主。"方国涣也自拱手回了一礼，见六合堂内的人都是些英武的豪杰，暗暗称奇。

行了不远，又有几十骑人马迎来，洪金山便对连奇瑛笑道："总堂主才失踪了一个多时辰，黄河两岸十六处分堂便已惊动，要是失踪个把月，天下一百零八处分堂岂不要开了锅。"

连奇瑛闻之，摇头一笑。又会合了几路来迎的人马，百余名六合堂众护拥着连奇瑛、方国涣二人一路行至一座山庄前，远远望见庄门大开，几百人列队两旁相迎，方国涣见六合堂有这等气势，惊叹不已。

到了近前，见庄门上有"鹤鸣山庄"四字，门高庄大，气派不凡。接着一位身着锦袍的中年人，上前长揖拜迎道："六合堂第二十六分堂堂主柳云鹤，恭迎连总堂主。"

连奇瑛点了一下头道："柳堂主不必多礼。"随后众人都下了马匹，进入山庄内。

柳云鹤引了连奇瑛、洪金山、方国涣等十余人入了大厅落座，连奇瑛坐于首位，自拉了方国涣在身边坐了，其余人等分坐两旁。有庄丁送上茶来，

第十八回 六合堂

众人用了。

洪金山这时把连奇瑛险些出意外之事向柳云鹤简单说了一遍，柳云鹤闻之大惊，起身长拜道："总堂主巡视此地分堂，属下保护不周，险些出乱，请总堂主恕罪。"说话间，神情自有些紧张。

连奇瑛道："这次意外，与你等无关，也是我一时大意，才着了贼人的道，多亏一位故人搭救，有幸得以脱险。"说完，与方国涣相视一笑。

柳云鹤惊异地望了望方国涣，连忙道："失敬！失敬！原来这位公子是总堂主的故友，今日更是我六合堂的大恩人，且受柳某一拜。"说完，深施一礼。

方国涣忙起身回了一礼，道："柳堂主不必客气，在下方国涣，偶见连姐姐有难，故出手相救，实在算不得什么大恩的。"六合堂众人见方国涣称他们的总堂主连奇瑛为连姐姐，而连奇瑛态度上对方国涣又自十分亲热，果似相知的故人一般，各自惊讶不已。

这时，一名庄丁进来报道："禀总堂主，齐堂主派飞马信使来报，两路人马均已得手，老龙会当家人严子秋师徒三人已被生擒，刘、马二位堂主正在回来的路上。"

厅上众人闻之大喜，洪金山道："老龙会不知天高地厚，敢打我六合堂的主意，也是他们的气数尽了。"

柳云鹤道："严子秋老儿，平日倒还驯服，暗里却包藏着祸心，险些被他生出了大乱，也是我平日对他们疏忽了，以致养虎为患。"

洪金山这时点头赞叹道："总堂主真是英明神武，一经脱身，便分兵两路，出其不意，一举而灭了老龙会，除去了这个祸害。那严子秋师徒，做梦也想不到，自家闯了祸，会有这么快这么大的报应。"

柳云鹤道："所谓兵贵神速，总堂主的用兵之道，不亚于孙奇先生的。当年鲁总堂主临终时，把六合堂的重任传给了连总堂主，真是有远见卓识，实为我六合堂之福。"

洪金山道："不错，当年连总堂主十七岁接管了六合堂，弟兄们多有不服，可短短的八年，连总堂主把当初仅有的三十六处分堂，发展到了今天的一百零八处分堂，每一堂又下设六处香堂，是当初家底的几倍。如今我六合堂堂众已达到了二十几万人，遍布黄河两岸，大江南北，天下各大帮派，莫不闻风而趋。现在堂中的弟兄们哪个不佩服得五体投地，为了总堂主，宁可抛家舍命，在所不惜。"

柳云鹤又道："我六合堂人才济济，英杰辈出，江湖上不是有句'今生不入六合堂，做了英雄也无光'吗！"说完，柳云鹤、洪金山等人自是得意地各自一笑。

连奇瑛这时望了一眼旁边听得入神的方国涣，摇摇头，对柳云鹤、洪金山二人笑道："二位堂主莫再炫耀了，说得多了，我这位国涣弟弟会把我们当作江湖上的匪人来看的。"

　　洪金山连忙道："方公子切莫误会我等，我六合堂可是江湖上的正义帮会，做的都是替天行道的侠义事，从不恃强凌弱的。"接着又有些得意道："就说当今的万历皇帝吧，鲁总堂主在世时，他还以太子的身份拜过香堂，说起来这位皇帝还是我们六合堂的老兄弟哩！"

　　方国涣闻之，尤感惊讶。柳云鹤一旁道："自万历帝登基后，便断了与六合堂的来往，不过，也曾传来一道旨意：六合堂的后代总堂主，只要持有六合堂的至尊信物六合金牌令，参见他时可免去朝君面圣的跪拜之礼，皆按六合堂的规矩，有求必应。"

　　洪金山又道："那万历帝倒还念及六合堂的旧情，想他登基坐殿，面南而圣，六合堂也是出过不少力的，不过现今有了君民之分，不宜再来往的。到了连总堂主这里，便绝了与皇室的联系，当是有远见的英明之举。"

　　柳云鹤道："但是在两年前，山西大闹饥荒，饿死人无数，连总堂主迫不得已，夜间潜入皇宫，向皇上示以六合金牌令，讲明原委，请皇上降旨开仓放银，赈济百姓。第二天，皇上便照办了，救活了不知多少饥民，百姓颂扬皇恩浩荡之时，自不会想到是六合堂暗中帮助了他们。"

　　连奇瑛这时摇头笑道："过去的事，二位堂主莫要再提了，否则便让我这位国涣弟弟笑话了。"

　　方国涣一旁忙道："没想到连姐姐还有许多功绩，实在令人佩服。"对连奇瑛更生敬慕之情。

　　这时，大厅外一阵人声走动，接着刘、齐、马三位老堂主率了十余人进了来。

　　洪金山见了，笑道："黄河两岸十六处分堂的堂主今天都到齐了。"

　　众堂主进来礼见了连奇瑛，随后刘堂主上前禀道："属下奉命去拿老龙会严子秋师徒逆贼，不出总堂主所料，在半路上果与他们一伙人相遇，被属下擒了个正着。审后才知，此事倒不干严子秋老贼的事，是他的两个败家徒弟罗荣、罗雄二人擅自做的歹事。那严子秋老贼听两个徒弟回来告知这天大的事后，早已吓得六神无主，哪里还敢挟持连总堂主号令六合堂，但祸事已经闯了，便想杀害总堂主灭口，摆脱干系。"

　　洪金山听罢，大怒道："这老贼不知悔改，还想做两个徒弟的帮凶，着实可恶，应该千刀万剐。"

　　马堂主一旁又道："弟兄们灭了老龙会的老巢，现由第十二分堂的王然良香主在那里把持。"

第十八回　六合堂

连奇瑛此时满意地点了点头，道："严子秋师徒三人何在？"

齐堂主上前道："禀总堂主，在回来的路上，老夫见他师徒长得不像人，一时生气，一刀一个都给宰了，扔进黄河里喂了鱼，免得带回来让总堂主瞧见不顺眼。"厅上众人一阵哄笑。

洪金山笑道："齐堂主不愧为'快刀'之名，连性情也是急的。"

连奇瑛也自摇了摇头，随后道："各位堂主与弟兄们辛苦了。齐堂主，你日后自行论功行赏吧。"齐堂主道声"遵命"！与众人两旁分坐了。

洪金山这时感叹道："我六合堂今日险遭天大的祸事，幸得贵人相助，才化险为夷，否则真不知会出多大的乱子。"后来的诸位堂主不知实情，忙问原委。

洪金山道："是总堂主的朋友方国涣方公子，从天而降，救下了总堂主，更改变了六合堂的命运。"

马堂主闻之惊道："怪不得在黄河岸边，老夫见总堂主与这位面生的小公子在一起，敢情是我六合堂的大恩人，当受我等众人一拜。"说完，起身率了众堂主施礼大拜，慌得方国涣忙起身推谢。

连奇瑛笑道："国涣弟弟，这个大礼你应该受的。"方国涣也只好回敬了一礼。

方国涣在连奇瑛、洪金山等人的挽留下，在鹤鸣山庄住了数日，柳云鹤等众堂主自是盛情款待，生怕有所怠慢。方国涣心中因挂念卜元、刘义山、智善和尚，急着早日见到他们，执意辞行。

这一日，连奇瑛与洪金山苦留不住，连奇瑛便道："国涣弟弟既然有事，姐姐也不便强留，且再住一日，我准备一下，好为你送行。"

方国涣见连奇瑛松了口，欣然而应。洪金山一旁道："方公子对我六合堂有大恩，自不能简单地走了。"

连奇瑛笑道："借此机会，我倒要检验一回黄河两岸十六处分堂堂主的做人之道。"

洪金山笑道："总堂主英明，想得果比我等周全。"随后又笑着对方国涣道："总堂主今番巡视此地的堂务，除了看看每位堂主的做事能力和为人之道，还要做成方公子一个财主出来。"

方国涣听得摸不着头脑，茫然不解洪金山话中的意思。洪金山见了，笑道："到时候方公子就知道是怎么回事了。"

随后，洪金山私下寻了柳云鹤，对他道："总堂主此番北上巡视堂务，险些在你们的地头上出了事，多亏方国涣公子相救，令总堂主脱离了险境，化解了我六合堂一场天大的灾难，可谓恩重如山。如今方公子要辞行离去，我们不能让人家这么空手去了，你等可要表示些诚意才行，这也是总堂主的意思。"

　　柳云鹤闻之，笑道："既然这位方公子是总堂主的故友，又是六合堂的恩人，当以厚礼欢送，这些柳某理会得，必让总堂主满意的。"说完，便自行安排去了。洪金山望着柳云鹤的背影，微微一笑。

　　方国涣不知连奇瑛要为自己做些什么事，也不甚理会，一路踱步到鹤鸣山庄的后花园，此时刘堂主正站在一石桌旁，观看齐、马二位堂主临枰对弈，方国涣见了，心中一动，便悄然走了过去。

　　此时棋局似已走到了紧要关头，那马堂主神注棋枰，正苦思不得其法，齐堂主脸上则微呈笑意。

　　这时，旁边观棋的刘堂主忍不住示意马堂主道："马老兄，你在这里横一子，把这条黑龙断了，全局不就活了吗？"

　　马堂主见了，立时喜道："妙极！妙极！"随手便应了一子。

　　齐堂主细看时，发现刘堂主指示的这一着倒是妙手棋，自家棋势反优为劣，立处险境，似无法解了，不由大怒道："观棋不语真君子，刘堂主，谁让你乱来？坏了老夫的棋兴。"

　　刘堂主笑应道："见死不救是小人，我岂能看着马堂主有路走不得？"

　　齐堂主愤然道："要么他来，要么你上，这棋盘上的事，岂容外人随便插言的。"

　　马堂主见自己在刘堂主指示下转败为胜，便向着刘堂主说话，道："刘堂主是好意帮我，你自家棋力不济，关旁人何事？"

　　那齐堂主见马堂主得了便宜卖了乖，气得一拍桌子，站起恼道："你有刘堂主来帮，我找谁去？"

　　方国涣在旁边见这三个老头因棋斗气，不由摇头苦笑，见齐堂主极是恼怒，怕他三人因此斗将起来，忙上前道："齐堂主勿急，我来帮你。"说着持了枚齐堂主一方的黑子，轻轻点落枰中，这三位老头先是一怔，低头细观之下，齐声称"妙"！

　　原来方国涣这手棋竟把黑方棋势走活了，并且一子定了乾坤。刘、齐、马三位堂主抬头见是方国涣，各自惊异。齐堂主讶道："方公子竟走出如此妙手！哪里学了这神仙般的手段来？"马堂主奇道："方公子的这手棋太高了，大概只有我六合堂四川分堂的刘诃刘堂主才能走得出。"

　　"刘诃？"方国涣闻之一怔，忙问道："这位刘堂主，可是又名刘敏章的？"此时忽听身后有人道："国涣弟弟也知我六合堂内的棋上第一高手吗？"

　　方国涣回头看时，见连奇瑛已不知什么时候笑吟吟地站在了身后，忙礼见道："原来是连姐姐。"

　　刘、马、齐三位老堂主忙起身与连奇瑛见了礼，连奇瑛笑道："国涣弟弟

第十八回 六合堂

一着妙棋消去了三位老堂主的怒气，看来是棋上的国手了。我六合堂蜀中分堂的刘诃堂主，是当今天下仅有的几位极负盛名的棋道高手之一，国涣弟弟可识得刘堂主？"

方国涣道："曾听家师提起过刘堂主的大名，仰慕已久，并未谋面的。"

连奇瑛点了点头道："原来如此，看来国涣弟弟与刘堂主一般，都是真正的棋道中人了。"

方国涣道："小弟幼习此道，经几位师父的指点，倒能走出个模样。"

刘堂主一旁道："听说当今皇上从天下众棋家高手中点出了一位国手状元曲良仪，这一段时间风传得很盛，而方公子这一妙着显示的手段，我等自是不及，看来也应有曲良仪那般国手的本事了。没想到方公子竟是棋上的高人，失敬！失敬！"

连奇瑛这时喜道："刘堂主曾怪我没有给他找到一位棋盘上的对手，如今好了，有了国涣弟弟，刘堂主自会满意了，日后有机会给你二人引见引见。"

方国涣高兴道："能结识刘先生这等高人，实为幸甚，如此多谢这姐姐了。"连奇瑛笑道："没想到国涣弟弟不一般的，竟怀有高超的棋艺。"

这时，一名庄丁过来躬身一礼道："总堂主，柳堂主有请方公子去厅上验收各位堂主送来的礼物。"

"礼物？"方国涣闻之讶道，"什么礼物？"

连奇瑛笑道："听说你明日要走，各位堂主商量着送些程仪，与你做盘缠。"

方国涣这才恍悟道："原来连姐姐先前说的是这个意思，小弟如何敢受这般盛情？"

连奇瑛道："此事我另有主意，且去看看吧。"

到了大厅上，各分堂的堂主都已到了，地上此时堆放着一封封的银子，都是百两一封的，摆满了一地。见连奇瑛、方国涣进来，众堂主忙上前礼见了。

柳云鹤这时笑道："听说方公子明日要走，大家便准备了些意思，希望公子收下。"

方国涣见了这许多银子，大出意外，连忙推却道："使不得、使不得，这么多银子要折煞我的。"

柳云鹤笑道："方公子不必客气，公子对我六合堂有大恩，这些银子不足为报，但尽大家的一点心意。"方国涣哪里敢接，坚辞不受。

连奇瑛这时笑劝道："既然各位堂主的一番心意，国涣弟弟收下就是，否则明日不会放你空手去的。"

方国涣闻之，作难道："各位堂主厚意，在下心领，可是这许多银子，叫我如何拿得动?"

"这个……"柳云鹤等人一时怔住了。

洪金山这时笑道："方公子不必担心,有银子不怕没得拿,明日叫几名兄弟护送方公子和银两到地方便是。"方国涣知道自己若是不受这些银子,明日恐怕走不得,无奈之下,只好谢过了,众堂主见了,各自欢喜。

柳云鹤便上前指着一封封的银子介绍道："这是王堂主的五百两,这是张堂主的六百两……"最后指着一只箱笼笑道："这一千两是柳某的心意,不成敬意,不成敬意。"说话间,自呈得意之色。

方国涣望着地上的这些足有万余两的银子,暗里直是摇头。这时,从众堂主中走出一个人来,至方国涣面前拱手一礼,呈上一张银票道："六合堂第十四分堂堂主曹竹轩,感谢方公子救我六合堂于危难中,这是八百两银子的银票,为堂中兄弟对公子的敬意,此银票便于携带,日后用着时,寻着个对号的钱庄兑了银子便是,请公子收下吧。"方国涣知推却不得,只好谢过收了。

连奇瑛此时在旁,微微一笑,洪金山随后命人道："把这些银两暂时封存,明日装车派人护送。"立有庄丁上前搬运起来。

连奇瑛这时道："国涣弟弟,且随我来,我也有一样东西赠你的。"说完,引了方国涣转身去了,洪金山也自随来,众堂主拱手相送。

连奇瑛在房间里,对随来的洪金山道："这些人倒也会用大块的银子在我跟前装饰面子,我看十四堂的曹竹轩是有些心计会做事的,人也稳重,过几日,提升为一方的大堂主,总领黄河两岸十六处分堂。"

洪金山点头道："总堂主英明,我这就做事前安排。"说完,深施一礼去了。

方国涣这时道："连姐姐,各位堂主送了小弟这许多银两,我实不敢受的,还是还了六合堂做大用处吧,小弟担不得财的。"

连奇瑛笑道："国涣弟弟天生贵人之相,多大的财也担得了,六合堂基业遍天下,万余两银子不足为道,况且你对六合堂有恩,应该受的,富贵多外来,留着自家用度便是。我也有一样东西送你,日后或许有些用途。"

说着,连奇瑛从腰间解下一块六边形金牌来,阳面为日形,阴面为月影,递于方国涣,郑重地道："这是六合堂的至尊信物六合金牌令,国涣弟弟要好生收了。"

方国涣大惊道："连姐姐这礼物太重了,六合堂的信物,我如何敢收?"

连奇瑛道："姐姐并不是要你拿着它去号令六合堂,而是在你日后行走江湖时,若遇着困难,只要示此六合金牌令,六合堂堂众必全力以赴,有如总堂主亲临。就是外人见了,也会给你面子的。你自家未曾习过武功,又无其

第十八回　六合堂

他防身之术，江湖险恶，但以此六合令做一道护身符吧。"

方国涣闻之，大是感激，拜谢接了，忽又道："连姐姐把六合堂的信物送于了小弟，日后需要时，凭什么发号施令？"

连奇瑛笑道："你顾虑得倒也周全，放心吧，此令牌一共两块，我自家留着一块呢。"方国涣闻之大喜，高兴地把令牌于怀中藏了。

第二天一早，方国涣收受礼来的银子便被分置箱笼装上了一辆马车，洪金山与刘、齐、马三位堂主又另送了一些金银珠玉等细软，方国涣打个包，自家身上负了。六合堂十四堂的曹竹轩奉连奇瑛之命，派了堂下的一名香主，叫陆余凯的，率五名大汉，骑马一路护送。

洪金山这时拍了拍方国涣的肩头，笑道："一夜之间，忽成了个腰缠万贯的大财主，天下倒是少见的，方公子日后有了大出息，可不要忘了我等。"

洪金山又自笑道："不怕有钱，就怕没钱，守着大把的银子，任何人都知道怎么来花费的，方公子这一辈子的吃穿用度，从此不用愁了，做个有钱的闲客，好叫洪某眼热。"

方国涣笑道："洪堂主喜欢，取了一半便是。"

洪金山笑道："那是你自家的福分，旁人沾不得的。"

一切准备就绪，连奇瑛率了众堂主一直送出方国涣数里，在方国涣执意回辞下，连奇瑛便又叮嘱了陆余凯等人一番，这才率了众堂主与方国涣挥手而别，转回鹤鸣山庄去了。

方国涣别了连奇瑛、洪金山等六合堂诸人，望着一马车意外而得的银子，暗中感叹不已，自为能结识六合堂众好汉而感到高兴。陆余凯等人自知方国涣有恩六合堂，且与总堂主连奇瑛关系深厚，俱为敬重，一路行来，吃喝住行安排得十分周到，方国涣也自省了心，与陆余凯相处得也自融洽。

这一日进入了河北地界，离刘家庄还有两三天的路程，方国涣想着就要与几位故人相见，心情畅然起来，十分高兴。

一行车马进了一座集镇，陆余凯正欲寻地方歇脚时，忽见面前方人群中一阵吵闹，五六个粗悍的店伙计在追打着两名衣衫褴褛的乞丐，一位似掌柜的胖子在后面指着骂道："与我狠狠地打，臭要饭的，看你们还敢不敢再来偷东西。"

那两名乞丐此时被打得满地翻滚，哭叫不迭，旁观者自是一片幸灾乐祸的哄笑，有的还在助威喊打，没有一个起怜心的，显是这两名乞丐平时做了不少"乖巧"事，已然惹起众怒了。

方国涣这边见了，心中不忍，上前来欲劝止，忽然发现那两乞丐的面孔有些熟悉，细看之下，不由大吃一惊，原来这两名蓬头污面的乞丐竟是昔日刘家庄的刘财、刘禄兄弟。

方国涣惊愕之余，忙高声喊道："住手！不要再打了。"

陆余凯见方国涣有出手相助的意思，便引马上前，大喝一声道："都给我退下！"那几名伙计闻声一怔，见是五六名骑马的大汉到了近前，立时镇住。

陆余凯掏出一锭银子，扔向那掌柜的道："这二人的账我算了，勿要再难为他们。"

那掌柜的见来者不善，连忙拾了银子，唤回伙计们，摇摇头走开了。

方国涣急忙下了马，上前扶起刘氏兄弟，恻然道："二位公子如何落得这般田地？我是方国涣，你们可还记得？"

那刘财、刘禄兄弟此时惑然地望了方国涣一眼，各自忽呈惊喜之色，随即又都羞愧得低头不语。

陆余凯这时道："既是方公子识得的朋友，还请先到客栈中梳洗了，再叙话不迟。"随有两人下了马，上前扶了刘氏兄弟，众人便就近寻了家客栈住下了。

刘氏兄弟被客栈中的伙计领去梳洗了，陆余凯又给二人各换了一套衣衫，然后请来与方国涣同桌用膳。那刘财、刘禄见了满桌的酒菜，似数日没吃过东西一般，狼吞虎咽地大吃起来，又有所顾忌地抬头望了望方国涣、陆余凯二人。方国涣见刘氏兄弟果是饿极了，便示意二人但管放心吃喝，看着刘氏兄弟饥不择食的样子，方国涣心中酸楚，一阵难过。

待刘氏兄弟一顿暴食，停下来之后，方国涣这才关切地问道："两位公子为何不住在刘家庄，出来混到这般光景？令尊大人可安好？"刘财、刘禄二人互望了望，各自黯然不语。

过了片刻，刘财开口道："你……方公子这几年去了哪里？竟成就了这等富贵。"

方国涣道："当年因有他故，不辞而别，后来寻了一个好的去处，拜师习以棋艺，此番回来是想拜访令尊大人与几位故友，没想到却在这里遇见了两位公子。"

刘财此时头一低，伤感道："家父于两年前患了场重病，已经病故了。"

"什么！？"方国涣闻之，大是震惊道，"刘先生过世了！？"

刘禄一旁道："家父已故去两年多了，自父亲去后，便无了生计，我兄弟二人于是遣散了仆人，把老房田产等祖业都变卖了，得了一千两银子，想出来寻个生意做。谁知不慎，折光了本钱，自是无颜回去面对乡亲，从此流落街头，有一顿没一顿的，不曾想遇到了方公子，真是惭愧！"说完，刘氏兄弟又自低头不语。

方国涣哀叹一声，坠泪道："令尊大人对我有救命葬师之恩，没想到壮年早逝，不能再见上一面。"说着，失声痛哭，刘氏兄弟也自跟着掉了几滴眼

第十八回 六合堂

泪。

陆余凯旁边听了个大概，见方国涣如此重故人之情，心生敬意，忙自劝慰了。

方国涣哭了一回，止了泪道："我没有当面拜谢，报以刘义山先生的大恩，是为遗憾，天可怜见，遇到了两位落难的公子，日后你们与我便如亲兄弟一般，我自有些照应，以不负故人之情。"接着又对刘氏兄弟道："令尊大人不幸过世，令二位公子沦落至此，不过也勿要悲伤，我曾得到些朋友的馈赠，手里有些银子，明日大家一起回刘家庄，把先前的刘家老房祖业都赎回来，二位公子只要用心守了，也不致短了吃喝用度。"

刘财、刘禄兄弟闻之，忽呈惊喜之色，继而又半信半疑起来。

众人在客栈住了一夜，第二天一大早，陆余凯命人套了载银箱的马车，又给刘氏兄弟备了马匹，随后离了小镇，一行人一路无话，直向刘家村而来。

刘财、刘禄见有一马车的箱笼，显得很是沉重，不知内装何物，又见陆余凯等人对方国涣毕恭毕敬，却又不像是仆随，兄弟二人自是大惑不解。每见陆余凯等人出手豪绰，把银子不当钱使似的，刘氏兄弟便对方国涣说过的赎回刘家祖业的话开始有些相信起来，话语也多了，也自有了笑模样，全不是昨日光景了。

路上，方国涣问起卜元，刘财道："卜壮士这几年不知哪里得了张宝贝弹弓，越发的威名起来，附近府县，甚至外省常有些难制服的吃人虎豹，无不请卜壮士去猎杀，未曾失过手，倒有了个'神弹子卜元'的绰号。他与我们来往甚少，除了家父去世时来过一次外，就不曾见过他的面。"方国涣闻之，心中自是欢喜。

这一日，到了刘家村，方国涣直接去了昔日的刘宅，拜会了买下刘氏老宅及祖业的徐员外，愿以高出原价的价钱赎回刘氏先前的宅院和田产，回赠刘氏兄弟。那徐员外当年也见过方国涣的，自被方国涣的大义所感，主要的还是银子的数目诱人，很痛快地当天便让出了宅院。方国涣、刘氏兄弟随后住了进去，那兄弟二人尤感惊喜万分，不免又有些得意起来。

陆余凯等人见把方国涣平安送到，便告辞回六合堂复命。方国涣感激他们的一路护送，从箱笼内提出了一百两银子相赠，陆余凯等人坚辞不受，方国涣执意相与，陆余凯推却不过，只得谢过收下，别过方国涣，率领手下欢喜地去了。

第十九回　杀人棋

第二天一早，方国涣备了香烛，去拜祭先师方兰之墓。到了山后师父的墓地，见坟上长满了杂草，一派荒凉，心中凄楚，先自整理了坟场，添了新土，然后摆设了香烛，自是跪哭了一回。想起幼时从家中走失，被师父由路边救起，从此相依为命，漂泊江湖，是师父教习自己棋艺而引入棋道，不曾想师父因年老体迈冻死雪中。方国涣越想越悲切，哭得肝肠寸断，几欲昏死过去。后来寻了一个经常在这附近放羊的牧童，方国涣予了他十两银子，但让那牧童平日里来师父的坟上修整些杂草，年节添些新土。那牧童忽意外得了这许多银子，欢喜万分，满口应了。方国涣随后自有些失落地回到了村里。午后，又重新备了香烛，由刘氏兄弟陪着，方国涣来到了刘氏的墓地，拜祭刘义山，又自大哭了一回，刘财、刘禄二人在旁陪着干掉了几滴眼泪。

待回到刘宅时，已近傍晚。先前刘家的一些仆人，听说刘氏兄弟发了迹，重新赎回了祖业，振起了家道，又纷纷地回来投靠，刘氏兄弟自是高兴地都收留了。仆人们接着便知道了是当年老主人刘义山在雪中救起的那少年方国涣做的好事，各自赞叹不已。不时又有村人来贺，刘氏兄弟欢喜得应接不暇，如过年般的热闹。刘家先前的老管家刘福也闻声赶了来，刘氏兄弟见了刘福，又互相难过了一回，仍旧让刘福做了管家。

当得知这一切都是当年的那落难少年方国涣的大义之举时，刘福惊讶之余，感慨不已。刘福私下里告诉方国涣，自刘义山病故后，刘财、刘禄兄弟二人便没了管教，从此放荡起来，吃喝嫖赌，无所不为，不到一年，把个殷实的家业都败光了，并且欠了许多外债。债主上门催讨，刘氏兄弟受逼不过，便把宅院田产等祖业都变卖了抵债，后觉得无颜见乡亲，也是无安身之处了，兄弟二人便流落他乡去了。方国涣听了刘福所述，知刘氏兄弟对自己说了谎，感叹之余，却也不去点破。但却猜到刘氏兄弟日后有可能靠不住，便私下赠了刘福五百两银子，以防养老之用，把刘福感动得老泪纵横，拜谢不已。

那刘财、刘禄兄弟见方国涣的那辆马车上，箱笼内装的都是大封的银子，自是惊异万分，不知方国涣哪里发了如此横财来。见方国涣替他们赎回了祖业，兄弟二人感激涕零，发誓要重振刘氏家道，方国涣也自有所宽慰。

在以后的几天里，方国涣由刘福陪着，拜会了同村及邻庄的几位员外、

第十九回 杀人棋

财主，以高价从他们手里买下了几十顷田地，随后把地契交给了刘氏兄弟，让他兄弟二人每年自可收租受用，以此来稳定刘氏家业。方国涣又把剩下的几千两银子也尽数赠予了刘氏兄弟，作为日常用度，自把刘财、刘禄兄弟感激得更是不知如何答谢才好。当着方国涣和村中几位长者的面，兄弟二人发下重誓，从此做一个守家持业的本分人。对方国涣的大义之举，乡里一时传为佳话，那刘氏兄弟后来倒也相安过了一生富足日子。

方国涣在刘家村安顿好了刘氏兄弟，自感欣慰，负了剩下的那包金银珠宝等细软，辞了刘氏兄弟去寻卜元。刘氏兄弟自是苦苦劝留，方国涣便又叮嘱了一番，一笑而别。

方国涣循着依稀辨得的旧路，找到了山中朱七的猎屋，朱七不在家，屋中与几年前一般样子，并无多大的改观。

方国涣候了一会儿，不见朱七回来，便留了一半珠宝细软于桌上，在炉旁寻了一截木炭，在桌面上写道：朱七哥，方国涣来访，候你不着，见字后速通知卜元大哥，去枫林草堂寻我。留下些珠宝财物，送于朱七哥及昔日的各位猎户大哥，报以当年赠盘缠之恩，不成敬意。小兄弟方国涣书。

写完后，方国涣又端详了一遍，自语道："不知那朱七哥识不识得字？也罢，就是这个意思了。"

出了朱七的猎屋，方国涣忽摇头笑道："六合堂的洪金山堂主说得果是有道理，不怕有钱，就怕没钱，看来有多少银子也是有得地方用的，连姐姐叫人予了我这许多银子，果然派上了大用场，也许是天意成全我吧。"方国涣把六合堂赠送的这些银子珠宝，两下几乎抖落了个干净，心中也自欣然。

方国涣一路行来，到了当年连奇瑛施饼的那座小镇上，睹景思人，方国涣摸了摸怀中的那块六合金牌令，感慨一声道："世事真是难以预料，当年偶然在此有过一面之缘的连姐姐，现今竟然也结识了，更没想到她是六合堂的总堂主，真不可思议。"

方国涣随后进了一家当年卜元曾来讨毛皮账的店铺，问起卜元的行踪，掌柜的告之，卜元数日前还来过，店中还有他几十两银子的账，不过卜元行踪不定，现在不知他去了哪里。方国涣谢过了掌柜的，出了店铺，在镇上吃了些东西，然后一声感叹，向枫林草堂寻智善和尚而去。

方国涣想起当年智善和尚指引自己寻访连云山天元寺拜师习棋，以至有了今日的成就，心中尤为感激，脚下也自加快了步伐。

将近枫林草堂时，本来一路兴奋的方国涣，不知怎么，心中忽闪过一丝不安，离枫林草堂越近，这种忐忑不安的心情越是明显，似有一种不祥之兆。

方国涣此时不禁一惊，停下步来，稳了稳神，诧异道："这是怎么了？何以心慌得很？"连做了几次深呼吸，心中这才稍缓和了些，惑然地摇了摇头，又前行而来。

当越过一片枫林时，林中空地上呈现数间精致的草舍，正是昔日的枫林草堂。

方国涣此时心中一喜，忘却了适才的那种莫名其妙的不安，急走几步到了草堂前，见柴门虚掩，便推开门走进来道："智善大师可在？方国涣来访……"

此时，方国涣忽地怔住了，但见那智善和尚正坐在桌旁，凝视着桌上的一盘棋子，似已入了神，并无理会他人的意思。方国涣轻唤了两声："智善大师，智善大师。"

那智善和尚果似迷住了一般，并不回应，身形一动不动。方国涣一惊，顿感不妙，急忙上前抚视，见那智善和尚脸上凝固着一种怪异之色，两眼直呆呆地盯着桌上的棋盘，已然身僵气绝，早已坐逝多时了。方国涣心中大骇，一时间惊得呆了。

待方国涣仔细查看时，在智善和尚身上没有发现什么异处，却似被桌上的这盘棋困住了一般，虽然已逝，但眼中还残留着一种奇怪的茫然之色，好像那智善和尚在与什么人对弈时，不知何种原因，突然坐逝棋旁。室中的地板上又有着许多杂乱的脚印，显是草堂内曾来过很多人。

方国涣按住突见智善和尚坐逝的惊异，观察他虽死犹存的神态，似乎与眼前的这盘棋大有关系。而此时的棋枰上，仅剩百余枚白色棋子，排列着一种怪异的棋形，黑子不知被什么人提了去。

方国涣此时心中一凛道："难道事情出在棋上？"然而桌上的这盘残棋，因黑子被提去，竟无法看出当时双方走出了何等怪异的棋势。坐看了半天。方国涣自是摇头不解道："棋势走到绝妙难解时，虽有一些棋家因思棋过度而伤心神之说，但也不至于因此死了人，难道另有其他原因？然而智善大师坐在棋旁而逝的神态，又似与这盘棋有关的。"方国涣百思不得其解。

就在这时，忽听身后有一人大喝道："你这贼人，和尚已被你们害死，还回来做甚？"

方国涣闻声一惊，回头看时，但见一人手持钢叉从门外直冲进来，举叉朝自己背心猛刺。方国涣大骇之下，往旁边急闪。就在那叉尖离方国涣前胸还有半尺时，忽然硬生生地停住了，随闻那持叉人惊喜道："方老弟！何时到的这里？"

方国涣惊魂未定，抬头看时，也自一喜道："铁五大哥！"原来那人正是当年的猎户铁五。

铁五此时忙收了钢叉，上前扶起方国涣，致歉道："方老弟受惊了，我还以为你是害死和尚的贼人，回来偷尸灭迹的。"

第十九回 杀人棋

方国涣闻之，果知事出有因，忙问道："铁五大哥，这到底是怎么回事来？智善大师如何这般古怪地就死去了？"

"唉！"铁五叹息一声道："今天晌午，我应卜元兄弟之托来给和尚送些柴米，到这里时，发现门外拴了两匹马，草堂内，和尚正在与一个怪里怪气的人走棋，此人身后还站着一个佩带长剑的青衣人。"

"怪里怪气？"方国涣闻之一怔，忙问道："铁五大哥可知那是什么人？"

铁五摇头道："谁知道呢！总之那人阴阳怪气的，让人看了恶心。"

方国涣眉头皱了皱，随即问道："后来又怎样了？"

铁五道："我在门口当时没有进来，然而见和尚一反常态，又是摇头又是在嘟囔着什么，像着了魔，睁大眼睛死盯着棋盘，好像棋盘上有什么东西吓着和尚似的。我见情形有些不对头，便把柴米放在一边，连忙回去找卜元他们了。"

铁五接着又懊悔道："当时我要是守着和尚就不会发生这种事了。"

方国涣此时愕然道："难道智善大师之死，果真是与棋有关的？"忙又问道："后来又怎样？"

铁五道："待我会着卜元、朱七等五六个兄弟赶到这里时，已过去好些时候了，进入草堂内，只见和尚一个人呆坐着，先前的那两个人已不知什么时候走掉了。卜元见和尚神情有异，就如现在这般，去唤他时，和尚不应，到近前一看，和尚坐在这里已无了气息，大家知道和尚被先前的那两个人害了。奇怪的是，和尚身上一丝伤痕也没有，不知被那两个人施的什么妖法害死的。卜元与和尚是有些交情的，见此情景大怒，带着弟兄们就追了下去。追到半路，卜元怕和尚尸首再有什么闪失，叫我回来看护了，不曾想遇见了方老弟，还险些伤着了你。"

方国涣听罢，惊异之余，忙问道："卜大哥他们朝哪个方向追去了？"

铁五道："卜元发现有马蹄印往西南方向去了，说这一带都是山路，他们骑马走不远的，所以带着朱七他们一路追了下去。"

方国涣忙道："铁五大哥且看护了智善大师的法体，千万不要动桌上的棋盘，我去会着卜大哥他们，看看是两个什么人，怎么一回事。"说完，转身跑出。

铁五后面喊道："方老弟，小心了。"

方国涣一路追去，奔跑了多时，仍不见卜元等人的踪影，已是累得气喘吁吁，然见事发突然，古怪离奇，决心要搞个水落石出，咬牙苦撑着，又向前追赶了一程。

这时，忽听前方传来数人怒喝之声，接着又传来数声惨叫，随即便没了声息。方国涣闻之大惊，紧跑几步，待拐过一片树林，见前方路旁，卜元平举着霸王弓，正与一位左手持剑的青衣人对峙着，旁边地上倒卧着朱七等四五位猎户，显然都受了伤，各自捂着伤口，用愤怒而惊惧的目光望着那青衣人，地上胡乱扔了几支刀枪棍叉。

此时见那青衣人摇了摇头道："各位壮士，在下并不想伤害你们，适才是各位逼我出手，我已说过，我与李公公并没有伤害过那和尚，是他自家棋力不济，或许一时想不开，自闭气脉而亡，与我家公公无关的，何苦来追杀我们？"

卜元愤怒道："智善大师的棋艺，很少有人能胜他，定是你们赢他不过，起了小人之心，用妖法将他害死。"

那青衣人摇了摇头道："这位壮士言之差矣！我家李公公的棋力，当今天下已无人能敌，棋法上虽然有些古怪，于某有时也不甚清楚，但与人临枰对弈时，却是没有任何阴谋诡计的。要知道，棋盘上是最公平的。"

方国涣这边听了，心中大异道："这青衣人说的李公公，好像是皇宫内的一位太监，当是铁五说的那位怪里怪气的人。奇怪？这个人怎么不在场？连这姓于的青衣人都说那李公公的棋法有些古怪，看来问题果然是出在棋上。"

卜元这时道："你刚才为什么不让我向那个太监问个清楚，把他放走，拦住我等？"

那青衣人道："李公公手无缚鸡之力，又曾对于某有过大恩，自不会让李公公有任何闪失，并且那和尚的死，确实与我家公公无关。"

卜元大怒道："你还说与那太监无关，智善大师若不与他走棋，也不会遭你们的妖法暗算，无故不明地死去，你又伤了我这几位兄弟，着实可恶，今日且让你尝尝霸王弓的厉害，然后再去寻那太监算账不迟。"说着，扣丸开弓，喊声"着"！一枚浑铁丸如流星般向那青衣人疾射而去。

那青衣人初见卜元所持的弹弓与常弓有异，自有了戒备，然见那弹丸随着弓弦一响，便已到了面前，不由叫了声"好"！但此人并不躲闪，一伸手便把弹丸在胸前抓了个正着。

然而霸王弓射出的这枚浑铁丸的威猛之力，大大超出了那青衣人的意料之外，弹丸的冲击之力竟把那青衣人的身形带起，向其身后不远处的一棵树干撞去。那青衣人一抓着弹丸之际，脸色立时突变，大是骇然，身形虽在半空中，将右手一挥，硬生生地将这股巨大的冲击力引向一旁，弹丸随势脱手而出，将十余米外的一棵小树拦腰击断，那青衣人的右手手掌已被弹丸沾脱去了一层皮肉。随着那青衣人的身形侧翻落地跟跄稳住，数道鲜血已从右手指间流下。

那青衣人立时惊骇万分，不曾想遇上这般大力神器，左手长剑一挥，护了前身，一个起落，跃上了旁边的一匹马背上，打马飞驰而去。卜元、方国

第十九回 杀人棋

涣、朱七等人自被那青衣人竟能接住霸王弓射出去的浑铁丸并且给引转了方向给惊得呆了。

方国涣见卜元一弹惊走了青衣剑客，惊异之余，忙走上前来道："卜大哥，此人武功非凡，就由他去吧。"

卜元与朱七等人忽见方国涣出现在面前，各感惊讶，卜元随即惊喜道："国涣贤弟！如何到了这里？"

方国涣道："是铁五大哥指引来的。"

卜元一怔道："怎么？贤弟已去过了枫林草堂？"

方国涣叹息了一声道："不错，我已知道智善大师的事了。"

卜元摇头叹道："可惜了一位好和尚。"随后，卜元、方国涣去搀扶了朱七等人，见朱七等人皆在肩部与腿部各中了一剑，仅深寸许。

朱七这时满脸骇然道："那人剑法好快，我们不等近他身前，他左手长剑一挥，竟然把我们几个一齐都刺倒了，真是厉害！"

卜元叹道："此人是剑下留情，否则你们几个早就没命了。"朱七等人听了，尤感悚然。好在他们的剑伤都不在要害处，刺入的也不甚深，倒也无大碍，互相搀扶着，回到了枫林草堂。

铁五出来迎时，见朱七等人负了伤，不由吃了一惊，忙把众人接进了草堂内，找来东西包扎伤口。随后众人坐在一旁，望着智善和尚的尸体，皆黯然无语。

过了好久，卜元一声长叹道："说来真是惭愧！我卜元今日竟替和尚报不得仇，空负和尚赠霸王弓之恩。"

铁五一旁道："说来也真怪，和尚无伤无痕的，怎么坐着坐着就死了，不知怎么被他们害的？"

方国涣道："看来智善大师当是死在这盘棋上，是棋杀了他。"卜元、朱七、铁五等人闻之愕然。

卜元诧异道："和尚死在棋上？莫非与青衣剑客同来的那个太监有以棋杀人的本事？这如何可能？"

方国涣道："至于智善大师如何因棋致死，我也是不明白，不过必是与棋有关的。"

卜元摇头道："那太监的棋上可是有什么邪术不成，竟连贤弟这般的高手也不明白，怪极！真是怪极！"

方国涣问道："卜元大哥所见的那个太监，长得何等模样？"

卜元道："男不男、女不女，人模鬼样的，说话都是哑嗓，像个五六十岁的老太婆，若不是被那青衣剑客拦住，我早就一弹丸将这个怪物打死了。"

"棋上竟有这般高得出奇的太监？"方国涣这时猛然想起，昔日在天元寺，不了和尚述说天下棋事时，曾讲起皇宫中出了个李公公，人称国手太监，与当今的国手状元曲良仪是两个一等一的棋逢对手之人，心中讶道："难道会是此人？"

卜元这时道："你我兄弟今日相遇，本是高兴的事，不想出了这等意外。对了，贤弟可按和尚的指引，找到什么连云山天元寺了吗？"

方国涣道："小弟不才，承智善大师指引，历尽千辛万苦终于寻到了连云山天元寺，有幸拜高人为师，修悟三年，成就了棋道。此番回来，想拜谢几位恩人，谁知刘义山先生早已仙逝，智善大师也奇怪地去了，没想到重返之际，竟遭遇这么大的变故。"说罢，感叹不已。

卜元道："刘家村的刘义山一死，留下那两个败家子，听说把家业败个精光，也不知去了哪里，八成是死了。"

方国涣叹道："说来也巧，回来的路上，小弟遇上了那两位沦为乞丐的兄弟，为报昔日刘义山先生的大恩，我已助他们兄弟恢复了家业。"

卜元闻之惊讶，忙问原委，方国涣便把巧遇六合堂群英，收了一马车银子的礼，后助刘氏兄弟赎回祖业的事略说了一遍。卜元听罢，惊奇道："贤弟真是造化！竟然结识了享誉江湖的六合堂中的英雄豪杰。"朱七、铁五等人也自暗暗称奇。

随后，众人便把智善和尚的尸体抬到草堂外的空地上，架起木柴火化了，方国涣跪拜而祭，心中默念道："智善大师，多谢当年指引之恩，令方国涣成就了真正棋道，大师不幸故去，我一定要查出真正的原因，追讨元凶，以慰大师在天之灵。"卜元、朱七等人也自悲伤叹惜不已。

回到草堂内，方国涣把剩下的那些珠宝细软分与了卜元、铁五等人，卜元不受，尽与众猎户分了。方国涣又告知朱七，在他的山中猎屋内也留了一些珠宝，让众人回去分掉。朱七、铁五等猎户对方国涣十分感激，各自拜谢一番，然后互相搀扶着辞别去了。方国涣因要研究致智善和尚丧命的这盘残棋，便与卜元留在了枫林草堂。

送走了朱七、铁五等人，方国涣、卜元二人又回到草堂内坐了，说起当年来寻智善和尚斗棋的情景，如在昨日，而今竟成隔世，二人又感伤一回。

方国涣又把自己这几年的经历对卜元详说了一遍，听得卜元暗暗称奇。卜元也自告诉方国涣，自他去后，不到一年，老母便过世了，本想随后找他去，众猎户拦着死活不让走，盛情难却，便又打了几年的猎，倒也逍遥自在。

再谈起智善和尚时，卜元叹道："自贤弟去后，我便与和尚时常往来，交情日深，和尚是世外高人，虽独居于此，也经常出门远游，少则一两个月，多则四五个月不归。半年前，和尚远游归来，特叫人寻了我，来与他叙话。和尚当时很高兴地对我说，他前些日子去了京城，正赶上本朝的棋坛盛会，

第十九回 杀人棋

天子招棋，天下间几乎所有的棋道高手都会集于京城，参加或观望这百年不遇的国手选拔大赛，说是皇上在天下众棋家高手中点出了一个叫曲良仪的国手状元来。和尚说，可惜贤弟你不知何故没有去京城会棋试，否则经过这几年的高手指教，加上你独有的灵性和天分，那国手状元也许会落在贤弟身上的。"

方国涣闻之，感叹道："智善大师竟对我期望如此之高，如今也算有所成就，没有辜负了大师的一片苦心。"

卜元又道："和尚还说，在京城棋会其间，结识了棋上的许多高手，有一件事，和尚说的好是奇怪。"

方国涣闻之，一怔道："什么事？"卜元道："和尚说，他曾结识的几位棋上高手，不知是何缘故，在一次与人走完棋回来后，精神都恍恍惚惚的，像是受了什么惊吓刺激，问他们，他们也不说，或者说不清楚。有人认为，在高手云集的京城，天子脚下，难免不会遇到棋艺比自家高出许多的人，平常自以为是，一败之后，或许自家心里有些自卑，精神不快，以致对棋道有了心灰意冷之感。其他人倒没在意，但是和尚说这件事有些古怪，曾经暗中查寻过。"

方国涣听到这里，心中不由一动，忙问道："智善大师可曾查出了什么结果？"

卜元摇头道："和尚当时倒没说，只是说了一句，'此人好怪！'像是指什么人。"

方国涣似有所悟道："这件事看来与智善大师的死有重大关系。"

卜元道："能有什么干系？自古没有说是围棋这玩意儿会走死人的，除了心眼小些，本事不济，一时输于人家，自己想不开，跳河上吊自杀，来个一了百了，免得自己跟自己过意不去，和尚可不是这等气量窄的人。"

方国涣愕然道："这件事古怪离奇，不那么简单，既关系到智善大师的死，我倒要查个明白不可。"

卜元道："可惜，没有拿住那个太监，否则会问个清楚的。"

卜元这时望见了桌上的那盘残棋，忙道："和尚与那太监走的棋局还在这里，贤弟何不看个明白？"

方国涣摇头道："可惜，黑棋子尽被那太监先提掉了，枰上仅剩百余枚单色白棋子，倒一时看不出什么端倪来。"

卜元闻之讶道："竟有这等怪事！我倒不曾注意的。"说着，上前看了看这盘不全的棋，愕然道："那老太监为何把黑棋提了去？莫非是想防止别人看出些什么门道不成？"

方国涣道："估计有这个意思，从白棋现存的棋势上看，自是大异棋上的正常走法。虽然每位高手的棋风不尽相同，走出的棋路也自成一家，但从此局的白方的棋势走向来看，似曾被对手的黑子引着走的，白方不自觉地又不得不这样走。"卜元道："棋上的事，被你们棋家谈起来总有些玄妙，这个我自然不懂，但是能与和尚的死有什么关系呢？"

方国涣沉思片刻道："这个我也不知。"

方国涣、卜元二人研讨了半天，自没有弄明白智善和尚的死因。此时天色已黑了下来，卜元燃了火烛，又出去寻了些吃的来，与方国涣胡乱用了。

二人又谈论了一会儿，也没个结果，卜元摇头一叹，自躺在一边歇息去了。方国涣独在灯下研究桌上的这盘残棋，循白棋的走势，用黑子对应摆了十几种棋势，似都不成此局真正的棋谱。但是方国涣发现，黑方无论怎样布势对应，似都无意争取这盘棋的最终胜负，而是引着白方仅在歧途上粘接拼杀，白方不能独顾大局，只能与黑方缠着应对，无形中走出了一些诡异的棋势，方国涣似有所悟，接着又茫然不解。

卜元一觉醒来，见方国涣仍然独坐灯下，对着那盘怪棋呆看，不由一惊，忙拉了拉方国涣的衣角，道："贤弟勿在耗神研究这盘怪棋了，时间久了，不免走火入魔，如和尚那般不明不白地去了。"

"走火入魔！？"方国涣闻之一怔道，"难道在棋上也能引得人走火入魔？"

卜元见方国涣神态倒还正常，这才放下心来，摇摇头道："事情都会走极端的，贤弟还是歇了吧，明日再琢磨这盘怪棋不迟，免得自家耗伤了身子。"

方国涣道："我自有分寸，不碍事的。"接着茫然不解道："闻炼丹家与习武之人，功夫到了一定的火候，是要万般小心的，需心存正念，谨慎修持，才能渡过此难关，自家功力自然大进。若是不小心生了邪念，出了差错，便会走火入魔，前功尽弃的，有时还会伤及性命。但这棋家高雅之道，除了棋艺的高低、棋风的不同而分胜负外，如何能分得出邪正来？就是有心地不善之人，由于品格所限，他的棋力也高不出哪去，更不要说能以棋杀人了。"

卜元道："贤弟莫要总在棋盘上绕圈子，我看那太监阴得很，说不定施了什么妖法邪术害得和尚无端地去了，或者乘和尚不备，在棋上涂了毒药，而他自家先服了解药，走棋的时候，和尚便触了毒，是中毒身亡的，否则身上为什么无伤无痕的？"

说到这里，卜元忽地一惊道："贤弟摆弄了这许久的棋子，可不要中了毒？"

方国涣摇头道："卜大哥分析的不无道理，但那太监果然想害死智善大师，何故费这般曲折，他那个护卫，青衣剑客的武功极高，取智善大师的性命可谓易如反掌。并且日间那青衣剑客也承认，那太监的棋上是有些怪异的，可能此人不懂棋，故不是很明白。我看问题还是出在棋上，出在双方的走

第十九回　杀人棋

势上。"

方国涣接着又道："我如果没有猜错的话，来寻智善大师斗棋的那位太监，必是传闻中的那位国手太监。"在卜元的苦劝之下，方国涣这才闷闷不乐地躺下歇了，卜元熄了火烛，自家睡去了。

方国涣虽已躺下，自是睡不着，寻思道："可惜，晚来一步，让那太监走脱了，否则与其对上一局，一切自然明了。就算那太监果有一种诡异神秘的杀人棋术，我自家也会以天元化境化解之。棋上虽千变万化，但万变不离其宗，天元化境是棋道的最高境界，可随心所欲地调自家的棋势合应对方的棋势。正如师父所言，这是一种在棋上无不为的境界，是真正的棋境，是化境，是佛境，是仙境，更是一种极高的心境，当不会怕那种杀人棋术的。棋为雅艺，真的会另生出一种外道的邪术不成？不会的，不会的，即使对弈的双方棋力相差悬殊，高手走出一些极难的棋势，而令俗手百思不得其解，也是俗手自家棋力不济，无形中落入高手设置的陷阱、圈套、伏棋之中，也是水平问题。虽然一局难解的妙棋，更让一些棋家神定枰中，思考上三天两日，或者一年半载，甚至永远解不出，使得一些棋力浅的、心态弱的人，烦躁气恼，或在正常理智下的如醉如痴，这也是棋上的一种妙趣所在。就是两位绝顶高手走出一局难分难解的极复杂之局，耗神劳形，久弈伤人而已，也不致走到以棋杀人的地步。如果真有这种能杀人的棋道，那么，真是太可怕了！"想到这里，方国涣不由打了个冷战。

第二天天色见亮，一夜未能成眠的方国涣便起身又坐在了棋桌旁，对着那盘残棋试着打谱，希望能在棋上找出那种杀人的魔力所在。

卜元一觉醒来，见方国涣又坐在那里摆弄棋子，忙过去道："好贤弟，莫要再琢磨这要命的玩意儿了，真怕你生出事来，让人担心得很。"说着，一伸手拂乱了枰上棋势。

方国涣见了，长叹一声道："也罢，在这盘棋上反正也找不出什么，你我另寻他径，再查智善大师的死因吧。"卜元闻之，这才放心地一笑。

第二十回　宝马神驹

　　卜元这时对方国涣道："我怀疑是智善和尚京城一行，不知怎么把祸事惹到了自家身上，把仇家引到了枫林草堂。那太监此番前来，似乎专程来取和尚性命的，杀人如此不露痕迹，实是一位阴毒的老怪物。那青衣剑客倒是个有本事的武士，不知何故，却要百般地护他？"

　　方国涣决然道："如果智善大师真是被那太监在棋上取了性命，我发誓，一定寻着此人，无论有多大危险，也要与他对上一局，即使不能反伤其身，也要为智善大师讨回个公道。"

　　卜元点头赞道："好兄弟，那怪物果真是以棋杀人，我相信贤弟一定会在棋上反废了他的，纵然不能取了那怪物的性命，也能搞明白他那杀人的勾当。"

　　方国涣道："不错，我一定要在棋上查明智善大师的真正死因。"

　　卜元道："然后报仇的事由我来做吧，也不枉了我二人与和尚交识一回。"

　　方国涣道："目前是要先寻着这个古怪的太监，此人当出自皇宫，与传闻中的那位国手太监必是同一人，线索在京城，我二人应去京师寻他。"

　　卜元道："好极！我现在已是一身轻松，无牵无挂，不像三年前，有老母在堂走不开，不曾随了贤弟去。今日就与贤弟走一回京城，寻着那怪物报了仇后，你我兄弟同游天下。"

　　方国涣闻之大喜道："太好了！小弟此番回来，也是想寻着卜大哥，结伴云游天下的。"卜元闻之，愈加欢喜。

　　这时，柴门一开，铁五走了进来，自提了些酒肉，与方国涣、卜元见了礼，摆了酒肉后一旁坐了。

　　卜元道："铁兄，朱七哥他们的伤势可好？"

　　铁五道："不妨事的，回去上了金创药后，今晨可以独自走动了。"

　　卜元道："如此最好，卜某放心了。"

　　铁五又道："弟兄们昨日回到朱七的猎屋中，见着了方老弟留下的许多金银珠宝，大家实在过意不去，因他们有伤，特叫我今日再来谢过。"

　　方国涣道："各位猎户大哥都是豪爽之人，区区金银，不足为谢。"

　　铁五道："我等穷猎户，忽得了方老弟这许多珠宝，足够一辈子的吃喝用

第二十回　宝马神驹

度，不知怎生感谢才是？都予了我等，岂不短了自家花费？"

方国涣笑道："铁大哥不要客气，金银重物，带在身上多有不便，我自家还有些朋友送的银票，到时寻个对号的钱庄，兑了银子来用便是，手头不曾紧的。"

卜元笑道："我这兄弟，一去三年多，不但得了奇遇、长了本事，还发了大财，看来天生有福之人是不短银子用的。"

铁五感激地道："我等受了方老弟这许多好处，心里甚是不安，不知如何回报的好？"

方国涣道："铁大哥说哪里话来，当年各位猎户大哥为了凑盘缠送小弟出行，不惜拿出用性命猎豹子换来的钱，才有了小弟的今日，这等大恩，小弟一辈子也是报不完的。"

铁五闻之，感动道："能结识方老弟这等义气朋友，死也心甘了。"

卜元笑道："你们都死了，留下那些金银谁来受用？岂不拂了国涣贤弟的一番美意。"铁五、方国涣闻之，各是一笑。

三人随后就着酒肉吃喝起来，铁五又道："如今和尚死得不明不白，二位有何打算？"

卜元道："我与国涣贤弟商量过了，准备走趟京师，追查线索，替和尚讨个公道。"

铁五叹道："这样也好，今日之酒就权为二位送行吧。"

卜元道："还请铁兄回去后，与朱七哥他们打声招呼，卜某不回去同各位兄弟面辞了，日后有机会，大家再聚吧。"

铁五道："这也是没法子的事，我自会向各位兄弟解释的，你二人自去好了。"

卜元又交代了几家店铺欠的毛皮账，让铁五闲时去收了，自家用了便是。酒肉用毕，铁五自起身别了卜元、方国涣二人，不舍去了。卜元、方国涣随后把草舍内收拾干净了，又将柴门封了，卜元把霸王弓用布裹了负在背上，与方国涣离了枫林草堂，一路向京城而来。

虽然有智善和尚不明原因坐逝棋旁的阴影罩着，方国涣、卜元二人一路说些旧事，谈些奇闻，倒也不甚寂寞。

这日，行至任丘一地，天色将晚，方国涣、卜元便寻了一家大客栈住了。店伙计把二人引到二楼的一间上等客房，又备了桌酒菜，卜元赏了伙计二钱银子，那伙计谢过去了。

二人食毕，卜元道："走一天也累了，贤弟先歇了吧，我在此地有一位相识的朋友，借此便利去拜会拜会。"

方国涣道："卜大哥去了便是，要早些回来。"

卜元应了一声，自去了。方国涣又饮了一杯茶，随后坐在床上闭目养神，想着那盘怪棋，以及到了京城如何打探国手太监的消息。

　　就在这时，客栈的院子中，忽一阵人马喧哗，噪声大沸。方国涣起身开了窗扇往楼下看时，见客栈的院子中一下子来了三四十位客人，都是些着劲装的汉子，其中还有一顶暖轿，两名穿戴不俗的丫鬟左右侍候着，观这些人的言谈装束，当是从关外辽东来的，自有十几名客栈的伙计高兴地出来迎了。方国涣望了一会儿，复回床上歇了。

　　不一会儿，但听得人声走动，一名伙计把两个人引到了隔壁房间，随闻一人道："小二哥，要把我家小姐的房间安排在静处，不得杂人打扰，这十两银子赏了你吧。"

　　方国涣心中道："出手豪绰，这伙人看来有些来历。"

　　此时听那伙计高兴万分地道："二位大爷尽管放心，小店自会把一切安排得如您的意，且请稍候，小人马上把酒菜送来。"说完，那伙计又讲了几句感激的话去了。

　　接着，又有一人上楼来，进了隔壁的房间道："杜大哥、雷大哥，小姐与兄弟们的吃住都安排妥当了，不知还有什么吩咐？"

　　但听一人问道："联系六合堂的人派出去了没有？"

　　"六合堂！？"方国涣闻之一惊，忙侧耳聆听。由于两边客房的窗扇都敞开着，对方说话的声音又粗豪洪亮，隐隐的也听了个清楚。

　　此时便闻后进来的那人道："六合堂的事已由赵大哥他们去联系了，不久自会有消息传来。"

　　一人道："很好，你先去吧，要好生照顾了小姐，她是头一次到中原来，不得有任何闪失，否则回去无法向总寨主交代。"那人应了一声，转身去了。

　　接着，店中的伙计把酒菜送到了房间，道声："二位大爷慢用，有事随时呼唤小人。"便自带上房门去了。

　　此时听得隔壁那二人互让了几句，开始坐下饮酒。一人道："我们这次入关到中原来，虽是陪了小姐来寻罗公子与谷先生师徒，总寨主对我二人还是另有重托的。"

　　另一人叹气道："是啊！现在关东的形势不如以前了，女真人越来越强大，不但对大明朝虎视眈眈，而且对我们这些绿林中人已是不相容纳，有并吞剪除之心。"

　　先前那人道："弓总寨主与弟兄们虽都勇猛善战，更是不怕死的英雄好汉，但是众寡悬殊抵不住女真人几十万铁骑的。"

　　另一人道："两个月前，女真人中的那位叫努尔满的王爷，来到了白虎山龙云寨，拜会了弓总寨主，虽然话语间有些客气，但也掩不住其威逼利诱来说降的目的，总寨主好不容易把他应付了过去。"

先前那人叹道："总寨主与我等兄弟们大都是汉人，因种种原因落泊关东绿林，但不愿受女真人控制，更不愿帮助他们攻打大明朝。"

方国涣听到这里，已知隔壁二人为关东绿林好汉，有些英雄气节的，暗生敬意。这时又听一人长叹一声道："如今总寨主统领的五十六座山寨，已有二十几座的人马被女真人拉拢去了，这也怪他们不得，这碗饭吃不成，再吃另一碗吧。"

另一人道："女真人是想逼总寨主就范，到最后降则罢，不降则灭之，总寨主不忍见自己花费几十年心血建起来的基业就此葬掉，所以命我二人入关寻访中原江湖第一大帮会六合堂，以图加盟，不致让弟兄们散乱为祸，实为英明之举。"

方国涣这边闻之，心中喜道："如果连姐姐的六合堂收纳了这些关东绿林好汉，六合堂的力量会更加强大的，倒是一件大好事。"

这时，又闻一人道："听说六合堂的现今掌舵人是一位叫连奇瑛的年轻女子，到她手里，六合堂势力发展得惊人，天下共设一百零八处分堂，每堂又下设六处香堂，不下几千人。并且六合堂做的都是一些替天行道的侠义之事，所以弓总寨主才决心加盟六合堂，共成江湖大业。"

另一人似有些忧虑道："我们关东白虎山龙云寨及各山寨现今有五六千人马，加上无数的基业，一下子入关加盟六合堂，不知六合堂能否接受得了？就算是接纳了我们，要知道寄人篱下的滋味是不好受的，就看六合堂的这位女当家的会不会做人了。"

先前那人道："我也曾劝过总寨主，我们的家底也不薄，既然关东形势不好，索性把人马拉到中原，另立门户，重建大业。但总寨主认为此举是下策，因为这样一来，必然与六合堂的势力有冲突，搞不好会两败俱伤。再说强龙不压地头蛇，入了人家的地方，与六合堂对着干，也没有多大的把握，总寨主有这种想法，当是有见识的。"

另一人道："就看赵寨主他们联系六合堂本地的分堂能有什么结果，即使顺利，还要从长计议的，这毕竟不是件简单的事。"

先前那人道："目前联系加盟六合堂的事是最要紧的，另外，不知药王师徒去了哪里？待办完了这件大事，再陪着小姐慢慢找吧，也借此机会在中原走走。"

另一人又道："自药王师徒治好了小姐的睡病走了以后，小姐便茶饭不香，好不容易过了这几年，如今吵着非要找到罗公子不可。"

先前那人笑道："总寨主与谷先生是给小姐和罗公子私下订过婚约的，小姐这次千里寻夫，也不是什么丢人的事。"

另一人道："罗公子真是得了大造化，自食了那参王之后，不但容颜上光彩十分，在谷先生的指教下，功力更是惊人得很，将来与小姐成婚，便是我们的少主人了，希望早日找到他们师徒吧。"

就在这时，忽听客栈的院落中又是一阵人声喧哗，接着有一人急跑上来，进入隔壁那二人的房间道："杜大哥、雷大哥，六合堂河北分堂的黄堂主到了，就在楼下。"那二人闻之一惊，忙下楼相迎。

方国涣听说有六合堂的人到了，也赶忙出了房间，站在楼道上往楼下观看。

此时楼下院中来了十多个人，为首的是一位清瘦的老者。杜、雷二人下了楼梯，率了身后众关东好汉上前迎道："原来是黄堂主到了，在下关东白虎山龙云寨杜健、雷天豹见过黄堂主。"

那黄堂主抬眼瞟了瞟杜健、雷天豹二人，也不进屋叙话，只立在天井那里傲慢地道："老夫是六合堂河北三大分堂的总领大堂主黄笑天，听说你们关东好汉想加盟我们六合堂？"

杜健复一拱手道："不错，六合堂威震天下，是江湖上的正义大帮，人人向往，还请黄堂主给在下引见连总堂主，以协商加盟大事。"

那黄笑天鼻子却"哼"了一声道："我们总堂主也是你说见就能见的？"

杜健闻之一怔，他身后的雷天豹不由起了怒意，方国涣这边也不禁皱了皱眉头。杜健这时稳了稳神，仍自恭敬地道："还要请黄堂主原谅我等的失礼不周之处，但是事关重大，只有见到连总堂主才能定下此事，还请黄堂主帮忙引见。"

黄笑天冷笑一声道："你们关东绿林中的总瓢把子大力弓王弓长久，倒是有些名气的，你们二位嘛，老夫从来没听说过。既然有意加入我们六合堂，看来也是被女真人逼得没处走了，才来投靠我们……"

黄笑天身后有一位姓王的堂主，用手拉了拉他的袖子，示意不要说些过火的话。黄笑天袖子一甩，没有理他，继续说道："你们这些人，是没有资格见我们连总堂主的，让弓长久亲自来，老夫或许还能亲自与他聊一聊。"

此言一出，杜健不由万分尴尬，身后众人立呈怒色。雷天豹双眼一瞪，欲上前理论。杜健按住怒火，将雷天豹硬拉了回来，并用眼神严厉止了身后几欲发作的手下。

楼上观望的方国涣，见那黄笑天如此无理，也自动了火气，心下道："六合堂内怎么有这号不顾大局的人？是了，连姐姐又不是三头六臂，六合堂天下分堂众多，自不能一一顾及这般鱼目混珠之人的。"忽然想起身上有连奇瑛赠送的那块六合堂的至尊信物——六合金牌令，并且想起连奇瑛曾说过，六合金牌令在，有如总堂主亲临的话来。

第二十回　宝马神驹

方国涣心中立时一喜，便高声放言一句道："黄堂主怎么会说出这般没道理的话来？"一边说着，一边走下了楼梯。黄笑天、杜健等院中众人闻声一惊，抬头看时，见是一位陌生的年轻人从容走下楼来，各是惊异。

黄笑天忽见一位陌生的年轻人，竟敢出言斥责他，在众人面前臊得好没面子，不由大怒道："何方小子？胆敢冒犯起老夫来。"

方国涣走上前来，双手一拱，笑道："黄堂主勿怒，你这边不接受关东好汉的一番诚意也就罢了，何必再出口伤人？杜寨主他们都是关东的英雄好汉，不想在关东受控于女真人，故入关以求加盟六合堂，共图江湖大事，这是加盟而不是投靠，黄堂主既不想为六合堂立此引见的大功，又何必拒人以千里之外？"

此言一出，双方众人大惊。杜健见方国涣出此言语，又刚从楼上下来，知道刚才在客房中与雷天豹所讲的话，尽被这年轻人听去了，然见方国涣大义凛然，说出这番有道理的话来，杜健心中一喜，极是赞服。

黄笑天此时一怔，他身后的人也都暗自点头。黄笑天见方国涣一席话几乎镇服了在场的双方，觉得自己浑身不自在，随即恼羞成怒，大喊一声道："小子，好生无礼！待老夫废了你。"说话间，欺身上前，手式如钩，直拿方国涣的肩头。

杜健见黄笑天身形一动，早有了戒备，立时挡在了方国涣的面前。六合堂的那位姓王的堂主，见事情要闹大，忙双手疾出，扣住黄笑天的腰带，将他攻势硬生生拉回，才没有与杜健交上手。雷天豹等关东人马，此时都已亮出了兵器，欲要一搏。

黄笑天一攻不进，回头见是王堂主将他拉住，不由恼道："王堂主，你……"那王堂主忙低声道："黄堂主勿怒，此人大有来头，我等不可造次。"黄笑天闻之一怔，也自收回了身形。

方国涣见火候已到，知道不能再等了，便从怀里掏出一红布小包，径直走到黄笑天面前，在手中摊开，道："黄堂主，可识得此为何物？"杜健等人见方国涣举止有异，大是惊讶。

那黄笑天往方国涣手中观看之下，不由脱口而出道："六合金牌令！"

六合堂的十多人闻之大惊，随与黄笑天"呼啦"一声，跪倒了一片。方国涣见黄笑天等人忽然拜倒，实出意外，没想到这块金牌竟有如此威力，惊讶之余，忙把六合令收了，上前扶起黄笑天，道："黄堂主与诸位快起来，方国涣受拜不起。"

黄笑天此时额头已渗出汗来，起身后，慌恐道："方公子可是连总堂主派来的特使？老夫适才冒犯，还请多多恕罪，恕罪。"

方国涣道："黄堂主误会，在下并不是六合堂的人。"黄笑天等六合堂诸人闻之一惊，黄笑天不由感异道："那么公子手中的这块六合金牌令是……"

方国涣笑道："这是你们六合堂的总堂主，连奇瑛姐姐送于我的。"

"咦？"黄笑天等人又是一惊，见方国涣竟然称呼他们敬畏的总堂主为连奇瑛姐姐，不由各呈猜疑之色。

方国涣见了，忙道："连姐姐前些日子已巡视到了黄河岸边的鹤鸣山庄，是与洪金山、柳云鹤诸位堂主在一起的。"

黄笑天闻之，疑虑顿消，释然道："老夫日前已得到总堂主巡视的消息，不日将到。"心中尤对方国涣能持有六合金牌令感到惊异不解。

方国涣此时大喜道："如此甚好！连姐姐一来，正好与杜寨主他们商量加盟六合堂的事，黄堂主何不借机引见，立此殊功？"

黄笑天此时才回过味来，对自家险些闯下大祸懊悔不已，自对方国涣生出感激之意，恭敬道："方公子言之有理，适才老夫实是愚昧之极，公子既是连总堂主的至交，持有六合金牌令，一切听从公子安排便是。"王堂主等六合堂诸人，此时各自舒了一口长气。

黄笑天随即走到杜健等人面前，双手一抱拳，歉意道："黄某适才出言不敬，冒犯了各位，险些酿成大错，各位好汉大人有大量，就原谅老夫这一回吧。"说完，深施一礼。杜健、雷天豹等关东众好汉，忽见一场就要发生的火拼就这样化去了，各自惊喜异常，皆知方国涣身份特殊，暗讶不已。

杜健此时忙上前扶了黄笑天，欣然道："黄堂主不必自责，所谓不打不相识，大家日后还要共事，希望黄堂主多多指教。"

黄笑天愧疚之余，感激道："杜寨主如此大量，可见关东的兄弟们都是英雄豪杰，让人佩服，黄某即刻飞鸽传书，告之总堂主这件重要之事，请总堂主火速前来，共商大计。"

杜健喜道："如此甚好，一切就有劳黄堂主了。"

黄笑天接着又向雷天豹等人施礼致歉，全不似刚才专横的模样了，双方众人又互相引见了，气氛立时融洽起来。随后双方又一同拜谢方国涣的调和之功，方国涣笑道："这是你们六合堂的事，在下是外人，不便过多干预，见了连姐姐，提起我一声就行了。"

黄笑天这时唤来客栈掌柜的，命令他道："这些关东来的好汉，日后都是咱们六合堂的兄弟，要好生款待了，不得有所怠慢。尤其这位方国涣公子，是总堂主的朋友，更要周到些，把各位好汉的食宿费用都记在咱们三十四分堂的账上，要重新准备酒菜。"

那掌柜的忙应道："属下遵从堂主之令。"随后又对方国涣、杜健等人拱手一礼道："适才不知是自家人，招待不周，还望各位多多海涵。"说完，转身命伙计们另备酒菜去了。

第二十回 宝马神驹

方国涣、杜健等人才知，这家客栈乃是六合堂的产业。

黄笑天这时道："关东好汉入关加盟六合堂，关系重大，黄某不敢耽搁，当回去做些安排，就此别过。"说完，别了方国涣、杜健等人，率了手下匆匆离去，连夜通知总堂处了。

送走了黄笑天等人，杜健回身朝方国涣深施一礼，大为感激地道："多谢方公子及时出面调和，帮了我等大忙，此番回去必报知弓总寨主，日后当有重谢。"

方国涣自还了一礼道："杜寨主不必客气，各位好汉所为乃是大义之举，在下能助些微薄之力，倒是荣幸得很。"雷天豹等人也自过来一一拜谢了，皆呈感激之色。

这时，从对面楼梯上走下来一名丫鬟，走至近前欠身一礼道："杜寨主，小姐适才在楼上都看见了，小姐有话，请杜寨主把这位恩人方公子请到楼上，小姐要当面谢过。"

方国涣闻之，忙道："这位小姐何必多礼！"

杜健道："应该的，方公子请吧。"方国涣见不好拒绝，便自随了来。

杜健引了方国涣来到楼上一间雅致的客房内，一位俏丽的少女由一名丫鬟陪着迎了上来，欠身一礼。杜健介绍道："这是我家弓总寨主之女，弓英儿小姐。"

方国涣拱手一礼道："在下方国涣，见过弓小姐。"弓英儿复施了一礼道："方公子大仁大义，帮了杜叔叔他们的大忙，弓英儿这边谢过。"

方国涣忙道："弓小姐不必客气，令尊此番派杜寨主入关联系六合堂，共商加盟义举，当为天下人敬佩，况且六合堂内也有在下相识的朋友，倒是在下应该做的。"

弓英儿随后请方国涣坐了，又自道："我爹娘都是中原人，但把我生在关外，没想到初次入关到中原来，就遇见了方公子这等侠义之人，真是令人高兴得很。关内的风光秀丽，比关外好看得多，人也多是好人，就如方公子与我那坤哥哥……"

说到这里，弓英儿不禁轻轻叹息了一声，方国涣道："弓小姐何以长叹？日后令尊率领关东好汉重返中原，加盟六合堂，当是一件大好事。"

弓英儿道："我这次随杜叔叔到中原来，除了办爹爹他们的大事，还要寻找一位故人，唉！不知他现在去了哪里？好叫人焦急！"

方国涣宽慰道："所谓精诚所至，金石为开，弓小姐既有这般诚意，不远千里而来，日后必会如所愿的。"

弓英儿闻之，欢喜道："有了方公子这句吉言，我就放心了。"

方国涣此时却想不到，弓英儿所要寻找的故人，正是当年和自己在陀螺观中走失的罗坤。

方国涣又与弓英儿闲谈了几句，便告辞退出，由杜健亲自送回了房间。杜健知方国涣与六合堂的关系特殊，此番加盟的成败多在此人身上，言语间甚是恭敬，自让人取了三百两银子相赠。方国涣推辞不过，只好谢过收了。杜健随后告辞与雷天豹等人议事去了。

接着，弓英儿也遣了一名丫鬟送过来一荷包的珠宝，方国涣自知推辞不掉，也便收下了，赏了那丫鬟二十两银子，那丫鬟欢喜去了。

不多时，客栈掌柜的带了一名端着二百两银子的伙计过了来，说是奉堂主黄笑天之命略表敬意，方国涣坚辞不受，那掌柜便急道："公子若是不收下，我家黄堂主那边没法交代，自会认为公子还在怪罪于他，心里会不安的。"

方国涣听了，只好请掌柜的代向黄笑天谢过，无奈地收了。掌柜的大喜，与伙计施礼退出。方国涣望着桌上的一大堆银子，不由摇头苦笑，寻了一块大布，一股脑儿地包裹了，放在了床头。

门一开，两名伙计又端了酒菜进了来，摆了满满一桌子。方国涣知道是那掌柜的所为，欲与伙计们赏银，两名伙计像商量好了似的，死活不受，辞了一声，带上门去了。方国涣摇了摇头，便坐在桌旁等候卜元回来。

过了半个时辰的光景，但听有人噔噔地跑上楼来，门一开，卜元一阵风似的进了来，且有些兴奋地道："好马！好马！"

忽见方国涣坐在那里，守着一桌子的酒菜，不由一怔道："贤弟，要请客吗？"

方国涣摇头笑道："我哪里请什么客来，这是店家送的。"

卜元讶道："店家何故送来这许多好酒菜？莫非是在棋上赢来的？"

方国涣笑而不答，指了指床头那大包银子道："卜大哥再看看这包裹里是什么东西。"

卜元见了，异道："哪里又多出个包来？"走到床前，伸手解开看时，惊讶道："今天是老弟的什么日子？又有酒席又有银子的？"

方国涣便把事情的经过说了一遍。卜元听罢，惊奇道："乖乖！贤弟还有这种和解的本事！几句话，一块牌子，就得了这么多好处来。"

方国涣自是微微一笑，随后问道："卜大哥刚才说什么好马来着？"

卜元猛地一喜道："对了，我适才回来时，路过后院的马厩，见里面拴着一匹黑色的好马，一万分的神骏！不知是店中哪位客人的。急跑回来寻贤弟去看个新奇，饱一回眼福，这可是我见过的最好的马。"说完，拉了方国涣就走，方国涣也只得随了他去。

方国涣随着卜元来到客栈后院的马厩处，见里面果然拴着一匹罕见的黑

第二十回　宝马神驹

马。但见此马，身高六尺，气宇轩昂，通体如墨，映日有光，仅在腹部生有一大团长毛，白如霜雪，甚是耀眼，骏尾鬖然，足生蹄髭，长寸许，双目莹澈如水晶，骨干异常，立在那里纹丝不动，如石雕玉刻一般，泰然之处，实是一匹宝马神驹。

方国涣看罢，不由惊叹道："好马！神马！"

此时有一马夫过来给此马喂草，这些马草甚是鲜嫩，显是精心刚采割来的，挑不出一根杂草枯叶来。在马厩的一侧，两名持了刀枪的大汉，正在守护着。

卜元耐不住好奇之心，上前问道："两位大哥，这神驹可有名字？是店中哪位客人的？"

那两名大汉用警惕的目光打量了卜元、方国涣一番，见二人只是好奇，并无他意，一名大汉便道："此马通体全黑，唯腹部有一团白毛，故名'乌云托月'，是我家主人从关外带来送人的。"

这时，忽听身后有一人道："方公子也好马吗？"方国涣闻声，回头看时，见是雷天豹，忙上前礼见道："原来是雷寨主。"随即引见了卜元道："这是与我同行的卜元大哥。"

雷天豹拱手道："原来是方公子的朋友，幸会、幸会。"卜元知对方是关东好汉，也自上前礼见了。两名护马的大汉见了雷天豹，双双敬礼道："雷寨主。"

雷天豹点了一下头，道："好生看护了，这马比你等性命都重要。"

方国涣心中道："原来这匹神驹是杜寨主他们带来的。"

雷天豹这时自有些得意道："方公子，此马如何？"

方国涣赞叹道："若非亲眼所见，实不相信世上还有如此神骏之马！"

卜元见方国涣与雷天豹熟稔，便忍不住走进马厩内，伸手欲去抚摸这匹"乌云托月"。两名护马的大汉本想阻拦，见有雷天豹在场，又与卜元说过话，迟疑了一下，没有上前拦阻。

卜元对此马已是爱极，但是未等他抚摸到马背，那神驹忽昂首一声鸣嘶，扬蹄乱踢。卜元大骇，引身暴退。

正与方国涣说话的雷天豹见状，大吃一惊道："卜壮士，快躲开，此马性狞顽劣，不近生人。"也亏卜元闪得及时，没有伤着，当下忙离了马厩，摇头感叹道："好马！好一匹性烈之马！"

方国涣惊吓之余，道："卜大哥也是性急的，如何敢靠了前去？非常之马必有非常之性，不易驯服的。"随后对雷天豹道："雷寨主，如此神驹，不知要送于何人？"

雷天豹道："我家弓总寨主的意思，是要送与六合常的连总堂主，作为我们加盟六合堂的见面之礼。"接着又一笑道："而我家小姐的意思，是要送给罗公子，我们未来的少主人。"

卜元一旁问道："雷寨主，此宝马百世罕见一回，不知从何而得？"

雷天豹道："是我家总寨主在一次偶然的机会，从一位蒙古的大马贩子手里重金购得的，是关东第一神驹！"

卜元感叹道："就是天下第一神驹，也当之无愧！"

雷天豹又道："此马脚力极速，千里之遥，一日可至。不过除了我家弓总寨主与雷某因经常驯养之故，可以骑上它遛一遛外，还无人能乘其任意奔驰。因其性狞顽劣，桀骜不驯，我家弓总寨主便把它作为见面之礼赠予连总堂主，以求六合堂中高人能驯服它，为人所用。"

方国涣闻之，惊奇不已，见卜元一脸的喜慕之色，不由笑道："卜大哥也善骑吗？"

卜元道："头些年，马上刀弓倒也熟练，这几年只顾打猎，骑术也自生疏了，不过若有好马来骑，也能驾驭它的。"

方国涣、卜元二人随后别了雷天豹回转客房，卜元一路上自对那匹"乌云托月"赞叹不已。

到了房间内，二人便就着那桌酒席对饮起来，方国涣见卜元观马之后的兴奋之情，不由摇头暗笑。二人对饮了一番，方国涣道："卜大哥，明日你我要早些动身，勿让人察觉了。"

卜元讶道："店里店外你都识得的，可怕人吗？"

方国涣道："是防止六合堂的人挽留，误了你我上京的行程。"

卜元道："也好，天不亮就走掉，免得麻烦。"

第二天天色未亮，卜元、方国涣便起身收拾好了行装，悄然出了房门，轻轻下了楼。接着绕开守夜的伙计，离了客栈，一路自向京城而来。

第二十一回　百溪棋馆

　　方国涣、卜元二人这日便已到北京城。京畿重地，天子脚下，果与别处不同，二人一入城中，便被这繁华热闹的气氛所感染。街上人来人往，车水马龙，身着奇装怪服者，操着南腔北调者，外邦之民，八方之客，熙熙攘攘，都似忙碌得很。道路两旁店铺林立，商品琳琅满目，摊主的招呼声与顾客的讨价声喧成一片。又有一堆堆的人群，围观着那些打把式卖艺的、耍杂技唱小曲的，喝彩声暴沸，锣鼓声震天。远处隐隐能望见紫禁城皇宫内的楼檐殿角，有道是天下繁华之处，便是那帝王富贵之家，更是那醉生梦死的所在。

　　卜元、方国涣二人也不知往哪里走去才是，但随着人流而行，四下看热闹。方国涣这时感到腹中饥渴，便拉住了看得正入迷的卜元，道："卜大哥，肚子饿了，先去吃些东西可好？在京城也是要住些日子的，有时间再游玩吧。"

　　卜元此时摇了摇头，感慨道："今个真是见了世面！想我这二十几年，简直是白活了！"

　　方国涣闻之一笑，拉了卜元进了一家酒楼，随有热情好客的伙计上前迎了。

　　两人被伙计引上二楼，这酒楼的生意真是不错，几乎桌桌爆满。说来也巧，此时恰好有一张临街靠窗的桌子，几位客人吃喝完毕刚起身离开。

　　伙计笑道："二位客官好运气，一上来便有了这处好位置。"卜元、方国涣见了也自高兴，于桌旁坐了，果然居高临下，街景热闹尽可观看。

　　那伙计手脚麻利地收去了先前的碗碟，擦净了桌子，随后笑嘻嘻地道："二位客官，想用些什么？本酒楼自有名师主灶，南北大菜样样俱全，任您点要。"

　　方国涣笑道："小二哥，你这里但有什么京城风味的，尽管上来便是，然后一发算钱于你。"

　　那伙计闻之，先自怔了一下，接着笑应道："二位客官稍等，马上就来。"说完，转身欢快地去了，时间不大，几名伙计，便端着大盘小碟过了来，摆了满满一桌子，先前那个伙计嘻嘻笑道："桌子小了些，摆不下许多的，本店中的京城风味要是做尽了，十张桌子也容不下的，不知二位客官还要吗？加桌也可以的。"

方国涣连忙摆了摆手道："够了、够了，我二人吃不下许多的。"

那伙计笑道："客官若是吃好了，改日再来尝别的吧。"随后道声"慢用"自去了。

卜元这时笑道："这些美味足够我二人享受一番的了。"

方国涣笑道："卜大哥要是得尝天下第一神厨韩杏儿韩姑娘烧制的一道菜，保管不再思这楼中百味。"

卜元道："可是贤弟曾说起过的那位会做奇珍美味的韩姑娘？"

方国涣道："不错，韩姑娘的厨艺可谓千古绝有，能得以品尝其厨艺，实为人生之幸。"

卜元笑道："真似贤弟说的那般奇妙，当要做神仙了，我可没有那份口福。"

方国涣笑道："若论起口福，天下间还要首推赵明风了。"

卜元笑道："贤弟曾说起过的这位美食家，也是银子多的没处使了，养出了个嘴馋的病来。"方国涣闻之一笑，随与卜元对饮起来，满桌子的京城风味也自有些独特的，二人吃得也自高兴。

待吃喝得差不多时，卜元道："贤弟，可否先寻个人问问，打听打听那太监的事？"

方国涣道："不错，这才是我们的正经事。"随即朝旁边一位邻桌的客人，拱手一礼道："这位先生请了，打听个人，可知皇宫中有一位棋上出名的太监，人称国手太监的？"

那人见方国涣问话，便放了一杯筷，头一摇道："太监？不感兴趣的，我刘三除了做布匹生意，别的一概不知。"

接着那刘三又神秘兮兮地道："近来苏州丝绸的行情看涨，小兄弟想要发财，赶紧购运一批来京，保你稳赚两倍的利息。"方国涣、卜元二人闻之，相视一笑，摇头不已。

这时，偶听得临桌一位客人，叹然一声道："人这一辈子，真是没处想去，他才显赫了多长时间，如今竟落得这般光景，好是可怜！"

另一人也自叹息道："名气大了也无甚好处，实不如你我这般平淡地活着，虽无大福来享，却也无大罪来受，哪如他这般，名声大得竟招鬼神妒，突然间害了这种病来。"方国涣、卜元二人自听了个糊涂，也不甚理会，结了酒菜账，起身去了。

出了酒楼，卜元道："贤弟，京城这么大，我们如何打算？"

方国涣道："此事还需寻个同道上的棋友来问问，或能打听到些消息，外人多不甚注意的。"接着欣然道："既到京城，当去安国府皇家棋院，拜访国

第二十一回　百溪棋馆

手状元曲良仪先生，领略一回国手棋风，此番来京，我便早有此意的。并且曲良仪先生曾与国手太监李公公对弈过棋局，或许能知道此人的一些底细，进而查出个蛛丝马迹来，棋上出此杀人事，曲先生身为国手状元，不会坐视不理。"

卜元点头道："有道理，直接找到曲良仪，事情会好办得多。"

卜元又自喜道："贤弟此番造访安国府皇家棋院，若能在棋上胜了那国手状元曲良仪，说不定还能被皇上册封个什么神手、圣手来，那可是风光得很。"

方国涣道："能与国手状元临枰对弈一局，也不枉了入习棋道一回。曲良仪既然能被皇上从天下众高手中点出，在棋上必有过人的本事，胜其并非易事。"

卜元摇了摇头道："拿了一把小石子在格子上走来走去，却也能走出个状元来，实是奇妙得很。"

方国涣笑道："天下万物，各成一世界，棋子虽小，但走起来千变万化，鬼神难测，自有无上的妙趣，非常人之智所能得。"

二人一路说笑，行了不远，见有一老者迎面而来，方国涣便迎上前，拱手一礼道："老人家请了，打听个道，安国府皇家棋院怎么个走法？"

那老者闻言似乎吃了一惊，用奇怪的目光打量了方国涣一遍，冷冷地道："小孩子家，去那里做什么？喜欢走棋，前面过两道街，街头有一家棋馆，到那里玩玩罢了。"说完，径自去了。

但把方国涣听得一怔，大是惑然，没想到那老者对闻名天下的安国府皇家棋院，竟有如此冷漠的态度。

卜元这时不快道："这老头，好没道理，我贤弟是棋上的高手，那安国府皇家棋院就不能去得吗？"

方国涣异道："从这位老人家的神态言语上，好像是……难道安国府皇家棋院出了什么事不成？"方国涣心中此是忽产生了一种极大的不安。

卜元道："能有什么事？那安国府是皇上御封的棋院，名气上威风着呢！再说还有着一个新科的国手状元曲良仪，人人都敬三分的。"

方国涣疑虑道："此事有些古怪，那老者说前方有一家棋馆，我们且去那里拜访一下棋道上的朋友，探探消息吧。"

方国涣、卜元二人穿过一条街道，向一行人打听了棋馆的位置，便一路行来。此时忽从旁边的一条胡同里跑出一个人来，跑了几步，似被绊倒在地，竟然趴地不起，卧在路边的污泥里啃起土来，冷不防把方国涣、卜元二人吓了一跳。

再看此人时，乱发蓬松，衣衫不整，抓着泥土就吃，不辨污净，忽然大笑道："好吃！好吃！"接着又大哭起来。

方国涣此时自是吃了一惊，见此疯癫之人，目光呆滞，时现惊恐，继而又呈茫然，虽一身污垢，但掩不住此人清雅不俗之容，衣衫散乱不整，且撕裂了数条口子，却为上等的丝绸精料，不像一般人家所能穿戴的。

这时，从胡同里追出一个十二三岁的小童，跑上前扶起那人，哭咽道："主人，主人，我们回去吧，我们回去吧。"几位路人不忍相看，摇摇头叹息着走开了，似习惯了这疯人一般。

这时，那疯子忽从地上一跃而起，撞翻了小童，"啊！啊"叫了数声，从方国涣、卜元身边跑过，那小童忙从地上爬起来，哭喊着追了下去，直令人看得心酸。

卜元摇头叹道："可怜！可怜！倒像个有钱人家的，竟落到这般境地。"方国涣也自叹息一声，望了望那远去的疯癫之人，摇摇头，随后与卜元走开了。

方国涣、卜元二人寻到了那家棋馆，这是一处大宅院，门两侧木柱上有一副精心雕刻的门联，上联为：天圆道化阴阳二气；下联为：地方我运黑白两子；横书一匾：百溪棋馆。

卜元道："可是这里了？"

方国涣点了点头道："不错，没想到京城中还有人以棋为雅业，开馆授徒的。"

此时，从虚掩的大门内，传来阵阵"噼里啪啦"的棋子落枰时的清脆响声。

卜元讶道："还有干这营生的！看来这棋馆的主人是有大本事的。"

方国涣道："天子脚下，藏龙卧虎，能在这天下棋风大盛之际，开馆授徒，必是一位一等一的高手棋师。"

卜元道："门旁这两句话，倒显得有些大气。"

方国涣道："文如其人，这十六字当中，就透有玄机。"

卜元这时向门内望了望，犹豫道："我们如何去拜会人家？"

方国涣笑道："以棋会友！"拉了卜元便进入了百溪棋馆。

二人一进入棋馆内，立时被眼前的景象迷住了，百溪棋馆的庭院中，十数棵柳树荫下，几十名十余岁的棋童，正在捉对临枰厮杀，尤在东南角，还有四名女童，分成两局，在认真走棋。对面一排屋檐下，另有十几名年轻人在弈对。

卜元看罢，赞道："京城就是京城，果比别处不同，什么事情都成个模样。"

方国涣暗自叹服此棋馆的主人，培养如此众多的棋童，不由对其肃然起敬。二人在院中绕过数桌走棋的棋童,来到正面一座厅堂之上,此为过堂,有后门,通向后面一处院落。

此时堂中有十余名六七岁的幼童,在听一位年轻人的棋课。墙面上绘了一幅大棋盘,年轻人持了两块黑白石笔,在棋盘上画些小圈,代表棋子,讲解着一些棋上的简单走法和规则,以及术语,这些小棋童正在聚精会神、似懂非懂却津津有味地听着。方国涣见了,对百溪棋馆有如此规模和教棋规范惊讶不已。

卜元这时拉了拉方国涣的衣角,低声道:"贤弟,这么多的小孩子都在学棋,看来果然好玩,日后你也教我几手吧。"

方国涣闻之一笑,附于卜元耳旁,轻声道:"棋道是养性子的慢功夫,比不得卜大哥霸王弓的弹丸之力,可以断树裂石,让你自家那般痛快。"

卜元听了,点了点头,瞪大眼睛又看了看那些在听课的小棋童,嘟囔了一句道:"能当饭吃?"

二人在厅堂内,倒也无人来盘问。

方国涣、卜元二人出了厅堂后门,来到了棋馆的后院。此院落比前院小了许多,几处翠绿的葡萄架下,仅有三四桌棋局,都是些中年人在走棋,另有一僧人与一老者在一角独自弈对。庭院两旁各是一排厢房,正面是大厅。

此时厅门大开,里面有不少人,围作一堆,似在观看两名好手走的一局妙棋。这时,从一侧厢房内走出一位年轻人,迎上前道:"二位,有何贵干?"

方国涣拱手一礼道:"在下方国涣,特来拜会贵棋馆的馆主,以棋会友。"

那年轻人望了望方国涣、卜元二人,道:"原来是拜访家师的棋友,师父倒有过话,凡是棋道上的朋友,都让我们以礼相待。师父正与木银泉老先生在厅上走棋,方公子若是不急,在旁候一候吧。"

方国涣道:"如此多谢了。"

那年轻人道:"不必客气,都是棋道上的朋友嘛,请二位随我来。"说完,引了方国涣、卜元二人来到了大厅上。

大厅上,一些人在围观着一盘引人入胜的妙棋,对局者是一位仪态祥和的中年人和一位白须皓眉的老者。那年轻人示意方国涣、卜元二人勿出声,站在旁边看了。

方国涣旁观了片刻,心中暗暗称奇,惊讶这二人果然都是棋上的高手,尤其从那中年人所持白子走出的棋势上看,似与天元寺法阳大师兄的棋力不差上下,暗叹天下高人果然多的是。

那中年人正是百溪棋馆的馆主刘百溪,是京城中有名的高手棋师,与他对局的老者叫木银泉,也是京城中棋上的名家。此时木银泉把手中一枚久久举着的棋子投于棋篓内,叹息一声,收手正坐了,摇了摇头道:"百溪先生始终比老夫高出几子，这盘棋老夫又认输了便是。"

刘百溪眉头皱了皱道："银泉先生今日的这盘棋走得巧妙，大势初成，胜负未定，何故投子认输？"

木银泉道："前两局，老夫在中盘都没有占到便宜，收官时又被你抢了先，这最后一局，老夫已尽了全力，仍不能抢在你的头里，到此已无力回天，三战全负，也自输得心服。"

刘百溪摇摇头道："银泉先生何必如此过谦，莫非在众徒弟面前护我刘某的面子，放着一手妙棋不走，故意弃子认输？其实大可不必的。"

木银泉闻之一惊，忙又低头细看棋盘。

方国涣一旁，心中敬服道："这刘百溪先生如此大度，竟然提示对方于自己不利的棋路，实令人钦佩。可惜，这位木银泉老先生未必能识得出。"

果然，那木银泉详观了棋局片刻，抬头笑道："百溪先生笑我，你这两条大白龙已把大势占尽，逼得老夫黑棋到了绝地，哪里还有什么一着妙手可寻。为了能高出你一子，老夫潜心专研百溪先生的棋谱七八年，岂能错过胜你一快的机会。"

刘百溪摇摇头道："此局乾坤未定，银泉先生无意中走出了一盘巧妙的棋势，若能再补上一子，胜负还很难分出。"

木银泉的脸色此时有些难看起来，对周围观棋的人道："你们都过来帮老夫看看，所谓旁观者清，老夫果然还有胜你们师父的神着不成？"那些旁观者都是刘百溪的棋上弟子，棋力皆不凡的，此时纷纷摇头。

一名年轻人道："此局势已定，再没有走废棋的必要了。"

另一人道："多走几手也是败棋，无济于事的。"

木银泉面呈愠色道："老夫向来都对百溪先生的棋力佩服几分的，今日也自输得心服口服，百溪先生还是勿要安慰我吧，改日待老夫棋上长了本事，再来讨教。"说完，起身拂袖而去。刘百溪望之愕然，恍悟自家好心提示，竟让对方误会了，忙对一名弟子道："刘兴，去送送银泉先生。"那弟子应了一声，跑了出去。

刘百溪这时摇了摇头，自语道："相差一两子，竟能真有这么大的距离？"随后对众弟子道："你们都过来仔细看了，银泉先生确实还有一着妙手棋，可以转劣势为优势的。"

众弟子们见师父如此坚持，知道此言不虚，都上前细看，用心揣摩，继而都是苦思不解，各自摇头。

刘百溪见众弟子中没有一人能看出些门道的，有些不快，伸手欲要拂乱了棋局。

方国涣这时进前一步道："刘先生且慢，这盘棋果是有一着'一子困双龙'的妙手棋。"

在场诸人闻之一惊，刘百溪起身看时，这才发现厅中已不知何时多了两位陌生的年轻人，刘百溪惊异之余，面露喜色。

先前那位年轻人忙上前道："师父，这位是来棋馆以棋会友的方公子，已候了多时。"

刘百溪忙拱手一礼道："原来是棋道上的朋友，失迎、失迎。"

方国涣也自还了一礼道："在下方国涣，前来贵棋馆拜扰刘先生。"随后又引见了卜元。刘百溪适才闻方国涣那句"一子困双龙"之语，知道此人识破了这盘棋上的玄机，来了一位高手，忙请了方国涣、卜元二人落了座。

弟子献上茶来，刘百溪请二人用了，随后一拱手道："方公子适才那句'一子困双龙'说得极好，正是这盘棋上的玄机所在，还请方公子施展妙手，给刘某的这些愚徒们指点指点。"

方国涣笑道："那么在下就献丑了。"说完，持了一枚黑子，抬手轻轻落定枰中。

刘百溪见状，惊喜道："不错，正是这手棋，有起死回生之功。"

刘百溪的众弟子中，有两名棋力高些的，见了方国涣落的这手棋，才恍然大悟，各自惊喜道："神了！真是太神了！这局棋竟然被走活了。"那些棋力差些的，还是看不明白、辨识不出这其中的奥妙，满脸的疑惑。

刘百溪这时欣然道："今日得识方公子这般棋上高手，实为幸甚，刘某不才，敢向公子讨教一局。"

方国涣道："今日拜访刘先生，也是想领教先生的高手棋风，不过先生已应了三局棋，耗神太过，有碍棋力施展，不宜再走棋的，改日再与先生对弈如何？"

刘百溪闻之，点头道："公子虽年少，虑事却周全，不愧为真正的棋家，刘某佩服，那就改日吧。"随后又对一名弟子道："刘岳，把这局棋谱摹下，回头送到银泉先生府上，让银泉先生明白，他还是有一着妙手棋未施的。"

那刘岳应了一声，寻了一纸空谱，把此棋谱摹了下来。

方国涣点头道："先生果有大家风范，令人钦佩！"

刘百溪道："棋本雅艺，若在上面与人伤了和气，就与棋道修身养性的宗旨背道而驰了。刘某从未把棋上的胜负得失放在心上，但求一尽棋兴而已。"

方国涣道："先生已达大棋之境了。"随后又道："适才进来，见贵棋馆的场面，不由叫人对先生肃然起敬。先生开馆授徒，培育新人，以棋为雅业，当为天下棋家所敬仰。"

刘百溪道："刘某幼好此道，一生唯棋是务，棋道中正，可移情易性，明心开智，正世间靡靡之风，若能普及此业，则有助国运之兴，天下可大治矣！"

方国涣赞叹道："先生能以棋济世，这才是棋家的真正大德为！"

这时，追出去送木银泉的那位刘兴转了回来，一进厅内就言道："师父，曲先生又跑出来了。"

刘百溪闻之，一扫刚才的兴奋之情，脸色忽变得凝重起来，摇头长长叹息了一声，厅上的众弟子也都显得神情肃然。

那刘兴摇了摇头道："可惜了一位大国手，生出这般没头没脑的病来，落得个人棋两废，疯癫街头，真是悲惨！"

方国涣、卜元二人闻之一惊，方国涣忙起身问道："刘先生，这位曲先生难道是……"

刘百溪道："听方公子的口音，不像京城人氏？"

方国涣道："不错，我与卜元大哥今天才到的京城。"

刘百溪道："这就对了，看来二位是不知道的，一个月前，京城内出了一件大事。"

方国涣闻之，心中一动。

刘百溪接着道："方公子既是棋道中人，当知道半年前的那场棋坛盛事。"

方国涣道："有所耳闻，当时天下棋家云集京城，从众高手中脱颖而出了一位奇人，就是现今统领安国府皇家棋院的国手状元曲良仪，难道……"方国涣心中此时一沉。

刘百溪点了点头，叹惜道："事情就出在他的身上，一个月前，国手状元曲良仪先生不知是何缘故，一夜之间，忽然神智失常，变得疯癫起来。"

卜元一旁不由大惊道："可是街上的那个疯子？"

刘百溪道："原来二位已经见过了。"

方国涣惊异道："没想到此人竟然是当今天下的国手状元！"

刘百溪叹道："曲良仪棋高无敌，自显世以来，未逢敌手，他夺取国手状元时的几十局棋谱，曾风传京城，一时洛阳纸贵，只可惜遭此大难，是为棋道不幸。"

方国涣震惊之余，诧异道："不知曲良仪何以突然间生出这般怪病来？"

刘百溪道："国手状元忽得疯疾，惊动了皇上，立有御医奉旨前往安国府皇家棋院，但是，十几名御医竟然诊断不出曲良仪所患的是何症，虽试着下药施治，百药无效，以致群医束手无策。不过事后得知，曲良仪发病的头一天晚上，与人对弈过一盘棋，当夜就举止异常，第二天便无故地疯癫起来。"

"咦！？"听到这里，方国涣、卜元二人不由立呈惊骇之色。

方国涣这时急切道："当晚与曲良仪先生对弈之人，可是皇宫内的那位国手太监李公公？"

第二十一回　百溪棋馆

刘百溪闻之，吃了一惊道："此事外人多不知晓，方公子是如何知道的？"

方国涣惊异道："果真是此人！实不相瞒，在下与卜元大哥此番入京，就是为了追查与这位国手太监有关的一桩棋上命案。"

"棋上命案？"刘百溪及众弟子闻之，俱是一惊，刘百溪随即有所悟道："难道曲良仪这件事与那天晚上和国手太监走的棋局有关？这……这怎么可能？"

方国涣道："此事古怪迷离，暂时还不甚清楚是怎么回事。对了，刘先生可知关于国手太监李公公的一些内情？"

刘百溪道："此事说来话长，刘某也曾奉旨入宫，辅导太子习棋，倒见过李公公几次面，知道他的一些事情。此人是三年前由一位京官引荐入的宫，乃是一位年逾五旬的半老之人，入宫之时，还是个正常男身，自称姓李名无三。此人带棋入宫后，便以棋师的身份教棋后宫，棋上本事，高不可测，宫中几位有名的高手棋师无不败在他的棋上，龙颜大悦，得宠宫中，红极一时。但是不知何故，入宫两年后，一大把年纪竟自残了身体，废了人道，甘愿做起一个太监来，这是棋道上的朋友们百思不解的怪事。然而紧接着怪事层出不穷，李无三自成了太监身之后，不知什么原因，棋力忽地大增，如有神助，与一般好手对弈，几乎是通盘全吃，不留一子。后来天子招棋，天下高手汇聚京师，争夺国手状元，最终竟然仅剩李无三与曲良仪二人，二人在金銮殿上七战七和，走出了棋上罕得的平局，没有说是哪一局谁高出谁半个子来，可谓是一双真正的棋上对手。这七盘棋被摹成《金殿七局图》棋谱，可惜被收藏宫中没有传出。当时皇上认为此人是个太监身，不宜做本朝国手状元来炫耀天下，故只得了个国手太监的空名，曲良仪则被册封为国手状元，统领安国府皇家棋院。自此以后，李无三似受了打击，闭门不出，三个月后，忽又现身露面，寻高手对弈斗棋，但又显得有些神秘，与人走棋时，多不容旁人在场观棋，且在棋局后常把棋势拂乱，不令外人得到当时棋谱。李无三复出后，手法上更是出奇难测，棋上似有了一种特殊的进展，所走棋势常令一些棋家苦斗不出，难以应对。他曾与几位名震京师的高手斗棋，直杀得那些人心灰意冷，精神从此不振，大伤棋趣，皆有'绝棋'之念。曾有传闻，李无三扬言要在棋上向国手状元曲良仪讨回个公道，没想到他二人斗了一局棋之后，曲良仪忽得了疯疾，不知是何缘故？"

卜元这时道："曲良仪必是在和那太监走棋时出的事，皇上何不把那太监抓起来，问他到底施的什么妖法，竟把人害成这般模样？"

刘百溪道："国手状元曲良仪忽得怪疾，皇上便降旨锦衣卫立案调查，当得知曲良仪曾与李无三走过一盘棋，就在当天夜里出了事，皇上便下旨召李无三问讯。但是，李无三就在与曲良仪斗棋的当天晚上，神秘地失踪了。"

"失踪了？"方国涣、卜元二人闻之，尤感惊讶。

刘百溪道："不错，国手太监李无三神秘失踪，这是宫中的一件怪事，然而更奇怪的是，与李无三同时失踪的还有一人，就是锦衣卫中的统领于若虚。"

卜元这时惊讶道："这个人我见过，武功极高，善于左手用剑。"

刘百溪异道："卜壮士何时见过此人？"

方国涣答道："如果不错，这位于若虚和国手太监李无三，曾同去过我的一位故人智善大师那里，寻其斗棋。结果一棋之后，智善大师竟在棋桌旁身僵而亡，看来是死在了这太监的棋上。也就是说，国手太监李无三能以棋杀人。"

"以棋杀人！？"刘百溪及众弟子一时惊愕万分。

方国涣道："不错，如今看来，李无三果然有棋上杀人的恶迹，在棋上乱人神志，夺人魂魄。可惜，当时我来晚了一步，让那李无三走脱了，卜大哥带人追去，也没有拦住。为了查明智善大师的死因，我二人这才来到了京城。"

刘百溪此时惊异道："棋力再高深莫测，对家输了便是，何以让人达到疯癫或死亡的程度？难道能在棋上走出妖法邪术不成？棋本雅艺，岂能分出邪正？"

方国涣道："此事古怪离奇，在下也自不解，但是智善大师之死，没有任何外来之力，棋终而亡，当是死在棋上，死在国手太监走出的诡异的棋势上。"

刘百溪摇了摇头道："不可能的，这是无法想象的事，若不在棋外动手脚，棋盘之上当无杀人之理。"

卜元这时道："可惜，当日有那姓于的护着，没有抓住那个太监，否则定能问个明白。"

刘百溪道："这位于若虚，是锦衣卫中第一高手，据武术界的一位朋友讲，此人剑术独步天下，有天下第一剑客之称。之所以左手用剑，并非他是个左撇之人，而是右手用剑太霸道，伤人太过，故用左手，以缓其势。"

卜元闻之讶道："怪不得他抬手剑光一闪，我的五六位兄弟便被一齐刺倒，果是厉害得很。"

方国涣道："此人相貌不恶，尤显侠气，为何随了李无三这个心术不正的太监去？且全力护着他？"

刘百溪道："当年于若虚奉旨办一件皇宫国宝失窃案，虽然追回了国宝，却怜惜那盗宝的偷儿是位武术奇才，不忍将他捕回受刑，私下里放了。龙颜大怒，欲诛其九族。时值李无三以棋艺红极宫中，便托请了深受皇上宠爱的

第二十一回 百溪棋馆

刘娘娘，二人一起求情，皇上于是赦免了于若虚的死罪，降职处分而已。于若虚是义气中人，为报大恩，便追随李无三左右了，没想到此番竟也同李无三一齐出走。当皇上察觉李无三、于若虚双双走失后，虽感国手状元曲良仪一案有疑，但已人疯棋废，无济于事了，不知什么原因，或许怕此事传出，引起天下怪论，便把此案放在一旁，不再过问。曲良仪无故疯癫一案，与李无三、于若虚神秘失踪案，已成为宫里的两大悬案。"

刘百溪停顿片刻若有所思道："人废茶凉，曲良仪一疯，不久便被赶出了安国府皇家棋院，与一小仆人住在一家客栈里，好不凄惨。至于曲良仪神智失常，方公子故人智善大师之死，虽然都和李无三对弈的一盘棋有关，但无凭无据，无法告官缉拿，此人曾红极宫中，官家也自不敢过问。并且我们还不知李无三的棋上究竟能走出什么魔力来？另有于若虚这等高手护着他，便是私下拿他问罪也难，自他二人出走后，不知去了哪里，更是难寻。"

方国涣这时缓缓地道："事已至此，那么棋上事就由棋上来解决吧，就是走遍天下，我也要寻着此人，与他在棋上一斗。"

刘百溪闻之，心中虽有些感然，也自敬服。刘百溪忽又呈忧虑之色道："李无三既然有以棋杀人之能，那么他就不会甘心藏匿此术，此番从宫中神秘失踪，必是持此术到天下间寻访高手名家棋上一斗，以显其威，那位智善大师便是一例显证。"

方国涣闻此，大吃一惊道："那么天下的众棋家高手，从此便遭劫难了！"

刘百溪也自一惊，继而摇头叹道："他若作乱棋道，当真可怕得很，希望棋能杀人不是真的，否则后果不可想象。"在场诸人，心中各是一沉。

第二十二回　鬼　棋

　　方国涣这时道："事已至此，我们当另想办法，有一件事，还需刘先生帮忙，或许在这件事上能发现些什么。"
　　刘百溪道："方公子适才施出'一子困双龙'的妙手，足见公子棋力之高，棋上既有此怪异事，刘某不才，愿与公子携手，查出事情的真相，希望对事情有所裨益。"
　　方国涣点头道："先生是真正的棋家，方国涣在此谢过。想那李无三是入皇宫之后，棋力才更加变得诡异高深，其自残身体甘做太监一事，尤为可疑，或许和他忽然在棋上有了杀人之力相关。先生但与宫中的熟人私下打听些，看那李无三先前在宫中有什么异常的举动，由此或能查出些什么来。"
　　刘百溪闻之，点头道："公子果然智高常人，言之有理，刘某倒与宫中几位管事的太监私下有些交往的，此事就交给我吧。"
　　方国涣道："有用银子打点的地方，先生但管开口，我与卜大哥这里自有银两可用。"
　　刘百溪道："方公子果是义气，但此事已不单纯是公子自家的事，我等棋道中人都应尽力的。"
　　方国涣敬佩道："既然如此，一切就有劳先生了。"
　　天色将晚，方国涣、卜元二人便被刘百溪挽留在百溪棋馆住下了，棋馆的众弟子，知方国涣是棋上的高人，自都十分的敬重。晚间，刘百溪邀方国涣书房中论以棋道，方国涣对棋道的言谈，令刘百溪惊奇不已。
　　第二天一早，刘百溪自去寻宫中的熟人打探消息，临行前命弟子刘兴陪了方国涣、卜元上街游玩。方国涣、卜元二人随了刘兴游览了几处名胜，但有棋上事缠身，方国涣自无多大的兴致，卜元倒游玩得高兴。
　　回来的路上，经过一家客栈时，忽闻里面传出一阵哭笑之声，随即曲良仪疯癫跑出，几名客栈中的伙计追出来把他拖拉了回去，方国涣望之恻然。
　　卜元摇头叹道："这位大国手竟落到如此境地，委实可怜！"
　　刘兴一旁道："曲先生神智一乱，无故疯癫，京城百姓便视安国府皇家棋院为不洁之地，避之若驱，如今那里除了几位无去处的棋院大学士外，其他的人都走空了，昔日门庭若市，今日冷冷清清，皇家棋院已经有名无实。"

第二十二回　鬼　棋

刘兴接着又道："曲先生昔日京城夺冠，挫败天下高手，骑马佩花游街，是何等的风光！世人都希望自家子弟如曲先生这般出人头地，皆立为榜样，可惜曲先生福分太短，世故小人倒幸灾乐祸了，世事炎凉若此，奈何！"

方国涣叹道："曲先生遭此意外，实为不幸，今日路过，我们应去看望一下才是。"

卜元道："贤弟言之有理，想这曲先生曾是我们棋家领袖，如今不可视之不理的。"

刘兴便陪着方国涣、卜元进了这家客栈，一名伙计以为三人要住店，忙迎上前招呼了。

卜元与了那伙计两钱银子，问道："小二哥，那位曲国手住在哪里？"

那伙计闻之一怔，讶道："怎么？还有人来看他？可比不得往日风光了，现在后院的柴房里，你们自己去看吧。整天地发疯，搅得小店生意都没的做，掌柜的这两日想把他主仆二人撵出去呢。"

方国涣闻之恻然，随后与卜元、刘兴来到了后院的柴房内，只见曲良仪卧在一堆乱草上，目光呆滞，喃喃而语，先前那个小童蹲在一旁，在抹泪哭泣。

方国涣见了眼前的情景，心中酸楚，几欲落泪，没想到名扬天下的国手状元，竟落到如此凄惨境地。

刘兴一旁愤然道："店家好生无理，怎能把曲先生安排在这里，我找他们去。"说完，转身去了。

那小童见有生人进来，露出几分怯意，方国涣上前轻声道："小兄弟勿怕，你家主人好些了吗？"那小童一时不敢应话，只是惑然地摇了摇头，不知这几个陌生人是何来意。

这时，门外传来说话声，一人嚷着道："我有什么办法，总不能让我无休止地施舍于他，回头叫我一家老小喝西北风吧？什么状元国手的，可比不得骑马佩花游街时的神气了。"随即见刘兴和一位似客栈掌柜的矮胖子过了来，后面还跟着几名伙计。

方国涣知道此时多说无用，从怀中取了一锭十两的银子，递于那掌柜的，道："我们是曲先生的朋友，请掌柜的给曲先生安排一处好一点的房间，这些银子可够？"

那掌柜的忙接过银子，立时眉开眼笑道："公子真是义气之人，这时候还来帮人，叫我等好生佩服。这些银子倒能偿了以前拖欠的店钱、饭钱，不过公子如此大义，本掌柜的也出点血，也不枉了国手状元住小店一回。"说完，把银子欢喜地收了，回身对伙计们道："快把曲先生送到房间里，这有银子了。"伙计们便上前扶着曲良仪去了。

那名小童此时已知方国涣是帮助他们主仆的好人，上前扑通一声跪倒，呜呜哭了起来。方国涣也自坠下泪来，忙扶了道："小兄弟，曲先生这个样子真是难为你了，不要太悲伤，我们会帮助你们的。"

卜元摇了摇头，叹道："好是可怜！"上前抚慰了那小童道："莫哭、莫哭，你家主人的运气要比那枫林草堂的和尚好多了。"客栈掌柜的在一旁点头哈腰地陪了，引着方国涣等人来到了安置曲良仪的房间内。

曲良仪此时被安置在了床上，似乎感觉床上要比柴房中的柴草堆里舒服些，竟自昏沉沉地睡去了。客栈掌柜的又说了几句恭维话，便与几名伙计退了出去。那小童见主人已躺在了客房的床上，安稳睡了，脸上也自有些高兴起来。

方国涣问道："小兄弟，你叫什么名字？家住哪里？"

小童应道："回公子，小人叫曲宁儿，与我家主人是江苏淮阴曲家集人，半年前随主人来京考棋试，主人一举夺了头名状元，便在安国府棋院安顿下来。本想过个一年半载，把江苏老家的人都接来共享富贵，谁知主人却无故地闹起这般疯病来，一切都完了。"说着，那曲宁儿忍不住又抽泣起来。

方国涣、卜元忙自劝慰，方国涣随后又道："听说你家主人是在与他人走了一盘棋之后，才突然得了这种怪病，详情你可知道些？"

曲宁儿道："这件事我却是知道的，那天晚上，皇宫内的李公公与锦衣卫中的于大人来到棋院，寻我家主人下棋，那位李公公棋艺很高的，几乎与我家主人成对手。当时听主人对李公公说，要不是李公公为表忠心效命皇上，残了什么自家身子，这国手状元与安国府棋院应该是李公公的。李公公当时哑着嗓子干笑了几声，笑得好是难听，说是再给他十个国手状元来做，他也不稀罕了，并且说他在棋上长了大本事，今日专程来领教主人的高招的。"

方国涣听到这里，心中一动，忙问道："你可知他们当时走棋的情形？"

曲宁儿道："我那时进去送茶，便在一旁侍候了，李公公说他下棋时喜静，不愿外人旁观，主人说我是不懂棋的，那李公公倒也没再理会。摆棋时，李公公把桌上的黑棋推开了，说是自家带了棋子来。"

方国涣闻之，一惊道："那是什么样的棋子？"曲宁儿道："李公公带来的那些黑棋子，与普通棋子没什么两样，只是透着一种幽光，让人看了不舒服得很。"

"一种幽光？"方国涣心中讶道，"难道事情与这种黑色棋子有关？"

曲宁儿这时又道："当时主人对李公公说，公公怎么用这种古怪的棋子？李公公说，他用这种棋子顺手，习惯了，也只有与主人这般高手走棋，才专门拿出来用的。主人也未在意，便与李公公在棋盘上走开了。"

方国涣道："他们走棋的时候，你可见那李公公与你家主人和往常有什么不同的举动？"

曲宁儿道："开始时也没什么异常，都心平气和得很，后来棋盘上棋子布得多了，我家主人说了句，'公公的棋风怎么变化这么大？'李公公当时冷笑了一声说，他走的是鬼棋，还问我家主人怕不怕。"

"鬼棋？"方国涣与旁边的卜元、刘兴闻之，各自吃了一惊。

卜元讶道："果真是棋上的古怪！"

方国涣忙问道："曲先生怎么说？"

曲宁儿道："我家主人当时笑了，说李公公的棋路走势，怪异一些罢了，虽然不易应对，让人多费些思量，也自是棋上正常的变化，不离攻守之势，世上只有围棋一道，哪里有什么鬼棋。"

卜元这时道："到了后来，是不是那太监在棋上走不过曲先生，耍起赖来，对曲先生吹了口气，施了妖法邪术，念了什么禁人的咒语？"

曲宁儿摇头道："不是的，李公公除了走棋子，是没有任何举动的。"

方国涣道："后来呢？"

"后来……"曲宁儿这时呈出一种茫然之色道，"后来主人就全力施展棋艺，似乎走得很艰难，不知怎么？主人的脸色越来越古怪，似乎很惊异的样子。要知道，主人走棋，从来都是神态自如，不动声色的，就是遇上了极厉害的对手也是这样。当年在淮阴老家，主人曾和一位来访的道士，一盘棋走了两天两夜，最后走成了平手，主人还是谈笑自如的，令那道士叹服而去。"

卜元一旁道："到了最后，是不是那个姓于的护卫，见那太监要输棋了，便玩起诡计来，走到曲先生身后，趁曲先生不注意，正在下棋的当时，伸手点了曲先生的一处疯穴，以至后来的御医们都查不出是何力所致？"

曲宁儿摇头道："不是这样的，那位于大人对我家主人很是恭敬，并且始终站在李公公的身后，没有任何举动的。"

卜元自有些急了道："这样也不是，那样也不是，这就怪了，你说说，最后到底是怎么回事？"

曲宁儿道："后来主人的神情越发的古怪，惊恐地盯着棋盘，像是那上面有什么东西吓着了他一般，好半天才应落一子，这是以前从来没有过的。那李公公似乎走得也很吃力，对主人说几句恭维的话，主人都不曾理会，似呆了一般。"

方国涣听到这里，想起昔日铁五说过智善和尚与李无三对局时也曾有相似情形，抬头和卜元、刘兴互望了望，各自纳罕。

曲宁儿这时又道："棋局好像并没有走完，李公公便把自家的那些黑棋子收起，并伸手拂乱了棋局，起身告辞。主人这时很怪，没有起身相送，仍自坐在那里不动。那位于大人对主人说了几句告别的话，见主人不应，便问李公公是怎么回事。李公公竟然说我家主人在棋上已经输了，心中过意不去，自家正在委屈呢！当时于大人很惊讶，说李公公既已胜了我家主人，可称天下第一了。李公公这时怪笑了两声，说岂止是天下第一，还要天下独一。"

"天下独一？"方国涣闻之一怔，随即问道，"后来又怎样了？"

曲宁儿道："后来李公公和于大人就走了，棋院中的几位棋学士大人，见我家主人与李公公走了一盘棋，都纷纷跑来问胜负如何，见主人坐在那里并不理会他们，讨了个没趣，也就去了。我当时要服侍主人宽衣安寝，主人却还是坐在棋桌旁不动，嘴里好像嘟囔了几句什么，没有办法，我便坐在旁候了，送茶与主人吃，主人也不理我。时间久了，我便不知不觉，迷迷糊糊地自家睡着了，突然间……"

曲宁儿说到这里，满脸忽呈惊恐之色，又自有些哽咽道："突然间，我被主人的一声喊叫惊醒，睁眼一看，好吓人，主人乱发披散，衣衫不整，在房间内走来跳去，哭笑无常，从此便疯了。"曲宁儿说完，又呜呜地哭了起来。

方国涣这时叹道："看来智善大师、曲良仪先生果真是在李无三所走的这种鬼棋上出的事，没想到世间真有这种杀人棋术。"

卜元道："莫不是那太监在棋子上做了什么手脚？"

刘兴道："不可能的，昔日李无三在棋上挫败众多高手，以致令他们有了'绝棋'之念，用的都是普通棋子，当与棋具上无关的。"

方国涣沉思了片刻，道："从时间上来看，李无三初习鬼棋邪术，曾寻高手以试所习鬼棋的棋力。久修成棋魔，一个月前，终于在棋上习成了伤人杀人之力，第一个要害的便是与他棋上争名的国手状元曲良仪先生，随后又寻到了枫林草堂害死了智善大师。曲先生之所以落得个人棋两废的境地，没有像智善大师一般被鬼棋邪术一杀了之，或许是李无三存有报复、幸灾乐祸之心，也可能是曲先生棋力高深，抵住了一些鬼棋的杀人之力，才没有亡命棋旁，但已人棋两废。至于国手太监李无三如何在棋上习成了鬼棋杀人之术，这种神秘的伤杀之力又从何而来，就不是我们所能知道的了，这需要调查李无三究竟在皇宫中有何异常行为，不知刘百溪先生今日能从宫中探听到什么消息回来？"

卜元、刘兴二人闻方国涣所言，点头不已。方国涣这时取了二十两银子递于曲宁儿，道："这些银子小兄弟且拿去零用了，对曲先生的日后安排，我们再想办法。"曲宁儿感激万分，哭着拜谢了。

方国涣、卜元、刘兴三人随后出了客栈，见适才的一名伙计正坐在门口晒太阳，方国涣便上前与了那伙计三两银子，道："烦请小二哥看护好曲先生，不要让他乱跑生出事来，对他主仆二人，饮食上多看顾一些，勿要屈了他们。"

第二十二回　鬼　棋

　　那伙计自是高兴得连连应诺，拍着胸脯道："公子但请放心，曲先生在这里的一切自有我照应了，保管无事，没了人，找我算账。"方国涣闻之，这才放心地与卜元、刘兴二人去了。客栈中的其他几名伙计，见同伴意外地得了三两银子的赏钱，眼红得要死，都在后悔自家怎么不坐在门口，竟让别人讨了便宜去。

　　方国涣、卜元、刘兴三人回到百溪棋馆时，刘百溪探听消息还没有回来，刘岳、刘兴等棋馆弟子便陪着方国涣、卜元在厅上饮茶。众棋馆弟子皆知方国涣是棋上的高手，自不肯放过此机会，取了几份由高手走出的有所争议的棋谱，又摆设了几盘古人遗下的死活残局，自向方国涣请教了。

　　方国涣饮着茶，挥手间数子，把几盘残局都走活了，又把那些有争议的棋谱，寥寥数语，讲解得明明白白。刘兴、刘岳等百溪棋馆的众弟子，见方国涣这种挥洒自如的神态，各自惊异不已，愕然地互相望了望，意思是："比咱们师父厉害！"皆为敬服。

　　卜元一旁见方国涣随意摆布了几枚棋子，便把棋馆的众弟子教导得服服帖帖，恭敬之极，心中大是高兴，索性跑到前面厅堂上，坐在后边听棋馆的弟子给那些小棋童们上棋课。偶见有几个小孩回头朝他咧嘴笑，卜元脸一红，向那些棋童们扮了个鬼脸，不好意思地走开了。

　　傍晚时分，刘百溪才探听消息回来，坐下饮了口茶后，便对方国涣道："刘某今日向宫里几位相识的公公打听了，都说国手太监李无三先前自残身体甘做太监一事，有些让人不解外，倒也没有什么不寻常的举动，不过有一段时间，闭门谢客，好像在研究一些什么棋谱。掌管后宫事务的曹公公对我说，有好一阵子，李无三经常往大内御书库去。"

　　方国涣道："大内御书库当是藏书极丰的地方，李无三去那里寻阅些古人的棋经棋谱，长些见识增些棋力也是正常的事，难道……"

　　方国涣忽心中一动，诧异道："难道李无三在御书库的藏书内偶得了什么奇书不成？"

　　刘百溪道："刘某也有此想法，大内御书库藏书甚丰，不乏奇书祕籍和稀世的孤本抄本，李无三在棋上忽变得诡异古怪、高深莫测，或许得了本什么妖书邪谱，才习成了杀人棋术，这种可能是不能排除的。但是御书库掌事的公公刘某不熟悉，明日再想办法吧。"

　　刘百溪接着又道："自国手状元曲良仪人疯棋废，国手太监李无三和锦衣卫统领于若虚又忽然神秘失踪，龙颜不悦，皇上已经月余没有临枰走棋了，显是两位顶尖的国手一失，伤了皇上的棋趣。本朝棋坛的元气现已大伤，天下棋风或许从此不振了。"说罢，叹息不已。

　　方国涣道："某人独显棋坛，领一时风范，自可带动天下，可见一人之功大矣！如曲良仪先生，为本朝一时的棋家领袖，棋声扬天下，世人仰慕而从之，在棋道史上，自可留名青史。"

刘百溪道："不错，历朝各代，不乏高手棋圣应世，但得国手状元之册封，总领皇家棋院，带动天下棋风者，曲良仪可谓是第一人。并且曲良仪还曾在棋上挫败了一位女真王子，为国朝增威，这种以棋济世之功，当为我等棋家的典范。"众人闻之，各自点头称善。

方国涣随后把在客栈探望曲良仪时，曲宁儿所讲的一番话，自向刘百溪复述了一遍。刘百溪闻之，大吃一惊道："曲良仪先生果真是在棋上出的事！天下竟有这种杀人的鬼棋！太可怕了！"棋馆众弟子听了，也各自骇然。刘百溪惊异之余，叹道："天下棋坛，从此要多事了。"

这时，一名弟子进来道："师父，银泉先生来了。"

刘百溪闻之喜道："快快有请！"

随见木银泉从外面小跑进来，手里扬着一纸棋谱，进门就喊道："百溪老弟，我果有胜你的妙着，看来老夫在棋上又有长进了，昨日误会你了。"

刘百溪忙起身迎了，笑道："银泉先生昨日那盘棋走得巧妙，但却设伏神招不时来试我。"

木银泉摇摇头道："惭愧！惭愧！老夫当时却未能识出此招妙手棋，也就这么高的水平了，这一子自家却是提不上去的，棋力老了。"

木银泉接着又道："刘岳午后到舍下送来了这份棋谱，才令老夫恍然大悟。听刘岳说，有位外地来京的方公子，棋高得惊人，一眼就看出了这手'一子困双龙'的妙招了。"

刘百溪笑道："不错，我们棋家中还有一位年轻的国手，就是这位方公子。"

方国涣走上前，拱手一礼道："方国涣见过银泉先生。"木银泉一见方国涣，不由大惊道："方公子小小年纪就如此厉害，若是到了老夫这把岁数，岂不要高到天上去！"

方国涣笑道："前辈过奖了，所谓天外有天，人外有人，学无止境的。"

木银泉听罢，大为赞赏。方国涣又向木银泉引见了卜元，双方互见了礼，随后大家各落了座，棋馆弟子献上茶来，众人用了。

木银泉这时道："听刘岳说，百溪先生与方公子正在调查国手太监李无三的事，说是国手状元曲良仪忽得疯疾，竟与李无三所对弈的一局棋有关，不知查得怎样了？老夫不信能在棋上出此怪事。"

刘百溪道："事实确是如此，虽然不可思议，棋上能有此异变，但事情已经发生了，容不得我们不信。况且方公子此番入京，乃是为追查与国手太监李无三有关的一桩棋上命案而来，因为李无三在棋伤曲良仪之后，离开京城，

第二十二回　鬼　棋

便开始在天下间以棋杀人了。"

木银泉惊异道："以棋杀人？那太监如何习成的这种邪术来？"

刘百溪道："李无三棋上有此异变，起始于宫中，据说此人经常涉足大内御书库，刘某与方公子猜测，可能是那李无三偶然得到了一部大内秘藏的奇书，习成了一种可以伤人杀人的鬼棋邪术。刘某今日曾去寻了几位皇城里相识的公公，打听了些李无三在宫中的可疑之处，可惜御书库掌事的公公刘某不识得，说不上话，不能知些原委，待明日托人引见引见。"

木银泉道："国手太监李无三平日里便有些古怪，事情既然与他棋道有关，应该查一查的。也是巧了，御书库与御书房的掌事太监林公公，老夫却是识得的，这件事交给老夫办吧。"

刘百溪、方国涣等人闻之一喜，刘百溪问道："银泉先生何以识得这位林公公？"

木银泉道："就像我等棋家好棋一样，那林公公掌管御书库，历经了几代天子，对大内藏书接触的久了，染上了搜集奇书孤本的书癖，经常出宫外去京城内的那几处有名的旧书摊上购些古书。老夫不才，祖上也曾留下了几千卷的书本。经人引见，林公公结识了老夫，在我那里拣了几卷旧书去，高兴得什么似的，说日后有什么大不了的事，尽管去找他，他会尽力帮忙的，此番去他那里打听些消息，倒是可以的。"

方国涣道："如此就有劳银泉先生了。"

木银泉道："这是正天下棋风的大事，老夫义不容辞的，明日但听我的消息吧。"众人闻之大喜。

第二日，众人在百溪棋馆候了一整天，也不见木银泉的影子，大家自都有些焦急。

卜元道："莫不是这位老先生拿话来诓咱们，办不成事，没脸来了？"

刘百溪摇头道："不会的，银泉先生为人耿直，办事认真，刘某与他结识多年，大家都是互相了解的，可能是有些什么事情耽搁了吧。"

待吃过了晚饭，还是不见木银泉的影子。天色将黑，棋馆的棋童都被家人接走了，刘兴欲关大门时，才见木银泉坐了一顶二人小轿，急匆匆地来了。刘兴见了一喜，忙把木银泉迎了进去，自掏了碎银把轿夫打发了。

众人见木银泉此时才到，猜知是有了什么结果，便都围了上来。

木银泉摆了摆手坐下道："莫急、莫急，待老夫喝口水。"随即饮了一杯茶，长吁了一口气，这才说道："老夫从宫里出来迟了些，险些被关在里面。"

众人听了，才知道木银泉是在宫里待了一整天。

木银泉接着道："今天一大早，老夫带了两卷宋刻本的诗书，先前林公公索要，老夫没有舍得予他的，要知道宋刻本是很珍贵的，所谓一页宋纸一两金。到了宫门外，托人把话传进去，林公公便派了一名小太监出来把老夫接了进去，在东华门内的一处客厅里见着了林公公。林公公见了老夫送的两卷宋刻本的书，高兴得满张老脸开了花，说以前出银子求购没有到手，今日老夫自家送上门来定有事情要办。老夫说：'没错，送礼办事，向公公打听一个人，先前的国手太监李公公……'"

说到这里，木银泉停下来呷了一口茶，接着道："老夫一提国手太监李公公，林公公忽然脸色大变，连忙退了左右太监，问老夫打听李公公做什么，他已不在宫中，失踪多时了。我说这件事老夫知道，今儿个应几位棋道上的朋友之请，来打听打听那位国手太监李无三是否在大内御书库的藏书中，得到了一本棋家的妖书邪谱？那林公公一听，立时惊吓之极，忙叫我小声些，老夫觉得事情有门，便尽力追问。那林公公唉声叹气，像是十分懊悔的样子，就是不正面回答老夫的话，只说这件事老夫不要再管，否则皇上知道了，会杀他的老头。老夫磨了一天，再也没问出个结果来，看看天色已晚，只得告辞，说明天再来。那林公公一听老夫说明天还要来，慌得连忙表了态，有话明天宫外说，宫内多有不便。我便说：好吧！明天到老夫家来，定要说个明白。林公公无奈之下，只得应了，但要老夫保证，不得有外人在场，老夫也自应了他。这不，就回来晚了。"众人闻之，各自疑惑。

刘百溪道："我们的猜测还是有道理的，看来林公公是位知情人，但他为什么如此紧张害怕，却也奇怪？"

方国涣思虑了片刻道："林公公也许知道李无三习练鬼棋邪术的真相，可能是他向李无三提供的大内所藏禁书中的妖书邪谱，此人是解开李无三鬼棋杀人真相的关键，明日还望银泉先生细加追问，定要讨个结果来。"

木银泉道："方公子放心，这个老夫晓得，当尽力而为。"又聊了一会儿棋上事，木银泉便起身别去了。

第二天中午，木银泉才来到了百溪棋馆，在客厅上一坐下，便摇头叹道："这个老怪物，死板得很，追问了一头晌，还不肯说出实情来，老夫急了，说公公再不讲出个一二来，叫我回头无法对朋友交代，老夫明日便到宫门外乱嚷嚷，说林公公私下让大内藏书流出宫外，散落民间，以让皇上知道，治他失职之罪。这下子真把林公公镇住了，便说自己做错了一件事，有违太祖皇帝遗训的，事已至此只好说出了。林公公于是提出，事关棋上的秘密，要亲自对托请老夫的那几位棋道上的朋友讲，也就是方公子与百溪先生，自要全部讲出事情的真相。但有个条件，以后不要再来找他，更不要让这些事情被宫中知晓，日后的一切事情便与他无关了，并且约定了一个去处，让我们明晚去见他，还要我们确保安全，老夫自然都依了他。"众人听罢，这才稍安。

刘百溪道："事已至此，就这么办好了。"方国涣点头道："也好。"

第二十二回　鬼　棋

　　午饭后，方国涣、卜元二人来到了那家客栈探望曲良仪，曲宁儿见了他二人，很是欣喜，并告知曲良仪上午又发作了两三回，多亏有伙计拦着才没有跑出去，这时已是累了，躺在床上睡去了。

　　方国涣又安慰了曲宁儿一番，见曲良仪还算好，心中稍安，随后与卜元寻到了先前那名伙计，又与了他五两银子，叫那伙计到医药铺去，抓几包安神的药回来，煎了与曲良仪吃，自知无什么大用，但暂时也只能如此了。

　　第二天傍晚，木银泉早早来到了百溪棋馆，约了刘百溪、方国涣、卜元三人，出门雇了四顶轿子向东行来。穿过几条街道，七转八拐地进了一条胡同，待走到一座宅院门前，先头的木银泉把轿子喊住了，四人便下了轿，卜元用银两打发了轿夫。

　　木银泉这时上前轻轻扣了三下门环，门一开，探出一名小童来，见是木银泉便把门开大些，让进了四人，又随手把门关闭了。

　　木银泉对那小童道："小岩子，林公公几时到的？"那小岩子道："候先生半天了，快些过去吧。"

　　木银泉又对卜元道："烦请卜壮士在院里守了，以防止生人突然打扰。"

　　卜元道："有卜某在此，各位放心便了。"自从背上解下霸王弓，在院子里巡视了。

　　此时天色已黑了下来，那个小岩子引了木银泉、刘百溪、方国涣三人穿过一条长长的过道，来到了后院。走至一处房门前，小岩子止了步道："林公公就在里面，各位进去吧。"说完，自家到另一房间去了。

　　木银泉推开房门，与刘百溪、方国涣进得屋来，见对面一盏油灯下，木然地坐着一位白发皓眉、老态龙钟，年近百岁的老太监。

　　木银泉上前拱了拱手，道："林公公，我的两位朋友刘先生、方公子到了。"

　　那林公公淡淡地道："三位坐吧，老身有话说。"随即睁开了一双混浊无神的眼睛，显得又为苍老了许多。

　　刘百溪、方国涣二人自朝林公公各施一礼，便与木银泉一旁坐了。

　　那林公公这时缓缓地道："老身做错了一件事，是与你们要问的李公公有关的，希望几位日后遇到李公公时，劝他勿要再做出祸事来，以减些老身的罪过。"

　　方国涣摇了摇头道："可惜已经晚了，我的一位棋上朋友，不知什么原因，已被那李无三在棋上害死了。"

　　"什么？"那林公公闻之一震，大是惊骇道，"那鬼棋真的能杀人！果被国师刘伯温说中了。"方国涣、刘百溪、木银泉三人闻之愕然，同时感受到了一种可怕的不祥预兆。

第二部 杀人鬼棋

第二十三回　地煞棋经

那林公公这时幽然道:"老身掌管大内御书库六十余年,经嘉靖、隆庆、万历,已是三代天子了,从未出过差错,承皇上圣恩,得活至今,没想到……唉!"

林公公长叹一声,接着又道:"老身刚刚入宫时,被分配到御书库,侍候当时的掌事德公公,一年后,深得德公公的信任。德公公曾告诫过老身,御书库为天下藏书极丰之处,所有典籍倒可翻看查阅,但不得流失宫外,散落民间,否则严惩。其中有一册书则不能翻阅,说这是太祖皇帝的遗训,列为禁书,不得后人触及。老身当时很好奇,就时常追问是何种异书。起初德公公闭口不言,时间久了,见老身还勤快伶俐些,尤为爱书,便想把将来御书库的掌事交于老身,于是就讲了一个故事,一个关于那册禁书的故事。"

方国涣忙问道:"请问公公,是怎样的故事?"

林公公道:"德公公言,昔太祖皇帝朱元璋灭陈友谅之后,在其皇宫密室中搜得一书,名《地煞棋经》,太祖皇帝见此书奇异,且陈友谅又秘不示人,怪而召国师刘伯温视之。国师翻阅之下,见此书文字多蛊惑诡异之言,所载棋术能扰人神智,夺人魂魄。国师阅罢大惊,方知棋道也分邪正,奏太祖曰:'此为妖书,可以杀人,请皇上焚之,以保天下棋道高雅之风,免生祸端。'然,太祖皇帝性好奇书秘籍,好其为绝世孤本,禁而不毁,秘藏于大内御书库,仅警诫后世之人勿阅。国师之后预言,当天下棋风大盛之时,此书必被一位如我等阉人所得,习成鬼棋杀人邪术,酿一时棋家之祸,而成棋难。如今看来,祸事已发,难道是天意不成?"一席话,听得方国涣、刘百溪、木银泉三人目瞪口呆,惊异万分。

刘百溪这时道:"请问公公,《地煞棋经》是本什么样的妖书?竟然载有鬼棋杀人之术。"

林公公道:"后来德公公死,老身接替了御书库掌事,兼管御书房。五年前,老身自认已老,无多长时间存世了,自慰的是,老身可谓是天下间奇书秘籍见得最多最广之人。但是,那本《地煞棋经》老身一直耿耿于怀,念念不忘,想一睹为快,老身自念不懂棋,私下取来看看,看完了再放回去,就是书中载有成仙不老的秘法,老身也是不学的。知道此书被秘藏多年,宫中现今除了老身外，还无人晓得此书的存在，在好奇心驱使下，老身便壮着胆子，经过了好长一段时间，才把此书从一处暗橱里寻到。随同此书藏在一起的还有一百几十枚单色黑棋子，那棋子映透幽光，手感异常，不知是何质地。当时老身翻阅《地煞棋经》之下，不禁惊惧，这竟是一部棋道上的邪经妖书，开篇首语，便是'以棋乱天下'五个字。依书中所载，可教人习练成棋上的一种魔境，在棋盘上可以杀人，是一种地府阎王与黑白无常之间走的鬼棋，非棋道正法。此书分上下两卷，理法与棋谱兼备，书中载诫，此术妇人不能学，男子不能练，唯以老身这等废人才能习得，似以心态之变而应棋上之异。老身见此书尽是一些诡秘之语的不正棋术，本不好棋，也就没有细看，见书后又有介绍那些古怪异常棋子的文字，阅罢大惊。原来这种黑色棋子名为'骷髅棋子'，是以年轻女子的头骨合以药物炼制而成，以采其阴血之气，为习练鬼棋邪术所用。"

方国涣、刘百溪、木银泉三人听到这里，不觉毛骨悚然，惊骇之极。

林公公接着又道："并且每名女子的头骨，仅能炼制六七枚'骷髅棋子'，可见这一百几十枚棋子，不知有多少性命在里头。老身越看越怕，惊讶不知什么人传下来的这些东西，如此令人生惧，便把《地煞棋经》与棋子复藏原处，从此不敢再看。"方国涣、刘百溪、木银泉三人已是听得惊呆了。

过了好久，方国涣这才问道："不知这部《地煞棋经》和那些'骷髅棋子'，是如何到了国手太监李无三的手上？"

林公公叹然了一声道："说来惭愧！这都是老身炫耀见识惹下的祸事。当年李公公初入宫时身份是棋师，未被净身的，因棋艺红极宫中，得宠皇上、娘娘，朝野上下，自对他另眼相看。此人倒也有些见识，时来御书库寻借些棋家之类的书看，老身敬他一身好本事，便把大内秘藏的一些棋谱经卷都借于他看了，为此李棋师时常重礼回谢老身，我二人也自有了些交情。直到后来，李棋师有一次对老身说，棋道到了他这里，已至尽头了，已达绝顶了，再无高棋可习悟了。老身当时随口说一句，'还有一术，是《地煞棋经》中所载的鬼棋，李先生可晓得？'李棋师当时闻之大惊，激动得脸色都变了，老身自知说走了嘴，便不再言语。但李公公随后追问，急着欲见此书，老身辩解说是随口说说的，世上实无此书。李公公却说，他曾在一本古书里见到《地煞棋经》一名，今闻老身所言，始信棋上另有异术，百般恳求老身把此书拿与他看。老身被缠不过，便对他说，要想成就《地煞棋经》中所载的棋道，须自残己身，废了人道，如老身这般见不得天日的人一样，才能应其异法，习练成棋，否则见了此书，也无甚大用。李棋师当时还是个正常男身，也是个上了岁数的人，他那日听了老身的一番话后，脸色阴沉沉的，十分吓人，一言不发地走了。老身认为，他不会因书中虚载的棋术，为另成棋道而伤残自家的，当会知难而退，也就没往心上去。过了很长一段时间，李棋师再没有来过御书库，老身以为这件事也就完了，日后可不敢再向人提起了。但是有一天，突然有人告诉老身，李棋师自废人道，成了李公公，说是久在后宫教棋，往来多有不便，以此举来表谢皇上的知遇之恩，永远效忠。当时皇上十分感动，宫中上下也自惊然，唯老身知道这是怎么一回事，后怕之极。果然，过了一个月之后，李公公养好了伤，来到御书库私下寻着老身，拜求《地煞棋经》，志在必得。老身一时糊涂，被他的这种执着和好棋的诚意所感，但让他发誓，得到此书后，只能遣自家娱乐，与人对弈时，切不可走书上的鬼棋伤人，而以棋家常势应之。李公公于是便发了誓，老身便把《地煞棋经》和那些棋子都予了他，又再三告诫他，老身已违太祖皇帝遗训及大内藏书之规，此书勿示于人，否则老身有被诛之祸，李公公自是满口应了。"

　　林公公说到这里，摇了摇头，叹道："没想到他是个背信弃义、不守诺言的小人，得到《地煞棋经》之后，因有高深的棋力为基，进展迅速，自家一边习练那种鬼棋邪术，一边找高手对局以试棋力。致使一些棋家输得没了兴致，心灰意冷，有了绝棋之念，乃是自家棋境被扰得厉害，棋趣尽矢之故。唯一值得庆幸的是，选拔国手状元时，李公公的棋力还没有达到走鬼棋伤人杀人的程度，结果被另一高手曲良仪夺了冠，不过二人七战七和，实在危险之极。那曲良仪竟有能下和半成鬼棋的棋力，不愧为棋上的国手状元！后来，唉！各位都知道了，李公公在一个月前终于习练成了鬼棋邪术，便首先寻了国手状元报那棋上争名之仇。曲良仪之疯癫，与这位公子所说的故人之死，都是受了鬼棋棋势上的棋气杀伐之故，在棋上究竟是如何产生的这种伤人魔力，甚至杀人于无形，老身也不明其因。此鬼棋邪术是棋上的异变，非棋之正道，习之害人害己，造祸无穷，当是棋上别生的一种魔道。日后各位若遇上李公公，勿要与之弈对，以免被他鬼棋所伤，希望能劝阻于他，使其回头，以减少老身一时不慎所犯下的不可弥补的过错，如若不听，当以他法除之，防其再生棋难。"说完，林公公闭上双目，默言不语。

　　方国涣、刘百溪、木银泉三人听完林公公的一番讲述，心中各是凛然，事情自比先前想象的还要严重和可怕。三人随后起身施礼，轻轻退出，会了卜元，一路无语，竟自走回了百溪棋馆。卜元见了三人的神情，也自感到事情有些不大妙，也不敢问，随后跟了来。

　　回到百溪棋馆，已是深夜了，四人自无睡意，坐于厅上，相对无语。棋馆的众弟子，见师父的脸色难看，更是小心翼翼，都退了出去。

　　过了好久，刘百溪这才开口道："本朝棋坛的这一劫难，看来是躲不过了，不知日后还要有多少好手毁在这太监的棋上？"

　　木银泉道："这李无三好是阴毒古怪，为习成独家棋道，竟然肯自残其身，倒也真够难为他的了，此番去天下间寻访高手斗棋，以棋杀人取乐，这可如何是好！"

卜元一旁不以为意道："事情让各位一想就难了，那太监虽然在棋上邪性，可以杀人，对你们棋家来说可能是个可怕的魔头，但对我等棋外人来讲，那太监只是一个年过半百、手无缚鸡之力的糟老头子，有机会一刀给宰了，不就结了，哪有心思跟他走那种鬼棋让他害着来玩的。"

木银泉道："卜壮士所言不无道理，那李无三虽有于若虚这般高手护着，但真若是想取他的性命，也不是什么极难的事，托请些武林中的朋友，讲明利害关系，去取了他性命，防其再以棋害人，于若虚本领再大，也难免有一失的。只是不知他二人的行踪，难查访的。"

刘百溪摇头道："虽然是这个道理，但想在棋外杀他，一定要有根据，没有凭据，正道武林人氏也不会插手相助的，李无三鬼棋邪术杀人于无形，外人实难认同。"

卜元道："曲良仪大国手疯了，智善那和尚也被他害死了，难道这不是证据吗？"

刘百溪道："现今也只有我们几个人与那御书库的林公公，相信有鬼棋邪术杀人之说，但也是知其然，而不知其所以然，说这古今尊为雅艺的棋道能杀人，能有几人相信？棋道中人自无人能认同的，外人听了，当会笑我等迷棋太过的。"

卜元道："说得也是，到时候那太监一耍赖，硬着头皮不承认，说别人输了棋，一时想不开疯了死了，是他心眼小、气量窄，关我太监屁事？无真凭实据的，还真拿他没办法。便是那怪物此时站在面前，这么一辩解，我卜某都下不了手的。"

刘百溪道："当前之计，应警示棋道中人，对李无三有所防范才是，就怕他们不相信此事，见有高手来访，必会技痒应棋，无形中便被那鬼棋害了。"说完，刘百溪、木银泉二人大呈忧虑之色。

一直坐在旁边默不作声的方国涣，这时缓缓道："想让李无三折服悔悟，自担其过，必须以其人之道还施彼身，棋上事只有在棋上才能解决，只有在棋上废去他的鬼棋杀人之术，才能平息棋坛上的这场劫难。"

木银泉闻之，摇摇头道："以国手状元曲良仪这等棋家中的顶尖高手，都疯在那太监的鬼棋上，天下还有谁能是他的对手？莫非再找一部克制鬼棋邪术的《天煞棋经》，习练成了再去对付他不成？"

刘百溪也自道："这不是武学，一技压一技，也不是别的什么能以物相克制的，这是棋，一种修身养性、明心开智的学道，除了高低有别，胜负之分，是不能相克互废的。"

第二十三回 地煞棋经

方国涣摇头道："不然，棋道既分邪正，就有邪不胜正之理，鬼棋也好，魔棋也罢，不外乎在方尺纹枰上，按着三百六十一格走着黑白两色棋子。如果问题不是出在棋具上而以之伤人的话，棋势上虽有异变，但万变不离其宗，必有一种真正的棋道能反克制这种杀人棋道，这种真正的棋道便是化境之棋，可化和适应棋盘上的任何变化。"

"化境之棋？"刘百溪、木银泉二人闻之，不得其所，不由互望了一眼。

刘百溪讶道："传说中，棋高至极者，可达化境，这只不过是棋上的一种假想空设罢了，谁又能修得来？"

方国涣道："刘先生与木先生都是棋家中的前辈高人，现今出了鬼棋杀人一事，我不便隐瞒二位先生，在下不才，有幸得以异人高师的指教，避居世外三年，经历了一番坎坷，修成了化境之棋道。"刘百溪、木银泉二人闻之，惊奇地站了起来。

刘百溪大是惊异道："方公子原来是棋上的真正高人，竟然棋达化境！实为棋道之幸，来了几日，未有机会请教，可否让刘某与银泉先生领略一回公子的化境之棋？"

方国涣笑道："这几日因查那国手太监的事没得空闲，今日就乘机领教一回刘先生的高手棋风吧，也是曾与先生有约的。"

刘百溪闻之大喜，忙摆置了棋具，木银泉高兴地一旁观了。时至后半夜，卜元比不得刘百溪、木银泉、方国涣三人走棋的兴奋，耐不住困乏，先行告退回房歇息去了。

结果一局棋下来，刘百溪、木银泉二人望着棋盘自是呆了，刘百溪惊异道："方公子的棋高得出奇，令人摸不着边际，不知怎生应得好。"

木银泉愕然道："没想到在棋上还能走出这种妙境来，让人感觉到这不是在斗棋，而是在布一种包天容地的阵势，大气得很！化境之棋就是这般吗？可以应得下万般变化了！"刘百溪、木银泉二人立时叹服。

方国涣这边微微一笑，随后道："在下此番入京，承二位先生相助，查明了国手太监李无三的一些底细，知道了鬼棋杀人事，日后我便着力寻访此人，以图与他棋上一斗，尽我所能废他杀人棋道，若不成功再另想办法。现有一事，我与卜元大哥已经商量好了，准备护送曲良仪先生主仆二人回江苏淮阴老家，曲先生京城一举夺棋上冠，震动天下，不幸反被李无三鬼棋所伤，人棋两废，落魄京城。曲先生曾为我棋道中人的领袖，今番遭难，在下所幸遇上，不忍坐视，愿送其还乡，尽棋上的道义。"刘百溪、木银泉二人闻之，一时间感动不已。

刘百溪上前握了方国涣的双手，万分敬服道："曲先生为我棋家的国手状元，不幸遭鬼棋邪术所害，反折在了棋上，今有方公子大义相助，不致客死他乡，倒也是不幸中的万幸。方公子真乃是我棋道中的棋侠！此等大义之举，当为人神共敬！"

木银泉也自感动地道："曲先生遭此劫难，实为天下棋坛的不幸，我等棋家虽有公子之心，而无力为之，公子今番义举，可使曲先生还乡与家人团聚，免受街头流落之苦，老夫代表天下的棋家向公子谢了。"说完，木银泉施礼大拜，慌得方国涣连忙扶了。

方国涣、卜元护送曲良仪主仆还乡的消息惊动了京城棋界，昔日敬慕曲良仪棋风者，今见人疯棋废、落魄京师的国手状元有了结果，更被方国涣大义之举所染，纷纷解囊相助。刘百溪、木银泉二人也各自赠了一百两银子，前后共计五百两，作为曲良仪还乡的盘缠。卜元雇了一辆带篷的马车和一位擅走远程的车把式，又买了两匹坐骑与方国涣分乘，一切准备妥当，自去客栈内接了曲良仪主仆。

曲宁儿见方国涣、卜元二人要送他主仆还乡，激动得哭拜不已，围观之人无不感动。曲良仪主仆随后被安置在了马车内，刘百溪率棋馆的众弟子和木银泉等一些京城棋家，自送了方国涣等一行车马至郊外，双方这才挥手互别。

方国涣、卜元二人护送了曲良仪离了京城自向江苏而来，一路上对曲良仪主仆照顾得非常周到。曲良仪似乎感受到了返乡回家的气氛，神态上竟然缓和了许多，整日在车中大睡。方国涣、卜元、曲宁儿见了，各自高兴不已。

在路上走了几日，曲良仪已从狂态缓成了呆滞，时常傻笑一番，忽而又喃喃自语。说来也怪，一见到方国涣，曲良仪的情绪便能稳定下来，呆呆地望着方国涣，嘴里嘟囔着一些听不清的话，似乎要告诉方国涣一些什么，却又表达不出。有时在昏睡中忽然惊叫而起，接着又颓然倒下，看得方国涣直是心酸，暗中掉了不少泪。

卜元见了曲良仪这种凄惨之状，对那国手太监李无三自是恨得咬牙切齿，时常自语道："这样也好！这样也好！待见了那怪物，可以狠下心来，不被他言语迷惑住，一弹丸打死，为曲先生与智善和尚报仇。"

方国涣、卜元二人护送曲良仪主仆一路行来，这日进入了山东地界，走得晚了，便在一座小镇上寻了家客栈投了。

方国涣把曲良仪主仆安顿在房间中，随后向店家讨了一碗莲子羹，曲宁儿便端着碗与曲良仪喂了。方国涣见曲良仪食完莲子羹后，又自昏睡去了，便叫曲宁儿小心守了，然后与卜元下楼用饭，车夫早已自家吃完喂马去了。

方国涣叫了些酒菜和卜元用了，又复唤了伙计送一份饭菜到客房内与曲宁儿食用。卜元这些日子心中不快，痛饮了几杯，叹然一声道："一世的英杰，无敌的大国手，竟落得这般田地，好叫人心酸。那棋子本是最公平最安

第二十三回 地煞棋经

全不过的玩意，谁料到也能在这些小石子上面玩出火来，玩出事来，可见天下的事纷繁复杂！人生苦短！这句话倒也不差。"方国涣心情也自不佳，陪着卜元饮了几杯，自家只是不语。

这时，从店门外进来两个人，进来后先自四下巡视了一遍，随后在一旁择了张桌子坐了，叫了几样酒菜吃喝起来，但不时地用目光向方国涣、卜元这边窥视。

卜元见了，心中一凛，低声对方国涣道："这二人是狼眼，就如那山中狼群出来觅食，先派两条狼前行探路一样，当是不怀好意的两个家伙。"

方国涣闻之，不由吃了一惊，惊讶道："强盗？想劫我们些什么？"

卜元道："我们不是有千把两银子吗？"

方国涣诧异道："我们有些什么，他们怎么知道？"

卜元道："贼人眼睛毒，看东西看得准。"

此时，那边的两个人似乎觉察到了卜元、方国涣疑虑的目光，互相耳语了几句，随后唤来伙计付了账，起身离去了。

卜元道："强人也好，土匪也罢，我这些日子正憋股火没处发泄，他们若敢妄为，当叫他有来无回。"方国涣心中自是大为忧虑起来。

第二天一早，方国涣、卜元二人把曲良仪主仆安顿于车中，骑马左右护了，离了客栈又继续赶路，沿官道一路行来，村落便逐渐显得少了。

这时，忽然从后面跑上来一匹马，从旁边一驰而过，马上之人回头看了一眼，似昨日客栈中的一人，马跑得飞快，一路扬尘，接着便不见了踪影。

卜元这时吃了一惊道："流马探？这伙强人做事倒也谨慎得很，看来已在前方候着我们了。"说完，解下霸王弓左手持了，右手扣了一枚浑铁丸，戒备起来，方国涣心中也自不安起来。

那驾车的车夫也显得有些紧张，对卜元道："卜壮士，这条路我以前也是走过几回的，一直很安全，今个不会生出强人来吧？"

卜元道："路不逢盗，不能说没有盗，这两天我们好像被人盯上了，还是小心为好。"

方国涣一旁道："卜大哥，若是真遇上强人，把他们吓走便是了，不要伤人结怨。"

卜元道："这个我理会得，不过还要看遇上的是哪路强人，若是黑道上心狠的，也由不得你我。"接着又道："听说山东、山西两地的响马做起事来性子最狠，往往不留活口，胆子又大，有时甚至连贡品官银也敢劫。"

方国涣道："乱世盗匪起，如今世道还算太平，如何出现这些不怕死的人来？"

卜元道："太平？从古至今哪有什么太平世道可言，胜者王侯，败者贼寇，说明了官匪本是一家。人心不古，官既为贼，民敢为寇，所谓世道乱于教化，天下能有几个人似贤弟这般在棋上养出个清雅和静的性子来。"

方国涣闻之笑道："没想到卜大哥还有这等经世的学问。"

卜元道："天地间的道理其实都是一样的，只不过有人看得深些，有人看得浅些罢了。我狩猎多年，从虎豹豺狼之弱肉强食中，看出与世间那些贪官污吏压榨百姓的手段是一样的。可惜，我也只能打些虎豹而不能猎取贪官。"

方国涣闻之叹道："卜大哥所言极是，在这一点上，小弟不如大哥。"

卜元又道："这世间的事，虽然说是邪不胜正，但有时也是正不敌邪、善不胜恶的。"方国涣望了车中的曲良仪一眼，感慨一声，摇头不已。

车马正行间，忽见前方不远处，二十几骑人马拦了去路，旁边还有一辆载着只木箱的马车。卜元、方国涣见之一惊，忙止住了车马，那车夫已是吓得变了脸色。

卜元道声："果然来了。"引马上前几步，高声道："各位是来发财的吧？可惜我等车中除了一位呆人，身上实在没有几个钱让各位取的。"说话间，暗把浑铁丸扣在了霸王弓弓弦之上。

此时，见对方为首的一名大汉，在马上一拱手道："这位朋友误会了，我等并不是拦路抢劫的小贼。"卜元与后面的方国涣闻之，不由一怔。

卜元摇了摇头道："不是小贼，必是大盗，拦住我们车马的去路，不是劫财抢物，又是何为？"

那大汉闻之笑道："你们的钱财我等不但丝毫不取，还要送上一箱银子与二位。"说完一挥手，有人打开了旁边马车上的那只木箱，露出了白花花的一箱大锭银两，足有两千两之数。

方国涣、卜元二人见状，大是惊异。方国涣见事情十分蹊跷，忙自引马上前于卜元旁边立了，朗声道："礼施于人，必有所求，不知阁下此举是什么意思？"

那名大汉道："不错，我等自不会把一箱白花花的银子无故送人，只是想用这箱银子换你们身后的那辆马车，连人带车，一起换了。"卜元、方国涣二人闻之，又是一惊，愕然地互望了一眼，不信竟有此等怪事。

卜元惊异之余，忽仰头哈哈笑道："各位好汉，可是这路上越货的买卖做的年头多了，忽地良心发现，想做一件善事来，把我这位患了疯病的朋友接回家中供养，赎些以前的罪过不成？"

对方那大汉冷笑一声道："这疯子对你们也是无用，路上更是累赘，不如卖给我们，叫我家主人为他做一件好事，也让他自家少受些折磨。"

方国涣闻之，惊异道："他是我们的朋友，是一位大活人，岂能卖给尔等？你家主人想要做些什么？"

第二十三回 地煞棋经

那大汉道:"你们的这位朋友与死人又有什么区别,我家主人要他却有妙用,卖给我们便了。"

卜元诧异道:"莫非你家主人是一位神医?能医好我们这位朋友的疯病,来显显自家的名头,扬扬自家的本事?若是如此,与我们说明白了就是,我等感激还来不及,何必多此一举,做这种用银子买病人自家医的怪事。"

那名大汉闻之,笑道:"我家主人是一位神医不假,但也不想费些力气医好这个疯子,而是想给他换一种新的活法而已。"

卜元、方国涣二人闻之愕然,卜元立呈怒意道:"既不想医他,那么买他意欲何为?你们可知他是谁?"

那大汉扬声笑道:"这位大名鼎鼎的国手状元曲良仪,棋高天下,谁人不知。不过现已变成了一个废人,我家主人买了去自有用处的,可以令他的棋上本事重新施展。"

方国涣闻之,惊讶万分道:"你们竟然知道他是曲良仪先生!可惜曲先生棋道已废,你家主人既不想医他,又如何叫他施展棋上的本事?"

那大汉此时得意地笑道:"实话对你们说了吧,我家主人偶闻这位国手状元忽然在京城发了疯,落魄街头,便有要找他的意思,没想到却被你们送上了门来,免去了遭我等再走一遭京城之劳苦,实是感激二位,故拨了银子来正经地做回买卖。这位曲良仪虽然疯癫,但他脑子里的脑质却是完好的,是天下一等一的聪明脑质,我家主人善一种'换脑术',可移神换脑,但将曲良仪的脑质移于他人的脑颅里,可使那人一下子便有了曲良仪先前那种国手状元般的棋力,也不枉了这位人棋两废的大国手的一生所下的苦功。"卜元、方国涣二人听罢,惊骇之极,万万没有想到对方竟说出这般话来。

卜元这时勃然大怒道:"荒谬!人的脑子岂是可以随便换来换去的?这样岂不是害死了曲先生?"

那大汉道:"三国时的华佗,有劈开曹操脑颅搜治他脑疯的本领,可惜曹操怕死,反把华佗杀了,实不知天下间是有这种可以劈脑开颅医治顽疾的神奇医技。我家主人有比华佗更高的本领,可移神换脑,使不聪明的人聪明起来,不学而得诸般绝顶技艺。我家小主人幼好棋道,但资质太浅,难成大器,现今国手状元疯而棋失,已成废人一个,不如把他那聪明的脑质换给我家小主人,令天下间再生出一个国手状元来,岂不绝妙!"一席话听得卜元、方国涣二人不寒而栗。

卜元怒道:"曲先生虽已神智失常,却也是活人一个,岂容尔等奸邪之辈乱来。你家主人既然有这等大本事,何不来医好了曲先生,也算功德一件,反而像取猴脑一般来夺他的脑质?"

那大汉摇摇头道:"我家主人说过,曲良仪是被一种外力无形伤了心神,而影响脑神不清，脑质却是不曾损坏的，虽有被医好的可能，但要耗上三年五载，空费时日，不如移神换脑来的简便些，肉身虽死，脑子却是不死的，并可重展棋艺，不过是换了一种活法而已。"

方国涣惊异之余，愤然道："请回禀你家主人，我们是曲先生的朋友，不想拿他的病身与人交易，这是有干天和的。你家主人虽然身怀神奇医技，却不顾他人的死活，只图自家现成，这是害人害己之举，必遭报应的。"

那大汉哈哈一笑道："那姓曲的又不是你等的什么亲人，何苦这般护着他？与其让他自家做一个废人，不如献出脑子，成全我家小主人做一回国手，也算是好事一桩，二位又可意外得一场富贵，何乐而不为？"

卜元这时已怒不可遏："曲先生落此光景，已是可怜，尔等奸人却要雪上加霜，取他性命，简直猪狗不如。有卜某在此，尔等胆敢胡来，小心狗头不保！"

那大汉闻之，也自怒道："爷爷耐着性子与你们讲了这半天，意在两下得利，不生麻烦，没想到你们敬酒不吃吃罚酒，不知死活。那个疯子我等今日志在必得。"说完，一挥手，身后二十几骑，刀枪晃动，就要一起冲击。

卜元先发制人，一声大喝："着！"霸王弓弓弦一响，一弹飞出。那大汉自一怔间，身形已被从马上击起，撞在了身后的一名汉子身上，两人同时落马，如两坨烂肉，瘫软地上，显是死于非命。卜元一弹毙两贼，群贼惊呼，俱为骇然。

卜元就势举起霸王弓，空弹一声，"嗡嗡"作响，大喝道："不怕死者，尽管上来。"群贼见头领毙命，已如惊弓之鸟，丢下那辆载银子的马车与同伴尸体，一哄而散，转眼间跑了个干净。

第二十四回　换脑术

卜元一弹毙两贼，群贼惊散。卜元随即对方国涣道："贤弟，此为是非之地，快些离开。"二人便护着载有曲良仪主仆的马车，催车夫加鞭急进，一路不敢停留。

一直走到天黑，见后面无人追赶，卜元、方国涣二人这才松了一口气，前寻了一座人口密集的大镇，投了一家客栈安顿了下来。

卜元对车夫道："这位大叔，烦请你把马喂饮了，就在车上守着睡吧，若有变故，可立即起程，到了地方一定加倍重谢。"那车夫应了一声，自去了。

方国涣在客房内安顿好了曲良仪，那曲宁儿此时朝方国涣、卜元二人一跪，哭拜道："多谢两位大恩人，又救了我家主人一命，曲宁儿来世愿做牛马相报。"说完，啼泣不已。

卜元上前扶起，摇了摇头道："你这孩子倒也懂事，可怜你家主人清醒时被人来算计，糊涂时还被人来算计，曲先生果是与众不同的。"

方国涣也感叹道："天下之大，无奇不有！若不亲身经历，简直难以置信竟有移神换脑的怪事，善此术者当是一邪恶之人，无视他人死活的。"方国涣随后向店家要了饭菜，与卜元守着曲良仪和曲宁儿一起用了，当晚也就同宿一房中，以防不测。

用过饭菜，店中的伙计自来收去了碗筷，又备了一壶茶水，道声"各位客官安歇"，带上门自去了。

卜元饮了一杯茶，忧虑道："这几日我们要小心了，那些贼人是不善之辈，当不甘罢手的。"

方国涣道："可惜小弟空负一身棋艺，半点帮不上卜大哥的忙，若不是卜大哥随小弟同行，今日的后果是不敢想象的。"

卜元道："但有卜某在此，便是舍了性命，也不会让贤弟和曲先生有何闪失的。"

方国涣叹道："可怜曲先生人棋两废，如今还不被人放过，要劫了脑质去，想起来不禁令人后怕。"

卜元道："可恨那些有些特殊本事的奸邪之人，把自家本事不用在正地方，却想尽刁钻卑鄙的法子来害人，当不会有什么好下场的。"

方国涣道："一波未平，另波又起，是如卜大哥所言，天下间当是没有什么太平世道可言的，日后路途上不知还有多少险恶等待我们，自要苦了卜大哥了。"

卜元道："贤弟说哪里话来，卜某自交了你这个兄弟，最是心满意足。想那个太监还会走鬼棋害人的，日后还要贤弟在棋上反制他的，这才是真正的大事。"

方国涣感慨道："世事如棋，世有不平事，棋上也有不平事，待护送曲先生平安返乡，我再寻访那李无三，阻止他以棋杀人。"

卜元道："没想到这棋上的无形杀斗，比那刀光剑影的血肉拼搏还要惊险可怕，棋之雅艺尚且如此，天下间可就无什么好玩的东西了，那太监真的能在棋上闯出大祸来吗？"

方国涣道："不错，倘若不及时制止他，当今天下棋上的众多高手名家恐怕便要遭他鬼棋之害，天下棋风就有可能因此一蹶不振。高手尽失，后世棋家便无法领略到那种棋趣互生、棋风相染的奇妙棋境，棋道从此便失去了大道之性，而被视作闲时遣兴的小术了。若生此棋难，令人谈棋色变，当致几百年的雅正棋风元气难复了。"

卜元闻之讶道："依贤弟所言，果是严重得很，那太监当留他不得，没想到棋上还有这番大天地！"

方国涣又道："日后机缘得遇，要请到一名神医来医好曲先生，让他重振天下棋风。"

卜元慨然道："贤弟与曲先生萍水相逢，却这般敬他、助他，实在令人佩服。"

方国涣道："不管怎样，曲先生毕竟曾为本朝的国手状元，振天下一时之棋风，如那林公公所言，曲先生有能下和半成鬼棋的棋力，这已经是一个奇迹了。"

这时，躺在床上的曲良仪，喉间忽发出了"啊"的声音，好像在听方国涣说话，自家要表达些什么似的。

曲宁儿一旁喜道："方公子，主人好像要与你说话？"

方国涣近前看时，见曲良仪双目中闪动着一种异悦的光彩，这是自京城见到曲良仪以来，头一次见到他这样奇迹般的变化，不过接着又恢复了先前那种失神状态。

卜元喜道："看来曲先生与贤弟，无论在棋上还是在精神上，自有着一种奇妙的感应，你二人定是有缘的。"

方国涣也自高兴道："这可能是脱离棋枰棋子上的一种棋气相感吧。"曲宁儿道："可惜主人与方公子先前不曾相识，否则会是多么让人高兴的事。"

第二十四回　换脑术

方国涣笑道："我与曲先生神交久矣！"卜元闻之，也自一笑，二人暂时忘却了白日路途上带来的不安和不快。

这时，但听得两个客栈中的伙计，大概是忙完了活计后，坐在门口对侧的楼梯上闲聊，一人道："刘二，听说了没有？前些日子，有人在东山脚下的湖里，发现了一具奇怪的尸体。"

另一人道："什么事情不是我刘二比你麻三知道得多，那具尸体还是我家邻居张四爷打柴经过时，发现后报的官，据说那具尸体是贺家庄的贺雨岩先生。"

"什么？是贺雨岩先生？"那麻三惊讶道，"可是那位人称'神算子'的贺雨岩？"

刘二道："不是他是谁，听说几个月前就失了踪，前些日子下了场大雨，山水冲入湖中，才把他的尸体冲漂上来，看来早已被人害了。"

麻三道："真是可惜，这位贺先生据说天生神算，十几位常年的账房先生，手持算盘，都算不过他一人。那些让人看了头晕的数字账目，经贺先生扫过一眼，像是早已知晓结果一般，张口便出，再经别人费了力气算完一对照，丝毫不差的，有如鬼神相助。县里那些做大买卖、大生意的富户人家，每个月给他五十两银子的高价薪水，请他去掌管账目，他都不情愿去的，如今却死了。看来平日太傲，树敌太多，让仇家给害了。"

刘二道："说你这个人对事情一知半解，你麻三还不服，你可知那贺雨岩的尸体被人发现时成什么样子？"

麻三道："是具无头尸？"

刘二道："说你笨，果然笨得出奇，也不知你爹娘怎么会生出你这个笨蛋来，如果是具无头尸，何以被人识出是那贺雨岩？"

那麻三被刘二数落了一通，自有些恼了道："我又没亲眼所见，他姓贺的成什么样子关我屁事。"

麻三发了一阵脾气，却又耐不住好奇心，便对刘二道："行了、行了，算你比我见识多，又聪明，那贺先生的尸体可是被人截了四肢去，单剩一个脑袋和身子？"

刘二得意道："说你笨，你还真……"显是见了麻三又有恼怒的意思，那刘二忙道："好了、好了，实话告诉你吧，那'神算子'贺雨岩什么也不缺，单是在头顶开了个碗大的洞，脑盖被掀掉了，里面的脑子不知被什么人掏了去，仅剩了个空壳。"

"咦？"那麻三惊得几乎从楼梯上滑下去。

房间内的方国涣、卜元二人听到这里，心中俱是一震，大为惊骇，互望了一眼，不由得走到门旁侧耳细听。

接着听那刘二道:"张四爷报了案后,县里的差官就来验尸了,发现贺雨岩的脑袋就剩下一只空壳了,里面装满了湖水,说是在水中泡有两个多月……"

刘二的话未等说完,麻三像似找着了机会,站起身来大声道:"原来你他爹的比我他妈的还笨,血肉之身在湖水里泡了两个月,早就烂了,加上鱼吃虾啃的,能剩些骨头就不错了,怎能什么也不缺的?"

刘二道:"看看!看看!你这个人不谦虚不是,那尸体若烂的没有了,或是不成样子,如何还能识出是贺雨岩来?你这个人与那贺先生一样,也是没脑子的。"

麻三听了,觉得有理,一时没话说了,但还想听故事,便央着刘二道:"接着说说,是怎么回事?回头我分你一块从厨下偷来的鸡腿吃。"

那刘二听罢,立时跳起身道:"哈哈!你小子把心眼都用在这上面了,怪不得整天油光光的,原来天天偷肉吃。"

麻三慌乱道:"小声点,勿让掌柜的听见,以后给你带一份就是了。"

刘二道:"这还差不多,说话可要算数。讲到哪儿了?对,讲到贺雨岩的尸体在湖水中泡了那么久为什么没烂,为什么没烂呢?你知道吗?"

麻三不耐烦地道:"我知道还问你做甚,勿卖关子,快讲便是,否则没的鸡腿吃。"

刘二道:"后来听说,那贺雨岩的尸身是被人用药物处理过的,不会腐烂的,被人掏去了脑子后,丢入湖中,由于有药味,连鱼虾都不去吃。"

麻三惊讶道:"贺先生得罪了什么人,竟被害成这般模样?"

刘二道:"谁知道呢,可能是算得太过了,触犯了天机,让鬼神把脑子取去了。"

麻三道:"听说吃脑补脑,莫不是有人看贺先生脑瓜转得快,来得灵活,于是捉了他去,挖空了脑子吃掉养自家聪明去了?"

刘二笑道:"照此说来,你吃了这么多年的猪头肉,果然养出个猪脑?"

麻三不快道:"这哪跟哪,勿要寻我开心,说说后来怎样了。"

刘二道:"听人说,外县也曾出现过类似的案子,一些擅长各种技艺的名人雅士相继失踪,偶有寻着尸首的,自都被掏空了脑子,可惜与此案一样,都成了悬案。县衙已张出告示,悬赏缉拿杀人凶犯,也不知拿谁去。"

麻三道:"莫不是出了一种邪教?听我爷爷说,元时就有邪教吃人的事。"

刘二道:"管他呢,你我又不聪明,有那种不凡的脑子,让人家捉了去挖着吃。"

麻三道:"说的也是,赶明儿个多从厨下偷些猪脑、狗脑来吃,免得聪明过劲了,叫人家注意上。"

第二十四回　换脑术

刘二道："这句话嘛，说得还在理。"

麻三忙道："还是刘二哥刚才说得对，我麻三是个笨蛋，你刘二哥才是个聪明人。"

刘二忙道："胡说！谁说我聪明？我其实笨得比你还笨。"两名伙计一边说着，一边打闹着去了。

卜元、方国涣二人，相视惊然，虽觉二人逗得有趣，但却感觉到一种危险就要来临了。卜元随后叫方国涣紧了房门，自家持了霸王弓在客栈的周围巡视了一番，倒也没有发现什么可疑之人。复回到房间内，手不离弓，睡不解带，与方国涣守着曲良仪熬过了不同寻常的一夜。这一晚，倒也无事。

天一亮，二人便结了房钱匆忙起程。出门时，卜元随手取了客栈院内的一根粗实的柳木棒，当作武器于马上挂了。一路行来，卜元全神戒备，十分警惕，方国涣更是忧虑，马不停蹄，不敢滞留。

行至中午，路过一家小店，方国涣去买了些馒头，回来与卜元、车夫在马上用了，不敢耽搁，扬鞭急进。

过了大半日，一路倒也平安，当是走得远了，那些贼人再也追寻不着。

方国涣这时稍松了一口气，对卜元道："卜大哥，看来没有什么事了，昨日你一弹毙两贼，定把那些贼人震慑住了，不敢追来了。"

卜元道："但愿如此吧。"接着又忧虑道："事情不来则已，若是来得越迟，危险性也就越大，切不可掉以轻心，抓紧赶路才是。"一行车马不敢轻慢，车夫扬了几鞭，走得又快了些。又行了一程，却也无何异常，卜元仍不敢放松警惕，霸王弓紧握手中。

正行走间，见前方路旁有一片水塘，岸边站着一位牧牛的少年，此时因一头健壮的公牛去塘中饮水，误陷在了淤泥中，已没腹身，但离岸边实地有近两米远，那少年伸手触牛身不着，很是焦急。见这头公牛越陷越深，那少年情急之下，便把手中一根牧牛的竹竿于旁边一插，接着一纵身跳上了牛背，随后双手持了牛的两角用力往上一提，竟然硬生生地将牛头及牛的前半身给提了起来。

见了那少年如此大的力气，卜元、方国涣二人暗暗惊讶，便止住车马，停下来看那少年如何把牛从塘泥中拉出来。不料那少年虽把牛头拉起，但牛身的后半部却陷入淤泥中更深了，已没浸牛背与少年双足，那少年本可跳上岸来，但又舍不下牛，一时间不知如何是好。

卜元这边见情形有些急迫，便跳下马来，持了那根柳木棒跑到水塘边，把柳木棒的一端伸向那少年，道："小兄弟，我来帮你一把。"那少年见有人援手，不由大喜，伸手握了棒端，另一只手仍紧持了一支牛角。

卜元笑道："小兄弟既然舍不下牛，卜某也有些力气，便将你和牛一并拉上来吧，可抓紧了。"说着，双膀用力往岸边拉拽。

那少年见此时淤泥以没至了牛的大半身，仅剩头颈与少许的脊背，已是在牛背上无落脚之处了，拽了两下柳木棒，觉得卜元握得很牢，知道也是个有力气的人，便说了声道："这位大哥挺住了。"随即抬起双腿，反缠在了柳木棒上，身子与棒身贴在了一起，另一只手仍紧握了牛角，说声："这位大哥用力些。"

卜元见那少年如此相信自己，也是一时性起，喊了声"来吧"！连抬带拉，竟把那少年和牛从淤泥中慢慢拉了起来。卜元力大，能以柳木棒抬住那少年拉牛，少年力更大，手持牛角，借着卜元的抬拉之力将那头牛也带了上来。

方国涣这边见了，高声赞叹道："二位兄弟好力气！"

卜元此时憋足了劲，抬拉着柳木棒硬挺着往后移了三四步。那少年见身下已有了实地，便道声："这位大哥稳了。"遂从柳木棒上翻身而下，双手复持了牛两角，大喝一声"出来"！那头牛身在淤泥中，一丝力气也使不上，全凭少年的神力，竟将牛身慢慢从淤泥中拉了出来。

待把此牛拉上岸边，那少年便拍了拍牛额道："这地方有淤泥，以后来不得的，且到那边安全的地方洗个澡吧。"说完，俯下身来，双手各持了一只牛的前后腿，一声低喝"起"！竟将这头健壮的公牛举了起来，这头牛也似习惯了一般，并不挣脱。那少年举着公牛旁行了七八步，忽往塘水中一投，便把这头牛抛出了十几米远。牛落水中，欢快地在水塘里打了几个滚，洗去了身上的污泥，然后悠闲地从另一侧上了岸，吃草去了。方国涣、卜元二人已是看得呆了，没想到那少年竟有如此神力。

那少年此时在水塘边洗净了手，回身来到卜元面前，深施一礼，感激地道："多谢这位大哥相助，否则失了一头牛，回去无法向东家交代的。"

卜元惊叹道："好兄弟！竟有这般神力！叫什么名字？"

那少年道："小弟姓吕，村人都叫我吕竹风。"

方国涣这时走了过来，赞叹道："小兄弟的神力，古今罕有！"

卜元则对吕竹风道："在下卜元，这位是你的方国涣哥哥，别有一身好本事的。"

吕竹风见卜元、方国涣二人俱是气质不凡的，又帮了自家大忙，十分高兴地道："见过二位哥哥，小弟吕竹风有礼了。"

方国涣欣然道："卜大哥的力气已是少见，没想到吕贤弟竟有举牛抛牛若无物的本事，不知何以有如此神力？当是天生的吧？"

吕竹风见对方对自己很是友善，心喜结识，便道："不瞒二位哥哥，小弟七岁上死了爹娘，无依无靠，为了还爹娘欠下的债，便给今日的东家放猪。

一开始是几头小猪，觉得喜欢，便整日抱在怀中在野地里奔跑嬉耍，时间久了，猪长大了，力气长大了，自己也长大了。十二岁时，改为放牛，又养下了抱牛犊的习惯，一晃自家长到了十七岁，举投这些大牛如昔日的小猪崽一般，费不得什么力气的。"

卜元、方国涣二人闻之，惊奇万分，卜元惊叹道："原来如此，敢情老弟的神力是抱猪娃、牛犊抱出来的。早知有这等奇效，卜某四岁时，何不寻了一头小象来抱，今日岂不力大无敌。"听得吕竹风、方国涣哈哈大笑。

吕竹风随后道："其实卜大哥这般力气已是难遇了，今日若换了他人，那头牛可就没得救了。"

方国涣见吕竹风穿着一身打着补丁的粗布衣衫，破旧得很，知他幼小就给人家放牧，自然十分清苦，敬他神力，便回身从车内的包裹里拣了一大锭五十两的银子，回来递于吕竹风，道："竹风贤弟，我们今日相遇，也是有缘，这锭银子就送于你权当见面礼，大家交个朋友吧。"

吕竹风忽见了这锭银子，不由大惊道："这如何使得！小弟一辈子也赚不来这许多的，我爹娘当年欠了东家六两银子的债，小弟放了十年的牧也没有还清的，若得了这一大块银子，东家一定会认为是我偷的，二位哥哥的好意小弟心领了，却是不敢收的。"

吕竹风少年心性淳朴，不愿平白受人家的银子，更不愿令人误会，真少年英雄也。

卜元这时有些气恼道："什么样的东家？六两银子的债，十年都还不清，好是可恶！待我寻了他，替老弟出口气。"

吕竹风摇头道："不管怎样，东家也是养了小弟十年的，就算上辈子的债还完了，这辈子的茶饭之恩也要报的。"

卜元讶道："老弟，这般纯真厚道！你就不记得为他牧了十年的牛吗？"说罢，摇头不已。

方国涣也自摇头一笑，复取了些碎银子，用布裹了，递于吕竹风道："好兄弟，但拿去这些零用吧，若不收下，就瞧不起我二人了。"吕竹风见卜元、方国涣如此慷慨豪气，心中又敬佩又感激，但还是不肯收，一时间显得好生为难。

卜元便从方国涣手里接过银子，往吕竹风怀中硬塞了道："这点小钱，你我兄弟有何过意不去的，我们还要赶路，这就告辞，日后有机会再相见吧。"

吕竹风见卜元、方国涣二人要走，自有不舍之意。方国涣笑道："好兄弟，今日若不是有事在身，定带了你去天下间走一走，后会有期。"随后与卜元拱手而别。

吕竹风目送卜元、方国涣上了马，伴着马车远去的身影，心中感激道：

"这两位哥哥，真是世间的大好人，与了我这许多银子，日后可怎么来用？也罢，回去找个地方埋了，急用时再取出不迟。"觉得自家想得有理，便回手拔出插在地上的那根两丈多长有手腕粗细的竹竿，去呼赶在路边吃草的那三十几头牛了。

卜元、方国涣别了吕竹风，护着马车又继续赶路，二人这时有了兴致，一时竟忘了前方路途上暗伏着的凶险。卜元自对吕竹风的神力好一阵夸奖，方国涣笑道："待把曲先生送回江苏老家后，回头寻了吕竹风贤弟，和卜大哥一起送至六合堂连姐姐那里，在江湖上做些替天行道、除暴安良的大事，也自家闯出个名头，不至于在山林虎豹间，野地牛群内误了天造英才，耽搁了前程。"

卜元闻之喜道："若能置身于六合堂，与那些英雄好汉们一起干些惊天动地的大事，实为快意人生之举，不过……"卜元接着又道："不过却是放心不下贤弟一人独游江湖，尤其日后还要寻那太监斗棋，我还是跟着你吧，也有个照应。"

方国涣道："只要卜大哥愿意加入六合堂，尽展自家的本事，博个成就来，小弟最是高兴得很。日后小弟游棋天下，自是与人家斗棋，而不是动武，无大碍的。至于国手太监李无三，行踪诡秘，极是难寻，一时间也找不到他，日后若真有与他相遇的一天，棋上一战虽有危险，但也是棋上事，卜大哥帮不了的。"

正说话间，忽闻前方一声呼哨，随之见一片林子中窜出了四五十骑人马，横阻道上拦住了去路。卜元、方国涣见状大吃一惊，知道是福不是祸，是祸躲不过。

在二人惊愕间，身后又一阵人马喧动，回头看时，更是一惊，二十几骑已断了退路，卜元、方国涣脸色大变。

这时，前方那队人马往两旁一分，打后面抬出三顶轿子来，随着轿子落地，轿帘一掀，从三顶轿子内分别走出三个人来。居中为首者，五缕长须飘于胸前，似一位上了岁数的人，但保养得极好，面白有光，二目扬神，不亚于二十几岁年轻人的容颜。身穿花团锦袍，手中玩弄着一支细长的玉如意，看上去有那种潇洒飘逸之感，但同时又让人感觉到有一种说不出的"阴毒"之气来。

右边之人是一位身高体胖、面目狰狞凶狠的黑脸和尚，左边那人不知怎么，竟是一位神情有些呆滞的年轻人。

卜元此时惊而不惧，在马上用手一指为首那人，道："你们是何人？为何拦了我等去路？可要打劫吗？"

一名大汉俯身那人旁侧，耳语了几句，那人点了点头，随后朗声笑道：

"等候你们多时了，几位来的也太迟了些。老夫玉满堂，江湖人称'神医玉如意'，或'如意神医'的便是老夫。为何在此等候你们，还用问吗？"话语间极是傲慢得意，显是有备而来。

卜元道："什么如意不如意的，卜某没听说过，尔等现在想怎样？"

玉满堂笑道："你自家见识也可怜了些，连老夫的大名都没听说过。也罢，老夫不计较这个。昨日老夫本想与各位做笔生意，不料用一箱银子买一个废人都买不来，还反折了我两个兄弟，实在是敬酒不吃吃罚酒。今日不但要那废人留下，你等的性命也要留下，免得日后说出一些不着听的话，损了我'如意神医'的名头，或者引来官家要查问。"

卜元闻之欲怒，方国涣一旁忙止了，低声道："卜大哥勿急，先稳住他们，再找机会脱身。"接着向玉满堂拱了拱手，道："原来是玉神医，在下方国涣有礼了。请问，我车中的这位朋友，神智已废，神医要了去，不施术医治他也就罢了，为何还要取他性命，做这等残忍的事？当是有违人道。"

玉满堂摇头道："取他性命？哪有的事，老夫业医多年，但以治病救人为宗旨，怎么会害他？只不过让他换一种活法罢了，丢弃无用的肉身，把神灵之府脑髓留下，易在他人的脑子里，别人聪明了，他也是在间接地活着，两下都不曾真正死去的。"

方国涣讶道："可是玉神医的'换脑术'？"

玉满堂得意地道："不错，正是老夫研习多年而成的移神换脑之术，脑为髓之海，为元神之府，人之灵机记性皆在脑中，所见所视所忆莫不归于脑。所以这位国手状元的脑子，是天下间一等一的上等货，老夫取了来，也是在做一件大好事，可再造一位后天的国手状元，也是为棋道上保存了一位顶尖高手。"

方国涣惊异之余，心中忽一动，暗思道："事已至此，今日能否脱身，且不去管他，面前这位如意神医玉满堂，虽有些邪性，是位恶医，但医识渊博，何不乘机向他问个明白，曲先生如何被鬼棋所伤，解以心中的疑惑。"

想到这里，方国涣便道："玉神医果是位医学大家，竟有如此高的医术。在下有一件不明白，国手状元曲良仪先生棋高天下，但不知何以因一盘棋之故，而致神智昏乱，人棋两废？"

玉满堂闻之讶道："你是说曲良仪是在与人走棋时，在棋上出的事？而不是传闻中被惊吓的乱了心神，失了常态之故？"

方国涣道："不错，曲先生确是在棋上出的事。此事说起来令人难以置信，皇宫中有一位人称国手太监的李无三，偶得了本棋上的妖书邪谱，习练成了一种鬼棋之术，曲先生就是与此人对完一局棋之后出的事，不知何以至疯癫之症？"

玉满堂闻之，惊异道："棋本雅艺，也能生出鬼棋邪术？竟有这等伤人之力！那太监岂不是在棋上成了魔！厉害！"

玉满堂惊叹之余，思虑了片刻，道："那太监所习成的鬼棋必在棋上有一种异变之力，以棋势的变化把曲良仪引入歧途，诱导出了其心魔，致使他心力大伤，心神分裂，究其根由，当在心上。心者，君主之官，神明出焉，精神之所舍，五脏六腑之大主。心藏神，主魂魄意志，主神明，主神志，主神气。其所以为脏腑之大主，总统魂魄，并使意志，是因为，忧动于心则肺应，思动于心则脾应，怒动于心则肝应，恐动于心则肾应，此所以五志唯心所使也。情志之伤，虽五脏各有所属，然究其所由，则无不从心而发。如此看来，那太监的鬼棋上，能走出一种无形的杀伐棋气，曲良仪受伐不过，心神被扰，五志伤乱，主要是心力耗竭，心境对应不了非正常的鬼棋，而致心气溃散。任物者谓之心，他自家心境担承不了对方的杀伐棋气，心神受损，神迷意浊，魂惊魄乱，而有了如今这般模样。曲良仪身为国手状元，棋高天下，当不能输在棋盘上，而是败在了心境上，也就是输在了棋境上，被那太监的魔境鬼棋把棋道给毁了，人自然而废，其伤在心，而不在脑。"

方国涣闻之，暗暗惊异，对玉满堂的这番医理分析极是赞服。随即又问道："在下还有件事不明白，玉神医这种移神换脑的神奇医术，如何能令换脑之人正常无他，表里如一呢？"

玉满堂闻之笑道："你这娃娃倒也聪明，可惜没有什么本事与名气，回头叫老夫的朋友吸食了你的脑子，补补也是好的。"说完，对身旁的那位黑脸和尚一笑。

那和尚也自咧嘴嘿嘿笑道："这娃娃的脑髓定新鲜可口，又细皮嫩肉的，连肉也一起吃了吧。"后面的群匪一阵大笑。

卜元已是按不住心中怒火，欲举霸王弓射杀。方国涣知对方势众，不能硬拼，当拖延时间，忙用手止住了卜元。

玉满堂这时道："也罢，今日要让你们死得明白些，这位国手状元曲良仪，现已是心如刀插而废，脑若蒙纱不损，天下第一高手的棋艺仍存于他脑中，不曾因心废而败的。老夫把他的脑子换于小儿后，自有办法令小儿把这国手状元的棋艺尽量发挥出来，虽然不能十全十美，但八九成的棋力还是能保住的。"

卜元此时大怒道："你这老儿，比那太监还可恶狠毒，曲先生的脑子被你取走，他岂不是活不得了。"

玉满堂闻之，并不生气，反而笑道："这疯子已成废物，活着也是受罪，其实也不是叫他全死的，而是肉身死、心死，那脑子却是不曾死的，照样在别人的脑壳里发挥他自家的本领。那位走鬼棋的太监，脑子也当是特别的，日后有机会把他也捉了来，与小儿易了脑，岂不又是一位大国手，更是棋家的克星。"说罢，狞笑不已。

第二十五回 神竹少年

方国涣不顾四面杀机重重，接着又问玉满堂道："请问玉神医，鬼棋邪术虽能扰人心境，乱人神智，但不知为何出现棋终人亡的后果？"

玉满堂闻之，惊讶道："你是说那太监的鬼棋，不但能伤人，还能杀人吗？"

方国涣道："不错，已经有棋家死在了国手太监的棋上。"

玉满堂诧异道："这太监的棋上还有杀人无形的本事，果是厉害！不知何以能在棋上走出这等魔力？"接着点了点头道："置人死地的原因，还应在心上。心主血脉，棋家受鬼棋棋气的杀伐不过，神乱气散，血脉失主缓凝，一时滞壅心窍，人因之而死是有可能的，棋上生此杀人术，天下间当无雅艺可言了！"

方国涣此时明白了曲良仪神乱意迷、智善和尚坐逝棋旁的原因，果是受了鬼棋棋气的杀伐，对玉满堂倒生出八分佩服，心中仍有不明处，于是又道："玉神医虽有移神换脑之术，但在下还是不信，人若是换了脑子，换脑之人如何还能有被换之人先前的灵机记性？"

玉满堂得意地一笑道："老夫医术可以通神，也罢，今日且让你看个活证，好叫你这个娃娃相信老夫的本事，然后死个心无憾事。"说完，用手指了身旁那位神情呆滞的年轻人道："这是小儿，几个月前刚刚换了一位具有神算之人的脑子，今日且叫他演示一回。"

方国涣、卜元闻之，大吃一惊，心中骇然，已是明白客栈中两名伙计所谈论的那位"神算子"贺雨岩的脑子，是被移入了这位年轻人的脑中。

玉满堂此时对那年轻人道："库儿，爹爹问你，七加八加九加六加三是多少？"

话音未落，那年轻人呆呆地应道："三十有三。"

方国涣、卜元见了，自是惊得一怔。

玉满堂微微一笑道："来个复杂些的，三十七个一百六十八是多少？"话音刚落，那年轻人面无表情，喃喃应道："六千二百一十有六！"

"咦！"惊得卜元在马上一晃，险些掉下来。方国涣心中惊异道："没想到天下竟有这等神算之人！更有这种换脑之术！"惊异之余，又道："请问玉神医，贵公子既有了他人的神算之脑，为何还有些呆滞？"

玉满堂笑道："这神算之脑毕竟不是他自家天生的，而是换来的，他的心之神明与神算子的脑之元神有些不调和、不适应，心脑不一，故呈些呆讷气。不过有了那神算子的神算本事就行了，不耽误吃喝的，又听话顺从得很。"说完，对自己的杰作，自是十分得意。

卜元惊奇之余，摇了摇头道："这人可是你的亲生儿子？做老子的把自家儿子害成这般呆傻，你这老儿是比那太监还阴毒十分！"

玉满堂闻之笑道："老夫妻妾成群，就是让她们给我生儿子，老夫曾有二十六个儿子，可惜在施换脑术时不慎死了几个，不过没关系，让妻妾们给老夫生产便是了。老夫要每一个儿子各具异能，但是若叫他们现学现练，这等费功夫的事老夫觉得划不来，所以走了捷径，但寻天下间那些绝顶聪明又有特殊本事的名人雅士，暗里捉了来取了他们智慧的脑子，给老夫的这些儿子们换上。这样一来，世间的能人才子，各种高超绝顶的技艺，便可都集中在我玉氏一门之中，我玉氏门庭便可称得上天下第一家了，老夫做这些高人奇士的爹，不就是天下第一爹吗！"说罢，与身后众匪哈哈大笑起来。

方国涣闻此愤然道："为医者，当济世救人。你虽持高超医术，不愿救治人也就罢了，而今不但害别人，连自己的亲生骨肉也害成这般呆傻模样，你真是一个变态狂人！一个为世所不容的恶医。"

玉满堂闻之，倒不气恼，反而笑道："你这娃娃，言之差矣！老夫一生，治人无数，只不过令其倾家荡产而已，故有了老夫今天的这般气势。我岂能害自己的亲生骨肉？其实老夫也是为他们好，不用自家学习苦练，便有了过人的本事，也是为天下苍生造福吗！保存一些高超技艺有什么不好？可惜天下女子中却没有什么能人，就是有些本事也没什么出息，所以老夫用了秘方，叫妻妾们只生男不生女。如今老夫的儿子们当中，已有十八人通过移神换脑，空生出了各种本领，生于老夫家，也是他们的造化。儿子不慎施术死了，可以再生，这绝顶聪明的人却极不好找，花多少银子也买不来的，像这位国手状元，更是奇货可居。"

卜元骂道："你这老儿，禽兽不如，把人的脑子换来换去成何道理，今有卜某在此，尔等休想抢了曲先生去。"

玉满堂凶相毕露道："老夫是先用文后用武的，本想用银子把那疯子买来，神鬼不知地把事情做了，你们不识好歹，不但不买账，还打死了我的人。今日既然让尔等知道了老夫的底细，纵有天大的本领也休想活着离开，快快下马受降，赏你们一个全尸，否则老夫一声令下，马队前后冲击，把你等乱刀砍死。"

卜元怒极，大喝一声道："老匹夫，吃我一弹！"声发弹射，一弹丸流星

第二十五回 神竹少年

般飞出。

那黑脸和尚见卜元一举弹弓，便有了戒备，伸手极快地把玉满堂拉至一边，那枚浑铁丸从玉满堂耳边一飞而过。玉满堂但觉耳侧"嗖"的一声，半边脸被弹丸带动的疾速劲风刮得如刀割火燎一般，已是渗出几道血丝来，不由大是惊骇。那弹丸未击中玉满堂，却打在了他身后的一匹马头上，连马带人同时带起，撞翻了后面三四匹马，群贼大惊。

黑脸和尚惊异之下，一挥手道："冲上去，全部杀掉。"前后两队人马便散开来，夹击攻进。卜元这时纵有三头六臂，一张霸王弓也不能挡住这群贼前后扑来之势，更不能把方国涣等车马都护了，自与方国涣大惊，情形万分危急。

就在这危急时刻，忽闻身后群贼呼声大动，一片慌乱。卜元、方国涣回头看时，立时惊喜万分。此时但见三十几头牛结队横冲而来，把那二十几骑贼人冲得大乱。在一头公牛背上，一少年持了根两丈多长的竹竿，四下挥舞，如秋风扫落叶般，眨眼间便已击落了十余人，无能挡者，剩下贼人惊散逃窜去了，这位少年正是吕竹风。

后路群贼一经冲散，吕竹风随即一声呼哨，那群牛似听了命令般，忽分成两队，让过卜元、方国涣等人车马，直冲向前路之敌。吕竹风骑了那头公牛从卜元身旁一跑而过，回头说了声："二位哥哥勿惊，小弟来对付这些强人。"卜元、方国涣惊喜得以为梦中一般。

牛群冲向玉满堂等人，群贼甚是惊恐。黑脸和尚见状惊恐，一个起跃，迎上前来，一掌拍去，竟将一头领先的头牛毙于掌下，掌力威猛，甚是惊人。接着又飞起一脚，将另一头牛踢翻。牛群立时惊散，尽跑向路两旁枞林中去了。

群贼见了，齐声欢呼，复又驱马冲杀上来，一名乘黄骠马的大汉迎面遇上了骑牛而来的吕竹风。吕竹风手中竹竿一抖，忽地一声迎头向那大汉扫下，那大汉还没有来得及用手中的单刀抵挡，半截身子与马首已被齐刷刷扫削了去。群贼见状惊骇，黑脸和尚更是面呈惊恐，卜元、方国涣二人已是看得目瞪口呆。

卜元毕竟是常经险境之人，惊异之余，不失时机，在马上运起霸王弓连发数弹，击得群贼身形乱飞，阵脚立时大乱。

黑脸和尚突见吕竹风一根竹竿如神兵利器，扫切人马有如刀削面刁一般，心中惊惧骇然，但事发眼前也不得不迎上前来，暴喝一声，双掌齐发，向吕竹风拍击而来。吕竹风见状，竹竿一挑，直刺和尚面门。

黑脸和尚忙收了攻势急救，一掌拍在竹竿上，震断了头端两节。吕竹风但觉手中一震，不由脱口赞了声道："好厉害！"顺势竹竿一转向黑脸和尚下盘横扫。

那黑脸和尚见了刚才竹削人马的情景，一惊之下，不敢硬接，身形跃起避过。吕竹风这根竹竿竟然使得出神入化，一扫对方下盘不着，手腕转翻，顺势向上斜扫，阻了黑脸和尚下落之地。那黑脸和尚身处半空中无法躲闪，大骇之下，却也临危不乱，凌空一个"鹞子翻身"，向后翻落，但还是晚了些，右脚已被竹竿扫切了去。

那黑脸和尚一声惨叫，跌地摔倒，已是怒极，一声喊叫，忍着剧痛，竟以左脚弹地飞起，直扑吕竹风，是要拼了性命同归于尽。吕竹风一招得手，把黑脸和尚扫落，不曾想那和尚断了足后还能跃起来拼命，来势迅猛，始料不及，也是不防有此突变，一时呆了，竟自望着那和尚飞扑上来，情形十分危急。

卜元在后面瞧得真切，待那黑脸和尚弹起反扑时，一弹飞去，将已经扑至吕竹风面前的黑脸和尚击飞开去，脑浆崩裂，再也活不回来了，吕竹风自是惊出了一身冷汗。那边的玉满堂料不到神勇的吕竹风从天而降，形势突变，已是吓得魂飞魄散，屁滚尿流，两名见情形不妙的大汉忙把他扶上马背，带了群贼一溜烟跑了，把那位呆滞的年轻人，自己的神算儿子扔在一边也顾不得要了。

一场激战，贼人退去，卜元、方国涣下了马，欢喜地迎上前来。

吕竹风这时在牛背上还没缓过神，摇头自语道："这黑和尚，好是厉害！脚断了还能跳起，好险！好险！"见卜元、方国涣过了来，忙从牛背上跳下。

卜元上前拉住吕竹风的手，惊喜道："好兄弟！没想到你除了神力外，竹竿上也这么厉害！老弟若不是从天而降，来得及时，哥哥们可就没得命活了。"

吕竹风也自高兴地道："卜大哥打得一手好弹弓，适才要不是把那黑和尚击飞，扑到我身上，我可没法子跟他摔跤，倒是卜大哥救了小弟一命的。"

方国涣惊魂稍定，感激地对吕竹风道："此番大难不死，全凭贤弟之功，大恩不言谢……对了，贤弟怎知我们有难，及时赶了来？"

吕竹风真诚地道："适才与二位哥哥分手，小弟心中一时舍不得，便赶了牛群后面跟了来，想多望二位哥哥几眼也好，不料竟遇上了这些拦路的强人，见二位哥哥要吃亏，便驱赶牛群冲了上来。"方国涣、卜元二人听罢，感动得几乎落泪。

卜元激动地道："好兄弟！真是好兄弟！"此时，曲宁儿在马车内紧紧地抱了曲良仪，那吓得瘫坐在车上的车夫，还没有从惊恐中缓过神来。

卜元这时赞叹道："好兄弟！骑牛也能打仗，真是服了你了。"

吕竹风道："没得马骑，小弟时常就骑在牛背上自家拼杀着玩，这头牛倒是很听话的。"

卜元道:"好兄弟,抱牛抱猪抱出了神力,这竹竿上扫人如切西瓜的本事又是怎生练来的?说来大哥听听,日后也寻它一根来练练,真是太厉害了!可以横扫天下!"

吕竹风道:"小时候放牧猪牛,时常还要另割些猪草牛料的,但是刀割的费时费力,于是便用放牧的竹竿扫折些嫩草。时间久了,倒也一扫一大片,齐刷刷的,比刀割的还整,也不知毁了多少竹竿,年头一长,扫折些树木也是应手得很,打柴时也不用柴刀了。"

卜元闻之,惊奇道:"乖乖!老弟放猪放牛,竟然放出了这等神功来!你那东家倒是大功臣一个。"

吕竹风又道:"小弟本有姓无名,乡人见我竹竿舞起来厉害,呼呼生风,风雨不透,便唤小弟吕竹风了。在山林野地里,也曾遇上虎豹来吃猪牛的,那些畜生却也不经打,看似凶恶,一副吓人的样子,实如面团捏的一般,一戳便死,好没兴致,只有和今天的这个黑和尚打的一架才有劲头。"方国涣、卜元二人自是听得呆了。

卜元摇头感叹道:"老弟这种拒虎狼之功,扫切人马之能,天下可谓无人能敌了,莫说虎豹恶人,就是猛鬼凶魔来了,也吃不消老弟这般扫戳的。"

这时,从大路上飞跑过来两匹马,马上之人是两名衙门里的差役,远处还有一顶官轿,在几十名差役的护送下正向这边而来。

那两名差役到了近前,见了血淋淋的场面,一人大惊道:"发生了什么事?死了这许多人?各位可是遭了盗劫?"

卜元笑道:"这位差官说得没错,刚才是遇上了一伙强人,我等已自家处理了。"两名差役闻之大惊,一人忙掉转马头飞报后面去了,另一名差役道:"我家县老爷要去乡下办案,路过此地,你等既遭了盗劫,一会要把实情向我家老爷禀明了,是否还走脱了别的强人,也好缉拿归案。"那差役见卜元等人身上并无伤痕,仅三个青年人,不知如何击毙的地上十几名强盗,不由暗自惊异。

这时,后面的县官得了消息,急急赶了上来,见了满地十几具不成样子的尸体及一些牛马,大惊道:"本县境内一向安定,如何冒出这些强人来?各位是如何自卫的?"

那县官见方国涣、卜元的打扮及旁边一辆载人的马车,知道是走远程的过路客人,然而对眼前的场面自有些疑虑。

方国涣此时上前施了一礼,道:"小民方国涣见过大人,适才我等路经此地,遇上了一伙劫人的强盗。"

"劫人?"那县官闻之大惊道,"这伙强盗是来劫人的?为何要来劫人?劫的什么人？快快如实向本县道来。"

方国涣道："回大人，可知道如意神医玉满堂？"

"玉神医？"县官闻之，诧异道，"他是本县有名的医家富户，医术高超，只是名声上差了些，不愿为穷人治病，专医有钱人，往往令人倾家荡产，这件事与他有何关系？"

方国涣道："前些日子，贵县可是有一位叫贺雨岩的神算手，被人奇怪地挖了脑子去，尸体抛在湖中？"

那县官闻之大惊道："不错，上面正命本县追查此案，可惜毫无线索，难道……"

方国涣道："凶手便是这位玉满堂，他把'神算子'贺雨岩暗中绑架了，然后施一种移神换脑之术，把贺雨岩的脑子易在了自己儿子的脑中，以让他有神算之能，此人就在这里。"说完，一指路旁那位呆滞的年轻人，县官与众差役们立刻惊得目瞪口呆。

那县官愕然之余，忙对方国涣道："本县王朋，不知方公子说得可是实情？"

方国涣道："小民不敢妄言，适才玉满堂率了一伙贼人还要劫我们的一位朋友，要取了他的脑子换于别人，幸有两个神勇的兄弟击退了群贼，才化险为夷。"

王朋讶道："原来几位是击退强盗的英雄好汉，佩服佩服！此案关系重大，方公子和二位壮士可敢上堂作证？"

方国涣道："为了除此恶医，了去地方一害，我等愿随大人回县上堂作证。"

王朋闻之，点了点头，望了几眼路旁那位呆滞的年轻人，道："曾闻玉满堂儿子众多，但却大多呆傻，旁人还以为医不自治，无德的后果，原来都是玉满堂给他们换了别人的脑子，心地也太毒了些，令人发指。"

方国涣这时道："王大人，如今玉满堂案发逃走没有多久，事不宜迟，还望大人下令速速缉拿。"

王朋道："那玉满堂平日里养了一些死党于庄上，倒不易对付，此次案发，当一网打尽。"随即书了一道报急的手令，交于一名差役道："你立刻骑快马火速通知本县的守备张浩将军，他今晨率了五百兵士到南山演练，此时还没有回营，速请张将军带兵去玉满堂的庄上拿他。"差役领令，上马飞驰而去。

王朋这时叹然一声道："真没想到，玉满堂竟能做出这等伤天害理的事，附近州县，连续有名士失踪，多被人挖空了脑子，抛尸荒野，这在民间引起了恐慌，已然惊动了济南府。原来凶手就暗藏在本县，竟是如意神医玉满堂，

第二十五回　神竹少年

不可思议！不可思议！"随后命了众差役清查现场。

吕竹风去树林中寻了他的那群牛，死了两头，走失了一头，心中便琢磨着如何向东家交代。

王朋此时听方国涣将事情经过讲了一遍，不由对吕竹风大加赞赏，欢喜道："没想到本县还有你这位勇士，此番退盗立功，本县一定要奖赏你。"

吕竹风道："为了救两位哥哥，我便是拼了性命也要来的，虽然损失了三头牛，再与东家牧几十年的牛抵债就是了。"

卜元笑道："那位东家好福气，养着个神勇之人，自家还不知道哩！日后哪里还再与他牧牛了，跟了哥哥走吧，去天下间见识见识。"

吕竹风闻之喜道："能与两位哥哥在一起，实为人生快事，可是……"

方国涣笑道："贤弟不要担心，一切哥哥自有安排。"随即对卜元道："卜大哥，你且与吕贤弟把牛群赶回去还了东家，再赔偿了损失的三头牛钱，另外多与那东家一些银子，赎了我们贤弟的自由身。回头你二人去县里寻我，小弟先带曲先生他们到县里安顿下来，助王大人作些案证。"

卜元道："好极！竹风老弟的事就交给我吧。"随后与欢喜不尽的吕竹风驱着牛群去了。王朋这时命人继续清理现场，接着带了玉满堂的那位神算儿子，与方国涣等人径直返回县城了，一路上自对方国涣举发玉满堂一案赞叹感激不已。

卜元和吕竹风赶着那群牛来到了一座村庄，把牛还了村里那个财主，卜元随后与他三百两银子，道："一百两银子足够偿了你的牛钱和吕老弟的债了，额外的二百两是感激你的。那些牛今日立了大功，日后且请别人来牧吧，竹风老弟，我今天就把他带走了。"

那财主见了眼前的三百两银子，自是满心的欢喜，知道虽失去了三头牛，自家可讨了大便宜，但听说吕竹风要走，不觉一怔道："吕竹风，你如何这就去了，我家的那群牛以后谁来放？"

卜元笑道："我这兄弟哪里是放牛的料，我要把他请回家去牧老虎，天下间也只有他能管住这些猛兽了。"

那财主惊讶道："牧老虎？他还有这个本事？我每日供他三餐，你能给他什么好处？"

卜元笑道："一个月五百两银子的工钱，怎么样？比你的条件优厚吧？"

那财主惊讶道："五百两？敢情好！可要请我？老夫不要命也去替你管了。"

卜元笑道："那可是一群猛兽，你却只有一条命。"吕竹风又把先前方国涣赠他的那包银子也与了那财主，说是报答这些年的一日三餐之恩，随后在院中寻了一根粗实的竹竿，铺盖也不曾拿跟着卜元轻身欢快去了。

卜元、吕竹风二人到了县城，在衙门内见到了方国涣，此时知道了本县那位叫张浩的守备，率官兵已经抄了玉满堂的家。

可惜玉满堂知道事发，连家都没敢回，舍了家业妻妾，从路上自家直接逃亡去了。那玉满堂的家私可谓千万，不知从病家身上榨取了多少钱财。官兵查封了全部财物，家中男女一律带回县里审问。那玉满堂竟有十几名妻妾，可怜他现有的二十一个儿子当中，除了三名幼小外，其余十八人都被玉满堂不知换谁人的脑，皆如先前的那位年轻人一般，表情呆滞，神色漠然，答非所问。

有一个在审问时什么也不说，但于手里持了一块炭笔，在地上胡乱画些梅花，这些墨梅竟然画得十分传神。堂上一位掌笔录的文书，见此情景大吃一惊，说泰安有一位善画梅的丹青妙手，一年前突然失了踪，活不见人，死不见尸，敢情是那位妙手丹青的画家的脑子被玉满堂施"换脑术"移入了此人的脑中，把审案的王朋与众差役以及方国涣等人都惊呆了。其他的"换脑人"倒也问不出什么，好像只有玉满堂才能叫他们使出别人的本事。王朋自知此案关系重大，连夜上报济南府，一时轰动山东全境。

案子随后判了下来，玉满堂全部家产充公，那些丫鬟仆从与妻妾尽行遣散官卖，由于那些"换脑人"也是受害者，公家出银官养。又下了海捕文书，传文天下各府县，悬赏缉拿玉满堂等一干人犯。这一大案告破后，闹得人心惶惶，平日里一些自作聪明的人，也都吓得不敢再于人前炫弄自家的本事。有些呆气的书生，患了病也不敢去寻医家诊治了，倒闹起了一阵"惧医"之风，可见医家无德，则害人害己。

方国涣见玉满堂案发而逃，亡命他乡去了，很是遗憾，担心此人日后还要在人身上作弄出什么花样来，但对玉满堂的医识医术又非常佩服，实是恨敬两难。好在这件意外的事情发生后，有惊无险，又幸得了吕竹风这个神勇之人，方国涣、卜元尤为高兴。

待案子一结束，方国涣便辞了那县官王朋，与卜元、吕竹风二人护了曲良仪一路向江苏而来。吕竹风此时似出了笼的鸟，持了根竹竿骑在马上十分高兴，欢喜之情溢于言表。卜元、方国涣也被他那淳朴天真所感染，更觉欣慰，一路上三人好不开心，朝行暮宿，饮酒长谈，极尽兴致。曲良仪仍如从前，每日自是大睡，但离江苏越近，情绪也就越稳定，因有了卜元、吕竹风相护，一路上自不用提心吊胆了。这日，进入了江苏地界。

花开两朵，各表一枝。且说药王师徒二人，自从在洞庭湖与葛云湘、米迁协助官兵灭了洞庭水盗之后，又云游至了广东。

这日间到了梅县一地，谷司晨自带着罗坤游览了千佛塔、灵光寺等几处

第二十五回 神竹少年

名胜，当师徒二人出了灵光寺欲回客栈时，忽听身后有人唤道："前面二位可是谷先生与罗兄弟？"

师徒二人回头看时，却是昔日的朋友王云平。故人相见，分外欢喜，王云平忙上前与药王师徒互见了礼，寒暄些别后之话。

这时，张路买了一些东西回寻王云平，忽见了谷司晨、罗坤二人，欢呼一声跑上前来，拉住罗坤亲热得了不得，罗坤也自惊喜不已。

王云平此时高兴地对张路道："快回去报知我叔叔，说谷先生与罗兄弟到了。"张路应了一声，欢快地跑去了。

王云平随后引了药王师徒向王怀所居的宅邸走来，道："谷先生与罗兄弟如何有幸到了这里？"

谷司晨道："我师徒是天下间的散人，随风而游，不择定处，今日也是闲游至此。"

王云平闻之，惊喜道："原来罗兄弟已拜谷先生为师了，真是可喜可贺，当年就见罗坤兄弟与众不同的。"

王云平接着又道："当年从关东回来，叔叔时常念及二位恩人，若无二位恩人昔日与我们巧缘相遇，商队的那趟生意有可能在关东赔个干净，我等性命或许也要折进去。叔叔得知二位恩人到了，一定高兴得很。对了，当年我们寄存在客栈中的那车货物，谷先生与罗兄弟可收得了？"

罗坤道："王先生果是个守信义的商人，一车货物并不短缺的。"

王云平笑道："当年久候二位不着，我们便先行一步了，那车价值千金的货物，我等岂敢起贪占之念。叔叔说过，今生能得识大名鼎鼎的药王先生，已是万幸之至！"谷司晨闻之一笑。

这时，对面迎来一群人，走在前面的是王怀，身后跟着一些昔日的伙计。

王怀远远见了谷司晨、罗坤，快步走来，大喜道："王某昨日得了一梦，见红光满室，知道今日必有贵客来，果然是应了。"上前与药王师徒互见了礼，彼此欣然。

罗坤笑道："王先生曾说那万里长城是一处风水龙脉，如今又做得好梦能预兆事情，莫如做了算命的先生吧，或许比做生意赚钱来得快些。"众人闻之大笑，王怀随后高兴地迎了谷司晨、罗坤到了自己的家中。

那王怀做了半辈子商人，倒也挣了个万贯家私，宅院广阔，房室众多，奴仆成群，在梅县虽称不上首富，但也是一大富之家。

王怀请了谷司晨、罗坤厅中落了座，又叫张路去二人投宿的客栈内把包裹取了来，留二人在家中住下。谷司晨推辞不过，只得谢了。

宾主用过了香茶，王怀得知罗坤已拜谷司晨为师，自为罗坤高兴不已。

谷司晨这时道："王先生还自家辛苦，去关外跑货吗？"

王怀道："自当年那次去关外结识了谷先生与罗小侠之后，第二年又去了一次。不过女真人那里与边关的情况有些紧张，生意不好做了，以后也就没有出关过。"

罗坤道："王先生的家业也挣得这般大了，不再辛苦远涉也好。生意上可是有赚钱的诀窍？且告诉我吧，待自家日子穷了时，也好懂些赚钱的本事。"

王怀笑道："罗小侠随了药王先生，什么大本事学不来，如何稀罕我等这些商贾钻营之术？"

谷司晨笑道："天下三百六十行，行行出状元，让坤儿懂些治生之道也是好的。"

王怀道："王某只不过把地产的东西运到外省，在那里对换些其他货物，赚得几分利息，再往关东去换了毛皮、人参等山货奇珍，再增几分利息。回来路上有机会再做几把，然后贩运回一些家乡短缺的货物，所谓南货北移，北货南运，这一路上把生意也就做了。来家时，运气好了，也得十几倍的利息。"

谷司晨闻之，点头赞叹道："王先生的这一本生意经，果是精明，不但自家获益，也增强了天下货物贸易上的流通。"

王怀这时突然叹了一口气道："说来也是不易，离家千里，一走就是半年归不得家，如果生意顺手，一路平安，自家吃些辛苦也甘愿受了，怕就怕半路上遇上了歹人，越货劫财，货物钱财丢了也不打紧，有时还会把性命赔了进去。这钱也是不好赚的，每一文钱上都沾有商家的血汗，实是不易得很。"

谷司晨闻之，点头道："王先生说得极是，不过这钱财赚得不易，也是守得稳的。那些得了外财暴富之人，视钱财来得容易轻巧，不甚珍惜，见识浅的更无法正常遣用，以致来得快，去得也急，最后人财两空，这类事也是常有的。"

王怀慨叹道："不错，不过我们生意人怕的还不是赚钱的辛苦与路途上的凶险，最怕的就是家中出了不肖子孙，生出个败家子来，你一辈子的血汗，叫他几年就挥霍光了，最是叫人气恼。梅县有一位朱老板，与王某也是相识的，年轻时白手起家，吃尽了万般辛苦，挣得了个雄厚的家业，到老了想享受些清福，把个殷实的家业便交于了儿子掌持。谁知那小子不争气，装起大头来，整日吃喝斗富，嫖赌闹事，不到两年，万贯家财一败而光。朱老板一气之下跳了井，那小子如今也沦为了乞丐，连个亲属都投落不着，想起来也是心酸，更是后怕。"

谷司晨道："家有万贯财，就怕不孝子。老子挣钱儿享受，虽是道理，也是他自家调教得不好，把子孙惯养出娇贵气来，以致出了事，悔之晚矣！"

王怀道："谷先生说得极是，王某近年来已停止了生意上的远涉，自守了几家店铺，把两个犬子送到店中先做伙计，吃住一开始都是与下人一样的，让他自家先受些苦累，明白钱财来之不易，有勤俭之念，然后再让他慢慢管理铺子，最终把持家业。办法虽然笨了一些，效果却也是有的。这也是那朱老板的前车之鉴，让王某谨慎了些。"

谷司晨闻之，赞叹道："王先生教子持家，果有方法，自比那些纵子成劣的愚商呆富有见识。"

王怀笑道："谷先生过奖了。"

第二十六回　曲家集

　　王怀这时忽恍悟道："哎呀！王某商家本性，遇人便谈以商事、家事，不想谷先生与罗小侠是世外高人，王某的俗论愚言污耳，当是违了二位的性情，真是惭愧！还请多多见谅。"
　　谷司晨笑道："王先生说的都是些实话，令人受益匪浅，最合谷某的心意，还是这般倾心而谈，不见外的好。"
　　罗坤一旁笑道："王先生不如再说些玄妙事，引一引我好奇的性子。"
　　王怀笑道："罗小侠想听怪异故事，有机会我给你引见一位霞云先生，他说的尽是些玄谈怪论、仙语神话，并且自家还以为是真的。"
　　罗坤闻之，笑道："能见到此等有趣之人，实为幸甚。"
　　王怀随后道："对了，罗小侠当年寻找的那位故人，可有结果了？"
　　罗坤摇头叹道："可惜，这几年无一点消息，不知哪里去寻的好，今生看来无希望了。"说完，黯然感伤。
　　王怀劝慰道："罗小侠吉人天相，当会如所愿的。"接着又道："先前听罗小侠说过，你的那位朋友走得一手好棋，半年前，天子招棋，天下棋家会聚京城，说不定你的那位朋友也去了。"
　　谷司晨道："此事也有所耳闻，可惜得到消息时，京城棋试已过去一个多月了。"
　　罗坤道："不知方大哥是否也去了？听说皇上从天下众棋家高手中点出了一位国手状元曲良仪，现在天下棋风盛得很，看来方大哥入于棋道是有见识的。"
　　谷司晨笑道："在你看来，那位方公子当是一位完人，做什么都好，可惜为师无缘与他相识，否则看看是怎样的一位超凡人物。"
　　罗坤道："方大哥棋上是有大本事的，曾有一名摆棋摊的道士，设了一局残棋，有破解者还有几两银子的赏钱，可惜半年内虽引来不少棋上的好手，却无人能走解开。然而方大哥只看了一眼，走了两子，就把棋局给走活了，把那道士高兴得什么似的，又感谢又作揖的。并且方大哥又有侠义心肠，救我罗坤于危难中，此生寻不着他，誓不罢休。"谷司晨闻之，摇头感叹不已。
　　王怀道："那位方公子既是棋上的高手，日后必能在棋上英名远扬，到时再去寻找也是不难。听我们梅县曾去京城应棋试的一位棋手说,棋上国手状元之争很是激烈,宫中的太监都参与了,还险些让一位太监把这棋上的状元给夺了去。"

谷司晨道:"棋道高雅,别有天地,谷某有一位相知的故人,名刘敏章,居蜀中,棋风锐利,是当今天下几位极负盛名的棋道高手之一。据此人说,棋道可以把人引向一种高层境界,临枰对弈时,物我两忘,一点心思便在棋上。有时灵机一来,如有鬼神相助,妙手迭出,极尽兴致,说是棋道是与天地万物之道相合相通的,可示万物理。可惜谷某一生耽于医药武技中,没有过多精钻研棋道,难以领会其中奥妙,虽浅懂一些,也只是与人走走遣兴罢了。"

王怀道:"世间技艺但能精通于一种,便可立足于天下了。"

谷司晨笑道:"王先生的商家经营之术,也算是一种高妙的技艺了。"王怀闻之,也自得地大笑。

这时,王云平进来施了一礼,道:"叔叔,谷先生、罗兄弟,酒菜已齐,大家过去用宴吧。"

王怀起身笑请道:"今日且让谷先生与罗小侠尝尝我们梅县的风味。"随请了药王师徒入席饮酒。

谷司晨、罗坤二人在王怀家中住了两日,受到了热情款待。王怀又请了谷司晨去诊治了一位朋友的顽固病症,药王药到病除,令那病家感激不尽,第二天携了重礼去王怀家拜谢时,药王师徒已辞别王怀离开梅县去潮州了。

谷司晨、罗坤师徒二人行至潮州,将进城门时,忽有几十骑人马从身旁疾驰而过,似很急着赶路的样子,行人纷纷避开。

进了城内,罗坤道:"师父,您说来此拜访一位故人,不知是何方英雄?"

谷司晨道:"此人是帮会中人,是天下第一江湖势力六合堂一支分堂下属的一位香主,五六年没见了,去叙叙旧情吧。你我师徒云游天下,除了忘情山水,再去寻访一些昔日故交,谈些旧事新闻,也是人生一大乐趣。"

罗坤笑道:"与师父在一起,见识日广,又休闲自在,无拘无束,实是神仙般的日子。"

谷司晨笑道:"你我性情相合,乐于游走四方,也是投缘。不过你风华正茂,正值年轻有为时,须做一番大事业,有机会师父为你寻一个好去处。"

罗坤道:"大事业徒儿做不来的,今生今世但随了师父去,永远侍候您老人家吧。"

谷司晨摇摇头道:"你是有过奇遇的人,岂能如为师这般闲耗光阴,师父愿意,恐怕天也不愿意,会惩罚我这个误了大才之人的。"

罗坤笑道:"哪里会的,跟了师父这几年,在天下间施药医病,活人无数；除暴安良，扶危济困，也算是替天行道，做了大好事，弟子已是心满意足了。"谷司晨闻之，含笑不语。

师徒二人来到一座府邸门前，门两侧站着四名大汉，门牌上有着六合的字样，自有一些帮会的气势。谷司晨走上前，对一名大汉拱手一礼道："烦请这位好汉通禀一声赵响空香主，就说有一位故人来访。"

那大汉打量了一番谷司晨、罗坤二人，道声"稍等"，便进去了。

时间不大，门内走出一位精壮的汉子，忽见了谷司晨，不由惊喜道："我当是谁，原来是药王先生到了，稀客！稀客！"

谷司晨一拱手道："赵老弟，多年不见，一向可好？"

赵响空笑迎道："还不是老样子，哪里有药王先生这般清闲自在。"谷司晨一笑，引见了罗坤道："这是小徒罗……"

未等谷司晨说完，赵响空却接过来道："他是叫罗坤的对不对？"

药王师徒闻之一怔，谷司晨诧异道："赵老弟，你我多年不见，何以得知小徒的姓名？"

赵响空道："这里不便叙话，请里面详谈。"随请了谷司晨、罗坤进了府内。

待于厅中落了座，有仆人献上茶来，赵响空请药王师徒用了，随后道："谷兄与这位罗坤贤侄，可与关东绿林中有名的人物，大力弓王弓长久相识？"

谷司晨、罗坤二人闻之，惊异得互望了一眼，谷司晨讶道："赵贤弟，你如何知道的这般详细？"

赵响空道："前些日子，我六合堂广东第七十四分堂的刘石柱堂主，接到连总堂主的命令，说是让天下各分堂的弟兄们帮助关东好汉找两个人。我接到刘堂主的信函后，竟发现是寻找谷兄和令徒罗坤的。"

谷司晨闻之，似有所悟道："怪不得如此，原来是关东的弓寨主托请贵堂寻我们。这般急着寻我师徒二人，不惜借用六合堂的力量，不知有何要事？"

赵响空道："说是弓长久的女儿，弓大小姐已进了关内，到中原来了。"

谷司晨闻之笑道："谷某明白了，这哪里是寻我，原来是找小徒罗坤的。"

罗坤一旁惊道："师父，那弓英儿何以如此缠人？竟然找到中原来了？"

谷司晨笑道："有一件事，为师暂不对你说，到时候你自会知晓。"

罗坤一时摸不着头脑，自语道："能会有什么事？莫非弓姑娘的旧病又犯了，寻我去给他运功医治？"

谷司晨这时又问赵响空道："弓长久是关东绿林的总瓢把子，从来不涉足中原事，贵堂怎么会与他们有联系？又花这般力气，为他们满天下找人？"

赵响空道："在总堂主给我们的命令上说，大力弓王弓长久要率关东众好汉搬家入关。"

谷司晨、罗坤二人闻之，各是吃了一惊，谷司晨诧异道："弓长久在关东势力颇大，何以入关？"

赵响空道："听说辽东女真人的势力日益强盛，不但对我边关造成威胁，还想吞并弓长久的各山寨人马，以消除关东的地方独立势力，来加强他们女真人的力量，将来图并大明天下。那弓长久倒是一位英雄好汉，不愿受他人役使，但又担心若是不服从，打杀起来，敌不住女真人的几十万铁骑。为了保存力量，弓长久便派人入关联系上了六合堂，以图加盟，共成江湖事业。"

谷司晨闻之，点头赞叹道："原来如此，弓长久不愧是关东绿林的头领，更是一位有见识的英雄好汉，率众入关加盟六合堂，而不另立门户，实是英明之举。"

赵响空道："不错，我们的连总堂主对关东好汉们的如此义举，十分赞赏和高兴，已经亲自与弓长久派来的人联系上了，商议具体加盟事宜。"

谷司晨笑道："如此一来，六合堂更是如日中天，天下间的任何江湖势力都不敢望及六合堂项背了。"

赵响空又道："不知何故，总堂主在发布寻找你师徒命令的同时，又令我六合堂广东各分堂召集好手北调，俱悉天下各处分堂也是如此。"

谷司晨闻之一怔，不由沉吟道："召集好手北调？是了，弓寨主率众入关加盟六合堂，如此兴师动众，势必引起女真人的警觉，六合堂是在准备力量，届时万一有变，也好接应关东好汉。"

赵响空道："可能是这个缘故，我们广东分堂已经挑选精英，今日走了一批，过两日，你师徒二人就随赵某同下批人手北上吧，以让总堂主放心，关外要找的人已经找到了。"

谷司晨点头道："这样也好。"

罗坤念着弓英儿会来缠他，麻烦得很，便道："师父，那是他们两家的事，我们还是不去的好。"

谷司晨道："坤儿，切不可这般说，弓寨主是义气中人，弓姑娘更是性情中人，此番托请六合堂满天下寻你，可见对你情义深厚。并且弓寨主这次拔寨率众入关，加盟六合堂，当不会一番顺利了，你我此去，虽帮不上什么大忙，也助些微薄之力吧，以尽故人之情。"

罗坤见师父去意已决，便自道："也罢，依了师父就是。"

赵响空随即把寻着药王师徒的消息通知了本堂堂主刘石柱。刘石柱闻之大喜，命赵响空与另外两名香主带了第二批人手，于两日后，陪同药王师徒启程北上了。

再说方国涣、卜元、吕竹风三人护了曲良仪一路行来，进入了江苏，经新沂走沭阳，这日便已到了淮阴地面。

曲宁儿见已到了家乡，欢喜非常，从车窗探出头来，对方国涣道："方公子，顺这条大路再走半天就到曲家集，快到家了。"说着，忽然坐于车内大哭起来。

方国涣惊讶道："就要到家了，何以这般伤心？"

曲宁儿哽咽道："我与主人出来时好好的，如今才过了半年多，主人就得了这种怪病，落得这般境地，用车子载了回来，我……我如何向主母与二爷、三爷交代？"说完，又大哭不止。

方国涣沉默一会儿，安慰道："事出意外，这也怪你不得，你自家已尽了心力。到了地方，我自会向曲先生的家里人解释一切的，其实也够难为你的了。"曲宁儿这才慢慢止了哭泣。

卜元这时道："好歹把曲先生平安送到家了，但不知曲先生的家里人，一下子能不能接受得了这种残酷打击？"

方国涣叹道："这也是没法子的事，到时候尽量解释吧。"

卜元道："就怕解释得不清楚，棋上也能把人害成这般模样，别再惹得曲先生的家人误会我等，生些不必要的麻烦。"

方国涣道："不致如此，曲先生清雅不俗，家中必都是知书达礼之人，我们千里护送曲先生还乡返家，路途上历经凶险，其家人能理解我们的这一番苦心，就足矣了！"

吕竹风一旁道："二位哥哥大仁大义，人家必会千恩万谢的，倘若二位哥哥遭人家误会怪怒，我们再把曲先生送回京城就是了。"

卜元闻之笑道："我等费了这般力气，千辛万苦，好不容易把曲先生送到了家，哪里有再送回去的道理。如果曲家人见到曲先生落成这般模样，拒之门外而不理，你方大哥说不定还会买座宅院子与曲先生住哩！"

方国涣道："你二人倒也能说笑，不管怎样，能把曲先生安全送到家，我们也心安了。"

一行车马又前行了两个时辰，前方现出了一座几千户人家的大集镇。曲宁儿这时从车上欢喜地跳下，高兴地道："这就是曲家集了，我们终于到家了。"

卜元笑道："那就请小兄弟引路吧。"

曲宁儿指了前方一座宅院道："就是那里了。"

方国涣、卜元、吕竹风三人抬头望去，见是一处颇具规模的府邸，从气势上看，虽说不上是豪富之府，但也算是一户殷实的人家。

一行车马到了门前，此时门外有一个八九岁的小孩正在和一名仆人玩耍。曲宁儿见了，立时飞跑过去，一把抱住那小孩大哭道："曲操小主人，你爹爹回来了。"

那小孩忽见了曲宁儿，不由惊喜道："是宁哥哥回来了！"

此时，旁边的那名仆人，见了曲宁儿颇感意外，一把拉住曲宁儿急切道："曲宁儿，你说主人回来了，现在哪里？"

曲宁儿指了指马车，呜咽道："主人在……在车里，曲发大哥，快去通告主母，还有二爷、三爷，就说主人被几位大恩人送回来了。"

那曲发见曲宁儿突然回来，一见面就大哭，说话吞吐，神情有异，又见主人曲良仪在马车中并无动静，旁边还有三位骑马的陌生人，心知不太妙，转身飞跑进门内通禀去了。

方国涣、卜元、吕竹风三人这时下了马，走上前来。方国涣见那小孩生得眉清目秀，精灵可爱，自有些曲良仪那种脱俗的气质，不由喜问曲宁儿道："这是曲先生的小公子吗？"

曲宁儿应道："正是我家小主人，叫曲操的。"接着对曲操道："小主人，快谢谢这几位恩公吧，否则你爹爹恐怕就回不来了。"说着说着，曲宁儿又呜呜哭了起来。

曲操此时瞪大眼睛，胆怯地望着方国涣等人，同时低声语道："我爹爹……"

卜元一旁笑道："你还别说，这小孩着实可爱，有点曲先生的模样。"

这时，但听得门内一阵急乱的脚步声，紧接着跑出两个人来。那两人忽见门外立着三位陌生人，曲宁儿站在曲操身旁含着眼泪，不由各自一怔。

其中一人急切道："大哥？大哥在哪里？"

曲宁儿见了二人，立时放声大哭道："二爷、三爷，主人回来了，在马车里面。"

那二人闻之一惊，忙跑到马车前，掀开车帘看时，忽齐声惊呼道："大哥！大哥！你这是怎么了？"

其中一人回身朝曲宁厉声喝道："曲宁儿，你过来，我大哥如何变得这般模样？"

那曲宁儿此时吓得六神无主，不知无措，站在那里只是大哭。

方国涣忙自走上前，拱手一礼道："在下方国涣，见过二位先生，有些话还要慢慢说。"

那二人见了，忙稳了稳惊急之态，各自还了一礼。其中一人道："原来是方公子，在下曲良材，这是三弟曲良臣。"卜元、吕竹风这时也走了过来，双方彼此礼见了。

曲良材随后惑异道："方公子，家兄不是在京城安国府皇家棋院吗？怎么竟变成这般模样回家来？难道忽患了大病不成？"

方国涣道："二位先生勿急，此事说来话长……"

这时，又从曲宅内涌出来一大群仆人、丫鬟，拥着一位端庄的妇人急走过来。

曲良材见了，忙迎了道："嫂嫂怎么也出来了？"

曲夫人疑虑道："听曲发说，你大哥与曲宁儿回来了，出了什么事？怎么回来得这么快？"

曲良材有些慌乱道："大哥他……他在车里，嫂嫂自家去看吧。"

曲夫人闻之，大为感然，忙至车前看视，见曲良仪半卧车内，衣乱发散，目光呆滞，喃喃自语，已是神失意迷。曲夫人见罢大惊，忙进了车内，扶了曲良仪，颤声道："相公！相公！你这是怎么了？"

曲良材不忍旁视，忙吩咐那些丫鬟、仆人道："快把主人与夫人扶到后院歇了。"随后朝方国涣、卜元、吕竹风三人一拱手道："三位，请家中说话。"引了三人进了宅院。

曲良臣对一旁吓得发呆的曲宁儿喝道："曲宁儿，你先给我进来。"那些丫鬟们扶了哭啼啼的曲夫人，仆人们背负了曲良仪，接着进了门内，车夫和马车、马匹自有仆人招呼安置了。

曲氏兄弟请了方国涣等三人于厅中落了座，曲宁儿一旁胆怯地站了。卜元见了不忍，拉过曲宁儿道："小兄弟，走了一整天，你也坐歇了吧。"

曲宁儿不由得抬头望了望曲氏兄弟，自是不敢坐。曲良臣一挥手道："曲宁儿，先坐了吧，回头我再问你话。"曲宁儿这才怯怯地坐了。

有丫鬟献上茶来，曲氏兄弟请方国涣三人用了。曲良材随后一拱手道："事情来得太突然，有失礼之处，还望三位见谅。"

方国涣道："这也难怪，曲先生不必过于自责。"

曲良材道："这到底是怎么一回事？家兄何以患上这般怪病，就这样回了来？还请方公子详明。"

方国涣道："曲良仪先生京城夺棋上冠，被册封为国手状元，棋名远播，天下共仰。两个月前，有一位太监，偶得了本妖书，在棋上习练成了一种鬼棋邪术，前去安国府皇家棋院拜访了曲良仪先生，并且对弈了一局棋，曲良仪先生不幸被其邪术扰乱了心神，而成疯癫之症。"

曲氏兄弟闻之大惊，曲良材讶道："家兄棋高天下，无人能敌，何以在棋上被人家反害如此？"

方国涣道："此事已震动京城，成了一大悬案，至今为止，还无人知道国手状元能在棋上被人算计了，多以为是他因所至。在下也只知曲良仪先生被鬼棋伤的原因，乃是棋境被扰，心神大乱，心之气力耗竭溃散之故。至于那太监如何能走鬼棋伤人，棋上怎么会生出这种伤人之力，目前还不十分的清

第二十六回　曲家集

楚。"

曲良臣惊异之余，怒道："棋本雅艺，怎会生出这种事，定是那太监棋上不敌家兄，起了小人之心，施了旁门左道的妖法邪术，否则家兄不会被害成这样的，那个太监怪物现在何处？待我寻了他为家兄报仇。"

方国涣道："这位走鬼棋邪术的太监李无三，在与曲良仪先生对弈完一局棋后，就神秘地失了踪迹，估计是去天下间寻访棋上的高手名家，以棋杀人取乐去了。"

曲氏兄弟闻之愕然，曲良材惊异道："那太监在棋上还能杀人吗？"

方国涣道："不错，在下的一位朋友就是被这位太监走以鬼棋所杀，棋终人亡。为了查明真相，在下便与卜元大哥进京查找线索，无意中遇见了流落街头的曲良仪先生主仆二人，并且得知曲良仪先生的疯癫之症也同被那太监李无三走以鬼棋所伤之故。在下也是棋道中人，敬曲良仪先生为我棋中的国手状元，不忍让他主仆落难京师，故而护送了回来。"曲氏兄弟闻之，一时间惊得呆了。

曲宁儿这时呜咽道："若无方公子几位恩人大义相助，我与主人也许已经命丧京城了，哪里还能回得家来。"

曲氏兄弟闻之，激动万分，急忙上前拜倒，曲良材感激道："原来三位是我兄弟的大恩人，且受我等一拜。"方国涣、卜元、吕竹风三人忙起身扶了。

方国涣道："两位先生莫要如此，曲良仪先生棋扬天下，不幸遭此劫难，能送他主仆二人归乡返家，免受落魄他乡之苦，当是我们应该做的。"遂扶了曲氏兄弟归座坐了，曲氏兄弟感激不已。

曲良材此时异道："家兄不是在安国府皇家棋院吗？如何流落到了街头？"

方国涣道："人废茶凉，自曲先生被鬼棋邪术所伤，失了棋道后，安国府皇家棋院声威顿落，一些势利小人便把曲先生主仆二人赶出了棋院。多亏曲宁儿这位小兄弟，忠心护主，不离曲先生半步，否则曲良仪先生的处境会变得更惨的。"

曲良臣听罢，不由起身上前抱住曲宁儿，有些激动道："三爷错怪你了，原来你也跟着受了大苦。"曲宁儿立是抑制不住，放声大哭起来，曲良材也自落了泪，上前抚慰了，方国涣、卜元、吕竹风三人也自恻然。

曲良臣随即起身撕去了正堂上挂着的一张喜报，愤怒道："那些人好没道理，我大哥落得这般境地，竟被推出棋院门外，我等还要这东西来炫耀什么。"说着，扯了个粉碎。

曲良材一旁叹道："家兄京城夺了棋冠之后，喜报随之飞马传来，满门欢庆，实是光宗耀祖得很。府县的大小官员几乎都来家里拜访过，曲家集人莫不为家乡出了一位国手状元为荣，我等也自高兴家兄为门庭增光彩，可如今，唉——"

曲宁儿这时道:"二爷三爷还有所不知,我们在回来的路上,遭上了一伙强盗,要劫了主人去,幸亏卜大哥、吕大哥英勇杀敌,击退了强盗,否则主人就回不来家了。"

曲氏兄弟闻之一惊,曲良臣诧异道:"什么?要劫持我大哥,这是何故?"

方国涣道:"有一伙歹人想劫了曲先生去,利用他的棋名,在人身上做些罪恶的事,若无卜元大哥、吕竹风贤弟拼命拒敌,后果当不堪设想。"

曲良材闻之,大吃一惊道:"天下怎么这么多恶人?"随与曲良臣再拜而倒。曲良材感激地道:"三位恩人大义送家兄还乡,又不顾自家安危再救家兄一命,此等大恩大德,叫我兄弟如何来报!"说罢,曲氏兄弟叩拜不已,方国涣、卜元、吕竹风三人忙又上前扶了。

待重新落座,曲良臣一声长叹道:"大哥落得这般光景,当初真不该叫他上京应棋试。"

曲良材也自摇头一叹,对方国涣道:"家兄一生嗜棋如命,这等棋力都是他自家精钻苦研,遍访高人习练修悟得,但从不自显棋名,只是闻了哪里出了个高手来,无论路途多远,都不辞辛苦地去拜访切磋。每日自家打谱研棋,不分昼夜,常忘寝食,那些棋子如他性命一般,一刻也离不得身。"

方国涣闻之,心中暗暗敬服。

曲良材接着又道:"半年前,闻天子招棋,府县凡有些手段者,无不应之。也怪我等好事,劝家兄既有本领,不可自家埋没了,枉费了一生心血,当以扬名显世。家兄也自一时兴起,也是棋家本性,便上京应棋,倒也在天下众高手中夺了冠,被朝廷册封为国手状元,统领安国府皇家棋院,影响了天下棋风。可如今竟遭此大难,所得一切又有什么用来?"说罢,长叹不已。

曲良臣这时起身道:"我去看望一下大哥与嫂嫂,各位先坐了。"说完,自去了。

曲良材又道:"家兄被那太监的鬼棋邪术所伤,得此神乱症,不知能否医得好?"

方国涣道:"皇宫内的高手御医也都束手无策,看来只有再寻天下间的神医了。"

曲良材闻之,摇头感伤不已,又问了些路途上的事,方国涣简单叙述了一遍,曲良材尤为感激。

曲夫人听了曲良臣叙说之后,明白了一切,知道是方国涣等人大义相助,护送了曲良仪主仆返乡,便由丫鬟们扶着,出来拜谢方国涣、卜元、吕竹风三人,方国涣三人忙自上前礼见了。

落座后,曲夫人感叹道:"夫君出去一回,还不到一年的光景,竟遭如此

第二十六回 曲家集

劫难，落得这般悲惨的境地。他自家一直想在棋上走出个名堂来，谁知刚刚得了国手状元，却有此人棋两废的意外突变，天道实为不公！"说完，暗泣不已。

方国涣道："夫人勿过于悲伤，曲良仪先生棋高天下，不慎被妖人邪术所害，这是棋道中的不幸，日后我等必要寻着此人，为曲先生讨回个公道。"曲夫人闻之，忙自拜谢了，接着又叹道："几个月前，夫君从京中来信，说过些日子迎我等入京共享富贵，唉！大富大贵倒不奢求，但求他平安就好，说来也是他自家的造化没有那么高。"方国涣自安慰了几句，曲氏兄弟便劝曲夫人回房歇息了。

曲氏兄弟随后打发了车夫，方国涣又赏了车夫十两银子，以偿一路的惊吓，那车夫便高兴地赶着马车去了。曲氏兄弟接着设宴款待方国涣、卜元、吕竹风三人，席间极尽感激之辞。

席后，方国涣去后宅探视了曲良仪。曲良仪的情绪此时基本稳定，只是呆默不语，似无感觉一般。方国涣不忍再视，施礼退出。然后会了卜元、吕竹风二人，便欲告辞离去。曲氏兄弟自是不依，苦苦劝留，曲夫人闻讯，也忙着赶来恳求挽留，兄弟三人盛情难却，只得答应留住一日。

第二天一早，方国涣三人执意辞行，曲氏兄弟无奈，只得应了。临别前，曲夫人携了曲操，与曲良材、曲良臣、曲宁儿等家中大小，跪了一片，再次相谢，方国涣三人忙扶了。曲氏兄弟欲赠厚礼，兄弟三人坚辞不受，各乘坐骑，拱手别去。曲家上下自挥泪相送，待不见了方国涣三人的踪影，众人才叹然而返。后在方国涣三人住过的房间内发现了裹有五百两银子的布包，曲宁儿告之，这是京城众棋家所赠，丝毫未动。曲家上下安慰之余，更是感慨不已。

第二十七回　孙武兵阵

　　方国涣、卜元、吕竹风三人离了曲家集，择路苏州而来。

　　吕竹风问道："方大哥，我们这是往哪里去？"

　　方国涣道："曾与苏州的一位朋友有约，给我引见一位棋上的高人，此番前去，一是向那位高人请教以棋道，二是通知国手太监李无三鬼棋杀人事，希望能与这位高人共商解决的办法。这是棋上的大事，当向名家高手示警，以防再遭鬼棋之害。"说完，叹息不已。

　　卜元见方国涣忧心忡忡，便想把话题从棋上引开，免得方国涣心中不快，于是道："贤弟的这位苏州朋友，可是那位嘴馋得出奇的赵公子？"

　　方国涣道："不错，正是此人。"卜元道："贤弟结识什么样的人不好，如何结识这等好吃懒做的家伙？"

　　方国涣闻之，笑道："其实吃喝也是一门学问的，美食中也自别有天地，博大精深。"

　　卜元道："敢情，不过是那些有钱人闲着无事瞎讲究罢了，弄出个名堂来显人的，饿他两天试试？狗食也抢着来吃的。"方国涣闻之，摇头笑了笑。

　　吕竹风这时忽然问道："莫非也能吃出个状元来？"

　　卜元笑道："若是吃出了个状元来，统领什么食院饭楼的，那皇帝可真是昏了头。"

　　吕竹风闻之，不知何故，叹息了一声，摇头道："看来太能吃了，人家也要笑话的。"方国涣、卜元二人听了，倒也没在意。

　　吕竹风这时又道："听人说，广东有一个地方吃的最是出奇，什么猫、鼠、蛾、虫的，统统塞进嘴里，一不小心，还会从自家鼻孔里爬出条蛇来。"卜元听了，大笑不已。

　　方国涣想起那日在石岩村美食楼仙品堂的八珍宴上，赵明风对自己讲的那种直叫人作呕的"三响"菜与"内芽"菜来，不由得皱了皱眉头。

　　时近晌午，兄弟三人自觉有些腹饥，遥见前方路旁有家独处野地的"清风酒店"，卜元道："主人家把此酒店开在这远近不着人家的地方，独守交通要道，也自精明得很。"

　　三人随即引马到了近前，立有几名伙计迎上来牵了缰绳招呼了。进门时，

第二十七回　孙武兵阵

吕竹风手中仍持了一根竹竿，自想随身带进去，一名伙计见了，上前道："这位客官，竹子先在门外放了，出来再拿如何？免得刮着人，又不方便的，小人给您看着，丢不了的。"吕竹风闻之，觉得有理，便于门旁放了，随后进了来。

此时店内自有几桌客人在吃喝，都是走远路经此歇脚的，兄弟三人择了张桌子坐了。方国涣问吕竹风道："贤弟，吃些什么？"

吕竹风道："两个馒头罢，以前放牛时，都是一个菜馍对付的。"

卜元笑道："跟了两位哥哥这些时日，仍改不了小气的性子，两个馒头就把你打发了。"方国涣笑道："贤弟倒能节俭的，不过哥哥暂时是不缺银子的，放心吃好了，到时短了钱用，你再分一半菜馍与我吧。"说完，方国涣自要了两大盘牛肉和几碟小菜，一坛酒，十几个馒头。兄弟三人也不谦让，便吃喝起来。

吕竹风见了满桌的食物，心中一喜，自家便独吃了七八个馒头，一大盘牛肉，见桌上剩得少了，吃的速度也就慢了下来，意思是不尽兴，还想再吃些，把一旁的方国涣、卜元二人看得直发愣。

卜元讶道："兄弟，今日莫非患上饥饿症了，这般能吃？怎不如前些日子的饭量小？"

吕竹风此时有些难为情地道："不瞒二位哥哥，小弟一生中几乎没吃饱过。"

"咦！"卜元一惊道，"没吃饱过？"

吕竹风道："不错，其实小弟能吃得很，自家也不知有多大饭量，先前与东家牧牛时，东家一顿只给小弟一个杂面菜馍。饿极了时，常到地里挖些红薯来吃，然后再帮地的主人干些活计，不致挨骂，乡亲们时常施舍些剩饭，才勉强维持了。运气好时，用竹竿戳死只虎豹，还有些兔子山鸡，烤熟了来吃，也能挨上几顿的。"直听得卜元睁大了眼睛，惊叹道："可怜！可怜！敢情老弟的这般神力是吃出来的！"

方国涣也自觉意外，忙问道："自贤弟随了我二人后，每顿吃饭时，贤弟都是先放筷的，问你吃饱了没有，你每次都说饱了，为何现在才露出了大吃的本事来？"

吕竹风如实说道："小弟有幸被两位哥哥收留，护送曲先生还乡返家，先前还以为一路上的食宿用度，都是曲先生将来打在雇请二位哥哥的用金上，想给二位哥哥节省些，到结账的时候多得些。谁知到了曲先生家里，才知一路上都是二位哥哥自家的花费，令小弟好生敬服。在曲先生家里，怕放开肚量惹得人家笑话，所以也没敢往饱吃。今见二位哥哥果是有些银子的，不妨就先吃一顿饱饭吧，这些日子已是饿坏了。"

"老天！"听得卜元嘟囔了一句，与方国涣又惊讶又激动，二人被吕竹风这番淳朴真诚的表述和兼人的食量给惊得呆了。

卜元这时拍了拍吕竹风的肩膀，感慨道："原来老弟先前没有吃饱，是为哥哥们省钱的，真是罪过！今日便放开肚量吃吧，不要顾及银子。你方大哥是个聚宝盆，到时自会有银子送上门的。从今以后一定要让你顿顿吃饱吃好，可不要委屈了自家。"

吕竹风道："小弟今生能跟随了两位哥哥，幸运得很！日后但助二位哥哥打杀些坏人，别无所求，能吃饱就足矣了。"

卜元、方国涣听了，好是感动，卜元一挥手道："伙计，再来五斤牛肉，不，八斤，另加二十个馒头来。"

一名伙计上前问道："客官可是带了路上吃？"

卜元道："你这开饭馆的，还怕大肚汉吗？"那伙计奇怪地瞧了瞧三人，看哪一位也不像能吃的，摇摇头去厨下了。

时间不大，八斤牛肉，二十个馒头便端了上来，卜元全部推到吕竹风面前，道："老弟慢慢用吧，勿要吃急了，不够再向店家要些。"

吕竹风此时大喜道："吃吃看吧！"卜元闻之一怔，有些惊讶道："那就吃吃看吧？"

吕竹风道了声："多谢二位哥哥赐食之恩。"

说完，便放开大吃起来，一阵风卷残云，顷刻间，桌上食物已去了大半，吃势犹不减，显然正在兴头上。卜元、方国涣二人互望了一眼，诧异不已，店中的伙计与邻桌的客人也都看得呆了。

卜元有些担心道："好兄弟，饱些就停了吧，莫要胀破了肚皮，怪吓人的！"

吕竹风这时把最后一片牛肉送入嘴中，嚼了一下，便咽进肚里，见桌上已无入口之物了，这才有些满意地道："今日就到此吧，也算是饱一回了。"旁观诸人自是看得目瞪口呆。

卜元忙提壶斟了一杯茶，递上前道："老弟，溜溜缝吧。"吕竹风道声"多谢"。接过茶碗一饮而尽，觉得不够痛快，索性提了那壶茶，"咕咚、咕咚"几口便喝了个干净，随后拍了拍自家肚子，若无其事地一歪头，很惬意的样子。

卜元、方国涣见了，相顾茫然，实不敢相信，吕竹风竟能吃下这许多东西。

吕竹风这时道："小弟吃好了，二位哥哥可要上路？"

方国涣忙道："不忙、不忙，贤弟坐着勿动，免得在马上颠簸，伤了肠胃。"

第二十七回 孙武兵阵

卜元道:"有理、有理,老弟还是先坐着消会儿食吧。"吕竹风道:"也好。"自家坐正了身子,随对二人感激地道:"以前除了有那么几回吃净一只老虎和豹子外,今日算是最饱的一回了,日后但能一月饱上一次,小弟就心满意足了。"

方国涣感慨道:"贤弟不但有神力,竟还有神吃之能,世所罕见!以后每顿饭时吃饱了就是,否则便是我等的罪过了。"

卜元这时道:"老弟的这一顿饱饭能挺到几时?"吕竹风道:"三两日不食,倒也无关紧要,不过下一顿,比这还要多些才好。"

卜元咋舌道:"老弟每出惊人之举,这也是放牛出来的一种神技吧!"

这时,店内又进来三位走远道的客人,要了桌酒菜便吃喝起来,对饮了几杯后,便聊起了闲话。

一位胖子道:"你们可曾听说了,我们河南开封府,有一位下棋出了名叫徐东州的,人称开封府第一棋王。前些日子不知在棋上输了谁一盘,突然变得疯狂起来,打人毁物,竟拿东西来出气,一时想不开,自家爬上(佑)国寺十三层铁塔上,一个跟头翻下来摔死了,好是惨烈!"这边的方国涣、卜元二人闻之,大吃一惊。

另一人道:"棋上胜负也是常事,何以这般没肚量,气窄得很,自家死了不算,还要被人耻笑。"

那个胖子道:"此事说来也有些古怪,徐东州虽然在棋上称霸开封府,但也曾败于几位高手,却是输得高兴,败得心服,与人家称兄道弟的,不知在这盘棋上何故想不开?只可惜了他一身好本事。"

另一人道:"我看他还是自家小气,败了几次于人家,心里憋了些底火,这次终于耐不住了,一下子爆发出来,觉得好没面子,死了算了。"

方国涣此时按住心中那种不安的预兆,起身上前,朝那位胖子拱手一礼道:"打扰了,适才几位所说的那位开封府的徐东州,不知是与什么人对完棋局后自杀的?"

那胖子道:"小公子也喜欢听奇闻吗?详情在下也不甚清楚,事后听徐东州的老婆说,是两名外地人,因闻徐东州的棋名而来较量一番的。据说和徐东州走棋的是一位怪老头,下完棋也就走了,不关人家事的。"

方国涣闻之,心中一震,骇然道:"是他!一定是他!他真的在作祸天下棋道了。"方国涣谢过了那个胖子,随即回身道:"卜大哥、吕贤弟,我们不去苏州了,马上改道河南。"

卜元明白方国涣的意思,起身道:"也好,料那两人还走不远。"方国涣自去结了饭钱,忧心忡忡地与卜元、吕竹风出了清风酒店。

吕竹风出门时,随手持了自家的那根竹竿,此时见方国涣、卜元二人的神情忽变得严肃起来，尤其发现方国涣在与店家结账时，似乎一脸的不高兴，心中懊悔道："是了，我一顿饭吃下这许多，定费去了不少银子，时间久了，当会把两位哥哥的钱袋吃空的。唉！如何生得这般大饭量，惹得两位好心的哥哥作难。日后可不要这般放开量吃了，能忍挺得住也就算了，到时真若短了银子用，让两位哥哥跟着受饿，实在是太不应该了。"吕竹风胡思乱想着，随了方国涣、卜元上马而行。

兄弟三人改道河南，方国涣闷闷不乐，一路无话。行了一程，吕竹风自是有些歉意地道："两位哥哥，以后小弟少吃些就是了，勿要这般沉闷，实令小弟好生过意不去。"听了吕竹风忽然说出这般莫名其妙的话，卜元、方国涣二人各是一怔，见吕竹风一副内疚难为情的样子。

方国涣诧异道："贤弟何出此言？难道还供不上你一顿饱饭不成？"

吕竹风认真地道："都怪小弟这张只争食不争气的肚皮，日后若吃空了二位哥哥的本钱，岂不连累二位哥哥一起挨饿受困。"

方国涣、卜元闻之，这才明白了吕竹风淳朴的心意。卜元又是喜欢又是气恼道："你这家伙，把两位哥哥看得也太小气了些，日后就是没得哥哥们吃，也要有你吃的。老弟若是因为吃不饱饭受饿而失去了神力，哥哥们可要后悔一辈子的。既然把大吃的本事显了出来，可勿要再藏了。"

方国涣摇头笑道："适才哥哥是听到了害曲先生的那个坏人的行踪，闻他又生出祸事来，心中忧虑不安，哪里是心疼银子的。贤弟日后往饱了吃就是，勿要有所顾忌，不但神力天下第一，也要吃出个天下第一来。"

卜元笑道："只要老弟不是食痨，吃不出事来，日后不但吃饱，更要大鱼大肉地吃好，也是老天养出了你这个高人来，可不要因为随了哥哥们受屈，把自家的本事给坏了。"

吕竹风这才知道误会了二人，脸一红道："惭愧！这种争食不争气的本事，令二位好哥哥见笑了。"

方国涣笑道："贤弟的这种海吃的本事，幸亏不是在美食家赵明风公子的身上，否则是没有厨家能侍候得了的，韩杏儿姑娘也自会吓跑的。"

这日，兄弟三人横跨入了安徽地界。时值盛夏，天气酷热无比，太阳就像在头顶悬着的大火球，烤得人几乎透不过气来，皮肉似熟了一般，三人所乘的马匹也自有气无力地慢慢走着。

卜元此时忧虑道："耽搁了这些时日，那太监与姓于的护卫已是不知又到了哪里？我们即便到了开封府，也只能证实与徐东州走棋的那人是这个太监而已，再寻他可是难了。"

方国涣道："他二人行踪诡秘，飘忽不定，不知哪里去寻的好？"

卜元道："那太监走鬼棋害人已成了性子，但凡有棋家好手的地方，他必会闻风寻访了去，河南与安徽搭界，那太监也可能顺道又来安徽了，寻访名气大的棋家斗棋。我们不妨先打听了哪里有棋家高手，名声又大得很的，且去那里守株待兔，或许能候了那太监来。"

方国涣闻之喜道："好主意！没想到卜大哥也有这般好计策。"

卜元笑道："先前打猎时，时常备些大块的肉于林中，以引诱大兽出来，伺机猎捕它，经常奏效的。但把那太监看作野兽，等他自投罗网吧。"

吕竹风道："这太监如此可恶，见面时一竹竿把他戳死就是的。"

卜元笑道："那怪物自交于你方大哥对付了，老弟但能把那姓于的护卫摆平足矣。我吗？若是觉得有些不对头，不等棋局走完，帮着方贤弟给那太监一弹丸吃，免得有什么意外，被太监在棋上施妖术迷住了，生出那些吓人的事来。"

方国涣闻之笑道："卜大哥的法子，倒也万无一失。"

兄弟三人一路行来，卜元打听了数人，寻问安徽境内可有出了名的棋家高手，那些人竟都摆手摇头说不知，惹得卜元好生气恼。

方国涣便笑道："所谓一花一世界，千叶千如来；隔行如隔山，技艺两不干。卜大哥打听的都是些商贩与农人，他们自无暇理会棋上事，知道的自然少些，卜大哥不妨问那种斯文雅气的读书人，或许能打听到什么来。"

卜元闻之一拍头，恍悟道："有理！有理！我说怎么问那些人，如对牛弹琴一般，没个兴致！"

三人又行了一程，见前方路旁一片树荫下，有一位呈些斯文气的老先生，和一名仆从在避暑纳凉。

卜元见了，道声"有门"！便引马到了近前，拱手一礼道："老人家请了，打听个事，这附近府县，可有在棋上出了名的高人？"

那老先生抬头望了卜元、方国涣、吕竹风三人一眼，自有些轻蔑道："看来几位也是外乡人，见识少得可怜，连我安徽棋道上的第一高手白光景白先生的大名都不知晓。"

卜元笑问道："不知这位白先生住在哪里？能有多高的本事？"

那老先生便有些得意道："白光景先生住在铜陵，离这里倒有一天的路程，要说棋上的本事嘛，可是老夫心中最敬的一位高人。只可惜当初京城棋试，争那国手状元时，白先生不巧害了一场大病，未能去应棋试，错过了这个大好时机，否则这个棋家的状元必是白先生的，现在不知有多少人为白先生惋惜。白先生居铜陵设馆教棋，时有外省的棋道高手来寻他斗棋，白先生是未曾有过败绩的，有时一高兴，饶让对手两子三子的，也自胜得人家心服口服，恨不得立时拜了白先生为师，天下间看来是没有对手了。你们几个青年人去见识见识白先生的风采，这一辈子也不算白活。"

方国涣闻之，心中暗暗吃惊，知道天下高人果然多的是。卜元此时又问清了去铜陵的道路，随后一笑谢过了那老先生，兄弟三人便一路向铜陵而来。

路上，卜元道："那铜陵的白光景若真有这么大的棋名，太监李无三怪物必然寻了去，到时在铜陵想法子把他解决了，免得日后老是让贤弟惦记着。"

方国涣点头道："但愿如此吧。"

时值正午，温度高得正是时候，天气更加热了，道两旁的树木越显得枯蔫，路上自少了行人。方国涣忽见前方不远处的路旁有一座大草亭，此时亭中已有了五六位避暑的人，不由一喜道："卜大哥、吕贤弟，且到那草亭里避一避酷热再走吧。"卜元喜道："正有此意。"

三人到了近前，下了马，自把马匹拴到路旁林中避热食草去了。

三人随后进了草亭，亭内果然有些凉爽，见有数条供人坐的简易长凳，三人便寻了一向风处坐了。

此时亭中的那五六个人，或躺或坐的歇着，见方国涣、卜元、吕竹风三人进来，知是过路避暑之人，有两人向三人微微点颔示意，倒也不曾互相搭话，也是天太热了，大家都懒得言语。

方国涣见这些人皆着劲装，多是身材精壮的大汉，腰中各佩刀剑，显是些在江湖上走动的人物，其中一清瘦之人，盘坐地上，正在摆弄着什么。

也是方国涣坐得近些，不经意地扫了一眼，心中倒是一动。原来那人面前铺了一块绢布，上边绘画了一面棋盘，那人此时正在摆弄着黑白两色棋子，似在自家打谱研棋。

方国涣心下道："此人却也有兴致，这种酷热天气也不闲着。"也是离得近些，更是棋家本性，方国涣便自多看了几眼，却发现那人并不是真正地在打棋谱，而是用棋子在棋盘上摆布着一种规则的棋形。似乎哪里摆放得不妥当，那人摇了摇头，伸手把棋形拂乱了，拾起棋子又重新摆起来。

方国涣此时心中一怔，不知那人以棋子在棋盘上摆弄着一种什么游戏。

这时，那人又摆列了黑白两条长龙，彼此围绕，首尾互接，那人接着又以这两条棋龙演化变动出了几种棋形。方国涣见了，心中大是惊异，发觉此人也不是在拿棋子做什么游戏，而是在推演一种深奥的阵形，又似在走着一盘高妙的棋势。

这时，那人似乎把棋形变动到了难解之处，不由轻叹了一声，摇头自语道："一到这里，就不知如何定形？变化不当，两下都会溃散的。"

方国涣旁观了片刻，心中道："且不管他在摆什么阵形，做什么游戏，如果依棋势来看，倒是一盘绝妙的双活双死局，看来此人一时识不出走活此棋局的位置。不过此人似把黑白两条棋龙当作一家，自让双方配合得巧妙些，好像是兵家的阵法？"

想到这里，方国涣心中忽地一惊，暗讶道："如果用训练有素之人，按此棋形布列成兵阵，依刚才棋势上的变化，搏杀于千军万马中将会无懈可击，没想到天下间竟有如此精通兵家阵法之人。"

这时，那人又摇头自语道："难道此书缺损了这一页，孙某就真的找不出这二龙阵的阵眼所在吗？把这员大将安排在何处，才能带动二龙阵，不至于双龙无首，被敌人一击即溃？难！真是难得很！除非孙武再生，补上此缺，才能把这两条死龙、救活归一。"

方国涣闻之，心中惊异道："难道这是孙武的兵阵图？世上只有孙武的兵法十三篇传世，没听说有什么兵阵图的？"

方国涣一时惑然，随之寻思道："此人面容清雅，无恶人之相，这棋形绝妙，自把他难住了，且按棋上走法，给他点示一子，成全一盘双活局吧。"想到这里，方国涣便起身上前，拱手一礼道："在下方国涣，见过这位先生。"

那人闻之一怔，抬头见是一位同避热于草亭内的过路的年轻人，自感意外道："不知公子有何见教？"

方国涣道："适才见先生以棋子布列出了这盘奇妙的阵势，不管是兵阵还是游戏，在下发现这是棋法上的一盘少见的双活双死局。"

"咦！"那人闻言吃了一声，忙起身礼见道，"原来公子是位棋上的高手，失敬！失敬！不知能否施妙手走活此局？"

方国涣笑道："在下不才，也略知些棋之理法，如果先生没什么忌讳的话，在下倒能一子将全局点活。"

那人闻之，立时惊喜道："求之不得！果真如此，公子不但是棋中的高人，更是兵家奇才！"说着，忙呈上黑白各一枚棋子，道："公子请了，不知用哪色棋子为好？"

方国涣笑道："此阵黑白都归一家，不分敌我，无论哪色棋子都可以，只要是一员猛将，能压住阵脚，带动全阵变化就行了。"

那人闻之愕然，心中惊奇道："这年轻人是什么人？竟然棋道兵阵两通？！"实不知方国涣刚刚是从他摆布的棋形上看出门道的。

且说方国涣随手接了一枚黑子，轻轻点落棋盘中。那人见了，先是一怔，继而惊喜万分道："不错，不错！就是这个位置，这是二龙阵真正的阵眼所在，公子施展妙手，全了此阵，难道是孙武转世不成？"这一喊，惊动了亭内所有人。

那人此时深施一礼道："在下孙奇，今日幸得方公子解此多年的困惑，实是感恩不尽，且受孙某一拜。"

方国涣忙扶了道："孙先生勿要多礼，举手之劳，何足言谢。此阵布得奇妙，虽成双死双活局，却又与棋上的死活局大不一样，若不是孙先生用棋子摆示出，在下才能偶然触类旁通，以棋上走法点成双活之局，否则以真人布列成兵阵，在下便不能识得出了。"

孙奇道："棋者，兵道也，棋家与兵家实为一道，方公子出此妙手也不奇怪。"

方国涣道："曾闻古人以棋上之攻取，用于兵家之夺占，看来果有此事了？"

孙奇道："不错，棋应兵事一说，古已有之的。"这时，亭内众人都围了过来，都是孙奇的兄弟，与方国涣互见了礼，随后坐于一旁听孙奇、方国涣二人谈棋论兵。

方国涣道："孙先生何以运棋道于兵事，竟能推演出这种奇妙的兵阵棋？"

孙奇道："孙某自幼好论战谈兵，尤爱博及各家兵书，诸如《白起兵法论》《李靖答辩论》《诸葛兵法》，最爱者莫过于孙武的《兵法十三篇》，视为兵家至宝，可以倒背。二十年前，偶从一位友人先祖遗下的藏书中，意外发现一部《孙子兵阵棋解》，方知孙武不但有兵法传世，更有兵阵传世，大喜之下，爱不释手。友人知我喜谈兵道，笑而赠之。归而翻阅，却见满书棋谱。起初大惑不解，后偶然间领悟，这是孙武从千变万化的棋势上，演变出来的至奇至妙的兵阵。只可惜此书缺损了几页，使得某些阵形不全，如二龙阵图式，便缺少阵眼之位。"

方国涣闻孙奇所述，惊叹道："万物一理！果是至圣名言！棋兵相通，便足以证明了。《孙子兵法》为历代名将之好，这部《孙子兵阵棋解》与其相辅相成，竟被孙先生所得，可见先生与兵家有缘。"

孙奇笑道："孙某虽爱谈兵，但不愿看到战乱杀伐，所持兵道，只是不得已而为之。当年家乡闹匪患，甚是猖獗，连官府也无奈何，百姓深受其苦，为保家护园，孙某便挑选乡中强壮者三百人，演练兵阵，以求自保。后与匪盗两千人斗，竟借兵阵巧妙灵活的变化，以区区三百人，败贼两千，从此匪患始绝。孙某自知兵阵的威力果然无比，不过各组兵阵，需有一员勇猛的大将压阵，方可带动，搏于千军万马中。"

孙奇接着叹道："千军易得，一将难求，能带动兵阵，使其发挥最大威力的大将太少了。"

方国涣闻之笑道："我这两位兄弟，各有万夫不当之勇，都可做大将的。"

孙奇闻之，不由惊异地望了望卜元、吕竹风二人，见卜元背负一包，露出一张弹弓的弓身，其弓身粗而黑亮，显是奇铁打铸，知卜元定是一位大力善射之人。孙奇再看吕竹风时，却是一位持了根竹竿的少年，似一名乡间的牧童，无甚异处。

第二十七回　孙武兵阵

吕竹风这时见方国涣对自己含目而笑，好像在示意什么，索性一扬手，手中的那根竹竿便疾射而出，直贯入草亭外十米处的一棵粗大的树干中，竹竿竟然透射进了一半，把那棵树干给击穿了，而树上叶子却无一片落下。

"好神力！"孙奇等人见罢，不由齐声惊呼。孙奇忙即起身道："原来三位都是身怀绝技的当世英雄，失敬！失敬！"

方国涣笑道："孙先生不必客气，我这位贤弟天生神力，善使竹子，今见先生非寻常人，所以显示一下而已，别无他意，但想与先生交个朋友。"

孙奇闻之喜道："如此甚妙，今日有幸识得三位侠士，实为孙某的荣幸。"接着对吕竹风道："孙某有一位朋友，是一高手铁匠，自家藏有一种精钢重铁之料，可铸神兵利器，日后小兄弟有机会再遇见孙某的话，一定叫那位铁匠朋友给你打铸一根这般竹子模样的精钢重铁竹。"

吕竹风闻之，大喜道："多谢孙先生，我使竹子使惯了，只是竹子太轻，选重些的又太粗，一直没有应手的，要是有了一根铁竹子，实在是太好了。"

孙奇笑道："今日方公子帮了孙某一个大忙，日后有机会一定回报你一根精钢竹。"

方国涣也自喜道："我这贤弟要是有了一根铁竹子，便可横打天下无敌手了。"孙奇等人听了，暗暗惊异。

这时，忽从一侧树林中走出两个人来，那两人径直走到草亭外，齐向孙奇施了一礼，其中一人恭敬道："孙堂主，弟兄们都休息好了，可否上路？"方国涣、卜元、吕竹风三人见了，这才知道树林中还有孙奇的人，不由各是一怔，惊讶不已，不知孙奇是位什么样的人物。

第二十八回　金枪无敌将

　　孙奇这时抬头看了看天，见太阳已不如先前那般火毒了，空气中已有了几丝凉风，于是道："时辰不早了，通知弟兄们上路。"
　　亭外一人应了一声，回身一声呼哨，忽从树林中呼啦啦钻出来四五百人，几乎一半的黑衣人，一半的白衣人，各持刀枪，并且每人背上都负了一只扁长的盒子，不知内装何物，做什么用，原来这些人一直在林中避暑。
　　方国涣见这些人竟然各穿着一身黑白分明的劲装，想起孙奇适才以棋子摆的棋形，恍悟这几百人乃是用来组阵布兵的，心中惊讶道："这位孙先生倒是会带兵之人，难道这些人就是孙奇所说的曾击败两千匪盗之人？"
　　方国涣这时道："原来孙先生还带了这许多人手，先生可是带兵的将军吗？"
　　孙奇道："今日有幸结识方公子，孙某也不必隐瞒自家身份，自从当年我率众击败盗匪，在当地小有威名，后来有幸结识了替天行道的六合堂，孙某就加入了六合堂，如今我是六合堂首堂堂主。"
　　"六合堂！"方国涣闻之一喜道，"原来孙先生是六合堂连姐姐手下的人。"
　　孙奇等人闻之一怔，各呈惊异之色，孙奇惊讶道："不知方公子与我们连总堂主有何关系？以前怎么没有见过？"
　　方国涣见孙奇的几位手下，用怀疑的目光望着他，似乎"连姐姐"三个字不该他叫的，为了避免孙奇等人误会，方国涣便出示了那块六合金牌令，道："孙先生可识得此物？"
　　孙奇等人一见之下，不由大惊，立时间齐身拜倒，孙奇恭敬地道："六合堂首堂堂主孙奇，不知六合金牌令到，有失远迎，还请方公子恕罪。"
　　方国涣有过一次经验了，忙把六合令收了，上前扶起孙奇道："孙先生与各位好汉不必多礼，在下只不过想证明，你们六合堂的连奇瑛总堂主，与我是好朋友的，免得引起误会。"随后把在黄河岸边救下连奇瑛的事，前后略说了一遍。孙奇等人闻之，惊奇不已。
　　方国涣接着问道："不知孙先生带了这么多人哪里去？"
　　孙奇此时已知方国涣的身份特殊，自是恭敬地道："孙某奉连总堂主之

第二十八回　金枪无敌将

命，率六合堂总堂处的五百龙虎军北上，是为了关东绿林好汉入关加盟一事，以防不测。"

"哦！"方国涣道，"原来如此，是为了加盟的事，这总堂处竟然还有五百龙虎军的。"

孙奇道："这五百兄弟是我六合堂内精英中的精英，由孙某演练兵阵多年，已成气候，可敌万人，有保护总堂安全之责，平时只听从连总堂主的调动。"

方国涣笑道："原来连姐姐还有护卫军的，更有孙先生这般高人相助，倒出乎我的意料。"

孙奇道："方公子三位哪里去？竟会这么巧在此遇上了。"

方国涣道："我兄弟三人正在办一件事情，欲去铜陵，正好经过这里。对了，连姐姐调孙先生率五百龙虎军北上，可要打仗吗？"方国涣知连奇瑛已与关东的杜健等人联系上了，欣慰之余，见六合堂人马调动，似起了什么变故，故而相问。

孙奇这时道："连总堂主在给孙某的手令上说，关东好汉欲入关加盟六合堂，必会引起关外女真人的警觉，为防万一，连总堂主准备亲率六合堂人马出关接应，故抽调天下各分堂的精锐北上。"

方国涣闻之，点头道："连姐姐考虑得真是周全，看来加盟之事已达成了，既是用人之际，待我三人办完一件事后，也去助一臂之力。"

孙奇闻之，大喜道："连总堂主若见了方公子带去的这两位英雄，一定会很高兴的，希望三位早日前去，到时孙某还有一些兵阵上的疑惑，要在棋上向方公子请教的。"

方国涣道："好说，对了，日后不知去哪里找孙先生和连姐姐？"

孙奇道："现今六合堂天下各处分堂的精锐都被调往河北宣化会合，到时方公子三位去那里寻便是了。"

方国涣喜道："如此甚好，可以见到六合堂内的英雄豪杰了。"

孙奇笑道："到时孙某定会恭迎三位的大驾。"

孙奇随后又对吕竹风道："孙某一到宣化，立刻叫人给你打铸精钢重铁竹，待你去时，正好能用上。"吕竹风闻之，高兴地谢过了。

孙奇接着又赠送了方国涣三人二百两银子，方国涣不受，孙奇等人执意相予，方国涣推辞不过，又望了一眼吕竹风，只得谢过笑着收下了，孙奇随后率了五百龙虎军别过三人去了。方国涣、卜元、吕竹风三人送走了孙奇，也自上马赶路，寻那铜陵的棋上名家白光景而来，以候国手太监李无三。

由于日后要随方国涣去六合堂助战，卜元、吕竹风二人显得异常兴奋。卜元道："六合堂内都是英雄好汉，做的是替天行道的事，江湖上名气大得很，今天见到了这位孙先生，看其模样就有高人的味道，日后见见贤弟的那位连姐姐，六合堂的总堂主是位什么样的巾帼英雄？一位女子竟有这么大的本事，支撑起如此大的事业来！"

方国涣道："成功与否是不论男女的，想那代父出征的花木兰、抗击金兵的梁红玉，都流芳百世，但有才干加胆识，都是可以成大事的。"

吕竹风一旁道："依小弟看来，女子就是不如男子的。二位哥哥想想看，古今的帝王将相与那些惊天动地的大事情，可尽是男子做的，女子做出几个来？"

卜元闻之，不由摇头笑道："老弟能说出这番道理来，也是有学问的，你可知道唐时的武则天？她便是一位奇女子，做过皇帝的。"

吕竹风摇头道："古今能有几位武则天？从古至今，几百位帝王，无数位将相，出就出了这么一位而已。所谓物以稀为贵，仅这么一位人物，就叫天下的女子自以为了不得，安慰得很，实不知男女之差远之又远的。"

"嘿！"卜元自有些诧异道，"老弟哪里听来的这番道理？可又是自家放牛放出来的学问？"

吕竹风道："小弟至今连一个字也不识得，如何能做出学问来，这些话都是从乡里一位教书的先生那里听来的。那位李二先生对女子多有偏见，常说最毒妇人心，天下间唯小人与妇人难养也！六十多岁的年纪，未曾讨过老婆，谁要是说出个有名气的女子来，他就必然反驳一番。时间久了，小弟也认为是有道理的。"

卜元闻之笑道："那位教书先生莫不是被老婆给甩了？再不就是年轻时受了什么刺激。"

吕竹风道："谁知道是怎么回事，那李二先生就是在路上遇见女人，也都绕着走，生怕沾上晦气。"听得卜元哈哈大笑道："天下竟有这等怪人！"

说话间到了长江岸边一座小镇上，天色已晚，兄弟三人便寻了一家客栈投了，打听了店伙，知道明日渡江后午前便可至铜陵。吃饭时，吕竹风自放开肚量饱了一顿，看得卜元啧啧称奇。方国涣自是摇头笑道："看来只有六合堂连姐姐那里，才能养得起贤弟了。"

第二天一大早，兄弟三人便寻了渡口乘了大船人马一齐过了江，然后择路向铜陵而来。行了一程，远远地已望见了铜陵城的城门，三人自是高兴起来。

由远而近，沿着大路拐了个弯，忽见前方路旁横七竖八地坐卧着十余人，已然都受了伤、呻吟着，各呈惊恐愤怒之色。

方国涣三人见此场面一惊，卜元忙自引马上前道："发生了什么事？各位莫不是遭了盗劫？"

方国涣心中诧异道："离铜陵城门这么近，怎么会有强人出没？"

这时，一位年轻人挣扎站了起来，一脸沮丧道："不……不是遭了盗劫，我等为师父报仇，不想那人剑法好厉害，眨眼间几剑就把我们都刺倒了，护着那个怪老头走了。"

方国涣闻之，心中忽一动，立感不安，卜元惊讶道："你们是什么人？"

那年轻人悲痛道："我等都是铜陵城内白光景师父棋馆中的弟子。"方国涣、卜元、吕竹风三人闻之，大吃一惊，知道出事了，忙自翻身下了马。

卜元上前扶了那年轻人道："这位兄弟莫急，且把事情讲来一遍。"那年轻人悲愤道："今天早上有两位外乡人来寻师父斗棋，其中一名怪老头与师父走完一盘棋后，也不知胜负，他便冷笑了几声，与同来的那人忽然就走了。不知何故，棋终后师父仍然坐在棋桌旁不动，我们做弟子的一时不敢去惊扰。然而当大师兄给师父送茶时，忽发觉师父神色有异，细观时，师父已无了气息，身僵而逝，不知被那老家伙用什么法子害死了。大家立时惊怒万分，随即召集了十多个人追了出来，一直追到城外这里，才追上了他二人。当大家冲上前去质问，欲替师父报仇时，不料那位青衣人十分厉害，左手使剑，几下子便把我们都刺倒了，并说他的主人棋高无敌，别人怎么样，不关他们的事，说完，就护着那位怪老头骑马走了，也不知他们施了什么妖法邪术把师父害死的。"说罢，悲泣不已。

方国涣闻之惊骇，知道来晚了一步，急切问道："他二人走了几时？从那条路走的？"那年轻人见方国涣、卜元脸色大变，不知面前这三位陌生的过路人是做什么的，竟如此惊急，便言道："那两个人从右边这条路走了没多久，快些或能赶得上的，三位可是衙门里的？可一定要抓住那两个人为我们师父报仇！"

卜元听罢，忙对方国涣道："走不远的，上马快追。"随后对那年轻人道："你家师父是被得了邪术的妖人以鬼棋所杀，快回去料理后事吧，那个老怪物由我们来对付。"

吕竹风见要有仗打，因手中的竹子先前被自己射进了树干里，便在地上寻了一根众人丢弃的长棍，权作竹子用，随与卜元、方国涣上马一路追了下去。

方国涣、卜元、吕竹风三人，顺着那年轻人所指的方向一路急追下来，飞马追寻了半个时辰，也没见着国手太监李无三和于若虚二人的身影。问了路旁田中正在耕作的一位老者，那老者说是刚从家里出来，没见着什么人。

兄弟三人随即又向前追了六七里，忽在面前出现了几条不同方向的道路，三人便收住坐骑，一时间不知走哪条路才好。卜元懊悔道："可惜！可惜！来晚了一步，让那怪物走脱了。"

方国涣叹然一声道："难道是天意不成？两番都与此人错过了。"

卜元劝慰道："贤弟，勿要心急，事已至此，今日且便宜了那太监，日后有机会再寻他算账吧。"

方国涣叹道："也只好如此了，不过错过这次机会，再寻他可就难了。"摇摇头，怅然若失，叹息不已。

吕竹风这时道："那使剑的是什么人？竟如此了得！也是奇怪，只把那些人刺伤，手下似留着情。"

卜元道："此人是那太监李无三老怪物的护卫，叫于若虚的，曾是皇宫大内锦衣卫的统领，剑术高绝，有天下第一剑客之称，因被那太监施过恩，救得性命，脑子一热，便死心塌地地跟定了他。那怪物走以鬼棋杀人于无形，于若虚不明其故，只是拼命地护着他，使得那怪物肆无忌惮，文的、武的却也一时奈何不了他。"

吕竹风道："此人剑术很是厉害，不知如何练就的？"卜元笑道："若是见了面，他未必能接住你的一竹子。"

方国涣这时道："事已至此，我们先去河北吧，待见着了连姐姐，结束了关外好汉加盟的事，请六合堂来想些办法。"

卜元闻之喜道："六合堂势力遍布天下，若有他们援手相助，寻找那太监当省事得多，自令他无藏身之地。待抓住了他，贤弟再以棋制他也好，一刀宰了他也罢，当饶他不过的。"

方国涣道："到时候再说吧，我兄弟三人这就直奔河北宣化如何？"卜元、吕竹风二人齐声应道："好极！"三匹快马便改了方向，一路奔河北去了。

这一日，方国涣、卜元、吕竹风行了一天路程，时至傍晚，荒野之中已无客栈可投，正无着落时，卜元忽指了前方道："两位贤弟，那里可是座寺院？"

方国涣抬头望去，见前方山坡处，果有庙宇隐现林中，立时喜道："就到那庙里借宿一晚吧。"

三人随即引马到了寺门前，见是"法宁寺"。下了马匹，卜元自去扣打山门。时间不大，寺门开启，出来一位僧人。

卜元施了一礼道："和尚，天晚了，可否容我兄弟三人借宿一夜？短不了银子的。"

"阿弥陀佛！"那僧人诵了一声佛号道，"出家人以与人方便为本，三位施主进来便是。"随即让进了三人，引至一间客房歇了。

吕竹风自把马匹拴在了院中的一棵树上，又于寺内寻了几抱干草把马喂了。回到房间时，那僧人恰好送来三碗米饭与一碟豆腐。卜元给了那僧人二两银子道："和尚，可否多送些米饭来，我有位兄弟很能吃的。"

那僧人道："今天也有一伙客人投宿本寺，贫僧多烧了些米饭，那伙客人不是吃得很多，还剩了一盆，贫僧都端来就是了。"说完，转身去了。

不多时，那僧人与另一名僧人端来一大盆米饭，还加了五六碟素菜，提了一大壶茶来，摆于桌上后，两位僧人道声："施主慢用。"合掌一礼，带上房门自去了。

卜元这时笑道："先给银子与后给银子人家招待的就是不一样。"

吕竹风道："和尚在没修成正果之前，与凡人一样，都是些势利之人，哪有不贪财的。"

方国涣笑道："贤弟虽然没有读过书、识过字，却也能说出些道理来，不简单！"

卜元笑道："老弟说不定还是位未显迹的圣人哩！"

吕竹风道："其实有些道理人人都知晓的，只不过看得深浅罢了。"方国涣与卜元相视而笑。

三人用完了饭菜，先前那僧人来收去了碗筷，随后另提一壶热茶，还端来一盘野果放于桌上，道："这是我家方丈用的果子，不招待客人的，且请三位施主尝尝鲜吧。"

卜元笑着又与了那僧人一两银子道："和尚，别客气，寺中但有什么好吃的，都拿出来就是了，赔不了的。"那僧人接过银子，不好意思地笑了笑，低头去了。

此时天色渐黑，卜元坐立不住，便拉了吕竹风到寺内闲逛去了，方国涣自家躺在床上歇了，又想着那国手太监李无三鬼棋杀人事。

不多时，卜元忽然跑进来，惊喜道："贤弟快走，去瞧个热闹，后院有一人在练枪，好是精彩！"

方国涣闻之讶道："这寺里还有月下习武之人！可是寺中的僧人？"

卜元道："看模样也是一位投宿寺中的客人，且去看了吧。"说完，拉了方国涣就走。

二人出了房门绕到后院，此时在一场地上，一位年轻人正在练一杆金枪，旁有一老者负手而立，吕竹风躲在一棵大树后面观看着。

待方国涣停步注目看时，不由吃了一惊，但见那年轻人一杆金枪上下翻飞，金光闪闪，团团滚动，带起的劲风四下激荡，端的是出神入化，自把方国涣、卜元、吕竹风三人看得呆了。

那年轻人此时忽然一转，随即立枪止住身形，但无一丝的气喘，收势极为潇洒自如。旁观的那位老者，此时竟然叹了声道："超儿，你这套自创的枪法，已无一丝我韩家枪的味道，看来你已经把祖传的枪法弃之不用了。"

那年轻人道:"父亲,我韩家枪虽然独特霸道,但只适用于单打独斗,若搏杀于千军万马之中,未免捉襟见肘,施展不开。我自创的这套'流梭枪法',乃融合了韩家枪与杨家枪、赵家枪、岳家枪之中的精华,可以横击八方。枪是兵中之王,快似游龙,疾似滑蛇。两军阵中,不惧刀剑,最忌长枪,因为长枪远近可击,令人防不胜防。"

那老者闻之,点头笑道:"你自幼好枪,早已看出了我韩家枪的不足之处,避己之短,扬人之长,为父其实欣慰得很!这套'流梭枪法'的威力,大大出人意料之外,虽不能独步天下,却也难逢对手,江湖上的朋友送你'金枪无敌将'的称号,当是名副其实的。想我六合堂'盖世三杰',而你为首,也自当之无愧的。"

方国涣闻之,暗自惊讶道:"原来他们是六合堂的人。"心中随之一喜。

这时,那年轻人手中的金枪突地一抖,枪尖外忽闪出了十余朵枪花来,对面一棵粗大的树干上,木屑哗哗落下,这一枪竟然在树干上点刺出了十余个深达数寸的枪眼来。

"好枪法!"方国涣、卜元、吕竹风三人不由齐声赞叹。那老者此时一惊,回身道:"什么人?"

那年轻人金枪一竖道:"喜欢偷看人家习武的三位朋友,出来吧。"显然这年轻人早已发现方国涣三人多时了,方国涣、卜元、吕竹风三人此时只好从树后走出。

那老者见有人偷看他们父子练艺谈枪,不由面呈愠色道:"你们是哪里来的闲人?竟敢偷看我们练武!"

方国涣忙自上前拱手一礼道:"对不住,适才见这位大哥枪法精熟神奇,一时看得迷了,忘了走开,还请多多见谅。"

偷看人练武本是习武人大忌,那老者自想训斥三人几句,那年轻人上前拦了道:"算了,这三位朋友并非恶人,只是一时好奇罢了。"

方国涣见这位年轻人不但枪法高超,还如此大度豪气,便有了结交之心,知道他们父子是六合堂的人,于是问道:"二位英雄可识得六合堂的孙奇先生?"

韩氏父子闻之一惊,那老者诧异道:"请问公子是……"

方国涣道:"在下方国涣,是与孙奇先生相识的。"

那老者闻之,释然一笑道:"原来几位是孙奇先生的朋友,都是自己人,老夫险些误会了。"

方国涣道:"不知前辈怎么称呼?"

那老者道:"老夫韩震,这是小儿韩梦超。"

方国涣复又一拱手道:"原来是韩老前辈与韩大哥,在下有礼了。"方国涣随即介绍了卜元、吕竹风二人，各与韩氏父子彼此见了礼。

韩梦超这时道："方公子三位要到哪里去？如何在此歇脚？"

方国涣道："前些日子遇见孙奇先生，得知六合堂有事，正在调人手北上，我兄弟三人敬重六合堂内都是些当世的英雄，故与孙奇先生有约，去河北宣化会合，略助微力。"

方国涣所以不提连奇瑛，是不想令自己的身份太特殊。韩氏父子闻方国涣三人是去宣化的，当时各是一怔，知道面前的这三位年轻人果是在六合堂内身份极高的孙奇请来的，当是不简单的人，态度上愈显得恭敬。

韩震道："真是巧了，我父子二人带了些兄弟也是奉命去宣化的，日后大家可结伴同行了。"

方国涣闻之一喜，笑道："这次宣化会盟，六合堂调尽天下各处分堂的精锐，到时我等可领略各位英雄的风采了。"

韩梦超这时忧虑道："总堂主此番抽调各分堂高手北上，以接应入关加盟的关东好汉，当不会轻松的，看来要与女真人有仗打了。"

方国涣道："此事不简单，孙奇先生把总堂的五百龙虎军也带去了。"

韩氏父子闻之一惊，韩震惊讶道："总堂主把龙虎军都调去了，看来事态有些严重。"

韩梦超道："龙虎军是我六合堂的精锐，一般不轻易调用的，孙奇先生也是很少露面，此番尽从鄱阳湖总堂处调出，是防意外突变的，到时恐会有一场恶战。"又闲谈了一会儿，方国涣得知韩氏父子是六合堂云南两处分堂的堂主，此次接到北调的命令，几乎是星夜赶往河北的。随后大家约定，明日一早结伴同行，便各自回房歇息了。

方国涣三人回到房间内，说起韩梦超的枪法，卜元、吕竹风赞不绝口。

吕竹风道："这位韩堂主的金枪真是厉害！舞起来令人眼花缭乱，一枪可点刺十余个目标，真可谓出神入化！"

方国涣笑道："韩堂主有金枪无敌将之称，一杆金枪可击八方，而贤弟竹子上的功夫更是不差，横扫一片，威力无比！与韩梦超的金枪可称双绝！"

卜元道："兵器上练到这种火候的人，天下间可谓少之又少，竹风贤弟竹竿上的扫削之力，与那韩梦超金枪上的挑刺之功，各自非同凡响，有着巨大的杀伤之力。竹风贤弟的功夫是自然而成，韩梦超的枪法是苦练而成，若在军旅中，皆可成为上将。"

方国涣笑道："卜大哥所言极是，英雄需有用武之地，此番我把你二人送到六合堂连姐姐那里，在六合堂众好汉面前可要显出本事来，也让人知道我这两位兄弟不是一般的人物。"

卜元笑道："那是自然，不过在人前给贤弟争大面子的，还得是竹风老弟。"

吕竹风道："小弟到时定会使出力气来的，不让人家见笑就是了。"方国涣闻之，与卜元相视一笑。

第二天一早，兄弟三人刚起床，韩氏父子便派人来请了。三人收拾停当，出门会了韩震、韩梦超父子及所率的十余名手下，离了法宁寺，一路向河北而来，路上，大家有说有笑，相处甚欢。

这一日，便已到了河北宣化。

一入城，便有六合堂的人来迎了，随即把一行人马引向宣化城东北方向二十里处的齐家堡。齐家堡是六合堂最北方的势力范围，驻有六合堂河北分堂的一处香堂，此次六合堂以此为大本营，会集各分堂人马，以接应关东绿林好汉入关加盟。方国涣见六合堂做事周密妥当，心中叹服。

韩震向领路的人打听了目前情况，得知六合堂天下各分堂已到了五十几家，人数达到了四五千人之众。韩震点头道："六合堂各分堂聚会，除了八年前连总堂主接任六合堂总堂主之位，大家来得齐全外，看来就数这次了。"接着又问领路的人道："关东好汉托请我们六合堂寻的那两个人可找着了？"

那人回答道："回韩老堂主，那两人已由广东的赵响空香主寻见，并且于数日前已到齐家堡了。"

韩梦超这时道："不知大名鼎鼎的药王先生，如何与关东好汉们交厚？竟然托请我六合堂动用各地分堂的力量满天下寻找他师徒二人。"

韩震道："药王谷司晨是当今天下极负盛名的两大名医之一，并且怀有一身奇异的武学，是一位文武双全的人物，如此高人，自然交友甚广，此次借机会见识见识这位传奇般的人物。"

方国涣旁边道："韩堂主所说的药王先生，可是一位神医？"

韩震道："不错，'南医圣、北药王'中的药王，便是指此人，连总堂主飞鸽传令天下六合堂各处分堂抽调高手北上的同时，还特令寻找药王谷司晨师徒二人，药王先生有个徒弟，叫罗坤的，似与关东好汉有渊源，看来也是个不一般的人物。"

"罗坤！？"方国涣闻之一惊，忽又暗自摇头道，"不会的、不会的，此人似弓姑娘所要找的那位故人，也必是关东人了，身份不一般，也许是重名重姓而已，不会如此巧合的。"一想起当年陀螺观内走失的罗坤，方国涣心中甚是感伤。

快到齐家堡时，又有人半路接了，先前引路的那人自回宣化城候其他人马了。

齐家堡是一座集镇，此时堡中的百姓都已迁移他处，空下的房屋都被六合堂租用了，以安置陆续而来的大批人马。此时的齐家堡像一座军营一般，马嘶人喧，好不热闹。方国涣、卜元、吕竹风三人随韩氏父子进了堡内，便有人上前接待了，并被安排了住处，酒菜随后上来。

又有人告知韩氏父子，稍后请至齐家堡内临时的聚义大厅参见总堂主，报到自家堂号。韩氏父子又与一些熟人打了招呼，用过酒菜后，韩震便对方国涣道："方公子三位暂且歇了，待老夫见过总堂主之后，寻着孙奇先生，让他再来见你们吧。"

方国涣道："有劳韩堂主了，先忙你们的吧。"韩氏父子便别了方国涣三人，自去拜见连奇瑛了。

方国涣随后对卜元、吕竹风二人道："闲着无事，我们去街上走走，见见六合堂的英雄们都是些何方豪杰。"

卜元喜道："好极！说不定我的那位朋友也在这里。"

方国涣闻之一怔，卜元接着笑道："贤弟可记得那匹'乌云托月'吗？关东的好汉们可能已把它送给你的连姐姐了。"

方国涣闻之笑道："原来卜大哥还惦记着那匹神驹，不过连姐姐现在堂务繁忙，不便打扰，我们自家去寻寻看吧。"

吕竹风一旁道："两位哥哥说的可是一匹好马？"

卜元笑道："不错，这是一匹世上罕见的宝马良驹，比老弟先前骑的那头公牛可要神气多了。"

吕竹风道："可有我的公牛听话？"

卜元笑道："据说此马至今还无人能驯服得了，性子烈得很。"

吕竹风讶道："竟有这等烈马？"

方国涣笑道："等贤弟见着了，比你自家想象的还要好哩！"

吕竹风摇头道："再好也不过是匹马，可比得上老虎难制？"

方国涣、卜元、吕竹风三人离了住处，在街上闲走。

这时，忽从堡外飞驰而来五六十骑，马上大汉清一色的劲装，各自背负两把雪亮的双刀。为首一人，生得高大威武，气宇不凡，胯下黄骠马，背负双刀尤为宽大，神色匆匆，率领人马直奔堡内去了。

方国涣寻问一位旁观的人道："这位大哥，刚才这位好汉是什么人？"

那人奇怪地望了方国涣一眼，道："你难道不是六合堂的人？连六合堂'盖世三杰'中的六合双刀朱维远朱堂主都不识得。"

方国涣闻之，暗自惊讶道："六合双刀？盖世三杰？看来是与韩梦超齐名的一人。"

卜元一旁赞叹道："此人能舞动两把如此宽厚的大刀，定非凡人！"

吕竹风诧异道："六合堂的人看来都是有大本事的，一个比一个猛些，不知如何聚来的？"

方国涣心中尤感惊异道："六合堂内真是人才济济，藏龙卧虎！实是出人意料得很。"

兄弟三人一路走来，见这些六合堂各处分堂抽调来的人马，皆自人强马壮，尽是些威风凛凛的大汉，似乎把六合堂的精英都调集来了，人人都显得气概非常、武功不凡。方国涣、卜元、吕竹风三人一路走来，暗暗称奇不已，敬慕之情倍增，没想到六合堂竟会有这么大的实力，这么大的气势。

第二十九回　相会齐家堡

方国涣、卜元、吕竹风三人正在齐家堡的街上闲走时，忽听身后有人唤道："前面的可是方国涣公子？"

方国涣闻声回头看时，见唤他的那人正是昔日一路护送自己到刘家庄的陆余凯。陆余凯见果是方国涣，不由大喜，忙上前礼见了，方国涣对其介绍了卜元、吕竹风二人，双方互见了礼。

陆余凯高兴道："方公子何时到了？总堂主与孙奇先生昨日还念着你呢！"

方国涣道："今日刚到，孙奇先生已到了有日子了吧？"

陆余凯道："孙奇先生率领五百龙虎军已到数日。连总堂主听说孙奇先生在路上巧遇方公子，并约了来此会合，很是高兴，说方公子竟结识我们六合堂的大人物，实是与我们六合堂有缘。孙奇先生对公子更是赞不绝口，说公子是当今天下的一位奇人，直叫在场的各位堂主、香主惊讶不已，都想见公子是怎样的一位人物，因为孙先生能赞许的人，天下没有几位。"

方国涣笑道："孙先生过奖了，孙奇先生精通兵法兵阵，才是当今的高人。"

陆余凯道："方公子说得不错，孙奇先生是我们六合堂首堂堂主，同时身兼右使之职，是大家公认的军师，可谓孙武第二。在六合堂里，除了连总堂主之外，孙奇先生的职位最高，也是弟兄们最敬重的人。"方国涣、卜元、吕竹风三人闻之，惊讶不已。

陆余凯这时道："方公子既然已经到了，为何不去见总堂主与孙先生？"

方国涣道："连姐姐与孙奇先生现在堂务繁忙，不便打扰，晚些时候再相见吧。对了，关东好汉加盟六合堂的事，看来已经定下来了？"

陆余凯道："不错，自总堂主接到河北分堂黄笑天堂主的消息后，急忙赶去，接见了关东大力弓王弓长久派来的联络人，事后得知是方公子从中间做成的此事，惊喜万分，说公子为六合堂又立了一大功。"

方国涣笑道："能为六合堂做些事情，当是义不容辞的。"

陆余凯又道："连总堂主对关东好汉此番入关加盟六合堂的义举十分赞赏，当即许诺大力弓王弓长久为六合堂左使，与孙奇先生互为左右使，同驻总堂处，协助总堂主处理一切堂务。并把加盟的关东好汉分设三堂，均由左使指挥调遣，仍归弓长久属下，此举自叫关外的好汉们十分感激。"

方国涣闻之，点头道："连姐姐果有魁首风范，此举十分英明，可令人信服。加盟之事双方既已达成，不知何时接应关东好汉们入关？"

陆余凯道："此事关系重大，连总堂主本来要计划一个万全之策，但是前些日子，弓长久派人从关外带来消息，说他们与关内的异常举动，已引起了女真人的警觉，希望连总堂主尽快定下入关日期，提前行动，以防不测。连总堂主为防突变，避免关东好汉们陷于险境，准备于近日内率六合堂各分堂抽调的人马出关接应。"

方国涣闻之大喜道："连姐姐做事周密，又有这么多的六合堂英雄同往，保管成功的。"

陆余凯道："但愿一切顺利，不过听说弓寨主要从关外一下子带过来五六千人马，目标很大，又来不及分批入关，到时女真人势必拦阻截击，血战一场是避免不了的。"

方国涣道："事情倒也棘手，希望不要出什么意外才好。"接着又道："对了，关外的杜寨主、雷寨主还有弓姑娘可在这里？"

陆余凯道："弓小姐与杜寨主正在堡中，准备随连总堂主出关接应弓寨主，雷寨主已潜回关东送信去了，通知弓寨主何时何地接应。"方国涣随后问清了弓英儿等关东好汉的住处，别了陆余凯，同卜元、吕竹风二人来到了一座宅院前。

此时在门前站着两名守卫的汉子，方国涣上前一拱手道："烦请通禀杜寨主、弓小姐一声，就说有一位叫方国涣的朋友来访。"

其中一名汉子忙应道："是六合堂的朋友吧，请稍等。"说完，转身跑进通知去了。

时间不大，那汉子出来道："我家小姐有请。"随后引了方国涣、卜元、吕竹风三人到了客厅上，便见弓英儿带了两名丫鬟欢喜地迎出，自与方国涣三人见了礼，接着分宾主落了座。

弓英儿高兴地道："没想到方公子也能赶了来，昔日何故不辞而别？"

方国涣道："当时有些事情要办，故走得急了些。多时不见，弓姑娘还好吧？"

弓英儿笑道："托方公子昔日的吉言，这次到中原要办的两件事情都完成了。"

方国涣笑道："那么就恭贺弓姑娘了，此番顺利加盟六合堂，日后就可以安心地在中原住下了。"

弓英儿欣然道："六合堂的英雄们都义气得很，连总堂主更是平易近人，但让我二人以姐妹相称，无一丝的见外，如此风度，实为我等女子中的丈夫！"

方国涣笑道："关内外的好汉从此便是一家人了，弓姑娘与连姐姐以姐妹相称，更为亲密些。"

弓英儿道："连姐姐毕竟是六合堂的总堂主，小妹也只是私下里称呼而已，场合上，我可不敢这么叫的，为此连姐姐还怪罪过我，实叫人好生过意不去。"

方国涣点头道："连姐姐威严之中不失人情，这是男子都难以做到的事。"

方国涣此时心中有一件事不明，于是道："弓姑娘所要寻找的那位故人，听说是一位叫罗坤的公子，不知这位罗公子是位什么样的英雄好汉？"

弓英儿闻之，欢喜道："方公子说的是坤哥哥，他现在和杜叔叔、谷先生去和连姐姐议事去了，他吗？是救过小妹性命的，曾经食过宝物的，是药王先生的徒弟。"

弓英儿接着道："对了，坤哥哥前些日子回来时，小妹向他说起过方公子的事，当时坤哥哥对方公子的名字很是惊异，急着问我，方公子是不是走得一手好围棋。"

方国涣闻之，立时一惊道："弓姑娘当时怎么说？"

弓英儿道："小妹当时说，不知道方公子是否会走棋的，只是说方公子是与六合堂有着特殊关系的一位侠义英雄，帮了我们大忙的。坤哥哥当时叹息了一声，说可能是重名重姓而已，显得很是懊恼，说是找一位与方公子名姓相同的朋友，一直找了好几年，找得很是辛苦。"

方国涣此时惊喜得站起来道："是他！一定是罗坤贤弟！没想到他还活着。"

弓英儿见状，吃了一惊道："莫非方公子就是坤哥哥日夜思念的那位方大哥？"

方国涣激动道："不错，正是方某，苍天有眼，还能令我兄弟二人有重逢之日。"卜元、吕竹风二人惊讶之余，也自高兴万分。

弓英儿此时激动地道："坤哥哥若知方大哥到了，一定喜得很！"

卜元一旁笑道："贤弟先前说过的那位故人，竟然是弓小姐的朋友，可谓奇事一件，可喜可贺！"

弓英儿道："当年坤哥哥就是为了寻找方大哥，才只身来到关外的，这些年来未曾断过找方大哥的念头，现在好了，你二人可以相见了。"方国涣闻之，感慨不已。

这时，有门人来报道："禀小姐，六合堂的孙奇先生派人来寻方公子三人，让马上过去，来的人在门外候了。"

方国涣道："原来是孙先生有请，我先去了，罗坤贤弟回来时，叫他速去寻我，以让我兄弟二人相见。"说完，与卜元、吕竹风二人辞别离去了。

来迎方国涣的人引了他三人自向齐家堡外走去，方国涣见了，道："孙奇先生在哪里见我们？"

那人道："孙先生在聚义厅闻云南的韩堂主说，方公子三位也一起来了，便命在下来迎了。孙先生现已在堡外召集了各分堂人马，正在演练兵阵，命在下直接把三位请到临时校场，说是有些事情要向方公子当场请教。"

方国涣闻之，点头道："孙先生想得真是周全，演练各分堂人马为兵阵，可应万一之变，有备无患。"

方国涣等人来到齐家堡郊外的一处临时校场上，此时呈现眼前的是一幅壮观的场面，但见三百人一组，五百人一阵，正在演练变化无穷的兵阵，孙奇站在一高台上观看指挥。

方国涣、卜元、吕竹风三人径自上了高台，孙奇见了大喜，上前迎了道："三位来得好快！"

方国涣拱手笑道："六合堂有事，焉能不急着赶来。"卜元、吕竹风二人自上前与孙奇互见了礼。

方国涣此时指了校场上龙腾虎跃而又变化有序的场面，道："孙先生可是在演练孙武的兵阵图？"

孙奇道："不错，为了防止万一之变，故令各分堂人马组阵演练，先将阵形熟悉了。"

方国涣点了点头，当细观之下，不由吃了一惊道："每一组兵阵如此变化无穷，并且都由高手组阵，这样一来，威力大增，几百人足可敌几万人。"

孙奇道："方公子好眼力，短兵相接，重要的并不是人数的多寡，而是兵士的精良与阵法的精妙。阵脚不乱，则全军不乱，军心不乱，克敌制胜则易也，古今兵家以少胜多，正是借助了兵阵之妙。当年孙武以吴国之弱，破楚国之强，除了善用兵法之外，多为兵阵之功，孙武所遗下的这部《孙子兵阵棋解》，实为兵家至宝。孙某以前曾以此兵阵斗于江湖间，几乎攻无不克，战无不胜，而协助连总堂主成就了六合堂今天的这般气势。"

说完，孙奇从怀中掏出了几张棋谱式的兵阵图，道："《孙子兵阵棋解》到了孙某手里，可惜已残缺，少了数阵的阵眼之位，曾请教于我六合堂蜀中分堂的刘诃堂主，刘堂主是棋上名家高手，以棋上的方式为孙某走活了几阵，但还有三阵刘堂主也是百思不得其解。日前幸得方公子妙手点示了双龙阵的阵眼，而令此阵活，知公子是棋上的高人，今日得此良机，恳请公子把剩下两阵的残缺处以棋走全吧，以解孙某心中迷惑，不致终生遗憾。"

方国涣道："孙先生不必客气，此种以棋势布列出的兵阵图，千古难遇，今日有幸一观，在下尽力施棋走全便是。"说完接过两份棋谱式兵阵图细观起来，发现这两组兵阵图式都是极难极复杂的棋势，心中惊讶不已。方国涣棋达化境，走活此棋阵却也不难，谈笑间，便轻易地给孙奇讲明了，点棋示清了。孙奇见罢，恍然大悟，立时惊喜万分，激动得竟然大拜，方国涣连忙扶了。

孙奇惊喜之余，命龙虎军按此两阵演练，果然兵阵变化起来比先前顺而有序，威力陡增。孙奇见状大喜，又命其他人马一起演练了。方国涣、卜元、吕竹风三人，见各组兵阵威武壮观、气势宏大，变化起来令人眼花缭乱，不由各自叹服。

方国涣观看了片刻，心中尤感惊叹，自知棋通兵事，便是如此了，遂对孙奇道："其实棋盘之上，兵法、兵阵两般都具备了，双方局部之间的托压靠镇，粘沾拼杀，与全局的声东击西、围魏救赵，则是兵阵、兵法的运用和体现。"

孙奇点头道："不错，一盘棋，便如一部兵书，更似一处战场，对局者当是将帅，就看自家智力之高低，谋之深浅，而如何调兵遣将了。棋者，兵道也！"

方国涣笑道："可惜先生不逢乱世，否则便如孙武、孔明一般建功立业了。"

孙奇道："宁可太平之世把本事烂在肚里，也不愿乱世用以杀伐。孙某说过，只是不得已而为了。"

方国涣闻之一笑，接着道："今所见的韩梦超、朱维远，一个是金枪无敌，一个是六合双刀，此二人都可做兵阵的阵眼，带动全阵。"

孙奇道："不错，金枪无敌将韩梦超公子自家熟悉了，六合双刀朱维远，方公子也见过？"

方国涣道："适才在街上见过朱堂主一面，问过别人才知的，此人当是一员大将。"

孙奇道："不错，六合双刀与六合刀法，乃是我六合堂的镇堂之宝，当年六合堂首任总堂主，就是以六合双刀开创了六合堂的基业。六合刀法到了朱维远堂主这里，更是达到了炉火纯青的境界，双刀舞将起来，水泼不进，雨激不透，十分威猛，与韩梦超的金枪、赵青杨的铁棍，是我六合堂的三绝，其三人被称为六合堂的'盖世三杰'，江湖上极富声望，无人不知。"

方国涣赞叹道："六合堂内真是人才济济，文士武将俱备，天下间，当无任何江湖势力可比了！"接着又道："不知赵青杨又是一位怎样的豪杰？"

孙奇笑道："日后孙某不给方公子引见，连总堂主也会给公子引见的。那赵青杨一条浑铁震山棍，可断树裂石，当年一人力战陕西十八名巨盗，打得他们落花流水，名震一时。"方国涣、卜元、吕竹风三人听了，惊异不已。

孙奇这时对吕竹风道："孙某曾答应过送给吕兄弟一杆精钢重铁竹，我已让人打铸了，估计明日可成。"吕竹风闻之大喜，忙自谢过了。

方国涣道："六合堂蜀中分堂的刘诃刘敏章先生，是当今天下三大棋上名家之一，久负盛名，不知此番可有机会见到？"

孙奇道："为了接应关东好汉入关加盟六合堂，连总堂主此次抽调来的都是功夫上的好手，一些文职的堂主没有来，刘堂主也自没有到，不过你二人既然都是棋上的高手，日后必有相见的机会。"

孙奇又道："关东好汉此番入关寻六合堂以图加盟，据说全是方公子调和之功，连总堂主得知后喜得很，听说你来了，今日非要见公子不可。"

方国涣想起还要与失散数年的罗坤相见，便道："连姐姐堂务繁忙，我明日再去拜见不迟。"

孙奇道："也好，孙某回去通禀一声就是了。"

卜元这时道："孙先生，听说关东好汉送与六合堂一匹宝马，名唤'乌云托月'，可有此事？"

孙奇道："不错，确有此事，此匹宝马可谓一万分的神骏，世间罕见之良驹。据关外的杜寨主讲，此马曾踢死过一只东北虎。"

吕竹风一旁惊讶道："此马果真比老虎厉害！"

孙奇道："不错，堂中善于相马的魏堂主说，此马非凡，百年难觅一匹，连总堂主曾发话，此马要赠给六合堂的第一勇士。"

吕竹风道："不知六合堂的第一勇士是什么人？"

孙奇笑道："六合堂内都是勇猛之士，就看谁有本事驯服它了。听说就是常年亲自饲养此马的弓寨主与雷寨主，也只能骑上它遛遛，不敢任性飞驰。此番赠给连总堂主，一是作为见面之礼，二是请六合堂中的能人驯服这匹'乌云托月'，为人所用。"卜元、吕竹风二人此时心里早已犯了痒痒。

孙奇见时辰不早了，便命各分堂人马收了阵，分散去了。卜元、吕竹风二人便央着孙奇领着去看马，孙奇笑着应了。方国涣急着见罗坤，没有同去，自家先别了，回关东好汉驻地找罗坤而来。

待方国涣来到弓英儿住处时，守门的汉子见了，识得是自家小姐的朋友，当天来过的，先与方国涣打了招呼。

方国涣问道："不知罗坤公子可回来过？"

那汉子道："罗公子适才回来，不知我家小姐对他说了些什么，罗公子竟兴冲冲地跑出来，一个人不知去了哪里。"

方国涣闻之一喜，知道罗坤是去找自己的，忙问清了罗坤去的方向，急忙追了来。没走多远，迎面遇上了谈笑而来的杜健、谷司晨二人。

杜健忽见了方国涣，立时惊喜道："方公子！何时也来了这里？"

第二十九回 相会齐家堡

　　方国涣见是杜健与一位陌生人，忙自拱手一礼道："原来是杜寨主，在下今日刚到。"接着急切问道："杜寨主可见着罗坤公子？"

　　杜健闻之一怔道："方公子可与我家罗公子相识？"

　　方国涣道："罗坤是我多年前走失了一位故人，适才听了消息，急着去寻我，我也在寻他。"

　　杜健惊讶道："竟有这等巧事！刚才见他询问了几位六合堂的人，兴冲冲地往堡外临时校场去了，见了我与谷先生，打了一声招呼就自家跑了，原来是去寻方公子。"

　　方国涣闻之一喜，忙道："我兄弟二人急着相见，回头再与杜寨主详谈吧。"说完，转身就向堡外跑去。

　　杜健望着远去的方国涣，对谷司晨道："谷先生，调和杜某与六合堂的就是这位方国涣公子，此人身份特殊，与六合堂的关系不一般。"

　　谷司晨诧异道："此人具神仙般的气质，不亚于坤儿的神采，原来他就是坤儿这几年来一直念念不忘的方国涣。"接着欣然道："坤儿今日终于偿了自家心愿，杜寨主快回去准备酒宴吧，你们未来的主人要有一件大喜事了。"

　　方国涣寻到先前来过的临时校场，四下望去，并不见罗坤的影子，此时校场上的人都已走空了，只有两个人走得晚些，坐在指挥台下说话。

　　方国涣上前问道："两位大哥，可见有一位青年人来过这里？"那两人识得方国涣适才是与孙奇在指挥台上说过话，看过兵阵演练的，连忙站了起来，一人应道："刚才有位兄弟来寻一位方公子，在下以为是找我家香主方四海的，就告诉他方香主遛马去了，那位兄弟便追了下去，好像找方香主有什么急事。"方国涣闻之，知道罗坤一时情急寻错了人，随即沿那两人所指方向追了下去。

　　方国涣追寻了一程，已是离齐家堡远了，也没见着罗坤的影子，更没见着那位遛马的方香主，心中不免大是失落。失望之余，见前方有一家独居的农户，方国涣神情索然，便走了过去。推开门，见里面坐着一位似农夫的老头，方国涣将身上的几十两银子一股脑儿地都掏出来，递上前道："老人家，我心里闷得很，你这里可有酒？拿出来卖与我吧。"

　　那老头见方国涣有些失魂落魄的样子，知道遇上了事情不顺心，要借酒浇愁，见对方竟然拿出这许多银子来买酒喝，不由大喜道："老夫藏有一坛陈年佳酿，平时舍不得用的，公子既出如此高价，就忍痛卖与你吧。"说完，那老头果然从屋后捧来一坛酒。

　　方国涣开坛闻之，倒是一坛自酿的好米酒，取碗斟满了，一饮而尽。那老头又寻来几根黄瓜，道："寒舍别无好下酒菜，公子将就用吧，莫要喝伤了身子。"

方国涃无心理会，又连饮了两碗，始觉得痛快了些。

那老头见了，心中思量道："这个后生借酒消愁，也不知遇上了什么烦心的事，待他自家清醒过来，发现与了我几十两银子，必定后悔再要了回去。我且趁他糊涂，去别处躲了，他明白过来后，发觉自家花了大头银子，却也寻我不着，时间久了，也就去了。这两间破草房也值不上几两银子，就由他胡闹去好了。"想到这里，那老头竟起身偷偷地溜掉了。

方国涃寻罗坤不着，心情烦闷，连饮了数碗酒，这才颓然而坐，暗叹道："罗坤贤弟就在身边，却见他不着，难道是老天不让我二人相见不成？"摇摇头，叹息不已。所谓借酒浇愁愁更愁，不觉间，方国涃已有了醉意，趴在桌上自家伤感起来。

这时，门外忽来了一个人，那人自语道："难道方大哥没有来这里？刚才那人却不是，英儿该不会骗我的。唉！且向这家主人讨碗酒来喝吧。"门一开，罗坤走了进来。

罗坤见屋中一人趴在桌上，旁置一坛飘着浓香的米酒，便上前道："这位大哥，可否让碗酒来喝？短不了银子的。"说着，罗坤也将身上的散醉银子尽数取出，放在了桌上。

方国涃朦胧中听见也有一人来买酒喝，便道："酒能解忧，阁下自用了便是。"说话间，趴在桌上，身形仍然未动。

罗坤道声："这位大哥也是爽快之人，在下多谢了。"自家满了一碗，仰头饮进，随即叹然一声道："老天无眼，竟让我久寻方大哥不着。"

方国涃心有同感，但已成醉态，一时辨清不得，便自应道："不公平！不公平！我那贤弟如今去了哪里？怎么总是阴阳差错，见他不着。"

罗坤叹道："原来我是找哥哥的，你是找弟弟的，却也同命相怜……"此时，罗坤忽然觉得有些不大对劲，侧头看了一眼趴在桌上，喃喃自语已有了醉意的方国涃，心中忽地一惊，连忙起身道："你……你可是方国涃大哥？"

方国涃闻之，肩头一震，猛然抬头，正与罗坤对了个照面，二人立时惊得呆了。虽过了几年，二人昔日的容貌有些改变，却也依然互辨得。

罗坤惊喜一声："方大哥！让小弟找得好苦！"上前一把抱住，放声大哭。

方国涃此时因酒力所致，如在梦中，喃喃道："贤弟，是你吗？"

罗坤哭道："不是小弟罗坤，又能是谁来！这几年方大哥去了哪里？令小弟找得好是辛苦！"

方国涃这时酒醒了大半，望着眼前的罗坤，惊喜万分道："贤弟！真的是你！"一时间，二人百感交集，相抱大哭。

方国涃、罗坤二人久别重逢，激动不已，畅然哭罢，又相视大笑。

方国涃随即高兴地拉了罗坤于桌旁坐下，满了两碗酒道："贤弟！好贤弟！几年不见，竟出脱了个仙人般的神采！你我兄弟今日还能重逢，乃是天公作美，来！干它一碗！"

罗坤欣然道："方大哥，干！"兄弟二人一饮而尽，然后相视大笑，极是欢畅。

方国涣感慨道："好贤弟！你我兄弟当初相识不过两日，一别竟已数年，这些年来你去了哪里？哥哥还以为你不在人世了呢。"

罗坤道："当年小弟与方大哥夜宿陀螺观，不曾想白日里街上遇见的那个无赖阿西，后半夜来放火，想劫了方大哥的盘缠去。"

方国涣惊讶道："原来那年陀螺观的大火是那无赖放的。"罗坤道："不是这个贼人又能是谁，当时小弟听外面有动静，便出去查看，那无赖也就吓跑了。小弟一时气愤，随后追了去，一直追到河边，那无赖见走不脱，仗着当年比小弟强壮些，把小弟打昏后扔进了河里。"

方国涣大惊道："那无赖好狠毒！贤弟后来又是如何脱险的？我还以为你出事了呢。"

罗坤道："也许是小弟心里念着方大哥，命不该绝，被一渔家救了，醒来时，已是三天之后了。当小弟回转陀螺寻找方大哥时，那里已成了一片灰土，以为方大哥逃出不及，不幸葬身火海了，小弟当时悲痛万分。后来有人告知，火起时，方大哥无恙而出，候了小弟两日，等不见，哭着去了。"

方国涣闻之，懊悔道："早知如此，我再多等一天就是了，也不致你我兄弟分别这么久。"

罗坤感叹道："也许是天意吧，当年小弟一心想寻着方大哥，便四处寻访。昔日曾听得方大哥说过要去一个叫连云山的地方，谁知寻了几处重名的地方，都不见方大哥的踪迹。"

方国涣闻之，感动地道："苦了贤弟了！"

罗坤笑道："后来小弟误投关外，不曾想在那里得了奇遇。"罗坤接着便把当年在关东误食"雌雄宝参"、拜药王谷司晨为师、误结关东绿林好汉的事述说了一遍。方国涣闻之，暗暗称奇不已。

方国涣随后也将自己到连云山天元寺拜师修棋的事大略讲了一遍。罗坤听罢，不由惊讶道："半年前，小弟为了寻找方大哥，曾去过连云山天元寺，为何寺中的那个小和尚说寺里并无方大哥这个人？敢情被那和尚骗了。"

方国涣道："贤弟说的是法能师兄，他当时也是好心，因为那时我在后山的白云洞内修悟棋道正值关键时刻，法能师兄恐外人惊扰，所以才挡回贤弟的。后来法能师兄对我提起过此事，怎么也不会想到竟是贤弟的。"

罗坤叹道："小弟当时寻访方大哥不着，满山乱走，还曾望见过那处山洞，做梦也想不到方大哥当时就在里面，难道是天意不成？"

罗坤接着又道："前些日子，小弟随师父来到齐家堡，以接应关东好汉入关加盟六合堂。听英儿说，是一位叫方国涣的公子给双方调和的，小弟当时就想到了是方大哥，可英儿说不知道方大哥是否会走围棋的，并且身份特殊，与六合堂的关系不一般，又叫小弟好生失望，以为是重名重姓而已。"

方国涣道："先前也曾闻关东好汉托请六合堂寻你师徒二人，听到贤弟的名字，怎么也不会想到贤弟与关东好汉们有何联系，也以为是姓名重者，直至见了弓姑娘，才证实了真的是贤弟。"

罗坤道："适才在齐家堡内，听英儿告知，那位方公子就是我要寻找的方大哥，并且还来过时，小弟真是高兴万分！"兄弟二人感慨了一番，又对饮了一碗。

方国涣笑道："看那位弓英儿姑娘，对贤弟可是百般钟情的。"

罗坤摇头道："小姑娘家，缠人得很，不谈她也罢。"

方国涣笑道："如此痴情的女子世间难得，贤弟勿要拂了人家姑娘的一片情意。"

罗坤叹息一声道："当年在关外她就很烦人，谁知今日竟然追到关内来了，还请六合堂满天下地寻我，唉！小弟今生算是苦了。"罗坤说完，摇头不已，方国涣自是一笑。

罗坤这里起身道："小弟有一样宝贝，今日就送于方大哥作为见面礼吧。"说着，罗坤自去外面衣衫，把里面穿的那套"无缝天衣"脱了下来，递于方国涣道："这套宝衣可以防身，方大哥不会武功，自家时常穿了，以防意外。"

方国涣见这身衣裤，轻柔无缝，天然一体，无法识出为何工何料所制，不由惊异道："天衣无缝！可就是这个样子？"

罗坤笑道："不错，此衣便唤作无缝天衣。"接着便把如何得到此衣的经过，简略说了一遍，方国涣闻之，惊讶不已。

罗坤又道："此衣刀枪不入，并且入水不沉，近火不燃，奇在无缝，有如天成。另外遭重物击时，还有卸力之功，有护人体抗受之能，这是小弟偶然发现的。"

方国涣闻之，惊奇之余，推却道："如此宝衣，贤弟着之，与人动武拼杀，最是用得着，我只不过与人斗棋，无什么危险可言，贤弟还是自家留了防身吧。"

罗坤道："小弟有功力护体，自无大碍。江湖险恶，方大哥日后还要游棋天下，有无缝天衣护身，遭意外之变时，可保一时无恙，小弟也多一份心安，方大哥莫要推辞，就穿了吧。"方国涣受情不过，只得谢过罗坤，接下无缝天衣自家于里面穿了，罗坤见状大喜。

第三十回　校场夺马

方国涣、罗坤二人久别重逢，兴奋至极，又对饮了几碗，嫌屋内闷热，二人索性把酒坛搬到院中畅饮，又连饮了数碗，一坛酒已去了大半，两人俱呈醉意。

方国涣这时指了那间草房对罗坤笑道："贤弟，你我兄弟今日重逢，乃为大高兴之事，且燃了此屋，一助酒兴如何？"

罗坤笑道："方大哥何以有这般烧房观火的兴致？"

方国涣笑道："昔日曾见两人，酒兴至处，竟一把火烧了自家房子。醒来后，房主大悔，拉着他的酒友去打了一场官司，被那县官一阵乱棍打出了公堂。"

罗坤闻之笑道："那是无赖小人所为，你我兄弟岂是这般酒鬼不成！"言罢，兄弟二人哈哈大笑，极尽欢畅。

这时，忽有两匹快马向这边驰来。方国涣抬头看时，却是卜元、吕竹风二人寻了来，立时大喜道："贤弟，哥哥今日引见两位英雄与你相识。"

说话间，卜元、吕竹风二人已到了近前，各收住了坐骑，卜元大喜道："原来贤弟在这里与人饮酒，让我等好找。"

吕竹风道："孙奇先生发现走失了方大哥，已派人寻找多时了。"随后二人下了马匹，方国涣笑迎了道："卜大哥、竹风贤弟，快些过来，我给你们引见一个人。"

卜元望了望罗坤，惊讶道："莫非阁下就是国涣贤弟提起过的那位罗坤兄弟？"

罗坤拱手笑道："正是在下。"

卜元赞叹道："好一个不凡的兄弟！"遂和吕竹风与罗坤互见了礼，兄弟四人高兴万分。方国涣这时大喜道："方某一生中所结识的勇猛之人今日都全了，好是痛快！"兄弟四人接着将那坛酒饮尽了，随后一路说笑，回转而来。

刚进齐家堡，便有六合堂的人来迎了，告知方国涣，总堂主要见他，即刻前去。方国涣于是暂别了罗坤、卜元、吕竹风三人，到聚义厅见连奇瑛去了，罗坤便邀了卜元、吕竹风二人回到了关东好汉驻地。见了谷司晨、杜键二人，各自礼见了，得知罗坤已与方国涣重逢，弓英儿、谷司晨、杜键等人皆自欣喜，众人闻方国涣被连奇瑛请了去，便先自开席，互相劝饮了一番。

方国涣被六合堂的人引到聚义厅前，孙奇先自迎了出来，笑道："方公子如何才到？连总堂主与各分堂的堂主已等候公子多时了。"

方国涣闻之，一惊道："大家是在专门等我？"孙奇笑道："不错，各分堂堂主听说调和关东好汉与六合堂的大功臣到了，都想一睹公子尊容。连总堂主也急着要见公子，派人找了好久，也不知公子去了哪里。"

方国涣道："适才见到了一位久别的故人，未在堡中。"

孙奇道："原来如此，怪不得令人好找，公子请吧。"说完，引了方国涣进了聚义厅。

此座聚义厅本是六合堂的一处香堂所在，为了迎接各分堂人马，临时又扩建了几倍，作为各堂堂主议事之所。此时大厅两侧分坐了六七十号人，皆正襟而坐，气宇不凡，连奇瑛居于正中高位。见方国涣进来，连奇瑛便起身笑迎道："国涣弟弟既然已经到了，为何不先来见我？还让姐姐派人寻你。"

方国涣忙自施了一礼道："小弟知连姐姐堂务繁忙，故不敢贸然来打扰。"

连奇瑛笑道："你是此事的大功臣，少了你怎么成。"说着，拉了方国涣在自己的身边坐下。六合堂众堂主见方国涣与连奇瑛居然以姐弟相称，言语上也显得随和，各自惊异不已。那韩震、韩梦超父子见了，才知方国涣是与他们的总堂主相识的，关系显非一般，尤感愕然。

连奇瑛这时环视了一遍大厅，对众堂主道："这位方国涣公子，是我们六合堂的大恩人，不但救过我一次，还促成了关东好汉顺利加盟六合堂，功劳之大，六合堂无以为报，故本人把一块六合金牌令赠送给了方公子，以报方公子对六合堂有过之功绩。日后天下各分堂，要对方公子恭敬有加，不得有任何轻慢之处。"此言一出，众堂主相顾惊然，不想连奇瑛竟将六合堂的至尊信物送与了这位年轻人，皆知方国涣非常人，也自有心下猜疑的。

连奇瑛随后将各分堂的堂主一一给方国涣引见了，其中自有方国涣已经认识的，如韩氏父子、柳云鹤、黄笑天等人。待介绍到韩梦超、朱维远、赵青杨三人面前时，连奇瑛笑道："这是我六合堂的'盖世三杰'，国涣弟弟喜欢结交英雄好汉，此三人不可不识。"

方国涣道："韩堂主小弟已经结识了，朱堂主在街上见过，赵堂主却未曾谋面。"随与朱维远、赵青杨二人见了礼。那赵青杨生得粗大伟岸，猛张飞一般，极其雄武，自令方国涣叹服。礼见了六十几位堂主后，众人复又落座。

连奇瑛这时道："还有四十几位堂主未到，日后有机会再给国涣弟弟引见吧。"

方国涣慨然道："六合堂内人才济济，识尽了六合堂中的好汉，便是识尽了天下间的英雄！"众堂主见方国涣身份特殊，言谈举止俱是不凡，也自敬服。

方国涣又道:"连姐姐,小弟这次带来了两位朋友,他二人皆有万夫不当之勇,希望连姐姐能收于六合堂中,与各位英雄豪杰一起做番事业。"

连奇瑛笑道:"国涣弟弟引荐的人,当是英雄无比,能加盟六合堂,实为堂会幸事。"

方国涣闻之喜道:"小弟这里多谢了,我这两位朋友自不会令连姐姐失望的。"

孙奇一旁笑道:"方公子这两位朋友,孙某见过的,日后六合堂内,有可能再出现几位盖世英杰。"

连奇瑛大喜道:"那位药王先生的徒弟罗坤公子,也是位不凡之人,如此一来,六合堂可谓人才鼎盛。正好,关东弓寨主送我六合堂的那匹宝马神驹,无人能驯服得了,明日便在校场举行夺马大会,制服此马者,可为其主人。"众堂主闻之,齐声欢呼,可见人人都极爱那匹"乌云托月"。方国涣想起卜元一席话来,心中也自一喜。

方国涣辞别连奇瑛、孙奇等六合堂诸人,回到关东人马驻地时,已是傍晚了。罗坤见方国涣回了来,高兴地向师父谷司晨引见了,方国涣知道对方是医家中的高人,恭敬地施了一礼道:"晚辈方国涣见过谷先生。"

谷司晨点头笑道:"已听说了方公子的许多英雄事迹,坤儿能有公子这样的朋友,不枉他苦寻数年,实令人高兴得很。"方国涣见谷司晨话语随和,无那种高高在上的架势,心中敬服,接着又与杜健、弓英儿见了礼。

罗坤这时欣然道:"师父与杜寨主,还有英儿,知道你我兄弟今日重逢,早已备好了酒席,谁知我竟与方大哥在一农家饮酒相见了。刚才我们已和卜大哥、吕贤弟共同饮过一回了,现在再重开宴吧。"复命人又上了一桌酒席。

众人互敬了几杯,罗坤耐不住兴奋之情,对谷司晨道:"师父,方大哥这几年经高人指点,修悟棋道,棋艺上不知又高明了多少。"

谷司晨笑道:"方公子在坤儿的心目中几近完人,棋上必是有大本事的,实在令人羡慕。"

方国涣笑道:"谷先生过奖了,听罗坤贤弟讲,这几年来,他在谷先生身边受益匪浅,这是他的幸运。"

谷司晨笑道:"这也是他自家偶然得了造化,谷某在此基础上指点一二罢了。"

接着,谷司晨又道:"方公子既是棋道高人,可知当今被朝廷册封为国手状元的曲良仪?曾闻此人京师棋上夺冠,名噪一时。"

卜元一旁道:"谷先生切莫再提那个国手状元了,他如今已被人害得人棋两废,不成模样,好是悲惨!还是国涣贤弟不忍见曲先生这么一位棋上的高人落魄京师，流浪街头，而历尽了艰险把他主仆二人送回江苏老家的。"

谷司晨闻之一惊道："国手状元曲良仪是如何被人害的？"

方国涣喟叹一声道："棋本雅艺，也分邪正，皇宫中有一位得了本妖书的太监，习练成了一种鬼棋邪术，可伤人杀人于无形之中，曲良仪先生就是折在了此人的鬼棋之上。"

谷司晨、罗坤、杜健等人闻之，惊异不已。罗坤惊讶道："棋上竟有如此怪事，真是不可思议！"众人自对方国涣送曲良仪主仆返乡的大义之举，十分敬服。

卜元这时道："奇怪的事还在后面，卜某与国涣贤弟护送曲先生路过山东时，碰上了一位叫玉满堂的缺德神医，欲劫了曲先生的脑子去给自己的儿子换上，以让他儿子取巧，不用学练，便有曲先生国手般的棋上本事，多亏吕老弟及时赶了来，把那些贼人给击退了。"

"玉满堂！？"谷司晨闻之，不由得一惊。

方国涣道："此人虽是不义之辈，医术却是高得出奇，医家见识也是广博，尤善移神换脑之术。谷先生是天下有名的医家，当会知道此人。"

谷司晨道："不错，谷某年轻时也是与玉满堂相识的，此人精于刀解之术，这方面谷某自叹不及。然而此人多在病家身上试刀试药，往往不顾人的死活，每治一顽疾，常使病家耗尽家产。谷某见其非善辈，也就断了与他往来，没想到玉满堂真的习成了移神换脑之术，以此来害人害己。"

方国涣道："技艺害人，其祸尤烈，如那杀人的鬼棋、换脑的医术，便是明证。"

谷司晨道："人善一技之长，不造福天下，便祸及世间，不过既违天道而行，难有善果。"

方国涣这时道："谷先生，曾闻玉满堂言，曲良仪是被鬼棋的棋上走势扰乱心神而至心废，先生是一代名医，有'药王'之称，不知可有康复之法？"

谷司晨道："曲良仪棋境已非一般，然而却应付不了那种鬼棋邪术，可见与普通的神智失常是不一样的，治之甚难，尤耗时日，不过若有机会，谷某倒愿意一试。"

方国涣起身拜谢道："有劳先生了，若能把曲良仪先生医治好，在下便有可能知晓那鬼棋邪术是如何伤他的，日后寻那太监斗棋时，心中也有些把握，希望能在棋上制住此人，复以棋道雅正。"

谷司晨听罢，感叹道："方公子有此大志，非凡人所及，实令谷某佩服。"心中暗想，国手状元曲良仪都不敌那鬼棋邪术，而方国涣却有信心与鬼棋斗，不知棋上修为达到了何种境界。

众人又对饮了一番，方国涣随后道："明日六合堂要举行夺马大会，谁若

第三十回 校场夺马

有本事驯服得了那匹'乌云托月'神驹，谁便是此马的主人，机会难得，卜元大哥、罗坤贤弟、竹风贤弟明日不可不去一试。"卜元、罗坤、吕竹风三人闻之大喜。

吕竹风道："此马果非寻常，一万分的神骏！赛过虎豹的。"

弓英儿一旁道："此马是家父送与六合堂作为见面礼的，明日坤哥哥再去把它夺回来吧，本来我是想送与坤哥哥的。"

罗坤笑道："宝马虽好，也要看我有没有本事驯服得了。"

杜健这时道："关东的弟兄们都是善骑之人，也自无人能驯服烈马，明日得此马者定非凡人。"

卜元已按不住兴奋之情道："此宝马人见人爱，卜某明日也去试它一试。"

吕竹风心中道："明日夺马，必然争得激烈，我且等到最后，待无人能驯服得了时，再去一试吧。"当天晚上，方国涣、罗坤、卜元、吕竹风兄弟四人同宿一室之中，彻夜长谈，为能彼此相识，各自欢喜。

第二天一早，众人刚用过茶点，便有六合堂的人来请了，去看今日在校场举行的夺马大会。众人随后一路说笑来到了齐家堡郊外的临时校场，都是校场抽调来的精英。孙奇亲自迎了谷司晨、杜健、方国涣、罗坤、弓英儿、卜元、吕竹风等人到了看台上，与台上的连奇瑛互见了礼。

方国涣自把卜元、吕竹风二人向连奇瑛引见了，连奇瑛见二人英武不凡，自是大喜。卜元、吕竹风二人见六合堂的总堂主竟是一位青年女子，惊讶之余，各自敬服不已。随后众人于看台上落了座，连奇瑛亲热地拉了弓英儿在身边坐下，耳语了几句，又望着罗坤笑了笑，笑得罗坤不知所措，大是茫然，弓英儿这边脸色自是一红，又与连奇瑛悄语。

孙奇此时见各分堂人马基本到齐了，便起身向台下喊话道："关东弓寨主送连总堂主宝马一匹，但是此马性烈难驯，至今还不被人所用。总堂主有令，在场各位，今日凡能驯服此马者，即为其主人。"

"总堂主英明！"群雄齐声欢呼。

连奇瑛微微一笑，一挥手，便见一名马夫牵了那匹"乌云托月"缓缓走进场来，群雄立时被此马的神骏惊得呆了。

那"乌云托月"此时似理解众人心意一般，昂首一声长鸣，声音嘹亮彻耳，令人奋然。群雄望着它那通体如墨的光彩，精亮莹澈的双目，异常的骨干，气宇昂然的风姿，无不为其万般的神骏而倾倒，一片赞叹声："好马！好马！"

"真乃为天马现世！"

"好一身墨色！好一团霜雪！"

"神马也！"一时间，皆为惊慕。

这时，一名姓高的堂主，唯恐被人抢了先，忙自出场来，朝看台上的孙奇一拱手道："孙先生，高某愿意先试。"

孙奇笑道："高堂主请吧。"那高堂主便转身对马夫道："请闪开，我来驯服它。"

马夫有些犹豫道："这位好汉要小心了，此马生人是近不得前的。"

高堂主道："看在下的本事好了。"待马夫退在一旁，那高堂主欢喜地欲去拉马的缰绳，冷不防"乌云托月"忽昂首鸣嘶，扬蹄乱踢。高堂主反应得倒也极快，向后一个翻身，接着在地上滚出了五六米远，那高堂主脸一红，摇摇头退了下来。众人更加赞叹道："好一匹烈马！"

此时挑起了一个人的兴致，此人便是六合双刀朱维远，当即从人群中走出，对那"乌云托月"笑道："好一个火暴烈脾气！朱某来试试。"群雄见六合堂的盖世三杰之一，六合双刀朱维远上了前，各自点头相信朱维远必能夺得此马，因为朱维远的骑术在六合堂内是首屈一指的。有的刚想出来，慢了一步的，自被朱维远抢了先而后悔不已。

孙奇这里对连奇瑛笑道："此宝马今日看来归朱堂主了。"连奇瑛也自点头称是，杜健则在一旁摇头冷笑。

朱维远知道"乌云托月"性烈，生人近不得前，便围着它转了几圈，以找机会窜上马背。不料"乌云托月"竟然双目警惕地盯着这位来犯者，在原地随着朱维远转起圈来，这一下实出朱维远的意外，旁观群雄更是惊异。

朱维远心中惊讶道："此马果非寻常，倒要小心了。"身形便围着"乌云托月"转动得快了起来，瞧准一个空当，忽的一下蹿上了马背，围观群雄喝一声彩"好"！

然而喊声未落，那"乌云托月"忽在原地一声鸣嘶，腾跃而起，几乎是在半空中翻了个跟头，将朱维远猛然甩了出去，群雄齐声惊呼。朱维远在半空中惊骇之下，倒也慌而不乱，一个"鹞子翻身"，在十余米外将身形落地稳住，已是满脸的骇然之色，叫声"惭愧"！便摇头退了下去。

群雄立时大哗，一人惊叹道："这马哪是人骑的！"再也无人敢上前尝试了。

此时那匹"乌云托月"得意般地撒了个欢，似在向群雄示威，围观诸人各自摇头，都被此马给镇住了，连奇瑛、孙奇二人也自摇头感叹不已。

弓英儿这时拉了拉罗坤，低声道："坤哥哥，你上吧。"

罗坤摇头笑道："我不善骑，岂能驯服此等烈马，留给旁人好了。"弓英儿虽有些惋惜，也自怕罗坤有失，便道："日后叫爹爹给你寻一匹听话的好马好吗？"罗坤点了一下头，并不言语，专心看马。

卜元见一时间再无人上前，按不住喜马的性子，起身道："卜某来试试。"

第三十回 校场夺马

方国涣见了，喜道："好极！希望能如卜大哥所愿。"

卜元一笑，解下霸王弓，交于方国涣收了，下了看台，向那匹"乌云托月"走去。六合堂群雄忽见一位陌生的青年人上场来，各是诧异，知道是一个有本事的。

卜元走近"乌云托月"时，便放慢了脚步。那"乌云托月"见了卜元，不退反进，竟然慢慢逼了上来。这一下实出众人意料，一人大惊道："这哪里是马！简直是一匹成了精的怪兽！"

卜元忽见此马向自己逼来，心中一惊，凛然道："好家伙！瞧不起我怎的？"群雄闻之，惊异之余，不禁暗笑。

方国涣恐卜元有失，起身喊道："卜大哥，小心了，不行就舍了它吧。"卜元虽被"乌云托月"进逼之势所镇，却也不惧，自是慢慢逼了上来。人马越逼越近，在场诸人此时皆提心吊胆，屏息而观。

卜元盯着"乌云托月"的双目，待走得近时，忽一伸手抓住了缰绳，随即身形一偏，竟自蹿上了马背，行动之快令人瞠目。那"乌云托月"不提防卜元有此一招，一怔之下，自被卜元骑了个稳，旁观群雄立时齐声叫好。

卜元一着得手，知道此马甩人甩得厉害，双手便紧紧地抱住了马的长颈。果然，那"乌云托月"猛然甩了几下，自没有把卜元甩落下去。卜元贴在马背上，随即双腿一夹，驱动"乌云托月"飞驰起来，场上群雄一时间欢声雷动。

那"乌云托月"如黑色闪电一般，瞬间便已驰出了百余米外。卜元但闻耳边一阵风声，身子却无一丝的颠摆之感，安稳得竟不觉是在乘马飞奔，心中大是惊喜。

然而就在这时，那"乌云托月"忽然自家来了个马失前蹄，飞驰间，前面双足但往地上一跪，后双足猛然弹起。卜元在马背上受此忽斜的惯性不住，身形立时被甩飞出去，直摔出了十五六米远，落地后滚了十余个跟头。惊得方国涣疾呼一声"卜大哥"！众人都以为卜元不死必昏，一时惊乱。

谁知卜元在地上打了几个滚后，突然站了起来，拍了拍身上的尘土，对那"乌云托月"一伸大拇指道："好小子！厉害！"在场群雄立时被此马的神骏和卜元的这种气概所折服，掌声四起。

方国涣、罗坤等人见卜元安然无恙，自是惊喜万分。

孙奇笑道："好一个硬汉子！真是少见！"

连奇瑛也自点头笑道："这位卜元兄弟已经震服我六合堂群英了，国涣弟弟引见的人果然不差。"

方国涣笑道："可惜此马诡计多端，竟然算计了卜大哥。"卜元这时在群雄的敬佩的目光下回到了看台上，摇摇头叹惜道："好马！好马！可惜与卜某无缘。"

方国涣笑迎了道："卜大哥虽然没有如愿，却也过了回瘾，在场众好汉还没有人能乘马飞驰的。"卜元叫声"惭愧"！一旁坐了。

就在这时，那匹"乌云托月"在场地上自遛了半个圈，然后一声长鸣，十分恣意的样子。忽然扬起后蹄，"咔嚓"一声脆响，竟把地上一根碗口粗细的拴马桩给踢断了，意思是：你们谁还敢来！群雄见状，皆惊得目瞪口呆。

卜元惊讶道："乖乖！你现在让我骑我也不敢骑了。"

群雄中有人骇然道："魔马！妖马！"自是再无人敢上前了，场上出现了一时的寂静。

连奇瑛这时摇头叹道："此马狞劣，难道今日就无人能驯服得了它吗？"

随闻一个声音道："我来。"吕竹风慢慢站了起来。方国涣见了，心中一喜道："我怎么忘了竹风贤弟。"

吕竹风漫不经意地说了声"我来"，便缓缓走下看台，向那匹"乌云托月"走去，连奇瑛等六合堂诸人大是惊异。

卜元一旁喜道："看来只有我这位吕老弟，才有本事降服此匹顽马了。"

不知何故，那匹"乌云托月"似被吕竹风这种缓缓而来、从容不迫的气势给镇住了，随着吕竹风的走近，"乌云托月"忽显得烦躁不安起来。这种奇怪的变化，令群雄惊奇不已，场上一片肃静，众人连大气都不敢出，看看这位少年如何驯服此马。

此时，"乌云托月"低嘶了几声，扬蹄欲做防范之势，想把这位最后的来犯者吓回去。吕竹风与"乌云托月"对峙了片刻，忽欺身上前右臂一把搂抱住了此马的长颈，随即往下一压，"乌云托月"竟受神力不住，前身便弯垂下来，几近地面。

群雄见状，一片惊呼，看台上的连奇瑛、方国涣等人不由都站了起来。

吕竹风一着得手，就势握住了马的前两足，前胸贴在马颈上，硬生生地把此马给持住了。那"乌云托月"欲挣脱出前蹄，无奈何吕竹风的神力，纹丝未动，马首更是被压得抬不起来，但以后两蹄乱踢，十余蹄竟把地上刨出了个大坑来，尘土飞扬。

吕竹风忽大喝一声"起"！将马的头足抱离地面，拖拉着向后走了数步。"乌云托月"的头颈被吕竹风压在两足间，丝毫动弹不得，只能以后足随着吕竹风走了几步，这匹烈马自被吕竹风以神力制住了，在场众人都看得呆了。

吕竹风这时双手一松，偏身跨上了马背。那"乌云托月"被压多时，气息不畅，忽的一松，不由得引颈长鸣。吕竹风随即一揽缰绳，双腿一用力，驱使坐骑飞驰起来，此时以腿上神力控制马身，使得"乌云托月"不敢放肆任性胡为，竟被吕竹风以神力驯服。

第三十回 校场夺马

吕竹风乘"乌云托月"在校场上奔驰了数圈，群雄但觉眼前黑光一闪即过，速度快得惊人。疾驰了数圈后，吕竹风这才放慢了速度，又遛了半圈，然后拍了拍马颈，翻身下了马。适才一匹桀骜不驯的烈马，此时已变得服服帖帖，场上立刻爆发出一阵雷鸣般的掌声，欢声动地！

卜元在看台上惊喜道："感情这是吕老弟制牛的本事，竟然也驯服了此等烈马！"

孙奇惊叹道："神力！神马！神人也！"

连奇瑛大喜之余，吩咐人道："快将先前鲁总堂主的那套上等马鞍取来，赠予吕竹风兄弟与这匹宝马。"有人应声领命去了。

孙奇用手止住了沸腾的场面，大声宣布道："这匹宝马已归这位吕竹风兄弟所有，马能择主，天意使然，各位可是心服？"

"心服口服！""五体投地！""佩服万分！"场内一片回应之声。

方国涣与卜元相视一笑，各自欣然。这时，有人飞马运来一套贵重的银鞍金镫，吕竹风惊喜地接过，与那马夫一起高兴地给"乌云托月"安置上了，立时光彩十分，神骏之极，又赢得一阵喝彩。

吕竹风闻此套马鞍是总堂主连奇瑛所赠，回身施礼谢过了。方国涣欢喜道："好马配好鞍，连姐姐想得真是周全。"

连奇瑛笑道："国涣弟弟哪里给六合堂寻了这等神力之人！奇才罕得！"

方国涣笑道："天意叫他来此，没想到这位老弟还真有这等大本事。"

这时，看台下上来一人，在孙奇耳边说了几句什么，孙奇立呈喜色道："来得正是时候，抬上来。"随见两名大汉抬了一件用牛皮裹着的长条形状的器物来到场内，径直走到吕竹风面前放了下来。

方国涣见了喜道："孙先生，可是送于我这贤弟的那件神兵利器？"

孙奇笑道："不错。"接着对台下喊道："把送与吕竹风兄弟的礼物打开。"便见那两名汉子把裹着物件的牛皮拆了去，里面呈现出了一根白亮的、手腕粗细的十八节精钢重铁竹，全是以上等的精钢重铁按竹子的形状打铸。

吕竹风见了，立时惊喜万分，伸手拾起，不由叫了声"好一竿铁竹"！

看台上的孙奇对方国涣笑道："此根铁竹为一块重一百四十二斤全料的精钢重铁打铸，费了好多时日，昼夜开炉，今天总算不失时机地大功告成了。"

吕竹风这时感觉此根铁竹十分应手，且头五节略改了形状，最尖端的一节改为一锋锐的矛头，以增挑刺之功，下四节略扁呈钝刃，更添扫削之力，全长两丈二，是兵器中最长的一件奇器。吕竹风使竹子使惯了，忽见了如此应手的兵器，大喜过望，朝看台上的孙奇一拱手道："谢孙先生赠铁竹之恩！"说罢，转身跨上"乌云托月"，驱动坐骑飞驰起来，更把精钢重铁竹四下挥舞，但见一片银光之下裹着一团黑影在校场上快速地游动，台上台下立时欢声雷动，齐为吕竹风喝彩。

吕竹风夺宝马得铁竹，一时兴起，大喊一声"闪开了"！驱马向校场外驰去，群雄忙往两旁一分，让出一条路来。在校场旁边有一棵粗壮的杨树，吕竹风飞马驰过来，挥竹横扫，竟将这根杨树齐刷刷拦腰斩断，群雄见状，齐声惊呼。

谷司晨惊叹道："没想到天下还有这等神勇之人！长江后浪推前浪，今日真是大开了眼界！"

吕竹风放马跑出一段，这才收马转回，来到那棵削断的杨树前，止住马匹，随手又是一竹横扫，将五六棵小树齐根扫断，有如刀削萝卜一般，似乎没有任何阻力，自把群雄都看得呆了。

吕竹风这时用铁竹挑起一段粗壮的树干，顺势甩向校场上空，同时对着看台上遥喊一声"卜大哥"！意欲其在六合堂群雄面前显示卜元霸王弓上的威力。

此时那段抛向空中的树干，距看台约有一百二三十米之遥，已大大超出了普通弓箭的射程之外。卜元见吕竹风生出此举，已知其意，不失时机，运足霸王弓，喊声"着"！一枚浑铁丸流星般射出，直中树干，但听得一声脆响，那段树干已被击震成碎片，木屑随之纷纷落下，校场上又是欢声雷动，群雄惊叹："好一个神弹子！"吕竹风、卜元二人立刻在六合堂群雄面前显出了大风头。

关东的杜健一旁愕然，心中惊讶道："此人的弹丸之力，可与弓寨主的大力硬弓相比，六合堂内果然藏龙卧虎！"

吕竹风这时举了铁竹，骑了"乌云托月"，威风凛凛地回到了校场。罗坤见卜元、吕竹风二人适才各施展了绝技，一时性起，起身对方国涣笑道："为了方大哥，也为了关东众好汉，小弟也露一手吧。"说完，又对谷司晨道："师父，请送弟子一程。"

谷司晨会意一笑，起身以右掌抵了罗坤后背，等罗坤运足气力跃起时，以雄厚的掌力猛然推送出去，罗坤立时如一只大鹏从看台上飞起，向三十余米外的吕竹风铁竹之上飘落下去。群雄忽见一人从看台上腾空而起，犹如大鸟之行，又是一阵欢呼。

吕竹风见罗坤迎头飞落，大是惊喜，铁竹前伸接了。罗坤轻轻点落铁竹尖上，双足一夹竹端，竟自立住了，如那蜻蜓偶落枝头一般。六合堂群雄见状，不由齐声喝彩。看台上的弓英儿与杜健互望了一眼，忍不住站了起来。

吕竹风见罗坤立于铁竹尖上如此稳当，不由得摇晃了几下铁竹，哪知罗坤双足如粘在了铁竹上一般，身形一摆，却无不稳之态。吕竹风一惊，将铁竹又甩了甩，罗坤见了，身形向下一滑，反贴在了铁竹上，自没被甩落。吕竹风大喜，便举着铁竹托了罗坤，驱马驰到看台前，铁竹向上一送。罗坤顺势足点竹尖，身形跃起，已然又回到了看台上，随即朝吕竹风拱手笑道："多谢竹风贤弟成全。"场上群雄又是一阵欢呼。

第三十一回　困阻独石口

　　吕竹风、卜元、罗坤三人的一番绝技表演，已是令六合堂的群英们敬服之至，连奇瑛自是大喜，当即便任命了吕竹风、卜元二人香主之职，待日后立了大功再升为堂主。罗坤暂属关东好汉之列，待日后关东人马入关加盟六合堂后，再另行封职。方国涣尤感欣慰，与卜元、吕竹风一同谢了连奇瑛。

　　孙奇这时对群雄道："我六合堂原有盖世三杰，今日又增了这三位英雄，从现在起，六合堂便有盖世六杰了。"话音刚落，群雄奋然，校场上一片欢腾。

　　孙奇随后命六合堂人马摆兵布阵，操戈演练，以应日后万一之变。韩梦超、朱维远、赵青杨等各堂堂主，作为阵眼，带动各组兵阵演练了。卜元、罗坤、吕竹风三人也自请命加入，孙奇高兴地应了，校场上立时呈现了一派威武壮观的场面。

　　谷司晨望着各式变化莫测的兵阵，暗暗惊异，随即对孙奇赞叹道："孙先生竟能把众江湖豪杰布成如此阵容，攻防一体，互相呼应，若在战场上，用于两国大军搏杀，必创奇功。"

　　孙奇道："当今天下，势力纷争，六合堂也是练兵自保。"接着又道："药王先生文武双全，名震天下，我等自是仰慕已久，今番得遇，实为幸甚！这次出关接应关东好汉入关加盟六合堂，吉凶不卜，还望药王先生鼎力相助。"

　　谷司晨道："关内外的英雄好汉，此番所为乃是大义之举，谷某虽是江湖上一闲人，也自当义不容辞，愿助微薄之力。"

　　孙奇闻之大喜道："有药王先生相助，此事可成一半。"

　　方国涣这时对连奇瑛道："连姐姐，这两日怎么不见洪金山堂主？"

　　连奇瑛道："我已派洪堂主去办一件要紧的事了。"接着又道："对了，三日后，大阵人马便准备出关接应关东好汉，国涣弟弟可有兴趣同去？"

　　方国涣笑道："这等天下英雄好汉会师的大事，焉能错过。"

　　连奇瑛笑道："也好，机会难得，出关见识见识吧，虽有些危险，但有六合堂众高手相护，当无大碍。"

　　在以后的三天里，孙奇自是大练兵阵，群雄基本上可以在各式兵阵内变化起来娴熟自若，孙奇见状大喜，知道可以应付任何突变了。

第三十一回　困阻独石口

到了出关接应关东好汉的日期，六合堂在齐家堡内已聚集了各路人马四千多人，此时还有几路人马没有到。因与关外约定的期限已至，连奇瑛决定不等了，命曹竹轩留驻齐家堡，等候迟到的各分堂人马，以做后应，为防意外，准备叫弓英儿留下，以保安全。弓英儿不应，要亲自出关接应父亲弓长久，连奇瑛也只好许了。

天色微明，六合堂大队人马便已开拔。连奇瑛自命韩梦超、朱维远、赵青杨三人为先锋，吕竹风、卜元、柳云鹤居后，自己率孙奇等众堂主，陪了谷司晨、杜健、弓英儿、罗坤、方国涣等人居中，大队人马自向边关而来。

江湖人马大规模集中运动，自有许多不便。一路上，孙奇命人先与附近的府县官吏、兵备打了招呼，讲明原委，保证过境不扰民，那些人自知六合堂的威名，不愿多事，各自应了，六合堂大队人马一路上自然秋毫无犯。连奇瑛在路上告诉方国涣，六合堂准备于燕山以北的独石口边关出关接应关东好汉。

队伍正行走间，忽从前方飞驰而来十数骑。到得近前，方国涣见是洪金山与刘、齐、马三位先前见过的老堂主及一些手下。洪金山等人先礼见了连奇瑛、孙奇二人，见方国涣也在其中，各自一喜，扬手示意打了招呼。

洪金山随即向连奇瑛、孙奇二人报道："属下奉命去拜会了独石口边关守将张维成，告知了事情原委。张将军对我们六合堂与关东好汉们的义举十分赞赏，认为这样一来，日后可以削弱女真人的力量，对边关也减少些威胁，并且保证六合堂人马出入关时可无阻拦，必要时，还可以派镇守边关的官兵出关接应。"

连奇瑛闻之，大喜道："如此一来，我就放心了，独石口这一关的扬顺与否，是我们此番行动成败的关键。"

孙奇道："但愿不要旁生什么意外，否则后果将是十分危险和可怕的。"

洪金山道："孙先生放心吧，张维成将军是一位明白事理的大义之人，对女真人想拉拢弓寨主的事也有所耳闻，对弓寨主不屈降外夷、毅然率众抛弃关东绿林基业入关加盟六合堂的义举赞赏有加，说这虽然是江湖上的事，却也对国家有益，乃是英雄所为。"

孙奇点头道："如此最好，这位张将军倒是一位顾全大局之人。"队伍又继续前行。

谷司晨这时道："女真人这些年来势力日盛，已脱离了朝廷的管束，日后不但对我边关有威胁，还有企图大明朝的野心。"

孙奇道："外夷强盛，时扰边关，是边防大事，不过现在女真人还没有形成大气候，将来嘛，就不好说了。"

杜健一旁道："杜某在关外多年，对女真人各部落的事情也了解一些。近几年来，女真人有一个大部落，出了一位年轻有为的首领，姓爱新觉罗，名努尔哈赤。此人曾是大明朝设置关东的奴儿干都司，建州左卫的都指挥使，生具雄心大志，有统一关东女真各部落与鞑靼的野心，还有入关灭明吞并天下的企图。努尔哈赤不断击败其他部落，夺取奴隶、财产和土地，使自己的势力称霸于关东的白山黑水之间，有可能要成为第二个成吉思汗。"众人闻之，不由对大明江山有些忧虑起来。

　　连奇瑛叹道："自明灭元接管关东以后，也曾一方平安，不曾想令女真自家壮大起来。女真人强盛壮大，本不是什么坏事，但是到了一定程度，也就有了野心，不甘受朝廷管制了。"

　　孙奇道："本朝曾在关东地区设置了奴儿干都指挥使司，下辖卫所，并且驻有军队，开设驿站，倒也治理得稳。这些年来女真人日益壮大，令朝廷逐渐失去了对他们的约束力，也是先前对他们忽视了，以致养虎为患。"

　　杜健道："女真人如今羽翼已丰，霸气顿现。尤以这位努尔哈赤，更是全面发展兵力，把所辖部落的军民编成八旗，每旗又有许多牛录编制，一个牛录三百人。旗人'出则为兵，入则为民'，平时耕猎，战时出征，势力日增。"

　　孙奇闻之，大惊道："这努尔哈赤果然是一个雄心大略之人！日后对我朝威胁最大者，非此人莫属，朝廷为何不对他采取措施？"

　　杜健叹道："努尔哈赤势力日盛，早已不受朝廷管束，这些年来，朝廷虽也采取了一些措施，仍无法阻止他的发展。朝廷设在关外的兵力又不足，近来已被迫退入了关内，但以长城为防守了。"众人闻之，各自摇头不语。

　　杜健接着又道："弓寨主这些年来带领弟兄们在关东虽聚绿林，却也杀富济贫，做替天行道之事，创下了雄厚的绿林基业，一些小的女真部落，倒也不足为惧，我等自然便成了努尔哈赤的心腹大患。他此前曾派一位王爷来说降弓寨主，看来要对我们下手了，降则罢，不降则灭之。努尔哈赤精明异常，不想似大明朝那般养虎为患，消除了我等绿林力量，再灭服其他部落，便能顺手许多。弓寨主也曾率领弟兄们，明里暗里的与努尔哈赤交过几次锋，胜负都有，但女真铁骑能征善战，不易对付。努尔哈赤此番已下了决心，对弓寨主不降则灭，势必拔去眼中钉，所以弓寨主才转向关内图发展，是不想将来助纣为孽。"

　　连奇瑛赞叹道："弓寨主有远见卓识，更是一位顶天立地的英雄，自为六合堂兄弟们所敬服。此番加盟，共成江湖事业，将来有可能替朝廷出力，共拒女真人于关外，可使天下百姓免遭涂炭之苦。"

　　杜健点头道："连总堂主实为女中豪杰，能容纳我等关东弟兄们，又如此兴师动众，调集六合堂的精英们冒着风险出关接应，这般大度之气，不是一般人能做得来，我等日后将誓死追随总堂主。"

第三十一回　困阻独石口

连奇瑛笑道："杜寨主过奖了，其实大力弓王弓寨主才是一位真正的英雄豪杰，我一个女子，只不过顺其势而已。"

弓英儿一旁笑道："总堂主统领天下第一江湖势力六合堂，实是我女子中的豪杰！女子中的丈夫！这是那些大男子们所不能为的，试问天下间谁不敬佩？"

连奇瑛笑道："英儿妹妹倒也有些弓寨主的英雄气概。"众人闻之，相视而笑。

大队人马行了一天，将近傍晚时分，便已到了独石口边关。独石口之险，不亚于山海关、雁门关，是大明朝防拒关外势力内侵的一处战略要地，也是长城的最东南端，此时由边关大将张维成率重兵驻守。

六合堂人马到了关前也就停下了，自有洪金山前去联系出关事宜。孙奇此时朝四下望了望，见此独石口只有一处关卡可以出入，两侧尽是高厚而长的城墙，十分险峻，易守难攻。孙奇回身招来黄笑天，对他耳语了几句，黄笑天点了点头，率了本堂一百多人离了队伍，消失在了一片树林之中。众人对孙奇此举不解其故，谷司晨却暗自点了点头。

不多时，洪金山回了来，告知边关城门已开，可以出关了，果见关上防守的官兵往两旁撤开了。就这样，六合堂人马井然有序地出了独石口边关。出了关口，又行了三四里，孙奇复命一位叫赵思烁的堂主，带了二十多人留了下来，藏于树林之中。

大队人马又前行了二十余里，此时天色已经黑了下来，孙奇便择了一险要处命队伍安营扎寨，并派出了几十名快马流星探，先行去探听消息。连奇瑛告诉方国涣，六合堂已与关东好汉约定，明日午时在前方十里处的青凤山接应。

当天晚上，人马便在营中安歇了。半夜时，不断有消息传来，弓长久已尽率关东好汉及一些眷属，约有五六千人，弃了白虎山龙云寨连夜向青凤山赶来。女真人方面，暂时还无动静。众人闻讯大喜，这一夜倒也安稳过了。天色蒙蒙亮时，大队人马便拔营出发，向青凤山而来。

一路急行军，至青凤山时，天已大亮。孙奇便命韩梦超、朱维远二人各率五百人马在道路两旁据险而守，同时命人埋锅造饭，以养精蓄锐。

天近午时，关东人马并没有如约而至，众人便有些焦急起来。不多时，快马探子回报，弓长久率关东人马闯过两道女真人的哨卡，正向青凤山而来，估计一个时辰内可至，众人闻讯，这才稍安。孙奇便命韩梦超、朱维远、卜元三人，带领一千人马先行去接应，余下人马原地警戒，待守命令。韩梦超等人去了不久，忽有探马飞报，不知何处冒出来两万女真人铁骑，在前方十里处截杀关东人马，韩梦超、朱维远、卜元三人已率人马接应去了，众人闻之大惊。

孙奇道："我料到会有此突变，全部人马立刻前去接应。"

前行了七八里，隐隐闻见前方传来喊杀之声。这时，雷天豹带了五六百人护了一些老幼眷属及车马货物急急退了下来，见了六合堂大队人马长舒了一口气，在马上一拱手，算是与众人见过了礼。

孙奇忙问道："雷寨主，前方战况如何？"

雷天豹道："女真人已有防范，派了两万人伏于半路截击，现在弓寨主率了弟兄们会了前去接应的好汉们已与女真人激战上了。"孙奇即命雷天豹一干人马撤后，接着率领三千多六合堂英雄迎了上去。

连奇瑛随后命杜健、雷天豹，护了弓英儿和关东好汉的眷属及车马货物撤至青凤山，然后与方国涣下了马匹，在十几名堂主护卫下，登上一座山头向前方眺望。

此时但见前方尘土飞扬，杀声震耳，关东的大队人马与前去接应的韩梦超等人马，已与两万女真铁骑绞杀在了一处。女真人皆骁勇善战，两万铁骑把弓长久、韩梦超等双方人马团团围住，群雄冲杀了几番，都被挡了回去。此时恰好孙奇率六合堂的大队人马到了，众好汉一声呐喊，冲入敌群。一马当先者便是吕竹风，因他马快，抢先杀入战团，铁竹横扫，扫切得人仰马翻，打了女真人一个措手不及。连奇瑛、方国涣等人在山头上看得真切，不由齐声喝彩。紧接着六合堂的后继人马加入了战斗，更有一千人自列阵形，随着龙虎军横冲进去。六合堂此番调来的都是好手，以一敌十，女真铁骑立时大乱。

弓长久等关东众好汉，见六合堂的大队人马到了，精神各是一振。尤见一少年，胯下"乌云托月"，手持一杆白亮的精钢重铁竹，如入无人之境，铁竹扫处，人仰马翻，无能挡者，弓长久见了，惊喜万分，知道能驯服"乌云托月"者，必是一位盖世英雄。

果不其然，吕竹风一马横跃，专寻女真人密集的地方冲杀，有几员女真大将欲上前阻挡，都被吕竹风铁竹扫切得人马齐断，自把弓长久等关东众好汉看得呆了。六合堂与关东人马加起来已近万人，且都斗志昂扬，身手不凡，两万女真铁骑虽骁勇善战，但料不到奇兵天降，立处下风。

就在这时，东北方向忽尘烟大起，又一路女真铁骑增援而来，约有万余人，立时加入了战阵。六合堂与关东群雄全无惧色，奋勇拼搏，喊杀之声大起。此时，方国涣已看出了孙奇所布之阵显出的威力来。女真铁骑想几次冲垮威力最强的龙虎军兵阵，奈何在赵青杨一条浑铁震山棍带动下，变化无穷，攻防兼备，所到之处杀得女真人纷纷败退，似铜墙铁壁般，无懈可击，看得方国涣直是心惊。其他的数组兵阵也是如此，各自组成了强大的杀伤集团。

第三十一回　困阻独石口

卜元持了一柄开山刀，砍杀之余，运以霸王弓专射杀女真大将，一时间击得人马乱飞。大力弓王弓长久见了不由大喜，也自摘下巨弓，搭以长箭，射杀女真将领，其箭下自无生还者，似与卜元的霸王弓互相呼应。高处观战的连奇瑛与方国涣相视一笑，知那位持巨弓者，必是大力弓王弓长久无疑。谷司晨、罗坤师徒二人，各持一柄长剑，舞作一团，于敌群中往来冲突救急，如入无人之地。

女真人虽有三万大军，丝毫没有捞到便宜，在群英的奋勇击杀之下，已有了败退迹象，一员主将见苗头不利，率了七八千丢盔弃甲的残兵败将，一股脑儿地撤下去了。剩下的余部，双方又激战了一阵，一部分四散去了，其余的尽被消灭。关内、关外两路江湖人马会合一处，杀退了女真援兵，回头会了连奇瑛等人，大队人马自向青凤山退来。孙奇又命吕竹风、韩梦超、朱维三人率五百龙虎军断后，以防再有女真铁骑追至。

到了青凤山，杜健、雷天豹上前迎了，见击退了女真追兵，各自大喜，孙奇随命两部人以做暂时的休整。这一战，六合堂仅损失了十几人，关东人马死伤了二百余人，也算是涉险而退。弓长久率了关东众寨主与连奇瑛、孙奇等人互相礼见了，谢过了六合堂及时接应之恩。在杜健的引见下，弓长久又拜谢了方国涣，对他昔日调和之恩甚是感激，接着又对吕竹风的神勇大加赞赏。

弓英儿高兴地拉了罗坤过来与弓长久礼见了，弓长久见昔日的罗坤已长成了一个英雄人物，大是惊喜。药王谷司晨也自过来与弓长久礼见了，故人相见，千言万语难叙别后之情。对此番接应得还算顺利，群雄自感高兴。

孙奇不敢大意，派出了几十名快马流星深，四面远距离侦察，密切注意女真追兵的动向。弓长久尤感忧虑，女真铁骑此番失利不会甘愿就此作罢，不久必有大军前来。孙奇认为有理，歇息片刻后，即命人马立时起程，向独石口边关撤退，因这关外并不是久留之地。孙奇复命六合堂的盖世六杰，率两千六合堂的本部人马断后，随即与关东好汉双方约有一万多人，浩浩荡荡向独石口边关退来。

就在这时，忽从边关方向飞驰而来一匹快马，到了近前，马上之人竟然翻身滚落，显是受了伤。连奇瑛、孙奇等人一惊，忙命人上前扶起，但见那人惊急道："总堂主、孙先生、大事不好，独石口边关有变，不知何故，官兵忽然封闭了关卡，并且全军戒备，好像又调来了数万官兵。赵思烁堂主见情况异常，即上前寻问，不想被乱箭射回，伤了好几名兄弟，我们的退路已被封死了。"众人闻之，神色俱变。

孙奇惊道："边关重地，本为多事敏感之处，为防万一，故派人监视，没想到事情会变化如此之快。"

洪金山一旁诧异道："那张维成已与我六合堂有约在先，如何就变了卦？"

孙奇见事发突然，即命人马停住，派人传令后面的韩梦超等人，严密监视女真人的动向，复与洪金山等十余位堂主，护了连奇瑛飞马来到独石口边关前。

此时赵思烁率人上前迎了，禀道："总堂主，孙右使，边关上忽然增加了许多官兵，封了关卡，不知起了什么变故？"

连奇瑛、孙奇向前遥望时，果见独石口边关城墙上，刀枪林立，戒备森严，如临大敌。连奇瑛、孙奇等人惊异之余，随即引马至关前一箭之地，止住了坐骑。

洪金山便朝关上喊话道："六合堂洪金山在此，有事要见张维成将军。"

这时，城楼上出现了一位中年武官。洪金山见了，忙道："是张将军吗？我家连总堂主与孙奇右使就在这里，到底发生了什么事，对我等如临大敌？"

城楼上的张维成此时一怔，闻六合堂的总堂主到了，大是惊讶，忙即一拱手道："原来是闻名天下的六合堂连总堂主到了，失敬！失敬！"

连奇瑛自在马上还了一礼道："张将军，为何言而无信？"

张维成迟疑了一下，道："不知贵堂人马可接应着了关东绿林好汉？"

连奇瑛道："不错，我们已与关东好汉会合，并且杀退了追击而来的三万女真铁骑。"

张维成闻之一惊，忙作镇静道："六合堂果然名不虚传，但是你们现在不能入关，因为有可能被女真人大军乘机而入，本将军有保卫边关重地的职责，不能轻易开关放人，还望连总堂主见谅。"

洪金山一旁急道："张将军，你难道怀疑我们与女真人有勾结，乘机夺关不成？"

张维成道："本将军相信六合堂内都是豪杰义士，当不会与女真人有何阴谋，但是此时若放各位与关东绿林人马入关，势必把女真大军引到，造成对边关的威胁。"

孙奇道："张将军，我等万余条性命已受女真铁骑追杀的危险之中，但请将军放我等入关，然后同张将军据险而守，共拒来犯之敌。"

张维成道："可惜，关东绿林人马已把女真大军引到，当由你们自想退敌之策。"

洪金山道："女真追兵已被我等杀退，这会儿又哪来的女真大军？"

张维成道："本将军已得到探报，努尔哈赤亲率二十万女真铁骑正向边关而来，势必歼灭关东绿林人马。倘若放你等入关，那努尔哈赤便有借口攻关略地了，此乃边防重地，本将军职责所在，不可不谨慎。"

连奇瑛、孙奇等人闻女真大军二十万将至，不由大吃一惊。

第三十一回 困阻独石口

洪金山急道:"事先已与张将军讲定约好,为何如此反复?"

张维成道:"此一时彼一时,本将军也想不到会把努尔哈赤亲自引来,边关此时是多事之秋,这些年来一直与女真人相安无事,本将军不想惹来麻烦,而令朝廷怪罪。"

洪金山怒道:"言而无信,如此把我等拒阻关外,是何道理?"

张维成道:"只要各位英雄好汉能击退努尔哈赤的二十万大军,使女真人失去对边关防地的威胁,本将军一定亲自迎接各位入关。"

洪金山闻之,大怒道:"我们才万余人,怎能敌得过二十万女真铁骑,这岂不是让我们以卵击石?"

张维成口气也自硬道:"这是你们自己的事,与本将军无干,总之想入关,退了女真大军再说。"

洪金山欲发作,孙奇旁边暗止了,对张维成一拱手道:"张将军,凡明事理之人,都知道关东好汉此番所为乃是大义之举,日后虽说不上对国家有利,但众好汉不降外夷,归还中原,当是何等的英雄气概!张将军也曾诺言,必要时派官兵出关接应,也自是义气所感,但又为何这般出尔反尔?"

一席话说得张维成极是尴尬,不由说了句,"本将军也是奉命行事,身不由己。"

孙奇与连奇瑛闻之一惊,连奇瑛忙问道:"张将军独揽此地边防大权,不知还会奉何人的命令?"

张维成自有些忙乱道:"奉上面的命令。"忽觉自家说走了嘴,忙又道:"本将军也是身不由己,连总堂主要带人马入关,退了女真大军再说吧。"说完,转身径自去了,边关上立有几百支利箭对准了众人,连奇瑛只得命令退下。

退至安全地带,孙奇问赵思烁道:"赵堂主,边关之上是何时增兵封关的?"

赵思烁道:"自总堂主率大队人马出关,孙先生命属下监视独石口,开始时,倒还正常,关上的兵士似乎也在等待我们与关东好汉平安归来,不知何故,就在今日上午,官兵突然封了关卡,增兵戒备,如临大敌。属下见情况有变,于是上前寻问,不想被乱箭射回。"

孙奇闻之,眉头一皱道:"上午增兵封关?看来事情当出现在昨天夜里,谁能调动镇守一方的边关大将呢?"

洪金山一旁道:"此次出关接应关东人马,与女真人交兵也是在所难免的,这些事情我也与张维成讲过,他也表示理解,并承诺必要时还出兵支援我们,谁知他小人心肠,一夜之间就翻了脸,变化竟如此之快。"

孙奇道:"女真人虽然日盛,但暂时还不至于为了几千江湖中人而与朝廷对抗，这一点，张维成身为边关大将多年，该是明白的。女真人大军即使追来，若见了我等已经入关，他们也自不会贸然攻关的。张维成拒我等于独石口外，与先前的态度大不相同，似有把我等推向绝境而置于死地之意。平日里，六合堂与张维成并无仇隙，甚至无任何联系，此间变化，必有缘故。"

连奇瑛道："身为边关大将，有保境安民之责，张维成若为自家长远处着想，当不会拒我六合堂人马于关外，这样做对张维成来说有百害而无一利，不但会落得个不顾百姓安危的骂名，而且还会与整个六合堂为敌，正常来讲，张维成不敢这么做的，难道是他……"

连奇瑛猛然想起一个人来，心中一凛，忽有种极大的不安，继而又摇头道："不会的，不会的。"

孙奇见了，异道："总堂主有何高见？"

连奇瑛摇头道："我适才自家胡乱猜测罢了，当不会发生想象那种事的。"孙奇闻之，似有所悟。

这时，赵思烁和几名手下抬过来一个满身血迹的人，连奇瑛、孙奇等人见之一惊。

赵思烁道："禀总堂主、孙右使，属下刚才在那边发现了这位身受重伤的兄弟，好像是出关前留在关内做内应的黄笑天堂主手下的人。"连奇瑛、孙奇二人闻之一憟，忙上前扶了此人，赵思烁自把一粒救急的丹药送入此人口中。

时间不大，此人慢慢睁开了双眼，见连奇瑛、孙奇等人围在身旁，不由一喜，断断续续道："总堂主，孙右使……关内情况……有变。"

孙奇忙道："这位兄弟慢慢来说，关内发生了什么变故？"

那人缓了缓，道："属下随黄堂主奉命监视关内的动静，就在大队人马出关的昨天晚上，忽有一队皇宫大内的锦衣卫，悄然来到了独石口边关，去见了张维成。"

"锦衣卫？"连奇瑛与孙奇惊异的互望了一眼，似乎明白了什么。

那人接着又道："锦衣卫到关上见了张维成一段时间后，出来就走了。不知何故，张维成忽然连夜调来数万官兵，于今天上午把独石口封锁得风雨不透。黄堂主见事情突变，不知起了什么变故，当即冒险潜入兵营中，擒了一名张维成的亲兵出来。审后才知，原来那队锦衣卫是来送皇上圣旨的，命张维成把我六合堂人马拒阻关外，让女真人灭掉。黄堂主闻此消息，急命属下与另外两名兄弟，绕了很远的路，爬上城墙潜出关外报信，不想被关上的官兵发现，那两位兄弟被乱箭射死，属下是拼了性命才逃脱的。"说完，那人便自昏死过去。

连奇瑛、孙奇二人惊骇之余，忙命人把那报信者抬下去医治了。

孙奇随后忧虑道："总堂主，看来果真是他，要对我们六合堂下手了。"

第三十一回 困阻独石口

连奇瑛眉头紧锁道:"借刀杀人!乘机剪除我六合堂在江湖上的势力,这一招好是狠毒!"

孙奇道:"这次为了接应关东好汉,六合堂几乎调尽了各分堂的精英,如此大规模集中,朝廷必然察觉,此番是想乘我们出关之机,拒阻关外,断绝退路,借女真铁骑把我六合堂精锐一网打尽。此计若是得逞,六合堂则遭灭顶之灾。"

连奇瑛闻之,心中一凛,随即叹然一声道:"六合堂声势日隆,这位六合堂昔日的老兄弟,竟然认为我们对他的江山产生了威胁,此番欲灭我六合堂精英于关外,可谓用心良苦,也是我考虑不周,使众英雄陷此险境,殊不知我六合堂成就的是江湖事业,哪里有与他争社稷之心。"

孙奇道:"原来皇上一直处心积虑地想灭六合堂,明着来又有所忌惮,此次竟欲借女真人的力量来对付我们,借刀杀人,不露痕迹,以欺瞒天下,太狠毒了!"

第三十二回　棋布天元阵

"世有围棋之戏，或言是兵法之类。上者远其疏张，置以会围，因而成得胜之道。中者则务相绝遮，要以争便求利，故胜负狐疑，须计数以定。下者则守边隅，趋作罫，以自生于小地，然亦必不如。春秋而下，代有其人。"

此文出自东汉桓谭的《新论》，言以棋道与兵法通，上者夺势以求胜道，中者凭力战以求输赢，下者守地以争死活。又有东汉末年的文人应玚著有《弈势》一篇，论以棋兵之道：

"盖弈棋之制，所由来尚矣，有象军戎战阵之纪。旌旗既列，权利蜂起。骆驿雨集，鱼鳞雁峙。奋维阐翼，固卫边鄙。或饰遁伪旋，卓轹辚列，赢师延敌，一乘虚绝，归不得合，乃见擒灭淮阴之漠，拔旗之势也。或匡设无常，寻变应危，寇动北垒，备在南麋，中旗既捷，囚表自亏，亚夫之智，耿弇之奇也……"

此文自论以古之名将韩信、周亚夫兵法之谋略与棋上之战术合，更有马融的《围棋赋》，述以兵道即棋道：

"略观围棋兮，法于用兵。三尺之局兮，为战斗场。陈聚士卒兮，两敌相当。拙者无功兮，弱者先亡……"

兵棋相通之理，古人奉之尤甚，棋盘之外，每生奇迹。

且说连奇瑛知晓了朝廷已暗忌六合堂的势力，欲借六合堂此番出关接应关东绿林人马的机会，假以女真铁骑的力量灭六合堂精锐于关外，震惊之余，摇头慨叹一声道："如今的万历皇帝朱翊钧，昔日曾以皇子的身份拜过我六合堂的香堂。自从六合堂协助他登基以后，前任鲁总堂主就怕有什么意外才与他断了来往，到了我这里，更不想让六合堂与他这个皇帝扯上什么关系。只是有一次迫不得已，为了解救灾民，我才只身潜入宫中，示以六合金牌令，请他看在六合堂曾助过他的情义上，开仓放粮，赈济百姓。其实这也是为他大明江山着想，他虽然答应了六合堂的请求，看来也是记在了心里，天下还有能命令他这个皇帝的人。此人心胸也太狭窄，一个江湖帮会怎能令动天子，只不过协助他施行仁政罢了，善意曲解，而成祸根之源。"说完，连奇瑛忽然陷入沉思。

孙奇道："这位六合堂的老兄弟既坐帝位，自然忌讳六合堂的势力影响，

第三十二回　棋布天元阵

防范六合堂成就王者霸业，动摇他的根基，其实六合堂若有异心，他的大明江山如何坐得稳。"

连奇瑛这时道："现在后有追兵，前无进路，我们已处绝地之中，六合堂的气数难道尽了不成？"

孙奇道："请总堂主勿急，事已至此，只有背水一战，但求绝处逢生。"

连奇瑛忧虑道："女真大军果真是二十万，我们的力量与之相差太悬殊，弟兄们虽然勇猛善战，但时间久了，也自会寡不敌众，硬拼下去，岂不中了朱翊钧的诡计。"

孙奇道："事急矣！当虑以周全，不宜耽搁，且回去与关东弓寨主共商退敌之策吧。"

孙奇随后叮嘱赵思烁、洪金山等人道："张维成接了圣旨秘受皇命，拒我六合堂于关外一事，暂不要向弟兄们与关东好汉提起，以免动摇人心。但说是边关守军怕女真人乘机抢关，故拒我等于关外，待退了女真追兵，自会放行的。"洪金山、赵思烁等人自是应了。

回头会着了大队人马，孙奇便对弓长久等人讲了官兵封关，是为了防止女真人伺机攻入，只有击退将至的女真大军，解除对边关的威胁，才能开关放人。群雄听罢，皆自大惊。张维成秘受皇命一事，有关六合堂的秘密，孙奇倒也不便对弓长久细讲。

弓长久惊骇之余，自朝连奇瑛一拜道："没想到此番接应竟连累了六合堂同困关外，弓某不才，愿率关东的兄弟们断后，抵挡女真大军，女真人志在我等，与六合堂众好汉无涉，恳请连总堂主带了小女和关东诸人老幼家眷，及六合堂的英雄们绕道入关，以免同受灾祸。"

连奇瑛敬佩弓长久的豪气，忙上前扶了道："弓寨主说哪里话来，如今六合堂与关东的众好汉已是一家，自当同舟共济，不分彼此。现虽处险境，大家再想办法就是了，若独留关东好汉掩护我等脱身，如何还有同盟的诚意，岂不让天下人耻笑六合堂失了义气。"连奇瑛的一番话，自令弓长久等关东众好汉感动万分，谷司晨与方国涣也暗自点头赞许。

这时，探马飞报，女真二十万大军，已在四十里外安营扎寨，似乎发觉了群雄被困阻关外，因为天色将晚，不便夜战，有可能明晨发动进攻，众人闻之大惊。

孙奇道："再探，严密监视女真人的动向，务必摸清女真人攻击的时间。"探子领命去了。

孙奇临危不乱，当即命令人马在一易守难攻的险要处驻扎了，复命韩梦超、朱维远、卜元三人，率领两千人马警戒左翼，吕竹风、赵青杨、罗坤三人，率领两千人马警戒右翼，赵思烁率五百人监视独石口边关方向，其余群雄全神戒备，以待有警而动。随后，连奇瑛、孙奇、弓长久、谷司晨四人聚在帐中，共商退敌之策。

方国涣见出关才一日，群雄便被困阻关外，情形可谓万分危急，心中忧闷，独自一人悄悄离了驻地，漫步上了一座山顶。

此时夕阳斜挂，血染黄昏，苍莽的群山笼罩在惨淡的雾气当中，清旷的山野渗透着无限的凄凉之感，似已预示出了一场残酷的血战就要来临。方国涣茫然独立，心潮起伏，暗思道："女真大军最迟于明日清晨便可发动进攻，一万对二十万，太悬殊了，无疑是以卵击石。孙奇先生虽然精通兵法，但无太多将士可遣用，六合堂与关东好汉能征战杀敌者，也就八九千人，纵使人人神勇，也抵不住二十万剽悍善战的女真铁骑，死拼硬斗，下场可知。从今日一战来看，孙奇先生所布列的几组兵阵倒起了主要作用……"

方国涣此时心中忽一动，暗喜道："是了，倘若把这八九千人都组列成各式威力无穷的兵阵，再布成一个大局，对！按棋势布列兵阵于大局之中，共组一座大阵。师父苦元大师在天元寺的后山，曾在棋盘外以棋势布棋成一片棋林，形成了一座奇妙的阵势，可困人兽。是了、是了，单组兵阵独立作战，虽有威杀之力，但时间久了会被拖垮，若分布全局，组一大阵，自可互相救应，全阵运作起来，便可以用少数的人马在大阵中消耗女真的兵力……"想到这里，方国涣心中大喜，来不及多虑，转身往驻地就跑，已是有了退敌之策。

此时营帐内，连奇瑛、孙奇、弓长久、谷司晨四人，正在苦思退敌之策。探马时报，女真大军暂无动静，估计明天一早，便可席卷而来，仅有一夜的时间了。孙奇想了五六条对策，都觉不妥。谷司晨献计，大队人马连夜向北转移，绕道寻一安全处入关。但是弓长久顾虑，他处关卡，也自有官兵把守，大队人马忽至，官兵必以敌人拒之，况且绕走五六日未必能入得关，后面逼人的二十万女真铁骑，行动疾速，一追便至，这也是女真人不急着夜战的原因，关外毕竟是女真人的天下，血战一场当不可避免。四人苦思良久，仍束手无策。

这时候，方国涣忽从外面兴冲冲跑进来，高兴道："连姐姐、孙先生，我有一法可以拒敌。"

连奇瑛、孙奇、弓长久、谷司晨四人闻之，各自一怔，连奇瑛随即摇头笑道："国涣弟弟，这次连累你了，退敌大事，不比寻常，你勿要太费心思。我已想好了，由药王谷司晨先生，护了你与英儿妹妹，及关东好汉的眷属，乔装改扮成落难百姓的样子，连夜出发，绕道他处关口入关，当不会有什么问题。我们和弓寨主，只能与女真大军决一死战了。"

此言一出，谷司晨大惊道："连总堂主且勿如此，选派他人吧，谷某不

第三十二回　棋布天元阵

才，愿与各位好汉并肩一战。"

连奇瑛摇头道："谷先生与国涣弟弟乃局外人，不应为我等所累。"

弓长久起身抱拳道："请连总堂主一起与方公子他们走吧，弓某今日能有幸得见连总堂主及六合堂诸位英雄一面，已是心满意足，死而无憾了。弓某愿与众好汉，同女真人拼死一战，掩护连总堂主和方公子安全脱险。"连奇瑛自是摇头不应，弓长久不由大急。

方国涣这时道："我看大家谁也不要走了，我有一法，可退强敌。"

孙奇心中一动，忙问道："方公子有何良策？"

方国涣道："在下无别的本事，唯通棋道，我们何不真刀真枪地与女真人斗上一局。"

连奇瑛、弓长久、谷司晨三人闻之，大惑不解，相顾茫然。孙奇忽喜道："方公子过来细讲。"随手把绘有棋盘的那块绢布铺于地上，拿出了自家经常摆列棋阵的棋子。

方国涣上前指了棋盘，并用棋子点示了，道："我们首先要选一处有利的地形作为战场，孙先生尽可能把兵马按孙武的兵阵图式布列成各式兵阵，然后再以棋上之势布一大局，组一座天元棋阵。按九星之位，各布一组变化灵活、威力无穷的兵阵，但留出天元之位，设一高台，以指挥全局之用。棋阵的上三星为大阵前设，下三星为最后防线，左右两侧星位为两翼。在中腹，围绕天元之位重点布一天龙阵，此天龙星式共十五星，每于月明之夜，在星空中自可寻见其形，此大阵以每十五组兵阵布之。到时我与孙先生居天元高台，指挥全局，视女真人攻势强弱，而使全局棋阵随之变化。前沿三联星式，挫女真铁骑锐气，主要以布在中腹的天龙阵消耗女真人的兵力，下方三联星式，阻截敌人于阵中，不可使其突破，以保后方安全。此天元棋阵，在于以少制多，意在于阵中大量消耗女真人的兵力，全局阵式在天元之位指挥带动下，可以互相呼应，解危救险。只要能牵制困缠住女真人大军，最大限度地以棋阵消耗他的有生力量，我们便有退敌的机会。"一席话，把连奇瑛等人听得呆了。

弓长久这时忽喜道："如果此天元棋阵可以奏效的话，只要能消耗女真二十万大军的三四成兵力，努尔哈赤对此等重价赌注定然赔本不起，必会撤军。"

孙奇点头道："此法可行，我们以逸待劳，也是背水一战，可以一试。"

连奇瑛诧异道："国涣弟弟可是以棋家走势，指挥全局吗？"

方国涣道："也可以这么说，这是一盘已布好的棋局，随着棋势的变化而有所调动，只要我们摆阵布局得当，静等对方自家打入，以全局兵阵的灵活多变，最大限度和最有效地吃杀敌人。此天元一战，不在求胜，而在阻截与牵制，以此消耗女真人大军的有生力量。如此一来，依弓寨主所说，努尔哈赤当不会把他部落的家底都耗在我们江湖好汉的身上，当会坚持不住。我们是拼死一战，以求绝处逢生，全局各组兵阵都是六合堂精英与关东好汉们所布成，指挥得当，大阵运作起来，威力无穷。努尔哈赤久战不下，自不敢再硬着性子干耗下去，到了一定时候挺受不住，必会撤军。女真大军一退，对边关威胁立解，边关守将再无理由不让我们入关。"

方国涣这一番有理有据的分析，虽是假设，却令连奇瑛、孙奇、弓长久、谷司晨四人大是惊喜，拍手称善。

连奇瑛这时激动地道："此战关系到六合堂的生死存亡，眼前一万多人的生命，就全交给国涣弟弟了。"

方国涣笑道："小弟只能布以全局的天元棋阵，至于兵阵组合，调兵遣将，指挥大局，还要有孙奇先生才行。"

孙奇笑道："此番天元一战，方公子是主帅，孙某甘愿为马前卒。"

弓长久道："如今我们是兵合一处，将打一家，关东五千兄弟归二位调度就是，事不宜迟，应早些准备。"

方国涣道："天时虽不凑时，但我们占了关键一点，便是人和，再选择一处好的地段作为战场，以便最大限度发挥天元棋阵的作用，方为妥当。"

孙奇道："不错，我们这就去查看地形吧。"

方国涣、孙奇二人，随后由谷司晨和韩梦超、吕竹风率领的五百龙虎军护卫下，出了营地，前去查看地形，选择适合布列天元棋阵的战场。黄昏之后，一轮明月当空，景色倒也清晰可见。

行了七八里，忽见前方有一片开阔地带，南北两面尽是高山峻岭，尤以在中部有一座高耸的小山丘。

方国涣见了，大喜道："就是这里了。"随与孙奇引马上了山丘，四下望去，暮色掩映下，此宽阔地带尽收眼底，实是一处好战场。

孙奇点头道："天助我等，此地带东西贯通，南北有山，不宜二十万大军一起运动，正适合摆兵布阵，当截杀女真人于此。"方国涣接着便以此山丘为天元之位，定下了九星之式，孙奇用图绘了，又略测了地形的宽窄短长，揣度了一番后，众人便回到了驻地。

战场选毕，回到营中，方国涣便在孙奇所绘制的地图上，标示了天龙阵十五星定式在中腹的布局，又细讲了如何的变化、首尾的救护及与九星之位互相策应的方法。孙奇听罢大喜，认为古今兵阵布局的威力不出此间，众人的信心立时大增。孙奇随后命人在战场的天元之位，也就是在那座小山丘上连夜搭起了一座三十余米、非常稳重牢固的木架高台，作为天元棋阵的指挥中心。同时命连夜造饭，饭后严令人马歇息，以养足精神，自对女真人及独

第三十二回 棋布天元阵

石口方面的动静，监视得更严了。不时有探马来报军情，证实了当夜当无异常，众人这才稍安。

孙奇连夜制订了整套作战计划，安排连奇瑛与弓英儿，率一千关东人马护了关东壮士的眷属及车马货物，明日至独石口边关数里外安扎，以保安全，同时监视边关官兵动向，确保天元棋阵无后顾之忧。在与关内断了联系的情况下，飞鸽传书，命令驻齐家堡的曹竹轩，召集六合堂后到的各路精锐，以及六合堂河北三处分堂的全部人马，星夜赶至独石口边关，待退了女真人大军之后，以对边关形成里外夹击的阵势，迫使张维成不敢有所妄动，只能开关放人。

孙奇又把每一阵的阵式变化与主将的配制，都精心做了安排，让每位领阵之将做到心中有数。方国涣也是与孙奇一夜未眠，自家详细研究了天元棋阵可能出现的一切意外及应对的办法。方国涣非常清楚，这不是在尺余的棋枰上走着黑白两色棋子，而是以数万甚至十几万人组成的一盘混乱的斗杀之局，这是在棋枰外，迫不得已而走的一盘真人实战大局，当是慎之又慎。不觉间，天已见亮了。

天色微明，孙奇便命大队人马出发，集结预定的战场。此时在中央部位的山丘上已建成了一座高三十余米的天元指挥台，乃是连夜从附近山上砍伐来的粗壮木桩搭建，稳重牢固，有软梯通其上，顶端为一平台，旁设护栏，上置了各色令旗，用以指挥全局。整座天元台独立山丘上，十分壮观。

方国涣、孙奇二人登上了天元高台，上去后，便把软梯收了。待四下望时，可以鸟瞰整个战场，二人心中不觉一畅。孙奇这时令旗一挥，按方国涣所定棋势，开始排兵布阵。好在孙奇平时就以棋局布阵，心下都已熟悉棋路，排练起来倒不费时费力。大阵前沿的正中星位，由吕竹风在十名堂主的配合下，率五百龙虎军以二龙阵阵式压住全局阵角。左翼也就是左侧星位，由六合双刀朱维远率五百刀牌手，在十名堂主的配合下镇守了。右翼星位由赵青杨率五百人，也在十名堂主的配合下镇守了。这是前沿的三连星定式，各布兵阵，皆由六合堂的精英所组成。

由于关东人马不熟悉兵阵，孙奇采取了一种应急之策，下列各组兵阵由六合堂群英与关东好汉们混编布成，以使六合堂群英能在阵中带动关东好汉，否则由关东人马单独组阵，不晓得变化救应，便有被女真铁骑一冲即垮的危险。棋阵的右侧中间星位，由赵思烁在十名堂主的配合下，率五百人布以兵阵守了。左侧中间星位，由柳云鹤在十名堂主的配合下，率五百人布以兵阵守了。下方三连星定式，也就是天元棋阵的最后防线，由关东各寨主守了。弓长久起初不同意，欲守前沿星位，孙奇告之，后方防线十分重要，若被女真人冲垮，便可影响全阵的变化，所以也是关键布局。弓长久只得应了，率五百人在十名寨主的配合下布以兵阵守了下方正中星位。左下星位由杜健率五百人在十名寨主的配合下布以兵阵守，右下星位由雷天豹率五百人在十名寨主的配合下守了。如此这般，加上天元指挥台，这便是全局的九星阵式。

在大阵的中腹之地，也就是全局的布阵重点，围绕天元之位以天龙星式布局，共布十五组兵阵，分置十五星，每一星位由六合堂的一位武功高强的堂主各率三百人守了。天龙阵龙首处，由金枪无敌将韩梦超镇守，这是整座天元棋阵的阵眼所在，位置最为重要，由四式威力无穷的兵阵组成了四象大阵，是为带动整个天龙阵的龙头。天龙阵的中部龙腹处，由药王谷司晨守了，罗坤守了天龙阵的龙尾处，以与龙首的韩梦超呼应。卜元则率一百多名从六合堂和关东好汉中选出的暗器高手，作为全局的流星阵式，专射杀女真大将和补救险急之处，兼回护天元之位。天元高台之下，由洪金山率二百名高手围住守护，以防不测。于是，天元棋阵的九星定式，天龙布局，已然完成。

孙奇又命二百余人多带旗帜，出没南北两侧高山中，以做疑兵。连奇瑛欲身先士卒，镇守一方星位，被孙奇、弓长久等人苦劝了回去，只好与弓英儿带了一千人护了关东好汉的眷属及车马货物撤至后方，监视戒备独石口边关上的动静。群雄对方国涣、孙奇二人如此合理地摆阵布局、用兵遣将，诧异之余，佩服万分，尤对方国涣危急中竟以棋势布阵，惊奇不已。弓长久等关东众好汉，对六合堂把他们安排在棋阵的后方，皆为感激，暗誓死战。群雄摩拳擦掌，斗气十足，都知生死存亡在此一举。整座天元棋阵，共有九星定式，天龙布局，二十四组兵阵，近九千余人，大阵布成，威武壮观，静等女真大军来投。

方国涣与孙奇互望了一眼，满意地相视一笑。这时探马飞报，女真大军已然出动，群雄闻讯，激情振奋，各守本位，严阵以待。

不足一个时辰，接连又有三拨探马飞报女真骑兵的进度。少顷，但见正前方尘烟大起，人喊马嘶，二十万女真铁骑铺天盖地而来。三军主帅正是女真族中杰出的年轻首领努尔哈赤，此人是一代枭雄，有并吞天下之志，一统四海之心，此番虽然为了灭除关东绿林人马，以震慑女真各部落使其臣服，也有在边关试探明朝反应的目的，故不惜亲统大军而来。

在离天元棋阵五百米处，女真铁骑被天元大阵严阵以待的气势镇住了。

大军一停，努尔哈赤便登高而望，不觉吃了一惊，但见前方兵阵布得与众不同又井然有序，似在专等他来较量，心中诧异道："得到探报，这些关内外的江湖人马，不知何故被大明官兵拒阻关外，不绕道逃脱反而布阵迎战，当是何意？"

待努尔哈赤细观之下，不由哈哈大笑道："这些江湖草寇才万把人，竟敢与我二十万铁骑相对抗，简直是螳臂当车，自不量力，看来是无路可退，而

第三十二回 棋布天元阵

做垂死挣扎了。"

努尔哈赤身旁有一谋士，唤作李莹笙的，观罢天元棋阵，不由暗暗惊异，忙对努尔哈赤道："汗王，此阵不可小看，似中原高人按棋势布成。"努尔哈赤在建立后金之前，便已公然称汗了。

努尔哈赤在听了李莹笙的话后，摇头笑道："蛛网织得虽巧妙，却也只能网些小虫飞蛾之类，何能缚住我雄鹰之翅？"

李莹笙道："汗王切不可大意，这些江湖草寇，严阵以待，有恃无恐，其中必有奇谋。"

努尔哈赤闻之笑道："你们汉人使诡计使惯了，这等雕虫小技也能吓唬住人吗？自欺欺人而已，两军交锋，兵多将广者胜，怕他何来。"

李莹笙道："汗王可记得昨日，我等三万大军，便是被这不足万余的江湖人马击退的，不可不慎！"

努尔哈赤略思片刻道："那又能怎样？如今我是二十万大军，灭他们绰绰有余，李先生过于忧虑了，且看本王今日如何把他们一网打尽，振我铁骑雄风！"随即道："传令阿都石大将军，率精兵五万把汉人摆布的这座小阵冲垮了便是。"

那阿都石乃是努尔哈赤军中的一名勇士，凶悍异常，有万夫不当之勇，当下率了五万铁骑向天元棋阵扑来。

忽然间，阿都石止住了人马的冲杀之势，原来他一眼望见了棋阵正前方吕竹风胯下的那匹"乌云托月"神驹，自是大喜道："好马！"便有了夺马之意。随即引马上前，用手中的狼牙棒一指吕竹风，狂傲道："小娃娃，如何骑了这匹好马？快快让了于我，可饶你不死，否则本将军把你砸成肉酱。"

吕竹风闻之大怒，驱马上前，直取阿都石而来。阿都石见之一怔，不信对方一少年有如此胆量，也自驱马迎上，举起狼牙棒当头砸下。吕竹风仗着马快，低头让过了阿都石的迎面一击，在二马一错镫间，回手一铁竹，便把那个狂傲大意的阿都石的首级削切了下来，接着回马用竹尖戳了跑回阵中。

吕竹风不到一个回合，便杀了女真人军中的一员大将，棋阵内的众好汉们立时齐声欢呼，士气大振。天元台上的方国涣、孙奇二人见了，大为惊叹，各自一喜。

努尔哈赤在高处见了，惊愕之余，大怒道："无名小儿，敢斩我帐下勇士，今日当叫你碎尸万段，传令，速速冲击！"立时军号齐鸣。

五万女真兵马失了主将，一时惊惧，忽闻后方冲锋的号角大作，仗着人多马壮势重，呐喊一声，蜂拥扑来。

这时，棋阵前沿正中星位的五百龙虎军，忽二龙分水变成一字长蛇，在前方一字排开，接着各又俯身低头蹲下，各自启动背上负的那只扁盒。忽从里面纷纷疾射出无数支利箭，立时射得迎面冲杀而来的女真兵马人仰马翻，乱作一团。

方国涣在天元台上见了，惊讶之余，这才知道昔日初见龙虎军时，人人背负扁盒，原来是出其不意制敌的箭盒。

孙奇一旁对方国涣道："这是孙某专为龙虎军特制的利器，一盒内藏纳百支利箭，一次可发十矢，力猛异常，可贯铠甲。"方国涣闻之，惊叹不已。

女真兵马被一阵乱箭射翻了三四千人，但女真铁骑毕竟能征善战，攻势虽受挫，仍然扑杀而来，已与前沿吕竹风中星之位的人马短兵相接了，另有两支女真铁骑，分冲朱维远、赵青杨两翼星位，杀声暴起，天元血战随之开始。

吕竹风、朱维远、赵青杨三人，各自带动兵阵截杀，阵中的六合堂群英，斗志激昂，奋勇争先，自给敌人迎头一击。吕竹风首当其冲，铁竹横扫，顷刻间削切了三四员女真大将于马下。五万女真铁骑被棋阵前沿的三连星之位一阻，冲势立挫。方国涣、孙奇二人在天元高台上见了，暗自赞叹吕竹风、朱维远、赵青杨三人之勇猛，把其三人布列前沿，最为恰当不过。

方国涣此时见女真兵马，前仆后继，攻势实为凶猛，大是吃惊，忙示意孙奇把这五万敌人让进阵中腹地，以天龙阵来消耗它，孙奇于是绿旗左右一挥。

吕竹风身后的望旗兵见了，高声喊道："阵主，绿旗！"吕竹风闻之，立率五百龙虎军往旁一闪，女真兵马大部如开了闸的洪水一般闯进阵中腹地。

天龙阵内的韩梦超见了，金枪一抖，带动龙头迎击敌人。天龙阵的龙首处有四个星位，由四式兵阵组成了四象大阵，威力极大。在韩梦超一杆金枪带动之下，四象阵随之而走，龙首一动，十五组兵阵组成的大龙便开始游动起来。立时间，杀声四起，震耳欲聋，直贯云霄。

这时候，方国涣忽见左中星位被一股冲势极强的女真铁骑挤压于一侧，兵阵一时施展不开，几近"无气"的险境。方国涣望之一惊，急用手一指道："孙先生，左中星位。"

孙奇会意，红黄两色旗子交叉一挥，调动天龙阵尾的罗坤以龙尾打入这股来势极猛的女真兵马之中，急救左中柳云鹤的星位。

罗坤仗剑率本组兵阵一冲而入，立有一员女真大将挥舞双锤挡了。罗坤连攻数剑都被对方的铜锤荡开，心下一急，身形忽从马上跃起，凌空飞刺。那女真大将不提防对手竟然能飞起空中拼杀，稍一迟疑，便已被罗坤手中的长剑从双锤的空当直刺入了咽喉。罗坤随即腕上用力，剑刃平削，斩去了其首级，身形飘落，复归马上。罗坤一击成功，所率兵阵中的三百好汉，群情振奋，呼喊一声，横杀进去。女真兵马不提防棋阵中有如此策应之法，在前

第三十二回 棋布天元阵

后夹攻下，冲势溃散，左中星位的燃眉之急立解。

此时韩梦超带动天龙阵左右搏击，一杆金枪上下翻飞，拨前挡后，东扎西挑，南伐北刺，往来冲突，连杀七八名女真大将，天龙阵变化莫测，自把冲进棋阵腹地的数万女真兵马给搅缠住了。吕竹风、朱维远、赵青杨所守的前沿三联星位，在把敌人大部让进阵中之后，又截住余部厮杀。这时的天元大阵，应付五万女真兵马，倒显得绰绰有余。

努尔哈赤在高处见了这一场面，不由大吃一惊，没想到自家五万精锐铁骑，竟让这不足万余人所布列的阵形给困住了。

谋士李莹笙暗中惊异之余，忙对努尔哈赤道："汗王，此阵太是厉害！应再派五万精兵，一鼓作气将它冲散了，否则时间一久，对先前打入阵中的五万将士不利。"

努尔哈赤点头道："李先生所言甚是，没想到这些草寇也能摆出这种以少困多之阵。"随即令发第二拨五万精兵又向棋阵冲杀而来。

方国涣、孙奇二人在天元高台上，忽见棋阵前方尘土大起，又有数万女真兵马喊杀而来，虽在预料之中，但对敌人增援如此之快，也实出意外。

方国涣忙道："孙先生，挡他一挡。"

孙奇当即绿旗挥动，棋阵前沿三连星之位的吕竹风、朱维远、赵青杨见了，忙把所截杀的余部女真兵马尽让入阵中。又见孙奇换了一面红色令旗，用力向前横挥数下，三人心中知道，要尽力阻挡第二拨敌人，以减轻腹地天龙阵的压力，三星之位的三组兵阵立时横列前沿。

第二批敌人的冲势比第一批更加凶猛，女真人已然发现前沿兵阵中领阵之人的神勇，立有十几员大将分别围攻了吕竹风、朱维远、赵青杨三人。吕竹风马骏竹长，连扫切了两人，其余数名女真人大将心中骇然，但以硬着头皮死命拼杀。朱维远双刀舞动，风雨不透，使人近不得前，赵青杨一条浑铁震山棍，带起呼呼的风声，逼得五六员女真大将连连后退。三人三星位，三点连一线，在三组变化莫测，威力无穷的兵阵截杀之下，将五万女真兵马，硬生生地压在了棋阵前沿。努尔哈赤与李莹笙在高处见了，惊愕之余，直是摇头。

女真人军中有一名叫托达的大将，骁悍凶猛，见吕竹风、朱维远、赵青杨三人被一时缠住，便单刀匹马从两星兵阵间的缝隙里乘机冲进阵来。朱维远所率兵阵中的一位堂主见了，驱马来迎，不想被那托达一刀斩于马下，使得阵脚微乱。孙奇见状大惊，欲调朱维远回马来挡，已是来不及了，因为朱维远已被数员女真人大将死命缠住，抽不得身。

而此时，那托达也看出了前沿三星之位的三式兵阵组合变化的厉害，想乘此破绽攻入兵阵中，把左翼这组兵阵从中间给冲散。那托达心中一喜，驱马挥刀直扑阵中，情形可谓万分危急，方国涣、孙奇二人相顾失色，时值卜元在阵中一眼望见，发现这员女真大将想要冲破朱维远的左侧星位的兵阵，当下一急，寻个空隙一弹射去，击得没有防备的托达从马上飞起，未及落地，身上便被戳了五六刀，死于非命，阵中的破绽立由另一名堂主上前补了。

　　方国涣看得真切，一拍天元高台上的护栏，惊喜道："卜大哥，好一个飞杀！"孙奇此时也自松了一口气。

　　前沿三星之位，吕竹风、朱维远、赵青杨三人虽率兵阵拼命截杀，仍有万余女真兵马涌进棋阵中。方国涣见了，便道："孙先生，撤子让地吧。"

　　孙奇与方国涣自是配合指挥得默契，当下会意，黄绿旗前后挥动，调动韩梦超的天龙阵把上方腹地让开，示意吕竹风等前沿三连星位，把敌人大部让进棋阵中，以天龙阵来消耗它。就这样，女真十万兵马被吃进了天元棋阵，战斗更为惨烈。后方弓长久等三连星防线，也正与敌人厮杀得正酣。方国涣、孙奇二人，此时心中各自一紧，知道已经到了生死存亡的关头。

第三十三回　血战天元

　　天元棋阵在应付首批五万女真兵马时，倒还能从容地承受，如今又攻入了五万强敌，棋阵立现窘迫。强大的压力令方国涣十分紧张，这并不是清风明月之下的闲庭对弈之局，而是一场刀枪实拼的大兵阵搏杀，此时此景虽在原来的设想之中，但是呈现在眼前的这种激烈残杀悲壮的场面，大大超出了方国涣的意料之外。

　　方国涣脑中曾一度出现空白，简直无法再应付天元高台下的这般混乱的局面，呆呆地发怔，不知所然。好在惊天动地的喊杀声震撼着方国涣，尤见旁边的孙奇，临危不惧，指挥从容若定，又见各组兵阵变化莫测，配合得灵活巧妙，显示出了极大的杀伤威力，众好汉们更是奋勇杀敌，以一当百，在双方力量悬殊的情况下，竟然将十万女真人兵马硬生生地缠困阵中。方国涣的信心此时又大增起来，知道在此生死存亡的关键时刻，万万不可分神，因为全局的调动，甚至这万余名好汉的性命都决定在自己所思考对应的"棋路"当中。

　　方国涣的棋力毕竟达化境，此时心中一静，全身心都调度起来。由于六合堂此次抽调来的人手都是百里挑一的精英，关东众好汉更是死命相拼，加上变化无穷极具威杀之力的兵阵组合，这时的天元大阵内，双方的对抗力倒也一时达到了均衡，已处于胶着状态，难解难分。人喊马嘶的杀斗之声，冲贯云霄，惊天动地，四下激荡，传出十数里之遥。

　　此时除了天元之位，其他八星之位的兵阵在主将的带动下，各守本位厮杀，守地牢固，女真兵马久攻不下。消耗女真兵力的主要力量，就是以十五组兵阵组布成的天龙阵了，压力尤大，此时女真兵马仗着人多势众，胡乱拼杀，竟然给冲断了两处。天龙阵一断，整体威力立减，情形万分危急。

　　方国涣见之一惊，忙对孙奇道："孙先生，首尾相接，以宽断处之气。"

　　孙奇会意，手中旗子一挥，调动韩梦超与龙尾处相接洽。韩梦超金枪一抖，带动龙头四象大阵围绕天元之位向尾处的罗坤所在方向接杀而来。女真人的马步几乎塞满了天元棋阵，到处都是女真兵将，群英自在人海中奋勇搏杀，多亏全局以兵阵组合，大增集团威力，若以散乱拼杀，自是凶多吉少，此时有可能全军覆没了。

孙奇见天龙阵被女真兵马冲断之处，仍由守中的谷司晨带动几组兵阵与敌人厮杀，断而不溃。谷司晨手中一柄长剑舞得出神入化，剑气纵横，寒光至处，血肉纷飞，不等首尾相救，自家已带动兵阵宽了"生气"。方国涣、孙奇二人在天元高台上见了，暗自称奇。

孙奇不由赞叹道："药王先生不仅用药如神，武功也如传说中的那般高深莫测，今日得见，果不虚传！"

由于天龙阵首尾如蛇盘，齐杀向断散之处，很快便使残阵相连，危急立缓。女真兵马虽势重凶猛，剽勇善战，但都不识这变化莫测的棋阵，只顾拼杀，致使一时间冲不散几百人一组的兵阵，女真将士之间不免有些急躁起来。这十万兵马本是努尔哈赤部落中的精锐，未曾打过败仗，如今在这变化无穷的天元大阵内，处处掣肘，困缠不展，攻不能进，退不能出，但以盲目冲撞拼杀，这样一来倒成全了阵中的好汉们。

此时天元阵内，已消耗了敌人近三万兵力，但女真兵马并不显得减少，形势反而更加吃紧起来。这时，右中星位险象环生，五六千女真兵马，一窝蜂似的围攻赵思烁率领的五百人兵阵。赵思烁的武功却也不弱，带动兵阵奋勇搏杀，击退了敌人数次急攻。

此时忽从女真兵马中冲出一员骑花斑马的大将，手中一柄金环大砍刀，迎向赵思烁劈来。赵思烁以铁枪向外一开，刀枪相交，火花飞溅，震得赵思烁双臂麻木，虎口开裂，铁枪随之脱手，心下大骇，引马急回阵中躲闪。然而已来不及了，被那女真大将后面赶上，起手一刀，身首异处，立时阵亡。兵阵中的三位堂主齐声惊呼，驱马来迎，与那女真大将厮杀在了一处，右中星位的兵阵才不致被冲溃，但已极险。

方国涣见状，大为惊骇，因为天元棋阵，是按全局的九星之位而布，不使敌人有占地之利的便宜。除以天元之位指挥全局外，周边八星之位所布的兵阵，虽形薄却坚，边角实地尽控，同时策应腹地，全大局之阵势。女真兵马虽多，但形厚却散，有大的气势，而形成不了大的模样，不能应控一地。倘若女真兵马冲破了一组兵阵，占据了一处星位，便有了"根气"，以此扩展，威胁腹地，那么天龙阵的灵活变化，便要受到极大的影响，有可能全阵崩溃。

方国涣立时惊急万分，忙大声喊道："孙先生，左中星位告急！"

孙奇此时刚刚调顺了天龙阵，闻方国涣一喊，看罢大惊。这时那女真大将又砍翻了一名堂主，直扑阵内，身后几千名女真兵马有一拥而入之势。如果此星位兵阵被冲散，阵中的五百人便没有了太大的抵抗力，这处星位则会失去，将会影响到整座天元棋阵的运动变化，情形万分危急。

孙奇欲调韩梦超急救，而此时韩梦超带动的天龙阵，龙首处距右中星位

第三十三回 血战天元

太远，并且敌人层层围困，一时间救应不及。欲寻卜元飞弹救急，而卜元这时却领着百余名暗器好手在左中星位旁射击女真将领，杀得正欢，远水也是解不了近渴。

方国涣忽一指右上星位道："调赵青杨堂主，回马反吃！"

原来赵青杨所守的前沿右上星位，在把大部敌人让进腹地后，所截杀的部分力量已弱，守此星位倒显得宽松些，并且距后方的右中星位最近，赵青杨人勇棍猛，所以方国涣立刻看到了他。孙奇见之大喜，手中旗帜一挥，那边赵青杨已然望见，知右中星位有险，便单马驰救而来，所挡者被铁棍一扫，纷纷败退。

此时那名使金环刀的女真大将，见自己已要冲破它一阵，攻入阵中了，心中大喜，连出狠着，逼退另外两名六合堂堂主，驱马直入，忽听身后一阵大乱，回头看时，但见远处驰来一骑，马上之人生得雄壮伟岸，貌似猛张飞一般，所到之处，铁棍挥舞，无人能挡。这员女真大将见状，心中凛然一惊，恐自己被此人逼入阵中，前后受敌，便舍了两名堂主，驱马回迎。

赵青杨见这员女真大将几乎已冲进兵阵中了，大吼一声，飞马而来，一棍当头砸下。那女真大将引马旁避，在二马一错镫间，赵青杨以浑铁棍的一端棍尖，极快地在那将的腰间一带而过，竟然将此人捅下马来，显是腰断了，扑地不起，被后面赶上来的一名堂主，狠狠地一刀结果了性命。赵青杨复回马带动这组兵阵，一气拼杀，击散了围攻之敌，解了燃眉之急，随后驱马又杀回了自己的本位，此右中星位自有一名堂主率领兵阵守了，方国涣、孙奇二人在天元台上这才松了一口气。

天元棋阵的最后防线，是弓长久率领关东好汉所守的三连星，弓长久一张巨弓，连射杀了十余名女真大将，带动兵阵截住天龙阵让过来的敌人厮杀起来。女真兵马的大部精锐，都被腹地的天龙阵与其他前方星位给缠困住了，所以关东好汉的压力稍微轻些。但敌人数量毕竟太多，有几百名女真兵冲过了三连星防线，跑出了棋阵。

方国涣在天元高台上见了，摇头苦笑道："少许漏子，不管你也罢。"倒也无暇理会。

那几百名女真兵马，见自家跑过了头，互相惑然地望了望，显是寻不着对手拼命，便又返杀回了棋阵。弓长久见了，心中方一松，忙率兵阵反兜，这才把最后防线封死。

弓长久等关东众好汉，见六合堂群英奋勇杀敌，把他们视作一家，生死与共，早已怀了万分感激。又见方国涣与孙奇二人，在天元台上指挥全局，把十万女真大军困于阵中，以灵活多变、威力无穷的大兵阵组合来消耗敌人，各自惊叹六合堂内竟有如此奇人异士，激情尤为振奋，信心倍增，拼命厮杀，严守防线。

此时在前沿正中星位的吕竹风那里，却起了一些戏剧性的变化。吕竹风人勇力猛，马骏竹长，铁竹挥处，如秋风扫落叶般，沾上死，碰上亡，击得女真人马狼哭鬼嚎，伏尸累累，竟使得胆小的女真兵将都避开他走。吕竹风一时无大将可斗，不免有些心急，又不敢擅自离位，去任性冲杀，但带动龙虎军在本星位游杀了几个来回，觉得不尽兴，心中一急，便朝天元高台扬竹示意，欲自家杀回中盘腹地。方国涣知道吕竹风的位置十分重要，不能轻易调动，便装作没看见，调度他处而已。

吕竹风无奈，仗着"乌云托月"疾速，在附近敌群中冲突了几个来回，扫切了数员女真大将，便又复归二龙阵中。方国涣见五百龙虎在吕竹风的带动下，可谓游刃有余，在挫了女真铁骑冲击的锐气之后，仍不减威杀之力，兵阵"宽气""紧气"自如，在敌群中任意游弋，自令方国涣心安。

女真十万兵将被天元大阵困缠住，胡乱拼杀，对战场中心那座山丘上的木架高台，女真兵将自感奇怪，不知做什么用的。由于洪金山率二百名高手在天元台下守了，击杀靠近的敌人，虽险象环生，却有小惊而无大险，女真兵将并不知此天元高台在全局大阵中所起的妙用，故无重点攻击之兵。

在高处观战的努尔哈赤，此时不由眉头紧皱，不知这万儿八千人的阵势，何以威力无穷，竟与自己的十万雄兵战了个旗鼓相当，心中着实惊骇不已。那谋士李莹笙仔细观察了天元棋阵中的变化，发现整座大阵都由战场中部那座山丘上木架高台上的两个人指挥调动，不由脱口道："原来如此，这里当是要害所在。"

努尔哈赤见久战不下，勃然大怒道："岂有此理！速传本王命令，人马全部出击，一定要将汉人布的这座鬼阵踏个稀巴烂。"

李莹笙忙道："汗王且慢，此处地势狭窄，战场上再容不下十万人马了。若我军全力攻击，马队当施展不开，反受其肘，而对方以兵阵见长，于我军大为不利。"接着用手一指道："汗王请看，此阵中的那座山包上的木架高台，有人以令旗指挥，调动全局兵马，实为要害所在。此大阵是中原高人以棋势布成，其指挥中心的木架高台正处天元之位，若把此台毁掉，将台上的两人杀死，其阵中人马便无了调度，全局必乱，到那时以多胜少，才是我军的优势。"

一席话说得努尔哈赤恍然大悟，连连点头道："李先生所言甚是，此阵本王看了多时，也发现那座木架高台是指挥中心。"随即传令道："速令瓦罕将军，率一万精骑，专攻那座木架高台，势必夺下，台上之人，死活勿论，成功后定有重赏。"李莹笙又对传令兵交代了几句，传令兵领命去了。

立有女真大将瓦罕，率一万精良马队向天元棋阵冲杀而来。这瓦罕以神

第三十三回　血战天元

勇善射闻名女真各部，此时率一万铁骑逼近了棋阵。天元台上，孙奇早已挥旗示警，前沿三星之位，立舍所截杀之敌，迎向瓦罕。瓦罕一挥手，六千精锐铁骑，忽分三股，分割三星之位，而瓦罕自家带着四千精良马队，从正中、右上两星位的空隙间，猛扑进来，竟被他一冲而进，直入阵中。

原来这是李莹笙的声东击西之计，以掩护瓦罕不被吕竹风等前沿的兵阵截杀，倒也一攻而成。孙奇见这员女真大将，率了数千马队避开前沿星位，直扑阵中，心中微讶，却也没甚理会。因为此时的天元阵内，群英们杀得正浓，已不在乎女真人再增兵多少了。方国涣忽见敌人又攻来万余马阵，以为援兵，也自没有在意，此时天龙阵又有几处出险，忙与孙奇调度补救。

那瓦罕一路杀进，被他连伤了两名六合堂堂主，四千马队跟着一拥而入，便已杀进了腹地天龙阵内。瓦罕有命在身，也不恋战，在四千马队的冲击掩护下，率领八百骑组成的敢死队，死命向天元之位逼近，其所插进来的地方，正是天龙阵又被断开之处，竟被他一冲而入。孙奇、方国涣二人但以急救天龙阵，不提防瓦罕已靠近了天元台下。

那瓦罕率领八百敢死队员，混战于十余万人马当中，自无法猜出他的意思，更不知他是受命专门攻击天元指挥台而来。这时，守护天元高台的洪金山忽见一支女真兵马，不顾一切地向天元之位冲来，心中一凛，预感不妙，舍了厮杀之敌，挺刃相迎，自有瓦罕身后一员大将上前接战洪金山，与之杀在一起，那八百敢死队便簇拥围护着瓦罕向天元台靠近。由于洪金山率领二百名六合堂的一流高手，拼命护了天元之位，八百女真敢死队员倒也一时接近不得。那瓦罕见天元台近在咫尺而不能至，心中一急，抬头望了天元高台上一眼，在亲兵护卫下，摘下硬弓，搭上长箭，立时对准了身形正朝着他的方国涣。

此时，方国涣与孙奇全然不知下面已出现了险情，二人但以调动补救天龙阵，以最大的威力杀伤敌人。瓦罕见方国涣全无戒备，心中一喜，手一扬，一支利箭破空而来。方国涣正欲抬手示意孙奇时，忽觉腋下似被一根来势迅猛的铁棍，狠狠撞了一下，身形即被击得飞起，旁跌落去。孙奇正指挥调度间，忽见方国涣身形在眼前一闪，飘落台下，不由大声惊呼，千钧一发之际，方国涣危急中一把握住了栏杆，这才稳住了身形，险些跌落下去，那支长箭被弹落在了台上。

原来方国涣身上穿了罗坤赠送的无缝天衣，瓦罕箭道迅猛，被宝衣把箭力卸去了几成，但也险些把方国涣震出台去，可谓惊险之极。孙奇忽见方国涣中箭而不伤，不由又惊又喜，方国涣已然惊吓出了一身冷汗。当方国涣、孙奇往天元台下俯视时，二人立时脸色大变，惊惧万分。原来瓦罕率领八百敢死队员，直袭天元之位，提醒了周围混战的数千名女真兵将，一时间齐扑共击天元指挥台，洪金山等二百余人立时被缠困住了。

　　冲到天元台下的女真兵马，见木架高台皆由粗壮的木桩搭建，牢固稳实，刀砍不断，立有善攀登者三四十人，口衔单刀，攀上木架如猿猴般向顶端爬来。方国涣、孙奇见状，大是惊骇，二人手无寸铁，更无拒敌之术，只要攀上来三两名女真官兵，二人自无法抵挡。

　　然而就在这时，天龙阵内又出现了变化，万余名女真兵将，像是约定好了一般，齐攻龙尾处的罗坤等三处星位，三星之位的兵阵几乎被挤压于一处，展开不得，并且其中一组兵阵已被冲散了，龙尾一失，天龙阵乱，天元大阵立呈崩溃之险。

　　方国涣见之大惊，此时已顾不得个人安危了，伸手一指道："孙先生，调龙首，全阵紧气！"

　　孙奇惊骇之余，知道也顾不得许多了，自对方国涣置个人生死度外，全以大局的这种豪情气概所感，手中令旗一挥，调韩梦超率龙首转动，向尾处急救。

　　那瓦罕一箭险些将方国涣击落下来，忽见方国涣复又指挥自若，并没有理会他的意思，自是大吃一惊，不知此人穿了什么宝甲，自己的利箭竟贯穿不透。瓦罕惊异间，见已有女真兵攀上了木架，不觉大喜，高声喊道："先上去者有重赏！"

　　这时，在天元高台下拼杀护位的六合堂高手中，有一名叫盖云雁的堂主，忽见天元台的木架上，攀满了女真兵，直逼台上的孙奇、方国涣二人，不觉大惊，知道天元指挥台不能失守，孙奇、方国涣二人更不能有闪失，否则就有大阵崩溃、全军覆没的危险。盖云雁惊急之下，奋力击退了两名与他酣战的女真大将，身形一纵，跃上木架，一边攀爬一边挥刀砍落了数名将登至顶的女真兵。其他女真兵见了各呈慌恐，上逼之势立缓，来与盖云雁在木架上拼杀，盖云雁身形敏捷，在木架上左右跳跃，顷刻间又击落了数人。

　　瓦罕在下面忽见盖云雁阻了女真兵的上攀之势，扰乱了几乎要到手的成功，不由大怒，暗里一箭射去。盖云雁不提防有此冷箭，竟被那瓦罕一箭钉在了天元台的木架上，口喷鲜血，惨烈而死。瓦罕见了，得意地哈哈大笑，随即搭上双箭，欲一弓分射方国涣、孙奇二人，以免再生他变。

　　就在这时，忽一枚浑铁丸从百米外流星般飞来，正中瓦罕，击得他脑浆崩裂，残体飞出，一命呜呼去了，此弹丸正是卜元所射。

　　原来卜元虽穿梭棋阵中，运霸王弓射杀女真将领，解危救险，但时时回顾天元之位，生恐有什么意外。偶一回望，正见方国涣被瓦罕的长箭带起，险些跌落高台，又惊又怒，高喊一声"天元吃紧"！率了百余名暗器好手回杀而来。

第三十三回　血战天元

　　卜元见那瓦罕一箭钉死了盖云雁后，还要搭箭再射高台上的方国涣、孙奇二人，在乱军中，情急之下，运足霸王弓一弹射去，由百米外打死了瓦罕。瓦罕一死，天元台下的女真兵将自有些慌乱，此时卜元等人已掩杀过来，众好汉暗器齐发，打得女真兵将死伤一片，四下散去。攀在天元台木架上的几十名女真兵见了，一时间惊慌失措，上下不得，自被众好汉暗器射得纷纷落下，无一幸存，天元之围立解。

　　洪金山此时已与一百多名护天元之位的高手战死，卜元等来得正是时候。卜元当时不敢再离天台左右，与众好汉围拢守护。一名堂主跃上木架，将盖云雁的尸体取下，于天元台下平放了，众好汉回头望了他一眼，敬佩之余，又转身杀敌护位了。

　　方国涣、孙奇二人，不顾个人安危，全以大局，调动天龙阵，紧急变化，首尾呼应，解了罗坤等星位之险。二人自是稳坐天元，指挥大阵，此时双方已激战到了白热化状态。努尔哈赤与李莹笙见瓦罕险些得手，如今又亡于阵内，不由面面相觑。

　　在后方观战的女真大军中，有一位女真族的第一勇士，名唤索达奴，骁勇善战，凶悍异常，双臂一开有千钧之力，女真军中无人能敌。索达奴观战多时，见对方大阵前沿，有一名持铁竹乘黑马的少年，英勇无敌，女真兵将无人能挡，不由激起了索达奴好战之心，当即请命破阵。努尔哈赤见是索达奴，自是大喜，后悔没有先用此人，即命索达奴率精兵五千，前去冲阵。李莹笙此时脸色凝重，似从天元棋阵内看出了某些端倪，不由倒吸了一口凉气。

　　且说索达奴持了一柄重达百余斤的巨刃刀，率领五千精兵，呐喊一声，冲杀过来，索达奴一马当先，首取吕竹风。先前女真兵将都被吕竹风的神勇打怕了，几乎都绕着他走，自无大将来寻战，如今索达奴迎面冲来，当是来者不善。不仅天元高台上的方国涣、孙奇吃了一惊，吕竹风也自一怔，见来将身高体大，似铁塔一般，径直奔自己而来，知道终于来了对手，心中一喜，驱马扬竹，迎了索达奴与之战在一处。五千女真精兵，散开来直扑阵内，自有朱维远、赵青杨率领兵阵迎了。

　　那索达奴果然非同小可，人狠刀沉，哇哇怪叫，竟然与吕竹风一时间杀得难解难分。天元高台上的孙奇见了，不由大吃一惊道："若无吕竹风神竹盖世，今日棋阵必被这员女真大将冲破不可。天可怜见！降了吕竹风来克制他！"

　　方国涣也自惊叹道："如此双勇之人，世所罕见！"

　　此时战场上的双方兵力达到了十二三万人，已近饱和状态。方国涣与孙奇互望了一眼，知道是借了地形之利，容不得女真二十万大军一起作战，否则天元棋阵压力之大，能否承受得了，就不得而知了。

再说连奇瑛率了一千多人,护了弓英儿等关东好汉的眷属及车马货物,在距独石口五六里外的一处险要之处,警戒着边关的动静。但听得后方杀声震天,知道群英布的天元棋阵已与女真大军交战上了,众人心中立时一紧,连奇瑛便命人飞探战况。

不多时,探马回报,天元棋阵已将五万敌人困于阵中,交战得十分激烈,棋阵还算稳固,连奇瑛等人闻讯,心下稍安。就在这时,喊杀之声忽地大增,众人闻之色变,不知棋阵内起了什么变化,随见探马飞报,女真人又增兵五万,现都已打入阵中,天元棋阵似乎已经吃紧。几名堂主听罢大急,齐向连奇瑛请命,要带五百人前去增援。

连奇瑛止了道:"敌人势大,再增五百人也无济于事,孙奇先生那边自有主张。并且我们有警戒独石口之责,现在关内情况不明,吉凶未卜,各位堂主不必急躁。"

几位堂主听了,这才不语,各自焦虑地望着棋阵方向。弓英儿更是急得来回踱步不止,连奇瑛自是劝慰了。

这时探马飞报,十万女真大军尽被缠困阻截于阵中,天元棋阵变化莫测,正在最大限度地消耗敌人。众人闻之,惊喜之余,又自为阵中的群英们捏了把汗。

连奇瑛心下惊讶道:"看来国涣弟弟的棋阵布局已经起作用了,没想到他竟把棋家一道,活用如此!孙奇先生摆列兵阵,国涣弟弟布以全局,阻困住了十万女真大军,堪称奇闻了,有他二人在此,看来我六合堂气数未尽。"

连奇瑛想起昔日黄河岸边,方国涣解救过自己,不曾想今日又挽救了整个六合堂,天意如此吗?连奇瑛一时间感慨万分,暗叹不已。

从天元棋阵传来的阵阵喊杀之声,强烈地震撼着众人,大家自把心提到了嗓子,皆知生死存亡在此一举,各自紧张之极。独石口边关上的官兵,也似隐隐闻到棋阵方向传来的杀声,都自向关外眺望,彼此交头接耳,显是对群英们的壮举赞叹着,因有命令之压,也是不情愿把众好汉拒阻关外。

这时,忽有人喊道:"总堂主,边关之上有异常。"

连奇瑛闻之一惊,登高遥望时,但见边关上旗帜调动,官兵往来如梭,不知又起了什么变故。就在众人惊异间,关内的上空忽然升起三道青烟,接着在空中炸响开来,形成了三朵红、黄、蓝色彩浓艳的云团。在场所有六合堂的人,见了这三色云团,立时欢声雷动。

连奇瑛大喜道:"关内增援的人马到了。"

一名堂主这时道:"关内的弟兄们到得好快,他们放出红、黄、蓝三色响云箭,是在请示总堂主的命令。"

连奇瑛道:"速放紫、绿两色响云箭,告知关内的弟兄们,先按住人马别动，待关外退了强敌之后，内外再一起想办法入关。"

随即有两道青烟射向空中，炸响开来，形成了紫、绿两朵浓艳的云团。这种响云箭是六合堂专为联络而设，共有红、黄、蓝、紫、黑、绿六种颜色，皆以特殊火药配制，各种色彩搭配得不同，各表达不同的意思。

不多时，关内空中又炸开一朵黄云，以示回应。边关上的官兵望着关内外互相放射响云箭，皆成惊恐之状，此时独石口边关已受六合堂人马腹背夹攻、内外威胁之势，关上的官兵一时间紧急调动，不免有些慌乱。

时过正午，天元棋阵那边战得尤为激烈，似已到了关键时刻。连奇瑛对独石口关内增援人马到了而略感心安，但仍命人严密监视了。

就在这时，独石口边关的城门忽然开启了一道缝隙，放出了一人一马，紧接着城门又立刻关闭了，随即见那人打马向这边飞驰而来。连奇瑛忽见有单骑出关，不由十分惊讶，远望马上之人的装束，又不像官兵，不知戒备森严的边关，如何会放一"杂人"出关。

待那马匹跑得近了些，有人惊喜地喊道："是五十一堂的水明伞堂主！"立即有人高兴地上前迎了。

连奇瑛见了喜道："果是水堂主到了。"

那水明伞飞马到了近前，急切道："总堂主何在！"

迎的人忙道："总堂主就在这里，水堂主快去拜见吧。"水明伞闻之，忙翻身下了马，连奇瑛这时率人上前迎了。

水明伞一见连奇瑛，惊喜之余，俯身拜道："属下救护来迟，让总堂主受惊了。"

连奇瑛忙扶了道："非常时期，水堂主不必多礼。"

水明伞谢过起身，随即道："禀总堂主，属下有要事相告。"连奇瑛忙引了水明伞至帐内叙话。

进了临时营帐，落座后，水明伞便自道："禀总堂主，属下奉诸葛容先生之命，前来探明关外情况，并告知关内一切。"

连奇瑛闻之一喜道："诸葛容先生也到了，看来此次入关有望。"

水明伞接着又道："属下随诸葛先生到了齐家堡后，见了曹竹轩堂主，才知总堂主率领大队人马已走一日多了，追赶不及，便会集了后到的各堂人马，准备随后接应。就在这时，忽传来黄笑天堂主的急报，独石口边关有变，紧接着又收到了孙奇先生的飞鸽传书。弟兄们闻总堂主被困阻关外，又惊又怒，立马要来抢关，多亏诸葛容先生止住了大家，才没有贸然行动。"

连奇瑛听到这里，点头道："诸葛容先生与孙奇先生，人称他二人为诸葛孔明与孙武子再世，都是遇事不慌，有大略之人。倘若贸然夺关，我六合堂此番出关接应加盟的关东好汉，就会因此而改变了性质，后果将会严重了，有可能被朝廷以叛逆论处，六合堂二百年的基业将会毁于一旦。诸葛先生此举实为英明，除非万不得已。"

水明伞又道："诸葛先生见事态危急，即命人马全部开拔，火速增援独石口边关。同时急调山西、山东、河南、河北六合各分堂人马，星夜前来。就这样，大家马不停蹄赶到了独石口关内，会着了黄笑天堂主，黄堂主向诸葛先生告知了一切，原来……"

水明伞随即压低声音道："原来是当今皇上，想借我六合堂出关之机，断以后路，灭我六合堂精英于关外，秘传圣旨……"

连奇瑛这时长叹一声道："人无伤虎心，虎有食人意，此事我与孙奇先生已经知道了。"

水明伞闻之一怔，忙即道："总堂主英明！"接着又道："诸葛先生见事情变化如此之大，立刻派人将边关通往京城的各处道路守了，断了边关与京城的消息往来。又遣好手潜入城内，把边关守将张维成的老婆与儿子擒了来。"

"什么？"连奇瑛一惊道，"你们绑架了张维成的妻小？"

水明伞忙道："请总堂主勿怪，此事也是因巧而发，黄笑天堂主曾擒了一名张维成的亲兵，得知张维成刚刚把妻小接到边关。若在平日，大家也自无此机会，因为边关大将是不准携带妻小入军营的。六合堂的弟兄们从来没做过这等小人之事，但事情危急万分，也是那张维成不义在先，故诸葛先生迫不得已才出此下策。在关内外用响云箭联系上之后，诸葛先生便以人质相威胁，命张维成放属下单骑出关，以沟通内外详情。"

连奇瑛听罢微微点头，若有所思。

第三十四回　群英脱险

连奇瑛听罢水明伞一番话后，摇头笑道："原来水堂主是这样出来的，我说呢！张维成怎么会轻易开关放人。"

水明伞道："诸葛先生这一招虽不光明，但却高明，那张维成有了忌惮，便不敢太放肆，虽不能说立刻放大队人马入关，但在关内我六合堂人马不断增援、内外威胁夹击之势下，只要孙奇先生退了女真追兵，入关自无问题。"

水明伞这时侧耳听了听隐隐从棋阵方向传来的喊杀之声，不由诧异道："闻女真兵有二十万之众，孙先生与诸位兄弟何以拒之？诸葛容先生和关内的弟兄们十分放心不下，尤为担心总堂主的安全，而今看来……"

连奇瑛慨然道："也许是我六合堂气数未尽，出了几位奇人异士，助我六合堂渡过此劫。"连奇瑛接着便把方国涣布以天元棋阵，以此来拒强敌的计划简单说了一遍。

水明伞闻之，惊异万分道："诸葛容先生说过，有了孙奇先生的兵阵之术，可保一时无恙，但敌强我弱，兵力相差得太悬殊，时间久了，兵阵恐被拖垮。诸葛先生最担心的就是这件事，让属下出关探以吉凶，若关外实在危急，关内就只好抢关救应了。不想有了方公子这位高人的天元棋阵，如今看来，此棋阵威力巨大，竟对抗住了女真大军，真是一个奇迹！在齐家堡时，就听曹竹轩堂主说过，有一位叫方国涣的年轻公子，不但解救过总堂主的一次危难，还调和了关东好汉与我六合堂，促成了加盟大事。弟兄们都想见见此人，何以有这么大的本事？而现在看来，方公子的本事愈发神奇，竟能以棋道应于兵道，大布天元阵，对抗女真二十万大军，可谓神人！"

连奇瑛感叹道："如果此番拒敌成功，此人便又解救了我们整个六合堂！"

这时，探马回报，天元棋阵在敌人不断增兵攻击的情况下，虽出现了数次险情，天元之位的指挥高台也险些失守，但仍然把十余万敌人死死地困阻在阵中。连奇瑛听罢，欣喜之余，也自吓出了一身冷汗，水明伞大是惊异。

连奇瑛随即道："如今边关之上有关内的兄弟们牵制着，官兵不敢妄动。前方棋阵激战正烈，我实在放心不下，借此机会当去观阵助战。"

水明伞忙道："属下愿护总堂主前去观战，也好为棋阵中的兄弟们呐喊助威。"连奇瑛自是点头应了。

出了营帐，连奇瑛把关内的情况向众人简单地讲了，大家心中稍安。听着棋阵方向不断传来的喊杀之声，几位堂主忍不住又来请命，欲率人马前去助战。

连奇瑛道："前方棋阵大战，正僵持不下，为防意外，各位还是安于本职吧，护了关东好汉们的家眷也十分重要。"说完，带了二百护卫要去观战。

弓英儿这时道："总堂主去观战，也就是去助战，以振军威士气，小妹有一样东西，不知总堂主能否用得上？"

连奇瑛笑道："是什么宝贝？不妨说来听听。"

弓英儿道："小妹适才发现货车上有一面震山巨鼓，乃是当年家父请了高手鼓匠特制的，鼓响异常，可传出十数里，没想到家父舍不得丢下，把此鼓也带来了。"

连奇瑛闻之，大喜道："如此甚好，正可击鼓助威，当对棋阵有利。"

弓英儿便命人把这面震山鼓用车推了过来，众人看时，各自惊奇不已，此鼓比一般的巨鼓还要大上两三倍，乃用虎皮制成，有震动群山之势。连奇瑛见之大喜，命人车载而来。

水明伞带了二百人护了连奇瑛前来观战，离那战场越近，喊杀之声愈是贯耳。走不多时，忽见前方尘土飞扬，杀气冲天，人喊马嘶，刀枪影现，双方已是激战到了白热化状态。连奇瑛身后的二百多人见之奋然，跃跃欲试，但护着总堂主，谁也不敢擅自离开。

连奇瑛忙登上了一座山丘，放眼望去，整个战场呈现在眼前，十几万人混乱厮杀在一起，难解难分。木架高台上，方国涣、孙奇二人，稳立天元，指挥若定，方国涣手臂指处，孙奇便挥以令旗，调动着整座天元大阵，似乎在控制着全局战场。六合堂与关东群雄所布列的各组兵阵之间，塞满了密密的女真人兵马，血战肉搏，气浪起伏，尤以腹地天龙阵的动作变化，几乎牵动着全局敌人。如此壮观激烈的场面，连奇瑛、水明伞等人一时间看得惊呆了。

这时，有人把震山鼓抬了上来，寻了稳实处架好了。连奇瑛此时精神一振，油然升起了一股豪壮之情，双臂挥动，亲自抡起鼓槌，但听得一阵"咚！咚咚！咚咚咚……"震耳破空的雄壮鼓声向天元棋阵的战场上空荡传出去，一时间似压住了喊杀之声……

连奇瑛击得震山鼓"铿锵"轰响，似电闪雷鸣，惊天动地！棋阵中早已有人望见，不知谁惊喜般地喊了声："总堂主！"群英被鼓声所激，又闻总堂主至，斗志立时高涨，全阵士气大振，一时间杀得女真兵将节节落败。

方国涣在天元高台上见了，惊喜道："是连姐姐！"

孙奇见鼓声一响，把战场上的群英斗志激高了十分，不由赞叹道："总堂

第三十四回　群英脱险

主真乃梁红玉也!"宋时女将梁红玉击鼓退金兵,曾广为流传。

弓长久等关东好汉,多在后面三星防线,看得最是清楚,雷天豹喊道:"总堂主在击震山鼓!"众好汉激情大振,奋勇拼杀。

方国涣见鼓声一响,整个天元棋阵的战场上,似在起着一种微妙而明显的变化,心中一动,忽对孙奇道:"孙先生,收官子吧。"

孙奇闻之一怔,随即会意,双手挥旗,调动天龙阵首尾蛇盘,全阵紧气,收缩天元。接着又调动除却吕竹风前沿中星位外的周围七星之位的兵阵向内围杀,天龙阵再从内向外击杀。方国涣欲以此"收官"之法,决定全局胜负,一鼓作气,把敌人赶杀于阵外。但留了吕竹风一处前沿星位,作为缺口,以免逼得敌人做困兽之斗,垂死挣扎,故留以空当,让女真人一败而去。立时间,全局变动,杀声骤起。

再说吕竹风力战女真族第一勇士索达奴,二人也不知斗杀了多少个回合,俱是愈战愈勇,难解难分。

正在这时,吕竹风忽闻身后隐隐传来一阵战鼓之声,棋阵中更是杀声大动,精神一振,知道全局要起大变化,不想被索达奴死缠住,脱不得身。求胜心切,铁竹横扫,索达奴以巨刃刀向外一开,两件兵器一接,火花飞溅,立时震得索达奴虎口发麻,暗叫一声"好神力"!而吕竹风意不在此,在双方刀竹接触一瞬间,竹尖极快地贴着对方巨刃刀柄向下滑切。

吕竹风竹子上的力道不但迅猛,而且使得灵活巧妙,但听得索达奴一声惨叫,握着刀柄的右手四个手指,已然被吕竹风的铁竹削断了去,疼得索达奴立时将巨刃刀丢了,惊骇之极,回马就逃。吕竹风佩服对方勇猛,几与自家杀成平手,不忍伤索达奴性命,任他去了。

待吕竹风击败索达奴,回头看时,天元棋阵已起了巨大变化,周边七星之位的兵阵,齐被调动,向腹地围杀,而独留自家星位的龙虎军仍守在原地厮斗,吕竹风不解何故,心中大急。此时棋阵中的女真兵将,已被阵势的变化搞得晕头转向,忽感全局大动,似对方增添了数万人马,一时间抵挡不住,纷纷向吕竹风所守星位两侧的空当处败退。吕竹风见大股敌人从棋阵中败退涌来,不觉大喜,率了龙虎军返身截杀。

此时棋阵前沿左右星位的朱维远、赵青杨两阵人马,都被调往腹地围杀去了,棋阵前沿左右两翼空当极大,虽有吕竹风带动龙虎军在中位截杀,从棋阵中败退下来的女真兵马大部,仍潮水般从左右两翼空当处败逃去了。这便是方国涣的高明之处,当全局变动,敌人败退时,让吕竹风率战斗力极强的龙虎军再截杀一回,多消耗一些敌人,但使敌人有空隙可逃,不致死战。此时天元棋阵内,十几万女真兵马已被消耗去了大半,双方几乎是踏在尸体上激战。

在高处观战的努尔哈赤，忽见战场上对方的阵形剧烈变动，全局激荡，自家兵马已有了败退迹象，不由大惊失色，欲调全部铁骑再行冲击。

那位谋士李莹笙这时已然看明了对方布下这座棋阵的真正的意图，慌忙止住了努尔哈赤道："汗王，万万不可再去冲击此阵了，我军已有六七万人马折在了里面，现已十分不利，若再全军前往，伤亡就更大了。就算把对方阵势冲垮，人马全部消灭，但是我方二十万大军，恐怕要有一多半折在里面，玉石俱焚，得不偿失啊！"李莹笙的后几句，声音颤抖。

努尔哈赤被李莹笙的一番话猛然间提醒了，一时间惊骇至极。

李莹笙接着又道："汗王，我军现已从阵中败退，不利再行攻击，事已至此，犯不上为了这些江湖草寇，赔上部落中的精兵强将，要为日后大业着想。况且此地离独石口边关甚近，如明朝大军乘机出击，后果不堪设想，还请汗王速速退兵吧。"

努尔哈赤惊怒地望着前方战场，心有不甘，一时间犹豫不决。

这时，忽有探马飞报："汗王，大事不好，南北两侧山林间，发现有无数旗帜出没，似有汉人大队兵马在运动。"努尔哈赤、李莹笙二人听罢，大吃一惊。

努尔哈赤恍悟道："这些汉人布此阵势诱困住我们，然后以大军抄袭我等后路，中了大明朝的奸计了。"

李莹笙虽然心存疑虑，也自道："独石口边关守将故意拒阻这些江湖人马于关外，当与我军决战两败俱伤时，再以边关兵马突袭，看来朝廷预谋已久，志在汗王，再耽搁不起了，请汗王火速退兵吧。"

努尔哈赤见形势至此，便断然传令全军接应败兵速退。李莹笙见从棋阵内败退下来的女真兵将，慌乱间人马相践踏，死伤者又不计其数，连忙向努尔哈赤献策，以三万精锐铁骑从两侧接应阵中退下来的人马，但不得打入阵中。立时间，女真前后两军兵马乱作一团，殊不知南北两侧山林中的旗帜，乃是孙奇事先布以疑兵伴动之计而已。

女真兵马一退，立刻成全了天元棋阵内的众好汉们，所谓兵败如山倒，女真大军虽未全败，但已全无了斗志，处于被动，棋阵的压力立松。孙奇见又有数万女真兵马前来，但不攻阵，似接应阵中败退之敌，自与方国涣一喜，知已大功告成，立即调动全阵，把阵中敌人尽量赶杀出去。

经过一天激烈残酷的搏杀，先前打入天元棋阵中的近十二万女真人兵马，此时仅有四万余人冲出了棋阵，剩下的近八万人尽被在棋阵中消耗掉了。女真兵一退，群雄欲乘胜追击，孙奇见拒敌的目的已达到，恐再生他变，挥旗止住了群英，仍旧保持天元阵形，以防不测。后方观战助威的连奇瑛等人，见敌人退去，立时欢声雷动。前沿星位的吕竹风见女真兵马潮水般退去，杀

第三十四回　群英脱险

性未尽，知棋阵内已无危险，仗着马快，索性舍了龙虎军，单竹匹马，尾杀敌人而去。方国涣在天元高台上见了，欲止已晚，摇头苦笑一声，由他去了。

吕竹风一马飞跃，冲入敌群之中，铁竹横扫，如入无人之境。那些女真兵将见了吕竹风自家追杀而来，各自魂飞魄散，四下逃窜。女真兵将各自目睹了第一勇士索达奴之败，对吕竹风早已惧惮，自不敢有大将来迎，使得吕竹风杀得更为顺手起来。

孙奇在天元台上见了，惊叹道："好一个吕竹风！常山赵子龙在世又能怎样！"

吕竹风单骑杀入女真大军之中，如虎入羊群一般，所向披靡，任意游弋，无人能挡。女真兵将中有善射者，不时有冷箭飞来。吕竹风正拼杀间，忽觉左腿一痛，已然中了一箭，大怒之下，倒也不失冷静，自往敌人密集的地方冲杀，令那些偷袭者少有机会放暗箭。

吕竹风往来冲突间，忽见前方有一杆大旗，旗下立着一匹白马，马上一人，穿戴不俗，似首领模样，心中一喜，便驱马朝此人冲杀去。立有女真兵将围攻上来，自挡不住吕竹风的勇猛之势，转眼间便已冲到了那人近前。那人忽见吕竹风直取自己而来，不由大惊，引马急走，十几员女真大将齐声示警，为了救护那骑白马之人，竟然缠着吕竹风死命硬拼，不让接近。吕竹风见状，猜测那人必是女真军中的重要人物，哪里肯放过他，铁竹全力横扫，连杀两将，驱动"乌云托月"疾驰到了那匹白马之后，两丈多长的铁竹向前一戳，便将那人的身子挑起。周围抢救不及的女真兵将齐声惊呼"王爷"！那王爷早已死于非命了。

吕竹风知道自己此刻杀了一名女真人中的大首领，心中高兴，也是腿上箭伤作痛，不再恋战，回马又把那面大旗夺了，复杀回棋阵。群雄见了吕竹风扛旗而来，齐声欢呼。此时女真人兵马退离棋阵，走得远了。

那努尔哈赤见吕竹风一马横冲，斩将夺旗，竟然在十余万大军之中把自己的一位亲叔叔给挑了，立时肝胆俱裂，几欲昏倒。李莹笙大惊之余，急命人护了努尔哈赤，率了大军疾退而去。经此一战，女真兵马损失了八万余人，无论是兵力上、斗志上，都令努尔哈赤所统部落元气大伤。自此以后，努尔哈赤经历了三十多年的时间，才逐渐统一了女真各部，建立了后金，这是后话，暂且不表。

独石口关外天元一战，最终以女真大军坚持不住、撤退而去为结局。方国涣、孙奇二人见敌人走得远了，便下了天元高台，群英敬若神明般地迎上，彼此激动不已。此时棋阵中伏满了尸体，更有一些无主之伤马，卧在那里悲嘶，刀枪横竖，血透黑土，惨不忍睹，空气中充溢着血腥之气，令人作呕。

在近一天的激战中，群雄已是疲惫不堪，死伤惨重。激战中，弓长久为流矢所中，负了重伤，孙奇忙命人看护了，随即急令人马后撤，以防女真大军复来。会着了连奇瑛等人，一路急退下来，与后方的人马会合后，孙奇便命队伍做暂时的战后休整，清点伤亡人数。

此时，韩梦超的马匹累死，把精疲力竭的韩梦超摔了下来，加之身上十几处创伤，韩梦超大吐了一口鲜血，昏死过去。众人见状大惊，谷司晨忙以一粒救急的丹药与韩梦超服了。此番天元一战，韩梦超在大阵中带动天龙阵往来冲突，四下救应，牵制消耗了敌人大部主力，实是最苦最累的一个了。参战布阵的九千余人，此时仅幸存了不足五千人，折了近一半，这时胡乱躺了一地，无人不带伤痕，都是咬牙苦苦硬撑过来的，弓英儿等后方未参战者忙自上前药水侍候了。

六合堂的洪金山、韩震、赵思烁、盖云雁等三十几位堂主战死，香主阵亡者百余人，各分堂抽调来的精英战死一千七百余人。关东好汉阵亡了二千五百余人，雷天豹等二十几位寨主战死，多由不习熟兵阵变化之故，仓促布阵应战。当孙奇细闻了水明伞详述关内的情况后，与群雄心下稍安。歇息片刻，连奇瑛便命水明伞前去叫关，又放了一支响云箭，通知六合堂内应人马，关外群英准备入关。

时间不大，独石口边关城门大开，同时官兵撤掉了多半，戒备立松。孙奇、连奇瑛等人见了，各吁了一口气，知道这是得了关内不断增援而来的六合堂人马之助。

边关城门一开，即从里面飞驰出二十几骑，到了近前，群雄才知是两位堂主带着人来迎了。那两位堂主见关外人马大部无恙，各呈喜色，忙拜见了连奇瑛、孙奇二人。

一名堂主道："请总堂主与孙先生率人马火速入关，关内形势已被我六合堂控制。"

连奇瑛、孙奇闻之大喜，随即命朱维远、罗坤为先，吕竹风、赵青杨、卜元居后，大队人马有条不紊地入关而来。关上虽有官兵戒备，但已不像先前那般紧张了，并且都对群英投以敬佩的目光，各自惊异，还不足万人的江湖人马，何以击退了二十万女真铁骑。

连奇瑛、孙奇刚至关口，便见张维成率了十余名亲兵在关上朝下一拱手，道："在下张维成恭迎各位好汉入关，先前不当之处，还请连总堂主海涵。"话语与先前自是两样。望着这些疲惫不堪、形神憔悴，但仍存斗志、创造奇迹而归的群英，张维成满脸的愕然，惊讶不已。

连奇瑛在马上自还了一礼，并不搭话，带领人马一拥而入。不多时，人马悉数入关，连奇瑛、孙奇等人这才心下稍安。

一进入关内，忽见前方树林山岭之间，有无数六合堂的旗帜在飘动，看情形不下于五六万人马。

连奇瑛惊讶道:"一日夜之间,何以调来这么多兄弟?"

一名堂主道:"禀总堂主,这是诸葛容先生的安排,已然把官兵镇住了,加上我们手里有人质,关外又退了女真人,关上怕受里外夹攻之险,所以乖乖地开关放人,其实这边的弟兄们来了也不过几千人。"

这时前面迎来一百多人,为首者是曹竹轩,众人自在马上见了礼,曹竹轩随后道:"请总堂主与孙先生带领人马速撤,诸葛先生正率人监视边关大营的官兵,有诸葛容先生断后,保无闪失。"

孙奇回头对方国涣道:"有诸葛容先生料理此间,再不用我们费心了。"说话间,神色一松。

此时前方路旁停了几十辆大挂马车,曹竹轩自叫人扶了重伤者上去躺了,随后大队人马急向齐家堡撤来。天色这时已晚,群英仍然匆匆赶路,一路上不断有人接应,供以饮食,众人也只是在路上随走随用了。到了关内,便是六合堂的天下,但连奇瑛不敢有所松懈,一路上自是警惕而行。

天色见亮时,终于到了齐家堡,人马即行安顿。诸葛容随后派人来报知情况,大队人马入关撤离独石口后,官兵并无动静,诸葛容也自把张维成的妻儿放还了。不时又有探马报以附近州县官兵的动向,六合堂显是在全方位戒备,方国涣对那诸葛容做事周密、布置得当不由暗暗称异。

天元一战,方国涣布大阵指挥得当,力克强敌,迫使二十万女真铁骑败退而去,令六合堂与关东好汉主力脱险,使群英敬若神明,恭礼有加,感激之情,溢于言表。吕竹风的神勇无敌,令群英赞叹不已,视为六合堂内的第一条好汉。卜元抢救天元之险,药王师徒二人执掌天龙阵,群英有目共睹,各自敬服万分,韩梦超这时已经醒来,自无大碍。但是弓长久由于箭伤内脏,自家坚持到齐家堡后,生命垂危,纵有药王在侧,也无力回天了。弓长久临终时,拉了罗坤、弓英儿的手,向连奇瑛托以大事,随后笑慰而逝,弓英儿抚尸大哭,群英无不恻然。

连奇瑛悲痛之余,遵弓长久临终时所托,当场公布,待安葬弓长久后,选择吉日安排罗坤与弓英儿完婚,继接弓长久六合堂左使之职,统领关东原般人马,自令杜键等关东好汉们感激不已。罗坤、弓英儿随后上前谢了连奇瑛,方国涣、谷司晨二人对连奇瑛此举暗中赞服。

这天傍晚,诸葛容率队归来,此人儒士打扮,有长者之风,方国涣见了,心中叹赏,在连奇瑛的引见下,与诸葛容彼此礼见了。诸葛容见大布天元棋阵解救群英脱险的方国涣竟然是一位年轻人,惊异之余,言语上极是亲热与恭敬。诸葛容随后又向连奇瑛等人告知,六合堂在独石口关外,以方国涣所布天元棋阵,退了二十万女真铁骑,现已风传天下,六合堂更是名声大振。

方国涣此时却不知道，自家的名字随天元一战已广播天下了。

六合堂人马在齐家堡休整了几日，不时有消息传来。六合堂人马退敌入关后，独石口边关守将张维成，命人清理了天元棋阵的战场，把六合堂与关东好汉阵亡的群英尸体合于一处安葬了，还立了块石碑，也许是他自家良心发现或是别的缘故，总之有赎罪之意。连奇瑛、孙奇等人闻讯，摇头苦叹不已，感慨万分。由于当时撤退匆忙，没有时间安葬阵亡的群英尸体，此时众人对张维成倒也生出几分感激。

独石口关外天元一战，六合堂损失也甚惨重，连奇瑛命曹竹轩、柳云鹤二人，阵亡群英的家眷，日后自由六合堂安排赡养，此事便交于他二人做了。阵亡的堂主、香主留下的职缺，连奇瑛论功行赏，提拔了有功之人担任了，吕竹风、卜元功劳甚大，各升至堂主之位。连奇瑛又进行了一系列的事后布置，上下叹服。

这日，忽传来一件惊人的消息，独石口边关守将张维成，被皇上下旨处以斩首示众，罪名是拒阻六合堂群英于关外，有失边关大将安境保民之职，违了民愿。独石口一战，朝野震惊，纷纷指责张维成弃大明百姓生死安危于不顾，寒了天下人之心，致使其被极刑问斩。连奇瑛、孙奇等少数明白其中原委的人，闻之愕然，诸葛容认为，万历皇帝杀张维成其因有二，一为办事不力，二为灭其口实。连奇瑛、孙奇闻之颔首，对此事变化之速尤感意外。

诸葛容接着建议连奇瑛，由于齐家堡距京城不算太远，六合堂人马驻此十分不利，为免生他变，应早日撤离。连奇瑛认为有理，随后遣散人马回归本堂，并告诫各堂堂众，日后六合堂行事要谨慎，不可过分张扬，群英不解其故，也自领命去了。同时关东人马分随各堂遣散撤离，待到六合堂势力雄厚的南方，再重新安置。

连奇瑛又命各分堂堂主，分批撤至黄河岸边的鹤鸣山庄，举行关东好汉加盟六合堂的仪式，以及协商其他事宜，又派人潜入京师，探以虚实，同时戒备各府县官兵，以防对六合堂突然发难。就这样，六合堂驻齐家堡的大队人马在两日内全部散去。连奇瑛接着与方国涣、孙奇、诸葛容、吕竹风、卜元、谷司晨、罗坤、弓英儿、杜健等几十人，乔装改扮，护了弓长久的灵车，连夜离了齐家堡，避开皇道，自往黄河岸边去了。

一路上，盛传着六合堂在独石口关外力克女真大军的传闻，群英闻之，自是悲喜参半，喜则六合堂更加威震天下，悲则六合堂也为此付出了极大的代价。一路行来，倒也无事，探马不时回报，各批堂主均已平安到达鹤鸣山庄，连奇瑛闻之大喜，命人马加快了行程。

待到了鹤鸣山庄，会着了各分堂堂主，连奇瑛命人在山庄内设了灵堂，祭奠阵亡的群英，又请了僧道，做了三天法事，超度亡灵。连奇瑛、孙奇、

第三十四回　群英脱险

诸葛容三人自率了众堂主亲自守灵，望着一排排的灵位，众人悲伤不已。随后连奇瑛命曹竹轩、柳云鹤二人，主持一切善后事宜。将弓长久的棺木在黄河岸边择地安葬了，弓英儿又自大哭了一回了，罗坤也行了翁婿之礼，率杜健等人拜祭了。连奇瑛亲自率六合堂众人，在弓长久墓前祭酒参拜，宣以誓言，六合堂与关东好汉从此便为一家，携手共创江湖大业，实与弓长久生前所愿，自令关东众好汉感动不已。

然后关内外两路江湖人马，在鹤鸣山庄举行了加盟仪式，由药王谷司晨与孙奇二人主持大礼。连奇瑛受弓长久临终前所托，在加盟仪式上任命罗坤为六合堂左使，除了统属三堂原关东人马外，与孙奇右使一起协助总堂主处理六合堂大小堂务。又定下吉日，为罗坤与弓英儿完婚，以慰弓长久在天之灵。这两件喜事，吹去了众人由于关外天元一战笼罩在心头的阴影与诸般不快，整座鹤鸣山庄充满了喜庆气氛。

连奇瑛在宣布完了一系列的决定之后，把方国涣推于首位坐了，率六合堂众堂主行以拜谢之礼，感谢方国涣在六合堂生死存亡之际，布以天元棋阵，挽救了六合堂几遭灭顶之灾的厄运。

见连奇瑛等人要施以大礼，慌得方国涣忙起身道："使不得，连姐姐与各位堂主切莫如此，方国涣受拜不起。"

连奇瑛道："国涣弟弟勿要推辞，此等大礼，你该受的。"

方国涣还要推却，一旁主持受礼仪式的药王谷司晨，因事先受了连奇瑛、孙奇、罗坤三人之托，忙上前对方国涣道："方公子莫要推让，这次关内外的英雄好汉能在此地成功会盟，可以说自始至终都是公子一人促成。尤以关外天元一战，解救了六合堂的灾难，此恩无比，连总堂主与各位堂主但表谢意而已，公子应当受的，这是人情，也是义气，不可违大家愿的。"

诸葛容也自道："方公子对六合堂的大恩，六合堂无以为报，但以礼谢了，公子若不受，我等心中当会不安的。"其他堂主也纷纷恳请方国涣受他们衷心的拜谢之礼。

方国涣盛情难却，无可奈何之下，只得在正位坐了，极不自然地受了连奇瑛等六合堂诸位堂主的三拜之礼。礼毕，大家欢喜，各自落了座。

方国涣这时摇头叹道："连姐姐又何须如此，关外天元一战，这时想起来实是后怕得很，若无孙奇先生的兵阵配合，众好汉的奋勇拼杀，我便把那棋阵布得再巧妙，也自纸上谈兵，无济于事的。此番脱险，功劳当属大家，非独居一人。"众堂主闻之，各自叹服，敬意尤增。

孙奇感慨道："当时事情突变，万余人处于极险之地，一时无对策可寻，若无方公子及时大胆地以棋势布以天元阵拒敌，后果不堪设想。此次一战成功，并非侥幸，乃是公子棋达化境，有以棋应世的极高修为。看来棋道之妙，并非拘于枰子之间。"孙奇的一番话,令众人点头不已,对方国焕棋高若此,皆感惊异。

诸葛容这时道:"如今我们以不足万人布的天元棋阵,阻挡击退了女真二十万铁骑,不但令我六合堂声威大震,更主要的是,努尔哈赤经此一战,元气大伤,女真各部落齐受威慑,短时期内,不敢再有吞并中原的野心。方公子的此番功绩,不但在六合堂,从某种意义上讲,更功在大明江山。"群英闻之,点头称善。

方国涣摇头道:"诸葛先生言重了,在下只是棋上的本事,除此之外,文不能安邦,武不能定国,哪里还能生出那般有助于江山社稷的能耐。独石口关外,危急中布以天元棋阵拒敌,乃是迫不得已而为之,如果再重来一次,在下死也不敢了。"众人闻之大笑。

诸葛容这时道:"其实不然,此番天元一战,足以证明了方公子有以棋定天下的本事,正如孙奇先生所言,公子的棋道已达化境,可谓通神,棋盘之上当无敌手。公子既有以棋应世的极高修为,便应该以棋济世,做番大事业来。"

方国涣摇头叹道:"棋家的大德为,当是以棋济世,那种以棋定天下的本事,在下自然没有,不过除了对弈之趣,在下倒也极愿在棋上做出些有益世事之事。虽然说世事如棋,可是在下对世事的揣摩,实不如在棋盘上走得明白,以棋济世,当是难之又难的。"显是方国涣又想起了国手太监李无三以棋杀人事,故发感慨。

众人见方国涣语间神色有变,各自诧异。连奇瑛这时笑道:"不管怎样,国涣弟弟在棋盘外已创造了一个奇迹,棋上事,我们不甚明白,其中有什么奥妙,也只有国涣弟弟这般棋上高手能理会得。既然世事如棋,那么棋上事与世上的事一样,对于有些事情也不要太认真了,免得自家徒伤脑筋。"方国涣闻之,感激地一笑。

第三十五回　牧野仙踪

　　这天傍晚，诸葛容私下拜见了连奇瑛。连奇瑛见诸葛容表情严肃，似有大事要讲，便辞退了左右，随后道："诸葛先生有什么事？但讲无妨。"
　　诸葛容见旁无杂人，上前低声道："总堂主，独石口关外天元一战，令我六合堂更加名震天下，同时证明了弟兄们可以做惊天动地的大事，另外也知晓了朝廷对我六合堂已有了戒心，不知总堂主日后有何打算？"
　　连奇瑛闻之，叹然一声道："我等江湖儿女，成就的是江湖事业，做的是替天行道的侠义之事，没想到竟能惹上大祸，我连奇瑛实在是有愧于历代总堂主！日后六合堂行事，当以谨慎，以不触犯朝廷忌讳为好，免生他变。"
　　诸葛容道："只可惜关外一战，已经证实了朝廷有灭我六合堂之意，事后虽然杀了张维成，灭了口实，瞒过了天下人之眼，但是朝廷已生险恶之心，总堂主应该明白的。"接着，诸葛容上前一步，低声道："属下有几句话，不知当讲不当讲？"
　　连奇瑛心中此时忽地一沉，随即道："诸葛先生是六合堂的元老，统领二十几堂的大堂主，有什么话直说吧。"
　　诸葛容这时顿了一下，接着又压低了些声音道："我六合堂百余分堂现已有几十万人马之众，遍布大江南北，黄河两岸，在天下间影响之大，非其他势力可比，一呼可以百应。如今朝廷既起疑心，早晚必生祸事，属下不才，愿与六合堂全部兄弟跟随总堂主左右，借此时机扬旗举事，共定天下……"
　　"什么？"连奇瑛闻之，惊骇道，"诸葛先生何出逆反之言？这可是关系到六合堂生死存亡的大事。"
　　诸葛容忙道："请总堂主勿惊，事已至此，不如先发制人的好。如今朝廷腐败，诸王各怀异志，大明朝但剩下苟延残喘的躯壳，只要我六合堂一动，天下便可大乱，到时……"
　　未等诸葛容说完，连奇瑛忙即打断了道："诸葛先生不要再讲了，想我六合堂成就的是江湖事业，岂能生称王争霸之心。"
　　诸葛容仍自道："我六合堂创堂二百余年，根基雄厚，文臣武将兼备，已有问鼎天下之势，如今又有了方国涣公子这等异人，可布奇阵，足以敌百万兵。所谓胜者王侯败者贼，这大明朝朱家的江山，不也是从别人手里夺来的，只要总堂主……"

"住口!"连奇瑛忽地一声断喝,严厉制止,诸葛容自是一怔,显是从来没有见过连奇瑛会呈如此怒容,立被震住。

连奇瑛见自己无意中失了神态,随即缓和了语气道:"诸葛先生不要再说了,若逢乱世,先生之言或许有理,而今天下还算太平,百姓安业,我六合堂岂能做出扰乱民生的事来,况且关东女真族日益强盛,野心已现,虎视眈眈,倘若中原内乱一生,女真人必有机可乘,天下将无宁日。朝廷虽对我六合堂有戒心,但也惧惮,不敢妄动的。诸葛先生勿再言及此事,否则泄露出去,必生奇祸,当使六合堂处于进退两难之地,二百年基业,有可能就此溃散。至于方国涣公子,是我的朋友,更是六合堂的大恩人,他人性向善,我们万万不可把他拖进不仁不义的事情中。"

诸葛容还想再辩力劝,见连奇瑛手势一挥,态度极是坚决,只得摇头一叹,躬身退出。连奇瑛自在房中茫然呆立,久久不动,似在想些什么,显然生出一种极大的不安。

诸葛容回到自家房间内,等候已久的水明伞迎了上来,忙问道:"诸葛先生,总堂主意下如何?"

诸葛容摇头叹道:"我想推总堂主做一回武则天,可惜女人毕竟是女人,头发长见识短,固执得很!"

水明伞闻之,一急道:"那么此事看来是不成了?"

诸葛容道:"不错,总堂主终归是一位怀有妇人之心的女子,只能成就些江湖事业罢了,千秋大业,做不来的。"

水明伞道:"我们何不去说服孙奇先生,然后再齐劝总堂主,至于那位罗坤左使,也会随势而转的。"

诸葛容摇头道:"孙奇做事谨慎,又顺着总堂主,更是难说服的。"

水明伞不由慨然道:"可惜了诸葛先生与孙奇先生两位天造大材,空负一身安邦定国平天下的本事,只能游斗于江湖之间,不能尽展人生之志,生不逢时啊!"

诸葛容此时恼怒地一拍桌子,也自无可奈何。这时,在另一房间内的孙奇,在听了柳云鹤附于他耳边轻声说了一些什么之后,但以摇头一笑。

这一日,到了连奇瑛为罗坤与弓英儿定下的吉日佳期,整座鹤鸣山庄内,张灯结彩,一派喜庆的气氛。谷司晨、孙奇二人主持了婚礼庆典,连奇瑛、方国涣、卜元、吕竹风及六合堂众堂主齐向罗坤夫妇祝贺了,一直热闹了三天。

方国涣见罗坤家业两成,卜元、吕竹风二人又在六合堂内任堂主高职,心中尤为高兴,对他三人已无了牵挂。想起曲良仪一事,方国涣便又复托了

第三十五回　牧野仙踪

药王谷司晨，闲游时暂至江苏淮阴曲家集，为曲良仪诊治疯癫之症，谷司晨尤对方国涣敬服，自是应了所请。

方国涣又私下里对孙奇讲了国手太监李无三鬼棋杀人事，请孙奇日后以六合堂的势力查寻此人踪迹。孙奇惊异之余，爽快应了。方国涣见诸事完结，安排妥当，唯有李无三棋上一事未决，便有了离去之意，以便在天下间寻找此人及遍访棋道高手，做自家棋上事。方国涣恐六合堂众人知晓，一时辞别不去，便暗留了封书信与连奇瑛、孙奇、罗坤等人，述以情由，随后在众人不察觉中，悄然离开，游棋天下去了。

待大家在鹤鸣山庄内不见了方国涣，立时慌乱，四下寻找时，在房间中发现了方国涣留给连奇瑛等人的书信，这才知道方国涣不辞而别，一人独去了。

卜元当时大惊道："不好！我那贤弟把我们扔在这儿，自家寻那太监斗棋去了！"随即与焦急万分的罗坤、吕竹风二人上马追去。

但不知方国涣去了何方，兄弟三人四下追寻了一整天，傍晚时才各自垂头叹气，空手失落而归。吕竹风一时忍耐不住，竟然放声大哭起来，唬得六合堂群英惊慌失措，不知这位叱咤女真人二十万大军之中而毫无惧色的英雄少年，为何孩子般地伤心大哭，纷纷惊异不已。连奇瑛、孙奇等人感慨之余，自责怪方国涣不辞而别，连奇瑛欲发动六合堂堂众去追寻，孙奇劝阻了，告知连奇瑛，方国涣志在游棋天下，自不会久居一地的，日后必有机会回访六合堂，连奇瑛感叹一声，也自止了。

又过了两日，药王谷司晨见诸事已息，罗坤率关东好汉顺利加盟六合堂，又与弓英儿结成伉俪，心中欣慰之余，自耐不住闲游的性子，便向连奇瑛等六合堂群英辞别。众人苦留不住，只得复谢了药王相助之恩，随后谷司晨、罗坤师徒二人相抱而泣不舍而别，药王又独自云游天下去了。

罗坤见一连走了方国涣与师父谷司晨二人，心中大是失落，闷闷不乐，弓英儿自以柔情相慰了。连奇瑛随后遣散各堂堂主回归本堂，诸葛容临别时，又苦劝连奇瑛寻机率六合堂扬旗举事，连奇瑛只是不应，严词制止了，诸葛容心怀不快，悻悻而去。孙奇见连奇瑛无问鼎天下之心，也自佯装不知，率了五百龙虎军，与罗坤夫妇、杜健、卜元、吕竹风等人，护了连奇瑛回转鄱阳湖——六合堂总堂驻地去了。

方国涣悄然离了鹤鸣山庄，走至黄河岸边，望着滔滔河水，孑然一身独立，想起天元一战，直如梦境一般，心潮随滚滚巨流澎湃不已。方国涣孤身独立许久，忽然想起师父苦元大师说起过的一个人，家居河北清河县内，此人便是天下第一快棋手钟世源，心中思量道："此地距河北清河不算甚远，钟世源是当今三大棋上名家之一，如此高人，不能不去拜访，另外还可以请教鬼棋的……"想到这里，方国涣忽心中一紧，想起钟世源棋名之大，河北距京城甚近，国手太监李无三不能不知。方国涣心中大悔，先前怎么没想起此事，便转身奔河北清河而来。

方国涣担心又会出现曲良仪、白光景一样的祸事，路上急急而行，这日便已到了清河县。此地出了钟世源这位棋上名家，倒也不难打听，方国涣在路人的指引下，来到一座宅院门前，便自叩门环，时间不大，出来一名老仆，方国涣拱手一礼道："请问老人家，这里可是钟世源先生府上？"

那老仆望了望方国涣，点头应道："不错，公子所提正是我家主人，小公子莫不是来寻主人斗棋的吧？"

方国涣道："在下久慕钟世源先生的棋名，特来拜访，还请老人家给引见了。"

那老仆脸上泛出些得意之色，随即摇头道："可惜了，小公子与那些慕我家主人棋名的人一样，来得都不巧，主人三个月前便出游了，也不知何时才能回来。"

方国涣闻之，不由喜忧参半，喜的是钟世源云游未归，那李无三就是寻了来，自家也是扑空，看来钟世源暂时避过了此祸。忧的是自己不曾拜会过钟世源一面，不免有些遗憾，尤其是李无三已经成了当今棋上高手名家的最大威胁，希望天下棋家能有所警觉。方国涣访钟世源不着，提着的心便放下了许多，想起美食家赵明风之约，于是计划一路南下苏州，待会着了赵明风之后，再去拜访另一位棋上名家——居于苏州城的江南棋王田阳午，然后转道连云山天元寺，向师父苦元大师报以鬼棋杀人事，让师父想出个稳妥主意，尽量使棋坛避免这场祸事。

这一日，方国涣行至一处空旷的原野之中，但见天蓝地绿，景色迥异，风掀草浪，清气四荡，远处有山，近处有水，中生杂树，旁无人家，风光绮丽，令人心旷神怡。方国涣性好山水，见此迷人景色，胸中一畅，心意爽然，暂时忘却了诸多烦恼，信步游来。

遇见一位打草的樵夫，问之地名，那樵夫道："此地为前朝元人牧马之野，故名牧野。"

方国涣闻之，点头称善。自家漫无目的地闲走了多时，当把神思收转回来，忽见田野中多了一位白衣少年，负手而立，凝望远方，如玉树临风。方国涣乍见之下，心中不由一怔，发现此少年站在那里似给人一种欲融于万物之中的感觉，望之茫然不可测，暗自诧异道："此人怎么会有这种超凡的神仙般的气质？"

这时，那少年转过身来，见方国涣望着自己，点头微微一笑。方国涣见之一惊，发觉此少年英俊的相貌中，透溢着一种和善至祥之气，也不知自家怎么会有这种奇异的感觉，尤其那微微一笑，可令任何人心中的任何烦恼，瞬间冰雪释然。

方国涣心中惊讶道："罗坤贤弟因食过宝物，光彩照人，而此少年给人的感觉又是不同，清秀之中蕴含着一种天然的神韵，自给人奇异之感，立于万人之中，便可一眼识出！"

方国涣见此少年面善之至，心中惊叹，知非常人，忙上前拱手一礼道："这位仁兄请了，在下方国涣，还敢问尊姓大名？"

那少年回礼笑道："原来是方大哥，小弟袁灵，今日有缘，你我能巧遇相识在这牧野之中。"

方国涣道："适才见贤弟入了神，不知在这荒野之中观察何物？"

袁灵闻之，指了周围诸景道："方大哥请看，这些草木与人有何不同？"

方国涣闻之一怔，见袁灵问得好是奇怪，但语气纯真，并无空谈之意，便应道："草木无知，而人有知，这是人与物之别，难道贤弟还有什么高见不成？"

袁灵笑道："怎么说草木无知呢！要知道，草木是随四时寒暑而荣枯的，这与人的避冷势而择居处，又有何区别？"

方国涣见袁灵把人与草木同论，言语中自有一种玄奥，知果非常人，于是忙道："原来袁灵贤弟是探究万物之理者，在下智愚，不能相辨，还要请教。"

袁灵笑道："一面之相当是不差的，方大哥气质不俗，定是一位得道的高人，勿以相谦为是。"

袁灵接着道："小弟不才，五岁离家，随师父观感于万物之中，参悟人生性命之理。曾与三教高人论以大道，然多空谈之辈，但论以玄奇，不化于形质。而今日一见方大哥，自感与众不同，神气所显，当于万物之中通化于一物，方大哥以为如何？"

方国涣闻之，大吃一惊道："贤弟莫非是神仙现世，开悟于我不成？"

袁灵笑道："小弟与方大哥一般，凡身肉体罢了，不过神仙也是人做的，所谓的神仙，便是通晓了万物变化之妙，夺了天地造化之机的人。"

方国涣闻之，心中愕然道："此人境界高深，已超凡俗，必是一位得了大道的高人。"

方国涣随后敬服道："今日有幸，偶遇袁灵贤弟，所闻数语，自是感受非常，贤弟似已达到了与物同感的境界，不知何以至此？"

袁灵道："境由心生，法由意成，小弟从山川草木、风雨雷电中，来感悟万物之情，参以人情世故，进而明知人之本性是与大道相通的。人为万物之灵，无论贤愚，都有悟道之根，既生于天地之间，当究以万物之理，方不至于在迷途中乱走。悟之深浅，自家领会的境界也自不同。"

方国涣闻之，感叹道："世间虽万物纷杂，看来也是有道理可觅的，犹如那棋盘上一样，虽千变万化，也自有棋路可寻。所谓世事如棋，便是这个道理了。"

袁灵这时又道："原来方大哥是境化于棋道，对别人来说，棋上的万般变化似乎不可捉摸，而对于方大哥则不然了，这便是人对事物理解的不同，境界也自迥异。"

接着又道："技精可以通神，化于气质，方大哥这等高手难觅，可愿与小弟对弈一局否？也让小弟领略一回化境之棋。"

方国涣闻之，笑道："贤弟能与万物同感，若感悟以棋道，必是绝顶高手。"说着，从包裹内取出了那副罗汉棋子，在地上铺了绘有棋盘的绢布，随后与袁灵相视一笑，坐地对弈起来。

然而方国涣仅仅落了三子，袁灵忽止了自家走势，惊讶道："方大哥的化境之棋果非一般，区区三子，便把天地人三势都走尽了，小弟有自知之明，就此歇手吧。"

方国涣闻之，没想到袁灵竟以自己的开局三子定了乾坤，不由诧异道："贤弟何以三子论短长？"

袁灵叹服道："此三子有稳天地之功，定全局之势，故小弟弃子，不敢再走。"

方国涣闻之笑道："贤弟境界高深，我不及也！"

袁灵这时异道："方大哥棋境通神，可应万物，不知如何达此极高的修为？"

方国涣便把自己修悟成天元化境之棋道的经过，简述了一遍。

袁灵闻之，惊异道："棋上的这种天元化境，已达仙化之境了，方大哥若勤以修之，当一通百通，自可窥破天地之奥，而夺造化之机。方大哥已入大道之门，乃是因棋得道，且不可误了自家已修成的这般机缘。"

方国涣笑道："我只不过成就了棋道一艺而已，哪里有贤弟这般修悟仙道的根基。"

袁灵摇头道："也罢，现在方大哥尘缘未了，待到了适当的时候，小弟自会去寻方大哥，至一清静地，结庐同修。"

方国涣不经意地笑道："天上的神仙我做不来的，但做人间一位游走的散仙罢了。"袁灵闻之一笑，倒也不再深说。

时近黄昏，残阳西照，万物血红，更加深了牧野的空旷浑然之感。方国涣、袁灵二人机缘偶遇，相谈甚洽，此时握手言别，方国涣欲约以相会之期。

第三十五回 牧野仙踪

袁灵笑道:"要相见时,必会不期而遇。"随后道声:"方大哥保重,日后有缘再相见吧。"说完,转身飘然离去,消失在牧野的黄昏之中。

方国涣望着远去的袁灵,茫然呆立,适才所经,犹如梦境一般,不敢定其真假。回味与袁灵谈以大道之理,心中忽有一种微妙的感觉,恍惚间,有出世之感。

方国涣自偶遇袁灵之后,一路上每自感慨不已,赞叹世间竟有这等神仙般的奇人。

这日走得晚了,见前方夜幕中掩映着一座村庄,便寻至一家较大的宅院门前,轻扣了几声门。不多时,门一开,探出一人问道:"这么晚了,什么事?"

方国涣一拱手道:"行路之人,走得晚些,还望主人家行个方便,容在下借宿一夜。"

那人上下打量了方国涣一遍,"哦"了声道:"这位公子稍等,待我禀告一声徐管家。"说完,掩上门去了。

时间不大,院门大开,先前那人陪了一位老者出了来。那老者望了方国涣一眼,道:"可是这位公子要借宿吗?"

方国涣忙施了一礼道:"正是在下,还请老人家行个方便。"

那老者见方国涣风尘仆仆,举止文雅,无恶人之相,便点了一下头道:"既如此,公子住下就是。"

随后对先前那人道:"刘库,带这位公子去客房歇了。"说完,自家转身去了。

那刘库道:"徐管家既然应了,公子且随我来。"引了方国涣进了院门,绕过一面屏风墙,转至宅中的另一套小院子里,进了一间厢房内,刘库便对方国涣道:"这位公子先歇了,小人一会儿把茶饭送来。"说完,转身去了。

方国涣见此房间倒洁净,墙上挂了几幅寻常字画,增添了几丝雅气,看得出主人家也自有些斯文的意思。方国涣把包裹于床头放了,见墙角的铜盆内有净水,过去把手脸洗了。

这时门一开,刘库端了几样菜饭进来,还提了一壶茶,于桌上摆了,道:"公子请用吧,缺什么喊小人一声便是。"

方国涣见这仆人待客热情客气,便与了刘库二两银子道:"还请这位大哥替我与主人家谢过了,几两银子权作茶饭之资,剩下的与了你便是。明日清晨,还望早早唤了我赶路。"

刘库见方国涣出手大方,接过银子,满心欢喜地谢过去了。

用过茶饭,方国涣于床上合衣而卧,长吁了一口气,心中道:"过了这许多日,六合堂的连姐姐与罗坤贤弟他们对我不辞而别也许还在责怪吧,唉!

这也是没法子的事。"又想起独石口关外天元血战，摇摇头，叹然一声，心中自有些后怕。闭目静躺了一会儿，想起似缘而遇的袁灵，方国涣自是感慨道："此人境界高深，不可捉摸，似通万物理，看来这天下间奇人异士多得很。"

也不知什么时候，方国涣不知不觉地睡去了。忽然间，一声震耳的雷响把方国涣惊醒，起身看时，室内漆黑一片，自感有几丝凉意，窗外已是下起了大雨。方国涣忙起身在黑暗中摸索着把窗子关了，摇摇头道："这雨下得好大，恐一时停不了，不知明日能否上路？"复回床上躺了，静静地听着雨声，心怀忧虑，又慢慢地睡去了。

第二天一早，方国涣醒来时，见那雨下得越发的大了，所谓开门雨闭门停，今日显是走不得了。

这时，刘库从檐下端着一份茶点走来，进了室内见方国涣已经起床，便笑道："天下雨留客，公子今日走不上了，明日再走吧。"

方国涣摇头叹道："也只好如此了，再打扰贵府一日吧。"

刘库道："公子不要客气，徐管家吩咐过了，公子再住一宿便是，谁也不能顶着大雨赶路。"

方国涣用过茶点，在房中闲着无聊，便取出罗汉棋子，自家对弈起来。布了六七子，自然而然又想起了国手太监李无三鬼棋杀人事，一想起那种鬼棋邪术，方国涣心中更是忧虑。

这场大雨果然下了整天，傍晚时分，才慢慢止住。方国涣嫌屋中太闷，索性走出房间，到室外呼吸些新鲜空气。大雨过后，万物刷新，令人感到清爽畅然。方国涣慢步闲走，绕过一道月亮门，来到另一外院落中，见有妇人出入，知是内宅，不便游赏，连忙退出，转身向前院而来。行至一处房间时，听见里面有人说话，从窗外内望，见是一所书房，徐管家正指使两名仆人打扫房间，室内四壁皆书，显是主人家的书房。

方国涣心中惊讶道："此乡村偏僻，却有如此读书之人，其家主人不是一位隐士便是一位高贤。"

这时，徐管家见方国涣立于窗外，便迎出来道："这场大雨倒把公子留下了。"方国涣忙施礼道："见过老人家，雨后无事出来走走，看来还要再住一晚了。"

徐管家抬头望了望阴郁的天空，摇头道："这个季节，天公无常，还是有几日雨要下的。"

方国涣闻之，忧虑道："这如何是好！如此滞留下去怎成？"

徐管家笑道："老天留客，也由不得公子，乃是无法子的事。"

方国涣抬头望了望天空，道："希望这雨不要再下了才好。"刚说完，豆粒大的雨点噼里啪啦地又落了下来，方国涣叫声"苦也"！忙于檐下避了。

徐管家道:"公子且到书房内避一避吧,免得雨水打湿了衣衫。"

方国涣忙道:"谢过老人家,我一个外人,不方便进入主人家的书房,候一候,待雨小些,回房间就是了。"

那徐管家闻之,暗暗点头,自上前拉了方国涣于室内避了,道:"小公子好知礼,主人不在,不妨事的。"方国涣只得谢过,自在门旁站了。

徐管家笑道:"你这过路的小客人,还不知姓氏名谁?"

方国涣忙道:"失礼!失礼!在下方国涣,这两日还要打扰贵府,麻烦老人家的。"

徐管家笑道:"老夫徐境,叫我徐管家就是了。方公子斯文得很,与其他年轻人不同的。"

方国涣道:"徐管家过奖了。"

方国涣随后巡视了一遍满室的书橱,不由赞叹道:"这许多书卷,看来贵府主人定是一位大儒了。"

徐境道:"我家主人姓齐,名显州,早年也是中过举的,喜博群书,先祖曾任本朝岭南指挥使的。"

方国涣惊讶道:"贵府主人原来是名门之后。"

徐境道:"主人性情喜静,不愿出仕,否则也必做到大官的。"

方国涣闻之,敬佩道:"贵府主人原来是一位世外的高人。"

徐境道:"主人居此多年,不问世事,但交游一些贤人隐士而已。"

方国涣与徐境谈论了一会儿,见门外雨势小了些,便向徐境别道:"不打搅徐管家了。"言毕,转身欲走。

徐境迟疑了一下,忽唤住方国涣道:"方公子请留步。"

方国涣闻之,停下道:"不知徐管家有何事吩咐?"

徐境道:"时逢雨季,一下起来不是三两日能放晴的,方公子安心住了便是,待天气好转了再走不迟。老夫见公子年轻有为,知书达礼,不忍你自家空待这几日而耗了光阴,主人书房内书目甚丰,方公子不妨拣几本读读,长些学识也是好的。"

方国涣闻之,大为感激,拱手谢道:"承蒙徐管家一片好意,在下感激不尽,不过……"

徐境笑道:"方公子放心便是,我家主人对读书人喜得很,也常常借书与人读的,老夫也非那般死板之辈。只要公子爱护些书卷,不弄破损了,闲读几日,不妨事的,不知方公子平日里都读些什么书?"

方国涣见徐境乃是一番好心诚意,不忍拂了他的愿,便道:"承蒙徐管家厚爱,就烦请借阅两卷老庄易理之类的书吧。"

徐境闻之一怔,继而笑道:"方公子年纪轻轻,怎么读这种不实际的书?

不过年轻人明些事理也是好的。"便叫仆人找出了《道德经》《易经》两书，方国涣双手接过，谢了徐境，自回房间了。

第二天，这雨果然便连上了，下得愈发大起来，天地万物都罩在了这片水气当中。方国涣见了，也自无可奈何。自与那位有些神秘感的袁灵在牧野相识之后，方国涣每有"悟道"之心，所以向徐境借了阐理明道的经书，索性研读起来。但是方国涣训诂释文的方面差些，加上《道德经》《易经》二书经文晦涩难懂，读起来不甚明了，于是摇头沉吟道："道理、道理，大道之理！得道才能明理，知理方能悟道，或许便是这个道理了。"忽而自家哑然失笑，道："什么乱七八糟的，看来这神仙之道，不是能从书上学来的。"随手把二经书丢在一边，不再理会，持了罗汉子自家对局起来。

过了五六日，这雨非但未停，反而更加大了起来。方国涣知道一时间走不了，便耐着性子住了下来。又与了徐境三两银子，以代茶饭之资。徐境倒也没有推却，自是收下了，每日的饭菜自然又改善了些。

大雨一连下了十余日，到了这天晌午，才完全停了下来，显是天水漏尽了，出现了盼望已久的阳光。方国涣自是松了一口气，知道明日可以动身了，便拾了《道德经》《易经》两书来到了书房，徐境不在，便还给了一名清洁房间的仆人。

回来时，路过一处矮墙，方国涣偶一抬头，见矮墙里面的一处房檐下，站着一位神态清雅的中年儒士，面呈忧虑地望着天空。此人无意中一回头，正好与方国涣目光相遇，方国涣不知对方是何人，但以礼貌性地点了一下头。那人也自点头示意，报以友好的微微一笑。方国涣回以一笑，便转身回到了房间。

刘库这时送来饭菜，正于桌上摆放，见方国涣回了来，便道："这雨下了十多天，今日终于放晴了。"

方国涣道："是啊！看来明日我也要动身了，扰了贵府多日，心中委实不安。"

刘库笑道："恐怕公子近几日内还是走不成的。"方国涣一怔道："如何走不得？"

刘库道："这些日子雨下得太大，村口的道路被山水冲断了数条大道，没有三四日是修不好的，已困住了很多进出的人。刚才我还去看了，这场雨水来势迅猛，冲淹了很多户低洼处的住家。"

方国涣闻之，大急道："这如何是好？"

刘库道："公子不妨再多住几日，待道路修好了，再走不迟。徐管家吩咐小人告之公子一声，不要心急，安心住下便是。"

方国涣无可奈何地叹然一声道："多多谢过各位，也只能再候几日了。"

第三十五回 牧野仙踪

方国涣用过茶饭，便出了齐宅到村口望了望，果见村内通外的道路被山上下来的水冲断，水流湍急，又不断冲刷毁坏之处，几十名村民正在担土抬木阻修。方国涣见之，摇摇头，踱步而回。

方国涣回到房间内，欲寻《易经》再读，忽想起已送还了回去，索性取了罗汉子，在绢布绘制的棋盘上摆列了一组孙奇布过的孙子兵法图式，稍加变化，使得阵形又复杂了些。昔日独石口关外天元一战，孙奇把那部《孙子兵阵棋解》中的兵阵，在天元棋阵中几乎都摆布了出来，方国涣在指挥全局与女真大军激战时，无意中把那些兵阵的阵形及其变化竟然都记住了，闲时以棋子摆布一阵，随意变化，自是叹服孙武创此棋上兵阵之妙。

这时，门外一个声音道："方公子在吗？"门一开，徐境走了进来。

这十余日，方国涣的房间内，除了刘库每日三餐送以茶饭外，倒无别人来过。方国涣见是徐境，忙起身相迎。徐境一进来便道："老天终于放晴了，不过通外的道路被山水冲毁了，公子还需再住几日。"

方国涣道："在下也刚刚知晓，也只好再扰贵府几日了。"

徐境道："方公子不要客气，你自家误了行程，也是急的……"徐境忽然看见了桌上方国涣刚刚摆布的棋阵，不由惊异道："怎么？方公子也是懂棋的？"

方国涣道："适才闲着无事，自家摆来取乐罢了。"

徐境此时脸上忽呈喜色。

第三十六回　天星棋子

　　唐人孟郊有首《烂柯石》诗，诗云：
　　"仙界一日内，人间千岁穷。
　　双棋未遍局，万人皆为空。
　　樵客返归路，斧柯烂从风。
　　唯余石桥在，独自凌丹虹。"
　　此诗所讲的是南北朝人任昉的《述异记》中记载的一则传说，说是晋时有一个唤作王质的樵夫入石室山中伐木，偶见两名童子下棋，那王质便上前旁观，一名童子送了王质一枚如枣的东西，王质吃了便不觉得饥渴，于是弃斧一旁观棋依旧。然而一盘棋还没有下完，那斧炳却已烂掉了。待那王质返回家时，人物两非，已在一百年之后了。此说最为传神，也使围棋一艺有了"烂柯"之美名。一盘棋未果已及百年，怎不令人感慨仙界之缥缈，人生之苦短。棋为"天技"，或为仙家所操之艺，人习之，也增一丝仿仙效古之雅意，别生境界也。

　　那徐境见方国涣懂棋，立时欣喜道："方公子既然自家携带棋具走路，一定是棋上的好手，这十几天来老夫竟然不知，可惜！可惜！"
　　方国涣惊讶道："徐管家何出此言？"
　　徐境道："方公子有所不知，我家主人尤好围棋一道，然这山村僻野之中，莫说对手，就连会走棋的人都难寻，乡中虽有几个会走闲棋的秀才，主人却是瞧不上眼的。只有村南十三里外，玉顶山上的隐士常连翼先生，每月按时与主人对弈三局外，这方圆百里内，寻一名走得一好手棋的难得很。方公子既然被雨水阻留村中，不妨与我家主人走上几局如何？"
　　方国涣闻之笑道："贵府主人既有如此雅兴，必是棋上的高人，在下愿意请教了，不知齐显州先生何在？当要谢过这些天来的款待之恩。"
　　徐境笑道："方公子与主人已经见过面了，主人还吩咐过，这几日要好生招待公子呢。"
　　方国涣惊讶道："在下何时与齐先生见过面的？"忽然想起，曾在宅中的一处矮墙外，见过的那位中年儒士，立时恍悟道："原来那人就是齐先生，真

第三十六回　天星棋子

是惭愧！住了贵府十余日，见了主人面，竟然不曾谢过。"

徐境道："我家主人先前还以为公子是一位读书人而已，没想到还是一位带棋走路的棋家，待老夫回禀主人一声，无意中给他寻了个棋客来，这些日子主人已是手痒得很。"说完，徐境兴冲冲地去了。

时间不大，徐境与刘库一起过了来，徐境高兴地道："主人闻方公子善棋，好是欢喜！特差我二人来请，这就请公子过去吧。"

方国涣道："不敢当。"起身随了徐境、刘库二人出了房门，转到一处客厅前。

齐显州这时迎了出来，一抱拳笑道："不知方公子善棋，枉空了十余日的机会，怠慢之处，还请多多见谅。"

方国涣还了一礼道："过路之人，承蒙贵府热情款待，实为感激不尽，在这里向齐先生谢过。"

齐显州笑道："方公子勿客气，午时曾望见过公子一眼，便觉得面善，没想到都是好棋之人。"随即请了方国涣入厅落了座。

仆人献上茶来，齐显州请方国涣用了，然后道："听徐管家说，方公子随身带着棋具，带棋走路，必是此中的高手。齐某不才，闲居此间，除了读书之外，最好棋家一道，然而这里偏僻，棋风不盛，很少能寻着一位好手走棋，乡中虽有懂棋者，都不成个模样。今日也算是巧了，雨留公子于家中，若不嫌弃齐某技薄，请赐教一盘如何？"

方国涣道："不敢，愿与先生切磋。"

齐显州喜道："方公子果然爽快。"

徐境这边已摆好了檀香木棋枰，两陶罐上等的云南窑棋子。齐显州请了方国涣于棋桌旁对座，伸手相让道："方公子是客，请先吧。"

方国涣心下道："此公面善好客不知棋力高低，但以棋家常势应对吧，不可过于领先，以免折了人家棋上兴致。"于是执黑先行，以常法而应，但随齐显州棋路而走，尽量使双方棋势优劣出入不大。几十手棋过后，发现齐显州的棋力却是不弱，每一子都适其地。

棋至中盘，齐显州心中惊讶道："此人年纪轻轻，棋力却如此之高，当属少见。"佩服之余，知为高手，于是谨慎地应对了。

结果一局终了，方国涣仅以一子领先，这是方国涣的容人之处，虽不自欺对手伴败，博对方一欢，但也不令对手一败涂地，而是稍稍领先，使对手斗志犹存，棋兴愈高，自己又能领略那种胜负之趣，这便是天元化境随心所欲的境界。

齐显州负了一子，对方国涣钦佩之余，兴趣未尽，也是棋家本性，认为还有赢棋的可能，于是道："方公子果是难遇的高手，再对一局如何？"

方国涣笑道："客随主便。"

结果第二局方国涣又以半子领先。齐显州不知方国涣暗中让棋于他，自是感叹道："方公子棋高若此，当真少见，并且不以客人之故让我，是真正的棋士，齐某佩服万分！"接着又豪爽道："明日再战，齐某当让公子赢棋不得。"显是方国涣未施全力，使得齐显州棋兴大增。

方国涣敬其豪情，于是笑道："好极！反正这几日也走不得，当让齐先生尽了棋兴便是。"

齐显州闻之大喜，随即设席款待，对方国涣在家中住了十余日，而未能及时相识，令齐显州懊悔不已。管家徐境见方国涣棋上两战皆胜齐显州，不由惊奇万分，知非常人，自是另眼相看。

酒席之后，方国涣与齐显州谈棋论艺，甚是相得，齐显州自感与这个年轻人相见恨晚。夜深时，方国涣才辞了齐显州由刘库送回房中。

那刘库十分敬慕道："没想到方公子还有这等棋家大手段，赢得我家主人好欢心，日后茶饭自有主人以酒席代了，这便是你们有本事人的好处。"方国涣闻之一笑。

第二天，方国涣便被齐显州早早地请了去。这一日，又对了三局，每局终时，方国涣都以一子两子领先，令那齐显州惊服不已。管家徐境见方国涣每局棋都轻松而胜，谈笑自如，犹有余力，不像主人那般思棋许久才落一子，应对得艰难，心中惑疑。

就这样，连战了三日八局，齐显州每一局都仅仅差那么一子半子落后而负。时间久了，那齐显州也是聪明人，在管家徐境提示之下，似有所悟。

这日，齐显州请了方国涣于厅中落座，方国涣以为还是弈棋，刚刚坐下，齐显州便整衣长揖一拜道："齐某有眼不识泰山，没想到方公子是棋家中的一等一的高手，先前怠慢之处，还请公子原谅。"

方国涣见状，知齐显州已有所明白，忙起身扶了道："先生勿要这般，此等大礼在下接受不起的。"

齐显州道："与公子对局三日，令齐某受益匪浅，今日始知公子是棋上的真正高人，私下都让了我的，齐某有缘得遇，荣幸之至，敢请公子多留住几日，指点一二，全齐某好棋之心。"

方国涣道："齐先生言重了，大家研讨罢了，不敢指教的，承先生厚待，多住几日也无妨。"齐显州闻之大喜。

这一日，二人每每弈对，方国涣但于棋盘上指点了，都是前三日齐显州在棋上所走不妥之处。齐显州惊愕之余，大是敬服，在方国涣点示下，先前棋上不通之处，立时而解，棋力无形增进，奋然不已。

当晚，在送方国涣回房歇息后，齐显州对管家徐境道："方公子棋力高深莫测，世所罕遇，看来便是先祖所托物之人了。"

徐境点头道："这位方公子，无论人品棋品，都是极难遇到的，此物交于此人，当是不差。不过应请常连翼先生来一趟，看看他的意见如何，此物贵重，所托之人，不可不慎。"

齐显州点头道："有道理，这样更为稳妥些，要不是连日大雨，路途阻断，常先生也该来了。"

徐境道："明日派人去请吧。"

方国涣这日由刘库陪着，去村口看视被雨水冲毁的道路，此时路面已被村民修整得差不多了，可通车马。刘库上前与村民们说了会儿话，回来对方国涣道："方公子还是再等几日吧，这段路面虽然修好了，但是前方距大路百余米外，山体滑坡阻断了通往大路的道路。听村民们说，还要三四日才能清理通畅。"

刘库接着又道："刚才听修路的王老爹说，前些日子山水大，导致前面的那处山体滑坡，你猜怎么着？竟然从岩石穴中冲出了一大群蛇来，不知那些蛇是如何聚到一起藏在山体中的。如今被水冲出，据说团团球球的，大大小小，花花绿绿，也不知有多少。"

方国涣闻之，惊异道："冲出来这许多蛇，这还了得！"

刘库道："听说那里，赶蛇就赶了好几天，要不然道路早就通了。"

"赶蛇？"方国涣讶道，"往哪里赶？"刘库道："自然往深山里赶，免得拦路伤人。这些蛇出来得又多又怪，平素有几个好食蛇肉的人，此番却不敢去捉了来吃，都远远地避了，好像害怕得很。"

方国涣愕然道："群蛇出山，又往回赶，倒是一件奇事。"想起一会儿还要与齐显州研棋，便与刘库转身回到了齐宅。

来到客厅上，见厅中此时多了一人，此人四十多的年纪，面容清雅不俗，正在与齐显州聚精会神地临枰对弈，管家徐境不在，唯其二人运子厮杀。方国涣止了欲出声的刘库，自家悄无声息地走到齐显州身后，旁站观棋。

此时便听那人道："半月不见，一场大雨，齐兄的棋力竟提高许多，敢情这些天来，都在日夜苦心习棋了。"

齐显州道："常兄不是不知，我哪里有自家打谱研棋的习惯，只有在与人走棋时才算练练手。怎么？常兄今日感到吃力了？"齐显州面呈得意之色。

那人盯视了棋盘片刻，忽惊疑道："齐兄莫非得了神助不成？这几手妙招可是你以前不曾走得成的。"

齐显州笑道："士别三日，当刮目相看，何况半月有余。"兴奋之情，溢于言情。原来这几日方国涣在棋上的指教令齐显州棋力大增，使得这位昔日的对手感到不可思议。

那人此时又道："齐兄莫要瞒我，这些日子，你必是用了那些宝贝，才激发出这些灵性来。"

齐显州摇头道："那些宝贝岂是随意动用的，齐某这般手法，不配用此物的。况且那些宝贝，虽然能激发人的灵性，但棋力的提高，还须自家习悟的。"

方国涣一旁心中诧异道："他二人所说的宝贝似与棋有关，不知何物，竟能激发人的棋上灵性？"

齐显州与那人又互走了十几手棋，那人这时忽放下了手中的棋子，停棋不走，惊异道："怪了！怪了！今日一局，齐兄竟然妙手迭出，令我常连翼中盘败北，没想到半个月内你的棋力提高如此之快，一定是有着什么奇遇。"

齐显州欣然道："实话对常兄说了吧，齐某有幸得到一位棋上高人指教……"说话间，齐显州发现了站在一旁的方国涣，忙起身拉了方国涣的手，感激地道："方公子数日指教，胜齐某十年所学。来，我给公子引见一个人相识。"

常连翼一旁惊起道："齐兄，莫非这位公子……"

齐显笑道："不错，正是这位国手方公子在棋上指点了齐某，一日千里！"接着道："方公子，来见过这位玉顶山的常连翼先生。常先生才高八斗，为此间大隐。"

方国涣忙上前拱手一礼道："在下方国涣，见过常先生。"

"方国涣？"常连翼闻之，忽地一惊，忙上下打量了方国涣一番，面呈惊异之色道，"恕常某冒昧，敢问方公子，两个月前，是否到过关外？"

方国涣闻之一怔，想起两个月前，自己在独石口关外，曾棋布天元阵，指挥一场血战，不由惊讶道："不错，两个月前，在下确实因为一件江湖上的大事，随一些英雄好汉到过关外，不过常先生怎知我……"

常连翼这时惊喜道："果然是方公子，今日有缘得见，实为幸甚！"

齐显州一旁恍悟道："常兄是说方公子是传闻中的那位……"

常连翼兴奋道："不错！方公子正是在关外以天元棋阵挡退了女真二十万大军的那位真正的棋道高人，如今天下早已飞传。"

齐显州闻之，一拍手道："是了！是了！我说方公子怎么会有如此高棋！"

方国涣自感惊讶，没想到自家布以天元棋阵在独石口关外一战，已被天下人闻知。

待落座后，常连翼激动道："前些日子就听人说过，有一位神奇的年轻人，在关外以棋势布了一座天元大阵，助天下第一江湖势力六合堂，退了女真二十万铁骑，创造了一个棋盘外的神话，公子可谓神人！"

方国涣道："常先生过奖了，当时事情危急，迫不得已之下才有此举。其实这都是借助了六合堂内有高人相配合，加上众好汉们奋勇拼杀，绝处逢生，并非在下一人之功。"

常连翼感叹道："公子莫要相谦，能把棋道运于棋外两军搏杀之中，竟然产生如此威力，可见公子棋上已另化异能了。古今之人虽崇棋，但多视为小术，实不知棋道之妙，小则遣枰上之乐，大则有定天下之功。"

齐显州道："方公子能有以棋道济世的本事，这等棋心大境，古往今来无人能比。"

方国涣道："棋家当以一技之长应世济世，方能显棋道之功，非仅限于枰子间的胜负乐趣。不过世事如棋，能把棋道贯通世道，并不是一件容易的事，在下不过尽力而为而已。"常连翼、齐显州二人闻之，点头叹服。

齐显州这时忽显得有些激动，起身道："今日有缘幸遇方公子，看来是天意，齐某多年来的一桩心事，当应在方公子身上了。"

常连翼闻之大喜道："恭贺齐兄今日全了先祖遗愿。"

齐显州感慨道："这或许便是天意吧！"二人一番话，把方国涣听了个莫名其妙。

常连翼这时道："方公子棋高无敌，但不知于棋子当中，可否见过棋中的至宝，无上的绝品？"

方国涣惊讶道："常先生可是在论棋子的质地优劣？"

齐显州一旁道："不错，世行棋子，贵者如玉质，普通的如石质，甚至还有铁棋子的。方公子为棋中高手，所遇上品好棋，当以千百计，不知可否有中意者？"

方国涣闻之，释然道："当今棋家所持者，多以云南窑棋子为上，世称云子，也自有琢金雕玉为棋来显耀者。在下所遇也多属寻常之品，然家师曾赠有一副罗汉棋子，虽为石质，但质地优良，棋称棋子中的上品，不妨让二位先生观视一下。"

齐显州道："方公子自带棋具，定非凡品，愿得一观。"

方国涣道："既然如此，待我去取来，二位先生稍后。"说完，暂别二人去了。

常连翼望着方国涣的背影，对齐显州道："此人在棋外到了棋布兵阵的境界，并且奏以奇功，棋力高深，非我等所能想象，似达到了传说中的那种化境之棋，当今天下的几位棋中的高手名家，也自不及此人的棋上修为。宝剑赠英雄，棋宝送棋士，也只有这位方国涣公子，才配拥有使用那种棋中至宝——天星棋子。"

齐显州道："不错，这几日来，我与方公子在棋上对了八局，感觉此人弈棋，如石投大海，不可捉摸。攻收夺占，在他而不在我，似在棋上修成了随心所欲、任意无不为的境界。天意使然，一场大雨把他阻留了十余日，那些天星棋子好像专为他而降，专候他来取似的，不可思议！"

这时，方国涣取来了罗汉棋子，于桌上放了，对齐显州、常连翼二人笑道："二位先生既是品棋的高手，请看在下这副罗汉棋子的成色如何？"

常连翼伸手取了两枚罗汉子，在手中掂了掂，点头道："此棋子圆润光泽，形正压手，果为少见的珍品。"

齐显州随手拾了几枚，看了看，不甚为意道："此棋子成色倒也上等，但不至于称宝。齐某家藏有先祖所遗的一种棋子，堪称棋中至宝，奉先祖遗训，看来是留给公子的。"随后道声："二位稍等片刻。"转身入内室去了。

方国涣闻之愕然，不知齐显州为何要把那些"棋宝"赠予自己，疑惑地望了望常连翼，道："常先生，这是怎么回事？"

常连翼慨然一声道："方公子勿急，此乃天意，一会儿便可知晓。"

方国涣心中诧异道："我与齐先生相识不过几日，虽因棋交而结厚，不知如何就要送我东西来？"

时间不大，齐显州双手捧着一只沉甸甸的锦盒出了来，放于桌上后，启去盒盖，里面装着一只陈旧的牛皮袋。齐显州随手将袋口解开，方国涣立感眼前忽地一亮，不由"咦"了一声，原来这牛皮袋里装着百余枚罕见的纯一白色棋子，质地奇异，圆润鲜亮，光泽形色比那罗汉棋中的白子还要纯正。

齐显州这时笑道："还请方公子鉴赏过这些棋子，可否称得上棋中至宝？"

方国涣纳罕之余，不由自主地伸手取了一枚，正欲细观时，不想小小的一粒棋子竟奇沉压手，出乎意料地从方国涣手指间滑落。

方国涣一惊，抢接不及，待弯身拾取时，不由大是惊讶，原来这枚棋子坠地之后，竟没土半身，可见其沉压之力非同寻常。当方国涣着力拾起托于掌中时，感觉是持了一块重铁一般，于是道："此棋何物琢成？如此压手！"

常连翼道："方公子必于棋具上见多识广，认为此棋是何物磨成？"

方国涣仔细端详了这枚奇异的棋子片刻，摇头道："此棋子非石非铁，在下从未见过，还望二位先生明言。"

齐显州道："此棋子非人间所有，乃是天外流星飞坠而来，或许便是陨石吧。"

"流星雨——陨石？"方国涣闻之愕然。

齐显州这时肃然道："此棋质地罕异，非人间所出，追其来由，说来也奇。齐某祖父年轻时，偶闲游野外，天晚将回，忽见星火坠地，散落一座石山上，祖父惊骇之余，前去寻看，见有白石刚硬，俨若石精，大如拳头，小若豆粒，祖父嫌其石沉重，便从中挑拣棋子般大小者一百一十七枚，归家示于好棋的曾祖，权当棋子。曾祖不但好棋，而且博学，见此天石大惊，云为陨石，乃为天外流星坠地而来。异其质非石铁，世间无有，且奇硬刚亮，纯白无杂，是为天降之宝。时值天色已黑，曾祖欲明日清晨随祖父至郏石山，无论大小，尽数拣回。不想当夜大雨突至，山洪暴发，竟将那座石山卷冲江河之中，再无半粒天石可寻。曾祖感叹万分，以为天意，名为'天星棋子'！曾祖遗训后人，此棋勿轻易示人，以免招祸，若机缘巧遇，逢棋高无敌者，当宝随其人，无偿赠之，否则私匿此物有干天和、违天意。后来发现，此天星棋子似乎另有异能，与人临枰对弈时，持此棋子似能激发自家灵性，如持宝石与石子相对，每自出生无有奇着，不落此子，若下此子，必生出妙手之神感来。"方国浼一旁已是听得呆了。

齐显州这时郑重地道："今见方公子棋道高深，能以棋应世济世，便知是先祖所说的有缘之人。此天星棋子共一百一十七枚，齐某留两枚作为传家宝外，其余不敢私自藏匿，遵先祖遗训，悉数赠送于公子，望方公子日后能以棋道教化于天下。今日恰适常先生在场，可做个见证。"说完，齐显州托了这袋天星棋子，呈递方国浼。

方国浼大惊道："这如何使得！此棋中至宝，当赠有德之人，在下岂敢受。"

齐显州道："齐某守此棋子多年，终日寝食不安，生恐不慎，被歹人偷去、诈去，有违先人遗愿。今见方公子人品棋品两佳，正合受棋之人，故而相赠，请万勿推辞，以令齐某了去这桩心事。"

方国浼自知这些天星棋子珍贵异常，万金不易，不敢平白收下，苦辞不受。

齐显州见状，不由大急。常连翼一旁道："方公子勿要勉强，齐先生与其先人的这等崇棋的至诚心意，可感天地，无非是想给这些天星棋子找一位真正的主人。想方公子一陌生路人，巧投此处，又被大雨阻留，而令齐先生发现了公子身怀绝技，这便是天意，公子想违天意吗？"

在常连翼、齐显州二人的苦劝之下，方国浼受情不过，只得施大礼拜谢收下了天星棋子。齐显州大喜，随即命人摆酒席相贺。

方国浼为感激齐显州赠棋之恩，也应齐显州、常连翼的热情挽留，便又住了十余日。这十余日内，方国浼在棋上尽力指教齐、常二人，令二人棋力大增，各自欣喜异常。方国浼随后便向二人辞行，齐、常二人知道不便久留，便设酒饯行。酒席后，齐显州、常连翼和徐境、刘库一直送方国浼至村外六里外，双方才依依拱手互别，方国浼复谢了齐显州赠棋之恩，拱手别去。

方国浼别了齐显州、常连翼二人，一路行来，由于身上多了百余枚天星棋子，体积虽小，重量尤沉，然而方国浼却感觉与其他重物不同，走起路来有一种稳健之感，似增信心，惊叹其为棋中至宝，果与众不同的，暗自高兴不已，庆幸有此际遇。

一路行来，每见路面有数处新修的痕迹，可见前些日子那场雨水之大。道路两旁，山高草密，云雾迷漫，草木之上自呈湿漉漉的，显是水汽蒸发之故，别有一种清新畅然之感。

就在这时，方国涣忽觉迎面涌来一股腥臭之气，随见前方十余米处，路旁草丛内大动，心知有异，不由自主地便停住了脚步。接着忽见从那处草丛内，缓缓地爬出一条色彩斑斓、碗口粗细的大蛇来。

方国涣突与此蛇遭遇，一时惊呆。那条大蛇爬上路面，也自发现了呆怔的方国涣，蛇首一扬，做吞噬之势。方国涣骇然间，忽见此蛇头生两角，俱长三寸许，心中惊愕道："难道这是传说中的龙蛇？"

世人常谓蛇为小龙，生角者极为罕见，多出没于深山大泽中，《左传》载有"深山大泽，实生龙蛇"。书中虽载，然此蛇多不见于世，人所不能见，仅为传说而已。或谓此蛇与龙同族，实不知龙蛇乃蛇之异种，也可称之为蛟，非神话中的那种吸水作雨、驾雾飞行的真龙。

方国涣忽见此生角的大蛇，极为惊骇，一时间不知怎生才好，呆望着那条龙蛇向自己爬来。这条已做攻击之势的龙蛇，见方国涣站在那里望着它，没有要跑的意思，不觉一怔，似乎对这个将到口的美味有了防范，虽然蛇涎欲滴，但行动还是缓了下来。

就在方国涣惊不能动时，忽闻到一种刺鼻的浓烈呛人烟味，不由抬手捂掩鼻息。随即忽见那条已爬到自己跟前的龙蛇，不知怎么，蛇头一歪，竟然瘫在了地上。

此时，一位披蓑衣戴斗笠的老者飞跑过来，望了一眼瘫软在地上已不能动的龙蛇，面呈惊喜之色，随即对仍站在那里发怔的方国涣道："好险！好险！小公子见了这毒物，敢情是吓得移不动步了。倒也多亏小公子吸引了这毒物的注意力，老夫才乘机于风头上燃了雄黄，熏倒了它。再晚一些，恐怕小公子性命不保。"

方国涣一见那老者，这才恍过神来，惊魂未定，忙深施一礼道："多谢老人家救命之恩。"

那老者笑道："小公子无事就好，倒也不必言谢，若不是你令此毒物失去警觉，老夫这雄黄烟却也无机会熏倒它。"

方国涣惊讶道："原来这股呛人的烟味是雄黄烟，却如何能熏倒这条凶恶的大蛇？"

那老者道："一物降一物，蛇类最怕者莫过于雄黄，无论大小，一熏便倒，极为灵验。"

方国涣道："没想到这条少见的龙蛇也怕。"

第三十六回 天星棋子

那老者闻之一喜道:"原来小公子也识得这种生角的龙蛇。"

方国焕见这老者年纪虽高,体格却是硬朗,想起刚才的危险,心中悚然,自是感激道:"晚辈方国焕,再次谢过老人家救命之恩。"

那老者笑道:"原来是方公子,不要客气,老夫纪祥和,是一个采草药疗人疾病的草医。前些日子,闻这一带有一处山体滑坡,涌出了无数蛇类,群蛇穴居山体之内,其间必有奇种,故来探求,果然遇见了这稀罕之物。"说完,纪祥和便从腰间摸出一把小刀锯,迅速将那条龙蛇的双角锯了下来。

方国焕见了,惊异道:"老人家锯此龙蛇之角有何用处?莫非是一种药不成?"

纪祥和笑道:"公子所言不差,此龙蛇至毒无比,而其角却能解毒,又名'吸毒石'。凡疮疔痛疽初起,以此角放于疮顶,如磁吸铁一般,相粘不可脱,待毒气吸尽乃自落,放于人乳中,浸出其毒,仍可再用,毒轻者乳变绿,稍重者变青暗,极重者变紫黑。此蛇角非石非木,实为药中奇宝。"

方国焕闻之,惊讶不已,望了望那条瘫软不动的龙蛇道:"这龙蛇或许就此死掉了吧?"

纪祥和道:"此龙蛇非其他蛇类可比,其毒至烈,可毒自家,故生角吸之,若无角可自毒而死。"

方国焕惊讶道:"老人家把它双角锯去,无了解毒之力,岂不自毒而死?"

纪祥和笑道:"龙蛇乃罕见之物,老夫虽取其角医世人之疾,但却不忍伤它性命,此双角是从中锯断,仍各留有余根的,可吸缓其自家毒力,百日后又可长成。若是连根锯断,这龙蛇三日内也就死掉了。"

方国焕摇头叹道:"没想到这般大物,却有自杀自生之能,不可思议!"

纪祥和这时把手中的两块蛇角掂了掂,比量了一下,随手递了一块与方国焕,道:"若无公子意外相助,此物甚是难得,就送一块与你吧,日后或许有些用处。"

方国焕大喜,谢过接了,然后道:"不知老人家如何处理这龙蛇?"

纪祥和道:"一个时辰后,龙蛇自会醒来,老夫在此候了,以免惊了路人,待它苏醒后,把它引向深山就是了。"

方国焕闻之,忧虑道:"此蛇毒恶,老人家要小心了,防它醒来伤人。"

纪祥和笑道:"方公子宅心仁厚,老夫这块蛇角没有赠错人。但请放心,此蛇虽毒恶,一经雄黄烟熏,两三日内,已无袭人伤人之力。"方国焕闻之,心中稍安。

纪祥和这时道:"公子要赶路的,但走吧,前方不远,便可上大路了。"

方国焕想起刚才的情形,心有余悸,道:"听说雨水大,从山体内冲出了很多蛇,若是再从路旁爬出一条大蛇来,让晚辈如何是好?"

纪祥和闻之笑道："公子但行无妨，此次从山穴内涌出的蛇类虽多，但大部分都被附近有经验的人赶往深山去了，以防惊人伤人。老夫适才来时，恐有遗漏者，出没路间惊了来往的行人，故沿路撒了雄黄，蛇嗅此味，都会远远避开的。"

方国涣闻之，这才心安，道："既然如此，晚辈就先行一步了，日后有缘再相见吧。"

纪祥和笑道："公子去了便是，能见的时候自然相见，老夫还要在这一带走上几日，再寻寻还有其他异蛇没有。"

方国涣笑道："那就祝愿老人家寻到一条真龙吧。"

纪祥和笑道："能见真龙一面，敢情是好，可惜老夫没那么大的福分。"

方国涣笑道："老人家有制服龙蛇之力，真龙若有，也自不敢见老人家的。"

纪祥和闻之哈哈大笑，方国涣遂与之一笑而别。

第三十七回　碧瑶山庄（上）

方国涣一路上也不知走了多少天，这一日，便已到了苏州。

苏州城内楼宇叠落，水巷纵横，舟楫往来，石桥罗列，江南水乡果与他处不同。临街水面，妇人三五成堆，七八成群，淘米洗衣，嬉笑追逐，岸上店铺林立，行人拥喧，热闹非凡。公子王孙，临舟摇扇；青楼笑女，倚窗眺望。歌舞遥传，为粉黛之地；浪声狂语，是醉酒之乡。所谓上有天堂，下有苏杭，便是如此了。

方国涣先自游览了一番，随后寻了家茶肆，买了些街头小吃自家用了，果是觉得别具风味。其实苏州之所以名扬天下，最主要者，莫过于一个"吃"字罢了。

方国涣出了茶肆，想起昔日与美食家赵明风有约，来苏州寻他时，可直接到苏州城内最大的钱庄——金元钱庄，自会有人接应。因不知所在，方国涣便拦了一位六旬老者，先自施了一礼道："老人家请了，打听个道，金元钱庄怎么个走法？"

那老者望了望方国涣，见其口音不似本地人，于是应道："哦！小公子问金元钱庄，好找，过了这座石桥，拐过两道街，再往右一转，到了街口便是了。不过岸上步行，小公子路生，恐一时难寻了去，不如舍几个小钱，从水上乘船走河道便利些，船家熟路的。"方国涣闻之一喜，谢过了那老者，随后下了石阶，唤来一条游船。

上了船后，船家问道："公子哪里去？"

方国涣道："可知金元钱庄吗？"

船家笑道："赵老爷开设的金元钱庄，是苏州城内最大的一家，谁人不知！"接着驱船而行，道："公子站稳了，一会儿便到。"

方国涣心中惊讶道："赵氏果是苏州望族，名气大得很。"想起就要与赵明风相见，心下欣然。小船穿桥过巷，行得飞快。方国涣立于船头，观赏临街景物，也自惬意。

不多时，船至一处岸边止了，这里都是临水的街道，店铺排列，为一繁华地带。中有一家大铺面，招牌上镶了四个金字——金元钱庄，光线反射，极是耀眼。方国涣知道就是这里了，付了船钱，跳上岸来。

此时在金元钱庄的门侧放了一条长凳，三四名伙计坐在上面，不时招呼着进出的客人。方国涣走至近前，向内望去，见里面柜台内有五六名伙计，不算很忙碌，一位微胖的中年人正坐在柜台后面饮茶。

　　门口的伙计见方国涣站在门前张望，看样子不像存金兑银的，一名伙计起身拦了道："喂！喂！这是钱庄，不是你来的地方，请走吧。"

　　方国涣忙道："烦请通禀掌柜的，在下有事求见。"

　　伙计们见这位似外乡来的年轻人，张口便要见掌柜的，不由各是一怔。一名老成的伙计打量了一番方国涣，见来人气质不俗，忙道："这位公子稍候，待我到里面通禀一声。"

　　说完，那伙计便转身进了里面，走到柜台后正饮着茶的那人身旁，俯身耳语了几句，又用手向门外指了指。那人便放下茶盅，望了望门外的方国涣，对伙计点了一下头。那伙计随后出来，对方国涣道："柜面管事的王先生叫公子，请进去吧。"

　　方国涣进了钱庄内，来到柜台前，朝那人拱手一礼道："在下方国涣，对面的可是王掌柜？"

　　那人微点了一下头，算是回礼，接着不紧不慢地道："鄙人王由可，倒不是掌柜的，我家掌柜的在里面，忙得很，你有什么事，对我说吧。"

　　方国涣闻之，摇头一笑，便从怀里掏出赵明风于分别时送给他的那块玉佩，递上前道："烦请王先生把此玉佩呈于贵钱庄掌柜的，或许掌柜的能明白些什么。"

　　王由可闻之一惊，忙站起身来，不得不重新打量了一番方国涣，疑惑地接过那块玉佩，见玉质珍贵，绝非凡品，心中诧异，知对方有些来头，忙道一声："公子稍候。"拿着那块玉佩转到里面去了。

　　时间不大，从里面急匆匆走出一个人来，手里托着那块玉佩，王由可神情茫然地跟在后面。那人走到方国涣面前，上下打量了一遍，点了点头道："阁下可是方国涣公子？"

　　方国涣闻之一怔，随即恍悟道："不错，正是在下。"

　　那人闻之一喜道："果真是方公子到了，我家少主人交代得不差。在下张江，等候公子有些日子了。"

　　方国涣道："原来是张掌柜。"双方便互见了礼。

　　张江随后对王由可道："速派人到山庄内通知少东家，就说方国涣公子接到了。"王由可忙自应了，张江接着请了方国涣入了内厅。众伙计互相望了望，才知这青年人来头不小，是与少东家相识的，幸好刚才没有言语得罪。

　　在内厅落了座，有伙计献上茶来，张江请方国涣用了。方国涣呷了一口，随后道："请问张掌柜，明风公子可好？"

第三十七回 碧瑶山庄（上）

张江忙拱手应道："谢方公子挂念，少东家很好，前几日还与少奶奶来过钱庄，询问方公子到了没有。可惜方公子来晚了半个月，没有赶上少东家的大喜之日。"

方国涣闻之，忽恍然醒悟道："是了、是了，昔日应明风公子之邀，来苏州赴他与韩姑娘的婚典，今日却是来迟了，没想到与明风公子一别，已然半年多了。"

张江笑道："少东家几个月前就早早地交代过，见玉接人，到底是把方公子接着了。"

方国涣点了点头，随后道："韩姑娘还好吧？"

一提起韩杏儿，张江便眉飞色舞道："要说我家少奶奶，那真是天厨下凡！这苏州城内，各个菜系的大厨师，自上次在天外楼有幸尝过少奶奶烧制的一席容括南北风味的大菜后，各自叹服，推我家少奶奶为天下第一，还联名送了匾。要知道天下间的名厨，大多可都集中在苏州，被这些大师傅们推为第一，可是不易的。"

张江接着感慨道："少东家一生以美食为务，天缘得遇少奶奶，也不知修了几辈子的福！"方国涣笑道："明风公子的口福乃是天赐，古往今来恐怕再无第二人了。"

张江感叹道："也许是吧，以少东家奇高的品味，竟被少奶奶的厨艺吸引三年不归苏州，先前我等也很纳闷。后来少东家把少奶奶迎了家来，我家老爷为了试她的厨艺，特叫少奶奶烧制了一席，然后把我等稍有点身份的人请去品尝。一席下来，满桌惊叹！感叹人生不过如此！少奶奶一席酒菜折服老爷全家，更是震动了整个苏州城。"

方国涣闻之，点头笑道："韩姑娘厨艺绝伦，凡品尝过她的厨艺之人，莫有不惊服者，一席征服南北名厨，当不是什么难事。"张江道："不错，当时老爷欣喜得很，自是承认了赵家的这个媳妇，为了少东家与少奶奶的婚事，整座碧瑶山庄里里外外忙乎了近半年。"方国涣道："赵家为苏州望族，有江南首富之称，明风公子与韩姑娘的婚典，一定是盛况空前。可惜我到得迟了，没有赶上这场盛事。对了，碧瑶山庄不知坐落何处？"张江道："在城外不远，方公子稍歇片刻，一会儿打发车轿送公子过去便是了。"

这时，王由可神色匆匆地进了来，走到张江身旁，轻声道："大管家今日进城巡视，就要到了。"张江闻之，忙起身道："现在到了哪里？"王由可道："适才王达通报，大管家刚刚离开福祥绸缎庄，这会儿估计快要到街口了。"

张江忙对王由可道："你且陪了方公子，我去接一下。"随后对方国涣道："公子稍候，张某去接大管家。也是巧了，今日便由宋管家陪公子回庄园吧。"说完，自家急忙去了。

方国涣这时对王由可道："王先生，这位大管家，看来是明风公子家中的大总管了？"

王由可道："公子所言极是，这位宋施扬大管家，不但替我们老爷管理着大江南北的无数生意，还是少东家的亲娘舅哩！"接着又十分恭敬道："宋大管家帮助我们老爷管理着富甲天下的产业，几十年来，兢兢业业，无丝毫的差错，实是令我们这些下人敬服得很。"

方国涣闻之，也自肃然起敬，不知这位宋施扬是何等人物，竟有着这么大的本事。

这时门帘一挑，张江在旁让进一个人来，此人中年老成，方巾锦袍，赤面长须，双目含光，有种威严之感。方国涣见了，忙站起身来。

张江这边道："大管家，这位方国涣公子便是少东家所说的那位朋友。"

方国涣知道此人便是那位宋施扬，拱手一礼道："方国涣见过宋先生。"

宋施扬见方国涣神清目秀，气质不凡，暗自点头，回了一礼道："原来是明风的朋友，听说过的，方公子既到了这里，不必拘于礼数，随意些便了。"

张江复请了方国涣与宋施扬落了座，随即伙计献上茶来，宋施扬未用，自是面呈温和地对方国涣道："闻明风夫妇言，他二人能结成伉俪，乃是方公子全力相成之果。"

方国涣笑道："哪里，这是明风公子与韩姑娘的缘分使然。"

宋施扬闻之，微微一笑。

张江一旁道："今日大管家来得巧了，正好同路把方公子送到庄园与少东家相见，这里就不再另备舟轿了。"

宋施扬道："这个自然，方公子是我碧瑶山庄的贵客，由我亲自接去好了。对了，派人通知山庄了吗？"

王由可一旁道："方公子一到，就派人去通禀了。"

宋施扬"嗯"了一声，复对方国涣道："方公子若不觉疲倦，这就同宋某回山庄如何？明风晓得你到了，定会很高兴的。"

方国涣道："如此甚好，我也想早些见到明风公子。"

张江、王由可随后送方国涣、宋施扬出了金元钱庄，此时门前已备了两顶敞轿，十多名家丁正与门口的伙计们闲唠，见宋施扬等人出来，忙上前迎了。宋施扬送方国涣上了轿子，然后自家上了头一顶，即命人起轿而去。张江、王由可及伙计们目送宋施扬等人去得远了，这才各自松了一口气。

王由可茫然道："这位方公子是什么人？竟如此得少东家与大管家重视。"

一名伙计道："能与大管家并轿而走的人，实在是不多。"

张江一旁揉了揉鼻子，吩咐伙计们道："都忙自家的事去吧。"说完，转身进钱庄了。

第三十七回 碧瑶山庄（上）

方国涣随宋施扬乘轿一路出了城上了大路，两轿并行，掀起轿帘，二人说话，方国涣道："宋先生，闻苏州多园林，不知碧瑶山庄为何建于城外？"

宋施扬笑道："城内建不下的。"接着又道："听明风说过，方公子棋艺高超，如此年轻有为，倒不简单的。"

方国涣道："宋先生过奖了。"宋施扬又道："天下技艺中，唯棋家一道，千变万化，鬼神难测，故谓棋子多怪事。此道中人，以苏州城内素有江南棋王之称的田阳午先生为宋某所钦佩，田先生与碧瑶山庄交厚，棋高无敌，独步江南，在天下间已没有几个对手，想必方公子也听说过的。"

方国涣道："在下这次苏州一行，除拜会明风公子外，因久闻江南棋王大名，还要去向田阳午先生请教的。"

宋施扬闻之一怔，随即摇头笑道："方公子果有好棋之心，能与江南棋王田阳午对上一局，也不枉了入习棋道一回。"

方国涣闻之，笑道，"宋先生所言甚是。"

这时，忽见迎面跑来五六匹马，为首一骑，乘着一位红袍公子。

宋施扬远远见了，笑道："明风果是性急，自家来迎了。"随即吩咐落轿。

说话间，赵明风已驱马到了近前，见方国涣与宋施扬并轿而来，自是大喜，翻身下马，上前一把抱住刚离了轿的方国涣，欢喜道："贤弟！想煞我也！为何如此姗姗来迟？"

方国涣笑道："一些事情给耽搁了，不想竟误了赵兄的佳期。"

赵明风高兴地道："来了就好！来了就好！"

方国涣道："韩姑娘可好？"赵明风笑道："到了我这里怎能不好，她还时常念着你呢！"

宋施扬这时道："明风，方公子是贵客，当迎回庄园叙话才是。"

赵明风笑道："舅舅说得极是，我只顾高兴了。"说着，拉了方国涣，一路徒步说笑而来。

行不多时，前方呈现出一大片园林美景来，这是一座极具规模的庄园，依山而建，又四面扩展开去，不见尽头。青墙围绕，绿树掩映，隐隐可见庄内楼檐飞宇，亭台榭阁，宛如山水画卷一般。在正门楼牌上，显出四个鎏金大字——碧瑶山庄。山庄的门楼雄伟壮观，有大家气派，"碧瑶山庄"四字形体深厚有力，似出名家手笔，落款为"徐井伦"，不知为何许人。

方国涣这时惊叹道："好一座漂亮的庄园！真乃人间仙境！"

赵明风笑道："贤弟所见不过园中一角罢了，此山庄是家父五十年的心血建造而成，不但在苏州，也是江南最大最美的一处园林了。园中十步一景色，百步一新奇，十日观不尽，日后陪贤弟再看个究竟吧。"方国涣闻之，惊叹不已。到了庄门前，自有庄丁来迎了。

进了庄内，宋施扬便对方国涣道："宋某还有事情要办，改日再与公子相叙吧。"

方国涣一拱手道："宋先生请便。"宋施扬一笑，转身去了。

赵明风这时拉了方国涣道："贤弟，随我这边来。"引着方国涣沿着一条宽阔的花石路向里走来。

这庄园内又别有一番景致，楼台殿堂，错落林木之中；池水溪塘，环绕廊桥之下。愈走愈深，奇花异草之上，蜂飞蝶舞；怪石假山之间，碧水清流；曲径通幽，树茂草齐；奴婢成群，知礼有序。

方国涣一路观来，不由惊叹万分道："赵兄，这碧瑶山庄实在是一处神仙福地！"

赵明风笑道："江南园林之美，在于夺山水之妙，占草木之宜，合以亭台楼阁，故成景画。贤弟目之所及，不过角之陋景，若有兴致，日后当陪你游遍。"

方国涣喜道："好极！如此也不枉来苏州一回。"

方国涣随赵明风一路走来，七拐八绕，也不知走到了哪里，最后来到了一处院落内。方国涣忽觉有些景物眼熟，似曾在哪里见过，细观时，见前方一座二层楼阁，门匾上有"美食楼"三字，不由诧异道："美食楼？莫非仙品堂也在其中？"

赵明风笑道："贤弟好眼力，此处楼台诸景，都是仿石岩村旧物而建，以慰杏儿思家之情。"

方国涣闻之，感叹道："赵兄真是一位有心之人！竟想得如此周全细致！"二人绕过美食楼，来到一处典雅别致的庭院内。

进院门时，方国涣见门上方有"鸳鸯苑"三字，不禁笑道："赵兄吃在美食楼，睡在鸳鸯苑，真乃神仙也！"

赵明风笑道："贤弟所言不差，不过我自有了杏儿这位神仙般的妻子后，才觉得神仙也不过如此！"方国涣闻之一笑。

这时，从对面的客厅内传出一个娇脆的声音道："你以为你是什么大仙，充其量不过一个嘴馋的吃仙罢了。"话音未落，一群丫鬟簇拥着一位衣着华丽，举止端庄的妇人迎了出来。

那妇人朱唇一启笑道："方公子，别来无恙？"

方国涣先是一怔，随即一喜道："原来是韩姑娘！在下险些识不出了。"

韩杏儿笑道："昨日见百花厅内的群花，一夜之间开了大半，知道今天必有贵客来，果然是应了。"

方国涣见赵明风、韩杏儿二人洋溢着新婚后的幸福，拱手笑贺道："二位佳偶天成，恭喜！恭喜！"

韩杏儿脸色一红，羞涩道："方公子如何这般来迟？久候不着。"

方国涣笑道："只因他事耽搁，竟误了二位的佳期，这杯喜酒我还是要向二位讨来补上的。"

赵明风笑道："我与杏儿成婚那日，少了贤弟在场，自是有些遗憾。贤弟今日远道而来，当是没有忘记我们的，还请厅内叙话吧。"

入厅落了座，即有丫鬟献上茶来，方国涣用了，随后道："每次见你二人一面，变化都大得很，今日一见，实为二位高兴。"

赵明风笑道："这要谢过贤弟昔日的成全之恩，此恩此德，我与杏儿终生不忘的。"

方国涣笑道："我何功之有？这都是你二人的缘分罢了，一个品位奇高，一个厨艺绝伦，若不是天意如此，你二人哪里会这般情投意合。"

韩杏儿笑道："我等本事再大，也不过是吃做的本事，哪里及得上方公子走得一手好棋。爷爷自从半年前与公子对了一局之后，时常后悔，说是再让他重生一次，当全力以棋道为务。"

方国涣道："对了，韩老前辈可好？"

韩杏儿道："爷爷厌烦世间繁杂，乐意在石岩村图住个清静，身子倒还硬朗。"

赵明风道："几次去接，他老人家都不来，也只好罢了，逢年节时，我与杏儿常去看望就是了。"方国涣道："韩老前辈是世间的高人，久经人世沧桑，晚年享些清福也是好的。"

韩杏儿叹息了一声道："爷爷少了我的照顾，定会寂寞得很，接又不来，还是回去在他老人家身边的好。"

赵明风笑慰道："放心吧，你走到哪儿我跟到哪儿，要知道，少了你这位好妻子，世间再无可口之物，我会饿死的。"方国涣、韩杏儿闻之各是一笑。

方国涣这时道："未赶上二位佳期，不能当日庆祝，是为遗憾，不过我这里还要送一份礼相贺的。"

韩杏儿忙道："方公子何必这般客气，大家皆非外人，乃是至交好友，心意我二人但领了，勿要破费才好。"

赵明风笑道："贤弟美意，我与杏儿自领会了，山庄内百物不缺，莫要费心吧。"

方国涣笑道："二位人生大喜之事，我也应当意思意思的。"说完，郑重地取出了一枚天星棋子，放于桌上道："我一生以棋为务，别无珍宝，此棋子虽非金玉，却也世间独有，权为心意，送与二位吧。"

赵明风夫妇见是一枚精光润泽、形色纯正的上品棋子，不由被方国涣的诚意所感。

赵明风起身笑道："好极！我与杏儿因美食而合，却也因棋而遇，贤弟的这位番至诚心意，我二人倒要收下的，礼轻情意重嘛！"说话间，伸出二指，便想夹起那枚天星棋子，不料一夹未起，那棋子仍稳定桌上，赵明风不由一怔。

方国涣一旁笑道："赵兄，我这份礼物可不轻哟！"赵明风诧异之余，复用五指着意收起，托于掌心，但感这枚小小的棋子奇沉压手，似托了块铁锭一般。赵明风乃富家公子，奇珍异宝见过尤多，此是不由一惊道："好一枚棋宝！"

韩杏儿见状，便要上前接过来看。赵明风于是轻轻地放于她手中，道："杏儿，可要拿稳了。"

韩杏儿不经意地接过，那枚天星棋子便从她的指掌间滑落，坠至桌上，韩杏儿抢接不及，立时一惊，叫声"好沉"！复着力拾起，不由"咦"了一声。

待赵明风、韩杏儿二人低头看时，但见这张厚实的红木桌面上，竟被天星棋子坠压得微凹了一处浅痕，夫妇二人大是惊异。

方国涣这时道："这是一种天星棋子，乃从天外流星雨中落地而来，非世间之物。"随后把天星棋子的来历说了一遍，令赵明风、韩杏儿夫妇二人惊奇不已。

赵明风忙寻了一只精致的锦盒来装了，递与韩杏儿道："杏儿，可要收好了，我赵家千万般宝贝，没有抵得上这枚棋子的，但作为我们的传家宝吧。"

韩杏儿笑吟吟地收了，夫妇二人始知此礼贵重异常，感动之余，自向方国涣谢过了。

赵明风随后赞叹道："没想到这棋子中也有如此神品！千金不易一子的，贤弟能得到这些宝贝，真是造化！"

韩杏儿道："方公子赠宝之恩，无以言谢，我这就去备一桌酒席，为公子接风洗尘。"

方国涣笑道："今日看来又有得口福享了，能得尝韩姑娘的厨中绝技，那是万金都买不来的。"韩杏儿闻之一笑，欠身一礼，先自去了。

方国涣随对赵明风笑道："赵兄，每日尽食天下绝美之味，不腻吗？"

赵明风笑道："腻之无味的境界，暂时还没有体验到。杏儿治菜，日出新样，极少重复，今日回味昨天之席，明日恋想今天之宴，恨不能身生两口，一气品尝他千万种，始觉痛快。"

方国涣闻之，感慨之余，笑叹道："赵兄有此贤妻，人生足矣！"

赵明风得意道："然也！"随后与方国涣大笑起来。

方国涣与赵明风正闲聊着，一名丫鬟进来禀道："少夫人有请少主人与方公子赴宴美食楼。"

方国涣此时一喜道："不知赵夫人又烧制出了何种奇味异珍的佳肴？"

赵明风笑道："自归苏州后，每餐之前，我也不知能品尝到何物，杏儿以此来吊我的胃口。说完，拉了方国涣出了鸳鸯苑，来到美食楼上仙品堂内。

此时已换了一身轻装的韩杏儿笑吟吟地上前迎了，三人随后入座开席。这是一桌海鲜大宴，奇香美味自妙不可言。

三人互劝了几杯，方国涣感慨道："闲居此间，真会乐不思归呀！"

赵明风笑道："我平日里交游虽广，知己却甚少，贤弟若不嫌弃，长留此地便了，每日里饮佳酿品美食，岂不快哉！"

韩杏儿笑道："方公子但留下吧，三年之内，当令公子尝尽天下美味。"

方国涣笑道："韩姑娘昔日也曾有此言语，若如此在下也不枉活一世了。"接着，摇头叹然一声道："可惜，我无赵兄的福分，你夫妇的心意我心领了，过几日还有些重要事情要办的，不能长留此间。"显然又是想起了国手太监李无三鬼棋杀人事。

赵明风见方国涣面呈忧虑之色，知他有些事未了，便宽慰道："贤弟身怀棋道绝学，自不可如我等闲居而误自身，日后只要得了空闲，碧瑶山庄随时会欢迎贤弟的。"

方国涣自是感激地道："如此多谢赵兄了，不过人生各异，命也不同，互求不得的。"

当天晚上，方国涣于碧瑶山庄内的翠雨轩中安歇了，此为园中一景，自成格局，精致典雅的三座竹楼半置水中，周围一片竹林，乃一清静幽居之地。赵明风陪方国涣说了会儿话，随后唤来两名仆人在翠雨轩侍候了，天色渐黑时，才辞别回鸳鸯苑去了，方国涣也自安歇。

第二天一早，方国涣起床后刚刚洗漱完毕，即有两名丫鬟来请了，随后引至了鸳鸯苑。赵明风夫妇已在厅中候了，桌上备了茶点，十几样精致的苏州点心，大小各异，花色齐全。韩杏儿亲自敬了香茶与方国涣，道："方公子昨晚休息得可好？"

方国涣笑道："居此神仙福地，哪有不好之理。"赵明风笑道："早茶之后，贤弟就于园中转转吧。"

韩杏儿道："在庄内歇息几日，再到城内游玩游玩，古语说得好，'上有天堂，下有苏杭。'"

赵明风道："不错，贤弟这几日要好好散散心，勿要为他事所累。江南棋王田阳午就住在苏州城内，到时给贤弟引见引见。"

方国涣道："此次苏州一行，除了拜会赵兄外，还要寻访此人，有些棋上事要向田阳午先生请教。"

赵明风道："不忙、不忙，贤弟先在庄内住上些日子再说，到时你二人一见面，棋逢对手，自去斗棋去了，哪里还会理我。"

韩杏儿道："田阳午时常出游，不知到时能否遇得上？"

赵明风道："前几日他到庄上来过，短时间内出不了门的。"

方国涣道："如此最好，到时就烦请赵兄引见了。"

赵明风笑道："好说，那时再约几位城中的大家公子来博一彩，他们自会认为田阳午能胜，都押在他身上，而我一人独注贤弟，叫他们来个一赔十。"

方国涣笑道："赵兄怎知我会赢？"

韩杏儿一旁笑道："他还不是听我爷爷说的，自上次爷爷与公子对过一局之后，说是公子的棋力已达化境，天下间当无对手可寻。"

赵明风道："所谓后来者居上，贤弟与田阳午棋上一斗，胜负虽难预料，不管成败几何，我自然倾于贤弟这边，输了也不打紧，以博一欢而已。"

方国涣笑道："多谢赵兄抬爱，到时当不会令大家失望的。"

赵明风笑道："好极！贤弟是刚出山的高手，当会创造一个奇迹出来的。"

用罢茶点，赵明风便邀请方国涣游览碧瑶山庄。临行前，韩杏儿对二人道："园中景广路深，当可尽兴去游，随遇而安，午间我自备好酒菜叫人送去便是。"

赵明风喜道："夫人想得真是周到。"说完一笑，拉了方国涣出了鸳鸯苑，漫步园中而来。

碧瑶山庄居于山水之间，依自然之势而建，草木葱郁，花石各异，楼阁亭榭掩映，塘池湖泊错落，风光旖旎，景色宜人。

方国涣赞叹道："曾闻苏州园林甲天下，今日一见，果不虚传！"

赵明风道："而此园又为苏州园林之首，是家父耗费了五十年心血而建成。"

方国涣敬佩道："伯父他老人家真是一位奇人，竟然建造出了这般气势的人间仙境。"

赵明风道："家父幼承祖业，贸易天下，历尽千辛万苦，挣得了现今富甲江南的基业。家父一生游历可谓传奇，若笔之成书，不下百万言的。"

方国涣闻之，敬服不已，随后道："我来了已有一日，当拜会他老人家才是，否则不免失了礼数，还请赵兄引见了。"

赵明风道："家父自闻贤弟以棋促成了我与杏儿之事，称赞贤弟是一位奇才，也自想一见。不过前几日家父由赵胜陪着去扬州了，估计这几天就能回来，到时再见不迟，说起来贤弟还是我赵家的大媒人。"方国涣闻之一笑。

二人说话间，穿过了一片柳林，前方现出了一片宽广的湖面，近岸处有数岛，各建楼台，皆有桥廊与陆地相连。唯远方一大岛，独处湖中，四面环水，只有舟船可通。方国浼奇道："没想到山庄内也有如此大湖。"

赵明风道："此水名为雁湖，每年秋深时节，总有百余只大雁栖于岛上，觅食岸边，竟成不变的规律。十几年前，曾有庄中仆人私下射杀两只公雁，烧烤来吃，群雁竟两年不至。家父查出此事，重责其人，逐出庄园，永不再用。说来奇怪，当年雁迹重现，自此庄中上下再不敢私伤园中鸟虫。"方国浼道："雁通人性，果然不假。"

赵明风又道："园中诸景，水色占其大半，并且水道贯通各处，倘若乘舟而游，一览而过，两日可全，若信步闲走，十天半月恐难观尽。"赵明风引了方国浼沿湖边而行，又自介绍道："园中景物，一物一名，不胜繁举，大凡别成景致之地，都有字迹的。"

方国浼视之果然，如路旁林中一亭，名"静亭"，似取幽静之意，其他诸物，名与景合。

第三十八回　碧瑶山庄（下）

赵明风引了方国涣在碧瑶山庄内一路游来。

行走间，赵明风指了雁湖道："此湖中水族类甚多，不下百余种，多是家父命人从江河湖泊中移种而来。如有太湖'三宝'之称的银鱼、梅鲚、白虾，洞庭湖的财鱼、鳊鱼等，都可在此雁湖水中寻着踪迹。湖中又生有大鱼，数年前曾于水中网到一条七十余斤的鲤鱼。"

方国涣闻之，惊叹道："雁湖乃是一块宝地！更为一湖奇水！"

赵明风道："此湖水中族类较他处品种自然多些，不过也着实费了家父不少心思，想那洞庭湖中的黄鳝，历经三年，移种四次，才使它在雁湖安家，繁衍不息。然此水中也有费解之处，就是不活鳖类，先前曾从十几处水系中移种而来，都不得活，后来家父也就止了。然而园中与此雁湖水道相通的莲花塘，却能养五六种鳖类，却不知何故？"

方国涣道："不是因水，就是因地吧。"

赵明风道："也许有此缘故，回头叫人在湖中网他几种鲜鱼，与我二人下酒。"

方国涣笑道："这移殖的水鲜，可知能否保全其原产地的风味真香？"

赵明风笑道："易水而养，终有所异，不过有我们的厨中高手烹制，当会补其不全，而现原味的。"

方国涣点头笑道："如此倒不失为绝妙！"接着又道："伯父他老人家移殖各地水鲜于此，恐怕不仅仅是为了增添园中景致吧？"

赵明风道："也许家父是为了成全在下的口福而已。"言罢，二人大笑。

一路行来，不时遇着几名闲逛的仆人、丫鬟，见了少主人陪客游园，不敢相扰，都远远地避开另寻他径去了。这时，方国涣见前方一座小山上，有白楼半隐林木间，倒是园中一高处所在。

赵明风一旁道："此为白石楼，是在下少时读书之所，上去一观吧。"随后引了方国涣登山进楼。

此楼皆为大理石所建，白色无杂，光滑明亮，分三层，设九室，书卷满橱，一尘不染，桌椅陈设，典雅朴素，是为书楼。

赵明风引了方国涣来到最高层，临窗四望，眼界顿时开阔，白石楼前临雁湖，背傍柳林，果是高处所在。赵明风抬手指了道："贤弟目之所及，不过园中景色十之一二，被那林木山势遮掩诸景大半。雁湖右边隐见檐宇的是园中之园'宁园'，左边一峰独立的是藜干山，半山有泉，垂流成瀑，早晚雾气迷蒙，是一奇妙所在。远处遥见其形的是'夜光塔'，十三层花岗石砌，塔尖置有磷石，夜可映光，最为可观……"

方国涣随赵明风所指，四下观望，不禁惊叹道："此人间仙境如此广大！不知建了多少年？才成此规模！现此气势！"

赵明风道："家父幼承祖业，务于商贾，每有所积，十八岁时选中此地，便开始从小处兴建，十年后，已成模样，不想一场大火，焚其大半。"

方国涣闻之，不由惋惜道："可惜！可惜！"

赵明风笑道："所谓旧物不去，新景不来，以后又在原地重新扩建，每年自有更新，前后历时五十余年，才有了今天这般规模。"

方国涣惊叹慨然之余，对赵明风之父赵琛肃然起敬，不知是何异人，有建如此家园的本事。

站在白石楼上，雁湖诸景倒可尽观。

方国涣见远居湖中四面环水那座大岛，不但无楼台建筑，让其另成景致，反而呈出些荒凉之态，似被冷落一般，与园中诸景不适应，便用手指了道："赵兄，此岛独处湖面之上，隐于水气当中，有些与众不同的。"

赵明风闻之，不由一怔，随即笑道："此为湖心岛，唯舟船可通，倒是本园中的一处神秘所在。"

"哦！"方国涣闻之，不由又望了望，若有所思。

赵明风接着道："这座湖心岛，在以往的五十年中，除了家父每年上去过一两次外，庄中众人，包括在下，都不曾踏上此岛半步的。因为家父定下了一条规矩，不准任何人靠岸登岛，违者严惩，湖面上更是严禁行船，除了按时网些湖中的鲜味，也都是庄中的几位老仆人驾舟捕之而已。"

方国涣闻之，诧异道："此岛远居湖面，是为园中一绝静之地，看来是伯父别有用途的。"接着笑道："莫不是伯父把毕生获得的财富都藏在这座岛上了？"

赵明风摇头道："不会的，家父从商多年，非守财固财之人，那样做也是没有必要的。此岛列为庄中禁地，虽然只有家父一人可至岛上，但每次家父都独自摇船上岛，傍晚方归，却也没见有何异常，不知岛上有何古怪，显得神秘莫测。"方国涣闻之，惑然不已。

下了白石楼，赵明风又引着方国涣游了紫烟亭、流云阁等几处幽雅之地，随后来到了百花厅。百花厅是奇花异草集之所，专有花匠料理其间，一些方国涣从未见过的花草令他惊奇不已。

一名管事的花匠见赵明风过了来，忙上前迎了。赵明风便对他道："鲁贵，少夫人酿百花酒所需要的花瓣可采集好了？"

那鲁贵应道："回少主人，已按少夫人交代的方法做了，一样不少的，请少主人与这位公子厅内用百花茶吧。"

"百花茶？"方国涣闻之微讶。

赵明风笑道："贤弟仅知我美食上的品位，茶道之上，在下也是不弱的。"

方国涣笑道："凡入口之物，当皆讲究，方是赵兄为人之道。"赵明风闻之一笑，随后请了方国涣步入百花厅。

百花厅为一处敞亮的大厅，与院中不同，仅摆了数盆奇异花木，门窗大开，不时有清香飘进。赵明风、方国涣二人于厅中落座，即有仆僮端上茶具，斟茶水之前，却先于窗外采了数片新鲜的花瓣来放进杯中，然后才缓缓注入茶水，此茶水呈粉红色，与常见之茶有异。

赵明风端起茶杯让了让方国涣，道："贤弟，请用茶吧。"

见方国涣瞧着杯中的花瓣不解，于是笑道："此茶经数十种花汁合茶混制而成，采些鲜花瓣为'茶引'，以引出茶中百花之香，此茶饮法特别，在于微妙之中细品。这是百花厅已逝的花匠师傅高三娘所创的独特茶道，一般人品尝不来的。"

方国涣听得稀奇，便端杯呷了一口，着意细品了一会儿，不由摇头道："此茶味呈清香，虽口感与常茶有异，我却也品不出什么特别来。当然，对于茶道，平时也不甚理会的。"

赵明风道："百花茶在于微妙之中，尤有大学问的，陆羽的《茶经》便是集大成者。陆羽其人，不但对茶的色泽、炮制、产地、品种大有研究，并且于茶具、水质上又别有见地。"

方国涣笑道："看来赵兄也自精于此道，愿闻其详。"

赵明风道："单说治茶用的水质吧，多以泉水为上。如那济南七十二泉之首的趵突泉，有天下第一泉之称，水质清醇甘洌，最宜煮茶，至列上品。这天下第二泉，便是无锡的惠山泉，水质甘香重滑，尤适泡茶。第三泉当属杭州的虎跑泉，水质甘洌醇厚，泡以龙井，时称'双绝'。"

方国涣听罢，赞叹道："闻赵兄论以茶道，真是大长学问。"接着笑道："这百花茶的水质，口感润滑，不知取自第几泉？"

赵明风道："三大名泉距山庄太远，不宜取之，不过园中有一泉，名'夜泉'，泉水夜出昼无，堪称奇异，故常于夜间取之备用，百花茶之水便是取其中的。此泉水质甘香甜润，曾有数位名家品过之后，认为不亚于天下第二泉的惠山泉。"

方国涣闻之惊讶道："园中竟有这等奇泉，为何无人知晓？"

第三十八回 碧瑶山庄（下）

赵明风道："只因此泉位于山庄内，为我赵家独用，故天下不知，否则必于《茶经》上列名次的。"

待方国涣又品了几口百花茶后，口中这才回味出了一种淡淡的异香来，细感之，犹临百花丛中，畅然悠远，不由点头道："嗯！好茶！现在有些意思了。"

赵明风笑道："贤弟的品位倒也不低。"

方国涣似有所悟道："茶道之妙，看来在于细品，而非解渴之备。"

赵明风道："古人所谓：一杯为品，二杯为饮，三杯是灌驴。"言罢，二人哈哈大笑。

离了百花厅，赵明风引着方国涣又游了几处景致。正行走间，方国涣见前方不远处，垂柳荫下，有几间木造精舍，门上有"对饮斋"三字的匾额。

到了近前，有两名仆人迎出，一人道："禀少主人，少夫人已备好酒菜，特差小人在此恭候。"

赵明风道："知道了，你们去吧。"那两名仆人便施礼退去了。

赵明风请了方国涣进入对饮斋内，里面已摆好了一桌精致酒席，二人便坐下用了。

对饮了几杯，方国涣不由慨然道："游园半日，便有十年不思归之感，可见富贵清闲，人之所好！"

赵明风笑道："以贤弟之高雅，都有迷恋之意，看来人之一生，不过一求荣华富贵而已。"

方国涣摇头笑道："也不尽然，所谓境由心生，还要看人之心境几何的。"

赵明风笑道："那也要因人而异。"

二人又互敬了一杯，赵明风道："棋道为闲时第一雅艺，回头还要向贤弟请教的。"方国涣笑道："好说，这饮酒下棋，忘情山水，再品尝以美味佳肴，更无杂事扰身，普天之下，看来唯赵兄一人能享此大福了。就连那皇宫中的天子知晓了，也要羡慕的。"

赵明风笑道："在世人眼中，在下不过是一位无所事事的白痴（吃）罢了。"言毕，二人大笑。

酒菜用毕，赵明风、方国涣二人离了对饮斋，转到了一处楼宇殿堂群集之地，中有一大殿，名为"齐仁殿"，建筑高敞，壮观宏伟，为碧瑶山庄议事之所。一些丫鬟、仆人见了少主人过了来，忙分立两旁施礼相迎，赵明风便请了方国涣入齐仁殿而观。

大殿内布置得富贵华丽，金碧辉煌，尤在中堂挂了幅特大"福"字，最为耀眼，笔体粗大浑厚，苍劲有力，形凸欲坠，落款处有"徐井伦"三字。

方国涣见了，想起庄门上的"碧瑶山庄"四字也是此人所题，不由问道：

"赵兄，这位徐井伦是什么人？好一个不凡的手笔！"

赵明风道："井伦先生为江南名士，是当今有名的书法大家，居苏州城内，是家父的至交好友。江南文士，皆以获井伦先生一字为荣。"

方国涣闻之，又观赏了一番那"福"字，点头赞叹道："大家手笔，给人的感觉就是不同，此字已达形神俱妙的境界了！"这时有仆人献上茶来，二人饮了几口就离开了。

又游览了几处景致，天色将晚，赵明风恐方国涣走久了疲倦，便引着他绕路回到了翠雨轩。二人谈了些诗词歌赋，方国涣又自在棋上指点了赵明风一二，随后二人回到了美食楼。

此时，韩杏儿已备了一桌丰盛的酒菜候了，并告之宋旅扬来过，闻赵明风陪方国涣游园去了，自家也就离开了。用过酒菜，赵明风便送方国涣回翠雨轩歇了，闲聊了一会儿，赵明风也就别去了，约好明日继续游园。

方国涣小憩了一会儿，自对碧瑶山庄的奇美景色惊叹不已，然而心中惦记着棋上事，不免有些烦乱，便起身出了房门，临水扶着竹栏吸了几口傍晚时分的清新空气。

两名侍候的仆人，一个叫张正的，一个叫王炳的，见方国涣出了房门，恐有事吩咐，忙从另一房间出了来。

王炳上前道："方公子，可有什么事要叫小人做吗？"

方国涣道："没事，随便走走。"张正道："香茶快煮好了，公子稍后回房间用茶吧。"方国涣谢了声，便凭栏观望对面景致。

这时，对面林间石径上有两个人在散步，其中一人，宽袍大袖，仪态脱俗，昂首踱步而行。

方国涣见此人气宇不凡，便问一旁的张正道："那位先生是什么人？"

张正望了望，道："原来是曾子平先生与关亮二管家。"

方国涣道："左边的那人可是曾子平先生？"

张正道："不错，曾先生与我家老爷相识几十年了，每年都来庄内住一两次的。"

王炳一旁道："这位曾先生好大的本事，会说很多种外邦异国的话，园内的月亮楼是老爷专备曾先生住的，平时不住外人。"

"哦！"方国涣心中惊讶道，"江南首富赵琛能为此人在园中专备有住处，倚重得很，看来这位曾子平不是一般的人。"

张正这时道："曾先生的本事大得很，从没听过的外国话，只要听上几句，明白了它的意思，就能很快地用此话与人交谈。那些土语方言也自精通，听说以前老爷与外国人做生意，都是这位曾先生做翻译的。"

王炳一旁道："人称曾先生为'万国通'的。"

第三十八回　碧瑶山庄（下）

　　方国涣闻之，惊讶道："原来这位曾子平先生是一位语言奇才！"
　　第二天一早，赵明风带了一个仆人过了来，那仆人提了食盒，里面备了点心。赵明风与方国涣自在翠雨轩内用了早茶，随后二人复游园中而来。
　　赵明风这时道："昨晚接到消息，家父后天便从扬州回来，贤弟便可见着了，到时再给你引见一位高人。"
　　方国涣闻之喜道："能得拜见赵伯父一面，实为荣幸之至。那位高人，可是江南棋王田阳午先生？"
　　赵明风摇头道："不，是另外一人，此人通晓百余种方言土语、异邦外话。"
　　方国涣忙道："可是有'万国通'的曾子平先生？"
　　赵明风闻之惊讶道："贤弟如何识得曾叔叔？"
　　方国涣道："昨日傍晚见曾先生在林中散步，见此人气宇不凡，问过张正、王炳二人才知晓的。"
　　赵明风道："我说呢！曾叔叔昨日午间刚到，贤弟并没有与他见过面，如何会识得，原来昨日望见过。"
　　方国涣道："这位曾先生竟通晓许多种语言，一定是下了一辈子苦功来学的。"
　　赵明风道："那倒不尽然，这是一种与生俱来的天赋，苦学不来的。"
　　方国涣道："愿闻其详。"
　　赵明风笑道："贤弟也是一个好奇的性子，那就与你讲讲吧。"接着肃然道："家父年轻时，贸易天下，偶然结识了曾叔叔，见他能和外邦人士以异国话交谈流利，且通多种土语方言，视为奇才，重金聘下，收于商队中，往返周边各国贸易。由于曾叔叔通晓各国语言，生意上十分畅顺，获利颇丰，曾叔叔借随商队之便，周游各国，在语言上又有所精进，也自欢喜。后来有一次，商队经丝绸之路行于大漠之上，不幸遭土匪冲击，竟意外地把曾叔叔掳了去，扣以人质，索要五百金。当年家父基业方起，资产浅薄，五百金数目不小，有人劝家父勿以巨金赎人，一走了之。然而家父则言，宁把千金扔，不舍曾子平，毅然凑足赎金之数，把曾叔叔救了回来。自此之后，家父便与曾叔叔成了生死至交。"
　　方国涣闻之，感动道："原来还有这个动人的故事，伯父还真是一位大义之人！可歌可敬！"
　　赵明风道："千金易得，一才难求，曾叔叔通晓的方言土语、异邦外话，直到现在，我也没搞清楚到底有多少种。曾叔叔这方面的本事是与众不同的，先前有一位惯走海外的海客，带回来两位也不知是哪个国家的人，说起话来叽里呱啦的，谁也听不懂，曾叔叔也是从来没有听说过这种外国话。后来曾叔叔就与那两位外国人以手势交谈，同时指示以物件，以弄清他们表达的意思。结果不出五天，曾叔叔就能与那两个外国人，以他们的语言流利交谈了。对此事大家都感到很惊奇，认为不可思议，我也问过曾叔叔，他学得何以这般快？曾叔叔便告诉我，天地之间，唯人能言语，口舌动而音出，由于地域国度的不同，导致发音的不同，各成一方之言，一地之声。但是不同的语言间却是有一种大法可循的，理顺了它，便可以与人沟通，倾心而谈了。"

方国涣闻之诧异道："语言上的大法？当是什么样的道理？如此神奇！"

赵明风道："或许是一种可循的规律吧，不过这是曾叔叔自家天赋所独有的，言语上表达不出，只有他自己能领会得、理顺得，旁人学不来的。"

方国涣惊叹道："没想到天下间竟有如此奇人！"

说话间，二人来到了一片开阔的草坪上，正中建有一座特大的亭子，直径竟有十余米之多，颇具气势，上书"五凉亭"，这么大的亭子，方国涣还是头一次见过。

五凉亭坐落于草坪之上，周围宽阔，绿草如茵，旁邻一池塘，水面上建有一条条精巧的廊桥，互为联通，凉亭倒映水中，美妙不可言状，入口处有"水廊"二字。塘水清澈，荷花遍生，鱼群往来，时跃水面，与水廊、五凉亭互成景致，美不胜收。

方国涣赞叹之余，问道："赵兄，这座大亭子何以取名五凉亭？可有寓意不成？"

赵明风笑道："水清、草绿、亭大、地阔，轻风之往来，有'五凉'之感，故曰五凉亭喽！"

方国涣闻之拍手笑道："妙！妙不可言！"随后上得亭来，四下望去，心中畅然。那草坪之上，可容千人，是一处跑马射箭的好场所。下了五凉亭，二人又上了水廊，漫步水面，感觉又自不同。

穿过廊桥，转过一片小树林，前面竟现出一座庙宇来，正门处有"明法寺"三字。此寺虽不甚大，却也有三殿数塔。

赵明风这时道："此寺东面还有一座道观——清虚观，与这明法寺专供庄中信奉佛道者，年节上香及做一些法事，也实为园中两景。"

方国涣笑道："这寺中的僧人可是真和尚？"

赵明风道："那还能有假，里面住持觉明法师，还是从杭州灵隐寺内请来的高僧呢！"

方国涣闻之，不由感叹道："碧瑶山庄内，真乃另一小世界矣！"

二人过了一座石桥，沿一石径而行，路过一座假山时，方国涣见旁侧有一潭两丈见方的水池，池水发暗，沉寂不动，边沿砌以石板，旁竖一碑，上刻有"太阴池"三个红字。

方国涣见此水无甚异处，不由笑道："赵兄，园中美景众多，何必再给这一汪死水冠以池名，雅称虽好，又有什么景致可观呢？"

　　赵明风摇头笑道："贤弟且不可小看了这潭太阴池水，此池虽小，却深不可测，是与海底相通的。"

　　"与海底相通？"方国涣讶道，"赵兄何出此言？"

　　赵明风道："当年家父请了一名善潜水者，叫作齐勇的，下去探此水深浅。那齐勇下潜了百余米，竟然探不及底，恐气力不接，便浮了上来，说此池深不能探，乃与海底通。家父怪其不尽心力，言以托词。而齐勇则告知，池下深处，水质入口发咸重涩，与海水无异。家父愈加不信，言此一池之水，何以上淡下咸？齐勇为证实己言，讨了一只带塞的瓷瓶，复潜入池中，在深水处装了一瓶水后，又浮了上来。待家父与围观众人品之，其水果有咸味，方知齐勇所言不虚，皆叹太阴池之奇异，后重金遣齐勇去了。"

　　方国涣闻之，诧异道："一池静水，却有这般古怪？不可思议！"俯身探手入水，虽感凉意，却不甚冷。

　　赵明风一旁道："此水探之不觉冷，水质却奇寒，在江南这种酷热的天气里，以此水浸泡鱼肉果蔬，三五日内仍色鲜如新，无丝毫的腐坏变质，堪称一绝。庄中诸人，也只是知其然而不知其所以然，厨中多取此水备用。"方国涣闻之，愈加惊奇。

　　赵明风又道："曾有庄中的下人，取此太阴池水煮茶，说来也怪，煮泡出来的茶水有色无味，茶香尽失，又是不知何故？"

　　方国涣讶道："真是一池怪水！"随即慨然道："天地造万物，人之智不能尽知，是为遗憾！"

　　赵明风笑道："不知也有不知之趣，保其神秘，则乐之无穷。"接着又道："此太阴池与海底相通是有道理的，池面虽不大，然无论旱涝，水位终保一致，没有什么变化。百花厅的花匠师傅常取此水浇灌花木，可使花根不腐，且较常水蒸发的也慢些，泥土常湿润。苏州城内有几户交好的养花人家，每月都来取几次的。"

　　方国涣点头道："果是一池好水！不可小看了才是，可否能饮之解渴？"

　　赵明风笑道："太阴之寒会令贤弟腹痛的。"方国涣笑道："既如此，那就走吧，这池上的水气，也让人感到凉些。"

　　二人离了太阴池，至春雪阁，已有仆人在那里摆好酒菜候了。用过酒菜，赵明风随后又引了方国涣游了园中几处特别的景致，方国涣乐不知疲，兴致愈浓，感叹碧瑶山庄果是人间仙境。傍晚时，二人才回到了翠雨轩。

　　游园归来，方国涣坐于桌旁，忽地叹息了一声，默言不语。

　　赵明风讶道："贤弟，何事不乐？"方国涣起身来到窗前，抬头观望了片刻，这才幽然一声道："明风兄，可惜你不是棋道中人，不解我棋家之事，现有一件要紧的事情缠绕胸中，苦思不解，每一想起则忧虑万分。"

赵明风惊讶道："什么事竟能令贤弟牵挂如此？明日不妨再遍游园中景色，自然能使你那心中愁事云消雾散了去。过几日进城寻访江南棋王田阳午，你二人再探究如何？"

方国涣道："来已两日，多谢赵兄的热情款待，游园逛景，饮酒品茗，尝以美味佳肴，实为一生难忘之快事。然则静坐思棋，便无了诸般兴致，在下心急，不如明日去拜见田阳午先生为好，或能解了我心中之事。"

赵明风闻之，起身笑道："我当什么事！原来贤弟急着想见田阳午，真是棋家的性子，这有何难，明日一早去了便是，有我的引见，见江南棋王一面，讨上一局，当不是什么难事。想那田阳午棋上弟子三千，遍布江南，本人品格奇高，平日里来请教斗棋的人极多，都由他的弟子们给挡了，他自家则深居简出，难觅踪迹。不过有我在，保贤弟直接到他的家里见他就是，免得让他的弟子有拦棋的麻烦。"

方国涣闻之大喜，忙自谢道："如此最好！一切就有劳赵兄了。"

第二天一早，赵明风便约了方国涣去苏州城。在庄园门口，遇见了也要进城的宋施扬，二人忙上前与宋施扬见了礼。

赵明风问道："舅舅今日也要进城吗？"

宋施扬面呈忧虑道："昨日织场来人说，朝廷又派来了一批宦官，增加了不少税监，税银比往日又提高了许多，听说在别家织场还伤了人，我今日去看看。"

赵明风气恼道："这些宦官着实可恶，简直是一个填不满的大坑，仗着皇命任意加税，用钱打发了便是，不必与他们怄气的。"

方国涣道："苏州府难道坐视不理这些胡乱之举吗？"

宋施扬道："这些宦官都是朝廷直接委派来做税监的，不受地方管制，苏州府也拿他们没办法。"接着摇头叹道："像我等拥有百张织机的大户，都承受不了其重税，何况那些规模小些的机户，如此下去，恐生祸事，所谓富不与官斗，又能有什么法子？"

方国涣见这江南首富之家，都会因赋税而愁，不由诧异。

在去城内的路上，赵明风向方国涣讲述了一些情况。原来苏州盛产丝绸，尤以苏州的织锦为天下四大名锦之一，苏州城内以织绸为业的机户很多，各有织机十几台至几十台不等，开设手工工场，雇用机工，自成规模。以赵氏所拥织机最多，两处工场共百余台，为苏州城之首，利润颇丰。朝廷于是看中了苏州这块肥肉，直接下派宦官征以重税，致使规模小些的机户经常关门歇业，时间久了，一些大户也自承受不起，时有事发。方国涣闻之，摇头

第三十八回　碧瑶山庄（下）

不已。

到了苏州城内，宋施扬别了赵明风、方国涣二人，自往织场去了，赵明风随后引了方国涣一路行来。

待行至一座石桥上，忽闻桥下有人唤道："上面的可是赵明风赵兄吗？"

赵明风闻声看时，不由一喜，见河道中一船，船上立了三位公子，于是高兴地道："原来是三位大公子，快快上来，有件好事要寻你们。"

船上为首一人摇扇笑道："我三人正想寻赵兄游玩，巧了，竟然碰上了。"说完，便命舟人驱船靠岸。

方国涣见这三人穿戴气质俱不凡，显是大家子弟，尤以为首那人，英俊洒脱，神采超俗，便问道："赵兄，这几位公子是什么人？"

赵明风笑道："在下不才，与这三位仁兄被人称作'姑苏四公子'。"

"姑苏四公子？"方国涣闻之一怔。

赵明风笑道："这是世人给我们四位的一个雅称而已，他们三人都是苏州城内大富大贵之家的公子。适才说话的那人为我们四公子之首，素有江南第一才子之称的寒文玉，此人诗词文章美妙绝伦，有古人大家之气。旁边的那位叫宋齐修，是一位极风流潇洒之人，另一位叫田心广，是苏州太守田望的儿子，倒是一位玩世不恭的衙内。平日里，我四人常在一起交游的。"

这时，寒文玉三人已离舟上了岸，走上前来。

寒文玉拱手一礼道："赵兄，哪里去？"

赵明风回了一礼，笑道："上次在留园猜谜，文字上玩不过你这位大才子，空丢了几百两银子，今日赵某是来想办法讨回的。"

田心广一旁喜道："赵公子有何新鲜好玩的法子？也加上我与宋公子两个，凑个兴致。"

赵明风笑道："那是自然，这种事少了你二位怎成。"

寒文玉见赵明风身旁有一陌生人，便道："赵兄，这位是何方的朋友？"

赵明风忙引见道："这位是我的至交好友，方国涣公子。"方国涣便上前礼见了三人，寒文玉三人也自报了姓名，算是认识了。

寒文玉随后道："赵兄，有什么好的去处？"

赵明风道："方公子因慕江南棋王之名，欲去田阳午先生府上拜会，切磋棋艺。我等四人，何不借些良机，捉一个大头，来付今日的酒钱，若有兴致，也可博他一彩，三位以为如何？"此言一出，不由令寒文玉、宋齐修、田心广三人各自一怔，惊讶地望了望方国涣，皆呈愕然之色。

那寒文玉、宋齐修二人倒能沉稳得住，唯田心广直白了些，此时不由笑道："赵公子，你以为江南棋王是谁？什么人都能跟他走得上棋的，莫非自家的银子太多了，想让这位方公子分些与我们？"

此话一出，寒文玉、宋齐修二人各自努了努嘴，没言语，赵明风见田心广出言不逊，立呈愠色道："田公子，何出此言？辱我朋友！"

田心广也发现自家有些说过了头，讪讪地道："赵公子，你们赵家与田阳午有世交之情，以此引见这位方公子与他走上一局，并非什么难事。不过那江南棋王田阳午一生中几无对手可寻，是当今天下响当当的一位人物，万一方公子不小心输掉了，到那时……"

赵明风冷笑一声道："那时我赵明风也自然赔得起银子，田公子若是无胆色，退出罢了。"

第三十九回　江南棋王

博弈之道，贵乎严谨。高者在腹，下者在边，中者占角，此棋家之常然。

法曰："宁失数子，勿失一先。"有先而后，有后而先。击左则视右，攻后则瞻前。两生勿断，皆活勿连。阔不可太疏，密不可太促。与其恋子以求生，不若弃之而取势；与其无事而强行，不若因之而自补。彼众我寡，先谋其生；我众彼寡，务张其势。善胜敌者不争，善阵者不战，善战者不败，善败者不乱。夫棋始以正合，终以奇胜，必也。四顾其地，牢不可破，方可出人不意，掩人不备。凡敌无事而自补者，有侵绝之意也。弃小而不就者，有图大之心也。随手而下者，无谋之人也。不思而应者，取败之道也。

《诗》云："惴惴小心，如临手谷。"

语出《棋经》十三篇，述以对弈之法则和诀要。棋家有"金角，银边，草肚皮"之说，此为俗家攻守之常势，定式布局之准则，是为千古不变之至理。然则圣贤论棋，皆贵在夺势，夺占中腹之大势。中腹为天，但"天"势难测，若运子布局于起始，则空占虚势，不如边角之实，故无"一步登天"之法。然棋为"天技"，有"仙棋"之誉，当有"登天"之法门，凡人不解，唯有仙家自知，当为化境之棋。

且说寒文玉见赵明风有不悦之色，生恐他一时斗气，下了巨彩，被田心广讨了便宜去，便道："赵兄勿急，田公子讲得也不无道理，田阳午棋压江南，无人能敌。想当年广东有一位棋上高手，叫作刘梦奇的，自以为走成了国手之术，托了贵府的关亮二管家，引见田阳午斗棋。那刘梦奇却也不争气，被田阳午让先九星之位，棋终而不能占百子之地，还不是羞愧去了。想我江南一地，至今还没有人能走得过田阳午让先两子之棋。"说完，用目光瞟了方国涣一眼，以为方国涣不过是一名好棋的棋家，来托赵明风给予引见江南棋王，是想抬高自家的棋名而已。忽见方国涣一旁泰然处之，不为自己的言辞所动，寒文玉心中不由微微惊讶。

赵明风这时道："那是关亮管家私下接的事，家父知道后，对他训斥了一番，严令庄中上下，日后不得再介绍俗手去见江南棋王。而赵某的这位朋友方公子，乃是一位刚显世的国手，在下也是知深浅的人，知道该怎么做的，现在不过想乘机与各位讨一赌趣罢了。"

田心广一旁道："如此最好不过,我愿与赵公子一赔十。"

赵明风冷笑道："好极！赵某奉陪。"方国涣见这几位大家公子,棋局未定,赌局先开,暗叹一声,摇头不已,自家只想见田阳午,对他们此举,也自无心理会。

方国涣随了赵明风等人转过了几道街,最后来到一处深巷的一所宅院前,此时一老者正站在门前张望。

赵明风上前施了一礼道："余老爹,田叔叔可在家中？"

那余老爹忽见了赵明风与寒文玉等人,不由喜道："原来是几位大公子,里面请了,主人出去了,说是一会儿回来,各位厅中候了罢。"显是与姑苏四公子相识的。方国涣听说田阳午一会儿便归,心中自感踏实了些,庆幸没有扑空。

余老爹把几个人让进了院门,则见一处典雅的庭院,院中有树,树下有井,井旁置有石桌石凳,对面是客厅,两边是厢房,旁有侧门,通向后院,自给人一种幽静宁和之感。余老爹把几个人请进厅中坐了,自家便招呼仆僮煮茶去了。

寒文玉此时见中堂之上挂了一卷轴,上书一个特大的"棋"字,字形饱满欲凸,笔锋余处,又似有刀刻之痕,不由点头赞叹道："好一个大手笔！此字可值千金。"接着对赵明风道："闻此字为田阳午与徐井伦二人醉后合作,徐井伦书'木',田阳午书'其',可有此事？"

赵明风道："不错,此字是他二人在碧瑶山庄内的一阳阁中,各乘醉意遣兴合写而成。"

寒文玉赞叹道："若不先闻此事,实难看出一字两人同书,竟然如此一气呵成,浑然一体,不留破绽,实为神来之笔！"方国涣闻之,也自暗暗称奇。

宋齐修这时道："听说苏州城内有名的书画收藏家楚言河,当场欲以三百金收购此字,被田阳午先生一笑拒绝了。"

寒文玉笑道："那个呆子,所出的三百金连个'棋'字的一半都买不来的。"

宋齐修道："恐怕是田先生碍面子,不好意思卖的罢。"

寒文玉笑道："这其中的趣味岂是你能理会的,要知道,只有江南棋王家中才配挂此'棋'字的。"

田心广一旁似明白人道："一个字能值什么钱,无非是徐井伦与江南棋王的名气大而已,人家是看中了他二人的名气,才肯出三百金买回家中充充门面,装饰些雅气的。"

寒文玉笑道："你田大公子在苏州城内的名气,并不比谁低多少,可没听

第三十九回　江南棋王

过有什么人宁可舍几文钱来买你的字帖。"

田心广闻之，讪讪道："寒兄笑我，我……我哪能与他二人相比。"

赵明风这时笑道："我等四人当中，唯文玉兄的诗文值钱，我三人嘛，身子骨值钱罢了。"寒文玉闻之，哈哈大笑，方国涣一旁也自偷笑了。

这时，忽听门外有一爽朗的声音道："姑苏四公子同来敝舍，真是难得。"

方国涣抬头看时，但见厅门外面站着一人，白袍方巾，腰缠玉带，五缕长须，二目有光，神态飘逸，清雅之至，端的是一位不凡之人，厅中众人见了各自一喜。

赵明风忙上前躬身一礼道："小侄见过田叔叔。"

方国涣心中惊讶道："原来此人便是江南棋王田阳午，真是闻名不如见面！好一个神仙般的人物！"

此时，寒文玉、宋齐修、田心广三人各自上前见了田阳午，田阳午一一应了，见厅中还有一位陌生的年轻人，便道："这位公子是……"

方国涣刚欲上前报名礼见，赵明风一旁道："田叔叔，这是我的好友方公子，也是你们棋道中人，因慕田叔叔大名，特来请教棋艺的，还望田叔叔……"

田阳午笑道："明风公子引荐来的必是高手，田某多日未与人弈棋了，手已痒得很，但与方公子杀上一盘就是了。"

赵明风闻之一喜。

方国涣见田阳午如此豁达，心生敬意，忙上前施礼道："在下不才，还请田先生不吝赐教。"

田阳午见方国涣神清目秀，气质脱俗，心中也自喜欢，于是笑道："好说，我们棋道中人，能有得棋下，就足矣了。"复请了方国涣、赵明风等人入座。

那余老爹见方国涣是来寻主人斗棋的，便上前对田阳午轻声道："主人，可开始吗？"

田阳午点头道："既是明风公子介绍来的朋友，当是不差的，应该让这位方公子尽兴才是。"

方国涣见田阳午果有大家风范，不以名家高手自居，心中更为折服。田心广、宋齐修二人，见田阳午这般爽快就应了棋局，相视一笑，暗自得意。

余老爹这时已把棋具摆好，田阳午便请方国涣于棋桌对坐了。田阳午平时与人对弈对都是走让子棋的，也是照顾对手的棋力，于是便道："不知能让先方公子两子还是三子？"

方国涣棋家本性，倒也不客气地道："在下不才，愿与田先生走一局对手棋，还请先生指教了。"方国涣知道，要想引起这位大名鼎鼎的江南棋王注意，也只有在棋上说话了。

田阳午此时一怔，没想到对方口气颇大，这是以前未曾遇到过的事情。赵明风、寒文玉等人也自诧异不已，没想到方国涣竟要求与江南棋王走一局对手棋，还以为自家听错了。

赵明风心中愕然道："贤弟，你的棋上本事虽然大，可以胜过韩玉公这样的高手，但是今日的对手是江南棋王，棋上顶尖的人物，若走让子棋，倒有几成的把握，难道贤弟果真达到了韩玉公所说的那种化境无敌之棋了？"

田阳午不愧为江南棋王，此时哈哈一笑道："好！好！方公子年轻气盛，有志气，田某倒真的希望能遇见一个对手。"言语间倒无蔑视之意。田心广、宋齐修此时大喜，自拉了赵明风道："我等不便相扰，还请赵公子到院中坐。"

赵明风知其二人用意，笑道："二位请了。"然后各自知趣地退到了院中石桌旁坐了。寒文玉惑异地望了方国涣一眼，摇摇头，也自退了出去，余老爹复命仆人把茶端到院中，请四人用了。

田心广这时得意地对赵明风道："赵公子，人可是你请来的，你可要对这位方公子独负其责哟！"

赵明风笑道："那是自然，赵某今日就出一千两，倘若输了，回头到金元钱庄取了便是。"

田心广听罢大喜道："好极！好极！赵公子可莫要反悔。"

赵明风道："君子一言，驷马难追，不过你们刚才可听到了，我的这位朋友与田先生走的可是对手棋，田先生没有让子的，万一我的朋友胜了，三位可要一赔十的。"

田心广笑道："那是自然，我们这方可是江南棋王，稳妥着呢！赵公子不押冷门，谁押冷门！"

赵明风冷笑了一声，对宋齐修、寒文玉二人道："你二位可同意吗？"

宋齐修笑道："这个大便宜谁不拣，看来赵兄被新婚冲昏了头脑罢。"寒文玉一旁笑着点了点头，算是默许了。

赵明风一拍石桌道："好极，就看大家的运气了。"其实赵明风对此棋局也没有多大的把握，为了顾全方国涣这边面子，输掉也自认了。

田阳午望了望院中的四位公子，对方国涣笑道："大家公子，玩乐习性，博一赌趣罢了。"显是对这四人平日都是知晓的。

方国涣笑道："看来这棋盘内外，都能各得其趣的。"田阳午见方国涣从容自若，知道对面这位年轻人既闻自家棋名而来，当非俗手，否则不敢前来讨棋，于是道："方公子是客，请先罢。"

方国涣知道在这位南棋王面前只有在棋上与之对语了，于是执黑先行，起手于"八·八"路落了一子，意以"天琴星式"布局。方国涣自修悟成天元化境，尽改先前开子天元的先声夺人之势，创以星象式布局中腹之法，意在夺"天势"。

田阳午见方国涣竟然开子落在中腹，心中不由一怔，暗讶道："此人棋路不循常法，棋上真有高超的手段不成？适才没有问过明风公子，不知这年轻人是什么来历？来者不善，需小心应对才是。"田阳午棋道老成，却也不敢轻敌，起手应在了左下星位。

方国涣第三手应在了"五·五"路，田阳午第四手应在了右上星位，先自布了个对角。方国涣第五手应在了"十四·九"路，田阳午第六手则应在了右下星位，势占三星。方国涣第七手应在了"九·十二"路。田阳午此时眉头皱了皱，也自将第八手应在了"十七·十"路的位置。方国涣第九手应在了"十五·十三"路，便自完成了"天琴星式"布局。

田阳午此时见五子黑棋疏布中腹，似星象状布列，竟有罩全局之势，心中自是一惊道："这年轻人面容清秀，神色专一，当非那般故弄玄虚之辈，难道在棋上别有路数不成？否则空成虚势，如何胜法？"惑疑之余，第十手棋右上拆三而走，谨慎地应了。

高手间临枰对弈，棋境互感，妙境自生，和俗手间的那种感觉自有天渊之别。待双方互走至六十四手棋，田阳午心中已是惊异万分，无论自家怎样走出高招，却始终被罩在对方的棋势之内。忽觉对方意不在攻杀占取，而是把双方棋势调和到了一种奇妙的境界，有那种雨润万物而无声的神奇之感，对方每点落一子，都起着和合作用，妙不可言。

田阳午心中惊讶道："与此人走棋怎么和以往的感觉不同，如石击水，不可与之争，便是想压迎遏制，也是不能，都被他以棋势调和去了，这个年轻人的棋力似乎已经达到了那种出神入化的境界了。"田阳午心中此时忽地一动。方国涣的棋兴这时正浓，可谓走得淋漓尽致，方国涣自修悟成天元化境以来，天下间已没有几个人能引得他真正动棋兴了。方国涣对田阳午的棋力不亚于师父苦元大师敬佩不已，也是高手难遇，顺势便走了下去。

棋至一百五十二手，田阳午已被方国涣这种任意和合的棋力所折服，看出了对方的棋路已超出了俗家的攻守之势，而达通神仙化之境了，便止棋不应，感叹一声道："没想到在田某有生之年，还能领略到这种奇妙的化境之棋，不枉为好棋一场，方公子棋高天地，田某佩服万分！自叹不如！"

方国涣忙道："田先生承让了，先生的棋力已达大棋之境，可与家师成对手的。"

田阳午讶道："不知方公子棋上师承哪位高人？"

方国涣道："家师苦元大师经常提起过田先生的。"

"苦元大师！"田阳午闻之惊喜道，"怪不得方公子有这等超凡的棋力，原来是天元寺苦元大师的高徒……"

田阳午忽然起身打量了方国涣一番，惊异道："难道方公子已修悟成了苦元大师毕生苦求而不得的棋上的最高境界——天元化境？"

方国涣道："高人面前不说假话，承师父教化，三年而成此棋道。"

田阳午闻之，大是惊喜道："棋与天通！果真如此，苦元大师所言化境之棋，竟然变成了现实，应在了方公子身上，造化！造化！千年不有，实为棋道之幸！"

方国涣道："田先生言重了，棋道广博，理奥义深，方国涣岂能以一己之功，而占尽天下棋家之势。"

"方国涣！？"田阳午闻之，又是大吃一惊道，"原来公子就是那位在独石口关外，布以天元棋阵退了女真人二十万铁骑的方国涣公子？是了、是了，当今天下，除了方公子，谁能有此棋上修为！"

方国涣见田阳午也知道了此事，便道："当时事态危急，迫不得已而为之，侥幸成功，实是借了六合堂群英奋勇杀敌之力。"

田阳午高兴地道："棋通兵事，方公子果然给以证明了。自闻公子棋布天元阵，退女真人大军于关外，田某就想见见这位传奇人物，今日一见，更超乎想象之外。"田阳午一时欣喜万分，激动不已。

这时，院中的寒文玉等姑苏四公子，见厅中的田阳午、方国涣二人似已对局完毕，讲起话来，各自惊讶此棋局为何走得这般快。四人于是起身进入厅内，田心广早已急不可待地问道："田先生，不知胜了这位方公子几十子？"

田阳午见这位与己同姓的公子如此浮躁，便笑道："在方公子面前，岂敢言胜，就连一个棋字，田某日后也不敢再提了。"江南棋王竟能说出这番话来，姑苏四公子俱是一惊。

那寒文玉也是懂棋的，此刻观桌上的棋局时，但见双方棋势疏布棋枰，似不成章法，无那丝毫的围杀占取之势，心中惑然。

赵明风这时诧异道："田叔叔，这究竟是怎么回事？"

田阳午笑道："今日倒要多谢你的，给田某引见了方公子，没想到世上还有如此棋高之人，田某现已佩服之至，这'棋王'二字，以后是不敢再当了。"说完，又对一旁早已惊呆的田心广、宋齐修二人笑道："今日几位可要大赔了，不是田某不尽心力，而是力不从心，令二位公子失望了。"

接着，田阳午又转身对寒文玉道："寒公子，你可知这位方国涣公子是谁？"

寒文玉已知方国涣大有来历，却是茫然地摇了摇头。

田阳午道："寒公子也算是棋道中人，然对棋却不甚用心，少知我棋家事。不过数月前，在长城外，有一人大布天元棋阵，助江湖第一势力六合堂

第三十九回　江南棋王

退了女真人二十万铁骑一事，想必有所耳闻。"

寒文玉闻之大惊道："此事听人说过，但闻其人，未闻其名，原来方公子竟是……"

赵明风一旁惊讶道："我这贤弟，就是那个布天元棋阵的人吗？"

田阳午道："亏你还是方公子的朋友，不是方公子又能是谁。"姑苏四公子一时间惊得呆了。

田阳午复请了众人落座，感叹一声道："田某四岁习棋，至今五十年矣！自家认为，虽然未达绝顶，与仙家妙手或许就差那么几子，而今日与方公子临枰对弈之下，才感知棋道果有化合之境。方公子能以棋通于兵事，当有应世济世之能，这是历代棋家所不能达到的境界。棋道广博，非拘于枰子之间，自让人恍悟世事如棋之深意。"

寒文玉一旁惊异之余，自对方国涣拱手一礼道："方公子，恕在下有眼不识泰山，不知公子是棋上的国手，失礼之处，还望多多海涵。"

方国涣回了一礼道："寒公子不必客气。"那田心广、宋齐修也忙着赔礼，方国涣笑着应了。

赵明风这时欣喜道："贤弟总是给人以惊喜，棋上竟然高到了这种程度，依田叔叔所言，贤弟莫不是修成了什么仙术？"

方国涣笑道："赵兄先前看我怎样，我还是那般，没有什么神仙之术的。"

寒文玉感叹道："今日幸遇方公子，才知棋上的学问玄妙得很，比那诗词文章还要难作的，日后要在棋上深究才是。"

田阳午道："寒公子天资聪慧，若专心于棋道，这方面的成就当不比田某差的。"接着又道："世无绝对之事，更无不可能之事，今日田某领会得最是深刻。"

此时的田心广、宋齐修二人，已是无精打采，没想到大名鼎鼎的江南棋王田阳午也能自认输棋，实出二人意外。

一想到那一赔十的赌注，哪里还有再坐下去的兴致，田心广便起身对寒文玉道："寒兄，今天事出意外，我们还是商量商量……"

寒文玉笑道："没想到会有如此结果，不过我们这一万两银子输的也是值得，田先生与方公子这一盘棋，百年不遇的，我们这就去凑齐了银子与赵公子罢，愿赌服输嘛！"那寒文玉虽然也是输家，倒也谈笑自如，无那田心广一般的颓丧。

赵明风这时开心地笑道："既然如此，赵某就不客气了，日后有机会，各位再想法子讨回罢。"说完，对方国涣敬服地一笑，方国涣则摇头微笑而已，没想到他们私下里博的彩竟有万金之巨。

赵明风随后对方国涣道："贤弟，你且在田先生这里候了，待我去收了自家银两，再回来会着你回庄园罢。"说完，瞟了一眼浑身不自在的田心广，好是得意。

田阳午这时道："田某与方公子相见恨晚，今日且留下方公子在敝舍住了便是，我二人还有许多棋上事要谈的。明风公子先回便了，明日我与方公子同去碧瑶山庄，大家再相见如何？"

方国涣也正有此意，于是道："这样也好，赵兄先请回罢。"

赵明风见田阳午挽留方国涣，自家不好推辞，虽有不舍之意，也只好道："既然如此，明日山庄再见罢。"说完，便与寒文玉等人告辞。

寒文玉自对方国涣真诚地道："日后有机会，还请方公子舍下一聚，以敬寒某钦佩之情。"

方国涣道："一定，到时还要向寒公子请教诗词文章。"

寒文玉道声："不敢。"便与赵明风等人一别去了，田阳午、方国涣二人送出。

送走了姑苏四公子，田阳午复请了方国涣回转家中。

方国涣这时摇头道："明风公子倒也不客气，真的跟人家去收彩金了，没想到我与田先生的一盘棋，会关系到一大宗银子。"

田阳午笑道："公子家习性，讨一赌趣罢了，他们哪里想得到，方公子妙手天成，竟然成全了明风公子，'富者愈富'这句话倒也不假，勿以他们为意罢。"

回到院中，方国涣这时发现客厅窗前摆了一盆奇特菊花，便走上前观赏。见这株奇菊，虽非秋季，花朵却开得正艳，色呈粉红，细瓣如钩，枝粗叶厚，罩有水气，与常菊大是有异。方国涣不由惊讶道："此菊好怪，似从水里捞出一般，田先生喜养菊吗？"

田阳午这时走至菊前，仔细端详了一番，忽然叹息了一声道："这是一位故人培植出来的一株奇种异菊，本名'水菊'，只因其根茎吸水力极强，每隔一两个时辰需浇一遍水，才能使其得活。而所吸收的水分又很快地从花叶间蒸发跑掉，令人每日忙顾浇水不暇，故又名'勿忘伊'。那位故人送我此菊，意在让田某从棋上收回些心性，对她多一些……"田阳午说到这里，长叹一声，摇头不语，似乎追忆起了昔日的一段往事，而让他懊悔不已。

方国涣见了，心中诧异，也自不便相问，二人复回厅中落座。

余老爹端上茶来，田阳午请方国涣用了。方国涣随后道："曾闻家师谈起当今天下的棋上高手名家，当属江南棋王田先生，与河北的快棋手钟世源，还有蜀中的刘河刘敏章，三位皆棋坛巨擘，以棋道教化于世间，实为令人仰慕。今日有幸与田先生这般高手临枰对弈，一生也难得几回。"

田阳午摇头道："惭愧！惭愧！我们这几位老朽，自以为可独领一方一时的棋风,谁知公子国手显世,扫尽天下凡俗之棋气,公子的棋上修为,百年也无一人。"

接着,田阳午又道:"以棋风而言,令师善走大势,所谓善弈者看势也;四川的刘敏章好走细棋,最是缠人;河北的钟世源以快棋名世,棋路敏捷,当属天下第一。"

方国涣道:"而田先生棋风锐利,着着妙手,又是与家师等几位高人不同的,可见棋家一道,各有千秋。"

田阳午道:"田某与公子弈棋,如剑击水,不能展也!无形中被公子调以容融,而达化合之妙。我等棋上修为,充其量不过大棋之术,古今高手名家,似也不过如此。而公子一人独悟棋道之奥,成就了化境之棋,公子天赋高人,必是应棋而生,也是天意使然,却不知如何修悟成此棋道的?"

方国涣便把自己投师天元寺,在连云山白云洞内如何潜修涵悟三年,忽无为而忘棋道,后得无不为化境之棋的经过向田阳午叙述了一遍。田阳午闻之,惊异不已。

当二人谈起当今棋坛时,田阳午道:"可惜方公子出山太晚,又不愿以棋名扬世,自关外布以天元棋阵后,才棋动天下,世人始知棋道中还有公子这位奇才。在这之前,独领棋上一时风骚的是国手状元曲良仪,此人京城夺棋上冠,名噪天下,但是……"

田阳午说到这里,自有些茫然道:"前不久忽有消息说,不知何故,国手状元曲良仪一夜疯癫,人棋两废,随之被逐出了安国府皇家棋院,落魄街头,后闻被两位好心的义士护送回了江苏老家。国手状元一夜之间棋道尽失,已成为棋上一大悬案,此事已震动棋坛,方公子也当知道的。"

田阳午见方国涣此时脸色大变,神情显得十分凄切,不由惊问道:"方公子可有何不适吗?"

方国涣摇了摇头,长叹一声,黯然道:"田先生,在下此次来访,除了探究棋道外,还为了一件心不能解的谜团而来,此事与国手状元曲良仪人疯棋废一案有关。"

田阳午闻之大惊,忙道:"请公子如实道来。"

方国涣道:"田先生可知,自曲良仪一事后,天下间棋上命案连发,许多棋家高手都毁在了一局棋上,棋后都无故而死,无一生还。"

田阳午大惊失色道:"不错,这几个月来,田某不断听到一些骇人的消息,有十几位棋道高手,先后不明不白地神秘死去,其中也有几位相知的棋友。听说各位棋家都是在与人走了一局棋之后出的事,田某一直疑虑不解,不知是何缘故?"

方国涣道:"田先生有所不知,国手状元曲良仪与这些出事的众棋家,都是被同一人所施的一种鬼棋邪术所害，也就是说，众棋家都是折在了一盘棋上。"

田阳午闻之，惊异分万道："是何方妖人，竟能以棋害人？"

方国涣道："田先生可知皇宫中曾出了一位棋高无敌的太监，叫李无三的，人称国手太监。"

田阳午道："不错，此人因教棋后宫，红极一时，当年京城棋试，曾与曲良仪七战七和，成为轰动京师的棋话。只因为此人是个太监身，冠以国手状元之称不雅，所以皇上点中了曲良仪，难道……"

方国涣叹道："正是这个太监闯下的一切祸事。"接着，方国涣便把自己在京城所查知的一切详述了一遍，不过没有讲送曲良仪主仆回乡一事，自是把田阳午听得惊呆了。

待方国涣讲完这一切，田阳午骇然道："依方公子所言，那国手太监李无三是得了《地煞棋经》这本妖书之后，才习练成了鬼棋邪术，以棋杀人！"

方国涣道："不错，在下此番来拜访先生，就是向先生请教，我棋艺一道，何以有杀人之能？"田阳午眉头紧皱，沉思了许久也不得其解，摇了摇头道："棋为雅艺，竟然也能分出邪正来，闻所未闻，更不要说棋能杀人了。难道棋艺发展到了本朝，在棋上另生出了异变不成？不可能的。临枰对弈之时，走到至要关头，因思棋太过加上时间的长久，虽能耗些棋家的心血形体，但棋家都能自知而有所适度的。虽有久弈伤人之说，但也不至于如国手太监这般，在棋上屡屡杀人成灾，这究竟是何道理呢？"

方国涣道："我曾就此事寻问过一位医家高人。"

方国涣顿了一下，接着又道："此人认为，弈棋应心，那种鬼棋邪术可耗尽人的心之气力，力竭气散，血脉壅心，人因之而死，虽然有些道理，但不知棋上如何生出这种杀人怪力来？"

田阳午道："棋能至人死，或许与棋势的高难有关，对了。"田阳午忽有所悟道："方公子既然能修成天元化境之棋，那国手太监就不能习鬼棋而入魔道吗？"

方国涣点头道："看来物走两端，皆分邪正，这种杀人的魔道鬼棋邪术是有的了。"

田阳午道："棋力达到一定的境界，临枰对弈之时便能感悟到一种至祥至正的棋气，心神随之悦然，这便是那种奇妙的棋境，自非真正的高手不能领悟。既有旁生异变的外道鬼棋邪术，那么在临枰对弈时，也会产生某种异常的具有杀伐之力的棋气来，双方棋境相感，共入魔境，棋家正常的心境对应不了这种魔境，心神被扰，气乱力竭，无形中而丢掉了性命，这倒是有可能的。"

方国涣闻之，点头道："田先生分析得入理入微，极合情理。看来李无三专寻访高手斗棋，是想以鬼棋魔境扰乱对手的棋境，来寻求一种变态的棋趣。"

田阳午感叹道："棋本雅艺，有修身养性，明心开智之能，更有潜变气质、移情易性、教化世风之功。如今旁生异变出这种杀人的鬼棋邪术来，实为本朝棋坛的一场劫难。国手状元曲良仪棋高天下，都被此鬼棋所害，不知还有谁能在棋上反制住那太监，解去了这场棋上的厄运？"

田阳午说到这里，忽然面呈喜色道："是了，方公子棋达天元化境，在棋上无不能为，正可以用此化境之棋对抗那种魔境鬼棋。"

方国涣道："其实我已寻找李无三很久了，就是想与他在棋上斗杀一局，以天元化境化解那种杀人的棋气，希望能在棋上制住此人，为那些受害的棋家讨回个公道。"

田阳午闻之，赞叹道："方公子真乃是我棋道中的使者！若能平此棋难，当功德无量！"

方国涣道："田先生言重了，世有不平事，棋上也有不平事，棋上事，还是由棋上解决罢，希望能还棋道高雅之风。"田阳午闻之，赞叹不已。

第四十回　血棋谱

田阳午这时道："方公子现肩负棋上使命,但愿能在棋上反制住那国手太监的杀人棋罢。"方国涣道："在下所为,不足为道,但尽一个棋家的心力而已。本朝棋风大盛,尤胜历代,这多是田先生等一些棋家前辈在棋上的影响教化之功,此等大举,在下望尘莫及。"

田阳午笑道："经云:棋世盛,天下治!实是指棋道的应世济世之能,可与道德文章同。然而棋道之妙,唯棋家自感,自谓不入深山,怎知山中景致,更需以方公子这般大道之棋应世济世,才是大功德!"

方国涣叹道："虽然世事如棋,但世事繁杂,艰险难料,造化弄人,莫如自家在棋盘上走得痛快,棋道贯通世道,实在难得很。"

田阳午点头道："人善一技之长而立足于天地之间已是不易了,若能以之应世济世,当为人杰。棋道也然,方公子便是棋中的棋侠。棋中也有豪杰,古代帝王有因一棋之故而得天下者,实为棋能试其心智。"

方国涣道："世事如棋,人生也自如棋,在下生来便系于棋道之中,此间机缘,殊不可解。"

田阳午笑道："秀才论文,将军谈兵,你我言棋,各为其是,究其所由,万物一理也!"

田阳午随后命余老爹置办了一桌酒席,自与方国涣饮酒长谈。

二人对饮了几杯,方国涣道："如今国手太监李无三魔境鬼棋已成,现于天下间遍访高手,以棋杀人为乐事。田先生棋压江南,名动当世,李无三必会寻访而来,先生不可不防。"

田阳午道："自闻铜陵的白光景在棋上无端地出事之后,田某对此事已有所警觉。"

方国涣道："原来先生识得白光景,可惜此人出事时,在下去晚了一步,让那李无三走脱了。"

田阳午叹道："白光景棋力高深,名气上不下于田某,是田某的棋上至交好友。闻白光景是与一位怪人弈对完一盘棋之后出的事,感到此事蹊跷,田某也就绝了出游之念,居家专候这个怪人,想弄清这其中的缘由,因为已有十几位棋家与人弈棋后,棋终人亡。"

方国涣闻之，大惊道："先生切不可贸然与此人斗棋，若有什么闪失，先生的一世棋道修为就付之东流了。"

　　田阳午笑道："还好，先见着了方公子，知晓了那鬼棋邪术的厉害，此事看来还须从长计议的。"

　　接着，田阳午又道："如今方公子在长城外，布以天元棋阵退女真人大军一事，天下早已飞传，公子棋名在外，说不定李无三也在寻找公子斗棋，显其棋威，日后与此人棋上一战时，自要小心为是。"

　　方国涣叹道："或许罢，此人行踪诡秘，极是难寻，真希望与他即刻相见，就是斗个两败俱伤，同废棋道也好，免有其他棋家，再受鬼棋之害。"

　　田阳午道："今日幸遇方公子，才知事情急矣！田某这几日便通知江南棋道上的好手，若遇有神秘之人上门挑战斗棋，不可轻易应战，要互递消息，到时尽力稳住此人，候了方公子来，再做计较。但是怕各位高手棋家本性，不信有鬼棋杀人之说，贸然应棋，看来在通知他们的信中，要说明利害才是。"

　　方国涣点头道："田先生虑事周全，实为江南众棋家之幸。"随后二人商量了一些日后联络事宜，做好了应变的准备。

　　这天晚上，田阳午、方国涣二人又彻夜长谈。方国涣示以化境之棋，在棋盘上演示了几种以星象式定势中腹布局的新法。

　　田阳午惊异之余，感叹道："一生所学，不如公子一日所讲，如此以星象式布局，势盖全盘，可见天棋相应之妙！我等研究百年，终脱不了俗家的攻守之势。方公子棋达化境，神超物外，以天制地，天做棋盘，星做子，棋道与天道相合矣！"

　　田阳午在方国涣的开示下，自是感悟非常，在棋上又格外的明朗了许多，惊喜之余，对方国涣更是敬服万分。随后田阳午又问以天元棋阵退女真大军一事，方国涣便把天元大战的经过讲了一遍，田阳午闻之，惊叹不已。

　　第二天一早，刚用过茶点，碧瑶山庄就来人接了。田阳午笑道："明风公子怕田某把方公子留住不放，早早地派人来催了，好是心急！我们这就去吧。听说曾子平也到了庄上，方公子可知此人？"

　　方国涣道："听明风公子讲过的，此人是一位语言奇才。"

　　田阳午道："不错，看来通一技之妙者，如有神助！"说完，田阳午、方国涣二人便随了来接的轿子，一路出了苏州城向碧瑶山庄而来。

　　路上，谈起赵氏父子，田阳午道："如赵琛先生这般有治生之道的商家，半生可置富甲天下之业，可谓古今无有，实令田某很佩服。"

　　方国涣道："观其碧瑶山庄，大气磅礴，可见此人非凡，不知是怎样的一个人物?"

田阳午道:"赵琛先生虽为巨商富贾,却生就一表文士的气质,看来他的敛财之道也达于化境了罢,超脱了凡俗铜气。"

方国涣闻之笑道:"也许罢。"

待说起赵明风,田阳午摇头笑道:"这双父子古今倒也难寻,一个几乎敛尽天下之财,一个却要耗银尝遍天下美食。明风公子虽为大家子弟,但以美食博名,却也不易,更把天下第一的厨中佳人娶到了家,真是再潇洒自在不过了"。

方国涣笑道:"所谓生死有命,富贵在天,这或许就是命中注定的罢。"

田阳午闻之一笑,随后又道:"方公子可曾游览过碧游山庄?此为人间仙境,江南园林之美,莫不展现此园中,既到这里,不可不尽情一观。"

方国涣道:"曾在园中游了两日,果是妙不可言!富贵于帝王家,也不过分的。"

田阳午慨然道:"荣华富贵,看来也是因人而择。"

到了碧瑶山庄,赵明风笑吟吟地迎了出来,上前与田阳午、方国涣二人互见了礼,高兴地道:"家父昨日从扬州回来,听说方贤弟到了,并在棋上胜了江南棋王,很是惊讶,此时正在齐仁殿与曾叔叔恭候二位呢。"

田阳午宽然笑道:"怎么?江南棋王就没有输棋的时候?天外有天,人外有人,田某这盘棋输得最是高兴。"

方国涣听说赵琛已经回来,想起就要与这位传奇人物相见,心中很是兴奋。

赵明风引了田阳午、方国涣二人沿着一条青石路到了齐仁殿前,此时殿外两侧站了两排肃然而立的庄仆。

管家关亮急忙迎了上来,深施一礼道:"田先生、方公子,里面请。"

此时大殿之上,曾子平正在与一位神态祥和的人讲话,见了田阳午、方国涣、赵明风三人进来,二人微笑着起身相迎。方国涣见那人面润有光,神态清雅,似一位饱读经书的大儒,知道此人当是赵琛,心中叹服。

田阳午自与赵琛、曾子平互见了礼,赵明风随后引见了方国涣,道:"父亲、曾叔叔,这便是我的至交好友,方国涣公子。"

方国涣忙自上前施了一礼道:"晚辈方国涣见过赵伯父、曾先生。"

赵琛此时惊喜地道:"方公子果是一表人才!闻名不如相见,勿要多礼的。"

曾子平点头赞叹道:"自古英雄出少年!方公子北在关外退强敌,南在姑苏败棋王,好一个一鸣惊人!"

方国涣忙自恭敬地道:"前几日便听说了赵伯父与曾先生的大名,今日机

第四十回 血棋谱

缘得见，实为幸甚。"

赵琛笑道："既是明风的朋友，不必拘于礼数。"随后请了众人落了座，有丫鬟献上茶来，众人相让用了。

曾子平这时对田阳午笑道："田兄，多时不见，棋艺如何越发得不长进，竟负于一位年轻的后生？"

田阳午笑道："长江后浪推前浪，一代新人换旧人，田某老了，棋力也老了，看来不得不服了。"

赵琛点头赞道："江南棋王不愧为一代宗师，胜负如常。"

田阳午道："方公子棋达化境，非我等凡棋之术可比，有缘对上一局，已是荣幸了。"

赵明风一旁喜道："如此说来，我这贤弟可是天下第一高手了。"

田阳午道："方公子棋道高深，境界高远，在棋上已不能按名次来论了。"江南棋王出此言语，令赵琛、曾子平二人惊异不已。

赵琛道："曾闻明风夫妇说起过，方公子棋艺不凡，没想到竟高到这种程度，实在令人敬佩。"

方国涣道："赵伯父过奖了，当今天下，能人异士甚多，晚辈的这点本事是不足为道的。"

赵琛点头道："方公子年少艺高，性谨自谦，怪不得能得到江南棋王的赞誉。"接着又道："闻公子棋上别有异能，可通于兵事，曾助六合堂在关外以棋阵脱险，可见公子还是一位兵家奇才，能化棋上本事搏于百万军中，棋道高之若此，真是不可思议！"

方国涣道："佛家有云：一花一世界，千叶千如来。以棋道而言，有世事如棋之说，棋道广博，非止于枰子之间对弈博彩，闲时遣兴之趣，更有其应世济世之能，这才是真正的棋道，更是大道之棋，在棋上能著此功，方是棋家大德为，乃是棋道中人追求的最高所在。晚辈不过承师教化，努力而为，还远不如人。"田阳午闻之，心中赞赏。

赵琛惊讶道："没想到棋艺上也有如此大论！"自与曾子平称奇不已，对方国涣尤增敬意。

赵琛随后感慨道："赵某少持陶朱之业，历尽艰辛，而成今日富贵，自以为人生不过如此。然见天下间时出奇人异士，高贤才俊，每增豪情，真想尽招于我碧瑶山庄，饮酒谈笑间遍识天下英杰。"

曾子平笑道："赵兄莫非想举办一场群英大会？若如此，倒是一件壮举。"

田阳午笑道："以赵氏的实力，自能开办这一次盛会的。"

赵琛道："能召集天下能人异士于一时一地，实为盛事一件，然要遍请天下高人，也颇费周折，此事日后再理会罢。"

方国涣心中道："这位大富翁倒也有些古风豪情，非常之人必有非常之举，此事若能实现，当是盛况空前的。"

赵琛随后命人设宴雁湖岸边的华光阁，把酒临风，谈古论今，宾主极是欢兴。方国涣也因为有了江南棋王田阳午相助，寻那国手太监李无三已不再是自己一个人的事，心中稍安了些。酒宴之后，田阳午便先行告退回苏州城去了，以便尽早示警江南棋道高手，勿贸然与生人斗棋。方国涣又与赵琛、曾子平说了会儿话，也自起身告退，由赵明风陪着回到了翠雨轩。

一进室内，赵明风便笑嘻嘻地拉方国涣到桌旁坐了，高兴地道："贤弟好本事，一盘棋赚了一万两银子。"

方国涣惊讶道："寒公子他们真的把银子付了？"

赵明笑道："那是自然，他们都是大家子弟，极好面子的。"

方国涣道："这总有些不好罢。"

赵明风笑道："贤弟勿以为意，我等千金一博，也是常事，不过这次出人意料，赢得多了些。"说着，从怀里掏出几张大额银票来，递于方国涣道："这些都是贤弟的本事得来的，我已替你换成了银票，便于携带，贤弟且收了罢。"

方国涣见状大惊道："这如何使得，这是你们私下做的事，赵兄自家下彩博来的，我岂能收之分毫。"

赵明风道："贤弟勿要客气，这一万两银子乃是借贤弟的妙手而得，当归贤弟所有，我等不过讨一赌趣罢了。"

方国涣自是坚决不收，赵明风便有些急道："贤弟何故这般见外，这些银子在我手里有它不多，缺它不少，贤弟日后在江湖上行走还要花费用度的，况且这也是杏儿的意思。就算是你自己成全了自己罢，贤弟若执意不收，我只好把它投进太阴池中便了。"

方国涣盛情不过，只好谢过收了，赵明风大喜，笑道："我等庸俗之举，或许扫了贤弟棋上雅兴罢。"

方国涣摇头笑道："各位一掷千金万银，气势上豪爽了些，不是一般人能玩得起的，与我之临枰对弈，各得其趣罢了。"

赵明风笑道："君子爱财，取之有道，无论何途，只要不违天道则已。"方国涣闻之一笑。

这天傍晚，宋施扬才从城里回来，已是在城内住了一夜，显是为了织场的事。当宋施扬听说方国涣棋胜江南棋王田阳午时，大是惊讶，连忙过来见了，对方国涣钦佩之余，更是另眼相看。

第二天，曾子平因有他事，辞别了赵琛、方国涣等人自家去了。这天，赵琛亲自陪了方国涣散步游园。

第四十回　血棋谱

赵琛先是谢过了方国涣促成了赵明风与韩杏儿的百年之好，接着道："如今方公子以棋鸣世，游棋天下，实是快意得很，这般自由身，令人羡慕。"

方国涣道："晚辈不过善一技之长罢了，而赵伯父建造了碧瑶山庄这座人间天堂，堪称伟业！不知赵伯父得了什么天机妙法，以致半生之内富甲天下？"

赵琛笑道："其实单凭我一人之力，是不能创此家业的，这其中的妙处，便是用人之道。想那汉高祖刘邦，不过驿卒出身，但最后夺得天下，造就了汉室几百年的基业。汉高祖成功之法，便是善于用人，他曾经说过自己，'领兵打仗，不如韩信；出谋划策，不如张良；管理钱粮，不如萧何，我虽不如三者，但三者我能用之，故得天下矣！'此治世之道与治生之道，都是一理的，能宽以用人，则为立业之本。"方国涣闻之叹服。

方国涣在碧瑶山庄又住了两日，自得赵氏父子厚待，然而心中惦记着棋上事，欲早日回到天元寺见到师父，请教国手太监鬼棋杀人一事，便向赵氏父子辞行。赵明风苦留不住，只得让韩杏儿亲自烧制了一桌丰盛的饯行之宴。酒席之后，方国涣便辞别了赵明风夫妇、赵琛、宋施扬等人，自家去了。

方国涣先行到了苏州城内，来向江南棋王田阳午辞行。不巧田阳午不在家中，迎接方国涣的是那位余老爹，那余老爹知道方国涣比他的主人还要高明，敬服之至，热情地招待了，陪着饮茶聊天。

天色将黑时，田阳午才从外面回来，脸色甚是凝重，显是有什么极大的心思。忽见方国涣在家中候他，不由一喜道："田某正想连夜去碧瑶山庄寻找公子，可巧公子先自来了。"

方国涣闻之，心中预感不妙，忙问道："田先生，难道有消息了？"

田阳午复请了方国涣坐下，这才叹口气道："你我担心的事情又发生了，今日刚刚得到一条噩讯，湖南的棋上名家张汉澜前不久忽然死在了一盘棋上。张汉澜的师弟，另一位棋道高手曹方印，当时在旁观棋，竟然也当场吐血而死，一局杀两人，事情越闹越大了。"

方国涣闻之，大吃一惊道："定是那国手太监李无三所为，当今天下，非此人不能有以棋杀人之力。"

田阳午道："一定是这个太监无疑，据说他们一共是两个人。"

方国涣道："另一人是李无三的护卫，叫于若虚的，武功高强，也是有了此人保护，李无三才肆无忌惮地到外寻访棋家高手杀人取乐。"

田阳午这时道："当时棋旁观战的曹方印，或许受其棋势不过，受了棋气的杀伐，一口鲜血吐在了棋盘上，引得棋馆的弟子齐来救护，那太监二人乘着慌乱走脱了。也许走得匆忙，竟没有拂乱棋盘上的棋势，留下了一盘血棋。"

方国涣闻之一惊道:"留下了杀人棋谱?"

田阳午道:"不错,张汉澜与曹方印莫名其妙地死在棋局旁,棋馆的弟子们各自惊异不知是怎么回事,待他们寻找李无三时,已无了踪迹。张汉澜的弟子中有个叫王泰的,曾经听说过有棋家因棋而死的事,觉得事情异常,就把那盘带血的棋局摹下了棋谱,名为血棋谱,以查验师父张汉澜与曹方印的尸体,无毒无伤,不知是何外力所致,一时间闹得沸沸扬扬,杂闻四起。"

方国涣道:"那王泰倒是个有心计的,可惜我们现在不能得到一份血棋谱,来查明鬼棋的棋势。"

田阳午道:"那王泰复抄了几十份血棋谱,遍传棋道中人,欲请高手查明及解释他的师父师叔因棋致死的原因,田某也自得了一份。"说完,田阳午便从怀中掏出了一纸棋谱递与了方国涣。

方国涣此时一阵激动,这毕竟是有了关于鬼棋杀人的棋谱,在棋上有线索可查了。当方国涣从田阳午手中接过这份所谓的血棋谱细观之下,不由一怔。原来此谱是棋终时而摹,无黑白二子走的先后顺序,仅把当时棋盘上的双方棋势摹下来而已。方国涣又看了片刻,心中尤感诧异,因为从此棋谱所布的棋势来看,双方的棋力都不低,但是并没有什么特殊之处,实似一份普通的棋谱,方国涣一时茫然不解。

田阳午这时道:"田某与几位棋上的高人研究了近一天,也没得出个结果,因为单从棋谱上实在看不出有什么对人不利之处,张汉澜与那太监李无三对应的似乎都是棋上常势,不知方公子有何高见?"

方国涣惑然道:"这李无三的鬼棋邪术,棋势上越走越趋于平淡,杀人之力越发厉害了,不知是何缘故?"方国涣发现这份血棋谱上的棋势,与致死枫林草堂智善和尚的那局残谱上的诡异棋势又有所不同,心中愈加不解。

"对了。"方国涣忽然想起了什么,忙道,"他们斗棋之时,李无三执的可是黑子?"

田阳午道:"不错,张汉澜执白,李无三执黑。"

方国涣道:"那李无三可是走着自家带去的黑棋子?"

田阳午道:"并非如此,这盘棋用的都是张汉澜棋馆中的棋具,王泰在棋谱后已注明了的。"方国涣翻过棋谱看时,果有字迹,上书为:

家师张汉澜日前与一怪人弈棋,不幸与师叔曹方印皆棋终人亡,双逝棋旁,似非外力所致,棋具也为馆中所有,排除下毒之嫌,事尤奇异。那怪人棋后逃匿无踪,似传闻中操杀人棋术者,家师及师叔之死者与棋有关,望前辈高人视此血棋谱,解以谜团,查出棋上杀人之因,验以证据,再寻其人报仇,王泰叩首。

方国涣阅罢,愕然道:"既不是棋子上的问题,必是棋势上的原因,可从这份棋谱上实在看不出什么异端来。"

田阳午道："杀人于无形，鬼棋邪术果是厉害，我看方公子明日速回天元寺，请教苦元大师。苦元大师乃世外奇僧，阅历甚丰，或许能知一二。"

方国涣叹道："我也正有此意，看来这种杀人鬼棋，比想象的还可怕。"

田阳午此时惋惜道："张汉澜无意中被鬼棋所杀，实为不幸，此人棋力高深，时创布局新法，为蜀中棋上名家刘敏章所称道，张汉澜的棋谱曾一度风传，尤赛我等，苍天无眼，竟失我棋道上一栋梁之材。那李无三持鬼棋邪术杀人成性，如此下去，高手尽失，将会影响棋道的根基。"

当天晚上，方国涣、田阳午二人，按血棋谱上的棋势，在棋盘上试着演化，虽然发现黑方有时一着走得莫名其妙，但也看不出有何异处。二人又变化了十几种可能的应势，也没查出个什么端倪来，有时甚至认为黑方有很多处俗手废棋。似无意争胜负，令二人更是茫然不解。

田阳午疑道："莫非那太监果真另施了什么妖法邪术不成，摄人魂魄，杀人无形？而他但用棋局做个形式而已，让世人认为他有超常的杀人棋术，不过暗中施以邪术害人罢了，人不能察觉，以为真的有杀人棋。"

方国涣道："田先生所言不无道理，不过《地煞棋经》中所载的鬼棋一道，据说是地储内黑白无常之间所走的棋术，正常人受不得鬼棋棋势上的杀伐气，因此受害。此说虽然有些离奇荒谬，但已发生的许多棋上命案已是证明了的，由不得我们不信，棋道果是有邪正之分的，有鬼棋杀人之术的。"

田阳午点头道："便是如此，可这份血棋谱的黑棋走势，实在看不出有何异常之处，不知杀人之力何来？"

方国涣沉思了片刻，忽有所悟道："高手临枰对弈，棋气相感自生妙境，或许鬼棋上的杀伐之力，只有在双方凝神对局之时才能产生效果，就如我等平时研究一纸棋谱，与那临枰实战、旁观时的感觉及领悟又不一样的。"

田阳午闻之，点头道："谱上谈棋，是如纸上谈兵，虽偶有所得，自无妙境可言，只有临枰对杀之时，凝神积虑，心思几乎都在棋上，心境随局势的变化而动，至妙时，暗有欢悦，极难时，私生颓丧，唯品格高者，自感棋境。是了，我们仅观这纸血棋谱，是无法领略到当时那种棋境的。公子所言不差，棋上杀人时，当在对局中。"田阳午、方国涣二人闷闷不乐，一夜无话。

第二天一早，田阳午一直将方国涣送出了苏州城，至郊外，二人这才拱手话别，方国涣自取道天元寺去了。

方国涣昼夜兼程，不觉已经多日。

这天傍晚，方国涣但觉劳累，便在一座小镇上寻了家客栈投了。饭后无事，便向伙计讨了壶闲茶来饮，由于客房在临街的楼上，方国涣顺手开了窗扇，临街眺望。显是镇小人稀，又值夜暮，街上自有些冷清，唯有不远处的一家酒楼上，不时传来阵阵嘈杂嬉笑的醉骂声。

方国涣远眺了一会儿，觉得无聊，便收回目光欲关窗扇，就在这时，发现街对面的一处房檐下，立了一匹马，马上一清瘦之人，面容虽瞧得不甚清楚，但有种阴气十足的模样。方国涣心中此时不由一怔，觉得此人似曾在哪里见过一般，一时间却又想不起来。正自惑然，又有一青衣人乘马到了那人面前，说了几句什么，那人点了点头，随后二人驱马疾行，趁着暮色去了。

方国涣又追望了二人几眼，忽觉得那青衣人的背影也似在哪里见过，自感有些熟悉，却也一时想不出在何时何地对此人有过印象，心中诧异。望着那两匹马去了多时，方国涣呆怔了好一阵，实在想不出在哪里见过这二人的侧影，摇摇头，索性关了窗扇，回身又饮了一杯茶，这才宽衣睡去。

第二天方国涣早早起程，一路行来，这一日走得累了，便在路旁寻了一棵大树，坐在树荫下面纳凉歇息。这时，有两个在附近田间做活的农夫，也是劳作久了，放下农具走到旁一棵树下休息闲聊。因离方国涣也近些，但听得一人道："牛发这小子，前些日子又显了本事，也不知怎么，竟把一位来寻他斗棋的外乡人给赢了。"

这边的方国涣闻之，暗自惊讶道："此山村僻野之中，竟也居有棋上的高人。"便侧耳细听起来。

又闻另一人道："说也古怪，来寻牛发斗棋的那个老家伙阴阳怪气的，讲起话来满腔的娘们儿味，倒像一个被废了玩意儿的太监。"随即两人哈哈大笑起来，这边的方国涣则闻之骇然。

先前那农人又道："牛发这小子或许真的有些能水，和那个怪老头仅走了几十粒棋子，那个老家伙竟起身拂袖去了，显然是输了。"

方国涣这时越听越是惊异，猜想与那牛发斗棋的人，很可能便是国手太监李无三，没想到他的鬼棋邪术竟然会败在一位乡间农夫的棋上，并且仅仅对应了几十手棋，就被逼得起身去了，也许怕自家鬼棋不敌，恐生反伤之力。难道这牛发身怀绝技，棋力神通，别有一种克制杀人鬼棋的棋术？方国涣知道，便是以自己的化境之棋与那鬼棋相对，胜负安危都无把握，更不要说在几十手之内把棋高成狂的李无三吓走了。

这时，又听一农人道："随同那老家伙来的另一人，倒是个好人的模样，可能是个武把式，身后背着剑呢。这两个外乡人也不知哪里听说了牛发的名气，竟然真的找他斗棋来了，牛发那小子这会正在家中偷着乐呢。"方国涣此时已知道，寻访牛发斗棋的那两个外乡人，必是国手太监李无三和于若虚无疑。不过令方国涣茫然不解的是，对牛发这位棋上的奇人异士，这两名农人言语中竟表现得甚是不敬，大有轻蔑取笑之意，不知是何缘故？

第四十回　血棋谱

　　方国涣心中思量道:"李无三在牛发的棋上惊走,不知去了哪里?不过已有了克制鬼棋之道,这场棋坛劫难当有法可解了。想必那位牛发先生就住在附近,千载难逢,当不可错过访此奇人的机会,请教他的棋上异能,可以反制杀人棋。"

　　想到这里,方国涣便起身来到那两位唠得正有兴致的农人面前,拱手一礼道:"两位请了,适才两位谈起的那位棋上高人牛发先生,不知住在何处?还请指引在下,前去拜访。"

　　那两个农人先是一怔,你望望我,我瞅瞅你,继而齐声大笑起来,这一笑更使得方国涣莫名其妙。

　　此时一人强止了笑声道:"牛发那小子连个秀才都不是,竟被人称作先生,还真有人闻了他的名气来找的。这位小哥,寻牛发不难,前面村里一打听就知道了,那小子名气大得很哩!"说完,与另一人又哈哈大笑起来。

　　方国涣见了,只得道声:"多谢!"摇摇头转身就走,便听身后一农人笑道:"牛发这小子,还真有些路数,这回又要风光了。"接着两名农人狂笑不止。

　　方国涣一路走来,心中愕然道:"那牛发先生如此令乡人不敬,难道他是一位大智若愚的奇人?真是这样的话,牛发先生更是一位不简单的人了。"想到这里,不由加快了脚步。

　　方国涣寻至一座村庄前,见村头路口处,有几名小童玩耍,便上前问道:"各位小弟弟,请问牛发先生的家在何处?"

　　那几名村童听了,不由用奇怪的眼光望了方国涣好一阵子,觉得很是意外很是新鲜,其中一名年龄大些的村童,用手指了一家门户道:"就是这家,牛发正在屋里睡大觉呢,找他干吗?一个吹牛皮的家伙。"

　　方国涣见一个小孩都对那牛发不敬,惊异之余,不由为牛发升起了一股不平来,想见这位奇人的念头更强了。方国涣谢了指路的村童,转身向牛发家门前走去,那几名村童互相望了望,便都歪着头站在那里看着,好像方国涣拜访牛发是一件令他们感到很奇怪的事情。

第四十一回　雨夜棋话

　　方国涣来到了村童所指的那家门户前，见是一处破旧的院落，没个整齐的样子，心中惊讶道："高人也居此地？"便上前轻轻敲了几下一碰欲落的门板。

　　过了好一会儿，才听里面有一人极不情愿地嘟囔道："大白天的，催什么命？"接着，门一开，探出一人嚷道："找谁、找谁？"

　　方国涣这时一怔，见此人四十以里，三十出头，衣衫散乱不整，脏兮兮的，有些贼眉鼠眼，一看就知是乡里的泼皮。

　　方国涣心中惑然道："牛发先生怎么会用这样的下人？怪不得乡里人不敬他，看来是用人不当，无端地坏了牛发先生的名声。"

　　此时见这个人睡意蒙眬，一脸的不耐烦，好像扰了他的美梦，方国涣便耐着性子，一拱手道："在下方国涣，闻牛发先生的棋名，特来拜访，以棋会友，请教以棋道，还望通禀一声。"

　　那人听罢，脸上忽呈喜色，上下打量了方国涣一番，大咧咧地张嘴一笑道："原来是方公子，听了牛某的棋上大名，特来斗棋的，好说！好说！里面请了。"

　　方国涣闻之一怔道："阁下是……"那人此时十分得意地道："鄙人就是棋名远播、远近皆无对手的牛发，错不了的，请请！"说着，将方国涣让进内门。

　　方国涣见此人便是那牛发，心中不免有些悔意，忽又思忖道："所谓真人不露相，倒不可以貌取人，此人毕竟是在棋上吓走过国手太监李无三的。"当即随了牛发进房中落座。

　　这位牛先生是一介寒士，家徒四壁，一烂床，一破桌，别无长物。那牛发却也不拿茶待客，径自从床下摸出一张粗糙的棋盘和两竹篓色暗质劣的棋子来摆于桌上，显是别的棋家抛弃不用的，被他拣了来。

　　那牛发这时道："方公子，是你让我两子，还是我让先你三子？"可见此人性急得很。

　　方国涣皱了皱眉头，淡淡地道："还是与牛先生走一局对手棋罢，以让在下领教先生的棋上高招。"

第四十一回 雨夜棋话

牛发道："这样也好，否则公子输了，心里肯定不服的。"

方国涣为了证实一下眼前这位有些不可捉摸的牛发是否真的与国手太监李无三对过棋局，问道："听说牛发先生前些日子与一位来访的高手下过一盘妙棋，几十手之内，牛先生便令对方服输而去，不知可有此事？"

牛发闻之立时眉飞色舞，洋洋得意道："公子说的是那位怪人，自称姓李，叫李什么三的，对了，他还有个随从，姓于的。唉！要说这个姓李的，棋上也太差了些，那日我正在兴头上，准备走出几招妙手棋，也让他晓得牛某的手段是名不虚传的。谁知不等终局，这姓李的便坚持不住了，不言语一声就走了，也是有自知之明的，早早地顾了自家面子。说来也是，我牛发棋高天下，至今还未遇到一个对手，无了对手，真是寂寞得很哪！"

方国涣这时已是惊服万分，知道国手太监李无三确实与牛发斗过棋，此人是唯一一位从李无三的杀人鬼棋上全身而退，并且从棋上反胜之人。不知什么原因，仅仅互应了几十手，李无三竟然不敢再走下去了。

方国涣此时已对牛发佩服得五体投地，对其言谈举止上的不当之处，也就无心理会了，心中思量道："此人棋上必有异能，否则不会将李无三惊走。如此高人世间罕有，我若在棋上负于此人，百余枚棋中至宝天星棋子一定悉数相赠，以表敬服之情，只有这般棋高天地之人，才是天星棋子的真正主人。"

这时，那牛发道："方公子既然远道而来，切磋棋艺，本事当是不差的，来者是客，我让你先。"

方国涣知道在这位举止言谈不拘小节的高人面前，棋上不能大意，要尽力施棋才是，因为此人有可能是自己一生中所逢的最强对手，便执黑先行，以天马星象式布局中腹，那牛发也持子一一应了。

方国涣忽见那牛发的棋上走势极为简单，与以往的对手大是不同，心中微讶，继而恍悟高人或许有高人之处，非常之人或许有非常的走法，不敢大意，谨慎应对。

待双方二十手棋过后，方国涣见对方的棋路实在是不堪入目，心中便犯起了嘀咕，但还是不敢大意，小心地应了。

那牛发一边大模大样不假思索地走棋，一边点头道："方公子倒已有些本事，不知比那姓李的要高出多少子来，今天我还真要费些力气的。"

这盘棋方国涣越走越糊涂，不知牛发这般走法如何能制胜，索性"紧气"，赶杀掉了一块白棋。

那牛发见状，立时尖声叫道："你这人怎么这样，也不告诉一声，说提就提掉了。"

方国涣闻之一怔，似乎明白了些什么。那牛发此时瞪着眼睛道："把我的棋子放回去，待我缓几手，看能不能补救，哪里有你这般下棋的，叫我如……如何……"那牛发脸色涨红，已有了怒意。

方国涣见他悔棋若此，心中已全然明白，于是道："在下还有事，不奉陪了。"暗里叫声"晦气"！起身拂袖而去。

忽听那牛发在身后如释重负，狂喜道："哈哈！又走了一位，我牛发简直就是国手状元应世！"

方国涣憋了一肚子气出了牛发的家门。此时先前指路的那名村童与一位老者在道路对面站着，见了方国涣出来，那老者笑道："敢情这位公子又被牛发那个无赖唬了。此人是本乡的泼皮混混，不学无术，偶得了册常见的棋谱，照着习练了几日，就以为天下无敌了，自家便吹嘘起来，其实连乡里的几个俗手秀才都不如，村里人都知晓的。"

方国涣闻之，脸上一热，上前施了一礼道："多谢老人家直言相告，在下愚智不分，实在羞愧难当。"

那老者笑道："也怪不得公子，都是那无赖整日吹与一些泼皮朋友，到处炫耀，以致名声在外，引得不少棋上好手来访，最后都叫声'晦气'去了。此等无赖，公子莫理会他，日后注意些便了。"

这时，但听身后门声一响，那牛发得意扬扬地踱步出了来，见方国涣正在与那老者讲话，便冲那老者"哼"了一声，转身大摇大摆地去了，显是又去寻找他那些泼皮朋友鼓吹去了。方国涣摇了摇头，苦笑一声，遂向那老者拜谢而别。

方国涣一路是暗叫"晦气"不已，走着走着，自家忽然忍不住失声笑了起来，摇摇头道："原来国手太监李无三是被这个棋上无赖气走的，此人倒也不简单，把我和李无三都骗了去，竟与杀人鬼棋、天元化境各对应了几十子，普天之下，也只有这位牛先生有此棋运了……"

方国涣这时忽然停住了脚步，恍悟道："那牛发在与李无三对应的棋局上竟然平安无事，没有受到一丝鬼棋的杀伐之力，原来李无三的鬼棋邪术，只能在那些棋上造诣深厚、棋力极高的高手身上起杀伐作用，怪不得被他害死的都是一些棋上名家。对普通棋手来说，不能深入棋境，故而鬼棋的杀伐之力对牛发这等俗手不起作用，对局时自然也就没了危险。这位牛先生真是捡了个大便宜，此人若是名副其实的高手，早已死在李无三的鬼棋之上了，看来棋高丢命，庸棋也能保命的。"

方国涣接着又思悟道："李无三的鬼棋邪术，是以棋势上异变逆生的一种棋气来耗伐对手的心之气力，扰乱对手的心境，棋力、棋境越高，感受的也就越速，受害也就越深，死亡也就越快。"忽又惑然道："国手状元曲良仪棋力最高，几乎无人能敌，却为何落得个人棋两废，没有像其他高手一般棋后

第四十一回 雨夜棋话

皆死？果是李无三手下留情，故意报复，还是曲先生的棋境能抵抗几分鬼棋的杀伐之力？"方国涣一时间又不解起来。

方国涣一路行来，计算了一下行程，估计还需五六日便可到达连云山天元寺了，与师父及众师兄相见也无需几日，方国涣心中不由一阵激动，自是加快了脚步。

不料此时天公不作美，竟淅淅沥沥地下起雨来，虽不甚大，荒山野外自无人家可避，正焦虑时，见前方林中隐现一座庙宇，心中一喜，便飞跑过去。到了近前，才知是一座荒弃的破庙，断壁残墙，杂草乱生，已不知绝了多少年香火了。

方国涣便自躲了进去，寻了一角落，找来些干草铺了，坐在那里静等雨停。岂知一直候到傍晚，那雨并没有要停的意思，依旧淅沥地下着。方国涣叹然一声，心知只有在这破庙里过一夜了，便从包裹里取些干粮用了，然后卧在杂草上，蒙蒙眬眬地睡了过去。

也不知过了几时，方国涣感到了一丝凉意，睁眼看时，四下黑暗一片，外面雨声依旧，已是到了深夜了。方国涣先前曾在连云山白云洞内，自家孤坐独修了三年棋道，对单身一人处于野外，已是习惯了，虽夜宿在这座破庙里，并无恐意，蜷缩了下身子，又睡去了。

不知何时，方国涣神思恍惚中，忽闻隔壁有人说话，但听得一个年轻人的声音道："婆婆，这雨不知几时能止？"

一个老妇人的声音应道："雨点落地稀疏，似无后劲，明日清晨自会止了，误不了行程的。"

方国涣这边心中微讶道："睡得也太沉，何时又有人进来，竟然不知，看来是两位到这破庙里避雨过夜的行路人吧。"也不甚理会，合上双眼，似睡非睡，似听非听地躺卧着。

这时，又闻那年轻人道："婆婆，大明朝已近三百年，不知何事最兴？"

那老妇人应道："理学而已，不过理学之势已微，当今天下的士人多好棋道，以致本朝棋风大盛，尤过历代。"

方国涣忽闻隔壁的老少二人谈起棋事来，不由得竖耳聆听。随闻那年轻人道："论以棋艺一道，古今当属我李家坪于天下先。"

方国涣这边闻之，心中释然道："原来这两位过路客也是棋道中人。"

此时但听那老妇人的声音一振道："不错，我李家坪世代崇尚棋风，千百年来，棋艺从未断过，无论男女老幼，没有不会走棋的。"

方国涣这边闻之，心中惊讶道："这李家坪在什么地方？天下竟有如此好棋之乡，其间必多有高手。"棋家心性，方国涣欲起身去拜会隔壁的老少二人，又恐黑夜中有所惊扰，实为不便，于是决定天明时再过去拜访，自用心听了。

此时闻那老妇人道："我李家坪人，男女幼童从三岁起便开始习棋，六岁不懂棋者，则会被邻人耻笑，十五岁尚无棋名，乡人多轻慢之，故李家坪素有'棋乡'之称。初唐盛世，太宗皇帝闻我棋乡之名，便下御旨调好手入京。当时我李家坪的大族长便派棋童李阳领旨入长安，太宗皇帝见是棋童应召，龙颜不悦。然而当李阳连败宫中三位高手棋师，天容大喜，御封李阳为'国手棋童'。随后命他与当时棋艺天下第一的元帅李靖对弈，结果李阳又胜，朝野惊动，视李阳为神童，龙颜大悦，特准李阳衣锦还乡，光宗耀祖。然自唐降宋兴，天下多有战乱，棋道不能行世，故先祖制订棋道不外扬的祖训，限于李家坪的后世棋风家兴而已。虽代有国手，辈出神童，也自不显于世。"

方国涣听到这里，暗暗称奇不已，知晓了李家坪"棋乡"之名不扬的原因，感叹天下竟有此棋风极盛之地。

这时，又闻那年轻人道："当今棋家多在术上下功夫，故世人只知棋名，少知棋义。"

老妇人应道："不错，世人但好棋之雅趣而已，不曾理会得义理合一，每少善大棋之人。棋道千变万化，鬼神难测，自不能以小术盖之，高人不以术言棋。棋者，势也、意也；意者，境也，俗家以势取胜，仙家以境取胜，故仙家妙手最是难寻。"

方国涣这边闻之，惊异道："论棋之义理如此，已有化合之意，这位婆婆必是棋上的高人。"欲结识之情尤增。

这时，又闻那年轻人道："有新罗僧，善大悲棋，让子在先，舍势于后，然每与高手临枰对弈，无不胜，是何缘故？"

老妇人应道："舍中含攻，欲擒故纵，新罗僧棋上高些罢了，冠以大悲之名，更显其技而已，棋路上含蓄些，也不外乎俗家的攻守之势。"

年轻人又道："我李家坪的棋上第一手，可否称得上天下第一人？"

老妇人道："我李家坪人既然不以棋名显世，又何必再与世人争什么名次。你的棋力在乡中一直排不到百名之内，乃是求胜心切，失以心中那种平静的临棋状态，先强后弱，吃亏得很。"

那年轻人闻之，似有所悟道："婆婆教诲得极是，庆儿日后一定把这种棋病改了。"

那老妇人笑道："你适才的一念之动，无形中已使自家的棋力又提高了一子，可喜可贺！"

年轻人惊讶道："婆婆何以得之？"

方国涣这边心中道："或许是棋境相感罢。"

果闻那老妇人道："你我皆入棋道，意与棋合，棋上事，自有棋境感之。"

第四十一回 雨夜棋话

方国涣闻之，心中惊讶道："棋境相感之妙，在这婆婆的言语中，未免平淡了些。"

又闻那年轻人道："棋为天下四大雅艺之一，迷恋此道者尤多，当今之世，不知第一好棋者为谁？"

老妇人应道："可惜这第一好棋者不是我李家坪的人，乃是一位人称尉迟公子的。此人祖上十三代皆好棋，至他尤甚，有'棋痴'之称，'棋公子'之誉，堪称'棋道世家'。"

方国涣这边闻之，心中惊异道："这位婆婆熟知天下棋事，定非凡人，那位棋公子又是哪一位高人？竟有如此声誉。"

那年轻人这时又道："棋本雅艺，也能伤人，难道传说中的事会是真的？"

老妇人应道："万物至极者，皆可杀人，棋道也然。"

方国涣这边闻之，心中一惊，不由坐起身来欲细听时，隔壁暂无了声音。

良久，才听得那年轻人道："十七叔出来已久，不知他现在何处，让我们去哪里找才好？"

那老妇人此时叹息了一声道："世事如棋，该寻着他的时候，自然能寻着。"

那老妇人复又长叹了一声，不再言语，随即隔壁的老少二人便止了话语，无了声息。

方国涣这边心中暗道："原来有人私出李家坪，他二人是出来寻的，这位婆婆棋识渊博，也自相信棋能杀人，此机会千载难逢，天明时一定去请教棋上事，或能释心中之疑。"方国涣于是不敢再睡，静候天明，以去拜会隔壁的老少二人。

当天色蒙蒙亮时，那雨果然止了，方国涣便起身到庙门外守了，以候那老少二人出来时，迎拜结识。过了好一阵，里面并无动静，方国涣心中道："或许她二人昨夜谈得倦了，多睡一会儿罢，不可贸然打扰。"

岂知日出三竿，那老少二人还没有出来的意思，庙内依然静悄悄的。方国涣心中一急，便朝庙内一拱手道："晚辈方国涣，在此拜会老人家，有些棋上事想向前辈请教，烦请一见。"一直呼了三声，庙内并无人回应。

方国涣一惊，忙到庙中另一侧看时，空空如也，那老少二人早已不知何时悄然离去了。方国涣心中诧异道："昨晚一直注意这边的动静，生恐他们提前离去，失之交臂，何时走的？怎么会没有发觉呢？"

待方国涣四下查看时，不由一怔，但见地上灰尘蛛网依然，并无人迹，惟靠近墙边的杂草倒伏了一片，像是没有人来过一般。方国涣心中惑疑，感觉昨晚的一切似在梦中，不免怅然若失。恍惚中经历了一次雨夜棋话，闻异人谈棋，然不得其踪，不知为何许人，甚至疑为野狐做人语。

方国涣随后在此破庙的前后巡视了一番，并无所获，昨晚庙中好像就他一人而已，所闻人语，如梦似幻，一时难辨真假。呆立了许久，方国涣这才摇头一叹，茫然地离去了。

　　方国涣这日行了近一天的路程，已是饥渴难耐，然见前后并无村落客店可歇脚，便又前行了一程。此时忽见前方路边有几间草舍，上面扬着酒幌，显是一家独开的野店。方国涣见之一喜，快步走至近前，随之见店内迎出一名伙计来，笑嘻嘻地招呼道："哟！这位公子，走得辛苦，用些酒饭再赶路可好？前方二三十里内可能没能歇脚的地方了。"方国涣道声："也好。"便走进了店内。

　　此店不算很大，只有四张桌子，冷清得很，两名伙计模样的人正坐在一旁聊天，见有客人进来，其中一人忙迎上前道："客官走累了吧？小店专为这条路上远行的客人开设的，不知用点什么？"

　　方国涣择了张桌子坐下道："且来两碗米饭，两样下饭的菜罢。"那伙计道："可用酒吗？小店有一种陈年佳酿，叫'四季香'的。"

　　方国涣道："一会儿还要赶路，吃饱便可，不用酒的。"

　　那伙计应了一声，接着用眼光瞟了一下方国涣放在桌子上的包裹，随即道："客官稍候，饭菜马上就来。"说着，向先前那个伙计使了个眼色，转身去了。

　　那名伙计便从柜台内提了壶茶来，斟了一碗，递上前道："客官先饮口茶罢，解解乏。"

　　方国涣道声："多谢！"端起茶来一口饮尽，觉得茶水有些异味，也未在意，随便问道："小二哥，生意还好罢？"

　　那伙计道："多承走这条路的客人们照顾，也是忙一阵闲一阵的。"

　　方国涣道："此地前后几十里不接人家，又是一处要道，你们店主在此开店，倒也会寻地方。"那伙计道："混口饭吃而已，哪里指它发财。"

　　这时，刚才那名伙计把饭菜端了上来，方国涣又饮了一碗茶，随后用饭。不料未食几口，忽觉头昏脑涨，眼前一片模糊，心知不妙，刚想站起身来，一个大头沉扑倒桌上，已是着了人家的道。几名伙计招呼了一声，上前将方国涣抬了。

　　当方国涣苏醒过来时，发现自己被绑在了一根柱子上，手脚已不能动，心知遇上了黑店，被歹人拿住了，心中大悔，但为时已晚。抬头看时，已不在野店之中，显是处于一家宅院的房子里。在对面的一张桌子上，摆满了自己的东西，两套衣衫，两篓罗汉棋子，一面绢布棋盘，还有一件牛皮袋天星棋子，万余两的银票，一百多两的散碎银子，一块龙蛇角，以及当年法无送的那支示警的竹节响箭，再就是一方红布裹着的那块六合金牌令。

第四十一回　雨夜棋话

此时桌旁坐着一名粗壮的、面目狰狞的大汉，正在点数着那些银票、脸上不时呈出惊喜之色。

方国涣心中道："倒被这些贼人搜了个干净，好在无缝天衣穿在里面，没被他们注意到，不过今日看来凶多吉少。"

这时，那大汉把天星棋子倒在了桌上，忽见这百余枚白色棋子，粒粒珠玑，圆润光亮，拾起来奇沉压手，那大汉惊异之余，喜形于色，识出这些棋子不同凡响，便小心地又都收回了牛皮袋中。接着又拾起那块龙蛇隼与竹节响箭，看了两眼，也自未辨出何物，随手放在了一边。

当那大汉取过那块六合金牌令，打开来看时，不由"咦"了一声，立呈骇然之色，惊异地望了方国涣一眼，见方国涣已经醒来，忙问道："喂！小子，你是什么人？身上怎么会有六合堂的六合金牌令？"

方国涣闻之一怔，见对方识出了六合堂金牌令，自升起一丝希望来，于是道："阁下既然识出此物，当晓得其间的利害，还不快将我放了。"

那大汉见方国涣从容不迫的神情，心中惊讶，又看了看手中的六合令，继而冷笑一声道："小子，六合堂的至尊信物怎能落在你身上，必是偷来的，还有这些银票，这些棋子，都从何而来？速速招出，免你罪受。"

方国涣道："这些与你何干？总之不是像你们这般抢劫来的就是。"

那大汉闻之欲怒，然而望了望那块六合金牌令，还是止住了，显是不敢有所妄动，狠狠地道："小子，不管你是什么来头，既然落在我们手里，可就由不得你了。"随后把那副罗汉棋子用布包了，犹豫了一下，便把天星棋子也放了进去，一并裹了，接着对门外喊道："刘青、张万。"

门一开，进来两名挎刀的汉子，其中一人对那大汉恭敬地道："二当家的，有何吩咐？"

那大汉道："这小子大有来头，店中的弟兄们不赖，捕了条大鱼，这些碎银子赏了他们。还有，这些质地上乘的棋子给小姐送去，小姐好棋，见了一定喜欢。张万，这些你去做了。"那叫张万的应了一声，接过包裹转身去了。

那大汉复把六合金牌揣在怀里，桌上的东西一股脑儿收了，起身对另一个道："刘青，看紧了，我去见大当家的，看看这小子什么来头。"说完，望了方国涣一眼，径自去了。

方国涣此时叹息一声，思量道："六合堂势力遍天下，那人既然能识出六合金牌令，必是江湖黑道上的老成人物，有此六合令在，或许不敢对我怎样，不过这些贼人心狠手辣，杀人灭口也是有可能的。"摇头一叹，懊悔不已。

过不多时，忽听门外的守卫道："萍姐，到这里做什么？"

一个女子的声音道："你们今天又做了什么坏事？里面关着什么人？"

守卫忙道："萍姐，千万低声些，切莫让二当家的听到，里面那小子是店中的弟兄们治倒的，身上有好多财物哩！"

但闻那女子道："你们又做了伤天害理的事，也不怕遭报应，把门打开，小姐让我来看看是什么样的人物。"

守卫急道："使不得，没有二当家的话，我可不敢放你进去。"

那女子怒道："怎么？小姐的话你也不听？"

守卫连忙道："不敢，不敢，萍姐，还是莫难为小人好，若出了什么事，谁也担当不起的。"

那女子道："我不过进去看一眼罢了，有什么了不起，难道让小姐亲自来与你说不成？"

那守卫沉思了片刻，似不敢得罪，便道："这小子有什么好看的，回头还不是杀掉，萍姐既然好奇，进去看一眼便是，不过要快些出来。"

那女子道："少废话，快开门。"随即门一开，进来一名十五六岁的颇有些机灵秀气的小丫鬟。

方国涣见了，心中异道："闻这小姑娘的语气，倒像个善人，不过素不相识，她来做什么？匪窝里也出不了什么好人，不知要用什么法子来害我？"

这时，那名小丫鬟走到方国涣面前，上下打量了一遍，心中不由赞叹道："好一个英俊的公子！"

方国涣见这小丫鬟大模大样地盯着自己看，脸色一红，把头转向一边道："你们还想做什么？我身上的东西已被你们搜了个干净，再无好处来寻了。"

那丫鬟并不回应，左右反复打量了方国涣一番，忽然问道："这位公子可是懂棋的？"

方国涣闻之一怔，随即冷笑一声道："落在你们手里，懂不懂棋又有何干，这位姑娘来打什么趣？"

那名丫鬟道："适才送去我家小姐房里的那些上品棋子可是你的？"

方国涣叹然一声道："刚才是我的，不过现在被你们抢了去，看来只能是你们的了。"

那丫鬟闻之，不自然地努了努嘴，随后道："也难怪，不过这可与我家小姐无关，是他们自己送去的。"

方国涣冷笑一声道："还不是一样，有什么好辩白的。只可惜那些棋子落在你们手里，有辱它们了。"

那丫鬟听了，倒也不生气，便道："我家小姐适才见了那些棋子，说是棋中的极品，拥有它们的主人，棋上必是有些手段的。我家小姐呢，天生好棋，并且技艺不凡，每叹世间无对手可寻。"

方国涣闻之，扬声笑道："没想到这盗巢之中，竟也有自充清高之人，你们这些匪盗，未免玷污了棋道的高雅。"

第四十一回　雨夜棋话

那丫鬟闻之，不由怒道："你这人好生无理，竟敢侮辱我家小姐，要知道我家小姐是与那些人不同的。"显是气愤不已，方国涣只是摇头冷笑。

那丫鬟发了一通脾气，便又平静下来，道："我家小姐见了那些棋子，敬你也是好棋之人，特差我来看看，是不是一位凡夫俗子，偶得了一些好棋子，便带在身上自充雅客，到处炫耀来唬人的。"

方国涣冷笑道："那又能怎样？难道让在下与你家小姐临枰对弈一局不成？真是天大的笑话。"

那丫鬟见方国涣身处险境，仍谈笑自如，无一丝的乞怜哀求之意，心中暗暗称异，此时朝门外看了看，上前一步，低声道："我家小姐有话，公子若是一位棋上的高手，她便想法子救你出去，倘若是一位卖弄的棋上闲客，你就听天由命罢。"

说完，那丫鬟从袖中取出一张纸笺，展开来却是一份棋谱，示于方国涣眼前道："公子看清了，这是一谱死活局，你若能妙手解了，证明公子棋上是有本事的，也配做那些棋子的主人，我家小姐自会怜你棋艺，救你出去。此时该由黑方应子，公子可有高着应吗？"

方国涣见事出古怪，没想到天下间还有这般绑着人来试棋的，心知此地果有好棋之人，态度上也自缓和了些，事情既发眼前，也只能一试了，或许真有希望得人相助。

方国涣于是览了一遍眼前的这份棋谱，心中不由一怔，暗叹双方棋势走得巧妙，当是高手所为，不过却显得轻描淡写地笑了声道："此棋却也简单，在右下九·六之位应一子便是了，有何难的。"那丫鬟闻之，立呈惊喜之色。

第四十二回 棋情

　　方国涣随口将棋谱上的棋势解了，那丫鬟惊喜万分道："此谱是我家小姐两年前与一位棋上的高人走成的，不过走到这里，棋呈互死之势，双方都走不下去了，那位高人便叹息了一声，舍棋而去。后来我家小姐研究了一个月才悟出了破解之着，没想到被公子一眼就识出了，真是仙家妙手！"
　　方国涣闻之惊讶道："原来你家小姐是一位棋上的高人，当真不易。"
　　那丫鬟高兴地道："我家小姐从懂事起，便摸棋来玩，十岁上便很少有了对手，萍儿侍候了小姐多年，也自从棋上学了些本事。"
　　方国涣早已忘了手脚还被人家绑在柱子上，敬服道："原来是萍儿姑娘，不知你家小姐是一位什么样的奇女子？在棋上竟有如此修为。"
　　萍儿得意地道："我家小姐姓卢名紫云，可是一位天仙般的人物！"
　　萍儿这时向门外望了望，随即低声道："公子勿急，小姐虽生在此家，却是一个大好人，对老爷与二爷的所作所为，恨而无奈。小姐平日里最敬的就是棋上的高人，今日公子棋艺超凡，妙解棋谱，一定会想办法救你出去的。"
　　方国涣这时已明白萍儿的一片善意，不由感激道："方国涣今天若能逃得性命，日后一定会报答萍儿姑娘与卢小姐的大恩。"
　　萍儿忽地一惊道："公子，你说你叫方……"已是惊变了脸色。
　　方国涣诧异道："在下方国涣，可有什么不妥？"
　　萍儿惊喜道："公子可是那位在长城外，布以天元棋阵退了二十万女真大军的方国涣方公子？"
　　方国涣惊讶道："不错，正是方某，没想到萍儿姑娘也知晓的。"
　　萍儿此时激动万分，颤声道："真的是方公子来了，我家小姐自闻公子大名，感叹棋上竟有此高人，做梦都想见着公子一面……"
　　就在这时，房门一开，那名叫刘青的守卫慌慌张张进来道："萍姐快走，大当家的朝这边来了。"
　　萍儿闻之大惊，脸色立变，恐慌地示意了方国涣一眼，转身急去了，那刘青忙将房门关上。
　　方国涣见萍儿一惊而退，不知贼中盗魁，这位大当家的是什么人，如此令她惧怕，想起萍儿说的那位卢紫云小姐，自是感叹道："匪中有此善棋女

第四十二回 棋情

子,真是难得!"

这时,但闻门外一阵脚步声,接着门一开,进来了三个人。为首的是一位清瘦阴冷,令人望之生畏的老者,第二位是先前的那位大汉。再看后面的那人时,方国涣不由大吃一惊,此人长须飘胸,面白有光,二目毒意显现,手中玩弄着一支细长的玉如意,正是那位精通移神换脑之术的如意神医玉满堂。

方国涣见昔日走脱的玉满堂竟然逃到了这里,冤家路窄,今日必凶多吉少,不由暗暗叫苦。那玉满堂刚进来,便一眼识出了绑在柱子上的方国涣,惊异之下,怪叫一声,就要扑上前来。

那清瘦老者见之一怔,右手疾出,拉住了玉满堂道:"玉兄,为何如此发急?"

玉满堂此时气急败坏道:"卢兄,这小子正是我那个毁家的仇人,今日老天成全我,让玉某来报此大仇。"

那清瘦老者闻之,惊讶道:"玉兄,可认准了是此人?"

玉满堂咬牙切齿地道:"错不了的,这小子就是烧成灰我也识的。"

方国涣见事已至此,索性把心一横,朝着玉满堂笑道:"原来官府缉拿的如意神医藏在了这里,贼心不改,仍与不法之徒合伙干着见不得人的勾当。那日算你逃得快,否则必死在我朋友的弹丸之下。"

玉满堂闻之,似心有余悸,不由摸了摸面颊,随即狠狠地道:"小子,勿要张狂,山不转水转,没想到你也有今日,被我玉某人遇上。"

那位清瘦老者,此时眉头皱了皱,上下打量了方国涣一遍,心中诧异道:"此人年纪轻轻,倒也有些胆识,果是大有来头的。"

踱步走到方国涣面前,缓缓地道:"年轻人,老夫卢佩辛,是这里的主人,现在问你一件事,你要如实回答。既然落在了我与二弟杨化的手里,勿要生出逃跑的非分之想。"接着,举起了手中那块六合金牌令,道:"这块六合金牌令,你是从哪里得来的?"

方国涣道:"阁下既然能识出它,又何须多问。"

卢佩辛摇了摇头道:"六合堂的至尊信物,只有总堂主才有,而六合堂的现任总堂主是一位丫头,不可能是你,而你却身藏此物,其中必有缘故。"

方国涣心中思量道:"阴毒险恶的玉满堂能和这些人混在一起,必然都是一丘之貉,当非善类。不过连姐姐昔日赠我这块六合金牌令时曾说过,遇事时,示此六合令,江湖上的黑白两道,自会给六合堂一些面子的,事已至此,不妨说出自己与六合堂的特殊关系,或许能有些希望,不管他们是什么人,不敢轻易加害于我的。"

想到这里,方国涣便道:"我既然落在了你们手里,说也无妨,这块金牌是六合堂总堂主连奇瑛连姐姐亲手所赠。"此言一出，卢佩辛与旁边的杨化、玉满堂俱是一惊，相视愕然。

卢佩堂惊讶道："你果是六合堂的人？"

方国涣摇头道："那倒不然，不过六合堂内的各位英雄好汉，与在下倒是相交甚厚的。"

卢佩辛闻之一怔，惊异道："你不是六合堂的人？那么连奇瑛这个丫头为何把六合堂的至尊信物送与你？"

杨化一旁道："定是这小子偷来的，或者骗来的。"

方国涣闻之笑道："总比你们这些歹人抢来的好。"

杨化闻之欲怒，卢佩辛用手止了，复对方国涣道："你既不是六合堂的人，却拥有六合堂的至尊信物六合金牌令，看来与六合堂的关系不一般，阁下更是一位非凡的人物。告诉老夫，你叫什么名字？江湖上成名的人物，老夫没有不知的。"

方国涣道："在下乃无名之辈，不能跟六合堂内的英雄相比，又何必报出门庭于人。"

卢佩辛见方国涣此时此刻仍大义凛然，毫无畏惧之色，心中尤感意外，知道对方的来历不简单，转头寻问一旁怒目而视的玉满堂道："玉兄，此人既是你的仇家，可知他的来历？"

玉满堂茫然地摇摇头道："这小子古怪得很，谁知什么来头，好像姓方的，叫什么不曾记得了。那日玉某与他在路上相遇，劫人不成，反被他逼得沦落天涯，至今也不晓得他是黑是白。有两个跟他在一起的小子更是厉害，玉某不但一败涂地，毁了多年的家业，还险些丢了性命。"说到这里，玉满堂脸被昔日的情景吓出了一身冷汗。

杨化这时道："小子，果不一般的，要不是店里的弟兄们见你身上带有一些不寻常的东西送了过来，早就剁成肉馅包包子卖了，哪里还能在这说话。"

方国涣道："多行不义必自毙，劝你们还是洗心革面做善人的好，否则离报应不远了。"杨化自是"哼"了一声。

卢佩辛来回踱了几步，复对方国涣冷冷地道："年轻人，不管你是谁，与六合堂有什么关系，但老夫并不买六合堂的账，说不说出你是谁，也无关紧要，今日难逃一死。"说完，转身对杨化道："二弟，处理了他，勿要给六合堂留下口实。"

方国涣见状，心中一凛，暗叹一声道："我命休矣！"

杨化此时狞笑一声，走上前来道："小子，落在我们手里，活该你倒霉。"

旁边的玉满堂，也自得意道："小子，今天可没人来救你，算是死定了，对了……"

第四十二回 棋情

玉满堂忽然记起道:"我想起来了,这小子叫方国涣的。"

"方国涣?"本来要离去的卢佩辛闻之一惊,忙回身止了杨化道,"二弟慢来,我有话问他。"复打量了方国涣一遍,惊异道,"几个月前,在独石口关外,布以天元棋阵退了二十万女真铁骑,保住了六合堂大部精锐,那位名扬天下的方国涣就是你?"

方国涣自知今日难逃一劫,不惧反静,淡淡地道:"一点微名,不足显耀。"

卢佩辛点了点头道:"原来如此,怪不得阁下带有六合金牌令,连奇瑛那丫头为了报恩,竟把六合堂的至尊信物送了你,好特殊的身份!"

杨化一旁惊讶道:"这小子就是在关外大布棋阵,帮助六合堂脱险的人,怪不得在他身上搜出了一些质地上乘的棋子,原来是一位棋上的高手。"

玉满堂也自愕然道:"这小子当真这么厉害,可把棋上的本事活用于摆兵布阵,应以战场上搏杀?好一个特别的脑子!"

卢佩辛此时望了望方国涣,又看了看手中的那块六合金牌令,一个念头忽在心中升起,不由一阵狂喜和激动。杨化这时犹豫道:"大哥,这小子与六合堂的关系不一般,看来杀不得。"

玉满堂旁边急道:"卢兄,此人是我的仇家,请看在你我过去的面子上,把这小子交给玉某人来处理罢。"接着,对方国涣狞笑一声道:"方国涣,我要把你这绝顶聪明的脑子换成猴脑,那种生不如死的滋味,你可曾领会得?"

方国涣闻之骇然,知道若落在玉满堂的手里,此人可什么事都能做得出,心中不禁一寒,也自无可奈何。

卢佩辛这时缓缓地道:"即是棋上的高人,又与六合堂的关系特殊,实在难得,日后将有大用处的,杀了岂不可惜。"

玉满堂闻之,见自己偶然想起并无意中说出了方国涣的名字,反而救了方国涣一命,不由懊悔不已,急切道:"卢兄,这小子留不得,不小心让他走脱,以后你我可没好日子过。"

杨化一旁道:"既然沾上了大麻烦,一刀杀掉算了,灭其口实,万一被六合堂的人查知此事,我们可惹不起。"

"六合堂!"卢佩辛此时凶光毕露,恨恨地道,"想我卢佩辛十几年前黑道上横行一时,做过的大买卖有无数宗,绿林中人无不敬畏,最后却让六合堂逼得我隐姓埋名,在这偏僻的山村里躲着不敢抛头露面。这次是一个天赐的大好机会,有了六合堂的至尊信物六合金牌令,就可以打着六合堂的旗号做它几宗大生意。那时候,六合堂在江湖上的威信扫地,万人唾指,而我等又可脱了干系,雪洗当年之辱,将是何等的痛快!"说罢,卢佩辛哈哈大笑起来。

方国涣闻之大惊，急忙道："卢佩辛，勿以六合堂金牌令来做坏事，叫六合堂的好汉们知道了，定饶你不过。"

卢佩辛冷笑一声道："六合金牌令出，如总堂主亲临，短时间内自无人能察觉，以此号令六合堂的几处分堂，谁敢不听？当今天下，除了皇家可就是六合堂了，老夫要借此机会干出一番惊天动地的大事业。"说完，转身对杨化道："二弟，好生看管了，日后顺利则罢，若有意外，也有此人顶着，只要这个方国涣在我们手里，六合堂不敢对我们怎样。"随后持了六合令，干笑几声，转身去了。

玉满堂忙追上去道："卢兄，切莫留活口，还是让给玉某人报仇罢。"

杨化对卢佩辛此举，颇感意外，临走时对门外的刘青、张万道："今晚你二人亲自守了，任何人不准进出，若被这小子跑了，你们自己掂量着办。"说完，也自去了。

方国涣这时焦虑万分，暗忖道："看来卢佩辛这人阴险狡诈，老谋深算，若以六合金牌令冒六合堂之名作乱江湖，后果不堪设想，不知要生出什么样的祸事来。昔日连姐姐好心赠我六合令，没想到竟会对六合堂不利，都怪自己不慎，误入黑店，让六合令落入贼人之手，真是大罪过。唉！此番看来在劫难逃了，我死，命不足惜，就怕祸及六合堂。还有那件国手太监鬼棋杀人事，当今的棋上好手几乎被他毁了大半，至今还无他的行踪。"想到这里，方国涣长叹一声，一愁莫展。

到了掌灯进分，刘青、张万进来予了方国涣一些东西吃，然后又出去了。

夜深人静，二更天时，忽听门外有人说话声，似那刘青道："玉神医，这么晚了，来此做甚？"

"玉满堂？"方国涣从蒙眬欲睡的状态中猛然惊醒。

随听门外玉满堂的声音道："无事来走走，你二人为了看管这小子也太辛苦些。"

便听张万道："又有什么法子，二当家亲自交代过的，真不如一刀杀掉算了，免得如此麻烦。"

玉满堂道："谁说不是呢，害得你二人早晚守着，枯燥无味得很。对了，这小子在里面怎样了？"

刘青应道："一个文弱书生，又能怎样，况且绑得结实，逃不掉的。"

玉满堂道："如此最好……"

紧接着忽听玉满堂惊声叫道："那是什么？"门外随即便无了声息。

少顷，听那刘青喃喃地道："玉……神医，你向我们撒……撒了什么？"接着便听两声闷响，显是那刘青、张万二人已被玉满堂制倒了。

方国涣在里面听得清楚，知道玉满堂既有神医之称，必然也是用药的高

第四十二回 棋情

手，以药迷人、伤人并非难事。

这时房门忽被一脚踢开，昏暗的灯光下，玉满堂凶神恶煞般，阴沉沉地走了进来。方国涣心中一凛，自知来者不善，盯着玉满堂道："玉满堂，你想做什么？"

玉满堂此时凶光毕现，满脸的杀气，一步步逼近道："姓方的，你与那两个小子害得我好苦，更坏了我玉满堂的一世名声，如今落得个官府缉拿的要犯。天赐良机，不杀你怎能甘心。也罢，无机会给你换脑子了，就一刀结果了你，以解我心头之恨。"说着，玉满堂手一抖，已然从袖中亮出一把锋利的匕首。

方国涣手脚被缚在柱子上，自无反抗之力，不由长叹一声道："没想到我会死在你这个医家败类的手上，真是不值。"

玉满堂狞笑一声道："好小子，临死了还要骂人。"说话间手腕向前一递，分胸便刺。

方国涣身子动弹不得，便自双眼一闭，咬牙硬受。但觉那尖锐的刀尖破衣之后在胸前一顿，并无入肉之感，原来方国涣内身穿了罗坤赠送的无缝天衣，这一刀才没有送命。那玉满堂对方国涣当胸一刀刺去，但感到扎在了柔韧的软甲上一般，竟然没有刺进。

玉满堂一怔之下，以为刺错了地方，被方国涣身上的什么东西正巧挡了一下，复牙关一咬，欲挥刃横割方国涣的脖颈。

就在这危急时刻，忽听门外有人道："咦？他们俩怎么倒了？"

玉满堂闻之一惊，知道来了人，恐是卢佩辛来查夜，自家为报己仇私闯囚室，暗杀守卫，已然暴露，来不及再加害方国涣，忙收了利刃，翻出后窗，逃匿去了。方国涣险遭杀身之祸，不由长吁了一口气。

这时，萍儿持了一包裹与一名年轻女子进了来，那女子皓齿明眸，端庄秀丽，双目之中自呈焦急之色。

萍儿来过一次，已是熟人了，进来见室中并无异样，愕然道："方公子，门口的他两个怎么倒了？可有人来过？"

方国涣知她二人是来救自己逃走的，却已先救了自己一次性命，心中一喜，感激地道："多亏二位姑娘及时赶来，将玉满堂惊走，否则我今日必死在此人手上。"

"什么？"那年轻女子闻之一惊道，"是玉神医要来害公子？"

方国涣道："不错，这位小姐可是……"

那女子忙欠身一礼道："小女子卢紫云见过方公子。"

萍儿这时一边解开方国涣身上的绳索，一边道："这便是我家小姐，与萍儿来救公子的，看来刘青、张万他两个是玉神医药倒的，倒省了我与小姐的麻烦。"

方国涣一去了绳索，身心两松，忙深施一礼道："多谢卢小姐与萍儿姑娘相救之恩。"

卢紫云见状，一时慌乱道："方……方公子勿要多礼，那玉神医刚才来过，他为什么要害公子？"

方国涣道："此人曾与我相识，结下过仇怨的，不想在这里能与他相遇。"

萍儿这时从带来的包裹中取出一套庄中仆人穿的衣衫，下面却是天星棋子等方国涣身上原有旧物。

萍儿将衣衫递于方国涣道："方公子快把衣服换了，这些棋子小姐如数奉还，其余的东西也是小姐费了好大力气才偷出来的，庄外已备好了马匹，请公子换下衣衫走吧。"

方国涣闻之，大是感激，复又深施一礼道："活命之恩，方国涣永生难忘，在此谢过卢小姐的大义相助。"

卢紫云脸色一红，自有些慌乱道："公子切勿如此大礼，小女子承受不起。本慕公子棋名，不想今日却这般相见，心中甚是不安。家父所做非法之事，我一个弱女子也自劝不来的，公子就此逃命去吧。"说话间已流下泪来，暗自掩了。方国涣知道卢紫云有一位大盗父亲，为难伤心之情自不必说，感慨一声，随后把衣衫套在身上。

方国涣这时忽想起一事，忙于包裹内查看，银票、棋子都在，唯独少了一物，不由颓然而坐道："我现在还不能走。"

卢紫云与萍儿听罢，大吃一惊，诧异地互望了一眼，卢紫云急切道："方公子为何如此？家父为人，我很清楚，他不会让你活着离开的，机会唯此一次，再不走可就走不成了。"

方国涣摇摇头，毅然道："多谢卢小姐一片好心，可是我有一样非常重要的东西被……被令尊拿了去，要以此物生些事端，嫁祸于人，在下就是舍了性命不要，也要把这件东西拿回来。"

萍儿一旁惊讶道："什么东西那么重要？令公子性命都不顾了，还是快走吧，再晚一些就来不及了，小姐也会受到连累。"

方国涣道："多承二位姑娘大义相救，但这件东西实在比方某的性命还重要，不能落入外人之手的，因为它是当今天下江湖第一势力六合堂内的至尊信物六合金牌令，丢失不得的。"

"六合金牌令？"卢紫云闻之一惊道，"原来六合堂竟把堂中的至尊信物送与了公子！"

方国涣道："不错，令尊欲持此物以六合堂的名义作乱江湖，方某宁愿为此物而死，也不愿为了活命舍它而去，辜负故人的一片厚谊。"

第四十二回 棋情

卢紫云闻之，暗自点头赞许，随即道："方公子，你现在很危险，无时间耽搁了，这样罢，萍儿送你出去，我去家父那里想办法把六合令取来，然后再到庄外交于公子。"

方国涣闻之，大为感激，又自有些忧虑道："如此多谢小姐了，可是万一出了事……"

卢紫云见方国涣担心自己的安危，暗生欢喜，转而一叹道："公子放心吧，虎毒不食子，那毕竟是我的亲生父亲，不会把我怎样的。虽然家父做了一些不光彩的事，但不失为一个好父亲，我生此举，也是想减轻些家父的罪过。"

方国涣闻之，心中赞叹不已。萍儿这时到门外看了看，随即转回来道："方公子快走吧，不要多说了，总之要记住我家小姐的一片苦心。"说完，拉了方国涣就走。

卢紫云深情地望了方国涣一眼道："方公子先走吧，拿到六合令，我自会到庄外寻你们。"

方国涣还想说什么，萍儿把包裹往他怀中一塞，拉了道："走吧。"方国涣只得感激地望了卢紫云一眼，随萍儿出门悄悄地去了。

卢紫云站在那里呆愣了片刻，忽恍过神来，急忙离开。

萍儿领着方国涣一路行来，机警地避过了几伙巡夜的庄丁，悄然转到后门，引着方国涣逃出了卢家庄。两人趁着夜色，急行了一程，然后闪入路旁一片树林中，林中黑暗，让人生惧，暂时脱险，方国涣不由松了一口气，望着卢家庄的方向，又自焦虑道："不知卢小姐能否把六合令拿到手？"

萍儿轻叹了一声道："但愿顺利罢，唉！小姐好是可怜！"

方国涣闻之惊讶道："萍儿姑娘何出此言？"

萍儿叹道："老爷暗里做着不光彩的行当，害得小姐自觉无面目出门见人，每日但以习棋自娱，提心吊胆地过着日子，诉苦无门，终日不见笑颜，萍儿看了，心里好是难过。"

方国涣摇头叹然道："卢小姐天资聪慧，棋上造诣颇深，可惜生错了人家。"

萍儿这时沉默了片刻，忽然间，显是鼓起了极大的勇气道："方公子，你能带我家小姐走吗？"

方国涣闻之一怔，大感意外，黑暗中隐见萍儿一双急切的眼睛望着自己。方国涣对她主仆二人不顾一切地救出自己心存万分感激，但是知道要带卢紫云一起离开此地意味着什么。

萍儿见方国涣一时无语，委决难定，以为不应，突然流泪道："小姐好命苦！小姐虽生在匪人之家，但却天生一副菩萨心肠，平素善待于人。自闻方公子棋名之后，感叹于天地间竟有公子这般棋上高人，可以棋道应世济世，敬慕之余，久成相思之苦。日间忽闻萍儿所言，那些棋子的主人便是方公子以后，小姐惊喜万分，激动得竟流下泪来，萍儿从未见过小姐这样高兴过，似方公子能使她脱离苦海一般。"

　　方国涣闻之愕然，一时间不知如何是好。

　　萍儿接着又道："小姐此番为了救出公子，已是冒着与老爷反目成仇，甚至丢弃自家性命的危险，不顾一切来做了。因为老爷心毒手狠，不容别人背叛他，亲人也是如此。当年小姐的母亲，就是老夫人，因不忍老爷绑架了一位富家的千金小姐，以此来勒索财物，私下将那位小姐放了，老爷发现后竟将老夫人活活打死，那时小姐还小……"萍儿说到这里，已是泣不成声。

　　方国涣此时恻然道："原来卢姑娘还有这般凄惨的身世，实为不幸。"忽自大悔道："卢姑娘此番去偷取六合令，万一失手，岂不危险之极，真不该叫她去冒这个险的。"

　　方国涣这时一阵激动，毅然道："卢姑娘若是失手，方某绝不一人逃生，必会回去为卢姑娘开脱，让他们拿我是问好了。卢姑娘如果平安出来，方某就带你二人离开这是非之地，我们三人一起走。"

　　萍儿闻之，惊喜之余，忽然跪倒，带着哭声道："公子果是大义之人，小姐没有枉费一片痴情苦心，萍儿这里谢过了。"

　　方国涣忙将萍儿扶起，几欲落泪道："若无你主仆二人出手相救，方某已做地下之鬼了。事已至此，大家一起走吧，日后不会让你主仆二人再受惊吓之苦了。"

　　萍儿欣喜异常，感激地道："公子大义，不枉我家小姐一片真心，请公子稍候。"说完，萍儿转身跑到一边去了。

　　方国涣见了，不知何故。正自愕然，忽闻有马鼻出气的声音，随即见萍儿复牵了两匹马摸了过来。

　　方国涣见了，心中惊讶道："原来她主仆二人早已有随我一起逃走的意思，竟然如此信任于我。"一时间竟心绪难平。

　　方国涣、萍儿二人在树林内候了好一阵，仍不见卢紫云的动静，方国涣忧虑道："莫不是卢姑娘已经出来了，寻不到我们？"

　　萍儿道："不会的，这里是我与小姐事先选好的，故先把马匹藏在了这里。小姐若是得手，应该来了，难道出了事？"

　　方国涣闻之，心中不由一紧。

　　就在这时，忽见卢家庄方向灯火大亮，人喊马嘶，二十几骑驰出庄门，向另一方向奔去了。

　　方国涣见状大骇，萍儿已然惊得失声道："小姐……"

第四十二回 棋情

二人随即出了树林，方国涣欲上前看个究竟，被萍儿一把拉住道："公子，前面危险，会被人发现的。"

方国涣急道："不能因为我连累了卢姑娘，死活由我自家担当好了。"说完，转身就走。

萍儿忙拦住，带着哭声道："公子勿要回去，老爷心狠，定饶公子不得，大费周折才逃出来，若再回去自投罗网，岂不枉费了小姐的一番苦心。"方国涣进退两难，一时间心中大急。

这时，忽见一个人影向这边跑来，萍儿一惊，忙拉方国涣机警地躲进树林中。

那人跑到前方不远处，便停下来低声喊道："萍儿、方大哥。"方国涣与萍儿闻之一喜，知是卢紫云到了。

萍儿忙应声道："小姐，我与方公子在这里。"卢紫云循声跑至近前，已是娇喘吁吁。方国涣见卢紫云平安而来，心中一块石头才落了地，忙与萍儿迎上前。

卢紫云这时从怀中掏出一个布包，递与方国涣道："方大哥，你看可是这个东西？"

方国涣忙接过来，黑暗中看不清楚，但用手触摸后，确认是六合金牌令无疑，心中一喜，随向卢紫云拜倒道："卢姑娘，你此举免去了许多祸事，方国涣谢过了。"

吓得卢紫云一时惊慌失措，忙与萍儿扶了，道："方大哥，你这般大礼可折煞小妹了。"

方国涣万分感激地把六合令于怀中藏了道："应该的，卢姑娘此恩无以为报，万拜千首也不为多。对了，刚才怎么有人从庄中追出来，却朝另一个方向追去了？"

卢紫云松了一口气道："适才好险！"便简单地将庄中发生的事说了一遍。

原来巡夜的庄丁忽见刘青、张万二人倒在地上，囚室门户大开，不见了方国涣，立时示警。卢佩辛、杨化二人听说方国涣逃走，大吃一惊，忙过来查看，见张万、刘青二人面色紫黑，已毙命多时。卢佩辛识出是玉满堂施的一种"飞粉毒"所致，不由大怒，想不到玉满堂为了报自家私仇，不惜杀了他的手下，劫走方国涣。派人去寻时，已不见了玉满堂的踪迹，守庄门的庄丁禀告，说是玉满堂有急事，刚刚出庄去了，庄丁识得他，也没阻拦，放他去了。卢佩辛闻之更加恼怒，当得知玉满堂是单身一人出庄时，以为方国涣被他害死在庄中，自家逃命去了。卢佩辛见玉满堂坏了他的大事，暴怒万分，立命杨化率人追杀玉满堂，同时命人在庄中搜寻方国涣的尸体，卢家庄一时间大乱。也是玉满堂欲杀方国涣不成，知道毒杀了卢家庄的人，事情已败露，卢佩辛必拿他算账，心中害怕，私下逃走了。这样一来，庄中诸人都以为方国涣是被玉满堂劫走了，而卢紫云趁庄中一乱，伺机潜入卢佩辛的书房，轻易将六合金牌令拿到了手，又悄然出了卢家庄。

方国涣听完卢紫云所述，暗叫一声"侥幸"！随后道："此地不宜久留，我们快些离开吧。"说着，牵过马匹，然见卢紫云呆立地上不动，不由急道："卢姑娘，事已至此，大家一起走吧。"

卢紫云似乎不敢相信面前的事实，在黑暗中望着方国涣，茫然不知所措。

萍儿见了急道："小姐，快上马吧，方公子是大义之人，要带我们离开这个苦地方。"

卢紫云一时间百感交集，泪如雨下，咽声道："方大哥，我……"

方国涣忙道："卢姑娘，不要多说了，事已至此，大家一起先离开这里再说吧。"说完，与萍儿把卢紫云扶上了马背。

方国涣回身欲扶萍儿时，萍儿笑道："我与小姐都是善骑的。"说着，一偏身轻松上了马背。方国涣见之一喜，也自上了坐骑，三匹马乘着夜色飞驰而去。

第四十三回　燕山田叟

　　方国涣、卢紫云、萍儿三人一路上马不停蹄，待至天亮时，已是离卢家庄远了，料无危险，三人这才收住了马匹，寻个隐蔽处暂歇了。

　　卢紫云与萍儿经历了一夜的紧张，又策马飞奔了多时，已是香汗淋漓，此时倒有些不知所措，互相怯意地望了一眼，各自默言无语。

　　方国涣见状，心知一夜之间变故太大，卢紫云毅然做出离家出走的决定，实为不易，感激地道："卢姑娘，为了我一个人，真是难为你们了。"

　　卢紫云闻之，欲泪暗止，叹息了一声道："方大哥，小妹这样做，也是想减轻些家父的罪过，如今贸然随方大哥一起逃了出来，只恐……"

　　方国涣安慰道："卢姑娘勿要多虑，方某大难不死，脱逃险境，全仗二位姑娘的大义相助，此等大恩无以为报。"

　　方国涣此时见卢紫云楚楚动人的身姿，似有种弱不禁风的娇态，不由起了怜惜之意，也自动了情感，转而直言道："卢姑娘，在下不才，别无他能，唯以棋道自慰，而卢姑娘的棋艺尤高，在女子中堪称国手，实为方某棋上的知己。今遭巨变，同逃险境，这也许是我二人的缘分罢，在下乃是世间的一位闲人散客，卢姑娘若不嫌弃，日后就与方某一同游棋天下如何？"方国涣因卢紫云主仆二人不但救出自己，还甘心冒险同自己私逃，感激之余，也自敬爱卢紫云的棋上修为，故出肺腑之言，倒也是一片真情。

　　卢紫云此时脸色一红，自被方国涣这种坦率与真诚所感，泪花盈目，欣喜而激动地道："小妹弃父离家，已属大逆不道，得承方大哥抬爱收容，但恐我一个弱女子，日后会有所拖累……"

　　方国涣宽然一笑道："棋上多闲，棋外也多寂寞，日后有了卢姑娘相伴，自然会少了那种孤身独棋的无奈，从此游棋天下，但做一双棋侣吧。"

　　方国涣知道卢紫云此时心情复杂，尤有姑娘家的那种难堪之感，最宜直言相慰，故而硬着头皮说出了这番自家都觉难为情的话来。

　　卢紫云这时脸色绯红，羞涩万分，低头掩面不语，内心却是欢喜无限。方国涣此时也是一怔，没想到自家好是大胆，不过一腔真情实感流露，并无轻薄之意。

　　萍儿在一旁高兴地拍手笑道："方公子与小姐是棋上的才子佳人，好一双游棋天下的棋侣！公子果是大丈夫，敢作敢为，比那些藏着掩着迂腐秀才要强出几百倍来，我家小姐做梦都想着方公子对她说出这番话哩！"

卢紫云闻之，神情大窘，故作嗔怒道："死丫头，哪里来的这些浑话。"

方国涣此时也自尴尬，歉意道："卢姑娘，对不起，在下言语上有些不妥，还望……"

卢紫云忽然抬起头来，含着泪水盯着方国涣道："方大哥，你带我们一起出逃，后悔吗？"

方国涣望着卢紫云那双深情而忧郁的眼睛，坚定地道："不后悔，永远也不后悔，棋上有一位红颜知己，是我方国涣的荣幸。卢姑娘，我保证，日后一定会好好照顾你和萍儿姑娘的，经此患难，更能同受甘苦。"

卢紫云闻之，惊喜地点了点头，眼中自流出了无限的柔情与激动的泪水，随与萍儿相视而笑，欣慰不已。

卢紫云这时道："方大哥，我们现今要去哪里才好？"

方国涣道："先去一个地方见过我的师父，讲明原委，我相信，师父一定会欢迎你们的，然后由师父做主，为我们做一个长远打算。"

卢紫云闻之，脸色一红，点头应了。方国涣接着把包裹内的自家物件整理了一下，除了棋子外，把其他东西分别于身上藏了，随后道："此地距卢家庄还不远，早些离开才是。"

卢紫云朝卢家庄的方向心情复杂地望了一眼，三人复上了坐骑，驱马一路下了来。

三人在马上此时已有了说笑，萍儿恰如一只出了笼的小鸟，欢快之极。卢紫云却有些忧虑，催方国涣急行，方国涣知道还没有真正脱离危险，便又加快了速度。

正行走间，萍儿忽然惊叫了一声，方国涣抬头看时，心下大骇，与卢紫云同时变了脸色，忙收住了坐骑。原来前方路上横住了十余骑人马，为首一人正是卢佩辛。

那卢佩辛阴沉着可怕的一张脸，瞋目怒视着三人，似是等候多时了。卢紫云一见卢佩辛，不由颤声叫道："爹爹……"

卢佩辛怒斥道："住嘴，不知羞耻的东西，竟敢偷着跟这小子私奔，还有脸认我这个爹！"

卢紫云摇了摇头道："爹爹，不是女儿不孝，方公子是个好人，又是棋上罕见的奇才，女儿不忍爹爹伤害他，求求您老人家看在你我父女的情分上，放过方公子吧。"说话间，已是泪流满面。

卢佩辛见了，口气上稍缓和了些，道："云儿，你是不知死活，若让这小子活着走掉，不出三日，我卢家庄便会立遭灭顶之灾，上下人等将同受杀身之祸。"

方国涣知道卢佩辛十分惧惮六合堂，便在马上应道："卢佩辛，所谓悬崖勒马，回头是岸，只要你就此洗手悔过，在下自会不计前嫌，就当什么事情也没有发生。看在卢姑娘的情分上，在下发誓，永不向人提起此事。"

紫云闻之，感激地望了方国涣一眼。卢佩辛却冷笑了一声道："方国涣，老夫行走江湖多年，你的这种伎俩如何骗得过我，想活命，痴心妄想。"接着对卢紫云厉声道："云儿，不要再受这小子的蒙骗，马上到这边来，为父自不追究你的无知之罪。"

卢紫云见了，大失所望，摇摇头道："爹爹，您为何如此执迷不悟，这些年来，女儿过着这种担惊受怕、不敢见人的日子，已经够了，如今幸遇方公子这般棋上高人，与女儿棋情两合，自有了重新生活的希望，恳求您老人家，就让女儿随方公子去了吧。"

卢佩辛闻之，勃然大怒道："不要脸的东西，竟能说出这种话来，快快过来，否则你我就断绝父女关系。"接着用手一指方国涣，狠狠地道："方国涣，你也不是什么好东西，竟然勾引我的女儿到了这种程度，今天不杀你，老夫枉做一回恶人。"卢紫云闻之大急，但又一时辩不出口。

萍儿这时道："老爷，一切都是萍儿的过错，求老爷大发慈悲，放过小姐与方公子罢，萍儿愿一死相抵。"

卢紫云大惊道："萍儿，不要！"

卢佩辛已然怒极道："贱婢，若不是你从中搅合，小姐岂能生出胡乱之举来，今天自不能让你以死来摆脱干系！"

方国涣见事已至此，心知脱身无望，不想让萍儿受累，引马上前一步道："卢佩辛，一切既由方某而起，与卢姑娘与萍儿姑娘无关，请你勿要难为她们，在下性命一条，杀剐由你便了。"说话间，用手摸了摸怀里的那块六合金牌令，想寻机暗中把它丢掉，以免再落入卢佩辛的手里，然而无意中却触到了那支竹节响箭。

方国涣此时心中一动，想起昔日法无赠此物时说过，此响箭乃特制，为示警招人之用，心知此时处在荒山野外，不一定能把识得此讯号的法无江湖上的朋友引来，但事已至此，方国涣便怀着一线希望，顺手取出，举向天空，接着按动了底部机关。随觉手中一震，忽有一种尖锐的哨声带起一道白烟射向高空，并在空中炸响开来，形成一团耀眼的烟雾，久久不散。

方国涣这一异常的举动，不由令卢佩辛及众手下一惊，卢紫云、萍儿也自感惊异，不知方国涣为何无端地放起焰火来。

卢佩辛愕然之余，也识得是一种江湖上用的响箭，示警招人的，随即在马上哈哈笑道："小子，哪里弄来的这玩意儿？你以为会引来人救你吗？真是妄想……"

卢佩辛话音未落，忽从另一条路上飞驰而来一队人马，方国涣见之精神一振，心想这救兵来得好快。然而当方国涣注目细看时，不由大失所望，原来是杨化率了二十几骑奔了过来。

卢佩辛先是一怔，忽见是杨化带人马到了，心中一松，得意般地狂笑道："方国涣，这回死心了罢，你那示警招人的响箭，没有招来救星，倒把我的人手引来了，哈哈哈……"

杨化这时飞马到了卢佩辛面前，止住坐骑，一眼望见了这边的方国涣、卢紫云、萍儿三人，不由惊异道："大哥，云儿怎么和这小子在一起？莫非……"

卢佩辛愤然道："云儿胆大妄为，不但偷走六合令放了这小子，还要跟他一起私奔，若不是我发现得早，险些让他们走掉了。"杨化闻之愕然，自不敢相信眼前的事。

卢佩辛随后问道："那玉满堂可曾抓住？"

杨化摇摇头道："这只老狐狸，溜得太快，让他逃脱了。"

卢佩辛闻之，恨恨地道："也罢，日后再寻他算账。"

卢紫云见杨化到了，便驱马上前道："二叔，云儿求求你，让爹爹放过我们罢，云儿一辈子也不会忘记二叔的恩情。"

杨化惊讶道："云儿，你如何搭……搭上了这小子？"说话间望了卢佩辛一眼，见他满脸的怒气凶光，忙即道："云儿，何苦做出这般荒唐事来，快过来跟我们回去罢，这小子与六合堂有特殊关系，可是咱们的死对头，饶他不得的。"

卢紫云知已无望，默默地摇了摇头，含着泪，回身对方国涣道："方大哥，对不起。"

方国涣见了，心中不忍，宽然一笑道："没关系，你自家已经尽力了，方某得遇卢姑娘一位棋上知己，死而无憾。"

卢紫云闻之，欣慰之余，凄然一笑道："方大哥若有事，小妹也自无颜独生。"

方国涣闻之，心中一阵感激，摇头道："卢姑娘，你的恩情方国涣无以为报，若因为我再有什么意外，九泉之下我也会不安的，希望卢姑娘能好好地珍惜自己。"

卢佩辛这时早已不耐其烦，对手下喝道："还等什么，过去把他们都给我绑了。"身后众庄丁便逼了上来。

方国涣心知今日在劫难逃，便对卢紫云、萍儿苦涩一笑，自待束手就擒。

卢紫云望着方国涣坦然的神情，心如刀绞，知道方国涣性命不保，已有

第四十三回　燕山田叟

了殉情的念头，深情地望了方国涣一眼，也自平静下来。卢佩辛、杨化及众庄丁见他二人镇静异常，无丝毫的乞怜和慌乱，似置生死于度外，各自诧异不已。

就在这时，忽闻一个苍老的声音道："但且住手！一群汉子竟好意思欺负几个孩子。"

众人闻之俱是一惊，循声看时，但见从路旁的树林中缓缓地走出一位扛着锄头的老农夫，似从田间刚刚劳作归来。此时旁若无人地走到双方中间，把手中的锄头往地下一杵，道："老汉在旁边看了半天，才明白怎么回事，原来是这对情投意合的年轻人做出了私奔的壮举，当老丈人的觉得丢了面子，追上来要打要杀的，也没个长辈的模样，实不如这对小情人，沉稳得很，自让老夫喜欢。"

这老农夫似有恃无恐的一番话，令在场诸人各自惊异，方国涣与卢紫云脸色自是一红，卢紫云心中尤添了几丝喜悦。

那边卢佩辛忽见一位不起眼的田间农夫横插进来，大模大样地训斥了自己一番，不由暴怒道："哪里来的老匹夫，活得不耐烦了吗？敢到这里装大。"

那农夫并不理会卢佩辛，转头望了望方国涣，问道："年轻人，飞天和尚与你是什么关系？"

方国涣闻之，知道"飞天和尚"是师兄法无在江湖上的绰号，这位老农夫当是响箭引来的法无的朋友。

方国涣心中一喜，然见其是一位年老的田翁，不免有些失望，忙自施了一礼道："回前辈，飞天和尚是晚辈的法无师兄。"

那农夫闻之笑道："我说呢！飞天和尚怎么会把这枝响箭送你，原来你是他的俗家师弟，幸会！幸会！"

卢佩辛见那农夫根本没把他放在眼里，杀心立起，示意了旁边的杨化一眼。杨化于是驱马冲上前来，随手解下腰间的一条九节软鞭，向那农夫颈中疾扫过去。

方国涣这边看了真切，急忙喊道："前辈小心！"那农夫却似身后长了眼睛一般，不经意地一回手，竟将已扫至耳侧的鞭梢抓住。杨化一惊，收马回拉。那农夫笑眯眯地用力一拽，险些将杨化拉下马来。

卢佩辛见状，心中一惊，知来者不善，忽从马上跃起，凌空一掌向那农夫击来，那农夫见了，便以手中的锄头迎去。卢佩辛并不躲闪，转攻为守，右手收掌下探，将锄端抓个正着，身形随即在空中一拧，旁翻落地，右手仍紧扣了锄端，动作十分利索，令那农夫不由喊了声"好"！

卢佩辛本以为自己的一扣一拧，必然将锄头夺下，而此时见锄头的另一端仍握在那农夫的手中，心下一惊，忙运力回拉。这边的杨化收鞭不得，卢佩辛夺锄不能，二人与那农夫一时间僵持住了。方国涣惊讶之余，才知这位农夫乃是一位高人。卢家庄的众家丁，此时自无人敢上前助战，皆惊得在旁呆看。

这时，忽见那农夫满面通红，似被热气蒸了许久一般，隐隐浮起一层薄雾来。随见卢佩辛、杨化二人，神色惊恐万分，面容竟然也慢慢涨红起来，却非用力所致。片刻间，卢佩辛、杨化与那农夫的手脸，凡皮肤暴露之处，竟成通红之色，好似血液热涨溢外。此时但听那农夫暴喝一声"去"！双手一送，立将卢、杨震飞开去，二人身形向后飘出了十余米方才落地，齐吐鲜血，杨化功力浅些，受抗不住，已然昏死过去。卢佩辛在地上翻了几个滚后，挣扎着抬起头来，双眼恐惧地望着那农夫，骇然之极。

卢紫云见卢佩辛受了重伤，惊呼一声"爹爹"！慌忙翻身下马，飞跑上前扶了。

卢佩辛微抬了一下手指，颤声道："丹火神功！你……你是燕山田叟？"

那农夫此时已恢复了常态，闻声笑道："这么多年了，竟还有人记得老汉的一点微名，荣幸！荣幸！"

卢佩辛听罢，头一歪，竟自昏死了过去，卢紫云见了，大声疾呼"爹爹"！

那农夫此时摇摇头道："有这么一位心毒如虎蝎的父亲，真难为你这丫头了。放心吧，老夫不过教训了他二人一下，死不了的，不过也得休养个一年半载，日后自然再也做不了坏事，也无力气管你了，你自家随心去吧。"接着，回头又朝方国涣笑了笑道："怎么样？老夫比你那师兄厉害罢！"随即伸手道："年轻人，把那用过的响箭给老夫罢，日后见着了飞天和尚，也好讨个人情。"

此时，方国涣忽觉手中一热，那支已射空了竹节响箭似被一股极强的力道吸去一般，径直飞到了那农夫的手里，随后那农夫哈哈一笑道："两个老的没了神气，你们小的当家罢。事已解决，老夫做活去了。"说完，扛着锄头，哼着小曲悠闲地去了。

方国涣已被眼前的意外变化惊得呆了，望着那农夫远去的背影，竟连一个谢字都忘了说。

卢紫云和萍儿这时扶着卢佩辛、杨化呼唤了半天，见二人仍是不应，卢紫云自是发了急，朝那些惊慌失措的庄丁喊道："你们站在旁边看什么？还不快把我爹爹与二叔抬回去。"

庄丁们见卢佩辛、杨化二人无了知觉，小姐便说了算，哪里敢再去绑方国涣，纷纷上前看顾了，一些人自去寻树枝做担架。

方国涣见事情突来其变，适才的万般危险都被一位农夫化解了，惊异之余，悔之还没有谢过那农夫，人家却已去了。方国涣随后下了马，来到茫然呆立的卢紫云面前，安慰道："卢姑娘，事发意外，不要过于悲伤，适才那位前辈说过，令尊没有性命之忧的。"

卢紫云慢慢抬起头，忧郁而无奈地道："方大哥，家父受了重伤，需要人照料，小妹就不能伴……伴随方大哥游棋天下了，希望方大哥一路平安，多多保重。"说话间，已经热泪盈眶。

方国涣道："这也是人之常情，令尊纵有万般不是，既已受了重伤，卢姑娘自不能离其左右，希望令尊能接受此次教训，伤愈后改过自新。"

卢紫云感激地道："多谢方大哥，家父有此结果，也是以前罪孽的报应，好在因方大哥之故，那位前辈手下留情，给了家父一次重新做人的机会。"接着，卢紫云自有些凄然道："此番大变，也是不幸中的万幸，不知方大哥日后还能来卢家庄看望小妹吗？"双目中自呈出一种急切的期待与不安。

方国涣点头道："放心吧，此番回去见过家师，料理一些事情之后，自会回来寻访卢姑娘，那时候再从长计议如何？"卢紫云闻之，尤感欣慰，点点头应了。

这时，萍儿过来道："小姐，老爷与二爷已在担架上了，我们该……方公子他……"

方国涣道："方某身遭劫难，多亏萍儿姑娘从中相助，才得以活命，实为感激不尽。现在事情又有意外之变，无了先前那般危险，待方某办完一件事情之后，一定回访卢家庄，拜谢卢姑娘与萍儿姑娘的。"

萍儿闻之，欣然道："好极！今日多亏那位老人家救了我们，把……"说到这里，萍儿望了卢紫云一眼，不敢再言语。

卢紫云叹息一声道："爹爹与二叔罪孽深重，此番也是报应，怨不得人了。"说完，留恋地望了方国涣一眼，依依不舍地随众庄丁抬着卢佩芸、杨化二人去了。

萍儿这时忽然附到方国涣耳边道："方公子，千万不要忘了我家小姐。"说完，转身跑去了。

方国涣目送卢紫云等人远去，回想这一天一夜的变故，似经历了一场大梦一般，呆呆然，站立了好久，随后摇头一叹，乘了卢紫云留下的马匹，一路自向连云山天元寺而来。

方国涣心中怅然，默默行了数日，这天便已进了连云山地界，心情这才开朗开来。想起就要与师父及众师兄们相见了，一时间有些激动，先前的诸多不快一扫而尽。山路上不便行马，索性弃了，安步当车。

待望见了天元寺的山门，方国涣高兴地喊了一声："师父，我回来了。"

飞跑至门前，一阵拍敲，里面却无动静，用力一推，寺门竟自开了，方国涣摇了摇头道："法能师兄去了哪里？太大意些，寺门也不闩。"随即走了进来，朝着大殿喊道："师父，各位师兄，我回来了。"

不知何故，若大个天元寺并无人回应。方国涣一怔，急进殿内，四下巡视时，空无一人，只有佛像前的香柱，飘散着几缕青烟。方国涣惊讶道："都去了哪里？怎么不见一个人影？"心中茫然，便转身到院落中寻找，奇怪的是僧房、厨下也都空空无人，整座天元寺静悄悄的，寺中僧众都似消失了一般，方国涣心中自升起了一种极大的不安，呆呆地在大殿前的石阶上坐了，茫茫然不知所以。

这时，传来了一阵急促的脚步声，方国涣抬头看时，见是法能穿了一身素衣，低着头匆匆走来。法能此时一抬头，看见了坐在石阶上的方国涣，怔了一下，一句话未说，忽地跑上前来抱住方国涣放声大哭。

方国涣见状心中一震，知道天元寺内起了变故，忙起身扶住法能道："法能师兄，出了什么事？"

法能悲痛道："国涣师弟，你回来晚了，师父……师父已经圆寂了。"说完，又大哭起来。

"什么？师父他老人家……"方国涣一时间惊得呆了，神智一阵恍惚，几欲跌倒，法能忙扶住了。

方国涣强行镇静了一下，疑道："师父身体向来康健，如何这么快就去了？"

法能止了哭声，抹了一把泪道："说起来事情有些古怪，师弟可能不信，三天前，寺里来了两个陌生人，也不知从何处打听到了这里，专门来访师父斗棋……"

方国涣闻之，大吃一惊，骇然道："师父可是与其中一人，在对弈了一局棋之后出的事？"

法能闻之一怔，诧异道："师弟，你……你怎么会知道？"

"果然是他！"方国涣神色大变，忽懊悔之极道，"是了，我早该想到他会来寻师父，是我大意害了师父！"接着一把拉住法能道，"师父的法体安置在哪里？"

法能道："师父生前有言，圆寂后不入火土，要存放法体于白云洞内。今天正好是封洞之日，寺里的师兄弟们都去了，因无师弟你的消息，大师兄决定把师父先行洞葬。"

方国涣此时悲痛地大喊了声"师父"！不顾一切地向后山白云洞跑去，法能忙在后面跟了。

方国涣一路向白云洞跑来，跌跌撞撞，脑中一片空白，一种莫大的悲痛强烈地震撼着他，懊悔自己空负化境之棋，竟然不能及时地保护师父，被那国手太监又抢先一步。

方国涣也不知自己是怎么跑进白云洞的，一进洞内，便见法阳、法化、法无等天元寺众僧皆跪聚洞中，苦元大师一脸安详，端坐于石床上，似禅定一般。

众僧忽见方国涣出现在面前，自都感到十分的意外。方国涣此时大叫了声"师父"！扑跪于苦元大师面前，肝肠寸断，号啕大哭，未等众师兄相劝竟自昏死了过去。法阳、法无等人大惊，忙上前扶起救护。

法能这时气喘吁吁地跑进洞来，见此情景，急切道："刚才在寺里，见师弟回了来，告诉师父已圆寂，师弟就不顾一切地跑来了，他是悲伤过度。"

法无摇了摇头，自给方国涣饮了些水。少顷，方国涣喉间一响，慢慢苏醒过来，众僧这才各松了一口气。

方国涣一醒即挣扎着跪在苦元大师法体前大哭起来，众僧无不掩泪。法阳上前扶了道："国涣师弟，你刚刚劳倦归来，勿要哭伤了身子，请节哀。"

方国涣痛哭一阵，在众人劝慰下止了哭声道："大师兄，师父可是死在国手太监的棋上？"

法阳闻之一怔道："看来师弟已经知道此人！"接着摇头叹道："此人棋上似有邪术，竟害得师父无端而亡，只可惜，棋后被他走掉了。"

方国涣这时见师父苦元大师安详地端坐于石床上，如睡着了一般，神态并无异样，与昔日枫林草堂的智善和尚死在棋旁的表情大不相同，心中惑然。随即摇头叹道："师父棋力高深，竟也敌那鬼棋不过，难道国手太监真的这么厉害，在棋上逢着高手便杀？"

方国涣接着问法阳道："大师兄，当时是怎样的情形？如何就让那太监走掉了？"

法阳叹息一声道："出事那天，碰巧我与法无师弟都不在寺中，法化师弟在场，详情由他来说罢。"

法化这时叹息一声道："先前江湖上连出棋上命案，一些高手莫名其妙地毁在棋局之上，师父闻之后，大是怪异，不解这其中缘故。三天前，忽有两位陌生人来访，要与师父斗棋，师父见是棋道中人，便以礼相待，于是和其中一位阴阳怪气的人摆棋弈对，我当时在旁观棋的。待棋局走至四十余手时，师父脸色忽地大变，即让我远离棋局，我当时不解师父为何如此，那人棋路走势虽异常法，却也无什么古怪处，事后才知师父是救了我一命。"说到这里，法化尤感悲痛。

方国涣闻之，诧异道："如此说来，师父当时从对手棋上的走势及棋境所感，已然知道了对方的来历，可是师父为什么还要在棋上继续走下云呢？不怕对方有以棋杀人之力吗？"

法阳道："自江湖上出现杀人棋后，师父便知操此邪术之人，在棋上别生异变，日后有可能与师弟相遇，必成劲敌，为了摸清对方的棋路，以在对方棋上找出破绽，师父才冒险走下去的。另外，师父对棋能杀人也不甚信，棋家本性，便以自家的棋力与之相抗，不料果有此杀人棋术。"

法化这时又道："当时师父令我远离棋局，我虽不解其故，也只好在殿外守了。偶闻那怪人出惊讶之语，说师父竟能应下他的这般棋势，不简单的。后来，好像棋局已终，那怪人点了点头，随后起身，一声不响地与同来的那位青衣人出了寺门竟自走了。我当时以为那怪人棋上输了，故不打招呼就走了，然而师父仍坐在棋桌旁静然不动，望棋凝思。待我近前看时，忽发觉师父已绝了气息，猛然惊悟，原来那怪人就是传闻中的以棋杀人之人，没想到师父竟然也折在了他的棋上。"说到这里，法化黯然感伤。

法无这时道："昔日师父曾怀疑这位满天下寻访高手斗棋，而又在棋上无形中取人性命之人，便是传闻中皇宫内出走的那位国手太监李无三。因为自此人失踪后，江湖中便棋上命案连发，并且是在国手状元曲良仪人疯棋废之后，此番棋坛灾难是从京城开始的，当与那位神秘失踪的国手太监有着密切关系。"

方国涣叹道："师父猜测得不错，正是这位国手太监无意中得了本妖书邪谱，习练成了一种鬼棋杀人之术，于是便在天下间寻访高手以棋杀人为乐。"

法无点头道："我曾调查过此事，从京城的几位棋道上的朋友口中证实，正如师弟所言，以棋杀人者，正是那位国手太监李无三。同时我又发现了此人的一个秘密……"

法无这时突然顿了一下道："师弟，李无三这个人你见过的，可知他是谁？"

方国涣闻之一怔，茫然道："我何时见得他来？"

法无道："师弟可还记得，当年在丰台摆棋设擂的那个李如川？"

"李如川？"方国涣闻之一惊。

法无道："师弟当年上擂应棋，令那李如川感到师弟日后有可能与他棋上争名，起了杀机，后被我废了他的武功，救下了师弟。后来不知怎么，李如川竟然改名入宫教棋，现今的国手太监李无三便是当年的李如川。"

"李无三——李如川？"方国涣惊讶万分道，"原来他二人竟是同一人！如何这般巧合？"猛然间，方国涣忽想起了一件事，立时惊呆道，"那日傍晚，在那座小镇上看见的两位骑马之人，当时见他们的背影似有相识之感，原来是李如川和有过一面之缘的于若虚二人，竟然与他们近在咫尺而没认出来。

是了，他二人那日是与我同路赶往连云山天元寺这里的，我因意外之变在路上耽搁了，竟被李如川抢先一步到达，师父因此遭他鬼棋邪术之害，没想到被我错过了！"方国涣惊讶之余，懊悔不已。

第四十四回　棋　祭

　　国手太监李无三与昔日摆棋设擂的李如川竟然是同一人，自令方国涣大吃了一惊，只因晚到一步，未能及时应下李如川的鬼棋邪术，致使师父苦元大师身遭其害，方国涣懊悔悲痛之极，复又伏地大哭，众僧恻然。

　　法阳上前抚慰了道："师弟节哀，事已至此，还需从长议过。那太监以杀人棋术作乱棋道，当今天下恐怕除了师弟外，当无人能在棋上反制他了，日后再寻此人以棋相制罢。"方国涣悲痛之余，复与法阳、法无等人叙了些别后之情。

　　法阳感叹了一声道："自师弟下山之后，师父时常念着你。后来听说师弟在独石口关外布列天元棋阵，挡退了二十万女真大军，救下了万余名关内外江湖好汉的性命，师父与我们大家都十分高兴，无不为师弟在棋上有此修为和壮举感到自豪！"

　　方国涣摇头叹然道："那又能怎样，空负化境之棋，竟然连师父都救护不了，实是有愧于他老人家。"

　　法阳道："师弟能以棋道济世，这是棋家的大德行，已实现了师父生前的愿望，没有辜负师父的一番苦心，师父在天有灵，也会欣慰的。"方国涣又自感伤了一回，众僧劝了。

　　是夜，方国涣在白云洞内为师父守灵，法无也自陪方国涣守了，封洞之日，法阳便改在了三日之后。法化回到天元寺，把苦元大师与李如川对弈的那局棋谱送了过来，谱上的棋势与方国涣在江南棋王田阳午家中见到的那份"血棋谱"的走势又有所不同，但是仍然看不出什么地方能走出杀人的棋势来。

　　方国涣看罢，摇头叹道："李如川棋上杀人之力越来越霸道了，如今一棋杀人之后，连棋局都不拂乱了。即使这样，也无法看出棋上如何空生出杀人的魔力，难道真的只有与李如川本人临枰相对时，那鬼棋上的杀人之力才能显现出来？"

　　法无也自叹道："棋能杀人，不可思议！先前以为师父死因另有他故，但是我仔细查遍了师父的身体，竟无任何异样，更排除中毒之嫌，实在令人费解。"

第四十四回 棋 祭

"对了……"法无忽然想起一事，忙道，"先前在江湖上曾闻有棋上命案发生，便觉得有些离奇古怪，于是十分留意此事。后来拜访江西的棋上名家徐延山时，一进门便见徐府一片慌乱，管家是相识的，见我急告知，徐延山刚刚与人走过棋，谁知一棋之后竟坐在棋桌旁无了气息。我当时一惊，忙上前探视，也是刚刚出事的缘故，徐延山的脉相微弱犹存，但已无回天之力了。不过当时发现他的心脉先无，六脉随之消散，却又不知何故？欲寻与徐延山对弈之人质问时，已不知了去向。"

"心脉先无!?"方国涣闻之惊讶道，"看来那如意神医玉满堂说得果真如此，乃是棋家的棋力不敌，心境被扰，心之气力随之溃竭，以致血阻心脉，人因之而死。鬼棋棋势上所产生的棋气杀伐之力竟有这么厉害，杀人无形！"

法无闻之，点头道："有道理，师父棋境高深，平日又善养心性，故虽在棋局上被莫名其妙地耗尽了心力，但不显于外，以致令李如川当时出怪异之语。唉！"

法无懊悔道："当年饶过李如川一命，不想造今日之祸，不知他是如何习练成这种可怕而诡异的杀人棋道的？"

方国涣便把先前在京城中所查到的情况大致说了一遍，法无闻之惊愕。

方国涣接着又将自己离开天元寺之后，游棋天下的经历向法无略述了一遍。方国涣结识了六合堂群英，独石口关外棋布天元阵，以及护送国手状元曲良仪返乡等一系列传奇般的经历，令法无惊叹不已。

当听到方国涣以竹节响箭招来了燕山田叟而躲过一劫时，法无惊讶万分道："师弟真是造化！竟得到这位异人相助，燕山田叟四十年前在江湖上就已极负盛名，但神龙见首不见尾，很少有人能见到其真面目，没想到却被师弟幸遇上了。"

方国涣守着苦元大师的法体一夜未眠，悲痛之余，苦思李如川的鬼棋杀人之术。望着灯光下师父宁静祥和的遗容，方国涣心中忽一动道："李如川的鬼棋虽能耗师父的心力，却不能扰师父的心神，故有此安和之态。是了，棋力上师父或许不敌鬼棋的杀人魔力，但师父的棋境与佛境合一，心境上的修为有涵潜之功，内里虽遭鬼棋棋气的戕伐，自家的神色仍不显于外。"

方国涣又自恍悟道："师父面容祥和，虽逝犹存，似要告诉我些什么，难道在暗示一种临棋的心态？日后与李如川临枰弈对时，勿以报仇心切，情急之下而扰自家棋境，于棋上有所不利。"想到这里，方国涣便将此想法对法无讲了。

法无听罢，点头道："有道理，看来师父当时虽感生命已危，但知道师弟的天元化境是可以抵御这种魔道鬼棋的，故心力竭而神安，平静逝去。师父生前说过，师弟修悟成棋上的天元化境，前无古人，后无来者，可应万物。

既有李如川的鬼棋邪术乱棋扰世，就能生出师弟来以天元化境克制他，天道循环，刚健运化，是不会让妖人邪道得呈一世的。"

法无接着感叹一声道："师弟的天元化境高不可测，李如川的魔境鬼棋深不能知，你二人临枰相对时，不知将会是一种什么样的情形，能生出什么样的事来？这场棋上正邪之争，实比那刀光剑影的血肉搏杀要凶险得多。"

方国涣慨然道："不入棋道，不知有化境之棋，更不知有那杀人鬼棋。物之极，皆有邪正，果是有道理的。"法无道："物分反正，没想到棋道也然。杀人棋谱已在，师弟不能在上面看出什么吗？"

方国涣道："先前也曾疑于棋谱，以图在李如川的杀人棋谱上找出线索。后来发现，这种变异鬼棋的杀伐之力，产生于高手间临枰对弈时的棋境相感之际，这是俗手所不能感知的棋境，故李如川专寻访高手斗棋，在棋盘上杀人取乐，以获那种变态的棋趣。"法无闻之，惊异不已。

三天后，苦元大师的法体被封葬于白云洞内，方国涣、法阳、法无等人群集拜祭，又各自感伤了一回。方国涣把罗汉棋子与那张古木棋枰在师父面前放了，并在棋枰上面摆了三种星势布局之法，以做棋祭。望着逐渐被封实的洞口，想起师父先前的教诲，方国涣暗暗发誓道："师父，就是找遍天涯海角，弟子也要找到李如川，与他棋上一斗。您老人家若在天有灵，就保佑弟子早日寻到他罢，不仅仅为了恩师故友之仇，更为了保天下棋道以雅正之风，便是与此人同毁棋盘之上，弟子也在所不惜！"

三七祭日之后，法阳作为大师兄，便接替苦元大师之位，住持天元寺。方国涣自要遍行天下，追寻李如川，临行前把天星棋子留在了天元寺，作为镇寺之宝，仅留了八枚带在身上。百余枚天星棋子自令法阳、法无等人惊叹不已，郑重地收藏了。

方国涣又把五千两的银票留于法阳，叫他日后寻一个对号的钱庄兑了银子，做寺中用度。随后方国涣向天元寺的众师兄拱手告辞，群僧自是依依不舍，方国涣耐住心中伤感，一别而去。过了几日，法无因丧师之痛，也是报仇心切，也私自下山追查李如川踪迹去了。

方国涣二别天元寺，此番遭意外之变，恩师苦元大师不幸被鬼棋所杀，心中悲切，寻李如川斗棋之心愈坚。但是知道李如川有于若虚护卫，行踪诡秘，飘忽不定，实是难寻。想起曾对孙奇有托，方国涣于是打算先与六合堂联系上，探听些消息，然后再做计较。又想起与卢家庄的卢紫云有约，一想到她主仆二人的救命之恩，自激起了方国涣心中一丝别样情感，于是择路先奔卢家庄而来。

方国涣经过先前自家遭劫持的那处野店时，已然人去屋空荒废了。方国涣见状，心中一喜，料想卢佩辛、杨化二人受了燕山田叟的教训，必是洗心

第四十四回 棋 祭

革面，改邪归正了，此番前去卢家庄当无大碍。想起那日卢紫云几乎跟自己走掉了，难得一片的真情，方国涣心中不由升起了一股暖意，转身快步向卢家庄而来。

当方国涣赶到卢家庄时，不由吃了一惊，但见偌大个庄子一片狼藉，墙倒屋塌，瓦砾遍地，烧焦的气味犹存，已是被一场大火焚毁了。方国涣心知有变，愕然之余，见一个人正在废墟内的乱物中挑拣东西，忙上前问道："这位大哥，发生了什么事？卢家庄如何被大火烧了？"

那人闻声，抬头望了方国涣一眼道："你是外乡人吧？莫不是与这卢家庄的人有什么联系？听我一句话，快些离开，免得叫官府的人知道受了牵连。"

方国涣闻之一惊，知道事出有因，忙拱手一礼道："敢请这位大哥直言相告，卢家庄出了什么事？"

那人摇了摇头，叹息一声道："这庄中的卢大爷与杨二爷在此地住了多年，也是这一带有脸面的人物，然而知人知面不知心，他二人竟是深藏不露的江洋大盗，附近府县的许多大案听说都是他们暗里做的。也是恶贯满盈，半个月前，不知被什么人告发，一夜之间来了无数官兵，把卢家庄围得铁桶似的，百多号人不曾走脱了一个，五天前都在县里杀头了，庄子也被官兵放火烧了。"

方国涣听罢，忽觉一阵眩晕，顿感万物迷茫，随听那人唤道："喂！小兄弟，没事罢？"

方国涣止住心中惊骇之情，急着问道："不知这卢家庄的卢小姐可有事？"

那人摇摇头，叹道："卢小姐平日里却是待人和善，是一个大好人，可惜生错了人家，那日官兵围住庄子时，听说卢大爷、杨二爷不知何故事先都受了重伤，无力拒捕，束手被擒。庄中男男女女被抓了去百多号人，卢小姐想必也在里面，五天前自然也被处斩了，想起来，好是可怜！"

方国涣听罢，心如刀绞，眼前一片漆黑，几欲跌倒，忙深吸了一口气，徐徐吐出，这才镇静下来，呆呆地在废墟旁站了。方国涣实在不敢相信，这些日子连遭厄运，先是师父苦元大师被国手太监的鬼棋所杀，而今曾救过自己性命的卢紫云又无辜受累，被斩身亡，突如其来的变故，一时令方国涣茫然无措。

方国涣伤痛之余，忽见一旁的泥土中有几粒小小的黑白石子，心中一动，上前拾起来，果然是棋子，共有五枚。方国涣知道卢家除了卢紫云无人习棋，必是她平时走棋用的棋子，睹物思人，不胜感伤，便擦净了灰土，于怀中藏了，心中叹然道："卢佩辛、杨化二人平日间作恶多端，积怨尤重，不知哪一位仇家得知他二人受了重伤，告官发难，使他们落入法网。他二人自是罪有应得，可惜卢姑娘与萍儿清白无辜，也受牵连，是为不公。卢佩辛是江湖巨盗，已犯下灭门之罪，卢姑娘恐怕难逃此劫。"想到这里，方国涣仍心有不甘，不相信卢紫云会受株连，自想得到一个确切的消息，便怀着一线希望取道县城而来。

一路上时闻有人议论卢家庄一案，显是影响很大，方国涣暗中吃惊不已。进了县城，来到衙门前，方国涣心知此事不宜直接打听，一时踌躇，便在衙门前来回走动。

这时，从衙门内走出一名差役。方国涣见了，忙迎上前来，拱手一礼道："这位官爷请了，可否打听个事情？"

那差役瞟了方国涣一眼道："没工夫。"转身欲走。

方国涣忙上前拉住，暗里递去十两银子道："官爷何必急着走，在下不过问点事情罢了。"

那差役见状，左右望了望，忙接过银子藏了，脸上随即露出笑意道："好说、好说，不知这位公子要打听些什么事？知无不言。"

方国涣便把那差役拉到一边无人处，于是道："在下想打听卢家庄盗案的一些情况。"

那差役闻之一怔，不由用警疑的目光上下打量了方国涣一遍。

方国涣见了，忙道："官爷不要误会，在下先前曾遭受卢家庄贼人的绑架劫财之害，险些丢了性命，后侥幸逃出。今日路过，听说贼巢被官府捣毁了，群盗均被捕杀，心中大快，特来问个究竟。"

那差役闻之，这才释然道："我说呢，谁敢来打听这件案子，原来公子也曾遭那卢家庄贼人劫过的，如今此案已经结了，说说也无妨。那是在半个月前，我家县太爷接到州府十万火急的密令，说是有人告发卢家庄的卢佩辛、杨化二人为隐藏的江洋大盗，劫财杀人无数，已有确凿证据，命县里连夜发兵围捕。当时怕走了风声，连我们这些平日里常去乡下办事的差役都没有告诉，县里直接从兵营守备那里调动兵马，直扑卢家庄，贼人不曾走脱了一个，此事我也是第二天才知晓的。"

方国涣闻之惊讶道："原来不是有人直接告到县里的。"

那差役道："事后听说是卢佩辛的一个朋友，叫玉满堂的，不知何故二人翻了脸，被他举告到了府里。"

"原来是玉满堂!?"方国涣大吃了一惊，暗自惊讶道，"玉满堂为了杀我报仇，而先杀了卢佩辛的手下，后事败逃走，恐卢佩辛日后找他算账，故而先发制人，告官举难，以绝后患，果然狼子野心！"

那差役这时惑异道："对了，公子说是曾被卢家庄的贼人抓住过，不知如何活着逃掉的？"

方国涣叹然一声道："实不相瞒，我此番前来，是想打探卢佩辛的女儿卢

第四十四回 棋 祭

紫云小姐的消息，因为当日要不是卢小姐私下相救，我已经没命了。听说卢家庄事发，担心恩人卢小姐的安危，故冒着风险来打探些消息，这位官爷勿要多心的。"

那差役闻之，点了点头道："这位公子倒是位有心人，算你命大，被卢小姐私下救了。前些日子审案时才知道，卢佩辛、杨化众贼暗中也不知害了多少条性命，凡被他们劫持的人，没有一个能活命的，都被灭了口实。由于牢里关着一百多卢家庄的重犯，县里老爷恐卢、杨二贼的余党来劫狱，匆匆审过，确认了罪行后，五天前全都杀了。"

方国涣忙问道："不知卢小姐与一位叫萍儿的丫鬟，是否也在同诛之列？她二人可是无辜的。"

那差役道："这件案子太大，许多重案都与卢家庄众贼有关系，案子越审，他们供出的越多，州府派来审案的官员怕时间长了出事，匆匆审过报请上头之后，凡是卢家庄的人都斩了。卢小姐是贼首卢佩辛的女儿，也是在里面了。"

方国涣又急着问道："不知官爷可曾亲眼看见卢小姐受刑伏诛？"

那差役摇摇头道："当日受刑的有七八位女犯，谁知哪一位是卢小姐。公子也无须多问了，那卢小姐是盗首之女，脱不了干系的，自然同时被斩了。我还有事，先行别过。"说完，那差役转身要走。

方国涣忍着心中的悲痛，忙拦了那差役道："还想问最后一句，不知那些人犯的尸首在哪里？在下要去拜祭一下卢小姐。"

那差役摇了摇头道："我看公子是个好人，莫要惹事的好，现在缉捕卢、杨二贼的余党甚紧，你这般明目张胆地去焚香拜祭，不被抓了吃官司才怪。"

那差役见方国涣神情凄楚，伤心欲泪，于是又道："看公子有心，不如偷着去城西的刑场，暗里哭几声算了，可千万不要被人看见，免得惹来麻烦。"

方国涣闻之，忙自谢过了，忽又想起一事，又问道："不知告发卢佩辛的那位玉满堂怎样了？此人可是官府缉拿的一名要犯。"

那差役闻之，有些惊讶道："公子知道的还真不少。听说此人戴罪立功，又为府台老爷医好了一种怪病，像是被免了罪吧。今日公子也是问对人了，这些事情一般人是不知晓的，昨日我刚从府里送完公文回来，听府衙里的一位相识的说起过，故而知道的多些。好了，本人还有事，告辞罢。"说完，那差役拱拱手，转身去了。

方国涣心知卢紫云与萍儿二人生还已是无望，怀着万分的伤感，买了些香烛纸钱，出了城，寻到了西门外的刑场。此为一处荒凉地，野坟乱冢，杂草丛生。因前几日刚斩过人，地上的沙土中还残留着血迹，冷风吹过，似有鬼魂哭叫之声，自叫人有些胆寒。

方国涣寻了一隐蔽处，焚香燃纸拜祭，不禁黯然泪下，自是懊悔昔日没有把卢紫云、萍儿主仆二人带走，以致有此杀身之祸。知这一切都是由自己与那玉满堂引起，虽事出有因，心中尤感歉疚，想那玉满堂似已"立功赎罪"，又不知真假。方国涣独自感伤了一回，把在卢家庄废墟中拣到的那五枚棋子于香烛前摆放了，对着刑场默默悲伤了一番。随后埋棋做"棋冢"，三拜之后，才依依离去。

怀着失落的心情，方国涣这一日来到了衡阳城内，天色已晚，欲找家客栈投宿。正往前走时，忽听身后有唤道："前面的可是方国涣公子？"

方国涣闻之一怔，不知此地有何熟人，回头看时，见身后站了五六名粗壮魁梧的汉子，却是没有自家识得的。此时为首的一名大汉忽呈惊喜道："贵人降临！果然是方公子到了。"说着，上前便拜。

方国涣忙伸手扶了，诧异道："这位壮士是……"

那大汉恭敬地道："在下是六合堂湖南衡阳第六十一堂下属香主张通易，先前独石口关外，方公子棋布天元大阵，与二十万女真铁骑一场血战，在下也曾参加的。当时人马众多，方公子或许不认识我，而我等却是把公子的相貌牢记心中的，一生都不敢忘记拯救了我六合堂的大恩人。"方国涣见是六合堂的人，正是自家要寻找的，不由大喜。

张通易随即对身后的几个人道："你们几位昔日无缘出关参战天元棋阵，今日却有幸得见方国涣公子，也是你们的造化，快过来拜见了。"那几名汉子见六合堂及天下间盛传的那位棋布天元阵的传奇人物就在眼前，各自惊喜万分，齐上前与方国涣礼见了。

张通易这时激动地道："方公子能到衡阳，是为我等的荣幸，还请公子小住几日，令我等尽地主之谊，表敬慕之情。"方国涣也自要寻找六合堂探听国手太监李如川的行踪，便自应了。张通易等人大喜，拥着方国涣向其香堂住地而来。

在张通易的香堂处，张通易引了手下有职位者十余人拜见了方国涣，众人见到了仰慕已久的方国涣，皆自惊喜不已。张通易随后大摆酒宴，为方国涣接风洗尘。

酒席间，张通易眉飞色舞地把天元血战描述了一番，大是赞叹方国涣棋布天元阵，临危不乱，镇定自若，按棋势的变化指挥调度全局，杀得打入阵中的十余万女真铁骑丢盔弃甲，最后迫使二十万女真大军一败而退，挽救了六合堂的一场厄运，可谓绝处逢生。直听得在座诸人惊叹不已，对方国涣更是恭维有加，敬若神明，方国涣一笑置之。

酒过三巡，方国涣问道："总堂主连姐姐与孙奇先生可好？"

张通易道:"那日在鹤鸣山庄,方公子不辞而别,令大家好生失落,连总堂主想派人追回公子,后被孙奇先生劝住了。不过罗坤左使与卜元、吕竹风两位堂主还是四下追寻了公子一天,结果无功而返。后来连总堂主率领大家返回了鄱阳湖总堂处,每日处理堂务之余,经常叮嘱堂中兄弟,注意方公子的行踪,以待有事时有个照应。"

方国涣闻之,对自己昔日不辞而别,心中深感歉意。

张通易这时又道:"孙奇先生曾受方公子所托,传令天下各处分堂查找一个会走邪棋害人的太监,公子可还记得?"

方国涣道:"不错,没想到孙奇先生如此用心,我此番前来,就是为了这件事,不知可有什么消息?"

张通易道:"孙奇先生吩咐的事,尤其又是受方公子所托,弟兄们哪有不尽心的。不过公子要查找的那两个人,行踪诡秘,极是难寻,但在一个月前倒有一个消息传来。"

方国涣闻之,神情一振道:"不知是何消息?"

张通易道:"一个月前,有一位走得一手好棋的秀才,叫孙临青的,是近半年来棋道上新出名的高手,说是可以与我六合堂的棋上名家四川的刘诃堂主相匹敌。"方国涣闻之惊讶道:"没想到棋家又出此高人!"

张通易接着又道:"那孙临青棋声一大,也不知怎么便把那位会走邪棋的太监引了来。"

方国涣一惊道:"莫非出了事?"

张通易道:"不错,孙临青与那太监走了一盘棋后,竟然坐在棋桌旁莫名其妙地绝了气息。消息一传出,就被六合堂的兄弟们得知了。赶巧金枪无敌将韩梦超堂主到了那里,便由当地的兄弟们引着,把未及逃脱的那两个人截住了。谁知护着那太监的人竟是名誉江湖的天下第一剑客于若虚,结果韩堂主与于若虚打斗了一百余个回合,未分胜负,各自佩服对方的本事。也是韩堂主实在不相信下棋也能下死人,没有理由难为人家,就把于若虚和那太监给放了。后来见着了孙奇先生,才知那太监习成了一种鬼棋邪术,果能杀人的,方公子正在满天下的寻他,自令韩堂主追悔未及。"

方国涣听到这里,不由长叹了一声道:"天意!难道是天意不成!看来李如川的棋上气数未尽,不知还要有多少高手毁在此人的棋上!"

张通易道:"棋上事,我等粗人不明白,那太监棋术邪门,实是棋中的一个魔头。不过方公子棋道通神入化,可应变于万物,日后若有机会,自能在棋上制住那太监的。"

方国涣叹然道:"但愿如此吧!日后望张香主告知孙奇先生,要早些找到那个国手太监才好,此人造的棋祸越来越大。若有消息,便想法拖住此人,以候在下前来与他棋上决胜负。"张通易自是应了。

　　住了两日，方国涣心挂李如川棋上事，便向张通易辞行，继续查访。张通易等人苦留不住，欲赠送银两，方国涣坚辞不受，拱手一别而去。

　　方国涣独自在江湖上又四下追寻查访了两个月，可惜仍无所获。这期间，不但未见李如川的任何踪迹，并且棋上命案连发，又有多名高手棋家不明不白地死在了棋局之上。从国手状元曲良仪算起，天下间先后已有成名的棋道高手三十余人被毁杀于棋局中，一时间天下惊动，以致民间谈棋变色，甚至于有些棋家再不敢与生人过子。此时已有人知道，操此杀人棋术者，便是皇宫中神秘失踪的那位国手太监李无三，尤令众棋家感然。国手太监遍访高手，以棋杀人于无形中，命案时发，虽然有人告到官府，但是无据无凭，加上李如川曾是以棋艺红极宫中的总管太监，更是无官员敢深究此事，都不了了之。与这些棋案相关联的黑白两道中人，虽无人知道棋上杀人是怎么回事，但三十余位名震一方的高手名家被毁杀于棋上却是事实，也不知有多少路人马追杀李如川，为死去的棋家报仇，但奈何无不伤了于若虚的长剑之下。

　　一时间传闻风起，无人相信棋能杀人，多怀疑国手太监以棋为饵，实是在施妖法邪术，摄人魂魄，夺人精神，以此取对弈中的棋家性命。又有人猜测国手太监暗施一种无色无味不易察觉的毒药，可杀人于十步之内。诸种原因，逼得李如川行踪更加诡秘，也更加难寻了。甚至有几次方国涣赶到时，棋终人亡，都阴阳差错地失去了与之斗棋的机会。

　　方国涣无奈何又四下奔波了月余，仍未能与李如川谋面，心知李如川棋上杀人已成习性，不但自己难寻他以棋相制，他现在也是难寻高手杀之，棋家多已起了警觉。方国涣曾遇见过一位有些虚名的棋士，如那牛发之辈，倒也被李如川访着了来斗棋。虽因俗手之故，在棋局上有幸保住了性命，但又比那牛发棋艺高些，直被李如川在棋上走得神志恍惚，后来自家虽然恢复了常态，但已矢志绝棋，不敢再摸棋子。国手太监李如川棋上杀人事闹得天下间沸沸扬扬，时称怪异。方国涣每自感叹："棋道能济世，也能乱世！"

　　方国涣久寻李如川不着，虽焦虑难安，但并不灰心。这日路过江苏淮阴，想起国手状元曲良仪，不知其病情怎样了，便取道曲家集而来。方国涣到了曲家集，寻到曲宅门前，正欲上前唤门。

　　这时，旁边忽跑过来一个小孩，欢呼一声"方叔叔"！便扑了上来。方国涣抱住看时，见是曲良仪之子曲操，曲宁儿这时在后面惊喜地跑了过来。

　　方国涣抱着曲操笑道："没想到小公子还记得我。"那曲操自搂了方国涣的脖颈，极是亲热。

　　方国涣回头对曲宁儿道："曲先生可好？"

　　曲宁儿高兴地道："主人比以前好了许多，方公子快请。"说完，欢快地

第四十四回　棋　祭

跑进门先前通告去了。

方国涣抱着曲操刚进大门，就见曲良臣、曲良材兄弟欢喜地迎了上来。方国涣便放下曲操，与曲氏兄弟互见了礼。曲良臣惊喜道："做梦也想不到今日方公子能来。"

方国涣笑道："因路过此地，顺便来探望一下曲良仪先生。"曲氏兄弟闻之，大为感动，忙请了方国涣厅中落座。

曲夫人听说方国涣到了，忙过来与方国涣礼见了。

那曲操围着方国涣不离，左一声"方叔叔"，右一声"方叔叔"地叫着，令方国涣好生喜爱，对曲夫人道："小公子实有些曲先生的神采气质，将来必有大作为的。"

曲夫人叹然一声道："这孩子就连棋上也随了他父亲，每日里摆弄些棋子，时常吃饭睡觉都顾不得，想起他父样现在的光景，真担心他日后……"曲夫人说到这里，摇头一叹，不忍再言。

方国涣道："曲良仪先生为本朝的国手状元，曾经是天下棋家的楷模，今不幸遭意外之变，非棋上之过。小公子天资聪明，灵慧过人，日后棋上的造诣当不会低于曲先生的。"

曲夫人闻之，苦笑道："百姓人家，但求过一个安生日子，不希望操儿再如他父亲一般，以名声招祸。"说完，别有一番的凄楚。方国涣闻之，暗自感叹不已。

方国涣随后道："自上次一别，已逾半年，不知曲先生怎样了？"

曲良臣一旁应道："托方公子的福，家兄比以前好转了许多，每日呆坐不言语，倒像好人似的。"

曲良材又道："我大哥也好运气，竟然得到了天下盛传的名医药王谷司晨先生前来家中施药诊治。"

方国涣闻之一喜道："药王先生来过！"

曲良臣感激地道："听药王先生言，他是受了方公子之托，前来诊治家兄的，还要谢过方公子才是，如此有心，实让我等无以为报。"

方国涣笑道："不要客气。药王先生果是守信重诺之人，昔日一请，倒给方某面子。对了，药王先生怎么说？"

曲良臣道："药王先生诊视过家兄后，颇感惊讶，说家兄的心脉微弱欲绝，心之气力已近溃竭，而仍然命活至今，乃是一个奇迹，随后开了几副强心之剂，家兄服过后比先前明显好转，药王先生便吩咐以此方药制成丸剂，长期服用，以观后效。"

方国涣道："曲先生的病症怪异，能有此效果，已属不易。"说完，起身要去探视曲良仪，曲氏兄弟便引了方国涣来到了曲良仪的房间。

曲良仪此时坐在竹椅上，神态果比以前改善了许多，唯讷呆不语。然而一见方国涣进来，双目中忽呈出一种别样的光彩，欲言不能。

曲良臣见了，讶道："家兄一直表情茫然，亲疏不辨，而对方公子似有感应，真乃奇事！"接着感叹道："家兄能有方公子这位棋上的知心朋友，也自心慰了。"

方国涣望着眼前这位曾红极一时的国手状元，心中悲苦，难受至极，自恨李如川鬼棋害人之苦，不禁潸然泪下。曲良臣见了，安慰一番，复请了方国涣回厅中落座。

这时，曲操见了方国涣回来，高兴地跑上前道："方叔叔，你与爹爹是好朋友，棋上也必是有大本事的，就收了操儿做徒弟罢，好不好？"

方国涣见曲操天真可爱的样子，便顺口道："好啊！那就做我的徒弟罢。"哪知曲操信以为真，叫了声"师父"！跪地便拜，慌得方国涣连忙上前扶起。

曲良臣见了，便道："既然操儿喜欢方公子做师父，公子不妨就收下他罢，我等粗人，不解棋上事，但指望公子教导操儿做人之道就足矣了。"

方国涣见曲操聪明灵慧，是一个不可多得的棋才，也自心动，便高兴地道："小公子禀具曲先生的天赋，有希望成为一个棋上的神童。好吧。能在棋上指教小公子一二，也是件高兴的事。"曲氏兄弟闻之大喜。

曲夫人闻讯也赶来谢了，曲操又复施了拜师之礼，方国涣欣然受了，曲氏兄弟随后摆了酒席相谢。

这天晚上，方国涣在房中试曲操的棋力，不试则罢，试过不由大吃一惊，没想到曲操年纪虽幼，棋路却老到干练，不落俗手，无那一丝的幼棋之气。方国涣心中大喜，便在棋上尽力指点，那曲操一点即通，全不多费口舌，方国涣暗中欣喜不已，知道曲操日后棋上的修为当不在曲良仪之下，果然是虎父无犬子。如此过了十余日，师徒甚是相得。

方国涣心挂李如川棋上事，这一日便要辞行，曲操哭着不让走。方国涣也自不舍，安慰道："师父是去寻找害你爹爹的坏人，以制止他再做坏事。你在家好生习棋，日后师父必来看你，要检验你有无长进的。"曲氏兄弟与曲夫人一旁也自哄劝了，曲操这才含泪应了。方国涣随后拱手作别，依依不舍去了。曲操一路哭去，相送甚远，方国涣也自凄然。

第三部 棋战黄鹤楼

第四十五回　火器专家

　　这段时期，江湖上忽无了国手太监的消息，李如川像从世上消失了一般，棋上不再有命案发生。方国涣也自无了头绪查寻，索性漫游山水，同时留意着棋上事。

　　这一日，方国涣走到一座不知名的小镇上，先寻了家客栈住了，歇息了一会儿，觉得无聊，便到街上闲走。小镇不算大，无什么可观之处，方国涣走了一会儿，觉得有些腹饥，便进了一家酒楼，要了饭菜，自家用了。

　　食毕结账时，方国涣这才发觉银两都留在了客栈内，忘记带了，摸遍了全身，也无一钱银子可寻，身边虽有大额的银票，知道在这小镇上也无甚用处。那店伙计以为是赖食之人，站在一旁斜着三角眼冷看着。

　　方国涣神态大窘，只好道："小二哥，实在对不住，银子忘记带了，回头加倍与你如何？"

　　那店伙计闻之，立时恼了道："你早做什么了，吃饱了才说没钱，都像你这般，我们哪里奉陪得起。此事我经的多了，总之不付了饭钱，休想离开这酒楼半步。"说完，那店伙计气势汹汹地拦住了去路。

　　方国涣无奈何地摇了摇头，无意中手触到了怀中的那八枚天星棋子，犹豫了一下，心知也只好如此了，若无钱物留下，今日当脱不得身，便取出一枚天星棋子，对那店伙计道："小二哥，此物为棋中至宝，千金不易一枚，且先抵押在你这里，容我去客栈取了银子来赎回如何？"

　　那店伙计哪里识得宝物，见方国涣竟然拿了一粒棋子来唬他，不由冷笑道："你当我是白痴，这东西掌柜的房中有的是，休想用一粒小石头来骗我。"

　　方国涣见了，暗里一叹："无钱真是寸步难行！"

　　这时，一名微胖的中年人走过来道："发生了什么事？"

　　那店伙计见了，忙道："回掌柜的，这个人想吃白食，还拿了粒石子来唬人。"

　　那掌柜的这时一眼望见了方国涣手中托着的那枚色质非常的天星棋子，眼睛不由一亮，诧异道："客官莫非想以此物抵饭钱？"

　　方国涣摇头道："那倒不然，权缓一时之急而已，回头取了银子来换回就是。"

那掌柜的便伸手道："既然如此，且让我看看是什么货色，是否值钱的。"

方国涣道："掌柜的小心了。"说着，把这枚天星棋子慢慢地递在了那掌柜的手心处。

那掌柜的但觉手中忽地一沉，几乎让天星棋子滑沉坠落。那掌柜的也似懂棋的，自有些见识，此时心中不由一阵激动，面呈惊喜之色。

那店伙计一旁不知趣道："掌柜的，这东西一文钱都不值，要它做甚，还是讨回饭钱的好。"

那掌柜的心知遇上宝贝了，转头训斥店伙计道："狗眼看人低，你知道些什么，还要胡言。"接着满脸堆笑地对方国涣道："下人不知好歹，客官勿见怪，刚才这顿饭就当本人请客了。至于这枚棋子吗？本人想收买了，不知客官出个什么价？"

方国涣见了，知那掌柜的也是识货之人，便摇头道："这枚棋子在下是不卖的，只因忘了带银子付饭钱，才迫不得已拿出来，暂且抵押一时，回头便用银子来赎的。"

那掌柜的闻之，不免有些失望，又仔细看了看这枚奇沉压手、圆润光亮的天星棋子，实在是爱不释手，知道机会难得，沉思片刻，忽一咬牙道："这么着，本人开设的这座酒楼也值千两银子，我拿此棋走人，酒楼现在就归客官所有了，你我就此易过如何？"此言一出，自把那店伙计听得呆了，也惊动了周围几桌吃饭的客人。

方国涣见那掌柜的眼露贪色，已是后悔亮出天星棋子，忙自摇头道："这枚棋子是朋友所赠，在下是不卖的，还请掌柜的还了我吧，叫人随我去客栈取银子，加十倍付偿这饭钱就是了。"

那掌柜的此时把手一收，紧握了天星棋子，生恐被别人抢了去，自有些变了脸色道："那可不行，谁知你半路上能不能跑掉。总之现在没钱付账，休想拿回这东西。"

方国涣见了，不由大急道："你这掌柜的好没道理，谁没有个困难的时候，我难道会差了这几钱银子的饭钱，何须赖了我的东西去？"

那掌柜的见方国涣是一个过路的外乡人，便起了欺生之意，阴着脸道："吃饭给钱，没钱以物来抵，乃是公理，这里可不是讨白食的地方。再说一粒小小的棋子，抵了一顿饭钱，算是便宜了你。"刚才掌柜的还要以整座酒楼来易换，如今又说出这番话来，令周围的客人们纷纷摇头不已。强买不成，那掌柜的便黑着脸，已是铁了心硬赖了。方国涣孤身一人，虽焦急万分，也自无可奈何。

此时那掌柜的无赖模样，恼了旁边的一位饮酒的单身客人，那人便起身过来道："这位公子不过忘了带银子，你们就想赖人家的好东西，真是岂有此

第四十五回　火器专家

理!"方国涣见此人虽有些形态散漫,却仗义执言,不由大是感激。

那人接着对店伙计道:"这位公子的饭钱是多少?"

店伙计道:"一钱半银子。"

那人便从腰间摸出一块足有一两重的银锭,随手扔在桌上道:"饭钱在此,只多不少,快快还了人家东西。"

那掌柜的以为能把这枚天星棋子赖到手,正暗自得意,不承想有人抱打不平,主动替方国涣付了饭钱,自有些气恼道:"你多管什么闲事。"

那人立时双目一瞪道:"吃饭给钱,这可是公理,你莫非真想赖了人家东西?今有众人作证,可要见官吗?"

那掌柜的本已理亏,神色不自然地道:"这个……这个……"犹有不舍之意。

那人见状,大喝一声道:"这个什么?快还了人家东西。"掌柜的自被此人的气势所镇,这才极不情愿地伸出手来。

方国涣便从他的手中取回天星棋子,于怀中藏了,接着忙对那人拱手一礼,感激地道:"多谢这位大哥相助,请随在下回客栈,定当十倍奉还。"

那人望了方国涣一眼道:"公子未免落了俗套,我岂为你那几个钱。"说完,长袖一摆,转身去了。方国涣怔了一下,自知对此等大义慷慨之人言语有失,忙追了出去。

待方国涣追出酒楼时,谁知那人走得极快,已不见了踪迹。方国涣自在街上寻了一阵,天色将黑时,也没见着那人的身影,只得摇摇头回到了客栈。心中思量道:"此人豪爽仗义,解我急难,须当面谢过才是。"

第二天一早,方国涣复到街上寻找那人,至响午,也无个结果,问以路人,多说不知,也是无名无姓的,谁能晓得。

方国涣心中怅然,正低着头往客栈走,忽听路旁有一人道:"公子倒是一位有心人,竟为了寻谢蔡某,而误了一天的路程。"

方国涣闻声转头看时,但见昨日那人正坐在路边的一家茶肆里,笑吟吟地望着自己。

方国涣见之大喜,忙上前施了一礼道:"原来恩人大哥在这里,让我好找。"

那人笑了笑,指了旁边的座位道:"小兄弟坐罢,喝碗凉茶再说。"方国涣谢过一声坐了。

那人便亲自端过一碗茶,道:"小小事情,何须如此劳苦,先饮过这碗茶罢。"

方国涣也是渴了,接过来一饮而进,随后放下茶碗,感激地道:"多谢恩人大哥解了小弟昨日困境。小弟方国涣,不知这位大哥怎么称呼?"

那人笑道:"原来是方兄弟,本人蔡晓雷,昨日之事,不足挂齿。"

方国涣闻之,忙起身深施一礼道:"原来是蔡大哥,请受小弟一拜。"

蔡晓雷扶了道:"读书人倒多事,不过看得出方兄弟是一位仁义君子。"

方国涣道:"蔡大哥过奖了,蔡大哥的豪爽慷慨之性,才是小弟最佩服的。今日小弟做东,寻一个好的所在,痛饮一番如何?"

蔡晓雷闻之笑道:"昨日酒楼里见方兄弟桌上并无酒,怎么?也善饮吗?"

方国涣笑道:"小弟本不善饮,但遇上蔡大哥这等仗义助人的义士,无酒助兴怎成。"

一番话听得蔡晓雷来了兴致,站起身来,高兴地道:"那就与我走吧,方兄弟这样有雅兴的酒友好是难找!"说完,扔在桌上几枚铜板,拉了方国涣就走了。

方国涣本想宴请蔡晓雷,以谢昨日相助之恩,见对方盛情,只得随了。

出了茶肆,蔡晓雷拉了方国涣一路朝镇外走去。方国涣见离了镇子,不由问道:"蔡大哥,这是往哪里去?"

蔡晓雷道:"方兄弟勿疑,今日遇见你,相投得很,且带你去一个饮酒的好去处,那里多的是美酒,管叫你我万事不顾,一醉方休。"

方国涣心中道:"定是去他家里了。"索性随了来。

二人出了镇子,越过一块菜地,待绕至一片树林之后,几间精致的木舍呈现在眼前,树篱围院,杨柳成荫,似一户独处郊外的农家。

方国涣见了,赞道:"蔡大哥,你这里倒也幽静雅致。"

蔡晓雷笑道:"可惜非蔡某之宅,而是一朋友之府,不过里面藏了不少好酒,平日常来饮的。"

方国涣听罢,心中惊讶道:"这位蔡大哥好兴致,竟然领了我到别人家里来饮酒。"然见蔡晓雷满不在乎的样子,也自跟着过了来。

一进院门,蔡晓雷就喊道:"阮方兄在家吗?蔡某又来喝你的好酒了。"

随后从屋中迎出一个人来,见了蔡晓雷不由喜道:"原来是蔡大爷,我家主人昨日还念叨着你呢,说有三四天没有来了,不知蔡大爷又转到哪里去了。"

蔡晓雷大咧咧地道:"我这不是来了吗!岂能误了这里的酒事。对了,刘祥,你家主人呢?"

那叫刘祥的忙应道:"主人一大早就提了火枪到山间狩猎去了。"

蔡晓雷道:"既然如此,我且与这位朋友先饮了,再候你家主人罢。"

刘祥道:"蔡大爷随意就是,小人这就去准备。"说完,转身去了。

方国涣一旁,暗里道:"看来蔡大哥与此家主人关系甚密,如在自家一般。"

蔡晓雷这时道："方兄弟，今日算你有口福，蔡某要让你品尝一种天下间难得的好酒。"说着，引了方国涣进了木屋内。

方国涣进得屋来，见此房间倒也朴素洁净，木桌竹椅，陈箱旧柜，依序摆放着。唯右侧墙壁上挂了一物，形如琵琶，乌黑漆亮，似铁器制成的机械，不知为何物。蔡晓雷大咧咧的请方国涣坐了，伸手取了桌上的果子让于方国涣来吃。

这时，刘祥抱了一坛酒来，轻轻地放在桌上道："蔡大爷与这位公子稍候了，待酒气沉静了再饮不迟。"

蔡晓雷道："这个我理会得，你去寻些下酒菜好了。"刘祥应了一声，转身去了。

方国涣自有些拘束道："蔡大哥，主人家不在，你我自饮，恐有不便罢。"

蔡晓雷笑道："方兄弟勿多礼，就当到了蔡某家里一般，此家主人与我是至交，不碍事的。"

方国涣道："这总有些不好罢。"

蔡晓雷笑道："平日里却也惯了，哪里有人怪我来着，并且我这位朋友也喜欢随便的，方兄弟勿要有顾忌才好。"

刘祥这时又端了四碟菜来，两味园中的果蔬，两样荤菜，又备了碗筷，然后道声："二位慢用。"便退了出去，也似习惯了一般。

蔡晓雷此时却望着那坛酒不动，似在等候着什么。方国涣见了，心下惑然。

过了片刻，蔡晓雷忽面呈喜色道："好了！"双手便小心翼翼地启开了酒坛封盖，倒也无酒香溢出。

方国涣诧异道："蔡大哥，这是什么酒？喝起来为何这般谨慎？"

蔡晓雷笑道："方兄弟没有这样喝过酒罢，此酒用前是不能摇动的，一动，酒气就散了，故等它沉静下来才能饮，所以唤它'沉香酒'，世间独有的。"说完，用勺轻轻舀出两碗，一碗慢慢推至方国涣面前道："待酒波稳静了，再细细品它，到时方兄弟便知其中滋味了。"

方国涣摇头笑道："不如称它'慢性子酒'为好，如此小心，能饮起什么兴致来？"

蔡晓雷道："不然，真正的酒兴是狂中带雅，并且此种'沉香酒'不比寻常，就这般饮法的。"说完，轻端慢品了一口，复闭目回味，好似陶醉得很。

方国涣见了，也自轻呷了一口，果有一种醇香在酒内，满溢口中，那味道似突地腾起一般，四下散去。随着酒液入腹，其香气荡肠激胃，周身自产生了一种奇妙的微热，融融然，舒畅之极。方国涣暗赞了一声"好酒"！忽想起韩杏儿烧制的"三味玉清汤"来，倒与此酒的奇特境感有异曲同工之妙。

"怎么样？与其他酒不同罢？"蔡晓雷这时笑吟吟地道。

方国涣点头赞叹道："好酒！好酒！没想到酒中竟有如此奇品，今饮此酒，真是三生有幸！"

蔡晓雷笑道："方兄弟所言倒也不差，品过此酒者，当今天下不过五六人，杯酒十金也不为过的。"

方国涣诧异道："不知这'沉香酒'从何而来？又是何人以何法酿造的？竟有如此妙处！"

蔡晓雷道："此酒所来之由，颇有些神奇，这里本无人居住的，只有几间破烂不堪的石屋，传为古人酿酒坊的旧址。三年前，蔡某与好友阮方，也就是现在此屋的主人游玩到此，歇息时，无意中见一面断壁陷入地中，推之欲倒，下面松得很。心知有异，便取了铁器来掘，竟在断壁下面挖开一处洞穴来。下去看时，却是一座酒窖，大得很，贮藏着几百坛酒，也不知哪朝哪代人留下的。我二人当时大喜，便搬出一坛尝了，这陈年老酒以至醇化，异香溢口，令人别生境感，奇怪的是，鼻嗅之，酒气却不甚浓。后来在品尝中无意发现，此酒一经摇动之后酒的香气便散了，唯沉静下来慢饮，醇香自出，才能品出它的真正味道，美妙绝伦！我与阮方兄自是惊喜异常，便名其为'沉香酒'。恐日后被别人发现，阮方兄索性把家搬来这屋住了，我二人约定，用此生的时间来饮完它一窖藏酒，非中意之人不与之饮。此种美酒世间独有，卖之可惜，唯自家用了，才不枉了这场酒缘。"

方国涣听罢，惊奇不已。随与蔡晓雷慢而饮之，心情慢慢放松。

这时，忽听门外有一人道："蔡晓雷，在我家饮酒，为何不候我一候？"说话间，大踏步走进来一位中年人，此人身高肩宽，方面大脸，好一个魁梧的汉子！左手拎了几只山鸡野兔，右手提了一支火枪。

蔡晓雷一见此人大喜，忙起身迎了道："主人回家来了。"接着笑道："今天我是拉了一位能喝出酒兴的朋友来饮这'沉香酒'的，往日以你这火药般的性子可是品不出此酒真滋味的。"

方国涣知道此人便是阮方了，自家忙站起身来。那阮方见屋中还有一位陌生的年轻人，忙放下手中的东西，一抱拳道："原来还有一位客人，阮某冒失了。"

蔡晓雷便对方国涣介绍道："这是我的至交好友阮方兄，远近闻名的神枪手。"

方国涣上前施了一礼道："小弟方国涣见过阮大哥。"

阮方点头应道："是方兄弟，以前怎么没见过？"

蔡晓雷笑道："方兄弟是我新结识的朋友，投趣得很，便拉了你这里来饮酒。"

第四十五回 火器专家

阮方闻之喜道:"原来如此,欢迎、欢迎,蔡兄结交的朋友当是不差的。"复请了方国涣落座。

刘祥这时进了来,阮方便道:"我刚刚猎了几种野味,你拿到厨下料理了,给我等添几样下酒菜。"刘祥应了一声,提着猎物去了。

阮方满了三碗酒,让了让蔡晓雷、方国涣二人,道声"请了"。不待酒静波稳,一饮而尽。

蔡晓雷摇头笑道:"这等好酒,阮方兄未免糟蹋了。"

阮方道:"喝酒就是喝个痛快,如此麻烦,岂没意思。"接着对方国涣笑道:"方兄弟勿见怪,阮某性子急,受用不了这等好东西的。"

方国涣笑道:"阮大哥却也爽快,所谓酒随兴起,自增豪情的。"

阮方听罢,哈哈笑道:"方兄弟好会讲话。"接着摇了摇头道:"沉香酒乃酒中独有的奇品,阮某一介粗人,细品不来的。也是好东西太多了,就不拿它当宝贝了,还不如到镇上沽几斤烧刀子来喝了痛快。不过觉得都让蔡兄一个人品了,自是不甘心,故时常与他胡乱来喝,扰他的雅兴。"说完,开怀大笑起来。

蔡晓雷闻之,摇头笑道:"你这家伙,原来安的这种居心,自家细品不来,便来坏我的兴致,看来日后还是把这窖藏酒分开来用才好。"

阮方笑道:"一个人不喝酒,离了我哪成。"

方国涣见二人性格开朗豪爽,暗喜与之结识。阮方又自劝了方国涣几碗,三人推杯换盏,谈笑风生,好不惬意快活。

当蔡晓雷谈起与方国涣相识的经过时,阮方一拍桌子怒道:"那酒楼掌柜的好没道理,方兄弟的宝贝棋子既然能抵过他的一座酒楼,当是无价之宝,便想趁人一时之急平白赖了去,简直是盗贼行径,若让我撞见,一枪打他个鸟样。"

方国涣道:"多亏蔡大哥仗义执言,并为我付了饭钱讨回了棋子,否则真不知如何是好。"

蔡晓雷道:"方兄弟也太大意了些,不该在那种场合示人以贵重物的。对了,方兄弟的那粒棋子究竟有什么好的,令人如此起贪占之念?"

方国涣便从怀中取出一枚天星棋子,放在桌上道:"这是天外流星飞坠落地而成的天星棋子,世间无有的。"

蔡晓雷闻之惊讶道:"从天外而来!?"便伸手欲拿到面前观赏。谁知一拿未起,不由一怔,复小心着力取了,但感奇沉压手,似托了块铁锭。

蔡晓雷惊异道:"好重!果是件稀罕物!"接着递于阮方道:"阮方兄见识见识这天外之物。"

阮方接过,掂了掂,也自惊异,不由自语道:"此物刚坚而沉,若代铅丸纳入火枪中，可击日月。"

蔡晓雷旁边笑道："你倒忘不了琢磨那些火器，今日方兄弟虽是新朋，却似旧友一般，可谓十年相交不能倾心，一席之谈便成挚友，与我二人投机得很，阮方兄不妨露一手绝活，助助酒兴。"

阮方闻之，笑了笑，将天星棋子还于了方国涣，伸手取了旁边的那支火枪。

方国涣见了，心中道："阮大哥的绝技，许是火枪射得准罢。"

说来也巧，此时窗外的树枝上忽然飞来一只黄雀，停枝鸣叫。阮方向外望了一眼，漫不经心地对方国涣道："方兄弟可看见那只小鸟了，不知要取只活的来，还是要只死的？"

方国涣闻之一惊，心中惊讶道："弹丸冲击鸟雀身上，安能预其生死？难道这位阮大哥另有异法？"于是问道："不知阮大哥如何定此黄雀生死？"

阮方道："取死者，直中而已，若取生者，则使其惊飞而击其羽翼罢了。"

方国涣闻之大惊，不信阮方的枪技精巧若此，然见阮方一副自信的样子，便半信半疑地道："那就请阮大哥取只活的罢。"

阮方闻之，笑了笑，也不言语，拾起桌上的一支筷子，扬手飞出，打在了窗外的树枝上。那只黄雀立足刚稳，便被一惊飞起，"嗖"的一声直冲天际，眨眼间在窗外的天空中变成了一个小黑点，已不知去了几百米外，离得甚远了。方国涣见状，不由暗自摇头，心知死活都无望了。

然而就在这时，忽听一声清脆震耳的枪响，欲远逝空中的那个小黑点便一坠飘落。方国涣立时惊起，叫了声"好"！

蔡晓雷在旁边也自笑着点了点头。

阮方此时在窗前收回了火枪，回身笑道："雕虫小技，方兄弟见笑了。"

这时，刘祥听见枪声跑过来道："发生了什么事？"

阮方道："没什么，你去林子东头把落地的那只黄雀捡回来罢。"刘祥闻之，明白了怎么回事，转身欢快地跑去了。

方国涣惊叹道："阮大哥真乃神射！"

阮方摆摆手道："献丑了，献丑了，雕虫小技，不足为夸。"

蔡晓雷一旁笑道："雕虫小技从阮方兄口里说出，倒非有过谦之意。想阮方兄乃是当今世上研究火药、火器的大家，这方面的成就，古今恐怕也是第一人了。"

方国涣闻之，肃然起敬道："原来阮大哥是一位世外高人，失敬！失敬！"

阮方摇摇头道："阮某哪里称得上高人，一介粗人罢了。"接着正色道："火药乃我中国人所发明，为至阳至烈之物，其中硫黄、火硝本相克之品，合杂一起，便另有异能，产生巨大的威力。制火药之法后来传到西方，西人遍

第四十五回　火器专家

用于军旅，攻城略地，用以战争的杀伐，实犯造物之忌。然用以轰山裂石，破土修路，也自可造福天下，可惜今人多不善用。"方国涣、蔡晓雷闻之，各自点头称是。

这时，刘祥双手捧着那只黄雀跑了进来，一进门便欢喜地喊道："还活着哩！还活着哩！"

方国涣上前看时，但见那只黄雀在刘祥的手掌里惊恐地挣扎着，果在羽翼中沾有血迹，不由大是惊讶。

方国涣愕然之余，转身望了望窗外，诧异道："阮大哥的枪法果然精巧至极，可随心所欲定猎物生死。不过适才此鸟一惊之下，远逝空中，似已超出了火枪的射程之外，而却被阮大哥一击即落，实令人不解其中缘故。"

阮方闻之，笑道："方兄弟倒也好眼力，看得细些。不错，刚才射程之远，普通火器仅能够着大半，也是用了特制火药的缘故。"

方国涣闻之惊讶道："难道阮大哥所持火枪内的枪药有什么特别吗？"

蔡晓雷一旁道："那是当然，否则还称得上什么火器专家，阮方兄所用的火药都是特制的。"

阮方道："其实也很简单，阮某不过在精制过的枪药里面掺了些雄鹿血的干末。至于火光一爆之际，鹿血末在其间起了什么变化，阮某也自不知，不过使火枪的射程延远一半却是有的。另外还有螳螂一物，捕之晒干为末，混以火药中，也能令火器的射程延远二三十步的。火药中配以他物的神奇效果，人之智不能穷尽，曾闻有人以一种特制的'息声粉'于枪药内，弹发时，有烟无声，击杀鸟兽于不觉之中，防其余类闻声惊走，此法最为奇特，却又不知真假。世上物与物之间的变化，鬼神难测的。"

方国涣听罢，惊叹道："没想到不相关的东西放到一起，竟会产生如此神奇的效果，真是不可思议！"

蔡晓雷一旁道："两年前，阮方兄曾研制发明出了一种新枪药，在门外一枪射出之后，弹子也不知击到了哪里。不过后来听人说，有一人乘马赶路，忽闻耳边似有小虫蛾飞行，伸手一抓，竟是一粒铅丸，此人大惊，疑为路旁有盗放冷枪暗算，策马疾驰而归。后来寻问过此人，他无意间抓住铅丸的地方距这里有千米之远，并且时辰方向都对的，可见这一射程之远更是出人意料，此事也仅我二人知道怎么回事而已。"方国涣闻之，惊讶不已。

刘祥这时端上来已经烧制好的野味，阮方自请方国涣用了。

三人又互饮了几杯，阮方道："我阮家几代人都对火药、火器有过研制，本朝军旅中曾有过一种'火箭'，名为'火龙出水'，射程可达千米之外，用以袭远方之敌，乃是用火药喷发之力推动而行，至目标后炸开来，如龙出水，去势猛急，自是族人献于军旅中的，但失其精巧，也无大用。"

阮方接着指了指沉香酒的酒坛对方国涣道："以此坛盛满炸药，方兄弟可否相信其威力能翻江倒海？"方国涣见此酒坛也不甚大，便茫然地摇了摇头。

蔡晓雷一旁道："阮方兄研制的炸药威力甚大，可超过普通炸药的几十倍，甚至上百倍。先前邻县修路，遇一石山阻隔，曾用火药轰炸之，十余日不见其功，劳民伤财，而又限期迫至，实为苦极。阮方兄闻讯，夜潜其地，以两坛自制炸药爆之，其石山立平，有千斤石竟飞出百米外。时人不知内情，以为感动天地使然，役工群祭山前，以谢神恩，实不知为阮方兄一人之功。"

方国涣闻之，敬佩万分道："火药虽烈，正之可造福万民，反之则为害天下，阮大哥这般壮举，当为世人所敬仰。"

阮方摇头笑道："方兄弟言重了，阮某那次不过试一试新炸药的威力罢了。"

方国涣这时见旁边竖着的那支阮方适才射黄雀的火枪，比普通的火铳制造的样式略有异样，形状宽了些，便言道："今人惯用马上刀弓，火器枪铳仍多用于猎家，看来火枪、火铳一发一装尤费时力，不大实用之故。"

阮方闻之，笑道："不然，世人不识火器的精巧与威力罢了。就如我这支'连珠枪'罢，可连射四弹的。"

"连珠枪！"方国涣闻之，惊讶道，"这支火枪真的可以连射？"

阮方道："不错，今日索性就示于方兄弟看一看罢。"随手指了窗外树上的一根树枝道："适才发了一弹打鸟雀，还余三弹，看我能把那树枝击断几节。"说罢，阮方举枪便射。随着三声震耳的枪响，那根细长的树枝便断去了三节，散落树下，屋内同时充满了呛鼻的火药味，方国涣一旁已然看得呆了。

阮方这时收了火枪，笑道："火器的威力，世人还不识，这支'连珠枪'虽能连射四弹，但是远不如墙上挂着的那件'连盘枪'的威力大。"

"连盘枪！？"方国涣愕然之余，望了望墙壁上挂着的那件形如琵琶的机械，惊讶道，"原来这也是一件火器！"

阮方道："不错，这件'连盘枪'制造得尤为巧妙，琵琶形内为贮弹之器，一弹射出，随手拨一下枪关，下一弹便可纳入弹道中。此枪体大沉重，需一壮汉才能持动，虽然如此，却可连射四十九弹，只要架在面前，百米之外，可横扫千军万马。"方国涣闻之，惊叹不已，没想到天下间还会有这种利器。

方国涣惊叹之余，望着那件"连盘枪"，不由自语道："造物神奇，竟有此种利器，若献于军旅中，保卫国家的安全，定可令四夷臣服，扬我国威于天下！"

阮方闻之，忽脸色大变，神形自是一震，方国涣见状，不知自己说错了什么，茫然地望了望蔡晓雷。

第四十五回 火器专家

蔡晓雷摇了摇头道:"方兄弟有所不知,这里……"未等说完,阮方叹然一声道:"还是由我来说罢,今见方兄弟气质不俗,非一般之人,告之无妨。不过今日所言,方兄弟自家知道就是了,切莫向外人道起,否则阮某将有杀身之祸。"

方国涣惊异道:"阮大哥可有什么苦衷?"

阮方叹道:"此事说来话长,家兄阮正本是一铁匠,神思巧妙,工于机械,这件'连盘枪'就是家兄制造的,共造了两件。因其威力过于霸道,若用以杀伐,当损生灵太过,故不便显于世,家藏而已。后来江浙沿海倭寇猖獗,而朝廷海防兵力又薄弱,无力抵御倭寇的烧杀掠夺,百姓一时陷于水深火热之中。家兄阮正出于义愤,便把'连盘枪'献于军中,以图用其杀敌保境安民。或许家兄此举有干天和,竟招来杀身之祸。家兄当时把'连盘枪'及其机械图式献给了一名叫刘文海的指挥使,欲使之广博军中。谁知那刘文海乃一奸邪小人,他见'连盘枪'威力甚大,便想自家献于朝廷,独占其功,于是暗下毒手,以药酒害死了家兄。刘文海帐下有一名军校,与阮某是同乡,暗里把家兄被害的消息送了出来。阮某闻此噩耗,大悔家兄献物之举,伏于半路截杀掉了上京邀功的刘文海这个奸贼,用烈性火药把他及随从炸了个粉身碎骨,连那件'连盘枪'也给毁了。后来官府四下缉拿阮某,家乡容不得了,便逃到了这里,隐居起来。时过数年,此事仍令人耿耿于怀,不能相忘。"方国涣、蔡晓雷听罢,一时相视无语。

第四十六回　惊　棋

　　过了很久，方国涣慨然道："小人当道，利器不为国家所用，实是一件遗憾的事情。"
　　阮方叹道："时人多奸诈，阮某不想重蹈覆辙，也就止了以火药济世之心，免生祸事。火器虽利，却也换不来一个太平盛世，也是其杀伐之力太过之故。"
　　阮方接着又道："人思至巧，每造奇器。想宋时有神臂弓，形若巨弩，立于地以脚踏其机，可三百步外贯铁甲，也称克敌弓。宋军拒金兵，多仗此为利器，军法不得遗失一具。若兵败不能携带，宁可毁掉以防敌方得其机轮仿制。元人灭宋，得其图式，曾用以制胜，至本朝乃不得其传。"
　　蔡晓雷一旁道："或许本朝出了阮方兄的连珠枪与连盘枪，显不着那神臂弓了罢。"
　　阮方摇头叹道："所谓利器，便是杀人之利器，实犯造物之忌，我虽拥其而家藏，但不知后世还会出现什么样的火器来。人能役物，也能使之为祸，祸之极，天毁地亡，是人不能测的。"
　　三人对饮了多时，各呈醉意。方国涣见天色已不早，就对阮方、蔡晓雷道："今日有幸结识二位哥哥，又承盛情款待，更得闻见阮大哥奇人奇事，实令小弟终生难忘，不枉此行。天色将晚，小弟就此别过，日后有机会再回访二位哥哥罢。"
　　阮方闻之，忙挽留道："我三人今日饮酒倾谈，好是快活，与我等这般性子相投之人实在难遇，方兄弟莫如在舍下住了，晚间挑灯夜饮，接着痛快。"
　　蔡晓雷也劝道："方兄弟与我二人虽然萍水相逢，却也似曾相识多年的故朋旧友一般，就请多留住几日罢，这里多的是沉香酒，再醉他几日也是好的。"
　　方国涣感激道："多谢二位哥哥的诚意，小弟今日已尽了一回人生豪情，但有事情在身，不便多留，还请二位哥哥见谅。"
　　阮方道："何事劳得方兄弟这般辛苦，自家急着赶路？"
　　方国涣叹然一声道："小弟正在满天下追寻一个人，可惜很长时间无此人的消息了。"

第四十六回　惊　棋

阮方道："原来如此，方兄弟要寻找的可是多年不见的至亲好友？"

方国涣摇头道："小弟要寻找的乃是一个仇家。"

阮方闻之，惊讶道："看不出方兄弟年纪轻轻，却也有着血海深仇！"

蔡晓雷一旁异道："方兄弟文质彬彬，手无缚鸡之力，昨日还险些被小人把那枚宝贝棋子欺了去，若是寻着了仇家，又如何报仇？岂不空送了自家性命？"

方国涣缓缓地道："若是寻着此人，小弟也只能与他在棋盘上较一高下了。"阮方、蔡晓雷二人闻之，互望了一眼，各呈茫然之色。

阮方这时诧异道："方兄弟要在棋上寻仇？阮某怎么有些听不明白？"

方国涣叹道："此事说来有些玄奇，令人难以置信，但确是真实的。当今天下有一人在棋上习练成了一种杀人鬼棋，与高手棋家临枰对弈之时，可在棋上给以对手无形的杀伤之力，使人莫名其妙地毙命棋旁。小弟不才，也好棋道，曾有恩师故友死在此人的棋上，为了弄清棋上杀人之因，也是为了在棋上讨回个公道，小弟便于天下间追寻此人，以求与其在棋上较一高下。若有幸胜了，便可以止住此人不再以棋杀人，因为当今天下已有三十余位棋上的高手名家被此人无端地害了。"一席话听得阮方、蔡晓雷二人惊得呆了。

过了好一会，阮方这才叹然道："乖乖！天下间还有这等怪事，棋盘上也能走死人的。方兄弟所说的这种杀人鬼棋，敢情比火枪、火药还要厉害，可杀人于无形之中，不可思议！不可思议！"自家连连摇头不已。

蔡晓雷此时有所悟道："怪不得方兄弟身上带有千金不易的棋子，原来是棋上的高人。"接着又惑然道："既然有许多高手名家都死在了那人所走的鬼棋之上，可见此人在棋术上有些邪门，方兄弟追寻此人斗棋，难道另有高超的棋道制他？"

方国涣叹道："物有反正，棋道也然。小弟于棋上有所小成，愿与鬼棋一战，败则矣，若反胜其人，便可使天下棋家不再有人丧命于这种鬼棋邪术上，匡以棋道雅正之风。"阮方、蔡晓雷闻之大是敬服。

阮方赞叹道："方兄弟舍了自家性命不顾，冒险与鬼棋斗，却是为了防救他人，实为侠义之士！令人钦佩。"

方国涣道："阮大哥过奖了，小弟既是棋道中人，棋道出此不幸，当尽以棋家之力。"

蔡晓雷道："可惜我与阮方兄都是棋外人，不懂棋上奥理，更不知棋上别有天地，甚至有邪正之分。但希望方兄弟能早日寻着这个棋上的魔头，胜了他便是，从此毁去这种杀人棋道。"

阮方道："不错、不错，方兄弟能在棋上反杀了他最好，若不能，待日后阮某补他一枪便是了。"

方国涣感激道："二位哥哥的好意，小弟在此谢过了。"

三人又饮了最后一碗沉香酒，阮方、蔡晓雷执意要送方国涣回镇上的客栈。方国涣见二人已有醉意，恐路上不便，于是推谢了。

阮方便道："那我二人就明日到客栈寻你，然后再送方兄弟上路如何？"方国涣点头应谢了。

阮方、蔡晓雷送方国涣出了院门，方国涣自让二人回了。

阮方摇着手，醉意醺醺地道："老弟去了便是，我二人在这里目送你一程。"

方国涣只好一笑，拱手而别，转身去了，走出很远，回头看时，见阮方、蔡晓雷二人仍旧相扶着朝自己挥手相送。

方国涣也自饮了许多沉香酒，已是有些不胜酒力，好在此酒奇在不上头，倒也勉强回到了客栈。

一进客栈正门，便有一名伙计上前扶了道："客官出去了一天，竟醉成这样，遇见什么好酒来着？"那伙计把方国涣扶回房间，安置于床上，也就转身去了。

方国涣昏昏沉沉睡了多时，自觉口渴，醒来看时室内外已一片漆黑，便摸索着把桌上的一壶冷茶寻来喝了，方感舒服了些，复又回床睡去。

方国涣一觉也不知睡到了几时，酣睡中忽被外面一阵吵闹声惊醒，睁眼看时，天已大亮。此时外面的吵闹声更大了。

就听一人道："你这伙计好没道理，我们找一个朋友，你拦着做甚？"

便听伙计应道："你们说有急事，一进门就喊着找人，岂不惊扰了小店中的其他客人。"

这时，又听另外一人道："小二哥，我们确有急事，故有些冒失，还是让我二人进去的好。"

方国涣听外面的声音有些耳熟，起身开了房门看时，原来是阮方、蔡晓雷二人。方国涣心中一喜，自是感激他二人来相送，忙迎上去道："原来是二位哥哥，快快请进。"客栈中的伙计见店中果有阮方、蔡晓雷相识的客人，不再言语，一边去了。

阮方见了方国涣，上前一把拉住道："方兄弟，真是巧了，你昨日说的那个棋上仇家有消息了，收拾东西快走。"

方国涣闻之，大吃了一惊，来不及细问，忙回房中取了包裹，出来到柜台上结账时，蔡晓雷早已把钱付了，方国涣谢了一声，随与二人出了客栈。

到了街上，方国涣急切道："二位哥哥得到了什么消息？小弟要寻找的那个仇家现在何处？"

阮方道："方兄弟勿急，边走边谈。"

第四十六回 惊 棋

这时，蔡晓雷朝前面一辆马车上的车夫喊道："赵二叔，又去城里吗？可否带我们一程？"

那车夫回头见是蔡晓雷，便止住马车道："原来是蔡贤侄，既去县城，上来就是了。"

蔡晓雷闻之一喜，谢了声，唤了阮方、方国涣上了马车坐了，一路自向县城而来。方国涣不知为何这般，也自随了二人。

待于马车上坐稳后，阮方便对方国涣道："今个一早，我与蔡兄约好一起来送方兄弟，在街口遇上一个熟人，随口闲聊了几句，竟然得知昨日城里出了一件古怪的命案。"

方国涣闻之，立时一惊道："莫非又有高手棋家死在了棋上？"

阮方道："不错，那熟人说是城里有一位好棋的秀才，昨日与人下了一盘棋，不知怎么就突然死掉了。秀才棋上的那个对手，也就是凶手罢，没来得及逃走，被人拿住告了官，下在牢里了。"

"咦！"方国涣闻之，不由大吃一惊，心中讶道："李如川竟然被抓住了？真是天网恢恢，疏而不漏！不过……"

方国涣转而又惑异道："李如川有于若虚保护，每次棋上杀人之后，都能全身而退，此次失手被擒却又为何？是了，智者千虑，总有一失，可能是于若虚另有他事，一时不在身边，李如川杀人心痒，便独自寻人斗棋，以致事发后脱身不得，被人拿住了。"想到这里，方国涣不由长吁了一口气，先前心中的焦虑之情自去了一半。

阮方这时又道："阮某一听说此事，就自然想到了方兄弟要寻找的那个棋上仇家，看来此人作恶太多，终得报应了。"

蔡晓雷道："今日倒要看看此人是何模样，竟然能在棋盘上杀人。"

方国涣心中又有些忧虑道："李如川失手被擒，于若虚必会去牢里救他，此人武功高强，一个县城的牢狱自挡不住他的来去。我须早些赶到衙门内，希望能在棋上做个证人，以让官府治李如川杀人之罪，最好是与他能对弈一局……"

方国涣心急如焚，恨不能一下子便到了城里，见着李如川，与其在棋上一战，领教那种杀人鬼棋。

待马车进了县城内，蔡晓雷谢过车夫，便与方国涣、阮方向县衙而来。然而到了衙门口，却是冷清得很，显是还未升堂审案，自没有个发生大案奇案的样子。方国涣见状，心中惑然。

蔡晓雷这时道："此事我们不知属实与否，衙门里我有个当差的旧识，且去唤他出来问个究竟，阮方兄与方兄弟先去那边的茶铺里候了。"说完，蔡晓雷径直往衙门内去了。阮方便拉了方国涣到路边的一家茶铺内坐了，要了点心茶水来吃，以待候消息。

阮方见方国涣神情焦急，便劝慰道："方兄弟勿急，你那仇家既已被拿住，也是他自家的气数尽了，你在棋上未能有机会制成，就让官府来惩罚他罢。"

方国涣忧虑道："就怕官府无凭无据，在棋盘上查不出什么，无法定他的罪，况且此人的来头不小，官府不敢轻易办他的。"

阮方点头道："说得也是，抓人治罪是要有证据的，此人既在棋上杀人于无形，当无罪证来治他。回头且看蔡晓雷得了什么消息来，若官家真拿此人没有办法，咱们再想法子设上一个棋局，让方兄弟以其人之道还治其人之身。此人若是不敢应战，或是被官府放掉了，咱们就在路上截了他，喂他一弹子吃。"方国涣闻之，不由一笑。

时间不大，蔡晓雷与一名捕快从衙门里走了出来。到了茶铺内，阮方、方国涣忙起身迎了。蔡晓雷介绍道："这位是宋捕头，衙门里管事的。"双方互见了礼，然后落了座。

蔡晓雷斟了一碗茶，敬于宋捕头道："今天约宋捕头出来，是想打听个事，听说昨日城里出了件人命案，是在棋上出的事？"

那宋捕头道："不错，昨日城里的张秀才，因为一盘棋把性命送掉了，不过凶手已经被拿住，下午就要升堂审问的。"

蔡晓雷道："不知那凶手……"

宋捕头此时望了望蔡晓雷，又看了看旁边的阮方、方国涣二人，放下手中的茶碗道："各位可是为那凶犯来说情的？想开脱他吗？"

那宋捕头接着摇摇头道："我看各位还是省下银子吧，张秀才家里早已递了状子，把凶犯告下了，并且杀人是实，罪责是脱不了的。衙门里堂上坐着的可是位清官大老爷，铁面无私，执法甚严的。"

方国涣这时忍耐不住道："请问宋捕头，那个凶犯叫什么名字？"

宋捕头道："是叫李三的。"

"李三？"方国涣闻之一怔，以为宋捕头口误，因为李如川是化名李无三的，于是忙道："是叫李无三的吧？"

那宋捕头瞟了方国涣一眼道："什么无三无四的，那李三是城南开米店的，我早就认识，没想到意外吃了这场官司，虽是误杀，却也是重罪的。"

方国涣闻之，惊愕道："难道这个李三的棋上也有杀人之力？"

那宋捕头不知方国涣、阮方、蔡晓雷三人究竟为哪般，自有些不悦道："你们找我到底是为了何事？如何说出这些没头尾的话来，可是在开玩笑吗？"

蔡晓雷见那宋捕头已有了愠色，忙道："宋捕头勿要多疑，我等都是与此案无关的人，只不过听说棋上也能杀人，感到好奇，故来问问。你我曾是旧

第四十六回 惊 棋

邻，你又是官家人，小弟岂能与你开玩笑，但不知昨日发生的是怎样的一件案子？如何就要了那张秀才的性命去？"

宋捕头此时喝了一口茶，好像觉得不是味，一张嘴吐在了地上。阮方一旁见此人如此无礼，起身欲怒。蔡晓雷忙用眼色止了，随从怀中摸出几两碎银子，递上前道："这些小意思，请宋捕头自己买些好茶喝。"

那宋捕头眼光斜瞟了几下银子，笑了笑，没言语。蔡晓雷便把银子塞入宋捕头的怀中，然后道："宋捕头，给个面子，说说看。"

那宋捕头这才不紧不慢地道："你们真是些闲人，打听这些不相干的事。也罢，既然来了，说于你们听听也无妨。昨日午间，那张秀才约了李三到家里斗棋，他二人平日里都是相交好的。谁知秀才呆气，为了争棋上一子，与李三抢了起来。那李三见张秀才悔棋，也是个不让劲的主，二人就抢起了那枚无甚用处的棋子。由争执到抢夺，于是二人就打了起来，结果李三一失手，把张秀才推倒在地。那张秀才也是个短命的鬼，脑子正磕在桌角上，一命便呜呼去了。秀才的家人见出了事，岂能饶过李三，一顿痛打，绑去见了官，随后递上状子告李三杀人，也是有证有据的，李三自是脱不了杀人之责，总之是这两个呆子因争棋而闹出人命。三位若还想瞧个热闹，下午衙门里升堂审案时，站在外面看看罢了。"那宋捕头说完，起身拍拍屁股去了。

方国涣这才明白此案与国手太监李无三无关，不由颇感失望，坐在那里默然无语。阮方、蔡晓雷二人则面面相觑，哭笑不能。

阮方望了一眼远去的宋捕头，不屑道："当差的好是牛气，还不是见了银子就笑的人，此辈不堪与交。"

蔡晓雷摇头慨叹道："天下间最势力者莫过于这些吃官家饭的，平时面子上装大得很，一见了银子，如那苍蝇见了血一般。"

阮方见事情有了个意外结果，感叹道："起初不相信，棋上也能杀人，今日也算撞着了，虽为争棋而死，却也因棋而亡，没想到这棋之雅艺，把人走得急了，也要出事的。"说完，阮方摇头不已，随后付了茶钱，招呼了蔡晓雷、方国涣二人回走。

三人出了茶铺，走至一街口时，见前方围了一群人，不时传来阵阵冲天的谩骂声。近前看时，却是两舌妇斗嘴，所言皆粗话，不堪入耳。阮方见方国涣闷闷不乐，便想逗个趣开心，于是笑道："妇人家嘴上骂人的功夫，倒比阮某的连珠枪还要厉害。"

蔡晓雷笑道："阮方兄是枪打一片，人家是嘴招一群，而阮方兄却挤着来看，倒真是不如妇人家了。"

阮方听罢，仰头哈哈大笑，不曾想引得那两个斗嘴仗的妇人骂话骤停，一齐怒视着阮方，显是阮方一阵大笑，让那两个妇人闻见，以为是在讥笑她二人。

　　阮方笑声未尽，忽觉情形不大对头，笑声也就在半空中停住了，愕然地望着那两名怒目而视的妇人，惊讶之极道："喂！什么意思？"

　　蔡晓雷旁边见苗头不对，拉了阮方、方国涣回头就跑，身后随即泼来一阵大骂之声，污言垢语，实是难听之甚。阮方、蔡晓雷、方国涣三人捂着耳朵一气跑出了好远，待拐过一个街角时这才停下，彼此望着对方狼狈的样子，忽一齐哈哈大笑起来。直笑得方国涣捂着肚子扶着墙，已是笑岔了气，笑得蔡晓雷直跺脚，阮方则笑弯了腰。几名路人惊异地望着，不知发生了什么事。

　　阮方、蔡晓雷二人敬方国涣棋家侠气，便再次硬拉着他回饮沉香酒。方国涣因一场虚惊走了个空，心中忧闷，又不便违他二人诚意邀请，于是回到阮方家中开坛对饮起来。酒逢知己千杯少，方国涣虽不胜酒力，也自饮了许多，也是心中忧闷之故。阮方、蔡晓雷见了，知他心情，也自放开量陪着来饮。

　　酒过三巡，阮方这才叹然一声道："方兄弟一人走天下，好个快活自在的身子，虽有那个棋上的仇家累着，也不必太放在心上，凡事不可强求，还是随缘而遇罢。"

　　蔡晓雷也自劝慰道："方兄弟既然能在棋上有本事败他，到时你不去找他，他也自会来找你的，能棋逢对手，乃是棋家的本性。"

　　方国涣感叹道："二位哥哥说得有理，天意若如此，人强求不得，一切随其自然吧。"三人随又互劝了几杯。

　　这时，刘祥兴冲冲地跑了进来，欢喜地道："主人、主人，那只老鹰来了。"

　　阮方闻之，精神一振，忙起身来到了院中，蔡晓雷、方国涣也自跟了出来。

　　此时高空中果然定着一只苍鹰，一动不动，似贴在了天上一般。蔡晓雷见了，惊讶道："阮方兄，你与此鹰有约吗？"

　　阮方道："敢情是，这家伙把刘祥养的一群小鸡捕捉得一只不剩，我也是候它多日了。"接着，阮方抬头凝视了空中片刻，自语道："鹰有异能，可定形于高空，以巡捕地上鸟兽。此鹰与我等距离不下千米，位置高远，看来非用'火雷枪'和'追雷弹'不可。"说完，阮方转身进了一间木屋。出来时，手中提了一支特长的火枪，长丈余，铁管铜托，似一细长的拐杖。

　　方国涣见了，讶道："此枪怪异！果能够着那只鹰吗？"阮方道："这支'火雷枪'和里面的'追雷弹'都是特殊制造的，用以击极远之物，先前曾试过几次，也有些效果的。"说完，阮方把"火雷枪"架在了树杈上，选好了角度，直指高空中的那只苍鹰。

第四十六回　惊　棋

沉寂片刻，忽见一道火光射出及一声震耳欲聋的枪响，随即便见高空中那只静止不动的鹰身，忽一个跟头翻坠而下，可谓是应声而落。

方国涣、蔡晓雷、刘祥三人不由齐声欢呼"好"！便是有旁人，不来喝彩也是不能。

刘祥接着惊喜万分地朝鹰落方向跑去了，方国涣此时赞叹道："阮大哥，神枪神射也！比小弟一个朋友的霸王弓还要厉害！"

阮方收回了火雷枪，笑道："除了日月星辰，只要一枪在手，凡目之所及，无不击中。"

蔡晓雷一旁点头笑道："此言倒也不为太过。"

刘祥这时怀抱了那只苍鹰跑了回来，一到近前，便神气十足地在三人面前展开了鹰翅。此鹰颇壮实，两翼一展竟有丈余，在其腹部绒羽中沾有血迹，显是弹中于此。

阮方见状大喜道："好一个唬人之物！照这样子定了形，拿去菜园中立了，以吓吓那些偷食的鸟雀。"刘祥应了一声，负了死鹰高兴地去了。

阮方、蔡晓雷、方国涣三人复回室中饮酒，方国涣自对阮方赞叹不已。阮方道："只要精研一技一物，到了一定火候，便可夺造化之功，自家都难以想象的。"

方国涣心有同感，点头称是。三人畅饮了一番，一坛沉香酒已快尽了。此酒静生醇香，酒力悠长，味感奇异，愈饮兴致愈高，三人连饮了两坛，意犹未尽，便又启了第三坛来。

蔡晓雷此时笑道："不知我与阮方兄有什么造化，酒中的哪位圣仙竟给我二人留下这一窖的美酒，每日饮上一回，实不枉此生了！"

阮方笑道："人生得意之处，莫不如是与好友二三人，饮美酒谈壮志，管它日后实现否。"

方国涣笑道："阮大哥所言极是，人生趣味倒也不过此间。"

蔡晓雷感叹道："酒之一物，可谓人间极品，想那李太白、曹孟德都是百般推崇此物的。至于酒中事，也自有许多传奇，不讲李白因醉酒水中捞月而死，单说有一位叫王南的老夫子，一生嗜酒如命，但不滥饮，品味奇高，非美酒不沾。有一次醉倒在一古墓旁，无意中从一处洞穴掉了下去，隐见墓中有干尸，其身竟不朽，以其装饰来看，似一位已葬百年以上的古人。那王南惊惧间，忽见干尸旁有一坛，上有'酒'字，不由大喜过望，搬过来开封启盖，突地异香满墓穴，果为一坛美酒。王南恐意立无，指着古尸笑道：'你我，酒友也！谢赠百年陈酿。'后携酒而出，潜回家中，恐人知晓来享，命妻子封门闭户，同时做些精致的下酒菜，以尽他人生最大的乐事。哪知当他老婆备了菜肴回转桌旁时，却已然不见了这位老兄，床前鞋子仍在，身上的衣衫也脱落桌旁，门户依旧，唯见桌旁有碧水一汪。你们猜怎么着？原来那王南老先生已被这种百年老酒的酒力化了身去。"

阮方听罢，摇头笑道："蔡兄好会编故事，世上焉能有此等怪事。"方国涣也自不信，认为是蔡晓雷自家杜撰来的。

蔡晓雷这时却道："此事千真万确的，那王南老先生就是蔡某的一房远亲，那时蔡某年幼，出事时还跑去看了，果见除了衣服鞋子外，不再见王南身上一物。如果说是私自走了，为何不穿衣衫鞋子？实是被酒力化了身去的。因事出古怪，那坛剩酒还被拿去官府验了，也自未查出什么，只好定为'酒杀气化'。后来这坛酒被一位酒坊的老板花了三百两银子买了去，说是兑入其他的酒水当中，便成珍品。"

阮方听罢，始信为真，便问道："后来又怎样了？"

蔡晓雷道："后来那酒坊的老板果然兑出了一种叫'百年香'的名酒，从此发了家。"

阮方笑道："你那远亲王南老先生倒也福气，虽被酒化，却似仙化，那种妙境，谁人也体会不来的。"

蔡晓雷笑道："说不定我们的酒窖内，就有类似的化人之酒，哪日不小心饮上了，也被化了身去。"

阮方闻之，慨叹一声道："如此倒也不算什么坏事。"三人饮至深夜，方才兴尽而止，并在一床睡了。

第二天，方国涣便向阮方、蔡晓雷二人谢过了这两天的款待之情，随后辞行。阮方、蔡晓雷挽留不住，只好送方国涣上路。方国涣见二人为自己有所花费，便暗里留下了十两银子。阮方、蔡晓雷送出了方国涣很远，这才叮嘱日后有机会必来相见，两下不舍别去。

方国涣离了小镇，又四下寻访了多时，再没有打听到国手太监李如川的消息，除了棋道中人，天下间对杀人棋的传闻似乎也渐渐息了下来。方国涣见再无棋上命案发生，欣慰之余，又自有些忧虑和怅然，知道李如川在世一日，必然还会出来在棋上杀人作乱。久访李如川踪迹不着，虽无奈何，方国涣仍苦心不倦，不敢放松此事，已作为一项特殊使命来执行了。

一天晚上，方国涣在睡梦中忽见李如川狞笑着向自己扑来，一惊而醒，不由惊出了一身冷汗，摇头自语道："日有所思，夜有所梦，整个脑子天天都被此人占了，梦中也脱不得的。"叹了一声，复游于山水之间，以散其心，以防棋境被扰。

这一日，方国涣游到了风景秀丽的黄山。

方国涣游至黄山地界，曾闻黄山景色奇美，拥"奇松、怪石、云海、温

第四十六回 惊 棋

泉"四绝，于是放情一游，饱览黄山秀色。独步山中，悠然自得，方国涣一路寻来，直至光明顶。光明顶为黄山第二高峰，地势高旷，为看日出观云海最佳处。放眼远望，但见东部云海翻涌若浪，团团滚动，横压天际，甚为壮观。西部群峰尽收眼底，山势挺立，如无数利剑直插霄汉，大峰磅礴，小峰重叠，秀丽深邃，神秘不可测。云雾萦绕，层叠峰峦，时隐时现，"云以山为体，山以云为衣"，妙境天成，自引方国涣神情激荡，调息吞吐，畅然万分……下了光明顶，又上莲花峰，此为黄山最高峰，峻峭高耸，气魄雄伟，一峰独立，群峰簇拥，俨若新莲仰天怒放。方国涣身临莲花绝顶，大有顶天立地之感，迎风傲视，心胸大阔，尤感伟然，惊叹天地间竟有如此鬼斧神工之胜境。

天色将晚，方国涣便寻了一处古祠宿了，自迷醉山中景致，准备明日继续游览黄山。

第二天，方国涣登上了黄山三大主峰中最险峻的天都峰。至极顶，但见峰端平如掌，旁有一石，上刻有"登峰造极"四字。远眺那云山相接，千峰竞秀处，独立此间，顿感"登峰造极"四字之绝妙，犹是仙人居处。天都峰"鲫鱼背"更是极险所在，其段长十余米，宽仅一米，纯石无土，人若过此，莫不战战兢兢，自有那"天都欲上路难通"之感。方国涣性达化境，心神泰然，来去倒也自如。下了天都峰，方国涣又四下游走了一会儿，自是流连忘返，饥食山果，渴饮泉水，似感忘之一切，尤觉悠然。

方国涣无意中乱走，竟至玉屏楼"迎客松"妙景之处，不由惊呼了一声，但见周围峰峦云海，风光奇美，是为黄山绝胜之地，天堂仙境也莫过于此。玉屏楼东有一狮石"迎客松"，位于文殊洞顶，松破石而长，枝干苍劲，形态优美，其龄似已逾千年。其不远处又有一象石"送客松"，一迎一送，堪称双绝，自令方国涣叹赏不已。又游观了几处古迹，已是在山中走得远了。

傍晚时分，方国涣寻了一处隐蔽的洞穴，准备在此休息一夜，明日出黄山。先自在一石壁下的一眼清澈的泉水旁边洗净了脸面，又饮了几口泉水，立感清爽了许多。接着在林中攀树摘了二十几枚自家识得的野果，饱吃一顿，但觉满口酸汁直溢，甘脆香甜，甚为痛快，随手又扔了几枚给两只在旁边窥视的黄山猴。然后折了几段树枝把安身的洞口掩了，在洞内寻了一干燥处躺下来闭目歇息，以缓游山的疲倦，不知不觉中也就睡去了。方国涣孤身独行久了，在这荒山野岭之中，也自悠然自得，已是习惯了这种风餐露宿的飘零生活。

第四十七回　龙凤琴

　　黎明时分，一阵清脆婉转的鸟鸣之声把方国涣从睡梦中唤醒，见已天亮，忙起身拨开树枝出了岩洞。林中草木此时呈现出一片清新的生气，几缕阳光从树缝枝叶间倾泻下来，草木上的露水还没有蒸尽，林中已然升起了一片淡淡的薄雾，几只不知名的山鸟，隐于枝间悦耳地欢叫。

　　方国涣伸了个懒腰，笑道："一大早便把我唤醒，谢了！"吐纳了几口清新的空气，心胸畅然。随后紧了裤角，负了包裹，辨别了方向，循了来时旧路出黄山。

　　方国涣正行走间，忽见一旁的草丛乱动，随见两只野兔跳了出来，撒欢地向前方跑去。紧接着又见几只松鼠从这棵树枝上滑跃到另一棵树枝上，朝野兔去的方向攀跃而去。方国涣正惑然间，又有五六只黄山猴，扶老携幼从身边疾驰而过，前方似有什么吸引着这些动物赶去开盛会一般。

　　方国涣心中惊异，索性看个究竟，便尾随而来，不时的又有小动物从脚旁争先恐后地一跑而过。前行了三五十米，方国涣渐觉一种悠扬的琴声隐隐地传来，心中惊讶道："深山野岭之中，竟然有人在晨雾中弹琴，当是一位隐居于世外的贤士高人。"脚下加力，闻琴声一路寻来。

　　前行了百余米，那琴声仍在远处绵绵不绝，一时竟不能判断琴音发出之地。此时头上响起一阵"叽叽喳喳"的鸟鸣声，方国涣抬头看时，一群山鸟从空中鸣飞而过，急着向前方去了，心中诧异道："此琴声似有魔力，竟能招引山中鸟兽，不知是何方奇人所为？"愈加茫然。

　　那琴声引着方国涣在林中行了两三里地，音量才渐渐强了起来，方国涣心中惊异，没想到这种悠扬的琴声竟能传出数里之遥，令人不可思议。

　　又前行了二十余米，琴声忽变得清晰起来，如在耳畔，前方也自呈现出一片空地。但见淡淡的晨雾当中，一块平坦的青石上，一人身裹黄袍，长发披肩，盘膝端坐，正在抚弹一张古色长琴。琴声幽雅，曲意闲和，自与林中晨景相融，音力绵绵不断，远远渗透四方，缓缓飘传而去。如水浮微波，动静相兼，荡漾宽广的湖面。又如万缕蚕丝，从那人修长白皙的指下发出，一端随风飘去，欲飞极远之地，而另一端仍系在那抚琴人之手，十指轻软柔和，舞之于无形之中，方国涣一旁已是看得呆了。此时在周围的树枝上、草丛间，已聚集了几百只动物，无论鸟兽，都在静静地立耳聆听，感会于一种融融的祥和气氛之中。

那抚琴之人此时似感到场地中多了一位生人，指间大动，随即奏出一种急促的琴音。方国涣忽闻曲音一变，琴声变得急重，似有劲风裹物迎面刮来，不由自主地抬袖掩面，以挡风沙，而此时林中草木未动，风沙未起。原来方国涣虽不懂音律，但棋达天元化境，竟然境感神会了那黄袍人所奏的曲音之意，所谓一通百通便是这个道理。

方国涣的这种不经意的动作已被那黄袍人察觉，此人心中微讶，指间忽然又是一变，一种轻悠至远的琴声从指弦间发出，飘扬而去。方国涣随感曲走高空，音飘云外，表情很自然地仰首赏望，实似在那里观云一般。

那黄袍人见状，心中惊异道："此人听音重便感风沙来，闻曲轻而觉白云至，天下间竟然有这等琴上知音！"随即双手一收，曲静人和。

方国涣正惊奇间，忽闻那黄袍人朗声道："阁下可是钟子期转世？尽知我琴曲之意。"

方国涣忙从余音中回过神来，拱手一礼，万分敬服道："先生可是俞伯牙再生？竟能弹奏出这般天音妙曲，闻之而生奇境！"

那黄袍人闻之，微微一笑道："伯牙、子期二人，此时就算立在眼前，也不过如此。"

黄袍人接着又道："阁下能入我琴境，可见精通五音格律。"

方国涣闻之，摇头道："在下对音律一窍不通的，不过先生曲高天下，音动人心，自能令人感觉到先生的琴声中有风沙荡、白云飘之意，琴艺至此，可为人间仙乐！"

那黄袍人闻之一怔，面呈惊异之色道："阁下既不懂音律，何以感觉到我曲中之意，入我琴境？"

方国涣道："先生琴艺高绝，曲音奇妙，令人心神愉悦之际，以境感之，以意会之，便物我两合了。"

"境感意会！？"那黄袍人闻之一惊，忙从巨石上起身相迎道，"在下黄山居士冷飞凌，不知这位小兄弟如何称呼？"

方国涣见对方称自己为小兄弟，自是一喜道："原来是冷大哥，小弟方国涣有礼了。"忙上前施礼相拜。

冷飞凌点头应道："能与方兄弟在此相遇，实为幸甚，请这边石上坐吧。"

方国涣见那冷飞凌，英武威然，长发飘逸，气质脱俗，自称黄山居士，独自抚琴于野外，当为世外奇人，心喜结识，高兴地至青石上谢过坐了。

二人对坐，冷飞凌感慨道："方兄弟虽不晓音律，却能境感意会冷某的琴声，可见是我的琴上知音！"

方国涣道："若非小弟已修悟成天元化境，以境相感，否则是不能领会到冷大哥曲中意的。"

"天元化境？！"冷飞凌闻之一惊道，"请问方兄弟这是何种意境？"

方国涣道："家师称此意境为棋道的最高境界，没想到也能通感琴音。"

冷飞凌闻之，大惊道："原来方兄弟是棋中的国手！竟然修悟成了化境之棋，失敬！失敬！"

方国涣道："琴棋书画为天下四大雅艺，而琴为四艺之首，今闻冷大哥琴声之妙，似为天音仙乐一般，不但令人别生境感，愉悦非常，而且能曲召林中鸟兽，已是达到了通神入化的境界，小弟实在佩服之极！"

冷飞凌闻之笑道："方兄弟过奖了，你我今日既已成知音，倒也不必相瞒。"说着，移过那张古琴于面前道："冷某能弹奏出奇音妙曲，实借此琴之功。"

方国涣这才注意到，面前的这张古琴，龙头凤首，古色古香，自是与常琴有异，不由惊讶道："此琴特别，不类常琴之形状，当是有异能不成？"

冷飞凌道："这张宝琴却是有些传奇经历的，方兄弟既能神感意入冷某的琴境，说也无妨。"

冷飞凌随即肃然道："此琴龙头凤首，调弦则有龙吟凤鸣之声，故名'龙凤琴'。昔春秋之时，楚地有一棵传说已逾千年的梧桐树，楚人视为国宝，多礼拜祭祀。忽一日晴天霹雳，将此千年梧桐雷火焚之，而成'雷木'。然其树心一段，虽遭雷击焚而不毁，楚人视为奇事，以琴材交于天下第一琴匠亢阳子。亢阳子见此'神木'大惊，视为至宝，依其自然之势斫成龙头凤首琴身，送至汾河长流水中浸七十二日。随后亢阳子又远涉异域，取神蛛之丝为弦，其丝柔韧非常，可近水火。归来后，择吉日良辰，合成完琴。龙凤琴成，因其过于水火，故有阴阳互济之功，清奇幽雅，悲壮悠长之音，尤胜当时被称为天下第一名琴的凤凰琴。亢阳子后来将龙凤琴献于楚王，楚王叹曰：'吾不识和氏璧可，不识龙凤琴不可。'推为楚国至宝，交于琴师抚弹。然而楚国三百琴师竟无一人能奏成完曲，楚王怒，杀琴师百人，冷某先祖也在被杀琴师之列。先祖有一子名冷渐，幼好宝琴，为平父冤，乞奏楚王，愿调服龙凤琴，三年不成，当以性命抵，楚王许之。冷渐迎琴归家，取凤凰琴的'琴胆'移置龙凤琴中，以镇虚浮之音，从此久坐琴旁，调弦练曲，日夜思悟，以致形衰体残，双足废用。后于冥想中恍悟琴艺之妙，而成琴道。遂由家人抬入王宫，献曲楚王，曲随意发，音随神走，清幽哀怨之情，尽被琴声激烈发扬出去，荡传数里之遥，楚地万人皆闻之，天下立时惊动。后人诗云：'千年梧桐木，水火互济生；龙吟凤鸣日，声盖楚王宫。'楚人因闻龙凤琴声，人心归一，楚地大治，一时称雄六国。后世楚王乱政，秦国伐之，秦人告楚人曰：

若献龙凤琴，可缓灭十年。楚人不应，后与其他五国尽被秦灭之。先人于城陷日，乘战乱携琴远遁，从此幽居山林，不问世事，唯琴是务。历经数百年，龙凤琴与我冷氏一族自是息息相关，非冷氏血脉者，不能神通此琴妙境，不能奏其完曲。朝代更替，宝琴家传，至大唐玄宗时，龙凤琴不慎被一人盗走。七年后，此人竟携琴归还，因其百般努力，不能调服此琴，后迫无奈，归还冷某先人，但恳求先人抚琴一曲，以慰其心。先人被其苦志所感，抚弹一曲《高山流水》，以了其愿。那人听罢叹然，俯首谢罪而去。龙凤琴本朝传至冷某，因世事污浊，人心不古，更无知音，故携琴远避人世，悠居此间，与山川为伍，鸟兽为伴，每以抚琴自娱。今日不想幸遇方兄弟，通感我曲音之意，如此琴上知音，古今难觅，是为人生一大快事！"龙凤琴的神奇传说，自令方国涣惊叹不已。

　　冷飞凌接着又道："琴棋之艺，古人列至仙品，自伏羲琢琴，帝尧置棋，虽传了千秋万代，可惜只传其形，不传其神，也是人的禀赋有限，达其妙境者可谓凤毛麟角。抚琴对弈之高雅，世人也只是仿之、效之，少有通之、化之者，方兄弟以为如何？"

　　方国涣道："冷大哥所言甚是，学百行易，精一技难，若是技高合天地通鬼神，也是入大道之一径的。何以为神仙？小弟认为便是如此了。"

　　冷飞凌笑道："神仙也是人做的。"

　　二人正说话间，林间空地上忽然无故刮起了一阵怪风，随之一胺腥臭之气扑鼻而来，先前那些被琴声所引来的鸟兽纷纷惊恐，四下疾飞蹿去。

　　冷飞凌此时脸色大变，忙移龙凤琴迎对来风之处。方国涣心知有异，正惊愕间，但见前方林中草丛忽倒了一片，一条两目亮如灯笼的巨蟒，摇首吐信冉冉而来。方国涣一声惊呼，心中大骇。

　　冷飞凌此时急切道："方兄弟，受曲不住，当掩耳。"声落曲发，一阵骤急尖厉的琴音忽从冷飞凌指下丝弦间发出。那条来势凶猛、虎虎作噬的巨蟒，似迎头遭棒击一般，扬起的头身忽向后一仰，来势顿挫。

　　方国涣初见如此巨蟒，心神一时惊杀，加上龙凤琴急厉的琴声暴起，不由形神大震，几欲昏倒，但马上按捺住惊恐，随将这种暴急尖锐的琴声入耳意合境化去，竟然把有如此威杀之力的琴声卸于无形的化境之中。

　　那条水桶般粗细的巨蟒，忽被琴声一撞，凶残之性一激而起，血红的长信收吐于毒齿之间，"吱吱"作响，挺首急进扑了过来。冷飞凌指下更是大动，指弦间已然辨形不出。琴声突转，似一面巨大战鼓"铿铿"轰响，夹杂着无数尖锐嘶厉之声，又如天雷闪炸，万马狂奔，暴风骤雨般从指下弦间泼泻出去，一时间似天崩地裂。

　　方国涣但感魂飞魄散一般，心胆几碎，已受挺不住，却是忘了冷飞凌的掩耳之警，自把身心形意化合于这场突变之中。

那条大蟒忽被如此威杀的琴声激荡，立时癫疯起来，蟒身四下剧烈摆动，狂舞不迭，周围十几丈内，草倒树折，乱物纷飞。冷飞凌忽十指并弹，七弦齐奏，一声崩天裂地的暴鸣，直将那蛇首蟒身激立起七八丈高，如一棵粗大树干，高高地耸立地上。冷飞凌随即双手一按琴弦，曲止物静，林中立时安寂下来。

方国涣此时但感耳中如有无数黄蜂纷飞，"嗡嗡"轰响，皮肉发麻，头脑昏涨，茫坐呆观，恍惚然不知所以。那巨蟒挺立了片刻，忽如擎天立柱倒塌一般向后摔去，"扑通"一声，整个蟒身瘫软地上，暴出的双目中已然渗出血来，硕大个蛇头晃动了一下，便彻底毙命了。

冷飞凌安琴收手，回头再看方国涣时，不由大吃一惊。只见方国涣坐在那里，呆呆然，神情冷漠，显是竟未掩耳，空受了自家的夺命琴音。

冷飞凌心中大骇，急呼道："方兄弟！方兄弟！"

方国涣此时从恍惚中缓过神来，茫然地晃了晃头，又用手拍了拍双耳，长吁了一口气道："我无事。"

冷飞凌见方国涣安然无恙，心中一喜，暗里松了口气道："好险！"随又惊异万分道："方兄弟未掩双耳，如何受住了我这琴上的杀伐之音？"

方国涣叹服道："冷大哥好本事！琴上竟然能奏出如此厉害的琴声！小弟险些受曲不住，后来稳住心神，倒也境感意化去了。"

冷飞凌闻之，惊讶道："本以为方兄弟能境感我高雅之弹，已是知音难觅了，没想到还能意化我震慑之曲、杀伐之音。"接着摇头惊叹道："方兄弟化境之高，可和万物！实出冷某意料！"

方国涣抗住了能杀死蟒蛇的龙凤琴音，欣慰之余，问道："冷大哥如何能在琴上奏出有如此杀伐之曲？"

冷飞凌肃然道："这是先人为却强敌，防身自卫，从风雨雷电、铁甲杀气中，演化出的一曲《雷霆天音》。此曲音急声厉，可摄人心神，散杀魂魄，至极时有毁万物之威，自不同于《高山流水》《阳春白雪》之雅调。"

方国涣闻之，惊讶道："没想到琴曲之中，竟然有防身御敌之法，杀人毁物之能，真是不可思议！"接着又道："冷大哥琴声杀伐之威，可否能施于百万军中？"

冷飞凌笑道："当视百万敌众如山中鸟兽尔！"

方国涣闻之叹然。冷飞凌又道："不过这曲《雷霆天音》，杀伐之力甚重，非龙凤琴不能奏出。"

方国涣笑道："若非冷大哥操此琴，也自不能奏出此音。"

冷飞凌闻之一笑，起身拉了方国涣道："方兄弟既是冷某知音，所谓相逢

第四十七回　龙凤琴

不如偶遇，烦请到山中草堂一叙如何？"

方国涣闻之喜道："能再听冷大哥抚琴一曲，当是人生极乐之事，拜访仙居，实为幸甚。"

冷飞凌闻之一笑，负了龙凤琴，然后道："琴毙蟒蛇于此，不久腐味必发，我等这就去吧。"说完，引了方国涣往山中走去。

行了一程，二人来到了一座山峰之下。冷飞凌道："方兄弟，此为紫石峰，冷某便山居此间，也是遵先父遗愿，葬骨黄山，故在此守孝三年。"

方国涣道："冷大哥隐居此地，是为了尽人子孝道，实令人敬服。"

这时，方国涣见旁边有一处泉水，水面上散冒着温热之气，不由讶道："这可是一处温泉？"

冷飞凌道："不错，此泉又名'灵泉'，传说轩辕帝曾在此洗浴，竟使白发变黑，似有那返老还童之功。"

方国涣惊讶道："倒也神奇！"近前看时，但见热气轻飘，水清底赤，伸手进去，极是温和舒适。

冷飞凌一旁道："此泉可饮可浴，久旱不涸，冷某身居此间，每日一浴，全天都感神清气爽。"

方国涣点头道："冷大哥气质超凡，长发飘逸，乃是得了此水之养。"

冷飞凌笑道："黄山温泉怡人，方兄弟若喜欢，就与冷某一起沐浴一回罢。"

方国涣大喜，脱了衣衫先自跳入水中，感觉果比那客栈中的浴桶里舒服得多。冷飞凌此时也自宽衣入水，二人见彼此赤条条一丝不挂，相视大笑起来。

方国涣心中暗笑："高人也就这个模样！"

二人洗浴完毕，上岸着衣。方国涣尤感精神爽然，不由感叹道："黄山景色奇秀，风光绝美，是为人间仙境！冷大哥身居此间，尽山水之情，天上神仙也要嫉妒的。"

冷飞凌笑道："日览山川之秀，观草木之美，自令人胸阔心安，心生妙境。境由心生，也需借外界之感。"二人随后一路说笑，来到了两间草舍前。

方国涣见了，笑道："可是冷大哥仙居处？"冷飞凌笑道："正是，方兄弟请进。"引了方国涣进入室内。

此草舍内虽然简陋，却也洁净，桌椅中置，琴案旁设，且有香炉一盏，此外别无长物。冷飞凌让请方国涣落了座，随后将龙凤琴安置于琴案上，转身取了一盘野果及一壶茶来，歉意道："山林野居，别无美味，但以茶果招待方兄弟罢。"

方国涣笑道："如此清淡，正合雅意。"

冷飞凌闻之一笑，回身燃了香炉，数缕青烟缭绕飘出，立时异香满室。随后二人对坐品茗，畅谈天下事。

谈笑间，方国涣问教以冷飞凌琴艺之道。

冷飞凌道："琴乃伏羲所琢，见五星之精飞坠梧桐，凤凰来仪。凤乃百鸟之王，非竹实不食，非梧桐不栖，非醴泉不饮。伏羲氏知梧桐乃树之良材，集造化之精气，堪为雅乐，令人伐之。其树高三丈三尺，按三十三天之数，截为三段，以分天地人三才。取上一段叩之，其音太清，以其过轻而废之；取下一段叩之，其音太浊，以其过重而废之；取中一段叩之，其音清浊相济，轻重相兼，正合之用。于是送长流水中，浸七十二日，以应七十二候之数。后取出阴干，选良时吉日，遣高手匠人刘子奇斫成乐器，此乃瑶池之乐，故名瑶琴，是为琴之始。其形长三尺六寸一分，以应周天三百六十一度。前阔八寸，按八节，后宽四寸，应四时，厚两寸，应两仪，浑然一体，取太极。有金童头、玉女腰、仙人背、龙池、凤沼、玉轸、金徽。那徽有十二，应十二月，又有一中徽，取闰月。先是五条弦在上，外按五行金木水火土，内应五音角徵宫商羽。尧舜时操五弦琴，歌'南风'诗，天下大治。后因周文王被囚羑里，吊子伯邑考，添弦一根，清幽哀怨，谓之文弦，后武王伐纣，前歌后舞，添弦一根，激烈发扬，谓之武弦。先是宫商角徵羽五弦，后加两弦，称为文武七弦琴。非琴心境意相融，形神合一，不能奏出妙曲，感应天地，显象万物，故成琴艺之道尤难。乐器中有'吹箫引金凤，弹筝唤鬼神'之说，乃是技达形化之境，与灵物通感。而琴之玄妙，仙人不能至极也！"

方国涣闻之，赞叹之余，点头道："闻冷大哥论以琴艺之道，乃与棋道相似，都是应天而成。"

冷飞凌道："愿闻其详。"

方国涣于是道："围棋一道，古传为帝尧所发明，教其子丹朱以敛其性。其三百六十一格应先天河图之数，黑白分阴阳以象两仪，立四角以按四象。中腹为天，边角为地，统之六合，以应人事。棋势上千变万化，鬼神难测，趣味无穷。不但有明心开智之能，更有那移情易性的教化之功，古今盛行，代有国手。所谓世事如棋，天下人多以胜负输赢论短长，一招赢来千古业，一子争得万世名。真正的棋道，当化合于棋盘内外，以棋济世，方是棋家大德为！"冷飞凌听罢，点头道："万物一理，道与术合，琴棋之艺，涵天地万物之奥，育鬼神造化之机，虽少有达其极者，也为人生之雅业。一技之长，但行宇内！"

冷飞凌又道："琴棋之道，修为之大小，又因人而异，若为闲时遣兴之娱，学学尚可，以增些雅意。若非天具禀赋，可至精极者，不可以之为业，免废时务，因为琴棋之道，非他艺可比。且琴上又有六忌、七不弹、八绝之

第四十七回　龙凤琴

说，六忌者，一忌大寒，二忌大暑，三忌大风，四忌大雨，五忌惊雷，六忌疾雪。七不弹者，闻丧者不弹，旁有杂乐不弹，事冗不弹，不净身不弹，衣冠不整不弹，不焚香不弹，不遇知音不弹。故习练琴艺尤难。"

方国涣闻之笑道："琴上如此考究，冷大哥可遵此六忌、七不弹否？"

冷飞凌笑道："琴为雅乐，禁人乱奏，故有六忌、七不弹之说，其为古法而已。冷某自操琴抚曲于得意之处，不为其限，若循此训，世上当无弹琴之日，奏曲之时，琴本清心，琴家焉能耐此寂寞。"

方国涣又道："琴有八绝又怎讲？"

冷飞凌道："八绝者，取之清奇幽雅，悲壮悠长。琴若抚到尽善尽美之处，啸虎闻而不吼，哀猿听而不啼，自可曲合天地，音应万物。反之，除危去险，止乱避祸，也有奇功。"方国涣闻之叹然。

方国涣这时望了望龙凤琴，不由走到琴案旁，用手轻拨了一下琴弦，随听一种悦耳爽心的清音荡出，方国涣神意一畅，不由大奇。

冷飞凌一旁笑道："方兄弟倒也与龙凤琴有缘，就是高手琴师也未必在此琴上能弹出这种音调，看来方兄弟的棋境自能应琴的。"

方国涣又用手摸了摸龙凤琴的龙头处，但感触手滑润，龙颜欲动，不由自语道："此龙额若嵌上一珠，更为好看些。"随手从怀中取出一枚天星棋子，递于冷飞凌道："冷大哥且把这枚棋子镶在龙凤琴的龙额部如何？"

冷飞凌闻之一怔，也自上前伸手接过，不提防小小的一枚棋子竟奇沉压手，如无意中托了块重铁一般，险从冷飞凌指掌间滑坠。冷飞凌当时一惊，反应得极快，手掌一沉之际，五指一并，便将这枚天星棋子着力托住。再看时，方见这枚棋子不但奇沉压手，而且色质异常，圆润光亮，隐有精光闪动，大异普通的白色棋子，知为奇物，也知方国涣此举乃是别有深意，显对龙凤琴至爱之极，情有独钟。

冷飞凌惊奇之余，诧异道："此棋子质地罕见，非石非铁，当非人间所有，不知方兄弟哪里得来这种奇物？一子千金不易，实为棋中至宝！"

方国涣笑道："冷大哥所言却也不差，昔日曾有人欲以一座价值千金的酒楼兑换小弟的一枚棋子。"

冷飞凌闻之，一怔道："方兄弟可换过了？"

方国涣笑道："此棋子是小弟的贴身之宝，焉能与人轻易换了。"

冷飞凌闻之，点头道："如此最好，这般宝物，当有不凡的来历，愿闻其详。"

方国涣于是道："这种棋子名为天星棋子，乃为天外流星坠落而来，唯有百余枚白棋，而无黑子相对成副。"

冷飞凌闻之讶道："果非世间之物，原从天外而来，不可思议！"

方国涣接着道："小弟也是偶然间才幸得此棋，一位棋道上的朋友，因见小弟棋上有些修为，故而相赠。此棋是其先人在野外无意中见流星飞坠落地，从而获得，是为天外陨石，择其百余枚大小如棋子者，名为天星棋子。小弟不才，在棋盘上悦动其人之心，便承祖训，赠予小弟。"

　　冷飞凌闻之，惊叹道："天降棋中至宝，而又宝随其人，真乃是方兄弟的造化！"接着又惋惜道："可惜不是一副整棋，并且仅百余枚白子，更不够一局之数。"

　　方国涣道："唯此百余枚天星棋子足矣，在棋色上已让人先，此为棋中至宝，平常之局自不用它。况且高手对局，百子足矣。另外此种天星棋子手感奇特，临枰对弈之时，可增加人的妙思，提高人的棋力，如持珠玉与石子相对，故自生出无有奇着不落此子，若下此子，必生出妙手之神感来，尤增棋境。"冷飞凌听罢，惊叹不已。

　　方国涣随后道："今日幸遇冷大哥于黄山，闻见这龙凤宝琴，为示小弟的敬意，但送一枚天星棋子于龙凤琴罢。"

　　冷飞凌自是大喜，谢过方国涣之后，抬手将那枚天星棋子置于龙凤琴的龙头正额上，轻轻点按，竟将棋子压凹进龙额内两分，牢牢地嵌在了琴上。

　　方国涣见冷飞凌随手压棋入琴，不由赞叹道："好力道！"

　　当冷飞凌收手再看时，与方国涣同时一喜，这一枚圆润光亮的天星棋子点在龙凤琴的龙额上，似把那龙头点活了一般，活灵活现，昂首欲飞，令整张龙凤琴大增神采。

　　忽然间，龙凤琴不弹自鸣，琴弦间隐隐发出潜龙低吟之声，随又有舞凤高鸣之音相合，清音极是悦耳。方国涣闻见，不由大是惊讶。

　　冷飞凌一旁笑道："这是龙凤琴在向方兄弟你致谢了。"

　　方国涣愕然道："竟有这等奇事？"冷飞凌道："世间宝物，皆有灵性。"

　　就这样，方国涣应冷飞凌所邀，便在黄山紫石峰住了下来，二人谈琴论棋，立成倾心知己，相见恨晚。闲里间，冷飞凌引了方国涣遍游黄山诸峰，尽览山中秀色，食野果，饮清泉，悠然自得，恰似神仙道侣。

　　这一日，二人游至光明顶，冷飞凌即兴一曲《云天雾境》，以抒二人知音相遇之情。方国涣负手临风而立，远观云海，琴声悠扬荡处，云海翻涌，团团滚动，彼腾此跃，漫无涯际。偶见峰尖似屿，时隐时现，寻而不见。忽觉琴音一变，极轻极柔，至悠至远，雾游云飘，似静似止，若走若停。曲韵随风又转，云海幻形，鸟兽相变，楼阁互移，时出万物形态……方国涣心神两荡，茫茫然意浮云海，苦乐皆忘，如在梦里一般。

　　方国涣留居黄山半月有余，虽忘情于山水之间，仍心挂于李如川之事。这日，便向冷飞凌辞行。冷飞凌心中不舍，但知方国涣志在游棋天下，不便

第四十七回　龙凤琴

挽留，便负了龙凤琴亲自送方国涣出黄山。遇一溪水，向岸边渔家借了一条小船，划入溪中，然后收桨任其自荡，以做最后一别。时入初秋，天高云淡，万物显出一种清幽萧爽之气来。

冷飞凌抚琴舟头，曲歌《秋风辞》，以送方国涣。《秋风辞》为汉武帝刘彻所作，当年刘彻巡行河东郡，在汾阴祭祀后土之后，泛舟汾水与群臣欢宴。时值秋令，景色萧瑟，不禁乐极生悲，哀叹盛年难再，即兴而做此辞。冷飞凌曲合辞意，高歌而出，尤生忧壮之境，其辞为：

"秋风起兮白云飞，草木黄落兮雁南归。兰有秀兮菊有芳，怀佳人兮不能忘。泛楼船兮济汾河，横中流兮扬素波。箫鼓鸣兮发棹歌，欢乐极兮哀情多。少壮几时兮奈老何！"

曲壮歌忧，冷飞凌自是唱出了依依难舍、两不相忘之情，尤有悲伤之感。更唱出了人生苦乐无常，相见时欢乐，离别时忧伤，寄予了方国涣当珍惜少壮时光，告诫了人生易老的真情厚意。方国涣含泪倾听，望水叹然。

然而当冷飞凌唱至"怀佳人兮不能忘"一句时，方国涣忽感其曲异声颤，似此辞句激出了冷飞凌心中怀念一女子的真情实感，透含着一种凄凉无奈与万般的懊悔之意，把送友人之情与思恋佳人之感，曲合歌融，真情唱出。方国涣境感化通曲辞之意，心中不由大是惊异。

第四十八回　相国寺

　　方国涣闻冷飞凌辞曲中有异，似有儿女情长情流露，心中不由暗惊讶。冷飞凌此时曲静歌停，黯然无语，别有一番的感伤。

　　方国涣拱手谢道："冷大哥曲高意深，实令小弟心中感慨，不过……"

　　方国涣迟疑了一下道："不过小弟闻冷大哥辞曲之中，别有情思，可有恋佳人之意否？"

　　冷飞凌闻之，脸色大变，尤呈懊悔之态，自是忆起了一段往事，令他追悔莫及。

　　沉寂了片刻，冷飞凌这才长叹一声道："方兄弟真不愧为我冷某的知音，神通境感我曲声歌意！"

　　此时，冷飞凌双目中忽呈现出一种无限的喜悦，沉浸其中道："不错，冷某适才想起了一位才色双绝的女子，她藏在冷某心中许久了，曲发即思，抚琴自念，实不能相忘。"

　　方国涣闻之，诧异道："此女子姓甚名谁？家住哪里？冷大哥为何不去寻了来，以致有这般相思之苦？"

　　冷飞凌摇头叹道："可惜，冷某与此女子仅有一面之缘，实不知芳踪何处寻觅。"

　　方国涣惊讶道："原来冷大哥是一单相思！"

　　冷飞凌感慨了一声道："当今天下，能神通意会、境感心知冷某琴音者，除了方兄弟之外，还有一人，便是那位但有一面之缘的女子。也罢，方兄弟既能知我心曲，为我知音，此事就全说了罢。"

　　冷飞凌随即道："两年前，冷某负龙凤琴云游天下。一天傍晚，旅居客栈中欲眠时，龙凤琴忽自鸣极哀之音，感至亲患难，心知家中有变，连夜急回。赶至黄河岸边一渡口时，因黄河水涨，夜不能渡，便阻留在岸边一石壁上，以待天明。因心急苦乱，便抚琴自慰。忽一琴声从一艘泊船内飘出，竟与我曲音相应，那船中弹琴之人以意入琴声，问我何以如此烦躁？冷某闻之，心中大惊，没想到天下间竟然还有能与我曲意相通者。细闻其琴声，音悠曲清，韵极幽雅，含有脂粉之气，惊其为一女子。便重调丝弦，与那女子以琴声互相问答。"

第四十八回 相国寺

方国涣闻之惊讶道："这岂不是司马相如与卓文君以琴声相知一般？"

冷飞凌道："他二人在琴上只不过感之以声，会之以趣罢了。而那船中女子琴艺竟达无上妙境，与冷某心境相通，神感意会，不语而知。"

方国涣闻之，心中惊异道："这种琴上互达妙境，通以声息，有如对语般的精微至灵的音律感应，我自家可领会不来的。看来冷大哥与那位奇女子在琴艺上都已达通神入化之境，琴心相知，以音律互递，用心曲说话罢。"一时间称奇不已。

冷飞凌接着又道："我二人抚琴遥对，音传曲诉，方知那女子为过往客商之女，夜泊在此，闻冷某琴声惊为知音，故操琴相应，曲音问答之中，互述敬慕之情。冷某当时对那女子如此精通音律，琴艺已达化合之境，几与冷某的琴上功力同，敬佩之余，意入曲中，欲睹其芳容。其琴声忽断，不再遥应，冷某心中大悔，忙送曲音，对冒失之举，以表歉意。许久，但见那泊船上轻启一窗，一盏明灯高挂其上，一红衣女子临窗而立。冷某忽见之，惊为天人！"冷飞凌说到这里，自沉醉在一种幸福喜悦之中。

方国涣见了，心下惊讶道："何等模样的女子，竟能使冷大哥这等世外高人心动？"

冷飞凌这时缓缓而又深情道："自望见那女子第一眼，冷某便心神震震，没想到天下间竟有这般美颜绝色的女子，言不能述其容，语不能喻其貌，便是那沉鱼落雁、闭月羞花之美色合掺一起，也不过其十分之一二。"说到这里，冷飞凌尤显得迷醉异常，似又回到昔日黄河岸边一般。

方国涣望着冷飞凌兴奋的神情，心下惊讶道："冷大哥情真意切，世上真有让冷大哥这等境界极高之人心动的女子吗？"

冷飞凌奋然之余，慨叹一声道："也许让方兄弟见笑了，当时这位才色奇绝的女子，已是令冷某怦然心动，爱慕至极，惊为天仙降临，一时间看得呆了。那女子见冷某有些失态，嫣然一笑，收灯合窗，自隐不见。冷某当时按住惊狂之喜，抚琴送曲，表述爱慕之意。那女子似也心动，操琴相应，诉其随家人远涉，此时不便相会，三个月后，其船还会复经此地，示我倘若有心，可在此地候她，只要不负约，重逢之日，可两下同了心愿，冷某欣然以琴声应之。不觉间天明水落，那泊船便拔锚而去，待其不见踪影，远逝天边，冷某才寻船渡河。一夜所经，如梦幻一般，不敢定其真假。"

冷飞凌接着又道："后至家中，才知当地大闹瘟疫，十室九空，死人无数。虽疫情已过，然家中母兄弟侄尽染毒而亡，唯老父尚存余气。悲痛之余，悉心照料家父，失亲之痛，时扰心神。不逾数月，父也亡去，殓骨葬于黄山。"

冷飞凌接着道："待家事初定，心下稍安时，猛然间想起黄河渡口之约，大是惊骇，撇下百事，飞马狂奔。也不知多少日，待至黄河岸边相约之地，唯见河水奔腾，明月依然，不再有那女子的身影。自知误了约期，那女子久候不着，定然怪我失信，自家悄然去了。冷某心中大悔，便存侥幸之心，运琴力于极点，声发数里，以曲音四下遥寻。至三日夜，更无琴声回应，唯滔水依旧，明月依然。七日后，冷某自知再无奇迹出现，才绝望而归。后来闻之，冷某极力运以龙凤琴所发之声，两岸百姓，过往船只多有闻听者，以为天音。当地官吏竟上表奏于朝廷，曰有神仙夜降，弹奏仙乐，是为祥瑞之兆。"

　　冷飞凌说到这里，自是摇了摇头，随后轻声吟道："黄河一夜水涨日，但以琴心两相知。奈何寻人人不在，唯见明日落空怀！"吟罢，黯然长叹，十分感伤。

　　方国涣心中叹惜道："天下竟有这般奇女子，在琴艺上与冷大哥共达琴心两合的境界，当是一双天生地造的佳配，却为何让他们如此错过呢？"随即感慨道："没想到冷大哥情感上还有如此磨难，小弟不才，日后若有幸逢着那奇女子，必告之冷大哥失约的苦衷，可能的话，一定想法护送她来与冷大哥相会，成就这一场好姻缘。"

　　冷飞凌见方国涣言出真切，自是感激地道："多谢方兄弟美意，不过造化弄人，机缘错过，冷某便把它当作一场梦罢了。"接着又苦笑一声道："今向方兄弟一吐为快，冷某自然舒畅了些，此乃天意，强求不得，就随它去吧。"言语间自有些酸涩凄然。方国涣见了，摇头叹息不已。

　　冷飞凌驱船到了对岸，二人互嘱了一番珍重，方国涣这才不舍别去。冷飞凌目送方国涣去得远了，复驱船回到了对岸，还了船只，谢过舟人，负了龙凤琴自回黄山紫石峰去了。

　　方国涣辞别冷飞凌，离了黄山，仍旧寻访国手太监李无三不着，索性拜会了几位名盛一方的棋家，以棋会友。然而当临枰对弈之时，才发现多为俗手而已，方国涣觉得乏味，也就不再着意于棋上访了，暗里查寻而已。每当想起冷飞凌抚龙凤琴所奏惊世之曲，尤是感慨万分，叹服不已。

　　这日晚间，方国涣独宿于一古寺内，恍惚中见师父苦元大师坐于身侧，凝目北望，似有所思。方国涣不由一惊而醒，望着寺中的几尊神像，肃然道："师父，弟子有负厚望，这么长时间仍未查寻到国手太监李无三的消息，实不知怎生是好？"

　　忽然恍悟道："适才梦中见师父注目北望，这是何道理？难道是师父在示我方向不成？梦中成像，天人相幻罢了，该不会这样吧？"

　　转而又思道："现今无李如川的任何踪迹，果是师父有灵，引我北走寻他也说不定，试试无妨。"想到这里，方国涣便定下心来，待至天亮，起身离开古寺，寻了大路，向北而走。

黄河岸边有一座古城，几经沧桑，繁华一时，战国之魏，五代之梁、晋、汉、周及北宋均立都于此，古称汴京，时称开封。传战国时，秦兵伐魏，久攻此城不下，秦兵便决黄河之水灌之，魏国从此灭亡，古城也毁于一时。及宋时，又呈兴旺之貌，至明而盛极，人口近三十余万，百姓安居乐业，商贸往来，是一荣华地。城中古迹众多，以相国寺、佑国寺、龙亭等处名胜为最。

此时大街之上，人来人往，车水马龙，喧闹之极。一少年负手立于街头，望着川流不息、忙忙碌碌的人群，嘴角上挂着一丝超然世外的微笑，显是这一切都与他毫不相干，但又在旁观察什么似的，自有些神秘莫测。此少年气质非凡，如玉树临风。过往行人都回头窃窃私语，暗叹此少年育涵着的一种天然神采，惹得几名多情的少女禁不住暗送秋波，那少年视而不见，仍然微笑着。

有一位在家呕了气的老汉，突然见了那少年祥和的神态，不由得拍了拍自家的头，自语道："看这孩子站在那里发笑，心里怎么这般舒坦，刚才的一肚子气立时消了，怪极！怪极！"那老汉摇了摇头，便转身回家去了。

这时，一名六七岁的小童走到那少年身边，歪着头天真地问道："叔叔，你在看什么好玩的东西？"

那少年见了，便以一种和悦的声音道："叔叔在看这些来来往往的人。"

那小童听了，立刻睁大了眼睛朝街上的行人望了望，随即回过头来，茫然不解地道："叔叔，天天都有这么多人，有什么好看的？"

那少年抬手轻轻抚了抚那小童的头部，微笑道："虽然天天有这么多人，可天天并不都是这些人啊！"

那小童瞪着一双疑惑不解的大眼睛，又自摇了摇头道："可是叔叔为什么要笑呢？那些人好笑吗？路边那个卖肉的长得好凶好吓人的，他也在怪笑哩！"

少年笑道："我在笑观众生相，这个世界上只有人才能笑，笑是不分丑俊的。"

那小童似懂非懂地笑道："满大街的人，只有叔叔笑起来才好看。"

少年闻之，亲切地对小童笑道："因为叔叔是从心里笑的，那些人则是从脸上笑的。"

小童听了，"格格"笑道："叔叔真奇怪，能从肚子里笑。"说完，便一蹦一跳欢快地跑去了。

那少年望着小童跑去的背影，轻轻点头，刚要转身走开，忽听身后有一人道："前面的可是袁灵贤弟？"

那少年回头看时，不由喜道："原来是方大哥！"来者正是方国涣，那少年果是袁灵。

方国涣走上前来，拱手一礼，笑道："很远就从人群中识出了贤弟，怎么？不在野外观山川之情，察草木之性，倒跑来这闹市中做什么？"

袁灵回见了一礼，笑道："山川草木与城市人群都是一理的。"

方国涣闻之，摇头笑道："贤弟言则深奥，语则博大，令人莫测。今日幸得巧遇，我二人当饮上一杯。"说完，拉了袁灵欲寻一处酒家。

走不多远，便见一家酒楼，择了雅间坐了。要过酒菜，方国涣欲往袁灵杯中斟酒时，袁灵止了道："方大哥，小弟不饮酒的，但奉陪方大哥几杯茶罢。"

方国涣劝了道："故人相逢，不饮酒岂能尽兴。"

袁灵道："酒能豪情，也能乱性，方大哥勿怪，小弟生来是滴酒不沾的。"

方国涣闻之，知道不便勉强，于是道："既然如此，就以茶代酒罢。"随即唤来伙计，撤了酒，换上两壶好茶来。方国涣见了桌上的鱼肉等菜，便道："贤弟不饮酒，看来是食素之人，这荤席可要换掉？"

袁灵道："那倒不必，小弟除了不饮酒，却也不是食素之人，荤素皆可的。"

方国涣闻之，笑道："如此最好，人生一世，切不可委屈了自家。"袁灵听了，笑了笑。

方国涣先自敬了袁灵一杯茶道："此番相遇不易，当与贤弟多聚两日才是。"

袁灵欣然应道："好极！能与方大哥相处乃为快事。"

方国涣、袁灵二人叙了些别后之情。方国涣慨叹道："自与贤弟初识于牧野之后，感受非常，时有出世之感。"

袁灵道："其实出世、在世都是一样的，所求者无非一个心境罢了。"方国涣闻之，点头称是。

袁灵随后道："闻相国寺内有高僧，佛法高深，你我兄弟二人可顺便去寺中一游，寻访高人谈佛论道罢。"

方国涣闻之喜道："如此甚好，一来可闻贤弟高论，二来长长见识。"袁灵闻之一笑。席间，袁灵所食甚少，每菜但动一二筷而已。食毕，二人便离了酒楼，一路朝相国寺而来。

相国寺为佛教名寺之一，位于开封城中心，为历代高僧设坛颂扬佛法之地。寺中香火鼎盛，上香礼佛的人群进出如流，方国涣、袁灵二人步入寺内，一路闲游而来。相国寺的建筑布局由南而北整齐排列，两侧阁楼相对，尤以大雄宝殿气派非常，面阔七间，中开五门，斗拱飞翘，气势磅礴。周围及月台为汉白玉栏杆环绕，上镂小狮，形态各异，刻工十分精巧。此时大殿内传

第四十八回 相国寺

出阵阵诵经之声，加以香气缭绕，令人肃然。

方国涣、袁灵二人游至八角琉璃殿高亭时，见亭顶立一铜宝瓶，高近两米，亭内供一尊千手千眼观音菩萨，高达七米，雕像周身贴金，每面大手六只，小手二百余，每手掌中画一眼，排成四扇面形状，宛如背光，其造型独特传神，令方国涣惊叹不已。

袁灵旁边道："所谓一花一世界，千叶千如来，菩萨以千眼看世界，不单单观以人世的。此菩萨像造型独特，雕工精细，为一整料的银杏树干由高手匠人雕成，颇费人工。"

袁灵接着又道："幼时曾随先师来过此寺，今日也算旧地重游了。"

待二人行至钟楼时，方国涣忽见钟楼内有铜质巨钟一口，高约四米，其重不下万斤，不由惊叹道："好一口大钟！"

袁灵介绍道："此为'相国霜钟'，很有名气的，若在霜天叩击，与秋萧之气合荡一起，发声浑厚响亮，可传极远之地，造物之神奇，实令人叹服。"

方国涣惊讶道："如此巨钟，世所罕见，不知如何铸造的？"

袁灵笑道："人之精思，可移造万物而夺其巧的。"

二人在相国寺内游玩了一阵，时近傍晚，香客渐去，二人便寻了侍客僧，租了一间客房，在寺内住下了。

这时，忽听门外有人说话，声若洪钟，极是亮耳。方国涣、袁灵二人闻之一怔，开窗看时，见侍客僧引了一人向旁侧的客房走去，此人身材伟岸，碧眼虬髯，相貌不凡，后面还跟着一名扛着行李的仆僮。

袁灵望见那人，微讶道："此人形罩异彩，必是身怀奇术之人。"

方国涣闻之，诧异道："贤弟何以见之？"

袁灵道："也无甚怪处，人之形侧，皆有光晕，示其人智愚病康。昔日牧野之中，见方大哥身映奇彩，故而交之。然此光晕常人不能视见，唯心定久观方能始现。"方国涣闻之，甚觉有理。

这天晚上，二人谈至夜半方歇。休息时，方国涣见袁灵不卧而坐，便笑道："贤弟自居寺院之中，欲禅坐以敬佛吗？"

袁灵道："不然，小弟静坐养心和气而已，此法十年已成习惯。"

方国涣闻之，点头道："昔日潜修悟棋之时，家师曾教以静坐悟道之法，打禅入定，当是一修炼法门。"

袁灵道："不错，人之一卧，百节舒松，气机内闭外散，悠然而睡。静坐可敛外散之气，宁神调息，有益养生，虽久坐劳形，但成习惯，有益无害。"

方国涣闻之，也自坐正了身子道："既如此，就陪贤弟对坐一晚罢。"方国涣有过三年坐悟棋道的根基，便是连坐几日，也自无他。

此时夜深人静，相国寺内一片安寂。子时将过，不知何故，袁灵忽皱了皱眉头，随即又恢复了常态，方国涣早已坐睡去了。

　　第二天清晨，相国寺的住持方丈广慧禅师刚起床，便有一名僧人进来禀道："师父，客厅上来了一位叫作李保德的施主，自称是师父的旧识，要求见师父。"

　　广慧禅师闻之，大喜道："原来是保德先生到了，你等先好生照顾了，我随后就来。"那僧人应了一声，施礼退去了。

　　广慧禅师忙自家洗漱了。在寺院客厅上，有一身材伟岸之人，碧眼虬髯，正在厅上大模大样地坐着。

　　那人一见广慧禅师进来，忙起身拱手一礼笑道："老禅师，多年不见，可成就佛道了吗？"声音洪亮彻耳，令两名送茶水的僧人咋舌不已。

　　广慧禅师笑道："保德施主，哪阵春风把你吹了来，实令小寺蓬荜生辉。"

　　那李保德笑道："李某昨晚就到了，已是在寺中住了一宿，因走得倦乏，先歇息了，故未来扰老禅师的晚课。"

　　广慧禅师闻之惊讶道："原来保德施主昨日就到了，招待不周，多多见谅！"

　　李保德爽声笑道："不必客气，寺大僧多，不敢劳驾老禅师为李某一介粗人分心。"

　　落座让茶，那李保德随后把头探向广慧禅师，神秘兮兮地道："老禅师，寺内住着两位高人，何不给我引见引见？"

　　"两位高人？"广慧禅师闻之一怔，茫然道，"本寺何时住有两位高人，老衲怎不知？"

　　李保德听罢，摇头笑道："老禅师莫非跟李某卖关子？"

　　广慧禅师诧异道："保德施主何出此言？"李保德见广慧禅师认真的神情，显是不知的，不由惊讶道："那就怪了，寺中客房里住着两位神奇的年轻人，老禅师果真不识吗？"

　　广慧禅师道："保德施主原来是说留住本寺的客人，那多是进香礼佛的香客，每日总有几十的，老衲自无必要一一认识。"

　　李保德闻之，点头道："倒也是，看来老禅师果真不知的。"

　　广慧禅师惑然道："保德施主说的是两位什么样的高人？"

　　李保德道："是两位神奇的年轻人。"

　　"是两位年轻的施主？"广慧禅师自有些惊讶。

　　"不错。"李保德道，"老禅师知道的，李某天生一种'入梦术'，能以自家神魂入人梦中，显以异象，使人生敬畏之心，也是借术讨一乐趣罢了。然而不敢以此为歹事，更不敢入那些忠贤、妇人之梦。因人一卧睡之时，静生

第四十八回 相国寺

纷杂之念，气机不敛，故李某可寻隙而入。就在昨晚，李某独宿房中，自觉乏趣，便神魂出游，当然，不敢去惊扰寺内僧众。偶至一客房中，见有两名年轻人禅坐，以为香客，便想入其梦境，叙以佛家旧事。不料二人心静无杂，气守神和，都似有极高的内家修为，境界高深莫测，竟然不能扰其二人魂魄。两人不进，神惊之下，知道遇到高人，恐其施法禁我，令我神不能归体，故慌忙离去，虽来去无形，但还是被其中一人察觉了。恐其怪罪，故先来与老禅师打个招呼，给引见了，再去赔礼谢罪不迟。谁知老禅师也是不识的，看来李某只好先走掉了，以免见面时遭他二人斥责。"说到这里，李保德竟然起身就走，广慧禅师欲留不住，那李保德早已大踏步去了。

广慧禅师愕然之余，知李保德所言不谬，便寻问道："昨日谁当值？"

一名僧人应道："回师父，是空妙师兄。"广慧禅师道："速去唤他来。"那僧人应声去了。

时间不长，昨日的那名侍客僧空妙和尚进了来，礼见了广慧禅师，恭敬道："不知师父唤弟子来有何吩咐？"

广慧禅师道："昨日客房中可留有两位年轻的施主？"

空妙和尚应道："回师父，昨晚是有两名年轻的施主，因游玩而滞留寺中。"

广慧禅师惊讶道："真的有这两个人！速去请他二人到禅房内相见，不可怠慢了。"空妙和尚应声退去。

且说这天清晨，方国涣一觉醒来，见袁灵正笑吟吟地望着自己，不由惊讶道："贤弟一大早，为何对我发笑？"

袁灵笑应道："方大哥的天元化境之功，果然高深莫测，一心即静，如明月定天心，万物不能扰。"

方国涣闻之，惑然道："贤弟说出这般话来，是何缘故？"

袁灵笑道："只因这相国寺中果有异人，已察觉到你我二人所在，稍后可能便会有人来请了。"

方国涣闻之，摇头笑道："你我寺中并无相识之人，谁会来请？贤弟今日不是要拜访寺中高僧吗，应主动去寻才是。"

话音刚落，门外有一僧人道："二位施主，本寺方丈广慧禅师有请禅房相见。"方国涣闻之，不由一愣。

禅房内，方国涣、袁灵二人礼见了广慧禅师。广慧禅师见二人气质脱俗，神采俱不凡，心中暗暗称奇，忙请坐让茶。

袁灵这时笑道："老禅师，还识得我否？"

广慧禅师闻之一怔，复又上下打量了袁灵一遍，摇摇头道："恕老衲眼拙，对施主不曾有过印象，不知……"

袁灵道："老禅师还记得七年前，家师玄真子带来的那个孩子吗？"

"玄真子！"广慧禅师闻之，惊异道，"施主难道是当年玄真子身边的那个孩子？"

袁灵笑着点了点头。广慧禅师立时惊喜道："原来施主是昔日的那名灵童，幸会！幸会！对了，尊师玄真子还好吗？"

袁灵道："家师已经仙逝了。"

"哦！"广慧禅师闻之颇感意外，慨叹道，"尊师玄真子算起来已有二百余岁了，是与本寺前几任住持师祖相识的，如今经世二百余载，已是古今罕遇，仙化而去，倒也是一种大解脱。"

袁灵道："生死本自然之事，从此到彼罢了。"

广慧禅师敬服道："施主能看破生死，令老衲敬服。当年在本寺，施主被白马寺的拂缘大师看见，惊叹施主为世间第一灵童，欲纳白马寺，将来住持中土佛家第一寺，弘扬佛法。而尊师则言，施主有统天下众教之能，岂能独屈于佛门，故而拒绝。施主天禀异赋，境界高深，非常人所及。"方国涣一旁闻之，暗中惊讶不已。

袁灵这时道："老禅师谈起旧事，令人有怀故之念，不知拂缘大师安在否？"

广慧禅师摇头道："拂缘大师三年前便已坐化，往登西方乐土去了。"

"哦！"袁灵点了点头，又道，"当年家师曾委托白马寺善译经文的拂尘大师，译一部西方教士带至中土的西方教典《圣经》，不知可有善果？"

广慧禅师道："两年前，拂尘大师便已汉译《圣经》完毕，且等施主去取了。令师当初作为实让人费解，何以托偌大个人情，求助拂尘大师为一个小孩子汉译西方教典。当日拂缘大师还怪尊师做以妄事，有中土佛道之教不奉，而去仰慕西方神主。今日看来，尊师果有先见之明，是欲让施主融会天下各教之言，而成统一之理。"

袁灵道："天地广大，各成一方之教，然其宗旨，志在探求宇宙大道之理。虽以国度、地域、历史、社会、文化之不同，各倡一家之说，其所释道理的角度不同罢了。佛家以无为本，空生万物；道家以道为基，化生天地。而西方教典中信奉上帝为一真神，以上帝造物与人为世界之始。教义各异。而又有所同，皆在释明宇宙本源，万物之理，天人之奥。西教称基督教，时称景教，教义也广而博。又有回民所信奉的回教，又称伊斯兰教、天方教或清真教，教义也深而奥。教之为教，皆为古之圣贤悟以天人之理而成。"

广慧禅师闻之，慨然道："闻施主之言，有望日后天下之大同。想宋之理学，已有儒、释、道三教合一之势，今见施主学贯百家，通解众教，若使天下归一，世界大同，无教派之争、教义之辩，实为苍生之幸。"

第四十八回 相国寺

袁灵道:"老禅师虽属佛门,但敬之以理,万事不以佛为是,当叫人钦佩。"

广慧禅师笑道:"昔日白马寺拂缘大师,佛性高于老衲,尚且敬施主,老衲也自敬服之。"广慧禅师随即恭敬道:"天下众教,理异义殊,如何一统?"

袁灵道:"宇宙之有,当从无起,无者,炁也;炁也者,道也,道者也佛也上帝,统一道名合之。"

广慧禅师闻之,不由起身拜道:"施主真言也!令老衲耳目一新。老衲一生研习佛法,旁究道义,至今始觉两下果有相通处的,仙佛合宗,在乎此了。"

袁灵点头道:"天地万物本一理,当有一说统之,方合大道之义。"广慧禅师闻之,敬服不已。

方国涣一旁虽听得不甚明白,也自有些领悟,感触非常,心中惊讶道:"袁灵贤弟果有大本事的,原来有统天下众教教义归一之志,当为大同教!"

广慧禅师这时见方国涣在一旁聆听不语,性稳神安,知也非常人,便问道:"这位施主何故不发一言?"

袁灵旁边笑道:"所谓大道无言,方大哥是以无言胜你我长论的。"

广慧禅师笑道:"乃是与我佛'空即是色,色即是空'之义相合的。"

袁灵闻之一笑,随后道:"老禅师,佛家可有善弈者?我这位方大哥,管叫佛在棋上服!"

广慧禅师闻之,惊讶道:"原来这位施主是棋中的国手,失敬!失敬!对于棋艺一道,不以外论,但论佛门,倒有一人,棋高无敌,并且所住持寺内的僧众,都是此道中的高手。"

方国涣闻之,心中一动,忙问道:"敢问老禅师,不知这位高僧是何法号?"

广慧禅师道:"此人便是连云山天元寺的苦元大师,虽棋高无敌,但却不以棋名扬世。"

方国涣听罢,果然是师父,一时间黯然无语。

广慧禅师见状,异道:"施主何故如此?老衲言语上有什么不当之处吗?"

方国涣叹然一声道:"天元寺的苦元大师正是家师,可是不幸已于数月前圆寂了。"

广慧禅师闻之,大吃一惊道:"苦元大师已然西去了!可惜了我佛门中的一位高人!"

广慧禅师惋惜之余,叹道:"原来方施主是苦元大师门下的俗家弟子,怪不得与众不同。曾闻苦元大师言,他欲探究棋道的最高境界,如今看来是遗憾而去了。"

方国涣道："在下不才，承恩师教诲，潜心修悟三年，最终成就了师父所期盼的棋道。"

广慧禅师闻之，惊异道："苦元大师昔日所幻的化境之棋，竟然被施主修悟去了？不可思议！不可思议！"

袁灵一旁道："人定胜天，便是如此。"

广慧禅师惊叹之余，感慨道："怪不得保德施主神入二位施主之梦不进，原来二位施主都是这种化境的高人！"方国涣闻之，一时间未明白怎么回事。

袁灵却笑道："这位保德先生可在？"

广慧禅师笑道："恐二位施主怪罪于他，早已先去了。"

袁灵笑道："此人身罩异彩，非不善之人，岂会以一戏怪之，未免胆小了些。"

广慧禅师道："所谓'术士不敢见圣人'，果是有道理的。"袁灵闻之一笑，方国涣一旁则茫然不解。

方国涣、袁灵二人在相国寺又住了一日，随后别了广慧禅师，离了开封城。袁灵因要去洛阳白马寺取《圣经》译本，方国涣又心挂棋上事，于是二人拱手而别，相约后会于有缘之期，互道声"珍重"各自去了。

第四十九回　玉棋山庄

　　古今之战，流传最久者，莫如围棋，其迷惑人不亚酒色，"木野狐"之名不虚矣。以为难，则村童俗士，皆精造其玄妙；以为易，则有聪明才辩之人，累世究之而不能精者。杜夫子谓其有神圣教，固为太过。而观其开阖操纵，进退取舍，夺正互用，虚实交施；或以予为夺，或因败为功，或求先而反后，或自保而胜人，幻化万端，机会卒变，信兵法之上乘，韬钤之秘轨也。《棋经十三篇》语多名言，意甚玄着要。一言以蔽之曰：招招求先而已矣。

　　明人谢肇淛的此篇《论棋》，将围棋喻为"木野狐"，形容其迷惑人不亚酒色。棋上的千变万化之妙自能令入习者久迷成痴，耽时废业，荒事误人，《孟子》所谓："博弈好饮酒，不顾父母之养，二不孝也。"偶有深恶痛绝者持棋具投江之举，也只是一时激动罢了，回过头来依旧觅棋来弈，真正的好棋者没有谁人能戒掉的，实是棋趣难舍。

　　古今多把棋归属为艺、技之类，但将棋道推为尊位者，当属东汉班固，其作《弈旨》有云：

　　北方之人，谓棋为弈，弘而说之，举其大略，厥义深矣：局必方正，象则地也。道必正直，神明德也。棋有黑白，阴阳分也。骈罗列布，效天文也。四象既陈，行之在人，盖王政也。成败臧否，为仁由己，危之正也……

　　上有天地之象，次有帝王之治，中有王霸之权，下有战国之事，览其得失，古今略备。及其晏也，至于发愤忘食，乐以忘忧，推而高之，仲尼概也。乐而不淫、哀而不伤，质之诗也，《关雎》类也。纯专知柔，阴阳代至，施之养生，彭祖气也……"

　　班固但将地则、明德、阴阳、天文、王政喻之棋法，"天地之象""帝王之治""王霸之权""战国之事"喻之棋理，乐而忘忧、发愤忘食，《关雎》之雅、彭祖之气喻之棋境。棋道广博，可含万物。举凡三教九流之中，更是仁者见仁，智者见智，所谓"散木一枰，小则小矣，于以见兴亡之甚；枯棋三百，微则微矣，于以知成败之数"。

方国涣离了开封，心中尤自感慨，想起先前在梦中见师父示指北方，一路走来，不曾想遇见了游仙般的袁灵，暗里思量道："国手太监李无三没有寻到，却邂逅了袁灵，可是师父本意吗？唉！也许梦中事不实的，偶然巧遇罢了。这袁灵思想深邃博大，境界高深莫测，乃是一位得道的异人奇士，待棋上事了结后，当寻此人闻道天下，探究天人之间的奥秘，方不虚度此生。棋上千变万化，应天地之象，示万物之理，但以棋道通向大道吧。"

　　此时仍无李如川的任何消息，一时间也不知哪里寻去才好，方国涣心中怅然，索性漫无目的的随意而走。这一日走得乏了，见前方有一溪水，便至近前净了手脸，然后坐在岸边歇息，望着涓涓流动的溪水，呆呆然似有所失。偶然一条小鱼跃出水面，浪花微溅，方国涣这才恍过神来，摇头笑了笑。

　　这时，旁边传来说话声，一人道："玉棋山庄的这次棋会，不知能来多少好手？"

　　另一人应道："尉迟公子召开的棋会，并且又在玉棋山庄举行，自不会少了名家的，你我三人此去，必能目睹一回高手风范。"

　　方国涣本对一个"棋"字敏感，又听说玉棋山庄的什么棋会，精神不由一振，起身看时，见从大路上走过来三个年轻人，都是书生打扮。

　　方国涣忙迎上前来，拱手一礼道："三位仁兄请了。"那三人见有一位陌生人上前说话，便停了下来，各自抬手一揖，算是回了礼。

　　其中一人道："这位公子有何贵干？"

　　方国涣道："在下方国涣，适才闻三位仁兄谈起玉棋山庄的棋会，本是好棋之人，故冒昧相问，想知道个究竟。"

　　那人闻之笑道："原来方公子也是棋道中人，巧了，我三人正要赶去玉棋山庄参加一个棋坛盛会，机会难得，不妨同路去吧。"

　　方国涣闻之喜道："如此多谢了，还敢问三位仁兄尊姓大名？"

　　那人应道："在下叫杨显星，我三人都是棋上的好友。"另外两人也自报了名，一位叫王董，一位叫宋贺，本都是好棋的秀才。

　　方国涣这时问道："不知此番棋会是哪位棋上的高人举办的？"

　　杨显星道："看来方公子是位棋上的新人，连天下间最好棋的、江湖人称'棋公子'的尉迟云璐公子都不知道。"

　　"棋公子！？"方国涣闻之一怔，猛然间想起，先前曾夜宿一座破旧的山庙中，经历了一晚雨夜棋话，偶闻老少二人谈以棋上事，话语中提起过"棋公子"之名。

　　那杨显星见方国涣有惊异之色，于是笑道："看来方公子也是少闻的，尉迟云璐公子族中历代好棋，沿袭成气候，天下棋家哪个不晓，是鼎鼎有名的围棋世家。"

第四十九回 玉棋山庄

方国涣道:"尉迟云璐的'棋公子'之名,在下也听说过的,自想去拜会拜会,但不知尉迟公子是怎样的一个人物?"

杨显星敬慕道:"尉迟公子风流倜傥得很,更具一代棋家风范,几与天下第一快棋手、当今世上三大高手之一河北的钟世源齐名,是天下第一好棋之人。"

方国涣闻之,心中惊讶道:"棋中竟有如此奇人,不可不识。"随与杨显星、王董、宋贺三人结伴同行。

路上,杨显星告诉方国涣,玉棋山庄的棋会明日举行,到那里还有一段路程。待行至前方一座集镇上,四人便寻了家客栈投了,准备明日一早去玉棋山庄。方国涣心中感激杨显星、王董、宋贺的引路及结伴同行之情,食宿费用自家抢着一人付了,那三人对方国涣的态度也显得亲热起来。

第二天一早,方国涣、杨显星、宋贺、王董四人便继续赶路。杨显星、王董二人边走边谈自家的棋上本事,方国涣但含笑而听之。

行了一程,前方路旁现出一处茶棚来,杨显星便对方国涣道:"方公子,时辰还早,且去那里用些茶水罢,然后再去玉棋山庄如何?"

方国涣点头应道:"如此甚好。"四人来到茶棚内,寻了张桌子坐了,方国涣向店家要了两壶好茶,又要了几样小菜和面食请杨显星三人用了。此茶棚虽设在路边,却也有几位喝闲茶的客人。

那杨显星一碗茶落肚,话语便多了起来,拍了拍胸脯对方国涣道:"不瞒方公子,杨某的棋艺在乡里可是数得着的,每逢年节,县里的老爷都专门派轿子来请,去府上对弈一局的,不中意的,杨某人还不去呢。"

王董一旁道:"那是,杨兄的棋艺独步乡里,无人可及,棋逢对手的唯有我王董一人。"杨显星听了,不快地瞟了王董一眼。

那王董也不甚理会,接着又道:"去年中秋节,乡里的张财主设了三两银子的彩金,在家中摆了一桌棋,招好手来博。我与杨兄都是力过数人,最后我二人竟走成了和棋,把那张财主惊得什么似的,说一百年内也难走出这等妙局,结果又出了三两银子,让我与杨兄平分了事。"说完,好是得意。

方国涣听了,并不言语,笑笑而已。宋贺一旁道:"在下只是好棋道高雅,故习此艺,也是常赴文士之约的。"

这时,邻桌有一位独自饮茶的老者,在听杨显星、王董二人谈论了一阵之后,慢慢放下手中的茶碗,插言道:"闻几位话语,当都是读书的秀才,棋上的雅客,老夫倒有几句话要讲的。"

杨显星、王董二人以为那老者要赞扬他们几句,便喜滋滋地竖耳听了。

那老者此时肃然道:"围棋一道,虽称雅艺,不过多是士人及大家子弟闲时遣兴的游戏,充以高雅而已。对于平凡百姓,茶余饭后一玩乐罢了,领略棋上的妙境，天下间能有几人？若矢志以棋为务，耽废时事，岂是平常百姓家所能耗得起的，所谓玩物丧志，便是如此了。自以为棋中的雅客，装些斯文面子，大多数还不是想讨富贵人家的喜欢，不工不商，不耕不作，以棋为是，钓以空名，每有赞誉之辞，则沾沾自喜，便想寻一个出人头地的门径，实是可怜得很。先前京城召棋状元，一时间天下扰动，几闹棋灾，农不耕，士不读，专在黑白之间下功夫。京里的大官真是多事，文武状元可安邦定国，这棋上状元也能治国平天下吗？棋能开智，也增人机巧，今棋盛古，实为巧取工计之心赛古人尤甚。像你们几位，在棋上博几文小利钱，就以为了不得，可能养活家小？无甚修为者，切不可过于执着，但做闲时娱乐之艺罢了。老夫劝几位还是务以实事为好，棋道虽雅，可不是人人都能达高品格的。"那老者一席话说完，于桌上扔了两枚铜板，起身去了。

方国涣听罢，心有所悟，低头无语，而那杨显星、王董二人红涨着脸，各呈尴尬而露怒意。

王董讪讪道："老头子胡言乱语，他能知道什么是棋？"

杨显星也瞪着眼睛道："不懂棋而言棋，能说出什么道理来，竟敢教训我等，真是岂有此理！"而此时那宋贺不知何故，阴着脸盯着茶碗，一言不发，神情大是有异。

方国涣待杨显星、王董二人的怨气发泄够了，这才叹口气道："那老丈棋外之语，虽有些尖刻偏激，也自有些道理的，棋道虽雅，若以此为业，务之必精方可，否则有碍生计，耽废时事，得不偿失了。"

杨显星闻之，不自然地道："方公子棋力太浅，被那老鬼迷惑了，我等习棋多年，乡人敬慕得很，日后自能博个富贵来，哪里如他说的那般无能。"

王董一旁附和道："不错，我等棋上都是有修为的，功名前程都在里头了。那老头子年纪大了，再学棋不来，故有这般妄语，不去理会他，我们赶路要紧。"方国涣暗里摇头，起身付了茶钱，随与杨显星三人离了茶棚一路走来。

那宋贺低着头跟在后面走了一程，忽止步道："三位，对不住，玉棋山庄在下去不得了。"说着，将身上带着的一副棋子摔于地上，叹息一声道："宋某耽于棋上多年，百事不成一桩，棋上更无名，双亲妻子多怨言。从即日起，宋某发誓，与此艺绝，回家耕种以图生计，养活家小，就此别过。"说完，那宋贺转身毅然而去，显是适才茶棚中那老者的一席话，触动了宋贺之心，有了绝棋之念。

方国涣见状一惊，没想到宋贺竟生此举，着实感到意外。杨显星、王董二人各自一怔，望着远去的宋贺，竟自呆了。

过了好一会儿，杨显星才嘟囔道："好容易来一回，何故又去了？"与王

第四十九回 玉棋山庄

董相视摇头，茫然不解。

由于走掉了宋贺，杨显星、王董二人一路上自闷闷不乐，方国涣心中则感慨不已。前行了一程，已是快到玉棋山庄了，路上的行人多了起来，都是参加棋会或去看热闹的，话语中多论以棋事，杨显星、王董二人这时又呈出兴奋之色来。

方国涣心下惊讶道："看来此次棋会的规模不小，多亏游到此地，否则必然错过这次机会。"随即对杨显星道："杨兄，不知这是怎样的一次棋会？"

杨显星道："尉迟云璐公子每三年在玉棋山庄举办一次棋会，邀请天下高手名家研讨棋道，是棋坛的盛事。远近好棋之人多来观看，开眼界，长见识，不过此次棋会不知为何提前了半年举行。"

接着，杨显星又有些神秘地道："尉迟公子出身于名门望族、围棋世家，那玉棋山庄更是一座名副其实的棋庄，里面秘藏了大量的棋经古谱与上等珍贵的棋具。听说有一种棋子，可夜间发光，不用挑灯而能通宵对弈，名为'夜光棋'，罕见得很。"

方国涣闻之，惊讶道："这'棋公子'之名，果不虚传。"

杨显星道："那当然，尉迟公子不但棋上爱好广博，棋力也自高不可测。上次棋会，尉迟公子与鼎鼎大名的天下第一快棋手钟世源走了一局快棋，只用了半个时辰，结果钟世源仅险胜尉迟公子二又四分之一子，令在场棋家无不惊叹。"方国涣闻之，心中惊讶不已。

行不多时，前方现出一座气势雄伟的庄园来，树木掩映，楼台隐现，颇成规模。在其庄门上挂有"玉棋山庄"四个显目大字的匾额，庄门两侧站着十几名庄丁招呼着来客，遇有持请柬的，自有庄丁迎送庄内，其他之人但放行而已。

方国涣、杨显星、王董三人随着人流进了玉棋山庄，来到了一座大殿前，此殿雄阔，门面上方有"棋殿"二字，下方又有一条新书的横幅，上写"以棋会友"四字。此时棋殿前已聚集了不少人，时有进出者。方国涣抬步欲进棋殿内，杨显星一旁拉住道："持有请柬的才能进入棋殿，我等外面观了便是。"方国涣闻之摇头一笑，只好旁立一侧。

这时，庄丁引了一位长须老者和一名道人进了棋殿。杨显星忽见了那位长须老者，不由惊讶道："何天义老先生也到了！"

方国涣道："此为何人？"

杨显星道："何天义是两湖的棋上名家，名气上不亚于江南棋王田阳午的。"

方国涣闻之，心中讶道："天下竟有此高人！"这时，又见庄丁引了一人大摇大摆走来，后面还跟着两名俊俏的仆僮，一僮托着张古木棋枰，一僮端了两罐棋子，那人衣着华丽，气宇昂然，目不斜视地步入棋殿内去了。

方国涣道："此又是何人？"

杨显星应道："此人是山东济南府的刘水朋，闻其一生只用自家棋具，手不沾他子的，棋上也是高明得很，从不与人轻易走棋。"

方国涣心下道："此番棋会高手云集，倒是一个结识天下众棋家的机会。"暗里庆幸不已。

此时旁边有人议论道："听说这玉棋山庄内，就连仆人都走得一手好棋，可是真的？"

一人应道："那还有假，以你我的棋力，想在庄中做一个挑水劈柴的都不配呢！"

先前那人讶道："这'棋公子'果然厉害！莫非把天下间的好手尽召集到一庄之内了？"

另一人应道："那也差不多，听说庄内有棋师三十八人，每一位都曾是享誉一方的人物。平日里棋客往来如云，论以交棋之广，尉迟公子可谓是天下第一人！"

方国涣闻之，暗暗点头赞许，欲结识尉迟云璐的心情尤增。此时人群中有几名庄丁在窥探，神色警惕，似在寻找什么人。

这时，棋殿内走出一位管家模样的人，朝观看的人群拱拱手道："各位棋友，我家主人有请各位到后山棋场观棋。"说完，转身去了。

"棋场？"方国涣惊讶道，"什么棋场？"

杨显星道："此为玉棋山庄一景，棋坛一绝，方公子过去看了便知。"众人随向庄后绕去。

待上了一面山坡时，方国涣不由吃了一惊，但见山坡下一块开阔地，地面以石板砌就，光滑洁亮，上面刻画了一幅大棋盘，横竖各占四十米，边角方正，中示九星之位，醒目壮观。又有身穿黑白两色玄素衣的棋丁各一百六十余人分列两旁，如两军对垒，乃是一盘以人代棋的大棋局。方国涣见罢，暗暗点头。

此时四面山坡上的围观者已达数千人，多是闻讯而来的好棋之人及附近看热闹的百姓，有初见此棋场者，皆啧啧称奇。在南面的半山坡上搭了东西两处彩棚，内置数排木椅，此时都已坐满了人。一名手持纸扇的年轻公子正与坐在东棚首位的那长须老者何天义低头交谈着什么，令何天义不时地点头。另有几十名强悍的庄丁在棋场外围守了，以防闲人进入。

杨显星这时指了那名手持纸扇的年轻公子，对方国涣道："方公子，此人就是玉棋山庄的主人尉迟云璐公子，稍后有机会接近些，要看仔细了，也不枉来一回。"

方国涣见了，心中赞叹道："这尉迟云璐果是位英俊不凡的人物！造出有如此气势的棋场，可谓别具匠心，不简单得很！"

　　这时忽听锣声一响，全场立时肃静下来，随从东彩棚内走出一人，朝周围人群施了一圈礼，扬声道："各位棋道上的朋友，在下曹文，承尉迟云璐公子之请，主持玉棋山庄的本次棋会。尉迟公子想天下棋家之所想，做天下棋家所未做，设此棋场，开此棋会，邀请天下间高手名家共同研讨棋道，以棋会友，相互交流切磋，希望每能有所创新，益于棋道的发展。今照旧例，来此的高手名家分设东西两棚，共走这盘天下独一无二的大棋局。另外，由于某种原因，本次棋会提前了半年举行，并且明后两日的十局赛制取消。"

　　那曹文一说到这里，四周围观的人群及东西两棚内的棋家不由议论纷纷，显是这一消息出众人意外。

　　杨显星诧异道："这是为何？明后两日在棋殿内举行的十局大赛最是精彩，都由高手对抗，争夺尉迟公子设的一千两银子的彩金。并且这十局棋的棋谱在棋殿外的大盘上都有讲解的，何故就取消了？"

　　方国涣心中也自疑道："这玉棋山庄的棋会引来了众多好手，为何大张旗鼓地仅举行一天？"此时见人群中有庄丁在警觉地窥查着每一个人，令方国涣大为愕然。

　　这时，那曹文抬手止了众人的议论之声，接着道："各位棋友，至于本次棋会的一些变动，还请大家原谅。不过今日除了让各位一观众高手同走一场棋的大棋势外，棋后还要分赠给每一位棋友一册历次棋会的精妙棋谱，不会让大家空手而归的。"众人闻之，稍许安静。

　　曹文随即道："各位安静，棋会现在开始，有请东棚的何天义老先生执黑先走开局。"

　　尉迟云璐便对何天义笑着让请了一下，何天义点头谢过，随对身旁的一名棋丁说了几句话，那棋丁领命，将手中的黑色令旗横竖挥了数下，即有一黑衣棋丁跑到棋场上于右上星位处盘膝坐了。

　　曹文接着又朝西棚道："下面请西棚的天机道长执白应对。"便见先前的那位道士对旁边的棋丁示意走棋，那棋丁手中白旗挥动，立有一名白衣棋丁跑到棋场上的左下星位处盘膝坐了，大棋局随即开始。

　　何天义见天机道长应了"白棋"，便又令棋丁挥旗示位，落"棋"应对，双方均以二联星定式布局。棋之初，几乎是何天义与天机道长二人弈对，随着棋势的进展变化，东西两棚的棋家便各自开始了议论，共研讨下一步棋走法，若得高妙之招，则传示何天义、天机道长，再示意以棋丁应对。棋场上时见棋丁穿梭，黑白变动，场面甚为壮观，令周围观看之人惊叹不已。

　　方国涣站在坡上望着棋场上这般大势棋局，不由想起了先前在独石口关外，自家布以天元棋阵，指挥六合堂群英击退了打入阵中的十余万强敌，那是一场依棋阵变化真刀真枪的血腥搏杀，而眼前的则是一盘真人真"棋"的棋上大战。方国涣心知，双方几十名高手共同研讨出的一手棋，绝无俗招，并且高手研棋，必然新意迭出，这种众棋家在大场上共走一局棋的方式，古来鲜有。

棋至中盘，棋场上已遍布黑白两色"棋子"，棋势复杂难辨。那些棋丁却进出有序，占位准确，杂而不乱，显然都经过训练。围观诸人，都已被棋场上的棋势变化吸引住了，皆屏息而观。尉迟云璐对双方的走势频频点头，赞叹不已，却不在参战者之列。在他的身旁有一名主笔文书，记下双方棋路，摹成棋谱，以备棋后研讨之用。

这时的何天义、天机道长已不敢大意独行，时时与自家棚内的高手商讨棋路，在大家确认可行之后，才示意棋丁挥旗走棋，各自谨慎得很。这些棋上高手，临场弈对，暂分两派，各施展本事，以证实自己的棋力。方国涣望着棋场上的棋势，暗暗吃惊，见双方众高手共同走出的这盘大势之棋，竟毫无破绽可寻，但如两位绝顶的高手临枰对弈一般，招招妙手，因为这是集中了众高手名家的智慧和精华，方国涣此时也不得不仔细认真地观看揣摩。

棋场上的双方这时已走到了难解难分的紧要关头，全场鸦雀无声，以待变化。东棚内的何天义等人正在沉思苦想，显然是无高招应棋。

这时，有一灰衣老者起身对何天义耳语了几句，何天义点了点头，立呈欢喜之态，忙示意棋丁走棋。果然黑方一"棋"落下来，西棚内一片惊讶之声，可见黑方在此关键时刻走了一招妙手。天机道长凝视了棋场片刻，不由微微摇了摇头，似无办法地回头望了望身后众棋家，自有几人面露无可奈何之色。

此时坐在天机道长身旁的刘水朋，却招过持令旗的棋丁耳语了几句，那棋丁随即挥旗示棋，白方便应了一"子"。此手棋一出，全场立时发出一片惊叹之声，因为这手棋点在了意想不到之处，使白方的棋势一下子从双方胶滞状态中占了优势，并且抵制了刚才黑方走的那一着妙手。尉迟云璐不由站起身来叫一声"好"！

方国涣心中也自赞叹不已，知道就是自家上前走棋，也是应对此招的，对刘水朋有如此棋力，甚是佩服。那刘水朋一招镇全场，便有了得意之色，天机道长等人向他拱手相贺，显是这一手棋有一子定乾坤之功。东棚的何天义等众棋家相互研讨了片刻，各呈无奈之色，尤其那位持黑旗的棋丁，已将一面大白旗握在手中，但等何天义示意举旗认输了。

方国涣对双方能走出这般极复杂难以应变的棋势暗自惊叹不已，不过心中知道，黑方还是有一招妙手棋回应的，但是也清楚，棋上若无极高的修为，

第四十九回　玉棋山庄

难以走出,便是江南棋王田阳午在场,以他高深的棋力,也未必能走得来。方国涣知道,黑方此时若无自己上前指点,何天义等东棚内的众棋家必定认负,天机道长此时与刘水朋相视一笑,已然是稳操胜券。

就在这时,忽从围观的人群外侧飞进一个纸团来,里面显然裹了石块,从几十米外被人投进来,落在了东棚前面。一名护场的庄丁忙跑过去拾了,回身交给了尉迟云璐。尉迟云璐展开来看时,不由一怔,忙抬头寻找那位投纸团之人,可惜纸团是从人群外飞进来,不知是何人所掷。

方国涣站得高些,自见那纸团一飞进来,便知有异,朝着纸团来的方向望了望,见那东南角上,一名年轻人的身影转入树林中去了。

尉迟云璐寻人不着,便把那张纸展示给何天义,两人一起看了,似在商讨着什么。过了片刻,尉迟云璐抬头望了望棋场中的双方棋势,笑着点了点头,面呈惊喜。何天义已是兴奋得有些激动,忙命棋丁挥旗示棋,显然这一纸团是有人指点黑方棋路的。

方国涣见状,心中异道:"此时黑方只有应这一招妙手棋,方可挽回大局,不过这手棋非达化境者不能走出,难道有高人另示他法不成?"方国涣复又看了看棋场中的棋势,摇了摇头,心知黑方此时只有这着唯一的妙手棋可以压制白方了,舍此别无他途。

西棚的天机道长、刘水朋等众棋家,见有人投纸东棚示棋,一怔之下,随即纷纷摇头,在他们看来,棋局至此已终,黑方再无棋路可走了,再应也是废棋,不由各自摇头冷笑。此时黑方的一名棋丁按所示之位,跑进棋场应下一"子"。

方国涣忽见那棋丁所至之处,正是自家看出的妙手所应之位,心中不由一阵惊道:"原来天下间另有高人!"

黑方妙手应下,众棋家一时看解不出,茫然相顾,议论纷纷。随即西棚的天机道长与刘水朋及几名高手从座位上站了起来,望着棋场上的局势惊讶万分,已然看出了利害所在。围观的人群中虽有不少懂棋的,唯有几个人暗自点头,惊叹不已,大多数都在摇头议论,显是自家棋力太低,看解不出这手棋有何妙处。黑方得以一位神秘的高人指点,转劣为优,立占上风,白方已然无力回天了。

但是方国涣心中知道,白方此时虽无反胜之法,但有刘水朋一妙手奠基为先,虽被黑方突来奇着所制,然而仍有一手高妙之棋可把双方棋势扳成和局的。方国涣心中纳罕,不知那投纸示棋之人,为何单指点黑方后而走掉了。此时东西棚的众棋家认为棋局已终,没有再走下去的必要了,天机道长摇了摇头,准备示意棋丁举旗认输。尉迟云璐见有高手示棋而使黑方获胜,高兴棋上又有创新,当即与何天义握手相贺。

方国涣见棋场上的棋局此时并未走完，白方是另有一神招妙手走成和棋的，棋家本性，不想让这一场众高手走出的妙局就此结束，便说了一声道："且慢！白方当无认输之理，还有一手棋可促成和局的。"说着，从人群中缓缓走出。

　　方国涣声落人出，立时全场愕然。尉迟云璐忽见一位陌生的年轻人出场示棋，惊异之余，心中不由一动，忙对一旁的曹文耳语了几句。

　　曹文会意，迎上前来，朝方国涣拱手一礼道："这位公子请了，场中大势已定，胜负决出，公子当真另有奇招促和不成？"

　　方国涣微微一笑道："可否让在下一试？"

　　曹文见方国涣胸有成竹，十分自信的样子，诧异之余，忙伸手相让道："棋场上的规矩，不阻碍高手示棋的，这位公子请罢。"

　　方国涣道："如此最好。"随即走到西棚，朝面呈惊异之色的天机道长、刘水朋等人笑着点了点头，然后走至持令旗的棋丁旁，附耳说了几句。

　　那棋丁闻之茫然，不由朝尉迟云璐这边望了望。尉迟云璐对他点了点头，那棋丁于是令旗挥动，示意了应棋之位。

　　那边何天义见了，不由道了声："狂生滥棋！"

　　此时一名白衣棋丁跑至棋场上所指示的位置，盘膝端坐，这才最后定局。东西两棚的众棋家看罢，相顾茫然，各是不解。天机道长站起身来细观了片刻，随后一摇头颓然而坐。刘水朋则皱着眉头，盯着棋场自家研算。

　　当尉迟云璐细观了一阵之后，忽击掌惊叹道："好一招仙人指路！神来妙手！照此势收官，双方当成阴阳既济之和局！"众人闻之愕然，先前惑疑者，自都研算起来。

　　刘水朋这时一拍双手站起身来，惊喜万分道："妙！真是妙不可言！此手棋竟有化合之功！"接着又有几名棋高之人看出了端倪，起身惊叹，全场哗然，那何天义、天机道长已是惊得呆了。

　　人群中的杨显星、王董二人惊异地互望了一眼，杨显星惊讶道："敢情这位方公子是位棋上的高人！"

　　王董惑然道："这手棋有何妙处？我怎么看不出？"

　　旁边一名老者望着棋场上的棋势，暗自点头惊叹，听了王董的话，转身对王董、杨显星二人笑道："此局棋谱，二位记回家去研究它一年，也未必回过味来。"接着又肃然道："此乃仙家妙手！非高手棋家所能走得出的，老夫今日真是开了眼界，见识到了一回化境之棋！"

　　这时，尉迟云璐、何天义、刘水朋、天机道长等众棋家迎向方国涣。尉迟云璐先自上前拱手一礼道："公子当为棋中仙圣！在下尉迟云璐，敢问公子大名？"

第四十九回　玉棋山庄

方国涣回了一礼道:"久闻'棋公子'之名,今日一见,果不虚传,在下方国涣便是。"

"方国涣?!"众棋家闻之一惊。尉迟云璐立呈惊喜道:"公子可是传闻中的那位在长城外布以天元棋阵,挡退了二十万女真铁骑的方国涣公子?"

方国涣笑道:"在下无意中得来的一点微名,不足为道。"

"果真是方国涣公子到了!"尉迟云璐等众棋家不由惊喜万分。

刘水朋一旁感叹道:"我说呢!天下间谁人有此修为!"

方国涣的到来,令众棋家欣喜不已,尉迟云璐随后向方国涣引见了何天义、天机道长、刘水朋等众棋家高手。那何天义愧然而拜,方国涣忙扶了。

尉迟云璐见无意中迎到了方国涣,自是大喜,忙命曹文散了棋场,复与众棋家簇拥着方国涣一路说笑朝棋殿而来。杨显星、王董二人一时回不过神来,只好眼睁睁看着众人簇拥着方国涣去了。

第五十回　棋公子

《艺经》谓棋有九品：一曰入神，二曰坐照，三曰具体，四曰通幽，五曰用智，六曰小巧，七曰斗力，八曰若愚，九曰守拙。谁以棋艺之高低，也仅限以世间之常势。唐时棋中高手王积薪著有《十诀》：一、不得贪胜；二、入界宣缓；三、攻彼顾我；四、弃子争先；五、舍小就大；六、逢危须弃；七、慎勿轻速；八、动须相应；九、彼强自保；十、势孤取和。此十诀教人临棋时的心态应法，甚合棋家之法则。

尉迟云璐等众棋家迎方国涣进了棋殿，此棋殿宽阔敞亮，布置典雅，尤以中堂之上绘了一面大棋盘，占了横竖四米方地，上布棋势，列以古人妙谱，显得大殿内"棋气"十足。尉迟云璐欲请方国涣坐于首位，方国涣自是推却，在尉迟云璐下首坐了，众棋家也以何天义、天机道长为首依次落了座。

仆人献上茶来，尉迟云璐相让方国涣等众棋家饮毕，歉意道："不知方公子光临，有失远迎，失礼之处，还望见谅。"

方国涣笑道："尉迟公子不必客气，今日有幸在玉棋山庄内观棋场上众高手走以大势之棋，实令人大开眼界，尉迟公子巧思至此，叫人佩服。"

尉迟云璐道："方公子过奖，此棋场为先人所设，为的是邀请天下高手共同研讨棋上的变化，以增新意，探究棋道的神奇与奥秘。"方国涣频频颔首。

刘水朋这时敬服道："方公子棋力高深莫测，古今罕有。今日在棋场上妙手迭出，先是投纸示棋，暂分胜负，后又出一神招，定和了乾坤，看来高人眼中棋路是无尽的！"显然是刘水朋等众棋家误认为方国涣是那位投纸示棋之人了。

天机道长也慨叹道："方公子先示一妙手，我等双方以为大势已定，不料公子继以神招，各助一把，促成和棋，如此奇妙之棋局，被我等遇上，实为幸甚之至！"

方国涣道："各位在棋场上能共同走出这般复杂难辨的棋势，是非常难得的，在下能有机会出场示棋，也是被各位高手走定的棋势所引，不过……"

方国涣摇了摇头道："先前那位投纸示棋者，却不是在下，乃另有高人。"此言一出，众人大惊。尉迟云璐与何天义互望了一眼，各呈骇然之色。

第五十回 棋公子

何天义惊异道："那纸团既然不是方公子所投，却示出如此妙手，当今天下，棋上达异能之境者，除了方公子，当……当还有一人，难道真的把他引……引来了？"后两句话，何天义几乎是颤抖着说出来的。

尉迟云璐此时神情一震，脸色大变，忙起身走出棋殿外，招过几名庄丁，低头问了些什么，众庄丁各自摇头，尉迟云璐复皱着眉头回身坐下。方国涣见尉迟云璐神色有异，于是问道："敢问尉迟公子，不知发生了什么事？"

尉迟云璐长叹了一声，肃然道："不瞒方公子，玉棋山庄的这次棋会，自是提前了半年，如此仓促举行，实是为了引来一个人。为了不暴露此番棋会的目的，除了何天义前辈外，未曾令他人知晓。"众棋家闻之愕然。

刘水朋诧异道："这次棋会搞得有些特殊，原来是有原因的，不知尉迟公子要以此引来什么人？可是方国涣公子？"

尉迟云璐道："无意中把方公子引了来，却是意外的惊喜。此番欲以棋会引出的这个人，大家都已听说过的，此人的行为已经震动天下，更造成了棋坛的一场浩劫，一次灾难。"众棋家闻之，皆黯然无语，气氛立时间变得凝重起来。

方国涣心中一动，已然明白了什么。

尉迟云璐接着忧虑道："既然那投纸示棋之人不是方公子，一定是此人了，已经来了，却没有露面，庄中事先设伏好的人手竟然没有发现他的足迹，可是有所警觉？"

方国涣道："尉迟公子说的这个人可是国手太监李如川？"

尉迟云璐点头叹道："不错，正是国手太监，不过此人却是叫李无三的。"

方国涣道："李无三是此人在宫中时的化名，他的真名叫李如川。"

尉迟云璐闻之惊讶道："方公子难道识得这个以棋杀人的国手太监？"

方国涣叹然道："数年前，曾与此人有过一面之缘，后来此人习练一种鬼棋邪术入以魔境，从此操此邪术棋上杀人取乐。我追查李如川已经很久了，可惜他行踪诡秘，无处可寻。"

尉迟云璐等众棋家闻之皆一怔，天机道长惊讶道："原来方公子早已注意上此人了，看来也只有方公子的棋力能与国手太监的杀人鬼棋相抗了。"

尉迟云璐叹道："棋本雅艺，也能杀人，本朝棋坛有此异变，实为不幸，方公子在棋上若能克制住此人，当为大功德！"

方国涣道："李如川鬼棋邪术诡秘难测，不知何以能生出杀人之力来，已然超出棋艺范围。不管怎样，在下愿寻此人棋上一斗，希望为那些被他害死的棋家讨回个公道，纵然不胜，也要查清鬼棋杀人之因。"众棋家闻之叹服。

座中一人言道："既然国手太监已到了玉棋山庄，当不可放过他，应立即找出他来，即使不能在棋上反杀了他，也要在刀剑上取了这个怪物的性命。"

何天义道："不错，机会难得，应将他拿住问罪，今有方公子在，加上我等棋力，不信争他不过。"

刘水朋道："国手太监既已投纸示棋，看来是耐不住杀人之性，为了匡棋道雅正，今日当不论任何手段结果了他才是，防止再有棋家遭受其害。"座中有人附和道："我等人多势众，不怕找不出他一个太监来。"一时间群情激昂，立有要出去寻拿李如川的意思。

方国涣忙起身止了众人道："各位且慢，适才棋场之上，有人投纸示棋之时，在下曾望见此人的背影，并不是国手太监李如川。而且此人所示的是一招刚正的妙手棋，不似有伤人之力的鬼棋邪术。当时棋场上，乃另有棋中高人。"众棋家闻之，皆自一惊。

尉迟云璐诧异道："那投纸示棋者，既不是方公子与李如川，当另有其人，没想到此人棋上水平也高得出奇，可至化境！"

方国涣道："适才在棋场之上，在下虽然也看出了那招妙手棋，未及出场点示，便被此人抢了先，此人的棋上修为，不在方某之下。"

尉迟云璐感慨道："棋上出此高人与方公子，实为棋道之幸，然则又出了个李如川，棋上杀人，旁生祸事，一扫棋风之雅正，令人谈棋色变。"

座中一人摇头道："如今已有几十位高手名家被那国手太监所害，在下不信棋上杀人若此，必是这个太监用了旁门左道，暗施妖法邪术，他是以术杀人，而不是以棋杀人，鬼棋之说，不足为信。"

方国涣道："棋虽雅艺，也分邪正，几十位高手名家在与李如川对弈过一局之后，皆棋终人亡，这已是证明了的，棋能杀人，已是事实。"先前那人闻之，不再言语。

尉迟云璐道："那李如川身边有高手相护，每于棋上杀人之后，皆能全身而退，纵有寻仇者，也多被此人击败，故想接近李如川而杀之极难，唯一的机会就是在棋上制他，以废他杀人棋术。"

方国涣点头道："棋上事还需棋上来解决，如今当务之急，是要寻着李如川。"尉迟云璐道："此次棋会没有将他引来，是为遗憾，既然如此，希望各位棋道上的朋友日后注意李如川的动向，勿轻易与陌生人斗棋，慎防为是，一有此人的消息，即刻飞传玉棋山庄。邪不胜正，今有方国涣公子在，棋上足以制住李如川的鬼棋杀人之术，匡棋道雅正，还我等一个高雅棋风。"众棋家闻之，点头而应。

玉棋山庄的棋会没有将国手太监李无三引来，何天义、天机道长、刘水朋等众棋家随后向尉迟云璐、方国涣二人辞行，各自拱手别去。

送去了众棋家，尉迟云璐复请方国涣到了自己的书房内，自掩了房门，然后道："方公子，今日让你见一个人。"说着，尉迟云璐启动了墙上的一处机关，打开了一道暗门，先行而入。方国涣见之一怔，随之与尉迟云璐走了进去。

二人进了一间暗室，室内燃着火烛，一白衣人正负手面墙而立，且头扎白带，显然穿了一身孝衣丧服。闻有动静，那人便转过身来，乃是一位中年人，方国涣并不识得，心中暗自惊讶，不知尉迟云璐引自己见此人何意。

那人见了尉迟云璐，忙迎上前道："尉迟公子，可有那太监的消息？"尤呈悲愤急切之情。

尉迟云璐摇头道："不知何故，国手太监一直没有现身，看来玉棋山庄的本次棋会未能将他引来。不过白先生勿急，本次棋会却意外地引来了一位高人。"说完，尉迟云璐引见了方国涣道："这位是方国涣公子，棋上修为已达通神入化之境，日后有机会反制国手太监杀人棋术者，非方公子莫属。"

那中年人闻之，面呈惊异之色，随即朝方国涣大拜一礼道："铜陵白光耀见过方公子，敢请方公子日后出手相助，废那太监杀人棋术。"

"铜陵白光……"方国涣闻之一惊道，"铜陵棋上名家白光景先生，不知是阁下什么人？"

白光耀闻之，恻然道："那是家兄，原来方公子也知的。"

尉迟云璐一旁道："白光景先生是在下的至交好友，可惜也遭了那国手太监的鬼棋之害。"

白光耀懊悔道："家兄出事之时，白某外出访友未归，不料家中竟起了如此变故，未能及时手刃仇人。"

方国涣叹然一声道："二位有所不知，在白光景先生出事的当天，我与两位朋友追寻国手太监李如川正至铜陵城外，可惜晚了一步，被李如川走掉了。"

白光耀闻之惊讶道："事后曾闻家兄的弟子讲，他们那日在铜陵城外追杀国手太监未得手，后遇见三名年轻人，好像也是找那太监寻仇的，原来就是方公子几位。"

尉迟云璐惋惜道："方公子若早到一步，不但白光景先生免遭鬼棋之害，说不定在棋上也将李如川制住了。"

方国涣摇头叹道："昔日没有追上李如川，错过了一次与他斗棋的机会，或是他的气数未尽罢。"

白光耀这时叹然道："没想到家兄竟然在自己走惯的棋上被人不明不白地害了，实在不可思议！白某已发下重誓，素衣追杀那太监，仇不报不去素衣。"

尉迟云璐对方国涣道："光耀先生是当今世上的武术名家，身怀绝技，人罕匹敌。"

白光耀摇头道："白某空负一身武学，不能报家兄之仇，实无用处。"
　　尉迟云璐道："事发意外，有悖常理，当以特殊对待，还请光耀先生将两个月前发生的那件事说与方公子听罢。"
　　白光耀于是道："为了报家兄之仇，白某远涉江湖，追杀元凶，不时听闻天下间棋上命案连发，一些高手名家都如家兄一样奇怪地死在一位人称国手太监的棋上，那太监棋上杀人于无形中，自令白某心惊，如此祸乱天下，非妖即魔。就在两个月前，白某终于寻着了这个棋上的魔头。"方国涣闻之一惊，急听下文。
　　白光耀接着道："当时这个太监身边有一位持剑的护卫，通名之下却叫白某大吃一惊，原来此人竟然是以剑术独步天下的，素有'天下第一剑客'之称的于若虚。白某至今不明白，江湖上极负盛名的于若虚为何死命护着那国手太监？"
　　方国涣道："国手太监李如川曾在皇上面前求过情，救下了已犯死罪的于若虚的性命，此人为了报恩，舍了大内侍卫不做，与李如川同时从宫中出走，以保护李如川的安全，不想助纣为虐，愈发得令李如川有恃无恐，操鬼棋邪术寻访高手名家杀人取乐。"
　　白光耀闻之惊讶道："原来如此，怪不得于若虚拼死护着那太监。那日互通姓名之后，于若虚倒也听说过白某的微名，当时我二人互生敬意。不知何故，于若虚似乎不相信那太监的棋上有杀人之力，但辩解说他主人棋高无敌，寻高手斗棋是为了较争棋力，自无恶意，对手的死当属意外，与他主人无关，天下间除非有人能以棋与他主人斗，否则任何人也休想接近和伤害他的主人。白某虽敬于若虚之名，但为了替家兄报仇，我二人还是动了手。此人剑术果不虚传，与白某拼杀了百余个回合未分上下，迫不得已，各施以绝学相抗，结果两败俱伤。"
　　方国涣听到这里，不由暗自惊叹白光耀武功之高，竟与于若虚拼杀到如此程度。
　　白光耀接着道："当时我二人各受重伤，不能再战，于若虚支撑着护了那太监退去了。白某无奈之余，便勉强来到了玉棋山庄，见着了尉迟公子，在庄内养了两月余，伤势才痊愈。心知仇因棋至，也只有以棋来解决，才有机会制住那太监，故与尉迟公子商议，在玉棋山庄召开棋会，以引那太监前来，到时白某缠住于若虚，众棋家高手想法制住那太监。此番计划落空，或许是于若虚与那太监有所警觉，不敢现身应棋。"
　　尉迟云璐这时道："此计虽落空，却意外的引来了方国涣公子。方公子棋达化境，自能抵御住李如川鬼棋杀人之力。不过……"
　　尉迟云璐顿了一下道："此番棋会，在棋场上众高手走以棋上大势，意在把李如川引来斗棋，在下当时实是担心得很，若真将那太监引来，而方公子与另一位高人又未至，我等在棋场上与国手太监斗棋，不知此人能否导引场上的大势之棋棋杀众人？今日可是冒了一次险。"

方国涣闻之一惊道："倘若众棋家与李如川在棋场上走以大势之棋，众高手都是当局之人，还有棋场上那些布棋的棋丁，都在棋气所罩之内，李如川真的来了，后果将不堪设想。"

白光耀讶道："那太监的棋力，真有这么厉害吗？"

方国涣道："李如川鬼棋杀人之术，在于临枰走棋之时，棋场大，棋势也大，与棋盘上的弈对并无区别，那么在棋上产生的杀伐之力可能更大更猛，无论当局者、围观者，棋力高些的人，还有那些布棋的棋丁，不免遭棋场上产生的杀伐之力所害。"尉迟云璐、白光耀二人听到这里，各自惊吓出了一身冷汗，尉迟云璐暗里叫了声"侥幸"！后怕不已。

方国涣又道："当然，这只是一种假设，不过却是有可能发生的。"

方国涣随又茫然不解道："棋家本性，李如川当不会错过这次与众高手斗棋显示其本事的机会，此番未至，不知是何缘故？还有，这段时期，李如川忽然不知所踪，失去了任何消息，又不知是何原因？"

白光耀一旁恍悟道："是了，于若虚自上次与白某一战受了重伤，无力保护那太监，为了安全起见及躲开仇家，故而避隐偏僻之地养伤去了。"

方国涣闻之，点头道："有理，怪不得他二人似消失了一般，也不再有棋上命案发生。"

"不过……"白光耀又道，"这两个月来，白某的伤势已愈，那于若虚的伤势也会好的，日后还会护着那太监出来在棋上作乱生事的。"方国涣、尉迟云璐闻之，二人心中各自一沉。

白光耀这时叹口气道："那太监有于若虚这等高手护卫，棋外杀他不易，况且棋外之人杀他也无名，唯在棋上才有机会制他，即使不能在棋上反杀了他，也要废他杀人棋道，以防再有如家兄一样的棋家遭受其害。方公子棋上既有极高修为，堪当此重任，天下间也只有方公子一人能为了。"

方国涣慨然道："在下与李如川无论为公为私都要在棋盘上斗上一局的，纵使不胜其力，宁与他同废棋道，也要绝此鬼棋害人之术。"

白光耀赞叹道："方公子当为棋侠！若能以棋力制住那太监，实为天下间众棋家之幸！"

方国涣道："既为棋道中人，在此棋上多事之秋，当义不容辞。想李如川操鬼棋邪术杀人日众，多是高手名家，照此下去，将影响棋道的根基，后人论棋，则止于小术，失其棋境远之又远了。"

尉迟云璐敬服道："古今如方公子一般视棋道为大道者罕有，也是棋中的天地，非有大修为者不能感悟！"

方国涣笑道："棋之道，应天法地，合人事尔！"

方国涣、尉迟云璐二人随后别了白光耀出了暗室，复回棋殿内落座。尉迟云璐此时想起一事，不由自语道："河北棋上名家钟世源先生应该到了，怎么这几日还无消息？"

"钟世源？！"方国涣闻之讶道，"天下间最善走快棋的钟世源先生也要来吗？"

尉迟云璐道："不错，为了在棋会上对付李如川，故约了钟世源先生前来相助，按日程来算，应该早到了，或因旁事耽搁了罢。至于江南棋王田阳午远在苏州，另一棋上大家刘诃刘敏章远居蜀中，因棋会召开得仓促，故未及相邀。"

方国涣道："当今天下棋家高人之中，此三人棋名最大最久，本朝棋风极盛，此三人的影响功不可没。江南棋王田阳午先生，在下曾有幸拜见，刘敏章、钟世源两位前辈，在下虽仰慕已久，却未曾有机会谋面。"

尉迟云璐笑道："高手间对弈，境界又是不同的。如今以方公子棋达化境的修为，当在三大高手名家之上。"

方国涣道："棋无止境，岂敢为人先，能于棋上求一心安足矣！"尉迟云璐闻之，暗自点头。

尉迟云璐随后命人备了一桌宴席，自与方国涣饮酒谈棋。尉迟云璐先前在棋上有几点疑惑之处，请教于方国涣，方国涣一语即解，尉迟云璐惊服之余，更加敬佩。

这时，一名上菜的仆人，上完菜后并不离去，望着方国涣傻呆呆地笑着。

方国涣见那仆人有些木讷之态，但对自家却显得亲切，于是笑问道："阁下有事吗？"

那仆人闻之，面呈喜气，不好意思地挠挠头，"嘿嘿"笑了两声，躬身施礼退去。

尉迟云璐一旁笑道："他是敬方公子在棋场上点示妙手棋，一子和乾坤，惊服众高手，自想多望方公子几眼的。此仆名唤任松，善走'钝棋'，是庄中的一名棋上好手。"

"钝棋？"方国涣闻之一怔。

尉迟云璐随之笑道："迟钝滞缓之意，庄中数他走棋最慢，思路上的缘故罢，一盘棋要走上十天八天的，性急的人多不与他对弈，不过若走将起来，倒很少有人能赢他，尤为庄中张、王两位棋师所推崇。"

方国涣惊讶道："思路虽慢，棋路却高，当是不简单的。"

二人对饮了几杯，尉迟云璐感叹道："与方公子交谈，不亚于对走了一局

第五十回　棋公子

妙棋！令人畅然！稍后庄内有一些棋中的藏品还要请方公子观赏的。"

方国涣闻之，高兴道："如此多谢了，听说玉棋山庄内收藏了许多棋中的珍品，当属天下第一的。"

尉迟云璐笑道："方公子所言倒也不为过，庄中历代先人收藏的棋具经谱甚丰，有些还为绝世的珍品，不为棋家所易见的。另外还有一样东西请方公子看过，或能从中得到些什么启示。"

酒菜用毕，尉迟云璐便引了方国涣来到后花园内，一座远离水火的二层石楼前，门匾上有"藏棋楼"三字。两名守卫的强壮汉子见尉迟云璐和方国涣过了来，上前施了一礼后，便回身下了门上铁锁。此处戒备森严，显是玉棋山庄内贮藏棋物的重地。

方国涣随尉迟云璐进了藏棋楼，呈现眼前的是一架架的书卷。方国涣随手翻了翻，尽是些棋经古谱，上至秦汉，中至隋唐，下至宋元，各朝历代，无所不包。

方国涣看罢，惊叹道："此楼所藏，可谓集古今棋家经谱大全了！"

尉迟云璐笑道："也只是我等当作宝贝，方公子却是瞧不上眼的。"尉迟云璐这时指了一列棋书，介绍道："这是本朝林应龙所著的《适情录》，收有棋谱九百余图，皆为历代名谱。其中收有东瀛棋僧虚中的《决胜图》，其图谱分之甚详，有飞兵、奇兵、野战、鏖战、挑战、守城、降城、解围、得隽、会盟、舞剑、炫武等部。虚中其人于弘治年间方来我朝，与当时棋艺天下第一的顾香童对弈一局之后，敬服万分，感叹我国果为'天府棋国'，从此定居扬州，精研各家高手棋艺，久之而得弈中三昧。"

方国涣闻之，赞许道："林氏、虚中二人集这般棋上精谱传世，可令后人知古人棋法之精奥，承古顺今，发扬棋道，当为大功德！"

尉迟云璐接着又道："这些棋经古谱，供庄中棋师研棋时翻阅，多得古人棋上奥旨。自设棋场以来，每次棋会众多高手名家共走一局，时出新意，单从定式上讲，常有更新。在下每与庄中的棋师研棋讨势，每一定式布局演化百余种，选出七八种能应棋的，供临战时用。此次棋会仓促，虽一日而毕，棋场上却有妙谱应世，又足以令在下与棋师们研究一阵了。"

方国涣敬佩道："尉迟公子才称得上真正的棋家！棋道之发展非取决于棋盘上的胜负，而在于研究其本质与内涵，棋之理法上有所创新，不拘泥于常势，如此方能至真正的棋境，而成就棋道。"

略览了一番棋之经谱，尉迟云璐便引了方国涣上了二楼。上得楼来，方国涣不由惊叹了一声，原来楼上摆列着琳琅满目的棋具。古木棋枰、独木棋墩、玉雕棋盘、石刻棋桌，还有数张湘妃竹棋枰，古朴典雅，大小不一，皆整齐地摆放在室中。四壁安以精巧的棋架，陈列着几百付棋子，各用竹、木、玉、瓷、石、陶等罐夋贮着，形色各异，典雅别致，似那古董器玩，映罩气彩。里面皆盛着亮洁的上品棋子，圆润光泽，粒粒珠玑，有那云南窑大理石棋子、精瓷棋子、玛瑙棋子，尤以色泽怡人的玉制棋子为多。

方国涣观赏之余，不由惊叹道："如此众多贵重的上品棋子，尽藏一楼之内，玉棋山庄！名不虚传！"接着又道："闻玉棋山庄内藏有一种叫作'夜光棋'的宝棋，不知真假？"

尉迟云璐闻之一笑，走至墙边开启了一处不易察觉的暗橱，此暗橱上下多层，存放着许多物品，显然都是些贵重之物。尉迟云璐从中取了一只精致的檀香木盒，回身放于桌上，启开来，里面呈现出了两只玉制棋罐。移去玉罐封盖，忽从罐内映出毫光来，光晕高二三寸，色彩柔如，余晖淡淡。尤以那罐黑棋子，棋成墨色，却放碧光，竟然棋光两异，看得方国涣啧啧称奇不已。

尉迟云璐介绍道："此副夜光棋乃祖传之物，是为棋中至宝，夜晚对弈，其光自照，不用燃火烛。奇在黑棋，质为墨玉，而放碧光，暗中弈对，与白子交相辉映，清晰可辨，趣味无穷。"

方国涣赞叹道："没想到棋中竟有此奇品，可谓价值连城！棋家有此宝物，当以自慰！"

尉迟云璐闻之一笑，转身又从暗橱内取出两只彩塑棋罐，随手启开道："在下另藏有一副珍品，请方公子赏过。"

方国涣见此副棋子圆滑光润，色泽怡人，似有气感，便伸手取了两枚白子，手感润泽细腻而稳实。就在此时，方国涣忽觉棋子内透着一种温热，握在手里暖乎乎的，不由大是惊异。

尉迟云璐见状笑道："这是一种'暖棋'，冬可暖手，放于室外，一米之内，雪落即化，雪景中操此棋临枰对弈，当别有一番情趣，为棋中又一奇品。此棋质为一种罕见的温玉，采于蓝田的一处玉矿中，有玉工隐见石穴中热气蒸发，探而掘之，竟出黑白两块温玉，传为奇事。后被一商人重金购得，带回中原，不知被何人异想天开的磨成棋子，成就了一副棋中珍品，后经辗转落入先祖手中，与夜光棋并为家传至宝。"方国涣闻之，惊讶不已。

尉迟云璐又向方国涣展示了一种少见的铁棋子，其质为精铁和玄铁之料，黑白分明，沉重压手。还有几种用香木雕制的棋子，外涂黑白之漆，内透异香之气，手摩之留有余味，久久不散。

方国涣观遍各种棋子，惊叹之余，慨然道："今日得见各种棋中珍品，实为幸甚！尉迟公子果为天下第一好棋之人，不愧'棋公子'之称，当令世上所有习棋之人叹服！"接着又道："今日幸观藏棋楼，令人大开眼界，在下也收藏有一种棋子，也请尉迟公子赏过。"说完，方国涣从怀中取出了一枚天星

第五十回　棋公子

棋子。

尉迟云璐笑道："方公子所持之棋，当非凡品。"随即伸手接过。尉迟云璐但感手中忽地一沉，一惊之下忙着意托起，再看时，见手中这枚棋子圆润精亮，奇沉压手，隐有精光闪动。尉迟云璐惊异万分道："方公子哪里得到的这种棋中至宝？非石非铁，在下生平识棋无数，今日尚属首遇，不知是何质地？这般奇绝！"惊喜之情，立呈言表。

方国涣笑道："此物名为天星棋子，非世间所出，乃天外流星坠落地而来，姑且叫它'天星'罢。仅百余枚纯白者，是一位棋道上的朋友大义赠送的。"

尉迟云璐惊叹道："此天外来物既为棋子堪称棋中至宝，持在手中意感非常，果非世间之物可比！倘临枰对弈，可令人自生妙境，无形中可提高棋力，一招走出，必为妙手，方不枉用此棋子走棋。"

方国涣点头道："不错，接触过此天星棋子者皆有同感，可见奇异之物，自有奇异之处！"

见尉迟云璐呈爱极之色，方国涣便笑道："尉迟公子既然喜欢，将这枚天星棋子收下便是，以成全公子的好棋之心。"

尉迟云璐闻之大喜道："此为无价宝，让在下如何答谢方公子？"

方国涣笑道："宝随其人，送于尉迟公子便是了，给藏棋楼上增一品种、凑一数罢。"

尉迟云璐欣然而应，谢过收了，随后取了两枚黑白各一的夜光棋与两枚暖棋棋子，递呈方国涣道："这四枚棋子虽不及一枚天星棋子，但也为棋中极品，且送与方公子平常赏观罢。"方国涣见尉迟云璐也出自诚意，便高兴地谢过收了，二人各俱欢喜。

方国涣观赏了一番藏棋楼上所收藏的棋具，敬佩之余，赞叹道："此楼内所收藏的棋具甚丰，古今棋家，再无如尉迟公子这般气势了！"

尉迟云璐笑道："棋趣无穷！藏趣也无穷！各得甚乐。"

这时，方国涣见有十几张并摆在一起的棋盘大小似有异处，细看之下，不由一怔。原来这些棋盘不同于世行的十九道棋盘，而是纵横之数有十七道者，十五道者，十三道者，十道者，九道者，甚至还有一盘七道者。

方国涣看罢，惊讶道："曾闻棋盘在古时有少于当今世行十九道者，今见诸盘，果知为真了。这些道数多少各异的棋盘，不与当今世行十九道者同，不知是何道理？"

尉迟云璐道："汉之前，多种道数的棋盘并行，汉以后，才以十九道者为正，少于此者不再兴。"方国涣道："难道汉之前，或更以前者，多以十七道棋盘以下为是吗？"

尉迟云璐道："不然，在下幼时曾随祖父探查一座春秋时楚人古墓，洞眠者也好棋之楚人，在其陪葬品中有石刻棋盘五张，其中便有十九道及少于十九道者。然十九道者位置居上中，十五道与十二道者位置居侧下，摆放似尊卑之分。或为古人对弈时，以棋盘道数多者为尊，少者为下，或许又与棋力的高低而选择棋盘道数的多少，走起来难易有关。"

　　方国涣闻之，点头道："公子所言甚有道理，在下临枰走棋尚可，然对棋道的起始源流则知之甚少，实不足以为棋家，今日得此良机，当向尉迟公子请教。"

　　尉迟云璐道。"方公子过谦了，在下收藏有丰富的棋经古谱，故对棋史有些考究，但浅说一二罢。"

　　尉迟云璐于是道："棋艺一道，本始于上古，兴起春秋，盛在隋唐，发展于宋元。先秦有《世本》一书，便有围棋之名，《论语》《左传》《孟子》等圣贤书莫不载以棋事。《尹文子》所谓：'以智力求者，譬如弈棋，进退取与，攻劫收放，在我者也。'便是论以棋义。临枰对弈，古人又有'手谈''河洛''吴图''方圆''乌鹭''坐隐''烂柯''坐藩''略阵'等称，多以意名之，晋人《世说新语》中也载有棋事。棋艺高者，有国手之称，如春秋时之弈秋、唐时顾三思。至于棋上得朝廷封号者，古时有几位高手名家被御封'棋圣'，本朝则有国手状元曲良仪。棋谱最早似成于东吴，故有'吴图'之称，其实不然，汉以前便有棋谱传世了。后又有北宋之《忘忧清乐集》、元人的《玄玄棋经》，则是有些名气的经谱。古之帝王将相，文人墨客，无不善棋，但多拘于术上，传隋文帝曾以一盘棋赢得天下，不知真假。至于棋道外流，大约汉时便已传入印度，唐之初，传入高丽与东瀛。"方国涣听罢，一一记下，点头赞服。

第五十一回　天人弈战

方国涣这时言道："尧造围棋，古今沿传已久，不知尉迟公子有何高见？"

尉迟云璐道："帝尧造棋，教其子丹朱以敛其性，古今棋家多以此说为是，尊帝尧为棋祖。然棋道广博，理奥义深，非一人所能穷之。棋之道，当为上古圣贤，仰观天文，俯察地理，中和人事而制，感自然而悟。其三百六十一格，应先天河图之数，合周天三百六十五度四分四度之一，黑白分阴阳以象两仪，立四角以按四象，统括天地四方为六合，千变万化中，示以万物之理，所谓世事如棋，便是如此了。先父曾言，其年轻时游一石山，偶见石壁上有刻图似棋盘者，隐见日月星辰，布势如棋，惊为上古人祖所遗痕迹，棋之始，当以应天象而成。所谓天做棋盘，星做子，便是以天喻棋罢。"

方国涣闻之，点头道："棋应天成！果有道理，先前在下蒙先师启悟，于神虚心定的朦胧状态中，正是感悟天象之妙而成天元化境之棋的。"

"天元化境！？"尉迟云璐闻之一惊道，"方公子原来已达到化境之棋中的最高境界——天元化境！"

方国涣惊讶道："难道棋之化境也有不同吗？"

尉迟云璐道："不错，在下藏有一册古传的《三元棋经》，上载棋事，把棋道分为三元、两大、一小。三元者，指棋上修为达通神入化之境，分为天元化境、人元化境、地元化境，而天元化境为三元化境中的最高境界。两大者，为大棋之境与大棋之术，一小者，为棋上小术，指一般棋上好手而言，也就是所谓的小棋。"

方国涣闻之，惊讶道："世上竟有此奇书！能把棋家的修为分得这般详细！"

尉迟云璐道："书载其名，可见古人在棋上已有达三元化境者，故有此说。此书乃是先祖从一位异人手中所得，但历代先人都未曾见识过棋上的修为真正达化境者，以为是一种棋上假说而已。今日在棋场上见方公子点示以妙手棋，超乎人之想象之外，当达以化境之棋，在下吃惊之余，果知经不虚言，故请方公子看过此书，或能别有启发。"说着，尉迟云璐从暗橱内取出一册古书来，递于了方国涣。

方国涣接过那册《三元棋经》，翻开看时，见其首篇即为三元化境之论，心中惊讶道："师父所求，我之所成，竟与古人偶合，可见棋意都相通罢。"于是阅读起来。

天元化境注为：天元之境三元化境之首也，棋之最高境界，本为仙家修行之果，应天合地化通万物也。灵慧聪奇，禀具棋根者，五百年或可出一人。其下又释有经文，多与方国涣所悟感者同，尤自惊异不已。

人元化境注为：人元之境，以意为棋，以神为用，人者，万物之灵，可感万物而合动于棋道，精诚之极也，于棋上无不为之。其下释有经文，多为心棋合一意为之语。

待阅到地元化境时，方国涣不由一惊，见其下注为：地元之境，棋之魔境也，物极反逆，异化魔鬼道，反棋道而行之，男子不能习，妇人不能练，千年出一怪，棋上可伤人。

方国涣看到这里，不由大惊道："李如川的鬼棋杀人之术，可就是这种地元化境之棋？"

尉迟云璐道："江湖上自连发棋上命案，在下也曾怀疑过是否有人习练成了地元化境之棋，以此为祸。然书上载，此棋道男子不能习，妇人不能练，似非人之所能修成的。"

方国涣道："那李如川可是一太监身，当年为了习练成这种鬼棋邪术，李如川自残其身，以心态之异而应鬼棋之变，后成此杀人之棋。"

尉迟云璐闻之，恍悟道："是了，书中千年出一怪之语，当指那种非正常人的太监身，看来以棋杀人，古已有之。"

方国涣忧虑道："《三元棋经》上仅说棋能伤人，而李如川则已达到了令人难以置信的棋上杀人程度，看来他的地元化境，已使人异化成魔，难以制服了。"

尉迟云璐道："邪不压正，李如川的鬼棋之术，在棋上施以地元化境之棋力，反棋道而行之，故棋家常势难以应他。唯有方公子的天元化境和那种人元化境可以克制地元化境之鬼棋，天道刚健运化，有鬼魔出，便有神仙降，当容不得妖邪之类横世的。"

方国涣此时一喜道："如此说来，当今世上除了在下还应有一人能应得下李如川的杀人鬼棋，那就是棋场上的那位投纸示棋之人。"

尉迟云璐闻之，惊异道："方公子是说那位未谋面的高人，棋上已达人元化境了吗？"

方国涣点头道："不错，此人修为也至化境，天地既有，当居人元了。"

尉迟云璐惊喜道："棋达三元化境者，历代罕者，本朝却三元全出，可见棋风之兴盛。"随又感叹一声道："看来棋上正邪之争，已是有的了，仙与魔斗，神与鬼杀，其惊魂动魄、险恶凶危之状，唯有对局者自知了，实是难以想象的一场棋上性命之搏!"

方国涣点头道:"棋分邪正,或是天意如此吧!"

方国涣略览了一遍《三元棋经》,见其棋上别有奇论,自是感慨不已,惊叹其著者对棋道的知识广博及修悟之深。

尉迟云璐随后向方国涣问起独石口关外如何布以天元棋阵挡退了二十万女真铁骑一事,方国涣便把当时的情形大略说了一遍。

尉迟云璐闻之,惊叹道:"方公子能以棋道化通于兵事,创造了一个以少胜多的奇迹,棋能济世之功,人不能测也!在下收藏有一册北宋之人仿《孙子十三篇》而作的《棋经十三篇》,多论以棋上战法,可见古人所谓棋为兵法之说果是有道理的。"

方国涣道:"六合堂的孙奇先生有一部《孙子兵阵棋解》,为兵家奇书,所布兵阵变化之法,却以棋谱述之,当为实证。"

尉迟云璐闻之,叹惜道:"可惜藏棋楼中无此奇书,否则当令满楼生辉的。"

方国涣笑道:"其乃为兵家之书,不入棋类的。"

尉迟云璐道:"本家所好,凡与棋有关之物,莫不收而藏之,故有今日玉棋山庄的这般气势。人之兴趣所至,不惜倾毕生心血,每有所得,自是欣喜万分,其中乐趣旁人体会不来的。"

方国涣点头笑道:"棋公子之名,古今当为第一。"

当方国涣谈起那宋贺因一位老者的一席话而有绝棋之举时,尉迟云璐感慨道:"《孟子》中载:'博弈好饮酒,不顾父母之养,二不孝也。'此辈非真正的棋家,棋徒而已。棋中之天地,棋内之人多有不知,又何况棋外之人呢!"

方国涣道:"棋为雅艺,但以神感,不以术成,也不失为好棋者,求其雅意足矣!"

"但以神感,不以术成!"尉迟云璐闻之笑道,"此乃棋中又一境界也!"

方国涣在玉棋山庄又住了几日,把《三元棋经》和《棋经十三篇》仔细研读一遍。每与尉迟云璐谈棋论艺,相交甚得。因此番棋会未将李如川引来,白光耀报仇心切,先行别去了,继续寻查李如川的足迹。临行前白光耀与方国涣、尉迟云璐二人相约,若有消息当飞传玉棋山庄,到时再设法与李如川棋上斗。

又过了两日,方国涣也自向尉迟云璐辞行,尉迟云璐心知方国涣已肩负着一种特殊使命,不便挽留,便设宴饯行。席后,方国涣拱手别去。

方国涣离了玉棋山庄,想起六合堂势力遍天下,此时或许已有了李如川的行踪，于是计划先与六合堂联系上再做打算。方国涣一路行来，傍晚时分，隐见前方有一座村落，便寻了过去。

走至村口，见有一牧童坐在一头水牛背上，正在四下眺望。见了方国涣，那牧童自是一喜，忙跳下牛背，迎上前道："喂！你可是方公子吗？"

方国涣闻之一怔，诧异道："小兄弟，你如何晓得我的姓氏？"

那牧童道："有个人想见你，故叫我在这里候了，你的样子与简哥说得差不多，还真叫我遇着了。"那牧童面露得意之色。

"有人想见我？简哥？"方国涣不知这陌生的山村之中有谁认识自己，大是茫然，心中思量道："或是旧识罢？去看个究竟也好。"便随了那牧童向村中走来，边走边问道："小兄弟适才说的那位简哥，可认识我吗？"

牧童闻之笑道："简哥若不认得你，怎会叫我在这里迎你？"

方国涣想了想，印象中并无简姓的故旧，于是又问道："小兄弟，这位简哥是做什么的？"

牧童笑道："简哥说了，什么也不要告诉你，稍后你二人见着面就明白了。"

方国涣闻之，暗自惊讶道："这简哥倒是位神秘人物。"

那牧童引了方国涣来到一户院落前，牧童自开了木门进了院内。此院不甚大，只有三间草房，乃是一户普通农家，方国涣心中愈加疑惑。

那牧童此时站在院中向屋内喊道："简哥，你的客人到了。"

随即闻屋内有一人应道："谢谢你阿九，忙你的去吧。"那牧童应了一声，转身一蹦一跳地去了。

此时屋内那人又道："方公子，既到敝舍，请进罢。"方国涣闻其话语平和，似无恶意，便上前轻轻推开房门，走了进去，室内一年轻人，正面墙而立。方国涣忽见此人背影，不由一怔，随即心中一阵惊喜，原来此人正是那日在玉棋山庄的棋场上投纸示棋之人，方国涣对此人的身影印象极深，故一眼识出。

此时那人笑吟吟地转过身来，乃是一位英俊的年轻人。那年轻人迎上前来，拱手一礼道："在下简良，让方公子受惊了。"

方国涣按住兴奋之情，还了一礼道："原来是简兄，公子二字不敢当，你我以兄弟相称如何？"

简良闻之笑道："如此甚好，没想到这世界上还真有人与我棋成对手。那日在玉棋山庄棋场上，方大哥出场示棋，妙手定和了乾坤，实在出人意料。"

方国涣惊讶道："原来简兄当时并未离开棋场，却为何不再点示那手和棋？"

简良笑道："让那些人分出胜负就是了，那日幸好没有离开，否则也不会知天外有天，人外有人！"简良随后高兴地请方国涣落了座，二人能为彼此相识，各自欢喜。

方国涣此时感然道："在下与简兄素未谋面，何以知我今日到此？又使牧童唤我姓氏而迎于村口，难道简兄有未卜先知之能吗？"

简良笑道："不然，那日在玉棋山庄的棋场之上，见方大哥出场示棋，惊动全场之人，我便记下方大哥的姓氏与相貌了，寻机结识。"

方国涣道："那日简兄为何不出来与众棋家见面？"

简良摇头道："那些人不堪与交，除了尉迟云璐不负'棋公子'之名外，其余人等，能在棋上走出个模样罢了。"

方国涣闻之，心中暗暗惊异，知简良所言，并非大话，而是自家棋境之高，不屑与人论棋了。

简良接着又道："为了能结识方大哥，我在玉棋山庄外候了数日，今日见方大哥离了玉棋山庄，便尾随而来，寻机上前拜见结识。后见方大哥朝简家村方向而行，我便绕道先回，托了名村里的牧童在村口迎了。"

方国涣闻之惊讶道："原来这些天简兄就在身边，而我却不知。"心下也着实感动。

简良这时感叹道："先前以为除我之外，天下无棋，今日方知错矣！"

方国涣道："简兄棋高天下，所言并不为过，不知这般化境之棋，简兄是如何修就的。"

简良道："简某出身苦寒，幼年母逝，唯与老父相守过活。七岁时偶见两人树下弈棋，立为棋境所感，叹天下间竟有如此雅艺。旁观三月，后偶于棋上忍不住有所指，其二人大惊，遗棋愧色而去。从此，每于棋上自悟，感其变化无穷，鬼神难测，务之尤甚。十年后，以为棋成，访高手较之，虽胜多负少，棋上仍感不足。为达极高棋境，闭门修习，不求外学，棋道日成。每年但离家远游一两次，寻访儒、佛、道中的高人弈对，以验棋力，也与市井中的好手斗棋博彩，时携数金还家与父，而以棋维持生计。恐有人上门烦扰，外出游棋时多以化名，故今之世人不知棋上有我，乡人但以简哥称之，也自悠闲自在。两年前，偶坐于棋枰旁自弈，久之棋意愈浓，渐入物我两忘之境。冥想中忽见枰上棋子自动，自布极难极奥之势，变化无穷，继而恍悟化境之棋，或许成就了真正的棋道。当时并非棋子动，而是意动，意动神感，方有此妙境。从此以后，每持棋在手，则心稳神和，自感棋能增意定念，天地泰然！"

方国涣听罢，惊异道："以意行棋，果达人元化境了！"

"人元化境？"简良闻之惊讶道，"方大哥如何这般说？"

方国涣道："玉棋山庄的尉迟云璐藏有一部世之奇书《三元棋经》，论以棋事，将棋道分为三元、两大、一小。三元者，为天元化境、人元化境、地元化境。两大者，为大棋之境与大棋之术。一小者，为世行之小棋，指一般棋上好手而言。"

简良闻之惊讶道："棋上修为竟有如此层次之分，化境之棋又有天地人三元之别，棋道大矣！"简良随又有所悟道："方大哥在玉棋山庄的棋场上，示妙手神着促成双方和局，天道贵和，不似人分胜负，方大哥境界高远，棋上修为当至天元化境了！"

方国涣道："天元化境与人元化境都是化境之棋道，本质上并无高低之分，我是在悟境中感天象之妙而成，简兄是在悟境中以意感棋而就，都已达心棋合一、形神同融的境界。"简良感慨道："天赐我简良一个对手，得遇方大哥，不枉此生矣！"

方国涣此时道："还有一人，棋上也至化境，然违逆棋道雅正，当需你我二人棋上制之。"

简良闻之一怔道："是那地元化境之人吗？"

方国涣重重颔首道："不错，此人修为已达地元化境，这是一种外道鬼棋，与高手对弈中，可杀人于无形，此人现已祸乱棋坛，专访高手名家棋上杀人取乐。"

简良听罢，大吃一惊道："方大哥说的这人原来是那位传闻中的国手太监，先前闻之此事，觉得不可思议，现今看来，棋道果有邪正之分了！"

简良忽又仰头笑道："本以为世间皆俗手，再无对手可寻，如今忽现出两个对手来，真乃人生快事！"

方国涣摇头苦笑道："那国手太监的鬼棋之上所逆生出的杀人之力，可不是容易应付的。"

简良道："不管怎样，毕竟是一个难得的对手，日后必寻此人棋上一斗。"见有简良相助，方国涣心中欣慰不已。简良与方国涣虽初识，但二人以棋倾心，彼此敬服，皆有相见恨晚之感。

这时，门一开，进来一位六旬老者。

"哦！"那老者微惊讶道，"有客人。"

简良起身介绍道："父亲，这位是方国涣方公子，乃是儿棋上的真正对手。"

方国涣忙起身礼见了。

那老者此时惊喜道："我儿果在棋上寻着对手了！"随对方国涣朗声笑道："老夫简成，不信世上一棋独秀之理，今见果然。"

这位老者倒是一位豁达的老人，接着打量了方国涣一遍，点头笑道："没想到上天真的又生出一奇品来，倒是成全了你二人。"

第五十一回　天人弈战

简成惊喜之余，责怪简良道："既有方公子这般贵客光临，岂能怠慢，竟连茶水都未上来。"

简良歉意笑道："是了，谈了多时，已是口干，竟忘了与方大哥吃茶。"

方国涣笑道："与简兄谈棋，如饮甘露玉泉。"

庭院中，简成在一旁淘米引炊忙着备饭，此时已是夕阳斜照，晚霞映天，院落中罩上了一层金色的光辉，安静祥和。一石桌旁，方国涣与简良临枰摆棋相对，二人心中自知，此局乃是以化境之棋对化境之棋，当是一生中棋上最恣意的一战。

方国涣请简良执黑先行，简良知道在方国涣面前不便推让，于是笑道："自入棋道以来，棋上多让人先，今日承方大哥让我，就此谢了。"说完，起手一子点落天元之位，随即笑道："方大哥棋上既达天元化境，我便抢占天元之位以制之。"

方国涣心知简良不愿讨便宜，开子天元是欲缓自家之势，非有先声夺人和轻彼之意，于是一笑，随手应了一子，布于天元一路之上。

简良见了，笑道："此子之镇，倒也礼尚往来。"随手"小飞"，继以"大飞"，分布两子。方国涣拆三而走，布以"天兔星式"。

待"天兔星式"布局成，简良见状，心中讶道："方大哥竟与我一般布局中腹，且成统摄全盘之势，布局新奇，异于常法，为我生平首遇，今日棋逢对手了！"当下不敢大意，全力应对了。

方国涣见简良棋形疏布，并不拘于定式，然形散而神不散，势控全局，隐透凛人之气，心中叹为对手，也自尽展棋力应对了。

方国涣、简良二人棋上修为皆至化境，双方每布一子，都似为虚落，好像并不相干，在走到第一百手棋时，双方竟无攻守之象，但布自家棋势而已。走到此时，方国涣、简良二人都不由得吃了一惊，因为黑白双方虽然彼此打入，布势复杂，但全盘和合，竟无能争之地，起码在二人心中，此时并无攻守占地之意，双方已是走成了一盘化合之棋。二人彼此惊服之余，互望了一眼，会意地一笑。

这时的院落中，炊烟缥缈，余晖淡淡，方国涣、简良二人，形神已融化于一种奇妙的棋境当中，天地间唯一盘棋而已。

这时，墙头上忽攀上一名小童，对着正在烧饭的简成喊道："简大叔，你们家院子里怎么有五彩光气？"

简成闻之一怔，抬头看时，并无异样，只有方国涣与简良在聚精会神地走棋。简成恐那名小童扰了二人的棋兴，便道："夕阳霞光照映，自生彩气的，去玩罢，勿扰了我烧饭。"

那小童又往院中望了望，茫然地摇了摇头，落墙去了。此时的方国涣、简良二人，耳无所闻，全神弈对，棋境相感合，正处于物我两忘之中……

不多时，砂锅内溢出了炖熟的鸡肉的香味，简成自语道："火候已到了，肉烂了！"随见方国涣、简良二人站起身来，持手笑对。

简良感慨道："天之高远，人不能及！不过天人之间，也就差那么一子。"

方国涣道："你我天人相应，共达棋上妙境，何言有几子之差。你我棋上，不以胜负论。"

简良闻之，点头道："方大哥所言甚是，俗家定以胜负来感受棋趣，你我则是同入棋境而感真正棋道的。"言罢，二人相视一笑。

这天晚上，方国涣、简良二人挑灯夜谈。

简良感慨道："简某幸成化境之棋，于棋上再无对手可寻，便想让此棋道在我身上自成自灭，不想天降方大哥这般仙家妙手来激我，成就一双真正的对手，共入真正的棋境，实是不枉此生了！"

方国涣道："简兄乃为棋家中的神品，既然棋道已成，当游棋天下，以棋济世，那么你我之间的那一子之差，自当消于无形。真正的棋道，在于贯通世道，使之有济世之能，非限于枰子之间，这才是棋家的大德为。"

简良是那种灵慧之人，闻之感悟道："棋之大义在乎此了！先前因无对手，本有隐棋之心，不再与人谈棋弈棋，今日幸得方大哥点化，当以棋道行天下！"

简良随又愤然道："那国手太监李如川现以鬼棋乱世，当寻此人棋上一斗以棋制之，若制住了这个太监，棋上不就有了济世之功了吗？"

方国涣闻之喜道："有简兄相助，此棋祸可解。你我联手，当更有机会与把握在棋上反制住李如川的鬼棋上的杀伐之力。"

简良道："你我俱已棋达化境，棋盘上不外如此了，那地元化境虽有鬼棋之称，又能邪到哪里去？"

方国涣道："简兄切勿轻敌，那地元化境的鬼棋之道，是反棋道而行之，所逆生出一种无形棋气有杀人之力。且在与高手临枰走棋之时，这种杀人之力才能产生，暗耗对手的心之气力。然对一般俗手，却无伤害之能，只有棋家自身的棋力达到一定的修为，才能在对弈中与李如川的棋境相感而受其害。正如你我棋境相感能共入妙境，而与鬼棋的棋境相感则入魔境；棋境被扰心境便乱，心之气力暗耗而竭，无形中便被夺去了性命。"

简良闻之，惊异道："棋上竟有这般怪异！那国手太监当是一妖人！这种鬼棋上的杀伐之力是如何逆生出的呢？"

方国涣叹然道："这个我也不知，追寻李如川许久，仅仅在偶然间弄清了棋家在棋局被害致死的原因。而鬼棋在棋势上如何能走出杀人之力来，至今未得其解，看来只有与李如川斗上一局，才能领略到这其中的奥秘。"

简良此时愤然道："那太监操此邪术杀人取乐，有违棋道雅正，失天道之和，简某一定要寻着此人与他棋上一斗，看他如何以鬼棋杀我。"

方国涣道："你我虽然棋上都已达化境，但与李如川临棋弈斗之时，还须谨慎为是。"

简良仍是不服道："既然在棋上不能与那太监同感而入你我这般妙境，便与他共入魔境又能怎样？"

方国涣闻之，忙摇头道："对付李如川这种异变的鬼棋之道，当以正常心态，若以气相争，则会自扰棋境，恐有反损之力，是很危险的。心境的安和，方是对应李如川这种特殊敌人的临战状态，日后若真与李如川斗棋时，简兄切不可意气用事，否则于己不利。李如川身旁有高人保护，接近和制住他的唯一机会就在棋上，而这个机会只有你我二人能应，棋上若不慎失手，不但自己有性命之忧，也再无机会制止他以棋杀人了，棋道将永失雅正之风，那将是很可怕的。"

简良闻之，点头道："方大哥所言甚是，此事非常，当以非常之心对待之。既然如此，你我日后分头寻那国手太监，以在棋上制服他，不能再让他以棋杀人了，世间好手本无太多，如今在棋盘上几乎让他毁杀去了一半，好是可惜！这太监又好是可恶！"

方国涣欣然道："如今有了简兄相助，实在万幸得很。你我现在就以此事为重，明日分头去寻访李如川的踪迹，若有消息，可传于玉棋山庄的尉迟云璐公子处，以便于互相联系，到时再做计较。"

简良应道："好吧，那太监既是一个难得的对手，寻着他斗上一局，当可解些我棋上的寂寞。"方国涣闻之，心下稍安。

第二天一早，方国涣便别了简氏父子，自家去了。简良于一日后，安顿了父亲简成，带了一副棋子，别父离家，于天下间寻找李如川斗棋去了。

方国涣、简良二人虽相处仅一日，但二人以棋相知，遂成挚友。又因李如川鬼棋杀人之故，二人均感担负了一项匡棋道雅正的使命。尤对简良来说，棋上又多了一位李如川这名难测的对手，是一件令他激动和兴奋的事。对方国涣侠胆棋心敬服之余，自被方国涣激起了游棋天下之情，以棋济世之心一起，简良便感悟到了。

这一日，简良行至一座不知名的小镇上。时至傍晚，简良先自在镇上吃了些东西，嫌客栈人多喧杂，便欲寻一处清静地。想起进镇时见郊外有几间无人住的草房，便自寻了来。简良生性好静，又有随遇而安的习惯，但有能挡风阻雨的安身之地，觉得就好。

这是几间连在一起的破旧的草屋，门窗框早已被人拆去了，空剩个架子支在那，里面却堆放了一些柴草，显是附近人家图省事暂做了柴房的。

简良寻了一干净处躺在柴草上歇了，此地僻静，少有人来，简良自是满意，但求对付一夜罢了。长吁了一口气后，心中寻思道："这李如川行踪不定，不知哪里寻去才好？不过既然能幸逢方大哥这般仙家妙手，也必然能遇上李如川这个以棋杀人的魔头。这太监竟能在高雅的棋上走出杀人的异变之棋，实在不可思议。棋道广博深奥，即使修为已至化境，也有不可测之处。物有两端，棋分雅正，这天下事真是难以捉摸……"不知不觉间，简良已入梦乡。

待简良一觉醒来，天已大亮了。简良先自伸了个懒腰，起身欲到镇上吃些东西，然后继续赶路。这时，忽听得屋角处的草堆里传来轻微的声响，接着又似有人在喃喃自语。简良一怔，上前看时，见屋角处的柴草内露出了一个人的衣襟，不由惊讶道："原来昨晚还有一人宿在此处。"

在那人身旁有一个用黄绸裹着的方形物件，此时系着的布结已松开，露出了一张古色古香棋枰的一角。

"咦！"简良微讶道，"也是好棋的。"伸手去拿棋枰欲看个究竟。忽闻草中那人有气无力的，以一种微弱的声音道："勿……勿要碰我……我的棋枰。"闻其声，显是一个极虚弱之人。

简良一惊，伸手拂去杂草看时，现出了一个中年人一张憔悴的面容，此人虽呈病态，却掩不住本来的一种脱俗的气质，好似不慎于路上病倒，而滞留于此。

简良见状，颇感意外，忙问道："喂！这位先生，可是病了吗?"

那人慢慢睁开双眼，不知何故，双目中呈出一种古怪的茫然之色，呆呆地望着简良，喃喃道："你……你是谁?"接着又闭目不语，已是病得神昏意乱，却还有几丝的清醒。

简良见此人两唇焦裂枯干，身子虚弱无力，显是数日未进米水了，说话都已无了气力，便自动了恻隐之心，于是忙道："你且稍候了，我去弄些吃的来。"说完，转身跑出。

第五十二回　响枰神针

简良到镇上胡乱买了些食物，又向店家讨了一罐水，然后捧着跑回了草屋。此时那人仍呈昏迷态，简良便自喂进了那人几口水。

过了好一会儿，那人才又缓缓地睁开双眼，似已明白被人所救，对简良感激地道："谢谢你，小兄弟。"

简良见状大喜，连忙道："醒了就好，勿要说话，先吃些东西吧。"便又喂食物与那人吃。谁知那人吃了没有几口，竟然头一歪，又自昏了过去。

简良见了，摇摇头道："好是可怜！也罢，救人救到底，待你好转了再说。"便把那人的身子扶正了，以便让他舒服些。

简良见那人暂时没有醒的意思，便坐在旁边守了，随手把那张棋枰从草里取了出来，除去松落的黄绸，再看时，简良不由吃了一惊。此张棋枰光亮润泽，古色古香，四角端正，宽二尺，高三寸，外实中空，拍之有声，脆响悠长，绵延不绝。

简良惊奇道："好一张棋枰！不知走棋落子时，能否发出更好听的声音？"心知此人带有棋枰，也必然会带有棋子，寻了一番，果在草堆中的一只包裹内找到了两篓上等的云南窑棋子。简良于是取了一枚棋子伸手点落棋枰之上，忽从枰子间发出一种清脆悦耳之声，音力悠长，如击金钟，若奏丝弦，令人闻之畅然。

简良听得兴起，随手几子接连扣落上去，一声未绝，另声又起，虽落子轻重有别，声响强弱不同，音量发出的长短却似一致，荡传开去，久久不落，听起来悦耳畅心，神意激然。

简良此时惊异万分道："没想到棋中竟有这般奇绝之物！"抬头望了那中年人一眼，心中惑然道："此为何人？随身携带有这张宝贝棋枰，当是一位高手棋家，何以病倒路上，成了这个样子？"

这时候，那人似被刚才的棋声所激，又慢慢清醒了过来，面色上也自有了些改善，但眼中仍呈一片奇怪的茫然之色。简良见其醒来，便又喂了些水和食物，那人的气力又自恢复了些。简良伸手试了试那人的额头，并元热状，心中自是诧异道："这人病得好怪，不热不冷，神智却时迷时醒的，不知是何种病症？"于是轻声问道："这位先生，好些了吗？"

那人感激地望了简良一眼，缓缓道："多谢小兄弟相救之恩，我还好，你叫什么名字？"

简良见其能顺利地应话了，高兴道："在下简良，先生贵姓？"

那人应道："原来是简良兄弟，承蒙救助，本人钟世源。"

"钟世源？！"简良闻之一惊，望了望旁边的棋枰棋子，忙问道，"先生可是河北棋上名家，以善走快棋闻世的钟世源先生？"

钟世源微微点头示意了一下，简良立时间惊喜不已，钟世源是当今天下棋坛上三大高手名家之一，有"天下第一快棋手"之称，自家久闻其名的。简良没想到今日竟在这种情况下见到了钟世源，实为意外，忙即问道："钟先生，可是在路上患了病吗？"钟世源此时却摇了摇头。

简良诧异道："先生既然无病，何故成这般模样？"钟世源躺在那里眼中忽呈出骇然之色，惊怖道："棋……"接着竟自又昏了过去。简良见状大惊，一时不知所措，忙又喂了钟世源一些水。

过了片刻，钟世源复又醒了过来。简良便把那张棋枰与棋子移至钟世源面前道："棋具在此，钟先生勿急。"

钟世源慢慢地抬起手抚摸着那张棋枰，神态上稍定了些，却又摇了摇头，显是刚才并非意指此棋枰。

简良见了，不知是何缘故，只得道："钟先生既然病成这样，还请稍候，待我去寻个医家来，看看先生是怎么回事。"说完，起身欲走。

钟世源忙摇头止了道："我……我无病，小兄弟勿要去请医家的，来了也是无用。"

简良讶道："先生病得可是不轻，身子都这样了，还在说没病。"

钟世源摇摇头，缓了一口气道："简良兄弟，我这病症特殊，一般医家治不了的，你且坐下来，我有话说。"简良闻之，愈加不解，只好于旁边坐了。

钟世源这时道："麻烦简良兄弟把我送到一个地方，到时我会重重地酬谢你的。"

简良道："都是棋道中人，况且钟先生又是棋家前辈高人，不必客气的，先生要去哪里？我送先生走一趟就是了。"

钟世源闻之，微讶道："原来简良兄弟也是好棋之人，也好，就请简良兄弟将钟某送到玉棋山庄如何？"

"玉棋山庄！"简良一怔道，"钟先生可是要去找'棋公子'尉迟云璐的？"

钟世源道："不错，我有件要事一定要通知尉迟公子的，不知能否赶得上……"说话间，钟世源的神情忽又迷离恍惚起来，接着一歪，竟自又昏了过去，似一提及某件事，神智受激便昏。

第五十二回　响杵神针

简良见状，更是茫然不解，摇了摇头道："先生病成这样赶不了路的，且去镇上寻一客栈住了，养些时日，待好转后再去玉棋山庄罢。"说完，提了包裹与棋具，负了钟世源离开这几间破草屋向镇上而来。

简良在镇上寻了家客栈投了，先自在客房内安顿了钟世源。见钟世源病症古怪，神智时迷时醒，简良知道不能耽搁，便来到柜台上，问那掌柜的道："我的朋友病了，掌柜的可知这附近有没有高明的医家？"

那掌柜的道："此地尽是些草包大夫，没有几个真正会医好人的，客官是过路的外乡人，勿要让他们白白诈了银子去。不过前些日子，镇上王员外家的大公子病了，王员外专门从外地请来位先生，那先生好本事，一针就扎好了王家大公子的顽症。如今那先生在王家接治病人，又不收诊金的，每天都有许多的病家去医治，客官莫不如去请了这位先生来。"

简良闻之一喜道："此人看来医术上是有些手段的，如此甚好，就请他了。"复问了去那王员外家的路径，谢了掌柜的，便出了客栈寻了来。

简良寻至街头的一处宅院门前，见有很多人进进出出，知道便是这里了。此时听得旁边一人道："这位秋先生好是高明！我多年的腰腿疼病，吃了多少包苦草药都不见效，没想到被秋先生一根银针就扎好了，真是位神医！"

另一人赞叹道："这位秋神医治病不用药，但用几根细针，手到病除，简直神了！了不得！了不得！"

简良一旁闻之，心中惊讶道："当真有这般大本事的医家？若如此，钟先生有救了。"

简良随着来看病的人群进了大门，一路上也自无人来拦问。原来此家主人王员外的长子病好了之后，附近病者闻风而至，求那秋先生医病。那王外员也是位善人，便在宅中特设了一处诊室，让那秋先生接待病家医病，而且不收诊金。

在一处站满人的大屋子里，一位三十余岁儒士打扮的人正在施针医病，身旁有一名仆人端了针具伺候着。此时那人问清了一病人病患所在，便取了一根银针在病人背上寻了一穴，一刺而入，手法轻灵，如扎进豆腐一般。

那病人似无针痛感觉，接着忽叫道："麻了！麻了！"

那人一边施针一边道："此麻感可到了腰间？"病人点头道："是、是！正到腰间。"

那人又道："可传至膝盖处了？"

病人连声应道："对、对！膝盖上麻丝丝的，如蚁在爬。"满屋子人啧啧称奇不已。

人群中的简良见状，心中大惊道："此人竟知针感在病人身上所传至之处，必在针法上控制自如，得心应手！果是医中的一位高人！"因来就医的病人太多，简良只好站在一旁候了。那人医病极速，一人一针，最多也不过两三针，问几句，知针感所在，便起针道："好了，下一个。"

一名被施针的病人，犹豫着动了动身子，忽喜道："腰不疼了！果真不疼了！"起身便向那人叩拜，屋中掌声大起。

那人一笑扶了，转治另一人，果是分文不收。简良看得心中惊叹万分，立生敬意。时间不大，一屋子的人竟然全被医治完，各自千恩万谢，欢喜去了。

那人见满屋子的病人一时间走得空了，唯见简良站在一旁，看他施针治病似呆了一般，于是笑道："这位小兄弟，身子有何不适需秋某医治吗？"

简良见那人与自己说话，这才恍过神来，忙上前施了一礼道："在下无病，但是有一位朋友病倒在客栈中，病情危急，恳请先生往诊一次，必当加倍付诊金的。"

那人闻之怔道："既有危急病人，何不早说，出门在外之人最怕病倒途中。你既来请，秋某去一次就是了，不必言诊金的。"

简良闻之，不由大为感激，见那人不但医术高明，医德也高，更无一丝的架子，心中愈加敬服，忙复施一大礼道："先生如此大义，简良这里谢过了。"

那人见状说道："我秋海林以治病救人为本，这是我们医家应该做的事，小兄弟勿要多礼的。"说完，秋海林转过身对一旁的仆人道："请禀告王员外一声，有一病人需秋某出诊，回来或许晚一些。"随手取了些针具，对简良道："请小兄弟前面带路。"说罢，起步先行。

简良见秋海林如此通情达理，在医治了众多病家之后，仍不辞劳苦随自己往诊，心中自是感动不已，敬服有加，忙引了秋海林一路向客栈而来。

到了客栈，此时钟世源正在房间中昏睡。

简良恭敬地对秋海林道："秋先生，这就是我的朋友，烦请医治罢。"

待秋海林上前细观之下，不由吃了一惊，忙俯身把了钟世源的脉位，忽地眉头一皱，立呈惑异之色。

简良一旁不安道："请问秋先生，我这位朋友所患是何病症？"秋海林诊过钟世源的脉相，慢慢收回手，诧异道："此症好怪，外非风寒暑湿燥火六因所感，内非喜怒忧思悲恐惊七情所伤，而独以少阴心经气弱，心脉乱微而散。心为神之宅，心之气力衰竭不能固守心神，心神外越而致意迷智乱，若有小惊所激，一昏即倒，实为怪险之邪症，当是别有他因所致。"

简良闻之，惊讶道："真的是一种怪病！这如何是好？"

秋海林惑然之余，问道："小兄弟勿要急，请告诉我，你这位朋友是在何时何地，是因何缘故而病的？"

第五十二回 响杵神针

简良茫然地摇摇头道:"这个我也不知,我是在今天早上镇外的草屋里发现他的,那时钟先生已是神志不清了。"

秋海林闻之一怔,不由重新打量了简良一番,惊讶道:"你二人本素不相识,不是一起的吗?"

简良点头道:"不错,我二人生平首遇,不过今日能得见钟先生,也是我的荣幸。"

秋海林闻之,赞叹道:"原来小兄弟是一位救人于危难之中的大义之士!实令秋某佩服,失敬!失敬!"自对简良肃然起敬。

简良道:"秋先生言重了,为人之道,岂有见死不救之理,况且钟世源先生还是当今的棋上名家。"

"钟世源?!"秋海林闻之又是一怔,望了望躺在床上的钟世源,惊讶道,"此人原来是誉满天下的,当今棋坛上三大高手名家中的钟世源先生!"

简良道:"钟先生以善走快棋闻名于世,棋道中人莫不敬仰之。"

秋海林此时异道:"小兄弟初识钟先生,如何知道他的姓名?"

简良道:"早上我救起钟先生时,他的神智时清时迷的,曾与我说过几句话,故而知晓。"

秋海林闻之,点头道:"原来如此,看来钟世源先生一定是在路上出了什么事,才致这般怪异之症的。"

秋海林随后道:"事已至此,秋某且施一针,补以心之气力,清脑开窍,待钟先生苏醒时再问原因罢。"说完,拣出一针,取钟世源左手腕神门穴处刺入,略施手法。随见钟世源喉间一动,即刻清醒了过来,自少了些先前的那种迷茫之态。

简良见状大喜,忙上前问道:"钟先生,好些了吗?这位是神医秋先生,特来为你医病的。"

钟世源微收了一下颔,缓声道:"多谢了。"

秋海林见钟世源能言语了,便问道:"请问钟先生,究竟发生了什么事,导致先生这般险怪之症?"

钟世源闻之,目光忽呈惊恐之意,颤声道:"棋……杀人棋!"

"杀人鬼棋!"简良骇然道,"钟先生可是碰到了国手太监?并与他对局时被他的鬼棋伤了?"

钟世源闭上双眼轻叹了一声,微点了一下头,简良自是大吃了一惊。

秋海林一旁惊讶道:"二位说的可是江湖上传闻的那种杀人棋吗?"

简良叹然于声道:"不错,正是此事。最近一年里,江湖上出了一个国手太监,此人习成了一种可在棋盘上杀人于无形的鬼棋之术,专寻访高手斗棋,一局之后,那些棋家都莫名其妙地死在棋旁。此人为祸之甚,果然超乎想象,竟连钟世源先生这般绝顶高手都被他的鬼棋伤了。"

秋海林闻之，惊异道："怪不得钟先生脉象异常，原来是棋上之故，可是这棋为雅艺，怎能伤害人呢？"

简良道："秋先生勿疑，那国手太监以鬼棋之术杀人已成事实，棋艺虽雅，也分邪正的。不瞒秋先生，在下也是棋道中人，此番出游，便是想寻着那太监，希望能在棋上反制住他，不让他再以棋害人。"

秋海林闻之惊讶道："原来小兄弟是一位棋上的高手！"

这时，床上的钟世源缓缓道："简良兄弟，那国手太监棋艺已入魔道，无人能在棋上反制住他的，切勿要寻他斗棋，以免自家空丢了性命。"

简良道："邪不胜正，总有克制之法，管他已入什么魔道鬼道，能成一对手足矣！"简良淡淡的几句话令钟世源、秋海林二人颇感意外，暗自惊讶不已。

简良这时又道："对了，不知钟先生如何遇上那国手太监的？又如何与他斗上棋的？先生能在鬼棋上走脱，当能晓得些那鬼棋有何异处？"

钟世源轻叹了一声道："钟某能在太监的杀人棋上生还，实为侥幸。"接着缓缓道："一个月前，钟某接到玉棋山庄尉迟云璐公子的信函，邀请钟某参加玉棋山庄的棋会，此次棋会意在棋上引出国手太监，然后设法将其除掉，匡扶棋道雅正之风。那日钟某行至一座镇上时……"说到这里，钟世源似因紧张之故，忽止话不语，神智又恍惚起来。

秋海林见状，忙在针上又施了几下手法。钟世源随即清醒了过来，自是惊异道："先生真乃神医！钟某适才感觉针下有股气力沿腕处流传心位，舒坦得很！"

秋海林道："我暂以针术补以先生的心经脉气，待先生慢慢说来，勿急的，秋某找到致此病症的真正原因后，再医治不迟。"

钟世源感激地道"谢了！"接着又缓缓道："那日钟某走至一座小镇上，见天色已晚，便寻了家客栈投了。吃晚饭时，忽有一人走到桌前，指着钟某放在桌上的棋枰道：'这位先生可善棋吗？'当时见此人面老无须，神色间自呈些古怪，不知是什么人，见他问话，钟某便自点了点头。那人立时喜道：'晚间无事，可否与先生对弈一局，权作消遣？'钟某见此人虽有些古怪，但敬其也是棋道中人，颇具雅兴，便应了下来。饭后，钟某便请了那人于客房中摆棋相对。当钟某落子枰中，响枰发出清脆悦耳之声时，那人不由大是惊异……""响枰？"

简良一旁惊讶道："原来钟先生的这张宝贝棋盘叫'响枰，'实为奇物一件！"

钟世源道："此棋枰是先师青云子所遗，其为一整料梧桐木，经高手匠人所雕制，外实中空，叩之脆响悠长，梧桐乃琴之良材，雕琢成此棋枰，称之为'响枰'，棋上别有妙处。落棋子于枰中，所发之音清脆悦耳，一声即响，户外摘花，回转时，其声仍未绝。下一棋应之，其声乃止，另响复起。虽落子枰中轻重不同，其响声强弱有异，但发音的长短却是一致的。钟某善走快棋，便以其响声为限，一声未绝之前必应下一子，承棋道上的朋友抬爱，钟某故有'快棋手'之称。"

简良闻之，赞叹道："此响枰可谓棋具中之神物！对弈时，可令人雅兴与妙境同生！"啧啧称奇不已。

秋海林罕奇之余，问道："后来又怎样了？"

钟世源接着道："钟某与那怪人临枰弈棋，不知何故，那人似不耐响枰之声，呈些烦躁之意。"秋海林闻之，似有所悟。

钟世源接着又道："钟某在响枰上以快棋相对，那怪人竟然也应对从容，不由令钟某吃了一惊，此人棋力高深莫测，实为罕遇，棋路上似正非正，走势多呈诡异，暗叹天下间竟有如此棋高之人。棋至中盘时，不知怎么，钟某心中忽无故生出一种气力不接的恐慌之感。"

简良闻之，暗里一惊道："那鬼棋开始起作用了！"忙即问道："钟先生何以会生出这种感觉来？"

钟世源摇头叹道："当时这种心中的不适，不知从何而来，自有一种不祥之兆。"

简良闻之，心中惊讶道："果如方大哥所说，鬼棋杀人，是在无形中暗耗对手的心之气力吗？看来果真是这般了，厉害！厉害！"

钟世源接着又道："此时感到棋势难走起来，越是这样，心中的窒息感就越重，神意几近恍惚。好在响枰之清音有悦耳畅心之能，每闻响枰之声脆起，心中的不适便减轻了些，已是苦撑而应。"

秋海林听到这里，惊讶之余，望了旁边桌上的那张响枰一眼，似明白了什么，暗自点了点头。

钟世源此时肃然道："钟某这时忽然想起了一个人，此人昔日教棋宫中，红极一时。先前京中棋试，与国手状元曲良仪在金殿之上七战七和，二人名声同扬天下。后来不知何故，此人修习成了一种杀人棋术，从此离宫出走，在江湖上访高手名家棋乱天下。当时钟某便猜到了对方这个古怪之人便是那国手太监，一时激动，便想冒险在棋上弄个明白，对方的棋上如何会有让人谈棋色变的杀人之力，于是忍着心中的那种不适之感，继续落子应棋。"简良、秋海林二人听到这里，对钟世源立生敬意。

钟世源接着又道："此时那怪人自语了一句道：'阁下乃是我出京以来，棋上遇着的最高一人。'显而易见，此人必是那国手太监无疑了。而此时那太监也似乎从棋上猜出了钟某的身份,说了声'好一个快棋手'!棋路随之忽地一变,竟然走出了几招俗手来,不由令钟某大为不解。双方又互应了五六手棋后,钟某突感神智一阵恍惚,心中同时一紧,但知不妙,以棋子重击响枰,棋声立起,心中不适之感稍缓,已是感到此局棋不能再走下去了。然而就在这时,心中忽觉一空,神意昏然,不知所以。恍惚中,听那国手太监一声狞笑,怪声着:'虽有枰声相扰,你的棋速又快,可在老身的棋上仍逃生不得。'国手太监当时以为钟某已经毙命棋上了,没想到我还有一口气在。此时房中好像又进来一人,对那太监道:'公公,玉棋山庄的棋会是个计谋,我们还是避开为好。'他二人又说了几句什么,钟某便听不清了,已是昏厥了过去。待钟某醒来时,天已亮了,但觉神志恍惚,心中空荡荡,身若不存。勉强收了棋具,离了客栈,一路上也不知昏迷了几次,当再一次醒来时,就见着简良兄弟了。"说完这番话,钟世源已显得有些气力不接。

秋海林这时叹然道:"好险!好险!钟先生乃是无意中捡回了一条命。"

简良一旁不解道:"如何这般说法?"

秋海林道:"钟先生以善走快棋著称于世,那日对国手太监一局,钟先生棋速甚快,使响枰清脆和悦之声不绝于耳,可以说是这张响枰的神奇之音救了钟先生一命,没想到此枰上棋声竟能抵御些鬼棋上的杀伐之力。"

简良闻之,也即恍悟道:"是了,响枰之声脆响悠长,可增人妙境,以其独特的悦耳之音畅心护心,钟先生的心之气力才没有被那鬼棋暗耗尽了去,真是好险!"

钟世源自是点了点头,叹然道:"二位所言甚是,若无此响枰清音相助,钟某恐怕早已亡在国手太监鬼棋之上了。"说着,钟世源欣慰地望了望桌上的那张响枰,至爱尤切。

简良这时摇了摇头道:"症由棋上得,却也古怪,不知秋先生如何医法?"

秋海林沉思了片刻,道:"好在小兄弟救助的及时,若再过两三天,钟先生气散力竭,当无回天之力了。适才经秋某一针,止住了钟先生心力继衰之势,性命暂无大碍,但此病症极特殊,秋某针上只能功成一半,另一半还需小兄弟相助。"

简良讶道:"我除了在棋盘上还能走出个样子外,医术一窍不能的,如何助得了秋先生?"

秋海林笑道:"秋某需要的就是你棋上的本事。"

简良闻之,大为惑然道:"那种棋道通医道的本事我可达不到,如何医得了钟先生来?"

秋海林道:"适才闻小兄弟也善棋,想必也是一个高手。钟先生病症因鬼棋邪术而得,非药石所能全其功,当应有另一位棋上正道高手,与钟先生临枰弈对，以响枰之清音脆响悦心畅神，再以棋势顺之导之，以棋道正法将衰竭之心力激复，棋之症，再以棋治之。所谓医者，意也，便是这个道理了。"简良、钟世源二人闻之愕然。

简良诧异道："秋先生，这种医法能起作用吗？"

秋海林道："但以一试罢，目前只有你一人善棋，别无好手可寻，只要小兄弟在棋上与钟先生走得上手，便能起到治疗效果。每日秋某施针术一次，你二人临枰对弈一局，秋某相信自会有作用的。"

简良闻之喜道："秋先生医病的法子好怪，既如此，我在棋上尽力达到秋先生与钟先生满意就是了。"

钟世源躺在床上对二人感激道："钟某的性命全赖二位了，所谓大恩不言谢，钟某实不知如何报答才好。"

简良道："钟先生勿要客气，您是棋家中的前辈高人，今不慎被那太监用鬼棋邪术伤了，在下所做，自是应该的。况且与天下第一快棋手钟先生弈棋，乃是众棋家可望不可即的事，也算是我的荣幸罢。"

钟世源摇了摇头，叹道："惭愧！钟某务棋一生，不想今日却险些毁在此道上。唉！空负一点棋名，实在惭愧之甚！"

秋海林道："世事变化无常，谁能想到这堪称雅艺的棋道也分邪正呢！钟先生能在这种异变的鬼棋邪术上脱险，已是大幸了。"

说完，秋海林将钟世源手腕处神门穴上的银针起了，然后道："天色不早，秋某先回了，明日再来施针，钟先生安心静养罢。"遂与钟世源拱手作别，由简良送出。

出了客栈，秋海林敬佩地对简良道："小兄弟，你救了棋上名家钟世源先生，可谓大功德。"

简良道："这件事谁遇上都会做的，算不得什么。"接着摇头叹道："那国手太监的鬼棋害人太甚，连钟先生的快棋都敌他不过，实在不敢想象！日后我必要寻着此人，在棋上废了那太监的杀人棋道不可。"

秋海林闻之，心中诧异："钟世源这般大名鼎鼎的棋家都险些毁在那国手太监的鬼棋之上，而这少年却不惧怕，反要寻那太监斗棋，好似自信得很，难道这少年棋上另有异能不成？"

送至客栈大门，简良又道："秋先生，这几日还要劳心了。"

秋海林道："义不容辞的事，救人性命乃是医家应该做的。"接着道："棋为雅艺，却也能杀人伤人，不可思议！秋某先前初闻此事，还以为棋毒作怪，人之误传，没想到这是另外的一种人为作乱的'棋毒'，是在棋盘上杀人于无形的一种邪术，不同于棋家自染棋毒的。"

"棋毒！？"简良闻之讶道，"何谓棋家自染'棋毒'？"

秋海林道:"古有'棋毒'之说,是发于棋家自身,因好棋成癖,久坐棋旁,思棋过度,神凝虑结,而致气血不畅,滞壅四肢,久而成瘀,手指变形。发作时,先从持棋的手指间溃烂,渐至周身,尤为酷烈,令人惨不忍睹。初染此棋毒者,只有弃棋不习或可缓和,否则不治。"

简良闻之,摇头道:"此乃'棋痴'之人,久弈伤力损身而已,算不得真正的修棋者。习棋到这种程度,傻子一般,怨不得别人的,也是他们自家无棋上的天分,悟大棋之道不能,却要与棋较劲,用'功'太过罢了。"

秋海林闻之一笑,随与简良拱手作别,转回那王员外家去了。

简良回到客栈的房间内,见钟世源的精神此时已好转了许多,不由高兴道:"秋先生的这一针果有奇效,真是位神医!"

钟世源欣然道:"这位秋先生的针术实在是高明,说来也怪,自秋先生施针之后,我的心里已舒适了许多,没想到一根小小的银针竟有这么大的效果。咦!难道他是……"钟世源忽然想到了一个人,忙对简良道:"刚才未及相问,这位秋先生只其姓不知其名,他可是叫作秋海林的?"

简良闻之一怔道:"不错,钟先生如何知晓?"

钟世源点点头道,"这就对了,怪不得此人针上有如此神效。"简良道:"钟先生可听说过这位秋神医?"

钟世源欣然道:"久闻其名的,当今天下本有两位大名鼎鼎的医家,那就是'南医圣,北药王'这两位高人。但是近数年来,江湖上又出现了一位医家中的顶尖人物,善以针术治病医人,病家无不应针而愈,有如神助,人敬之为'神针',看来当是此人了。"

简良闻之惊讶道:"神针!这么大的名头!先前我去请秋先生时,就见他不简单,果是位高人!"

钟世源感慨道:"钟某今日能得到神针秋海林的医治,实为幸甚!"接着又感激地道:"简良兄弟,也自谢谢你了,否则我钟世源棋名一世,将会抛尸荒野的。"

简良道:"钟先生勿要客气,在下最敬的就是有本事的人,今日却结识了钟先生与秋先生两位高人,当是我的造化吧。"钟世源见简良天真善良,不凡的气质中隐有一种豪气,也自欣喜相结识。

简良这时道:"钟先生现在能走棋吗?且照秋先生所言,你我在响枰上对弈一局如何?有医治作用最好,没有也就当遭一回棋兴了。"

钟世源苦笑一声道:"也好,钟某一生颇以棋自负,而终以棋败,还险些丢了性命,如今还要以它来医,这棋上事真是难测的。"

简良此时一喜道:"勿论它医病还是切磋,有幸与天下第一快棋手临枰过子,这是多少棋家都奢望不及的事。"随即将那张响枰与棋子在钟世源面前摆

第五十二回　响枰神针

置了。简良也自不客气，起手布子开局，于右上星位点落一子。钟世源摇头一笑，持子应了。

枰子间悦耳的清音响处，钟世源精神一振，立时忘了自家的不适，全神以对。简良见状，心中一喜，暗叹秋海林此举之高，便施以化境之棋，在棋上依钟世源的走势，导之顺之，令其棋心两和。

三十四手棋过后，钟世源心中不由一惊，这一惊倒使心中畅然了许多。原来钟世源感觉简良的棋艺似乎达到了一种化合之境，虽布子稀疏，不成章法，却统裹着双方的棋势，共映出一种奇妙的棋境，令人神爽心和。也是钟世源棋达大棋之境，棋境相感，无形中起了作用。钟世源惊喜之余，落子甚速，简良刚落一子，自家便随手而应，愈为顺手。那棋声起伏不绝，脆响悠长，清音四荡，似在枰子间奏出了一曲美妙绝伦的音乐，激复着钟世源欲将耗尽的心之气力……

第五十三回　无相棋

　　简良、钟世源二人一盘棋走开来，响枰之声脆响不绝，加以简良在棋势上导之顺之，果然在无形中对钟世源起到了医治作用。李如川的鬼棋之术，但耗损对手棋家的心之气力而不损脑，故钟世源计算起棋路也自正常，敏锐快捷，应子极速。

　　这边倒令简良吃惊不小，暗自赞叹钟世源快棋之名，果不虚传，好在自家棋艺已至化境，应对起来也自从容自若。钟世源此时心境愈加畅然，已是在走着一生中最尽兴的妙局，同时心中惊奇不已，暗自惊讶道："这简良的棋上修为竟有如此之高，当达到传说中的那种化境之棋了，没想到天下间还有这般奇秀之人！实为棋坛之幸！"

　　简良施以化境之棋，在棋局中渐渐激复钟世源已欲耗竭的心之气力。结果一盘棋结束，钟世源负了六子，但心力无形中竟恢复了大半。

　　简良此时忽见钟世源光彩满面，已趋常人，不由大惊道："这棋上真的有医病之功！"

　　钟世源欣喜道："适才一针，现在一棋，已让钟某好了大半，秋先生以棋医棋疾的法子真是高明！"

　　简良惊喜之余，摇头慨叹道："看来这万事万物都是相通的！不可思议！真是不可思议！"

　　简良见仅以一盘棋，便使钟世源的病症好了大半，自是高兴万分，随后叫了些饭菜与钟世源用了。

　　饭后，二人促膝长谈。钟世源感激之余，敬服道："没想到简良兄弟棋上的修为已达到了化境，实为千古难得！钟某今日有幸领略到了真正的棋道、真正的棋境，此生当无憾事了！"

　　简良也自敬佩道："先生快棋，不愧为天下第一，当今世上没有几个人能应得了。"

　　钟世源闻之叹道："惭愧！钟某空负薄名，竟应不下那国手太监的一局棋。"

　　简良道："先生勿自责，那国手太监棋上也已达化境，非同等棋力之人所能应得下的。"

第五十三回 无相棋

钟世源闻之,惊异道:"那太监既然棋达化境,却为何在棋上有杀人之力?"

简良叹道:"那太监的化境之棋,是反棋道而行之的一种鬼棋邪术,是入了魔境的,所谓正邪不两立,碰到雅正之棋,自然要出事了。"钟世源闻之愕然。

简良又道:"另外还有一人,棋上的修为已达到了棋道的最高境界——天元化境!"

钟世源闻之,惊讶道:"此为何人?竟然能达到这种通神仙化之境!"

简良道:"他是我刚结识不久的朋友,方国涣方大哥。"

"方国涣!"钟世源又是一惊道,"是了,原来是那位棋上已化异能,通于兵事,在独石口关外布以天元棋阵退了二十万女真铁骑的方国涣公子。"

"天元棋阵?"简良闻之,暗自惊讶道,"方大哥果然达到了以棋济世的境界,先前我隐棋家中,少闻外事,竟然不知方大哥棋上还有这般神通!"心中立对方国涣又增十分敬意。

钟世源这时慨叹道:"本朝棋风大盛,尤过历代,竟然能出现化境之棋,实为棋坛之幸事!虽有国手太监施鬼棋邪术乱世害人,但苍天有眼,降下了简良兄弟与那位方国涣公子,当能以棋上化境之功化去国手太监鬼棋上的杀人之力。"

简良道:"我此番出来正是要寻那国手太监斗棋的,虽然吉凶不卜,胜负难料,但是一定要与那太监较一高下,领教一回那鬼棋杀人术。只可惜那太监行踪不测,无个定处,不知哪里去寻的好,希望能与钟先生一般,无意中遇上他罢。"

钟世源敬服之余,摇头苦笑道:"老天好是作弄人,欲求者反而不达,看来天意如此,是那国手太监气数未尽吧。"此时的钟世源自感心中的不适大大减弱,再没有一惊即昏的现象,暗中对简良棋上的"化疗"之功,称奇不已。

第二天,秋海林早早过来,钟世源、简良起身迎了,三人互见了礼。秋海林此时忽见钟世源精神大转,已近常人,不由吃了一惊道:"昨日在秋某走后,钟先生可服过什么仙丹妙药?"

钟世源笑道:"钟某哪里去讨什么仙丹来吃,不过依秋先生的法子与简良兄弟在响枰上走了一盘棋,没想到真的会有医病的奇效。"

秋海林闻之,惊奇道:"果真如此?"简良一旁笑道:"秋先生针上之功,自有神效,怎么有些不相信自己了。"

秋海林摇头道:"秋某在针上能达到什么效果、至何种程度,自能知晓。钟先生病症奇特罕见,非秋某昨日一针之功所能达到的,既然你二人对弈了一局,难道……"

秋海林望着简良，诧异道："难道简良兄弟棋上的修为，已经达到出神入化的境界了吗？否则钟先生不会在一日之内恢复到如此程度。"

钟世源这时感叹道："简良兄弟确是身怀化境之棋的高人，一盘棋便将钟某欲竭的心之气力激复了大半。"

秋海林闻之，惊喜道："适才见钟先生气色大异昨日，原来有了简良兄弟化境之棋相助，并且已奏奇功，如此看来，我二人针棋合医，钟先生有十余日便可痊愈了。"钟世源、简良二人闻之大喜。

秋海林随后依昨日之法对钟世源施针医治，简良一旁不解道："钟先生被鬼棋伤了心力，秋先生何以针刺手腕处？可有什么道理？"

秋海林道："此为神门穴，乃是从心而发的手少阴心经所走之处，针此穴补以心经之气，气足至心，心之气力自可增强。"

钟世源这时敬服道："秋先生的针术真是绝妙，针一入皮，钟某便感心动，随之畅然。"

秋海林道："此为脉气沿经而传之故。"简良惊讶道："没想到针术竟这般神奇！"

钟世源笑道："那也要看是何人所施，方能有这般妙效的。"随后又对秋海林赞叹道："秋先生'神针'之名虽盛起于近几年，但已不下'南医圣，北药王'之声誉了。"

秋海林道："原来钟先生也知秋某微名，不过医圣、药王乃是医家中的真正高人，秋某是不敢相比的。"

钟世源道："秋先生勿要过谦，先生针术堪称奇绝，针随意施，而自家又感应之，是如神助，不知如何成就此针道的？"

秋海林道："秋某自幼好岐黄之术，每以治病救人为己任，解除病家疾苦为人生乐事。然感医道博大精深，便是穷尽毕生之力，也不能遍究其奥。见针之虽小，其效捷速，每每应手立见其功，于是专习悟此道，研《灵枢》，释《针经》，明《铜人》，后又偶得一部《神应经》，遂成此针灸之道，针随意走，意随神应，施于病家，每有妙效。至于人体经脉如大地江河，脉络四布，而又内外贯通，刺一穴而激全身筋骨，调一经而理六腑五脏，上下内外相应，阴阳表里达合。明气血运化之妙，施针得法，尤胜药石之功。"

钟世源闻之赞道："技精若此，鬼神也知叹服！"简良惊讶之余，钦佩道："秋先生神针之术，是最实用、最济世的！"

秋海林闻之笑道："天生众相，各有其用，如钟先生所得此特殊之症，秋某若单以针术医之，十日之功，不抵简良兄弟枰上一棋之效，以棋医棋，乃是对症而治。"

简良摇头慨叹道："秋先生倒想得出，棋道也能医病的。"

第五十三回 无相棋

秋海林道："万事繁杂，不可捉摸，但都有变化的道理，棋上既能杀人，棋上也能救人，医者意也，便是如此。"钟世源、简良二人闻之，叹服不已。

就这样，钟世源在秋海林、简良二人每日的针棋合医之下，十二天后，竟然奇迹般地痊愈了。三人见大功告成，各俱欢喜，钟世源欣然之余，自向秋海林、简良二人拜谢了，感激之至。

秋海林道："若无简良兄弟化境之棋相助，秋某虽能保钟先生性命无忧，但有残疾之险。钟先生的病症是得于鬼棋之上，医理上谓之为不内外因，是为邪险之症，非以雅正的棋道是不能激复的。"

简良笑道："如此看来，日后若遇有病人，我便与他走上一盘棋，来医他的病，这样就可以棋济世救人了。"

秋海林闻之笑道："病家并非都懂棋，棋家也并非都因棋而病，要对症施棋才行。"

钟世源肃然道："简良兄弟日后只要能在棋上制住国手太监，废他杀人棋术，便是大功德一件，也自有那以棋济世之功。"

秋海林闻之，点头道："不错，简良兄弟棋达化境，当能应得下那国手太监的鬼棋，此番棋祸，还需在棋盘上来解决的。"简良道："但愿如此吧。"

又过了一日，钟世源便向秋海林、简良二人辞行，自又谢过了二人的救命之恩。临别时，钟世源欲将响枰赠送简良，待日后他寻到国手太监李如川斗棋之时，借响枰之声抵御些鬼棋上的杀伐之力，增加些战胜对手保护自身的把握。但是简良没有接受钟世源的这番好意，也是简良棋达化境，自想与国手太监李如川各施棋力斗上一局，不想外借响枰之功。钟世源也知简良棋家本性，要在棋局上公平地一斗，感慨之余，复向简良、秋海林二人深深一拜，转身别去。

送走了钟世源，秋海林、简良二人回转镇上而来。这时，一只色彩斑斓的大蝴蝶从路边的草丛中飞出，正好经过简良身旁，简良见了一时兴起伸手抓去，但未抓着，那只大蝴蝶却一惊飞得远了。

秋海林见状，笑道："要捉住它吗？"说话间，秋海林不经意地一扬手，那只飞舞的大蝴蝶忽然贴在了一棵树干上，彩翼挣扎着，但飞不开去。

简良见了，欢呼一声，跑至树前伸手欲捉时，不由一怔，原来那只蝴蝶右翼上多了一根银针，乃是被钉在了树干上。

简良惊讶道："秋先生还有这等本事！"接着将那根银针拔出，随手将那只蝴蝶放飞了，然后跑回秋海林面前，递上银针，叹服道："先生好本事！竟然将这么细小的针射得又远又准。"

秋海林接过针来，笑道："用针久了，自会得心应手，不过这一针并非全是手上的力道与准头。"

简良闻之一怔道："非手上的力道！？那么先生是如何将针射出的？"

秋海林道："以手发之，以意行之。"

"以意行之？"简良惊讶道，"如何以意行之？"

秋海林道："秋某用针多年，已然意与针合，故施针于病家，可察针感所在，每有神效。偶以送针出手，随意而去，倒也百发百中，时久愈精。武学中有一暗器门，但凭以多年苦练而成的手上功夫，达到伤人击物的目的。飞针是暗器门中的一种，但因针身细小轻飘，尤为难练，故习成此技的人极少，且与秋某这种以意行针之法又是不同的。"简良闻之，惊羡不已。

这时，秋海林心中忽地一动，忙道："简良兄弟棋达化境，当是神意上的化境，自可以意行棋，何不一粒棋子飞出，试试意行如何？"

简良闻之，连连摇头道："行不得，行不得，我的这种以意行棋是在棋盘上，与秋先生意动针飞是两回事的。"

秋海林道："不然，秋某先前也仅限在病家身上以意行针医病的，后来的这种意行飞针却是无意中发现的，开始时不甚灵活，经过着意而练，针上竟然另成一技，自可防身。简良兄弟久谙棋道，神入化境，意非常人，可以役且物的，姑且试试如何？"

简良听罢，觉得有些意思，便从地上拾了粒小石子代棋，向前方一棵树干上扬手扔去道："着！"那石子却斜落旁边草丛中去了。

简良见了，摇摇头道："不行的，不行的，我可没先生的意行之力。"

秋海林略沉思了片刻，然后道："其实你自家的意行之力已达非常，但不知如何去运用它，刚才的这粒石子你没有用上心，试着投出而已，并没有施出'真意'。要想引出'真意'，当用棋子，因为你的这种非常的意境是因棋而成，它物代不得的。"

简良闻之，有所恍悟道："是了，我只要一棋在手，便觉天地安稳，信心十足，尤能增意定念而现神感，看来我的这种'真意'是在棋子上的。"说完，从怀中取出了一枚白色的大理石棋子。

当简良持棋欲抛时，秋海林止了道："且慢，你自家先集中精力想象一下，棋子出手后，以意而行，欲打在何物上，便想在何物上，这样效果会明显一些。"

简良道："就以前面那棵树干为目标罢。"秋海林道："对于这棵树干，你是想将棋子外贴其上，还是内入其里？"

"外贴内入！？"简良惊讶道，"我哪里会有这般力道，能投中就不错了，况且棋形浑圆，不似针之有锋芒，刀之有锐刃，打在树干上便会弹飞的。"

秋海林道："你我施以针棋，并非武学中的暗器需要练就那种日久苦习而成的手上力道，但以随意行之即可。武学中暗器的毁物伤人之力需要手上的功夫与技巧，但是习练命中目标的准头时，无形中也是练自家的'真意'与自信心，日久方见神效，不过这一点无人注意罢了，却又在无意中为之。汉时神射将军李广，曾有一次，'夜闻山有虎，将军挽强弓。清明寻白羽，没入石棱中'。然而当李广见到箭身没石时，大感意外，再射时便无此神力了。乃是当时夜色之中，风吹草动，李广误以为草中卧石为虎，自信箭可毙之，一时引动'真意'，故无意中平生神力，一箭入石。清晨寻看时，见箭没石中，便不信自家能有此力道，于是百射不入了。而现在简良兄弟棋上'真意'已成，自信无碍，但动棋上意，以意施棋，当有奇效。奇迹多创于无意之中，乃是无意中动了'真意'，现在简良兄弟有意动以'真意'，自会更具神功。"

听了秋海林的一番话，简良抚弄着手中的那枚棋子，有所悟道："棋心合一，棋盘外也会听我使的吧。"说罢，信心十足地一扬手道："着！"这枚棋子一道银光飞出，正中在那棵树干之上。由于简良着意加了"贴住"之念，那棋子竟然没有被弹飞开去，犹如生根一般，粘贴在了树干上。

简良见状不由大喜，立时意增百倍，用手一指道："落下罢！"那棋子似听话般地从树干上掉了下来。

旁边的秋海林见状大是惊异，继而欣喜万分道："没想到简良兄弟棋上念力这么强，一试即成，祝贺你，棋外别成一防身绝技矣！"

简良惊喜之余，感激地道："若无秋先生指点，我一生也不会晓得自家还会有这等本事，多谢先生指教之恩。"说完，简良深深一拜。

秋海林忙上前扶了，笑道："这也是你自家的造化，棋达高境，意非常人，棋盘内外皆可役棋子，秋某不过将你这异能引出罢了。"

接着，简良又施出了几枚棋子，无不顺手应心，意趣愈浓，又施出了一枚棋子以意入树干内，虽然没有如愿而进，但有凹陷之痕。秋海林见了道："此等入内之功，还需练意应心，击物之远近，贴入之强弱，非一时可成，不过从简良兄弟进速如此之快来看，也可在十天半月内练就的。"

简良闻之大喜，随后又在地上寻了几粒棋子般大小的石子来练，不知怎么，竟不应手随意，都落入草丛中去了，与常人投石子的效果一般。

秋海林见状，笑道："此石非你之棋，也非李广射虎之箭，简良兄弟只有在棋上的意念力大，也只有棋子才能引动你的'真意'，旁物代不得的。"

简良点头道："不错，唯有棋子在手，方可信心十足。"

就这样，秋海林指点简良每日在此树林中以意练飞棋，十余日后，简良便已达到了远近可击、外贴内入、随心所欲的境界了。

秋海林暗暗称奇之余，欣然道："简良兄弟棋外别生此绝技，日后游棋天下时，用以防身自保绰绰有余。"

简良也自高兴地道："但用棋子打一些瞧不上眼的歹人罢。"

秋海林笑道："棋乃自家棋，意乃自家意，谁若受了你的一棋子，非你之意不能去，当是天大的惩罚。"

简良道："棋分黑白，当有生死之别。遇白则生，外贴惩治；遇黑则死，内入伤命，以罚那罪大恶极之人。"

秋海林道："你这种以棋子意施人体之术，可令人之气血随棋而聚，也是霸道些，当戒之勿轻易施于人，迫不得已时一棋防身即可，且不可以滥用和炫耀。"

简良道："先生的话我会记住的，自不敢轻易伤人。"

秋海林点了点头道："你能以意行棋若此，已超乎人之想象，能自律些最好。你我相识也是缘分，秋某还要再给你这种绝世之学完善一些，教你识人身上的经络穴位，日后施此术防身时，对人也好有个轻重。"

简良闻之大喜，忙自谢过了。心中思量道："日后若寻着那李如川时，棋盘上制住他则可，如果不能，当施棋其身，要了他的性命便是，此人棋上作恶太甚，以棋子伤他，也不算是有违棋道的罢。"

一座不知名的山脚下，长着一片桃树林，此时桃青未熟，一间看林人的草屋还无主人来，秋海林、简良二人暂借住了。

这一日，简良站在草屋前，右手持了一枚浑圆的棋子，盯住远处树枝上的一颗青桃，着意想了些什么，忽一扬手，那枚棋子直入桃体而没，桃身树枝未见摇动，那棋子竟然神奇般地虚入桃内，无痕无迹。

"好！"秋海林赞叹了一声走上前去，伸手将那颗青桃摘下，接着用力掰开，只见那枚棋子正嵌在未成熟的桃核内。

秋海林点了点头，欣然道："以意虚入，而非力入，'无相棋'成矣！"

"无相棋？"简良惊喜道，"可是秋先生为我这飞棋起的名字吗？"

秋海林道："不错，无形无相，唯心中棋上真意而已。"

秋海林与简良已在此桃林内住了十余日，秋海林将人身的经络穴位尽数指明于简良，以便"无相棋"按穴而施，增著其功。

某一日，秋海林道："简良兄弟，人身十二经脉可都记熟了？"

简良恭敬地道："承先生指教，我已记得了。十二经脉者，为手太阴肺经、手厥阴心包经、手少阴心经、手阳明大肠经、手少阳三焦经、手太阳小肠经、足阳明胃经、足少阳胆经、足太阳膀胱经、足太阴脾经、足厥阴肝经、足少阴肾经，是为十二经脉，共三百六十一处正穴，似应棋盘上三百六十一格，日后但在人身上按穴走棋吧。"

秋海林闻之一笑，又问道："奇经八脉又为何？"

简良道："奇经八脉与十二正经有别，'别道奇行'谓之故，分指督脉、

第五十三回 无相棋

任脉、冲脉、带脉、阳维脉、阴维脉、阳跷脉、阴跷脉，是为奇经八脉。"

秋海林满意地点点头道："很好！你果是天赋灵性，学得非常快。记住，经脉乃经气所行，穴位乃经气所注，武学中的点穴之法是令经脉气断血住，使人暂不能动，而你的'无相棋'意在棋上，当是以棋聚人之气血壅滞于棋下穴处，使人不能动，尤有封穴之功。生死由棋，棋之随意，施于人时，当慎之又慎。"

简良恭敬地道："先生教诲，简良一定牢记不忘。"

简良这时又感激道："昨晚先生的一调和之针，使经气顺行我的十二经脉，先是由肺经走大肠经，再传胃经又过脾经，继传心、小肠、膀胱、肾、心包、三焦、胆、肝诸经，最后又复归肺经，一晚上神清气爽，感觉异常舒坦，现在周身经脉中仍感有余气麻行。"

秋海林闻之，点头道："已行了一大周天，很好！你自家棋达化境，也就是心达化境、意达化境，是为造化！秋某这一调和之针，已然畅通理顺了你全身的经脉，日后可保百病不生，这也是你棋上修得的福果，旁人是行不来的。你如今已拥棋上文武两绝，古今可谓独一，日后自可无忧地去游棋天下，以棋济世了。"

简良闻之，感激之余，也自欣然道："现在始觉得，天大，地大，棋大，我也大！"

秋海林闻之笑道："棋化于心，而心包天容地，此言不为过也！人为万物之灵，自能超凡入圣，大丈夫当有此豪气。"

秋海林接着拍了拍简良的肩头，笑道："你的无相棋绝技已成，便是神仙也难挡住你一棋子的，实不枉秋某结识指点了你一回。先前曾应一朋友约，秋某要赶去京城为其母医病，如今已延误多时，你我今日就此别过罢。"

简良闻之大急道："空受先生大恩，未及相报，先生何必忙着去，再聚些时日如何？"

秋海林笑道："你我相识，乃是缘分，不必客气的。天下没有不散的宴席，日后有机会再相见吧。"

简良心中虽不舍，也只好道："先生教化成无相棋之恩，简良不敢忘怀，但希望日后能与先生再见。耽搁了先生多日，不敢再误，另外我也要寻那国手太监斗棋的，今日分别，且让我送先生一程罢。"言语间自有些感伤。

简良、秋海林二人相处月余，彼此间已产生了深厚的情谊，乍要分别，皆有不舍之意。

秋海林此时慨叹一声道："能结识简良兄弟，是我一生中最高兴的事，今虽暂别，也勿太伤感，让我们记住这段相处的日子吧。另外，你虽有'无相棋'护身，但江湖险恶，人心多诈，凡事都要谨慎些才好。"简良闻之，感激地点了点头，心中自生无限的暖意。

秋海林、简良二人随后离了桃林，一路走来，互述珍重之情。这时，前方一村口处聚集着一群村民，不时传来一片哭声，原来是一户人家死了人在办丧事。

当秋海林、简良二人从村口走过时，秋海林无意中望了一眼停放在路中的那具棺木，忽止了脚步，惊讶道："此棺尚浮有生气，其内必为活人而非死尸，其家要做误葬之事。"

简良闻之，大吃一惊道："秋先生是说棺材里的人并非死人？"

秋海林点头道："不错，阳气罩棺，棺内人当无死理。"

简良诧异道："不会吧？他们怎么能发送活人？"

秋海林道："这其中必有缘故，秋某身为医家，见死不能不救。"说完，秋海林便走上前去。简良惑然地摇了摇头，随后跟了来。

此时在那棺木前一家大小十余口人，皆披麻戴孝跪拜大哭，一妇人虽也身着孝衣，却自家跪在路旁哭泣，尤显悲痛，一些村民举着灵幡抬着纸牛马在旁候着，正要出殡。

秋海林这时走上前来道："请问，此地风俗可是葬送活人吗？"此言一出，众人大惊，那些哭拜的人也止了哭声，皆愕然地望着这位不速之客。

一名粗壮的汉子站起身来，面呈怒意道："你是何人？竟敢如此妄言，幸灾乐祸不成？"

秋海林一拱手道："请不要误会，在下略懂望气之术，适才望见棺木上尚浮有生气，推断棺内所殓之人并未气绝，故来点明，绝无恶意，希望能开棺一验，免做后悔之事。"

那汉子闻之，不由一怔，旁观的村民们相顾茫然，独自跪在路旁的那位妇人，已是张着嘴呆住了。

那汉子惊讶之余，满脸的狐疑道："此话当真？先生能一眼看出棺木里的人是死是活？不是来取闹生事的？"

秋海林道："若有差错，在下愿意接受各位惩治。"

那汉子见秋海林话语真诚，面容和善，不似那无理取闹之辈，不由得沉思了片刻，自语道："家母虽然年纪大些，平日里身子骨却是硬朗的。"说到这里，那汉子瞪了一眼独自跪在路旁的那位妇人道："前日家母与这婆娘吵了一架，一气而倒，过了两日未醒，我等认为家母已过世了。如今依这位先生所言，家母当有生还希望的？可是……"那汉子一时间委决不下。

这时，一位穿孝衣的年轻人站起身道："家母因与嫂嫂吵架，一气绝倒，如今大哥要休了嫂嫂，倘若这位先生能令家母起死回生，让我阖家团聚不散，我等当为先生供奉长生位。如果先生妄语戏人，则免不了皮肉之苦，还要绑了去见官的。"

秋海林道："不管怎样，希望能开棺一验。"

简良此时在一旁暗暗着急，恐有意外秋海林脱身不得，便暗里拉了秋海林一下，示意勿要轻率行事。秋海林自对简良微微一笑，显是自信得很。

这时，那年轻人对那汉子道："大哥，不如开棺一验，否则误葬了母亲，可是你我兄弟的大不孝之罪。"

那汉子犹豫了一会儿，忽下决心道："既然如此，那就开棺一验罢。"说完，那汉子来到棺木前双手一推，便启开了棺盖，显是还未及封棺。随见棺内躺着一位年逾六旬的老妇人，面容安和祥静，似睡熟了一般。

秋海林见状，点了点头，伸手取了那老妇人的脉位，把按了一下道："六脉平和，焉有死理！"接着取出了三根银针，于那老妇人头顶百会穴处先施了一针，第二针施在了右足背上太冲穴处，两针刺入，那老妇人并无任何反应。然而当秋海林第三针刺入那老妇人的人中穴时，老妇人喉间忽地"咕噜"一声气响，随即竟神奇般地睁开了双眼，茫然地望着周围的一切，不知发生了什么事。简良与旁观诸人一时惊得呆了，继而村民们欢声雷动。

那汉子惊喜万分地叫了声"娘"！随即朝秋海林一跪而拜道："神仙降世！救我娘亲！"已是激动得泪流满面。

秋海林忙扶了道："令堂之症，乃为'气闭'，因一时气恼，导致体内气机上下不接，暂以昏厥而已，是假死而非真亡。人身气机不合，乃生险症，家中亲人不睦，便要离散，切记，日后家人要以和睦相处为是，否则会旁生祸端。"

那汉子感激得连声应道："先生说得极是！先生说得极是！"

这时，棺木中那老妇人忽一翻身坐了起来，昏昏然道："我的儿，为何把老娘放在棺材里？"围观的村民中，自有人忍不住笑出了声来。路旁跪哭的那位妇人，此时如释重负，长松了一口气瘫软在地上。

那些刚才还在哭拜之人，此时都拥上前来，围住老妇人欢天喜地地呼娘叫奶，丧事变成了喜事，一时间热闹之极。秋海林这时欣慰地一笑，拉了惊呆的简良，悄然离去。

秋海林、简良二人离了那村庄，行了一程，简良这才敬若神明道："先生真乃神医！棺内之人果真未死。"秋海林笑道："医家当有视人生死的眼力。"

简良又诧异道："秋先生如何三针就将那老妇人救活了？"

秋海林道："这是一种气闭假死之证，若是真死，神仙也无功的，世上并没有能令人起死回生的医家，再高明的医家也只能救治活人，而不能医醒死者的。适才那老妇人因一时气恼，使体内气机不畅，昏厥而倒，短时间内并无大碍，只要上刺百会醒脑开神，下激太冲理经脉气，中调人中使上中下气机通达和畅，自会奏效的。"

简良闻之，叹服道："先生针术，当通鬼神！"

秋海林闻之一笑，随将刚才使用过的那三根银针递于简良道："这三根针就送于你罢，日后若遇有病人时，按证施针，以意行气，自会有良效的。天下人不可能都会棋，但不可能不会患病，当棋时则棋应，当针时则针应，自能保你到处吃得开。"

简良大喜，拜受了。秋海林接着一拍简良肩头，语重心长道："简良兄弟，你我这就别了吧，希望你能寻着那太监以棋制服他，后会有期！"说完，秋海林一拱手，转身飘然而去。

"先生保重！"简良含泪拱手相送。目送秋海林远去，直至不见了身影，简良这才一声长叹，自家择路去了。

第五十四回　随州客栈

　　简良别了秋海林，复又寻访李如川的踪迹。过了月余，竟无任何消息，简良寂寞之余，索性游荡于江湖之间，每又觉观于山川之景，涵育自家棋境。自秋海林指点简良习成了无相棋之后，简良于棋子上的意行力日增，兴致至处，棋子施出，已达到了收发任意、随心所欲的境界，便是连简良自己有时都对出神入化的棋子感到吃惊，控制得也愈加自如。对秋海林诱发出了自己这种棋外的防身绝技，简良心中尤为感激。

　　这日，简良行于一官道上。在前方不远处的路旁树荫下，停着五六辆手推的货车，车上载了些货物，五六名汉子正坐在车旁歇息。

　　见简良沿路走来，其中忽有一人起身招呼道："简哥，哪里去？"

　　简良循声看时，见是乡中一位经常跑外贩货的生意人，唤作刘平的，便走上前来礼见了道："原来是刘大哥，怎么走到了这里？"

　　刘平道："与几位朋友合伙贩些货，路过这里歇一歇，也巧了，碰上了简哥，可是闲游去吧？"

　　简良道："无事出来走走，对了，刘大哥几时回乡？烦请捎个口信于家父，我在外面还好，要晚些时候回去的，叫他老人家勿要惦记。"

　　刘平道："这个晓得。"接着，那刘平突然叹息了一声道："简哥一人独游四海，好一个自在清闲的身子！哪里如我等这般，为赚些蝇头微利，东走西跑，疲于奔命，好是辛苦！"

　　简良闻之笑道："有苦就有甜，刘大哥这些年也不知赚了多少银子，必是发了大财，好叫人眼慕心热。"

　　那刘平这时竟哭丧着脸道："简哥勿要笑我，这次就算不赚钱，能平安回家就已万事大吉了。"

　　简良闻之一怔，见另外几个人也都皱着眉头，满脸的忧虑，似遇到了什么事，于是问道："刘大哥，可有什么麻烦？"

　　刘平苦叹了一声道："你我乡里乡亲，实不相瞒，我们一伙人因为这批货已在这里困留三四天了。"

　　简良闻之，惊讶道："耽搁了这些时日，不知是何缘故？"

　　刘平叹道："为了多赚些利钱，我们几个人贩了些私盐，准备运回乡里去卖。谁知前面新设了一处路卡，查私盐查得正紧，我等小经济人家，本钱都在这上面了，便是想回头按原价脱手也是不能，如今真是进退两难。"

"哦！"简良道，"那处路卡很难过吗？"

刘平道："这是条官道，本不曾设卡的，不知何故来了几位太岁爷，要收过路费，心黑得很，便是一般的过路人也不放过，有车马货物的还要交税钱，我们这几车私盐就更不用说了，被他们截住，全收缴了不说，还要吃官司的。本想夜间寻机混过去，谁知早晚都查得紧，实在没办法了。"说完，刘平与另外几个人自是唉声叹气，一筹莫展。

简良道："官家人都是吃腥的，不如舍些银子打点一下，买通他们过去就是了。"

刘平摇头道："若是能这样就好了，便是舍了一半的本钱我们也心甘，可是那些人都是吸血的魔头，给多了，他们认为你有亏，还想再多些，给少了反倒要坏事。昨日有一位贩布匹的老哥，两车货，硬是给收去了一车，还要另交三十两银子的税钱，那老哥一气之下，舍了货物不要，认了晦气，自家走掉了。我等本钱小，哪里能经得住这般。"

简良闻之，愤然道："这哪里是查私货收税银的，简直就是拦路抢劫的强盗。"

刘平叹道："强盗也多是抢了财物去罢了，而这些官爷动不动就要送你去衙门里吃官司，不费些银子休想脱身。我等小生意人，如何经得起这般折腾，没得活了！没得活了！"

简良这时恼了道："岂有此理！这些欺人的官吏好是可恶！这样罢，刘大哥你们跟我走，我保证你们人货平安过去，而且不破费分文的。"刘平等人闻之，惊讶地互相望了望，各呈惑异之色。

简良道："刘大哥，信不过我吗？"

刘平迟疑了一下道："简哥在乡中是有本事的人，自能说到做到，能帮我等安全过去敢情是好，只要回到乡里盐脱了手获了利钱，分两成与简大叔就是了。"

简良笑道："你等辛苦钱，还是自家留着吧，但与我捎个平安的口信足矣。"

刘平随即与另外几个人商量了一下，一人道："如今进退两难，别无法子，也豁出去了，跟了你这位朋友走就是。"其他人也自无可奈何地点了点头。

简良宽慰众人道："大家放心便是，他们那些人我还未放在眼里，到时依我眼色行事，保无麻烦。"刘平等人半信半疑地躬身谢了，然后推了货车上路。

第五十四回　随州客栈

简良不知何故在路旁拾了几块石头用一块布裹了，藏在了怀中，刘平等人见了，大为不解。

简良、刘平等人前行了一程，果见前方路口处设有一关卡，十几名公差模样的人正坐在一凉棚里面饮茶，另有两个正在盘问一个担柴的樵夫。刘平等人见状立呈紧张之色，有人已后悔贸然前来，但此时回头已来不及了，只得硬着头皮前走。

刘平有些慌乱地道："简哥，就是这处鬼门关了，可……可有什么法子？"

简良坦然道："你等勿紧张，前走便是。"说完大咧咧地走上前来。

此时那樵夫正与两位公差争论道："二位官爷好没道理，我上山打一担柴，回来还要交两文钱的税不成？"

一公差蛮横地道："你这担柴是从山上伐来的，要知道这山乃是大玥朝的江山，伐柴取木岂有不纳税的道理。"

那樵夫不敢再争辩，两手一摊道："小人身无分文，哪里去寻两文钱来交税。"

一公差道："没有钱就留下这担柴顶账好了。"

见樵夫有不愿之色，那公差双眼一瞪，凶巴巴地道："怎么？想吃官司不成？"樵夫无奈道："就算小人白费了半天工夫，这担柴送与了你们就是。"说完，樵夫摇摇头，忍气吞声地走开了。两名公差便笑嘻嘻地抬着那担柴交给了凉棚旁一名烧茶的伙夫。

简良这边见了，知刘平所言不虚，这些公差果在强抢豪夺，敲诈勒索，心中已然动气，竟自走上前来。

凉棚里那些公差忽见五六辆货车过了来，不由各呈喜气，互相望着诡秘地笑了笑。一个似头目的公差伸了个懒腰，起身道："生意上门了，看我的。"说完，出了凉棚，上前拦了道："停下，停下，我们要检查。"

简良这边迎上去，一拱手笑道："这位官爷请了，小民村里正闹饥荒，大人孩子每日都以野菜充饥，味道也太差了些，故到外地买了几车米回村救济，还望官爷行个方便。"

那公差眉头一扬道："米？大米更要交税和过路费，我查一查再说。"便要上前验车，刘平等人见状，相顾失色。

简良此时忙从怀中取出那包石块，呈于那公差道："请官爷行个方便罢，这些是个意思，送于各位买酒吃。"

那公差见简良递上一个沉甸甸的布包，不由一喜，忙伸手接过，欲解开来看时，简良顺势往其怀里一塞道："你且收了便是。"同时将手中早已暗扣的一枚棋子施在了那公差胁下期门穴处。那公差立时被定住了，惊愕不能语，两眼望着简良呈骇然之色。

简良见一招奏效，便附在那公差耳边道："你们这帮混蛋，好能诈取人家的钱财，今日且叫你尝尝厉害。"接着拍了拍那公差的肩膀，点头笑了笑，然后回头对刘平等人道："这位官爷叫我们过去了，你们先走吧。"

　　刘平等人闻见，如遇大赦，虽不知怎么回事，忙推着货车就走。凉棚内的众公差中，有两个想起身拦住，然而见简良送于那公差一包东西后，又很亲热的样子说着话，以为那位老兄得了大好处同意放行了，便又坐了下来。简良见其他公差没有出来拦截刘平等人，也就没有施出手中已准备好的一把棋子。

　　待刘平等人推着货车走得不见了影子，简良这才又低声对那呆苦木鸡、惊恐万状的公差道："今日且教训你一回，想法子把此处路卡去了，不得再行敲诈勒索之事。稍后尔等若有胆量便追来，我在前方候着你们。"

　　说完，简良又哈哈一笑，大声道："今日承官爷给个面子，日后路过时还有重谢。好了，在下还有事，先走一步，勿送！勿送！"随即向凉棚中的那些公差们笑着拱了拱手，大踏步去了。简良知道施在那公差身上的棋子过半个时辰后方能松动失去作用，所以也未再理会，乘机走开了，但把那些公差们唬住了。

　　前行了一程，简良便停下来候了候，见身后并无动静，知道那些公差们被镇住了，不敢追来，刘平等人已自安全去了，不会再有麻烦。简良复取出一枚棋子，举在眼前笑道："这也算是一回以棋济世了罢。"欣然之余，择了另一条路去了。

　　这一日，简良行至湖北随州地界，傍晚时进了随州城，寻了家大客栈投了。

　　饭后无事，简良便在客房中的床上躺着歇息，寻思道："方国涣大哥不知到了哪里？有没有那李如川的消息？我已出来两月有余，这般漫无目的乱走实在无什么功效，应想个法子才是。对了，从随州下去可至武昌，天下闻名的黄鹤楼便在那里，莫不如在黄鹤楼上设一棋局，挑战天下高手，用不上几日便会传扬出去。那李如川棋家本性，必能将他引来，以逸待劳，守株待兔，自比满天下寻他省力得多。玉棋山庄的尉迟云璐设以棋会诱引李如川，以图在棋会上杀掉他，但是没有成功，让那太监起了警觉，半路走掉了。我此番在黄鹤楼上设伏棋以候李如川，先挑战天下高手，待棋上无了对手，自能激起那太监的棋兴，自恃鬼棋无敌，定来与我一斗，那太监不会想到此棋局乃是专为他而设，也借此机会寻一寻棋道上还有什么样的高人国手。"想到这里，简良微松了一口气，定下了设棋黄鹤楼之念。

　　简良转而又思量道："方大哥说那种地元化境的鬼棋，是反棋道行之的一种棋术，不知在棋路上是如何一个走法？又如何逆生出杀伐之力来？方大哥

第五十四回　随州客栈

说这是双方在临枰对弈时，棋境相感之际的棋气伤人，暗耗对手心力，扰乱对手心境，鬼棋之术如何会有这些反作用？钟世源先生因应以快棋及响枰之声相护，才在李如川的鬼棋上险中逃生，钟先生曾对我说过，那太监的棋路有时虽违常势而走，但也无甚奇处，看来双方的对抗还是在棋境上，只有化境之棋才能应得下那鬼棋。虽如此，也是难测吉凶胜负。"

简良似有所悟，继而又迷茫不解，心中暗暗道："看来只有与那太监亲自走上一局，才能弄清那鬼棋究竟有何异处。此人棋上再高，也不能高过方大哥罢。"想到这里，简良心中释然，起身来到窗前伸手推开了窗扇。此时天色已暗了下来，客栈楼下的大院中已亮起了灯笼。

此时在对面的楼上，有一中年人临窗而望，不时地向楼下探视，神色自有些焦虑，好似在等什么人。简良的目光与那人无意中碰视了一下，见此人尤显得不安，也不甚理会，复合了窗扇回床歇了。

不多时，简良忽觉房门前有人悄然而过，偶听得一人低声道："蛇山的敏凤君不知请了什么人来……"

"蛇山！"简良闻之有感，知道这蛇山位居武昌，黄鹤楼正坐落其上。

简良在房中躺了一会儿，自觉无聊，索性起身离了房间来到楼下，偶听得街上有叫卖声，便出了客栈在街上的摊位上买了数样当地的风味小吃，准备回房中当零食消遣。

当简良怀里抱了一堆食物刚进客栈，忽听身后有人道："这位公子，你的东西掉了。"

简良回头看时，果是自家掉了一包糖饼，忙转身捡起，向提醒自己的那人谢道："多谢了。"谁知此人正是简良见过的那位中年人。

那人朝简良点了一下头，并不言语，径直走到客栈门外张望去了。简良望了此人背影一眼，心中道："此人等人等得很急，不知对方能不能来。"

简良又向客栈的伙计讨了壶热茶，以备回到房间就着刚买来的东西吃。上了楼回到了房间内，简良把东西胡乱地堆放在了桌子上，刚转过身，忽见背后多了一个人，心中一惊，遂觉肩井穴处一麻，已是被人疾点了穴位，全身立时动弹不得。对方背后偷袭，出手又快，未及简良施棋自卫，便被人制住了。

那人一招得手，随即将简良扶到床上平放了，然后低声道："这位公子勿惊，老夫并无恶意，只想借用你的房间待一会儿，得罪了。"

简良这才看清偷袭他的人是一位年逾六旬的老者，倒也无恶相，慈眉善目。那老者此时吹灭了蜡烛，转身伏于窗侧，轻启一缝，自向楼下的院中窥视。

简良此时虽被人制住，心中并无恐意，暗自惊讶道："此人行踪诡秘，莫不是盗贼？今晚这家客栈内有很多人行动怪异，恐怕要出什么事。"此时但觉肩井穴处麻痛，而牵制住全身不能动。简良忽想起秋海林能以意行气于经脉，于是便全身放松，意守肩井穴处。

简良意达化境，念力极强，所谓意到气到，不多时，但觉肩井穴处一跳，全身随之一松，自家竟然把穴解了，心中一喜，微动了一下手脚，已复正常。简良见那老者虽来历不明，贸然入室，但并无伤害自己之意，好像别有他图，于是仍在床上躺了，观望能到底发生什么事，同时左右手各暗扣了一枚棋子，以防不测。那老者伏于窗下，全神贯注地监视客栈楼下的院子，自想不到简良已将他点封的穴道意解了去。

这时候，忽听外面一阵人马喧杂，显是来了一伙投宿的客人。那伏在窗下的老者不由自语了一声道："六合堂的人怎么也来了？"

"六合堂？！"简良这边闻之一怔，心中道，"方国涣大哥曾在关外棋布天元阵助六合堂退了二十万女真铁骑，应该和六和堂的人很熟的。既然六合堂的人也到了这家客栈，当真要有事情发生了，不管怎样，明白向他们打听一下方大哥的消息也好。"

时间不大，外面又恢复了平静，已是人马都安歇了，只有一间客房内不时传出谈笑之声，显是那些六合堂的人正在用酒饭。

这时，外面忽又传来一阵人马响动声，已是又来了一伙人。但听一人大声道："蛇山敏凤君拜见朱堂主，适才错过了路径没有及时迎到，还请恕罪。"

随后闻一人豪爽笑道："敏先生，别来无恙否？"

那蛇山敏凤君笑应道："几年不见，朱堂主更加威风凛凛，六合双刀，名不虚传！"

原来那位六合堂的朱堂主正是"六合双刀"朱维远。

朱维远此时哈哈一笑道："敏先生过奖了，楼上请。"

潜伏在简良房中的那位老者，见了外面的情形，不由摇头自语道："敏凤君果然来了，没想到他竟然把六合堂的朱维远也请来了，看来此事有些棘手。"

这时，忽有人在窗外轻轻叩击窗框，那老者便开启了窗扇，随即跃进一个人来。简良躺在床上见了，知道进来之人与那老者是一伙的。

果然，那人一进来便道："大哥，有麻烦，六合堂的人插手了，是不是叫弟兄们抽身？"

那老者犹豫了一下道："不管怎样，那东西我们志在必得，不能便宜了敏凤君。六合堂插手又能怎样，看来也是为那东西来的。"

简良这边闻之，心中惊讶道："原来他们在争夺一样东西，是什么宝贝？如此兴师动众？"

第五十四回　随州客栈

这时，刚进来的那人"咦"了声道："大哥，床上怎么有个人？"

那老者道："是这房中的房客，已被我封住了穴位，不妨事的。"

那人低声道："我们做这种事，还是不让外人知道的为好，且将他结果了，免得日后麻烦。"

简良这边自是听了个清楚，不由一惊，知晓这二人果然是强盗，闻对方欲对自己下手，手中便扣紧了棋子全神戒备了。

此时那老者道："一个年轻人，不会多事的，留他一条命罢。"

那人摇头道："大哥勿要心软，说不定是敏凤君老儿派来的人，先结果了他再说。"说完，那人杀机立起，直奔躺在床上的简良而来。

简良见了，知道不能再等，猛然坐起，左手一扬，一枚棋子施出。欺到床前的那人欲下杀手，不提防简良能起身，一惊之下，忽觉面门印堂穴处贴了一粒凉嗖嗖的东西，心中大骇，随即但感面门处一紧，眼前一黑，向后便倒，已是被简良一子无相棋制住了。

那老者见状大吃一惊，没想到被自己点封了穴道的这位年轻人竟然会起身反抗，并且一出手便制倒了一名同伴，惊骇之下，知为劲敌，忽地一掌拍去。

简良一棋得手，见那老者继而袭来，于是右手一扬，一枚棋子施出。那老者见简良手臂又是一动，黑暗中隐见一道白光向自己击来，知为暗器，倒也不躲闪，先前拍出的一掌半路一停，将简良施出的棋子反抄在手中。

那老者见自己将对方的暗器轻易接住，觉得力道也不甚大，心中一喜，手一甩，欲将接住的暗器丢出去再去制服简良。然而忽感手心劳宫穴处一紧，那种石子般的暗器入手后竟然奇怪地粘贴在了手掌上。

那老者一惊。左手不由自主地来摘，忽"哎呀"了一声，但觉这粒小石子似生根了一般，牢牢地吸定在了手心上，手掌随之发胀，痛不可解。

那老者自是惊呼了声"有毒"！不敢再停留，忙持起先前倒地那人负了，一个起伏跃窗而去。简良追至窗前向外看时，已然不见了那二人的踪迹，此时不由冒出了一身冷汗，知道要不是自己出棋快，性命早已不保了。

这时，忽从东南方向响起一声呼哨，隐见对面的房顶上有数条人影一闪逝去。接着一间客房的房门一开，走出了一伙人来。为首一人生得高大威猛，气宇不凡，背负双刀，尤为宽大，此人正是六合堂的朱维远。左边是一位身穿锦袍、雍容文雅的儒士，右边一人简良却是见过的，便是原在客栈中的那位中年人，后面是数名持了刀枪的大汉。

那中年人此时欣然道："白兆山的人马已候许久了，刚才见朱堂主驾临，未敢动手，都已退了。"

那儒士扬声笑道："有六合堂的人在，尤其大名鼎鼎的六合双刀朱堂主亲临，白兆山的那些毛贼倒知趣得很，溜杆子走人，免得吃亏。"言语间甚是得意。

朱维远此时轻轻摇了摇头，惑异道："适才朱某一到此地，便觉得这客栈内杀机四伏，白兆山人马不战而退，其中必另有缘故，敏先生，我们且不可大意了。"

那儒士正是蛇山居士敏凤君，中年人是其弟敏凤山。敏凤君宽然笑道："有朱堂主与六合堂的兄弟们在，敏某就算吃了定心丸了，区区毛贼，不足为虑。"

这时，敏凤山一抬头望见了临窗而视的简良，不由一怔。简良见了，知道不便观看，于是退身合了窗扇。此时朱维远也朝这边望了望，眉头一皱，似有所悟道："适才有一人负了另一人越房而去，身形之快十分少见，看来已有人与白兆山的人动手了。"敏氏兄弟闻之，各是一惊。

敏凤山惊讶道："朱堂主是说另有高人暗助？"说完，惑疑地朝简良的房间望了一眼。

朱维远点头道："不错，适才定是有一高人制服了白兆山的高人，才令他们不敢对我们动手，示警退去了。"

敏凤君一旁惊异道："能是何方高人？"

敏凤山诧异道："为了迎候朱堂主，我奉大哥之命在此候了两日，虽见有些可疑之人出入，但太特殊的人倒没有见着，难道……"敏凤山不由得又向简良房间这边望了一眼。

朱维远这时道："既然另有高人暗助，退了白兆山的人马，今晚一战也就免了，大家进屋再议罢，勿惊扰了店中的客人。"说完，率了众人转身进屋中去了。敏凤山沉思了片刻，回头又望了一眼，也自随众人入房中去了。

简良在窗内自将外面的话听了个大概，心中赞叹道："这位六合堂的朱堂主果非一般人，适才发生的事就像他亲眼见着一般，厉害！"

又自窃笑道："他们把我当作高人了。"忽又懊悔道："不太妙，刚才那两人定是白兆山的强人，如今把他们得罪了，日后要有些麻烦的。"

"管他呢！是他们先冒犯我的，又能把我怎么样，到时再说罢。"简良摇摇头，倒床睡去了。

第二天一早，简良刚起床，客栈中的伙计敲门进来，送了一盆洗脸水，道了声早，便要转身离去。

简良唤住他道："小二哥留步，问件事，对面房间的客人可都起了？"

伙计道："那些客人起得很早，天刚见亮时就走了。"

"走得好快！"简良微怔道，"看来问不着方大哥的消息了。"

简良用了些茶点，随后来到柜台前，对里面的伙计道："结账退房。"那

第五十四回　随州客栈

伙计见是简良，忙满脸堆笑道："怎么？客官不住了，房钱、饭钱都已被您的朋友结算过了，还多付了十天的呢。"

"咦？"简良闻之，惊讶道，"有人为我结过账了，是什么人？"

那伙计见状一怔道："怎么？客官不知道？"

简良道："我孤身一人，并无同伴的。"

那伙计诧异道："这就怪了，今天早上天还未亮时就来了一位大爷，指着客官的房间问您走了没有，小人说还未走，那位大爷就说是客官的朋友，接着就付了十天的房饭钱，还让小店好好地招待客官，随后那位大爷就去了，肯定是客官的熟人，否则如何会为客官结账。"

简良茫然地摇摇头道："奇怪！随州城内并没有相识的，这会是何人呢？"继而恍悟道："难道是昨晚在朱堂主身边的那位先生，识出是我惊走了白兆山的强人，故为我结的账不成？是了，一定是此人，我简良岂能平白受陌生人的恩惠，那些人既然是蛇山来的，必然接了六合堂的朱堂主回蛇山了。也罢，我正要去黄鹤楼设棋局的，一定会在蛇山寻着那人，还了他为我结的房钱就是，免得欠他一个人情。"想到这里，简良便向伙计讨回了那十天的房钱，随后离了客栈，出了随州城，取道汉口奔武昌而来。

简良一路走来，中午时分，觉得走得乏了，便在路旁的树林中寻了一棵柳树，坐在下面歇了。想起昨晚在随州客栈，心中自有些后怕道："若不是秋海林先生教我习成无相棋来防身，必被白兆山的那两个强人害了，好险！真是好险！"转而又思道："那老者点封了我的穴位，却被我很快意解了，看来我这棋上练成的真意，不但能施无相棋，还能解穴的，这或许就是一通百通罢。"自是快慰地摇头一笑。

就在这时，忽从不远处的草丛里传来话语声，但听一人道："六合双刀朱维远果然厉害！我四人联手都敌他不过。"

简良这边闻之一惊，忙起身前行几步探看时，见一旁的草丛里躺着四个人，各带伤痕血迹，地上胡乱扔着刀枪斧棍四件兵器，显是经历过一场搏杀之后败逃于此。

其中一人道："怪我兄弟四人艺不到家，本事不济，没法子抢了那件东西来。"

另一人惋惜道："我们'大洪山四杰'得到消息时也晚了些，抢在六合堂的人到来之前动手就好了，就凭敏氏兄弟哪里是我们的对手。"

一人又道："那件东西在蛇山一出土就已传扬出去，敏凤君近水楼台抢先得了手去，但他自知力量不够，护那东西不住，故急邀了六合堂的人来，六合堂一插手，恐怕就没人敢染指此事了。唉！也是我们晦气，不过总算把命保下了。"

这时，其中一位黑大汉道："我们本事不敌人家，也是没有那么大的福气占有那件东西，要不是六合双刀朱维远刀下留情，我兄弟四人恐怕早就没命了。"另三人听了，面呈愧色，都低头不再言语。

　　简良这时已知道他们与六合堂的人动了手败下阵来，心中惑异道："蛇山到底出了一件什么宝贝，竟引得这许多人来抢？可能是一件值钱的东西罢，人为财死，鸟为食亡，没法子的事。"忽又恍悟道："昨晚在随州客栈，要不是我施以无相棋惊走了白兆山的人，定会有一场血战的，看来我这棋上也能止祸定乱的。"简良想到这里，摇头一笑悄然离去。

第五十五回　释棋白兆山

简良一路行来，正行走间，忽见前方不远处有十几个人拦住了去路。简良见状一惊，知道要有麻烦，两手各暗扣了一枚棋子，迎面而对，心中倒也无惧意。

对方为首的是一男一女两个年轻人，此时有一人向那年轻女子说了些什么，那女子点了点头，随即与另一年轻人径直朝简良走来。

走至近前，两人便停了下来，互望了一眼，忽然竟出人意料地一齐跪倒在地。简良本以为对方是劫路的，此时见状一惊，不由后退了一步，心中愕然，实不知对方此举何意。

这时，但见年轻的女子拱手额前，恭敬地道："烦请大侠救家父与二叔一命。"神色惶恐而焦虑。

"咦！"简良闻之一怔，一头雾水，不知所措。

那年轻人也自拱手额前道："以为大侠能在随州客栈多住几日，我兄妹好亲自去请，没想到在这里有幸遇上了，还请大侠大发慈悲，不计前嫌，出手相救家父与二叔的性命。"说完，与那女子一头叩了下去。

自把简良慌得不知所措，连忙道："二位快快请起，有话好说，如此这般大礼在下实在承受不起。"

那女子却决然道："大侠不答应我兄妹的恳求，我们就一直长跪不起。"

简良无奈何地摇摇头道："二位，这话是从哪里说起？在下实在是不明白，我能救什么人？"

那女子忙道："大侠可记得昨晚在随州客栈发生的事吗？"

"随州客栈！"简良闻之一惊道，"难道你们是……"

那年轻人应道："在下是白兆山的黄成义，这位小妹黄兰，昨晚在随州客栈被大侠用独门暗器打伤的是家父黄严与二叔黄伦。"

简良听了，这才恍悟道："原来你们是白兆山的人，怎么……"简良忽又诧异道："他二人身上的棋子还没有落去吗？"

黄兰愧然道："昨晚在随州客栈，家父与二叔不知大侠是一位世外高人，有所冒犯。如今二叔中了大侠的独门暗器，已昏迷不醒，命在旦夕，家父右手臂肿大异常，就要废掉，白兆山上无人能治。家父与二叔误撞了大侠，受此教训，本是应该，但我等晚辈不忍视父辈受此苦难，特来向大侠代父赔罪求医，恳请大侠勿计前嫌，出手相救。"说完，黄氏兄妹又一头拜了下去。

简良略一思忖，忙上前扶起黄氏兄妹道："既然如此，你二人勿要多礼，在下走一趟白兆山就是了。"黄成义、黄兰兄妹闻之大喜，复又施礼谢过。

简良此时尤感奇怪，为何施在那黄严、黄伦身上的无相棋棋力会这么重，一日夜的时间棋子还没有掉下来，不似往常，时间一久，顶多一两个时辰棋子就会自己脱落的，简良自想去看个明白，所以便应了黄氏兄妹所请。

黄成义、黄兰兄妹见简良答应出手相救，暗里各松了一口气。

黄兰感激道："大侠果是侠义中人，还敢问尊姓大名。"

简良见那兄妹二人张口一个大侠、闭口一个大侠，叫得自己浑身不自在，便笑道："二位叫我简良就行了，大侠二字太大，不敢当的。"黄氏兄妹见简良也自随和，各自欣然一笑。

简良忽想起一事，忙问道："对了，二位如何识得我？又怎知我路过这里而在此等候？"

黄成义道："白兆山离此处不远，自昨晚家父负了二叔撤回人马回到白兆山后，他二人症状愈重，连精善医术的三叔也无办法，解铃还须系铃人，所以我兄妹二人前来向简大侠请罪求医。适才有一手下，就是早上替简大侠结了随州客栈房钱的人，一直暗里跟随简大侠来着，我兄妹正想去随州，不想简大侠却沿这条路来了，被我们有幸迎着。"

简良听了，恍悟道："原来随州客栈的账是白兆山的人结的。"

黄兰道："这只是向简大侠表示一点歉意，昨晚家父在随州客栈冒犯之罪，还请见谅。"

简良宽然一笑道："就当一场误会好了，大家都勿要放在心上。"黄氏兄妹这才放心地相视一笑。

黄成义、黄兰兄妹随后率了手下拥着简良一路向白兆山而来，自有人抢先飞跑报信去了。简良见昨晚无意中结成的仇家，今日便意外地化解了，心中也自欣然。不过令简良不解的是，那黄严、黄伦这两位武学上的高手，为何各自受了自己一枚惩罚性的棋子这么久，不但不缓和并且尤有加重之势。

黄氏兄妹拥着简良一路行来，言语上甚是恭敬。简良知他兄妹二人心中焦急，也自加快了脚程。

不多时，便已到了一座大山脚下，此山山高林密，树茂草深，颇为险峻，显是那白兆山了。

一行人上了山路，不时有人接应，将至山顶时，前方现出一座山寨，山门上有"黄家寨"三字。

这时寨门大开，迎出了三四十人来，为首一人急走几步，上前躬身上礼道："我等罪人能把大侠请来，实在荣幸之至。"

黄成义一旁介绍道："这是三叔黄寅。"

简良拱手一礼道："简良见过黄先生。"

那黄寅此时面色焦急，忙退身相请道："烦请简大侠速施妙手救治两位家兄。"急引了简良进了山寨。

一座大厅之内，曾在随州客栈偷袭简良的那位老者正斜靠在一张椅子上，右臂裸露着担在桌子上，有一侍女正在以湿巾冷敷，这位老者便是白兆山黄家寨的寨主黄严。在旁侧床上躺着另一个人，额头上点着一枚白色的棋子，此时脸色红胀，已然昏迷不醒了，此人显是那黄伦了。

那黄严忽见黄寅、黄成义、黄兰等人拥了简良进来，惊喜之余，面呈愧色，欲起身相迎，忽"哎呀"了一声又坐了下来，显是手臂极痛，但感激地道："没想到这位大侠真的能被小儿请来，老夫实在是……"

简良见那黄严痛苦的神情，忙自上前道："老人家勿讲话，且让简某来看看你的伤势。"

待简良近观之下，心中不由暗暗吃惊，但见黄严的那只右手肿得馒头一般，且漫及臂膀，而那枚棋子此时似生了根一样仍牢牢地吸附在手心劳宫穴处。

简良惊讶道："当真过了这许久棋子也没有脱落!?"继而心中便已明白了原因。原来昨晚在随州客栈，黄氏兄弟欲击杀简良，简良情形急之下施出的无相棋，加在棋子上的意念之力比平时不知要强出多少倍，故有了黄氏兄弟中棋后的状况。

黄严这时苦笑道："简大侠的这种奇特暗器，天下当是独一元二的，好……好是厉害!"

黄寅一旁道："黄某行医多年，也见识过很多刀枪暗器之伤，但是这种棋子暗器所致的奇特症状，实为罕见之至。黄某已验过，这两枚棋子无毒无刺，却不知为何贴肉不落，且使气血不断壅聚棋下穴处?"

简良道："这是我以意想之力而施的一种'无相棋'，以意为之，不同于刀镖等暗器的。"

"无相棋?!"黄严、黄寅与黄氏兄妹闻之，相顾茫然，对这种棋子上的击人之法，实在是闻所未闻。

简良这时伸手欲去摘黄严手心劳宫穴处的那枚棋子，黄严不由得将手臂微缩道："请简大侠轻一些。"显是受痛已久，容不得人再碰一下棋子了。

黄寅一旁道："简大侠所施的这枚棋子虽在皮外，却深吸内里筋肉，痛连全身。家兄虽是习武之人、却也经此痛不住，多亏是在手上，若是施在腹背腰腿之穴位处，当可制人不能动的。家兄黄伦被简大侠施棋子于额中印堂穴上，导致了昏厥。这种棋子伤人之术，为黄某生平首遇，不知如何解法？"

这两枚棋子的威力自有些超出了简良的意料之外，不过无相棋能以意施，也能以意解，简良于是道："且让我来试一试罢。"接着集中精神，意念一收，伸手轻轻地将黄严手心上的那枚棋子摘了下去，遂闻黄严长吁了一口气，显是舒松之极。

黄寅一旁见了，惊异万分道："简大侠真乃高人！如此轻描淡写地去了此棋，实在不可思议！先前黄某一动此棋子，家兄便痛连筋骨而不能去，施针止痛也自无效，且针眼处血激如线，自是针药所不能为。解铃还须系铃人，多亏请了简大侠来，否则时辰一久，全身气血将同注右臂，家兄性命将危矣！实不知简大侠用何法子去了此棋？"

简良笑道："棋乃自家棋，意乃自家意，以意施之，以意去之而已。"黄寅等人闻之愕然，敬畏不已。

简良随后来到了黄伦床前，那黄伦此时已双眼部肿胀成缝，额头印堂穴处的那枚棋子已微微凹陷于里。

简良见了黄伦这般模样，暗自惊讶道："此番加在棋子上的真意太重了，会附在棋子上的，使得棋穴吸贴得尤紧，内里不断起着聚集气血的变化，时间久了，当真要人命的，日后可要谨慎了，意上轻些罢。"

简良又自把黄伦额头印堂穴处的这枚棋子去了，然后抚手额部，闭目凝神，以意散去注集之气血，黄伦面容遂呈润色，自是缓了过来。

黄寅旁边见了，这才松了一口气，暗自叫了声道："好险！这简良若在晚来一个时辰，二哥头上不断聚集着的气血必然深注颅内，当能令脑内血脉胀裂的，自会要了命去。真是怪极！此人似在棋子上有着超凡的魔力，可以任意收取，难道这青年人的内家修为已达到登峰造极、出神入化的境界了？不过既有此高深莫测的内家修为，当不至于被大哥偷袭成功，制住穴道于一时，难道是佯装的不成？故在大哥、二哥欲击杀他时出手反制。"想到这里，黄寅心中一凛，已是将简良看成一位身怀绝世武学之人了，却不知简良全凭棋上动了自家真意而已。

这时，床上的黄伦头一动，喉间轻轻"哼"了一声，已是缓解了过来，众人见之俱是一喜。

黄严此时已恢复得趋于正常，心中大为感激，自拉了黄成义、黄兰兄妹向简良跪倒而拜，懊悔之极道："简大侠，昨晚在随州客栈，老夫与二弟多有冒犯，本应罪该万死，而简大侠不计前嫌，大义相救，此恩无以为报，且受老夫与这双小儿女一拜。"说完，父子三人一头叩了下去。

慌得简良忙上前扶了道："使不得！使不得！三位快快请起，这般大礼折煞我了。所谓不打不相识，大家就交个朋友吧。"在随州客栈，简良对黄严还是有些好感的，此时见黄严等人虽然占山立寨，落草为寇，却也不是什么奸恶之人，故有了结交之心。

黄严见简良豁达大度，也是那豪情中人，大喜过望，忙请了简良落座，仆人献上茶来，让请用了。

那黄严自对简良佩服得五体投地，尤其那种独门的棋子暗器更是厉害非常，无人能敌的，此时感叹道："人上有人，天外有天！没想到武林中还有简大侠这样一位奇人，实为武林之幸事！简大侠是世外高人，不屑扬名于武林，否则早已威震江湖了。"

简良知道自家本事特殊，与人一时间说不清楚，至于自己是武林中人还是棋道中人，也不欲多辩，闻黄严所言，但自一笑，随后道："昨晚在随州客栈，幸亏黄老英雄没有与六合堂的人动手，否则会两败俱伤的。"

黄严闻之，叹然道："自在随州客栈冒犯了简大侠，老夫便已后悔此次行动鲁莽。也许是天意罢，误入了简大侠的房间使我等意外惊走，因而免去了一场血战。虽受了简大侠的惩罚，却又承简大侠相救，实让人醒悟的。如今老夫想通了，什么东西也比不上性命重要的。"

简良听了，笑道："黄老英雄能明白这个道理就好。"随后又诧异道："不知蛇山出土了一样什么宝贝，竟惹得许多江湖人物都来抢夺？适才在路上，见有四个人相称'大洪山四杰'的，为了劫夺此物都负伤败退了。"

黄严闻之，一惊道："大洪山四杰也插手了，并且都负伤败退了！那六合双刀朱维远果然厉害！名不虚传！"黄寅与黄成义、黄兰兄妹也自惊讶不已。

简良道："不知是何宝贝？竟连黄老英雄都出马了。"

黄严道："简大侠是刚刚路经此地，故有所不知。武昌蛇山出土了一样东西，被那蛇山居士敏凤君近水楼台先得月，抢先得了手去。此事说起来有些离奇，数天前，正值傍晚时分，不知何故，整座蛇山忽然地动山摇，当时黄鹤楼上宴席间的杯中酒都洒了出来。就在蛇山的东南方向震塌出了一处洞穴来，内放毫光，当时围观者甚众，都认为洞中必有奇异之物，然而此洞穴深不可测，一时间无人敢下去。后来蛇山莲花轩的主人，也就是蛇山居士敏凤君，他有一个弟弟叫敏凤忠的，生性勇猛，胆量过人，闻讯赶来，吊以长绳，探穴寻宝。那敏凤忠进入洞穴好长时间，方负了一只古色古香的盒子出来，观其形状，里面似藏有一件短小的古代的神兵利器，当时好多人都这么认为。说来也怪，敏凤忠取了那盒子出来后，洞穴内隐现的毫光便不见了，那盒子里究竟藏有什么样的神兵利器或宝物，自令人猜测不已，一时间议论纷纷，消息很快便传开了去。当天晚上就有人潜入莲花轩欲盗走那盒子，自被敏凤忠挡了回去。那敏凤君自知时间久了，单凭敏凤忠一人之勇难挡八方盗贼，故急请了高手来护宝盒。如今有了六合堂介入，尤其大名鼎鼎的六合双刀朱维远亲自坐镇，一般人当会知难而退。不过奇物诱人，那莲花轩日后可不会有安静日子过了。"

简良听罢，不由摇了摇头道："就算那是一件旷世神器或者什么稀罕宝贝，也自是一件不祥之物，谁得到它，都要有麻烦的。"

黄严闻之，点头叹道："简大侠言之有理，老夫活了一大把年纪，却也动了贪念，险些误了自家性命。"

这时，黄寅一旁探问道："宝物当归强者，以简大侠的身手，要取那宝物易如反掌，不知简大侠可有兴趣？"

简良闻之，摇头笑道："我又不会什么武功，要那宝刀宝枪的有何用。若是什么稀世珍宝，则更会有麻烦，还是离这类东西远些的好。"黄寅、黄严等人听了，皆生敬意，但却不信简良不会武功，以为谦辞。

这时，那黄伦已经苏醒过来，黄兰上前低声告知了一切，黄伦惊讶之余起身向简良拜谢。黄氏兄弟感激简良大义相救，更是敬服他的本事，大摆宴席酬谢。席间，黄严慷慨许诺，简良日后有求必应，白兆山定鼎力相助，简良一笑谢过。

当夜，简良便在白兆山住下了。

第二天一早，简良向黄氏兄弟辞行赶往武昌，以在黄鹤楼摆设棋局。黄氏兄弟自是苦苦挽留，然而听说简良要去武昌，不知就里，还以为简良暗中对那宝物动了心，欲去夺取。黄氏兄弟于是不再强留，欲赠送重金，简良坚辞不受，一笑去了。

黄鹤楼为江南三大名楼之一，位于武昌蛇山黄鹄矶上，为历代名胜之地。此楼为方形五层攒尖顶，高五十余米，宽三十余米，四重檐角高翘，宏伟轩昂，雕梁画栋，金碧辉煌，极具气势。登楼远望，但见长江巨流滚滚东去，雄伟壮阔，激人胸怀，自引了许多文人墨客来此观景抒情，寄以忧欢。

此时的黄鹤楼也是一座著名的酒楼，进出者多为公子王孙，豪客雅士。在中部大厅巨幅浮雕的黄鹤屏下，蛇山居士敏凤君正在宴请六合堂的朱维远等人，做陪的有敏凤君的两个弟弟敏凤山、敏凤忠，还有当地的几位名士。

这时，敏凤君起身敬了朱维远一杯酒道："朱堂主，敏某先敬你一杯，感谢前来相助，不但在随州客栈吓走了白兆山的毛贼，又在路上击败了大洪山四杰，令敏某转危为安，实在感激之至。"

朱维远举杯笑应道："你我为故交，敏先生大可不必客气。"随后让了让座中诸人，一饮而尽，那敏凤君忙又把酒斟上。

朱维远连饮了三杯，应下了那敏凤君的一番盛情后，便自转了话题道："黄鹤楼天下闻名，唐人崔颢曾赋诗一首，竟成千古绝唱！"

接着，朱维远轻吟道："昔人已乘黄鹤去，此地空余黄鹤楼。黄鹤一去不

第五十五回　释棋白兆山

复返，白云千载空悠悠。晴川历历汉阳树，芳草萋萋鹦鹉洲。日暮乡关何处是？烟波江上使人愁。"

"好！"敏凤君等人立时鼓掌喝彩。敏凤君笑道："朱堂主文武全才，实令我等佩服之至。"

朱维远摇头道："此诗自从那崔颢笔下一出，便已流传天下，识得字的人哪有不会吟诵的，尤以其最后一句'烟波江上使人愁'，吊古怀乡之情，染人心胸，实为此诗的神韵所在。"敏凤山与那几位名士闻之，暗自点头。

敏凤君又笑着起身敬酒道："古人多是多愁善感之辈，我等高朋满座，尽兴开怀，何愁之有？来敏某再敬朱堂主一杯。"

朱维远一笑举杯应了，随后道："崔颢的这首《黄鹤楼》，被宋人严羽说成是唐人律诗的压卷之作，此言不虚的，就连当时大名鼎鼎的诗仙李太白也对该诗赞服有加。"

敏凤山道："不错，当年李太白游至黄鹤楼，登高远眺，诗兴大发，提笔欲作，忽见了壁上的崔颢之诗，便留了两句'心中有诗道不得，崔颢题诗在上头'。随后投笔一叹而去。"

朱维远道："看来景物感于诗家之意境都是一样的，那李白离了黄鹤楼后，一直介怀此事，欲另成佳作，与崔颢的《黄鹤楼》诗赛个高低，自家虽然不说出来，但诗家本性，这个意思还是有的。"

敏凤山笑道："没想到朱堂主不但双刀盖世，对诗文之事所知也甚多的。不错，后来李太白果作了一首《登金陵凤凰台》，意在与崔诗一较高下。"

接着，敏凤山便自轻吟道："凤凰台上凤凰游，凤去台空江自流。吴宫花草埋幽径，晋代衣冠成古丘。三山半落青天外，二水中分白鹭洲。总为浮云能蔽日，长安不见使人愁。"

"好！"朱维远赞叹道，"李太白不愧为一代诗仙，果有妙笔应对。"

朱维远接着道："李诗文义上有过崔诗，但意境、气魄稍逊了些，抒发情感上，崔颢之诗还是占了先的。"

敏凤山闻之，点头道："朱堂主可为品诗的高手，虽后人对崔李之诗多有评论，但这两首诗皆不失为诗中之珠玉。"

朱维远点头道："敏二先生言之甚是，继崔李二人之后，后人再无此类诗来赛了，也是后人诗境不及崔李之故。"

敏凤山笑道："不然，古人毕竟已成为古人，古不胜今的。当今便有一人，才华绝代，就是素有'江南第一才子'之称的姑苏寒文玉，此人于一年前在洞庭湖畔的岳阳楼上，也仿崔诗作了一首《岳阳楼》。"

朱维远闻之，忙道："果有敢追古人者，二先生不妨念来听听，是否佳作？"

敏凤山于是吟诵道:"洞庭湖水清悠悠,巴陵重筑岳阳楼。古风昔雨载人渡,上蹬欲解天下忧。沙鸥翔集锦鳞游,淫雨霏霏隐九州。虎啸猿啼何处是,去国怀乡使人愁。"

"好诗!"朱维远听罢,拊掌赞叹道,"此诗意境、文义尤过崔李之诗,实为感景抒怀,忧古伤今之佳作!不过……"

朱维远又自诧异道:"此诗文句甚是耳熟,对了,这怎么都是宋人范仲淹《岳阳楼记》之语?"

敏凤山笑道:"昔日寒文玉游岳阳楼时,有李太白在黄鹤楼上的同样之感,曾感叹:我之诗意都被范希文的文章占尽了,此景此情,天下再无妙笔可寻,不如摘了他的章句,凑成一诗罢。于是便有了这首并仿唐宋之人的《岳阳楼》诗。"

朱维远听罢,哈哈笑道:"这江南第一才子倒是一位很风雅的文贼,不过此举也不失为绝妙。"

敏凤山道:"这毕竟是借了他人文章中的句子,寒文玉事后不甚满意,并未把此诗收入自己的《寒风诗集》中。"

朱维远闻之,点头道:"这位江南才子,倒是有些诗骨的!"

朱维远与敏凤山的一番诗论,自增添了些席中酒兴,敏凤君与几位作陪的名士,各自点头赞许,众人彼此又互劝饮了一番。

这时,敏凤山无意中一回头,忽见一年轻人正转上楼来,觉得此人有些眼熟,细看之下,敏凤山不由吃了一惊,心中诧异道:"此人怎么出现在了黄鹤楼?来得这么快,难道是……"

敏凤山心中自是一憷,原来那年轻人正是简良。简良意外地出现在黄鹤楼,自令敏凤山恐意大起,心中骇然道:"此人来得好快,一定是为了那件东西而来,那晚在随州客栈惊退白兆山的人必是他了。能把白兆山黄氏兄弟退走,当是一位身怀绝技的高人,看来挡退他人乃是为了自家独占,此人好是霸道!"

敏凤山不由惊出了一身冷汗,忙对敏凤君、朱维远二人低声耳语了几句,敏凤君、朱维远二人不动声色,齐向简良这边望了望。

敏凤忠一旁异道:"怎么?又是一个贼人不成?"敏凤君忙示意敏凤忠小声些。

敏凤山稳了稳神,对朱维远道:"在随州客栈,我曾与此人有过一面之缘,待我去探个虚实。"

朱维远道:"也好,切勿打草惊蛇。此人若真是那个惊退白兆山强人的人,必是一劲敌。"敏凤山点了点头,起身便向简良这边走来。

且说简良离了白兆山,一路至汉口过江到了武昌,便直接寻到了黄鹤楼。

第五十五回　释棋白兆山

登楼远望，立时被眼前的壮阔景观吸引住了，但见那长江巨流东去，水带漂浮，遥走天际，令人心情激动不已。畅然之余，简良见黄鹤楼上游客甚多，不乏天南地北之人，心中喜道："在此楼上摆设棋局，当有事半功倍之效，不愁在棋上引不出李如川来。"

这时，忽听身后有一人道："原来这位公子也到了黄鹤楼。"

简良闻声回头看时，见是在随州客栈有过一面之缘的那位中年人，忙拱手一礼道："原来是先生。"

敏凤山也自还了一礼道："真是巧了，在这黄鹤楼上又见着了公子，在下敏凤山，不知公子如何称呼？"

简良道："原来是敏先生，在下简良。"

"哦！是简公子。"敏凤山探问道，"早知道简公子也来武昌，那日真应该唤了同行才是。"

简良道："你们那日走得可真早，我起床晚了，未能赶得上。"

敏凤山闻之一惊，忙稳了稳神态，问道："不知简公子来此地有何贵干？可是来游玩的？"

简良道："黄鹤楼闻名天下，我来这里是为了办一件特殊的事情。"

敏凤山闻之又是一惊，心中骇然道："看来是不差的，这个神秘的年轻人果真为那件东西而来。"敏凤山不敢再问下去，于是敷衍了一句道："敏某家居此地，简公子若有需帮忙之处，敏某自会相助的。"

简良听了，想起自己要在黄鹤楼上设棋局，还真需一位当地有脸面的人出来帮助才行，便顺水推舟道："在下所办之事，少不了要麻烦敏先生的，这两日一定到府上拜访请教。"

敏凤山听了，身子吓得一颤，不敢再说下去，慌忙道："敏某那边还有几位客人，失陪了。"说完，拱拱手，转身急急地去了。

简良目送敏凤山回到了酒桌旁，见六合堂的那位朱堂主也坐在那里，并且以一种奇怪的目光朝这边望着。待简良与朱维远目光一碰时，简良点头微微一笑，实是出于对朱维远的敬意，而朱维远则是一惊，忙将目光旁移开去。敏凤山回到桌旁，脸色肃然地向众人点了点头，敏凤君不由呈出慌乱之色。

朱维远这时对敏氏兄弟低声道："这个年轻人大有来历，深不可测，我等且回莲花轩从长计议，早做防范。"众人闻之，心中各自一紧，忙起身离席退去，朱维远自暗中示意一名手下监视简良的举动。

对这一切，简良全然不知，忽见朱维远与敏氏兄弟匆匆离去，自是不知何故。

简良望着远去的朱维远、敏凤山等人，寻思道："这位朱堂主是六合堂的人，待有机会再向他打听方国涣大哥的消息罢。"

就在这时，忽有五名身着大红僧袍的喇嘛，远远地随了朱维远、敏氏兄弟等人的背影而去。简良见状，心中一惊道："看来朱堂主又要有麻烦了，什么宝贝？竟把这五名喇嘛也引了来。六合堂的人应该都是方大哥的朋友，我且前去一观，或许能帮上一些忙。"想到这里，简良也自尾随而去。那个在暗中窥视简良举动的汉子吃了一惊，转身急去了。

简良前行了一程，已然不见了那五名红衣喇嘛的踪迹。想起白兆山的黄严说过，蛇山居士敏凤君是蛇山莲花轩的主人，便向一路人打听莲花轩所在，随后按路人所指方向，简良寻到了一座宅院门前。

此时仍未见那五名红衣喇嘛的影子，简良心中疑道："这五名喇嘛可是进去下手抢夺了？"自家细听了片刻，莲花轩内并无动静。简良刚要上前敲门进去，忽又寻思道："与那敏氏兄弟并不熟悉，这个时候贸然造访不太方便，会引起误会的，我且在门外候了，见机行事罢。"

简良知道那五名红衣喇嘛若没有进入莲花轩，必会伏在其周围观察动静，于是便顺着莲花轩的院墙巡视起来。此时的天色已渐渐暗了，周围景物渐渐模糊。

简良顺着院墙绕走了半圈，倒也未发现有何异常，忽见一墙角处有一豁口，自家上前试了试，勉强能挤进去，心中思量道："那五名红衣喇嘛尾随朱堂主他们而来，必会有举动的，我且潜入莲花轩内再说。"想到这里，简良便提了一口气，收了收腹，侧着身子硬挤进了墙内，然后顺着墙根慢走。

未走多远，简良忽见有几丝灯光从前方一座房子内透出，这才发现天色已大暗了，便自悄悄摸了过去。行至近前，见屋内有人影走动，简良怕被人发觉引起误会，便寻了一处假山，在其后面把身藏了，以静观其变。

这时，简良不由有些惑异道："那敏凤君拥有宝物，防范如何这般疏松，我轻易地就进来了？"忽又恍悟道："是了，有了六合堂的朱堂主在，过严的警戒就没有必要了。"

就在这时，忽听屋内有人朗声道："朋友，既然来了，为何不现身？"

简良闻之一惊，心中惊讶道："这声音乃是那朱堂主的，此人果然厉害！既然被发现了，就出来告诉他们今晚有危险，要十分谨慎的。"

想到这里，简良刚要从假山后面现身，黑暗中忽见数条人影鬼魅般从房顶上飘然而下，自是静得未发出一点声响。简良见状，大吃一惊，忙又隐在了假山后，探看时，发现竟然是那五名行踪诡异的红衣喇嘛。

此时为首的一名喇嘛朝屋内合掌施一礼，以浑厚的声音道："这位施主好本事，竟能晓得我五人到了。"这五名红衣喇嘛的出现，却令屋中的朱维远、敏氏兄弟等人大吃一惊，尤感意外。

原来朱维远得到探报，简良朝莲花轩的方向来了，还以为简良是来夺宝的，大敌当前，朱维远自在莲花轩内等候了。偶听得院中有声响，朱维远认为简良到了，便出言相邀，谁知意外出现了另外五个人。朱维远此时心中不由一震，因为这五人是从自己头上房顶飘落下，自家事先并未发觉的。

这时，那名为首的喇嘛又以一种洪亮的声音道："'蛇山动，昆吾出'，请屋中的几位施主将本教的圣物还了我等罢。"

屋内的敏凤君闻言吃了一惊，诧异道："这……这'昆吾'之名他们是如何知晓的？"

院中的那名喇嘛应道："施主勿疑，此圣物乃本教的法器，于数百年前流入中土，现今复出，正是归还本教之日。请施主交还我等罢，此物于凡人无益，只能引来灾祸。"朱维远、敏凤君等人与假山后面的简良闻之，大是愕然。

第五十六回　昆吾刀

　　五名红衣喇嘛意外的出现，自令朱维远与敏氏兄弟吃了一惊。
　　随着房门一开，朱维远只身迎出，忽见那五名喇嘛的装束，心中一怔，拱手一礼道："不知各位大法师从何方而来，向我等讨还什么圣物？"
　　为首那名喇嘛合掌一礼道："我们乃是西域红教喇嘛。"
　　"西域红教？"朱维远闻之，脸色微变。
　　那喇嘛接着道："各位施主所护的昆吾神刀乃我红教圣物，具有无上法力，尔等持之无益，这就还了我们吧。"
　　敏凤君这时从屋中走出，附在朱维远耳边低声道："朱堂主勿要相信这些番僧，其实他们也是贪求那宝贝而来……"
　　敏凤君声音虽小，却被那喇嘛听了去，于是摇头道："施主此言差矣！昆吾刀本非中土之物，我红教历代先师为寻找此圣物已在中土找了几百年，如今佛缘得见，圣物终于现世了，希望施主发大义仁慈之心，让圣物重归故教，本教中人将不胜感激。"
　　朱维远见那喇嘛言辞诚恳，自有些犹豫起来。
　　敏凤君见了，恐朱维远变了主意，忙厉声道："尔等妖僧速去，这宝物在蛇山出土面世，岂能是你红教之物，莫要在此妖言惑众。"
　　那喇嘛听了，不由摇了摇头道："施主既然如此执迷不悟，贪这非己之物，勿怪我等冒犯。"话语刚落，五位喇嘛忽然同时发出了一种奇怪的诵经之声，虽五僧齐诵，却若万人齐吟，"唵嘛呢叭咪吽！"梵声大起，整座莲花轩为之一动。
　　朱维远忽惊骇一声道："梵音天咒！大家快掩耳。"急拉了敏凤君退回屋中，自家忙动功相抗。
　　假山后面的简良忽闻那梵音一起，身形不由一震，似被一种无形的力量荡击了一般，但随即稳住了心神，将这种音波传送的激荡之力化了去。简良性达化境，心神一稳之后，竟然抵御住了红教喇嘛的"梵音天咒"之功。
　　这时院中树上的枝叶已被这声波震荡得纷纷飘下，随即房屋的门窗忽地自飞而落，四下散去。简良惊讶之余向室内看时，更是一惊，但见朱维远盘坐在上，正在运功抵抗，然而已身形不稳，敏凤君、敏凤山等十余人竟抱着头满地乱滚,已然经受不住。

简良万万没有想到这五名红衣喇嘛的唱咒之声这么厉害,见朱维远等人显然已支撑不住,来不及多想,忙从怀中抄了五枚棋子,朝那五名喇嘛扬手施去。

正在全神诵发梵音之功的五名喇嘛,忽然各自身形一震,梵音骤停,俱呈惊异之色。简良一手五子施以无相棋,意分五路分击五名喇嘛的项后大椎穴,令五名喇嘛立感项背僵直,再诵梵音不出。那五名喇嘛骇然之余,知道有高人到了,惊呆片刻,忽然背靠背齐身跃上房顶逃遁去了。

简良见那五名喇嘛受了自己的无相棋,竟然还能一起飞身上房退去,不由得惊讶万分,好在不管怎样用棋子把他们惊走了。

简良随即从假山后面跑出来道:"朱堂主,你们没事吧?"

朱维远望着跑进来的简良,大是惊异,然见那五名红教喇嘛不知何故突然离去,已知是简良所为了,一时间不知是敌是友,惊讶地望着简良,不知所以,敏凤君等十余人早已躺在地上昏了过去。

简良上前关切地问道:"朱堂主还好罢?那五个喇嘛已被我赶走了。"

朱维远闻之,心中略一松,知简良并无恶意,缓缓道:"多谢公子相助,刚才好是险极,公子再晚些出手,朱某也会支撑不住的。"心中却是奇怪,不知简良用了什么法子退走了那五名功力高深的红教喇嘛。

简良见敏凤山等人昏迷中仍眉头紧皱,似受了极大的痛苦,便问道:"朱堂主,他们没事罢?"

朱维远上前查看了一下敏凤君等人,神色一松道:"好在那五名喇嘛的'梵音天咒'诵得短些,敏先生他们受激不住暂时昏迷而已,不妨事的,烦请公子取些冷水来。"

简良应了一声,转身到室外寻了一瓢凉水,回来递于了朱维远。

朱维远便含了一口水,向敏凤君等人的脸上一一喷去。不多时,敏凤君、敏凤山等人慢慢苏醒过来,但觉耳中嗡嗡轰响,脑子似要涨开了一般,各自摇头拍耳,好一阵才缓了过来。忽见了简良与朱维远在一起,皆呈惊异之色。

待众人落了座,敏凤君惑然道:"朱堂主,这是怎么回事?"

朱维远慨叹道:"惭愧!我们先前都误会这位公子了,若不是他及时出手相救,你我大家今日危矣!"敏凤君等人闻之,大是惊讶。

敏凤忠一旁道:"朱堂主,那些红教喇嘛走了吗?"

朱维远道:"若不走,岂有你我现在的情形。"

敏凤山这时已然明白了什么,忙起身朝简良长揖一礼道:"简良公子,先前有些误会,还望海涵。"

"误会?"简良一怔道,"什么误会?"

朱维远、敏凤山等人见了简良一副天真不解的神情，都为自家的猜疑感到惭愧。

朱维远心中惊讶道："原来这青年人叫简良，如此高人，江湖上为何未曾闻其名？"

敏凤山这时歉意道："先前还以为简公子也是有所图而来，却两番出手相助，尤以今日免去了我等一场灾难，不知如何感激是好。"

简良闻之，释然笑道："原来如此，我今日所以造访府上，因为朱堂主是六合堂的人。"

朱维远闻之，心中惊讶道："敢情人家是冲着六合堂的面子来的。"忙问道："不知简公子与我六合堂有何渊源？"

简良道："我与六合堂并无关系，但我有一位朋友，就是方国涣大哥，朱堂主可认识？"

"原来简公子是国涣公子的朋友！"朱维远闻之惊喜道，"没想到大家都是自己人。"

简良见了，也自喜道："朱堂主果是识得方大哥的，对了，我与方大哥分手已久，不知朱堂主是否有他的消息？"

朱维远道："听说国涣公子正在满天下寻一个人斗棋，朱某自在独石口关外一战之后，就未曾再与国涣公子见面，如今也不知他云游到了哪里。"

"唔！"简良听了点了点头，显得无可奈何。

简良随后道："适才那五名红衣喇嘛十分怪异，不知是何来历？"

朱维远道："这五名喇嘛来自西域的红教，从他们五人同行及功力来看，应当是红教中的那五位'伏龙尊者'。西域佛教又称密宗，主要支派有黄教、红教、白教，黄教与我中原佛禅所求之理相似，也是讲道德明因果的，或是门派有别源流相同罢。而红教工于异法幻术，修持法门甚是神秘。红教远在西域，很少涉足中原，而今这五位'伏龙尊者'意外地出现在蛇山，当不比寻常。"

简良道："这五名红衣喇嘛与众不同，尤其刚才那种诵经之声，怎么这般厉害？"

朱维远道："这些喇嘛并不是在诵什么经文，而是五人齐发一种叫作'梵音天咒'的音波之功。'梵音天咒'一词，朱某也是从一位久居藏地的朋友那里听得的。闻西域红教中有此术，今见果然厉害，不知是用内力还是别的法术施出的，但必须是五人齐诵，方有此威力。"接着，朱维远诧异道："'梵音天咒'神功是红教中秘而不传的绝技，神魔难抗的，不知简公子如何化解这种威杀之力而保自家无恙的。"

简良挠了挠头道："我也不知怎么能经受住的，不过稳住心神之后，听起

第五十六回 昆吾刀

来倒也没什么。"朱维远、敏凤山等人听了，各自惊异不已。

敏凤山这时道："看来那晚在随州客栈，也是简公子退走白兆山的人了。"

简良笑道："那可真是一场误会，意外地撞着罢了。"

朱维远暗自惊讶道："国涣公子的这位朋友身怀奇术，出手于无形，不知如何惊走白兆山的人和这五名红教喇嘛的？"随即心中一动，上前一拍简良的肩头，笑道："今日能结识国涣公子的朋友，朱某深感荣幸！"说话间掌上已暗运了力道。

简良忽觉肩头如负千斤重物一般，压痛得他"哎哟"一声，几欲跌倒，额头已自渗出汗珠来。

朱维远见状大惊，忙收力回手，上前扶了，歉意道："朱某手重些，伤了你罢？"

简良心知对方是在试探自己，不由摇头苦笑道："在下全无朱堂主那般拳脚上的功夫，不用试的。"

朱维远暗叫一声惭愧，与敏凤山等人更为惊异不解，看似软弱无力的简良，究竟怀有什么奇能异术。

这时有仆人献上茶来，敏凤君让请朱维远、简良二人用了。

简良随后问道："恕在下冒昧，这几日尽见有不同寻常的人物来找各位的麻烦，尤以这五名红教喇嘛，说什么要讨还教中圣物，不知敏先生究竟得了一件什么宝贝，惹来这些事端？"

敏凤君闻之，感叹道："也罢！今日多承简公子相救，护住了我等性命，就让大家看个明白罢。"说完，敏凤君从怀中郑重地取出一黄绸包来，小心地放于桌上随手展开。

众人立觉眼前一花，一件半尺余长碧绿色的刀形器物呈现在面前，毫光透射，弯月形晶体身，精巧别致，异于金银玉石，莫能辨其质地。

简良见了，惊讶道："好一件宝贝！作为刀剑也短了些。"

敏凤君得意道："此物名为昆吾刀，传为月精所成。"

朱维远道："江湖中人还以为是一件神兵利器呢，故拼着性命来夺，充其量是件珍贵的器玩罢了。"

敏凤君道："不然，此昆吾刀刀身透有梵文'昆吾'二字，却是另有异能的。"说完，敏凤君站起身来，指着三步开外的一面纸屏风道："此昆吾刀可远毁他物。"言罢，握住昆吾刀用力一挥，那面纸屏风忽地凭空断为两截，旁飞开去，显是被这昆吾刀的无形刀气所断。众人见状，各自惊呼了一声。

简良惊叹道："果是一件神奇之物！"

朱维远惊讶道："难道这小小的昆吾刀，真是一件神奇利器？"

敏凤君复将昆吾刀用黄绸裹了，于怀中藏了道："也不尽然，世谓古玉皆昆吾刀刻，而有玲珑之巧，却是不知真假。汉人刘颖的《博物志·神物》篇中载有此物，又称鬼斧神工之器，源于身毒国，也就是当今的印度。后有佛陀传教西域时携带了去，不知何故流入了中原，曾几现几失的。"

敏凤君接着诧异道："果真是那西域红教中的什么圣物不成？"

简良道："适才那个喇嘛曾说过'蛇山动，昆吾出'的话来，看来他们早知世有此物的。"

敏凤忠一旁不解道："却也怪了，蛇山地动之后，我从地穴中寻了此物出来后，便直接回家交给了大哥，外人是不曾见过实物的，那些喇嘛怎么会知道这东西就是昆吾刀？莫非真是他们教中的圣物，有神灵托梦叫他们来取的？"

朱维远这时忧虑道："那五名喇嘛虽然被简公子惊退离去，但不会就此罢手的，昆吾刀虽有异能，我等却不便动用，以免招惹来更多的江湖人物，此事我们要慎重了。"

简良性情直率，于是道："依我看来，这昆吾刀乃是一件惹麻烦的不吉之物，不如予了那些喇嘛，也断了其他人的图谋之心，打打杀杀，你争我夺的有什么意思。"

朱维远闻之，不由暗里点了点头，自是望了敏凤君一眼。

敏凤君这时摸了摸怀中的昆吾刀，惶然道："此物乃我兄弟从地穴中而得，当是上天所赐，岂能轻易予人。"自有不舍之意。

敏凤山一旁道："大哥，简公子说得不无道理，试想想，若无朱堂主与简公子相助，我兄弟三人如何能退得了这么多强敌，就当是红教中流失的圣物与了那些喇嘛罢。我兄弟留它何用？这几天来，蛇山又来了不少行色诡异的陌生人，如此下去会引来杀身之祸的。"

朱维远、简良二人闻之，心中赞服敏凤山是明事理之人，不过人家的家事，外人不便插言的，朱维远于是没有说话。

简良却不管许多，顺嘴道："先生说得是！昆吾刀即使值钱得很，又能怎样？难道会比自家性命还多值几两银子不成？"

敏凤君闻之，脸色立显得极不自然，讪讪道："不是敏某贪财好利，实在是奇物罕得，这昆吾刀古书既载，百年难遇，今日落在敏某手中，必是与我有缘，如果轻率地送予了人，会有违天意的。当……当然，此物在手中却也不安全，希望朱堂主与简公子费些心思，再护些日子，待敏某寻一隐蔽处藏了，然后放出风去说被人盗走了就是，如……如何？"敏凤君这一席话说得大家面面相觑实在太难为情。

简良摇头一笑，未再言语。朱维远沉思了一下道："昆吾刀有毁物伤人的奇能，若流入江湖被歹人所得，势必生乱成害。也罢，朱某既然来了，当不负敏先生所托，尽了朋友之情便是。"敏凤君闻之大喜，忙起身施礼谢过。随后又对简良长揖一礼，满脸堆笑道："不知简公子……"

简良笑道："在下协助朱堂主就是了。"

敏凤君欢喜道："简公子果然是义气朋友，事后敏某必有重谢的。"

对敏凤君的这种贪态，简良心中不屑道："看在朱堂主的面子上罢了，谁与你义气来着。"

应敏氏兄弟所请，简良便在莲花轩住了下来，由敏凤山引至客房中歇了。朱维远提了双刀率了数名手下在院落中巡视，戒备不速之客。

在一间密室里，敏凤君暗里叫来了敏凤忠，将那件黄绸裹着的昆吾刀交与了他，叮嘱道："三弟，如今外人目标多在我身上，你且把昆吾刀贴身藏了，更安全些，一定要保护好它。"

敏凤忠道："大哥，这件宝物你将如何处置？"

敏凤君道："先不忙，待过了这阵风头，暗中把它卖掉，也置办一个姑苏赵氏那般富甲天下的产业。"

敏凤忠闻之，惊讶道："大哥果要用它换银子不成？"

敏凤君不以为意道："留着它对你我自无用处，惹麻烦不说，更不能当饭吃，待过了这阵子，我自有计较的。"

敏凤忠不由摇了摇头道："大哥，这样做岂不有违自己之言，日后叫朱堂主知晓了，必会有失脸面。"

敏凤君诡秘地一笑道："你大哥我岂是那种糊涂之人，自不会让昆吾刀落入中原人士之手，叫人得了话柄去。放心吧，三弟，你从地穴中寻了此物来家后，我便知道我们兄弟要发迹了，用不上一年，便可富甲一方，人前显贵的。我识得一位西域的珠宝巨商叫拉吉的，财大气粗，又是信教的，这件昆吾刀若真是西域红教中的圣物，那拉吉就是倾家荡产也会把此物换了去，那时自不会再有喇嘛来找麻烦，中原人士又不知内情，你我兄弟但受用大富贵就是了。"

敏凤忠此时有些不情愿道："大哥，这样做，总之有些不太好罢。"

敏观君忽勃然大怒道："什么好不好的，人生在世，无非是求一个大富贵，方有资格去谈天论地。记住，你就是舍了性命不要，也要护住昆吾刀。"

那敏凤忠平时最是听命惧怕于这位大哥，见敏凤君发怒了，只得应了道："随了大哥的意思就是，只要有小弟在，东西失不了的。"

敏凤君见了，这才又呈出笑意道："这就对了吗！记住兄弟，日后整个湖北，除了汉阳王府就要数我敏氏一家了。"接着又叮嘱道："此事暂时你我知道则可，切不要让你二哥晓得，他书呆气十足，不开通得很，自不会赞成你我这样做的，待日后与他看了成堆的金银珠宝，也自没得话说。"

敏凤忠忧虑道："不过事后若让朱堂主知道了，真是交代不过去的。"

敏凤君不以为然道："有什么交代不过去的，我这样做也是让昆吾刀作为一件圣物归还故教，当是随了大家的意思，只不过用它换来一场大富贵罢了，又不盗不抢的，况且此物又是你我兄弟得到的，怎样处置关他人何事。到时候资助些银子于六合堂就是了，朱堂主那边自会没得话说，朋友是朋友，富贵是富贵，两回事的。看着将要到手的荣华富贵不要，那才是天生的笨蛋，我这蛇山居士，也要做一个富家翁哩！"

是夜，简良忽被一阵打斗声吵醒，忙扣了两枚棋子跑出室外，迎面遇见了朱维远，问道："朱堂主，发生了什么事？"

朱维远笑道："来了几个小毛贼，被朱某打发了，简公子且回屋歇着罢，以养足精神对付那五名喇嘛，暂时不用伸手的。"

简良道："也好，真要动起拳脚来我也帮不上忙的，但寻机会打他一棋子就是了。"说完，简良别了朱维远又转身回房间了。

望着简良的背影，朱维远心中惊讶道："难道国涣公子的这位朋友，又另有棋上异能不成？或许练就了一种独特的棋子暗器罢。可是他又如何抵御住了那种'梵音天咒'的威力呢？"百思不得其解，朱维远摇了摇头，提了双刀转身又巡视去了。

简良回到房间内，复于床上躺了，寻思道："那五位红衣喇嘛身上的棋子已过劲了，或许脱落了罢，不知能否再来的。说来也怪，中了我的无相棋仍来去自如，看来功力高深得很。不过他们中了我的棋子后，虽然未被定住，却也在内里起了一些变化，否则不会急着退去的。看来下次施棋时，意念力再重些才是，方能将他们制住，不至于走脱了去。"想着想着，简良也就睡去了，除了刚才的惊扰，一夜倒也无事。

天明时，有仆人来唤简良去客厅用茶点。简良先自洗漱了，随后来到了客厅上，此时朱维远与敏氏兄弟已坐着候了。见简良进来，众人起身相迎，彼此见了礼。

敏凤君殷勤道："简公子，一夜睡得还好罢？招待不周处，多多见谅。"

简良笑道："有朱堂主做护院，睡得也安稳些。"朱维远旁边自是一笑。

用过茶点，简良见有朱维远在，白天当不会有什么大事，便想到黄鹤楼上查看一番，寻一处好的所在摆棋设局，于是辞别众人而出。

敏凤山送简良至莲花轩外，道："简公子早去早归，莫要游玩太久了。"只道是简良要去黄鹤楼上游玩。

简良道："过些日子待昆吾刀的事情结了，我准备在黄鹤楼上做一件事情的。"

"哦！"敏凤山这才知道简良到蛇山果真是另有原因的，于是道，"有需要

第五十六回 昆吾刀

帮忙之处，简公子尽管吩咐便是，不必客气。"

简良道："多谢二先生，这几日就会有劳二先生之处的。"

敏凤山道："如此，敏某当尽力而为。"简良随后别了敏凤山，信步向黄鹤楼而来。

简良到了黄鹤楼，此时楼上早已多了一些游人。

简良正要进楼，忽听背后有人唤道："简大侠，是你吗？"

简良闻声回头看时，见是白兆山的黄成义、黄兰兄妹，不由喜道："原来是黄公子、黄姑娘，怎么也到了这里？"

黄氏兄妹见了简良，俱是一喜，忙上前施礼相见。

黄兰随后低声道："我兄妹奉家父之命，特来助简大侠一臂之力。"

"嗯！？"简良闻之一怔，一时未解其意。

黄成义旁边道："宝剑随英雄，莲花轩的那件东西非简大侠莫属，我兄妹此番带了很多人手来，听命简大侠调遣。"

简良这才明白怎么回事，不由摇头笑道："黄老英雄如何为我生出这个念头来？如今我护那宝贝还来不及，哪里还有心思去抢。"黄氏兄妹闻之一怔，惑然地望着简良。

简良接着道："看来黄老英雄与你二位都误会我了，我到此地是为他事而来，并无图谋他人宝物的意思，并且莲花轩敏先生那里还请我护着那东西呢。"

黄兰闻之，惊讶道："简大侠如何与敏凤君这等小人扯上关系？这位蛇山居士可是一个道貌岸然的伪君子。"

简良听了，不由皱了皱眉头，道："我是看在一位朋友的故人的面子上才答应的，既然如此，过两天抽身就是了。"接着又道："你二人既到了这里，大家不妨到黄鹤楼上饮一番如何？"黄成义、黄兰闻之大喜，一同随简良上了黄鹤楼。

三人在黄鹤楼上择了一雅座临窗坐了，要了酒菜对饮起来。简良先自道："大家都是青年人，叫我名字就行了，不要再称呼'大侠'二字罢，听起来别扭得很。"

黄成义恭敬道："大家既然意气相投，就叫简大哥可好？"

简良喜道："如此最好，不过我比二位小了些。"

黄兰笑道："本事为先！简大哥，请！"简良自高兴地举杯应了。

三人对饮了几杯，黄成义道："简大哥既然在莲花轩护着那宝物，可见着一件什么样的神奇利器？"

简良道："一件昆吾刀而已，也算不上兵器的，好像是西域红教中的什么圣物，也不知怎么到了这里。"

"昆吾刀!?"

黄兰惊讶道："不是一把削铁如泥的宝刀吗？"

简良道："虽有些毁物伤人之能，不过小得很，仅半尺余，却也中看些，不知何物所成。"

黄兰道："原来如此，依简大哥所言，那昆吾刀多半是件罕见的器玩罢了。"

黄成义道："此物不凡，出土时竟令蛇山一动，可见非俗间之物。"

简良道："谁知道呢！却也是件不祥之器，那莲花轩一晚上都没有安宁过，被人惊扰了两次。"

黄兰道："那敏凤君虽然偶得了昆吾刀，却不知是福是祸，不过能让他惊吓几回也好。"

简良笑道："黄姑娘怎么对敏凤君先生如此有成见？"

黄兰轻叹一声道："简大哥是外乡人，有所不知，这个蛇山居士外面的名声雅气得很，连六合堂的人他都交上了朋友，不过内里却是小人一个。家父年轻时也曾与敏凤君交友的，后来识得了他做事的行径，自私自利得很，也就与他断了来往。"

简良见黄兰把敏凤君挖苦得一无是处，想起敏凤君不舍昆吾刀的情形，也自摇头道："敏先生却是一个不识大体的人，不过其弟敏凤山倒是一位明事理的。"

黄兰道："敏氏兄弟中也就出了这么一个好人而已，还有就是……"

说到这里，黄兰脸上泛起一片红晕，自呈喜悦之态，随即转了话道："那个敏凤忠也是一个有勇无谋的浑人。"

简良此时点了点头，自语道："过几日我还有件重要事情来办，不宜在昆吾刀上树敌，此事却也复杂，寻机会抽出身来就是了。"

黄兰见简良虽然身怀绝技，江湖阅历却好像少了些，便好心提示道："简大哥英雄盖世，心地善良，自令小妹敬服。不过江湖险恶，人心莫辨，简大哥还是处处小心为好，勿要被人家利用了。"

简良闻之，感激道："多谢黄姑娘，以后还真要谨慎些行事才行。"黄氏兄妹见简良诚挚坦率的神情，不由相视一笑。

酒菜用毕，黄成义起身去结算酒钱，简良拦了道："我来吧，你们在随州客栈多付的店钱还在我这里。"

黄成义道："简大哥说哪里话来，岂不是看不起我兄妹。"

简良只好一笑，由他去了。

黄兰一旁见简良凡事倒也有些认真，不禁偷笑，便言道："简大哥对我们勿要多礼的，对了，不知简大哥有什么事情需要我兄妹相助的？"

第五十六回 昆吾刀

简良道："我要办的事情有敏二先生那边就行了，不劳二位了。"

黄兰道："既然如此，我兄妹就回禀家父了，简大哥日后得了空闲，可一定要到白兆山看望我们。"

简良道："我会的，有机会还要向黄老英雄讨教些点穴术的。"

黄兰道："家父至今还在纳闷，我们黄家独特的点穴手法，怎么会在片刻工夫就让简大哥自解了。"

简良笑道："也许是黄老英雄当时手下留情，未用力罢。"

黄兰闻之，愧然一笑。二人起身会了黄成义，出了黄鹤楼，黄氏兄妹便辞别简良去了。

送去了黄氏兄妹，简良复又回到黄鹤楼上巡视了一番，见二楼大厅处是一块摆棋设局的好所在，心中思量道："回头请敏二先生与酒楼的主人说一声，租赁一席之地，就在这黄鹤楼上挑战天下高手罢。"简良随后离了黄鹤楼，回转莲花轩而来。

简良一路行来，待至一处偏僻无人的路段时，隐感身后有人跟踪，回头巡视并无他异。简良自觉有些不妙，手中便暗扣了两枚棋子，以防不测。未走几步，忽见眼前红光闪动，一名红衣喇嘛似从天而降一般拦住了去路。

简良见状一惊，回身欲退，却另有四名红衣喇嘛不知何时已立在了身后不远处，简良心中自是一懔。

此时前方的那名喇嘛摊开手中的五枚棋子，犹豫了一下道："施主，这是你的棋子罢？"简良知道此时容不得退让，便应道："不错，正是我的棋子。"心知对方来者不善，手中暗里又多扣了二枚棋子，全神戒备了。

这时，那喇嘛竟然深施了一礼道："这位施主，好一手无形飞棋！实是有别于中土的各种暗器门而自成一术的，棋神合一，方能有此境界。"简良闻之一怔，知对方非同寻常，缓了缓口气道："各位法师，今日想怎样？"

那喇嘛恭敬地道："本僧吉桑，与四位师弟巴拉、喀户、南嘎、洛奇，原与施主素无仇怨，却为何施棋于我等之身，阻拦圣物昆吾神刀归还本教？"

简良道："你们昨晚念的经声太大，我的朋友经受不住，所以才出手相扰。怎么？各位想报昨晚一棋之仇吗？"

"不敢！"那吉桑喇嘛忙摇头道，"我等并无此意。"接着又道，"我师兄弟五人不远万里从西域翻山越水而来，为了是能迎回本教失传的圣物，不想与中土人士结下太多的仇怨。"

简良见对方言语上倒也恭敬，似对自己并无敌意，心中一松，见其求昆吾之情甚切，便问道："请问法师，那昆吾刀真的是你们红教中的圣物？"

吉桑喇嘛肃然道："不错，五百年前，本教宗师莲花生大士就是运法力于此昆吾刀上，扫荡天下群魔，创立了本教基业。后来不知何故，昆吾神刀不慎流入中土了无音迹，数百年来，本教教众一直不曾断了寻找，可惜毫无收获。直至本教现今的教主预言此圣物当于本年在蛇山显现，故派我五人前来迎取，'蛇山动，昆吾出'，果然应了。今见施主面善神扬，自非凡人，希望能成全本教教众几百年梦寐以求的愿望及至诚之心，做壁上观，不要插手此事。"简良见对方说得有理有据，惊讶不已。

仙子谱

长篇围棋传奇小说

青斗 著

下

学苑出版社

第五十七回　棋惊黄鹤楼

　　五名红教喇嘛路上拦住了简良，但恳请简良勿管昆吾刀一事。简良知对方实力太强，若动起手来，朱维远等人未必能敌得住，于是道："我袖手旁观可以，但你们要夺昆吾刀，势必会伤了我的朋友，如此一来，我又不能不管的。"

　　那吉桑喇嘛闻之，脸色微变，忙躬身一礼道："蛇山居士敏凤君当非善辈，偶得昆吾刀就想据为己有，此乃实为招祸的行径。昆吾神刀为本教圣物，常人持之无益，久则必受其害，施主本局外人，勿要同入迷途之中，但请大开方便之门，让我等迎取圣物归教，当为大功德。"接着，五名红衣喇嘛齐身施礼而拜。

　　简良见那五名红衣喇嘛不远万里而来，虔诚得很，不由起了同情之心，想那敏凤君实不该再占有昆吾刀，累及多人日夜惊吓，并且对方恭敬有加，自己也应退一步的，于是点头道："好吧，我不管此事就是了，不过各位大法师应想别的法子去取，勿要再念那梵音天咒伤人。"

　　五名红衣喇嘛闻之，俱呈喜色。吉桑喇嘛复施一礼道："施主一善之念，必得大福，我等就此谢过。"

　　原来昨晚在莲花轩，简良施以无相棋惊走了这五名红衣喇嘛，令他们甚是惧惮，并且简良经受住了梵音天咒，更令五名喇嘛惊异不已，视为劲敌，今见简良答应不再插手此事，暗里各松了一口气。而简良也自不敢与这五名红教喇嘛过于直硬，说得僵了动起手来，当是应付不了。

　　吉桑喇嘛这时将手中的五枚棋子放于地上，又向简良深施了一礼，退后数步，闪入路旁的林中不见了。简良回头见另外四名喇嘛也自无了影子，对他们来去无踪、诡异不测，心中惊讶不已，暗自庆幸未与他们闹翻，否则偷袭自己防不胜防。

　　简良上前将那五枚棋子拾了起来，叹道："这几名喇嘛好本事！无相棋施得轻了，不易把他们制住的，此番拦路相求，看来也是怕了我吧。"

　　转而又思道："这些喇嘛并非恶僧，也不像什么魔教的，只要不胡乱伤人，我不为难他们就是了。那件昆吾刀真的有扫荡群魔的法力吗？昨日敏凤君用它三步外凭空断了一面屏风，当不同凡物。此事也太麻烦，回头对敏二先生说一下，让他劝敏凤君还了人家就是，那些喇嘛若发起怒来，无人挡得住的。"简良一路想着，回到了莲花轩。

此时在客厅上，敏凤君正与朱维远说着什么，见简良进了来，敏凤君忙止了话语。简良上前与二人见礼，敏凤君只是拱了拱手，没有起身，神色冷淡得很。

简良未曾理会，寒暄了几句，便别了二人转身去找敏凤山商议在黄鹤楼租地设棋局的事去了。

敏凤君见简良去了，便又对朱维远道："朱堂主，这个简良来历不明，须提防些。适才有下人回报，他在黄鹤楼与白兆山的人有来往，或许也是图谋昆吾刀来的。"

朱维远摇了摇头道："不会的，简良公子非同常人，更是我六合堂一位大恩人的朋友，自不会有图谋之事。要知道，昨晚若无此人，不但昆吾刀失，我等性命也危的。至于简公子与白兆山的人有来往，可能是在随州客栈相识，那是他自己的事，敏先生不要过分猜疑为好。"

敏凤君听了，不以为然道："昨晚是他不知昆吾刀就在我身上，更不知昆吾刀为何物，一时不便寻找，故装着救人接近我们，另有图谋。此人来历不明，不要十分信任为好。"

朱维远摇头道："朱某看人很少走眼的，简公子与我六合堂的一位大恩人一样，在棋上有着深不可测的本事，自非奸邪之人，敏先生勿要疑他。"

敏凤君仍固执道："不管怎样，此人本事有些古怪，又神秘得很，如何这么巧在随州客栈与蛇山同时出现？便是追着我们来的。此人让人放心不下，日后与他面子上过得去就是了，暗中提防些还是要的。"朱维远听了，摇了摇头，不再言语。

且说简良找到了敏凤山，拱手一礼道："敏二先生，今有一事，烦求相助。"

敏凤山笑道："简公子有事但说好了，何言一个'求'字，凡敏某能力所及，全力而为。"

简良感激道："如此多谢了。我是外来人，于此地不熟，要请二先生周旋些才是。那黄鹤楼上酒家的主人，二先生可是识得的？我想在黄鹤楼上租赁一席之地。"

敏凤山闻之，惊讶道："简公子喜游黄鹤楼，每日闲里去就是了，饮酒远眺，非固守一地可尽兴的，何必租占它一块地方呢？难道另有他用？"

简良道："不错，我要在黄鹤楼上摆棋设局，下注彩金，挑战天下高手。"

敏凤山闻之，惊讶道："原来简公子也善棋道的。"接着恍悟道："这是我的疏忽，不知公子短了银钱用，回头叫人送五十两银子于公子的房间就是了，不必与人弈博些彩金，吃那个辛苦。"

简良摇头道："二先生误会了，我设棋黄鹤楼乃是别有他意，为了是在棋上引出一个人来，这棋上事一时间难与先生说清楚，日后自会明白的。"

"哦！"敏凤山茫然道，"简公子来黄鹤楼就是为了做这件事，公子是世外高人，所做之事必有自家的道理，我只有依了公子的意思就是。"

敏凤山接着道："这黄鹤楼乃名胜之地，本为武昌府衙门公家管治，暂租于富家开设酒楼的。那酒楼掌柜的自与敏某相识，明日与他打声招呼，借用一席之地罢了，不用租的。简公子若是在棋上走得出了名，多引些客人来，酒楼上的生意必然红火，人家高兴还来不及呢。"

简良闻之喜道："如此最好，一切就都拜托二先生了。"

敏凤山道："区区小事，敏某还办得来，明日叫人封了一百两银子去，作为彩金，谁有本事来赢去好了，造气势大些，敏某为朋友办事，也要脸面风光的。"

简良闻之笑道："二先生想得周全，我这里多谢了，不过请二先生放心，这一百两银子，天下间是无人能从我的棋盘上拿去的。"

敏凤山闻之一怔，惊异道："原来简公子不但是一位武林中的奇人，更是一名棋道上的国手！当真叫人钦佩！"

简良笑道："武林奇人不敢当，能走上几手棋倒是有的。"

敏凤山惊讶之余，道："简公子既在棋上有此雅兴，明日敏某就将一切办妥当了，公子到时临枰而坐，与人斗棋就是了。"

简良欣然道："如此好极！到时还请二先生压场的。"

敏凤山笑道："那是自然。"

这时，敏凤山忽想起一事，忙道："对了，说起在黄鹤楼上设棋局，敏某差一点忘了，这黄鹤楼上早已有人摆棋了。"

简良闻之一怔道："是什么人？这几日我怎么没见？"

敏凤山道："有一个叫谢古岩的，专于每月上旬在黄鹤楼摆棋摊，明天是初一，简公子就会见着了。"

简良讶道："没想到有人先登一步，不知此人棋局怎么个设法？"

敏凤山道："那谢古岩每次都以三十两银子为彩，来斗棋押五两、十两均可，若输了起身走人，赢了双份银子归己。那谢古岩棋上也是有些本事的，少有败绩，每天能走上一局两局的。此人也聪明些，棋上真正有大手段的，自不会为了几十两银子更是不屑与他斗棋的。只有那些在棋盘上走出个模样，自以为成了几分棋道，贪那几十两银子的彩金，才来博弈一回，自被那谢古岩讨了便宜去。每月上旬，谢古岩便风雨无阻地去黄鹤楼上摆棋摊，已成惯例，倒也吸引不少附近州县好棋的人，那谢古岩每次都能多少的赢些银子回去，自是个棋家中的油子，有些老成的。"

　　简良闻之，笑道："此人以棋养家，不失为一进财之道，既然有此基础，自会顺利得多。"

　　简良转而忧虑道："不过这样一来，势必造成与那谢古岩争食的意思，恐怕不大妥当罢。"

　　敏凤山点头道："简公子说得也是。"

　　沉思了片刻，敏凤山又道："没关系，明天叫人送去一百两银子，叫那谢古岩暂时不要来了便是。"

　　简良摇头道："却也不大好。"接着点头道："这么着罢，此人设棋黄鹤楼显是赚银子养家糊口，与我的目的是不同的，日后我但于棋上所得都与了他便是，事情结束后再还了他的摊子，我暂时接手而已，不曾让他亏了的。"

　　敏凤山闻之，点头道："这样也好，只要公子于棋盘上胜了他，又有这些优厚的条件，那谢古岩也没得话说。"心中自是纳罕，简良为何做这种古怪的事。

　　这天晚上，简良在房间中大脱大睡了，知道一般的盗贼自有朱维远应付了，而那五名红衣喇嘛已答应另想办法夺取昆吾刀，不再轻易伤人。简良也应允不出手阻拦，所以自家才在房中安稳睡了，一夜倒也无事。

　　第二天一早，众人在厅中用着茶点。敏凤君此时略松了口气道："昨晚一夜平安无事，看来再无人敢来夺昆吾刀了，那些盗贼已是尝到了厉害。"

　　敏凤忠道："那些红教的喇嘛不知被简公子用什么法子赶走的，看样子也是怕了，早已回西域了罢。"

　　敏凤君面呈喜气道："以后可就没什么事了。"

　　朱维远忧虑道："昨晚虽然无事，但并非安全了，红教的那五名'伏龙尊者'不会轻易罢手的。"

　　敏凤君听了，有些慌乱道："这几个西域妖僧竟如此难缠，我……我就是舍去性命，也不会将昆吾刀白白送于他们的。"

　　简良听了，皱了皱眉，摇了摇头，自家饮茶不语。

　　用过茶点，敏凤山起身道："今日我与简公子去黄鹤楼办些事，先走一步了。"

　　朱维远叮嘱道："二位要早些回来，路上要提防着那些喇嘛。"简良、敏凤山二人应了一声，便别了众人离了莲花轩向黄鹤楼而来。

　　路上，简良对敏凤山道："令兄也太固执了些，何必死守着昆吾刀不放？且不论别人，就是他自家晚间都睡不实的。还望二先生劝劝，把昆吾刀与了那些喇嘛就是，又不曾损些什么。那些喇嘛出没无常，在下能挡住第一回，但不一定就能挡住第二回。"

敏凤山叹息一声道："自家兄得了昆吾刀，莲花轩就一直不得安宁，昨日我也私下劝过的，可家兄就是舍不得此物，我也无办法，就由着他罢。"

简良道："若是无主之物，自家藏着也就是了，可那些喇嘛说得有凭有据的，容不得人不信，他们此番前来是志在必得，可不易打发。"

敏凤山应道："我与家兄文章半世，并不指望能以那昆吾刀做出些什么事业来，但求过一安稳日子足矣！"

简良道："令兄若有二先生这般想法就好了，自不会有许多麻烦。"

敏凤山摇头道："是福不是祸，是祸躲不过，随他去罢。"简良暗自感叹不已。

简良、敏凤山二人不觉到了黄鹤楼，进了楼内，迎面遇着一名伙计，敏凤山见是自家认得的，便问道："伍桂，那谢古岩可又来摆棋了？"

伍桂忙应道："原来是敏二先生，来观棋的罢，这会儿谢先生已与汉口的棋上好手吴科走开了，快些上去吧。"

敏凤山闻之一喜，拉简良来到了楼上，只见一群人围在一处，隐有赞叹之声。

简良、敏凤山来到人群外，往里看时，见有一位头系方巾身着青衫的中年人，正在与一名肥面大耳的汉子走棋。

敏凤山低声对简良道："那着青衫的人便是谢古岩。"简良见此人在棋上走得专注会神，也自从容，点了点头。

此时，谢古岩与那汉口的吴科在棋桌上的一盘棋已走至中盘，谢古岩神色自若，颇为自负，而那吴科已现焦急之态。

双方又走了几手，显是吴科败了，扒盘叹道："上次仅以一子之差输了你十两银子，吴某回家研究了一个月的棋谱，棋力长了些。谁知这次来又输了你二十两，早知道自家留着买酒吃，也不这般白白的送于你，真是晦气！"那吴科说完，一甩袖子，起身推开人群径自去了。

谢古岩微微一笑道："承让！"接着把摆在一旁的双份银子的彩金收了。

旁边自有人奉承道："谢先生真是古今少见的国手，这次又赢了，如此下去，天下间的银子可都是谢先生的了。"

另一人呼应道："那也差不多，以谢先生的棋力当年应该入京夺取那国手状元的。"谢古岩听了，也自掩不住一丝得意出来。

简良见棋盘上的双方走势，算不得太高明，摇头笑了笑。

敏凤山这时道："简公子，看你的了。"说完，分开人群引了简良过来。

有人认出敏凤山，招呼道："敏二先生，今天怎么有这般兴致，可是来斗棋的？"

敏凤山笑应道："敏某哪里有那般棋上的本事，今日是带一位朋友来玩玩的。"

谢古岩也自识得敏凤山是当地的名士，忙起身礼见了道："原来是敏二先生，有失远迎。"

敏凤山道："我今天给谢先生带来一个棋上对手，你可要使出真本事来。"接着引见了简良，道："这位是简良公子，也是棋道中人，一时技痒，来与谢先生切磋切磋。"

简良这边一拱手道："请谢先生指教了。"谢古岩见是敏凤山领来的人，忙还了一礼道："不敢！"

敏凤山此时虽不知简良棋上究竟有多大的能耐，也自取出五十两银子，放于棋桌一旁道："依规矩，敏某就替简公子押下这五十两。"

简良感激地一笑，知道输不掉的，也自没有推让。

谢古岩见对方出了五十两，不由一怔，知道来了对手，自家也出了五十两银子，道："承二位看得起，就凑成一百两棋金罢。"旁观诸人见双方彩金达到了一百两银子，知道有热闹瞧了，不由议论了一阵。

谢古岩、简良二人临枰坐下，谢古岩推了那罐黑棋子于简良面前，道："谢某是棋主，请简公子先罢。"简良一笑，也不推让，持了一子起手落定天元。

谢古岩见状，不由一怔，旁观诸人大多都是懂棋的，"咦"了一声，皆感意外。

敏凤山暗自惊讶道："简公子如何这般走法？也太托大了些。"其实简良开子天元，意在缓自家之棋势，不想讨对方的便宜。那谢古岩倒也沉着，起手应了一子。

简良此时想了想，便自随谢古岩的棋势走了几手。谢古岩见了，心中一宽道："此人这几着也是平常的走法，开子天元倒是吓唬人的。"于是又信心十足起来。

十余手棋过后，谢古岩微怔了一下，随即不由得暗自失笑。原来简良此时的棋上走势竟然尽与刚才那位汉口吴科的棋上走势相同，棋路上一丝不差。谢古岩不明其故，但心中已有了底，便放开胆量，依刚才对应吴科的棋路走了下来。

旁观诸人，有人诧异道："怪了！怎么下的是刚才那盘棋？这般走下去如何赢法？"

另一人低声道："莫不是不懂棋，依刚才那局棋的棋谱照葫芦画瓢，来寻开心的？"

敏凤山一旁也自茫然，简良仍旧应子自如，顺着刚才那吴科的棋路走了下来。谢古岩此时心中暗自高兴，知道自己适才在中盘就已取胜吴科，照此顺走下去，当稳操胜券。那谢古岩轻车熟路，并不费神思索，依旧势而走。围观诸人，此时纷纷摇头不已。

这时，谢古岩笑吟吟地应落了一子，正是刚才那局棋的最后一手，吴科见大势已去，便投子认输起身走掉了。围观诸人见棋局似刚才那般而终，不由为敏凤山押下的五十银子感到惋惜，纷纷摇头叹然。

敏凤山暗里也自摇了摇头。那谢古岩已收手正坐了，待简良投子认输，此时不由用余光瞟了那一百两棋金一眼，面呈喜色。

简良这时却微微一笑，持了一子但于枰中轻轻落去，随后淡淡地道："谢先生，在下还有一手棋呢！"谢古岩与围观诸人俱是一怔，不信大势已定之局，又能有什么奇迹出现。然而当谢古岩细观棋盘之后，脸色立时大变。

简良所走的最后一手棋，乃是一着扭转乾坤的妙手，自将白方优胜的棋势压至绝境，实是出人意料之外。谢古岩棋力不低，自能看解得出，心知此着扭转乾坤的妙手棋，自家一辈子也想象不出的，望着棋盘竟自呆了。旁观者暂无一人能看出这手棋有何奇妙之外，见谢古岩神形两失，各自愕然。

谢古岩惊讶之余，似乎明白了什么，忙起身朝简良深施一礼，恭敬万分道："谢某不知天高地厚，贸然与公子对局，还请多多恕罪！"

简良上前扶了道："谢先生客气了，先生的棋力，已是难得。"

这时，旁观诸人中有一老者，猛然看出了门道，惊叹道："妙！妙啊！简直绝妙之极！便是神仙也难应此一招的。快！快将棋谱摹下来。"立时语惊四座。

谢古岩将那一百两银子推至简良面前，愧然道："谢某眼拙，不知高人到了，今日折服之至，从此再不敢摆棋设局了。"

简良道："谢先生不必如此，我之所为，实是想求先生一事。"

"求我？"谢古岩惊讶道，"不知简公子什么事情上能有求于谢某？"

敏凤山一旁见简良竟然能把别人的败局转胜，死棋走活，知简良果非常人，惊喜之余，忙对谢古岩、简良二人道："这里不是说话的地方，请二位楼上雅座详谈罢。"

简良点头道："很好！谢先生请罢。"

谢古岩受宠若惊，慌乱道："这……这如何使得？"

简良笑道："不必客气，我有件要事请谢先生详谈的。"说完，用布裹了那一百两棋金，拉了谢古岩随敏凤山分开人群上楼去了。围观诸人便拥向棋桌，抢着临摹那局棋的棋谱。

简良、敏凤山二人将谢古岩请至楼上一处雅间，那谢古岩却站在旁不敢入座。

简良让请道："谢先生坐吧，勿要客气。"

谢古岩惶然道："谢某岂敢与公子这般神仙国手坐在一起，当要折寿的。"

简良笑道："棋上都走一回了，还在乎同饮两杯水酒吗？"便拉了谢古岩坐了。

谢古岩有些拘束道："简公子的棋力高不可测，却被敏二先生引来斗棋，不知是何道理？"

简良道："并无别的意思，也不想在棋上赚先生的银子，只是想与谢先生商量件事。"说着，简良将五十两银子的棋金推至谢古岩面前，道："这原是谢先生的，请收回吧。"

谢古岩慌忙摆手道："使不得、使不得！谢某有幸能与简公子对局过子，乃是修来的造化，莫说五十两，就是五百两也情愿输与公子的。"

简良道："谢先生不要客气，你且先收了，我还有话说的。"

谢古岩知道简良不是来赢他这五十两银子的，便自家收起了，讪讪道："这点小钱，公子神仙般的人物自不会放在眼里的，恭敬不如从命，我就收回了。"

敏凤山随后要了一桌酒菜。

谢古岩先自敬了简良一杯，然后道："谢某棋艺低劣，不过也实在无别的本事，故在这黄鹤楼上摆个棋摊，博几两彩金养活家小，以堵家里那个婆娘的嘴，免得说我以棋废时事，不务正业。也是谢某三十几年来奉棋得来的福，遇见了简公子，可谓三生有幸！"

敏凤山一旁，心中惊讶道："这谢古岩摆棋黄鹤楼，也称得上是个有本事的人物，而简公子仅仅在棋上胜了他而已，何以让他平生这般敬意？看来此间趣味只有他们棋家自知了。"

谢古岩又唯唯道："谢某在棋道上本无名之辈，不知简公子大驾光临是为何事？"

简良笑道："我想借用谢先生设棋局的那一席之地，也如先生一般，斗棋博彩。"

谢古岩闻之，惊讶道："以简公子棋上的修为，如何要屈驾于棋摊之旁，与那些俗手走以闲棋耗费光阴？"

简良笑道："我要借用谢先生的风水宝地，摆棋设局，挑战天下高手。"

谢古岩闻之心动，继而又摇头道："公子棋力高深莫测，在谢某看来，天下已然无敌，又有何人能被公子瞧得上眼，当不必采用这种方式的。"

简良道："人上有人，天外有天，我并不敢在棋上称先的。"接着正色道："实话对谢先生说了罢，我在黄鹤楼上设棋局的目的，为的是在棋上引出国手太监李无三，希望能在棋上制服他，不再有高手棋家遭其杀人鬼棋之害，还棋道以雅正之风。"

谢古岩听罢,大惊失色道:"简公子是要在棋上诱出那个以棋杀人的国手太监,与他的杀人棋斗?"

简良点了下头道:"不错,国手太监行踪诡秘,极是难得,唯以设棋局将他引出,方能有机会除掉这个作乱棋道的祸害。"

敏凤山惊讶道:"简公子设棋黄鹤楼,原来是为了除掉那个天下传闻的棋上魔头国手太监,当为侠义之举!"

谢古岩此时有些激动道:"公子为非常之人,故有此非常之举,谢某今日就让出地方,让简公子做这件大事罢。"

简良道:"如此多谢了,不过在国手太监出现之前,棋上所博得的彩金都归先生所有,以酬占地之恩。"

谢古岩忙推却道:"不可、不可,为了不再有高手棋家遭受棋杀的厄运,谢某为棋道中人也要尽一份力的,岂敢空占这样的便宜。"

简良道:"谢先生不要客气,承敏二先生相助,设棋金百两,所谓利之所诱,人之所趋,棋上好手必纷至沓来。为了引出国手太监,我于棋上自不应有佯败之理,进而造成一定的声势,这其间所博得的彩金就成全了谢先生罢,权做补偿,我意在引出国手太监,不在棋金的。"

谢古岩感激道:"承公子抬爱,谢某在一旁做些杂事就很满足了,至于公子所博得棋金,不敢取分文的。"自是推辞不受。

敏凤山这时道:"简公子此番是做一件大事,不宜耽搁,棋金之事谢先生就应了罢,况且你自家又是靠棋吃饭的,简公子的棋局一设起来不知要误你多少时日。"

谢古岩听了,也只好点头应了,心中思量道:"简良公子棋高无敌,乃是一位刚显世的奇人,既有本事设伏棋以候国手太监,棋上当无败理。如此一来,不知要在棋上博多少银子,吸引来多少高手,知会造成轰动的,我哪里敢占这个大便宜。能跟随此人在棋局左右侍候,见识见识高手间的风范,已是万幸了,棋金之事暂且应了,最后再说罢。"对简良崇敬之情愈增。

事情商定,简良很高兴,三人互相劝饮起来,约定明日由简良正式接手,设以棋局。

酒菜用毕,简良、敏凤山二人便别了谢古岩离了黄鹤楼,回转莲花轩而来。

路上,敏凤山感叹道:"先前曾闻国手太监棋上杀人事,还不甚相信,今日看来果真是有的了。没想到简公子不顾个人安危,在棋道上行以侠义之事,设伏棋候那太监以制之,可见公子于棋上当别有本事,如此文武全才,古今罕见!简公子每出惊人之举,实在令敏某佩服之至!"

简良摇头叹道:"二先生过奖了,此番设棋黄鹤楼不知能否成功,便是那国手太监真能现身应棋，我无十足的把握胜他，此人棋上杀人于无形，近妖术又趋于魔法，不同于世行雅正之棋的。"敏凤山闻之，暗中惊讶。

　　这时，忽见迎面急匆匆跑来一人，神色甚是焦急慌张。敏凤山识出是莲花轩的仆人，心中不由一惊，预感不祥，忙唤道："阿丰，哪里去?"

　　那阿丰抬头忽见了敏凤山、简良二人，气喘吁吁道："小人正要去黄鹤楼寻二爷与简公子，不好了，莲花轩出事了。"敏凤山、简良二人闻之，大吃一惊。

　　敏凤山急忙问道："发生了什么事?"

　　那阿丰哭丧着脸道："适才有一个红衣喇嘛闯进门来，朱堂主上前与他打斗了，大爷和三爷忙在厅中躲避。谁知又来了三个红衣喇嘛，一个打翻了三爷，一个挡住了六合堂的几位好汉，另一个却将大爷掳走了，然后几个喇嘛便退去了。朱堂主忙命小人来寻简公子与二爷，他自家便追了去。"

　　敏凤山听罢，急得一跺脚道："果然出事了!"随即向莲花轩跑去。

　　简良此时颇感意外，没想到那些红衣喇嘛竟敢白日闯宅掳人，恐朱维远有失，也急向莲花轩赶去。

第五十八回　棋　神

简良、敏凤山二人回到莲花轩，见客厅中一片狼藉，几名仆人在收拾着，敏凤忠垂头丧气地坐在一旁。

见到敏凤山、简良进来，敏凤忠立时悲切道："二哥，大哥被那些喇嘛掳走了，恐怕是活不成了。"

敏凤山惊乱道："朱堂主呢？"

随闻门外一人应道："我在这里。"便见朱维远提了双刀与几名手下走了进来。

见到敏凤山、简良，朱维远摇头一叹道："二位回来迟了一步，那些喇嘛用计将朱某缠住，乘机掳走了敏凤君先生，朱某未能追上，只好回来再作商议。"

敏凤山慌了神道："这昆吾刀果是不吉之物！大哥落在那些喇嘛手里，性命难保，这如何是好？"

简良虽见事发突然，但知道那些红教喇嘛曾与他有约，未必会伤害敏凤君的性命，此番所为，是以人质要挟索讨昆吾刀，于是劝慰道："二先生不要过于担心，那些喇嘛非奸恶之人，虽然掳走敏先生，意在索取昆吾刀，不会伤人性命的，只要他们从敏先生身上拿到了昆吾刀，自然会放人的。"

敏凤山闻之，觉得有道理，心下稍安道："希望如此吧，昆吾刀给他们就是了，只要家兄能平安回来就好。"

敏凤忠站在一旁欲言又止，最后也自忍不住道："可惜！我看大哥是凶多吉少。"

敏凤山闻之，怒斥道："你胡乱说些什么？"

敏凤忠犹豫了一下，还是说出了道："大哥为防意外，已将昆吾刀交于我藏了，那些喇嘛搜不出昆吾刀，岂不要了大哥的性命。"

敏凤山听了，立时急得六神无主，满地乱转，慌乱道："这……这如何是好。"

朱维远摇头叹道："敏先生也太固执了，如今弄成这般局面，当真危险得很！"也自忧虑担心起来。

听说昆吾刀不在敏凤君身上，而是在敏凤忠这里，简良颇感意外，于是道:"事虽至此,大家也不要担心,那些喇嘛不见昆吾刀,暂时不会对敏先生怎样的。我看不如就势用昆吾刀换回敏先生,与那些喇嘛彻底了结此事,两下方便,到时敏先生回来了,也自没得话说。"

朱维远闻之,点头道:"简公子言之有理,现在救人要紧,也只有这么办了。"

敏凤山忙道:"只要能救回家兄,把昆吾刀与了那些喇嘛就是,也免得日后的麻烦,这东西在莲花轩一日,便让人多一日的惊吓。"

敏凤忠下意识摸了一下怀,犹豫道:"可是大哥说,就是舍了性命不要,也要保住昆吾刀的。"

敏凤山闻之,大怒道:"混账话!命都没了,还要那东西何用?"

那敏凤忠一急之下,不由得脱口而出道:"大哥说是将昆吾刀卖给西域的珠宝巨商,换取一个富甲一方的……"敏凤忠自觉说走了嘴,忙闭口不语。朱维远、简良二人相视一眼,各自摇头。

敏凤山此时极是尴尬,涨红着脸瞪了敏凤忠一眼,叹息道:"大哥!你这是何苦?"随即向敏凤忠一伸手道:"拿来!"

敏凤忠迟疑了一下,便自从怀中取出了那件黄绸裹着的昆吾刀递与了敏凤山。

敏凤山接过来,转身朝朱维远深施了一礼,双手呈上道:"有劳朱堂主走一趟,寻找着那些喇嘛,用此昆吾刀换回家兄,至于家兄回家后,一切自有我应付。"

朱维远将昆吾刀接过,慨叹道:"敏先生若有二先生这般见识,也不会受此惊吓,我等拼了性命护着的东西,敏先生却要另有他图。这样也好,舍了此物,免得再生祸事。"

敏凤山脸一红,拱拱手,坐到一边去了。

朱维远复对简良道:"烦请简公子与朱某走一趟,做个见证,用此物换回敏先生。"简良点头应了,于是二人离了莲花轩一路寻来。

路上,简良道:"朱堂主,不知哪里去寻那些喇嘛?"

朱维远道:"这些喇嘛掳走敏先生,意在扣为人质索取昆吾刀,不会走太远的。"

简良又道:"朱堂主如何结交上敏凤君这个人?此人也太自私了些。"

朱维远摇了摇头,道:"朱某堂下有一位香主叫敏杰的,是敏凤君先生的堂弟,由于这层关系,也就有了与莲花轩的来往。一年前,敏杰香主在一场激战中战死,因念故人之情,朱某此番便应邀而来,谁知竟会出现这种事情。"

这时,朱维远忽止步不前,竖耳细听了片刻,低声道:"前面树林里有人，要注意了。"

简良闻之一怔，也自侧耳细听，但无所觉，不由惊讶道："有人？我如何听不出……"未待讲完，朱维远忽拉了简良往旁边闪去，随见红光晃动，一名红衣喇嘛从二人头上跃过。

那喇嘛落地后，合掌一礼道："二位施主，可是来寻人的？"

朱维远双刀护了前身，道："不错，请大法师将敏先生放了。"

那喇嘛道："二位可带来了昆吾刀？不见圣物，我们是不会放人的。"

朱维远道："不见敏先生安然无恙，那昆吾刀也不会予你们的。"

这时，树林中传出一声音道："洛奇，请两位施主进来相见。"

那洛奇喇嘛闻之，忙伸手相让道："二位施主，请！"朱维远、简良二人见自己既然已经来了，不管危险与否，便自随那洛奇喇嘛步入了树林中。

在林中一片空地上，吉桑等另外四名喇嘛肃然而立，显是等候多时了。敏凤君被绑在旁边一棵树上，发散衣乱，早已吓得无了血色。忽见了朱维远、简良二人过来，似见着了救星，哑声道："朱堂主、简公子，救我！"那吉桑喇嘛见简良也自来了，心中一凛，暗示其他四名喇嘛戒备了。

简良此时上前一步道："各位大法师，请放了这位敏先生吧。"

吉桑喇嘛合掌一礼道："这位敏施主执迷不悟，问了多次，也不告知昆吾神刀藏在哪里，还请二位勿怪，不见圣物我们是不会放人的。"

朱维远见众喇嘛对简良甚是恭敬，显是有所畏惧，便取出那件用黄绸裹着的昆吾刀递于简良，道："请简公子将此物交于他们，换回敏先生罢。"

简良接过来，上前几步道："昆吾刀在此，请放人罢。"

敏凤君一旁见状，不由惊怒道："谁叫你们拿昆吾刀来？那是我的东西，岂容你们做主送人！"

简良见敏凤君都这般模样了，还自不舍，摇了摇头，并不理会他，接着道："怎么样？各位大法师，可否两下换过？"

吉桑喇嘛眼中掠过一丝惊喜，犹豫了一下，回头望了望，其中两名喇嘛摇了摇头，显是不相信简良手中的东西是昆吾刀。

洛奇喇嘛一旁道："你们中土之人多欺诈，施主手中的昆吾刀不知是真是假？"

简良闻之，笑道："各位还倒小心的，也好！让你们见识见识，不过……"

简良又道："昆吾刀失传多年，各位大法师可识得它的形状？莫要被你们给诈了去。"

吉桑喇嘛道："本教经典《古罗经》中绘有昆吾神刀的形状，传为月精铸成，有'遇土则震，入水而遁'之性，真假我等自会一眼辨识出。"

简良闻之惊讶道:"这昆吾刀果然神奇!"随即手一抖,去了那块黄绸,那件半尺长弯月形晶体身的昆吾刀便显现出来,精光隐透,如月悬天。

吉桑等五名喇嘛见状,俱呈惊喜之色,齐身施礼而拜,已是激动得泪流满面。

吉桑喇嘛激动之余,诵了几句听不懂的经文,复上前朝简良深施了一礼,恭敬道:"果是本教圣物昆吾神刀!本教教主曾对我等有过训示,不论从任何人手中接过圣物,此人便是本教的大恩人,命我等不可轻慢,看来这位简施主是与本教有缘的。"说完,吉桑喇嘛伸出双手,上前欲接。

简良却持了昆吾刀向后一退,笑着道:"且慢!各位大法师信我等不过,我等还信不过各位大法师呢!不先放了敏先生,这昆吾刀是不能先交出去的。"朱维远一旁点了点头。

吉桑喇嘛立呈歉意道:"请简施主见谅,怪我等见了圣物而忘了放人。"便回身吩咐道:"洛奇,放了敏施主罢。"

敏凤君待向上的绳子一松,便连滚带爬地急奔至简良身边。

简良忙上前扶持了道:"敏先生,无事罢?"谁知冷不防被敏凤君突然一把夺去了手中的昆吾刀。

敏凤君夺刀得手,急退一旁,紧握着昆吾刀,瞪着血红的双眼,狠狠地道:"这是我的宝物,岂能叫你们拿去!"

简良不曾料到有此突变,大惊道:"敏先生万勿如此,此物不吉,予了各位大法师就是。"

朱维远也上前劝道:"敏先生,你如今大难不死已是万幸,何必再执着此物呢!"

这时的敏凤君哪里能听得进去,晃了晃手中的昆吾刀,狂喊道:"你们都给我闪开,谁挡住我,我就杀了谁,也让你们知道这昆吾刀的厉害。"显是已失去理智了。

吉桑等五名喇嘛不提防有此意外之变,俱为一惊。

吉桑喇嘛忙上前道:"敏施主,这非你之物就还了我吧。"说话间右手一探,向那昆吾刀抓去。

敏凤君见吉桑喇嘛身形一动,知道要来抢夺,大叫一声,挥动昆吾刀朝吉桑喇嘛急扫数下,但听"哧哧"声响,吉桑喇嘛的大红僧袍竟被昆吾刀挥扫出的无形刀气割削去了五六片,飘散落下。

吉桑喇嘛立时感到身上皮肉似被柳条抽打了一般,火辣辣地疼痛,心下大骇,忙退一旁。朱维远、简良二人与另外四名喇嘛见状,大吃一惊。

敏凤君见凌空数下,便将吉桑喇嘛逼退,不由哈哈大笑道:"早知如此,敏某就不怕你们这些喇嘛了。"

第五十八回 棋神

吉桑喇嘛骇然之余，大为惊怒，乘敏凤君得意忘形不备之时，身形忽地向前一欺，转到了敏凤君的身后，挥掌朝他胁下一拍……敏凤君还未明白怎么回事，忽感半边身子一麻，立时向旁跌倒，随手将已握不住的昆吾刀甩了出去。那昆吾刀在空中划了个弧，落在了地上，忽听"砰"的一声，竟自反弹起来，将地上震出了一个小土坑。那昆吾刀在弹向空中之后，便朝简良这边落了下来。

简良见了，不由得伸手将其接住，惊叹一声道："果是遇土则震！"敏凤君被惊怒的吉桑喇嘛击中了要害，瘫软地上昏死了过去。

吉桑等五名喇嘛忽见昆吾刀回到了简良手中，俱呈骇然之色，本已惧惮简良，而适才那昆吾刀的威力在场之人都瞧见了，自怕简良立生异心据为己有，便都全神戒备，做出了以死相拼的架势。

简良见状态，不由摇摇头道："昆吾刀虽有些异能，我简良却不稀罕的，这就还了你们吧。"说着，将手中的昆吾刀向前一递。吉桑等五名喇嘛以为简良要出手，不由得惊退了数步。

简良见了，摇头叹道："不给要夺，给了却又不敢接，如此心疑，实为不该。"说完，走至一棵小树旁，轻轻地将昆吾刀放在树杈上，然后回身走开，至朱维远身旁站了。

朱维远敬佩地朝简良点了点头，那五名喇嘛知道错怪了简良，愧疚之余，齐身施礼下拜。

吉桑喇嘛随后走到那根小树旁，神情激动地伸出双手将昆吾刀取了，小心翼翼地于怀中藏了，转身对简良、朱维远二人复施一礼，感激地道："多谢二位义士成全，我五人不负此番中土之行，终于迎取到了本教圣物昆吾刀，实现了本教几百年来的夙愿。此等恩德难报，且受一拜。"说完，吉桑喇嘛率其他们四名喇嘛齐身三拜之后，退了数步，这才转身去了，消失在树林之中。

朱维远、简良二人上前将敏凤君扶起，此时的敏凤君虽气息犹存，却已不省人事，身子似僵了一般。

朱维远忙查验了敏凤君的胁部，只见一只血红的手印赫然其上，不由大惊道："敏先生中了那红教喇嘛的'大手印'！虽不至死，此生却也废了。"摇头感叹不已。

简良叹息道："也怪不得人家，都什么时候了还死护着那昆吾刀不放。那喇嘛手下也是留了情的，算是惩罚罢。"随后朱维远负着敏凤君与简良回到了莲花轩。

敏凤山、敏凤忠兄弟二人见敏凤君被朱维远背着回来，各自惊呼了一声，忙上前接了。安置床上后，敏凤君便自慢慢苏醒过来，望着众人不能言语，身子更不能动，只是嘴唇微颤，目呈惊恐，似仍有不甘。

敏凤山见状，惊异道："朱堂主，这是怎么回事？昆吾刀既已给了那些喇嘛，为何还下此毒手？"

朱维远便将事情经过讲述了一遍。

敏凤山听罢，颓然而坐，摇头叹道："大哥！你这是何苦？不是我们的东西强求不来的，唉！"朱维远劝慰道："事已至此，二先生也不必过于伤心，好在那个喇嘛手下留情，让敏先生保存了性命下来，也是不幸中之一幸罢。"

简良也自安慰道："日后请位高手医家，把敏先生医过来就是了。"

朱维远一旁则暗自摇头。

敏凤山悲伤道："活死人一般，神仙降临也无法子了。"敏凤忠站在旁边自是懊悔得流泪不语。

这天晚上，简良在房中考虑明日黄鹤楼上棋局的事，有人敲门道："简公子，歇了吗？"

简良听是朱维远的声音，忙起身开门迎了道："朱堂主，里面请。"

朱维远屋中落座后，问道："适才听敏二先生说，简公子明日要在黄鹤楼上摆棋设局，挑战天下高手，意在棋上引出一个人来？"

简良道："不错，天下间棋上命案连发，而罪魁祸首又难觅其踪，故在此设伏棋候他，在棋上有一了断。"

朱维远慨叹道："没想到堪称雅艺的棋上也能出人命！看来简公子与国涣公子找的是同一个人，便是那个走鬼棋杀人的国手太监。"

简良道："昔日曾与方大哥有约，分别于天下间寻找此人，不知方大哥那边有什么进展？"

朱维远道："本堂右使孙奇先生曾受国涣公子之托，下令各分堂的弟兄们查找过那太监，可那太监行踪诡秘，飘忽不定，又有高人保护，暂时也无什么消息。"

朱维远接着又道："简公子与国涣公子是以棋道行侠义之事，令人钦佩！朱某日后回到六合堂总堂处，当请总堂主发动六合堂遍天下的力量寻找那太监，只要国手太监还活在这个世上，不愁找他不到。"

简良闻之喜道："六合堂是天下第一江湖势力，若能相助，将事半功倍，如此多谢朱堂主了。"

朱维远道："简公子不必客气，本堂右使孙奇先生早已命人办这件事了，朱某回去再督促些，把此事当作目前的一件大事来办，也是助国涣公子早日了结此事。"

朱维远接着赞叹道："当今棋坛能有简公子与国涣公子两位神仙般的人物，是为造化！朱某后悔没有入此道，虽懂些路数，也是不打紧的皮毛。"

简良道："朱堂主日后若见着方国涣大哥，请转告他，我正在黄鹤楼上摆

第五十八回 棋神

棋设局，请方大哥速来相会。若能将国手太监引来，我二人也好合力对付他。另外六合堂一旦发现了国手太监的行踪，便可将他引至黄鹤楼。"

朱维远感叹道："难以想象，棋盘上的这场搏杀将会是一种怎样的情形？天道循环，善恶有报，朱某相信简公子和国涣公子会在棋盘上反制住那太监，还棋道一个雅正之风的。"

朱维远随后又道："朱某此番应邀来蛇山，不曾想事情会变到这种局面，事已至此，明日便向二先生辞行吧。"简良道："敏先生事出意外，朱堂主已经尽了力，勿要自责的。"

朱维远叹息一声道："事情既已过去，不谈也罢。日后简公子设棋黄鹤楼，凡事需谨慎，虽然公子棋上别有防身绝技，但人心难测，不可尽信于人的。"

简良感激地道："多谢朱堂主关照，世事如棋，尽力去走通罢。"朱维远闻之一笑，二人谈至夜半方歇。

第二天一早，朱维远便率了手下辞行，简良、敏凤山二人送至莲花轩外。

朱维远歉意地对敏凤山道："敏先生有此意外，朱某很是过意不去，日后有机会再来看望罢。"

敏凤山谢道："朱堂主已尽心力了，怪只怪家兄自造此业，若无朱堂主、简公子大力相助，不知事情还会发展到什么程度，事已至此，也无奈何。"

朱维远随后一拱手，别了敏凤山、简良二人率领手下去了。

送走了朱维远等六合堂的人，敏凤山便对简良道："简公子，忙你的大事罢。"

简良道："令兄刚刚出事，二先生应在家看护的，黄鹤楼那边我一个人就应付了。"

敏凤山道："家兄的药食我已安排妥当，有三弟在家看护就行了，黄鹤楼那边我还是要去的，先助简公子打开局面再说。公子虽是棋上的高人，但毕竟是外来客，有些事情还需我来处理为好。"

简良闻之，感激地道："如此，多谢二先生了。"

简良、敏凤山来到了黄鹤楼，谢古岩迎了出来，互相见了礼，谢古岩便将二人让到了楼上棋场内。此处已然布置一新，棋枰棋子都换了新的，一旁还贴了"以棋会友"四个字。

简良见状，感激地对谢古岩道："有劳谢先生了！"

谢古岩恭敬地道："能为简公子做点事情，是谢某之幸。"

敏凤山这时道："敏某且去与酒楼掌柜的打声招呼，简公子与谢先生稍候了。"说完，转身去了。

此时已围上了一群人，大多是昨日观棋者，知道黄鹤楼棋局上又换了高手，纷纷来瞧热闹。那位汉口的吴科持了一份棋谱挤进来，在旁人的指点下，惊讶地打量了简良一番，诧异道："这位仁兄，不知你昨日这着妙手棋是怎样想出来的？"

简良笑道："胡乱想出来的。"

那吴科听了，看了看手中的棋谱，似明白了一般，道："我说呢！这招妙手棋就是神仙也想不出的，原来是阁下胡乱想出来的。昨天我可真笨，怎么就没有胡乱想出来呢！"听得众人轰然一笑。

谢古岩见人多声闹，便请简良绕到了一面屏风之后，这里似雅间一般，有桌有椅，桌上备了茶水、点心、水果，被那大屏风一隔，自与外面分开了。

谢古岩请了简良坐下，然后恭敬地道："外面喧闹，只有斗棋时才安静，公子且在这里歇了，谢某照看外面，若来人挑战，自会通知公子的。"

简良笑道："如此多谢了！"谢古岩轻施一礼，退了出去。

过了片刻，听外面敏凤山的声音道："这二百两银子放在这里罢，谁有本事来赢去就是。"

简良闻声，出来看时，见是敏凤山指使着莲花轩的仆人将封好的二百两银子放在了一旁，忙上前迎了道："让二先生费心了。"

敏凤山笑道："哪里、哪里，简公子勿要客气，我嫌一百两银子少些，故封了二百两来做个样子，"

简良闻之一笑，请了敏凤山于屏风后坐了。

敏凤山此时高兴道："酒楼掌柜的听说胜了谢先生的高手在此摆棋设局，喜得很，答应提供棋场，茶水随时侍候。简公子若在棋上出了大名，引得人多了，酒楼的生意旺盛了，酒菜也会每日奉送的。"

简良闻之，感激地道："这些都是先生的本事。"

敏凤山笑道："主要的还要看简公子棋上的本事，能不能招得人来。"

简良笑道："定不负先生厚望。"

敏凤山道："我对公子信心十足，如今江南已有'江南棋王'田阳午，算是棋上的顶尖人物，简公子若再闯出一个名头来，敏某也感到风光的。"

简良笑道："我设棋黄鹤楼挑战天下高手，也自想引出几个真正的对手来，在那国手太监未出现之前，棋上当无败理。"

敏凤山笑道："如此最好，其实公子若无大本事，也自不敢招惹那太监的。"

棋局换人并且标出了二百两银子的彩金，立时令黄鹤楼上的游人酒客惊讶不已，纷纷占了棋场周围的座位，要了茶水酒菜，候着有高手来挑战看个热闹。这一日虽然未有人来挑战斗棋，但是消息已不知传出多远了。

第二天，简良、敏凤山刚刚来到黄鹤楼前，还未进去，就见谢古岩兴冲

第五十八回 棋神

冲地迎上来道："简公子，今天有一位高手来斗棋了。"

简良不以为然道："不知是何方人物？"谢古岩道："龟山的姚常青，此人棋力高深，罕遇敌手。"

敏凤山一旁惊讶道："是他！棋上一个狂傲的人物！"

谢古岩道："谢某设棋局两年来，唯一的一次就是败在了此人的棋上，今天看意思，是冲着二百两银子的彩金来的。"

简良闻之，淡淡一笑道："能来人就好，若能赢走那二百两银子更好。"

三人随后来到了楼上棋场内，果见有一人，三角眼，扁鼻梁，敞着衣怀，大咧咧地坐在椅子上，一副傲慢之色。身后站着两名仆人，各端着一只用红绸遮盖着的方盒，显是装着来斗棋用以押注的棋金。简良自到棋枰旁坐了，端起茶杯呷了一口，并不理会那姚常青。

姚常青本以为会有人与他打招呼，没想到讨了个没趣，便自家走上前来，也不施礼，在简良对面一坐，斜着眼道："敢情是阁下标的二百两高价？"

简良淡淡地道："不错，这位先生可有兴趣？"

姚常青扬声笑道："二百两白银谁能没有兴趣！"忽笑声一止，抬手招过两名家仆，指着他们手中的银子，神色一收道："姚某不想占人便宜，也带来了二百两，不知棋主的彩金何在？"简良一挥手，谢古岩从屏风后端出了封好的二百两银子，放在了棋桌旁。

姚常青见了，呈出喜色道："二合一，归于一家才有趣味。"接着一指家仆手中的银盒道："这盒子刚好能装满四百两的。"

简良见了，冷笑道："这黄鹤楼上十万两银子都放不满的。"

姚常青闻之一怔，用三角眼瞟了简良一眼，讥讽道："既有如此本事，还用摆摊设局吗？"

简良笑道："家里一时短了盐，锅里的肉淡了些，想加点味，故来棋上讨些回去。"围观诸人不由哈哈大笑起来。

姚常青此时一咧嘴道："有本事在棋盘上见，不知这棋局有何规矩？"

简良道："客先主后，一局定输赢，下注棋金五十两以上则可。"

"好！痛快！"姚常青应道，"姚某是有脸面的人，不会讨人便宜，棋后也会让人心服，你我棋金数目相同，也算公平，输了可莫要反悔。"说完，也自不客气，持了黑子棋先走下了。简良一笑，随手应了一子。

旁边观棋者及看热闹的人被长凳挡在了五步之外，静观这四百两银子的棋上之争，敏凤山、谢古岩二人自在简良身后坐了。整个棋场被这一局棋镇得鸦雀无声，但听得棋子落枰时发出的清脆声音。

简良与那姚常青一棋走开，自家为了造成声势，毫不留情，任意吃杀，惊得姚常青一改刚才的狂态，咬着牙，瞪着眼，冒着汗，使尽了平生本事应对。

但是就在百手棋之内，简良竟然满盘通吃，一盘棋上，但空存白方棋势，而黑方仅剩五六枚棋子，零星地点缀在棋枰上，此时就是棋谱也没得寻了。姚常青已然呆若木鸡，惊异万分地盯着这盘实在太悬殊的棋，旁观诸人更是静得一点声音都不敢出。敏凤山与谢古岩相视愕然，惊得各自摇头，在棋上走出这等程度，实在是不易的事，因为那姚常青并非俗手，乃是当地棋上的头号人物。

简良此时微微一笑，转头对谢古岩道："谢先生，把棋金都收了罢。"说完，起身转至屏风后面去了。

姚常青已是惊异得无了愧色，呆呆自语道："姚某一生颇以棋艺自负，今日竟然走不到百手，日后如何再敢谈一个'棋'字！"说完，长叹一声，起身朝屏风后的简良长揖一礼，带了空着手的家仆分开人群去了。

人群中有人惊讶道："如此高手！莫不是国手状元曲良仪到了？"

另一人道："听说这位公子叫简良的，实在是棋中的神手！"

一老者感叹道："神者，棋神也！"

"棋神！"立刻有人应道，"对呀！这位简良公子不就是棋中的神人吗！"

"棋神！棋神！"

简良在黄鹤楼上一盘棋便使自己获得了"棋神"之誉，名声大振，"棋神简良"的名号不几日便传遍了大江南北。黄鹤楼上接着又标出了千两银子的彩金，原来简良又败了两名高手，谢古岩敬若神明，自是不敢先取了，一股脑儿地都做了棋金于酒楼柜台内封存了。简良见如此下去，棋金日累，将会越来越巨，当能令棋声愈显，也就应了谢古岩此举，待日后再一起予了他便是。

黄鹤楼上出了个"棋神"，立时间人满为患，生意火爆，喜得那酒楼掌柜的敬简良为上宾，每日都以酒席款待，不敢怠慢。简良棋声一显，惹得附近州县一些附庸风雅之人都想与他结识，简良嫌其烦闹，除了斗棋之外一律不见任何人，自有敏凤山一面挡了。

十日之内，简良连败八名前来挑战"棋神"的高手，棋金之数又达到了两千两之巨，相比于"棋神"之名，棋金的数目更是诱人。武昌一地，把简良传扬得最是厉害，每局棋结束，棋谱也随后传了出去，一时间洛阳纸贵。就这样，简良在黄鹤楼上摆棋设局，已然造成了引出国手太监李如川的棋上声势。

第五十九回　拒礼汉阳王

　　简良棋扬黄鹤楼,"棋神"名声愈显。
　　这一日,简良正在屏风后面饮茶,酒楼伙计伍桂进来禀道:"简公子,楼下有白兆山黄家寨的人求见。"
　　简良闻之一喜,忙出来对谢古岩道:"谢先生,且将棋场守了,我去会几个朋友,若有斗棋者,使人唤我便是。"
　　谢古岩道:"公子去吧,谢某理会得。"
　　简良到了楼下,见是白兆山的黄严、黄成义、黄兰老少三人,忙迎上前道:"黄老英雄,何风把你吹到了这里?"
　　黄严见了简良,大喜道:"哎呀!简大侠,这黄鹤楼上的'棋神'果然是你啊!前几天刚刚听说,就急着来了。"
　　简良闻之一笑,又与黄成义、黄兰兄妹见了礼,然后请了黄氏父子上楼。酒楼伙计见是简良带了朋友来,忙引至一处雅间,酒菜不用吩咐随后上了来。大家互敬了一杯,黄兰道:"原来简大哥到黄鹤楼就是为了设一盘名扬天下的棋局,没想到简大哥棋上又另有本事的。"
　　黄严笑道:"简大侠文武双全,早就应该名扬天下的。"
　　简良道:"我设棋黄鹤楼,乃是为了一件棋上事,也是迫不得已才生此举的。对了,黄伦、黄寅二位前辈可好?"
　　黄严道:"老夫来时他二人还念叨你呢!奇怪以简大侠神仙般的人物,怎么在黄鹤楼上摆起棋摊来了?"
　　简良笑道:"棋为雅艺,摆摊设局也不失其雅的。"
　　这时,黄严犹豫了一下,随后压低声音道:"简大侠,听说莲花轩的蛇山居士敏凤君因为那件宝物被人伤成残废了,是也不是?"
　　简良点了点头道:"不错,是有此事。"
　　黄严闻之,并无喜色,摇头叹然一声道:"敏凤君小人一世,今有此下场也是报应。"
　　黄严接着又道:"上次听他兄妹俩回白兆山说,简大侠与敏凤君交上了朋友,还替他护着那宝物,老夫还不相信的。一切都过去了,不谈也罢。其实老夫与莲花轩的敏氏兄弟早年还是有些交情的,自从二十年前断了情义,也就止了往来。"说完，长叹不已。

简良知道白兆山与莲花轩曾有些过节，于是劝道："所谓冤家宜解不宜结，如今敏凤君已成废人一个，敏二先生还是好人的，他今天没有来，否则你们会见着的。黄老英雄不妨去一趟莲花轩，探望探望，就此了去双方的怨气，不知意下如何？"

黄严闻之，沉思不语，显是心有所动，但又不太情愿。

黄兰一旁道："简大哥说得有理，这么多年来，白兆山与莲花轩一直别着劲没有来往，全是他敏凤君一人之故。现今事情有了变化，咱们主动去探望他一回，不但显得爹爹大度，更主要的是了去爹爹多年来耿耿于怀的心事，与他敏家日后不再有什么怨气才是。况且简大哥设棋黄鹤楼，我们以后还要常来的，万一与那敏家的人见了面，岂不尴尬？"黄兰的一席话听得简良暗自点头赞许。

黄成义这时也道："我们黄家与敏家并无深仇大恨的，借此机会化解了，大家一团和气，不失为一件好事。"

黄严此时已动了心，于是点了点头道；"既然简大侠有这个意思，老夫不敢不从，就请简大侠做个中间人，引老夫与那敏氏兄弟见面罢。"

简良闻之，大喜道："黄老英雄果是大度之人，做事痛快！简某敬你一杯。"

黄严道声"不敢"！却也举杯应了。黄成义、黄兰兄妹二人，此时互望了一眼，宽慰一笑。

简良与黄氏父子三人畅饮了一番，随后离了黄鹤楼。黄严吩咐黄成义去购买了许多礼物，雇人抬了，随了简良向莲花轩而来。

敏凤山、敏凤忠兄弟二人正在厅上饮茶，忽见简良引了黄严等人进来，各自惊得站起身来，那敏凤忠不禁暗暗握紧拳头。

简良一进门便高兴地道："二先生，你看我带了谁来？"

敏凤山愕然道："简公子，这是……"

黄严上前拱手一礼道："二先生，多年不见，一向可好？"

敏凤山见黄严先见了礼，也忙还了一礼道："黄寨主可好？"

黄严摇头叹道："老了！已力不从心。听说凤君老弟身子不适，备了些薄礼来探望一下。"

敏凤山见黄严一副诚意，已知简良引黄严等人来家的意思，释然道："黄寨主能有这份心思，我代家兄谢过了。"说完，深施一礼。

黄严忙上前扶了道："二先生勿要客气，你我年轻时都是交好的，今日能再续旧情，令人欣慰得很。"

敏凤山愧然道："昔日都是家兄的不是，难得黄寨主这般气量。"

第五十九回 拒礼汉阳王

黄严道:"过去的事就算了,不提了、不提了。"

"对了,这是我的一双小儿女。"黄严唤过黄成义、黄兰兄妹二人,道,"成义、兰儿,来见过敏叔叔。"黄成义、黄兰二人上前礼见了。

敏凤山不由赞叹道:"黄寨主好福气!一双儿女生得这般标致!"

黄严笑道:"二先生过奖了,他兄妹都不成器的。"

黄严这时见敏凤忠站在一旁傻笑,便上前握了他的手道:"凤忠老弟,多年不见,力气可又长了?"

敏凤忠挠挠头道:"打小就想跟黄寨主学功夫来着,好让一身力气有得地用。"

黄严笑道:"好说,日后有机会,教你几手绝活就是。"敏凤忠闻之大喜。

简良一旁见双方都已处得融洽了,也自高兴,坐在一边饮着茶水,笑着看了。

在黄严的请求下,敏凤山引了黄氏父子去卧室中探望了敏凤君。看到敏凤君瘫软在床上,浑不知人的情形,黄严感叹不已。随后众人又回到厅中落座,黄严自向敏凤山劝慰了。

这时,黄兰四下张望,像是在找什么人。

敏凤山见状,问道:"黄姑娘,你在找什么?"黄兰脸色一红,讪讪道:"不知……不知敏栾公子可在家中?"

敏凤山道:"你说的是栾儿,自从家兄得了那宝物后,觉得莲花轩不大安全,就打发他到归元禅寺读书去了。他父亲有了意外,还没有通知他,这几天我准备派人接他回来的。"

敏凤山又自诧异道:"黄姑娘可识得敏某的侄儿吗?"

黄兰满面红晕,低头道:"两年前游墨水湖时,结识的敏栾公子。"

"哦!"敏凤山似有所悟道,"是这么回事,你们年轻人倒比我们这些老朽们通达得很。"

黄严一旁,暗自惊讶道:"怪不得这娃儿适才在黄鹤楼上百般怂恿我,原来是有自己的心思,敢情是与敏凤君的儿子有关,瞒得倒也不露痕迹。"

黄成义这时道:"我兄妹二人与敏栾公子一起读书饮酒,很合得来,为了免些麻烦,所以未让双方的老人家们知道。"

敏凤山笑叹道:"原来你们这些年轻人都已好上了,而我们这些老家伙还虎着脸,别着劲呢,真是愚笨得很啊!"说得众人都笑了起来。

自此以后,简良在黄鹤楼上棋事日繁,来斗棋者大多为了那两千两棋金而来,想侥幸赢了去,但无不留银败去。棋金日累,已过三千余两。简良为了杜绝棋上的一些无赖之徒,改斗棋者投注的棋金为百两银子以上,以绝棋上贪家,想用几十两银子诱了那几千两银子去。如此一来,棋上有些造诣的好手方敢来斗，半月下来，简良棋声愈著。

　　白兆山的黄严与莲花轩的敏氏兄弟和好之后，都自感激简良。黄严回到白兆山后，又遣黄成义、黄兰兄妹带来许多礼物，分赠简良、敏凤山二人。敏凤山见简良棋声日大，从无败绩，惊讶之余，更是恭敬有加，谢古岩尤自敬若神明。

　　简良棋高无敌，连败高手，使得来斗棋者日少，显是没有本事的人自不敢来了。

　　谢古岩便建议简良道："简公子，你的棋力与我等相差得太悬殊，莫不如改设让子棋，让先于人三子五子的，或许来斗棋的人能多一些。"

　　简良笑道："我意在棋上引出国手太监李如川，实不愿与那些俗手走棋博彩的。虽然设让子棋人能多一些，银子也赚得多一些，但是厌烦得很，自非设此棋局的初衷。如今棋声已扬，造就了声势，但候着那国手太监便是了，偶引来几位高手走几局，权当与他们磨磨手指吧，也无多大的意思。"谢古岩闻之唯唯，不敢再提让子棋之事。

　　这一日，敏凤山引来位年轻人与简良礼见了。此人便是敏凤君的儿子敏栾，刚从归元禅寺回来，见家中起了变故，后悔当初不该离家。得知传闻中的"棋神"简良与二叔相识，自是好奇，缠着敏凤山当天就赶至黄鹤楼与简良见了面。

　　那敏栾于棋上也自懂些的，每日闲里向简良求教，简良于是对敏栾、谢古岩二人同时指教些攻守之势，令二人棋力大增，各自欢喜。不几日，黄氏兄妹又来看望简良，黄兰见敏栾回了来，尤为欢喜。打那以后，敏栾来黄鹤楼观棋学棋的次数便自少了，简良见了，一笑而已。

　　又一日，下了一整天的大雨，少了些酒客游人，空荡荡的黄鹤楼上显得冷清，敏凤山自请了简良登楼饮酒赏雨。那雨势颇大，下得水雾迷蒙，草木不见，山川隐形。简良临窗远眺，别有所思，想起设棋黄鹤楼已近一个月，败了高手无数，此时却仍不见李如川现身应棋，心中不免有些焦急起来。望着楼外的大雨，简良负手长叹，久久不语。

　　敏凤山见了，自理解简良的心情，走至一旁安慰道："简公子'棋神'之名已然天下皆知，那国手太监必会闻风而来的，此人也自想找一个棋上的真正对手。依敏某看，最近时日便会有结果的。"

　　简良叹道："但愿如此吧！"转而思量道："难道李如川在别的地方被方大哥于棋上制住了？如果这样也应该有消息传来的。或许那国手太监已经离开了中原，远涉异域了？倘若如此，我这番辛苦岂不白费了？"想到这里，简良心中怅然。

　　敏凤山一旁不知安慰些什么好，犹豫了一下，便从怀中取出了一份烫金

第五十九回 拒礼汉阳王

的大红请柬来，递于简良道："公子棋名传扬天下，已然惊动了汉阳王府，汉阳王有柬在此，邀请简公子走一趟汉阳王府。"

简良闻之，皱了皱眉头，接过请柬看了一眼，随手丢了一旁道："达官显贵，简某不欲与之交，烦请二先生回绝就是。"

敏凤山听了，略呈窘态道："这汉阳王是不同于其他人物可以回绝不见的，他是当今皇叔，统领三省兵马，执掌两湖行政，气势排场如皇家一般，万万不可得罪的，还望公子三思。"

简良不以为然道："我与那汉阳王素无往来，不去见他又能怎样？"

敏凤山听了，慌忙道："公子小声些，此事非常，还需谨慎的。其实汉阳王也是听了公子的棋名，慕名相邀，显现一回礼贤下士的风度而已。"

简良摇头道："那汉阳王要是一名棋上的好手也罢了，可是没有听说过有这么一位棋王爷的，无非想请了我去点缀些门面，充些雅气罢了，难道想让我成为他汉阳王府上的一名消遣王爷闲情的棋客不成？简某攀附不来的。"

敏凤山自有些焦急道："公子还是考虑一下的好，那汉阳王在天下诸王中势力最强，甚至可以与朝廷分庭抗礼，若撞了他的虎威，可要有祸事的。先前蛇山出土的那件昆吾刀多亏被西域红教的喇嘛得了去，再晚些，就会被汉阳王府征去的，到时家兄想不舍都不行了。如今家兄物失人废，汉阳王自会有所耳闻，此事便了不了之，莲花轩也是因祸得福。简公子性情清高，不入俗流，敏某佩服得很，不过此次若违了汉阳王的意，拂了他的面子，随便给公子加上一条罪名，公子自是吃罪不起的。"

简良听了，不以为意道："他来请，我不去，也是正常，何以如二先生说的那般严重。"

敏凤山见简良虽然身怀绝学，但世事阅历却也浅些，便又劝道："武昌是汉阳王的管辖之地，我等小民接到汉阳王的请柬，已是很荣耀的事了，若如公子这般，在旁人眼中看来是有些不识抬举的，望公子慎重行事的好。"

简良闻之笑道："二先生何以惧那汉阳王？放心好了，他请的是我，若有事，我一人担着就是了，与旁人无干。"

敏凤山此时摇了摇头道："公子切勿这般说，敏某也是为公子着想。所谓贫不与富斗，富不与官争，况且我等小民。如今公子好不容易在黄鹤楼上造成的这般棋上声势，可不要被汉阳王府给毁了。"

简良闻之，哈哈一笑道："二先生多虑了，简某设棋黄鹤楼，不干汉阳王府的事，岂能管得了我。"

敏凤山道："此地离汉阳很近，隔江而望，公子若不想别生他事，走一趟就是了，也短不了什么。那汉阳王只是喜欢结交名人雅士而已，去应付个场面便了。"

简良见敏凤山着急的样子，不由沉思了片刻，继而摇了摇头道："我生来就厌官的，若不是国手太监以杀人鬼棋作乱棋道，简某自会隐棋山野，不闻于世的。那汉阳王也多事，请我何来？不去就是了，二先生也勿担心，没什么大不了的。"

　　敏凤山摇头道："世事如此，容不得公子违倔，昨日汉阳王府的信差临走时告诉敏某，限公子三日之内必到汉阳王府。"接着恳请道："公子明日过江去那汉阳王府应付一下罢，让汉阳王领略一下公子的神采就是，对日后黄鹤楼上的棋局也有利的。"

　　简良摇头笑道："二先生也太世故，一纸请柬何以怕成这样？莫说三天，三十天简某也不去的，他汉阳王又能奈我何？"说完，拾起那份请柬一扬手，投进了楼外的大雨之中。敏凤山见状大惊，欲拦阻已来不及了。

　　待敏凤山急转至楼外寻时，那份汉阳王府的请柬早已不知被雨水冲到何处去了。敏凤山寻了一阵没有找着，身上自被雨水淋得湿透了，心中不由暗暗叫苦，无奈何又回到了楼上。

　　简良见敏凤山被雨水淋成的模样，暗叫一声"惭愧"！忙上前迎了，歉意道："简某实为无意，还望二先生见谅，快去换身衣裳罢，以免受了风寒。"

　　敏凤山长叹一声道："简公子，不是敏某怕事，那汉阳王实在是你我得罪不起的。请柬失了也不打紧，只要公子三日内能走一趟汉阳王府就成了。"

　　简良此时肃然道："二先生，不是简某架子大，自视清高，那王公贵族的府第，恐怕一步走进去就难以抽身了。做人家的棋客也好，幕僚也罢，但得受人家的指使。简某棋上既万里声势，那汉阳王未必会舍了我去，森森王府中，就为他一人摆棋走子，供他遣乐，岂不屈杀了我一般。简某少好棋道，自以为在棋上得了一个自由身，没想到却有今天的难处。人是世间人，世间之事就容不得你我选择吗？"简良一席话说得敏凤山哑口无言。

　　过了好一会儿，敏凤山再叹道："敏某自是佩服公子的心志，或许有绝技防身不惧事的。如此也好，依了公子的意思就是，不过日后凡事都要小心些的。那汉阳王大度些也就罢了，若是心狭必来生事的，简公子好自为之罢。"说完，敏凤山摇头一叹，走于一旁换衣衫去了。简良呆坐沉思无语，那楼外的雨势却越发得大了起来。

　　第二天清晨，这场大雨才停，万物刷新，空气清爽，令人畅然。简良、敏凤山二人一早就来到了黄鹤楼，此时楼上人不多，仅有五六个本地人登楼观雨后景致的。敏凤山脸上罩着一层忧虑之色，显是担心汉阳王府的事。简良却已将此事忘了，于屏风后坐了。谢古岩在外面维持着棋场，以候有高手来斗棋。

　　楼上的人逐渐多了起来，有人专程来看"棋神"其人的，在一旁占了座位，要了茶水酒菜，但等简良出场。大多是观棋的人，不时小声议论着。此时棋金已达到了五千两之巨，都封存在了酒楼柜台内，只是标出了数目来，让一些人看了直咋舌，后悔自家不懂棋，否则摸不准能赢了去，幻想自慰而已。

简良棋声显扬，已使一些自以为是的人不敢前来自讨没趣了，这几日再无人来斗棋，枰上冷清。场地周围却是热闹，人人都等着一个奇迹出现：忽来了一位高手，轻轻松松胜了"棋神"，然后抬那五千两银子去。谢古岩坐在那里，守着棋场一言不发，显得比以前稳重了些，自是在棋上经简良指教有了极大的提高，神态气质上无形中有了些变化，这或许就是棋道之妙罢。

将近午时，忽从楼下上来三个人，却是白兆山的黄严与黄成义、黄兰兄妹。酒楼伙计识得是简良的朋友，忙上前迎了，引至一处雅间，转身去唤了简良。

简良过来与黄氏父子互见了礼，然后落了座。

黄严这时笑道："简大侠现今在棋上的威名如日中天！当真可喜可贺！"

简良笑道："承蒙过奖。"

黄严又道："可喜可贺之余却也有些可惜，若再无对手，当真没什么意思了。"

简良笑道："英雄所见略同！"

敏凤山听说白兆山的黄氏父子来了，忙自过了来，双方互见了礼。

黄兰道："敏叔叔，不知敏栾公子可在家中？"

敏凤山笑道："栾儿昨日还说起过黄姑娘，今天可就来了！快去吧，他正在莲花轩等着你呢。"黄兰闻之一喜，别了众人转身跑去了。

黄严这时见敏凤山的脸色有些异样，便问道："二先生，身子可有不适吗？"

敏凤山摇了摇头，黄严又道："莫非令兄的伤势又有了恶化？"

敏凤山道："家兄能维持现状已是不错了，倒也无其他转变。"

黄严不解道："那么什么事令二先生心事重重的？"

简良道："二先生是在为我的事情担心。"

黄严惊讶道："好好的，能生出什么担心的事来？"简良便将汉阳王府送来请柬的事说了一遍。

黄严听罢，伸出大拇指赞叹道："好！简大侠拒赴汉阳王府，真有男儿大丈夫的气概！"接着一拍桌子道："什么也不用怕，若是那汉阳王逼得紧了，简大侠就到白兆山落草，与我等占山为王，做他一番事业出来。"

敏凤山听了，吓得慌忙道："黄寨主说这些话要小声些。"接着起身到雅间外望了望，生恐被人听了去。

黄严见了，笑道："二先生生来就胆小，不如令兄的胆色过人，什么事都不怕的，也什么事都能做得出来。"

敏凤山听了，脸色自有些不自然。黄严见了，自觉说过了头，忙转了话道："放心吧，有我白兆山的人在，保管简大侠无事。"

敏凤山心中道："有你们白兆山的人，反而易坏事。"此话不便明说，敏凤山于是道："黄寨主今天幸好来了，大家商量个办法吧。"

黄严道："老夫即刻派小儿回白兆山调集人手，来黄鹤楼保场护局，看哪个不怕死的敢来找麻烦。"敏凤山忙摆手道："不可、不可，这样一来倒给人家一个口实，于简公子不利的。"

简良这时道："多谢二先生与黄老英雄为我着想，我看事情还没有到如此程度，黄鹤楼乃人多嘴杂之地，那汉阳王不敢乱来的，也无兴师动众的必要。若真有人来寻事，简某的棋子，不但在棋盘上不容人，棋盘外更是不容人。"

黄严闻之，点头道："简大侠说得极是，无事也就罢了，若有事，白兆山自有人马调用。那汉阳王胆敢动简大侠一根毛发，老夫便让他的汉阳王府夜夜不得安宁。日后简大侠放心设棋局就是，老夫与小儿权当护卫，看看能有几个不要命的人来。二先生若是怕事，避开罢。"

由于简良扔柬拒赴汉阳王府，黄氏父子恐有意外发生，所以来了也就未走，以保局护场。敏凤山心中忧虑自不消说，简良仍未在意。好在过了三天却也无事，敏凤山这才稍稍松了一口气，黄严自笑他杞人忧天。又过了两日，凡事照常。

这期间，简良在棋上又败了一位来自安徽叫陈子凯的棋家高手，那陈子凯留下一百两银子，惊叹之余，服输而去。黄严父子知晓了简良设棋黄鹤楼的真正意图后，更是敬佩有加。

这一日，简良正与敏凤山、黄严、黄成义三人在屏风后面饮茶，谢古岩进来道："简公子，有人来斗棋了。"便与敏凤山、黄氏父子从屏风后面转了出来。

棋场上此时站着一书生，见了简良等人，上前拱手一礼道："山西时井桐，闻'棋神'大名，特来会会。"

简良闻之一笑，伸手让道："时公子请了。"

那时井桐架子蛮大，并不去棋桌旁就座，询问道："听说黄鹤楼上的棋金已有五千两银子，而来斗棋者下注百两以上即可，当是真的？"

简良笑道："不错，时公子若有本事胜了，五千两银子是一文不少的。"谢古岩、敏凤山二人互望了一眼，各自撇了撇嘴，知道此人是冲着银子来的，不知能有多大的本事。

时井桐这时将带来的一百两银子放在了一旁，自信道："我不信有人能在

第五十九回　拒礼汉阳王

棋上始终保持不败。"

简良笑道："不是不信，而是不舍罢。"

时井桐"哼"了一声道："那又怎样？但请棋主出来与我对弈一局。"

简良道："在下就是黄鹤楼上棋局的棋主。"

时井桐闻之一怔道："你就是棋神简良！"

简良笑道："不敢当！"

时井桐这才有些收敛道："请指教了。"随后坐于棋桌旁，自取了黑棋一子落下先走上了。

简良上前端坐了，起手应了一子。周围的游人酒客见又有棋看了，便围在五步外而观，知道来者不善，善者不来。

简良见那时井桐棋走大势，着法锐利，与众不同，敬他棋上有此修为不易，手下倒也不尽情攻杀，但随对方棋势而应，以激对手棋兴。

时井桐见状，不知就里，心中一宽道："这'棋神'之名也是虚传，手法上也太一般了些。"想到那五千两银子的棋金很容易得手，心中不由一阵狂喜，自家险些笑出声来。

简良见其有些失态，心中不屑道："也是一个棋上的轻浮之徒。"

简良在棋上缓了又缓，手下极是留情，以给时井桐一个错觉，感到能有战胜对方的意思。果然，时井桐得势不饶人，使出浑身解数，倾其棋力，放手围杀，自觉领先简良一步的。围观诸人中大多都是懂棋的，见了这种意外的局面，皆自惊异，奇怪"棋神"今天怎么了，棋上竟呈现出亏象来？待双方走至关键时刻，简良这才走出了一着妙手棋，将对方一条大龙封杀了，结束了棋局。

那时井桐虽败了，却不知深浅，望了一眼旁边的已不是自家的那一百两银子，心有不甘，于是对简良道："这盘棋我一时疏忽，大意失荆州而已，倘若棋主能让先三子，我自有十足把握胜你一局的。"

简良笑道："时公子若能下注五千两，简某当让先九星之位，并且再让先三子的。"

"此话当真？"时井桐闻之大喜。

就在这时，忽听一女子清脆的声音道："好不要脸！好赖话都听不出来。"在场众人闻之一惊。

简良抬头看时，忽觉眼前一亮，但见一位年轻美丽的白裙女子走进场来，两名威猛的中年人替那女子分开了人群，后面跟着一名穿戴不俗的丫鬟。

简良一望见那女子，立时惊为天人，不由看得呆了。场外诸人自被那女子异常的美貌镇得鸦雀无声，空气似静止了一般。

那女子此时走上前来，对一旁不知所然的时井桐训斥道："输就输了，滚开了便是，难道还想把下注的银子赖回去不成？"那时井桐遭此斥骂，满面涨红，却是怒不起来。

那女子身后的一名中年人朝时井桐双目一瞪道："小姐叫你滚，还不快滚。"声音洪亮，内气充沛，吓得石井桐立起身来，头也不敢回挤出人群跑掉了。

简良忽见了这位天仙般的女子，在眼前一站，香气袭人，整座黄鹤楼都似明亮得很，一时间有些不知所措。

那女子这时眉毛一扬，傲中带笑道："你就是棋神简良吗？"

简良闻言，心中猛然一震，自知失态，忙收了目光应道："不错，在下正是简良，'棋神'二字却是不敢当的。"

那女子微微一笑，竟自坐在了棋桌旁，伸手取过一罐棋子，清声道："本姑娘与你这位大名鼎鼎的棋神对弈一局如何？"简良闻之一怔，在场众人也自愕然。

简良未曾与女子走过棋，惊讶之余，于是道："在下从不与女子对局，还望这位小姐见谅。"

那女子闻之，忽呈怒意道："女子之中就没有国手吗？你设此棋局，可是规定不许女子来的？"简良闻之，一时语塞。

那女子又冷笑一声道："莫不是你这'棋神'浪得虚名，在棋上设机关诈人钱财，怕本姑娘来揭穿不成？"

简良见这女子出言不逊，自是不悦道："小姐既然也好此雅艺，棋上当是不分男女的，简某奉陪一局就是。"

那女子闻之，忽得意般地扬声笑道："若不是你棋声太大，本姑娘也不愿与你过子的，今天且验验你是不是棋中的混混。"

简良闻那女子的笑声，感觉悦耳异常，美妙得很，忽而暗自惊讶道："这是怎么了？岂能在一个女子面前失态。"简良毕竟棋达化境，随即形神一正，端坐了，抬手让道："这位小姐是客，请先罢。"

那女子忽见简良神态暗里一变，俨然不可冒犯，心中微微惊讶，表情上也自收敛了些。

第六十回　兰玲公主

　　黄鹤楼上来了一位年轻貌美的女子，要在棋上挑战简良。站在简良身后的黄严，见那女子狂傲无礼，本想训斥她一番，然而见一个姑娘家，也就未好意思开口。
　　黄严此时望了望那女子身后的两名中年汉子，心中不由一惊。黄严本是武术行家，一眼便看出了对方都是身怀上层武功的人，暗自惊讶这年轻女子必大有来历，见她与简良临枰相对要走棋了，便故意提示道："这位姑娘，本棋局可不是在闺楼里绣花引线那般随意的，是要下注棋金的。"
　　那女子闻之一怔，白了黄严一眼，回头望了望那两名中年汉子。
　　一人忙上前恭敬地道："禀小姐，出来得太急，没有带太多，仅有几百两银票。"那女子听了，便显得有些不自然起来。
　　简良这时道："本棋局规矩，下注棋金百两即可。"
　　那女子听了，面呈愠色道："本姑娘岂是那种棋上的无赖，以少来赚多。"说完，又回头望了望身边的那名丫鬟，那丫鬟也自摇了摇头。
　　黄严见状，笑道："又想爱面子，又拿不出银子，可是来诈局的？"
　　那女子闻之大窘，身后的一名中年汉子，见黄严出言冒犯，不由大怒，欲要上前动手，被那女子一摆手止住了。
　　简良忙道："在下设棋黄鹤楼，是以棋会友，结交天下高手，本不为博利而来。小姐乃是简某棋上对弈的第一位姑娘，既有此雅兴，棋上当非俗手，下注之银就免了罢。小姐若是在棋上妙手胜了简某，五千两棋金自当奉送。"
　　那女子闻之微讶，自有些被简良的大度所动，但却"哼"了一声道："你倒自信得很，本姑娘今天虽然没有带那么多银子，但也不想占你的便宜，以少赢多，被人耻笑。也罢，就用这块玉来抵押好了。"说着，那女子从腰间解下一块佩玉放在了棋桌上。
　　身后那名丫鬟见了，自一惊道："小姐，怎么能……"
　　那女子一摆手，止住了丫鬟的阻拦，然后对简良道："此玉乃家传之宝，万金不易的，暂且折价五千两银子，与你棋金等同，免得被人家说本姑娘讨你的便宜。"
　　简良望了那块玉一眼，见是一块白绿各半而又浑然一体的双色玉，也未在意，便道："下注棋金不在多，少许即可，增些棋上的乐趣罢了。"

黄严一旁冷笑道："拿不出银子，却用一块旧玉充作宝贝来撑面子，这东西店铺里多得是。"

那女子身后的一名中年汉子闻之，勃然大怒道："老匹夫，太过放肆！"说着，抢身上前就要出手。

但听那女子一声严厉喝道："退下！"那中年汉子似不敢违抗，只得收手而退，自与黄严怒目而视。

那女子此时正色道："此玉乃汉时玉珏，为汉武帝所佩之物，价值无比，天下间也就这么一块，你们信也好，不信也罢，本姑娘暂且用它抵押一回而已，真的以为有本事赢去吗？"

简良见那女子口气颇大，不知棋上能走到什么程度，也自不愿与她计较那玉的价钱几何，于是道："小姐既然以玉为注，也可以的，请于棋上见罢。"

那女子见简良应了，不由得微微一笑，有些感激的意思。这一笑，简良觉得美妙无比，神情自有些荡漾，心中忽地一惊，恐于棋上不利，忙避开了那女子的目光，暗自里稳了稳神，心中立时一静。

那女子见了，暗讶道："此人果然有些与众不同的，倒是一个不可测的人物。"围观诸人，好似在观棋，但心思都已不在棋盘上了，而将目光微微地暗里斜抬，自往那女子脸上乱瞄。

那女子似也知道客先主后的棋规，道声"请了"，持黑起手于左上星位布了一子。

简良见这女子有些来历，为探其棋力高低，便按常势而走，一间低挂，那女子拆五而应，简良又以小飞挂反夹，双方互应了十余手棋，便走出了"双飞燕"的定式来。

那女子心中道："此人徒有'棋神'之名，棋路上也不外如此，且让他尝尝我的手段，倘若他败了，定让他活不过今天，以罚他虚名辱棋之罪。"棋路随之一变，大违常势而走。

简良见了，心中一怔，暗自惊讶道："这女子棋力果不一般，却为何显动杀机出来？"仍以常势而应，不露痕迹。

那女子见了，心中怨道："果是臭棋一个，不知那五千两银子是如何一局一局赢来的？"

棋至中盘，那女子已对简良起了蔑视之色，故意托大走了一手败子，在棋势上露出破绽来。简良见了，知晓对方在反探自己，微微一笑，便在对方这手棋上"镇"了一子。那女子见状，心中一怔道："倒也能看出个死活来，且再搅搅他。"应手一子打入。

简良见了，暗里冷笑道："你这小丫头未免太狂妄些，收你一收。"不阻

第六十回　兰玲公主

而放,却于别处应了一子。

那女子见自己的一手棋成功顺利地打入了对方的棋势内,不由一喜。然而喜意未尽,脸色忽地大变,这才发现已无形中陷入了对方的圈套内,惊得"咦"了一声,抬头望了一眼简良。那女子见简良微笑自若,方悟中了对方在棋上的大智若愚之计。惊异之余,知道遇上了真正的高手,便定下心来苦思棋路,以挽回劣势。

简良见这女子棋力之高,实为少见,乃是自己设棋黄鹤楼以来在棋上遇着的最高之人,并且还是个年轻的女子,心中自生敬意。此时见那女子在棋上谨慎起来,已无了轻人之意,简良暗里一笑,棋兴已被激起,自毫不留情放手吃杀。几着妙手棋走出,惊得那女子花容失色。原来她苦思极想出的一手棋,便被简良轻描淡写般地应手解了。

那女子惊呆了片刻,已知自家棋力已尽,无法再走下去了,对方果是"棋神",立时心悦诚服。忽欣然一笑道:"本姑娘输了,这块玉归你了。"说完,起身而走,边走边回头望了一眼简良,心中吟道:"棋神简良!棋神简良!棋神简良!"转身率随从去了。简良望着那女子离去时的一瞥,如在梦里一般,已然呆了。

黄严此时诧异道:"这女娃好怪!当是大有来头的。"见简良坐在那里还在发怔,不由笑道:"这女娃棋上败得倒也从容,看样子对简大侠有些意思了。"

简良这才恍过神来,脸一红道:"黄老英雄见笑了,这位姑娘是一位巾帼国手的。"

旁边一言不发的敏凤山,走上前来拾起了桌上的那块玉,不知何故,忽呈惊异之色,忙对简良道:"简公子,这就收了局罢,速回莲花轩,敏某有话说。"

简良闻之,心知有异,应道:"也好。"便对谢古岩交代了几句,然后与敏凤山、黄严、黄成义回到了莲花轩。

客厅上,众人落了座,黄严便迫不及待地问道:"二先生,这么急着有什么事?"

敏凤山将黄鹤楼上那女子下注输了的那块玉示于众人,道:"各位细看了,此玉有何特殊之处?"

黄严不以为意道:"我当什么事呢!一块玉有什么大惊小怪的。"

简良近观之下,方感惊讶,适才在黄鹤楼上未在意,此时细观之,见此玉一半碧绿色,一半纯白色,却浑然一体,润滑光泽,白色部分,玲珑剔透;绿色部分,碧光油油。简良赞叹道:"果然是一件值钱的宝贝!"

黄成义惊讶道:"如此双色玉,这白玉一面,贴手则温,碧玉一面,入手则寒,乃是一块奇特的'寒温玉珏'。汉人刘颖的《博物志·神物》篇中记载有此物,说这'寒温玉珏'之珍贵,不亚于天下至宝'和氏璧'的,为汉时帝王所佩戴之物,尊为汉玉之首。那女子说是汉武帝所佩戴之物,倒也不假。"

简良这时惊悔道:"如此说来,这块玉价值连城了,我怎么能收下如此贵重之物,岂不贪占了人家大便宜,这如何是好?不知那位姑娘是哪里人氏?应还了她才对。"

敏凤山惑然道:"此事看来有些蹊跷,那女子来头不小,能腰间佩戴此玉,定不是一般的人家,却不知为何轻易地舍了此玉就去了?"

黄严笑道:"那女娃一开始自以为了不得,后来在棋上领教了简大侠的真本事,也自甘心情愿把这块寒温玉珏送给简大侠的。那女娃虽然输了棋失了宝贝,却似开心得很,尤其在她临走时对简大侠传情一瞥,就已表明了心迹的。"

简良闻之,脸色一红道:"黄老英雄真会取笑,我设棋黄鹤楼是为了引那国手太监出来,哪里有心思顾及儿女情长。"

黄严笑道:"不对、不对,棋局上暂时虽不能引那太监出来,不过在棋上却引来了一个漂亮俊俏的媳妇,实比引来那个太监强得多。我看那女娃长得不赖,你瞧瞧当时在黄鹤楼上观棋的那些人,有几个真正的心思在棋上,已是尽被那女娃的脸蛋吸了去。"

简良听了,知黄严性情直爽,说话没个遮拦,也自不与他辩解,摇头一笑不语。

敏凤山此时茫然道:"这女子到底是什么人?虽大有来头,却也没什么恶意。"

黄严道:"那是自然,二先生先前怕有麻烦,如今怎样?坏事没有,好事倒来了一桩。"

黄严说到这里,抬手捋了捋胡须,惑异道:"说来也怪,那女娃的两个随从,看模样应该都是身怀武学的高手,却对那女娃俯首帖耳,顺从得很,当真奇怪了?何以这般怕她一个小丫头?"

简良道:"不管那位姑娘是什么人,收了人家贵重的东西总是不该的,明日寻着她还回去就是。"

敏凤山道:"这块'寒温玉珏'奇珍无比,那女子必然舍不得,黄鹤楼上也是应一时之需罢了,倒让我们有幸见识了一番,明日人家自会带银子来赎回去的。"

黄严闻之,摇头笑道:"二先生也太迂腐些,怎么看不出一盘棋下来,那女娃对简大侠已有了些意思,而简大侠心里也是动了火的。"

简良闻之,大窘道:"黄老英雄勿要羞我!"

敏凤山摇了摇头道:"黄寨主,你这一大把年纪,怎么如此没正经,无个深浅,说得简公子这般难为情。"黄严还想再说几句,见儿子黄成义站在一旁,笑了笑,没言语。

敏凤山这时将寒温玉珏递于简良,道:"简公子收了罢,不管那女子明日来不来取,也是公子棋上得的,好生藏了。"

简良接过,揣入怀中道:"如此贵重之物我可不敢要的,那位姑娘明天不来取,我也会想法子还了她的。"敏凤山闻之,赞赏地点了点头。

黄严旁边忍不住还想说几句,忽见黄兰与敏栾二人欢快地跑了进来,也就未再开口,把想说的话硬咽了下去。

这天晚上,简良在房间中难以入眠,想起白天黄鹤楼上那女子的一颦一笑,无不浮现在眼前,欲去却不想,也自不能。忽觉胸口处有丝丝的寒意侵及肌肉,感到不适,伸手于怀中取出了那块寒温玉珏,才知是碧色寒面贴里的缘故。

简良望着手中的寒温玉珏,呆呆自语道:"你是谁?忘了问你姓名,来去无踪,却也神秘。"心中忽然一惊道:"莫非如黄老英雄所言,我被那女子动了心念吗?"忙摇了摇头道:"不会的,棋上一走,万事皆忘,何以生出这种念头来?不再想她就是了。"复用布包裹了"寒温玉珏"揣入怀中,然后闭目静虑于床上坐了,以养心安神。

过了片刻,简良才暗叹一声道:"好险!这女子几乎扰了我的棋境!"

第二天上午,黄严陪了简良来到黄鹤楼。二人正在棋场的屏风后饮茶,偶闻外面有说话声,随见谢古岩满面惊愕地进来道:"简公子,昨日来斗棋的那位小姐的一个随从来了,指名要见公子,态度硬得很。"

黄严道:"莫不是他舍不得主人的佩玉,私自来讨了?可没这个道理。"

简良道:"这样也好,出去看看罢。"

简良、黄严从屏风后走出,果见昨日来过的一中年汉子,负手而立,见了简良,忙上前拱手一礼道:"在下邰希本,奉我家小姐之命,烦请简公子东湖一游。"

"东湖?!"简良闻之一怔。

谢古岩一旁道:"东湖是本地一处好的风景所在。"

黄严这时对那邰希本道:"莫不是你家主人心痛了那块玉,反悔了,让你来讨要回去不成?"

邰希本摇头道:"在下来时,我家小姐并没有交代过这件事。"那邰希本言语态度上,见了简良后也自缓和。

简良这时取出那块寒温玉珏递上前道:"阁下既然来了,就请把这块玉带回去交还给昨日的那位姑娘,此玉贵重,简某不敢收的,东湖一行,不去也罢。"

郘希本并未接玉,忙躬身一礼道:"我家小姐交代过,一定要请简公子亲自去一趟,此玉小姐没有交代,在下不敢接。还请简公子屈驾一行,否则在下无法向我家小姐交差。"

黄严一旁觉得事情有门,便怂恿简良道:"简大侠去了就是,东湖离这里不算远的,你不是想还人家玉吗,这位郘兄又不敢接,只有你亲自去还了。棋局上有事,老夫再去唤你,误不了事的。"

简良听了,犹豫了一下,觉得亲自把这块寒温玉珏还与那女子才妥当,于是道:"也好,走一趟就是了。"

郘希本闻之一喜,忙伸手让道:"简公子请!"引着简良去了。

谢古岩此时有些担心道:"不知那位小姐请简公子去做什么?不要出什么事才好。"

黄严道:"除了好事,料没什么坏事,倘若有事,简大侠身怀绝技,自家也就应付了,由他去了便是。"

简良随郘希本出了黄鹤楼,此时大路旁停着一顶暖轿,两名轿夫站着候了。

简良见了,心中惊讶道:"莫不是来迎我的罢?"

果然,郘希本伸手让道:"简公子请上轿。"简良迟疑了一下,只得上去坐了,轿夫便起轿而行。

一路行来,走了许久,忽听郘希本道:"到了。"

轿子便停了下来,郘希本上前把简良从轿中请出,已是到了一处水边。此时,昨日的那名丫鬟迎上前来,欠身一礼道:"请公子随我来。"引了简良前行至岸边,一艘装饰华丽的画舫游船停泊在那里。

昨日见过的另一名中年汉子在岸边守着,见简良过了来,忙迎上前施了一礼道:"在下董守义,奉我家小姐之命在此恭迎简公子,小姐在船中已经候多时了,简公子请吧。"

简良拱拱手,算是还了一礼,然后随那名丫鬟沿着跳板上了画舫,董守义、郘希本二人在岸边守候了。

那丫鬟引了简良上了船后,一名船夫便撤去跳板,竹竿于岸边一点,撑着画舫向湖心驰去。

那丫鬟这时道:"请公子船舱内见小姐吧。"随后引了简良进了船舱。此船颇大,仓内又隔成了前后仓。进入前仓,那丫鬟点头一笑,示意简良候了,自家转身进里仓去了。

第六十回　兰玲公主

　　这画舫内布置得如房间一般，典雅别致，矮桌净几临窗而设，旁置坐榻，几卷诗书散放其上，唯见窗外岸边的景物缓缓移动，方知是在画舫之中，不时闻有一种清幽的兰花之香气。

　　简良心中惊讶道："这女子究竟是什么人？约我见于这艘好看的船中做甚？"

　　这时里仓的珠帘一动，那名丫鬟出了来，朝简良欠身一礼道："我家小姐有请公子里面相见。"说完，抿嘴一笑，竟自出仓去了。

　　简良心中怪道："你这大户人家的小姐架子也蛮大些，既请了我来，见你却又麻烦，不知在搞些什么名堂？"也自不客气，轻咳了一声，用手挑起内仓门的珠帘，一步迈了进去。

　　简良一进入内仓，顿感进了一间宽敞明亮的、飘逸着兰香的雅室，随即便被眼前的情景惊得呆了。昨日黄鹤楼上那位年轻美丽的女子正站在前面，洁白的裙纱拖地，亭亭玉立，秀发披肩，如黑亮的瀑布般垂飘而下，自是一改昨日的骄狂之态，而变得雍容典雅，妩媚动人，如出水的芙蓉一般，光彩四溢，此时正笑吟吟地望着刚进来的简良。一侧桌子上，摆了一张上等的湘妃竹棋枰，旁置两玉罐云南窑棋子。临窗的榻几上设了一席精致的酒菜，仓壁上还挂了几幅名人字画，一盏紫金香炉内，缭绕着那兰的幽香之气。

　　简良此时已然不知所措，呆望着，似如梦里一般。那女子缓步上前，轻施一礼道："能把简公子请来，荣幸之至！"

　　简良闻声，这才恍过神来，暗叫了一声"惭愧"！忙自应道："不知姑娘请简某来此何干？"

　　那女子笑道："但请'棋神'来饮一杯水酒不成吗？"

　　"这个……"简良颇感意外，暗里稳了稳神，便从怀中取出那块"寒温玉珏，"递上前道，"昨日在黄鹤楼棋局上，实不该收下姑娘的这块宝玉，这就请姑娘收回吧。"

　　那女子见状，扑哧一笑道："公子何生此举？既是你从棋上赢到的东西，就是你自家的了。"

　　简良忙道："此玉不比他物，珍贵得很，简某不敢收的。"

　　那女子摇头笑道："这块玉珏已被公子赢了去，若再还了我，岂不坏了公子棋上的规矩？况且本姑娘也不愿失此信义的，愿赌服输，我又不曾索要，还我何来？"

　　简良见那女子如此不在意寒温玉珏，心中诧异，于是道："昨日一盘棋，远远不值此玉的，姑娘勿要认真，怪我一时不知轻重就贸然收了，还请姑娘收回为好。"

　　那女子摇头道："昨日黄鹤楼上那一盘棋，当胜世间一切，实令人永生难忘，怎能以一块玉珏来量称。"言语间极是诚恳。

简良道："此玉贵重无比，不可用来弈博的，既是姑娘之物，收回便是了，在我手中令人不安。"说完，上前将寒温玉珏放在一侧桌上。

那女子见简良执意要还寒温玉珏，双眼不由得望着简良，一时默然无语。

良久，那女子忽轻叹了一声道："既然公子不愿要这块玉珏，也是昨日本姑娘在棋上被公子瞧不起了，留它何用？不如投入东湖水中，免得更被人家看不起。"说完，拾起寒温玉珏抬手欲抛向窗外。

简良见状大惊，以为那女子真是要扔，忙上前一把夺下道："丢不得，此玉既是姑娘的家传之物，如何这般就舍了？简某并无看不起姑娘的意思。"

那女子见简良夺了玉去，暗里一笑，便佯作愠色道："简公子看着办好了，若硬要还玉于我，但还于东湖水中罢了，棋上本姑娘既然输了，也自输得起一块玉的，我可不想做一个失信的人。"

简良摇头道："一盘棋而已，姑娘何必太认真！"

那女子却神情一正道："昨日在黄鹤楼上与公子对弈的那盘棋，对本姑娘来说至关重大，公子或许不觉，但我却深以为然的。"说着，那女子脸色忽现红晕，忙低了头去。

简良哪里晓得这其中的缘故，望了望手中的寒温玉珏，恐此时还了那女子，被她丢入湖中却也可惜，自己也是有责任的，于是道："既然如此，我暂且替姑娘保存此玉罢，日后姑娘索要，自当奉还。"

那女子闻之，不由一喜道："公子可要好生藏了，勿要丢失了。"

简良道："我小心就是了，若是丢失了，我可赔不起的。"

那女子心中却欣然道："你赔得起的！"

简良无奈何之下，复把那块寒温玉珏入怀藏了。那女子旁边见了，立呈欢喜。简良随后道："说了半天，还不知姑娘如何称呼？"

那女子闻之，高兴地道："我还以为你这名扬天下的棋神，不甚理会本姑娘叫什么名字呢！"

简良道："未有机会相问，我也自想早知道姑娘这个女中国手的芳名。"

那女子闻之，愈加欢喜，于是道："本姑娘姓朱，名玲。"

"哦！"

简良道："原来是朱姑娘。"

那女子又道："不过我生来便喜好兰草之香，故母亲又唤我为兰儿，久了，人人都唤我兰玲的，简公子也这么叫我吧。"

简良闻之，自感到一股暖意，忙道："不敢冒失，叫兰姑娘就是了。"

兰玲见简良还站在那里，便笑道："简公子这边坐吧，也让我这个手下败将敬你这个棋高无敌的棋神一杯酒。"

第六十回 兰玲公主

简良听了，慌乱道："这如何使得！若无他事，简某先行告退了。"说完，转身欲走。

忽闻兰玲叹息一声道："简公子，你就不能多留一会儿吗？"

简良闻之，不知怎么心里一软，待回头与那兰玲的目光相对时，见她那双恳求的目色中透着无限的柔情和一丝的哀怜。

简良心中一颤，不敢再看，忙把头转向了一边，已是不忍拒绝兰玲的挽留，只得道："也……也好，黄鹤楼棋局上有事，他们会来唤我的。"也自有些不愿离开的意思，觉得与那兰玲多说几句话也是好的。

兰玲见简良应了，喜悦异常，忙请简良于榻几旁坐了，随后欣然笑道："真怕请不来简公子，今日就白来了。"

简良听了，知道这艘画舫游船乃是专为自己而置，惊讶之余自有些感激，愈加觉得这兰玲是个神秘人物，于是问道："请恕冒昧，不知兰姑娘是哪里人氏？"

兰玲闻之，笑道："这个吗？先不对公子说，到时候你自然就知道了。"简良听了，知道不便细问，也就未再言及此事。

在兰玲的劝让下，简良勉强地饮了一杯酒。那兰玲见了，愈显得高兴，于是道："我自幼好兰草之香外，另一件事，就是喜围棋一艺。幼时习棋，多得高手师父指教，十岁上就已少了对手，自以为手段了得，未曾将人放在眼里。没想到昨日黄鹤楼上棋逢简公子，大败而归，方知天下间还有公子这般神仙妙手！棋艺当至化境了！"言语间已是敬佩之极，自无了昨日那种凌人之气。

简良道："其实以兰姑娘的棋力，在女子中堪称国手了，也是我设棋黄鹤楼以来棋上遇着的最高一人。"

兰玲听了，暗里欣慰得很，却自摇头道："简公子莫要夸我吧，人比人死，货比货扔，今日我才真正明白了这一点。"

简良道："棋为雅艺，棋技高低于否，都自有一番兴致在里头的，不以胜负论，而以兴致论，才是棋家本意。"

兰玲摇头笑道："棋上不分胜负能有什么意思，或许公子棋上已无了对手，才这样说的罢？"

简良道："作为一名棋士，勿要过分执着于胜负，人生如棋，一个棋士对人生的态度，也就是对棋的态度，直接影响他的棋力，故有人想提高一子两子极难，除了品格所限外，也是对棋里人生悟解不透之故，这是我设棋黄鹤楼一个月以来明白的一个道理。"兰玲听罢，茫茫然，似懂非懂，越发觉得简良高深莫测，敬爱尤生。

简良与那兰玲谈棋论道，渐渐地无了刚才的那般拘谨，觉得与兰玲说话有一种亲切感,于是滔滔道来,不欲止住。那兰玲也自听得迷了,如闻道解惑,恭顺之至。

画舫游船沿湖面缓缓行来,临窗望去,湖水澄澈碧绿,波光粼粼,近岸芙蓉出水,杨柳垂丝;远处青峦环拥,林木葱翠,天高云浮,风和日丽,如在画里一般。

简良此时赞叹一声道:"好一处人间仙境!"

兰玲闻之,笑道:"不知山水美景,于人棋上可有益处?"

简良道:"只要自家棋上达到了一定的修为,便可弃谱另悟了,坐思冥想,观景抒怀,可激自家神思于妙处,临枰对弈之时,偶然心中一动,妙手自出,是如神助。古人谓棋道为仙凡同修之艺,以其雅致中求一意境而已,这便是棋道的真谛所在!"

听得兰玲惊叹道:"公子高论!"

那兰玲对简良敬服万分,感慨道:"今日有幸闻公子论以棋道,如梦之醒!公子走的是天上之棋,已得其神;我等行的是盘戏小术,仅得其形,且为那胜负争个不休,差异大矣!"

兰玲接着摇头叹道:"先前家中十几位棋上有名的师父都不是我的对手,以为自家好是了得,如今看来,天真得很!愧死人了!"

简良见兰玲灵秀聪慧,感悟惊人,若在棋上稍加点化,便可成为一顶尖高手,于是道:"兰姑娘在棋上颇有根基,只是被那些棋力有限的棋师指导久了,便循了他们的棋路去,妨碍了自家的悟力,于是限在那里了。兰姑娘若想让自家的棋艺有所大成,可忘去先前的棋路,弃谱另悟。"

兰玲闻之,点头道:"不错,我也感到有此局限,但一直无高手师父来点化。"接着惊喜道:"如今有了棋神简公子,情形可就不同了,还望公子指教个一二,让我的棋力再高些。"

简良道:"好说!就拿兰姑娘昨日在黄鹤楼上走的那盘棋说罢,棋上虽呈大势,但却罩不住对方棋势……"

简良说到这里,忽发现兰玲正毫无顾忌地笑吟吟地望着自己,似痴了一般。简良被那兰玲看得极是难为情,脸一红,但将目光投向了窗外,观以景致。

兰玲此时也发现了自己有些失态,忙低下了头,用余光瞟了一眼简良,见简良难堪的样子,暗里偷笑了一番。兰玲随后劝让了简良一杯酒,这才解去了尴尬的局面。

兰玲又自道:"我现有一事不明,以简公子棋上超凡入圣的本事,何以这般辛苦设棋黄鹤楼,与那些棋上的无赖周旋?况且公子又不是能短了银子用的人。"

简良闻之，叹然一声道："兰姑娘有所不知，我此番设局黄鹤楼挑战天下高手，就是想借这一名胜之地，在棋上引出一个人来。"

兰玲闻之惊异道："原来简公子设棋黄鹤楼是别有原因！不知下这番力气是要在棋上引出什么人来？"

"国手太监！"简良淡淡应道，忽然若有所思。

第六十一回　误陷囹圄

　　兰玲这时大吃一惊道："简公子设棋黄鹤楼，原来是为了引出李公公！"简良闻之异道："兰姑娘识得这个太监吗？"

　　兰玲应道："我曾在宫……在京城里听说过这个人的，家里的棋师宋先生也说过，那国手太监棋艺高得出奇，与国手状元曲良仪棋逢对手，不分上下，但不知是何缘故离宫出走了。后来江湖上出现一些古怪迷离的棋上命案，传说似乎都与国手太监有关。"

　　简良叹道："那国手太监习练成了一种反棋道而行之导致异变的杀人鬼棋，可在对局中杀人于无形。"

　　兰玲心中惊讶道："这个李公公先前在皇宫里就显得有些古怪，竟然被他在棋上习练成了一种杀人邪术……"

　　兰玲忽地大惊道："那国手太监既然在棋上能杀人，而简公子却设棋局引他来，岂不危险？"说话间，已是一脸的关切之情。

　　简良这时淡淡地道："那太监的棋道虽然诡异难测，也不过是一种棋术而已，我倒不怕他的。"

　　兰玲闻之，恍悟道："是了，公子棋道通神，自可应得下万般棋势，那杀人鬼棋未必能伤得了公子，不过还是小心些的好。"

　　简良闻之，感激地一笑，心中自升起了一股莫名其妙的暖意。

　　兰玲这时道："江南棋王田阳午先生曾说过，棋子是最奇怪的东西，鬼神难测，役之尤难，罕有走通一世者。"

　　简良闻之讶道："兰姑娘识得江南棋王田阳午吗？"

　　兰玲道："我的棋上本事也曾经田先生点拨过的，还惊叹我的棋上修为将来要过于他的，也是夸奖我吧。先前以为田阳午为天下第一，后来又出了个国手状元曲良仪，又比田先生高出一点的。可惜不知何故，那曲良仪一夜疯癫，人棋两废了。如今看来，简公子又比那曲良仪高出许多的，当为天下第一了。"

　　简良摇头道："我虽棋道已成，但不敢妄为人先，因为当今天下还有两人，棋上修为不下于我的。"

　　兰玲闻之，惊讶道："还有谁能与公子比高下？"

简良道:"其中一人便是国手太监,他的杀人鬼棋究竟达到了何种程度,现在还不清楚,是一个诡异难测的对手。还有一人,就是方国涣方大哥,他已达到了棋道的最高境界——天元化境!"

兰玲闻之讶道:"方国涣!?听说过这个人,棋上好像有些异能的。"

兰玲接着好奇道:"简公子棋上修为也自入化境了,不知达到了何种境界?"

简良笑道:"或是人元化境吧。"

兰玲闻之,欢喜道:"人定胜天!公子会胜过那天元化境的!"

简良闻之,笑道:"天人之间在于感和,当不以胜负论的。"

画舫沿湖面一路游来。那兰玲似对东湖很熟悉,告诉简良,那芦洲之上的是湖心阁,岸边松林环绕的是听涛轩,那三层尖顶、翠瓦飞檐、玲珑精致的是行吟阁……简良在兰玲相伴下,饮酒谈棋,观景论物,游了个尽兴。

偶听渔歌互答,水鸟低飞,遥见岸边人家炊烟升起,霞光西映,已是到了暮色时分。

简良见不知不觉中已至黄昏,心中不由一惊,忙起身道:"承蒙兰姑娘盛情邀请,不觉竟游湖一日。天色已晚,就此向兰姑娘别过罢。"

那兰玲此时流露出几分伤感,轻轻叹息一声道:"天不如人愿,何以过得这般快!"接着探问道:"多谢简公子能应邀而来,这是我过得最快活的一天,不知日后还能否再有此机会?"双目中自呈出期盼之情。

简良此时急着要离开,忙自应道:"若有空闲,简某愿于棋上与兰姑娘切磋,天色不早,这就别了罢。"暗责自己忘情于游玩之中,有误于黄鹤楼棋局上事。

那兰玲见简良有所应允,复现欢悦之色,探身窗外向船头上喊道:"翠儿,告诉船家送简公子回去罢。"

画舫回到岸边,简良道了声别,竟自上了岸,回头看时,见那兰玲立于船头呆望着自己,尤有惜别不舍之意。

简良暗里摇了摇头,不敢再看,转身乘了来时的轿子离湖而去。此时在岸边守候了一整日的郜希本、董守义二人,见兰玲留简良于画舫上游了一天,互望了一眼,各呈惊讶之色。

莲花轩内,黄严、敏凤山等人在客厅上等得正自焦急,忽见简良进了来,俱为一喜。

黄严先是笑道:"简大侠去了一整天,看来这件事有些意思。"

敏凤山待简良坐下后,问道:"简公子,可将那块寒温玉珏还于人家了?没什么意外罢?"

简良摇了摇头道:"倒没什么意外的事,可是兰姑娘说什么也不收那块玉的，又被我带了回来。"众人闻之，皆感惊讶。

"兰姑娘？"敏凤山想了想，摇了摇头，显是不知为何方兰姓大户人家的女儿。

此时站在黄严身后的黄兰，已从黄严、敏凤山那里知道了事情的经过，于是言道："简大哥，人家在棋上输给你了那块玉之后，在小妹看来，已是别有用意了，你还于人家，人家自然不收了。"

"别有用意？"简良闻之一怔道，"能有什么用意？"

黄兰扑哧一笑道："看来这位兰姑娘倒是一位多情的姐姐，简大哥去了一整日，被人家留住游了一天东湖，还看不出人家的意思吗？"

简良茫然道："什么意思？兰姑娘邀请我去，只是敬我棋上的本事罢了。"

黄兰笑道："难道简大哥与那位兰姑娘只是谈了一整天的棋，别的就没说点什么？"

简良认真地道："我与兰姑娘谈了一天棋上事，她还要我日后指点她呢，兰姑娘悟性惊人，日后必为一顶尖高手。其他的事，倒没有说些什么。"

黄兰闻之，摇头笑道："简大哥文武双全，棋能通神，如何在这方面没有悟性的？"旁边的黄成义、敏銮各自一笑。

黄严这时笑道："简大侠是当今的高人，高人心里所想，自隐得深得很，不会让人看出来的，其实简大侠已对那女娃动了真情的。"

简良闻之，摇了摇头道："兰姑娘如天仙一般，简某不敢妄想的，只是与她交之以棋罢了。当然，简某也是敬她才貌的，如此奇女子，天下少见。"众人见简良说得坦诚，倒也不掩饰自家的想法，各生敬意。

简良又道："简某一生唯棋是务，有些事情麻烦得很，不去理会也就是了。"

黄兰笑道："恐怕到时也由不得你。"说完，深情地望了一眼旁边的敏銮。

敏凤山这时道："这位兰姑娘来头不小，简公子可知她的来历？"

简良道："兰姑娘在隐瞒自家身份，她不说，我也不便细问。"

敏凤山惑异道："这兰氏一姓，江南并无此大族，而她的身份又似乎很特殊？"

简良道："兰姑娘并不姓兰的，这是她名字兰玲里面的那个兰字，兰姑娘说自家本姓朱的。"

"兰玲！"敏銮一旁惊讶道，"简公子所说的这位兰姑娘，莫不是汉阳王府的那位兰玲公主？"

"汉阳王府！兰玲公主？"众人闻之，皆大吃一惊。

敏凤山恍然大悟道："能佩带寒温玉珏的，除了汉阳王府的兰玲公主还能有谁。"不知何故，敏凤山忽现出一丝怯意来。

简良大感意外之余，诧异道："敏公子如何断定兰姑娘就是兰玲公主？"

敏栾道："我在汉阳的归元禅寺读书时，就曾闻汉阳王有一个才色双绝的女儿，也就是那个兰玲公主，有江南第一美女之称。她本是郡主身份，但经常出入皇宫，因汉阳王势大，她又是皇族中人，当今皇上便以公主的礼遇待她，于是有了公主的身份。"

黄严点头道："这女娃美艳惊人，气质超凡，自不会是一般人家的女儿，定是那个兰玲公主了。"简良此时脸色忽变得肃然，坐在一旁沉默不语。

敏栾又道："一年前，也是在归元禅寺读书时，曾见汉阳王率家眷到大雄宝殿进香，有几位书友，说是兰玲公主也来了，拉着我去看。"说到这里，敏栾偷望了一眼黄兰，接着道："不过当时戒备森严，近不得前的。"

敏凤山这时道："汉阳、武昌隔江相望，黄鹤楼上简公子棋名扬天下，故汉阳王府传了请柬来，看来是那兰玲公主的意思。后来过了期限，简公子不至，那兰玲公主便自家寻来了，好在是一位喜棋的公主，否则不知会发生什么事的。"说到这里，敏凤山虽然松了一口气，但还有些忧虑之色。

黄严点头道："看来艺高压祸，果是有道理的，昨日若不是简大侠棋上胜了她，瞧她那气势，定要将黄鹤楼拆了的。"

敏栾又道："听人说，兰玲公主骄横不讲理，狂傲泼辣是出了名的，耍起脾气来，有杀人之心，但要泛起雅气来，则有仙人之质，实是最难缠的一个人物。"

黄严听了，惊讶道："乖乖！真看不出，这位公主还是一个喜怒无常的夜叉，简大侠日后可有的苦吃了。"

敏凤山道："我担心的就是这个，听汉阳的朋友讲，这个公主刁钻得很，稍不如意，就要作践人，真怕简公子日后不慎冒犯了她生出事来。"

黄严摇了摇头道："也怪了，昨日在黄鹤楼上看她也是个有教养的，怎么会有这些坏名声？看来定是个野蛮公主。"

简良这时知道了那兰玲竟是汉阳王府的公主，惊异之余，自有了悔意。原来简良天性纯真质朴，时见权豪欺贫凌弱，所以最憎恨官宦人家，此时对兰玲公主先前的那种好感，一扫而尽。

在听了众人一番议论之后，简良正色道："好在简某仅与那兰玲公主棋上相识而已，无过多的交往，她既是汉阳王府的公主，与我等平民百姓自有差别。昨日黄鹤楼上，不过是人家来寻乐而已，事情已明，从此以后与那公主断了来往就是，免得惹出不必要的麻烦。"

敏凤山听了，点头道："简公子说得有理，不小心冒犯了这个千金公主，会惹来杀身之祸的，公子此举，实为明智。"

黄严一旁，不以为然道："我看这个女娃就不错，别看人家是千金公主，却能从棋上喜欢简大侠，也是一个有见识的女子。简大侠文武双全，与公主交游，也是给那汉阳王面子，自无高攀之理，我看这件事情发展下去，倒也两全其美。"

简良闻之，摇头道："黄老英雄说哪里话来，既然知道人家是公主了，就应该有个贵贱之分，所谓侯门多事，不易有所牵扯的。兰姑娘虽然人不错，但毕竟是侯门中人，日后且对她敬而远之便是了。"

黄严听了，忙摇头道："简大侠何以有这种门户之见，莫要屈了自家。"

简良笑道："黄老英雄勿要再说了，此事玩笑不来的。简某设棋黄鹤楼，是为了引出国手太监，以除掉这个祸害，别的事情，自无心思。此事到此为止，日后汉阳王府再有人来，想法子回绝了就是。"

敏凤山又自有些忧虑道："希望不要出什么事情才好。"

简良性情纯真，自家要是不想什么，也就自然忘却了。这天晚上心静如水，不再想那兰玲公主之事了，似未曾发生过此事一般。

第二天，用过早茶，敏銮约了黄氏兄妹游珞珈山去了，黄严、敏凤山陪了简良来到了黄鹤楼。此时邰希本站在黄鹤楼前，正在四下张望。见了简良等人过来，忙迎上前，拱手一礼道："简公子，我家小姐今日东湖长天楼有请，饮芦花酒，食武昌鱼。"

简良心中道："又来了。"自还了一礼道："请阁下转告兰姑娘，简某今日棋局上有事，恕不能赴约，还望见谅。"说完，转身进黄鹤楼去了。

邰希本先是一怔，欲上前再请求。

黄严一旁见简良辞意坚决，自家也不好相劝，便伸手拦了邰希本道："喂！没听清楚吗？简大侠今日无空闲，回复了你家主人就是。"

邰希本倒不甚理会黄严，用手一拨，想再去追请简良，谁知一拨黄严的手臂未动，心中一凛，手上加力往旁重推。黄严已自有了准备，运力相抗。二人互推了几个来回，各自心惊，皆知对方功力不浅。邰希本知道自己不能硬来，忍着性子，收手而退。

长天楼坐落在东湖岸边，此时一阵悠扬的琴声从楼上传出，那琴声让人听起来轻快和畅，可感觉到抚琴之人的一种喜悦欣然之情。而那抚琴之人正是兰玲公主，此时已在长天楼上备了一丰盛的酒菜，静候简良前来。

兰玲公主兴致正浓，忽"当"的一声，琴弦断了一根，曲音立止，兰玲公主一惊，正自诧异，却见邰希本走上楼来。

兰玲公主见仅邰希本一个人回来，不由讶道："简公子呢？"

邰希本头一低，惶恐道："小人无能，没有把简公子请来。"

"什么？"兰玲公主闻之一怔，离琴案而起，诧异道，"你可见着简公子了？"

第六十一回 误陷图圄

邰希本忙道:"小人在黄鹤楼前迎到了简公子,告知了公主相邀的诚意,可是简公子说棋局上有事,就回绝了。"

"哦!我说呢!"

兰玲公主释然道:"原来简公子棋局上有事。"随又愠色道:"你怎么不在黄鹤楼候了?待简公子棋上退了那些不知深浅的人,再接了前来,却自家先回来了,好没个规矩。"

邰希本慌乱道:"请公主恕罪,非小人不尽力,而是那简公子实在是无……无心前来。"

"放肆!"兰玲公主闻之,惊怒道,"你岂敢胡乱猜忌简公子,实属大胆,简公子不是在棋局上有事吗?"

邰希本犹豫了一下道:"在小人看来,简公子今日却是空闲,并没有人来斗棋的。"

"咦?"兰玲公主惊讶道,"此话当真?"

邰希本道:"小人不敢乱言,请公主明察。"

"这……这是怎么回事?"兰玲公主一时惑然,忽杏目圆睁,大怒道,"定是你讲话不当,得罪了简公子。"

邰希本立刻吓得跪倒在地道:"小人不敢!小人不敢!对简公子小人甚是恭敬,不敢怠慢的。"

兰玲公主见了,这才"哼"了一声道:"谅你也不敢。"随后眉头微皱道:"昨日东湖一游,本来好好的,莫不是我有什么地方不对,恼了他?"

沉思的片刻,兰玲公主又自摇摇头道:"不会的,昨日画舫中谈得很是开心,今日无故拒绝,却又是为何?你……你好是大胆,竟敢拂了我的一番好意。"自呈愤然之色。

这时,刚刚上楼来的董守义,见此情景,上前禀道:"公主,那小子不识好歹,待小人去把他擒来就是了。"

兰玲公主摇了摇头,见邰希本仍在地上跪着,淡淡地道:"你起来吧。"随后慢慢于榻上坐了,呆思不语,已是无了精神。董守义与邰希本互望了一眼,各自诧异,不料这位平日里骄横无忧的兰玲公主,今日竟由此变得郁闷不乐。

董守义上前轻声劝慰道:"公主保重,勿让此事伤了身子。依小人看来,不如回禀王爷,派了兵去,把这个不知死活的小子抓来问罪,也叫他知道架子大了有什么好处。先前王爷下柬邀请不到,只因公主喜棋才没有怪罪,已是给了他一次机会,但他却不知悔改,这次竟然直接冒犯公主,应该是死罪。"

兰玲公主这时慢慢站起来,缓缓地道:"简良、简良,你若不是在棋上胜了我，当时就会暴尸黄鹤楼的。你以为名气大了，本公主就请不动你吗？"忽一脚踢翻了琴案，四下一阵乱砸，自是琴断椅折，桌翻碗碎，一席酒菜全泼在了地上。董守义、邰希本二人知兰玲公主又发了性子，自惊得退闪一旁，不敢劝阻，任她胡为。

这一日，简良、敏凤山二人在黄鹤楼棋场上的屏风后面饮茶闲谈，谢古岩仍在外面守了。黄严因为早上敏凤忠缠着他习武，就留在了莲花轩没有来，黄成义、黄兰兄妹也与敏栾相约外出游玩去了。时近中午，棋局上仍自无事，简良棋声日盛，便是一些高手名家也不敢贸然前来挑战，免得输棋丢丑。

敏凤山这时道："棋上已冷清了几日，看来高手都来得差不多了，也该那国手太监露面了。"

简良道："希望如此吧。不过这太监棋上造孽深重，害人太多，自有许多仇家在满天下寻他，用棋外的手段结果他，所以他现在也是小心得很，不敢轻易现身与人斗棋的。简某设伏棋候他，他或许不知，但若闻了黄鹤楼棋局上的声势，棋家本性，必会心动前来应棋，现在只是早晚的问题。"

敏凤山感叹道："棋道玄妙！局外人是不解的。"

简良笑道："就是局内人又有几个能明白的？甚至当局者更迷，局外人虽不明却也自一身轻的。"敏凤山闻之，点头称是。

就在这时，忽闻黄鹤楼外一阵大乱，简良、敏凤山二不知发生了什么事，忙临窗下望，自是大吃一惊，但见外面刀枪林立，数百名官兵已将黄鹤楼围了个严实，一些酒客游人惊走躲避。

谢古岩这时满面惶恐地跑进来道："简公子、敏先生，不好了，武昌府的官兵来抓人了。"

敏凤山似预感到了什么，已吓得无了血色。

简良镇静道，"二位不要紧张，不一定是冲着我们来的，出去看看罢。"随即从屏风后走出。

此时一名武官率了十余名官兵闯了上来，呼啦一声上前围住。那武官高声喝道："哪个是棋手简良？你的事犯了！"

简良闻之一惊，忙上前问道："这位官爷，不知在下所犯何事？"

那武官先是一怔，不由上下打量了简良一番，微讶道："怎么？你就是棋手简良？"

简良道："不错，正是在下。"

那武官便道："你在黄鹤楼上设棋聚赌，诈人钱财，已犯了《大明律》，本官奉上头的命令，特来捉拿尔等。各位，走一趟罢。"

敏凤山这时按住自家慌乱，看那武官时，却是认识的，此人是武昌府一名带兵的统领，唤作刘琤的。敏凤山心中稍安，忙上前道："刘统领，这是怎么回事？"

那刘玼见是莲花轩的敏凤山，当地的名士，不由惊讶道："敏二先生！你怎么也在这里？"

敏凤山拱手一礼道："这位简良公子是敏某的朋友，自非聚众豪赌之徒，设此棋局，是为了结识和挑战棋家中的高手，以棋会友，何有犯法之嫌？刘统领莫非误会了罢？"

那刘玼见敏凤山在场，态度上也自缓和了些，于是道："简公子在黄鹤楼上棋扬天下，本官也是早有耳闻的，可是本官刚刚接到武昌府陆芳陆大人的命令，捉拿设棋聚赌的简良公子，官命不能违的。"

敏凤山惊讶道："这话从何说来？简公子设棋黄鹤楼，标出彩金，是为了造成一定的声势，引来更多的高手，哪里有设赌诈人钱财的意思。"

刘玼摇头道："如今五千两银子的彩金就封在酒楼的柜台内，已经给人一个口实了，棋金数目之巨，已非以棋会友的意思了。"

"这个……"敏凤山一时语塞。

谢古岩这时壮着胆子道："莫非是哪一个在此棋局上输了银子，心有不甘，去武昌府衙门里诬告陷害简公子？"

刘玼道："详情本官并不清楚，只是接到命令，把所有相干人犯一同解去。"

简良见事发突然，不愿让敏凤山、谢古岩受到牵连，于是对刘玼道："这位官爷，棋局乃简良一人所设，不关他人之事，既然各位是受命而来，简某就到衙门里走一趟，弄个明白。"

刘玼闻之，暗生敬意，点头道："也好，简公子倒是一位义气之人！敏二先生是当地的名士，本官也不愿冒犯，但请简公子一人随我们回去交差就是了。"说完，那刘玼又对敏凤山拱拱手道："公事公办，还望敏二先生见谅，本官这就把简公子带走了。"接着一挥手，上来两名军士，用链索套住简良就走。

那刘玼复又命令军士道："把五千两赃银一并启了，同人犯押运回武昌府衙门。"敏凤山、谢古岩二人眼睁睁地看着简良被官兵带走，而毫无办法。

敏凤山急得一跺脚道："这如何是好？"随后交代了谢古岩几句，匆忙回莲花轩通知黄严去了。

黄鹤楼内外的游人酒客，见简良被官兵带走，各自惊异，一时间议论纷纷。一人摇头叹道："这名气大了，果要招风的，好端端的棋神简良公子，如何就吃了官司？"

另一人道："棋神天下无敌，却也走不过官家这着棋的，你以为那些官爷是冲着简公子来的？其实是为了那五千两银子的棋金。"

一名卖水果的汉子道："这简公子也太贪些，赢了千八两走人就是了，何以有现在的麻烦？"

　　一位久观棋局的老者啐了他一口道："你懂个屁！简公子这般大手段岂是在棋上博几个钱的，这是以棋会友，名扬天下！懂吗？"

　　却说简良被官兵带到了武昌府衙门，直接下到了地牢里，自无人提他过堂审问。

　　简良孤零零地在监号里坐了，心中叹道："没想到我会有此牢狱之劫，设棋黄鹤楼月余都没事，如何今日就有了个以棋聚赌的罪名呢？弈博之举，市井中常有的，难道棋金数目过大，官府便要干涉了？没这个道理的。"简良百思不解，摇头暗叹不已。

　　这时，牢门一开，走进一个人来。正在闭目思虑的简良忽闻到一种淡淡的熟悉的兰草之幽香，不由一怔，睁眼看时，大是惊诧，但见那兰玲洋洋得意地站在监号外，正笑吟吟地望着自己。"兰姑娘！"简良大感意外忙起身问道，"你怎么到了这里来？"

　　那兰玲头一扬，笑道："来探望一下你这位大名鼎鼎的棋神。"简良摇头叹道："我如今已不白地吃了官司，有何可看的……"

　　简良这时见那得意笑着的兰玲，不由恍悟道："兰姑娘，莫非是你……"

　　兰玲"格格"一笑道："这回知道我的厉害了吧！"

　　简良惊讶道："兰姑娘，你这是开的什么玩笑？"兰玲见简良茫然的样子，自觉开心之极，笑嘻嘻地道："怎么样？你这个棋神怕了吧？"

　　简良此时才明白，一切都是这个兰玲公主所为，心中已是懊悔与她结识，冷冷地道："原来是简某得罪了汉阳王府的公主，才有了这般境地。"

　　兰玲公主闻之一怔，忙收敛了笑意，惊讶道："你怎么知道的？"

　　简良仍旧冷冷地道："看来你果是那位公主了，简某真是愚笨得很，怎么敢得罪你这位大公主呢！"

　　兰玲公主忽见简良神情冰冷，说话不是味道，心中不由一惊，慌乱道："简公子，我……我……"

　　简良冷冷地道："简某不知犯了什么罪？那设棋聚赌的罪名可是公主加在我头上的？别人不知晓，公主还不知晓简某设棋黄鹤楼的真正用意吗？"

　　兰玲公主见了简良冰冷的态度，心中已是有了悔意，仍犟嘴道："谁叫你架子那么大，父王下柬请了你一次未到，我请了一次也不来。"忽而开颜一笑道："不过那日东湖一游，简公子可是去了的，那日是多么的开心……"兰玲公主似又感觉回到了东湖画舫之上，不由欣喜旁溢，欢悦无限。

　　忽闻简良冷冷地道："可惜那日不知你是一位骄横的公主，否则简某死也不会去，想起来，真是后悔莫及。"

第六十一回　误陷囹圄

兰玲公主听了，嗔怒道："简良，你何以这般无礼？在本公主面前，还无人敢如此放肆！"

简良冷笑一声道："看来简某也是幸运，才拂了公主一次面子，就被抓来下在了牢里，若是得罪得深些，当真性命都没了。"

兰玲公主听了，缓了缓口气道："你可知那日长天楼上，人家为了请你来，费了多大心思吗？如今不领情也就罢了，何又这般挖苦我？好没道理！"说完，自显得有些委屈。

简良这边漠然道："简某当时多亏没有去长天楼，否则一不小心，又有什么罪名盖上头来，小民可是吃罪不起的。"说完，简良转身至墙根坐下，不再理会兰玲公主。

兰玲公主见此次适得其反，心中已然懊悔。原来简良知道了兰玲公主的身份后，拒赴长天楼，兰玲公主一气之下便寻到了武昌府，命武昌府尹陆芳派人去拿简良。那陆芳闻之大惊，不知兰玲公主意欲何为？因为简良棋扬黄鹤楼，名动天下，作为地方官的陆芳也自敬慕。然而兰玲公主发下话来，陆芳不敢不从，这才临时加了个设棋聚赌的罪名，命那刘竧带兵押回了简良。

兰玲公主见简良坐于一旁不再理睬自己，心中自然不是滋味，讪讪地道："喂！你坐在地上可……可觉得凉吗？"

简良双眼闭着，靠在墙根冷笑道："这比不得外面，凉热岂能由你。能劳驾汉阳王府的公主问声冷暖，实是小民的荣幸。"

兰玲公主此时已是忍无可忍，勃然大怒道："你这个不知好歹的简良，既不领本公主的情，本公主就让你在牢里坐上一辈子。"说完，拂袖而去。

武昌府尹陆芳与董守义、邰希本等一干人正在地牢的门外候着，见兰玲公主出了来，陆芳忙迎上前道："启禀公主，不知何时放了简良？"

"放他？"兰玲公主怒气未消道，"休想！就关他一辈子，看看到底谁厉害！"

兰玲公主欲转身离去，忽又想起了什么，回身对陆芳道："陆大人，你这武昌府的地牢里也太潮湿了些，叫人去给那个简良加张床，还有，一日三餐酒肉是不能少的。"

那陆芳听了，心里直叫怪，暗自惊讶道："这兰玲公主果然刁钻古怪，不知是叫我们武昌府抓人，还是请客？"暗里直摇头，口上也只得恭敬地应了。

简良见兰玲公主去了，摇头一叹，懊悔结识了侯门中人，暗责不已。不多时，牢门一开，两名狱卒抬进了一张木床来，床上还有一套崭新的被褥，开了简良所在的监号，于一旁安放了。简良见状，颇感惊讶。

一名狱卒这时恭敬地道："简公子，小人叫牛江，这位叫唐强，是地牢里管事的，我二人久闻棋神大名，自是敬慕得很。适才陆大人命我二人给公子加张床来，并吩咐我二人小心侍候了，可见官司不打紧的。"

简良闻之，心中诧异，便自谢了。那牛江、唐强二人随后又送来一些酒肉，简良见了，愈感奇怪，便问道："请问两位大哥，那位陆大人为什么对我这般照顾？"

牛江应道："我们哥儿俩也感到奇怪，这种事情牢里是不曾有过的，或许是陆大人敬简公子棋上本事罢。"

简良听了，摇摇头，暗忖道："定是敏二先生打通了关节，让我少受些苦罢。"随后将酒菜用了。

此时在一处天窗外，兰玲公主见了牢里的情形，不由气恼道："不知好歹的家伙，本公主的好意竟被他当作别人的人情，明日且饿你一天。"

旁边的董守义、邰希本二人，相视茫然，摇头不已。因天色已晚，兰玲公主便没有回汉阳王府，在武昌府衙的后花园中一处戒备森严的楼阁中住了。

第六十二回　戏闹武昌府

　　这天晚上，简良在武昌府的地牢里久眠不着，索性坐了起来，摸了摸怀中那些用以施无相棋的棋子还在，未曾被人搜了身去。

　　简良心中一安，寻思道："明日或许过堂审问，若是个讲理的官，事情清楚了也就罢了，若惧怕那兰玲公主而要加罪于我，索性用棋子一路打出衙门去，寻那公主问个明白。"

　　这时，牢门一响，唐强、牛江二人提着灯笼进来查夜。见简良还没有睡，唐强宽慰道："简公子不要过于担心，陆大人这般看顾你，明日公堂上必会有个好结果的，公子棋声之大，谁人不敬！还是早些歇了罢。"又闲谈了几句，牛江、唐强二人便转身欲离去。

　　此时忽从牢门外闪进一个蒙面人来，未及那唐强、牛江二人叫喊出声，已被那蒙面人疾点了穴位，昏倒一旁。简良吃了一惊，手中忙暗扣了一枚棋子，以观来人善恶。

　　那蒙面人此时提起了地上的灯笼，快步走至监号的木栏外，一伸手，竟将那条锁门的铁索拉断了，随即扯下面罩，进来道："简大侠，无事罢？"此人正是黄严。

　　简良见了，惊喜道："黄老英雄！"

　　那黄严将灯笼于一旁挂了，回身道："简大侠，何以在这里受屈？怎么不使出本事走人？"

　　简良苦笑一声道："我哪里有黄老英雄这般出入无碍的本事，否则就去找那个兰玲公主问明白了。"

　　黄严闻之一惊道："怎么？是那个公主生的事？"

　　简良叹道："不是她还能是谁，又有谁人为了捉拿我一介百姓而兴师动众地调用了武昌府的官兵。"

　　黄严闻之怒道："这女娃也太狠些！拂了一次面子就这般陷害人。简大侠稍后，若这个公主没走，老夫便把她擒来问个究竟。"说完，黄严转身出了牢门。

　　隐听得黄兰的声音道："简大哥无事吧？"显是黄氏兄妹也来了，在外面望风警戒。

简良见黄严要去擒那兰玲公主，恐有闪失，本欲出言劝阻，但门外黄氏父女已走得远了。

简良见黄严来了复去，尤自担心，在牢里焦急地候了，偶见那条黄严进来时一把扯断的铁索，简良心中惊讶道："黄老英雄手上的力道好大！竟能将铁索拉断，功力深厚！"想起随州客栈的那次误战，自是后怕，"若不是当时出棋快，连黄老英雄的一根指头也挡不住的。"

约过了半个时辰，牢门一开，黄严扛了一卷锦被闪了进来，又回头低声道："你兄妹二人在外面好生守了。"说完，转身来到简良所在的监号里，把那卷锦被朝床上一扔，回身对简良笑道："这女娃，真不好捉，若不是带了他兄妹两个，将这女娃的两名高手护卫引开，倒费些工夫的。"

简良闻之惊讶道："黄老英雄果真将那兰玲公主绑来了？"

黄严笑道："那是自然！"说完，上前伸手一拉那被卷，从里面辘辘出一名穿着睡衣的女子来，在烛光下睁着一双惊恐的大眼睛，骇然地望着简良、黄严二人，正是那兰玲公主。显然是在睡梦中被黄严点了穴，用被一卷扛了来。

简良见那兰玲公主神色惶恐，青丝散乱，双眼哀怜地望着自己，似有求助之意。简良怜惜之情自生，见兰玲公主还裹着睡衣，便上前拉过被子将她的身子遮盖了，兰玲公主眼中自流露出了感激之色。

黄严这时道："今天一定要向这个女娃公主问个明白，何以仗势欺人，以为我等就没手段了吗？"

简良忧虑道："黄老英雄，怎么把她捉到这里来？岂不危险？"

黄严笑道："最危险的地方也是最安全的地方，武昌府衙的人与这女娃的两个高手护卫，做梦也不会想到老夫会在他们地牢里审问他们的公主。"黄严随即上前解了兰玲公主的穴位。

兰玲公主待身形一松，立刻慌乱地爬起来，抓住站在床边的简良的胳膊，往他身后躲闪道："公子救我！"

简良厌烦地一甩手道："离我远些！"

那兰玲公主似对黄严畏惧万分，死死地拉住简良手臂不放，已是吓得哭出声道："简大哥，救救我吧！"

简良见兰玲公主已然惊吓得花容失色，心中不忍，便缓了缓口气道："放心吧，没人会吃了你。"

黄严见兰玲公主穴道一解，便直往简良身后藏，感到好玩，便头一歪，瞪着眼睛道："你这性子，也怕事？"

兰玲公主见黄严凶巴巴的样子，不敢看他，但把脸转到简良身后，声也不敢出。

简良摇了摇头道："黄老英雄，勿再吓她罢，免得老缠着我不放手。"

黄严忽然笑了一声道："这女娃，当真喜欢你的，否则怎么会直往你身后藏？"

简良闻之大窘，用力将兰玲公主朝床上一推道："离我远些，你害得我还不够吗？"那兰玲公主便自抱着被子缩在床角，身子微颤着，不敢言语。

黄严这时厉声道："你这女娃！如何这般霸道！派官兵从黄鹤楼把简大侠无故捉了来，是何用意？如此仗势欺人，可有你的好果子吃？莫说汉阳王府的公主，就是皇帝老儿的女儿，老夫也照抓不误。说说看，俺这简大侠有何罪过，被你抓来官府问罪？"兰玲公主吓得哪里敢再应声，哀求般地望着简良。

简良见兰玲公主楚楚可怜的样子，轻叹一声道："早知如此，何必当初！你以为随便抓人来取闹，就无事了吗？"

兰玲公主愧疚地低下头，呜咽道："简大哥，我……我不是故意的，对不起！"已然要放声大哭起来。

黄严双眼一瞪道："不是故意的？若是故意的岂不当场就杀了头去？你还敢哭！"兰玲公主吓得忙捂住嘴，将哭声硬压了回去。

简良见兰玲一个公主，被吓得泣不成声，心中不忍，便缓了缓口气，慰声道："兰姑娘，无论你是公主也好，你父亲是汉阳王也罢，你这么做实在是不该的。你也勿怕，我们不会像你一般来害人的。"

兰玲公主听了，恐意稍减，歉意道："简大哥，对不起，我不该这么做的。"

简良摇头道；"我并不是你的什么简大哥，在下只是一介平民百姓罢了。你身为公主，贵为皇亲，应顾及国法的，更不可如此乱来。"

兰玲公主见简良态度大缓，心中一阵狂喜，忙道："简大哥教训得是，我知错了，再也不敢了。"

黄严一旁见兰玲公主竟然对简良唯唯诺诺，心中颇感惊讶，随即一笑道："敢情你这女娃不是在陷害简大侠，而是捉来玩玩。好家伙！你们这些郡主、公主的胆子还真不小！说说吧，如今怎么办？"

兰玲公主见黄严的态度上也缓和了些，暗里一松，忙应道："小女子明日叫武昌府放回简大哥就是。"

黄严眼皮一耷拉道："完了？"

"完……完了！"兰玲公主自有些惶恐。

黄严摇了摇头道："那哪行！说抓就抓，说放就放，你倒玩够了，简大侠的冤屈可就白受了？"

"这……"兰玲公主一时无言以对，恐意大增。

简良道：" 黄老英雄勿要再难为兰姑娘了，武昌府明日放我回去就是了。"兰玲公主闻之，不由感激地对简良一笑。简良见了，忙自将头转向一边。

黄严这时道："你这女娃玩够了就什么了不管了，如今老夫绑了你这公主一次，那汉阳王岂肯罢休的？"

兰玲公主忙道："前辈既饶过了小女子，我保证此事不向父王提起的。"

黄严摇头道："不是老夫怕你那个做着汉阳王的爹，而是担心经过今晚一闹，简大侠在黄鹤楼上的棋局能否再设下去。"

兰玲公主闻之，释然道："前辈请放心，有小女子在，简大哥的棋局谁也不敢闹的。"

黄严又道："武昌府的官兵拿简大侠时，来了个人'赃'并获，把黄鹤楼棋局上的那五千两棋金给收了去，棋局日后还有什么意思再设下去？"

兰玲公主道："这件事好办，小女子明日命武昌府还了棋金就是。如果前辈还不满意，小女子便回汉阳王府，请求父王再赠银五千，凑万两之数，大造简大哥棋局上的声势，镇一镇当今天下的棋道中人。"

黄严闻之，大喜道："你这女娃倒挺机灵的，如此一来，简大侠的名气可就更大了，好极！好极！"

兰玲公主见黄严已对她有了笑脸赞扬，恐意全无，便奉承起来，也自感激地道："前辈大智大勇，古今无人能及！多谢前辈把我捉到了简大哥这里，否则真不知道这件事如何收场的好。"

黄严听了，心中舒服得很，哈哈笑道："你这女娃，好会讲话！"简良此时已知兰玲公主并非有陷害自己之意，只不过使了一次公主性子罢了，让自己虚惊了一场而已，此时再恼她不起来，不由歉意地望了兰玲公主一眼。

兰玲公主已然望见，看出了简良有谅解自己的意思，立时欢喜道："简大哥，你可原谅我了？"

简良随又冷冷地道："谁敢怪罪你这位汉阳王府的千金公主。"兰玲公主见状，讪讪道："人家已知错了，日后不敢了就是。"

黄严这时见时候不早，隐隐又听见有人向地牢这边过来，心知汉阳王府的公主失了踪，整个武昌府已闹翻了天，此地不宜久留，于是对简良道："公主并无恶意，只不过玩过了火。事已至此，简大侠且在这牢里委屈一夜，明日由公主亲自送你回黄鹤楼，老夫不便暴露行踪，先行一步了。"接着又对兰玲公主道："你这小娃听清了，明日一定要亲自送简大侠回黄鹤楼，还人家一个面子。"

兰玲公主欣然道："但请前辈放心，我一定照您老人家的意思办。"

这时，黄成义闪进牢门道："爹，快护了简大哥走，官兵向这边搜过来了。"说完，又急忙出了去。

黄严便道："就这么着罢,老夫先走了。"行至牢门口,黄严又回头对兰玲公主道："喂!你这女娃至于怎么到了这地牢里面,自家编个故事罢。"说完,匆忙去了。偶听得黄氏父子在牢门外讲了几句什么,便无了声息。
　　简良见黄严去了,便对兰玲公主道："事情闹到这个地步,看你如何收场?"
　　兰玲公主闻之,轻松一笑道："我就对武昌府的人说,你半夜砸开牢门,闯到我房里将我劫了来,欲要无礼。"
　　简良闻之大惊道："你怎么又要陷害我?"
　　那兰玲公主此时已无刚才的惊慌,自家往床上一躺,长吁了一口气,侧头对简良笑道："你说我怎么会穿着睡衣,裹着被子到你房间里来的?"
　　简良脸色一红道："这是地牢,哪里是什么房间。"
　　兰玲公主诡秘地笑道："如果简大哥不承认是你自家所为,本公主可要揭发出刚才绑架我的那个老头了。"
　　简良闻之,惊急道："你这个人果然骄横无礼,黄老英雄对你已是一番好意,如何要连累了他?"
　　兰玲公主此时悠然自得地躺在床上,歪着头对简良笑道："简哥哥,你说现在怎么办吧!"
　　这时,隐隐闻见搜寻的官兵离地牢越来越近了,简良大急道："兰姑娘,不管怎样,请你快些离开牢房罢。"
　　兰玲公主此时也自慌了道："我这般模样,如何出得去!"
　　简良一时间不知如何是好,忽抬头看见了被黄严点昏在地的牛江、唐强二人,心中一动,忙上前将牛江的狱卒衣服脱了下来,回身递于兰玲公主道:"暂且穿上它快些去吧,若让人瞧见了,简某死也说不清的。"
　　兰玲公主闻之,自有些得意道："说不清楚更好!"
　　简良大急道："求求你兰姑娘,莫要闹了,快穿上它离开罢。"
　　兰玲公主见了简良惊慌失措的样子,尤自开心道："怎么?终于求我了,好吧!给你个面子。"说完,慌忙下床胡乱地将那狱卒的衣服穿了,忽又低头道："简大哥,我还没有鞋子呢!"
　　简良见了也是,便又跑过去将唐强的鞋子脱下,回身递于兰玲公主道:"暂且穿这个罢。"
　　那兰玲公主一掩鼻子道："不穿、不穿,这个人的鞋子太臭了。"
　　简良见了,不知如何是好,忽想起了自家的鞋子,忙脱下来道："那就穿我的罢。"
　　兰玲公主见了,欢喜道："好极!本公主也自将就些罢。"说完,高兴地穿上了简良的鞋子。待简良再看兰玲公主时,不禁失笑道："兰姑娘这一身不伦不类，哪里还像个公主。"

兰玲公主见简良有了笑意，心花怒放，欢喜道："简大哥若不喜欢公主，我不当就是了。"

简良闻之，大是尴尬，忙道："勿再说了，快走吧。"

兰玲公主深情地望了简良一眼，这才笑嘻嘻地转身出了监号。此时忽听牢门外有人惊异道："咦？这牢门怎么开着？"随即见董守义、邰希本二人率了一队官兵闯了进来。迎面忽见了穿着一身狱卒衣服的兰玲公主，董守义、邰希本二人一怔，惊讶之余，慌忙跪倒道："小人护卫来迟，请公主恕罪。"

兰玲公主故作愠色道："你二人怎么才来？本公主险些被人害了。"

邰希本忙道："今晚武昌府内闯入几名神秘人物，小人追拿他们去了，但未得手，回头不见了公主，实是我等失职，请公主恕罪。"

兰玲公主道："好在本公主无事，都起来吧！"邰希本、董守义二人见兰玲公主安然无恙，这才如释重负般站起身来。

董守义、邰希本二人此时忽见了昏倒在一旁的牛江、唐强两名狱卒，尤其是站在监号里向这边望着的简良，二人心中一惊。邰希本惑疑道："公主如何到这了地牢里？"

那兰玲公主便开始编故事道："你还有脸问，你们跑开抓人去了，本公主却被一个蒙面人劫到了这地牢里，多亏，多亏……"兰玲公主回头望了一眼简良，笑道："多亏简公子出手相救，打跑了蒙面人。"邰希本、董守义二人闻之，诧异地互望了一眼。

董守义讶道："那蒙面人将公主劫到地牢里做什么？……这位简公子是如何出手救下公主的？"

兰玲公主见邰希本、董守义二人问个没完，恐露出破绽将事情复杂了再生不必要的麻烦来，自是恼了道："谁知道那蒙面人将本公主劫来做什么，你们刚才又做什么去了？总之是简公子救了我，你们敢怀疑本公主说的话吗？"

董守义慌忙道："小人不敢！"

简良这边见状态，暗笑道："好一个公主！果是不讲理的，却也会编故事。"

这时，武昌府尹陆芳率领一些官兵急跑进来，见了兰玲公主穿了一身狱卒的衣服正自安然地站在牢中训话，惊怪之余，心中立时一松，慌忙上前拜道："下官保护不周，让公主受惊了，还请公主恕罪。"

兰玲公主故呈不悦道："你们这武昌府也太乱了，竟敢有歹人劫了本公主到牢里来，你这官是怎么当的？"

那陆芳惊出了一身冷汗道："下官失职，下官失职，望公主恕罪。"

兰玲公主不耐其烦道："算了、算了，好在本公主无事，幸亏简公子救了我赶走了歹人，如今他已立了大功，明日陆大人将简公子无罪开放便是。"

陆芳忙应道："一切悉从公主之意。"心中却自奇怪，不知是怎么一档子事。

邰希本这时上前解了那牛江、唐强的穴位，二人一醒来，见牢里来了这么多人，各自惊诧。

邰希本问道："你二人如何被人点了穴？可知刚才发生了什么事？"

唐强愕然道："小人来查夜，忽见一个蒙面人闯了进来，点了小人一下，小人便觉眼前一黑，就什么也不知道了，有劫狱的吧？"

邰希本疑惑地望了监号里的简良一眼，忽见了地上那条被黄严拉断的监号门上的铁索，忙上前拾起来，不由一惊道："大力金刚手！"随即问简良道："这铁索是何人扯断的？"

简良道："是那个蒙面人。"

邰希本疑道："那蒙面人可是你的同伙来劫狱的？"

"这个……"简良一时不知如何回答才好。

兰玲公主忙过来替简良解围道："那蒙面人想把本公主关进简公子的监房里，简公子趁他不备一拳打跑了他，怎么？你信不过本公主说的话吗？"

邰希本忙道："小人不敢，不过……"

"不过什么？"兰玲公主嗔怒道，"本公主还没有问你们的失职之罪，你们倒关心一些不必要的事情来了，可是叫本公主回禀父王，查办你们不成？"邰希本见兰玲公主话语中有维护简良的意思，虽心有疑虑，见兰玲公主发了怒，不敢再说下去，退立一旁。

陆芳见兰玲公主无事，已是庆幸得很，哪里再顾及其他，忙上前一拜道："请公主回房歇息罢，下官一定多派人保护公主的安全。"

兰玲公主此时也感到倦乏了，于是道："也好，不过简良救下了本公主，我要明日亲自送他回黄鹤楼，你准备一下。"

陆芳心中道："抓放自然随你，谁又敢做得了主。"口里连忙应道："下官明白，一切随公主的意思就是。"

兰玲公主这才回头朝简良眨眼一笑，转身被众人拥着去了。

简良这边摇头暗叹道："你这个公主，刁怪得很！我算是被你戏弄一回了。"

第二天一早，兰玲公主便亲自送简良回黄鹤楼，武昌府尹陆芳率了武昌府一行官员陪送了，那五千两的棋金也一并送还。消息传出，武昌全城轰动，百姓争相来看，都知道棋神简良昨日吃了官司，而今日竟如此炫耀地回了来，各自纳罕不已。

大队人马到了黄鹤楼前，黄严微笑着与敏凤山等人迎了出来。邰希本见了黄严，眉头皱了皱，似有所悟。这边简良与黄严则相视一笑，敏凤山、谢古岩等人惊喜之状自不必说。

兰玲公主见陆芳等人还在旁边恭候着，便道："陆大人，你抓错了人悔改得倒也及时，但要将功补过。简良公子设棋黄鹤楼，安全方面，你们武昌府日后可要负责的，若再生事端，唯你是问。"兰玲公主当众把责任推到了陆芳身上，那陆芳口中唯唯，心里却叫苦不迭，也自不敢辩解，简良暗里摇头不已。

兰玲公主随后对陆芳等人一挥手道："你们都去吧，本公主还要向简良公子请教棋艺。"陆芳知道这位好棋的公主谁也不敢惹，离得越远越好，如今有了脱身的机会，忙率了众官员施礼退去。

由于兰玲公主到了黄鹤楼，二楼棋场上便禁止了闲人出入。兰玲公主命董守义、邰希本二人在下面守了，仅带了贴身丫鬟翠儿随简良、黄严等人上楼于棋场内落了座。

敏凤山见简良平安归来，暗里松了一口气，心喜有了汉阳王府的兰玲公主，黄鹤楼的棋局日后可保平安无事。

兰玲公主这时向黄严套近乎道："老前辈，我做得还可以吧？"

黄严点了点头，笑道："嗯！还不赖，却不知简大侠满不满意？"

兰玲公主复对简良愧然道："简大哥，我……"

简良一摆手，不冷不热地道："算了，事已过去，勿要再提。"

兰玲公主立时欢喜道："多谢简大哥不责之恩！"敏凤山、谢古岩等人见一夜之间，兰玲公主对简良的态度及称呼上显得柔顺和接近了许多，各自欣慰一笑。

过了一日，兰玲公主回到汉阳王府见了汉阳王。那汉阳王听说简良果然棋高无敌，不但胜服了兰玲公主，并且令兰玲公主敬慕之极，尤自惊讶简良非常人。汉阳王于是应兰玲公主所请，也是为了讨她喜欢便捐赠了百两黄金遣人送到了黄鹤楼。这样一来，与先前五千两棋金合于一处，已是大大超过了万两之数，黄鹤楼棋局上的声势又自一显。

自此以后，兰玲公主每日必临黄鹤楼，闲里向简良请教棋艺。简良见兰玲公主重诺守信，尤助自家棋上声势，并且好棋之至，也自敬她，于棋上尽力指点，激她自家悟力。兰玲公主天性聪慧，本身棋力也自不弱，棋艺进展神速，竟然能与简良走得上手了，令简良惊叹不已。兰玲公主兴高采烈，已然寸步难舍简良，棋上棋外尽量讨他喜欢。简良也只是在棋上应付兰玲公主，也不太过违她的意愿。

如此半月下来，兰玲公主自是收敛了先前的骄横狂傲之性，而变得温文淑雅起来。变化之大，令兰玲公主的两名护卫邰希本、董守义二人惊诧不已，

第六十二回　戏闹武昌府

对简良棋上教化人的本事佩服之余，也自恭敬有加。那汉阳王见兰玲公主变得日益柔顺，全无了先前刁钻任性之气，不由惊叹道："能在棋上把我汉阳王府的公主教化到如此程度，那棋神简良当是一神人！"汉阳王府的一些闲人不时跑来黄鹤楼偷看简良是何许人，回去后向汉阳王描绘得天花乱坠，说简良身罩彩气，实是一位神仙般的人物，是专门来教化公主的。汉阳王闻之大喜，遣人传话给简良，让他尽力教公主习棋，若有大成就，必当重赏。简良闻之，一笑而已。

就这样，简良设棋黄鹤楼，在兰玲公主的陪伴下，静候国手太监李如川的出现。这期间，又败了数名高手。江南棋王田阳午也自闻讯而至，在兰玲公主的引见下，与简良在黄鹤楼上对弈了一局，令田阳午大为惊叹棋上另有一人如方国涣一般棋达化境，惊喜之余，叹服而去。一时间，简良棋动天下。

且说方国涣别了简良之后，自喜棋上遇到了一个真正的对手，多了一位挚友，心中每每感慨不已。

这一日行至徐州地界。徐州自古为兵家必争之地，三国未立之时，起初无落脚之地的刘备耐着性子三让徐州，便是此地。此时天色已晚，四门关闭，已是进不得城了。方国涣便于城外寻了一家卖饼的店铺，进去歇了，待吃些东西后再做打算。

店中的一位老汉先自上了碗茶水招呼了。方国涣问道："老人家，这城外可有住宿的地方？"

老汉应道："此处是北门外，倒有家小店，不过这时候已住得满了，东门外虽有家大的客栈，现在天见黑了，走过去却也费时。客官若不嫌弃，本店后院倒有几间房，可以住上一宿，随便舍几文小钱也就是了。"

方国涣闻之喜道："很好！谢过老人家了。"

老汉道："客官勿客气，老朽的这处面饼店，就是为过路客人行个方便的。不知客官要些什么东西来吃？除了面饼外，酒肉也是有的。"

方国涣道："且来两张面饼，两样下饭的菜罢。""两张面饼？"

那老汉闻之笑道："看来客官是外地人，不晓得的，本店的面饼，乃是这北门外有了名的大炕饼，一张饼如车轮般大小，二三十斤的，足够饭量大的人吃上些日子。但分割成小块来卖给充饥的客人，通常倒是很少整张卖的。"

方国涣闻之，笑道："原来如此，那就来两块小的罢。"老汉应了一声转身去了。

也是天晚了的缘故，这家饼店生意冷清，只有方国涣一个客人。这时，从里面出来一名年轻的女子，端上来一碗豆腐、一盘牛肉，还有一只盘子里上下叠了两块三角形状的面饼，此饼足有一寸多厚，色泽焦黄，火候适中。

方国涣拾起一块面饼咬了一口，但觉纯香满口，筋道异常，不由赞叹道：

"好饼！"

那女子一旁笑道："就请这位公子多用些罢，看看能否吃得下两张。"

方国涣闻之，哑然失笑，知道刚才那老汉将自己说的话当作笑料对这女子讲了，于是笑道："可惜在下的胃肠窄些，否则这么香的面饼真应该吃上两大张的。"

那女子听了一笑，随即提了提桌上的茶壶，见茶水已去了大半，便转身至厨下又换了一壶热茶来，然后去了。

方国涣用过茶饭，天色便已全黑了下来，店中亮起了火烛。

那老汉引了方国涣来到了饼店的后院，开启了一间房门，点亮了桌上的蜡烛，然后道："小户人家，比不得大客栈，客官将就住了吧，有事喊一声。"说完，那老汉便转身了。

方国涣见此房间虽不大，收拾得却也整洁，一床一桌，有那客房的意思。方国涣将包裹于床头放了，然后闩了门，熄了灯，于床上躺着歇了。

不知过了几时，忽闻院中有人大声喊道："小妹，打盆凉水来，我要浇浇头，凉快凉快，热死了！"

随闻那老汉的声音道："二牛，家里有客人，小声些，勿惊扰了人家。"那叫二牛的道："有客人！哪来的？"

老汉道："一位公子走得晚了，进不去城了，我便留下了他。"

"哦！"那二牛的声音果然低了些。

这时，便听先前那女子道："二哥，我来帮你。"随闻泼水之声，显是那女子端来一盆水都倒了下去。紧接着就听那二牛打了个冷战道："呀！好凉！不来了，不来了。"那女子咯咯笑道："你不是要凉快些吗？"

这时，又听那老汉道："二牛，大牛怎么没同你回来？"

二牛应道："大哥买了面粉后，到城东的姑姑家与姑夫喝了几杯，就醉成一摊泥了，今晚怕是回不来了。"那老汉有些不悦道："都快成家的人了，还这般不成事。城里宋官人家订做了十张面饼，岂不误了人家的货。"

那二牛不耐烦道："误不了的，放心吧。"那老汉又唠叨了几句，这才去了。

又闻那二牛道："小妹，城里宋官人家订做十张面饼做什么？人家可是鱼肉吃惯了的。"那女子应道："听说施给龙门寺的僧人做礼的。"

二牛道："龙门寺的和尚们好福气，竟能吃到咱们吴家祖传的大炕饼。"接着，那二牛又道："对了小妹，今天城里发生了一件大事。"那女子道："可又是那些，东家的孩子丢了，西家的媳妇跳井了？"

二牛道："不是这些乱七八糟的事。"

那女子道："又能有什么新鲜事？说来听听。"二牛道："听说今天城里，

第六十二回　戏闹武昌府

在一盘棋上出了五条人命。"

此时在房间里的方国涣闻之一惊，骇然道："难道李如川已到了徐州？"忙起身至窗旁侧耳细听。

那女子这时惊讶道："就因为一盘棋死了五个人，到底是为了什么？"

那吴二牛道："我也不太清楚，听说是今天下午出的事，我于街上偶然听到的，城里已传开了。"

那女子叹息了一声道："好端端的如何在棋上出了五条人命？真是怪事！"

吴二牛道："这年头，什么怪事没有，听说有个大活人掉在自家水缸里，竟然给淹死了。"那兄妹二人又闲谈了几句，便进屋去了。

方国涣心中此时甚是不安，决定明日一早进城弄个明白，一夜未眠，直至天亮。

第六十三回　徐州棋案

第二天清晨，方国涣早早起了来，胡乱用了些茶饭，随后起身于桌上放了三两银子，对那老汉道："老人家，多谢昨晚留住一夜，些许银子不成敬意，权代食宿之资。"

那老汉见了，自有些推却道："招待不周的，客官勿要这般客气，实令老朽心中不安，还是……"

这时，吴二牛兄妹过了来，那吴二牛一眼瞟见了桌上那锭银子，忙插嘴道："爹，这是人家公子的一些意思，你若不收下，岂不拂了公子的诚意。"

那老汉于是道："客官这般慷慨，老朽就却之不恭了。"

方国涣笑道："应该的。"随后拱手别去，那老汉后面送了出来。

待那老汉回来时，见吴二牛正掂着那锭银子喜滋滋地观赏着，却自摇头道："爹，你也真是，遇上这位阔主，怎么不大鱼大肉招待了？又何止这区区三两银子。"

那老汉闻之，嗔怪道："不知好歹的东西，这已抵店中两三天的利钱了，得了便宜还卖乖，先前我……我怎么知道他一个单身客人这么大方。"说完，上前一把从吴二牛手中夺过银子，转身入里间去了，那年轻女子自在一旁摇头不已。

方国涣进了徐州城，心知昨日午后发生的棋上命案，今日必会升堂审理，故一路打听了徐州府衙门寻了来。路上果见有人议论此事，并且赶了去看热闹。方国涣行至徐州府衙门前时，此时还未升堂审案，但已是人山人海，显见此案轰动不小。

方国涣听周围人群的议论，倒也明白了个大概。原来这徐州城内有两位武师，一个叫薛勇，一个叫王国付，下棋时因棋上之争起了口角，进而大动干戈，不但二人互相搏杀而死，并且还杀死了三名上来劝架的徒弟，酿成了一起凶杀惨案。

方国涣心中惊愕道："为了棋上之争，竟然会如此大动刀枪？不可思议！"

这时，一片哭声传来，随见三名戴孝的妇人，拖儿带女，哭喊着在衙门外跪了，手中举着状纸，鸣冤不已。

一位老者摇头叹道："可怜！可怜！师父杀死了徒弟，徒弟的妻儿来告状

第六十三回　徐州棋案

了，这到底是造了哪门子孽？"接着衙门内出来两名差役，将那三名妇人的状子接了，显是要开堂审案了。

方国涣见在棋上出了此等血案，心中纳罕之极，便挤到了人群前面，以观个究竟。

此时府衙之内，两旁各站了一排虎狼般的差役，大堂之上坐了一位官员，旁边设了两个座位，其中坐了一名执笔录的文书，另一个人像是坐在旁边观审的。当方国涣一眼望见那人时，心中不由一喜，原来此人是六合堂的一名叫张林平的堂主，昔日独石口关外天元血战，曾与此人相识。方国涣知道这张林平是六合堂徐州分堂的堂主，不知为何会坐在公堂上看官府审案子。

这时那官员一拍惊堂木，堂下差役及衙门外的百姓立时鸦雀无声。那官员道："传昨日血案现场的见证之人。"随有一汉子被差役引上公堂。

那汉子跪倒叩头道："小民宋乾见过大人。"

那官员道："宋乾，本官问你，昨日你可在案发现场？整个血案经过你都目睹了？"

宋乾道："回大人，小民是薛勇师父的徒弟。昨日，昨日小民正在现场，事情经过都看见了。"说话间那宋乾面呈惊恐，显是对昨日发生的一切还心有余悸。

那官员点了点头道："宋乾，你既然在案发现场，当把昨日看到的一切如实道来，不得掺有虚假。"

宋乾忙应道："小人不敢妄言。"

那宋乾缓了神道："昨日午后，小民与李海、赵飞、徐子涛三位师弟随薛勇、王国付两位师父习练了一阵武艺，然后两位师父便叫小民与三位师弟自家在院子里习练了，他二人回到房中下棋。两位师父下棋成瘾，每日都要走上几局的，但是两位师父脾气暴躁，时常为了棋盘上的胜负输赢发生争执。不知怎么，两位师父在昨日午后的那盘棋上又发生了争执，并且一同出来寻冷水喝，赵飞师弟便从井中提了一桶水给两位师父饮用。谁知两位师父喝了几口水后，便互相大骂起来，紧接着就动起了手，各持刀剑拼杀在了一处。这时，赵飞、李海、徐子涛三位师弟上前劝阻，不曾想两位师父杀红了眼，胡乱杀来。薛勇师父一刀杀死了赵飞师弟，王国付师父一剑刺死了李海师弟。徐子涛师弟见事情不妙，想要逃开，却也未来得及走掉，就被薛勇师父一刀砍断了脖子。随后两位师父互相残杀起来，各中对方数刃而死。"

说到这里，宋乾已是冷汗直冒，唏嘘不已。堂上的众差役与衙门外近一些的百姓听得心惊胆战，方国涣心中也自悚然。

那官员这时摇头叹息了一声，又问那宋乾道："本官问你，案发之时你又在什么地方？"

宋乾应道:"回大人,当时小民正在厨内煮茶,忽见两位师父疯了一般胡乱砍杀,自吓得躲在厨中未敢出来,而侥幸逃过了一命。"

　　那官员闻之,点了点头道:"当时除了你在现场目睹了这一切之外,是否还有旁人看见?"

　　宋乾应道:"回大人,昨日午间,两位师母相约上街去了,没有在家,只有王国付师父家里一个叫秋凤的丫鬟,也在屋里瞧见了。"

　　那官员闻之,便道:"传丫鬟秋凤。"

　　随即有一名十六七岁的丫鬟跪在了堂上,哭哭啼啼,自是被昨日的惨状吓得失了神态。

　　那官员一拍惊堂木道:"公堂之上,不准哭泣。秋凤,你且将昨日看到的一切,如实讲来。"

　　那秋凤忙止住了哭声,微颤道:"回大人,民女昨日午后在家里缝补衣衫时,听见客厅里的主人与薛爷发生了争吵,接着又喊口渴,民女便想把茶送过去,这时主人与薛爷已到院子里寻冷水喝了。当时赵飞大哥新提了一桶井水来给主人与薛爷饮用,不知怎的,他二人忽然打了起来,并且动用了刀剑,好是怕人!赵飞大哥与李海、徐子涛忙上前劝阻,竟然被主人与薛爷一阵刀剑给杀了,接着他二人也都互斗而死。"说完,那秋凤呜咽不已。

　　那官员此时点了点头,又问宋乾道:"宋乾,本官问你,薛勇、王国付二人,先前有没有过因棋上争执而达到动手的程度?"

　　宋乾应道:"回大人,两位师父争强好胜,棋上谁也不让谁,以前经常争得面红目赤,不过却未曾动过手。昨日可能是两位师父都已憋了股火,终于忍耐不住,这才一时冲动,互斗而死,却也一怒之下连带了三位师弟去。"

　　那官员闻之,沉吟道:"因棋动气,因气动武,导致殴斗而死,祸及旁人,好是可悲!"

　　那官员接着又问道:"薛勇、王国付二人,平日里可有仇怨?"

　　宋乾连忙摇头道:"不曾有过,两位师父除了在棋上争吵,平时却如亲兄弟一般,就是习武时也是点到而止,和睦得很,私下里人人都称他们为'刀枪兄弟,棋上冤家'。"

　　宋乾接着又道:"当时小民见出了这么大的事,已是怕极,忙跑来报了案,一切实属意外之变,望大人明断。"

　　那官员摇头感叹之余,招上一名差役道:"昨日案发现场勘验如何?"

　　差役应道:"回大人,昨日接到报案后,属下随李捕头赶到了案发现场,便将一切都保护了起来。当时验证薛勇、王国付、赵飞、李海、徐子涛五人都已身亡,身上刀剑之伤均为薛勇、王国付二人所持的刀剑所创,不过……"

　　"不过什么?"那官员问道,"可有异常发现?"

第六十三回　徐州棋案

那差役迟疑了一下道："不过属下验其五人刀剑之伤，伤口极深，似有深仇大恨之人方有此狠心，下此般重手，然其五人都是师徒关系，此举实令人感到奇怪。"

那官员道："薛勇、王国付二人本是习武之人，手上力道自然大些，且在狂怒之下，着着致命倒是可以理解的。看来果是他二人因棋上之争，一时冲动，失去了理智，才造成这场祸事。还有其他发现吗？"

差役道："昨日属下见此案情重大，为防疏漏，将现场的刀、剑、井水、棋子都已验过了，并无意外，看来果是薛勇、王国付二人因棋上之争，狂怒之下不但互伤了性命，还杀了三个上来劝阻的徒弟。"

那官员点点头道："此案虽大，案情却也明了。"

此时在一旁听审的张林平起身走至那官员身旁耳语了几句，那官员沉思片刻，摇了摇头，又对张林平说了些什么，张林平只得又回到了座位上，显是张林平有些意见，那官员没有认同。

这时，一名差役上前禀道："大人，赵飞、李海、徐子涛三人的妻子，拖儿带女的前来状告薛勇、王国付二人杀人之罪，请大人定夺。"说完，递上了三张状子。

那官员扫了一眼状纸道："赵飞、李海、徐子涛三人，是被薛勇、王国付二人所杀，虽然无辜受累，但是薛勇、王国付二人也都互杀而死，不能定其罪，当以官银抚恤慰济原告便是。"

那官员接着一拍惊堂木道："如今案情已明，武师薛勇、王国付二人，因棋上胜负得失之争，引起口角，狂怒之下丧失理智，不但互相残杀而死，还旁及无辜，连带了赵飞、李海、徐子涛三名弟子的性命。究其悲剧缘由，皆因棋斗狠，日久各藏仇怨，终在昨日双方互不能忍，而造成了这桩惨案。事实如此，当无旁议，本官就此结案，其五人尸首各由其家属领回安葬。此案警示后人，棋虽雅艺，且也不可在上面玩过了火。案子已结，退堂。"那官员倒也干脆，说完后起身去了。张林平连忙跟了进去。

此时衙门外旁观的百姓已是议论纷纷，大多数人都称赞那官员办案果断，不过有几位老成的，却是摇头不已。人群随后慢慢散去了。方国涣见此案已与李如川无关了，但此桩棋案齐丧五条人命，却是更加严重。方国涣听了个大概，心中自有许多疑虑，见那官员断案过于草率，也自无奈何。想起张林平还在衙门内，一会儿可能出来，便在一旁候了。本来方国涣路经徐州是欲寻六合堂徐州分堂所在，探听李如川的消息，没想到遇上了这桩棋上血案，心中不胜感慨，心情也变得更加沉重起来。

不多时，见那张林平低着头，闷闷不乐地从徐州府衙内走了出来。方国涣忙迎上前道："张堂主，别来无恙？"

张林平闻声抬头看时，忽见是方国涣，不由大是惊喜，忙上前礼见了道："国涣公子，何时到了这里？"

方国涣道："刚刚进城，适才在一旁看徐州府衙审案子来着。"

张林平惊讶道："原来公子已到多时了。"接着摇头一叹道："唉！这桩血案真是惨极了！"

方国涣诧异道："却也奇怪，棋上争执何以达成到性命相搏的程度？"

张林平复叹息一声道："如今案子已结，且不去管它。请公子随我回分堂说话，弟兄们要是听说国涣公子到了，当会高兴万分的。"随后引了方国涣向其分堂驻地而来。

路上，方国涣道："张堂主适才如何也坐在堂上听审？"

张林平道："张某与这位审案子的林圭大人相识，又与那薛勇、王国付二人是朋友，他二人互相残杀而死，祸及三名弟子，张某闻讯后非常震惊，特来探听详情，那林大人倒给了个面子，设座旁听了。"

方国涣诧异道："因棋上争执而殃及五条人命，令人不堪信服，难道会另有缘故？"

张林平道："不但公子不信，张某也是不信他二人仅仅因为一盘棋而动起刀枪来。薛勇、王国付二人是这徐州城里两位有名的武师，二人不但武艺高强，并且都弈棋成瘾，棋力也自不弱，这徐州城内倒无人是他们棋上的对手，故二人一直想在棋上争出个先后来，时常争吵得面红耳赤。不过二人从小一起长大，亲如兄弟，无论怎样争执，不曾动过手的，习武时也是点到为止，从未伤过和气，所以外人称他们为'刀枪兄弟，棋上冤家'。别人不了解也就罢了，张某与他二人相交甚厚，自知他二人都是为朋友两肋插刀的义气豪杰，当不会为了棋上的缘故而大动干戈。只因为他二人在棋上争执得出了名，林圭大人也有所耳闻，故此意外之变，林大人便认为是他二人棋上争过了头，又都是鲁莽汉子，狂怒之下自会以刀枪相见，所以林大人也就武断地将案子结了。"

方国涣此时疑道："此案看来有些蹊跷，如张堂主所言，他二人当无互相残杀致死之理。"

张林平道："不错，棋上争执，小人动气而已，不应有此严重后果。奇怪的是，他二人当时似失去了理智，疯狂之中将三名上来劝阻的弟子也给无端地杀害了，这般不辨亲疏地残杀，实在不可思议！"

方国涣惊讶道："虽然好棋之人，在棋上的修为差些的，时有因悔棋、误棋而发生争执，也当是存有理智的。他二人这般斗杀而死，当真是日久积怨不成？"

张林平摇头道："薛勇、王国付二人虽然嗜棋成癖，时有争执，但二人性情豪爽，情义为先，棋后仍和好如初，互有歉意，不曾放在心上。时间久了，二人倒把这种棋上争执看作了一种棋上乐趣，说他二人因争棋打杀起来，情理上说不通的。"

张林平接着又感叹一声道："张某曾向他二人提起过公子在独石口关外巧布天元棋阵挡退了二十万女真铁骑，尤令他二人叹服之至，说是棋术若至此般神通，当比武术管用的，于棋上愈发痴迷，谁知却有今天这般意外变故。"

方国涣这时忽然停下了脚步，惑异道："当时他二人在棋上究竟走出了何种有争议的绝妙棋势，而因此争斗起来，酿此惨祸？"

张林平也自恍悟道："不错，此惨案既然因棋而起，应该与当时走的那盘棋有关，公子善于此道，或许能在那盘棋上看出个所以然来。"

方国涣道："可惜，现在无法看到他二人走的棋势了。"

张林平道："未必，官府昨日在案发后就将现场封了，估计那盘有争议的棋还摆在那里。"

方国涣闻之，忙道："事不宜迟，我们应该去看一下，勿让人将棋势拂乱了，或收了去。"

张林平点头道："有理，以公子这般神仙国手，当能看出个端倪。"说完，张林平复引了方国涣转道向薛勇、王国付家中而来。

过了两条街，张林平、方国涣二人来到了一座院落门前，门面上横挂了条白布，示以治丧人家，里面哭声阵阵，好不悲切。

张林平道："薛勇、王国付二人，由于练武习棋爱好相同，故合住了一套院子，便是这里了。"说完，引了方国涣推门进去。

迎面遇上一名戴孝的妖媚妇人，那妇人见了张林平，便放声大哭道："张堂主，我的命好苦啊！"却是有雷无雨。

张林平劝慰了道："薛夫人，节哀顺变。"这妇人便是那薛勇的妻子王氏。

张林平随后又道："薛夫人，薛勇、王国付二位贤弟不幸而去，张某甚表哀痛。今引了一个朋友来，想看看昨日他二人走的那盘棋，是为何缘故争斗起来的。"

那王氏闻之，忽地一怔。方国涣此时发现那王氏眼中呈现出几丝惊慌之色，心中微微惊讶。那王氏一怔之余，忙道："适才官府刚刚撤了人去，一切还如昨天的样子未动，既是张堂主来的人，去看一眼就是了。"

张林平道声"多谢"！引了方国涣向院中走去。

方国涣走了几步，不由得回头望了那王氏一眼，那王氏见了方国涣似有疑虑的目光，慌忙低头走开了。方国涣摇了摇头，也未做理会。

院中的地上此时尚有血迹，到处可见，可知昨日的争斗是一场多么可怕的残杀。在院中的一侧已搭起了薛勇、王国付二人的灵棚，一些亲眷在祭拜悲哭。张林平上前至灵柩前拜了三拜，随有一妇人止了哭声，起身迎了道："原来是张堂主到了。"

张林平道："王夫人，事已至此，还请节哀。"这妇人自是那王国付的妻子张氏，此时已哭得双目红肿，悲泣不已。

张林平劝慰道："突然生此意外之惨变，实为不幸，王夫人宜保重身体才是，张某回头会派堂中的弟兄们过来帮助料理些事情的。"

张氏自感激地施礼谢了。听说张林平约了人来看那盘造祸的棋，张氏便指示了一处客厅，复又悲哭不已，旁边有人上来劝了。

张林平摇了摇头，引了方国涣来到这处客厅门前。此时门上还贴有徐州府衙的封条，案子已结，还未及启去。

张林平去了封条，开了门请方国涣进了来。此客厅却也洁净简朴，在中间的桌子上摆着一盘棋，旁置两罐棋子，显是还无人动过，不过让人见了，却有一种说不出的悲哀。

待方国涣上前观看那棋盘上的棋势时，忽地一惊，诧异道："此盘棋势不成章法，胡乱摆来，实无什么棋势可言。"

张林平见了，也自一怔。原来这棋盘上的棋子，黑白双方摆列得简单而古怪，完全不是棋上的走法，甚至有二十几枚黑子整齐地排列在一起，无"眼"无"气"，周边但被两排白子围得紧紧的，棋形"死硬"，有违常势。

方国涣心中惊讶道："难道棋上另生出一种异术不成？如那李如川的杀人鬼棋一般，不但扰人心境，更使人智迷神狂，互相残杀？"继而又暗中摇头道："不是这回事的，昔日曾见过李如川的杀人棋谱，却还是有棋路可寻的。这盘棋，不能叫作棋，实是小孩子家拿棋子摆来玩的。"

张林平这时摇头道："这可不是薛勇、王国付二人走的棋，他二人习棋多年，堪称高手，对弈起来自有棋上的大势，别成风格，张某曾多次旁观他二人对局的。"

方国涣惑异道："他二人当不会因为这样的棋势而有所争议打杀起来的，难道原来的棋势被人动过了不成？"

张林平闻之，惊讶道："谁来动这棋势做什么？况且除了薛勇、王国付二人，这院中无人懂棋的。就算有人动过，也自乱了，如何还要摆列得这般整齐？"

方国涣眉头一皱道："这里面定有古怪。"

这时，那名叫秋凤的丫鬟端了茶水进来，欠身一礼道："张堂主，夫人叫奴婢送茶与两位吃。"

方国涣见是公堂上被审问过的那名丫鬟，便问道："请问姑娘，这桌上的棋盘棋子可有人动过？"

第六十三回　徐州棋案

秋凤摇头道："无人动过的，自昨日出事后，谁也未到这屋子里来过。当时宋乾大哥报了案后，衙门里来了一些官爷将这院中的一切都封了，只有一位官爷进来在棋罐中取了几粒棋子去，棋盘上的棋子却无人动过，后来这间屋子就被封了。适才官府的人因为案子结了，都撤走了，这间屋子还未来得及打扫，二位就进来了。"

方国涣闻之，与张林平互望了一眼，各自茫然。方国涣仍心有不甘，又问那秋凤道："这院中可有小孩子来过？"

秋凤摇头道："主人家与薛家都没有小孩子的，现在发生了这样的大事，外面的小孩子更不敢来的。"那秋凤说完，轻施一礼退了出去。

方国涣惑异道："此盘棋势之怪，大异常规，问题一定是出在这盘棋上，可到底是什么原因惹得薛勇、王国付二人争执，以致残杀互亡呢？这个……我也不知的。"

张林平道："薛勇、王国付二人不会另走什么古怪棋术的，也不会似小孩子般胡乱摆来玩，对了……"

张林平忽然想起一件事，忙道："他二人平日在棋上时有争执，意见大时，经常将当时的棋局摹谱留下，以备日后验证是非的依据，日久成册，还起了个名字，叫什么《薛王是非棋谱》。对了，王夫人手中当有此物，公子稍候，待我去寻来。"说完，张林平转身去了。

时间不大，张林平果然持了些纸棋谱回了来，自有些叹惜道："王夫人憎恨棋上毁了两家，已将此棋谱烧了，好在还残存了几页，方公子看看罢。"

方国涣接过来，细观之下，点头道："他二人的棋力果然不低，所争议之处都是有着微妙的地方。从这几份棋谱来看，他二人在定式布局时，前五六手棋棋路上都是一样的，没有多大变化。桌上这盘棋的棋势，姑且当作棋势来论罢，是与这棋谱上的风格不符的，可见这盘棋并非薛勇、王国付二人所走。"

张林平闻之，惊讶道："不是他二人所走又能是何人？难道有人在棋盘上动了手脚，改变了先前的棋势？不过这是不可能的，谁来改变这棋势做什么？就算是有人动过了，也是无聊之举，总之薛勇、王国付二人不会因为棋上的是非而大动干戈的。张某怀疑，一定另有原因。"

方国涣道："纵有其他原因，也是因为这盘棋而起，但此盘棋古怪，不知他二人争执的是什么？对了，官府来勘验的人，为何只验了棋子去，却没有怀疑这盘古怪的棋势？"

张林平道："那些公差有几个懂棋的？谁会来注意这棋上的胜负，也自无人来理会了。"

方国涣摇头道："此案疑点甚多，应该全方面考虑，不能这般草率结案的。"

张林平道："我们也只是怀疑而已，昨日究竟是什么原因激得他二人以命相搏，狂怒之下又杀了三名徒弟，我们是不知道的。此时就算将这盘不成模样的棋与那林圭大人看了，也证明不了什么。况且那林大人性专得很，一案既定，容不得翻改的。"

方国涣复又仔细揣摩了桌上的这盘棋，忽然惊讶道："这黑棋之数如何多出五子来？难道他二人走的是一盘让子棋？"

张林平摇头道："不会的，薛勇、王国付二人的棋力不分上下，若有让子的差别，棋上便不会有争执了，并且不会一下让先五子的，依他二人的性子，谁也不愿的，叫他们走一盘让子棋，不可能的。"

方国涣此时点了点头道："如此看来，这盘棋一定不是他二人走的，残杀之祸也非棋上的争执而起，但与这盘已变化了的棋势有关，而又另有原因。"

张林平闻之，点头道："方公子说得有理，此案多迷离之外，当另有真相。"接着又摇头一叹道："但是除了这盘奇怪的棋外，再没有其他线索可查，并且已有两人目睹了经过，做了案证，证明薛勇、王国付二人是因棋而争，因争而斗杀致死的，案子已结，我们又无确凿证据来证明另有原因。唉！事已至此，也无奈何！"方国涣、张林平二人猜测了半天，也没个结果，只好退出。

二人刚出门，迎面遇上了那宋乾。宋乾忽见张林平与方国涣从摆着那盘棋的房中出来，先是一怔，随呈惊疑之色，忙上前迎了道："原来张堂主到了，请到那边用茶罢。"

张林平道："不必了。"接着叮嘱道："宋乾，你师门不幸，师父师弟们自祸而死，两位师母又是妇人，善后的事你还要多操心的。若有什么困难，六合堂这边也会帮忙的。"

宋乾连连作揖道："多谢张堂主，这也是小人分内的事，一定尽力的。唉！谁能想到无端地生出这场惨祸来。"那宋乾唉声叹气之余，自以疑惑的目光打量了一旁的方国涣几眼。

方国涣见那宋乾狐疑的目光里似乎掩藏着什么，心中惊讶道："此人与刚才的那位薛夫人，瞧我的眼神怎么都怪怪的？或许我是个陌生人罢。"也未做理会。

张林平复与王氏、张氏二人辞别，那王氏又干号了几声道："先前就怕他二人在棋上伤了和气，没想到竟因此双双拼了性命去。本来那个冤家，除了练武就是下棋，哪里顾得上疼我半分，好个没良心的！如今又舍了我去，这是遭了哪门子报应。"张林平又劝慰了几句，这才与方国涣去了。

那宋乾望着二人的背影，似有所思。

第六十三回 徐州棋案

　　回来的路上，张林平叹道："张某曾向林圭大人提示过，薛勇、王国付二人当无因棋上之争而互相残杀之理，可是没有证据来说服他。"

　　方国涣道："这是我于棋上遇到的最奇怪的一件事虽然李如川的鬼棋杀人于无形中，但毕竟知道了天下间是有此杀人棋的可是此桩棋案，祸及五条人命，实让人摸不着头脑。"

　　张林平道："薛勇、王国付二人，在这徐州城里人缘极佳，自不会得罪什么人，就算是有个隔世的仇家来害他们，也应留有蛛丝马迹让人可查的。而今师徒五人因为一盘棋不明不白地互杀而死，令人难以相信。"

　　方国涣叹道："这盘古怪的棋肯定有问题，但是怎么也想不通的。"

　　张林平道："方公子初到徐州，就被此事烦扰，张某深感过意不去，此案官府已结，不想也罢。"

　　张林平接着又道："方公子适才提到的那个国手太监，孙奇先生曾命各分堂的弟兄们为公子寻找此人。"方国涣道："可有什么消息？"

　　张林平道："那太监行踪诡秘，飘忽不定，身边又有高人保护，每于棋上杀人后即刻离去，兄弟们得到消息时都已晚了，现在还无法摸清他的行踪。不过请方公子放心，六合堂势力遍天下，只要那太监还活着，早晚必能寻到。"

　　方国涣长叹了一声道："棋上多事！以致于此！"

第六十四回　客留凤阳城

方国涣、张林平二人一路说谈走来。此时忽从对面迎上五名大汉，见了张林平，齐身施礼，一人恭敬地道："张堂主去了哪里？让属下好找，适才总堂传来一个消息，还请堂主速回议事。"

其中一人见了方国涣，立呈惊喜之色。张林平这时道："知道了，你们先来见过六合堂的大恩人，他就是在独石口关外，巧布天元棋阵，与孙奇先生一起指挥调度，挡退了二十万女真铁骑的方国涣公子。"

五名大汉闻之，皆呈惊喜，忙上前与方国涣礼见了。张林平又介绍了这五名大汉，都是其堂下的香主，分别为董江、宋英、赵汉仓、齐晓石、洪大宇。张林平随后又指了洪大宇道："洪香主当年也随张某参加过天元血战，是见过方公子的。"

方国涣道："当年六合堂群英聚会，方某未能一一识得各位英雄，实是一件憾事。"

洪大宇笑道："方公子切莫这么说，当时时间紧迫，方公子无机会遍识弟兄们，可弟兄们都牢牢记住了方公子，为六合堂交上了方公子这等奇人朋友而感到高兴。"

方国涣笑道："洪香主过奖了。"随后众人便拥着方国涣来到了一座大宅院内，显是其分堂所在。

方国涣进了大门，发现里面大得很，房屋错落，庭院相别，乃是一座颇具规模的府邸。

张林平这时笑道："这里便是徐州分堂，今日有幸迎了方公子到此，是本分堂的荣耀。"

方国涣赞叹道："六合堂基业遍天下，不愧为江湖上第一大帮会！"说话间到了一座厅上，张林平推方国涣坐首位，方国涣推却不下，只得谢过坐了，洪大宇等人分于两旁而坐。仆人献上茶来，张林平自请方国涣用了。

方国涣随后道："张堂主，不知卜元大哥和罗坤、吕竹风二位贤弟现在可好？"

张林平赞许道："方公子的这三位朋友果不简单！如今罗坤大堂主统领原关东三堂人马，同时身兼右使之职，监察各分堂利弊。卜元堂主所率堂众为总堂直属分堂，保护鄱阳湖总堂处的安全。吕竹风堂主已经统率了五百龙虎军，不离连总堂主左右。他三人各任要职，与连总堂主、孙奇先生同驻六合岛，各分堂弟兄们都十分敬重他们。他三人不仅是方公子的朋友，更是在天元血战中立了大功的，现已与朱维远、韩梦超、赵青杨三位堂主共称六合堂的'盖世六杰'，江湖上已无人不晓了。"

方国涣闻之，欣慰不已，思念卜元、罗坤、吕竹风三人之情尤切。

张林平这时又感激地道："自独石口关外天元一战之后，六合堂的弟兄们自对方公子敬若神明，都想见一见公子是一位什么样的神仙人物，竟然棋布天元阵挽救六合堂于危难之中。"

方国涣闻之，摇头道："惭愧！侥幸成功，不值得六合堂的英雄们这般敬的。"

齐晓石一旁道："方公子对六合堂恩重如山，功不可没，当时若无方公子巧布天元棋阵，六合堂今日不知是怎样的情形呢！"

张林平点头道："不错，事后孙奇先生评价方公子在天元一战中的作用时曾说过：若无方国涣公子，六合堂二百年基业，将在独石口关外毁于一旦矣！因为当时六合堂中的精英几乎全部抽调北上，无了这些人支撑，六合堂也就不复存在了。孙奇先生的这般评价，连总堂主与各分堂主及六合堂的弟兄们都是认同了的。"方国涣闻之，摇头笑了笑。

这时，赵汉仓从怀中掏出了一份信函，起身呈于张林平道："张堂主，这是总堂处刚刚传来的那道命令，请张堂主开视。"

张林平接过来，启封看罢，忽对方国涣笑道："真是巧了！连总堂主传令天下各处分堂，限于一个月内找到方公子，然后护送到鄱阳湖六合堂总堂处。"

方国涣闻之一怔道："连姐姐寻我何事？莫不是有了国手太监的消息？"

张林平道："连总堂主在命令里没有说明什么事，但命找到方公子后，即刻护送总堂处，也许另有别的事吧。"

方国涣惊讶道："如此急切，是为何事？也好，与连姐姐分别后算起来已有一年多了，也是想见上一面的，此番正好走一趟。"

张林平此时高兴地道："张某真是幸运，直接迎着了方公子，可以护送方公子走总堂一次了。"

方国涣笑道："有了张堂主陪伴，路上不再寂寞了。"

张林平道："鄱阳湖六合岛总堂处，各分堂堂主几年内都难得去上一回，此次托方公子的福，可以见到总堂主了。"一旁的董江、宋英、齐晓石等人各呈喜色。当日晚间，张林平大摆筵席为方国涣接风洗尘，众人尽兴自不必说。

第二天一早，张林平便命洪大宇暂管六合堂徐州分堂事务，自率领齐晓石、赵汉仓、宋英、董江四位香主及十余名精干手下，护送了方国涣一路向鄱阳湖而来。

这一日，方国涣、张林平一行人马进入了安徽凤阳地界。

张林平在马上对方国涣道："方公子，这凤阳乃是一处风水宝地，本朝皇陵便建址于此，太祖皇帝朱元璋曾御制皇陵碑，可见大明朝气龙脉都潜藏在这里了。"

方国涣摇头道："皇室选择一处风景秀丽之地为皇陵，也是常理，至于地理风水之说，不必尽信的。"

张林平道："堪舆之术，自古盛行，似循天地运化之妙，也是有些道理的。"方国涣笑道："天地运化，鬼神难测。那些于乡间走窜的风水先生，张口能寻龙控穴，闭口可升官发财，而他自家却窘迫得很，看来也是骗人混饭吃的把戏。"张林平道："此术玄奥，不是一般人所能参透的。故此间高人甚少，多泛泛之辈。而且天机不可泄露，否则必遭天谴，所以一般的地理大家仅与人指点一二而已，不敢尽言的。当然，故弄玄虚之人也是有的。"

方国涣笑道："谋事在人，成事在天，人之所为岂受那虚无缥缈的地理风水所限。"

张林平道："人既生于天地之间，当受天地间运化的气数所制，万事万物也然。"

方国涣闻之，笑道："人定胜天！岂可迷信于那些冥冥之力。"

张林平道："张某曾闻一位广东的地理名家霞云先生所述风水之理，故有此感，觉得也是有些可信的。"

方国涣笑道："玄说虚论，自有迷惑人之处，但持一刚正之心，万魔不能扰。"

张林平这时道："对了，诸葛容先生的分堂就设在这凤阳的。"

"诸葛先生！"方国涣闻之一喜道，"原来他的分堂设在这里。"

张林平道："我已派人通知诸葛先生去了，告知方公子要经过这里，稍后必会派人来迎的。"

方国涣感慨道："自独石口关外一战，顺利入关脱险之后，我虽与诸葛先生有过一面之缘，但知道诸葛先生与孙奇先生一样，都是有着雄才大略的高人！"

张林平道："诸葛容先生与孙奇先生都是当今天下的奇人，有定暴平乱的本事、治国安天下的谋略，他二人被称诸葛亮、孙武子再世，倒不为过的。另外，诸葛容先生的身份和地位在六合堂里除了连总堂主、孙奇先生之外，就是他了，代总堂主统管五省堂务，领导二十四处分堂。在六合堂里，除了

第六十四回　客留凤阳城

总堂主之外，又分设左右二使，也由堂主担任，有代总堂主任免各分堂堂主的权力，而统领多堂的大堂主，除受总堂之命行事外，又不受左右二使太多的管制。"

张林平接着又道："天地四方为六合，包容八荒极远之地。自六合堂创建以来，二百余年，历经坎坷，而今在连总堂主的率领下，已形成了势力遍天下的空前规模。"

方国涣听罢，赞叹道："成此江湖事业，实为不易！且又为天下第一正义大帮，自非宋元时期的那些民间教派所及的。"

这时，忽见前方飞驰而来三四十骑。张林平止住马匹细看时，不由大喜道："是水明伞堂主来迎方公子了。"方国涣举目观望，见为首一人，挥臂遥呼，果是水明伞到了。

那水明伞飞马到了近前，绕了个小圈，缓住来势，马上一抱拳道："闻方公子驾到，有失远迎，一别多时，公子还好吗？"

方国涣也自于马上还礼道："多谢水堂主关心，在下还好，诸葛容先生可安康？"

水明伞道："诸葛先生也还好，闻讯方公子路经凤阳，即命水某来迎了。"

水明伞随后又与张林平等人一一礼见了，然后与方国涣并马而行。两路人马会合一处，拥了方国涣向凤阳城而来。

水明伞这时高兴地道："自上次一别，一年有余，方公子风采依然，实无多大的变化。"

方国涣闻之笑道："水堂主过将了，方某风尘天下，哪里显得出什么风采来。"

水明伞笑道："一般人的气色神采偶现于表面罢了，而方公子的神韵气质是发于内里，永久不变的，看来方公子棋道修为精深，已达仙化了。"

方国涣笑道："昔日初见水堂主，话语无多，今日却是妙语连珠的。"

水明伞笑道："一回生，二回熟，三回是朋友，况且方公子又是我六合堂的大恩人，水某今日有幸得见，自然兴奋了。"

张林平一旁笑道："孙奇先生曾说水堂主性情若水，能含藏万物，实是受了诸葛容先生影响。"

水明伞摇头道："水某其实性直得很，哪里有孙奇先生说的那般有涵养。"

张林平笑道："孙奇先生是说，水如那雨水一般，落地即没，入海不见，潜藏得深哩！"水明伞闻之，不自然地笑了笑。

一行人马进了凤阳城，来到了一座高大的门楼前，里面隐现一片极大的府邸。那门楼上自横匾额，上嵌"六合堂"三个镀金大字，颇显气势，此时门户大开，几十条彪形大汉威立两侧，实似王侯将相府。

方国涣见状，心中暗讶道："这里比徐州分堂气派多了！"众人下了马匹，水明伞便请了方国涣、张林平等人入内。

此时忽听鼓乐齐鸣，随即闻一人大笑道："国涣公子，别来无恙否？"

方国涣抬头看时，但见春风满面的诸葛容率领二十多人迎了过来，后面还跟了一支迎宾的乐队，好是隆重。方国涣忙走上前，拱手一礼道："诸葛先生，一向可好？"

诸葛容已上前握住方国涣的双手，欢喜道："国涣公子驾到，实令敝堂八面生辉！"诸葛容亲热得不得了，自让方国涣感动不已。

诸葛容接着又对张林平等人一拱手道："张堂主，各位一路护送方公子，辛苦辛苦！"张林平等人也自还了礼。

诸葛容复又拉着方国涣朝身后诸人得意般地介绍道："我时常与你们说起的方国涣公子，如今就在眼前，尔等快过来礼见了。"众人立呈惊异之色，齐声施礼道："见过方公子！"

方国涣一抱拳道："各位英雄，幸会幸会！"此时，张林平一旁见那些人大多是新面孔，先前未曾见过，心中微微惊讶道："看来诸葛容新招了不少人手，这些人相貌举止皆非一般，不知诸葛容哪里聚来的？"

诸葛容随后引了方国涣进了一座宽敞明亮、布置豪华的大客厅，众人分宾主落了座。诸葛容自拉了方国涣在自己身边坐了，然后高兴地向众人道："当年独石口关外一战，老夫晚到了一步，没有亲眼看到方公子依棋势摆兵布列天元大阵，杀得二十万女真铁骑落花流水而去，实为遗憾。不过方公子挽救了我六合堂的一场劫难，可谓功高盖世！"

方国涣道："昔日独石口关外一役，众好汉能安全退到关内，诸葛先生当功居一半。若无先生在关内威胁住边关守将，而后顺利的开关放人，被阻关外的好汉们在退了强敌之后，大队人马一时也是进不得关的，那时真不敢想象还会再发生什么意外的事情。"

诸葛容笑道："老夫岂敢功居一半，这都是连总堂主关内外指挥调度英明，尤其是公子巧布天元棋阵，才一战而成的，如今我六合堂更加威震天下了！"

这时，座中有一人道："方公子棋布天元阵，挡退了二十万女真铁骑，莫不是得了古人兵阵秘法？否则单凭棋盘上的本事，哪里会有这等神效。"

方国涣闻之笑道："此战所以成功，主要是借助了孙奇先生的孙武兵阵之法，方某只是将各组兵阵按棋式布以大势，全一天元阵，观其变化以棋法应之，侥幸成功而已。当时情形危急万分，进退无路，此举也是冒了极大风险，不得已而为之。这是将棋道暂应变于兵事而已，至于古人的兵阵秘法，方某却是无缘学得来的。"刚才问话的那人闻之，惊讶之余，脸一红，便不再言语。

诸葛容这边忙道:"适才是镇江的刘虚先生,不信方公子能在棋上有此退敌之法。也难怪有人不信,当时我方不足万余人,竟然退去了二十万强敌,已是神话一般。莫说我们这些没有亲临战场的人,就是当时在天元棋阵中奋勇杀敌的弟兄,事后回想起来都以为是做了一场大梦,不敢相信自家还能活着回来,更不敢相信经此一战竟将女真二十万铁骑杀得大败而走。"

方国涣道:"天元一战,也是由于战场的地势选择得当,容不下敌人二十万大军一齐冲击,但以十余万人先后打入阵中而已,否则二十万敌人一拥而上,天元棋阵势必承受不住这种巨大压力。也是女真人认为久战下去得不偿失,才收兵自退的。当然,六合堂的众好汉们以一当十,背水一战,以求绝地逢生,也是天元一战成功的原因。"座中诸人,惊奇之余皆点头赞许,对方国涣敬服之情尤生。

这时,座中又有一人起身言道:"在下贵阳张云印,敢问方公子,既然公子棋上的修为已有将棋道应变于兵事之能,又何必拘泥一尺棋枰之上,而不另做一番大业呢?"诸葛容此时望着方国涣,暗察其声色。

方国涣应道:"方某幼入棋道,此生但唯棋是务,游棋天下而已,不知张先生所言大业何指?"

张云印道:"方公子棋高无敌,且另化异能,当以棋定天下为是。"

"棋定天下?"方国涣闻之,想起天元一战之后,诸葛容似乎曾说过此话,心中自有些惑然,于是摇头道,"棋为雅艺,可明心开智,移情易性,自有以此为雅业者,棋上能教化人心倒是有的,能以棋济世更是棋家的大德为,但不知何以能棋定天下?"

张云印道:"方公子莫不是太过于自谦?想独石口关外,公子槟布天元阵,挡退了二十万女真铁骑,棋上已拒敌神功,为古今棋家、兵家所不能,在此世道将乱之际,公子当携此术,选择明主,匡正天下。"

此言一出,方国涣不由大吃一惊,自是诧异地望了诸葛容一眼,不知他的座中客人何以出此狂言,欲将自己推向极险之地。

诸葛容见了方国涣惊诧之色,连忙笑道:"国涣公子勿疑,座中除了六合堂的兄弟,就是我的至交好友,所谈之话,自无外人晓得。云印先生也是希望公子能将棋上的大本事在棋盘外发扬光大,以尽展自家绝世之学。"

方国涣闻之,摇头道:"诸葛先生此言差矣!方某除了临枰对弈,讨一心中的乐趣外,别无他能。独石口关外偶以棋势布列天元阵,乃是临时救急而已,日后哪里再敢显示这般危险的做法。"

那张云印却头一扬,继续道:"方公子书生气何以太足?当今天下已然危机四伏,奸臣当道,民不聊生,各地藩王拥兵自重,女真人又雄居关外,虎视眈眈，大明朝已是空落了个架子。但有一人揭竿而起，天下便可群起响应，重造一个国土江山，另换它一个歌舞升平的世界来。"方国涣闻之，知是豪徒狂语，却自不惊反静，倒令张云印、诸葛容等人一怔。张林平一旁已是惊骇万分，心知诸葛容已生异志。

方国涣这时心中暗道："六合堂若是造反，也应该由连姐姐带头反，岂能由你们这些不知深浅的狂徒胡闹。"此时已是对诸葛容有几分不快，于是淡淡地道："各位都是血性男儿，自想做出一番惊天动地的事业来，奈何方某一介寒士，胸无大志，除了善棋外，实无别的本事，无法与各位共谋大事。承蒙各位看得起，能在方某面前吐肺腑之言，在别人看来都是大逆不道之语，听都不敢听的，免得受了牵连。方某虽不以为然，但希望各位日后不要妄出此论，朝廷耳目众多，无所不在，若有所察觉，当使六合堂有聚众作乱之嫌，这个责任谁也担当不起的。"一席话，自说得众人哑口无言，只有张林平险些叫出一声好来。

大厅中沉寂了片刻，诸葛容忽哈哈笑道："看来国涣公子是当真了，适才云印先生所言，乃是玩笑之举，但想试一下公子的心胸大志。现在看来，国涣公子与我等一样，都是希望天下太平的人了。公子初至凤阳，这种玩笑开得大了些，请勿在意。"

方国涣淡淡一笑道："如此最好，看来诸葛先生的朋友都是喜欢开大玩笑的人。"

诸葛容讪讪笑道："国涣公子却也是能经得住大玩笑的人。"众人这才满堂哄然一笑，解了刚才那种尴尬的场面。

当天晚上，诸葛容设宴款待方国涣、张林平等人。诸葛容手下的几名堂主自是轮番向方国涣敬酒，方国涣本不胜酒力，奈何抵不住人家热情，不想扫了众人的兴，也就勉强饮了几杯。席间自觉酒劲上冲，昏然欲倒，水明伞见了，便亲自扶方国涣回房间歇了。

诸葛容这时敬了张林平一杯酒道："张堂主有幸在徐州遇到了方公子，一路护送去总堂却也辛苦，且在凤阳多歇自己几日如何？"

张林平心中早已有了速速离去之意，连忙道："多谢诸葛先生好意，可是总堂主有令，寻到方公子后即刻护送了去。张某怕误了行程，所以明日……"

不待张林平说完，诸葛容便道："耽搁几天而已，也好让我善待一回国涣公子，尽些地主之谊，以表敬意，当误不了行程的。"

张林平恐时间一久，再生他事，忙道："诸葛先生勿怪，张某也是奉命行事，不敢滞留。"

诸葛容闻之有些不快道："国涣公子初到凤阳，就让他离了去，显得凤阳的弟兄们太无情义。国涣公子是我六合堂的大恩人，又是连总堂主的朋友，既然路经我这里，就应让我借此机会好生招待他一番，日后见了连总堂主也好有个面子。"

张林平听了，心中虽不愿，也自不好再推却，只得道："既然如此，张某就陪方公子在此逗留两天就是了。"

诸葛容摇头道："两天太短，十天罢。"

张林平知诸葛容已生异心，恐久住下去对方国涣不利，对自己也是不利的，忙道："不是张某固执，此地距鄱阳湖还很遥远，日后还要行许多天的，张某实怕方公子在路上有什么意外，无法向总堂主交代，重任在肩，还望诸葛先生体谅我的难处。"

诸葛容见张林平如此坚持，也不便过于请求，于是道："见着国涣公子一面实为不易，请张堂主给一个薄面，再宽限三天。"

张林平也不好再争执，只得道："那就四天罢，四天后，张某护着方公子一定要上路的。"

诸葛容犹豫了一下道："也好，就依张堂主所言。"众人随后又劝饮了一番，这才散席，张林平、齐晓石等人自回客房歇了。

在诸葛容的书房内，诸葛容、水明伞二人正在交谈。水明伞道："这个方国涣棋上另有摆兵布阵的异能，将来必有大用。"

诸葛容道："不错，此人乃是一个奇才，不但棋达化境，而且曾为孙奇解了几组极难的孙武兵阵图上的阵法，在经过了一场天元大战之后，这方国涣自与孙奇一般熟悉了孙武所遗下的奇妙无比的兵阵，并且运用得更加熟练。尤以他布列大棋阵的本事，一人足可抵百万兵，日后有了此人相助，战场上可就省力得多了。"

水明伞道："此番是个大好机会，应设法将他留住，以备日后为先生所用。"

诸葛容摇头道："可惜，此番是张林平按总堂主的命令护送方国涣去总堂处的，我等不便强行留下。"

水明伞道："虽然总堂主的命令不可违，但也可留他一些时日，利用这段时间笼住他的心思，日后也会为先生效力。"

诸葛容道："那张林平太固执，才应允了四天时间。"

水明伞道："四天也好，这四天里要百般维护他，动之以情义，施之以恩惠。并且这个方国涣还与我六合堂中的三位重要人物是至交好友，他们便是罗坤、卜元、吕竹风三人，皆有万夫不当之勇，先生只要笼住方国涣，其三人自会随了来，先生无疑又得了三名虎将。"

诸葛容闻之，点头道："如今盖世六杰中的赵青杨归我所统，自会听命于我，要是再得了这三杰与方国涣，大事可成矣！"

诸葛容突然又自怏怏道:"连总堂主终归是个女子,总有妇人之仁,做不得大事,否则早已成就千秋大业了。她不做我来做,将来夺了天下,她这个总堂主能否再命令于我?"

水明伞感慨道:"独石口关外一战,险些葬送掉了六合堂,当时就劝总堂主乘机起事,让她做个武则天,可惜……"水明伞摇头一叹。

诸葛容此时一拍桌子道:"妇人无大志,误了我等才能,只要时机一到,我诸葛容便揭竿而起,率二十四堂之众扬旗举事,那时六合堂已被拖下了水,逼总堂主就范,她不反也得反了。六合堂一动,天下便动,大明江山便可易主了。"

水明伞一旁忙道:"那时先生威名盖世,当应……"说到这里,水明伞自是一笑不语。

诸葛容问道:"当应什么?"自与水明伞相视一笑。

第二天一早,方国涣刚刚起床,就听诸葛容在门外道:"国涣公子,起了吗?"

方国涣忙开门相迎,那诸葛容便笑哈哈地进了来,身后还跟了一名端着燕窝羹的丫鬟。诸葛容一进来便问道:"国涣公子,昨晚睡得好吧?"

方国涣道:"还好,多谢诸葛先生关心。"

诸葛容笑道:"应该的,应该的。"随后亲手端过那碗燕窝羹递于方国涣道:"这是刚煮好的燕窝,请国涣公子趁热用了罢。"

惊得方国涣忙双手接了道:"怎敢劳先生伺候!"

诸葛容道:"公子有恩于六合堂,我等为公子做的一切都是不为过的,勿要客气,慢用!慢用!"

方国涣摇头道:"哪里!哪里!"诸葛容的这番过分热情,倒使方国涣身不自在,茫然无措,勉强地应了。

诸葛容随后挥手退去了丫鬟,并关上了房门,这才回身坐下道:"国涣公子,有些话,老夫还是要推心置腹地对公子说的。如今大明朝气数将尽,天下要乱了。"接着又趋身向前,立方国涣耳旁道:"老夫曾请过一位高人仔细查看过这凤阳的皇陵,朱家的江山气数快尽了,仅有十几年的脉气支撑着,日后必毁于外姓人之手。"

方国涣惊讶道:"诸葛先生如何相信那些方士之言?"

诸葛容道:"我请的这位高人是与众不同的,曾得异人秘传,精通天文地理、阴阳数术、堪舆相法、奇门六壬。我曾请他暗中给连总堂主相过面,他竟然说连总堂主有九五之尊的奇相,可惜是个女子,否则必为帝王。日后公子见到总堂主,希望能劝她以天下为重,何必满足于江湖上的事业。"方国涣此时已知诸葛容有了反心，暗里吃惊不已。

诸葛容又道："不瞒方公子说，在六合堂里，除了连总堂主一人之外，其他的人都怀有老夫这种意思的。就是再过一百年，六合堂还是六合堂，江湖上的一个帮会罢了，又能有多大的成色？请公子见了连总堂主之后，将老夫的意思再点示一下，让总堂主早做打算。孙奇先生心中也自暗藏此意，他身怀绝世奇学，岂能没有大志？"

方国涣知道不便再与诸葛容深谈下去，于是道："诸葛先生是做大事的人，方某自愧不如，勿要再谈此事罢，否则会令我心中不安的。"

诸葛容闻之，一笑道："人各有志，不便强求。不过公子到凤阳一次不易，还请多留住几日，让弟兄们表示些诚意。"

方国涣知道这里已成是非之地，不便久留，于是道："如今连姐姐召我有事，不宜耽搁，望诸葛先生通知张林平堂主一声，今日还是起程罢。"

诸葛容笑道："公子莫急，多住几日有何妨，适才张堂主一些人已由弟兄们陪着游玩去了，公子且安下心来住上几天就是了。"

方国涣闻之，暗责张林平等人贪玩之心，误了自己的行程。

诸葛容随后请了方国涣至大厅中落座，果然不见张林平等人的影子，原来张林平等人已被水明伞强拉着出外闲游去了。方国涣这时见厅中的日桌上地下摆放了许多金银珠宝，正不知何故。

诸葛容一旁笑道："老夫堂下弟兄们仰慕公子已久，听说公子路经此地，都纷纷献出一点诚意来，意思意思而已，还请公子收下这些薄礼。"

方国涣闻之，大惊道："使不得！怎敢劳各位兄弟这般破费。"

诸葛容道："公子见外了不是，曾闻公子在黄河岸边救过连总堂主一次，那边的弟兄们为感谢公子的大恩，送了无数的礼物，公子却也收下了，如何就不愿收这边兄弟们的一番心意？"

方国涣道："诸葛先生勿怪，当时是连姐姐的意思，我不好违她的愿。"

诸葛容笑道："国涣公子既不好违连总堂主的愿，难道就能拂了老夫的一片诚意吗？"

"这个……"方国涣一时间也不知如何是好。

诸葛容随后笑道："公子勿客气，收下便是，日后待到了总堂，也好在总堂主跟前给老夫添些面子。"接着唤道："来人，将这些礼物装好了送至方公子的房间，待日后方公子离开时一起带走。"

方国涣见推脱不掉，心知只好先收下再做计较了，于是道："承诸葛厚意，方某这里谢过了。"

诸葛容见方国涣应了，大喜道："国涣公子果是看得起老夫，一点薄礼，不成敬意，哈哈哈……"自是得意地大笑起来。

第六十五回　六合岛

　　诸葛容见方国涣收下了自家送的重礼，心中喜得很，随后又引了方国涣参观其分堂。方国涣隐见一些房间内器械堆积如山，显是诸葛容正在做起事的准备，心中越发不安。

　　诸葛容此时得意地道："如今万事俱备，只欠东风，但等总堂主一声令下，我等当义无反顾。人生在世，应该干出一番惊天动地的大事来，才不负此生，痛快之极！"方国涣见诸葛容霸气已显，不知连奇瑛对他是否有所警觉，自对六合堂的前途命运担忧起来。

　　当天，诸葛容又大摆宴席款待方国涣，张云印、刘虚等人一旁坐陪了，话语间极是恭维。方国涣四下巡视了一遍，仍不见张林平等人的影子，连水明伞也不见了，心中不由暗暗叫苦。

　　到了晚间，方国涣回到房间时，见那些金银珠宝早已封装在了箱笼里，堆放在一旁，暗里摇头道："这些东西可收不得的，否则日后必有麻烦，应想个法子才是。"

　　这时，忽见房门一开，进来两名年轻艳丽的女子。方国涣惊讶道："两位姑娘，可是走错了房间？"

　　一女子妖媚地笑道："公子勿疑，我姐妹二人奉了主人之命晚间特来侍奉公子就寝的，免得公子长夜寂寞。"说完，二女"嘻嘻"一笑。

　　方国涣脸色立时一红，神情大窘，慌忙道："两位姑娘快些离去，在下万万不敢领受的。"

　　一女子已然上前拉住方国涣道："公子害羞什么，我二人又不能吃了你。"两女子随即动手动脚起来，欲为方国涣宽衣解带。

　　方国涣哪里见过这般阵势，大惊之下，忙挣开二女，脱身急走，推开房门往外就跑，仓皇间不曾想与一个人撞了个满怀。方国涣抬头看时，此人竟是诸葛容，双方各自一怔。

　　方国涣惊异之余，大急道："诸葛先生何以生出此举来？亏我走得快，险些让她二人扰了我的棋境。"

　　诸葛容闻之一惊，还真是怕方国涣棋境被扰，坏了棋上本事，于日后不利，忙挥手斥退了那两名女子，复对方国涣讪讪道："国涣公子勿怪，老夫也

第六十五回　六合岛

是一番好意的，不想会是这样。"

方国涣自知诸葛容已对自己居心不良，不便直说，于是道："诸葛先生先生有所不知，方某只有不乱于声色，心神才不会被扰，棋境而得以保持，先生这般几乎是害了我的。"

诸葛容闻之，惊讶之余，深施一礼道："既如此，是老夫的不是，请公子见谅，早些歇了罢。"说完，愧然退去。方国涣摇了摇头，长吁了一口气。

第二天，诸葛容又自大摆筵席。席上琼浆玉液、美味珍馐；堂下歌舞群起，瑟雅笙悠，周围更是恭唯之辞、赞誉之语。方国涣闷闷不乐，自无心思在此间，四下巡视，仍不见张林平等人，问起来，诸葛容便推诿说张林平等人一大早就出去游玩了，需很晚才能回来。

方国涣心中虽焦急万分，但有那张云印、刘虚等人围着，走脱不开，便是想找张林平等人也不知他们去了哪里。就这样，方国涣在凤阳一直耐着性子住了四天。这四天里，但以一日两宴，三歌四舞，无奈何方国涣性情清静，哪里受得住这般喧闹，这四天犹如四年一般长久，实让方国涣难熬之极，身心憔悴，叫苦不已。

到了第五天的早上，方国涣起床后正寻思着如何找到张林平等人速速离去，忽闻外面一阵吵闹声传来，便听张林平的声音道："如今已过了四天，还不让方公子走，要是误了行程总堂主怪罪下来，张某可吃罪不起的。"

方国涣闻声一喜，忙走出室外。此时在庭院角门处，水明伞正拦住张林平道："张堂主何必这般固执，再让方公子住上两天便是。一大早方公子与诸葛先生就出去了，此时见不着的，这里是内宅，张堂主勿要乱闯。"

方国涣这边听了，才知那水明伞乃是一个撒谎之辈，便冲着那边喊了声道："张堂主，我在这里。"

张林平闻声，抬头一眼望见了方国涣，不由大喜，自对水明伞愠色道："方公子明明在这里，水堂主却说不在，这是何用意？"

水明伞见方国涣自家已迎了出来，便讪讪地道："水某还以为方公子一早与诸葛先生出去了呢，原来还在房间里，这个，我实是不知。"

张林平此时舍了水明伞，上前迎了方国涣道："方公子，我们这就起程上路罢，齐香主他们在外面都已准备好了。"

方国涣闻之喜道："如此最好！现在就走！"

忽听一人道："国涣公子要走，应与老夫打声招呼才是。"方国涣转身看时，见那诸葛容不知何时走了过来，忙上前礼见了道："打扰了四日，承蒙诸葛先生盛情款待，在下感激不尽。奈何连姐姐那边有事，不便久住，今日且向先生辞行。"

诸葛容心知今日已是留不住方国涣了，便哈哈一笑道："也好，也好，这几日总算尽了对公子的一番敬意，公子要走，老夫虽不舍，但也不便久留，自应送公子上路才是。"

方国涣闻之，心中才宽然一松。

诸葛容复对水明伞道："水堂主，叫人把方公子房里的那些箱笼搬出来与方公子路上带了。"水明伞应了一声，转身去了。

诸葛容随后率领张云印、水明伞等几十人，亲自送了方国涣、张林平一行人马直至凤阳城外十里亭处。分别时，诸葛容拉着方国涣的手，自有些感伤道："今日一别，不知何时再能见到公子。相聚几日，饮酒长谈，实难舍公子离去。"说着说着，那诸葛容竟然也落下几滴泪来。

方国涣见了，也自感动道："凤阳一行，幸得先生厚待，此恩难忘。日后若有机会，一定再来拜访诸葛先生。"

诸葛容慨然道："只要国涣公子看得起老夫，能再来凤阳，当是我凤阳分堂的荣幸，老夫随时恭候公子大驾。"随后，诸葛容亲自扶方国涣上了马匹，双方众人这才拱手而别。

目送方国涣等人走得不见了踪影，诸葛容这才满意地点了点头，回身对水明伞等人道："回去吧！还呆站着做甚。"

别了诸葛容，方国涣等人一路行来。方国涣这才问道："张堂主，这几天去了哪里，让我等得好苦！"

张林平摇头叹道："方公子有所不知，张某这几日被人强拉了去饮酒，实是推脱不开，想见公子一面难得很。"

方国涣听了，也知张林平等人身不由己，自是摇头一叹。张林平这时见众人所乘的坐骑后面驮着的那些箱笼，都显得沉甸甸的，知是诸葛容送于方国涣的礼物，非金即银的。尤其刚才在凤阳城外，诸葛容哭送方国涣的那一场面，自令张林平心惊，已是知那诸葛容的用意了。望着这些箱笼，张林平暗里摇了摇头，并未言语。

行了一程，方国涣忽止住坐骑道："各位停一下，就是这里了。"众人闻之俱是一怔，不知何故，却也都止住了马匹。

方国涣此时指了众人坐骑后面所驮着的那些箱笼，笑道："还带着它们干什么，很沉的，都扔了罢。"众人闻之大惊。

张林平惊讶道："诸葛先生送于公子的礼物，当是贵重得很，扔掉了岂不可惜？"

方国涣笑道："一些砖头瓦块只重不贵，此时不扔，更待何时！"

张林平等人闻之，相顾茫然。赵汉仓随即下了马，打开一只箱笼来看时，果然都是些砖头瓦块。

张林平见了，诧异道："这是怎么回事？诸葛先生如何会……"

第六十五回 六合岛

方国涣笑道:"我已在晚上将诸葛先生送的金银之物都藏到了床底下,仍旧归还了他,然后在院子里拾了些砖头来压重,以防走时令他们起疑,这位诸葛先生的东西我可不敢收的,怕是将来还不起。"张林平、赵汉仓、宋英、董江、齐晓石等人闻之,这才恍然大悟,自对方国涣此举赞叹不已。

大家随后将那些砖头瓦块及箱笼尽数弃在了路旁,复又上马风行。

张林平忧虑道:"诸葛容已生异志,不知日后能惹出什么乱子来?"

方国涣听了这话,一语不发,似没听见一般。

方国涣、张林平等人一路上朝行暮宿,这一日过了长江便已到了江西鄱阳湖的岸边。方国涣、张林平等人到了湖边之后,齐晓石先行去一个渔村里联系去了。

时间不大引来两个人,上前与张林平见了礼,其中一人随后道:"船只在那边已备好,各位的马匹且留在这里会有弟兄们照顾的。"接着那两人将张林平、方国涣等人引至前方岸边一渡口处,有一条渔船将众人接了,一名船夫驾船离岸而去。

鄱阳湖风光秀丽,水波荡漾无际,天水相接处,白帆隐现,禽鸟群飞,皆似在雾里云中。六合堂总堂就设在深居湖中的六合岛上,自与外界以水相隔,颇显神秘。渔船载了方国涣、张林平等人行了一程水路,到了一座小岛上,又换了一条船,先前那船夫便驾船而回。换了船后又继续前行,忽从前面出现两条快船,横弦拦住了去路,每条船上都立着数名持了刀枪的大汉。

到了近前,自与这边船上的船夫点头示意,放行而过,显是一处水上哨卡。方国涣见了,心中微讶,知道去六合岛的水面戒备森严。行了一程,又到了一座小岛上,稍做歇息后,又换了一艘大船继续前行。

约行了半个时辰,忽见前方水面上呈现出一座草木茂盛的大岛屿来,齐晓石、赵汉仓等人立时欢呼道:"六合岛!"

方国涣赞叹道:"好一座大岛!远居湖中,难寻得很!"船近岸边,忽从岸上的树林里传出一声音道:"天地四方!"这边船上的船夫回应了一声道:"六合八荒!"岸上随即便无了动静,显是设有暗哨埋伏。

船至一渡口处,方国涣、张林平等人便上了岸,随即从一侧树林中迎出五六个人来,其中一人上前一拱手道:"原来是张堂主到了。"

张林平还了一礼道:"今日原来是陆远行香主当值。"那陆远行又与赵汉仓、齐晓石、宋英、董江四人礼见了,自都是相识的。

陆远行随后望了一眼方国涣,转身对张林平道:想必这位公子便是连总堂主要请的朋友,我们六合堂的大恩人,兄弟们人人都想见的方国涣方公子了!"张林平微笑点头。陆远行等人闻之,皆成惊喜之色,忙齐身施礼道:"果然是方公子到了,失礼!失礼!"陆远行随后高兴地道:"总堂主候了方公子多日，已是等得急了，今日终于盼到了。"

方国涣道："连姐姐一向可好？"

陆远行道："总堂主还好，自从独石口关外一战回来之后，已有一年多没有出湖了。"说完，陆远行便引了方国涣、张林平等人一路向岛内而来，早有一人转身飞跑去通报了。

此时在前方一处开阔地上，一名青年人正在教二十几人习练弹弓。远处一根竹竿上戳着一只西瓜，可惜那些人的弹丸不是打偏了，就是射不到地方。青年人见了，摇了摇头道："你们这批人也太笨些，练了三天了，还没什么长进，看我的。"

说完，那青年人从腰间解下一张奇异的弹弓来，弓短弦粗，随即扣上了一枚浑铁丸，喊声"着"！浑铁丸如流星一般疾射出去，击得那只西瓜红水飞溅。弹丸在破过西瓜之后，又将前方的一棵小树拦腰震断，旁观诸人欢声雷动，"好！"那青年正是"神弹子"卜元。

这边正好走过来的方国涣见状，惊喜一声道："卜大哥！"

卜元闻声回头看时，一怔之下，欢呼一声飞跑过来一把将方国涣抱住，兄弟二人便紧紧地抱在一起。过了好一会儿，二人这才相视大笑。

卜元兴奋地道："好贤弟！想煞我也！"

方国涣此时激动地道："卜大哥，你在这里过得还好吗？"

卜元笑道："没想到贤弟能给哥哥找到这样一处神仙住的地方，又有那么多人听我的话，快活之极！"方国涣闻之，欣慰地一笑。

卜元随又高兴地道："罗坤、吕竹风两位老弟若知道你来了，当会喜得不得了。"接着对旁边一人道："速去通知罗堂主与吕堂主，就说他们的方大哥到了。"那人应了一声，转身飞跑去了。卜元又与张林平等人互见了礼，然后拉了方国涣，一路说笑朝岛内走来。

绕过一片翠绿的竹林，前方现出一排排整齐的房屋及楼宇殿阁来，宛如一座城镇一般，随见迎出了一群人，为首的正是连奇瑛、孙奇二人。

方国涣见了，连忙跑上前惊喜道："连姐姐！孙先生！"

连奇瑛笑吟吟地道："我说这几日国涣弟弟该到了，果不出所料。"

孙奇笑道："国涣公子，别来无恙！"

方国涣高兴地道："在下一切照旧，不过孙先生却比先前清瘦了些。"

连奇瑛笑道："那是孙先生自家心思过多，耗神所致。"

孙奇摇头笑道："孙某为六合堂劳心耗力，总堂主却是不领情的，现在好了，让国涣公子做个公断。"

方国涣笑道："其实连姐姐在夸奖孙先生呢。"

孙奇故作惊讶道："是吗？那孙某可就受宠若惊了。"旁边诸人大笑。

第六十五回 六合岛

张林平等人随后上前礼见了连奇瑛、孙奇二人，连奇瑛赞勉了张林平几句，接着又给方国涣引见了身后的那些堂主、香主，众人见到了方国涣，皆欣喜不已。

大家随后拥了方国涣、连奇瑛向里而来。方国涣见此处道路宽阔平坦，两旁房屋整齐，并且还设有店铺，是如街市一般，不由暗自称奇。道路尽头，现出一座高大雄伟的建筑来，翘角飞檐，青砖碧瓦，古朴稳重。正门上方，红匾金字，上书"六合殿"，字体苍劲有力，观其落款，却是孙奇手笔。众人进了大殿内，各分宾主落座。

就在这时，忽闻六合殿外传来一阵急促的马蹄声，随见殿门外一道黑光一闪，一匹神驹骤然而停，速度之快令人咋舌，此马正是"乌云托月"。马背上这时乘了两个人，待马形一稳，那二人便从马上飞身而下，兴冲冲跑进六合殿内齐声喊道："方大哥，是你来了吗？"

方国涣看时，正是罗坤、吕竹风二人，不由大喜，忙起身迎了道："两位贤弟，想煞我也！"三人立时抱在一起，原地打转，各自惊喜不已，此情形实是感人。

连奇瑛这时笑道："见了你们的方大哥，连我这个总堂主也不顾了，好叫人妒忌！"

罗坤、吕竹风二人这才松开了方国涣，忙向连奇瑛参礼相见，罗坤自是兴奋道："请总堂主勿怪罪，属下适才喜忘一切，实是见了方大哥之故。"

连奇瑛笑道："我如何能怪罪你们，国涣弟弟到了，是一件大喜事，勿要拘于礼数。"罗坤、吕竹风二人复又施礼谢过，喜滋滋地在方国涣身边坐了。

罗坤慨然道："方大哥，上次于黄河岸边不辞而别，好是狠心！这一年多来又去了哪里？实令我等好生想念？"

方国涣道："只因棋上的一些事情，四处游荡，也没个定处。"

吕竹风道："方大哥还在寻找那个怪人吗？"

方国涣道："不错，因被此事累着，一直未能与你们相会。"

卜元一旁道："那个怪物命也真大，至今还活着。"

方国涣与卜元、罗坤、吕竹风三人叙了一番别后之情，这才起身对连奇瑛道："连姐姐，不知这次急急地寻了小弟来，可有什么事情？"

连奇瑛迟疑了一下道：此事先不忙，你刚来岛上，且歇息一日，你们兄弟间也好叙叙旧，明日再说罢。"

卜元一旁笑道："总堂主真是和气英明得很！如此体恤我等，感激不尽！"

连奇瑛笑道："卜堂主过奖了，国涣弟弟到了，你们兄弟间分别日久应先聚一聚的。"方国涣、罗坤、吕竹风闻之，自是感动不已。

连奇瑛随后设宴六合楼，为方国涣接风洗尘，故人重逢，举杯畅饮，自不必说。当天晚上，方国涣被安歇在六合居，六合岛上的建筑多以六合命名，倒也不失其意。方国涣、卜元、罗坤、吕竹风兄弟四人在六合居内共叙别后之情，夜半方散。

第二天一早，方国涣刚用过仆人送来的茶点，连奇瑛便派人将他接到了自己的住所六合轩。方国涣到时，孙奇已先候在那里了，方国涣便感觉要有什么特殊的事。双方礼见了后，落了座。

孙奇便道："国涣公子，此番总堂主寻你前来，是有一件事情要告诉你的。"

方国涣道："这次连姐姐命令天下各处分堂限期寻到小弟，并且护送总堂处，可是发现了李如川的行踪？"

连奇瑛道："那国手太监行踪诡秘，暂时还无他的消息，不过这件事情却是与他有关的。"方国涣闻之一怔，茫然不解。

连奇瑛此时欲言又止，似不忍将这件事情向方国涣说出，摇头叹息了一声道："此事还是由孙奇先生说于你听罢。"方国涣见连奇瑛的心情似乎很沉重，心中大疑，惑然地望着孙奇。

孙奇于是道："方公子可认识一位叫卢紫云的姑娘？"

"卢姑娘！"方国涣闻之形神一震，忙起身急切问道："难道孙先生有了卢姑娘的消息？不过……"

方国涣此时想起卢家庄的卢佩辛、杨化二盗已被官兵捕杀，卢紫云主仆也自在此劫难中无辜受累，然见孙奇意外说起了卢紫云，不由一阵惊喜道："卢姑娘难道还活着不成？"

孙奇迟疑了一下道："看来你二人果是相识的。"

方国涣此时兴奋地道："不错，卢姑娘是我遇到的一位棋上的红颜知己，昔日我曾被卢姑娘的那个做强盗的父亲劫持，幸亏卢姑娘大义相救，我的性命才得以保全。后来卢姑娘的父亲因盗案事发，全族尽被捕杀。如今看来，卢姑娘已脱险逃生了，孙先生是如何知道她的？卢姑娘现在人在何处？"

孙奇与连奇瑛见了方国涣惊喜的神情，互相惊讶地望了一眼，随又黯然无语。方国涣见状，心中立呈不安，大急道："连姐姐，孙先生，这到底是怎么一回事？"

孙奇轻叹一声道："公子勿急，此事说起话长，且让我慢慢道来。卢紫云姑娘的父亲卢佩辛与一个结义的兄弟叫杨化的，曾是江湖上的巨盗，后被六合堂前任鲁总堂主擒住，他二人便跪地苦苦求饶，鲁总堂主一时心软便放了他二人。他二人从此隐居起来，言是要改邪归正，没想到暗中仍然干着旧营生。"

方国涣道："昔日我一时不慎误入他们的黑店便被劫了去，卢佩辛发现了

第六十五回　六合岛

我身上的那块六合金牌令后，欲以此令牌作乱六合堂，幸亏卢姑娘救助，才没有生出祸事来。"

连奇瑛、孙奇二人闻之一惊，连奇瑛庆幸道："好险！若被那贼人得逞，六合堂会有大麻烦的。看来卢紫云姑娘有功于六合堂了，只可惜……"说到这里，连奇瑛戛然而止。

方国涣诧异道："连姐姐，可惜什么？"连奇瑛犹豫了一下道："国涣弟弟，你不要过于悲伤，还是听孙先生将事情说完罢。"

孙奇这时道："孙某昔日曾受公子之托，查寻那国手太监的行踪。可是此人有高手保护，行踪诡秘，飘忽不定，极是难寻。曾被金枪无敌将韩梦超堂主碰上一回，因不甚了解实情将他放过了，事后知道是方公子苦心要找的人，自家懊悔不已。此后，孙某便命六合堂的弟兄们细心查访。卢紫云姑娘这件事说起来是两个月前发生的。福建分堂的伍才堂主，无意中发现了国手太监的踪迹，不过不敢确认其人，便命人暗中监视了。后来发现有两名女子寻那太监斗棋，不料一盘棋之后，与那太监走棋的姑娘忽然坐棋桌旁无故逝去……"

方国涣听到这里，大吃一惊道："难道是卢姑娘？她怎么会？"

孙奇道："公子勿急，待我把话说完。当时伍才堂主派去监视的人，见在棋局上死了人，便确定了对方必是方公子要找的那个以棋杀人的国手太监无疑，即刻传消息于伍才堂主。伍才堂主赶到时，那太监的护卫于若虚有所察觉，早已伤了五六名拦截他们的六合堂中的兄弟，护着那太监走掉了。当时伍才堂主见一名丫鬟守在那位因棋而死去的姑娘身边哭泣，寻问时，才知道那丫鬟叫萍儿，死在国手太监棋上的便是她的主人卢紫云姑娘。"

方国涣听到这里，痛呼一声"卢姑娘"！几欲昏倒，连奇瑛、孙奇二人大惊，忙上前安抚了。

方国涣闻此噩耗，心神一阵恍惚，呆呆地道："后……后来又怎样了？"

连奇瑛将方国涣扶回椅上坐了，安慰道："事已至此，国涣弟弟也勿要过于伤心，好在伍才堂主遇着了她主仆，知道了一些原委。她主仆二人因家中遭难而流落江湖，没想到无意中竟然遇上了那个国手太监。也许是双方都懂棋的缘故，便谈起了棋上事，进而摆棋弈斗，卢姑娘这才有此不幸。当伍才堂主从萍儿口中听到了国涣弟弟的名字，才知你们是相识的，感到关系重大，便埋葬了卢姑娘，随后将萍儿送到了六合岛总堂。我见事情有些离奇，便发了一道命令寻了你来。"

方国涣此时忍住悲痛道："不知萍儿现在何处？"连奇瑛道："萍儿来后，我便将她安排到了弓英儿妹妹那里，已派人去接了。"方国涣这时潸然泪下，想起昔日卢紫云救自己出逃的情形，如在昨日，不觉悲情大恸。

这时，忽听门外一哭声道："方公子，小姐和我找得你好苦！"方国涣闻声抬头看时，正是昔日的萍儿。

那萍儿一见方国涣，立时百感交集，放声大哭。连奇瑛忙上前拉了萍儿于身边坐了，出言抚慰。

方国涣自是流泪道："萍儿，苦了你们了。我曾复转卢家庄，见庄毁人无，以为你们主仆二人也在劫难之中。"

萍儿这时止了哭声道："可惜公子去晚了一步，未能接了小姐去。那日大批官兵突至，包围了庄子，恰好我与小姐上山采药为老爷治伤，没有在家中才免遭一劫。无家可归之后，我便陪着小姐流落江湖四处寻找公子。"

方国涣闻之，凄然道："没想到你们还有这些曲折，当初真应该将你主仆二人一起带走才好，不至于有今天的变故。"说完，懊悔不已。连奇瑛一旁已知方国涣与卢紫云彼此各生真情，惋惜之余，不禁感慨万分。

萍儿接着又道："我与小姐久寻公子不着，后来无意中遇上了那个怪人，谈话中知道对方是懂棋的，便谈起了棋上事。那怪人说自己棋高无敌，棋道至他这里已是尽头了，但于世上再寻着一位高人且胜了他，便从此封棋归隐，没想到那怪人竟然说出了公子的名字。"

方国涣闻之，惊讶道："原来李如川也在同时找我！？"

孙奇一旁道："自公子在独石口关外棋布天元阵退了二十万女真铁骑之后，棋名早已飞扬天下，那国手太监也会有所闻的。棋家本性，自要寻你这个真正的对手来斗上一局，也是想显示他的杀人鬼棋。"

方国涣闻之，点了点头，肃然道："没想到我与李如川都在寻找对方，这很好！"

萍儿接着又道："小姐当时吃了一惊，已然猜到了对方便是传闻中的那个能以棋杀人的国手太监。"

方国涣诧异道："卢姑娘既然知道了对方的身份，乃是一个极其危险的人物，为什么还要挑战斗棋？"

萍儿呜咽道："小姐这么做，其实是为了公子。"

"为了我？"方国涣大是惊异。

萍儿道："小姐此番冒险挑战，除了自恃棋力高深，棋家本性，不尽信棋能杀人，更主要的是为了日后公子与对方斗棋时的安危着想，恐对方的杀人棋对公子不利，欲在棋上找出对方的破绽及杀人的秘密，以备将来告知公子有所警，有所防，而以身试棋的，没想到……"萍儿说到这里，又自悲泣不已。

方国涣此时已然听得呆了，没想到卢紫云是为了自己而以身涉险试斗杀人鬼棋，感动与悲痛交织着，懊悔之极，惋惜不已，仰天长叹道："卢姑娘！

第六十五回 六合岛

躲过一次杀身之祸已是不易,何苦为了方某再去冒险,方某有何德何能令姑娘在棋上为我丢了性命?"

接着,方国涣立誓道:"李如川,我的恩师故友尽毁在你的鬼棋之上,无论你的鬼棋有何种可怕的魔力,为了匡棋道雅正,我今生今世一定要找到你,纵然与你同废棋道,齐伤性命,也在所不惜!"

方国涣与卢紫云的这一段传奇的故事,令连奇瑛、孙奇二人感动不已,黯然伤神。

连奇瑛随后道:"国涣弟弟,事已至此,勿过于悲伤,卢紫云姑娘乃是我女流中的丈夫,令人钦佩,也是为你而死,也不枉了你二人的一场棋上情缘。那李如川以棋杀人,委实可恶,六合堂自与他势不两立,日后定饶他不过。"

孙奇道:"公子勿要为此事乱了心神,总堂主已传令六合堂天下各处分堂,全力查访国手太监的踪迹,近期内必有消息,公子且在六合岛安心等候,到时再前去于棋上制他不迟。"

连奇瑛见方国涣此时的心情沉重,不宜再孤身独游,于是道:"孙先生说得有理,那个太监就交给六合堂寻找罢,国涣弟弟勿要再自家辛苦去访他了。况且那太监若现身与你斗棋,将是一场棋上的生死之争,为了安全起见,到时我们还要有个万全之策,姐姐现在已不放心你一个人去应付此事了。"

方国涣听了,感激之余,点头应了。连奇瑛、孙奇二人见了,心下这才稍安。

第六十六回　大明公主

　　得知卢紫云意外地死在了李如川的鬼棋之上，方国涣悲痛不已。随后对萍儿道："自在卢家庄起，我便开始连累卢姑娘，不想竟有此今日之变。这种棋上之仇，我日后必在棋上来解决。萍儿，对不起，是我害了你主仆二人。"

　　萍儿含泪摇头道："公子切莫这般说，是我家小姐命苦而已，不过小姐地下有知，公子仍未忘记她，她也自欣慰了。我到了这岛上后，有幸得到连总堂主的照顾，又受到罗夫人的百般疼爱一切都好，只是时常想念小姐。"

　　方国涣又自一阵感伤，复问了卢紫云墓址所在，准备日后前去拜祭，又安慰了一番萍儿，叫她安心住下，连奇瑛随后让人将萍儿送回了弓英儿那里。

　　送走了萍儿，方国涣复回厅中落座，怅然若失。孙奇这时道："听说来时，国涣公子在凤阳诸葛先生处逗留了几日。"

　　方国涣这才又想起了什么，忙道："不错，途经凤阳滞留了四天，诸葛先生倒是盛情款待，可是……"

　　连奇瑛这时道："昨晚张林平堂主已把在凤阳经历的一切都对我说了，张林平也多事，何必在凤阳停留，给国涣弟弟惹些麻烦事来。诸葛容异心早有，独石口边关一役之后，他便劝我乘机扬旗举事，我制止了他，他仍心有不甘。唉！如今天下危机四伏，难免让人有所妄想的。"说话间，连奇瑛忽自呈出一种莫名其妙的惆怅及一种异样的伤感。对此变化，孙奇、方国涣二人并没有注意到。

　　孙奇这时笑道："诸葛容此番竭力讨好方公子，显然是为了公子棋道化兵的本事，他倒有些见地。"

　　方国涣摇头道："孙先生知道我的，除了在棋上走得通外，哪里晓得行兵打仗的事。"

　　孙奇笑道："公子棋达化境，可应合于兵道，棋布天元阵，一战即胜，便可验证其神效。公子不是不能为之，而是不愿为之。"

　　方国涣摇头道："天元一战，全赖孙先生的孙武兵阵组合得当，才能以少胜多，我不过是全一大阵而已，此冒险之举乃是不得已而为之，侥幸成功罢了。"孙奇闻之，一笑不语。

　　方国涣随又对连奇瑛道："小弟途经凤阳时，诸葛容先生曾一再让小弟转

第六十六回 大明公主

告连姐姐考虑他的意见，并且在这方面诸葛容先生已有所准备。"

连奇瑛闻之，轻叹一声道："诸葛容所做的一切，我都知晓的，并且他在陕西暗中培植扩展力量，图谋已久了。"

方国涣闻之，惊讶道："姐姐既然知晓一切，为何不制止他？就不怕他羽翼丰满之后另立门户，进而分裂六合堂吗？"

连奇瑛摇头苦笑道："人各有志勉强不得，诸葛容志野心狂，意在天下，岂在乎一个六合堂，他自笑我有妇人之仁，而无丈夫之志，只可惜，诸葛先生他不知……"说到这里，连奇瑛摇头一叹不语，似有某种苦衷。

方国涣见连奇瑛对诸葛容并无多大的防戒之心，倒显出一种很为难之色，心中惑然，不再提及此事。又闲谈了一会儿，连奇瑛再次神色不定，孙奇见了，便递了方国涣一个眼色，于是二人告退而出。

离了六合轩，方国涣道："适才说起诸葛容先生的事，孙先生为何一言不发？"

孙奇长叹了一声道："此事复杂，请公子随孙某至舍下一谈罢。"随后引了方国涣到了自己的住所。这是一处别致的小院落，红墙雅舍，翠柳成荫，古朴而宁静。

书房内，孙奇对方国涣道："当今天下，危机四伏，大明朝的气数将尽，怀有异志而又有所根基之人都在暗中聚积力量，别有图谋。六合堂百余分堂现今已有二十万之众，大气已成，自有了问鼎天下的实力。但不知什么原因，连总堂主仅满足于这种江湖事业，而无图并天下之心，孙某也曾暗示过此事，总堂主每有不悦之色。自独石口关外一战之后，已发现朝廷对六合堂有了戒心，本应乘机而起，可总堂主仍息事宁人。自回到六合岛后，多闻总堂主叹息之声，似有极大的心事，看来在反与不反之间犹豫不决。当今天下暂且苟安一时，不久的将来势必大乱，六合堂若先一步而动，天下必得。"

方国涣闻之，暗自惊讶孙奇之志不在诸葛容之下。

孙奇接着又道："胜者王侯败者贼，天下易主，有能力者当之。连总堂主乃世间一奇女子，可以成为第二个武则天，君临天下！孙某曾受总堂主大恩，总堂主若动，孙某便助她夺了天下，总堂主若不动，孙某便帮她稳住六合堂就是了。人生在世，不必尽其才的！"说完，也自感慨。

方国涣此时赞叹道："孙先生身怀绝世之学，能甘没于江湖之中，非一般人所能做得到的。"

孙奇笑道："人生在世，不必尽其才，否则天下将无宁日了。今见公子问起，自将心思托出，以图一快。"

孙奇接着又道："诸葛容现在暗蓄兵马，招募奇才，已有了一定的根基，但仍感力量不足，不敢妄为。孙某本是胸无大志之人，也不想起事为乱，祸及苍生，故对此事多不表态。连总堂主虽然自家不愿率六合堂扬旗举事，却对诸葛容的作为采取了宽容态度，否则诸葛容也不会这么大胆地在六合堂内整日喊着要反的，他自是想把六合堂拖下水才好，六合堂日后的命运也很难说的。连总堂主究竟是什么打算，孙某实在捉摸不透。"说完，孙奇自是摇了摇头。

方国涣道："其实也够难为连姐姐的了，一个女子统领六合堂已是不易，再去做那番大举动，不是常人所能承受的。也是连姐姐心慈性善，不想让天下苍生遭刀兵之苦，更是不忍看到六合堂的英雄们再有什么意外。"

孙奇闻之，点了点头道："公子说得有理，或许是这个道理罢，六合堂有连总堂主在，自不会旁生他变。"

这时，院中传来了说话声，却是罗坤、卜元二人寻了来。卜元进门见着方国涣，便笑道："我说呢！贤弟能去哪里，不在总堂主那里，自会与孙先生在一起。"卜元、罗坤二人自与孙奇见了礼。

罗坤随后道："英儿闻方大哥到了岛上，亲手备了一桌酒席，这就请方大哥过去罢。"方国涣于是告别了孙奇，与罗坤、卜元二人去了。

方国涣暂时在六合岛住了下来，静候李如川的消息。因闻知了卢紫云之死，自令方国涣十分感伤，终日不快，倒是常去弓英儿处看望萍儿，托付弓英儿好生善待了。由于苦元大师、智善和尚、卢紫云都是死在李如川的鬼棋之上，更增加了方国涣欲在棋上废掉李如川之心，虽然不知结果将会怎样，但此志日坚，每晚则静坐涵思，以养棋境。

方国涣到了六合岛后，卜元、罗坤、吕竹风三人每日都不离左右，伴他饮酒长谈，方国涣依然不乐。常有六合堂的人闻讯来看望他，方国涣也自接待了。连奇瑛见方国涣来后，因卢紫云一事郁郁不快，每日但宴请一回，以遣其心。方国涣不愿违了众人的盛情，自于席间强作欢颜，连奇瑛看在眼里，暗中摇头感叹不已。诸葛容之事，众人也无心再提。孙奇常约了方国涣下棋，求以指点，方国涣也尽心地指教了。

这一日，连奇瑛又宴请方国涣。六合殿内摆了十几桌酒席，坐满了六合堂群英，大家举杯畅饮，极尽欢兴，罗坤舞剑，孙奇高歌，自将气氛推向高潮。方国涣此时也暂忘一切，击节助兴。连奇瑛见了，这才满意地微微一笑，回头对一名侍女耳语了几句。

那侍女会意，便走至方国涣身后，俯身轻声道："方公子，总堂主有话，席后请公子六合轩相见。"方国涣自点头应了。

这时罗坤剑术舞毕，收式而立，赢得群英一阵掌声，罗坤含笑礼退一旁。卜元此时起身道："我的竹风贤弟，铁竹横扫天下，这都是他放牛出来的本事，当让他舞过一回如何？"

第六十六回 大明公主

"好！"群英立时齐声欢呼。

方国涣对身旁的罗坤笑道："卜大哥一直奇怪竹风贤弟放牛竟然放出如此神勇来，对自家小时候贪玩了，未能替人家放羊放猪什么的而感到遗憾。"

罗坤笑道："卜大哥也是天生神力的，他的霸王弓很少有人能拉得开，听说此弓还是方大哥从棋上赢来的。先前不见你时，卜大哥自持弓发呆，耐不住性子便一阵乱射，有一回还险些伤了总堂主，事后总堂主虽未在意，卜大哥却后怕了半月有余。"方国涣闻之，摇头一笑。

这时，吕竹风已在堂前将那杆十八节精钢重铁竹四下舞动起来。吕竹风在铁竹之上并无武学中的招式，全凭他幼时胡乱苦练而来，倒自成一家"竹法。"

吕竹风舞得兴起，那杆铁竹带起的劲风四下激荡，座中诸人皆自感到刮脸，胆小者忙向后退去，满座惊异。卜元这时端了一杯酒朝吕竹风泼去，不料酒水刚离杯口，便被那铁竹带起的劲风击回溅了一身。群英见状，立时间欢声雷动。卜元摇了摇头，复坐下含笑而观，连奇瑛、孙奇、方国涣、罗坤等人惊叹不已。

酒席宴后，群英尽兴而归，各自散去了。方国涣想起连奇瑛有约，暂别了罗坤等人来到了六合轩，自有侍女把他引到了连奇瑛的书房内，连奇瑛已在里面等候了。

方国涣忙上前施了一礼道："连姐姐，叫小弟来有何吩咐？"

连奇瑛起身迎了道："国涣弟弟，你且先坐下了，稍后我有话对你说。"复有侍女献上茶来，退去后自把门带上了。

方国涣刚刚饮过酒，觉得口渴，也自不客气地取茶来喝。连奇瑛斟了一杯茶递于他道："这是刚煮好的热茶，慢用些，勿要太急的。"

方国涣道："不妨事。"自是连饮了数杯。连奇瑛摇头笑了笑，坐于一旁候了。

几杯热茶落肚，方国涣这才觉得舒坦了些，见连奇瑛的神情似有什么心事，便放下了茶杯道："连姐姐，为何这般不高兴？"

连奇瑛轻叹了一声道："今天诸葛容又派人送来一封密信，还是劝我率六合堂起事造反。"

方国涣闻之，摇了摇头道："诸葛先生可真多事，造反！造反！莫不是想造连姐姐的反？"

连奇瑛摇摇头道："现在他还不敢。"

方国涣此时酒劲有些上冲，也自来了性子道："依小弟看，六合堂已成气候，连姐姐反了就是了，将来得了天下，谁做皇帝不是做。"

连奇瑛这时仰天叹然道："国涣弟弟，其实你不知道的，要是能反，姐姐早就反了，可是我怎么能反自己朱家的天下呢！"

方国涣闻之，猛地一惊，酒劲醒去了大半，愕然地望着连奇瑛道："连姐姐，你……你刚才说些什么？"

连奇瑛此时肃然道："国涣弟弟，你曾经救过姐姐的性命，又在危急时刻扭转了六合堂的命运。所以，有一个秘密，姐姐不想瞒你，我本不姓连的，而是姓朱，是当今大明朝皇室中的一位公主。"

"公主！"方国涣闻之，一时惊得呆了。

连奇瑛轻叹一声道："姐姐本是叫朱瑛的，当今万历皇帝神宗朱翊钧乃是与我一母同胞的皇兄。当年我刚刚降临人世，宫里有一名叫邵元节的相师，说我有九五之尊的奇相，奈何是一位公主，否则必是继承帝业的天子，倘若留在宫中，将来势必生出唐时武则天、太平公主一样的事来。先皇信以为真，恐日后我乱了朝纲，做了一位女皇帝，杀了又不忍，便将我遗弃民间。后来幸遇六合堂前任鲁总堂主夫妇，他们便收养了我，并随鲁总堂主夫人之姓取名连奇瑛。鲁总堂主后来查出了我的身世及被弃宫外的原因，很是同情，曾说道：既然做不了大明江山的女皇帝，但做一名六合堂的女总堂主，也屈不了你的。鲁总堂主于是教我习武读文，苦心培养，直至推我继他做了六合堂的总堂主。当年鲁总堂主在世时，我现在的这位皇兄因众皇子争太子位，处于下风，鲁总堂主念他与我是一母同胞的兄妹，便动用了六合堂的力量，帮助皇兄当上了太子，六合堂因此与皇室有了往来。后来皇兄登上大宝做了皇帝，鲁总堂主这才与他断了联系。至今为止，我这位皇兄一直不知我这个六合堂的总堂主就是他的亲妹妹，鲁总堂主临终时才将这个秘密告诉了我，那时才知自家命运竟如此曲折。为了大明江山着想，我率领六合堂常做一些对朝廷有益的事，以尽微薄之力。如今诸葛容一再劝我造反起事，我怎么能反得起来呢？这可是太祖皇帝打下的大明江山啊！"方国涣此时已然听呆了。

连奇瑛接着叹道："看来大明江山的气数真的要尽了。贪官污吏，民不聊生，我这位皇兄却也昏庸无道，以为天下太平得很，哪里来认真看一下这千疮百孔的江山。这是天亡大明，也怪不得人家要反。我如今也只能尽微弱之力，以求天下苟安一时，虽知不是长久的，可又有什么法子，难道让我反了自家的社稷不成？"说完，连奇瑛叹息不已。

方国涣惊愕之余，感叹万分道："连姐姐，你的身世好苦！真是难为你了，没想到姐姐还是一位大明公主！"

连奇瑛摇了摇头，凄然一笑道："公主又能怎样？幼失双亲之爱，饱尝江湖之苦，今受进退之困，实不知如何是好。"

连奇瑛接着恢复了平静道："此秘密多年来一直潜藏心底，不敢向人泄露，否则不知会发生什么样的事情。今向国涣弟弟一吐为快，心中自是舒畅

第六十六回 大明公主

了些,国涣弟弟自家知道就是了,切勿令他人知晓,以免空生事端。"

方国涣道:"这些小弟理会得,只是不知如何为连姐姐解忧?"

连奇瑛摇头一笑,感激地道:"谢谢你了,天意如此,也无奈何。"

连奇瑛接着叹道:"在我有生之年,能稳住六合堂一时,就稳一时,也算是尽了对祖宗的孝道。至于身后事,由它去吧,也管不了许多。如今我那皇兄对六合堂的日益壮大,也是惧惮,寻机剪除,我现在是又帮着他又防着他,但求无事才好。"

方国涣慨然道:"真是难为连姐姐了!此举就是一个超凡的男子也做不来的,维持到如此程度,不知费了连姐姐多少心力。当今皇上有你这么一位公主妹妹,实在是幸运得很。可惜连姐姐不是一位男儿身,否则真的做了皇帝,自可使天下安和。天道不公,以至于此!"

连奇瑛苦笑道:"自古朝代更替,并非男女有别之故,有德政者万民方拥戴之。虽然一朝权握,若把持不住自家,政乱民怨,祸事便发,也是天道循环如此。"

方国涣叹道:"天道不公!好人多事,坏人横行,虽然善恶有报,可是坏事都做尽了老天才报应他,岂有公道可言?且有那恶人至死还无报应之事,可见因果之说乃为妄语,现世不报,谁又在乎它那来世之报?而今那国手太监棋上害人之多,此时就算他遭雷击死掉了,报应也实为太轻,不足抵其杀人之过。"

连奇瑛慨然道:"世事如棋!棋上事与天下事自有些相似的,不知下一步棋子如何走法?"方国涣道:"审时度势,只要时机一到,万勿错过,否则一子之差满盘皆输。"

连奇瑛摇头道:"棋上变化虽复杂些,但有国涣弟弟这般妙手,自可应付自如,随心所欲。可是世事变化难测,又常被情感所左右。"

方国涣应和道:"这与棋上的变化都是一样的,只要依大势而走,不患得失于一地,更无胜负的执着,志坚如山,心静如水,当无败理。"

连奇瑛苦笑道:"天下棋家,如国涣弟弟这般能有几人?不是人人都能做得来的。"

方国涣随后道:"事已至此,连姐姐应设法让那诸葛容死了造反之心才是,免得常被他烦扰。"

连奇瑛道:"不可压人之志,否则适得其反。总之,由他去吧,有我在一天,我不动,他也不敢妄动,此人虽志野心狂,却也是识得出大体轻重的。现今有孙奇先生辅助于我,当可保六合堂几十年内无事。孙先生做事谨慎,是顾全大局的人,也多亏有了孙先生,否则我更为难的。另外,诸葛容正在收买网罗能人异士,尤其对国涣弟弟来说,应防着他些。"

方国涣笑道："连姐姐放心吧，我这枚棋子，诸葛先生可是走不动的，算他力气大些，能将我拾起来，却也是一子废棋，于棋盘上走走尚可，棋盘外可丝毫没有用处的。"

连奇瑛笑道："你也太看轻了自家，孙奇先生与诸葛先生都说过你有以棋定天下的本事，尤其在战场上，一人可抵百万兵。"

方国涣笑道："一花一世界，尺余棋盘之上便是另一个世界，小弟只有在这个天地里才能四下走得通。以棋应兵事，危险得很，日后再不敢乱来了。"连奇瑛闻之一笑。

连奇瑛向方国涣说出了心中的秘密，自有释然之感，二人又谈论了一会儿，彼此互生敬意。方国涣见天色将晚，便起身告辞，连奇瑛亲自送出来。

此时，庭院中有一名侍女正与一个五六岁的小男孩在玩耍。那小孩见了连奇瑛，欢叫一声"姑姑"！便飞跑了过来。连奇瑛上前抱了，亲了他一下道："小山，来见过方叔叔，他与你爹爹是相识的。"

方国涣此时一怔，不知这小孩是哪一位故人之子。那小男孩这时瞪着惑然的大眼睛望着方国涣，胆怯地叫了声"叔叔"！

方国涣笑应道："好乖！你爹爹是谁？"小男孩道："我爹爹叫洪金山，姑姑不是说叔叔认识爹爹吗？"

"洪金山！"方国涣闻之一怔。

连奇瑛这时挥手命侍女领了那小孩到一边玩去了，随后长叹一声道："他是洪金山堂主的儿子，叫小山，独石口关外一战，洪堂主为了护天元之位英勇战死之后，我便收养了他，好可怜的一个孤儿！"

方国涣不觉悲从中来，道："时过境迁，天元血战仍历历在目。若无洪金山堂主率人死命护了天元之位，让我与孙先生有时间调动天龙大阵补救险处危情，后果不堪设想。对了，当时拼命护了天元指挥台的六合堂的众英雄中，有一位堂主不知叫什么名字，也不知是第几分堂的。当时有几十名女真兵攀上了本架高台，直逼顶端，情形万分危急，是这位堂主舍身跃上木架，拼命地将那些女真兵纷纷击落，阻了上逼之势赢得了时间，卜大哥他们才及时赶来解了围，令我与孙先生转危为安，仍能安全地指按调动天元阵。不过这位堂主却不幸被一名女真大将射箭钉在了天元台的木架上，惨烈而死！"

连奇瑛叹道："这位英勇的堂主叫盖云雁，盖堂主是山西第三十一分堂的堂主，现在六合堂的弟兄们都很怀念他。"

方国涣复又感叹一声道："天元一战，虽挡退了强敌，胜利而返，但也折了不少英雄好汉。"

连奇瑛叹道："经此一役，死伤惨重，连大力弓王弓长久也负重伤而死，六合堂自阵亡了几十名堂主、香主及上千名兄弟，我现在已不忍看到六合堂

第六十六回 大明公主

再生什么意外之变,否则更对不起死去的兄弟与他们妻小了。"

方国涣闻之,点头道:"小弟佩服连姐姐稳六合堂以稳天下的明智之举,连姐姐虽无帝王之份,但有王者之风,更有仁慈之心,这是任何江湖中人所不能及的。"

连奇瑛摇了摇头,苦笑道:"国涣弟弟过奖了,我现在已感力不从心,真想抛去一切烦恼之事,寻一处世外桃源,就此隐居罢了。"

方国涣笑道:"若到那时,连姐姐不要忘了唤小弟一声,也好有个替姐姐担水劈柴的。"

连奇瑛笑道:"那时你可别后悔,当无人与你弈棋的。"

方国涣笑道:"小弟从此封棋便是了。"二人相视一笑。

方国涣回到六合居时,罗坤、卜元、吕竹风三人已候多时了。

卜元道:"贤弟怎么这时才回来?让我三人好等。"

方国涣道:"连姐姐留我说了会儿话,故耽搁了。"

卜元道:"总堂主自从关外返回来之后,似有什么大的心事一般,多忧郁不乐。"

方国涣轻叹了一声道:"连姐姐自有她的难处。"

卜元点头道:"六合堂这么大的摊子,也够总堂主辛苦的了,日后我等应多做些事情替总堂主分担些才好。"

罗坤道:"不错,总堂主对我们恩重如山,不分彼此,大家要齐心协力助总堂主振兴六合堂,以报知遇之恩。"方国涣听了欣慰不已。

兄弟四人随后品茶闲谈,卜元道:"罗坤、竹风两位贤弟,我可是服了,一个几乎要吃光了天下,另一个却又好几日不进米食,你二人可算是对上了。"

罗坤笑道:"师父曾对我说过,偶尔辟谷不食几天,清理肠胃,对身体是有好处的。不过竹风贤弟的食量甚大,总堂主不得不为他专门配了两名厨子,不但让他吃饱,还要吃好的。"

方国涣闻之,点头笑道:"连姐姐这么做是应该的,想当年,狍石口关外,竹风贤弟立马横竹压住了整座天元大阵的阵脚,打得女真兵将几乎无人敢靠近他,末了自家又单枪匹马地冲杀一番,斩将夺旗,直叫女真人胆战心寒!"

罗坤点头道:"不错,事后孙奇先生曾说过,竹风贤弟与金枪无敌将韩梦超是天元棋阵的两处阵眼,缺一不可的。"

卜元笑道:"能吃能打,才是竹风贤弟的英雄本色。"

吕竹风这时在一旁感激地道:"若无方大哥送我来六合堂混饭吃,小弟这一辈子恐怕也只是一个半饱的儿郎。"此言一出,卜元、罗坤、方国涣三人哈哈大笑。

方国涣随后对罗坤道："来了多日，怎么不见杜健大哥？可是他处任职去了？"

罗坤闻之，感叹一声道："自小弟岳父大人重伤死后，杜健与几位先前的寨主便绝了江湖之念，辞了总堂主隐退了，听说是隐居于太湖岸边的渔村中，年节时常派人来给我和英儿送些礼物，还让人捎过话来，我和英儿若在六合堂待不下去，便去太湖寻他，倒极是念故人之情的。如今还好，关东绿林人马加盟六合堂后，总堂主便另立三堂，均归我属下，对大家毫不见外，照顾得很，我那岳父当初此举确是有见识的。"方国涣闻之，点了点头。兄弟四人谈至天黑方散，约好明日泛舟游鄱阳湖。

掌灯时分，孙奇又派人将方国涣请了去指点棋艺。方国涣便在棋盘上将孙奇惑异不解之处一一指明释清，孙奇随后感激道："这几日承公子棋上妙手指点，先前阵法中的几处复杂的变化终于让人明白了，《孙武兵阵棋解》时至今日，孙某已经全部贯通了，自当谢过公子。"

方国涣闻之惊讶道："原来孙先生这些日子乃是与我在研讨兵阵变化之术！既已全部贯通，可喜可贺！"

孙奇笑道："除了阵法之法，孙某岂敢跟公子言棋。在六合堂里能与公子走得上手的，只有蜀中的刘诃刘敏章堂主，半年前他曾来过总堂这里，闻公子之名自是敬慕不已，托请孙某转告公子，日后若有机会可至蜀中与他一会，以请教公子的化境之棋。"

方国涣道："刘先生乃是当今天下极负盛名的三大棋家高人之一，若有机会得以拜见，实为荣幸。"

孙奇这时道："自公子棋布天元阵于独石口关外一战之后，棋名远播。半年前洛阳分堂处传来一个消息，说是曾有一名东瀛棋士，去过他们那里打听过公子，好像是寻公子斗棋。因为洛阳分堂处的弟兄们不知公子的行踪，便打发那东瀛人去了，此人慕公子之名而来，必然是一位棋上的高手。"

方国涣道："围棋一艺，始于中国，汉之前便已传入高丽、东瀛，各盛于隋唐。此两国本为中国邻邦，其人思物辩理之法多与中国人相似，棋道也然，自有国手应世，棋上各成风格。唐时，两国各有好手来中国时行交流的，宣宗时的顾师言就曾与东瀛的王子、高丽的棋僧对弈过。唐以后，仍不断有两国的棋士来中国访棋学艺，无形中也发展了各种文化的互渗与演化，非仅限于宫廷，更盛于民间。家师苦元大师就结识过几位东瀛与高丽的棋僧，彼此相交甚厚。如今棋道广布，也不知传了多少国家，天下间凡中国人所至之处，便有对弈之局，棋子之声。闻海外极远之地又有岛陆，所居土人善一种'盘戏'的游戏，或许是由围棋异化出的其他技法，也未可知。"

第六十六回 大明公主

孙奇闻之，赞叹道："公子不但棋高天下，而且棋识渊博，实令人佩服！"

方国涣道："这些都是得益于先师苦元大师的棋上教诲，学棋之人，当有所知的。"

二人谈至夜半，方国涣这才辞别了孙奇，由人送回了六合居。

第六十七回　菊花夫人

　　第二天一早，张林平、赵汉仓、齐晓石等人来到了六合居向方国涣告别，要起程回徐州。方国涣感激他们一路护送自己来到了鄱阳湖，便亲自送到了岸边，张林平等人上了船，挥手而去。
　　方国涣目送船只走得远了，这才转过身来，见罗坤、卜元、吕竹风三人与一名汉子走了过来。
　　卜元道："贤弟，送客人吗？今日去湖上游玩，由这位王林香主导游，他对湖面熟得很，知道有几处好的所在。"
　　那名叫王林的香主忙上前礼见了方国涣，恭敬地道："能引方公子与几位堂主湖上一游，实是在下的荣幸。"
　　方国涣道："那就有劳王香主了。"
　　罗坤道："方大哥，这就走吧，船只在那边候了。"
　　几个人随后沿岸边走去，不远处停了一条乌篷船，船中已备好了一桌精致的酒菜。
　　方国涣见了，笑道："各位好兴致！乘船饮酒游湖，倒是别有一番情趣的。"
　　卜元笑道："但让贤弟高兴就是了。"几个人上了船，待坐稳了，那王林便双桨一荡，船只离岸而去。
　　鄱阳湖景色怡人，碧澜微波，一望无际，端的是水天一色，万物浑同。沙鸥惊起，野鸭乱飞，鱼虾潜游，时可望见。风清气爽，船行波动，尤自令人陶醉。
　　罗坤此时偶有所感，慨然道："此行却似昔日舟游洞庭湖一般，不由想起一位故人来。"
　　卜元旁边道："曾闻贤弟在洞庭湖剿过水盗，今日不妨再细说说，也让我们几个领略一回当时的惊险。"
　　罗坤道："昔日随师父去洞庭访友，谁知遇上了一些意想不到的事。"罗坤于是将昔日洞庭湖上遇盗结识小龙王米迁、巴陵搬兵、湖上大战、剿灭朗月山庄水盗等情节叙述了一遍。方国涣、卜元、吕竹风三人听罢，惊奇不已。
　　卜元随后道："不知那位善水似龙的'小龙王'现在何处？"

第六十七回　菊花夫人

罗坤道："如今米迁贤弟做了朗月山庄的主人，待有机会约了来，让大家见见他的水里本事。"

卜元道："在水里自由来去，在陆上又做了个庄主，这个'小龙王'却也活得自在风光。"

吕竹风这时插了一嘴道："那也是人家有本事。"

卜元听了，大笑道："贤弟所言甚是，不过也得机缘巧遇才行，如你先前为东家牧牛一般，虽有打虎驱豹的本事，每日却也吃不饱的。"

吕竹风闻之，认真地点了点头道："卜大哥说得也是，看来只有寻机会显出本事，才能吃饱饭。"

方国涣强忍住笑，问道："贤弟的饭量在六合堂这个管饱的地方，可又增了？"

吕竹风挠了挠头道："先前也没个定量，现在哪晓得增减。"方国涣、卜元、罗坤三人闻之大笑。

王林已将船只划得远了，方国涣、卜元等人任他自行，不甚理会到了哪里，兄弟四人但饮酒长谈，兴致愈浓。

这时，卜元忽用鼻子着力嗅了嗅，诧异道："咦！哪里来的花香？"方国涣、罗坤、吕竹风三人也自闻到了一股淡淡的花之清香。

船头上正在划船的王林道："我们已经到菊花岛了。"

"菊花岛？"方国涣闻之一怔，与罗坤、卜元、吕竹风抬头看时，但见前湖面陡然露出一岛，岛上鲜花齐放，五颜六色，把个小岛点缀得无比艳丽耀眼，适才那股花香正是从此岛风送而来。

卜元见状，惊讶道："来鄱阳湖多时，怎么不知还有这等好的去处？"

王林应道："这菊花岛与咱们六合岛是一双水上邻居，菊花岛上有一座菊花宫，里面住着一位菊花夫人，专门种植各种菊花，这菊花岛上除了菊花之外不见其他花类。菊花夫人性情清高古怪，尤厌生人登岛，此岛又深居湖中，所以不尽为人知。连总堂主却是与菊花夫人相识的，每年总堂主也自去菊花宫拜访菊花夫人几次。两个月前，总堂主还带了罗堂主的夫人来过一次呢，也是在下掌船接送的。"

罗坤道："怪不得那日英儿不知从哪里得了几株好看的菊花来，便于窗前栽了，也是自家不会看顾，不几日，那几株菊花就叶枯花落死掉了，令英儿好是难过。后来听说总堂主在六合园中栽的几株也死掉了，英儿心里这才似找到了平衡，不再念叨可惜了，敢情是那次随总堂主一起来时，人家菊花夫人送的。"

王林又道："菊花岛虽然与六合堂是水上邻居，可六合堂的弟兄们是不能来这里游玩的，这也是总堂主的意思，知道那菊花夫人厌烦生人打扰，所以告诫大家无事时切不可靠近,更不能登上菊花岛,免有麻烦。"

卜元闻之,笑道:"这菊花夫人也太虚假些,说是厌烦生人上岛打扰,其实巴不得你来观赏她的菊花,赞赏她几句。你们瞧瞧,满岛的菊花,甚是显眼,这不是引人来观赏的又是什么意思?"

王林道:"这岛上有几名菊花使女,经常出湖购些油盐米面的,与在下也是熟的,所以今日我也是大胆,乃是见了方公子与各位堂主高兴,就贸然掌船过了来,让各位在近岸看看就是了。"

卜元听了,摇头道:"那岂不没意思,到了菊花岛却不上岸去,能有什么赏花的兴致?"

王林忙道:"在下是不敢上岛的,也是不便领各位上去的,每次送总堂主来,在下也只是在船上候了,不能踏上岸边半步的。曾闻岛上一名叫青菊的使女说,这菊花岛禁止男人上来的,为此岛上遍设机关,以防生人闯入。那青菊还说,所有的机关都是由菊花布置的。"

卜元听了,笑道:"王香主也会讲笑话,那些细嫩的菊花能布成什么机关陷阱,一脚还不踏扁了。"

王林摇头道:"卜堂主有所不知,那菊花夫人神秘得很,听青菊说,她的主人培植出很多毒菊,奇毒无比,以这些有毒的菊花设些机关,抵御一些不速之客,却是很厉害的。为防有事,所以各位在近岸转转,就近看些便了,千万上不得岸的。"

卜元道:"这菊花夫人果然古怪,好看的菊花偏偏养出些有毒的来。不过那些毒菊多在岛内或者菊花宫周围有些而已,我们不近前就是,上岸近处走走,也不枉来一趟的。"那王林自有些犹豫。

罗坤道:"请王香主放心,不会有什么事的,我们仅是好奇观赏一回而已,惊扰不了人家的。既然来了,兴致也有了,岂能这般扫兴回去?"

王林见罗坤发了话,迟疑了一下道:"也好,不过罗堂主几位可要小心了,勿要让岛上的人发现,更不要往深里走,看一会儿即刻返回,免得有什么意外。"说完,王林便将船只划到了岸边。

当方国涣、罗坤几个人离船上了菊花岛,再看时,不由各自惊呼了一声。但见各色菊花,一丛丛,一簇簇,一片片,花开遍地,覆盖全岛,香气袭人,蜂蝶乱舞,看得几个人眼花缭乱,心醉神迷。

方国涣惊奇之余,讶道:"菊类多在秋后开放,这般季节里怎么还能如此盛开?大规模绽放?"

王林一旁道:"那菊花夫人对菊花研究得很是精透高深,也不知用了什么嫁接移植的法子,全年可使菊花遍岛开放,四季常见,这批未谢,那批又放,似混乱了时令一般,甚为奇妙!"

第六十七回 菊花夫人

方国涣惊叹道："能将菊花养到如此程度，这位菊花夫人当是花中的仙人！"

罗坤四下观望着遍地的菊花，不由赞叹道："菊花岛！名不虚传！"

一路看去，起初，有些菊花几个人倒还叫得上名字，可是越往里走，所见菊花越是异常，大朵的一团团，小朵的一簇簇，花瓣奇形怪状，宽细弯垂，颜色清艳纯杂，散布不一，又以金黄者居多。几个人已是看得心醉神迷，不由自主地往深里去了，自是忘记了王林的告诫。

而那王林此时比方国涣、罗坤等人看得更是着迷，自家领头向里走，一边惊奇地观看，一边用手指着道："看！这朵大。嘿！这朵更大！"卜元一旁见了，忍着笑，却也不提醒他。

待几个人不知不觉地上了一面山坡之后，这才恍然大悟，发现走得远了，回头看时，遍地菊花，早已不见了来时的路径，已是进了岛内深处，连岸边都已望寻不到。但见对面山坡上的花丛中，坐落着一座雅致的宫殿，显然是那菊花宫了。

王林这时害怕起来，慌乱道："这如何是好？我们已经走不出去了。"

卜元不以为然道："怕什么！不如去菊花宫做回客，见见那位菊花夫人是位什么样的人物，竟然有这等本事，种了满岛的菊花。"

王林已是急得直跺脚道："闯祸了！闯祸了！卜堂主切莫再说玩笑，这其间有许多厉害，各位还不知晓的。"

方国涣此时也自担心起来，四下望去，漫山遍野的菊花似一片菊花迷阵，进退无路，不知从哪里走出去才能到达岸边，已是被这些花丛困住了。

这时，忽从另一侧山坡上传来一串铜铃般、极其清脆悦耳的笑声。方国涣、罗坤等人初闻此不同寻常的笑声，心神不由各是一畅。抬头看时，遥见另侧山坡上有两名采菊的少女，正在花丛间追逐嬉闹。

卜元惊讶道："这个小姑娘的嗓音怎么这般好听？笑声清脆得很！让人听起来如此舒畅！"

王林这时诧异道："这笑声难道就是菊花岛上那位有名的冬菊姑娘所发？曾闻青菊说过，菊花夫人培植出一种叫作'五花菊'的奇种菊花，人食之畅咽利喉，神效非常，附近州县几位有名的歌女每年都来岛上重金购买一些回去，以养嗓子。听说菊花夫人在冬菊幼时就以这种奇特的五花菊当作食物给她吃，令那冬菊嗓音异常，每一言，每一语，尤其是那笑声，朗润甘甜，清脆如铃，好听之极！"

方国涣讶道："没想到菊花竟能养出这么好听的声音来，不可思议！"

这时，山坡上的那两名采菊少女已望见了站在这边的方国涣等人，立时惊慌地隐于花间跑开了。

王林见状，大惊道："不好！我们已被发现了，要有大麻烦，几位堂主快想法子离开才是。"

　　吕竹风这时忽指了一边道："几位哥哥，这里有路。"方国涣等人转身看时，果见在一片紫褐色的菊花丛中，有无数条小路，胡乱错杂，似有人走过。

　　卜元见状喜道："这可能是通向岸边的路，我们不妨试着走走。"说完，抢先一步走了进去。方国涣、罗坤、吕竹风、王林四人见了，也自随后跟了进去。

　　方国涣进入这片菊花丛中后，发现这些紫褐色的菊花是从未见过的，花色花瓣自呈些怪异，让人看起来不那么舒服，并且花丛间的小路纵横交错，岔道很多，尤以旁边那些菊花的枝叶似人工修理过的，剪得整齐有形，显衬出了那些复杂的路径来，方国涣心中已然生疑。

　　几个人在花丛中走了一阵，卜元忽"咦"了一声道："怪了！怎么又走回原来的地方了？"几个人已是被这片紫褐色的菊花丛困住了，此时便是想退出去，也是不能，因为已迷失在了这些复杂的路径之中。

　　那王林此时心中一惊，低头细观那些菊花时，见花瓣间隐有斑点，花呈紫褐，看着看着，王林脸色忽地大变，已是吓得无了血色。

　　卜元见菊花丛中路径复杂，一时间走不出去，自有些急了道："大家索性直着走，从花上踏出一条路来，就能离开这块鬼地方了。"说完，抬脚就要踏花开路。

　　忽听王林高声喊道："卜堂主！慢动！"

　　卜元闻之一怔，也自收回了脚，惊讶道："王香主，你这是怎么了？大惊小怪的！"

　　王林见卜元没有踏上菊花丛，这才松了一口气，额头上已是惊吓出了汗来，稳了稳神道："今天的祸大了，我们已误闯进有毒的菊花阵了。听那青菊说过，菊花夫人在岛上布植了数片含有奇毒的菊花阵，人若不慎触及其花叶，便会全身浮肿溃烂，残酷无比。此菊花阵是用以阻挡那些心怀不善、潜上岛来偷花之人，不明真相者误入此阵，一时走不出去，便要踏花而行，横着趟出去，却不知已中了毒。"

　　王林的一番话，听得方国涣、卜元、罗坤、吕竹风四人不由惊出了一身冷汗，再看那些菊花时，果然显出一种诡异之色，忙离那些花远了些。好在几个人进来时，生恐不小心碰折了几株，让岛上的人发现了怪罪，所以走路时很谨慎，幸好没有触及上，此时皆自骇然。

　　卜元惊怒道："这婆娘！竟用如此刁钻古怪的法子来毒人，也不分个善恶好坏。今日未曾带有铁锹，否则必将这些毒花连根铲除。"

　　这时，吕竹风忽揉了几下咽喉，眉头一皱道："这些菊花的气味怎么闻起

第六十七回 菊花夫人

来很难受的？"随之方国涣等人也自感喉中发紧，气道不适，不由大惊。原来几个人在这片菊花丛中乱走一阵，那毒菊的花粉气味飘浮空气中，自被几个人无形中混以空气吸入了。

罗坤骇然道："此非久留之地，时间一长我们恐有性命之忧。"

卜元大急道："这些鬼花又碰不得，路径似故意修成的迷宫，除了会飞，哪里走得出去。"几个人一时间急得没了主意。

方国涣自是临惊不乱，扬目四望时，忽然心中一动，原来发现这片有毒的菊花阵竟是按着一盘复杂的棋势所布成，如连云山天元寺后面的那片"棋林"一般。

方国涣惊诧之余，仔细看过后，点了点头，随对罗坤等人道："大家不要急，且跟在我的身后，或许能按棋上的走法走出去。"罗坤、卜元、吕竹风、王林四人闻之一喜，忙在方国涣身后跟了。

此时五个人喉部已麻痒而胀，咳嗽阵阵，风泪自流，咽喉、眼泡已然浮肿起来。

方国涣在前面仔细盘算着走法，按棋路上但择有"余气"的地方走。五个人左拐右转，战战兢兢，生恐触上了花毒，最后竟然被方国涣奇迹般地领出了这片有毒的菊花阵。一出来，五个人都已头昏眼花，气力不接，便胡乱地躺在地上，再也走不动了。

这时，忽闻一严厉的声音道："大胆狂徒，竟敢擅闯我菊花岛。"方国涣等人闻之一惊，抬头看时，但见一位仪态端庄，却带着几分威严之气的中年妇人站在面前，身后跟了十余名侍女，各持了刀剑绳索。

罗坤、卜元、吕竹风三人的眼睛肿得快要封上了，视物自有些不清，见了对方来拿的架势，却也无心抵抗，也是无力抵抗了，自等束手就擒。

这时，忽有一名侍女惊呼了一声，指着王林对那妇人道："夫人，他们是六合堂的人，这位是王林香主，青儿认得的。"

那妇人正是菊花岛的主人菊花夫人，此时不由一怔道："六合堂！六合堂的男人来做什么？难道你们的连总堂主没有告诫过你们，不可擅闯菊花岛吗？"

方国涣这时勉强地抬起头来，歉意道："请夫人不要误会，我等并无他意，乃是在船上望见了这满岛的菊花，不由起了兴致，故登岛一观，一时看得迷醉，误走了进来，还望夫人恕罪。"

菊花夫人望了地上的方国涣一眼，惊讶道："此菊花阵布局巧妙，你是如何带他们走出来的？"

方国涣道："在下略通棋道，见夫人这片菊花阵乃是按一盘复杂的棋势而布，故在下依棋路上的走法试了试，不曾想竟走了出来，实为侥幸。"

菊花夫人闻之一惊，仔细打量了方国涣一遍，诧异道："六合堂除了蜀中的刘敏章善棋外，年轻的一辈中，没听说在棋上有造诣的，你是谁？竟然能识破我的菊花棋阵。"

　　躺在一旁的王林忙应道："夫人，这位是方国涣公子，是我家总堂主请来的客人，因要游湖被我引了来，是我的过错，请夫人惩罚我吧，勿要难为方公子。"

　　菊花夫人闻之惊讶道："原来这位方公子是连总堂主的客人，怪不得面生得很。"接着语气一缓道："好吧，看在连总堂主的面子上，且救过你们一回，也是方公子领你们出来的快些，否则时辰久了，不小心触上了紫斑菊，这会儿早就烂死在里面了。你们所吸空气中花粉的毒性也不低，先回菊花宫再说罢。"

　　菊花夫人随后吩咐那些侍女道："把他们扶回菊花宫救治好了，再去六合岛通知连总堂主来领人，否则我是不放的。"说完，转身径自去了。方国涣、罗坤、卜元、吕竹风、王林五人闻之，暗暗叫苦，自是后悔来此惹下了这些麻烦。

　　菊花宫内，一名侍女在方国涣、罗坤等人嘴里各放了一片清香的菊花瓣。说来也怪，不多时，方国涣等人便觉喉部一松，气机通畅起来，眼部也随之恢复了常态，各自大喜，忙起身齐向菊花夫人谢过。

　　菊花夫人倒也不甚理会，自让几个人坐了，然后对方国涣道："看来这位方公子在棋上也是有些造诣的，我现有一局死活残棋，来验验你的棋力，解不开也就作罢，稍后由连总堂主领回你们就是了。方公子若是有神来妙手解了，我便送你一朵芙蓉菊吃，此菊可辟山岚瘴气、五邪尸毒，你可愿意？"

　　方国涣忙起身应道："我等误闯夫人禁地，已是冒犯，又得夫人大义相救，自是感激不尽，承夫人看得起，在下愿意一试。"

　　菊花夫人闻之，点了点头，对身旁一名侍女道："倒是一个知书识礼的公子。秋菊，告诉春菊、夏菊，将那盘棋抬出来罢。"秋菊应了一声去了。

　　时间不大，两名侍女抬了一张棋枰进入厅中，轻轻地安放了桌案上，棋枰上已布好了一局残棋，似摆放很久了。方国涣见了，心中笑了笑。

　　菊花夫人这时道："这是多年前我与一位棋上的高手走的一局棋，但是走到这里，成了一局极难的死活棋，双方自无破法，于是约定，谁先解出，当属第一。多年来我百思不得其解，故请方公子一试。此时当黑子应着，不知公子可否有妙手破它。"

　　待方国涣上前细看之下，心中不由一惊，发现这盘棋双方走得极细极复杂，不是一般高手所能走得出的，想起那片以棋势布成的菊花阵，方国涣这才知道菊花夫人乃是棋上的一名顶尖高手，心中立生敬意。看过棋势之后，

第六十七回　菊花夫人

方国涣便拾了一枚黑子于枰中轻轻点落，随即收手而立。

菊花夫人这边见方国涣未假思索便起手应棋，不由一怔，忙离了座位上前来看，忽然惊喜一声道："是了！是了！正该有此妙手来制他的，这一回我看他还有何话说！"菊花夫人随后便觉察到了自家有些失态，忙稳了稳神，但仍抑制不住心中的惊喜欢悦之情，于是高兴地道："秋菊，快快去菊园中采一朵最大的芙蓉菊来。"那秋菊应了一声，转身欢快地去了。

菊花夫人欣喜之余，复请了方国涣落座，赞叹道："没想到方公子年纪轻轻，棋力却如此高深，片刻间便一子解了我心中多年的困惑，这回倒要感谢你的。"

方国涣忙道："不敢！其实从棋势上看，夫人之所以没有解开此棋，是因为夫人一直在棋上与对手斗气，扰了自家棋境，致使心烦气躁，故不能静生妙手。"

菊花夫人闻之，似有所悟，随即点头道："不错，我若静下心来，此棋当年可能就解了，也不至于弄到今天这般地步……"说到这里，菊花夫人轻叹一声，似想起了一段遗憾的往事。

方国涣这时犹豫了一下道："从刚才的这盘残局的棋势上看，与夫人对弈的那人必是一位棋上罕见的绝顶高手。就对方棋路来看，他应该是有妙手来解而不去解，走出这种棋势，好像是故意难为夫人的。"

菊花夫人闻之一怔，不由得站起身来，惊异道："公子莫非是神人？当年的情形就像自家在棋局旁看到了一般！公子所言倒是提醒了我的，他……他果是故意让了我的。"

方国涣道："这只是我从棋势上得出的一种猜测罢了。"

菊花夫人激动之余，郑重地道："不，公子说得很对，仔细想来，当年确是如此。没想到天下间竟有方公子这般棋境相感到如此程度的人，适才菊花阵中倒是我冒犯你这位高人了，还请方公子勿怪罪才是。"

方国涣忙道："在下不敢！"旁边的卜元、罗坤，见方国涣一枚棋子落下去，便令那菊花夫人态度上有了大改变，二人不由相视一笑，吕竹风、王林二人已自惊讶得呆了。

方国涣见菊花夫人态度上温和了许多，自家的话语也就放开了些，于是道："夫人能将天下名菊集于一岛，且令四季常开，是为神奇！"

菊花夫人闻之，笑道："我天生喜爱菊花，便熟知了各种菊花的习性，也就大着胆子试着嫁接移植，以创新种，要它应四季而开，经年而放，所谓身在菊花岛，不必盼重阳。天下的菊花若有五百种，我这菊花岛上便有八百种，乃是我于各类菊中彼此移植出的奇种异品。"

方国涣赞叹道："夫人养菊若此，可为花中的仙子！"菊花夫人闻之一笑，似不置可否。

卜元一旁心中道："这婆娘，果然也是经不得人夸的。"

方国涣又道："在下有一位朋友，其家碧瑶山庄内的百花厅，自养了不少名花，不似夫人专一养菊的。"

菊花夫人闻之，淡淡一笑道："公子是说姑苏赵氏的碧瑶山庄吧，赵氏虽为江南首富，也只是弄些凡花俗草来装饰下门面罢了。碧瑶山庄游游尚可，那百花厅嘛，我也去过的，不值一观。"

方国涣闻之惊讶道："原来夫人到过苏州，并且也去过碧瑶山庄的。"菊花夫人轻轻叹息了一声道："都是过去的事了，二十年！过得真快！"神色间自有些伤感。

这时，一名侍女正在浇灌窗外的一株菊花，此花奇异，瓣片如钩，枝粗叶厚，并且罩有一层淡淡的水汽。方国涣无意中一眼望去，忽觉此株菊花似曾在哪里见过一般，不由走到窗前细看，心中立时一怔。

菊花夫人也自走了过来，见方国涣被此株菊花所吸引，便介绍道："这株菊花名为水菊，自与它菊不同，天下仅此一株，长势缓慢，十几年也难改变形状，侍弄起来也麻烦些……"

不待菊花夫人说完，方国涣便接过话道："可是此菊的根部吸水力很强，必须经常浇水，才能使其得活，其水分又很快从花叶间蒸发去，如此一来，让人因此菊忙顾不暇，故又名'勿忘伊'的？"

菊花夫人闻之，脸色忽地大变，声音自有些微颤道："这些方公子如何知晓？此菊可是我二十年前培植出的，天下无有，外人不知，乃为孤品，难道……"菊花夫人心神立时一震。

原来方国涣看到这株水菊之后，猛然忆起曾在苏州江南棋王田阳午的家中见到过同种菊花，又想到刚才的那盘残棋，方国涣此时已是明白了什么，于是道："原来夫人是与江南棋王田阳午先生相识的。"

菊花夫人惊喜道："方公子果真识得田郎？"

方国涣道："不错，半年前在苏州城内，在下还曾与田阳午先生临枰对弈过呢。"

这时，菊花夫人已显得激动不已，忙对一旁的两名侍女道："青菊、兰菊，你二人先引了王香主几位到菊园中观赏奇菊，我与方公子有话说的。"

卜元等人听了，觉得这菊花夫人果然古怪，本来厌烦生人上岛搅扰的，这会又主动请人观赏她的菊园来。几个人惊讶之余，却也高兴地随两名侍女到菊园中观菊去了。

待卜元等人去了，菊花夫人复请了方国涣落座，然后急着问道："……田郎他好吗？"神色中自流露出了无限的关切之情。

第六十七回　菊花夫人

方国涣应道："田先生棋压江南，名震天下，正如日中天！"

菊花夫人闻之，欣喜之余，摇头喃喃道："田郎！田郎！那株水菊明明还活着，你怎么说是枯死了呢？看来……看来是我的不是了，当初错怪了你。"

菊花夫人情不自禁地说了一番，随后对方国涣摇头一笑道："看来方公子与我还有田郎，我们三人是有棋缘的，既然如此，这件旧事就向公子说了吧。我与那田郎从小青梅竹马，一起长大，田郎拜先父为师习棋，时常与我在一起研棋养菊。可是后来，我于菊上的时间多了些，田郎在棋上的时间多了些，并且愈发痴迷，彼此少了些温情。我自是怪他，棋扬江南之后便不顾我了，于是将刚刚培植出的一株水菊送于他，以试其心。过了一段时间后，我便问他水菊怎么样了，田郎竟然说无暇照顾枯死了，令我很是伤心，一气之下向他挑战，欲在棋上斗败他，叫他认错赔罪。谁知心急之下，不能解最后的僵局，殊不知田郎是在棋上让我的。"

菊花夫人叹息了一声，接着又道："当时见棋上不能制服他，我便一赌气出走苏州，离开了他。而今看来，他当初是与我开了个玩笑，那株水菊他一直照顾得很好的。唉！我当时负气出走，空空自误了二十年，不知田郎还能原谅我吗？"菊花夫人此时已是有了悔疚之感。

田阳午与菊花夫人这段传奇曲折的经历，令方国涣感叹不已，于是道："昔日在苏州田先生的家中，曾见田先生守望水菊别有感慨，自对夫人有着无限的思念，当时在下不知内情，不便相问，原来田先生与夫人之间还有这般曲折。"

菊花夫人闻之，立呈无限喜悦道："田郎还在想着我！他能原谅我吗？曾闻江南棋王至今仍单身一人，未曾娶妻室，这些年来，也是苦了他了。"说完，菊花夫人不禁黯然泪下。

第六十八回　五毒菊全

菊花夫人向方国涣讲述了一番江南旧事，随后于侧室中取了一册书来，呈于方国涣道："方公子既与田郎相识，日后或许能再见。今有一事相托，这是我著的一卷《菊花集》，内载咏菊诗词各三十六首，菊花赋十八篇，都是借菊咏物思人之文。恳请公子寻个机会亲手交于田郎，他看了之后，或许能明白我心依旧，若能原谅于我，我也自会感到一丝安慰。"说完，向方国涣欠身施了一礼。

方国涣忙双手接过道："夫人快莫如此，既是夫人重托，在下一定照办。"再看那《菊花集》时，封面精美，墨香犹存，却不知有多少苦思在里头，方国涣遂于怀中小心地藏了。

菊花夫人此时释然道："多谢方公子成全，今日我才明白了当年乃是一场误会，只因自家任性，错怪了田郎，但让他知道，这二十年来，我对他仍念念不忘就是了。"话语间，自呈无奈的苦涩。

方国涣见菊花夫人对田阳午如此真情和感怀，自是感动道："请夫人放心，日后见着田阳午先生，在下一定告知当年的这一切都是误会，夫人至今仍思念田先生得很。"

菊花夫人闻之，感激地道："今日幸亏公子在棋上解了我多年的困惑，方明白是我错怪了田郎，更有此机会承公子传送我的歉意，否则会遗憾终生的。"

这时，那名叫秋菊的侍女用银盘端了一大朵纯白色的菊花进了来。菊花夫人见了一喜，上前接过，亲手呈于方国涣道："此芙蓉菊能解百毒，为答谢公子解局传书之恩，但赠此菊，请公子趁鲜食用了，对身体是大有好处的。你们刚才解毒用的便是芙蓉菊的花瓣，现在送公子一大朵来吃。"

方国涣闻之一喜，知为奇物，起身接过谢了，然后一瓣一瓣地将这朵芙蓉菊分开来入口食了，觉得甘甜清香之外，却也无他。

菊花夫人这时点头笑道："公子日后再到菊花岛来，虽不识路径，却可不再受菊花阵毒菊之困了。此芙蓉菊自可解紫斑菊之毒，这种以菊解菊毒之法，乃是我近十年来苦研的成果。"

方国涣感激地道："承夫人抬爱，赠送在下芙蓉菊吃，没想到这菊花中，

第六十八回　五毒菊全

还有同物相制的。"

菊花夫人道："菊中也自有小人与君子的，我因让群菊逆时而放，无意中竟反植出了这种有大毒的紫斑菊来，除了芙蓉菊，世上别无他法可解。"

方国涣惊讶道："菊中有此奇药，不可思议！"

菊花夫人道："正品真菊，甘凉无毒，入肺、肝二经，有疏风清热、明目解毒之功，《本草》列为上品，为医家常用之药。方公子若感兴趣，可随我到菊花宫后面的菊圃中一观天下间的奇菊异种。"

方国涣闻之喜道："如此幸甚！多谢夫人了。"

菊花夫人笑道："勿要客气，但请公子于菊中饱饱眼福罢。"说完，菊花夫人便引了方国涣来到菊花宫后面竹篱封闭的菊圃中。

一进入菊圃内，方国涣立时被眼前的景色惊呆了。但见菊花满园，争奇斗妍，殊香异彩，可谓占尽天下之颜色。丹菊赤红，玉菊纯白，黑菊如墨，黄菊似金；而又有绿菊者，花叶同色，宛如碧玉。

菊花夫人此时但数家珍，指了各种奇菊向方国涣介绍道："这种蕊瓣若梅花者，名为'梅花印'，这株为'大如意'，那株叫'金牡丹'，旁边的称'天鹅舞'，左边的唤作'冰盘托桂'，右边的雅号'紫玉香珠'。"

菊花夫人又指了一株金黄色菊花道："此菊名为'黄十八'，因其花瓣共有十八片之故。"方国涣视之果然。

菊花夫人又是指了一株红黄相间的菊花道："此菊名为'二乔'，为菊中美人，意取三国时东吴的两大美女大乔、小乔之名。菊之称谓，各有深意，皆不虚设。如这株瓣细若柳者称'柳线'，最形象的恰当不过了。那株整团花瓣抱而欲放，如人之笑脸，故唤作'笑靥'，旁边的这株'绿牡丹'比那种碧菊之色又淡了些。"方国涣已是看得眼花缭乱，啧啧称奇不已。

菊花夫人随后又道："这片菊圃中，自包尽了天下间菊中的奇品异种，外人涉足不得的。公子是棋上的高人，似比那田郎的棋上又高出许多，如这菊花般，奇中有奇！自见到公子领着那几个人从紫斑菊的毒花阵中走出，便已知公子非同常人。"

菊花夫人接着又道："世上虽好菊者有之，多泛泛之辈，但唱一些菊耐霜寒的诗赋耀人罢了。唯唐人黄巢好菊为真，以菊咏志，曾闹得大唐李家天下不宁。其诗句为：

'飒飒西风满院栽，蕊寒香冷蝶难来；他年我若为青帝，报与桃花一处开。'

又有一诗为：

'待到秋来九月八，我花开后百花杀；冲天香阵透长安，满城尽带黄金甲。'

两诗皆有大气，果然得了菊中傲骨。"

方国涣闻之，点头道："能令菊花逆时而放，四季同春，更与它花争色，黄巢有其志而无其力，然夫人却已办到了，是为神奇！今日菊花岛一行，观菊如观夫人一般，品格清高，不拘人间时令，便是天上的花仙也自愧不如了。"

菊花夫人闻之笑道："不知花仙中可另有菊仙，否则真要与之一赛的。"

方国涣这时感叹道："此番一观，方知这菊中别有天地，物之极，当可通神！"

菊花夫人笑道："菊之感应于人是不一样的，世人好菊，但喜其颜色与清肃之性，而做闲时遣娱之趣。那陶渊明自有'采菊东篱下，悠然见南山'的诗句，便可证明其也只能做一个无可奈何的隐士，清逸脱俗的羽流罢了，境渐高而志愈浅！其实菊与人一样，都是有性情的。如这株雪菊，我若三日不来看它，便呈枯萎状，无论使女们怎样来浇水施肥也无济于事。"

方国涣闻之惊讶道："竟有这等奇事！"

菊花夫人道："我与菊的感应便如公子与棋的感应一般，其间精诚所至，物之为动为通的道理都是一样的。菊花与棋子虽无言语，若以心神专注于它，日久自可感悟到奇妙之境。"

方国涣闻之，点头赞叹道："夫人将这人与物之间相感应的道理讲得如此之精，实在令人佩服！"菊花夫人闻之一笑。

菊花夫人引了方国涣在菊圃中边走边赏，边赏边谈。这时，方国涣忽见一株金黄色的大花瓣菊，花团大如盆，正值怒放期间，甚为耀眼，不由惊异道："世间竟有如此大的菊花！若非亲眼所见，实在不敢信的。"

菊花夫人这时郑重地道："此菊为菊中至宝，名为'满月金团'，有菊王之称，其花瓣共有三百六十五片，恰合人间一岁之数，花期可维持百日。此花瓣明目醒神，养色驻颜之功尤为神效，若作药引，可通九窍，辟一切毒。公子刚才所食的那种芙蓉菊，就是此菊与它菊嫁接移植而成的。这种'满月金团'，当今天下仅存三株，一株在扬州，一株在云南大理，但以此株为最。每年八月十五月圆之夜方始全团怒放，旁边窥之，可见其动，令人奋然。百日花期之后，但逢月亏之夜，一夜落尽，如棒击扑。花瓣落地后十日不腐，故常收集阴干以备药用，所谓物奇若神，便是如此。"方国涣闻之，惊讶不已。

菊花夫人又指了一株瓣如雪花状的菊花道："此菊名唤'冷美人'，为菊中的丽质，是六年前派人从扬州的一位花匠的园中以他菊换得，今已分植了几十株，先前曾送于连总堂主和她同来的那位姑娘几株，不知能否养得活？"

这时，方国涣忽见旁边的空地上卧着一块巨石，石上竟然冷清清地长着

第六十八回 五毒菊全

　　几株花瓣枝叶都呈暗灰色的菊花，花形却也宽大，舒展着，不甚着人看。
　　方国涣感觉此花怪异，刚想走上前去看个究竟，菊花夫人旁边忙止了道："方公子勿靠前，此菊有大毒，近不得的。"方国涣闻之一惊，忙退于一旁。
　　菊花夫人道："这是一种'石菊'，又名'灰菊'，不喜泥土，唯透石而生，其毒性至烈，为天下万毒之首，又称'五毒俱全'，世人所谓五毒俱全实是指五毒菊全，乃为天下先。"
　　"五毒菊全！？"方国涣闻之，暗讶不已。
　　菊花夫人道："此菊生俱五种奇毒，五毒合一，性烈无比，是无药可解的。其所生之石，鸟落即死，人若误触其花叶，当马上急食一大朵'满月金团'或许还有的救，否则全身由黑至烂，半个时辰化为黑水，所污之地，寸草不生。"
　　方国涣闻之骇然，忙掩鼻息后退，乃是想起了飘浮于空气中的花粉也可毒人。
　　菊花夫人见状，笑道："放心吧，此花无粉，不以风扬，只要不触及它，自然无事。"方国涣听了，心中稍安，但还是远远地避开了。
　　菊花夫人引方国涣在菊圃中，观赏了一番，然后道："我养菊多年，每有心得，自想写就一部《菊经》传世。"
　　"《菊经》！"方国涣闻之喜道，"夫人此举可为大功德！自能给后人留下许多宝贵的东西。"
　　菊花夫人摇头道："也不尽然，只是觉得世行《菊花经》多拼凑之语，实无创意，若不将自己一生养菊研菊心得笔录成卷，甚觉可惜。故欲把所有关于菊花的生长过程，种植工艺，种别称谓，历史典故，产地药用，以及自家多年养菊心得，合写成一部百卷《菊经》，现已写就了三十二卷，只要将这部《菊经》写成，此生也自无憾了。"
　　方国涣敬服道："此书若成，可流传千古！"
　　菊花夫人自有些忧虑道："就怕后人将这部《菊经》看作是花中的神话，不管怎样，但能给后世养菊之人一点启示就足矣了。"
　　方国涣在菊花夫人的指点下，观赏到了各种罕见的奇特菊花，心中惊叹不已。
　　这时，忽听菊圃外传进来一声音道："六合堂连奇瑛拜见菊花夫人，我的朋友与几名属下误闯菊花岛，还请夫人多多见谅。"
　　"连姐姐到了！"方国涣闻之一喜。
　　菊花夫人此时扬声笑道："连总堂主，来得好快！可是要领人吗？"
　　菊花夫人随即和方国涣从菊圃中出了来，见连奇瑛迎面站了，旁边还有两名菊花使女。

连奇瑛忽见方国涣与菊花夫人从菊圃中一起走出，显是刚在菊圃内赏过花，心中诧异，不知菊花夫人对方国涣何以贵宾之礼相待，忙上前施了一礼道："我这位朋友不知菊花岛上的规矩，怕有冒犯，还望夫人见谅。"

　　菊花夫人笑道："连总堂主勿要客气，这位方公子乃是我故人之好友，先前不知，故通知连堂主来领人，现在好了，大家都已是朋友，我怎么再好意思怪罪。"

　　连奇瑛闻之，心中这才一松，见方国涣无事，自然也就放了心，便与方国涣相视一笑。

　　菊花夫人又道："连总堂主难得来一次，请和方公子菊花宫叙话罢。"随后引了连奇瑛、方国涣二人回到了菊花宫。

　　菊花宫内，罗坤、卜元、吕竹风、王林四人已从菊园中赏菊归来，正在兴奋地谈论着刚才所见，显是看到了许多菊中的珍品。忽见连奇瑛与菊花夫人、方国涣一起走了进来，四人忙起身礼见，随后站在一旁，皆低头不语，那王林更是吓得不知所措。

　　连奇瑛见了王林的模样，便知是他引了众人来的，愠色道："王香主，菊花岛乃是外人禁入之地，你应该知晓的。"

　　王林凛然道："属下罪该万死，请总堂主惩罚。"

　　方国涣一旁忙道："连姐姐，并非王香主的过失，是小弟央着他来的。"

　　菊花夫人这时笑道："连总堂主也勿怪罪他们，既然是六合堂的人，也不是什么外人，我并不着意的。若不是他们误闯了来，我还无法结识方公子这般高人呢，竟然领着他们几个走出了我的菊花毒阵。"

　　连奇瑛忙道："听夫人遣往六合岛的菊花使女说，他们已经中了毒，不知……"

　　菊花夫人笑道："连总堂主但请放心，既是六合堂的人，我岂有不救之理，他们几个已服了解毒的芙蓉菊，早已没事了。"

　　连奇瑛闻之，心中一松，复施一礼道："这都是我的过错，约束属下不严，承夫人宽恕了他们，连奇瑛就此谢过。"接着，对王林、卜元等人道："还不快过来谢过夫人的宽恕和救治之恩。"卜元、罗坤、吕竹风、王林四人忙自上前施礼。

　　菊花夫人一摆手道："罢了、罢了，如今几位都是我菊花宫的客人，不比在六合堂里有那么多礼节的，大家都坐了罢。"众人随后各自落了座。

　　菊花夫人这时对连奇瑛笑道："连总堂主如何结识的方公子这位人中的奇品，先前怎么没有听你说起过？"

　　连奇瑛笑道："夫人深居菊花岛，不出湖中半步，有些事情自然不知了，我这位国涣弟弟曾对六合堂有过大恩的。看来他的人缘极佳，竟也得到了夫人的厚待。"方国涣一旁，不好意思地笑了笑。

菊花夫人赞叹道："方公子真乃为神仙般的人物！棋上修为之高，实出乎我的意料。"

方国涣道："夫人过奖了，今日承夫人厚待，见识到了许多菊中的极品，深感荣幸！"

菊花夫人笑道："弈棋养菊都是一种雅艺，公子棋道高深，赏菊之时，自能体验出菊之趣味与境界。"

卜元一旁，心中暗道："国涣贤弟好本事！解了这婆娘的一盘棋，竟令她如此恭维，却以为我等没长眼睛，不会赏菊的。"

有侍女献上茶来，菊花夫人让了众人道："这是我配制的菊花茶，有清脑醒神之功，趁其香气未散，请各位品尝吧。"众人谢过用了。方国涣但觉茶中果透着一种菊花的清香之气，荡肠得很，不由点了点头。

这时，门外忽传来一串铜铃般清脆悦耳的笑声，众人闻之，心神皆自一畅，尤感欣然。随见一名十五六岁的少女嬉笑着跑了进来，忽见客厅上坐了很多陌生人，都以一种惊异的目光看着她。那少女不由一怔，止声停步，好奇地望着众人，极是天真可爱。

菊花夫人这时笑道："冬儿，快过来见过连堂主与各位客人。"

那冬菊却跑到菊花夫人身后藏了，探出头道："夫人，他们几个不是冬儿在山上见过的偷花贼吗？"声音极是朗润甘甜，清新悦耳。

菊花夫人半嗔半笑道："冬儿不得无礼，他们都是菊花宫的客人。"

那冬菊忽格格一笑道："偷花贼怎么又变成客人了，夫人不是讨厌外人上岛吗？"那冬菊一笑一说，让人听起来实是一种极大的享受。

菊花夫人这时笑道："冬儿勿要顽皮，他们几位都是好人的。"

连奇瑛笑道："冬菊的嗓音可是越来越清亮了，便是那高手乐师所奏琴瑟之声，也自不及的。"

菊花夫人闻之，便笑吟吟地将那冬菊揽在怀里，极是疼爱。

吕竹风这时听了那冬菊的朗脆之声，不由自语道："这位菊花妹妹的声音可真好听！便是听上一年也自不够的。"众人闻之，相视一笑。

菊花夫人随后笑道："冬儿的嗓子是与众不同的，一是天生，二是用菊花养出来的。"

罗坤赞叹道："闻此笑声当胜过天下一切妙音！"

菊花夫人闻之，欣然道："罗堂主所言也不为过，冬儿发声清脆润朗，尤其一笑，悦耳畅心，舒达气机，此笑声甚至可以愈人疾痛的。当年医圣佟士儒先生路过鄱阳湖时，便说冬儿的笑声乃是一味灵丹妙药，天下难觅的。昔日于湖上遇到一位福建的商人叫木严的，患有郁症，常年寡欢，不呈快意，百药不治。偶在船上闻得冬儿连串的笑声，竟然气血一畅，自家也跟着欢快地笑了起来，顽症立愈。此乃我亲眼所见，也堪称一件奇事的。"众人闻之，惊讶不已，对那天真可爱的冬菊更是另眼相看，皆生敬意。

这时，一名侍女惊慌地跑进来道："夫人，山后的菊花阵中发现了两个人。"

菊花夫人闻之，倒不显得吃惊，淡淡地道："红菊，不要慌乱，慢慢说来。"

红菊于是镇静下来道："适才红儿与紫菊、玉菊去山后采集菊花粉时，见菊花阵中卧着两个人，已是染上了紫斑菊的花毒，烂死多时了，紫斑菊倒伏了一片。"

菊花夫人听了，摇头叹道："又是潜上岛来偷花的，误入菊花阵中，一时被困，性急乱走，触上了菊毒。也是他自家来做歹事，怪我们不得，既已烂死，就做了花肥罢。"菊花夫人说这些话时，漫不经意，显是习以为常了。

这边方国涣、罗坤、卜元、吕竹风四人，还有那王林听得各自惊出了一身冷汗，后怕不已。

卜元暗里吸了一口凉气道："好险！这婆娘的菊花阵果然厉害！日后这菊花岛可来不得！"

菊花夫人随后无可奈何地对连奇瑛道："这也是没法子的事，最近几个月，总有些无赖之徒甘冒风险潜上岛来偷奇花异种之菊，以图重利，这就是人为财死吧。布植有毒的菊花阵也是迫不得已，否则菊花宫的菊花使女们是挡不住那些恶人的。"

连奇瑛道："夫人此举乃是为了保护自家安全，并不为过的，希望那些人得了教训，不再来就是了。"

菊花夫人道："这样最好不过了。"

方国涣这时道："夫人身边的这些菊花使女，都以菊为名，倒是很新鲜的。"

菊花夫人道："我一共收养了十三个苦命的女孩子，与我在这菊花岛上一起种植菊花，每吃些辛苦，也自难为她们了。"

连奇瑛道："与夫人为邻多年，倒不曾尽知这些菊花使女的。"

菊花夫人笑道："她们十三姐妹，依次为春菊、秋菊、冬菊、夏菊、青菊、兰菊、红菊、紫菊、玉菊、黄菊、雪菊、水菊、冰菊，本都为父母遗弃的孤儿，也自可怜，但与我在这菊花岛上种菊养菊，相依为命。如今她们十三姐妹每个人都已成为养菊的好手，我倒离开她们不得了。"

吕竹风一旁道："这些菊花妹妹们，可是不怕菊毒吗？"

菊花夫人笑道："她们每日清晨都以菊为食，莫说菊中之毒，就是其他的毒药，也很少对她们起作用了。"方国涣、卜元等人闻之，暗自称奇不已。

罗坤感叹道："菊花岛真是名副其实！今日幸得一观，大长见识！"

菊花夫人笑道："菊花宫可以菊待客，也能以菊拒贼。"

连奇瑛笑道："夫人的菊花之道，可自成一派的。"

菊花夫人笑道："连总堂主莫不是叫我开宗立派，成立一个菊花堂吧？那可是比不上你们六合堂有气势的。"连奇瑛闻之一笑。

又闲谈了片刻，连奇瑛起身道："打扰夫人多时，我们也该告辞了。"

菊花夫人道："也好，改日我设一席菊花宴来请各位。"接着对那冬菊道："冬儿，去叫冰菊、雪菊拿些菊花粉和菊花露来，送于连总堂主做个礼物。"

随后对连奇瑛道："这些东西可以养颜的，自可久驻连总堂主的英姿。"连奇瑛微微一笑道："夫人厚爱，就此多谢了。"

此时那冬菊望了吕竹风一眼，格格一笑跑去了。

吕竹风自觉得心花怒放，舒畅之极，呆呆地道："能永远来听这位菊花妹妹的声音才好。"方国涣也笑道："这位冬菊姑娘，堪称菊花岛上的一绝！"

菊花夫人笑道："我这菊花岛上焉能只有一绝？"

方国涣笑道："若以菊论，千百绝也不止的。"

菊花夫人随后送连奇瑛、方国涣等人出了菊花宫，此时在门外候着的四名菊花使女，有两人上前献与了连奇瑛两瓶菊花露和几包菊花粉。

菊花夫人道："雪菊、冰菊，这些可都是新采集的？"

那名叫雪菊的使女应道："回夫人，是早间刚刚采集的。"

菊花夫人点头道："很好，新鲜的效果尤妙！请连总堂主收好了，用尽时再遣人来取些就是了。"连奇瑛笑着谢了。

菊花夫人复对另外两名菊花使女道："水菊、玉菊，你们在前面引路送客人出去吧。"然后又对方国涣道："方公子，我所托之情，就有劳了。"

方国涣道："请夫人放心，在下定不负重托。"菊花夫人感激地点了点头，站在菊花宫门前，目送众人去了。

水菊、玉菊两名菊花使女在前面领了连奇瑛等人于花丛中一路走去。卜元见她们在地上的菊花缝隙中，走起来如循道路一般，并不迷乱，不由惊讶道："两位菊花妹妹，你们是如何识得路的？"

玉菊应道："依着花的颜色走就是了。"

连奇瑛一旁道："进出都要有菊花使女引路的，否则便会误入那有毒的菊花阵中。"

卜元听了，摇了摇头道："花草也能布阵杀人，这鬼地方，可不能再来了！"

到了岸边时，又见有两名菊花使女各提了一篮花瓣站在那里候了，显是抄了近路过来的。见了连奇瑛等人,忙上前迎了,一名使女礼见道:"春菊、夏菊奉夫人之命,给连总堂主送来两篮冰凌菊花瓣,请连总堂主回去后,撒于房前屋后及室内,可避蚊虫消酷暑。"

连奇瑛摇头笑道:"你家夫人可真是细心,关怀备至,我本是来领人的,却得了这些好处,代我向你家夫人谢过罢。"春菊、夏菊各应了一声,施礼退去了。

随后众人上了船,王林自掌船而回。

众人回到六合岛时,孙奇与十几位堂主正在六合殿内焦急地候了,见连奇瑛、方国涣等人回了来,各自一喜,忙上前迎了。

孙奇关切地道:"各位无事罢?"

方国涣道:"还好,没想到这湖中还有一座神奇的菊花岛。"

孙奇道:"先前听那送信的菊花使女说,各位被菊花夫人布植的菊花阵中的毒菊迷倒了,大家担心得很。好在你们是六合堂的人,连总堂主又与那菊花夫人相识的,否则要生出大事来。"

连奇瑛也自责怪道:"国涣弟弟这回太冒失了,若出了事,叫我等如何是好。"方国涣笑了笑,未敢言语。

众人随后落了座,那王林自是惶恐地站在一边,不知所措。连奇瑛见了,摇头一叹道:"王香主,你去吧,日后行事可要倍加考虑的,今日罗堂主他们要是出了事,你我可都担当不起的。"

王林慌忙施了一礼道:"属下知错了。"然后愧然退去。

方国涣与罗坤相视一笑,自对连奇瑛的关切之情心生感激。

孙奇这时道:"湖外刚刚传来一个消息,武昌黄鹤楼上出了一个人称棋神简良的,摆棋设局,挑战天下高手,现已棋名远播。"

方国涣闻之,惊喜道:"简良设棋黄鹤楼了!"

孙奇讶道:"公子识得此人吗?"

方国涣欣然道:"此人是我不久前结识的一位高人,棋上修为与我不差上下。"连奇瑛、孙奇等人闻之,惊讶不已。

孙奇又道:"此人设棋黄鹤楼已一月有余,先前六合堂的弟兄们便已知晓,起初未加注意。而今见他棋声显扬,名震天下,最近时日,汉阳王府都已在支持他,并且设在黄鹤楼上的棋金已达万金之巨,弟兄们这才觉得此事不同寻常,便将消息传了过来。难道这个棋神简良,棋上果然高得通神吗?"

方国涣点头道:"当今天下,除了李如川之外,只有这位简良与我在棋上成对手了。他现今设棋黄鹤楼,造成如此大的声势,看来别有深意!"

方国涣忽恍然大悟道:"是了!原来简良设棋黄鹤楼,是想在棋上引出国手太监!好一个以逸待劳的法子!我怎么没有想到。"

孙奇闻之，点头道："这位棋神简良已经棋动天下，李如川若闻讯，棋家本性，必然会被引了去，此举甚是高明，不用满天下去寻他了。"

方国涣此时激动道："昔日我曾与简良有约，分头寻访李如川，他现在既然设棋黄鹤楼，事不宜迟，我应赶过去与他会合，联手候战李如川，将先前棋上的命案做个了结。"

连奇瑛这时道："若是那国手太监不去黄鹤楼应棋呢？国涣弟弟和你的朋友简良岂不空候了时日？"

方国涣道："不会的，李如川自恃鬼棋无敌，在棋上杀人成性，至今未逢敌手，已然空视一切。若闻有高手鸣世，必会前往，以显其鬼棋杀人之力，就算知道这是一局专为他而设的伏棋，棋家本性，他也会去一试的。看来我与李如川的棋上一战，就在黄鹤楼了。"一年多的苦寻等待，终于有了个机会和希望，方国涣不由长出了一口气。

连奇瑛道："此事既然有个眉目了，国涣弟弟与罗堂主、卜堂主明日且先行一步，有他二人在你身边以防不测，六合堂其他人手随后就到，以应到时意外之变。总之，那太监若真被黄鹤楼的棋局引了去，就让他来得回不得，从此了去国涣弟弟在这件事情上的劳心之苦，也算是为你的故人报了仇罢。"

方国涣闻之，感激道："多谢连姐姐了，不过这是棋上之争，而非武力之斗，有小弟与简良应付就足矣了，不必要劳驾六合堂的英雄们兴师动众。"

孙奇一旁道："事至急时都要动武的，就照连总堂主说的办吧，此事周全为好，有六合堂照应一切，公子专心于棋上之战就是，勿管其他。"方国涣闻之，只好向连奇瑛、孙奇二人谢过了。

这天晚上，方国涣在房间内心情激动不已，思量道："简良设伏棋以候李如川，自家却已先棋扬天下了，当真可喜可贺！我与他天人相应，共同对付地元化境之鬼棋，棋上料无败理。"这时门声一响，罗坤夫妇进了来。

弓英儿一进来便笑道："方大哥到哪里都能吃得开，竟然得到了菊花岛菊花夫人的礼遇。"

方国涣笑迎道："弓姑娘过奖了，我不葬身菊花岛就已万幸了。"

罗坤这时道："英儿听说我们明日要出行，特来看望方大哥的。"

弓英儿道："有坤哥哥与卜大哥随行，小妹放心得很，事情办完了，一起早些回来就是了。"接着又笑道："你们今天虽受了点惊吓，却是很值得的。"

方国涣道："弓姑娘何事这么开心？"

罗坤笑道："连总堂主将菊花夫人送的礼物，让人送一份给英儿，自把她喜得很。"

方国涣闻之，点头笑道："连姐姐倒是一位有心人。"

弓英儿道："日后向菊花夫人讨些菊苗来，我也要将六合岛栽满菊花的。"

罗坤笑道:"这可使不得,要是不小心夹带了几株有毒的,你可要无事生事了,况且你会伺候那些菊花吗?"

　　弓英儿听了,点了点头道:"说得也是,上回菊花夫人送的那几株珍品就死掉了,这菊花也不是很好养的,看来是水土的关系罢。"罗坤与方国涣闻之,相视一笑。

第六十九回　途中救险

第二天一早，连奇瑛、孙奇等六合堂一干人众到岸边送方国涣。连奇瑛又叮嘱了卜元、罗坤二人一番，卜元道："请总堂主放心，我这贤弟的性命比属下重要得很，一定会保护好的，若是遇见了那太监，我便先一弹丸打死他，也省了贤弟的麻烦。"

孙奇一旁笑道："听方公子说起过，卜堂主曾一弹丸惊走了那李如川的护卫——天下第一剑客于若虚。总堂主此番让你去，也是为了镇一镇这两个作祸的人。"

罗坤道："那于若虚能硬接住卜大哥的浑铁丸，李如川可就不行了，不过还要留他活一会儿的好，以让方大哥弄个明白，他究竟是用了什么法子杀人。"

卜元道："只要那太监不在棋上施毒施妖法，莫说他，这天下间哪个是国涣贤弟的对手。"众人闻之一笑。

方国涣随后与连奇瑛、孙奇等人一一拱手而别，上船和罗坤、卜元二人去了。船只在湖面上一路行来，到达湖边渡口时，已有人迎候了，并且备好了三匹快马。方国涣、罗坤、卜元三人弃舟登岸，随后跨马扬鞭而去。

傍晚时分，兄弟三人到了一座小镇上，便寻了一家客栈住了。饭后无事，兄弟三人便在客房内围着桌子坐了，饮茶说话。

罗坤道："方大哥此番去黄鹤楼会着了棋神简良，若真将那太监引了来，当会有一场不见刀光剑影的恶战。"

方国涣道："不错，李如川的杀人鬼棋究竟达到何种可怕的程度，无人能知，不管怎样，他在棋上能杀人也好，能伤人也罢，当尽我所能全力应对。"

卜元道："文的不行，就来武的，贤弟若在棋上与那怪物走开时，如果觉得不对劲，当急住手，以免着了他的邪道，便把他留给我们对付好了。"

方国涣摇头道："邪不压正，不管有多大的危险，我都要与他在棋上决一高下，以报师父与两位故人之仇。"说到这里，方国涣黯然感伤，长叹不语。罗坤、卜元二人相视摇头，感慨不已。

几壶茶水饮尽，已到了夜半时分。就在这时，罗坤忽然隐隐听到头顶屋脊上有人踏瓦之声，心知有异，忙一口吹灭了蜡烛，低声对卜元道："卜大哥，有情况，小心保护了方大哥。"随即转身从窗内一跃而出，足不沾地，凌空一个"鹞子翻身"，凭空翻上了房顶，动作轻灵利落，看得卜元、方国涣暗里叫了声好。卜元随后持了霸王弓，在室内警戒了。

　　罗坤到了房顶之上，但见月光下，一条黑影向东南方向疾速而去。罗坤四下巡视了一遍，见无他异，知道是一位过路的夜行人，心中寻思道："此人夜间穿房越脊而行，当非善类，我且随了去，看他做何歹事。"罗坤便施展轻功，尾随而去。

　　那夜行人出了小镇之后，一直向野外奔去，罗坤自在后面不远不近地跟着。好在对方轻功不及罗坤，感觉不到后面有人跟踪。

　　行了一程，罗坤见那夜行人跃进了月光下的一座村落里，在几间大房之上一闪便不见了。罗坤随后悄无声息地跟了过去，见一处窗户内亮着灯光，里面映出几个走动的人影。罗坤便轻身飘至此房之上，移去了一片瓦，探目下视。见下面是一处客厅，一名黑衣人正与两名面目狰狞的汉子讲话。罗坤心知那黑衣人便是自己所跟踪的夜行人，见这三个人鬼鬼祟祟，不知在谋划些什么勾当，便仔细听了。

　　那黑衣人这时道："六合堂势力遍天下，我们可得罪不起的。"

　　房上的罗坤闻之一惊，心中异道："不知这三个人如何敢得罪六合堂？似也对六合堂不利，且看他们有何不良举动。"

　　一名汉子这时不屑道："高大哥胆子也太小些，如今事情都做了，还有什么可怕的。那六合双刀朱维远在我们手里，六合堂知道了又敢怎样？况且此事做得不露痕迹，我们自己不说出去，谁能知晓。"

　　罗坤听到这里，心中大吃一惊道："朱堂主如何落在了他们的手里？这三人莫非是江湖上的匪类，做歹事时被朱堂主撞见了，也不知用了什么阴谋诡计竟然将朱堂主拿住了？"

　　那黑衣人这时道："不是我高风怕事，那朱维远在六合堂里是一位响当当的人物，如今在我们手里，杀又不敢杀，放又不能放，总不能这样耗下去罢，若不慎走漏了风声，大家性命不保。"

　　另一名汉子道："这不是约了高大哥来商量吗，想一个万全之策才好。那朱维远与五名手下被我们用迷药拿住，已好多天了，六合堂发现失踪了人，难保不会追查到这里的。"

　　房上的罗坤闻之，心中大怒道："量你们几个小贼也挡不住朱堂主的六合双刀，原来是用了蒙汗药这等卑鄙下三烂的手段。"

　　一名汉子又道："于大侠曾对我三人有过恩的，如今他为了那个走得一手怪棋的太监，请我三人挡住朱维远，他二人才得以脱身去武昌黄鹤楼，不知于大侠他们与六合堂有什么过节？"

第六十九回 途中救险

罗坤闻之，暗里一惊道："原来朱堂主发现了国手太监的行踪，出手擒拿时，被这三个贼人阻拦并设计拿住了，看来那太监果真被黄鹤楼的棋局引了去。"

这时，另一名汉子狠狠地道："我看还是一刀将那姓朱的杀掉算了，这些天来，他在地窖里一直骂不绝口，好是烦人！放出去必是个祸害。"

那叫高风的黑衣人沉思了片刻，随后点了点头道："也罢，一不做二不休，就灭了这些口实。今晚下手好了，将朱维远连他的五个手下一起做了。"

罗坤闻之，暗暗吃惊道："这三个贼人好是狠毒，要杀人灭口了，幸亏今晚被我遇上，否则朱堂主他们难逃此劫。先前这三个贼人也是惧惮六合堂与朱堂主的威名，迟迟不敢下手，今日却要狗急跳墙了。"

此时那两名汉子来了精神，一个从旁边抄起了一口单刀笑道："早就应该如此的，费了我郭万多少粮食。"

高风也自从腰间拔出一柄短剑，同时对另一名汉子道："郭千老弟，拿刀杀人吧！"

那郭千嘲笑道："朱维远与五名手下在地窖里用链子锁着，一把刀就够了，何必大动干戈？看来高大哥果是怕了那'六合双刀'的。"

高风闻之，脸色不自然地道："若不是用迷药制住了朱维远，莫说我们三人，就算三十个也不是他的对手。"

郭万一旁道："二位勿要斗嘴，干正经事要紧。"随后三人各持了刀剑，提了一只灯笼出了房门向后院而来。罗坤从房上悄然跃下，于暗处藏了，伺机而动。

在一棵大树下，郭万弯腰掀起了一块石板，下面露出了一处洞穴来。

罗坤这边见了，知道朱维远等人就被囚在下面，该是自家出手的时候了，便咳嗽了一声，现出身来道："三位，想趁着天黑杀人吗？"罗坤心中虽然厌恨这三人，但也不想偷袭他们。

那高风、郭千、郭万三人忽见身后多出了一个人来，各是一惊，齐退数步，刀剑横护了自家门户。

郭万骇然道："阁下是何人？为何夜闯我郭家店？"

罗坤笑道："猜猜看！"郭千、郭万、高风三人惊异地互相望了一眼，知道来者不善。

郭千此时见罗坤孤身一人，不由狞笑一声道："小子，可是来送死的？"说话间，忽欺身上前，举刀便砍。

罗坤向旁一闪，同时二指疾点郭千肩头。那郭千武功也自不弱，一刀走空后，双肩一沉，躲过对方一击，反手一个横切。

罗坤不避而进，郭千但觉眼前一花，也不知怎么罗坤便已到了面前，单刀不及回收，便觉身子一麻，已是被点封了穴位。罗坤一着刚得手，忽感身侧两股冷气逼来，心知不妙，身形暴退，避过了高风、郭万二人的偷袭。

罗坤不想耽搁时间，随即运足气力于双掌向他二人拍去，出招甚快。高风、郭万二人不待回过味来，忽感一股气浪压至，几近窒息，仓促间各自出手相迎。但闻两声惨叫，他二人已被罗坤雄厚的掌力震得五脏俱裂，身形齐飞出去，落地而亡。

那呆立一旁的郭千早已吓得面无血色。

罗坤顷刻间料理了三人，随后拾了地上的灯笼沿着一只梯子下了地窖，四下看时，乃是一处贮存果蔬的地窖。

忽闻一角落里有人骂道："他妈的，晚上也不让睡觉，可是给你朱大爷送夜宵来了吗？"

罗坤辨出是朱维远的声音，心中一喜，暗里却笑道："大名鼎鼎的朱堂主，发起火来却也不甚讲究。"用灯笼照视时，见朱维远与五个人被铁链锁在一侧，神色愤然。

罗坤忙上前道："朱堂主勿惊，是罗坤来救各位了。"

朱维远等人闻之一怔，见那灯光之下，不是罗坤又是谁。

朱维远立时惊喜道："罗堂主！你怎么到了这里？"罗坤道："此地不便叙话，出去再说。"随后将灯笼插于一侧，上前持了那链索，两手运力一拉，铁链立断。

朱维远不由赞叹了一声"好神力"！罗坤又将其他五人的铁索扯断了，那五人见自家获救，惊喜异常，各自谢了。

朱维远待身形一松，精神大振道："罗堂主，六合堂的兄弟们来了多少？且不可放过那几个贼人。"

罗坤道："仅我一人而已，那几个毛贼倒不曾走脱了。"

朱维远闻之惊讶道："这是怎么回事？"罗坤道："上去再说罢。"

众人出了地窖。月光下，朱维远一眼望见了被封了穴位呆立着的郭千，不由大怒，上前挥拳欲打。

罗坤忙拦了道："朱堂主勿怒，我还有话问他。"随即伸手解了郭千的穴道，问道："国手太监你可认得？"

那郭千初见罗坤若神兵天降，顷刻间掌毙了高风、郭万二人，现在又把朱维远等人救了出来，早已吓得魂飞魄散，连忙跪地叩头颤声道："大侠饶命！大侠饶命！"

朱维远一旁怒道："罗堂主在问你话，快快如实答来，至于饶不饶你，一会儿再说。"

那郭千慌忙道："是是，小的该死，那个太监是于大侠，不不，是于若虚

第六十九回　途中救险

的朋友，半个月前他二人来到了这里，住了几日。于若虚先前曾救过小人的性命，故与他有了交情，就在他们走的那天，碰巧遇上了路过的朱堂主。"

朱维远这时道："那日我拜访了一位故人后，与几位兄弟一路向鄱阳湖总堂处而来。路经这郭家店的村口时，恰逢有两个人出来，其中一人阴阳怪气的，瞧模样好像是方国涣公子要找的那个太监，但又不敢确定。当时那二人觉得情形不对，便折回了村里，神色很可疑，我与五名兄弟便跟进来，想探个究竟。进村后，却不见了他二人的影子，半路上被这个小人迎着了，好像认识朱某的，于是便到了他的家里，想打听些虚实，不想着了他的道，施迷药将我等拿住了，却让那太监跑了，你说可恨不可恨！"

罗坤道："朱堂主如何识得这般贼人？"

朱维远懊悔道："别提了，他三个人都是江湖上的混混，却是他识得我，我不识得他。那日这小人叫出了我的名头，以为是江湖上的慕名的朋友，没有提防，不曾想遭了他的算计。"

罗坤又问郭千道："于若虚和那个太监怎么会突然出现在你这里？"

郭千应道："此事说起来也奇怪些，于若虚对我等说，他的这个太监朋友棋上高得很，天下间已无对手了，曾在棋上惹着了不少仇家。不知怎么，于若虚说六合堂也在查访他们的行踪，为了安全起见，他二人不太敢露面，一直在华山的一座寺院里隐居着。"

罗坤闻之，心下道："怪不得六合堂这段时期查不到他们的行踪，原来躲起来了。"那郭千接着又道："后来黄鹤楼出了个棋神叫简良的，棋声扬天下，那太监闻讯后便嚷着要去斗棋，于若虚劝了不听，只好护了他来。因与小人有些故交，其实也是为了避开几个暗里跟踪着他们的仇家，所以路过时停留了几天，不想在离开时于村口遇上了朱堂主。那日受了于若虚之托，阻拦住朱堂主几位，小人与家兄郭万还有高风就……"

朱维远一旁愤怒道："所以你们就在茶中下了蒙汗药，害得我受了十余日的苦，你这贼人，且受我一掌。"说罢，朱维远上前一掌拍在了那郭千的天灵盖上，郭千哼都未及哼一声，身子一栽，倒了下去，显是活不成了。

这时，朱维远的五名手下寻来了朱维远的六合双刀及各自的兵器。

一人禀道："这院中的丫鬟仆人都躲起来了，朱堂主是否下令叫属下把他们搜出来都杀了？"

朱维远望了一眼地上的高风、郭千、郭万的尸体，摇头道："罪在这三人，与旁人无涉，饶过他们罢。此地不宜久留，免得天亮有麻烦，大家这就离开罢。"随后朱维远、罗坤等人离了郭家店向镇上而来。

路上，罗坤将郭千、郭万、高风三人预谋杀害朱维远等人以灭口的事情经过说了一遍，自令朱维远及五名手下惊出了一身冷汗。

朱维远感激地道："好险！若非罗堂主及时赶来，朱某与这几个弟兄就成冤鬼了，死在这三个贼人的手里，真是不值得。"

罗坤道："此事实属巧合，我与卜元大哥、方国涣大哥住在前面镇子上的客栈中，偶被一名夜行人引了来，才有幸救下各位的。"

朱维远闻之一喜道："方公子也来了！"

罗坤道："我与卜元大哥这次是奉了总堂主之命护着方大哥去武昌黄鹤楼的。"

朱维远闻之笑道："原来方公子要去黄鹤楼与简良公子会合，联手对付国手太监，方公子的这位朋友真是一位文武全才的奇人！朱某已见识过了。"

罗坤闻之惊讶道："原来朱堂主已见过那位棋神简良了，此人现在已与方大哥齐名。对了，李如川已去黄鹤楼多日了，不知是否已和简良斗上棋了？我们快将这个消息告诉方大哥罢。"

朱维远道："罗堂主所言极是。"众人随后急奔而回。

客栈内，方国涣、卜元二人等得正自焦急，忽见罗坤与朱维远等人一起回了来，又惊又喜，忙上前迎了，双方互见了礼，随后落了座。

方国涣诧异道："朱堂主怎么会与罗坤贤弟遇到了一起？"

朱维远叹口气道："所幸得遇罗堂主，否则方公子日后可就再也见不着朱某了。"方国涣闻之一怔，忙问其故。罗坤便将事情经过说了一遍，令方国涣、卜元二人惊吓不已。

待听到李如川已去了武昌时，方国涣大吃一惊道："照此说来，李如川已到武昌多日了，必在黄鹤楼与简良棋上斗过了，结果不知怎样？我去晚了！"立时间惊悔之极。

罗坤一旁道："方大哥勿要焦急，依小弟看事情未必如此，李如川若现身黄鹤楼挑战简良，此等大事必然引起轰动，六合堂也一定会得到消息，可是现在并无这方面的动静。由此可知，李如川虽去了武昌多日，但并未在黄鹤楼上现身应棋，虽不知其中缘故，方大哥却还是有机会的。"

方国涣闻之，点了点头道："贤弟所言有理，简良设棋黄鹤楼已将李如川引来了，但还没有将他引出。如此甚好，希望在李如川现身应棋之前我能赶到。"心中这才稍安。

朱维远随后将自己与简良在蛇山相识的经过说了一遍，自是赞不绝口，令罗坤、卜元二人惊叹不已。

方国涣惊讶道："原来简良兄还有这种棋子制人的神奇本事！可称得上一名棋侠了！"

朱维远又道："朱某与简良公子分手之后，回分堂处理了一些堂务，接着便赶往鄱阳湖六合岛总堂处，欲将简良设棋黄鹤楼一事报知总堂主与孙奇先生，他与方公子一样，都在寻找国手太监斗棋，六合堂要全力相助。不想路经郭家店时朱某意外地撞上了那太监，还遭了贼人算计，险些丢了性命。如今巧遇方公子前去黄鹤楼，朱某不才，愿随左右，以保护方公子的安全。"

方国涣感激道："多谢朱堂主了，连姐姐近日也要派人手来的。"

朱维远点头道："总堂主英明！黄鹤楼这场棋上大战非同寻常，什么意外都可能发生，保障方公子的安全是十分必要的。"又谈论了一会儿，众人便各自歇了。

第二天天色未亮，方国涣心系黄鹤楼棋上事，便早早起了来，催罗坤等人赶路。罗坤、朱维远等人自理解方国涣的焦急的心情，忙自收拾了一下，便各自上马一路向武昌而来。路上多听得黄鹤楼简良棋上的传闻，众人无话，一路更是马不停蹄。

这日中午时分，方国涣等人便已到了武昌蛇山，望见了那座闻名天下的黄鹤楼。到了楼前，方国涣等人自无心观赏这座天下名楼，径直上了二楼来到了棋场内。此时这里却空荡荡，不似楼下人多热闹，仅见一副棋具摆在那里而已。

这时，一名中年人迎上来，拱手道："各位可是来斗棋的？不过除了应棋之人，其余各位楼下用茶罢。"

方国涣见此处并无他异，心中稍安，自还了一礼道："不知棋主简良何在？"

那中年人正是谢古岩，见方国涣等人均自气宇不凡，以为又是外地前来斗棋的高手，于是道："简公子有事刚刚出去，还请稍候。"

方国涣闻之，知道李如川果然还未现身应棋，这才放下心来，言道："在下是简良的朋友，烦请这位先生去唤一声，就说故人方国涣前来拜访。"

"咦！"谢古岩闻之一惊，他也曾听得方国涣的棋名，没想到这位传奇人物此时就站在眼前。

谢古岩惊呆之余，随即大喜道："方公子稍候！"说完，兴冲冲跑下楼去了。方国涣四下巡视了一番，见这棋场布置得典雅肃然，一旁还标出了万两棋金之数，不由暗自点了点头。

这时，从棋场的屏风后面转出一个人来，此人正是敏凤山。忽一眼望见了方国涣身旁的朱维远，敏凤山不由大喜道："朱堂主！如何去了又回？"

朱维远见是敏凤山，哈哈一笑道："原来是敏二先生，我们又见面了。"

敏凤山望了望方国涣、罗坤、卜元三人，惊讶道："这几位是……"

朱维远介绍道："这位是方国涣公子，是简良公子的朋友。"

敏凤山听简良说起过方国涣，立时惊喜道："原来是方国涣公子到了，有失远迎！有失远迎！"

方国涣拱手笑道："敏先生勿要客气。"朱维远又介绍了罗坤、卜元二人，敏凤山见对方是六合堂的两名堂主，惊讶不已，双方彼此礼见了。

这时，忽听一人惊喜地道："方大哥！如何才到？"方国涣闻声回头看时，但见简良春风满面地与一名年轻美貌的女子走上楼来。

方国涣见之一喜，上前拱手笑迎道："简良兄，别来无恙？"

简良抱拳笑道："没想到国手太监未至，倒先把方大哥引了来。"

方国涣笑道："还以为简兄已大功告成，我自家来迟了呢，好在还能赶得上。对了，我已得到消息，李如川早已到了武昌。"

简良闻之一惊道："那太监已经来了？"

方国涣道："不错，按理说李如川应当先寻简兄棋上斗过了才是。"

简良摇头惊讶道："我设伏棋已候了他月余，既然来了，为何不露面？"

方国涣道："暂且不提他罢，我们再候些日子就是了。"方国涣此时见简良身旁还站着一名年轻美貌的女子，不由一怔道："简兄，这位姑娘是……"

简良皱了一下眉头道："这位是汉阳王府的兰玲公主，跟我学棋来的。"接着对兰玲公主道："兰姑娘，来见过方国涣公子，我以前曾对你说过的。"

那兰玲公主知道简良棋上敬服的就是方国涣，不由大喜，忙上前欠身一礼道："兰玲见过方公子。"礼节上已如平常百姓一般，自无了先前公主那种骄横的气势了。

方国涣先是一怔，见简良与汉阳王府的公主在一起，惊讶之余，随即明白了什么，拱手一笑道："原来是兰姑娘，方某有礼了。"

兰玲公主见方国涣对自己不以公主相称，显是把她和简良的关系看得很近，立呈欢喜道："以前就听简大哥说过，方公子棋高天下，无人能敌！"

方国涣闻之笑道："那是简兄在说他自己呢。"兰玲公主闻之，尤呈欢喜，望着简良高兴地一笑。

简良这时望见了朱维远，忙上前礼见道："原来是朱堂主引来的方大哥。"

朱维远还礼笑道："哪里是朱某引来的，乃是简公子的棋名将方公子招来的。"

简良这时见一旁的罗坤、卜元二人，皆自气宇不凡，雄壮英武，不由惊讶道："这二位是……"

朱维远介绍道："这是我六合堂的罗坤堂主、卜元堂主，更与方公子是好兄弟的。"

简良闻之，肃然起敬道："幸会！幸会！"罗坤、卜元二人见简良气质脱俗，神采超凡，果非一般人物，惊叹之余，各自高兴地拱手礼见了。

敏凤山这时道："既然都是简公子的朋友，大家楼上就座罢。"

第六十九回 途中救险

简良伸手让道："各位，楼上请！"众人随后上了顶楼，择一临窗的桌子落了座，有伙计献上茶来，众人用了，敏凤山自去看顾酒菜了。

方国涣四下望了望黄鹤楼内外的景致，赞叹道："简兄设棋黄鹤楼，这种以棋相引的法子，实为高明！"

简良道："自从与方大哥分手后，我便于天下间寻访了那太监一阵，毫无结果，于是想出了这个以逸待劳的法子。如今看来，此举已奏效，已将国手太监引来了。"

方国涣疑惑道："李如川既然已到了武昌，为何不现身应棋呢？"

简良道："此事看来有些古怪，另外这些日子，不知何故？黄鹤楼附近出现了一些陌生的神秘人物，时常在棋场外窥探。"方国涣闻之惊讶道："怎么会有这种事？"

朱维远这时道："适才进楼时，朱某见有一人似山西太极门的胡本昌坐在窗侧饮酒，当时他头朝外，朱某没敢认，此人在江湖上是有些名气的。对了……"

朱维远忽恍悟道："那胡本昌有一个弟弟叫胡本盛的，走得一手好围棋，罕逢敌手，听说半年前无故死在了一局棋上，看来是被那国手太监的鬼棋害了，这个胡本昌莫不也是来寻那太监报仇的？"

方国涣闻之，点了点头道："有道理。李如川的鬼棋虽然在棋上杀人于无形，但死的人多了，自然被人怀疑上了，所以想找他报仇的人，便想到了棋声大盛的黄鹤楼。简良兄棋动天下，必会成为李如川的目标，他的仇家自然也想到了，故而纷纷前来伺机报仇。李如川已至武昌多日，之所以没有现身应棋，因为他已成了众矢之的。"

简良闻之，点头道："李如川不敢现身应棋，原来是为了避那些仇家，可见其害人太过，自家也觉性命难保！"

卜元一旁道："这怪物惹出事来，倒也小心得很。我看明日再将国涣贤弟的名头亮出去，那太监见有两个难逢的对手，心里一定痒痒，必会不顾一切地再来显示他的棋上杀人的手段。"

朱维远点头道："这倒是一个快些引出那太监的办法，他既然来了，当无空归的道理。寻他报仇的人虽多，但有天下第一剑客于若虚保护，一般人也奈何他不得。这些天来，他二人也是在暗处观望，以待合适的机会。"

简良也自点头道："李如川若得知方大哥到了黄鹤楼，当会按捺不住棋兴的，现身应棋是迟早的事，关键是怕到时别人扰了棋局，不能顺利地一战。这方面，我们也应有所准备，不可不防的。"众人闻之，点头称是。

兰玲公主这时道："莫不如派官兵将这黄鹤楼封了，闲杂人等一概不准入内，只有那太监来时方可。到时简大哥、方公子与那太监斗棋时，楼外自有官兵把守，容不得旁人来搅局，待到棋局结束，那太监反死在棋上也就罢了，不然便放他出去，让那些等在外面的仇家结果了便是。"

方国涣见兰玲公主言语上颇有见地，不由笑道："兰姑娘的主意，不失为一高明之举。"兰玲公主闻之，心中自是一喜。

卜元摇头道："若将黄鹤楼派兵封了，谁还敢来斗棋？早把那太监吓跑了。"

兰玲公主道："不尽然，到时只放来斗棋的人进入就是，如今以简大哥和方公子的名气，哪还会有不识相的来丢人现眼，除了国手太监，旁人自不敢来的。"

朱维远这时点了点头道："不错，国手太监既然来了，就不会轻易走掉，他的杀人鬼棋未遇敌手，已成自大自狂心态，能同时遇上两个棋逢对手之人，他会不顾一切的，并且于若虚会给他考虑一个安全的进退之策。李如川一直未能现身应棋，除了于若虚为了安全而劝阻他缓行外，也是没有一个好的斗棋环境。如今黑白两道的高手云集武昌，聚于黄鹤楼外，志在索李如川的性命，李如川、于若虚二人也是惧惮的，自不敢轻易露面。若依公主所言，派官兵封楼，保场护局，斗棋时没有其他妨碍，李如川自会想方设法前来的，至于棋外的事，他就不关心了，有于若虚顶着就是了。先前李如川棋上杀人之后，能够全身而退，都是这个于若虚之故。现在看来，为了早日结束这种僵持局面，实现简公子棋上引出李如川的计划，能调来官兵封楼护场，震慑一下那些来寻仇之人，不失为一个好主意。"方国涣、简良二人互望了一眼，各自点头表示了同意。

第七十回　兵护黄鹤楼

兰玲公主见自己的意见被众人采纳，尤见简良也自点了头，不由大为欢喜道："明日就叫父王调五百，不，调一千名官兵前来，以保护黄鹤楼棋局的安全。"

方国涣慨叹一声道："如此兴师动众，已非棋上本意了！"

兰玲公主见众人再无异议，便起身道："事不宜迟，我这就回汉阳王府，讨父王的手令，调武昌府之兵。"随后向众人点头示意作别，复对简良一笑去了。

方国涣见兰玲公主下楼去了，这才对简良笑道："简兄如何结识了这位金枝玉叶？好在没有公主的架子，说起话来也和气得很，否则我等则敬而远之了。"

简良摇头叹道："方大哥有所不知，这些天来我已被这丫头缠得快要烦死了，虽因棋上之故结识了她，却应付不来的，待棋事了结，赶快脱身才是。"

罗坤一旁深有感触地笑道："到时候怕是容不得简公子自家走掉罢？"

简良摇头道："这王侯人家的小姐、公主，最是难猜难应付的，高兴时，喜得天使一般，若发起怒来，什么事都做得出，我已是怕了。"说完，长叹不已。方国涣等人见了，各是茫然。

敏凤山这时走过来笑道："我看兰玲公主这些天来表现得不错，也是简公子棋上教化之功，一名骄横任性的公主，达到这般已是不易了。"

方国涣觉得事有蹊跷，忙问缘故，刘凤山便将兰玲公主派兵捉拿简良的事情经过前后说了一遍，众人闻之，皆觉有趣。

这时酒菜上了来，敏凤山便请众人用了。

大家互敬了一杯，卜元随后道："日后在这个公主面前说话可要谨慎些，不留神便会被抓了去。"众人闻之一笑。

方国涣笑道："其实兰姑娘派兵来捉简兄，乃是别有深意的。"

简良闻之，脸色一红道："方大哥莫要笑我，若不是棋上事累着，我早就离开此地了，哪里让她来这般纠缠。"敏凤山恐众人用话语来笑激简良，情急之下又做出得罪兰玲公主的事来，忙劝众人用酒菜。

饮过了一巡，简良便将先前曾救过钟世源的事简单地向方国涣说了一遍。

方国涣听罢，吃了一惊道："钟先生乃天下第一快棋，竟也险些栽在李如川的棋上，这种地元鬼棋真是不可思议！"

简良道："钟先生幸有'响枰'相助，否则后果不堪设想。"

方国涣点头道："响枰之声悦耳畅神，能缓解和抵御些李如川鬼棋上的杀伐之力，真乃是一件救命的神物！如此看来，李如川鬼棋之术果然能扰对手的棋境，进而乱其心境，耗其心力，日后与他临棋相对时，可大意不得，若感心中有何不适，当引起警觉。"

简良道："我二人与他棋上都至化境，但却是正反之极，与他弈对，不但是斗棋力的高低，更是赛棋境心境的强弱，进而决定生死存亡。"

方国涣点头道："此战虽然吉凶不测，但无论如何也要将此事在棋上做一个了结。"

朱维远一旁感叹道："习武之人，铲奸除恶，可以做一个顶天立地的英雄好汉。没想到这尺余的棋盘之上，也有正邪之争，神魔之斗，两位公子不顾个人安危引斗那国手太监，当是古今无有的棋侠！实令人敬服之至！"

方国涣叹道："物分反正，人分善恶，天道运化如此，也是无可奈何的事，但希望尽人力而变天道罢。"众人闻之，皆感慨不已。酒席后，敏凤山便请了方国涣等人回莲花轩住了。

这天晚上，方国涣、简良二人在房间内互述了一些别后之情。

方国涣随后道："简良兄，我有一个不情之请，还望应允。"简良道："方大哥有话但说无妨。"

方国涣于是道："简兄设棋黄鹤楼月余，实为辛苦和不易，但是日后与李如川的棋上一战，还希望简兄能将这个机会让先于我。"

方国涣意在棋上亲手制住李如川，也是恐简良有所闪失，因为李如川的魔境鬼棋高深难测，纵使自家也无胜券。

简良知道方国涣有护己之意，便道："方大哥的天元化境乃是棋道的最高境界，对应地元鬼棋，当无败理，黄鹤楼的棋局虽是我所设，但不敢在方大哥面前抢先。然而李如川棋上杀人太过，我也自想在棋上制住他，领略一下那种鬼棋杀人之术，虽有性命之忧，却无怕他之理。"

方国涣道："简兄棋心侠义一片，实令天下棋家敬服，但是简兄有所不知，我曾有恩师故友三人在鬼棋上丢了性命，若不亲自在棋上向李如川讨回个公道，我心有不甘。况且对方的棋境已入魔道，有违棋上正法，不仅仅是能杀人可概之的，我且先战他一战，倘若失利，简兄再接手不迟。此请近乎无理，还望简兄能成全我。"说完，方国涣深施了一礼。

简良见方国涣也是一片苦心，忙上前扶了道："既然如此，我在一旁助方大哥一臂之力罢。"方国涣闻之，感激不已，又自谢过了。

第七十回　兵护黄鹤楼

　　二人随后又商讨对应鬼棋之法，方国涣道："李如川的这种杀人鬼棋是与我等棋道相反制的，棋力越高，则受其害越深越速，故不能以常法应之。"

　　简良道："这种地元鬼棋虽反棋道而行之，但其所逆生出的杀伐之力也只能在棋盘上显示其功，当有一定的棋势可循，你我但以棋境感之应之和之化之，不为其扰，自可与魔境相抗衡。"

　　方国涣闻之，点头称善，随后叹然一声道："本朝棋风方兴即衰，都是李如川施以杀人鬼棋肆虐棋道之故，在此天下将乱之际，棋上示此凶兆，实为不吉。你我虽有以棋济世之心，但惜棋上之功微矣！也仅能正以棋上雅正之风，不敢奢望以棋道教化天下的，世事变化如此，非人力所能为。"简良闻之，默默点头。

　　第二天，方国涣、简良、罗坤、卜元四人来到黄鹤楼前时，但见刀枪林立，上千名官兵已在黄鹤楼四周布了个水泄不通，仅留了一条道路通向楼内。

　　此时一名武官正朝着楼外观看的人群喊话道："奉汉阳王之命，从今日起，为了保护黄鹤楼棋局的安全，除了上楼斗棋者外，闲杂人等一律不准入内，违者严惩。酒楼也就此歇业，损失日后自由汉阳王府承担。"此言一出，人群大哗，不知汉阳王府何以突然插手黄鹤楼的棋局，竟然派兵将楼护了，立时间猜疑纷纷。一些神秘的陌生人惊愕之余，各呈焦虑不安之色。

　　方国涣见了眼前的情形，也自有些惊讶道："兰姑娘真的调来了官兵！"

　　简良摇头道："她可是一个好事的人。"

　　这时，方国涣发现人群中有十几名身着素衣孝服的大汉，为首一人正是白光耀，心知他是来寻李如川报仇的。

　　方国涣暗叹一声道："李如川，你若敢在黄鹤楼露面，休想活着离去。"随对简良、罗坤、卜元三人道："那边有个朋友，我去招呼一下，你们且候我一会儿。"说完，挤过人群，来到白光耀身边道："白师傅，你也来了？"

　　白光耀闻声一抬头，见是方国涣，不由惊喜道："方公子！"忙拉了方国涣离了人群。

　　走至人僻静处，这才礼见了道："先前以为黄鹤楼的棋局是方公子所设，来时方见另有其人。"

　　方国涣道："此棋局是我的一位朋友所设，目的是为了在棋上引出国手太监李如川。"

　　白光耀闻之一怔道："当真如此！白某猜得果然不差，声势这么大的棋局，必是有高人为教训那个以棋害人的太监所设。白某这次带了十多个得力的弟子，是专候那太监出现的。"

　　方国涣道："李如川已到武昌多日了。"

　　白光耀闻之一惊道："他……他在哪里？"已是激动得变了脸色。

方国涣道："由于他棋上害人太多，此番来寻他报仇的人甚众，令他暂时还不敢露面，现在还无法知道他和于若虚的藏身之处，不过确定他二人已到了武昌。"

白光耀愤然道："这怪物！也太狡猾！"

方国涣又道："白师傅，方某这次已和朋友联手设局，为了安全起见，能与李如川在棋上公平顺利地一战，所以朋友托了汉阳王府调兵封楼，以维护棋场的秩序，防止有人搅局，也是为了让那李如川尽快现身应棋。方某恳请白师傅勿急，若是李如川真的露面了，先让方某和他走上一局，至于棋后怎样，就看他的运气了。"

白光耀闻之，点头道："我说怎么会有官兵突至？原来是为了防止有人到时搅局。也罢，白某先前曾答应过公子的，棋上事先于棋上解决，那太监果真现形，就请公子于棋上制他罢，棋后不管有什么结果，那太监休想再活着离开。如今这里已来了不少他的仇家，恐他一时不敢出现的。"

方国涣道："只要棋场的安全有保障，李如川现身应棋是早晚的事。"

白光耀道："既然如此，就祝方公子棋上一战成功罢，不过要小心些，说不定那太监真的会施什么邪法妖术。"

方国涣道："多谢白师傅关心，我一定尽力而为，那边还有几个朋友候了，就此别过。"

白光耀一拱手道："方公子请便。"

方国涣别了白光耀，回头会了简良、罗坤、卜元三人来到了黄鹤楼前。简良见领兵带队的是董守义、邰希本二人，便朝他二人点了点头，领着方国涣等人径直进了楼。

随见兰玲公主笑吟吟地迎了出来，自有些得意道："简大哥，这样好不好？"

简良不以为然地道："谁知道呢？说不定会把那太监吓跑的。"说完，直接上了楼，并不领那兰玲公主的人情。兰玲公主自家嘟囔了几句，遂与方国涣点头笑了笑，跟着简良上了楼。

酒楼掌柜和伙计们此时都已撤走了，只留了两名伙计侍奉茶水，偌大个黄鹤楼显得冷清。简良、方国涣等人来到二楼棋场，谢古岩忙上前迎了，他已得知简良、方国涣二人联手设局，心中欣喜不已，招呼着众人落了座。

简良走到窗前望了望外面护楼的官兵和围观的人群，摇了摇头道："不知是否会弄巧成拙，惊走了那李如川？"

方国涣道："不会的，这样只能加速他的出现，只要不被人搅了局，他也是求之不得。只是他的仇家云集于此，人人都想要他的性命，于若虚武功虽高，但双拳难敌四手，他们事先没有个万全之策，是不会轻易地出现在黄

第七十回 兵护黄鹤楼

鹤楼的。"

罗坤一旁道："李如川真的能为了一局棋，而不顾自家性命来应战吗？"

方国涣道："此人好棋之甚，古今罕见，曾为了习练杀人鬼棋，不惜自残身体而成太监身，棋后遍访高手斗杀，以致无人能敌。对李如川来说，能寻到一位棋逢对手之人，是比什么都感兴趣的，棋家本性，他不会放过这个机会的。"

兰玲公主这时道："以方公子棋上的威名，乃是那太监几辈子都难遇到的对手，只要他知道方公子也到了黄鹤楼，准会急着跑来斗棋的。"

兰玲公主虽知简良棋达化境，但传闻中的杀人鬼棋令人过于恐惧，也是出于私心，故想将李如川往方国涣身上引，却不知方国涣已与简良商定，由方国涣应战李如川。

简良这边明白兰玲公主的心思，心中不悦，冷淡地道："那太监若是来了，由我这个棋主应战就是，如果不敌人家死在了棋上，再由方大哥接手不迟。"

兰玲公主闻之，脸色大变道："简大哥，勿要说这些不吉利的话。"

简良淡淡道："兰姑娘若是害怕，避开就是，国手太监的鬼棋之术，可以同杀旁边观棋的高手。"

兰玲公主一时语塞。自兰玲公主棋上败给了简良之后，立被简良的人棋所吸引，暗生爱慕之情，只因一时任性派兵捉了简良一次之后，简良始终对她不冷不热，令兰玲公主懊悔不已，为了弥补过错，每日便以学棋为名，耐着性子应和着简良。

方国涣这时见简良与兰玲公主斗气，摇头一笑走开了，自招呼了罗坤、卜元二人到黄鹤楼顶层观望景致。

兰玲公主见方国涣等人去了，便轻声对简良道："简大哥，在外人面前，你给我留些面子好不好。"说完，委屈得几乎要落下泪来。

简良见了，心中不忍，便缓了缓口气道："兰姑娘，多谢你调来官兵封楼护局，不过那国手太监若现身应棋，棋局的始终都会有危险存在的，为了安全起见，希望兰姑娘暂时离开黄鹤楼的好。"

兰玲公主见简良为她的安危着想，心中不由大为感激，又呈出快意道："就算有天大的危险，能与简大哥在一起，我就什么也不怕了。"说完，欢喜无限。简良此时怕那兰玲公主又说出一些自家想听却又不敢听的话来，摇摇头想走开。

兰玲公主忙拦了道："简大哥，你不是说方公子的棋上修为是天下最高的一个吗，若那太监现身应棋，就由方公子对付罢，也多些把握。传闻国手太监棋上杀人于无形，无论任何人，都在其棋上难逃一劫。"

简良闻之，愠色道："我设棋黄鹤楼是为了什么？难道是为了那一点名声吗？方大哥为了能在棋上废掉国手太监，千辛万苦找了一年多，如今又急急地赶来助我，自是将生死置之度外，意在维护棋道雅正之风，你却让我临阵退缩，我可是那种胆小怕死之人吗？"说完，拂袖而去，自到顶楼陪伴方国涣等人去了。

兰玲公主讨了个没趣，便不敢再提此事，然而却转到楼下，命邰希本、董守义二人放出风去，说是那曾在长城外棋布天元阵的方国涣已到了黄鹤楼，挑战天下棋道高手，立时间消息风传开去。本来官兵封楼护局就已令人惊异，忽闻黄鹤楼棋局上又多了一个人，尤其有听说过方国涣者，更是惊讶不已。有一些人则多了些希望的喜色，掩盖了先前的仇恨之容，这些人都身藏刀剑，自远远地避开了守楼的官兵。

此时人群中又多了三位道人，听了这消息后，互相点了点头。在围观的人群中本有几名远道而来的棋上好手，是专为那巨额棋金而来，想碰碰运气，忽见有官兵把守，哪里见过这般阵势，自无人再敢进楼斗棋，都自觉地躲开了。

官兵封楼护局之后，这一天却也无事，方国涣、简良、罗坤、卜元四人自回到了莲花轩，兰玲公主由邰希本、董守义率官兵护着回武昌府衙门去了。当朱维远、敏凤山听说兰玲公主果然调来了官兵保护黄鹤楼棋局的安全，各是赞叹不已。

卜元这时有些性急道："候了一天也没什么动静，那怪物八成是不敢来了，早已溜走了罢？"

朱维远道："于若虚办事谨慎，他必须观察几日放心后，才能护着李如川现身应棋的。"方国涣等人点头称是。

这时，一名仆人进来禀道："门外有一位年轻的公子，自称尉迟云璐，要求见方公子。"

方国涣闻之一喜道："尉迟公子到了！"忙起身迎了出去。

简良自语道："玉棋山庄的'棋公子'？当是来观战的罢。"

敏凤山一旁道："既是简公子与方公子棋上的朋友，我等暂且回避了。"随后引了朱维远、罗坤、卜元到侧厅坐了。

这时，方国涣与尉迟云璐说笑着走了进来。方国涣见客厅中唯剩简良一人，摇头一笑，上前拉了简良对尉迟云璐道："尉迟公子，可知道他是谁？"

尉迟云璐一怔，随即一拱手道："敢问阁下尊姓大名？"

简良一抱拳道："久仰棋公子盛名，在下简良便是。"

"棋神简良！"尉迟云璐闻之，惊喜道，"原来黄鹤楼的棋局便是简公子所设。"

第七十回　兵护黄鹤楼

方国涣一旁笑道："尉迟公子可还记得昔日玉棋山庄棋场上的那位投纸示棋的高人？"

尉迟云璐闻之一惊，随即恍悟道："原来那日是简公子……"

简良笑道："区区小事，何足挂齿，闻尉迟公子乃是天下第一好棋之人，古今无人能及的。"

尉迟云璐忙摇头道："惭愧！惭愧！在二位高人面前实不敢再提'棋'字。"

方国涣笑道："尉迟公子勿谦让，公子博棋之广，非我等所能为的。"说完，请尉迟云璐落了座。仆人献上茶来，三人相让用了。

方国涣随后道："尉迟公子怎么也到了武昌？"

尉迟云璐道："自闻棋神简良公子设棋黄鹤楼，棋声动天下，知有高人设局显世，故约了几位棋上的朋友前来仰观。今日刚到蛇山，便遇见了白光耀，说是方公子也到了，才知此棋局并不虚设，乃是别有深意，故打听了来，看来两位联手设局是想在棋上引出国手太监。"

方国涣道："不错，正是此意。"

尉迟云璐感叹道："如此说来，古今无有的这场棋上正邪之争就要在黄鹤楼上展开了！匡正棋道之风，就有赖二位公子的通神妙手了。"

"对了……"尉迟云璐接着又道，"今日见有官兵封楼护局，黄鹤楼外又来了许多李如川棋上惹下的仇家，此番棋战，已非简单的棋上之斗了，二位公子还要多加小心才是。"

方国涣慨叹道："事已至此，也顾不得许多了，纵有意外之变，也无奈何。"

三人又谈论了一会儿，天色便已暗了下来。

尉迟云璐起身道："还有几位朋友在客栈中候了，在下就不打扰二位了，祝二位公子棋上一战成功，废去李如川的杀人棋道，从此除去这个祸害。"

方国涣道："尽力而为！"随后与简良送了尉迟云璐至莲花轩外，尉迟云璐拱手别去，方国涣、简良二人转身而回，此时天色已黑了下来。

方国涣这时无意中一抬头，忽见对面房顶上有个人影一闪即逝，不由吃了一惊。简良旁边见状，心知有异，手中忙暗扣了一枚棋子道："方大哥，看见了什么？"

方国涣惑然道："对面房顶上好像有个人影，怎么闪了一下就不见了？"

简良闻之一惊，四下寻视时，并无异常。方国涣摇了头摇道："也许是我眼花，看错了罢。"

随闻一人道："方大哥没有看错，刚才确实有人来过。"

罗坤这时从旁边跳了出来，方国涣惊讶道："真的来了什么人？"

罗坤道："不错，此人身形极快，一现即逝，刚才我在屋中便觉房上有异，恐二位有所闪失，忙出来护了，未来得及跃上房去追他。"

简良疑道："对方能是什么人？为何夜探莲花轩？"

一人应声道："有可能是于若虚来过。"随见朱维远、卜元、敏凤山三人走了过来。

"于若虚!？"方国涣惊诧道，"他来这里做什么？"

朱维远道："必是不敢去黄鹤楼令那太监暴露了行踪，引来大麻烦，于是想悄悄地将方公子或简公子掳了一个去，与那太监对上一局，让他过了棋瘾后能全身而退，这样便可以毫无风险。"方国涣、简良、罗坤等人闻之一惊。

朱维远又道："这一点我们应该想到并有所防范的，现有朱某与罗堂主、卜堂主在，于若虚还不敢贸然行事。当然了，简公子自能应付一切意外，主要是方公子的安全我们从现在起一定要严加保护。"

罗坤道："我与卜大哥晚上守夜，白天不离方大哥与简公子左右，自可保证万无一失。"

朱维远道："这样最好，希望总堂主派的人手尽快些到，以应付一切意外之变。"

简良道："看来李如川就潜藏在周围，可惜他在暗处，我们在明处，寻他不得。"

方国涣道："只要他来了就好，早晚会现身的。"

敏凤山这时摇了摇头道："莲花轩又不安宁了。"

当天晚上，朱维远、罗坤、卜元三人自在方国涣、简良的房门外守了。

房间内，简良对方国涣笑道："真希望那个于若虚能将我掳了去，到时候棋上棋外我都能应付来的。"

方国涣道："简兄切不可大意，李如川阴险狡诈，于若虚武功高强，都是极难应付的对手，莫要着了他们的道。"简良一笑不语。

子夜时分，方国涣静坐床上，垂帘闭目，弃了杂念，宁心安神，以养棋境。不知何时，方国涣忽然看到了满天的星斗，群星闪烁，流星划落……豁然一惊而醒，脱口而道："天星棋子！"睁眼看时，却见室内漆黑一片，不知几更天了。

方国涣心中惊诧道："脑中如何幻象出了天星棋子来？当是何意？"想起百余枚天星棋子此时在天元寺内，自不会有失，暗里摇了摇头，复又睡去。这一晚，倒也无他。

第二天，朱维远、罗坤、卜元三人护了方国涣、简良来了黄鹤楼，此时邰希本、董守义二人早已率兵将黄鹤楼封守了。

进了楼，兰玲公主笑吟吟地迎了，与众人打了招呼，因昨日话语间令简

第七十回　兵护黄鹤楼

良不快，自不敢再提棋上事，于是道："简大哥，我已在楼上备了酒菜，请方公子几位上去用了罢，反正也闲着，大家饮酒候着就是了。"

简良道："也好。"复请了方国涣等人上楼饮酒，谢古岩仍在棋场内守了。

大家劝饮了一番。卜元临窗望了望楼外的官兵，摇头道："我看还是将官兵撤去为好，如临大敌一般，那太监如何还敢来。"

朱维远道："不然，倘若官兵一撤，棋局的安全便没了保障，李如川只要一露面，他的仇家们便会一哄而上分解了他，哪里还能坐在棋桌旁与两位公子斗棋，那样他就不敢来了。有官兵在，那些来寻仇的人便不敢妄动，至于棋后怎样，我们也不必管他了。"

罗坤道："李如川若知道官兵不是冲着他来的，而是在保护棋局的安全，他便会想法子来的，时间久了，他也等不住。"

这时，忽闻楼外一阵吵闹，一人高声怒道："你们如何又来抓人？这王法真的就由你们随便说了算不成？"

简良闻声，忙到窗前看时，却见是白兆山的黄严、黄成义、黄兰父子三人到了。

简良知道黄严误会了，临窗喊道："黄老英雄，勿要动手，他们是兰姑娘调来保护棋场安全的，三位请上来罢。"

原来黄严刚至黄鹤楼前，看见官兵四下将黄鹤楼围了个严实，以为兰玲公主又来了蛮横的脾气派兵来捉简良的，不由大怒，性急之下就要往里闯。忽听简良在楼上朝他喊话，这才收手，瞪了邰希本、董守义二人一眼道："谅你们也不敢胡来。"说完，领了黄氏兄妹上楼去了。

邰希本、董守义二人知黄严父子是简良的朋友，没有阻拦，放他们进去了。

黄严上得楼来，忽见座中多了几位陌生人，尤其是六合堂的"六合双刀"朱维远也在座，不由一怔。

简良这时上前笑迎了道："黄老英雄来得正好，我给你介绍几位朋友认识。"随即引见了方国涣、罗坤、卜元，黄氏父子忙自上前，双方彼此礼见了。

当引见到朱维远时，朱维远拱手笑道："早就该与黄老英雄相识的，不巧在随州客栈失去了一次机会。"

黄严闻之，忙抱拳还礼道："惭愧！惭愧！"众人随后落了座。

黄严问起官兵封楼护局的事，简良便将事情原委简单说了一遍。

黄严闻之，点头道："原来如此。"接着用眼光瞟了一下兰玲公主道："日后谁再敢乱动简大侠半个指头，老夫便将她的小脑袋扭下来喂狗。"众人见了，各自偷笑。兰玲公主神情大窘，没敢言语。

黄严随后道："适才在楼外看见许多江湖上的人物，有几位名气还不低的，敢情都是那太监的仇家，被简大侠的棋局引来伺机寻仇的，看来要有一场恶战了。只要那太监一出现，他的仇家们就会瞧着眼红，便能马上动刀子的，这些官兵不过摆摆样子，吓唬一些胆小的，性急起来谁还会怕你官府。老夫来得巧，权为简大侠做个护棋使者罢，若有人来搅局，老夫自不让他的。"

　　简良笑道："多谢黄老英雄了，有在座的各位英雄护场，当不怕旁人来搅局了。"

　　黄严此时望了望座中诸人，心中惊讶道："六合堂竟然一下子来了三位堂主，尤其这个简大侠的棋上朋友方公子，可不是一般的人物，以后在这些人面前说话时可要小心了，莫让人家笑话。"想到这里，黄严身子正了正，表情随之肃然。

　　这一天仍然无事，不过楼外又来了一些神秘的陌生人，互相打听着什么。方国涣楼上见了，心中不免有些忧虑，知道李如川更不会轻易现身了。

　　傍晚时分，众人回到了莲花轩。刚刚坐下，便见朱维远的一名手下兴冲冲地跑进来禀道："朱堂主、方公子，孙奇先生和吕竹风堂主他们到了，我已将他们引了来。"朱维远、方国涣、罗坤、卜元等人闻之一喜，忙起身相迎，随见孙奇、吕竹风与十多位六合堂的堂主走了进来。

　　方国涣先自迎上前与孙奇等人礼见了，然后引见了简良、敏凤山及黄严父子，双方众人彼此见了礼。孙奇已从朱维远的那名手下那里了解了一些情况，自与朱维远会意地一笑，众人随后落了座。

　　敏凤山见六合堂内几位成名的人物到了莲花轩，惊喜之余，忙吩咐人准备房间、酒席去了。黄严心中暗暗吃惊，见六合堂高手云集，自知此番棋战非同小可。

　　孙奇见了简良，点头赞叹道："简公子设棋黄鹤楼，棋动天下！更令黄鹤楼成了众目所集之处，此番若能废去国手太监的杀人棋道，当是功德无量之举！"

　　简良见方国涣、朱维远等人对孙奇甚是恭敬，知孙奇在六合堂里必是一位地位很高的人物，也自恭敬道："孙先生过奖了，在下所为，不过是做了一名棋家应该做的事，成败还很难说，还需要方国涣大哥仙家妙手相助的。"

　　孙奇闻之，点了点道："此番棋上一战，关系重大，是为性命之搏，望二位公子联手应棋，可保万无一失。"方国涣、简良二人点头称是。

第七十一回　棋战黄鹤楼（上）

孙奇随后对方国涣道："临行前，连总堂主再三叮嘱孙某，要千方百计地保护方公子的安全，不能有任何闪失。"

方国涣闻之，感激道："连姐姐如此关怀备至，我一定不负她重望的。"简良、黄严见方国涣与六合堂的关系非同一般，各是惊讶不已。

孙奇又道："适才听朱堂主的手下兄弟讲，国手太监已到武昌了。"

方国涣道："不错，黄鹤楼的棋局不但将李如川引了来，还同时引来了很多他先前于棋上惹下的仇家，令他暂时还不敢现身应棋。"

孙奇道："国手太监棋上害人太过，以致天下人共愤，两位公子于棋上反制他，废他杀人棋道，对他来说也算公平。"

这时，忽听一个声音道："希望能在棋上公平一战。"话音未落，厅中已多了一个人，身形之快，令众人几无察觉。朱维远、罗坤、黄严及六合堂众堂主因在听孙奇谈话，一时大意竟让此人抢入厅来。

方国涣、卜元同时惊呼道："于若虚！"座中诸人闻之大惊，罗坤、黄严立时封住了厅门，断了于若虚的去路。那于若虚虽孤身闯入，却全无惧色。方国涣、卜元二人昔日曾见过于若虚，故而识得。

于若虚此时忽见了一旁怒目而视的卜元，不由一怔，昔日卜元以一枚浑铁丸将他惊走，今日复见，仍心有余悸。于若虚毕竟不同于常人，独处险境仍神色不变，随即朝众人一拱手道："于某今日并非为打架而来，乃是替李公公向方国涣、简良二位公子下个口头战书，三日后黄鹤楼棋上一战。"

朱维远、孙奇、黄严等人久闻天下第一剑客之名，今日一见，皆自叹服。孙奇随即上前一拱手道："于大侠，孤身而来，果然一身是胆！战书既下，我们应了就是，但不知那李如川现在何处？"

于若虚忙还了一礼道："李公公身体小有不适，现居静处安养，具体所在，恕于某不能奉告。"

一名堂主冷笑道："那太监还怕人吗？竟然如此见不得天日，活着岂不没意思。"

于若虚闻之一笑道："李公公棋高天下，焉能怕几个来寻仇的粗野武夫。"

方国涣这时走上前道："于大侠，李如川三日后真敢现身应棋吗？"

于若虚一见方国涣，立时恭敬地道："这位可是方国涣公子？"

方国涣道："不错，正是在下。"

于若虚忙施了一礼道："李公公棋行天下，未遇敌手，自闻公子大名之后，视为对手，发誓只要与方公子对弈一局，便从此封棋归隐，不问世事。"

方国涣冷笑道："李如川倒也抬举我。"

于若虚接着道："如今黄鹤楼上又出了一位棋神简良公子，李公公高兴万分，认为又是一位难得的对手，故而前来讨教。"

简良闻之，冷笑一声道："讨教？那太监是想在棋上杀了我吧？以显示他的鬼棋无敌。"

于若虚闻之，脸色一变，又恢复了常态道："李公公棋高无敌，古今罕有，先前虽有几位棋家与公公对弈之时意外地死去，乃是另有他故，与李公公无关的。"

方国涣闻之，愤然道："于大侠，你枉称一代剑客，何以善恶不分，为那李如川掩盖罪过？别人不知，尚可原谅，你跟随了他这么久，难道就看不出他的魔境鬼棋有杀人之力吗？"

于若虚此时迟疑了一下道："看来天下人都误会李公公了，公公好棋成癖，每与高手斗棋以为乐事，于某常在其侧，见李公公自是很正常地与对手走完一局棋后起身就去了，自无伤害对方之举。至于棋后与李公公对弈的棋家莫名其妙地纷纷死去，实是另有缘故，于某也曾感到奇怪而问过李公公，公公说是与他对弈的那些棋家棋力不济，输了棋后有愧先前的棋名，皆羞极而死，却是与走棋时无关的。"

方国涣听罢，摇头叹道："可怜！可怜！不知于大侠真是被李如川的自欺欺人之语蒙骗过了，还是自家故意装糊涂，棋上胜负本常事，难道死在李如川棋上的那些名家高手都是心胸狭窄之人吗？都会在棋旁一样的羞极而死吗？不想于大侠一代侠义之士，竟以如此言行现身众好汉面前。"

"这个……"于若虚一时语塞，顿了一下道，"于某一生专于武学，不谙棋道，但也知棋为雅艺，当无伤人杀人之理。况且李公公除了棋上的绝技外，并不会什么邪术旁门、施咒下毒的手段。于某曾对那些棋家意外之死有疑，然于棋旁观察，李公公确无异常之处，只是喜棋到了如醉如痴的程度，以访高手斗棋为乐，慰自家棋趣而已，他人之死，自与李公公无关。"

方国涣摇头叹道："原来于大侠不懂棋的，李如川正是利用这一点来欺骗你，让你保护他作乱棋道。"

于若虚道："李公公对于某有过大恩，于某曾发誓，不让天下人伤着李公公毫发。"

方国涣摇头道："你这样做是助纣为虐，于大侠既然不相信棋能杀人，但

第七十一回 棋战黄鹤楼（上）

是已有几十位棋上的高手名家在与李如川对局之后无故而死，国手状元曲良仪先生也因他人棋两废，这些事实，于大侠又做如何解释？"

于若虚闻之，不由得低下头来，轻声道："不错，自见不断有棋家与李公公对局后便无故而死，于某虽不知其因，但也认为可能与李公公的棋道有关的，便劝阻李公公不要再与人斗棋了，免得惹来更多的人寻仇。李公公见天下已无对手可访，便答应于某，只要再与方公子、简公子对弈一局之后，便从此封棋。"众人闻之，始信于若虚果真不晓李如川的棋道有杀人之力的，各自摇头叹息不已。

孙奇这时道："李如川既已到了多日，为何不早些现身应棋？且又订在三日之后？"

于若虚道："李公公因棋上误死人命，结下了很多仇家，为了安全起见，于某约了几位朋友前来相助，三日后才能到。又见黄鹤楼有官兵护守，可防止杂人搅局，故约定三日后必来应棋，以了却李公公的一桩心事，于某也可以功成身退了。"

简良这边摇头道："李如川习练成鬼棋邪术，杀人取乐，实在罪恶深重，而于大侠却不以之为过，还死命护了他，报恩之义，固然可嘉，可是因此竟造出许多罪过来，李如川所做的许多棋上命案，于大侠当是脱不了干系的。"

于若虚闻之，脸色微变，摇头一叹道："事已至此，于某不想再说什么，但希望三日后李公公能在黄鹤楼和二位公子于棋上公平一战。"接着一拱手道："于某就此告辞。"说完，转身欲走，忽见罗坤、黄严二人拦住了去路，于若虚的左手便按在了剑柄之上。

方国涣这时道："黄老英雄、罗坤贤弟，我们的对头是李如川，且让于大侠去吧。"罗坤、黄严二人这才闪于一旁。

于若虚道声："谢了！"大步出门，跃房而去。

卜元望了于若虚离去的身影，摇头叹道："天下间竟然也有这等愚人！"

方国涣道："这也怪他不得，李如川鬼棋杀人于无形，不露痕迹，是让人难以置信的。"接着长吁了一口气道："不管怎样，这一天终于到来了！"

卜元道："不知三天后，那怪物如何到得黄鹤楼？总不至于派官兵把他护了来罢。"

孙奇道："于若虚非同常人，他自会有进退之策的。到时我们要在黄鹤楼上严加布置，防止有高手突袭进来击杀李如川而搅了棋局。"

卜元道："把那怪物引来就是为了除掉他，我看他的棋术也邪门，国涣贤弟与简公子勿要与他棋上斗罢，免得再着了他的道。只要这个怪物一露面，我便一弹丸打死他，落个痛快，一了百了，岂不省事！"

方国涣摇头道："对应李如川的地元鬼棋，我虽然不能胜券在握，但棋上事还需棋上来解决，才算公平，那时无论我在棋上出了什么事，各位勿要乱来，不要让我们搅了自己设的棋局。我若不敌，有简良兄接手，不信凭我二人天人之力斗不过他的鬼棋。"众人闻之愕然，这才真正地感觉到杀人鬼棋是多么的可怕，因为连方国涣都无十足的信心。

简良这时笑道："棋盘上不能制住那太监，棋盘外也能以棋子治他的，当不能叫他再于棋上讨了便宜去。"黄严听了，晓得简良的意思，不由点头微笑。

孙奇随后道："三天后黄鹤楼棋战，关系重大，希望在场各位勿要将这个消息泄露出去，以防李如川的仇家们那日抢先下手生出麻烦，甚至会产生大的激变。"众人闻之，皆佩服孙奇先见之明，各自应了。

敏凤山这时已备好了数桌丰盛的酒菜，过来请众人入席用了。当晚，孙奇等六合堂一干人众在莲花轩住了，一夜无话。

第二天一早，方国涣起床后出了房间到院中散步，此时吕竹风正在喂他的那匹神驹"乌云托月"。

方国涣见了，心中忽一动，便走上前道："竹风贤弟，早！"

吕竹风见是方国涣，忙迎了道："方大哥早！"

方国涣望了望"乌云托月"，点头赞叹道："好一匹神骏！果然也只有贤弟一人能驾驭它！"

吕竹风笑道："小弟先前做梦也不会想到能得到这匹宝马神驹，实是托了方大哥的福。"

方国涣笑道："也是你自家有本事驯服它，这才能成为其主人，虽是机遇巧合，更是你与此马有着缘分的。对了，今有一事，还需贤弟骑了你这匹神驹去办，或许能来得及。"

吕竹风道："方大哥有事吩咐便是，小弟义不容辞。"

方国涣点头笑道："那就辛苦你一趟了，回头我与你一封书信和一份路线图，请贤弟速赶往连云山天元寺，将一些天星棋子取来，黄鹤楼棋上一战可能用得着它。"

吕竹风道："无论多远，有这匹宝马在，误不了事的。"

方国涣道："远也不甚远，途中的山川河流多些而已，不能如在大路一阵风下去，却也能在斗棋那天赶回来的。"

吕竹风道："事不宜迟，小弟应马上动身才是。"

方国涣道："好罢，贤弟稍等，我去写封书信来。"

方国涣随后回到房间，提笔疾书一封，示意天元寺的法阳，见信后将天星棋子交付给来人，并告之三日后黄鹤楼上与李如川棋战一事，及借此机会给师父苦元大师报仇云云。原来方国涣那晚在幻境中见到流星之后，便感到与李如川斗棋时有用天星棋子的必要，故想取了来。

方国涣写好了书信，又画了一份去天元寺的路线图，然后出来交给了吕竹风，叮嘱道："贤弟，要将书信放好了，这路线图一程一程标得很详细，照着走错不了的，贤弟不识字，路上可多问些人。"

吕竹风道："请方大哥放心，斗棋那天，东西保证送到，误不了局的。"说完，吕竹风带了些盘缠，又与孙奇等人打了声招呼，跨上"乌云托月"，打马飞驰而去。

由于棋战约在三日之后，方国涣、简良等人也就没有去黄鹤楼，只是叫人通知了谢古岩守着棋局，方国涣、简良二人则在房中商讨应对李如川的鬼棋之法。兰玲公主在黄鹤楼上候了简良半日，见简良仍未到，不知起了什么变故，问谢古岩，谢古岩也自不知。兰玲公主大急，便带了邰希本、董守义二人来到了莲花轩。

敏凤山见兰玲公主驾临，慌忙迎至一肃静的厅中。兰玲公主闻简良与方国涣在房中研棋，这才放下心来，恐过去扰了他二人的兴致被简良怪罪，便在厅中候了。黄严听说兰玲公主到了，便过来与她说话。

那兰玲公主于是想借机讨好黄严，说了些恭维赞誉之辞。黄严虽知兰玲公主的用意，听得却也高兴，不时开怀大笑，惹得兰玲公主身后的邰希本、董守义二人好是不满，但又不敢发作。黄严自不理会他二人，仍与兰玲公主说了笑，笑了说，旁若无人。

因为是兰玲公主，黄严便将李如川已与简良、方国涣约定了棋战日期的事讲了，并由方国涣先行应战。

兰玲公主闻之，心中一阵欣喜，高兴道："那太监终于要露面了，方公子若是不敌他，我叫人把他抓起来杀掉就是了。"

黄严摇了摇头道："事情可不那么简单，这场棋斗越来越离奇，那天说不定会发什么意外的事，我看你这女娃，避开才好。"

兰玲公主笑道："这场棋斗乃是棋上正邪之争，千古不遇的，我岂能轻易错过，若有人敢生事，抓起来就是。"

黄严有些忧虑道："那太监棋上害人太多，什么人都敢招惹，他的那些仇家，有的来头还不小，黑白两道的成名人物老夫就见着了好几位，来者不善，善者不来。"

兰玲公主笑道："这样岂不更好，棋斗之后，再来一场武斗，可有的热闹瞧了。"

黄严摇头道："你想瞧热闹？不出大乱子就不错了，真要动起手来杀红了眼，谁还顾得上你王府衙门、公主小姐的。"

这时，简良、方国涣二人走了进来。兰玲公主忙迎上前，笑道："简大哥，终于在棋上把国手太监引出来了，真是可喜可贺！"

简良淡淡地道："生死之战，有什么可喜可贺的。"兰玲公主讨了个没趣，却也不在意，复对方国涣笑道："简大哥曾说方公子的棋上修为天下第一，此番黄鹤楼棋上正邪一战，要看看方公子如何斗败那国手太监的。"

方国涣笑道："听说兰姑娘的棋力也自不低，女子中堪称国手，但是此番棋战，兰姑娘勿要旁观的好。"

兰玲公主闻之，惊讶道："这是为何？此番棋上正邪之斗，千年不遇，岂有不见之理。"

方国涣道："兰姑娘有所不知，李如川的杀人鬼棋，不但对临枰的对手有杀伤之力，若有旁观者，除非是不懂棋的，否则也同样有杀伤之力。先前曾闻李如川一盘棋上杀死两人，一人是与他对局者，另一人是在旁边观棋的高手，自被棋盘上的棋势所引，而在棋桌旁无意中丢掉了性命。"

兰玲公主闻之，大吃一惊道："这太监的杀人鬼棋真有这般厉害？"

方国涣道："不错，所以后天黄鹤楼棋上一战，除了我与简兄二人，旁人不得近前。"

兰玲公主闻之，急道："这如何使得？此棋不观，岂不遗憾！"

简良这时道："兰姑娘，此非儿戏，还是避开的好，若有什么闪失，我等可担当不起的。"

兰玲公主立时欣喜道："简大哥是怕我有什么事罢？放心好了，我到时远远地站了，不往棋盘上瞧就是了。"

方国涣闻之，点头道："这样也好，只要不见当时的双方棋势，李如川在棋上走出的杀伐之力倒也涉及不到兰姑娘的。"兰玲公主闻之大喜，简良自是摇了摇头。

第三天，兰玲公主一大早便带了几名随从到莲花轩来迎简良等人。一切准备就绪，孙奇率了朱维远、罗坤、卜元等六合堂人众，还有黄严、黄成义、黄兰父子三人，拥了方国涣、简良向黄鹤楼而来。为了防止意外之变，敏凤山、敏凤忠、敏銮三人便留在了莲花轩等候消息。此时吕竹风取天星棋子还没有回来，方国涣也就止了用天星棋子应棋之念。

路上。卜元道："不知那太监今天以什么法子去黄鹤楼？只要他一露面，便会成为一只过街老鼠，人人喊打的。"

黄严一旁道："或许乔装打扮罢，易了容，旁人也识不得。"

卜元笑道："他是个阴阳怪气的太监身，年纪又大了，莫不是化装成个老婆婆的模样？不过走起路来，让人一眼就能瞧出这家伙不正常的，除了那怪物，还能有谁？立时要打杀的。"众人闻之大笑。

第七十一回 棋战黄鹤楼（上）

方国涣、简良二人则神情肃然，因为二人知道，此番棋上一战，是以化境之棋对应李如川的魔境之棋，对方在棋上究竟达到何种可怕的程度，二人心中自没底数，地元鬼棋不仅仅能在棋上杀人的。

黄鹤楼前，邰希本、董守义二人已率了一千名官兵将黄鹤楼封护了，刀剑出鞘，如临大敌，显是兰玲公主对他们已有过交代。邰希本、董守义二人见兰玲公主、简良、方国涣等人到了，便点头示意，令官兵让出道路。

就在这时，忽听远处一阵急促的马蹄声传来，随见一匹快马如黑色闪电一般，眨眼间便已从百米外疾驰到了方国涣等人面前。

紧接着此神驹骤然一停，马上端坐着一名风尘仆仆的少年，正是吕竹风及时赶了回来。此时看得众官兵与围观人群齐声欢呼，皆自惊叹不已。

吕竹风随即从马背上跳下来，将一只沉甸甸的牛皮袋递于方国涣道："方大哥，东西拿来了，只因小弟不识字，走错了一段路，否则回来得更能早些。"

方国涣感激地道："多谢贤弟，来得早不如来得巧！"

吕竹风又道："天元寺的法阳大师让小弟转告方大哥，一定要在棋上废去那太监的杀人棋道。"

方国涣闻之，点了点头，郑重地道："我会的！"孙奇随后命人接了吕竹风回莲花轩歇息去了。

简良这时惊讶道："方大哥，什么东西取得这么急？可是棋局上用得着的？"

方国涣神秘地笑道："稍后简兄便知。"简良闻之茫然，众人随后便进了黄鹤楼。

此时楼前已聚集了不少围观的人，有几个人互相点了点头，显是看出了今日的气氛与往常不同，似乎猜出了些什么。邰希本、董守义二人见人群中有些躁动，忙命官兵严加戒备了。

方国涣、简良等人来到楼上棋场时，忽见谢古岩站在那里发呆，脸呈怪异之色，望着众人并不来迎。

朱维远见状，心说不好，忙抢身上前在谢古岩肩头一拍，谢古岩身形随即一动，显是被人点了穴位。穴道一解，谢古岩神情惊骇道："来……来……来了！"众人见之一惊。

这时，忽从屏风后面转出一个人来，双手一拱道："各位来得晚了些，于某已恭候多时了。"此人正是于若虚。

方国涣、简良、孙奇等人颇感意外，没想到若虚已先到了。

方国涣惊讶之余，上前问道："于大侠既然来了，不知李如川是否也到了？"

忽从屏风后面传出一阵阴阳怪气的笑声，随有一人哑着嗓子道："方国涣，还认得我吗？"接着从屏风后走出一个形色干瘦阴冷之人，面白无须，两目透含着一种瘆人的阴光，自令胆小之人不寒而栗。

"李如川！"方国涣一惊之下，脱口而出，虽与当年棋擂上的李如川有别，但方国涣还是一眼识出来了。

李如川一出现，朱维远、罗坤、黄严等人立时上前围住。

于若虚忙挡在了李如川面前，手握剑柄道："这里设的可是棋局？李公公是来斗棋的，难道各位想乱了这棋场上的规矩吗？"

方国涣挥手示意众人退下，望着李如川，按住激愤的心情道："李如川，我寻你多时了，今日该有一个了断。"

李如川怪笑一声道："很好！很好！方国涣，数年前就见你棋上大有可为，今日果然成了老身的一个对手，几年不见，真的出息了！"

方国涣摇了摇头道："李如川，方某本来敬你棋道高深，但是没有想到，你为了修炼成杀人鬼棋不惜自残身体，习《地煞棋经》中的邪术而入魔道，而后以棋杀人为乐事，祸乱天下，实为不该的。"

"咦？"李如川闻之，惊诧道，"你……你都知道些什么？"

方国涣道："要想人不知，除非己莫为，你以为自己做的恶事能瞒得了于大侠，还能瞒住别人吗？"

李如川窥视了于若虚一眼，随后摇头道："老身不知道你在说些什么？"

方国涣道："我正说死在你杀人鬼棋上的那些棋家的性命，难道你现在还无动于衷，不承认自己的罪过吗？"

李如川这时忽然"格格"一阵怪笑道："方国涣，你可知什么是真正的棋道吗？你以为凡夫俗子所走的那种游戏就是棋吗？错矣！大错矣！棋道通神，可动天地，寓含万物理，阴阳之大术也！岂可限于方尺棋盘之上。要说棋能杀人吗？老身可从无此念，先前虽有一些自以为是的名家高手似乎是死在了我的棋上，其实是他们自家棋力不济，输了棋后再无脸面见人，羞愧而死，这又与老身何干？"

方国涣摇头道："棋为雅艺，本无伤人杀人之理，久弈劳形虽也有之，但不至于夺人性命。而今你棋入魔境，在棋上反棋道而行之，当属旁门左道类。你拥此邪术自居，杀人取乐，乱棋道之雅正，如何能与你无关？"

李如川摇头冷笑一声道："你口口声声说老身的棋道能杀人，但不知怎么个杀法？你有证据吗？"

方国涣正色道："李如川，你为了习练成这种异变了的杀人棋道，不惜自残身体，以心态之异而应鬼棋之变。你勿要以为棋上杀人于无形中，不露痕迹，便可隐瞒你的罪证。其实你的这种鬼棋之术，是在棋势上将对手引入歧

第七十一回　棋战黄鹤楼（上）

途，以你的魔境感应对手的棋境，进而乱其神智，耗其心力，对手棋力越高则受害越深越速，当心之气力受戕伐不过时，便会棋废人亡。"孙奇、黄严等人闻之，频频点头，于若虚更是一脸愕然之色。

李如川此时神色一震，没想到方国涣几乎能洞察他的一切秘密，但又自狡辩道："老身好棋之甚，已赛过自家性命，便是那皇封御赐的国手也不稀罕，但求天下无敌足矣！岂能以棋杀人乱以棋道？你之所言，不足为凭。"

方国涣闻之，便走到窗前指了楼外的人群道："李如川，你不敢承认自家棋上所造的罪过，那么你来看看这些寻你报仇的人，他们的亲人朋友都是在与你对局之后死在了棋旁，你敢说那些棋家之死与你丝毫无关吗？"

李如川神色略变，随即怨恨道："方国涣，你说老身以棋杀人，那么你自家呢？曾闻你在长城外布了一座天元棋阵，将七八万女真人的性命丢在了里面，这难道就不是以棋杀人吗？"卜元、罗坤、朱维远等六合堂众堂甯之大怒，立要上前发作。

方国涣忙用手势止了，复对李如川道："昔日关外一战，乃是为了挽救六合堂的万余名好汉的性命，方某才迫不得已冒险以棋势布阵退强敌，侥幸成功，实为天佑，这与你棋上杀人取乐是天壤之别。"

李如川摇头冷笑道："杀人就是杀人，何在于原因方法，你设布天元棋阵，令女真人血流成河，伏尸数万，自家都不觉怎样。而老身只是让一些自以为是的对手输棋后羞愤而死罢了，那是他自家的事，却与老身无关的，这又怪我何来？为了能与你对上一局，领教领教你棋道化兵的本事，老身与于大侠不惜半夜辛苦潜藏在了这里，以避开那些粗人找麻烦，也是看得起你的。"众人闻之，才知于若虚、李如川二人为了躲避仇家，昨晚就已潜至黄鹤楼上了。

方国涣这时道："李如川，你也勿再诡辩，既然棋分邪正，能在棋上将你引来，那么一切就在棋上解决罢。"

于若虚这边闻之，惊讶道："原来两位公子设棋黄鹤楼，就是为了引李公公前来斗棋？"

方国涣道："不错，李如川以杀人鬼棋祸乱棋道，久寻你们不得，简良兄便想出了这种以棋相引的法子。李如川，你的棋运到头了。"

李如川听后摇头，继而得意地笑道："原来黄鹤楼的棋局是专为老身而设，荣幸！荣幸！二位有此兴致真是求之不得。不过能在棋上制住老身的人，恐怕还没有出世。那国手状元曲良仪怎么样？还有那个天下第一快棋钟世源又能怎么样？结果还不是……格格……"李如川自是一阵忘形地狞笑。众人听到这种阴阳怪气的笑声直皱眉头，浑身难受。

简良这时冷冷地道："李如川，你以为在先前那盘棋上，真是杀死了钟世源先生吗？"

李如川闻之一怔道："怎么？钟世源没有羞极而死吗？"

简良冷笑："看来你的鬼棋遇上真正的高手就不起作用了，钟世源先生现在可是活得好好的。"

李如川闻之，惊愕道："不可能的，他岂能在老身的棋上逃生，那日亲眼见……"

方国涣这时道："那日你亲眼见钟世源先生死在了你的棋上是不是？"

李如川疑虑之余，双目一闭，沉思了片刻，忽睁眼笑道："钟世源既然未死，那么老身这以棋杀人之说就是妄传了。"

简良闻之，讥笑道："好赖皮！你可知钟世源先生为什么没事吗？本来被你的鬼棋害得九死一生，幸遇一位高人施以神针相救，钟世源先生这才转危为安。"

"咦！？"李如川惊疑道，"什么人能在我的棋上救人？"忽又摇头笑道，"你们在骗我，老身不会上当的，想当今天下这几个有名的高手，曲良仪、钟世源俱败在我的棋上，那江南棋王田阳午和蜀中的刘诃刘敏章，老身还未得机会去拜访，其实也没有必要了，也都是手下败将而已。"

方国涣道："李如川，你以为真是鬼棋无敌吗？"

李如川狠狠地道："老身无别的本事，但能以棋镇天下！"

"该是以棋乱天下吧？"方国涣、简良同时正色道。

方国涣随后道："李如川，我曾有恩师故友三人死在了你的鬼棋之上，今天无论你的棋术多么可怕，方某也要领教了，为那些被你害死的棋家在棋上讨回个公道。"

李如川闻之一怔，随即阴沉地笑道："原来你也是找老身报仇的，而且要在棋上讨，好极！棋上再多一个冤鬼也无不可。"

方国涣淡淡地一笑道："请放心，方某不是那种气量狭窄之人。废话少说，请于棋上见高低罢。"

李如川轻蔑地一挥手道："好极！今日倒要看看你在棋上有何过人之处，名气上甚至比老身还大。"

李如川、方国涣二人随后于棋桌旁对坐了，在场诸人心中各是一紧。

第七十二回 棋战黄鹤楼（下）

方国涣、李如川二人终于在黄鹤楼上坐到了一起，便要摆棋决战。

就在这时，忽听一人喝道："狗太监，终于露面了，还我兄弟的命来！"接着从窗外跃进，手中长剑一抖，直取李如川。朱维远、罗坤等人的注意力适才都在李如川身上，一疏忽竟让此人抢进楼来。事发突然，李如川立时吓得脸色苍白，呆若木鸡。

然而未及那人身形靠近，于若虚的长剑已经出鞘，轻轻一拨，便将对方剑锋荡开，随即斜削那人手腕。那人一惊，身形急退，不由自主地将手中的长剑扔在了地上，这才保住了一只手。旁边诸人见于若虚剑术精妙绝伦，一出手便令对方将兵器丢了，皆自暗中喝彩。

朱维远看那人时，不由一怔，原来此人是山西太极门的胡本昌。

朱维远忙走上前，朝满面惊骇的胡本昌一拱手道："胡大侠，此棋局搅不得，你们之间的仇怨，棋后了断如何？"实是给了胡本昌一个台阶下。

胡本昌见是朱维远，面呈愧色道："原来是朱堂主，也罢，胡某技不如人，一会儿待他出去再说。"言罢，一拱手，飞身跃出楼去。

随即听楼外人群一阵喧哗，有人喊道："那太监已在楼上了！"立时间群情激愤，各亮刀枪拥上前来。邰希本、董守义二人见状，忙命官兵拦阻。

董守义高声道："这里是汉阳王府所辖之地，容不得你们乱报私仇，有胆敢胡为者，以暴民论处，杀无赦。"声音洪亮，一字字传了出去，立将激愤躁动的人群镇住。那些人虽然急着报仇，但也不敢与官兵对抗，各自强忍怒意一旁候了，单等李如川出楼。

这时，忽从人群中跃出三名道士，在众官兵头上一掠而过，齐扑黄鹤楼内，众官兵不由仰头惊呼。邰希本、董守义二人见状一惊，想出手拦截已然来不及了。那三名道士跃上黄鹤楼后，往里就闯。

一名年长的道士喝道："武当涵虚子为报师兄棋上被杀之仇，特来取那太监狗命，挡我者死！"原来这三位道士是武当派的三大高手：涵虚子、清虚子、太虚子，在武林中极有声望。这三名道士一冲进楼来，立被朱维远、罗坤、黄严三人拦住。

涵虚子见有人拦截，二话不说，长剑一抖，分胸便刺。朱维远手持六合双刀，一刀挡开来势，一刀横切。那涵虚子但觉手中长剑一震，已被对方的大刀荡开，心中一惊，知道遇上了高手，不敢大意，飞身一跃避开了朱维远的另一刀。

这边罗坤一掌将太虚子的长剑拍开，震得太虚子的长剑几欲脱手，此时那清虚子也被黄严一招逼退。三名道士立时大骇，忙闪聚于一旁，长剑护了周身。

涵虚子惊异道："各位是何方高人？为何护了那个该死的太监？"

朱维远一拱手道："对不住三位，今有六合堂护此棋局，容不得干扰，至于你等仇怨，棋后再算。"

"六合堂！"三名道士闻之一惊。

涵虚子诧异道："什么人能有那么大的本事？再敢与这太监以棋相对？"

朱维远道："这是他们棋上的事，且由他们在棋上来解决，三位道长此时却不能乱来的。"

三名道士见有六合堂的高手保场护局，自知暂时杀李如川不得，涵虚子于是道："既然有六合堂高人阻挡，且让这太监多活一会儿，稍后再寻他算账。"说完，三名道士齐身跃出了黄鹤楼。楼外围观诸人，见武当的三位高手都闯不进去，只得各自一叹，在楼外候了。

方国涣知道此时再不能耽搁了，于是道："李如川，这便是你造下的祸事，姑且不论，我们但于棋上解决一切罢。"

李如川稳了稳慌乱的神态，恼恨道："敢来杀我！岂有此理，真是岂有此理！"

于若虚这时脸色凝重，俯身对李如川道："公公，请走棋罢，勿担心，有于某在侧，无人能动你。"

李如川点了点头道："很好！很好！且让这些人见识一下老身的真正手段。"

孙奇见棋局就要开始，便示意朱维远等六合堂众堂主将四下的门窗守了。罗坤则负手立于方国涣身后以防不测，兰玲公主自远远地坐了，不敢往棋盘上看，怕有什么魔力将自己吸引住。

简良这时走至棋桌旁坐了观棋。

李如川见方国涣、简良二人同时临枰，一观一战，不由得意地阴阴一笑道："很好！很好！不用再走第二局了。"意思是要在一盘棋上杀两人。

简良自然理会得，冷笑一声道："对付你这个怪物，一局就够了。"

李如川自是"哼"了一声。

方国涣此时取出了那些天星棋子，放在了棋桌上。简良见了，心中惊讶道："原来方大哥有这种宝贝棋子！"

第七十二回　棋战黄鹤楼（下）

李如川惊异道："方国涣，你哪里得了这些棋宝来？"

方国涣淡淡地道："你也想要吗？若胜了方某，拿去便是。"

李如川闻之一喜，随手从腰间解下一布囊道："老身也有一种骷髅棋子，与你这些棋子恰好凑成了黑白两色的一副好棋。"说着，也自将那骷髅棋子取了出来。

方国涣、简良二人见之一怔，这种棋子古怪异常，黑亮之中透着一种怖人的幽光，令人感觉有种说不出的难受。

方国涣猛然想起，昔日京城中那位御书房的齐公公曾说过，与《地煞棋经》藏在一起的还有百余枚棋子，乃人骨所炼制，都一并交给了李如川，知道便是这些怪异的棋子了，心中惊讶不已。

李如川这时道："方国涣，老身弈棋，从来不走让子棋的，否则还有什么意思。"

方国涣道："棋逢对手，岂有让子之理。"

李如川忽一声怪笑道："对不住，你我各有半付上等的好棋子，但在棋色上我已占了先，老身可要先走一手了。"

简良一旁冷冷地道："且慢！这棋局可是有规矩的。"

李如川闻之一怔，继而一声怪笑道："是了，闻黄鹤楼棋局上有万两之巨的彩金，来斗棋者当有所押注才是，不过老身可不是来讨那便宜的。放心吧，尔等若是输了，老身分文不取就是。"显是自信得很。

简良冷笑道："你若是败了呢？"

李如川闻之，摇头怪笑道："老身棋上当无败理，若是败了，死在这盘棋上就是。"

方国涣道："至于棋后你之死活暂且不论，你若是输棋于我，须将那册《地煞棋经》留下，让方某毁掉，以令棋道中从此绝了这种杀人棋术。"

李如川闻之，点头应道："好极！好极！你若有本事胜了，老身自当奉送此书，就权为押注罢，也足抵那万两棋金了。"

方国涣道："既然如此，就请走棋罢。"旁边诸人，立刻都紧张了起来。

李如川这时持了一枚骷髅棋子，闭目凝思片刻，忽二目圆睁，精光暴射，随即枯手前伸，将那枚怪异的棋子着力地拍于棋枰之上。子枰相触，竟然击撞出一种刺耳的尖锐的鸣响，似乎隐杂着凄厉的鬼哭之声。好似有那无数的冤魂野鬼，被这种诡异通灵的骷髅棋子击触棋枰时所发出的奇异声响引了来。

诡异的声响令黄鹤楼内的气氛为之一肃，若有那阴冷之气四下荡漾开去，令人毛孔皆寒。其声足以摄人魂魄，旁观诸人皆自骇然，杀人鬼棋已有了先声夺人之势。

方国涣、简良二人虽不被其声所动，然观李如川点棋开局的位置，皆自一怔。李如川的这第一手棋竟然下在了右上角"一·一"的尖顶之位，杀人鬼棋果然是反棋道而行之。

方国涣惊讶之余，倒也不以为意，二指挟起一枚天星棋子，手势一扬，向着中腹拍下。手法开合有度，轻灵飘逸。随见一道星光划落，一声脆响惊起，楼内的空气为之一荡，先前那种阴寒之感，立时消散无形。旁观诸人被那骷髅棋子击枰时所发出的怪异响声造成的不适压抑甚至是惊怖之感，被天星棋子落枰时发出的清脆的响声化解了去，皆自胸中一畅。

方国涣和李如川各应一子，都以宝棋相对，气势上算是平分秋色。

李如川见方国涣应棋腹地，浑然无觉，起手又是一子拍下，点在了左上角"一·一"尖顶之位。诡异之声复起，旁观诸人，心神又是一震。

简良见状，心下讶道："这太监走的是什么棋？真是邪性！鬼棋就是这般下法吗？"

方国涣自是不为所动，随手又应了一子。清脆之声再起，又将那怪响带来的异感化去。方国涣开局两子皆应中腹，是欲以北斗星式布局，来对抗李如川的鬼棋邪术。

结果李如川又连布两子，将棋枰四角尽数点占了。

方国涣望着那四枚分布棋枰四角的散发着幽光的骷髅棋子，心中蓦地一惊道："地元四象阵！"

李如川有违常规的四角尖顶布子，已不算是正常的棋路，因为那是"禁地"，是如四手废棋一般，古往今来的棋家可没有人这般下的。但是若从大势上看，黑方的四象棋阵似乎将白棋甚至全盘的棋势都罩住了。

简良旁边眉头一皱，暗讶道："竟也有这种棋势吗？这般走下去如何胜法？鬼棋之术，当真是反棋道而行之的？且看你这太监下面怎生动作。"

双方又互应了几手棋，方国涣已然完成了北斗七星的星式布局。

李如川望着那七枚布成斗柄状的精光刚亮的天星棋子，心中一凛道："北斗星式！布局腹地，中占大势，竟有统摄全盘之威！小子，棋上的修为已至化境了吗！也好，这般对手几百年也难寻一个，我且极力使出手段激他才是。"随又一子拍下，竟自打入中腹。

简良心中诧异道："天星棋子与那骷髅棋子的拍落在棋枰上的响声，竟有着与钟世源先生所拥'响枰'一般的神奇效果，只不过是一正一邪，当皆是用了特殊棋子的缘故。方大哥以前说过，鬼棋上真正的杀人之力是它诡异的棋势，只是这李如川棋子上拍落的声响上都能达到扰人心智的效果，那么他在棋势上走出的杀人之力岂不可怖之极。可是这棋势上的杀伐之力又从何而来呢？此时双方才走了十五手棋，那种诡异的力量还显现不出。方大哥棋呈大势，统摄全盘，是为棋道正法。李如川空占四角，有违常规，虽呈虚里之

第七十二回　棋战黄鹤楼（下）

势，却无半点威力可言。鬼棋之道，若能发力，当在三十手之后罢。"

黑白两色棋子交替拍落，奇声与怪响互换，似有两股阴阳之气来回激荡。有一名六合堂的堂主，修为也是浅些，此时受激不过，竟自闷哼了一声，昏迷了过去。

孙奇见罢大惊，忙令人将那名堂主抬了出去进行救护，然后告诫诸人道："大家勿要往棋盘上看，远望窗外以分散注意力，莫要着意听那棋声，可保无事！"

那兰玲公主平日里听惯了棋子的声音，虽被那怪异的棋声所扰，但又被天星棋子清脆的响声不断地抵消了去，微有不适，倒也无大碍。此时耐不住好奇的性子，往棋盘上瞟了一眼。

心中忽地一惊道："棋竟然也能这样下吗？你这太监，点那四处尖角何用啊？难道鬼棋的杀人之力就是这样子逆生出来的吗？"当下不敢再看，恐看多了伤了自己。

兰玲公主心中复又寻思道："这太监当年在后宫教娘娘下棋的时候，我倒也见过他几次面，过去这么久了，他应该不识得我了。没想到他竟然习成了可以杀人的鬼棋邪术，好在简大哥未与他亲自对局，危险自然少些。就看这个方国涣的了，果是有那般仙家妙手，能在棋上制住这太监才好，免得日后令人谈棋色变，少了些兴致去。"

罗坤站在方国涣的身后，全神戒备着李如川的一举一动，生恐他斗棋不过，性急之下会对方国涣施出什么害人的手段来。只要李如川稍有不当的举动，便出手制住他。

于若虚站在李如川的身后，警戒着周围的一切。偶见李如川已然全力应对，如临大敌，无了先前那般与人斗棋时的从容，暗讶不已，知道棋逢对手了，对方国涣尤增敬意。

黄鹤楼外。

那些来寻仇李如川的人群中，不时地有人小声议论着。

一汉子道："也真有胆子大的！敢应那太监鬼棋的，想必棋上也有超人手段了。"

一老者点头道："敢情这位棋神简良设棋黄鹤楼的真正目的是要在棋上将那个国手太监引出来，再以棋上的本事去制他，这棋道中竟也有替天行道的棋侠！"

一人道："冲上去将那太监杀了便是，何必这般麻烦。"

那老者道："棋能杀人，古时不曾有过。棋上惹出的事，还需棋上来解决的好。棋上若是不能解决，再由我们动手好了，反正那太监今天是走不掉的。"

这些人中，除了李如川棋上惹来的仇家，便是应邀来助拳的，无关的百姓早已避开了，但剩下了这些群情激愤、摩拳擦掌的人。

郤希本、董守义二人面呈焦虑之色，不时朝楼上观望。他二人已得到兰玲公主的暗示，只要维护了黄鹤楼上棋局的安全即可，至于棋局结束后，李如川若死在棋上也就罢了，若是活着出来，任由他的那些仇家打杀便是，官兵睁只眼闭只眼，没有必要介入杀斗中去阻挠。

孙奇望了望楼外的人群，心中不免忧虑。三天前于若虚在莲花轩替李如川下口头战书时曾说过，为了李如川的安全，他约了人手来帮忙。而此时仅见于若虚一人护着李如川，未见其他的人。对方是何方高人呢？隐藏在哪里？这些，着实令孙奇心中不安。

卜元这时在霸王弓上暗扣了一枚浑铁丸，心中已打定了主意，方国涣在棋上胜了，并且无事，还则罢了，倘若不慎落败，或旁生意外之变，便将李如川一弹丸打死了事。

此时，棋上棋外，楼内楼外，已暗伏了无数的杀机，但等棋局结束，一触即发。

这时，楼外人群中，一老者面带忧虑道："这楼上的棋局太静了，静得可怕！要出什么事了！"

话音未落，六合堂的那名堂主便被抬了出来，众人见状皆自一惊。

"兄弟，出什么事了？"一人问道。

六合堂的人答道："真是邪了门了！王堂主本来站得远远的，却听不得那棋子声，莫名其妙地便昏了过去，那太监实在是可怕得很！国涣公子倒能应得下他的鬼棋，了不得！奉劝诸位避远些为好，一会儿恐怕这座黄鹤楼都撑不住棋局上产生出的杀伐魔力呢！"说完，抬着那名昏迷的堂主去了。

这个六合堂的人有意无意地这么一说，众人闻之惊骇，都不由自主地后退了几步，惊异地朝黄鹤楼上望了望。杀人鬼棋的恐怖，出乎诸人的意外。

棋盘之上，黑白两色棋子疏布，已过了第三十三手。一种十分诡异的感觉忽从棋盘上腾起，似乎将对弈的双方笼罩在了扑朔迷离的气氛中，骷髅棋子所发出的鬼哭之声和天星棋子发出的清脆之响竟然都淡化了去。

方国涣、简良二人心中俱是一懔，知道那鬼棋开始起作用了。果然，那李如川神情大变，目光发直，死盯着棋盘，应子时竟然有些顿滞，然滞而不缓，愈加显得沉稳有力，每一子拍下，有如力透地下三尺一般，给人感觉整座黄鹤楼的楼体都发出了沉闷之响。不晓得的，还以为是那李如川在施"盘外招"呢。

方国涣眉头微皱了一下，随即凝神定志，持了一子扬手拍下一冲，继手一断，意欲与黑方短兵相接，以探虚实。天星棋子奇沉压手，每一子落下，都有将那棋枰震碎击散之势,并且有那种似乎搅动了空气的缘故,若巨石击水,四下荡漾开去,波及八荒之外。

这一盘棋端的是下得惊天动地。

而这一切,只有对弈的双方才能感知,才能入此妙境。旁观诸人,仅仅见那二人的神情有些古怪,场地中气氛诡异而已。当然,简良也是局中人,同感异境。

李如川一长一接,将对方来势抵消,接着飞压、打入,开始了全面攻势。

方国涣见状,犹豫了一下,忽手势一抖,脱先它投,竟然孤子别立,意在一大场内再布"五帝星式"局。方国涣布"北斗星式"统摄全盘之外,又连布"天培星式""六甲星式""文昌星式""牛宿星式"。至"大陵星式"成,四十四枚天星棋子布下了七种星式,这也是方国涣在同一局棋中布下的最多的星式。外人看着混乱,而自家心中明了。

李如川开始时的棋势,似乎在乱走,不成章法,然细观之下,却隐成天罗地网之势,一片黑气笼罩全盘。白棋七种星式同布,方才勉强压制,强大的压迫感,几欲令人窒息。

方国涣神志忽然恍惚,心下蓦地一惊,闭目凝思片刻,方才稍缓。简良心中也生异感,二人相视骇然。二人若不是棋达化境,此时必入鬼道。李如川虽面冷如石,却也眉头紧皱,不知暗里起了何种变化。无形中,双方已进入了生死之战。

棋枰之上,黑白双方的棋子,已由开始时的疏落走得细密紧凑起来。

忽然,一种奇怪的现象发生了。黑白两色棋子距离相近的,皆自有些在棋枰上颤动起来。天星棋子由于质地沉重,微颤而已,但与天星棋子枰接近的那些骷髅棋子则有些跳动。

这一奇异的现象,引起了旁边诸人的注意。以为在棋上果是走出了魔力,皆自惊骇,几名六合堂的堂主不由后退了一步。

方国涣、李如川二人一怔之下,随即也就明白了原因。原来天星棋子为至阳至刚之品,而那骷髅棋子属于至阴至邪之物,由于两类棋子接触得太近,以至阴阳二气互激,棋气鼓荡,才有此颤动现象。简良在旁惊诧之余,也自从这两类棋子的质地上看出了是相克之故而动,啧啧称奇不已。

那于若虚则心下惊疑:"难道公公以前是在骗我?他在棋上真的是可以杀人的!否则何以将这些棋子都走得动了起来?"继而摇头,暗里一叹道:"也罢,此盘棋结束后,公公就封棋归隐了,棋上就不再会惹是生非了!"

方国涣心中道:"鬼棋上的异感已生,久之必损心力,应该速战速决,以防再生他变,我且收它一收!"随即放手围攻黑方三枚弧子。

李如川见状,索性弃地不要,移兵东扩,两手怪招打入,竟将那"六甲星式"破去。

方国涣见之惊讶，竟也不顾，一子拍下，彻底封了那三枚弧棋的"气眼"，欲要提子吃杀，然后再进行全盘整合。

谁知未及方国涣提子于枰外，那三枚已无"气"的骷髅棋子竟然经受不住四下里围裹的天星棋子的阳气激荡，忽从棋枰上自行弹飞了出去，坠落棋枰旁碎裂了数块。

方国涣、简良、李如川三人见天星棋子封吃对方时竟有"自提"之功，皆自大吃一惊，皆感意外。

棋局上怪力迭出，已是吓得旁观诸人不敢再朝棋枰上看了。

李如川忽见自以为棋宝的骷髅棋子竟然被对方的棋子封杀后"自提"出了枰外，并且碎裂了，大惊之下，心中忽地一紧，犹如棒击，几近窒息，心下立时大骇，原来棋上那种无形的杀伐之力已反噬到他自家身上了。

李如川惊骇之下，暗里忽将自家舌尖咬破，含血自咽，精神忽为之一振，眼中精光大盛，随手一子拍下。

方国涣忽见李如川神色有异，似欲生他变，也自谨慎起来。然见李如川拍下的那一子，却是点在了天元之位，细观之下，心中猛然一震。这一手棋与那四角之位配合，天（元）地（元）易位，竟成大五行的布局。此手棋被那四角拱立，有如奇峰突起，直捅天际，若天河决堤，一泻千里，是必扰乱全盘局势。

方国涣暗叫一声"不好"！已是晚了些，但觉奇寒冰骨，冷意来袭。鬼棋之术，又生异变，李如川已是将那地元鬼棋发挥到了极致。

方国涣棋达化境，处变不惊，惊而不乱，当下心境一稳，形神立静，将与鬼棋对抗而逆生出的这种戕伐之力淡化消解了去。

简良这边尤自苦不堪言，已是在苦撑着。知道若是自己临枰应棋，自无方国涣现在这般从容神态，神色上已是露出败迹了。对方国涣先于自己应棋的好意，简良心中大为感激。随即不再观棋，闭目调神，以安棋境，少顷，恢复如常。

简良开始意助方国涣，二人棋境互感，神意相通，天元化境与人元化境合二为一，共达天人相应之妙境，同化地元鬼棋所逆生出的那种无形的杀伐之气。

方国涣得简良意助，形神安和，从容自若，心中一静，随即无他，似那清风明月之下，庭中闲弈一般。二人不由相视一笑。

接着，方国涣手筋迭发，妙手连出，开始了全面的反击。

李如川全力施展鬼棋，本以为方国涣受激不过，不死也废。万万没有想到鬼棋上逆生出的这种戕伐厉气，竟被对方化解得无影无踪，且有反噬自家

第七十二回　棋战黄鹤楼（下）

之势。

"怎么会这样!？"李如川惊愕之下，忽觉胸中一痛，若万剑穿心，喉中咸热，怪叫一声向后便倒，数口鲜血喷射出，终被鬼棋反噬。

"公公！"于若虚见状大惊，忙上前将李如川扶起。但见那李如川面如死灰，耳鼻眼中都已渗出血丝来，乃是心血逆流七窍所致。

旁观诸人见方国涣棋上一战成功，令李如川人棋两废，立时欢声雷动。

于若虚见李如川此时气若游丝，脉微欲绝，始信棋上杀人之事，不由摇头叹道："公公，你这是何苦？"言罢，扶了李如川欲走。

忽听一人大喝道："将这太监留下，卜某要替一位故人和尚报棋上杀身之仇。"却是卜元举了霸王弓扣弹拉弦对准了于若虚。

于若虚见是卜元，先是一怔，而后肃然道："李公公纵有千万不是，今日落得如此下场，也该了结了。"

卜元道："这太监棋上杀人太多，这般下场也是他自找的，现在还没有死透，想一走了之，哪有这等便宜事。"

于若虚闻之，凛然道："也罢，今日一场血战是免不去了。"说完，左手臂抱了昏死的李如川，右手长剑一抖，傲然直立，全无惧色。朱维远等六合堂十多名堂主各亮兵刃呼啦一声将于若虚、李如川二人团团围住。

于若虚摇头苦笑一声道："于某先前左手用剑，乃是为了防身，今日但用右手，实是为了护命。"于若虚剑术独步天下，有第一剑客之称，但恐施剑时霸道，伤人太过，故用左手以缓势，这是江湖中人人皆知的。今见于若虚右手持剑，已然有誓死一拼之意，十几位六合堂堂主脸色不由俱变。

方国涣见经此棋上一战，李如川已人棋两废，显是活不成了，斯盼许久的心愿已偿，自知于若虚武功高强，不想再生他事令众人有所闪失，于是上前道："各位，如今李如川已在棋上得到了报应，我们的愿望已经实现，于大侠也是忠心护主，勿要再难为他，就由他们去了吧。"

众人见方国涣发了话，便都退下了。卜元见了，也只好收了弓，摇头一叹。于若虚感激地望了方国涣一眼，抱了李如川转身欲走。

方国涣忽然想起了一件事，连忙道："于大侠且慢。"于若虚闻之一惊，以为方国涣改了主意，要将李如川留住，神情不由大为紧张。

方国涣这时道："李如川曾答应棋败之后将那册《地煞棋经》留下，方某要把此书毁掉，防止再有人学了去，像李如川这般害人害己。"

于若虚闻之释然，忙于李如川身上摸出一册书来，递于方国涣道："方公子所言甚是，看来棋上果有此杀人之术，就请公子毁了它罢。"

方国涣接过来，见封面上果有《地煞棋经》四字，知道不假，摇头一叹，翻也不翻，随手递于一旁的罗坤道："贤弟，将这不吉之物毁了罢。"

罗坤一笑接过，将此书一折，然后双手压至掌心，稍一动力，而后向空中一扬，随见这本《地煞棋经》变成了无数碎纸片，雪花般四下飘落。旁边众人见了，齐声喝彩。于若虚见状，心中一凛，知道单是罗坤一人阻拦他，他今日也是不易脱身的。

　　方国涣这时畅然道："妖书已毁，邪法不存，天下棋道复归雅正！"接着又对于若虚道："李如川以鬼棋杀人，罪孽深重，他现在已经人棋两废，也是他自作自受的后果。方某虽与他有深仇大恨，却也不想再难为他，也是敬他好棋一场，不幸误入了邪途魔道。于大侠忠心护主，至死不弃，令人佩服，这就去吧，不过楼外杀机重重，自当小心了。"

　　方国涣一席话感动得于若虚无言以对，自朝方国涣深施了一礼随后左手抱了李如川，右手长剑开路，飞身从窗口一跃而去。孙奇等人对方国涣此举皆自叹服，此时各自惊喜地围了过来。

　　简良高兴地笑道："方大哥终于在棋上制住了国手太监，可喜可贺！"方国涣感慨道："这件棋上事总算结束了……"

　　话音未落，忽闻楼外喊杀声大起，惨叫声不绝。众人俱是一惊，忙拥到窗前向楼外看时，只见于若虚左臂持了李如川，右手长剑挥舞已与人激战上了。邰希本、董守义二人此时自率了官兵远远避了，冷眼看众人搏杀。

　　那些围攻于若虚的人，见他左臂抱着的李如川面如死灰，昏不知人，胸前吐的全是血迹，已是明白了李如川是在棋上反伤之故，皆自惊异。然而这些激愤的人已不管李如川生死几何，都以手刃于他为泄恨之事，虽被于若虚的长剑刺倒了几名汉子，却是围攻得愈急。

　　一名大汉喊道："留下太监，让你走人，何故为他如此卖命……"话未说完，胸前已中了于若虚一剑，那大汉惊骇之下，抽身退去。

　　于若虚长剑挥处，又连伤两人，暴喝道："公公性命已危，你们还想怎样？"持着李如川，仗剑而走，自是不想舍下。此时武当的涵虚子、清虚子、太虚子三名道士欺身上来，三柄长剑招招直逼李如川的身形。

　　于若虚一时应顾不暇，性急之下，手中手剑忽地舞起一阵剑风将自己和李如川的身形罩住。三名道士见状，忙从三个方位挥剑猛攻，自将于若虚缠住，一时间寒光闪动，剑气纵横，混杀成了一团。

　　黄鹤楼上的方国涣、简良等人见了，各是摇头不已。

　　孙奇心中异道："于若虚不是说约了帮手来吗？为何还不现身？"

　　于若虚毕竟抱着一个人，有所拖累，身形大受限制，在三名高手的围攻下已然处于下风。清虚子见于若虚露出了破绽，心中一喜，一招"流星探月"刺向于若虚颈后。于若虚忽感脑后有寒气至，身形急缩，微微顿了一下，发簪即被清虚子的长剑削掉，头发立刻披散下来。

第七十二回　棋战黄鹤楼（下）

忽见于若虚大喝一声，似疯了一般，连刺数剑，立将三名道士逼退。此时清虚子手中的长剑被于若虚狂怒之下击飞出去，涵虚子的道袍也被削去了一大块，三名道士大骇，抽身隐退。于若虚护李如川心切，疯狂之中连出杀手，已无所顾忌，但听得几名抢上前来拦截的大汉的数声惨叫，各是身首异处。于若虚持着李如川且战且走，剑光至处又连杀数人，自令一些人心惊胆寒，不敢上前拦截了。

这时，忽听一人厉声道："将这太监留下！"随见十余名白衣人围攻上来，为首之人正是白光耀。

白光耀挥动手中的一双银钩，荡开于若虚刺来的一剑之后，另手银钩反削。他二人曾经交过手，各创重伤而退，此时一个报仇心切，一个护主心焦，手上自毫不留情。白光耀一心想亲手击杀李如川，所以一双银钩招招攻击李如川的要害处。

于若虚发现是白光耀时，先是一怔，继而舞剑死拼，有时甚至厅自己的身体替李如川挡住白光耀的银钩。白光耀见于若虚如此拼命，心中也自感叹。数招过后，白光耀一钩将于若虚左肩头削去了一块皮肉，鲜血立时流了出来。然而于若虚仍然不放下手臂间夹抱着的李如川，低吼一声，死命向白光耀身上扑来，长剑挥处，自在白光耀胁下刺了一剑。

白光耀想不到于若虚竟然使出了同归于尽的剑法，骇然之下，往后急退，十余名弟子则一拥而上。于若虚已是杀红了眼，剑剑杀着，连听数声惨叫，白光耀及几名弟子倒在了血泊中。旁边诸人见于若虚疯了一般，各自惧怕，一时间再无人敢上前。于若虚乱发狂舞，仗剑而行。

这时，忽有一名年轻的僧人拦住了于若虚的去路，喝声道："将这太监留下！"人群中立时有人惊喜地喊道："飞天和尚！"原来是法无到了。

自苦元大师死在了李如川鬼棋上之后，法无报仇心切，一直在江湖上追寻李如川，此番也是被黄鹤楼的棋局刚刚引了来。

于若虚见有一僧人拦截，顺势一剑刺去。法无身形疾转，从侧里欺身上前，伸手欲抢下李如川。于若虚一剑走空，见法无身速之快，不下自己，心中一惊，剑刃回拦已然来不及，情急之下，拖着李如川向后便倒，但还是被法无将李如川背部的衣衫血肉撕下了一块。那李如川早已昏死多时，自无了疼痛的感觉。

黄鹤楼上，方国涣看得真切，不想让法无再生意外，便大声喊道："法无师兄，李如川现已人棋两废，师父大仇得报，就让他们去了罢。"

正欲出手再战的法无，闻声回头见是方国涣，才知国手太监李如川是被这位棋高无敌的师弟废在了棋上，心中一阵惊喜，随即退闪一旁，不再出手拦截。

于若虚见有机可乘，持着李如川转身就走，此时再无敢上前拦者。然而不知谁喊了一声："大家一起上，切勿让这个太监活着离开此地，否则日后可就没有机会了。"一句话提醒了众人，立时间群情激昂，几十人呼啦一声围了上来。

　　于若虚见状，将心一横，施展出了平生的剑上绝学，随见剑光至处，血肉横飞，惨叫声不绝。但奈何对方人多势众，四面围攻，于若虚有李如川所累，身上又负了几处重伤，自是险象环生。时间一长，于若虚终挡不住四面围攻之势，手中长剑被一名老者的铁棍震断，背部中了一把飞刀，满身血迹，不成人形。但是于若虚仍拼命护着已不知是死是活的李如川，不肯将其舍下，疯狂般苦斗。

　　方国涣在黄鹤楼上见了，摇了摇头，转过脸去，不忍再看。

第七十三回　琴曲化梵音

于若虚持着李如川拼命向外闯去，奈何对方人多势众，恶斗了多时，于若虚已然支撑不住。

就在这时，忽见红光闪动，五名身着大红僧袍的红衣喇嘛似天降一般出现在人群中，拳脚并用，将围攻于若虚的那些人纷纷击飞开去，但并不杀人。朱维远、简良二人在黄鹤楼上见了，惊讶不已，方知西域红教中的这五名"伏龙尊者"在取了昆吾刀之后并未离开，此番前来，显是于若虚约的帮手，不知为何晚到了。

五位红衣喇嘛的出现，场中形势立时大变，几十人四下撤开，将这五位喇嘛和于若虚、李如川围在了中间。

吉桑喇嘛这时走至于若虚面前，合掌一礼道："于大侠，我们来晚了。"

于若虚摇头苦笑了一声道："吉桑大法师，你们来得并……并不晚。"神情已然一松，再也支撑不住，跌坐在了地上。

这时，人群中那位山西太极门的胡本昌高声喊道："大家再一起上，定要将那太监碎尸万段，报我等之仇，不信这五个喇嘛能挡住我们。"

于若虚手中的长剑已断，自扔在了一旁，此时朝吉桑喇嘛道："大法师，你们不是将贵教的圣物神刀找到了吗，且借我一用。"

朱维远、简良二人虽在黄鹤楼上，却也听了个真切，俱是大吃一惊，知道那件具有神奇力量的昆吾刀若是被于若虚拿到，可就不是死伤几个人的事了。

简良不想再见到残杀酷斗，便在黄鹤楼上向吉桑喇嘛喊道："大法师，你们是方外之人，不要参与这场武斗，勿将昆吾刀轻易示出，否则便是你等自造罪业，且护了他二人去罢。"

吉桑喇嘛初闻于若虚要借昆吾刀，本已迟疑，忽闻有人在黄鹤楼上喊话，抬头看时，见是简良，忙朝简良这边施了一礼，随后对于若虚道："于大侠，你以前虽对我等有恩，但这本教圣物我等是不敢擅自借人用以杀伐的，我五人且护了于大侠与这位施主走罢。"

于若虚闻之，惨然一笑，指了周围愤怒的人群道："大法师，你看今天于某能走得掉吗？"

那胡本昌这时又激励众人道："大家勿给他机会，杀太监报仇啊！一起上啊！"五六十人于是各举刀枪，渐渐地逼了上来。

吉桑等五位喇嘛此时互望了一眼，各自点头会意，忽合掌肃立，齐诵"唵——嘛——呢——叭——咪——吽！"一时间梵音大起，虽五僧齐诵，却如万人同宣，声波激荡轰传开去，立时震得在场诸人纷纷掩耳躲避，自有人惊呼了一声道："梵音天咒！"众人自被一种无形的荡传力量所激，神形俱震，皆自慌忙坐下来运功抵抗。

这"梵音天咒"之声也自荡进了黄鹤楼，朱维远、罗坤、黄严等人惊骇之下，忙都闭目而坐运功相抗。兰玲公主虽捂了双耳蹲在一旁，身形却也被这种音波激震得颤动，花容失色。此时只有方国涣、简良二人将这种梵音的震伐之力入耳境感意化去，不为之所伤。

简良见那五名红教喇嘛此番所诵"梵音天咒"的威力要比上次在莲花轩那回大得多，感到黄鹤楼都在颤动。黄鹤楼外，功力弱一些的人早已挺受不住被激昏了过去，与那些封楼的官兵在地上倒了一片。于若虚苦战良久已是精疲力竭，忽闻梵音大起，也自激昏了过去。吉桑等五位喇嘛见已奏效，便止了"梵音天咒"，负了于若虚、李如川二人飘然而去。

黄鹤楼内外，顿时寂静了下来，地上躺满了被"梵音天咒"激昏过去的人，只有少数功力高一些的人还坐在地上，恐怕要等上几个时辰才能缓过来。方国涣、简良二人虽然安然无恙，可是见了眼前这般场面，一时间不知如何是好。

简良忽想起在莲花轩朱维远曾用冷水激醒了众人，忙道："用水！用水！"随即转身跑到楼下去找水了。方国涣却自摇了摇头，因为昏迷的人实在太多了，不及一一救治。

就在方国涣焦急之际，忽从黄鹤楼顶部飘传来一阵悠扬的琴声，极是柔和清畅，悦耳爽心，如春雨润物，似催动着那些昏迷之人逐渐醒来。一些功力稍高的人，此时似有了感知，身形各自动了动。

"龙凤琴！是冷大哥到了！"方国涣立时惊喜万分，已是听出了这琴声正是黄山隐士冷飞凌所弹奏的龙凤琴音。

方国涣惊喜之余，急忙跑至黄鹤楼的顶层，仰头喊道："是冷大哥吗？"

随闻一和悦的声音道："贤弟，别来无恙！"语随曲至，琴声仍丝毫不乱，流水般地从楼檐处轻飘四布。随着黄鹤楼外那些昏迷之人各有了缓慢醒来的动作，那琴声忽地一停，方国涣立觉眼前人影闪动，随见冷飞凌长发飘逸，负了龙凤琴正笑吟吟地望着他。

"冷大哥！"方国涣欢呼一声迎上前来，惊喜地道，"冷大哥怎么也来了！"

第七十三回　琴曲化梵音

冷飞凌笑应道："日前闲居黄山，偶闻龙凤琴不弹自鸣，尤见嵌在龙额上的那枚天星棋子精光闪动，便感知贤弟棋上有事，故而寻了来。适才见贤弟棋上一战，果是神仙妙手，千古独一！我这里向你祝贺了。"

方国涣欣然道："多谢冷大哥前来为小弟助阵，没想到却在暗中藏了，晚见了多时。对了，适才小弟闻龙凤琴声有化解那五位红衣喇嘛的梵音之能，冷大哥为何不在那些喇嘛诵此梵音之时以龙凤琴声相抗，将他们赶走，不至于有现在这般众人都昏倒的场面？"

冷飞凌闻之，摇头一笑道："贤弟有所不知，那五位红衣喇嘛的'梵音天咒'威力巨大，我若以龙凤琴声相抗，当时势必逆生出一种更大更猛烈的震伐之力，那么在场之人皆无活之理，故待那些喇嘛去了，我才以琴声化解那'梵音天咒'的余势，催醒众人罢了。"方国涣闻之，惊讶不已。

冷飞凌又笑道："贤弟竟然连西域红教中的这种极具威力的'梵音天咒'之功都能以棋上的化境化去，看来你的天元化境自有化合万物的神效，可喜可贺！"

冷飞凌这时望见楼外那些倒地之人已有的站了起来，知已无碍，便对方国涣道："贤弟，这些人现已无事，我这就去了。"

方国涣闻之，大急道："冷大哥何以这般急着去？"

冷飞凌道："冷某不愿参与世事，更不愿被他人所知，为避免暴露行踪，这就与贤弟别了罢，后会有期。"说完，身形旁跃。方国涣但觉眼前一花，已无了冷飞凌的踪迹，竟自惊得呆了。

这时，简良兴冲冲地跑上来道："方大哥，你原来在这里，适才有一种好听的琴声将朱堂主他们都唤醒了，楼外的那些人也都起来了，好是神奇！快去看看罢。"说完，拉了方国涣就走。

二人回到棋场上时，孙奇、朱维远、共严等人都已恢复了常态，各呈惊异之色，正在谈论着。

朱维远感叹道："若不是刚才那种悠扬神奇的琴声化解了'梵音天咒'的威力，我等至少还要两个时辰后才能缓过来，有的人恐怕要昏迷上几天。"

孙奇诧异道："不知哪里来的高人化解除这场梵音之困？好在这种奇妙的琴声来得及时，否则久了，有的人会危及生命的。"方国涣心知冷飞凌不愿扬名于世，也就没有将此事点破，自是高兴冷飞凌的到来解了一场危险之境。

简良这时见兰玲公主刚刚醒过神来，正在一旁拍耳晃脑，显是被那梵音激震得不轻。简良见她一位公主竟也跟着受此意外之苦，心中愧然，便过去关切地问道："兰姑娘，你没事罢？"

兰玲公主见简良关心自己，方呈欢喜道："我无事，适才那些喇嘛的声音好是震耳难听。"此时，兰玲公主见简良、方国涣二人形态从容，似不被那

"梵音天咒"所动，不由诧异道："简大哥，你与方公子如何像没事似的？"

简良笑道："适才我二人塞了耳朵的。"

兰玲公主感然道："哦？原来如此？"

朱维远则在一旁暗自惊异道："没想到方公子与简公子一般，不惧怕那'梵音天咒'的，真是不可思议！"

方国涣走至窗前，见楼外那些人正在交头接目地议论着，都对刚才的事情惊奇不已。

方国涣便大声道："各位，那国手太监李如川已被在下废去了杀人棋道，纵然不死，也成废人，就由他去罢，大家的仇怨也算报了。先前所有的棋上命案如今已在棋上了结，日后自不会再有此类事情发生，各位这就散去罢。"

一位老者上前施了一礼，感激地道："若无公子棋上妙手制住这个以棋杀人的魔头，不知还要有多少名家好手毁在他的棋上，我等恐怕一辈子也难寻着他报仇的。"

方国涣道："此番黄鹤楼棋上一战，乃是由简良公子设下伏棋将那国手太监引来的，方某不过接手一战罢了。"

白光耀这时走出人群，一拱手道："我等大仇今日得报，都是赖了方公子与简公子的棋上之功，此等大恩，当受我们大家一拜。"说完，与身后众人齐施了一礼。

方国涣自在黄鹤楼上还了一礼道："各位不要客气，此番棋上一战，也是为了复棋道雅正之风，这是我们棋道中人应该做的。"

武当的涵虚子走上前，恭敬地道："方公子，棋家中有公子这般奇才是为棋道之幸！所谓大恩不言谢，日后若有用得上贫道的地方，只要招呼一声，必尽全力。"

方国涣一拱手道："如此多谢了。"众人各又复施一礼，负了死伤的同伴，慢慢散去了。

法无这时走进楼来，方国涣高兴地下来迎了，抢上几步欢喜道："法无师兄，没想到你也来了！"

法无握住方国涣的双手，激动地道："好师弟！你终于将那国手太监废在了棋上！师父大仇得报了！只可惜他老人家没有亲眼看到棋上的这场正邪之争。"

方国涣闻之，不禁感伤道："师父被鬼棋所害，而我却应救不及，实是有愧师父教棋之功。"

法无感叹道："师弟勿自责，师父在天有灵得知今日之事也自欣慰了。师弟挽救了天下棋坛这一场劫难，功德可及后世，是为棋道之幸。天元寺法阳大师兄他们若得知师弟棋战成功，会很高兴的。"

第七十三回 琴曲化梵音

叙了一番别后之情，方国涣随后道："法无师兄随我来，给你引见一些朋友。"说完，方国涣拉着法无上了楼，向简良、孙奇、朱维远、罗坤、卜元、黄严等人一一引见了。

朱维远、黄严等人久闻"飞天和尚"之名，今日得见法无，各自欢喜。

法无心中尤自惊讶道："我这师弟好本事！六合堂内几位成名的人物竟来为他护场保局，这般气势和人情，可不是一般人能办到的。"暗里也自感到惊喜和欣慰。

方国涣随后感激地对简良道："简兄设棋黄鹤楼成功地引出了李如川，我虽接手而战以了自家心愿，首功当归简良兄的。"

简良道："方大哥乃是当今棋道中第一人！故能一战成功，若是我临棋应对，虽不至于大败，但也会与那国手太监两败俱伤，方大哥实是护了我的。"

方国涣道："不然，你我棋力不差上下，简兄棋上胜那李如川也不是什么难事。只是鬼棋上所逆生出的那种杀伐之力甚是霸道，若非简兄在旁以意助我棋境，此番一战也不会那么顺利的。"

孙奇这时走过来笑道："两位公子联手设局，都是功不可没，益在棋道之雅正。好了，如今那国手太监人棋两废，看样子也活不久了，终于了去了大家一桩心事，且回莲花轩再细谈罢。"

简良随后将那已兑换成银票的五千两棋金分成了三份，三千两赠于谢古岩，以偿他让棋摊守棋场之苦，谢古岩先是不肯收，经简良、方国涣等人的劝说下，这才谢过简良收了，随后辞别了众人，不舍而去；另一份一千两被简良留在了柜台内，让伙计转交给酒楼掌柜的，以补偿官兵封楼这几日给酒楼生意上造成的损失，剩下的一千余两自回谢敏凤山。众人见简良自家于棋局上所得的棋金竟分文不取，皆自叹服。

简良接着又指了汉阳王所赠送的原封未动的那一百两黄金，对兰玲公主道："承王爷相助，赠金造以棋上的声势，如今棋事已结，自当原物奉还，请兰姑娘代简某向王爷谢过。"

兰玲公主摇头笑道："简大哥好是慷慨大方！五千两银子三下分了个干净。不过这百两黄金却是父王赠予你的，岂有再收回的道理，简大哥就自家留着用罢，日后手头也宽余些。"

简良拒绝道："我又不是一个财主，守着这些金子做什么，无功不受禄，请兰姑娘收回就是了。"兰玲公主闻之大急。

方国涣一旁知简良性情清高质朴，不愿空受人家的恩惠，见兰玲公主与简良争执不下，便走上前笑道："依我看，兰姑娘还是暂替简良兄将这些金子收管了罢，日后他若短了用度，巴不得来向兰姑娘讨的。"

兰玲公主闻之，这才满心欢喜，回头命刚刚上楼来的郐希本、董守义二人将那百两黄金收了，随后又对二人道："棋局已结束，把那些兵士都撤了罢。"

兰玲公主复对简良、方国涣等人道："我出来已多日，且回汉阳王府见过父王，告知今天的事，也让他老人家惊奇一回，改日再来拜会各位罢。"然后又朝简良一笑道："简大哥，我先去了。"

简良一拱手道："保重！"

兰玲公主笑道："放心罢，过两日我还会回来的。"说完，辞别众人率了邵希本、董守义二人去了。

方国涣随后将棋桌上的天星棋子和李如川遗下的骷髅棋子一并收了起来，这才与孙奇、简良等人离了黄鹤楼回到了莲花轩。

敏凤山听说黄鹤楼棋上一战成功，国手太监棋废而去，不由惊喜万分，忙叫人大摆酒席相贺。简良便将那一千两银子的银票还谢敏凤山，敏凤山自是不收，推辞一番，央求简良不过，只得谢收了。酒席上，众人无了牵挂，各自开怀畅饮，纷纷向方国涣、简良二人敬酒祝贺，皆赞叹不已。

酒过三巡，众人饮得极是酣畅。

黄严这时感叹道："要不是老夫亲眼所见，哪里会相信世上竟有这般奇事连发的！先是简大侠设棋黄鹤楼，大败天下高手，终于在棋上将那太监引了出来，然后方公子接手而战，果真在棋上反废了那太监。当时棋盘上怪事不断，令人好是害怕，不知方公子如何能应下来的？接着那于若虚死命护主，与来寻仇的人血肉拼搏，甚是惨烈！不知他与那太监此时是否还活着？随后竟有五位红衣喇嘛从天而降，诵那'梵音天咒'搞晕了在场诸人，唯有方公子、简大侠身怀异能，不为梵音所动。更神奇的是那五位红衣喇嘛抢了于若虚、国手太监二人去后，忽有琴声仙乐降临，化解了'梵音天咒'的震伐之力，救醒了所有的昏迷之人，不知是何方高人隐身暗助的？这一连串的奇事，实在不可思议，老夫活了一大把年纪，有了今日的这番经历，算是不枉活一世！"

朱维远闻之笑道："黄老英雄所言甚是，人生难得几回稀罕事，而今一天便遇着数件，实为我等之幸运！"众人闻之，皆自点头称是。

孙奇这时感叹道："尤以方公子与国手太监李如川棋上正邪之战堪称神奇！虽然棋盘上怪事迭出，杀机重重，但是方公子持子应对，胜似闲庭信步一般，从容得很，如何令人相信正在对抗着杀人鬼棋！"

方国涣闻之笑道："其实这内里玄机，乃是得了简良兄以意相助之功，我二人棋境互感，天人相应，化合为一，共同抵御李如川鬼棋上的杀伐之力，以致反弹击回了他自家，故能一战而成。"说完，与简良相视而笑。众人闻之，皆自惊讶不已。

第七十三回 琴曲化梵音

孙奇赞叹道："没想到简公子在旁观棋，也能意助棋上之战，两位公子棋境上的这种神奇绝妙的感应，可谓古今独一！"

敏凤山一旁慨叹道："艺精通神！果是不差的。"

酒宴后，方国涣约了简良来到房间内，此时桌子上放着天星棋子和骷髅棋子。

简良见了，点了点头道："这两种棋子质地奇异，黑白有别，倒合成一副了，不过那黑棋幽光瘆人，非正常的棋子。"

方国涣道："这种棋子乃是由人的头骨合以药物炼制而成，据说是为习练杀人鬼棋专用的，或借其阴气之故罢，是为不吉之物，好在天星棋子与它阴阳克制，能收敛些它的阴邪之气。"

简良这时伸手第一次拾起了一枚天星棋子，但觉奇沉压手，神意非常，有击万物之感，立时惊异万分。原来简良的无相棋只有用棋子才能施出，此时感觉手中的这枚天星棋子，不知要将自家棋上的真意激出来多少倍，若是施以无相棋，当威力无比。

方国涣见简良持着那枚天星棋子惊呆住了，显是爱不释手，便笑道："这种天星棋子乃是为棋中至宝，本为天外之物，是从天外坠地而来，质地罕异，世间无有，是我无意中在一位隐士那里所幸得。现今简良兄棋力与我同齐，当宝随其人，送与你八枚就是，以便闲时赏观，激励棋兴。剩下的百枚归还天元寺，作为镇寺之宝，也不枉在那里修棋一场。"

说完，方国涣另拾了七枚天星棋子递于简良道："简兄要好生藏了，此棋宝一枚千金不易，天下间不能再得。"

简良此时惊喜万分道："多谢方大哥厚爱，这八枚宝贝对我来说可是大有用处的！"说完，双手郑重地接过，随于怀中喜滋滋地藏了，自对方国涣感激不已。

方国涣将天星棋子与骷髅棋子置于一只锦盒里装了，准备明日交给法无带回天元寺。因棋事已结，明日众人便要各自离去，方国涣、简良二人自是不舍，于是相约再聚一日，以补日后不知何时再能相见的遗憾。

第二天一早，法无来约方国涣同行。方国涣道："棋事虽结，但我还要去苏州一趟，了一件朋友相托之事，然后再回天元寺见各位师兄及拜祭师父。法无师兄先行一步罢，顺便将这副棋子带回去，交于法阳大师兄藏了。"

说完，方国涣取过那只装棋子的锦盒，启开来看时，不由大吃了一惊，虽天星棋子依然如故，但那些骷髅棋子竟不知什么原因，已然变成了黑色粉末。

方国涣惊诧之余，随即恍悟道："是了，这两种棋子本为阴阳相克之品，不应放在一起的。不过一夜之间，天星棋子竟将骷髅棋子克激成粉末状，实在不可思议！也罢，反正这些骷髅棋子日后是不能再用的，留着它们也不妥当。"说完，单提出了天星棋子交与了法无，将骷髅棋子的粉末倒掉了。

法无见状，也自惊讶不已。法无随后又去见了孙奇、简良等人，辞别大家去了。

方国涣送走了法无回来，心中不免有些失落之感，只因棋上事一结，自家反倒无了牵挂，生出了些惆怅来。

回到客厅上，孙奇迎了道："国涣公子若无他事，便与孙某一起回鄱阳湖见连总堂主罢，总堂主见公子大胜而归，会很高兴的。"

方国涣道："我曾应下菊花夫人所托的一件事，还要去苏州一趟，并且已和简良约好今天再聚一日，孙先生率领大家先回了罢，日后有机会我再去鄱阳湖拜访各位和连姐姐。"

孙奇道："也好，公子志在天下，如今棋上已无事，便可任游山水了。"方国涣闻之一笑。

卜元这时走过来道："贤弟，办完事后一定要去找我们几个，大家一起在鄱阳湖上做那快活的神仙多好，勿要自家辛苦地乱走了。"

方国涣笑道："卜大哥放心罢，小弟日后一定会去看望你们的。"罗坤、吕竹风也自过来与方国涣告别，彼此难过了一回。

孙奇随后率领六合堂一干人众别了方国涣、简良、黄严、敏凤山等人而去了，黄严、黄成义、黄兰父子三人接着也告别简良、方国涣、敏凤山回白兆山去了。

众人一下子走了个干净，简良、方国涣相对无言，因为二人明日也要分别的。二人随后出了莲花轩，漫游蛇山而来，以做最后一谈。

傍晚时分，方国涣、简良二人才回到了莲花轩。

进门时碰到敏銮，敏銮道："两位公子去了哪里？如何这时才回来？二叔打发我正要出去找两位公子呢。"

简良道："闲游了一天而已，怎么？有事情吗？"敏銮道："自两位公子去后，来了一伙拜访的客人，其中有一位公子叫尉迟云璐的，候二位不着也就去了。这会客厅上还有一伙要紧的客人，非要见着两位公子不可。"

简良讶道："对方是何人？"敏凤山这时急走过来道："两位公子可回来了，汉阳王府已来了人，并且带着礼物来请你们了。"

"汉阳王府？"方国涣、简良二人闻之，俱是一怔。简良摇头道："兰姑娘玩得什么花样？怎么又派人来请了？"

敏凤山道："这次是汉阳王特命邰大人、董大人备了重礼来请二位公子过府一见的，他们已是候了一天，或许是公主的意思罢。"

简良道："我与方大哥只有一晚上相聚的时间了，明日就要分手的，去那

第七十三回　琴曲化梵音

汉阳王府做什么，烦请敏先生回了他们就是。"

敏凤山闻之，不由大急道："简公子这次勿要再回绝了，汉阳王此番是闻了二位公子棋上废去了国手太监，慕名来请的，当是一番诚意。想想看，汉阳王不仅赠送百两黄金以造棋局声势，还调重兵封楼维护棋局的安全，如果简公子还要拒绝邀请，对汉阳王面子上总有些说不过去罢。"

方国涣这时道："敏先生说得有理，并且从兰姑娘那方面看，我二人应去汉阳王府回谢人家才是，勿要失了礼数。"

简良听了，只好道："也罢，明日我与方大哥走一趟汉阳王府，以了去此事。"

敏凤山闻之喜道："如此最好，这样不仅还了上次的面了，而且公主那边也有个交代，郐大人与董大人正在厅上候着呢，二位公子去回个话罢。"

客厅上，郐希本、董守义二人坐立不安，等得甚是焦急。十余名侍从站在一侧，桌子上摆放着一堆大小不一的礼盒。简良、方国涣二人这时随敏凤山走了进来，郐希本、董守义二人见了，俱是一阵惊喜，忙迎上前礼见了。

简良一拱手道："让二位久等了。"郐希本双手呈上一份大红请柬道："奉王爷命，请两位公子王府一行。"

方国涣道："我二人本应先到王府面谢王爷才是，若无王爷派兵封楼护局，黄鹤楼棋上一战恐不会顺利的。王爷今番下柬来请，实不敢当。烦请二位大人回话王爷，我与简良公子明日一早必去王府拜访。"

郐希本、董守义二人闻之，俱是一喜。董守义忙道："多谢二位公子成全，令我等不辱使命，临行前王爷有过吩咐，命我等亲自迎二位公子过府。"

简良道："却也麻烦，明日我与方大哥一路过去就是了，难道现在就走不成？"

董守义忙道："天色已晚，不敢劳二位公子大驾，明日一早，我们会亲自来迎的。临行前公主也有吩咐，不可怠慢二位公子。"

方国涣望了简良一笑，复对郐希本、董守义二人道："好罢，就这么定了，我与简兄明日在此恭候二位大人就是。"

郐希本这时指了桌上的那堆礼盒道："这是我家王爷对二位公子表示的一点意思，还请清点后收下。"说完，呈上一份礼单来。

方国涣忙推却道："明日过府上拜谢王爷就是，这些礼物却是不能收的，王爷厚意，自当心领。"

郐希本不由急道："二位公子若是不收下，我等回去自无法向王爷交差，公主那面也是无法交代的。"

简良一旁摇头道："不知你家公主又在玩什么把戏？"说着，伸手接过礼单，展开来看时，简良不由得一怔，皱了皱眉头，忙递于了方国涣。

方国涣见简良神色有异，随手接过礼单来细看之下，立时吃了一惊，见那礼单上列着：黄金二百两，珍珠一百颗，玉瓶两对……方国涣不敢再看下去，忙抬头望了简良一眼，简良自是摇了摇头。

　　方国涣便将礼单还于邰希本道："我等草民岂敢收下王爷这般厚礼，还请二位大人尽数抬回去罢。"

　　董守义忙道："这是我家王爷的一点心意，实是敬慕二位公子的棋名，还望……"

　　简良这时冷冷地道："王府之礼本不敢收，如此重礼更是不敢收，你们且将这些礼物拿回去，明日我和方大哥到王府一并向王爷谢过便是。如果你们硬将东西留下，明日汉阳王府之行，简某是不敢去了。"

　　邰希本、董守义二人闻之，不由互望了一眼。

　　邰希本随即道："既然如此，我等不敢勉强，不过二位公子已答应了我家王爷的邀请，还望勿失信的。"显是怕简良、方国涣二人反悔走掉了。

　　简良道："既已应了，焉有不去之理，明日我一并谢过王爷相助棋局之恩，顺便还要向公主辞行的。"邰希本、董守义二人听了，互相使了个眼色，没有再说什么，即命侍从收回了那些礼盒，然后施礼退去。

　　敏凤山见邰希本等人去了，不由摇了摇头道："两位公子何以拂了汉阳王的面子？不如收下那些礼物，顺着他们的意思，应付过去就是了。"

　　简良闻之笑道："敏二先生可知道汉阳王送的都是些什么礼物吗？"

　　敏凤山道："这个敏某倒不知，不过大包小盒的，也不能轻了的。"

　　简良笑道："黄金二百两，珍珠一百颗，玉瓶两对，还有一些奇珍异宝，敏二先生想想看，什么人会送这么贵重的礼物给你？"

　　敏凤山闻之一惊道："当真是这些东西？"

　　方国涣道："不错，这些东西贵重异常，可不是普通的礼物，我和简良兄与那汉阳王素无交往，岂敢平白收下他这份重礼。"

　　敏凤山点头道："二位公子做得很对，这样的大礼是不能收的。"继而诧异道："汉阳王送如此贵重的礼物于二位子，当是何意呢？"敏凤山、简良、方国涣三人一时间茫然不解。

第七十四回 汉阳王府

方国涣这时对简良道:"汉阳王此番送这般大礼,事情当不会简单了,明日汉阳王府一行,你我二人要谨慎行事,谢过之后便立即离去,切勿滞留。"

简良点头道:"方大哥所言甚是,所谓礼施于人必有所求,官做得越大,心思越是难测,明日礼节上应付些,及时离开就是了。"

方国涣犹豫了一下道:"明日且见机行事罢,谢过汉阳王助棋之恩后,简兄是否对那兰玲公主也要有个交代?"

简良摇头叹道:"只可惜兰姑娘是位女子,又是个公主,否则倒是一位值得交识的棋上朋友,至于其他,简某不敢妄想的。"方国涣闻之,暗自感慨不已。

晚饭后,方国涣、简良、敏凤山三人便在厅上用茶。这时,敏凤忠从外面回了来,边走边嘟囔道:"奶奶的!探头探脑像个小贼似的。"

简良见了,笑道:"什么人得罪三先生了?"

敏凤忠有些气恼道:"适才进门时,见有一个小子在莲花轩外鬼鬼祟祟的,见了我就走开了。"敏凤山闻之疑道:"三弟可识得是个什么样的人?"

敏凤忠道:"看穿戴,好像是今天来过的那些汉阳王府的人,管他呢!有工夫就让他在门外溜达好了。"方国涣闻之,心中不由一沉,似有种不祥的感觉。

简良先是一怔,随即怒道:"那郐希本、董守义二人好没道理!哪有这般请客的,还派人监视了,怕我与方大哥连夜跑了不成?岂有此理!这些官家人果然是不能交的。"

敏凤山诧异道:"又送重礼,又派人监视,是何道理?莫非是公主恐简公子私下走了,再寻不着?"

敏凤忠一旁笑道:"两位公子的棋名太大了!一定是那些人怕两位先被别人请了去,自家丢面子,才让人看着的。"

简良愤然道:"他们既然以小人之心相对,我们明日就不去那汉阳王府了,直接离开此地便了。"

方国涣摇了摇头道:"这里是汉阳王的地方,人家既然注意上你我了,此时想脱身恐怕已是不易了。"

简良闻之一怔道："方大哥何以说得这般严重？去与不去，自由我们说了算，哪有强行请客的道理。方大哥若是不愿，明日不理会他们就是了，难道还敢再绑了我们去？"

方国涣沉思了片刻道："也许是我想得多了罢，既已答应了他们，不便爽约，或许人家是一片好意也未可知。可能是公主的意思罢，担心简兄自家走掉了，故有此举。"

敏凤山点头道："不错，敏某也是这么想的，自兰玲公主棋上结识了简公子后，天天都来黄鹤楼不离简公子左右，棋上棋外自有了些意思，恐简公子不辞而别，所以让人盯得紧些。"

简良闻之，忙摇头道："敏先生说哪里话来，简某是有自知之明的，不敢有非分之想，若不是与方大哥再聚一日，我早就离开此地了。"

敏凤山道："简公子不要误会，敏某只是认为明日汉阳王府一行，不会有什么意外的，两位公子棋名大震，汉阳王自想一见的，显示一回礼贤下士的气度罢了。"

方国涣道："事已至此，明日汉阳王府一行，勿滞留太久就是了。"简良道："也好，顺便还了兰姑娘一件东西去。"

当天晚上，简良、方国涣二人又自倾谈，夜半方歇。

第二天一早，邰希本、董守义二人便来到莲花轩迎候了，方国涣、简良起身向敏凤山告辞。

敏凤山叮嘱道："两位公子早去早归，免得敏某惦记。"

方国涣道："敏先生勿要担心，无什么事的话，晚饭前也就回来了。"二人随后别了敏凤山来到莲花轩门外时，见有两顶轿子候了，邰希本、董守义二人便请了方国涣、简良上轿而行。

一路行来到了江边一渡口处，自有船只候了。下轿换船，乘船过江，时间不大到了对岸，便是汉阳了。岸边又自有两顶轿子迎候了，邰希本、董守义复请了方国涣、简良二人上轿，一路抬了直奔汉阳府而来。

穿过几条街道，方国涣但觉轿子一停，随见邰希本掀开轿帘，躬身请了道："方公子，王府到了，请下轿罢。"

方国涣出了轿子，与刚刚下轿的简良互望了一眼。待二人抬头看时，一座气势雄伟的高大府邸呈现在眼前，府门两侧各立了十余名手持刀枪的粗悍兵士，一对石狮子傲然地守在两旁，往府门内里望去，不觉森然，这便是那汉阳王府。

邰希本、董守义引了方国涣、简良二人进了汉阳王府，转过几道长廊，绕过几处院落，来到了一座大厅上。

邰希本请方国涣、简良二人落了座，然后道："二位公子稍候，在下这就

第七十四回　汉阳王府

去请王爷来。"说完,与董守义退去了。

随着丫鬟献上茶来,进退十分小心,发不出大的声响。偶见厅前走过的仆人也自小心翼翼,拘谨得很,给人一种沉闷的感觉。简良似浑身不自在,自朝方国涣一摇头,一撇嘴,意思是这王府里好没兴致,方国涣一笑不语。

候了约有半个时辰,忽听门外有人拉着长声喊道:"王——爷——到!"

方国涣、简良闻之,忙起身肃然而立。

随见邰希本、董守义及十余名王府侍卫鱼贯而入,分列两旁,接着缓缓地走进一人,身穿蟒袍,头顶王冠,神色威严。

方国涣、简良见了,知道此人便是那汉阳王了,忙起身施礼道:"参见王爷!"

汉阳王打量了二人一遍,点点头道:"二位公子果然气宇不凡!你二人中,哪一位是方国涣?哪一位是棋神简良?"

方国涣道:"回王爷,在下是方国涣。"

简良应道:"在下是简良,'棋神'二字却是不敢当的。"

"嗯!"汉阳王点了点头道,"很好!你二人且坐了罢。"说完,汉阳王自于正位坐了。有丫鬟重新献上茶来,汉阳王端起茶杯让了让,自家用了。

方国涣随后起身拱手一礼道:"承蒙王爷厚爱,召我二人于王府相见,深感荣幸,就此谢过。"

简良也自起身施礼道:"多谢王爷以百两黄金助造黄鹤棋局声势,又调兵封楼护局,才令此番棋上一战得以安全顺利进行。"

汉阳王颔首道:"两位公子年轻有为,棋上本事了得。江湖传闻中的那个善以棋杀人的国手太监,竟被你二人设伏棋引出并且于棋上废了去,实是为天下棋家做了一件大好事,可敬可佩!"

方国涣道:"这是我等棋道中人为维护棋道之雅正应该做的,不足为荣。"

汉阳王道:"方公子勿自谦,此番黄鹤楼棋上正邪之争,已然惊动天下,堪称神奇!没想到高雅的棋艺上也有杀气的,实在不可思议!"接着伸手让了道:"二位公子乃棋上高人,在本王面前不必拘礼,坐着讲话就是了。"方国涣、简良二人谢过坐了。

汉阳王这时道:"简良,公主这些日子跟你学棋,任性的脾气果然改了不少,本王见了很是高兴,棋道能修身养性果然不假,这也是你在棋上的教化之功。"

简良忙应道:"公主天资聪慧,于棋上造诣颇深,女子中堪称国手,在下也仅是在棋上指点一二而已,不敢居功。"

汉阳王闻之,点了点头道:"简良,本王曾遣人传话于你,若令公主于棋上有所长进,必有重赏。今日看来,棋神之名果不虚传,妙手教化之功实出本王意外。本王遵守诺言，除了奖赏之外，还要封你为汉阳王府的大棋师，为公主的棋上师父，日后专于棋上调教公主，若有建树，另行封赏，这个，你可愿意？"

简良闻之一惊，连忙道："回王爷，在下无德无能，当会有负王爷厚望，并且家父年长有待奉养，恕在下不敢当此重任。"

汉阳王闻之，立呈不快之色，语气上仍自平缓道："简良，我汉阳王府的大棋师可以成为江南棋坛的领袖，并且当今皇上好棋，尤宠高手，本王还可保举你进宫，献棋艺于皇上。现今国手状元一位空缺，将来你可以代替之，掌管安国府皇家棋院，影响天下棋风。你入习棋道，除了光宗耀祖，扬名天下，难道还别有所求吗？"

简良闻之，摇头道："王爷有所不知，在下幼入棋道，乃是好其为雅艺，每以棋境安和于形神，独乐其中而已，不敢持此艺而有他求，唯愿贫居村野，平淡此生足矣！在下性情愚钝，粗疏礼仪，不能如王爷所愿，还望见谅。"

汉阳王闻之，愠色道："棋道虽有其雅，却也是闲时遣兴之艺，无聊时之一博戏罢了，能以之成名立业，才是棋家梦想所求。大丈夫应有大志，简良，你难道真愿拥此技沉沦于九流之中吗？"

简良这时肃然道："在下嘴笨，不会说话，不当之处还请王爷勿怪罪。棋之道，古人谓之为小术，如王爷认为是闲时遣兴之艺，或市井中弈博之戏，实拘于术内。真正的棋道，是大道而非小术，这取决于棋家修悟的层次，其中那些高深奥妙的道理，在下也不能尽言的。世事如棋，在下但能只求得通一盘棋子，求一安和宁静之心就足矣了，自无法和王爷居尊位、役万夫、一呼百应、气吞山河的大志相比。"方国涣这边闻之，暗自赞叹简良的胆量及一番慷慨陈词。

汉阳王此时"哼"了一声，已成怒意，却又想起了什么，便自冷冷地道："人各有志，如此，本王也不强求。"

汉阳王随后道："本王慕你二人棋名，故叫人送了一份薄礼去，略表敬意，听说被二位退了回来，是何道理呀？"

方国涣忙道："本应我二人前来谢过王爷相助黄鹤楼棋局之恩的，怎敢再收下王爷的重礼，若有失妥当之处，还望王爷海涵。"

汉阳王闻之，语气上自对方国涣显得很温和道："本王礼贤下士，好结识天下的英才，唯恐怠慢了。曾闻方公子棋布天元阵于长城外，退了二十万女真铁骑，当是兵家中的惊世奇才！"

方国涣闻之一惊，连忙道："王爷有所不知，昔日关外一战，乃是迫不得已，且在另一位高人相助下才冒险以棋势而列天元阵的，侥幸成功，并非我一人之力。在下除了略通棋道外，对兵家之事实在一无所知。"

第七十四回 汉阳王府

汉阳王摆摆手道："方公子请勿自谦,你现在棋上的修为,已超出了棋盘上的本事,自可棋道化兵,而有以棋定天下之能了。方公子勿要埋没了自家大才,当随本王建功立业,才不枉此一生。"

方国涣闻之骇然,明白了汉阳王之所以重礼相请,这才是真正的意图,当即起身道："王爷误会了,在下棋上的修为并非有王爷想象中的那般超凡,除了在棋盘上走得通外,自无德无能效力王爷。"

那汉阳王见方国涣、简良二人竟然都拒绝了自家之请,突然勃然大怒道:"不识抬举!你二人如此蔑视本王,本应处死,念公主与你们棋上有交,且给尔等一个悔改的机会。"言罢,拂袖愤然而去。方国涣、简良二人料不到事情有此突变,一时惊呆。

汉阳王一怒之下率众侍卫去了,但将方国涣、简良二人冷在了厅中。

邰希本这时走上前来,摇头叹道："二位公子太固执了,我家王爷本是礼贤下士的一番好意,如此看重二位,应该感到荣幸的,何苦再三推却?恼了王爷,可是吃罪不起的。"

简良大怒道："本该料到来这里没什么意思,既然如此,我二人告辞就是。"说完,拉了方国涣就走。

邰希本忙拦住了二人道："且慢,没有王爷的命令,二位公子是不能走的,暂时委屈一下,先留在这里罢,待改了主意,向王爷赔个不是,还不是一样皆大欢喜。"方国涣、简良见对方依然强留自己,各是一惊。

简良怒道："来去随我,岂能由得了你们!"拉了方国涣欲要硬闯,忽见门外呼啦一声围上来二十几名王府的卫士,各持刀枪封住了去路。

方国涣见状,心中惊悔不已,忙对邰希本道："邰大人,你们这是何意?难道一语不合,就想治人之罪吗?汉阳王府可是不讲道理的地方?"

邰希本自知理短,讪讪地道："方公子勿怪,这是王爷的意思,我等也是奉命行事,还望二位公子静下心来考虑考虑,事情还是有转机的。"说完,邰希本给一旁的董守义使了个眼色,二人施礼退了出去,随手带上了门,已是将方国涣、简良二人困在了客厅里。

简良见事情突变,本想施以无相棋一路打出去,但恐方国涣有失,才没有贸然出手,心下愧疚,自对方国涣歉意地道："方大哥,对不起,是我连累了你,若不是认识了这汉阳王府的公主,我们也不会轻易就来的。"

方国涣摇头苦笑一声道："简兄勿要自责,其实汉阳王此番邀请,意在于我。"接着叹然道:"没想到关外天元一战,竟在棋上惹出了这许多麻烦来,我何曾有那以棋定天下的本事?这次受困汉阳王府,实是我拖累了简兄的。"

简良摇头道："都怪我结识了侯门中人,否则怎么会有这般困境,这次是中了那兰……那丫头的计了。"

方国涣道："汉阳王此番邀请我二人，是想收我二人为他所用，公主那边或许不知的。"简良愤然道："她也应该知道我们今天来的，到现在还不曾露面，必是无脸面来见我二人了。"接着懊悔道："简某交友不慎，害得方大哥一起被诓了来受困于此，这如何是好？"

方国涣道："这不是简兄的错，乃是那汉阳王心怀异志，以为我通晓什么兵法阵法，想收买下为他效命。"

简良闻之惊讶道："莫非这汉阳王心怀不轨，想造反不成？"

方国涣叹道："当今天下危机四伏，有些根基的人都暗生异心，另有图谋。天下看来就要乱了，我等莫说没有行兵布阵的本事，就算真有那孙武、孔明般的韬略，也不能助纣为虐，祸乱苍生的，但以临枰自娱，棋境安心罢了。天下大事，问及不来的。"简良闻之，不发一语。

待至午时，厅门一开，邰希本走了进来，后面跟了两名端着酒菜的仆人。邰希本施了一礼道："两位公子用些酒菜罢，不知考虑得怎么样了？也好让在下给王爷回个话。"

方国涣道："就请邰大人转告王爷，方某并无王爷想象中的那种本事，且容我二人离开王府罢。"

邰希本闻之，连忙道："方公子勿太倔强，只要顺从了王爷的意思，荣华富贵还不唾手可得，岂不胜过棋上无为千万倍。"

方国涣摇头道："只可惜方某没有行兵布阵的本事，若一时应了下来，日后叫你家王爷知道方某果是个无能的人，岂不惹来杀身之祸。"邰希本闻之，一时无言以对。

简良这时冷笑道："你们的大公主躲在哪里？可是不敢见人了？"邰希本犹豫了一下道："公主现在有事，暂时还不能过来见二位公子。"

简良道："有事？她的事可真多。烦请邰大人捎个话给公主，就说简某十分后悔认识她了。"

邰希本不敢再听下去，忙躬身一礼道："二位公子慢用酒菜，在下先行告退。"说完一挥手，引了仆人退去。方国涣、简良二人望着桌上的酒菜，自无心思去用，苦想脱身之策。

大约过了一个时辰，厅门一开，邰希本又进了来，见桌上的酒菜未动，不由一怔，随朝简良一拱手道："简公子，公主有请。"

简良闻之，颇感意外，冷笑道："怎么？你家公主终于肯见人了。"邰希本道："公主刚刚传令在下，有请简公子后花园相见。"

简良这时心中一动，知道见了兰玲公主或许有使自己和方国涣脱身的机会，于是道："也好，公主既然想见简某，简某也有件事想和她做个了断，就

第七十四回 汉阳王府

请邰大人带路罢。"说完,朝方国涣点了一下头,方国涣也自会意地点了点头。

邰希本伸手让道:"简公子请罢,方公子还要稍候。"引了简良出了客厅,复将门带上。方国涣摇头一叹,只好静候简良消息,希望能有所转机,尽快脱身。

邰希本引了简良一路走来。简良此时才发现汉阳王府甚大,楼台殿阁错落,松柏杨柳成林,道路复杂,房屋众多,森森然,不辨方向。

简良心中惊讶道:"所谓富贵帝王家,这话果真不假。"继而思量道:"此地憋闷得很,若让我在这王府里教以闲棋,这不成了飞鸟投林误入罗网!"

邰希本引着简良东绕西转地走了一阵,来到了一座精致雅观的楼阁前,上有"翡翠楼"三个字。

邰希本这时止了步道:"公主在上面候了,简公子请罢。"说完,自家一旁退去了。简良想到就要见到那兰玲公主了,心情忽然复杂起来,有一种说不出的滋味,随即长吁了一口气,稳了稳神,走进了楼内。

一进入楼门,简良便闻到一股淡淡的兰草之香气,立生一种温馨之感。上得楼来,但见室内布置得典雅别致,紫炉烟出,琴棋旁设,里间隐见罗帐床幔,乃是一处女儿家的闺阁。

简良自觉有些冒失,欲转身退去。忽闻一旁有人轻声叹息道:"简大哥,你来了。"

简良闻声看时,见那兰玲公主裙纱飘地,姿若仙子,却已无往日一见之时的那种欢快喜悦之情,并且双眼有些红肿,显是哭泣过,二人一时对视无语。

望着兰玲公主含泪欲出的双目中呈现的愧疚之意和一种令人怜惜的柔情,简良不忍再看,但把头转向一边,淡淡地道:"兰姑娘,你这汉阳王府果是龙潭虎穴,来得去不得!"

兰玲公主这时声音有些微颤道:"简大哥,对……对不起,我不知道父王会……会这样对待你们。"

简良冷冷地道:"简某一介草民,在你们这些贵人眼里真是一文不值,要抓便抓,想扣便扣,哪里有半点自由的余地,你又见我何来?"

兰玲公主摇头道:"简大哥,我真的不知道能发生这样的事,不过父王别无他意,乃是慕你与方公子的棋名,自想留在府上听用,父王也是一片惜才爱贤之心的。"

简良冷笑道:"好一个惜才爱贤的王爷,一语不合便将人扣留问罪,既已违了他的愿,恐怕还要杀头的。"

兰玲公主强忍了泪水道:"简大哥,求求你不要这样说,我已向父王求过情，不再追究你的违抗王命之罪，来去自便。只是父王敬慕方公子有摆兵布阵的棋外本事，求贤若渴，舍不得方公子离去，故而执意挽留。简大哥就劝说一下方公子罢，暂顺了父王之意，待日后有机会再向父王请求辞归，也无不可。"

简良闻此，不由愤怒道："原来你见我是要做一名说客的，可惜我与方大哥都是胸无大志之人，只想在棋上求得个逍遥自在，哪里敢讨你们这般荣华富贵……"

简良说到此处，忽见兰玲公主泪流满面，显是伤心至极，略有不忍，便缓和了一下口气道："事已至此，还望公主再去求个情，也将方大哥放了罢，从此我二人走得远远的，再不踏进这汉阳的地界。"说完，简良从怀中取出了那块寒温玉珏，递于兰玲公主道："这个也还了你罢，简某没有必要再替公主保存了。"

兰玲公主这时呆呆地望着简良道："简大哥，这是你从棋上赢去的，答应过我要好好珍藏的，为何要还给我？难道……难道你真的这么绝情吗？"说着说着，兰玲公主已然情不自禁，忽地扑进简良怀里放声大哭起来。

简良想不到又有一番意外之变，一惊之下乱了手脚，不知怎生劝阻才好，想轻推开去，奈何兰玲公主此时已动了真情，不顾一切地自将简良抱得紧紧的。简良大窘之下，唯恐有人进来撞见，不但说不清楚脱不了身，连性命也要搁在这王府里了，忙慌乱道："兰姑娘，不要这样，我……我收下就是，以后再也不敢还你了。"

兰玲公主自在简良怀里抽泣道："谁能相信你？一生起气来就要还了人家，拂了人家的一片真情实意。"

简良此时怕楼外的郜希本进来，那更为不妙，忙小声而急切地道："求求你，快些放手罢，我……我发誓还不成吗！"

兰玲公主这才破泣为笑道："那你就发个重誓我才能松手，否则大喊大叫招惹人来。"

简良闻之一惊，知道这个公主什么事都做得出来的，慌慌道："好好，我发誓，你快快松手。"

那兰玲公主依在简良的怀里，已是无限喜悦，娇柔一声道："我才不呢！你发过誓，我才能松手。"

简良生性纯真，虽不解男女之事，此时但感神情荡漾，如梦如幻，两臂半举着，右手仍持了那块寒温玉珏，喃喃道："我发誓，再也不还你这块玉就是。"

兰玲公主快意地一笑道："你还要发誓，要好生珍藏了，把它当作生命一样宝贵。"

第七十四回 汉阳王府

简良应道："它……它比我贵重，要好好藏了。"

兰玲公主听罢，欣喜万分，自将简良抱得更紧了。简良脱身不得，一时臊得面红耳赤，惊慌失措道："兰姑娘，你……你怎么还不放开我？"

此时，简良心中也是乱得很，自想与兰玲公主永远这样才好，又恐被人撞见一时不知如何是好。

那兰玲公主把脸贴在简良胸前，感到简良心跳急促，显是惊乱之极，不由双目微闭，柔声道："简大哥，这样子不好吗？你以后勿再叫我兰姑娘长、公主短的了，要叫我兰儿，好吗？"

简良呆呆地道："兰儿？好！好！你快松开我罢。"

兰玲公主这才抬起头来，轻轻地在简良面颊上一吻，脸一红，转身急跑开了。简良摸着脸侧，茫茫然，不知所以……

方国涣在客厅内候了多时，才见简良神色肃然地回了来，忙迎上前道："简兄，事情可有转机？公主怎么说？"

简良摇头叹道："汉阳王果是看中了方大哥棋道通兵的本事，想收为己用，却是与兰……兰姑娘无关的。"

方国涣见简良话语中已有了护着兰玲公主之意，不由笑道："本来我也没有怪公主的意思，看得出来，公主与简兄相交甚厚，此番也让她左右为难了。"

简良脸色一红，不自然地道："别提了，这……这个公主实在难缠得很，好在她答应再去求汉阳王，放了我二人离开就是，若是汉阳王执意不肯，公主自会想办法救我们出去的。"

方国涣闻之，点了点头，随后长叹一声道："棋上多事，以致于此，想那国手太监一事刚结，汉阳王府棋事又起，棋上如何生出了这些麻烦来？"

简良这时道："方大哥放心，我是拼了性命也会将你送出去的。"

方国涣摇头苦笑道："你我因棋之故而受困于此，或是在棋上有此劫数罢，若是天意，也无奈何！"就这样，方国涣、简良二人被囚在了汉阳王府，一直到了掌灯时分，也无兰玲公主的消息，二人大是焦急。

简良想起白兆山黄严父子，但此时无法传消息出去，远水解不了近渴。简良见过兰玲公主回来时，一路曾暗自观察过，见汉阳王府幽深复杂，戒备森然，纵使自家施以无相棋一路打出去，也很难脱险的，若是棋尽路迷，反而更糟，简良自对方国涣的安危担忧起来。

此时，在汉阳王府的一间密室内，汉阳王正在与一位中年人谈话。此人是汉阳王府的第一谋士，复姓南宫，单名一个月字，足智多谋，深得汉阳王青睐。

汉阳王有些愤然道："这个方国涣不知好歹，拥才自居，既不能为我所用，便杀掉算了。"

那南宫月却摇头道："此人杀不得，这方国涣棋上修为高深莫测，在黄鹤楼棋局上以不可思议的妙手废去了那国手太监的杀人棋道。尤其在独石口关外，棋布天元阵，指挥不足万人的江湖人马，硬是挡退了二十万女真铁骑，可见其棋化异能，当是棋道贯通了兵道。如此奇才，一人可抵百万兵，若为王爷所用，将如虎添翼，可助王爷成就千秋大业，大明江山可易主不易姓。"

汉阳王闻之，点头道："南宫先生所言有理，若这小子能俯首听命，当真好极！本王也自不会亏待他。"

南宫月又道："这个方国涣不仅仅有棋能通兵的本事，而且还有一点最重要的，就是此人与当今天下江湖第一势力六合堂有着极其密切的关系。曾闻方国涣救过六合堂总堂主连奇瑛的性命，且在独石口关外一战，棋布天元阵，又挽救了六合堂的一场灭顶之灾，六合堂如今对他感恩戴德，敬若神明，此人的关键之处，便是能架起汉阳王府与六合堂连通相接的桥梁。六合堂势力遍天下，百余分堂二十万之众，力量雄厚。其中豪杰甚多，文有孙奇、诸葛容，谋略皆远赛属下，武有'盖世六杰'，皆有万夫不当之勇。六合堂若能效力于王爷，天下便已取了一半。"

汉阳王闻之大喜道："先生远见！若能收服六合堂，天下岂是取了一半，十之八九也有了。"

南宫月又道："当年独石口关外，六合堂与女真人一战，还有一个大秘密在里头。"汉阳王闻之讶道："有何大秘密？"

南宫月道："当年独石口边关守将张维成一家大小，尽被皇上降旨诛杀，王爷可知此事？"

汉阳王道："此事当时震动朝野，我怎不知，乃是张维成困阻六合堂人马入关，有失保境安民之责，故犯了灭门之罪，难道另有原因？"

南宫月道："不错，皇上降旨诛杀张维成，并非责他失职之罪，而是灭其口实。因为将六合堂人马阻在关外乃是皇上的旨意，是想借女真人之手灭掉六合堂的精英，进而令六合堂垮掉，除此心腹大患。没想到六合堂内能人异士甚多，尤其有那方国涣棋布天元阵，竟将女真铁骑挡退。关外一战即胜，关内六合堂人马又不断增援，迫使张维成不得不开关放人。"

汉阳王道："朝廷既有灭六合堂之意，为何不早除？"

南宫月道："这是只马蜂窝，朝廷不敢动的，彼此相安无事就不错了。另外，皇上与六合堂之间似乎有着一种微妙的关系，故面子上谁也不想动谁。只要王爷因势利导，将六合堂拉过来，基业可成矣！而这方国涣在其中起着决定作用。简良也自有大用,当献才宫中,令皇上因棋废务,不理朝政,王爷才有机可乘!"

汉阳王大喜道:"先生高明!既有此妙计,他二人就交于先生理顺了性子罢。"

第七十五回　虎口逃生

　　方国涣、简良二人被囚在了汉阳王府的一处客厅里，天色已晚，仍无兰玲公主的消息，二人自是焦急万分。

　　这时厅门一开，邰希本与一位中年人走了进来，邰希本引见了那人道："这位是南宫月先生，特来拜见二位公子的。"

　　南宫月拱手一礼道："二位公子棋扬天下，真是闻名不如见面！幸会！幸会！"方国涣、简良见了，知道此人是一名说客而已，各自拱了拱手，算是回了礼。

　　南宫月随于一旁坐了，言道："王爷公务繁忙，暂不能会见二位公子，特差鄙人来陪了，还望见谅。"

　　简良冷笑一声道："我等草民见过王爷一次尊容就足矣了，现在天已晚了，不敢扰王府太久，烦请这位南宫先生回禀王爷一声，容我二人离去如何？"

　　南宫月闻之笑道："二位公子勿急，既来之则安之，王爷敬二位棋上异才，是想多款留几日，以表爱贤惜才之心，并无他意。"

　　简良冷笑道："说得倒好听，南宫先生难道没有看见我二人如囚犯一般吗？"

　　南宫月讪讪笑道："误会，误会，王爷因有要事缠身，才冷落了二位，王爷以自己先前的失礼怠慢之处，也有了悔意，故命鄙人来向二位公子赔个不是。二位公子乃是王府的贵客，来去自由，哪有相囚之理。"

　　简良冷笑道："既无囚我二人之意，门外为何有这许多卫士持了刀枪守着？"

　　那南宫月倒也不慌不忙地道："其实这是王爷的一番好意，如今世道不太平，时有盗贼乱窜，就连这汉阳王府也常有不怕死的歹人来光顾，为了二位公子的安全起见，故加以防范，以绝意外。"

　　方国涣见那南宫月话语圆滑，实是一个不易对付的人，便言道："南宫先生，你不认为此举多余吗？方某与简良兄乃是一介布衣百姓，若真有歹人闯进府来，哪里会瞧得上我们一眼。既然无囚我二人之意，就请将这些卫士撤走罢，否则真是令人不安的。"

第七十五回　虎口逃生

南宫月闻之一怔，随即笑道："方公子多疑了，其实这也是为了防止意外，既然二位公子不喜欢这样，叫他们去了便是。"说完，南宫月起身走至厅门外，一挥手道："两位贵客好安静，你们去罢。"众卫士见南宫月发了话，皆自施礼退去了。

简良见状，忙起身道："看来我们此时要离去，南宫先生也是敢放的了？"

南宫月迟疑了一下，笑道："二位公子此刻要走，自无人敢拦，不过现在天色已晚，王府大门已封，任何人也进出不得了。并且王爷有话，要留二位公子多住几日，以表敬意。还请二位少安毋躁，坐下来听鄙人的肺腑之言。"方国涣、简良二人知道今日走脱不去了，只好重新落座。

南宫月这时道："二位公子有所不知，我家王爷现今掌三省兵马，执两湖行政，乃天下诸王中实力最雄厚的一个。二位是棋上高人，王爷求贤若渴，故想留在府内，随时请教以棋上的修身养性之道。二位入习棋道，无非是想拥此技博得个人敬天下知的美名，出人头地，光耀门庭。二位公子清高的境界令人佩服，不过荣华富贵也是人生的一种境界，既易得之，何不求之？所谓学成文武艺，货于帝王家，舍此途别无他径可展人生之志，现在有了个千载难逢的大好机会，王爷非常器重二位的才华，切勿错过了，机不可失，时不再来！"方国涣、简良见那南宫月果是一位能言善辩的说客，二人不由互望了一眼，笑了笑，并不言语，任那南宫月自家说去。

南宫月接着又道："二位公子棋道通神，古今罕遇。听说简良公子的棋上教化之功，可使人移情易性，竟然令公主礼逾从前，王府上下敬服不已。尤以方公子棋道可贯通于兵事，有以棋定天下之能，王爷最是喜爱得很……"

方国涣听到这里，起身肃然道："南宫先生，棋为雅艺，岂能使之为祸？国手太监人棋两废于黄鹤楼上，便是验证。方某一生但唯棋是务，以静形神，不敢别生妄想，自没有你们所想象的那种超出棋外的本事。还请先生转告王爷，勿在方某身上生出胡乱之举，否则定会令王爷失望，但求王爷网开一面，放我二人去了便是。"

南宫月听罢，心中一惊，暗自惊讶道："这方国涣浩气冲天，俨然不可冒犯，既然意不在此，看来王爷是留他不住了。"

想到这里，南宫月便起身道："方公子，此事还需慎重考虑为好，王爷喜怒无常，性情暴烈，顺着他的性子倒也无事，荣华富贵自可唾手而得，若是有违王爷之意，便立能招至杀身之祸。鄙人在王府多年，深晓此间的利害，生死自在公子一念之间，还望三思。"南宫月心知再劝也无用，一拱手，转身与邰希本去了。

方国涣望着南宫月离去的身影，自有些忧虑地对简良道："此人面呈异色而去，恐对我二人不利。"

简良道:"有兰姑娘在,他们不敢对我二人怎样的。"

　　方国涣眉头紧锁道:"但愿如此罢,不管怎样,我们明日一定要想办法离开汉阳王府,久则生变。对了,不知简兄对公主那边……"

　　简良摇了摇头,低声道:"不可能的事,简某一介百姓,不敢妄想的。"简良此时想起昔日东湖画舫游船上,武昌府衙的地牢中,以及黄鹤楼与刚才的翡翠楼内,兰玲公主对自己的真情表白,突然心生异感,原来自己早已对兰玲公主动了真情,不由自语道:"兰儿,好是可怜!我该怎样才好?"忽又摇头叹道:"妄想!妄想!"别有一番无奈的痛苦。方国涣见状,暗自一怔。

　　这时,天已全黑了下来。方国涣、简良二人但望着桌上的火烛,相对无语。

　　不知又过了多长时间,忽闻院中有一女子的声音道:"公主命我来给两位公子送些兰香,以解夜间的烦闷,怎么?这也不许吗?"

　　随听一汉子应道:"既是公主之命,你快些进去罢,勿要耽搁太久。"显是门外的卫士撤走之后,院中仍有人暗中留守。

　　这时厅门一开,进来一名端着一盏香炉的侍女。简良见是兰玲公主的贴身侍女翠儿,不由一喜,忙迎了道:"公主可有消息?"

　　翠儿轻轻"嘘"了一声,复将厅门掩上,回身对方国涣、简良二人低声道:"事情有变,适才公主听王爷身边的阿福讲,王爷与南宫先生在房中密谈时有杀人语。本来白天公主向王爷求情不过,便想明日借邀二位公子后花园弈棋时寻机逃走,现在看来是不行了,今晚要有事情发生。公主特命奴婢来通知二位公子,要小心一些,她正在尽力想办法。"

　　方国涣、简良二人闻之,脸色大变,知道汉阳王收服不成恼羞成怒,已起杀机了。

　　翠儿又低声道:"院子里有人监视,二位公子暂时不要出去,公主一会儿自有安排。"说完,翠儿放下香炉,转身匆匆去了。方国涣、简良二人相望之下,各生寒意。

　　原来那南宫月游说方国涣、简良二人不成,便回见汉阳王道:"属下适才见那方国涣一心既定,无人能夺其志,看来王爷是留他不住了。"

　　汉阳王闻之,大怒道:"敬酒不吃吃罚酒!不知死活的小子,如此蔑视本王,罪该诛杀!"

　　南宫月一叹道:"此二人既不能为王爷所用,也自不能被他人所用,尤以这个方国涣是与我等之志不同的,留着当是一个祸患,就随了王爷的意思罢,可惜!真是可惜了!"

　　汉阳王凶光毕露道:"纵有天大的才能,不能为本王所用,只有死路一条!"

第七十五回　虎口逃生

方国涣、简良二人得到兰玲公主的贴身侍女翠儿的示警，一时惊骇，知道大祸临头了。

方国涣叹道："或是命当如此，天亡我于汉阳王府！"

简良索性道："事已至此，我且护了方大哥一路以棋子打出去罢。"说完，简良验了一下身上的棋子，除了方国涣赠送的八枚天星棋子外，尚有百余枚棋子在侧，心中稍安。

方国涣曾闻朱维远说起过，简良会一种棋子制人的防身绝技，此时却也摇头道："王府高墙大院，戒备森然，你我路径不熟，就算能冲出这间屋子，也未必能离开这里。汉阳王意在于我，与简兄无涉，况且公主与简兄尚有一段棋缘，汉阳王也不能太难为你了，有机会，简兄就自家去了罢，勿要顾及于我，否则我二人一个也走不掉。"

简良闻之大急道："方大哥何出此言？要将我置于不义之地吗？不管怎样，我二人是不能分开的，生死同路，共渡此劫！"

接着，简良举起了一枚棋子道："方大哥放心，我已习练成了一种'无相棋'，只要有棋子在手，可保方大哥无事。"

"无相棋!?"方国涣惊讶之余，又自摇头道，"汉阳王府卫士众多，你我二人又不会高来高去的武功，简兄的棋子虽然无人能挡，却也有用尽之时。你且自家找到公主，想法子逃生去罢，总比我二人一起丧命的好。"简良自是摇头不应。

这时，厅门突然打开，邰希本、董守义二人各持了佩剑，脸色怪异地走了进来。方国涣心中一惊。

简良暗道："终于来了。"手里已是扣了两枚棋子。

邰希本此时迟疑了一下道："方公子、简公子，王爷有话，给二位最后一次机会，若是改了主意，便发誓从此效命王爷，永不背叛，否则，只有得罪了。"说完，邰希本、董守义二人脸色阴沉，缓缓抽出了佩剑。

方国涣见事已至此，反而镇静异常，淡淡地道："汉阳王凶残无理，将来必不能夺得天下，两位大人却也是豪杰，如此为他卖命，实为可怜！日后兵乱一起，必会殃及自家，祸连九族，劝二位回头是岸！"方国涣从容不迫的神态令邰希本、董守义二人惊诧不已。

董守义复上前一步道："两位公子棋高天下，令人敬慕，但我二人此番是奉王命行事，身不由己，还望见谅。两位公子的性命今当不保，我等不忍下手，就请二位自裁罢。"说完，将手中的利剑扔在地上，退后而观。

董守义、邰希本知道方国涣、简良二人不会武功，不忍下杀手，尤其是简良，他二人不敢造次，否则就把兰玲公主得罪大了，但是王命难违，只好让方国涣、简良二人自裁，或许能脱些干系。

简良这时走上前，冷笑一声道："堂堂汉阳王府，如此草菅人命，看来这世道果无公理可言，不乱才怪！二位既是奉命杀人，就动手好了，我与方大哥可拿不动刀剑的。"董守义、邰希本二人面呈愧色，不敢直视简良。

邰希本头一低道："简公子，勿要难为在下，请……请罢。"

简良笑道："生死虽然由命，却也不能死在这个鬼地方，两位大人且受我一棋子罢。"说完，手一扬，两枚棋子分袭邰希本、董守义。

那邰希本、董守义二人哪里会料到简良有此一着，但觉眼前白光一闪即无，随感胸前膻中穴处各是一紧，气血立聚，憋闷异常。二人暗叫不好，却已晚了，眼前一黑，各自跌倒。

方国涣见简良一出手便制倒了汉阳王府的两名高手，不由惊讶道："简兄，这'无相棋'竟能击倒人的！"

简良笑道："这棋上棋外都是有妙处可寻的！"说完，拉了方国涣道："方大哥，此时不走，更待何时！"二人便破门而出。

刚至院中，前面忽鬼魅般地闪出四个人影来，一人低声喝道："二位哪里去……"

简良不待对方把话说完，一手抄了四枚棋子，扬手同时施出，那四人声再未出声，便各自倒地。简良的无相棋是以意而发，不在于棋子的多少，尤其危急之中，意念力极强，但往对方身上的穴位施棋而已，目之所及，便可击之。简良挥手间又制倒了四人，护了方国涣欲冲出这处院子。

忽从门侧闪出一个高大的人影拦去了去路，那人低喝一声道："要逃吗？"说话间，一把鬼头刀横扫过来。

由于简良、方国涣二人走得太急，几乎与那人撞个满怀，对方突然出现，又一刀猛扫，离得太近了，简良已是来不及施出棋子，二人立处危险之中。

就在这千钧一发之际，忽听"当"的一声，那把鬼头刀竟被一支判官笔荡开了，随见面前人闷哼了一声，庞大的身躯向后倒下。

方国涣、简良二人惊骇之余，但见眼前已多了一位清瘦的中年人，显是此人适才于危急时刻出手相救。这中年人随即一拱手道："两位公子受惊了，在下吴中和，奉公主之命前来搭救二位，王爷要下毒手了。"

方国涣、简良二人愕然之余，听说是兰玲公主派来的人，立时大喜，齐身谢道："多谢先生救命之恩！"

吴中和道："此地不宜多讲，二位公子速将这两套衣衫换了。"

吴中和接着递过一包裹。方国涣、简良二人忙手忙脚乱地穿戴了，发现这是王府卫士的装扮。

吴中和这边将那大汉的尸体拖进了门内，一眼望见了倒在院中的四个人，面呈惊诧道："看不出，二位也是有本事的。"随后将院门关了，转身道："二

第七十五回　虎口逃生

位且随我来，路上勿要出声。"引了方国涣、简良二人急走。

一路行来，遇上几队巡夜的卫士，见是吴中和，自打了声招呼也就过去了。方国涣、简良二人暗暗惊异，知道了这吴中和乃是王府卫士中的一名统领，却不知为何拼了性命不要，而听命于兰玲公主冒险来搭救他二人。

不多时，三个人来到了后花园内的一所僻静的房屋前。吴中和上前轻轻扣了三下门，随见里面灯光一亮，木门开启，翠儿迎了出来。见吴中和身后的方国涣、简良二人安然无恙，翠儿大是欢喜，忙将三人迎了进去。

进入屋内，简良不由一怔，但见兰玲公主一身村姑的装扮，正笑吟吟地望着自己，旁边的桌子上还放了两件打好的包裹，简良一时疑惑道："兰……兰儿，你这是……"

兰玲公主此时嫣然一笑道："简大哥，你与方公子无事就好。"

吴中和一旁道："适才小人去救二位公子时，没想到王爷已经抢先下手了，好在二位公子自家杀了出来，半路上被小人迎着了。"

兰玲公主闻之，大吃一惊道："父王已经下手了！这可怎么办？"

吴中和道："公主勿急，此事现在还无人察觉。"

兰玲公主这才略松了一口气道："吴先生，多谢你了。"

吴中和忙躬身一礼道："公主言重了，小人昔日不慎犯下大罪，若无公主讲情，一家老小早就没命了，此恩无以为报。今日有幸能为公主尽微薄之力，当义不容辞。"

吴中和接着又道："此地不便久留，请公主与两位公子快些离开，若令人发觉就麻烦了，后门外小人已备好了马车。"

简良这时已明白过来兰玲公主要随自己私逃，慌乱道："兰儿，你这是何苦？怎能拖累了你……"

不待讲完，兰玲公主上前用手轻轻掩了简良的口唇，柔声道："简大哥，我现在已不管许多，能与你在一起胜过荣华富贵，就带我一起走罢，寻一处世外桃源，兰儿愿与你厮守一辈子。"含情脉脉的眼中呈出急切地期待。

"这个……"事情过于意外，简良自乱了分寸，不知所措道，"兰儿，你这……但是……"

方国涣一旁自是惊叹兰玲公主的勇气，突然想起卢紫云的悲惨结局，立刻希望她离开这是非之地，以成全她与简良二人，于是道："简良兄，事已至此，兰姑娘又是一片痴情，就带上她一起走罢。"

兰玲公主这边感激地道："多谢方公子！"言毕，已是抽泣起来。

简良呆怔片刻，忽一把抓住兰玲公主的双手，毅然道："兰儿，既然如此，那就跟我走罢，管他日后怎样！"

此言一出，兰玲公主如释重负地破涕为笑，眼中含着惊喜的泪花道："简大哥……"方国涣一旁见了，点了点头，暗自感慨不已。

这时，吴中和望了望门外的动静，回头道："时候不早，大家快走罢。"说完，持了一双判官笔抢先而出，方国涣、简良、兰玲公主及翠儿忙于后面跟了。

吴中和在前面专择暗处而行，一路向王府后门而来。此时夜色中的汉阳王府一片寂静，显是还无人发现有人逃走。

当一行人将至后花园的后门时，黑暗中忽有一人喝道："什么人？"随从一侧闪出两条人影拦住了几个人的去路。方国涣、简良、兰玲公主立时一惊。

吴中和这时应道："原来是曹奎、鲁康两位兄弟，今晚你们当值吗？"一边说着一边走近那二人。就在此时，天上云层后面忽现出了一轮明月来，兰玲公主、翠儿、方国涣、简良四人的形貌立时现了个清楚。

"公主！"那鲁康、曹奎二人忽见了村姑打扮的兰玲公主及两个面生的青年人，各是一惊。

曹奎大疑道："吴中和，你想将公主带到哪里去？"吴中和见事情暴露，暗暗叫苦，一言不发地走近那二人，判官笔一抖，直取曹奎。

鲁康一旁见状，惊怒道："你小子竟反了！"挥刀欲攻。

简良这时不及多想，一枚棋子扬手施出，立将鲁康制倒。那边曹奎先是避过了吴中和的一击，忽见鲁康倒地，一惊之下，又被吴中和第二招击中了要害，惨叫一声而毙。兰玲公主已是吓得花容失色，惊慌中却也没有看到简良出手施棋。

吴中和回头惊讶地望了简良一眼道："好手段！"已知简良暗中相助。

吴中和随后急引了几个人行至一处角门旁，用手一推，其门自开，大家立时出了汉阳王府。此时在路边一侧的树荫下停了一辆带篷的马车，吴中和随将马车牵出，兰玲公主、翠儿、简良、方国涣四人连忙进了车内，坐下后这才略松一口气，吴中和自驾车挥鞭，摧马急行。

未走几步，忽听王府内人声喧杂，已是发现走了人。吴中和脸色立时大变，加急几鞭，驾车狂奔。方国涣、简良二人在黑暗中互望了一眼，知道成败在此一举。

这时忽见后面灯笼火把，人喊马嘶，汉阳王府的追兵已是追了出来。吴中和脸色铁青，驾车驱马急奔。

此时追兵中已有三匹快马赶至旁侧，一人大喊道："勿走了要犯！"

简良见了，一扬手，三枚棋子意分三路分击马上三人，随见三名追兵各自中棋落马。兰玲公主自看了个真切，心中不由惊讶异常，吴中和驾车自向江边狂奔而来。

后面追兵中又有五匹快马追至，简良如法炮制，施以无相棋一一击落马

第七十五回 虎口逃生

下。余下的追兵见了，追势稍缓，已是发现了马车内有高手施以暗器相抗，但仍紧紧地咬住不放。此时，天色已见亮了。

吴中和驾车急奔至江边一处渡口时，一条乌篷船已在岸边候了。船上立着一名持了竹竿的汉子，遥见马车奔来，忙挥手大声喊道："师父！这边来！"显是吴中和的一名弟子。

行至近前，吴中和用力地收住马车，回头喊道："公主，你们快上船。"简良与翠儿急扶了兰玲公主下了马车，和方国涣匆忙地上了船。

此时只听船头上那名汉子大声疾呼道："师父！快上船，追兵到了！"

兰玲公主、翠儿、简良、方国涣四人回身看时，却见吴中和掉转马车冲向了已到江边的几十骑追兵，同时高声喊道："公主快走，我来挡一挡。"说完，身形从马车上跳下，舞动判官笔与追兵厮杀起来。

兰玲公主、简良、方国涣三人在船上见了，不由大声惊呼："吴先生！"

那汉子见吴中和已然脱不得身，并且另有几百名追兵将至，不由含着泪水喊了一声："师父保重！"随将竹竿在岸边一点，船只疾驰而去。

就在吴中和拼命截杀追兵之时，忽有一骑飞奔而至，从马上跃起一人扑向吴中和道："吴中和，你小子竟敢反了！"

此时，兰玲公主虽在远去的船上，但也能望见岸边的情景，忽见那人身形从马上跃起扑向吴中和，不由大惊失色道："西门子宴！"随闻吴中和一声惨叫传了过来，自被那西门子宴击杀而死。兰玲公主、简良、方国涣三人不由在船头齐声哭拜道："吴先生！"

那掌船的汉子一边哭喊着"师父！师父"！一边驾驶船只顺流急下。有骑兵沿岸边追来，那汉子便掌船向江心驰去，此处江面甚宽，水流又急，顷刻间，乌篷船便甩去了追兵，顺江远去。

那名吴中和的弟子驾船载了方国涣、简良、兰玲公主及翠儿四人顺江而下，一路上自不敢停留，好在船上事先备了些水和食物，饥渴时，几个人便简单地用了。本来船只经广济过九江，可由湖口转入鄱阳湖，但方国涣发现时已经晚了，船只顺江直下，竟奔安庆去了。

这日傍晚，行至一处叫清水集的地方，那汉子才将船只寻一渡口靠了岸，然后道："公主，两位公子，前方不远就是安庆，江面上有兵船守着检查过往船只，为防意外，各位就从这里上岸逃生去罢。"说完，一脸的悲切。

吴中和为了掩护众人而死，方国涣、简良、兰玲公主也是伤感不已。三人自向那汉子谢过了，兰玲公主暗中留了十两黄金于船上，随后几个人便上了岸。那汉子复对三人施了一礼，撑船去了。

天色已晚，几个人不敢投集上的客栈住，沿江边走了一程，寻了一户农家，予了主人二两银子租了两间草房，暂且住了。兰玲公主和翠儿因一路上的惊吓，先自歇了。简良安顿好了兰玲公主与翠儿，这才回到了另一间屋子，与方国涣对坐无语。

过了片刻，方国涣才轻叹一声道："如今我二人已成了汉阳王府的通缉要犯，侥幸死里逃生，不知简兄日后有何打算？"

简良应道："事已至此，但愿能顺利地带着兰儿主仆回寻家父，从此避开尘世，隐居山野，平安度过此生就足矣了！"

方国涣忧虑道："如今汉阳王府走失了一位公主，必然惊动天下，前途自有无数的凶险，简兄与兰姑娘要万般小心了。"

简良点了点头，随后叹道："兰儿生来娇贵，此番却也苦了她！日后绝不能叫她受半点委屈。"

方国涣此时又想起了昔日曾救自己逃生的卢紫云，不胜感慨道："女子中也自有大义者！此番若无兰姑娘相助，你我凶多吉少。兰姑娘能勇于随简良兄私逃，也是一件好事，汉阳王野心勃勃，日后必会兴兵作乱，此人有霸气但无伟略，终会落至兵败身亡的下场，兰姑娘离开汉阳王府这块是非之地，日后也可免遭其祸。你是侠义之人，有情之士，日后定要善待兰姑娘，以不负她以命相托。"

简良深深点了点头叹道："本想诸事完结之后，如方大哥一般游棋天下，以棋济世，不料竟有今日之变，也只能引身而退了。"

方国涣道："虽然世事如棋，却不能随我等意愿所变，以棋济世不得，但能独善其身，也不易了。"

简良道："方大哥日后做何计较？"

方国涣道："明日当与简兄、兰姑娘别过，先去苏州办件事，以后随遇而安罢。"二人自无睡意，彻夜长谈，不觉间，天晓鸡鸣。

一大早，简良便去清水集上雇了一辆马车，私下打探，暂时还无汉阳王府方面的动静，心中稍安。方国涣送了简良和兰玲公主一程，这才作别道："简兄、兰姑娘，一路保重，方某就此别过。"

简良心中不舍，握了方国涣的手道："方大哥，你也要一路小心，日后要慎防那些心怀不轨之人的算计。"

方国涣苦笑一声道："我这枚棋子，可没有人家想象的那般好处，棋盘上走走尚可，棋外可替他应付不来的。"

兰玲公主一旁道："方大哥，日后有机会一定要去看望我们的。"

方国涣笑道："那是自然，能与简良兄再走一局棋，实是人生极乐之事。"随后一拱手道："二位保重！后会有期！"说完，方国涣转身离去。

简良、兰玲公主目送方国涣远去，待不见了踪影，简良这才道："兰儿，我们也走罢。"

第七十五回 虎口逃生

兰玲公主此时望着汉阳王府的方向，忽然间泪水夺目而出，简良见状大惊道："兰儿，你怎么了？"

兰玲公主见简良一脸的关切之情，自是凄然一笑道："我无事，简大哥，我们走罢。"说完，自进了车篷内。

简良知道兰玲公主有恋家之意，摇头一叹，也自上车来坐了，随手放下了车帘，催那车夫起程。

翠儿此时已在车内睡着了，兰玲公主自没有惊动她，轻叹一声，神情大为忧郁。简良见兰玲公主面容憔悴，心中怜惜，便慰声道："兰儿，这次真难为你了，日后还要跟我受些清苦。简良发誓，这辈子不会辜负你的！"

兰玲公主一时百感交集，自偎在简良怀中抽泣道："简大哥，我……我好怕！"

简良轻轻拥了道："放心罢，有我在，什么事都不用怕，你看见了，棋上棋外我都可以应付得来。"

兰玲公主闻之，欣慰道："简大哥，没想到你还有棋子伤人的本事。"

简良笑道："那是，这棋中自有许多好处可寻的，否则也不能拐带了你来。"

兰玲公主闻之，嗔怪道："你可有这个胆子的？"接着温情地道："简大哥，兰儿日后能伴你下棋，就心满意足了。知道吗？自第一次在黄鹤楼局上，你胜了我，赢去了寒温玉珏，兰儿就知道，这一生跟定你了。"

简良闻之，大是感动道："兰儿，能与你有此棋缘，实是我的福分和造化！其实我也是一见面就喜欢上了你。……"兰玲公主闻之，欣然一笑。

兰玲公主这时忽然忧虑道："简大哥，这些日子在路上要万般小心了，我很担心一个人的。"

简良不以为然道："我有棋子在手，又怕谁来？"

兰玲公主摇摇头道："这个人很厉害的，他就是父王军中的第一武士——西门子宴！"

"西门子宴！？"简良闻之一惊道，"可就是你曾在船上喊过的，杀死吴中和义士的那人？"

兰玲公主道："不错，就是他。"简良低声道："吴先生死得可惜！没有他，我们定是逃脱不了。那西门子宴有什么可怕的？有本事让他追来好了。"

兰玲公主摇头道："简大哥，你有所不知，那西门子宴不但武功高强，而且为人阴险狠毒。我们出逃那日，幸好他外出办事不在府中，否则你我有天大的本事也逃不出王府的，没想到他回来得那么快，差一点追上我们。"说到这里，兰玲公主不寒而栗，显是后怕得很。

简良安慰道："怕他何来？我们现在已离汉阳很远了，他们自不会知道我们去了哪里。"

兰玲公主轻叹了一声道:"我这次意外出走,父王一定大为恼火,必会派人满天下追找我们。那西门子宴的手段很多的,万一被他找到,他对我倒不敢怎样,我好怕你有闪失。"

简良闻之,自感到一股暖意,便宽然一笑道:"放心罢,管他是谁,若能受得住我一棋子,让他来便是了。"兰玲公主虽不知简良棋子上的伤人之力有多么厉害,但见简良自信的样子,心中也自一松。

随着车夫的挥鞭吆喝之声,马车越发走得快了,顺着大路向西北方向而去。

第七十六回　小全子

　　且说方国涣别了简良、兰玲公主择路苏州而来。正行走间，忽见前方人马喧杂，哭喊声不断，遥望之下，方国涣立时大吃一惊。前方一队官兵正在驱赶着一群百姓，数名兵士拿着画像正在逐个辨认，领头的却是汉阳王府的几名卫士。一夜之间，汉阳王府追兵四出，已严令各府县全力缉捕方国涣、简良二人。

　　方国涣没有想到汉阳王府的动作这么快，惊急之下正欲转身避开，忽有一人将他拉向一旁道："方公子还不快走，等着官兵抓你吗？"

　　方国涣又自一惊，回头看时，身后站着的却是白光耀与几名弟子，此时他们师徒数人已去了素衣另换了劲装。

　　"白师傅，是你们！"方国涣不由一喜。

　　白光耀望了前方官兵一眼，摆手道："此地不便说话，公子快随我走。"言罢，拉了方国涣转身就走。

　　而此时这边的情形已被一名卫士瞧见，自觉可疑，抬手喝道："前方人等停下。"

　　白光耀见被官兵发现，道声："勿管他，快走！"紧拉住方国涣与几名弟子飞身就跑。

　　那名王府卫士见状，立时喊道："要犯在此，快快拿住。"舍了那群百姓率领官兵追杀而来。

　　白光耀师徒护着方国涣狂奔了一程，自没有甩掉那队官兵，白光耀索性止住了身形，亮出双勾道："刘参、张苓，保护好国涣公子。"两名弟子应了一声，亮出兵器护在了方国涣身前，另两名弟子随白光耀迎向追兵，准备一搏。

　　就在这时，忽从道路两旁的树林中射出了无数支利箭，箭力迅猛，立时射杀得官兵倒翻了一片。随闻一声呼哨，树林中涌出了几十名蒙面人来，围住官兵拼杀起来。这些蒙面人身形矫健，出手凶狠，官兵与那几名王府卫士竟无能挡者，片刻间斩杀殆尽，无一活口。

　　此番意外变故令方国涣、白光耀师徒等人看得惊呆了。白光耀惊异之余，拱手一礼道："不知是哪一路的朋友相助？铜陵白光耀在此谢过。"

那些蒙面人并不理会白光耀，巡视了一遍杀死的官兵，确认全都毙命之后，呼哨了一声，又自隐没于树林之中，尽数退去了。

方国涣惊讶道："他们是什么人？为何为我们截杀官兵？难道是六合堂的人，受孙奇先生之命而来？"

方国涣随又摇了摇头道："不会的，孙先生他们已返回鄱阳湖去了，况且并不知道我在汉阳王府的事。"

白光耀诧异道："这些人行踪诡秘，此番动作乃是为方公子出手，而公子并不识得他们，这就怪了！从刚才截杀官兵的身手来看，这些人所施展的武功路数及所使用的兵器，似非中原武林人士，尤其是箭术精绝，几无虚发，哪里来的这帮高手？好是叫人生惧。"

方国涣闻之，心中一凛，惊异道："他们不是中原人士，那么来自何方？为何助我们截杀追兵？"

白光耀摇了摇头，惑然道："这个白某不知，不过他们替公子解了此番官兵追杀之险，当是为公子而来，对了……"

白光耀有所悟道："方公子黄鹤楼上棋废国手太监，已名扬天下，这些来历不明的高手有可能是曾被那太监走以鬼棋害死过的棋家的亲人、朋友，此番出手相助是感谢方公子替他们报了仇的，为了不暴露身份，故而蒙面而来……"

说到这里，白光耀又自摇了摇头道："不对，不应该有这种可能，这些人武功高强，人数又多，下手狠毒，招招毙命，竟然不计后果，若非中原人士，当是来自中原之外的一股强大的势力，可他们为什么为了方公子出手截杀官兵呢？一般人可不敢为的。"方国涣茫然不解，望着白光耀自是欲求得一种答案。

白光耀见了，宽慰道："公子也勿多虑，好在是这些人替我们解了围，否则一场血战吉凶未卜的，这些人来意善恶未辨，或是别有他图，且不去管他，此地不便久留，我们这就去罢。"白光耀师徒随后护了方国涣择路而去。

为了防止方国涣被人识出而生意外，白光耀租了辆马车，自与方国涣在车内坐了，车帘掩了，刘参驾车，另三名弟子护车而行。

方国涣此时稍松了一口气，感激道："多亏遇上了白师傅，否则我今日可就有大麻烦了。对了，白师傅如何出现在这里？"

白光耀道："碰巧罢，自方公子于黄鹤楼上废了那国手太监之后，为白某去了心头一件憾事，回归铜陵时，半路上因有他事耽搁了一下。今个一早赶路时，忽见汉阳王府正在四下缉拿方公子与简良公子，说是两位公子劫走了兰玲公主，白某自是为方公子的安危担心，好端端的如何生出这种事来？两位公子又如何得罪那汉阳王？"

第七十六回 小全子

方国涣叹息了一声道："此事说来话长……"便从头至尾把王府遭遇叙述一遍。

白光耀听完，不由击掌赞道："好！两位公子棋高性清，不依附豪门，免沾那污浊之气，令人佩服！那汉阳王府乃是非之地，久留不得的。"

方国涣又道："谁知那汉阳王强留我二人不成，竟起了杀机。好在兰玲公主因棋之故，与简良互生情意，危急之中出手相助，帮我与简良逃出了汉阳王府，自令我二人免遭了一场杀身之祸。那兰玲公主果是一位奇女子，竟舍弃了荣华富贵与我那简兄一起私逃去了。"

白光耀听罢，惊奇道："那兰玲公主竟与简公子私奔了，也是一个女子中的豪杰呢！"随又感叹一声道："汉阳王拥兵自重，早晚必生叛乱之举，两位公子能全身而退，实为万幸。"

白光耀感慨了一番，又道："今日算是有惊无险，公子日后欲作何打算？"方国涣道："此番是想先至苏州办件事情，如今看来，路上很难走了。"

白光耀道："有白某在此，公子勿要担心。先前的追兵已被那些蒙面人杀尽，其他的官兵一时半会儿恐难追来，只要出了安徽地界，汉阳王府便鞭长莫及了。闻汉阳王与诸王不和，离开他的势力范围，自会安全些。"白光耀接着又有些忧虑道："那些蒙面人来得甚是奇怪，竟然对官兵痛下杀手，毫不留情，在敌友未清之前，公子日后须万般小心才是。公子与六合堂英雄交好，有机会当请他们查清那些蒙面人的来历。"

方国涣点头道："此事甚为古怪，便是六合堂的英雄们想救我，也不会对官兵斩尽杀绝的。那些人今日虽说是救了我一回，却也是来者不善，应当提防些的。"

一路走来，却也无事。行至傍晚时分，走到了一座集市上，众人便寻了一家客栈投了。白光耀密令弟子四下暗查了一番，无甚异处，心下稍安，却也不敢松懈，持了兵器衣不解带，与方国涣同一房间休息了。

第二天一大早，白光耀师徒护了方国涣继续赶路，以防意外，一路上逢着集镇只买些食物于车中用了。如此行了几日，沿途再没有看到汉阳王府的缉捕告示，显是还未及传到，白光耀与方国涣心中稍安。那些行踪诡秘的蒙面人也自再没有出现过，对他们的疑虑便自淡了些。

这日，行至一处唤作花阳堡的小镇上，白光耀命刘参将马车于路旁停了，一名弟子自去购买些食物以备路上用，随后与方国涣在车内候了。

想起简良与兰玲公主的安危，方国涣自是叹了一口气，道："唉！不知简良他二人现在怎样了。"

白光耀也忧虑道："简公子携兰玲公主私逃，事情越闹大了，汉阳王必不会善罢甘休。你们那晚能从汉阳王府安全逃出，实为侥幸，要知道汉阳王府高手众多，戒备森严，便是白某也不能轻易进出的。虽有公子先前说的那位'追魂判官'吴中和相助，也实属险极，吴中和在江湖上倒也有些名气，但在汉阳王府内也仅算个二流人物，那日率兵在黄鹤楼保局护场的邰希本、董守义二人，武功都在吴中和之上的。"

方国涣闻之，暗里庆幸不已，知道那晚多亏简良施棋子制倒了邰希本、董守义，否则后果不堪设想，性命早已丢在汉阳王府了。

二人正说话间，忽闻车外的张苓喊道："喂！你小子干什么……"话音未落，随见车帘一动，贸然地钻进一名蓬头垢面的小乞丐来，白光耀恐他撞到方国涣的身上，一伸手便按住了这个小乞丐的后背，低喝着："小子，何故乱闯？"

方国涣看时，见这小乞丐是一名十二三的少年，衣衫破旧，面容污黑，不成个模样，却闪动着一双机灵警觉的大眼睛，倒也招人喜爱。此时那少年被白光耀一把按住，身子虽动弹不得，却张嘴露出了两对雪白的小虎牙，急乱地道："两位大爷行行好，让我避一避。"此时，张苓已掀开车帘，要把这少年拽出去。白光耀闻有一阵喧杂的人声向这边过了来，便用眼色止了张苓，张苓见师父有救助这少年的意思，复把车帘放了下来。

这时，有一群人追至车旁，忽不见了那少年的踪迹，便有一名粗声粗气的汉子道："这位朋友，可见到一个小叫花子跑了过来？"

张苓道："我又不是替你们看管人的，哪里理会得这些闲事，快快走开，勿惊扰了车内的贵人。"

这群人似也猜不到那少年能在车上藏了，另一名汉子道："再往别处找罢，谅他也跑不出花阳堡。这小子好狠毒，竟折断了吴大哥、李四哥的手指，抓住他，一定剥了他的皮，抽了他的筋。"接着这群人便一哄而散，往别处追寻去了。

这时，那少年闻车外的人走远了，释然一声道："这帮龟孙子，岂能抓到大爷。"

方国涣与白光耀见他小小年纪，竟口出脏话骂人，不由眉头一皱。

白光耀此时把手松开了，对那少年笑道："你莫非是个偷儿？拿了眼馋的东西，被人家追着满街的打？"

那少年坐起身来，瞟了白光耀一眼道："这位大爷怎么这般说话？多难听，实是坏了我的名声。"

白光耀闻之，与方国涣忍不住各自一笑。白光耀又微笑着道："说话倒像个大人似的，说说看，你既然顾及自家名声，却为何被人追赶？"

那少年此时大模大样地坐了，神气活现地道："刚才大爷……"忽觉得称呼不对，随即咧嘴一笑道："对不住，二位适才救过我的，不该这么说。"接

第七十六回 小全子

着头一扬，很得意地道："刚才在下与他们赌钱，没想到我今日运气极佳，大赢特赢，赢得那帮家伙眼红，红得发紫，便要起赖来，不给钱，还想讨回先前输掉的那些。岂有此理，大爷我……不不，在下岂能便宜了他们，出手打翻了几个，杀开一条血路冲了出来。好在二位仗义相救，在下得以脱身，咱们今天就见面分一半。"说完，那少年便从怀里胡乱掏了些铜板出来，往白光耀、方国涣二人面前一放，这些铜钱内倒还有几块碎小的银子。

白光耀、方国涣二人见这少年却也豪爽，说话的模样更是惹人喜爱，方国涣已是强忍着笑，白光耀故意推却道："这哪行，这些是阁下靠运气赢来的，并且大打出手，杀出重围，是以性命得来的血汗钱，我等岂能占这个便宜。若让人家知道了，岂不笑话我们欺负小孩子。"

那少年听罢，不由伸出大拇指赞叹道："这位大爷真够义气，冲你这些话，我还要多分你些。"说着，又从怀里掏了一把铜钱放在白光耀面前道："请大爷给个面子收下，好叫我心安。"

白光耀见这少年毫不吝啬，话语又极逗人，强忍着笑道："阁下义薄云天，慷慨豪爽，当为天下间的好汉们所敬服，还未请问尊姓大名，贵府何方？"

那少年听了白光耀一番赞誉之辞，大为高兴，一拱手道："在下有名无姓，自称小全子，家住……四海为家。"方国涣闻之，倒起了一些怜意。

白光耀见好小全子虽是个小乞丐，喜他诙谐，便笑道："阁下原来是位周游天下的壮士，失敬！失敬！"

小全子头一摇道："不客气。"接着又一拱手道："二位大爷帮人帮到底，可否借这马车送我出镇子？然后必有重谢。"

白光耀笑道："阁下英雄盖世，还会怕人吗？"

小全子摇头道："这位大爷有所不知，适才我一路杀出，伤了几个人，已闯下了祸事，此地恐怕不能待了，再换一处地方就是。"

白光耀闻之一怔，见这小全子虽有些油腔滑调，但并不像说慌的样子，不知他弱小的身材如何能伤几个人，寻思道："这小乞丐说得却也不假，适才车外那一群人恐怕不是为了他身上的这些铜板而来，或许是他真的打伤了人，激起了众怒，人家才来追打他的。"

小全子见白光耀在那里犯寻思，便摇头道："既然怕我连累，小全子就此告辞。"说完，转身欲下车。

方国涣见了，心中一急，恐他下去，被那些人发现抓住，免不了皮肉之苦，便一把拉住小全子道："小兄弟，勿要出去，被那些恶人抓住，可要受苦的。"

小全子见了，不由对方国涣大为感激，便回头望了白光耀一眼，自有些恳求的意思。

　　白光耀抬手拍了拍小全子的肩头笑道："阁下既是慷慨大义之人，载你一程便是，怎会赶你离开。"

　　小全子闻之大喜，复又坐了，一拱手道："敢问二位大爷尊姓大名？"

　　白光耀笑道："我倒是有名有姓的，铜陵白光耀便是。"

　　小全子喜道："原来是白大爷，失敬！失敬！"复对方国涣道："请问这位大……"

　　方国涣恐小全子叫自己大爷，不待小全子说出，便急忙道："在下方国涣，小兄弟叫我方大哥好了。"

　　小全子听了，大喜道："方大哥！好极！好极！这样叫起来不见外的。"方国涣与白光耀自是一笑。

　　这时，白光耀的另两名弟子购了些食物送进车来，刘参在前面问道："师父，可起程了吗"？

　　白光耀道："走罢。"刘参便扬了一鞭，催马而行。

　　待出了花阳堡，小全子见离了危险之地，自高兴起来，见旁边堆放着食物，也是饿了，伸手撕下一块鸡腿就吃，边吃边道："稍后与车钱一起算给你们，亏不了二位就是。"

　　白光耀见小全子虽不客气，倒也大义分明，便笑道："能请阁下吃些东西，已是荣幸得很，哪里还会收钱的。"

　　小全子听了，点头道："白大爷果够义气"。接着叹息了一声道："唉！现今世上像白大爷、方大哥这样的好人太少了。"

　　白光耀见他人虽小，却也有些世故，不由笑道："小兄弟，好人与坏人有什么区别呢？"

　　小全子道："好人就像白大爷、方大哥这样，能救人于危难之中，又是讲义气的朋友；坏人吗？就是那些狗眼看人低的家伙，欺软怕硬。"

　　方国涣见小全子果有些正义之感，心肠也不坏，不像街上的那些混混、乞丐，胡作非为的，并且机灵可爱，但不知何故落魄到这种境地，心中大起怜惜之意，关切道："小兄弟，你果真没有家吗？"

　　小全子听了，慢慢放下手中的鸡腿，双目中自呈出几丝的感伤，摇头一叹道："爹死了，娘跑了，家没了，无人要了。"说着说着，忽落下两行泪水来。方国涣、白光耀见了，知这小全子的身世却也可怜，是一名孤苦的遗弃儿。

　　方国涣想起自己幼小走失，如今也是无家之人，心中不由一阵酸楚，竟也险些掉下泪来。

　　小全子见了，自是感动地道："方大哥，勿要为我悲伤，我……我一个人过得好是快活。"说完一笑，却也掩不住几分的凄苦之意。

白光耀摇头叹道："好一个可怜的孩子！"

方国涣随又关切地道："小全子，日后行事可要小心，莫要再如今天这般被人家追着打。"

小全子听了，虎牙一露笑道："今天是他们人多，我招呼不来的，若是三四个，我哪里用得上跑，早已使出手段把他们放倒了。"

白光耀闻之笑道："你都会些什么打架的本事？"说着，右手往前一探，欲拿小全子的手腕。适才白光耀听说小全子打倒了几个人，又闻车外追赶他的那些人说过折断手指之类的话，想不出小全子的性子却也狠些，便想试试他会何种伤人的手段。

此时小全子见白光耀伸手抓来，自家忽地把手一缩，竟让白光耀抓了个空。白光耀立时一怔，心知自己这看似平常的一抓，已是使出了擒拿术中的招式，没想到却让小全子轻易地避开了，实出白光耀的意外。

小全子此时异道："白大爷，你这是做什么？"

白光耀心中起疑，便应道："你既会打架，我且与你过两招试试罢。"说着，右手疾出，扣拿小全子的左手手腕。

小全子却忽然道了声"好极"！随手一翻，手指竟然反搭在了白光耀的脉门上。

白光耀见状，心下不由大骇，忙收手急回，好在小全子人小力弱，被白光耀轻松地把手抽了回去。白光耀心知对方若是自己的仇家，早已把自己制住了，此时已是惊愕万分，实不敢相信，对方一个十二三岁的小孩子，手法竟然如此灵活多变，简直达到了出神入化的程度。

白光耀此时诧异道："小全子，你从哪里学来的这种上乘武功？"

小全子笑道："我哪里学过什么大侠般的武功，只不过是白胡子老公公教我的用以打架的'翻云手'十三式罢了。"

"翻云手？"白光耀不由大吃一惊。白光耀先前曾听一位武林异人讲过，武学中有一套武功，是前代一位武学奇才综合各家擒拿术与空手夺白刃的功夫而编创的一套上乘武功，主要是在手法上的灵活巧变，适用于贴身近打，空手夺物，端的是奇妙异常，可惜此种武功在宋代就已失传了。

白光耀此时万万没有想到，眼前这位小乞丐般的少年竟然习成了这种武学，并且说出了"翻云手"的名称来。白光耀从刚才的试探中已然明白，小全子确实是使出了翻云手中的招法，因为白光耀知道，当今武林中人，能反扣住自己脉门的可没有几个，好在小全子力道不够，否则定会将自己制住。

白光耀此时冒出了一身冷汗，知道眼前这名叫小全子的少年定是得了奇遇，得到过某位武林异人的传授，惊喜之余，连忙问道："小全子，你是如何从那位白胡子老公公那里学到这套本事的？能告诉我吗？"

小全子笑道："这有什么不可以的，刚才白大爷的手好快，我竟然没有拿住。"

白光耀听了，暗叫一声惭愧，知道小全子年纪小，力道不够，才让自己轻易抽回手，小全子若是有一定的内力修为，那可不得了，当今武林中可没有几个人能躲过他的一拿一扣这等神奇的翻云手手法的。

小全子这时讲道："一年前，我在一间破房子里发现了一位生了病的白胡子老公公，像我爷爷似的。"

白光耀问道："你有爷爷吗？"小全子摇头道："没有。"

白光耀道："既然没有，你怎么说那位白胡子老公公像你爷爷？"

小全子笑道："人都不是从石头缝里蹦出来的，可都是爹妈生的，而爹妈又都是爷爷养的，我见那位白胡子老公公面色慈祥，一大把年纪，或许跟我那未见过面的爷爷差不多。"

白光耀、方国涣听了，各是一笑。白光耀知道小全子所说的这位白胡子老公公，定是位武林异人，于是问道："后来又怎样了？"

小全子道："我见白胡子老公公病得好是可怜，看样子有几天没吃过东西了，我便去弄了些水与吃的东西来喂他。"

白光耀听了，心中赞许道："亏你小子有此一念之善举，才会有此奇缘。"

方国涣心中道："这小全子果有那种古道侠肠之风的，一个落魄的乞儿，有助人之心，当真难得。"心中立生敬意。

小全子这时又道："后来，白胡子老公公醒了，冲我点了点头，说了几声谢谢，我便对他说，有什么可谢的，说不定你就是我那位死去的爷爷。"方国涣、白光耀二人见小全子说话颠三倒四，胡乱安排，各忍着笑听了。

小全子接着又道："后来白胡子老公公给了我一大锭银子，告诉了我十几种草药的名字与数量，教我背熟了后到镇上的药铺里去买。白胡子老公公只说了两遍，我便全记住了，白胡子老公公还夸我聪明哩！"

说到这里，小全子自显得有些得意，随后又道："可惜，隔了太久，把那些药名都忘了，只记得有什么藿香、甘草、白芷的。"

白光耀闻之，知道藿香、白芷都是芳香燥湿之药，那位武林异人或许是在路途上染上了瘟疫之类的疾病才病倒的。

小全子这时又道："我把药买来之后，又向人家借了一个瓦罐，熬好药给那白胡子老公公服了。说来也怪，白胡子老公公吃了一包药后，又坐着睡了一天，病就好了。"

白光耀寻思道："当是这位武林前辈运以内功驱以药力，逼出体内疫毒的。"

第七十六回 小全子

方国涣心中叹然道："小全子如此热心助人，却又沦为乞丐，天道不公的。"

小全子又道："白胡子老公公病好了之后，说了些感激的话，最后说是要带我走，我便问他，去哪里？干什么？白胡子老公公便说，领我到他的家中，教我盖世的本领。我便问，累不累？辛不辛苦？费不费功夫？白胡子老公公便说，又累又辛苦，更费功夫，不过学成了之后，自家要受用一辈子的。当时我就没答应，像他说的那般，也太麻烦，还不如先前和现在的样子，无拘无束，快活自在的好。"

白光耀闻之，暗叫一声可惜，思量道："你小子若跟了那位武林异人去了，长大成人后，必是一位响当当的人物，如何还能像现在这般，被人满街追打的可怜的小乞丐。不过能学到翻云手，却不赖了。"

小全子接着又道："白胡子老公公见我不跟他去，感到很奇怪，当问明了原因之后，拍着我的头笑着说，混混天性，老夫也不勉强你。随后，白胡子老公公就请了我到镇上的酒楼大吃了一顿。白胡子老公公真有钱，我想吃什么，他便给我买什么，这样一连快活了三四天。白胡子老公公后来对我说，他这一生从来不欠人情的，说我是一个好心的、聪明机灵的小娃娃，要教我一套速成的打架本事，免得日后被人欺负。我一听，很高兴，便问白胡子老公公教我些什么样的打架本事，白胡子老公公便说要教我一套十三式的翻云手。我一听，好家伙，十三式！太多，太麻烦，便嚷着不学，央着他教个速成的法。白胡子老公公便对我说，翻云手虽然有十三式，但懂得了窍门，好学得很，又很实用的。接着白胡子老公公便让我拿木棍去打他，我见他一大把爷爷的年纪，岂能动手。后来白胡子老公公对我说，这是在教我打架的本事，让我毫无顾忌地打他就是，我觉得好玩，就打了他一下。谁知木棍还没碰到白胡子老公公的身上，不知怎的，我感觉手里忽然一空，那木棍却已到了他的手里，不知如何叫他抢去的，我是一点没发觉。"

方国涣听到这里，大是惊异。白光耀暗讶道："空手夺物，令对手达到不觉而失的程度，当真是太神奇了！"

小全子又道："我当时见这种法术很好玩，如果学会，日后再有人拿东西打我，我便可以神鬼不知地从他手里一下子夺过来，再去教训他，当真美妙之极，便高兴地答应了跟白胡子老公公学这套打架的本事。白胡子老公公于是一天教我一式，十三天后，这十三式的翻云手我却也学会了，说是十三式，我看上百式也是有的，不过打起架来都能用得上，我也就耐着性子学了。"

白光耀心中道："翻云手虽有十三式，但其中变化无穷，至灵至巧，自能演变成上百式的。"

小全子这时又道："我学会了翻云手之后，白胡子老公公直叫奇怪，说是别人十三年才能学会的东西，我十三天就学成了，当真是个奇迹，翻云手或许是与我有缘得很。白胡子老公公十分得高兴，说我是个奇才哩！"说到这里，小全子很是得意。

　　白光耀心中讶道："你这小子不但机遇好，还真是位武学奇才，学得如此神速，实是不可思议。"

　　方国涣心里却暗喜道："小全子天性聪明，又着意学练打架的本事，心无旁念，自然学得快了。"

　　小全子接着又道："白胡子老公公教会了我这十三式的翻云手之后，很是满意，临走时对我说，只要每天勤练几遍，长大后有了些力气，到时留个心眼，不去招惹那些名门大派的高手，凭我这套功夫，自然在天下吃得开，无人能打得了我。白胡子老公公说完这些话后就走了，也不知去了哪里，我倒挺想他的。"

　　小全子说到这里，接着又得意地笑道："这套翻云手本来十三式，后来我又自创了第十四式，叫作'折指法'，专折断那些坏人的手指，实叫他们吃了些大苦头。先前那些家伙想抓住我，我自无力气与他们斗，但施展翻云手，寻机抓住他们的手指头，像折木棍般地一折就断了，省事得很，有几个家伙已被我制得怕了。"

　　白光耀暗讶道："这种折指法对他来说倒很实用，翻云手虽巧妙，但他年幼力薄，纵使拿住人家手腕，也会被对方摆脱开，若折制指头，此招虽狠了些，却是又厉害又奏效的。"白光耀这时看了看旁边的方国涣，忽生出了一种想法，心中不由一喜。

　　小全子说了一番，自觉口干，便拿起水袋水喝起来，随后拿了食物就吃，倒也不客气，也是他自家打算付钱的。

　　吃喝完毕，小全子道声："对不住，先睡一会儿。"倒头便睡，却如主人一般。方国涣望着酣睡的小全子，心中已有不舍之意，白光耀则有了另一种打算。

第四部 棋行天下

第七十七回　木各庄

行了一程，小全子便醒了来，起身喊道："尿急！尿急！停车！停车！"驾车的刘参闻之，便止了马车，小全子从车中一下子蹿出，跑到路边去了。

白光耀这时对方国涣道："方公子，你看这孩子怎么样？"

方国涣叹然道："聪明机灵，招人喜爱，可惜流浪街头，实是可怜！"

白光耀道："这孩子机缘巧遇，得以奇人授以异术翻云手，此为一套失传很久的上乘武学，没想到竟被他习了去。这孩子年纪虽然小些，但用以防身自卫绰绰有余。方公子虽怀棋上绝学，奈何江湖险恶，多有不测，不如把他留在身边，日后也好有个照应。"

方国涣闻之喜道："我也正有此意，且不论他会上乘的防身武学，就以他的聪明伶俐，若加以调教，将来必会有所作为。方某既然遇着了，不应再让他流浪下去，在世上空混日子，待他一会儿回来，说明了就是。"

白光耀道："这孩子散漫惯了，连世外高人的绝世武功他都不肯学，恐怕一时也难随了公子去，暂且勿急，顺顺他的性子再说。"

方国涣道："也好，无论怎样，不能再让他这样混日子了。"

白光耀道："这个自然，并且这孩子身怀武术中的绝学，再成熟些，天下间恐怕没有几个人能制服他，让他随了公子去，加以调教，使他走以正道，不至于误入邪途。"

方国涣道："小全子天性善良，又机智过人，不易学坏的。"

白光耀道："不然，也是他遇上了我们，倘若遇上心怀不良之人，将他这套武学诈学了去，当为祸不浅。所谓近朱者赤，近墨者黑，若与坏人长时间混在一起，很难保证他永远不会变坏。如今遇着了方公子，也是他的造化。"

方国涣自是高兴地道："日后行走天下，有了他做伴，倒可减去许多寂寞。"

白光耀摇头笑道："这孩子说话虽有些油腔滑调，却也有一点歪理，倒不可小瞧了他。"

这时，但听一声"我回来了"，小全子已钻入车来，随即对驾车的刘参喊道："走路、走路。"白光耀与方国涣则相视一笑。

一路上，小全子在车内有吃有喝，自是舍不得离去，见白光耀、方国涣二人也无赶他的意思，索性自家也不主动提出离开，但觉得与白光耀、方国涣在一起，谈天说地好是快活。白光耀、方国涣二人，见小全子自有留恋不去之意，心中也自高兴，一路上又买了许多好吃的东西来哄留他，小全子更显得欣然。

　　车马行走间，小全子除了睡觉吃东西外，嘴倒也不闲着，说些令人捧腹的笑料来与白光耀、方国涣听，也是想讨二人喜欢，自家想多留一阵子。

　　小全子这时对白光耀道："我再讲一个谜语笑话，白大爷来猜猜如何？"

　　白光耀道："好啊！讲讲看。"小全子此时眼珠一转道："如果白大爷手里持了一张弓一支箭，正走在路上，忽然间，前面出现了一条狼，而同时后面又出现了一个鬼，不知白大爷这时候是射狼呢，还是射鬼？"

　　方国涣听了，不由眉头一皱，知道小全子是绕着弯子骂人，那"射"字与"色"字谐音，白光耀无论自己是说射狼还是射鬼，都脱不了自己骂自己。

　　方国涣见小全子对白光耀有如此放肆之举，心中不悦。而此时白光耀却在认真地思考着，自语道："我是射狼呢？还是射鬼呢？鬼比狼要可怕一些，不易对付，我还是射鬼罢。"小全子听罢，哈哈大笑起来，立时手舞足蹈，得意忘形，十分的恣意。

　　白光耀此时被小全子笑得蒙了，茫茫然，不知就里，小全子见了，越发的大笑起来。方国涣见小全子果处于邪正之间，实是无礼之极，便呈愠色道："小全子，在白师傅面前，你也敢开这样的玩笑吗？"

　　小全子见方国涣听出了自家话中的意思，不由讪讪地道："方……方大哥，我……我是说着玩的。"

　　白光耀此时也自明白了自己被小全子绕着弯子耍了一回，同时听到车上的几个徒弟已忍不住笑出声来，不由大是尴尬，便自肃然道："小全子，很好玩是不是？哪里学来的这种把戏？"

　　小全子见白光耀、方国涣二人已然动气，才知自家闹过了火，又悔又怕，忐忑不安道："白……白大爷，对……对不住。"说完，便把头深深地低下，不敢正视白光耀、方国涣二人，尤是害怕二人开口赶他离去。

　　白光耀、方国涣二人知道小全子此举倒无什么恶意，只是过于顽皮了，如今见他有了悔怕之意，惶恐的样子，不由相视一笑。

　　白光耀装作不快道："小全子，说话逗趣本无不可，但以此来戏弄人实为不该，以后不能再有了。"

　　小全子胆怯地望了二人一眼，复又低头道："白大爷、方大哥，我知错了，万分的对不住。"

　　方国涣小全子可怜的模样，心中不忍，便慰言道："以后改过就是，这样

第七十七回 木各庄

做对人是不敬的,尤其是对白师傅,更为不该的。"

小全子点了点头,不敢再言语,显得拘谨了些,无了刚才的随便。

方国涣见小全子和普通孩子一样有悔怕之意,知他童心天真而已,便拍了拍小全子的肩头,宽然一笑道:"好了,没事了。"

小全子见了,心中大为感激,寻思道:"这位方大哥与白大爷真是好人,对我这般好处,当比那爹娘还亲的。"想到这里,小全子的心中自升起一股暖意来,同时深感内疚,觉得自己却是过分了些,忽朝白光耀拜倒道:"白大爷,小全子不知好歹,冲撞了你,我这里赔罪了。"

白光耀见状一惊,忙扶了道:"快莫如此,我不怪你就是。"小全子平日受人凌辱惯了,如今受到方国涣、白光耀二人这般真诚厚待,一时间感激涕零,大哭起来,慌得白光耀、方国涣二人连忙劝了。

好一会,小全子才止了哭声道:"白大爷、方大哥,世上从来没有人对我这么好过,我……我莫不是在梦里罢?"

方国涣听了,知道小全子身世凄苦,也自有些感伤,叹然一声道:"小全子,你可否愿意今后且随了我去,自家不要再散漫地混日子了?"

小全子闻之一怔,睁着惊异的大眼睛望着方国涣,还以为自家听错了,但见方国涣笑道对自己点了点头。一种难以形容的感激之情在小全子心中油然而生,自朝方国涣一拜道:"方大哥,小全子愿做牛马追随左右……"说话间,已是泣不成声。方国涣见之大喜,连忙扶了,自高兴异常。

白光耀也自欣喜道:"小全子,你这位方大哥可是当今天下一位了不起的人物,跟了他去,乃是你的造化。从今以后,你要用自家的打架本事好好保护了方大哥,不要让别人伤害了他。你也要改变先前那些不良之习,重新做个人罢。"

小全子激动之余,自是高兴地道:"方大哥能收留我,便是再生父母一般。白大爷请放心,小全子日后一定会保护好方大哥的,谁若敢动方大哥一根毫毛,我便与他拼了命去。"

白光耀闻之,满意地点了点头,复向方国涣祝贺道:"恭喜方公子,你收留了小全子在身边,白某以后可以放心了。"

方国涣高兴地笑道:"全赖白师傅成全。"白光耀笑道:"这或许是你二人的缘分罢。"方国涣、小全子二人听了,相视一笑,各是欢喜。

到了前面一座小镇上,天色将晚,众人便寻了一家客栈投了。方国涣先给小全子洗了澡,又买了一套合身的衣衫与他换了,随后领出来与白光耀师徒相见时,但见一名清秀灵气的少年站在那里,尽去了先前那般小乞丐的模样。白光耀师徒不由一片赞叹声,本来活泼好动的小全子,此时也有些不好意思起来。

白光耀笑道："小全子，没想到你换了新衣衫竟然精神了百倍，先前实是埋没了你的。"

小全子嘿嘿一笑道："日后跟随了方大哥，自然少不了吃穿用度，小全子既然得了这场福分，一定要做个好人的，那种小乞丐，我实是不愿再做的。"众人闻之，俱是一笑。

当天晚上，方国涣便与小全子一床上歇了。半夜时，小全子梦中也自好动，蹬落了几次被子，方国涣免不了要起身替他盖上几回。后两次小全子也自察觉，见方国涣一夜未眠，净给自己盖被子了，心中立感温暖无限，想起所受诸般好处，不觉间流出泪水来。

方国涣再一次给小全子整理翻落的被子时，手触到了枕巾上，感觉湿湿的一片，不由摇头自语道："你这孩子，睡觉不老实，乱蹬被，梦中见到了什么伤心事，竟哭湿了枕巾？想起来好是可怜！你日后跟随了我，当不让你再受那种流浪饥寒之苦了。"

小全子一旁自听了个清楚，心中感激地道："方大哥真是天下间的第一好人，小全子、小全子、以后一定要保护好方大哥，不能做对不起方大哥的事。"

第二天一早，众人离了客栈便又起程了。白光耀告诉方国涣，今日便可以出安徽地界了，以后汉阳王府那方面的威胁自然就少了些，方国涣自松了一口气。

白光耀复对小全子道："小全子，你的那套翻云手可要勤练，方不枉了你所遇的一场机缘。不过你现今年小力弱，翻云手的威力施展不出多少，我且教你一种内功增劲的法子，每日也要练习的，自可增强翻云手这一上乘武学的神奇威力。"

白光耀随即将自家一套简便捷效的内功心法传授给了小全子。小全子现已知道白光耀是一位武功高强的大侠士，敬慕之余，便用心地学了。小全子天性聪明，一学即会，全不多费口舌。

白光耀见了，大是赞叹道："我的徒弟中若有你这种天资的就好了，只要你勤学苦练，将来武学上的造诣，定会远赛白某的。"方国涣、小全子听了，各是欢喜。

待出了安徽地界，便已进入了江苏境内，白光耀师徒又护送了方国涣一程，这才辞行。

白光耀拍了拍小全子的肩头道："小全子，以后要好生护了方大哥，不要有什么闪失，你的方大哥可是一位有大本事、大能耐的人，他的安全就全看你的了。"

小全子一拍胸膛道："白大爷请放心，但有小全子在，就有方大哥在。"

第七十七回 木各庄

心中却是自语道:"方大哥究竟会什么大本事,让白大爷这样的人如此敬重?"

白光耀这时满意地点点头道:"你机智过人,又有防身的绝学,我自是很放心的。日后有机会,欢迎你和方大哥到铜陵做客,白某一定好好款待你。"小全子自是欢喜地应了。

白光耀复向方国涣一拱手道:"方公子,一路保重,白某就此别过。"

方国涣也自一拱手,感激地道:"有劳白师傅一路护送,让方某免遭劫难,这里谢过了。"

白光耀笑道:"勿要客气,能为方公子做些事情,实为白某的荣幸。前途还有许多险恶,日后自当小心些才是。"说完,白光耀便率了弟子,辞别了方国涣、小全子二人,复赶了马车一路回转铜陵去了。

送走了白光耀师徒,小全子问道:"方大哥,我们还要到哪里去?"

方国涣道:"我是个居无定所之人,本无个去处,不过曾应一位朋友所托,现去苏州办件事情,看望几位故人,然后我们再做打算罢。"

小全子闻之,不由惊讶道:"方大哥也是个没家的?"

方国涣笑道:"不错,我和你一般都是无家可归之人,但云游天下而已。你虽然跟了我,但是日后可免不了受些跋涉之苦的。"

小全子闻之,却是大喜道:"不怕的、不怕的,先前我也是四下游走惯了的,不过自家乱走,实在无什么意思,也没有到过什么开开眼界的大地方。以后只要能和方大哥在一起,上刀山、下火海,小全子也在所不惜的。"

方国涣听罢笑道:"你我性子相近,都不喜欢受什么所拘束,这样最好不过,能到天下间走走,见识见识,也是不枉此生的。"

小全子喜道:"云游下天,四海为家,这便是神仙般的快活。"

方国涣笑道:"周游天下,可不是那么容易的,自家还需有本事才行。"

小全子笑道:"只要有得吃喝,落得个清闲自在就是了。"

方国涣心中道:"有我在,自短不了你的吃喝用度的,不过你这散漫的性子真需要调教调教,应该有所作为才行。"随后,便带了小全子一路向苏州而来。

方国涣、小全子二人这日到了宜兴,宜兴地处太湖岸边,以盛产紫砂陶器与阳羡茶为著。方国涣计划经太湖坐船走水路去苏州,便先投了一家客栈,随后领了小全子上街游玩,小全子孩童天性,见这宜兴比他先前住的花阳堡好玩好看多了,不由大是欢喜,丢开方国涣,钻进人群中没了踪迹。

方国涣见了,恐他走失,追上前寻时,早已不见小全子的身影。当方国涣正自焦急时,小全子却从后面跑了过来,抱了一怀各式样的地方小吃,满脸兴奋地道："方大哥，这地方好吃的东西真多，以前都没见过的，却也不贵，几十文钱就买了这许多。"

方国涣见小全子转了回来，心中稍安，摇头笑道："你原来是去买吃的了，叫我好急，以后可不许自家乱跑了，若是迷了路走失了，让我哪里寻你去？"

小全子笑道："我们不是住了一家客栈吗，我直接回去就是了，方大哥勿要担心我的。"

方国涣听了，心下道："这小全子果然聪明，我倒不用担心太多的。"随后领了小全子在街上闲走。

小全子一边吃着东西，一边东瞅西瞧，自是看个不够。

方国涣见了，笑道："这地方好吗？"

小全子道："好！真是太好了！没想到还有这等好看好玩的地方。"

方国涣笑道："天下大得很，自有许多好的去处，日后再慢慢地领你游个够便是。"小全子听了，愈加欢喜。

这时，小全子像似发现了什么，忙把手里的东西往方国涣怀中胡乱一塞道："方大哥，先拿一下。"说完，自朝前面一名汉子跑了过去。

方国涣当时一怔，不知发生了什么事。随见小全子从那汉子身边一跑而过，不知怎么，手里竟多了一只小布袋，显是刚从那汉子身上摸过来的钱袋。

方国涣见罢，不由吃了一惊，没想到小全子竟然在自己面前做这种偷窃的事，心中立有一种说不出的难受，已是后悔收留了小全子。

而此时却见小全子没事人似的，仰着头走到一位老者身边，轻擦了一下那位老者的衣襟，已是把钱袋暗中塞进了那老者的怀里。

方国涣见了，愈加愤怒道："这小子还想嫁祸于人。"但见小全子完成了这一系列的动作之后，便欢快地跑了回来。

方国涣沉着脸，冷冷地道："你刚才做了些什么？"

小全子却没有注意到方国涣肃然的神情，而是从方国涣手中接过那些食物，一边吃着一边笑道："刚才那家伙偷了这位老公公的钱袋，我又给还回去了。"

方国涣闻之一怔，暗叫一声惭愧，却还是疑道："你怎么也会这些偷盗的本事，莫非以前做过不成？"

小全子仍大口吃着食物，一边回应道："白胡子老公公教我的翻云手，从别人手里直接抢过东西，他自家都不觉得哩！何况是从他怀里腰间取的，更是不察觉了。至于这等小把戏，我从来不做的，只不过见那家伙得了手去，我看着不顺眼，便替这位老公公又讨了回来。"

方国涣闻之，暗中愕然道："怪不得白师傅十分看重小全子，原来翻云手竟有如此神奇的效果，不仅是一套上乘的武学，还是一种上乘的盗术，好在小全子行的是侠义之事，若误入歧途，他必会做绝天下间的恶事不可。"此时见小全子天真得意的样子，方国涣知道他不是说谎的。

这时，方国涣见那位先前的老者，走到一处摊子前，停下来后，掏出了那只钱袋买东西，表情自然得很，显是那只钱袋果是他自家的。而此时先前的那名汉子却走到了路边的一棵柳树后面，洋洋自得地住怀里一探，忽而面呈惊疑之色，急急地把全身上下翻了个遍，又往身后看了看，显是不知那只钱袋为何不翼而飞了。也是那汉子做贼心虚，四周望了望，却也没有声张，摇摇头，嘟囔了一声，走开了。小全子这边见了，不由得大为开心。

方国涣此时已对小全子立生敬意，自己刚才错怪了他，好在没有发作出来责备他，否则必让小全子很伤心的。方国涣也自庆幸，更是惊喜，亲热而又有些内疚地道："小全子，好样的！此乃为大义之举。"小全子见方国涣夸奖了他，不由得眉飞色舞，更加得意了起来。

方国涣为了表示心中的歉意，以及奖励小全子的这种"义"举，便领了他来到一家很大的酒楼上，要了一桌子饭菜来与小全子吃。

小全子见了，愈加的高兴，边吃边道："我这辈子，除了白胡子老公公摆了酒席请了我几天客外，就是方大哥这次了，不过……"小全子不知何故放下了筷子，呆望着酒菜似有所思。

方国涣见了，忙道："小全子，怎么不吃了？莫非刚才的零食用多了罢？"

此时便见小全子真诚地道："方大哥，这桌酒菜要花掉很多银子是不是？我日后跟随方大哥有得吃就成了，莫要太多破费的好，有句话叫作来日……什么长？对，叫作来日方长，还要节省些的才是。"

方国涣听罢，见小全子如此懂事，着实被他的纯真感动，拍了拍小全子的肩头，亲切地道："小全子，你就放心吃吧，方大哥有的是银子，勿要担心的。"

小全子闻之异道："白大爷说方大哥是有着大本事的，莫非会施变银子的法术？"

方国涣笑道："法术倒不会，不过却也不曾短了银子用。"

小全子忽然一笑道："钱是贱种，越花越有，只要算计着用，便不会缺了的。"

方国涣这时想起了食量惊人的吕竹风，心中笑道："若是竹风贤弟跟我在一起，花费银子要有个算计才行，你这小全子，随意便是了，不过能知道替我省钱，也不枉了我的一片苦心。"

用毕饭菜，方国涣领了小全子沿街一路走来。

这时一中年人忽迎上前来，拱手一礼道："请问，阁下可是方国涣公子？"

方国涣见一陌生人拦路相问，不由一怔道："这位先生是……？"

那中年人恭敬道:"在下葛郎宁,奉我家主人之命,特来邀请方公子木各庄一叙,请教以棋道。"

"咦!?"方国涣惊讶道,"你家主人是谁?如何识得在下?"

葛郎宁应道:"我家主人是离此地不远的木各庄主人,倒是未曾与方公子谋过面,方公子棋扬天下,主人仰慕已久,今日幸好公子途经此地,是为千载难逢,主人便遣在下前来迎候公子。我家主人尤好棋之雅艺,最喜结识棋道中的高人,若能在棋上有所开示,我家主人必予厚报,一盘棋一两金,还望方公子勿推辞。"

"一盘棋一两金!"小全子一旁啧啧称奇不已,暗里喜道,"指点他一盘棋便能得到一两金子,这可是挣大钱的买卖。"

方国涣此时释然道:"原来贵庄主人也是棋道中人,好棋这般,也是不易,不过……"方国涣自是疑道:"方某不曾与你家主人相识,如何认得我来?又遣你来迎的?"

那葛郎宁忙道:"方公子勿疑,前些日子庄上有人去武昌办事,恰逢方公子与那国手太监棋战黄鹤楼,有幸目睹公子仪容,昨日刚返回来,今日便在街上偶然碰到并识出公子,便急报我家主人,主人闻讯大喜,立遣在下来迎。适才在下见公子容貌与庄上人所述相合,知道必是方公子了。"

"哦!"方国涣见对方应答并无破绽,稍减了心中的疑虑,仍是怕汉阳王府的人设计拿他。且此时自无心思去应他,对那一盘棋一两金之诺,也道是棋中的豪客之豪举,无意理会,便自拒绝道:"方某多谢你家主人盛情之邀,但有事情要办,不便在此地耽搁,还请回禀贵庄主人,方某日后若有机会必去木各庄拜访。"

那葛郎宁闻之大急,忙上前拜道:"主人之命不敢违,还请公子勿推却,若是请不得公子去,主人必然怪罪于我,在下乃木各庄家仆,吃罪不起的。"说完,拜地不起。

方国涣忙扶了道:"折煞方某了,切勿这般大礼,快快请起。"

那葛郎宁态度坚决道:"方公子不应主人之邀,在下便难以回去复命,只有这般长跪不起了。"

"这……"方国涣一时间为难起来。

小全子一旁见方国涣没有去木各庄的意思,便拉了方国涣道:"方大哥,如此缠人,我们不如跑罢,免得麻烦,他喜欢就让他跪着好了。"

葛郎宁闻之,忽从袖中出示一柄匕首来,抵着自家胸前,毅然道:"公子若是不应,在下只有死在这里了。"几名临近的路人见到这般情形,立时惊呼散去。

方国涣未料到葛郎宁性烈若此,急忙拦了道:"万万使不得,方某随你去

第七十七回 木各庄

就是了。"乃是怕葛郎宁情急之下真伤了性命去，可就非自家所愿了。

葛郎宁见方国涣应允了，不由大喜，复拜而起道："多谢公子成全。"随后转身一招手，路旁有轿夫抬过两顶轿子来，倒是有所准备。小全子摇了摇头，与方国涣各入轿中坐了，接着起轿而去。

行了约半个时辰，方才落轿。方国涣、小全子出轿看时，但见前方一片桂花树丛中坐落着一处庄园，房屋造型雅致，别具风格，显是那木各庄了。

葛郎宁一旁伸手让道："方公子请罢。"随将方国涣、小全子二人引进了木各庄。

门上有数名庄丁，皆肃立两旁相迎。越过两处院落，来到了一处大屋内。

葛郎宁道："方公子稍候，在下这就去通禀主人来见。"说完，转身退去了。有仆人献上茶来，也轻轻退去。

方国涣四下打量了一番，见这大屋内桌椅陈设、壁挂浮雕多为鹿鹤鸟兽之形状，庭院中桂花香气暗袭，尤衬幽静，令人别生境感。

方国涣心中道："好一个雅气的庄主！"

这时，门外忽有人言道："方公子棋高天下，黄鹤楼上废去国手太监杀人棋道，可谓功德无量！"方国涣闻声回身看时，不由一怔，门外竟站着一名身着白色芙蓉裙的年轻女子，葛郎宁毕恭毕敬地陪在身后。

那女子端庄秀丽之中自于眉宇间透出一种英武之气，好似连奇瑛，但又多出一丝的野性，仅仅凭这似连奇瑛的英武气质，方国涣立刻对对方产生了好感。

那女子嘴角含笑，拱手一礼，呈些豪爽道："方公子大驾光临，有失远迎，小女子木卉这厢有礼了。"

方国涣未曾料到木各庄的主人竟是一名年轻女子，颇感意外，忙自还了一礼道："方国涣见过木姑娘。"

那木卉挥手让道："方公子不必客气，请坐。"随后递了葛郎宁一个眼色。

葛郎宁上前对小全子道："我家主人与方公子有话要说，这位小兄弟且随我到前院玩耍罢，那里自有许多好吃好玩的东西。"

小全子回头望了方国涣一眼，方国涣点头示意，小全子便随了那葛郎宁去了。

双方落座，那木卉自于暗里打量了方国涣一遍，心中颇感惊讶，自敛了些神态，敬服道："闻名不如见面，方公子不但是棋中的神品，更是人中的奇品。今日有幸请到方公子至寒舍，实在是小女子的荣幸呢！"后一句话自有些怪怪的味道。

方国涣这边应道："木姑娘过奖了，闻木姑娘亦谙棋道，想必为此道中的高手了。"

木卉道:"我入习棋道,并非自娱,也非博名,只因这棋上别有天地,我自想在这棋上走出个名堂来。"

"哦!"方国涣闻之惊讶道,"不知木姑娘欲在棋上走出何种名堂来?"

木卉笑道:"以方公子的棋上修为,难道仅仅限在与对手间的弈对之趣吗?真正的棋道高手,不应走这般世间闲棋的,应该另有作为。"

方国涣见那木卉语出高论,自有些与众不同的,惑然道:"不知木姑娘所言何指?"

木卉道:"黄鹤楼上,方公子施以无敌棋道废去了国手太监的杀人鬼棋,匡复棋道雅正,这是古今棋家所不能为的,公子此举,已超棋艺之外。"

方国涣道:"杀人鬼棋乃棋上异变之术有违棋道雅正,方某侥幸在棋上制住国手太监,废他杀人棋道,这也只是棋上正邪之争,不应旁论的。"

那木卉此时犹豫了一下,道:"不错,国手太监的杀人鬼棋虽然厉害,令人恐怖,但也仅仅限在棋盘之上,而方公子的棋道却能令那国手太监人棋两废,公子棋上修为已化通棋盘内外了。"

说到这里,那木卉似有些激动,站起身道:"独石口关外,方公子棋布天元阵,仅以不足万余江湖人马挡杀退了二十万女真族铁骑,令其八万余人战死在棋阵之内,公子棋道化兵的本事实在大得很呢!"那木卉此时脸色忽变,眼中竟闪过几丝杀机来。

方国涣虽闻木卉语调有异,未曾察觉她神情变化,也未在意,摇头感叹一声道:"独石口天元一战,乃是迫不得已而为之,全是借了六合堂众英雄之力,非我一人之功。此番血战,双方都伤亡惨重,如今想起来,也自不忍。"

那木卉此时已恢复了常态,讪讪一笑道:"两军交战,死伤在所难免,公子这种棋道化兵的本事实在是太厉害了。"

方国涣道:"木姑娘过奖,天元棋阵一战成功,侥幸罢了。对了,木姑娘何以知道方某这些事情?"

木卉笑道:"独石口天元一战,方公子的棋名便远播天下,前些日子又在黄鹤楼上废去了国手太监的杀人棋道,天下棋家谁人不知?"

"惭愧!"方国涣道,"一点微名罢了,不足为道。"

木卉道:"得遇方公子一回不易,今日天色已晚,且请公子留住鄙庄,明日当向公子请教高棋。"

方国涣回绝道:"这恐不便罢,方某已投好客栈了。"

木卉道:"公子不必客气,今日与公子谈得甚是投机,更是不敢怠慢了你这位尊客。"说完,不待方国涣推却,即唤来了葛郎宁安排食宿,随后欠身一礼,径自去了。方国涣见状,也自无可奈何,便与小全子留在了木各庄。

第七十八回 灵棋术

方国涣、小全子二人被安排在了一间精致的客房内,屋中摆设一应俱全。

小全子这时关了房门,回身道:"方大哥,我们明日一早早些走罢,这木各庄怪怪的。"

方国涣道:"此庄主人木姑娘盛情难却,我们今日本不该留宿在此的,明日我且应付她一下,然后离开就是了。对了,你说这木各庄有何怪法?"

小全子道:"方大哥与那木姐姐说话,我便去别院玩了,可这庄里人拿我当贼似的,盯得甚紧,眼里都不曾怀着好意的,好像得罪过他们似的。"

"哦?"方国涣眉头皱了皱,想起与那木卉的一番谈话,也似有些不大对劲的地方,转而思量道,"人家接待得也甚周到,自无失礼处,当不必过于多虑才是,明日早些离开便是。"

第二天一早,方国涣、小全子二人刚刚用过仆人送来的茶点,那葛郎宁便过来请了。方国涣叮嘱了小全子一句,便随葛郎宁出了房门来到了另一间房子内。

此时那木卉已在屋内候了,见了方国涣便笑吟吟迎上前来,寒暄了几句,随后引向隔壁房间道:"这有几盘棋,还请方公子施妙手开示,一盘棋一两金,绝不食言。"

这房间内已摆放了十几张棋枰,上布黑白子,各呈其势。待方国涣略观之下,不由一怔,乃是见这十几张棋盘上的棋势全不呈棋上章法,布列有形而已,诧异道:"不知木姑娘所布何棋?"

木卉见方国涣面呈惑然,也自惊讶道:"怎么?方公子识不出这是棋上阵法吗?"

"阵法?"方国涣摇头道,"不知是何种棋上阵法?"

那木卉似呈不悦之色道:"方公子的棋道已化通于兵事,这种以棋形布列的兵阵,公子何以辨认不得?"

"原来如此!"方国涣恍悟道,"这女子请了我来乃是让我帮她点示这些兵阵的变化,可惜这些阵形不如孙奇先生所示孙武兵阵布局之精妙绝伦,皆有破绽可寻。"

方国涣此时点了点头道:"原来木姑娘布的是兵阵而非棋局,方某还以为是一些残棋呢，不知木姑娘习此兵家阵法何用？"

木卉迟疑了一下道："我木家乃将门之后，先祖曾任游击将军，本姑娘虽非男儿身，只因门风所致，喜好谈兵论战，研习兵法。这些兵阵是我从古人兵书上查寻而得，但空得其形，不晓得其间的变化之妙，而方公子能以棋道化通于兵道，当晓得此间的道理，还请指教了。"

方国涣闻之，立生敬意道："原来木姑娘是将门之后，失敬！失敬！不过这些阵法布局有失严谨，倘若加以变动些，两军交战时，自可搏杀于千军万马之中，而立于不败之地。"方国涣欲将孙武的几式兵阵以棋势点示于木卉，以满足她喜研兵法的乐趣。

那木卉闻之，欢喜无限，眼睛自放出光来，兴奋道："多谢方公子成全，我若能如公子般布成无敌兵阵，便可无敌于天下了。"不免得意忘形，呈些狂傲之态来。

方国涣此时却是心中一动，暗讨道："此乃兵家大秘，焉可旁泄于人，若被不良之人习了去用以杀伐，岂不是我之罪过，世间少有孙奇先生那般持术不用、慈悲为怀之人。"想到这里，于是道："木姑娘勿要过于高兴，这种兵阵变化之法，还需有一定的棋力才能，因为这也是一种棋上的变化之道，若想棋道化通于兵道，棋力未达高品格者是不能理解这其间玄妙的。"

方国涣已从木卉布列的十几盘棋形兵阵中看出，那木卉只是粗略棋道而已，艺不精的，自不是高手棋家，更不是个能在棋上走出个名堂的人，欲令她知难而退。

那木卉此时若被泼了盆冷水，沮丧道："我……我可是学不来吗？"忽而摇头笑道："方公子骗我罢？只要公子能将棋阵的阵眼点示于我，稍加变化就行了，何必有那般高手棋力，布阵的兵将可不都是懂棋的。"

方国涣闻之，暗自惊讶道："好聪明！"随即摇头道："古今名将，多是棋中高手，摆兵布阵之法，也多出于棋道，这其间的道理木姑娘想必也晓得。"

木卉道："我只是想习成方公子这种棋道化兵的本事，别的不感兴趣，方公子若教得成我，必有万金重谢。"

方国涣见那木卉执意于兵棋，似乎别有用心，心中不免起疑，自想早些脱身，于是道："木姑娘便是习成了那种无敌兵阵，在这太平之世又有何益？况且不修成高手棋力难窥其奥，木姑娘闲居此处，还是另觅他艺自娱罢。方某不才，不能遂木姑娘所愿，还有他事不便搅扰，就此告辞，还望见谅。"说完，方国涣转身而出，去寻小全子去了。

那木卉未料到方国涣如此拒己离去，不觉一怔。门外的葛郎宁见状，脸色一沉，欲去阻拦方国涣，被木卉摆手示意止住了。望着方国涣离去的背影，那木卉的嘴上露出了一种诡秘的微笑。

第七十八回　灵棋术

方国涣寻了小全子离了木各庄，倒也无人来拦。一路走来，想起贸然辞别木卉，不免有些无礼，方国涣自是有了些悔意。

二人刚回到宜兴客栈，天便下起了雨来，傍晚方停，已是又误了一天行程，方国涣知道只能在这宜兴再住一晚了。

雨水停后，方国涣领了小全子在街上寻了家茶肆，要了几样饭菜用了。

这时，邻桌上的几位客人在互相交谈，一人道："这棋子当真能卜算的？"

另一人道："那是当然，刘先生的'灵棋术'灵验着呢！在这宜兴，谁人不知？"

又一人道："却也怪了，刘先生就用那么一把棋子，算起什么事来，实是应验得很。"

方国涣听到有人用棋卜算，不由微讶，本对一个"棋"字敏感，便侧耳旁听。

但闻一人又道："那刘先生可以用棋子算尽天下事，难道这棋子上当真有什么古怪不成？别人都是用古钱、竹签、龟壳占卜的，也有拆字看相的，刘先生却用棋子，似比别人的都灵验，或许他这种'灵棋术'是另一种仙术吧。"

方国涣本对占卜之术不尽相信，认为那是一些江湖术士混饭吃的法子，平常也不甚理会。此时听说有一种"灵棋术"，似与棋上有关的，不免也来了兴趣，其实也是一种好奇，便想去看个究竟。闻那几位吃饭的客人所言，知道这擅棋卜的刘先生是宜兴一地人人皆知的人物，倒不难打听，此时见天色已晚，不便去拜访，于是准备明日再去探个所以。

用毕菜饭，方国涣与小全子便回到了客栈中。

方国涣、小全子二人回到客栈中的房间内，有一名伙计送茶水进来，方国涣便问道："小二哥，当地可有一位擅'灵棋术'的刘先生？"

那伙计道："刘先生的名气大着哩！人人都知道的。怎么？客官心中也有不明事？那么就去求一卦好了，很是灵验的。"

方国涣道："这位刘先生用棋子当真算得很准吗？"

伙计道："不瞒客官说，刘先生可是位活神仙，能用棋子算尽天下事的，任何人的吉凶祸福，刘先生好像能从棋子上看到一般。"

方国涣心中诧异道："此人当真在棋上别有异能不成？能得到众人信服，看来是有些本事的，不知这'灵棋术'是如何用棋子来卜卦的。"于是问道："不知这位刘先生住在哪里？我倒想向他求一卦的。"

伙计道："刘先生全名叫刘承，又叫刘神仙的，家住东街路口处，一打听就到了。客官要去，明日可要早些，刘先生每天只接十人算十卦的，晚了些，他的家人就要封门的。"那伙计说完，也就去了。

小全子这时道："方大哥如何信这种事，都是些骗人的，他既然算得很准，怎么不知道自家何时发财，却要用唬人的话来混饭吃？"
　　方国涣笑道："这种虚玄的江湖术士我也不尽信的，时间也宽裕些，明日但去看看那位刘先生是用什么样的灵棋术占人卜事的吧，灵验与否，我们不着意就是，权当游玩一次吧。"
　　小全子道："好极！那家伙如果胡说一气，我便掀了他的卦摊，赶他走人，免得骗人钱财。"方国涣道："这其中或许也有高人的。"
　　当天晚上，方国涣便向店家借了纸笔来教小全子识字。小全子起初觉得好玩，也就认真地学了十几个字，后来写得厌了，把笔一丢，自家躺在床上睡觉去了。方国涣知道识字读书也不是一朝能学得全的，应当让小全子慢慢顺了性子才是，也自由了他去。
　　方国涣复向店家讨了壶阳羡茶来饮，想起汉阳王府方面的危险还存在，日后当不能公开暴露自己的踪迹，以防连及他人。又想起简良与兰玲公主是否安全，方国涣心中自大起忧虑，摇摇头，叹了一声。复又寻思道："待到了苏州，会着江南棋王田阳午，把那册菊花夫人托送的《菊花集》交付给他，也算结了一件心事，顺便到碧瑶山庄拜会一下赵明凤，然后再做其他打算吧。"
　　第二天一大早，方国涣便领了小全子寻访那擅灵棋术的刘承而来。方国涣本无求卦问卜之意，但想看明白何为"灵棋术"而已。
　　待寻到了一处院落前，见有人进出，有喜气洋洋者，有垂头丧气者，显是被那刘承所占的吉凶不同而悲欢有异。
　　方国涣道："就是这里了。"便与小全子进入院中，遂见一名仆人封了门道："正好十位，只出不进了。"方国涣见自己来得恰到好处，不由得一笑。
　　进了一客厅内，但见一人端坐于床榻之上，形态却有些猥琐，其貌不扬的，手中握着一把棋子，此人显是那刘承了，旁边还坐候着两位客人。方国涣便与小全子在一边坐了，观其动静。
　　随见刘承问一人道："天下有万事，不知所要求问于何事？"
　　那人道："刘先生，上半年我与人合伙做生意折进了本钱，不知下半年可能反本的？能赚到些利息更好。"
　　刘承道："哦！是求财的。"随即双手合握了那把棋子在手中摇了摇，便于床榻上一掷，那些棋子立时散落开来。方国涣见其占法，似与钱卜同，所异者，共十二枚棋子，正则显字。
　　此时但见刘承点了点头道："事遂卦，将泰之象，日后行事但以忠厚为本，不存私心，自可与人和睦，市贾大利的，宜于东南方向行事，为一上吉之卦。"

第七十八回　灵棋术

那人闻之大喜，留了一两银子的卜金，拜谢后欢喜地去了。

方国涣一旁见了，心中道："也是一个江湖术士，不过用棋子卜占，换个法子罢了，倒无什么奇处。然劝人以忠厚行事，和气生财，当也是一种善行，有些可取之处的。"

那刘承这时又对另一人道："你所问何事？且道来我听。"

那人自有些忧伤道："刘先生，你看我这半老的年纪却无子嗣，不知是何缘故？"

刘承闻之道："哦！是问人丁的。"遂将手中的棋子于床榻上一掷。

那问卜的人见了，似这些棋子连着自家性命一般，颤着声音问道："刘先生，如……如何？"实是关切之极。

刘承此时眉头皱了皱道："阴长卦，阴重之象，水气浮游，堂下行舟，贵宅所居处，非泽边即沼旁，当是近水之所。"

那人闻之，大是惊讶道："先生怎知敝舍所在？"

刘承道："你且说说贵宅的基址。"

那人忙道："敝宅简陋，居山阴之后，临池塘而建，半处水上的，实是为了来去网鱼的方便。"

刘承点头道："这就对了，本临水而居，却又在山阴之后，终年受淫淫水气所侵，不得阳气，日久精脉自衰，贵夫妇当皆然，孕儿生子的机会自然少了。"

那人闻之，似有所悟道："依先生所言，果有些道理的，敝舍可要迁移？"

刘承道："不错，你老兄身子尚健，当无绝后之理，只要另择一向阳干燥处而居，不再经受阴水之气相侵之害，应是可以有后的。"

那人闻之，释然道："原来如此，看来得搬家了。"说完，留了卜金，拜谢去了。

此时的方国涣，心中已然诧异道："这'灵棋术'真是有些灵验的，此人不但算得准，却也能说出一番道理来，当不知何以能在棋子上显示出来的？"

刘承这时见室中只剩下方国涣、小全子二人了，便言道："二位虽是一起来的，却也只能问一件事情的，不知哪一位欲卜何事的？"

方国涣原本是好奇，但想来看看何为"灵棋术"，自没有求卜问卦的意思，见刘承发问，倒一时间不知道要求占什么事情才好。

小全子一旁见了，心中道："白大爷曾说方大哥是有大本事的人，不知是文的还是武的。且让这个人算算罢。说对了，给他银子，说错了，立马走人，不被他骗了钱去就行。"

想到这里，小全子便道："你既然是被人家称作神仙的，可要算准了，我的方大哥擅长一种本事，你来算算是文的还是武的，有多高多厉害。说对了，我叫你一声神仙，还多给银子，若是算错了，你自家把门关了，勿要再玩这种把戏吧。"

方国涣听了，暗里一笑，知道小全子是作难刘承，因为天下间的技艺，是比那三百六十行还要多的，刘承又不真是神仙，哪里能说准了去，方国涣倒也不可置否，没言语。

那刘承先是一怔，见来人气质不凡，不是来求财问丁辈，闻对方所问，乃是有试探自家虚实的意思。刘承暗里稳了稳神，于是道："二位所卜之事，倒也特殊，天下间的技艺本事，成百上千种，没有个限数，当不能具体显示在卦象间，世有万事，但问一种，才有应验的。二位所求之事，太过于笼统，旁人会不应此占的，我且试一试罢。"

说完，刘承复捧了棋子掷于床上，然而当刘承寻看时，忽地一惊，不由抬头诧异地望了望方国涣。

方国涣此时见这十二枚棋子皆覆，不像刚才有显字的，原来这种"灵棋术"是把棋子掷出之后，按其显字的不同而来断卦的。

那刘承这时愕然道："纯阴镘卦！无形无象，若问他事，当不可名状，而仅问这位公子所擅何艺？这……这怎么可能呢？"刘承自显得一脸茫然之色。

小全子见了，不由得嘲讽道："怎么？先生算不出来了罢？这'灵棋术'也会不灵吗？"

刘承这时却面呈古怪之色，摇摇头道："此乃无爻成卦，不在灵棋一百二十四卦之内，刘某操此灵棋术多年，此卦甚为罕遇。覆则为镘，十二棋皆成无形之象，若占他事，吉凶不明，祸福难知，然问这位公子所擅技艺的高低，观此无形无象之卦，这位公子当是一位没……没有任何本事的平庸之人。"

小全子闻之，不由茫然地望了望方国涣，随即一摇头对刘承道："我这位哥哥若没有本事，天下人岂不都成呆子了，你算得不准的、不准的。"说完，小全子拉了方国涣就走。

方国涣此时也认为那刘承是一位普通的江湖术士罢了，借棋子讨一卜术而已，随即笑了笑，起身欲和小全子离去。

却见刘承缓缓地言道："二位且慢，刘某还有几句话没有说完，此镘卦无形无象，常人占此，当应他是无能之辈，若是一位高人得出此卦，那么他一定擅一种高不测的，至顶达极的雅艺。"

方国涣闻之一怔，自是惊讶道："此话怎讲？"

刘承见方国涣自若的神态，心中一动，连忙道："此卦三才不分，阴阳不辨，天地阴阳之理极矣，乃是有形归于无形……"

刘承忽呈惊愕的神情道："难道这位公子的本事已达到无形无为的仙化境界了？"

第七十八回 灵棋术

方国涑闻之，暗里吃了一惊，忙道："先生可知在下所擅何艺？"

刘承这边更是一惊，已然知晓了对方乃是一位艺高无敌之人，当即凝视着面前的那十二枚棋子道："十二棋皆覆，阴阳无名，是为保其真也，这位公子既然艺达化境，应在这万中不显一的卦上，当是显其真……"

刘承猛然一惊道："以棋显其真棋，这位公子当是棋达化境，乃是一位棋道中人。"

方国涑闻之愕然。

小全子一旁也自惊讶道："方大哥原来是棋上的本事。"

刘承这时惑然道："难道公子棋上的修为已超出五行之外了？若如此，当是高过家师的，难道世间真有这种天外之棋？"随即连忙起身道："原来公子是一位棋上的高人，刘某不知，以小术献丑了，敢问公子尊姓大名？"

方国涑已对刘承及他的"灵棋术"佩服之至，忙拱手一礼道："在下方国涑，今日特来拜见刘先生的。"

"原来是方国涑方公子！"刘承闻之惊喜道，"怪不得能应出此卦来，久闻方公子的棋名，今日得见，实为幸甚。"刘承忙请了方国涑、小全子重新落了座。

方国涑道："不知先生以棋子为卜的灵棋术，为何有如此应验之效？"

刘承道："此'灵棋术'专用棋子为占，古已有之的。棋子为物，颇为奇特，在棋盘上走将起来，千变万化，鬼神难测，而又应人心而动。所谓世事如棋，但以其应那无常的世事，较之其他卜法灵验。因此术出自《灵棋经》，故有灵棋一说，是为响应如灵。"

"《灵棋经》？"方国涑惊讶道，"此为何种异书？"

刘承道："《灵棋经》一书，传为汉人东方朔所撰，又有黄石公授予张良之说。《汉书》有载，东方朔射覆无不奇中，悉用此书之故，历代又多有大家为注。晋人颜幼明、宋人何承天及元人陈师凯多有注解，至本朝，国师刘伯温以《易经》为本，又有所阐明。古法以霹雳木、梓木、枣木、檀香木为棋子，形正者共十二枚，应一轮数，分三份，每份四枚，分书上、中、下三字，上取天，中示人，下为地，是为三才之象。掷棋成卦，按其覆正，依《灵棋经》一书，寻其卦象，得其理意，占其吉凶，颇为灵验。其卦象又有一百二十四卦，适才刘某为公子求出的那种纯阴馒卦，十二枚棋子皆覆无字，乃无形无象之卦，本不在数内，因其已出阴阳之外了，若合此卦，共应一百二十五卦。此卦是万中不显一的，今独应于公子卜以棋道，就连刘某也自感到神奇，棋子当真有应万事万物之能的。"

方国涑道："棋道广博，竟能生出此'灵棋术'，虽是卜筮之术，却也能展现棋理的。"

刘承道："灵棋之术，也是一种大术，可占尽天下事物的，只要心与棋合，自可感应显示万物，而现其微妙。"

方国涣点头道："这与临枰对弈之时的道理同是一样的，心动棋应，而呈其势，攻收劫放，在我也！"

小全子见方国涣、刘承二人谈棋，说得似乎玄奇了些，自家不懂的，但见刘承施灵棋术的那十几枚棋子圆润光滑，果似有些灵气的，心中道："这棋上的本事再大，又能高到哪里去？'灵棋术'倒好玩得很，可能是这些棋子的缘故吧。"想到这里，小全子便上前拾了两枚棋子来看，却也不见有什么古怪。

刘承见了笑道："这位小兄弟也好棋吗？"

小全子摇头道："这些小石子也没什么好玩处，先生为何叫它灵棋来着？"

刘承笑道："凡事在人而不在物，人通棋灵而为我使的。"

方国涣这时道："先生适才所言，灵棋之术，古法多以树木造棋子的，而先生所用，却是棋中的上品云子，不知是为何故？"

刘承道："大凡卜占之术，多以意为之，不必拘于古制的。此灵棋一术，唯用高手间对弈过多次的棋子为妙，当能更为灵验。高手间对弈，能将棋路走至尽善美处，意在使棋盘上通，用此等棋子为卜，如有神助，大增其效的。就以刘某的这十二枚棋子说吧，乃是家师所赠。"

方国涣道："不知令师是何方高人？看来也是一位棋中的高手。"

刘承道："家师在棋上可谓别有奇术，因为家师在棋上推演出了一种天下棋家所不能想象的大棋之术——九宫棋。"

"九宫棋！？"方国涣闻之一惊，不由想起昔日在天元寺，师父苦元大师的那位棋上至友，不了和尚在谈论天下棋事曾说起过一个人，此人复姓巫马，字启，名连干，善奇门数术之学，更是棋上的一位高手，九宫棋便是巫马氏运用五行八卦推演出的一种棋上的奇术。方国涣没想到能在这里探听到巫马连干的消息，一时间惊喜万分。

刘承见到方国涣的欣然之色，不由诧异道："方公子可知家师吗？"

方国涣道："令师可是巫马连干前辈？"

刘承闻之，愕然道："家师隐姓埋名，从不显迹于江湖，方公子怎知他老人家的名头？"

方国涣大喜道："令师果然是巫马前辈，在下曾经听一位世外高人说起过的，不知巫马前辈现在可好？"

刘承闻之，摇头长叹了一声，恻然道："家师本来隐居于山东济南府，已逾百岁高龄。可惜，刘某已于半年前得到消息，师父他老人家已经仙逝了。"

方国涣闻之惊讶道："巫马前辈已经过世了？这……这怎么可能呢？"方

第七十八回 灵棋术

国涣刚才的那番惊喜之情立时间消散了个干净。

方国涣自听不了和尚说起过巫马连干之后，便有了以天元化境与九宫棋对战一局的念头，因为当今天下，除了李如川和简良在棋上与自家成对手外，但感觉那种能算尽棋路的九宫棋也似与自己的天元化境不差上下的，今闻巫马连干已经逝去，不由大感惋惜和失落。

方国涣此时叹然一声道："方某无缘得见巫马前辈，实是一生中的憾事。不能得见九宫棋这种大棋之术，身为棋道中人，当有所缺。"

刘承也自感慨道："家师自九宫棋成，棋上便无了对手，因为世间的棋路，在家师这里已被算尽了。没想到方公子年轻有为，成就了化境之棋，若与家师临枰对弈一回，将是怎样的一场神奇之事。"

方国涣忽恍悟道："先生既师从于巫马前辈，当可会走九宫棋的?"

刘承摇头道："家师一生博学，天文地理、阴阳术数，无不精通。九宫棋乃是算尽五行生克制化的棋上大术，刘某愚笨，对这种玄奥之学领会不来的，家师但从诸技中唯授予我灵棋之术，也足够刘某受用一生了。"

方国涣闻之，叹惜道："九宫棋从巫马前辈始，又以巫马前辈终，当是失传了。"

刘承道："这种大术非天资奇高之人不能领会的，家师一生中收了六个弟子，曾有两个跟随家师学习推演九宫棋，也只是得了个大概，终不能如家师一般把棋路算尽而达极顶。"

方国涣慨然道："巫马前辈在棋道上别成境界，古往今来，可谓独其一人了。"

这时，小全子一旁怪异道："方大哥、刘先生，你们说的九宫棋是什么大法术? 当真很厉害的?"

刘承道："九宫棋是家师在棋上的悟习出的大术。家师认为，世事如棋，人在世间中，走着世间之棋，当不能超出阴阳五行之内。那么天下间的事，既不能出阴阳五行之内，棋枰之间皆有定数，阴阳二子的攻杀占取也应有玄机可循。家师便以奇门之术合参阴阳八卦，以八卦之乾、坤、坎、离、巽、震、艮、兑八方，加以中宫之位，配以棋枰九区，棋盘之上便有了九宫图示，故称九宫棋。于是，阴阳两色棋子便有了克制之象，以奇门术数中的相生相克之法推演运算，便能算出对方棋子所落之处的生位与克位，走克位以制之。运子布局从此大异常法，在对手意想不到的地方落子，无形中便给对方的棋势造成了相克之势。一局之中，棋盘上双方棋子越多，推演运算越是复杂。在他人眼中，家师的九宫棋似乎不循棋上的常势而走，但经过家师的自家算计，每一手棋都毫无破绽，便如一位绝顶高手所走出的棋路。家师先前与人对弈，也都互有胜负，自九宫棋成，在棋上便没有了对手。想当年，有一位棋上的高手，唤作青云子，棋艺号称天下第一，无人能敌，已独领了天下二十年的棋风，是棋坛上的领袖。此人曾与家师对弈过一局，自是败在了九宫棋上。"

方国涣听过不了和尚说过这些事，自是点头叹服。

小全子听罢，惊异地道："这棋上当真有大学问的，不知方大哥的棋上本事比那九宫棋如何？"

刘承道："方公子的化境之棋似乎超出五行之外了，然家师的九宫棋却是算尽阴阳的，这两种棋境都是我们不能想象的，若走将起来，棋盘上或许能出现一种化合之势罢，其中妙处，也只有当局者自知了。"方国涣闻之，暗里点了点头。

又谈了一会儿，方国涣便和小全子起身告辞。刘承亲自把二人送到了门外，遂与方国涣握手相别道："今日能识得方公子，实为刘某的荣幸，可惜家师不能与公子相见了，否则必是棋上的一段佳话。"

方国涣感慨道："方某有幸得见先生的灵棋之术，又闻巫马前辈棋上事，自深深感知这天地间的道理人之思不能穷尽的。"

方国涣随后与刘承互道了声珍重，自领了小全子一别而去了。

路上，小全子道："方大哥，这位刘先生的灵棋之术真是能算出你的棋上本事来，实为奇怪得很。"

方国涣道："世上的许多事情我们都是不知的，但是它既然存在了，便有它存在的道理，实不可妄加非议的。"因为此行知道了巫马连干已经过世的消息，那种神奇的九宫棋方国涣再也无缘得见，心中不免有些失落。对于灵棋术，方国涣惊奇之余，倒也不甚着意。

第七十九回　太湖帮

　　太湖地跨苏浙两省，湖面广阔，岛屿众多，号称有四十八岛七十二峰，湖中有湖，山外有山，别成一处天然壮阔的景象。湖中青波白浪，重峦叠翠，湖光山色相映，四季意境迥然。相传范蠡功成身退偕西施泛舟湖上，成为流传后世的美谈。

　　方国涣、小全子二人此时在一条客船上坐了，因为客人太少，船家但等人多些才能行船。小全子却是坐不住，在船中窜来窜去，不时地又对湖面远处的景色大加赞叹一番，引得几位候船的客人发笑，觉得这小孩子蛮有意思的。

　　这时，船上又上来一位道士，手持拂尘，身上的道袍崭新，不过一双眼睛却斜着视人。方国涣初见一怔，而后得知这位道士先前或许患了眼疾，或是先天带来的，虽正面看人，却给人一种斜视之感。

　　小全子见这斜眼道士上得船来，开口想笑，方国涣一拍他的肩头暗中止住了。小全子但歪着头，仍笑嘻嘻地望着那道士。那斜眼道士也是让人看惯了，倒不以为意，拣了一座位坐了。

　　不多时，又上来两位劲装的汉子，在那道士的对侧面坐了，接着又上来了五六位客人。先前有一位候船久了、等得急了的，便催船家开船。

　　那船家是一双父子，见客人上来得多了，便解了缆绳准备行船。这时忽闻岸上有人唤道："船家，等一等。"接着一位灰袍老者急走了几步，忙自上得船来。船家父子见临行时又多了一位客人，也自高兴，便前后桨摆动，驱船载了客人离渡口而去。

　　船行波动，船上的客人们自被这湖上风光秀丽的景色所迷，但见舟楫往来，渔歌互答，水鸟群飞，浪翻鱼跃，岛屿隐见，风光无限。一派江南水乡的奇美景色。船只在湖面上行了多时，仓中的客人便有的垂头欲睡，各呈出倦意来。

　　这时，那两名劲装的汉子中的一人，发觉侧面对坐着的那位道士老是用斜眼瞧他，自有看不起他的意思，这汉子心中不由火起，忽指了那道士骂道："老牛鼻子，为何这般瞧不起我，斜着眼睛冷看了我一路？"

　　那道士本有忌讳，立时朝那汉子勃然大怒道："混账！你敢骂本道爷？"

虽为出家人，出言却也不逊。

那汉子见那道士虽以正面对着他，目光仍然旁顾，不由怒起道："老牛鼻子，如今正眼也不瞧我一眼，你想怎地？"说罢，一拳向那道士面门击去。

那道士头一歪，让过这一拳，忽地一伸手，便把那汉子的手腕抓个正着，已是被那汉子骂得怒极，竟然毫不留情地将那汉子的手腕一压一折，便听"喀嚓"一声，只闻那汉子一声惨叫，显是手腕已被那道人折断了。

事发突然，满船客人大惊失色，纷纷躲避开去，那断了手腕的汉子，自抱着手臂嚎叫不止。

此时，另一名汉子见状，不由大为惊怒，伸手从腰间拔出一柄短刀向那道士分胸刺去。那道士却也不躲闪，但将手中拂尘一摆。那汉子立觉手中一震，短刀已然脱手飞出了仓外，落进了湖水里。那汉子大骇之下，知道碰上了高手，急忙往后一退，怒目而视，却也不敢再上前来。

船家父子这时见仓中起了变故，也自惊慌，那年长的忙在仓外作揖道："这位道长，两位大爷，请照顾一下小老儿罢，家中老幼全凭此船渡客为生，经不起是非的，还望几位不要生事才好。"

那道士似余气未消，忿忿道："关你屁事，划你的船去。"船家见这斜眼道人一下子制住了两名汉子，知非善茬儿，当下不敢再言语，惶恐地驱船而行。

那斜眼道人泰然处之地坐了，望了两名汉子一眼，"哼"了一声，却也不再理会，那两名汉子自是敢怒不敢言。

方国涣见那斜眼道人出手狠毒，且张口骂人，显然不是一个正经的出家人，自拉了小全子一旁坐了。船上的客人也都远远地避开，各呈不安之色。唯有那位后赶上船的灰袍老者，目光悠然地远视仓外湖中景色，对刚才所发生的一切毫不在意，却似没有看见一般。

小全子此时坐在了方国涣的前面，生恐那三人打架时伤到了方国涣，对刚才发生的事却也不在乎，仍笑嘻嘻地望着斜眼道人。那斜眼道人见一个小孩子总是瞧着他嬉笑，显是对自己制住那两名汉子的举动没有怕的意思，对自家的眼疾仍有嘲笑之意。

斜眼道人自被小全子看得浑身不自在，心中已然不悦，对小全子低喝一声道："小娃娃，不许再看。"

小全子却也不惧，笑道："眼睛是我的，想看什么好玩的东西与你何干？"

那道人闻之一怔，不想一个小孩子如此胆大，竟有嘲讽自己眼疾之意，立时起了杀机，斜眼凶光毕露。

方国涣见了一惊，忙拉了小全子于一边道："小全子，不要乱讲话。"随向那道人一拱手道："对不住，小孩子家不懂事，还请道长不要见怪。"

第七十九回　太湖帮

那斜眼道人见全船的客人都用异样的眼光望着他，却也不便对一个小孩子发作，哼了一声，不再理会。船上诸人，见小全子竟敢出言顶撞一个重手伤人的恶道士，各自暗暗称奇，那两名汉子更是诧异，没想到一个小孩也有这么大的胆子。

小全子见方国涣不让自己乱来的，也就转头不再看那斜眼道人，见那断了手腕的汉子仍抱着手臂痛苦地呻吟着，便问道："喂！疼吗？"那汉子本已对小全子的胆量佩服，又见小全子关切地询问，自是感激地点了点头。

小全子又道："骨头断了，筋还连着的，我先前曾捉了只断了腿的野兔，给它在腿上绑了棍子，却也养好了，你不妨也试试罢。"

那汉子见小全子说起话来虽有些天真童趣，却也坦诚，自感激地苦笑一声道："谢谢你小兄弟，可惜我的这只手今日要废了。"说完，自对那斜眼人狠狠地看了一眼。

那斜眼道人见了，凶光一露道："怎么？还想让本道爷折断你的另一只手吗？"

那汉子见了，却也不敢言语。小全子见这道士欺人太甚，心中大为不平，见那汉子痛苦的样子，便忍不住来到他身旁道："我来看看，可是能接上的？"

那汉子见了，忙摇头道："这不是闹着玩的，我的这只手已……已是全废了。"此时那汉子的手臂已变得十分肿大，疼得他汗珠从额上纷纷流淌落下。

当小全子弯下身细看时，不由惊呼了一声道："好家伙！肿得这么厉害，当真要废掉了，这也太狠了些！"

忽闻身后那位斜眼道人冷冷地道："小娃娃，没你事，滚一边去。"

小全子也自动了火气道："这又不是你的家，可有什么看不顺眼的？"

斜眼道人闻之，不由大怒道："小兔崽子，不知死活。"随即伸手向小全子的肩头抓去，显是小全子一句"看不顺眼"的话激怒了斜眼道人。

方国涣这边本想喝住小全子说出惹麻烦的话，但为时已晚，见斜眼道人已对小全子出手，方国涣不由惊呼了一声道："小全子，当心了。"

此时但见小全子肩头一缩，忽地回身翻手向那道人手腕拿去。斜眼道人一抓落空，却见小全子回身反拿自己，不由一惊，左手拂尘摆动，向小全子颈中缠去，想把小全子卷起甩出仓外湖水中。

而此时斜眼道人忽见小全子的双手在眼前疾乱地晃动，随觉手中一空，那支拂尘已然不知何故落到了小全子的手中，正是小全子施出翻云手中空手夺物的奇妙功夫将那拂尘抢了来。

小全子一着得手，身形便住后一退，对那斜眼道人一笑道："你想要吗？"随手一抛，将那支拂尘扔入船外湖水中。

斜眼道人心中惊怖，当时不敢再贸然出手，显是被小全子空手夺物的功夫镇住了，心知这个小孩能从自己手中夺去拂尘，当是身怀绝技之人，尤其是与他在一起的那位青年人，气质超凡，更可能是一位武学高手。拂尘本是他的独门兵器，如今被小全子轻易夺了去，那斜眼道人已生怯意，知道这个小孩有此举动，当是有恃无恐，忙暗运气力，周身戒备了，已呈骇然之色。

　　方国涣见小全子把那道士的拂尘抢了来，知道是他的翻云手施出的巧妙，心中一喜，看出已把那斜眼道人镇住，便故作淡淡地道："小全子，不要乱闹，回来罢。"

　　斜眼道人见方国涣话语平淡，料是一位高不可测的人，更是不敢轻举妄动，惊惧地望着小全子与方国涣。此时船上的客人都已惊呆了，谁也没有想到一个十余岁的小孩竟能轻易地从那位恶道人手中夺过拂尘来，并且随手丢进了湖里，俱是惊异。

　　那两名汉子更为愕然，因为他二人知道，这位斜眼道人乃是一位武功高手，竟被一个小孩子把拂尘抢了去，实是不可思议的事。

　　本来对这一切事情熟视无睹的那位灰袍老者，此时也不由暗自动容，呈出惊异之色。

　　小全子这时笑嘻嘻地回到了方国涣身边，复又回头对那斜眼道人笑道："你的拂尘被我不小心掉进了水里，等到了岸上，我赔你支新的罢。"

　　那斜眼道人但惊愕地望着，自是不敢言语。方国涣知道小全子的翻云手的功夫虽然巧妙，但他毕竟人小力弱，若真是动起手来，必不是那斜眼道人的对手，还会被那恶道人取了性命去，小全子虽侥幸成功，但已暗伏了凶险，便拉了小全子于身边坐了，示意他不要再讲话，以免让斜眼道人看出破绽，那将会凶多吉少的。

　　小全子天性聪明，自知方国涣的意思，也知道自家全凭翻云手的巧妙，一时得手而已，便大咧咧地于一旁坐了，仍笑看着斜眼道人，却也不再讲话。

　　那斜眼道人被小全子看得更是心惊胆战，已是确认方国涣、小全子二人当是身怀绝世武功者，知道自己刚才已引起了众怒，对方这个小孩子定是故意寻衅的，怕方国涣再出手制他，便慢慢地移出了仓外，于船头坐了，暗运气力，全神戒备，已是紧张地如临大敌。

　　那船家倒不知刚才仓中发生的事，见斜眼道人出来坐了，知道不会再生事端，也自高兴。

　　渡船又前行了一程。这时，有一条轻快的小渔船赶了上来，船上的渔夫向这边打招呼道："王老大，生意可好？"

　　那年长的船家应道："混口饭吃罢了，又能好到哪里去。"

　　待两船稍接近时，坐在船头的斜眼道人忽然起身一个飞跃，竟自跳上了那条渔船之上。

第七十九回　太湖帮

渔家见了，惊呼道："道长，你这是做什么？"

斜眼道人忙道："贫道有急事先行，你的船快，且载了我去，少不了银子的。"

那渔家摇头道："不行、不行，我这是渔船，还要网鱼的，又怎能抢人家渡船上的生意。"

这时，那叫王老大的船家巴不得斜眼道人离开，免得再惹出事来，便向那渔夫道："张老哥，你载这位道长去便是了，我的船慢些，勿要拖延了道长的行程。"

斜眼道人此时掏出了一锭银子放于船头道："快些、快些，不要啰唆。"

那渔夫见了银子，又见王老大没有怪他抢客的意思，便高兴地驾舢疾行去了。显是那斜眼道人已是不敢再在渡船上待下去了，故借此渔船脱身而去。

此时诸位客人见那恶道士乘渔船去得远了，各自显得轻松起来，方国涣也暗里松了口气。那两名汉子这时向方国涣施礼作谢，一人道："多谢两位公子退走了那恶道士，替我们兄弟出了一口气，在下张猛，他叫王义，这里谢过了。"

方国涣道："二位壮士不要客气，此事虽因误会而起，也是那道人无出家人的本分，出手伤人，如今他离船去了也好，免得让大家途中不快。"

那张猛、王义二人初见小全子一出手便夺了斜眼道人的拂尘，心知方国涣、小全子定是身怀武学绝技之人，言语上自是十分的恭敬。

那断了手腕的王义，这时忍着疼痛道："两位公子既是身怀绝技的高人，何不将那恶道人教训一下？"

方国涣也不便将实际情况说明，但以摇头道："多一事不如少一事，水上行船，能平安些，对大家都是有好处的。"船上的其他客人闻之，各自点头称许，连那位始终不动声色的灰袍老者也暗里点了点头。

小全子这时笑道："天生的一双斜眼，出来走动就是让人看的，怎能找别人的不是。"船中众人，闻之一笑。

方国涣自止了小全子道："小全子，莫要揭人家的短处。"

那张猛感激地对小全子道："这位小侠出手不凡，能将那恶道人赶走，不但替我兄弟出了口气，也使船上少了一个不招人看的家伙，此等侠义之举，实令我们大家佩服。"

小全子笑道："你倒知趣得很，打不过人家，就不动手了。"

张猛闻之，脸一红道："那……那恶道人也实在厉害，在下岂能自讨苦吃。"船上的众客人见小全子说话无顾忌，又逗趣得很，都道他是少年英雄，俱有喜爱之意。

客船在太湖水面上一路行来，那远处的湖光山色，使众人兴味盎然，心情自都比先前舒畅了些。

　　近午时，王老大便对那年轻的船家道："阿勇，备出饭菜与客人用了罢。"那阿勇应了一声，自将船上储备的饭菜摆了出来，分与众客人用了，多是些煮熟做就了的湖中水鲜，客人们尝了，无不赞叹色鲜味美。

　　唯有那位灰袍老者推却不食，但于腰中解下一皮袋，自家饮了，也不知是水是酒。张猛也自于包裹中取了些吃的来，送于了方国涣、小全子二人一些，方国涣推辞不过，只得谢过接了。

　　船只又在湖面上前行了一个时辰。这时，那叫阿勇的年轻船家在船头忽然惊呼了一声道："爹爹，你……你看……"

　　方国涣等船中客人闻声有异，不由齐向仓外看去。方国涣一看之下，不由大吃一惊，但见前方湖面上驰过来十多艘船，每条船上都立了些持着刀枪的大汉。其中一艘大船的船头上，先前乘渔船走掉的那位斜眼道人正和一位身着锦袍的中年人站在那里。此时见那斜眼道人不知对那锦袍人说着些什么，又不时地向客船这边比画着手势，那锦袍人一边听着，一边不断地点头。

　　这时，忽闻张猛、王义二人同时惊呼声了一声道："太湖帮！"随即脸色俱是大变。

　　张猛骇然道："这恶道人怎么与……与太湖帮的人相识？原来他换船走掉是找人手去了。"

　　方国涣见斜眼道人去而复来，心知不妙，不由暗暗叫苦。小全子见了对方的这种阵势，也自怕了，知道斜眼道人此番回来是寻他报那夺拂尘之仇的。

　　这时，便见对面的船上有人喊道："是王老大的船吗？靠过来，我家帮主今日要的是那两个胆敢冒犯飞云道长的小子，与旁人无干的。"

　　船家父子已是吓得惶恐万分，王老大颤声道："太……太湖帮来寻事，这……这如何是好？"此时却也不敢违命，自把渡船缓缓地引了过去。

　　船上的客人知道对方是冲着方国涣、小全子二人来的，各是惊慌地望着他二人。那张猛、王义畏缩在一旁，已是不敢出声。

　　方国涣见事已至此，只得稳了稳神，对望着自己有些不知所措的小全子宽然地一笑，随后站起身来，想出去与对方理论。方国涣见对方既是江湖上的帮派，若理论不成，也只好说出自己与六合堂的关系了，或许对方敬畏六合堂的威势，能让过一回，事在眼前，也只有贸然一试了。

　　方国涣刚要出去，忽听背后有一人道："年轻人，对太湖帮这些人在水面上不能硬来的，老夫与太湖帮有些渊源，此事交给我好了。"

　　方国涣闻之一怔，回头看时，却是那位始终不动声色的灰袍老者，方国涣不由诧异道："请问前辈是……？"

　　灰袍老者却也不答，自是大模大样地走上船头，朝着对面那艘大船上的

第七十九回 太湖帮

锦袍人喊道："可是陆典豪贤侄吗？"

那锦袍人闻之一怔，忽见了灰袍老者，神态不由显得十分吃惊，慌忙于船头上施了大礼道："不知程伯父到此，小侄有失远迎。"表情自有些惶恐。

方国涣与船上的众客人见了，俱为惊讶，那陆典豪身旁的斜眼道人也自愕然。

灰袍老者此时又道："陆贤侄，你这般气势可是来迎老夫的吗？"

陆典豪忙恭敬地道："小侄不知程伯父已经到了太湖，失迎之罪，还望您老人家海涵的。"

灰袍老者又道："令尊大人好吗？"

陆典豪道："承蒙程伯父关心，家父还好。"

灰袍老者道："老夫恰好路过太湖，本想去拜会令尊的，我二人也是多年不见了。"

陆典豪闻之忙道："原来程伯父要去看望家父的，家父若得知，一定会很高兴的。"

灰袍老者道："陆贤侄，你还没有回答老夫，带了这么多人船到这里做什么？"

陆典豪忙道："不知程伯父也在这条船上，惊扰之罪，还望您老人家见谅。这位飞云道长是小侄的朋友，因为在这条渡船上被两个人欺负了，小侄特来为道长讨回个公道。"

灰袍老者闻之，冷笑一声道："先前船上发生的一切，老夫自也瞧见了，本是一场误会，虽非这位道长而起，但这位道长张口骂人，出手伤人，尽失一个出家人的身份，如今又跟一个小孩子过意不去，也太没有些出家人的心性，不知陆贤侄如何交得这般气量狭窄没出息的朋友？"

那斜眼道人闻之大怒，欲要发作，但见陆典豪对那灰袍老者显得十分敬畏，不知他们之间有什么关系，倒也一时不便发作，自将怒火压了下来。

陆典豪此时忙恭敬地道："这些小事与程伯父无关，还请程伯父到这边船上，小侄立刻命人将您老人家送至家父那里。"

灰袍老者摇头道："如今这个小心眼的道人在你那里，老夫过去岂不染上了晦气，看来老夫此番算是白来了，直接到苏州便了。"

陆典豪闻之大惊道："程伯父路过家门而不入，若是家父得知了，当要责怪小侄对程伯父失礼的。"陆典豪自显出焦急之色来。

灰袍老者此时仍然坚持道："有这道士在，老夫就不过去，贤侄看着办罢。"

那斜眼道士几乎要气炸了肺，望了望陆典豪，又自强忍住了，但对那灰袍老者怒目斜视。

陆典豪这时沉思了片刻，慢慢转过身来，对斜眼道人施了一礼道："飞云道长，十分对不住，这件事，陆某看来是帮不上忙了，还请……还请道长即刻离去罢。"陆典豪说出这番话来，自显得很为难，但还是挑明说了。

斜眼道人闻之，尤为觉得意外，大惊道："陆帮主，你……你要赶贫道走？岂……岂有此理。"

陆典豪一脸的歉意道："道长来的实在不是时候，恕陆某无能为力。"随即向旁边招呼道："阿五，送飞云道长离开。"一名汉子应了一声，自划过一条小船来。

斜眼道人此时大为尴尬，虽已怒极，却也不敢发作出来，忿忿地跳上小船，头也不回，乘船去了。方国涣这边见了，心中大为怪异，实在不知这位灰袍老者究竟是什么人，竟然让太湖帮的一帮之主赶走了此番请他来助战的斜眼道人。虽然这位陆帮主极不情愿，但为了迎到灰袍老者还是做了，显是对此人十分的敬畏，不敢有丝毫的得罪之处。这些，着实让方国涣万分的不解。

灰袍老者望着乘小船远去的斜眼道人，不由仰头哈哈笑道："陆贤侄，果是给了老夫极大的面子，其实这等道士不交也罢。"

陆典豪此时命人把船靠近了，搭了跳板，亲自过来，躬身请了道："小侄恭请程伯父上船。"

灰袍老者满意地点了点头，自回身对方国涣、小全子二人一笑道："年轻人，后会有期。"说完，便随了陆典豪上了那艘大船，接着，太湖帮的十余艘船掉头往东南方向去了。

方国涣虚惊了一场，知道若无那位灰袍老者相助，自己与小全子当是凶多吉少，船上的客人们也都为他们庆幸不已。

张猛这时道："今日好险，若不是那位老先生认识太湖帮的人，两位公子可要在这水面上吃大亏了。"

方国涣道："太湖帮是怎么回事？"

张猛道："太湖帮是这太湖水面的一大帮派，控制着整个太湖湖面，这几年势力大兴，就是官家也让着三分。帮主陆典豪广交江湖人物，江浙两省很吃得开的。"

王义一旁道："适才真为二位担心，在陆地上不好说，可在这水面上，是太湖帮的天下，有碍二位本事施展的。"

方国涣叹然一声道："好在无事。"

小全子这时摇摇头，长吁了一口气道："好险！好险！我是最怕水的，真怕他们把船弄翻了去，那可不得了。"

方国涣道："你也知道怕了？"意思是要他日后谨慎些，不要太冒失了。

第七十九回　太湖帮

小全子自嘻嘻一笑道："我也怕方大哥不会水的。"方国涣听了，摇头一笑。

天色将晚时，客船才至苏州城外的一处渡口旁停了。上得岸来，张猛又向方国涣说了几句辞别的客气话，自扶着王义去了。

方国涣、小全子二人又寻了条小船，沿着水道进了苏州城，小全子头次坐船游街，自是喜不自禁。小船在城内行了一程，然后在一石桥旁停了，方国涣、小全子二人上了岸来，先自寻了家茶肆吃了些东西。食毕，方国涣这才领了小全子一路向江南棋王田阳午的家中走来。

方国涣曾经来过，自很快地寻到了田宅，上前叩门。门一开，田阳午家中的老仆人余老爹迎了出来，见是方国涣，不由大喜道："哪阵春风把公子吹了来，快请、快请。"随把方国涣、小全子二人让了进来。

到得厅中落座，余老爹亲自上茶，方国涣谢过用了，然后问道："老爹，田先生不在家吗？"

余老爹道："主人出游去了，不过这两日便能回来，公子候一候便是了，主人出行时吩咐过，若是方公子来访，定要留住的。"

方国涣道："原来田先生出门去了，也好，便候几日罢，此次前来是有件事情办的。"

余老爹道："公子与这位小哥还没用饭罢，老夫叫人去准备些来。"

方国涣止了道："老爹勿要麻烦，我二人适才在街上用过了。"

余老爹道："既到了家中，如何在外面用饭？"随后端来一盘果子与小全子吃，另换了新茶。

此时天色已暗了下来，余老爹便引了方国涣、小全子到后院的客房内歇了。小全子见余老爹去了后，便问方国涣道："方大哥，我们是在谁的家里？这位老公公却也客气得很。"

方国涣道："这里是江南棋王田阳午先生的家中，田先生是当今天下棋上三大名家之一，棋压江南，誉盖四方！"

"棋王！"小全子立刻来了兴致道，"原来与方大哥一般，都是棋上的大本事，却也能在这上面称王的。先前在花阳堡，曾见过两个人赌棋的，下注十两银子呢！这位棋王田先生，定能在棋上赢得许多银子罢？"

方国涣笑道："棋之道，在市井之辈的眼中，是一种博戏而已；在常人眼中，也只不过是闲时遣乐的盘戏，但在田阳午先生这等真正的棋家眼中，则是一种包纳了万物之理的雅艺，自可修身养性，明神开智。"

小全子惊讶道："这棋上当真有这么大的学问？"

方国涣道："棋上奥妙无穷，便如读书一般，久之必得大学问。"

小全子道："读书下棋，自然雅气得很，但若书呆子一般，却也无趣。"

方国涣道:"这与自家的心境有关。如喜书之人,自视好书为宝,日夜研读不倦,实是在书中领悟到了自家感兴趣的东西。那般浅读之人,便无了这般乐趣。"

小全子道:"用这些小石子走来走去,一定很好玩的。"

方国涣道:"棋能易性,且千变万化,好玩得很,我来教你罢。"便将房中桌上的一套棋具摆开来,方国涣自想以棋道之雅收敛些小全子散漫好动、乖张无束的性子。

小全子见了,自是喜道:"好极!好极!待我学会了,也能在棋上赢些银子的。"

方国涣笑道:"古人喻以书中自有黄金屋,其实这棋上更有富贵乡的。"随后在棋盘上教了小全子一些基本的走法与技巧。

小全子见那黑白两色棋子在棋盘上围来杀去的甚是有趣,自是大有兴致,看到妙处,拍手大笑,学得更加认真起来。小全子天性聪明,一教就会,一点即通,全不多费口舌。方国涣心中喜道:"小全子于棋上颇有灵性,调教好了,当是一位国手。"

就这样,不觉中竟已到了深夜,小全子也自学了个大概,这才伸了个懒腰道:"累了、累了,不学了、不学了。"随后倒床睡去。方国涣满意地笑了笑,收起棋子,也自安歇了。

第八十回　东瀛棋士

　　方国涣、小全子二人在江南棋王田阳午的家中住了一夜。
　　第二天，两人便早早起了来。方国涣领了小全子来到前院时，见余老爹正在给一株菊花浇水，方国涣近前看时，正是那株水菊，心中感慨道："田先生与菊花夫人之间的这段棋菊之情，实是感人，待田先生回来，把那册《菊花集》与他，田先生定会很高兴的。"
　　余老爹见方国涣、小全子二人过了来，忙招呼了道："公子早，应该多歇息一会儿。"
　　方国涣道："老爹早，又在浇水菊罢。"
　　余老爹道："这株水菊是主人平常最着意看顾的，每次出去时，都百般叮嘱老夫勿要让它缺了水的。"
　　方国涣点了点头，随后道："不知田先生什么时候回来，我二人且先到城中转转。"
　　余老爹道："也好，待老夫备了茶点，二位用过后再去闲游不迟。"
　　方国涣道："谢过老爹了，我二人出去随便吃些罢了。"
　　余老爹道："也罢，要早些回来的，老夫等候公子一起用饭。"
　　方国涣道："在城内转起来，也不知什么时候能回来，老爹也不月着意候了。"
　　余老爹道："好罢，随公子的意便了。"接着对小全子笑道："没来过苏州罢？好吃好玩的多着呢！到处走走，见识见识，也不枉来一趟的。"
　　方国涣这边一笑，拉了小全子辞了余老爹，出了院门，一路游来。
　　方国涣见自己到了江苏之后，从宜兴到苏州，一路上并未见到汉阳王府缉拿他与简良的告示，心中稍安，这才放心地领了小全子出来闲游。小全子见这苏州城内，除了水巷，就是石桥，舟船往来，别有一番景致，愈加欣喜。二人寻了家街头风味小吃，用毕早点，小全子问道："方大哥，我们要到哪里游去？"
　　方国涣道："不忙，且先去一个地方，打听一位朋友的消息，田先生的事情结束后，我们还要去拜访他的。"随后领了小全子向赵氏的"金元钱庄"而来。

不多时，方国涣、小全子二人便来到了"金元钱庄"的店门前。

这时，王由可正好送几位客人出来，忽一抬头见着了方国涣，不由大喜，忙上前迎了道："方公子何时到的苏州？"

方国涣自还了一礼道："昨日刚到，王先生可好？"

王由可忙道："多谢公子挂念，承东家与少主人照顾，我等还不错，方公子与这位小兄弟快快里面请了。"自高兴地把方国涣、小全子让进了钱庄内。

小全子心中惊讶道："方大哥如何结识了这等有钱的人家？竟然开了这片大钱庄来？"

这时，钱庄掌柜的张江闻讯急赶了出来，与方国涣彼此见了礼，随后请入了钱庄后面的厅中落了座，王由可则到柜面上照应去了。张江知道方国涣是与少东家赵明风相交甚厚的，言语上极是恭敬。有伙计献上茶来，张江自请方国涣、小全子二人用了。

方国涣随后道："多时不见，不知明风公子可好？"

张江道："少主人与老爷去海边已有月余了，估计这几天也就回来了，回头叫人把公子与这位小兄弟送到山庄内以等候少主人吧。"

方国涣道："原来明风公子不在庄园内，方某也就不过去了，且在城内候着田阳午先生，有件事情还要办的。"

张江道："这样也好，知道公子住在田先生家中，待少主人回来时，我便派人通知公子吧。对了，稍后叫伙计们陪了公子四处走走。"

方国涣道："不必要如此麻烦，我也是闲游罢了。"又谈了一会儿，方国涣便辞别了张江，带着小全子离去了。

方国涣领着小全子游了双塔寺、狮子林等几处古迹，曾闻虎丘为"吴中第一名胜"，二人便转向虎丘而来。

遇过一家店铺时，方国涣见里面有卖棋具的，便买了套棋枰、棋子，随后就近寻了家茶肆暂歇了。饮了会儿茶，方国涣便指了那套棋枰、棋子对小全子道："你日后要保管好了，闲时我教你走棋，将来你必定成为此道中的高手。"

小全子闻之喜道："好极！日后也要让别人瞧瞧，我也是有本事的。"

方国涣笑道："不错，有了本事，人家才会敬重你。"

小全子问道："方大哥，你也是靠棋上的本事吃饭的吧？"

方国涣闻之，先是一怔，随后摇摇头笑道："也许吧！"

小全子又道："方大哥与江南棋王，谁的本事更高些？"

方国涣道："棋之品格以境界为上，胜负次之，我与田先生当不以胜负论的，其间的道理，你日后便会明白。"

小全子摇摇头道："胜就胜，败就败，万事都是一样的，若没有了胜负，

第八十回　东瀛棋士

还有什么意思，这棋子上，当真又能走出别的什么道理来？"

方国涣此时叹然了一声道："世事如棋，这其间的感悟需在棋上达到一定的境界才能领会，至于两下贯通吗？……我也是不能的，以棋道贯通世道，实是难得很。"

小全子心中诧异道："这些小石子的游戏，何以能有这些古怪的道理？方大哥说的不免玄了些。那位善灵棋术的刘先生，曾说过方大哥的棋上本事已达仙化了的，不知又是什么道理？"小全子望着桌上的棋具，似有所思。

方国涣、小全子二人游完虎丘回到田宅时，天色已是晚了，田阳午还没有回来。

余老爹恐方国涣等得心急无聊，便道："公子不妨明日到留园转转，也能解些闷的。听说这几日那里搭了高台唱大戏，请的都是江南名角。"

小全子听了喜道："有戏看！当真好极！"

余老爹道："那是自然，听说杭州有名的花旦宋三娘子也来了，老夫手脚不太利索，故未及的去看，你们明日且去瞧瞧。"

方国涣本对戏剧类无甚兴趣，见小全子的兴致颇高，便笑道："也好，去看个热闹便了。"

这天晚上，方国涣在房中又教小全子识会了十几个字，随后摆开棋来，又讲解了棋艺。小全子自想探个究竟，这棋上到底有什么大道理可循，故学得极认真，基本的走法却也懂了，便嚷着要与方国涣对上一局。方国涣见他如此心急，也只好笑着应了，便又在实战上指点如何"紧气""吃子"。小全子性急，一味地攻占围杀，不想自家的棋子被方国涣理直气壮地提掉了好几块，不由大为焦急。

方国涣见了，便道："对弈走棋之时，棋上应以心性之缓而和之，方能固自家之势，心急棋乱，必败无疑，这一点要注意了。你刚刚学棋，尤忌浮躁之气的。"

小全子摇头道："我明明要把方大哥的棋子围住吃杀了，却反被方大哥给提掉了，这如何玩得？"

方国涣道："那是你重攻占轻防守之故。来，咱们再重新走过，棋上三十二法，我一一走出来给你看。"

方国涣又指教了一阵，小全子在实战中也渐渐地摸出了门道来，不由欢喜道："还别说，这小石子之间当真有大学问的！"走起棋来也自谨慎了些。

方国涣见了暗自高兴，心中道："没想到小全子棋上的灵性，竟与国手状元曲良仪之子曲操不分上下，当是与棋有缘的。"方国涣随后在棋上但引着小全子的棋路走，以增其趣，使小全子越发得着迷起来。

第二天，方国涣便领了小全子到留园来看戏。留园为江南一大名园，以建筑取胜，极尽江南特色。此时在一处大场子里，早已集满了人，北面一大戏台，已是锣鼓喧天，早已开场了。由于人太多挤不上前去，方国涣便拉了小全子在后面寻了一高处，站着远观了。

那台上，也无非是些新人唱些旧曲，两个翻腾跳跃的小丑，倒引得小全子哈哈大笑。看了一会儿，方国涣觉得乏味，见小全子兴趣正浓，瞧得热闹，却也不忍心催他离开，但耐着性子呆看了。本想等余老爹说的那位杭州名旦宋三娘子出场，或许能唱出些新鲜的玩意儿，但是听旁边的人议论说，那宋三娘子下午才登台表演的，方国涣更显得没了兴致。好在台上的小丑下去了，不再上来，换了两个花脸，"啊、啊"地唱些只有他自家才懂的词调，使得小全子也无了兴趣，拉了方国涣道："方大哥，走吧，好没意思。"

方国涣却见旁边的几位老者，听得甚是津津有味，还不时地摇头浅吟，迷醉得很，不由笑道："外行看热闹，内行看门道。"随即拉了小全子离开了。

方国涣、小全子二人出了留园，走了没几步，忽闻身后有人唤道："前面的这仁兄可是方国涣公子？"

方国涣回头看时，却是一位年轻的公子，乃是那"姑苏四公子"之首，具有"江南第一才子"之称的寒文玉，方国涣初来苏州时结识过的，立时喜道："原来是寒公子！"忙自拱手一礼。

寒文玉见果然是方国涣，大为惊喜道："方公子棋高无敌，自上次一别，甚是想念，今日又在此重逢，幸甚！幸甚！"

方国涣笑道："方某也想拜读一下寒公子的诗词文章的。"

寒文玉摇头道："不堪谈、不堪谈。"随即拉了方国涣道："走、走，方公子与这位小兄弟且随寒某去饮一杯。"

寒文玉拉了方国涣、小全子二人寻了一家酒楼，要了一桌丰盛的酒菜，寒文玉自敬了方国涣一杯酒道："方公子昔日棋胜江南棋王田阳午先生，实在出人意料，想不到天下间还有方公子这般棋上高人的，让寒某佩服之至。"

小全子一旁闻之，心中惊讶道："原来方大哥的棋上本事比那江南棋王还要厉害的，当是天下第一了，我日后要向方大哥学好棋才行。"

方国涣这时道："寒公子过奖了，方某仅善棋道而已，不如公子学的一身济世学问。"

寒文玉摇头道："不然，一技之长者，当胜过百名书生。"

方国涣笑道："寒公子可是轻文章重技艺吗？"

寒文玉笑道："有感而发罢了。"说完，自与方国涣相视大笑。

寒文玉随后又道："方公子此次前来，可是寻访明风公子的？"方国涣道："不错，另外还要拜访田阳午先生办件事情，不想田先生外出了，方某只得暂候了。闻明风公子也不在碧瑶山庄，说是去了海边。"

第八十回　东瀛棋士

寒文玉道："听说赵家在海边造了两艘大海船，赵琛老爷要亲自出海远航的。"

方国涣道："赵氏生意广布，此番是要进行海外贸易了。"

寒文玉摇摇头道："赵家的海上贸易商船已有十几艘，此番却要另造大海船，是要远航的，并且此次赵琛要亲自出航，可不是要去海上贸易那么简单。为了造成坚固的大海船，赵氏募集了江浙沿海一带有名的船师，要造当今世上最先进的海船，并且广招水手、海客，看样子赵氏父子有出海远游的意思。"

方国涣惊讶道："大海变幻莫测，浪高波涌，有诸多风险，明风父子何以不顾自家千金之躯，要冒此远航之险呢？"

寒文玉摇头道："谁知道呢！有钱人任着性子做事，摸不透的。如今这件事影响很大，实不知赵氏父子出海的目的何在？不过当今天下，也只赵家才有此能力，自造大海船远航的。"

方国涣心中道："明风父子抛弃富甲天下之业不守，甘冒风险出海远航，不知所为何事？当不是闲游的吧。"

寒文玉这时又道："方公子若无他事，不如随我到寒山寺走走，那里别有一番景致，胜过城里喧闹许多的。"

方国涣闻之喜道："寒山寺盛名远播，早想一游，今有寒公子相引，求之不得。"

寒文玉笑道："能与方公子一游，实为寒某的荣幸。"

酒菜用毕，寒文玉、方国涣、小全子三人离了酒楼，租了条游船沿水道出了城，向西行了一程，便已到了枫桥镇。

寒山寺处于此镇东面，因唐人张继《枫桥夜泊》一诗而名扬天下。随后寒文玉、方国涣、小全子三人弃舟登岸，向寒山寺行来。

寒文玉这时道："寒山寺夜半钟鸣，境界悠远，人闻之，尤为神畅意幽，那张继的《枫桥夜泊》但将此妙境写尽了，后人游玩到此，虽有文思，多不敢道出，免被人笑。不过在那碑廊中也自有许多诗文碑刻，倒存了不少古人痕迹。"

方国涣道："名山古寺，当少不了舞文弄墨的雅客，这寒山寺可有些什么来由？"

寒文玉道："本寺建于南朝梁代，原名'妙利普名塔院'，因唐时有一位诗僧叫作寒山拾得的曾住过这里，故改名寒山寺，借托些雅意吧。"

方国涣闻之，赞许道："寒公子不愧为'才子'之名，真是博闻广知。"

寒文玉笑道："家门口的典故，不知岂不被人耻笑。不过方公子要是在除夕之夜，来闻此寒山寺的夜半钟声，当别有一番境界。"

方国涣道："平日里这钟声也响得吗？"

寒文玉道："本因张继的一诗之故，沿袭唐时寺院之俗，这夜半钟声倒不曾断的，尤以除夕之夜的一百零八次为最。"

三人进了寒山寺的寺门，迎面遇上一位中年的僧人。

那僧人一见寒文玉，忙止步合手一礼道："寒施主，今日怎有此闲情？"寒文玉也自还了一礼道："见过济慧师父，今日特陪了两位朋友来走走，不知月明长老可在寺中？"

济慧道："师父正与一位东瀛来的游客在走棋。"接着，济慧和尚摇了摇头道："师父与此人一盘棋已走了好几个时辰，仍未分出胜负来，师父好像吃紧得很。"

寒文玉闻之，吃了一惊道："月明长老的棋力不下于江南棋王田阳午，能与这位东瀛来的游客棋逢对手，此人必是日本国的棋士，棋力深不可测的。"随对方国涣道："本想给月明长老引见一下方公子，却遇上如此棋局，巧得很，但去一观吧。"

方国涣闻有高手间走的妙局，也自一喜，便随了寒文玉而来。那济慧和尚在前面引了，一路行来，到了一座大殿前。本有僧人在门口守了，见了济慧引着寒文玉、方国涣、小全子三人，倒也未加阻拦。

方国涣进了大殿内，见一地榻之上，一位老僧正与一名身着长服的年轻人在走棋，那年轻人一脸的肃然，发式服饰自与中土有异，乃是一位越海远道而来的东瀛人。此时二人在棋上似已走到了紧要关头，对进来的人竟毫无察觉。

寒文玉、方国涣自放轻了脚步，在一旁屏息观看了。当方国涣细观棋盘上的局势，不由暗中吃了一惊，心下惊讶道："从双方棋势上看，此二人都是天下间罕遇的高手，能走出如此局势，实为少见。这位东瀛棋士棋风锐利，攻击性很强，而这位月明长老却是棋路稳健，着法厚实，果是棋逢对手。二人一攻一守竟走得如此绝妙，攻中含守，守中隐杀，收占劫放，进退取与，实无破绽可寻。"自看得方国涣暗暗称奇不已。

小全子却在一旁看得心中诧异道："他们走的这盘棋也太乱了，我如何看不明白？瞧他二人认真的样子，天塌了也惊动不了的，这棋上当真有妙处可寻？"本是小全子还无棋力可言，自是看不懂眼前这局绝妙之棋。

月明长老与那东瀛棋士又互应了十几手棋，待双方收官后，一盘棋才完整地走完，已是月明长老负了一子。

这时但闻月明长老慨叹了一声道："名师出高徒！本初大师的弟子果然出于蓝而胜于蓝。当年本初大师负于了老衲半子，如今叫他的弟子前来讨回了一子，也算是公平。吉田三郎，老衲在你面前棋力已使尽，输得也自心服，

第八十回 东瀛棋士

你当不辱师命了。"

那吉田三郎躬身施了一礼道："师父说过，棋道起源于中国，故令我来贵国学习，师父还特别叮嘱过，一定要来寒山寺，请长老当面赐教的，自无讨还那半子棋的意思。"所言汉话却也生硬。

月明长老此时笑道："本初大师无胜负执着这心，当是一代棋家的风范，不过当年令师不但在老衲棋上负了半子，还输了一子于江南棋王田阳午的棋上，故一气之下回了日本。吉田三郎，你师父该不会叫你再从江南棋王的棋上讨回两子罢？"

那吉田三郎闻之，脸上自无表情地道："江南棋王果然厉害，十天前我已与他走了一局，仅险胜了四分之一子。"

月明长老闻之一惊道："什么？你已然在棋上胜了江南棋王？"

吉田三郎道："不错，贵国的高手都是厉害的。"此时，一旁的方国涣、寒文玉也自惊异，没想到眼前的这位东瀛棋士竟然胜了江南棋王田阳午，虽说是仅险胜四分之一子，但高手间对弈，棋力的高低往往也就表现在这一点上。

月明长老此时感叹道："看来本初大师为了讨回个面子，在你身上定然花费了不少心思，你却也争气，不负本初大师之望，以你的棋力而言，日本国内当无敌手了。"

吉田三郎摇摇头道："师父不但要叫我无敌于日本，还要叫我无敌于中国，方能无敌于天下。"

月明长老闻之，摇头叹道："你来我国，并不是来学习的，而是来挑战的，看来本初大师对棋上的胜负，仍然执着得很，也自苦了他了。"说完，摇头不已。

济慧和尚这时上前轻声道："师父，寺中有客。"月明长老闻之，这才发现旁边还站着寒文玉和一位陌生的年轻人，一名少年蹲在那里，看着枰上的棋势，一脸的古怪不解之色。

寒文玉自上前礼见了月明长老道："多日不见，长老的棋兴仍然不减分毫，让人佩服。"

月明长老摇头道："寒施主，勿要羞折老衲了，今日可是……"

寒文玉知道月明长老适才负于了那吉田三郎，便笑道："长老平日里自得意于棋上罕有对手，如今我且给长老引见一人，或许能使长老适才所说的那位本初大师以后真的不敢执着于棋上胜负了。"此言一出，月明长老不由一怔，吉田三郎也自露出几分惊异之色。

寒文玉这时拉过方国涣道："先前我曾向长老说过，江南棋王田阳午先生曾败在一位年轻公子的棋上，长老却是不信，直到我说出了那位公子的名字，长老才……"

不等寒文玉说完，月明长老忽地起身望了方国涣，惊喜道："莫非方国涣公子到了？"

方国涣忙上前施了一礼道："方国涣见过长老。"

月明长老大喜道："果然是方公子！当今世间棋上的第一人！"

此时，那吉田三郎也自惊起道："阁下就是那位以棋势布兵阵打退了女真大军的方国涣？"

月明长老忙介绍道："这位是东瀛来的棋士吉田三郎。"

方国涣拱手一礼道："见过吉田先生。"

吉田三郎点了点头，面部仍无表情地道："我已寻访阁下多时了，贵国有句话叫作'踏破铁鞋无觅处，得来全不费功夫'，看来是师父在保佑我的。"

方国涣曾在鄱阳湖六合岛上听孙奇说过，有一位东瀛棋士，曾到六合堂一处分堂寻访他斗棋的，知道便是眼前的这位吉田三郎了，于是道："适才见吉田先生棋力高深，棋路上别成风范，让人佩服。"

吉田三郎摇头道："没有战败天下间所有高手之前，我是不便称先的。"

寒文玉一旁笑道："恐怕吉田先生这一辈子都称不得先了。"

吉田三郎道："为什么？"

寒文玉见这吉田三郎棋主虽然厉害，却有些狂大自傲，便笑道："我国中有几百个比江南棋王还要高的高手，不知吉田先生可否与他们一一试过棋了？"

"什么？几百个？"吉田三郎闻之大惊道，"不可能的，师父说过，只要能战败江南棋王，就能战败中国人了。"

寒文玉见他自大得很，不由冷笑道："我国有句俗话，叫作'人上有人，天外有天'，吉田先生可曾听得？"

吉田三郎道："不错，人上之人就是江南棋王，天外天就是这位方公子了，只要我在棋上战败他，不就可以第一了吗？"

寒文玉见他却也固执，笑了笑，没言语，心中道："如此目中无人，当给你些教训才是，也让你知道我中国人的厉害。"

吉田三郎这时向方国涣躬身一礼道："方国涣阁下，我要向你挑战。"

方国涣知道此战自家必须应下来，于是道："吉田先生与月明长老刚刚走过一局，已是耗了心神，今日不宜再走棋，待明日吉田先生养足了精力，方某自当奉陪。"

吉田三郎闻之，复施了一礼道："如此多谢了。"

月明长老点头道："方公子棋名动天下，能在寒山寺与吉田先生对弈一局，实为本寺的荣幸，也当了结吉田先生漂洋过海，远道而来中国求一对手

第八十回 东瀛棋士

的心愿。"

方国涣知道此局非常，关系重大的，于是道："明日还请长老做个见证。"

月明长老道："这个自然，闻公子棋达异能，可化通于兵事，明日老衲自要领略公子在棋盘上又是一种怎样的棋风。"

"对了。"月明长老接着又道，"老衲昨日刚刚闻之，方公子与一位人称棋神简良的，在黄鹤楼的棋局之上，已然废去了那位以棋杀人的国手太监的杀人棋道，当是可喜可贺的，没想到棋上也能有此异事。"

方国涣见黄鹤楼棋战竟传得如此之快，也自感到有些意外，便道："在下只不过尽了棋家本分而已。"

月明长老点头道："国手太监以不可想象的杀人棋道祸乱天下棋家，几乎使当今的棋道失去了雅正。亏有公子行以棋上侠义，废去了国手太监，令一些高手名家免遭厄运，公子此举，可功盖千古！"

寒文玉一旁闻之，愕然之余，忽对吉田三郎道："吉田先生，贵国可有人能在棋上杀人的？"

吉田三郎摇摇头道："那个以棋杀人的国手太监我也听说了的，不过他施的是一种魔法，不列棋道的，真正的棋是不会伤人的。"

方国涣道："吉田先生有所不知，其实棋道也分邪正的。"

吉田三郎摇头道："不可能的，你们中国人多会魔法幻术，可杀人于不觉中，以此诈称于棋道中，实为不妥。阁下之所以能战败那位国手太监，非棋之故，乃是他的法术不灵了。"方国涣闻之一笑，也自不再与他争辩。

吉田三郎见方国涣谈吐间，隐含着一种凛人之气，心知是一位真正的高手，为了应对明日棋战，便先行告退，回客房中以养精蓄锐，静心思棋。

月明长老见吉田三郎离去了，摇头道："日本人善讲武士道，看来这棋士道精神也是不容人的。"

方国涣道："日本国中，能在棋上出现这么一位高手，可见棋道在他国发展之快了，自是一件让人高兴的事。"

寒文玉道："这吉田三郎竟能胜了江南棋王田阳午，实为一个厉害的人物，不过也未免太狂大了些。"

月明长老道："此人棋上霸气十足，锐不可当，实为高手中的高手，故令他傲视天下，当不可轻视的。今天这盘棋，老衲虽负了一子，却也尽了全力，而吉田三郎倒是走得从容，此人的棋力，深不可测的。"

方国涣道："吉田先生棋风刚硬，已达大棋之境，然从长老与他走的这盘棋上看，吉田先生的棋势虽健猛大气，然多厚实于边角之地，而在中腹，则有失统括全局之妥当。"

月明长老闻之大惊道："公子一言道出了那吉田三郎棋上的弱点所在，老衲虽也有同感，但棋力终究与他相差一子，故而攻破不了他的这种弱点。方公子当是棋达化境之人，明日棋上一战，胜那吉田三郎并非难事，好在方公子今日及时赶了来，否则便让他视我国中棋上无人了。"

方国涣道："吉田先生乃棋家本性，自想寻天下最高手一战，明日我且让他尽了棋兴便是。"

月明长老道："要让吉田三郎知道，这世上是有化境之棋的，可化通于万物。"

方国涣与月明长老谈以棋上事，二人极是尽兴。

寒文玉心中却另有心思，便拉了小全子出来，走至一边道："小兄弟，我看明日棋上一战，方公子就是胜了那吉田三郎，也无多大的意思。孙子云：'不战而屈人之兵为上。'我有一个法子，可叫这吉田三郎不战自退，羞愧而走，自不让他小瞧了我中国人。"

小全子闻之喜道："好极！我看这小子也狂大得很，棋上走得乱七八糟，不知方大哥能否应的过来？若让他知难而退，不敢与方大哥走棋了，再好不过，不知可有什么好法子？"

寒文玉笑道："这吉田三郎棋上虽然厉害，却呆讷得很，我们需这般如此，如此这般。"自对小全子耳语了一番，小全子也自点头应允。

寒文玉随后领了小全子寻到了济慧和尚，向他借了一册月明长老收藏的古人棋谱。寒文玉也是懂棋的，便于其中选了一谱古人的残局，依势于枰上摆了，自家略改动了几手棋，让它变成了一盘死棋，这才满意地一笑。

寒文玉、小全子二人随后来到了吉田三郎的客房内，吉田三郎见了二人，识得是在大殿内见过的，忙迎了道："二位可有什么事？"

寒文玉道："方国涣公子派这位小兄弟来，有件事情要对吉田先生讲的。"吉田三郎听了，以为是明日棋局上的事，便道："不知方公子有何指教？"

小全子这时大模大样地道："我家公子棋高天下，无人能敌，奈何有许多人，自以为棋上手段了得，便想与我家公子走上一盘，炫耀炫耀自家的面子。我家公子为了防止一些无谓的棋局，白白地与那些俗手耗了光阴，故曾设下一局残棋，凡有向我家公子讨教者，必须走活解了此局，方有资格与我家公子临枰对弈。昔日江南棋王也是用了半个月的时间，苦思极想，茶饭不进，最后终于走得通了此局残棋，后与我家公子棋上一战，自是一败涂地。江南棋王尚且如此，别人更不用说了。吉田先生若想与我家公子明日棋上一战，也必须过了此关，否则……"

吉田三郎已然明白了小全子的来意，认为方国涣此举是想验证自己棋力的高低，当下不以为然道："方公子棋上既有此规矩，我依了便是，但不知是怎样的一局残棋?"

　　寒文玉道:"我常见方公子布过,倒是记得的,我来摆给你看。"寒文玉乃是江南第一才子,自将那棋谱记熟了的,随手将那盘已改过的死棋摆了出来。

第八十一回　起死回生

　　寒文玉将那盘所谓的残棋在桌上的棋枰上摆出，吉田三郎上前细观之下，眉头不由一皱，愕然地望了寒文玉、小全子二人一眼，复又临枰思虑了片刻，自是摇了摇头道："这位公子莫非摆错了？此乃是一盘死棋，棋路都已走尽了，当没有破解的必要。"

　　小全子见吉田三郎看出了是盘死棋，不由一惊，险些失声叫了出来。

　　寒文玉却笑道："吉田先生差矣！这盘棋局在下不知摆了多少次，谱上错不了的。昔日江南棋王田阳午也如吉田先生一般，认为这是一盘死棋，没有走通的可能，但是为了能与方公子走上一局，还是认真地研究了半个月，终于豁然而通。要知道，方公子设此残棋，是为了验证对手的棋力，若是简单得很，没有难度，天下间的那些庸棋俗手，岂不都有机会与方公子临枰相对了，方公子又怎能应付得来？吉田先生要是走通不得，也就算了，不过方公子那面恐怕就没什么兴趣了。"

　　那吉田三郎听了，倒信以为真，心中寻思道："方国涣棋名动天下，传扬得很神奇，这盘残棋当不是虚设的，莫非真是一谱极难的棋？"想到这里，吉田三郎心中忽地一憬道："看来这位方国涣果然棋高难测，此谱实是难得很。"转而又思道："我若走通了此谱，战胜了此人，中国可就无人是我对手了，师父他老人家才能欣慰。"想到这里，吉田三郎便道："既然如此，且容我再研习一阵。"

　　小全子一旁道："明日我家公子就在大殿上候了吉田先生，希望不要爽约的。"

　　吉田三郎望着眼前的这盘残棋，缓缓地道："我晓得，一定尽力而为。"

　　寒文玉道："但愿吉田先生能走通了，那样方公子会很高兴又有一个对手的，不打扰了。"说完，自与小全子相视一笑，告退而出。

　　吉田三郎见寒文玉、小全子二人去了，复坐于棋枰旁视棋苦思，但自迷惑不解。摇摇头，忽而又似有所悟，大是诧异道："这盘棋若真能走得通，那方国涣当是棋上第一人，我……我却也是不敌的。"立时间，吉田三郎脸色大变，惊异道："不可能的！不可能的！"

　　原来寒文玉从月明长老收藏的那册古人棋谱上选了一谱极难的残棋，便

第八十一回　起死回生

是高手看了，也要颇费时日才能解得通的，何况又被寒文玉变动了几子，已成了一盘死棋，不过让人看起来，又似有棋路可寻，但却玄妙莫测得很，寒文玉这个法子倒把吉田三郎给唬住了。

寒文玉、小全子二人回到大殿上时，见方国涣与月明长老谈得正浓。原来月明长老问起黄鹤楼棋战一事，方国涣便把当时与李如川棋上苦斗的情况大致说了一遍。

月明长老闻之感叹道："昔日曾闻江湖上有杀人棋术，老衲不甚信，今闻公子所言，方知这棋之雅艺也分邪正的，看来技高至极，不正则邪，也是自家心性的修持之故。棋之一道，发展到方公子这里，已非术艺可言了，以棋济世，当可度人度己，实为大佛法！"

月明长老又问起方国涣的师承时，不由惊讶道："方公子原来是连云山天元寺苦元大师的弟子，怪不得有如此修为，当是苦元大师正确引导之功。苦元大师乃我佛门第一棋僧，门下弟子，无一不是高手，看来苦元大师所幻之棋境，已应现在方公子身上了，实为棋家之幸事。"

月明长老感慨之余，接着又道："棋道的真正修持之法，看来已不在棋盘上了，当以明心见棋，虚思涵悟，是为无上佛法。"

小全子在一旁，暗里惊讶道："这棋上的本事被这老和尚一说，却又成了修仙成佛的法子，也太虚玄了些。不过听他们的话语里，方大哥的棋上本事可以应变任何事情的，甚至可以布阵打仗，棋上降魔。却也怪极，这种黑白小石子的玩意儿，竟然可以玩到这种程度，通神了！"

方国涣与月明长老谈以棋上事，二人甚为相得，月明长老自对方国涣敬服万分。

这时，济慧和尚进来道："禀师父，那位吉田三郎不知何故，竟然离去了。"月明长老与方国涣闻之一怔。寒文玉、小全子二人则相视一笑，知道已将吉田三郎唬走了。

月明长老此时诧异道："吉田三郎明日要与方公子斗棋的，如何这般走掉了？"

济慧道："弟子到河边汲水时，遇见了吉田先生，他便请弟子代他向师父别过。"月明长老忙道："吉田三郎还说了些什么？"

济慧道："吉田先生说要赶回日本去，待把方公子的那谱残棋研通了后，再来与方公子棋上决一高下。"

方国涣闻之，惊异道："什么残棋？吉田先生何故说出这等话来？"

小全子此时早已忍耐不住，扑哧地一笑。

方国涣见了，知道这其中必有蹊跷，忙问道："小全子，这是怎么回事？可是你做了什么古怪？"

寒文玉这时道："方公子勿要责怪这位小兄弟，这是寒某的主意，见那吉田三郎目中无人，狂大得很，故想了个法子把他吓走了。"方国涣、月明长老闻之，各自大惊。

方国涣愕然道："寒公子是用了什么法子，能把吉田先生惊走？"

月明长老也自诧异道："这位吉田三郎，棋上傲得很，此番来中国，自要在棋上挑战天下高手名家，以显其棋道无敌。如今得遇方公子，机会难得，怎能轻易地走掉？"

寒文玉一笑道："这位吉田三郎，虽然小胜了长老与江南棋王田阳午先生，便以为我国中棋上无人了。明日棋上一战，方公子自能胜了他，但也无甚趣味，我便设了一盘死棋把他惊走，这叫不战而屈人之兵。"寒文玉接着便把如何变动残棋棋谱为死棋的经过喜滋滋地说了一遍，自是得意非常。

方国涣闻之，摇头叹道："寒公子此事做得太失妥当，吉田先生乃是棋上的顶尖好手，虽一时被那死局唬住，但终会有一天明白之时，到那时便认为方某愚弄了他，以为方某技不如人，故弄玄虚之事。这样一来，不但大大影响了我国棋家的风范，还会令吉田先生轻视我中国人的。"寒文玉闻之，恍然大悟，不由冒出了一身冷汗。

月明长老叹息道："寒公子聪明一世，糊涂一时。那吉田三郎此番来中国，虽是受师命而来雪洗前棋之辱，实是代表了日本棋界来中国较一高下的。寒公子设此死局，故弄玄深，已然造下大错矣！影响方公子的棋名是小，将会涉及我中国棋界的名誉，此举万万不该的。日后人家明白之时，棋上必然大伤感情，更有违棋道之雅正。"

寒文玉此时已是懊悔之极，心中也自惭愧，忙向方国涣、月明长老躬身一礼道："在下愚昧冒失，做出这等不识大体的事来，我这就去把吉田先生追回来，讲明原委，向他道歉，让吉田先生与方公子在棋上公平地一战，自要他心服口服。"说罢，转身欲走。

济慧和尚这时道："寒施主勿要追了吧，吉田先生已走多时了，这会儿已是赶不上了。"

寒文玉一惊道："这……这如何是好？"小全子一旁也自吓得不敢出声，没想到棋上也能生出这等关系重大的事来。

方国涣这时一叹道："事已至此，无可挽回，不过寒公子也是一片好心，不要太过于自责。"

月明长老叹道："方公子今日能遇上吉田三郎，实是能显示方公子化境之棋的最好时机，如今不但错过了，日后还会影响我国棋界的声望。唉！寒公子此举太过多余，大不该的。"

寒文玉愧疚万分，低着头不再敢言语。月明长老与寒文玉平素交往甚厚，此番却也不留情面，也是寒文玉做得过火了些。

月明长老接着又道："吉田三郎如今记了那死棋的棋谱去，虽一时被唬住，但终有明白之时，况且日本棋界高人甚多，待他们明白这是一谱死棋之时，将会怎样想的？必要笑我国的棋家胆小，故弄玄棋骗人，日后或许还要来兴师问罪的，寒公子的这场祸事闯得大了。"寒文玉此时无地自容，但以唯唯诺诺。

小全子见此事自家也有份儿，却无人来责备他，望着寒文玉可怜的模样，想安慰几句，却也不敢，恐被方国涣注意了去。

方国涣这时道："事已至此，大家且想个法子来补救吧。"

月明长老摇头一叹道："老衲也只好厚着脸，日后向几位来寒山寺造访的日本棋家解释了，托请他们回去对吉田三讲明原委，向他道歉吧。虽然于事无补，也只能如此了，尽量减少些影响吧。"

方国涣此时沉思了一下，随对寒文玉道："寒公子，那局死棋的棋谱可否还记得？"

寒文玉道："寒某自作聪明，残棋改死，此谱倒还记得，方公子要它又有何用？"

方国涣道："此事既然是从棋上起，我来看看，是否还可以在棋上补救。"寒文玉闻之一喜，希望立刻大增，心知方国涣远胜江南棋王田阳午，或许棋上别有异能，把那死棋走活了。

寒文玉此时希望出现奇迹，以补自家的过失，虽不太相信，但还是存了侥幸心理，随手把那谱死棋在棋枰上摆列了出来。

月明长老看罢，自是摇了摇头道："此局布得虽巧妙，但是棋路都已走尽了，高手自能瞧得出是一盘终了的死棋，不知那吉田三郎如何被唬走的？"

接着，月明长老忽恍悟道："是了，吉田三郎不知寒公子在骗他，还以为真是方公子为了验对手的棋力而设的残棋，以方公子的棋名，当不会布玄棋死棋的。吉田三郎见此棋极难，一时不解，故记了谱去，回日本苦思去了，知道走不通此谱，当不是方公子对手，也是害苦他了。"寒文玉闻之，黯然无语。

方国涣临枰细加揣摩了一阵，忽呈喜色道："寒公子选得这谱残棋却也绝妙，虽改动了几子变成了死棋，但并非真死，却是无意中造就了一盘假死的僵局，原来寒公子的棋力也是不低的。"此言一出，月明长老、寒文玉二人大是惊异，寒文玉随又现出几分狂喜来。

月明长老此时惑然道："方公子，这明明是一盘终了局的死棋，当真有起死回生的妙手吗？若真如此，当不是唬骗那吉田三郎了。"

方国涣道："也是寒公子有意把此残局改成死棋，却无意中改成了一种罕见的妙谱来。我有一招，虽不能一子将全盘点活，但能起缓和之势，待双方五手棋后，便可将全局激活。"

月明长老闻之，惊讶之余，自又临枰细观了一会儿，随即摇头道："老衲愚钝，不知何以能在五手棋之内将这盘死棋走活？还望方公子点明了。"月明长老虽知方国涣棋达化境，但对这盘死棋能否被走活，还是将信将疑。

方国涣这时道："此当白方应棋了。"随手持了一子于枰中点落。月明长老见了，摇头不解道："这是一着缓手棋罢了，却也无什么奇处，实是一手无用处的废棋。"

方国涣道："长老说得不错，单凭这一手棋，自无解全局之功，但是要配合上第二手，长老请看，可有妙处？"说完，随手又应了一子。

月明长老见了，仍自摇头道："双方虽都互应了一手棋，却都于大局无补的，老衲不知这妙处在哪里？"

方国涣一笑，于枰中又落了一子道："只要第一手棋点正了，后四手棋双方且按棋势应顺下来，无论点落何处，都在无形中有着照应的。"

月明长老见了，还是摇头道："老衲越来越糊涂了，这盘死棋棋路已尽，公子应的这三手棋，实是画蛇添足，多此一举了。"

方国涣笑着落下了第四手棋道："这盘棋被寒公子残局改死所致的绝妙之处，就是可以置之死地而后生。"月明长老此时望着棋盘不再言语，已是呈现出了惊异之色。寒文玉在一旁看了，却是大失所望，在他看来，方国涣的这四手棋丝毫不起作用的。

方国涣这时将第五手棋应下道："五子连环，缺一不可，这盘死棋已然活了。"

忽见月明长老仰头一笑道："妙！妙哉！方公子真乃神人也！"说话间，已是激动得老泪纵横。寒文玉、小全子二人，在一旁愕然之余，竟自呆了。

月明长老随即起身向方国涣合掌一礼道："阿弥陀佛！方公子能将此棋起死回生，仙佛也难奏此功，可见在公子的眼中，棋路是无尽的。如今那吉田三郎记去的已不再是一谱死棋了，而是一妙谱，古今难得的一奇谱，当不存欺人之嫌了。"寒文玉闻之，虽不明其故，却也长松了一口气。

方国涣笑道："倒要感谢寒公子的，无意中改出了这谱妙棋来。"

月明长老道："不过那吉田三郎记去的却如一谱死棋无疑，因为当今天下也只有方公子一人能走得通了，这才是真正的化境之棋！"

方国涣道："其实不然，天下间是还有一人能将此局死棋走活的。"

月明长老闻之，恍悟道："可是那位棋神简良？闻此人设棋黄鹤楼，挑战天下高手，无人能敌，当也如方公子一般，是棋达化境之人。"

方国涣道："不错，正是此人。"

第八十一回 起死回生

月明长老闻之感叹道:"能一起出现两位棋上可通神仙化之人,真乃是棋道之大幸!"

方国涣又道:"国手太监李如川若不是被在下废了棋道,此人的棋力也不下于我的。"

月明长老摇头慨然道:"棋道神奇若此,已非雅艺可言了。"

寒文玉这时上前对方国涣大拜一礼道:"方公子妙手神棋,起死回生,终于挽回了寒某冒失之下造出的过失,没有让寒某铸成大错,实在是感激不尽。"

方国涣忙扶了,笑道:"寒公子文章动天下,却也是与棋家极有缘的,那吉田三郎若能悟通此谱,当是要感谢寒公子的。"

寒文玉忙道:"惭愧!惭愧!"方国涣又与月明长老谈论了一会儿,见天色将晚,这才和寒文玉、小全子辞别了月明长老,离了寒山寺,自回苏州城了。

吉田三郎自记了那棋谱回日本后,苦思不解,请教于数位棋上高僧,皆言此谱乃是愚人之棋,吉田三郎将信将疑。数年后,吉田三郎仍百思不得其解,复带了此谱,远渡重洋,到寒山寺拜访了月明长老,口多责怪之词。月明长老自给吉田三郎在棋上指示了五子连环、起死回生的棋路走法,那吉田三郎惊骇之下,叹服而去。归还日本后,吉田三郎示棋于先前的那数位棋上高僧,各自惊服,朝寒山寺方向施礼长拜。

方国涣、寒文玉、小全子三人回到了苏州城内,寒文玉自又对方国涣感激了一番,这才辞别去了。

小全子此时感慨道:"这棋上果然有大学问的,日后要随方大哥好好学了才是。"

方国涣闻之笑道:"你天资聪慧,只要肯用了心思去学,成为一名棋上的好手,却也不是什么难事。"小全子听了,自是欣喜。

方国涣、小全子二人回到了田宅,敲门时,余老爹迎了出来,见是方国涣,不由喜道:"公子去了哪里这般久?主人已候了一下午。"

方国涣闻之喜道:"田先生回来了!"连忙步入院中。

江南棋王田阳午已然迎了出来,见了方国涣,笑道:"回来晚些,却让方公子候了两日,失礼、失礼。"

方国涣笑道:"这两日却有所得。"

田阳午笑道:"遇见了什么好事?公子说说看。"一边说着一边请了方国涣入厅落座。

见了方国涣身边的小全子,田阳午问道:"这位小兄弟是谁?"

方国涣道:"这是我于路上机缘巧遇,收在身边的。"随后对小全子道:"小全子,来见过田先生。"

小全子自上前施了一礼道:"小全子见过先生。"

田阳午点头笑应道:"小全子!嗯!名字好听得很,长得也机灵。"

田阳午对余老爹道:"我从扬州来时,有朋友送的一些精致点心,你且领了小全子去用了吧,我与方公子有话说的。"

余老爹应了一声,拉了小全子道:"小哥,我们后面寻好吃的去。"小全子便与余老爹退了出去。

田阳午这时道:"方公子去了哪里?这么晚才回来。先前闻余老爹说,公子带了一个孩子去留园看戏了,派人去寻,自没遇着。"

方国涣道:"因在街上遇见了寒文玉寒公子,引了我二人去了一趟寒山寺。"

田阳午闻之笑道:"可见着了月明长老?他的棋力不下田某的。"

方国涣道:"巧得很,在寒山寺还遇见了一位东瀛棋士,唤作吉田三郎的。"

"吉田三郎!"田阳午闻之一怔道,"此人是日本国近年来棋界中出现的一位高手,此番前来中国寻访高手斗棋,以示其威。半个月前,我与此人在扬州大明寺对弈了一局,田某负于此人四分之一子而落败,不知是否已与公子棋上一战了?"

方国涣摇头一叹道:"本来约好明日斗棋的,不想出了件差错,那吉田三郎竟然走掉了。"

田阳午闻之惊讶道:"此人棋上霸气十足,如何见着公子不战而走?"方国涣便把寒文玉残棋改死的事叙述了一遍。

田阳午闻之叹惜道:"这寒文玉也太多事。田某负于此人后,敬服之余,也自希望他能遇见方公子,让他领略一回公子棋上的无上妙境,见识见识化境之棋。错过这次机会,实为可惜得很,或许此人与公子棋上无缘吧。"

方国涣道:"日本国棋上出现此等高手,可见棋道传出中土之后,在外邦发展得极快,也自有国手应世的。"

田阳午道:"棋道广博,能发扬光大于海外,实为棋家幸事。田某先前曾结识过几位日本国与高丽国的棋上好手,都是极负盛名的棋家,可见棋道虽源于我国,却适应天下的。"方国涣点头称善。

田阳午又道:"田某在扬州时,就已听闻方公子在黄鹤楼上以棋战废去了国手太监的杀人棋道,当真可喜可贺!方公子能为天下棋家解此厄运,实为不朽之功。"

方国涣道:"黄鹤楼棋上一战,也自险极,不管怎样,终了去了一桩心

第八十一回　起死回生

事，也多亏另一人相助，在棋上将李如川引出，才一战功成。"

田阳午道："公子说的可是棋神简良？"

方国涣道："不错，正是此人。"

田阳午赞叹道："简良布局黄鹤楼，名为挑战天下众高手，实是设伏棋以候李如川，后与方公子联手应战，共克李如川的杀人鬼棋，造就了一段可耀千古的棋上神话，如今已令天下棋家奋然。田某也曾与简良对弈过一局，没想到他与公子一般，都是棋达化境之人，真是长江后浪推前浪，一代新人换旧人！"

田阳午感慨之余又道："自见了公子与简良之后，田某惊喜世间已有此化境之棋，方觉自家棋力老矣！看来天下已是你们年轻人的了，显不着我们这些棋家老朽了。"

方国涣闻之忙道："先生棋名盛于江南，弟子数千，自振天下棋风，正值如日中天之际，何故有此隐棋之心？"

田阳午摇头一叹道："田某幼好棋道，耽迷于棋务，曾经误过一个人，以至遗憾至今。现觉棋力渐衰，尤思旧感，故想从此隐棋于世间，闭门悔过，也是心态不如从前了。"

方国涣这时想起了一件事，忙从怀中掏出一册书来，递于田阳午道："有位朋友托请我给田先生带来一册书，请先生验收。"

田阳午闻之一怔，诧异地接过看时，忽脸色大变道："《菊花集》！"随即惊喜道："方公子，这本《菊花集》从何而来？托请公子送书的人可是……？"

方国涣一笑道："此书为菊花夫人所托，闻田先生与菊花夫人曾是旧识，故请我送了此书来，或许能解些误会的。"

"果真是菊儿！"田阳午欣喜之余，摇头苦笑道，"没想到她至今还念着田某，当年把她气走，实为田某的不是，能见着这本书，死而无憾了。"

方国涣见了，感慨道："昔日见菊花夫人时，话语中自流露出对先生的无限思念之情，可见当年的一场误会，使二位分开了几十年，是为遗憾之甚。"田阳午望着手中的那册《菊花集》，激动之余，黯然不语。

过了许久，田阳午这才叹然了一声，问道："公子是在什么地方遇见她的？"

方国涣道："菊花夫人现隐居在鄱阳湖中的菊花岛上，没想到菊花夫人竟是一位花仙巨匠，可令菊花逆季而放，且又培植出奇花异种，实让在下大开眼界。"

田阳午笑道："菊儿出生之时，虽未至重阳季节，而其家园中的几十株菊花竟一时开放，传为奇事，看来她果是与菊花有缘的。"

接着，田阳午又感叹一声道："苍天见怜田某，终于有了她的消息。"随即朝方国涣大拜一礼道："若无方公子传书，田某真要遗恨终生了，且受我一拜。"

方国涣忙上前扶了道："先生快莫如此，折煞我了。昔日误闯菊花岛，触上了菊毒，多亏菊花夫人大义相救，否则在下与几位朋友当是危险得很。"

田阳午闻之惊讶道："难道菊儿真的培植出了有毒的新种菊花？"

方国涣道："不错，除了毒菊之外，还有许多奇异之种，少见之菊，菊花岛可谓集天下菊花之大全，菊花夫人又每有创新，实是一位花中的仙子。"

田阳午此时摇头笑道："好在当年菊儿还没有培植出毒菊来，否则以她的脾气，田某可有的苦吃了。"

方国涣闻之笑道："先生却也多虑，菊花夫人岂肯施毒于先生，并且先生的棋道与菊花夫人的养菊之道，堪称世间双绝，若非在菊花岛亲眼所见，如何也不会相信的。"

田阳午复又叹然一声道："菊儿隐居于鄱阳湖，以菊为业，这些年来，也苦了她了，好在公子带来了她的消息，田某对这苏州城已没有什么再留恋的了。"

方国涣见时辰不早，便向田阳午告退，回房中歇息，田阳午自将方国涣送到了客房中。小全子这时正在灯下临枰习棋，见了方国涣回来，便嚷着学棋，方国涣自在棋盘上指教了一阵。夜深时，二人方才歇息了。

第二天一早，方国涣起床后来到前厅上时，见田阳午手持那册《菊花集》痴然而立，双目微肿，显是阅读此书一夜未眠。方国涣上前礼见道："先生可是读了一夜吗？"

田阳午见是方国涣，感叹一声道："菊花咏为诗词赋，思人怀旧之情甚矣！若无公子传此书来，不知菊儿念我如故，田某现已心慰了。"

方国涣闻之喜道："看来昔日的误会已经互解了，如此当祝贺先生了。"

田阳午这时凄然一笑道："棋道荣我半生，也误我半世，看来田某的后半生要去鄱阳湖寻菊儿隐棋养菊了。"

方国涣见田阳午归隐之意愈坚，也自叹道："先生从此世上无事，落得个安然自在，叫人羡慕得很。"

田阳午道："其实如公子这般，以棋济世，才是棋家的大德为，田某不及，古往今来也无人可及，公子的棋道，才是真正的棋道。借此机会，田某愿向公子讨上一局，以尽最后的棋兴。"

方国涣道："先生若归隐菊花岛，自有菊花夫人这般女中国手相伴，棋趣怎能消得？"

田阳午笑道："然与公子对弈，境界又当迥异。"方国涣闻之一笑，遂与田阳午临枰相对。

一局终了,田阳午哈哈笑道:"与公子临枰对弈,实为人生极乐之事,从此以后,田某对这尘世间再无什么可留恋的了,可以安心归隐了。"

方国涣自是感叹道:"先生的大棋之境,已然入圣,临枰时棋心两和,无胜负执着,百万人中也难有居一者。"

田阳午笑道:"田某但能引动公子的棋兴罢了,若是同感棋上妙境,当属那棋神简良了,不知李如川是否也有此幸?"

方国涣道:"简良棋达化境,以意为之,自能与我同入合和于棋境中。至于李如川,乃为棋上的魔道,其鬼棋自与棋道雅正有别,与此人对弈,自无棋趣可言,充其量一个对手罢了。"

田阳午道:"李如川的这种鬼棋杀人之术,可否也列属于棋道?"

方国涣道:"物有两端,执者不一,虽正邪不两立,但如人有善恶,仍称为人,不可另当别论的。"田阳午闻之,点头称善。

这时,忽闻敲门声传来,随后见余老爹引了金元钱庄的王由可和两名伙计进了来。

王由可自上前与田阳午、方国涣二人见了礼,然后道:"我家少三人与老爷已于昨日回到了山庄,闻方公子已到了,少主人高兴得很,特差小人今日一早必要迎了家去。"

方国涣闻之喜道:"明风公子既然回来了,当去拜过。"复对田阳午道:"且与先生作别,改日再来造访。"

田阳午笑道:"公子去了便是,我这几日也要离开苏州的。"

方国涣闻之一怔道:"先生何以这般急?"

田阳午道:"自公子传来菊儿的消息,田某恨不能即刻飞到鄱阳湖去。不过还要处理下其他事情,然后才能动身。"

方国涣感叹道:"田先生与菊花夫人都是有情人,当早成眷属的,在下这里先祝贺了。"

田阳午拱手一礼,感激地道:"多谢方公子千里传书,成全之美。"

方国涣复回房中唤醒了还在贪睡的小全子,这才辞别了田阳午和余老爹,随王由可等人到碧瑶山庄去了。

第八十二回　郑和航海图

碧瑶山庄内，赵明风见了方国涣大喜，高兴地道："贤弟来得正好，正愁找不到你呢！"方国涣笑道："多时不见，赵兄神采依然，可是食了什么异香美味？"

赵明风笑道："贤弟勿要笑我吧。"

见了方国涣身旁的小全子，赵明风问道："这位小兄弟是哪位？以前没见过的。"

方国涣道："机缘巧遇，路上带来的。小全子，来见过赵公子。"小全子忙上前施了一礼。

赵明风见小全子机灵可爱，不由喜道："贤弟可是得了一个宝贝徒弟吧？"方国涣笑道："倒不失为人中之宝。"

小全子适才一路进来时，见碧瑶山庄但如风景画卷一般，楼台亭阁，山石花竹，漫无边际地展开来，实在大得很，如今又见厅中布置得更是富丽堂皇，连那丫鬟仆人穿戴的都非一般，啧啧称奇不已，心知是到了一处大户人家，也自拘束了些。

这时，韩杏儿闻讯急急赶了来，见了方国涣一喜道："方公子怎么去了这么久？也无个消息传来。"

方国涣笑道："四下游走，也无个定处，韩姑娘一向可好？"

韩杏儿似无可奈何地道："我除了给这个馋猫想尽法子变些花样来吃，倒也做不成一桩别的事。"赵明风一旁却是含笑不语。

方国涣又把小全子向韩杏儿引见了道："这是小全子，我在路上收下的，日后便随了我的。"

韩杏儿见了喜道："也如方公子一般，是一位神仙般的人物。"

小全子这时向韩杏儿施了一礼道："小全子见过夫人。"

韩杏儿笑道："叫我姐姐便了，到了这里，不比别处，但如家中一般，随意些才好。"

小全子听了，又见韩杏儿和蔼可亲，心中立升起一股暖意。韩杏儿接着取出一块玉佩，递于小全子道："姐姐送你块玉，作为见面礼吧。"

小全子见此玉洁白光润，知道是贵重之物，惊而推却道："小全子不敢收

第八十二回　郑和航海图

姐姐的这种好东西。"

韩杏儿见小全子改口称姐姐自是喜得很，高兴地笑道："这是姐姐送于你的，留在身边做个饰物，就拿着吧！"小全子心中自生感激，望着方国涣却不敢接。

韩杏儿见了，摇头笑道："方公子可是有家法的？管得也太严些。"

方国涣笑道："我哪里有家法来治他，乃是他懂事得很。"随后对小全子道："小全子，既是韩姐姐的一番好意，你且收了吧。"

小全子这才伸手接了，复施了一礼道："小全子谢过姐姐。"

韩杏儿笑道："小全子果然懂事的，跟随了方公子，将来必有大出息。"接着命丫鬟端来数盘瓜果点心与小全子吃。

方国涣这时道："昨日在城中遇见了寒文玉公子，说是赵兄要出海远航的。"

赵明风立时显得兴奋异常道："不错，我与家父昨日刚从海边船场回来，两艘大海船还有一个月就要完工了，其他的事情正在筹备中。贤弟来得真是巧了，若无他事，便随海船出海走走吧。"

方国涣道："伯父建造两艘大海船，是要扩展海上的生意吧？听说伯父与赵兄也要亲自出航的，小弟实在不知，伯父与赵兄为何要吃这般辛苦，舍了富甲天下的家业不守，去冒这等风险？并且另造了新式的先进海船，莫不是去海上闲游吧？依赵兄的性子，还可说得过去，可是伯父他老人家要亲自随行的，这些，实在令人费解。远游探险，对赵兄与伯父当是不适的。"

赵明风听罢，摇头一笑道："不但贤弟有此疑问，我自己也是不明白，家父为何心血来潮，耗巨金另造新海船，并且要亲自出海？我不放心，也只好决定随了去。"

方国涣闻之诧异道："赵兄为何也说出这番古怪的话来？伯父此次非常之举，连赵兄也不知目的所在？"

赵明风道："家父做事，一向通达，但在三个月前突然决定，建造两艘可以远航万里之外，经得住大风浪的新式海船，要亲自出海一游，说是要实现一件一生中的最大心愿。当时我等众人大惊，多方劝阻，但是家父之意坚决，即命曾子平叔叔总理一切事宜。家父此举自是别有原因，对外但说建商船进行海外贸易而已。我私下问时，家父便说这是一个大秘密，为了周全些，暂不能公布的。昨日从海边回来，由于海船快完工了，家父显得很高兴，说是今天要对我公布这个谜底的，也就是这次出海的真正目的所在。"

赵明风接着笑道："家父的这个大秘密原来就藏在庄园内雁湖中的湖心岛上。"

方国涣闻之惊讶道："先前游园时，赵兄就说雁湖中的那座湖心岛隐藏着碧瑶山庄内的最大秘密，神秘得很，原来是与此次出海有关的。"

赵明风道："不管怎样，这个秘密下午就能明白了。先前家父便严令庄中上下禁止登岛，就是在那雁湖上行船也是不行的，只有家父每年独自上去一两次。先前我也不以为意，没想到家父为了这个秘密，竟然造船出海，好像家父一生中都在为这件事做准备。"

方国涣心中惊异道："此事出乎寻常，看来要有一番神奇的经历了。"

这时，韩杏儿已在美食楼仙品堂备好了一桌酒宴，赵明风、方国涣、小全子便来到楼上落了座。席间，小全子忽然尝得这许多美味，不由赞不绝口。

韩杏儿见了笑道："能得席间人赞誉，则为厨家最快意之事。"接着瞟了一眼赵明风道："可惜，有人但畅自家的口腹，不晓得这美味佳肴是如何来的，也自让人寒心。"

赵明风闻之笑道："罪过！罪过！以后每当临桌，必要赞扬娘子十万句方能食得，以慰娘子厨下之劳。"

韩杏儿笑道："你这甜嘴油舌却也是美食养出来的。"

赵明风闻之大笑。方国涣笑道："二位天生奇缘，结成了夫妇，实为古今第一双佳配。"

赵明风笑道："这是我上辈子修来的福分，不过此番出海远航，不知口中乏味要到几时，要不是海上风浪大，也真想把娘子带了去。"

韩杏儿笑道："莫不如让龙王把你请到水晶宫，尝尝那仙宴之美，堂堂大家公子，却也不知羞，但于吃上用尽心思。"赵明风与方国涣相视一笑。

酒菜用毕，方国涣便让赵明风相引到齐仁殿拜见其父赵琛。路上，方国涣把汉阳王府通缉自己的事说了，赵明风闻之大惊，随后安慰道："此地离汉阳甚远，又非汉阳王的势力范围，估计那通缉的牒文不能立到苏州，贤弟只要身在碧瑶山庄内，不轻易外出，安全方面保无闪失。一个月后，随船出海，避开汉阳王府的缉捕就是了，一年半载的回来后，风声自然就松了，不过贤弟说的那位简良与兰玲公主却是有些危险的。"

方国涣叹道："我担心的就是他二人，可惜不知现在何处？否则一同出海相避，从此不回来也是好的，以摆脱逃亡之苦，杀身之祸。"

赵明风摇头道："没想到贤弟这棋上雅艺，也能惹出祸事来的。"方国涣自是摇头一叹。

赵明风引了方国涣进了齐仁殿，此时赵琛正与一位中年人饮茶交谈，见了方国涣进来，赵琛起身笑迎道："听说方公子到苏州已有几日了，没有迎到庄内，实是怠慢了。"

方国涣忙见了礼道："赵伯父客气了，因有事情耽搁了，故过来的晚些。"

赵琛笑道："方公子身怀绝技，云游天下，落个自的身子，最是叫人羡慕的。对了，请方公子见过一人。"

赵琛随后介绍了那位中年人道："这位是叶晓生先生，江浙名士，与我赵家是世交。"

方国涣忙拱手一礼道："方国涣见过叶先生。"

叶晓生还了一礼，自是惊讶道："方国涣？敢问公子可是通得棋道的？"

赵琛笑道："方公子不但精通围棋一道，而且是一位仙家妙手，便连那江南棋王田阳午都自心悦诚服。"

叶晓生闻之一惊道："日前曾闻有个叫神棋简良的，设棋黄鹤楼，大动天下，后来方公子与此人联手，在棋局上废了一个人称国手太监的杀人棋道，了结了一桩公案，不想在这里见着了方公子。"

方国涣笑道："叶先生的消息真是灵通，莫非也是棋道中人？"

叶晓生道："叶某虽懂棋却不善棋，但知道精通此艺者，当为非常人。"

赵琛不知黄鹤楼棋上事，此时惊讶道："没想到方公子棋上的本事竟然可以废人的。"

赵明风一旁笑道："我这贤弟棋上的本事，无论高到什么程度，创出何种奇迹来，我都不奇怪的。"叶晓生闻之，惊叹不已。

落座后，赵琛感叹道："没想到方公子在棋上可以成就许多不凡事，棋高若此，仙家也不及的。"

叶晓生道："棋为大道，古人云：棋能通神。成此道者，十之二在棋盘上，十之八在棋盘外。而世间的高手，连棋盘上的那十之一都通达不到，当为天资所限，拘于术内。"

方国涣闻之，心中暗讶道："此人所言，似与我心中所感同，看来这位叶晓生不是一般的人。"

叶晓生接着道："方公子的棋道，能在棋上克制国手太监的杀人棋，可见已在棋盘内外达全化之境了，此种修为，几百年都难出一人，看来方公子乃是我人中的仙品。"赵琛、赵明风父子闻之诧异不已。

方国涣道："棋道深而广博，人不能至其极，在下也然。"

叶晓生道："方公子勿自谦，公子的棋道虽不能通达天地，但能应世济世，当为古今棋家所不能为。"赵氏父子点头称是。

赵琛此时高兴地道："方公子来得正好，一个月后，要有两艘大海船出海远航，公子可有兴趣同行？"

方国涣笑道："能搭上伯父的海船出海一游，求之不得。"

赵琛笑道："看来明风都对你说了，这很好，海船上就需要公子这样的奇人异士。"

叶晓生也自高兴地道："能有方公子随行，实是我们的荣幸。对了，赵琛兄，此番出海的真正目的，你一直对大家保密，以此来吊大家的胃口，说是今日要对叶某和明风公布的，也该说了吧。"

赵琛笑道："正好方公子也来了，大家就一起去雁湖湖心岛上看个究竟吧。"

方国涣闻之忙道："这是一件大秘密，我还是回避了为好。"

赵琛道："方公子是明风的至交好友，又有成全他们夫妇之恩，当不是外人，况且这个秘密关系到此次出海的目的，我也是想公布于几位相知的朋友知道，征求大家的意见，研究些对策的。"

赵明风一旁喜道："贤弟勿要推却，这个秘密被父亲隐藏了几十年，今日有机会得见真相，也是你的缘分，大家一起去看了便是，都不是外人的。"

赵琛道："赵某并不是故弄玄虚之人，因为这个秘密很特殊，需要大家的意见。"方国涣见赵琛也具诚意，只好道："恭敬不如从命，多谢伯父给了我这个机会。"

赵琛笑道："这个秘密让我挂念了几十年，今日有幸和大家一起去实现它，正是我一生所求。"

方国涣闻之，心中道："造船出海，莫不是去寻什么东西？却也怪了，赵氏的基业都在江南，远航海外，不知意图何在？"

赵琛、赵明风、叶晓生、方国涣四人来到雁湖边时，那里早有一名仆人守着一条小船候了。四人上得船来，小船便缓缓而行，向湖心岛驶去。

不多时，便已到了湖心岛。

上岸后，赵琛对那仆人道："你且先回对岸吧，两个时辰后回来接便是。"仆人应了一声，划船自去了。

这座湖心岛虽不甚大，却也树高叶密，杂草乱生，显得荒凉了些，也自无路径可寻，可见除了赵琛外，再无人来过。赵琛引了叶晓生、方国涣、赵明风三人沿着岸边绕到了岛后，随见有一青石小路隐于草丛间通向林中深处，赵琛便引了三人向里走去。

叶晓生这时感叹道："没想到碧瑶山庄内竟有这处荒岛，如此绝静之处，倒也别成景致。"

赵琛道："若有战祸突起，只要毁了庄内的船只，避于岛上，可保一时无恙。"

叶晓生道："战端一发，匪兵四窜，岂能放过你这大富之家的一草一木，除非在海岛上躲了。"

赵琛笑道："晓生兄不愧为老海客，连避难也要避到海上去。"

四人在林中走了一程，随见前面现出一座石屋来。进得石屋内，见家具床铺一应俱全，只是布满了灰尘，显是久无人住过。

赵明风四下望了望，没见有什么特别之处，便道："父亲，孩儿不知这石屋内有什么秘密可言。"

赵琛道："此处临时歇脚而已。"言罢，在石屋的一隐蔽处取了一支钥匙，随后引了三人出了石屋。

待穿过一片齐腰深的杂草，来到了一处有石门的洞口前。赵琛开启了石门，便见洞内显得黑森森的，洞内一侧堆放了十余支松明，有几支一端已燃过，显是入洞内做火把用的。赵明风、方国涣便各持了一支，用火石燃了。赵琛也持了一支，先头入内，方国涣、赵明风、叶晓生三人尾随而进。

洞内不算太窄，越走越宽，也是越走越往下，洞内是低于雁湖的湖面的。叶晓生这时惊叹道："果是个好地方！庄园内竟还有这么大的一处洞穴，倘若战乱一起，洞口一封，只要备足了饮食，人在这里很是很安全的。"

赵琛笑道："建碧瑶山庄之初，也是有意择此地而建的。"

叶晓生摇头道："还是没有战乱的好，否则偌大个庄园，人间的天堂，便要毁于战火了。"

此时洞内变得更加宽阔起来，说话已有回音，火把的浓烟飘向一方，似有风气流通。在洞底的一侧又有一处石室，在火光下，里面隐见一只箱子。

赵明风见了喜道："就是这里了，不知里面装的什么宝贝？怎样的秘密？"

赵琛此时将火把固定于一旁，来到这只木箱前，肃然道："几十年来，我保存的这个秘密就在此箱中，打开来看罢。"

赵明风启去了箱盖，呈现众人眼前的是半木箱的书纸图卷。方国涣见了，大是诧异，不知赵琛将这些书卷独自秘藏于此洞中几十年是为了何故？

赵明风有些失望道："我道是什么稀奇宝贝，原来是一箱子的废纸。"

叶晓生没有说话，随手翻了翻，面呈诧异道："赵琛兄，这可是些航海日志？"

赵琛道："不错，你再看看这些图卷。"

叶晓生展开来一卷看时，不由惊讶道："航海图！赵琛兄哪里得了这些东西来？"

赵琛道："自我大明朝建基以来，有一人七下西洋，开创了当今世界上的航海奇迹，可知此人是谁？"

赵明风一旁道："这个谁不知道，此人乃是成祖皇帝时候的郑和郑三宝。"

叶晓生道："不错，当年郑和七下西洋，向各国展示了我大明朝之威，使众夷臣服，大大加强了我中国与天下的联系，现在京城中人习惯称郑和为三宝老爹，还有一处巷子叫三宝胡同的，可见郑和下西洋的影响和功绩之大。"

赵琛道："郑和创此航海大业，前无古人，我从这些航海记事中略知当初盛况。那郑和郑三宝乃是一位云南回人，成祖时为宫廷宦官，当时天下开放，各国商人使节互相往来，成祖皇帝为了加强同海外各国的联系，显示大明天朝的国威，探究世界之大，命郑和率领官兵、翻译、采办、水手、工匠、医生等二万七千八百多人，带着大量的金银、丝绸、瓷器、铁器和布匹等，乘坐六十二艘大海船，浩浩荡荡地从刘家港出发，开始西洋之旅，场面壮观，气势宏大。那最大的海船可容千人，号称'宝船'，长四十四丈，宽十八丈，有十二面巨帆，需二三百名水手驾驶。庞大的船队云帆高挂，经东海、南海，首先到达占城，然后前往婆罗而入西洋，途经数国，始知天地之大，海外还有许多国家的。在近三十年的时间里，郑和率领的船队前后航海七次，到过曾未闻名的新陆地，领略了异域他国的千种风光。"一席话，自把赵明风、方国涣二人听得呆了。

叶晓生这时恍悟道："赵琛兄此番造船出海，原来是与当年郑和下西洋一事有关的，但不知这其中有何大秘密？"

赵琛此时从箱内取了一卷图纸来，随手展开了道："这是一张当年郑和下西洋时的航海图，一路航线上所途经的岛屿、陆地、国家，无不一一标明了的，十分得详细。"

叶晓生这时惊讶道："这些东西实属珍贵，本在皇宫内收藏，如何会落到了赵琛兄的手里？"

赵琛道："皇宫内自收藏了当年郑和航海资料的全部，但有一个秘密没有记录进去，故而无人知晓。至于我何以得到的这些书卷航志和海图，稍后再细说，叶兄请看这个。"

赵琛接着用手指了航海图上西洋海域内的一处红色标记道："我所说的秘密就在这里。"

赵明风、方国涣、叶晓生三人上前细看时，不由齐声道："宝船沉此处！"

叶晓生一惊道："难道当年郑和出使西洋途中，有一艘宝船在海上沉没了吗？"

赵琛道："不错，这正是秘密所在。"

赵明风此时摇头道："那宝船已沉了将近百年，且又远在万里之外的西洋之上，不知究竟是什么秘密，使得父亲这般注重？纵使那沉船载满了宝物，我们也犯不上冒着风浪之险去捞取的。"

赵琛道："我所说的秘密正是这艘载了无数奇珍异宝的沉船，但事情并不那么简单，多年来我一直守着此秘密是另有原因的。"

叶晓生此时笑道："赵琛兄造船出海，是要循那郑和当年的航线，去西洋探宝的，捞取沉船上的宝藏，这便是大秘密了，除此之外，还能有别的什么原因吗？"

赵琛摇头道："我亲自造船出海，探取沉船上的宝藏，这只是其一，但并不是主要原因。想我赵氏之富，已甲天下，是无必要冒此风险的。"

叶晓生闻之，点头道："赵琛兄倒不是那种为了什么宝藏而不要自家性命的人，但此举还是令人费解的。"

赵琛笑道："赵某只是想实现自家多年来的一个心愿而已。"叶晓生、赵明风、方国涣三人闻之，更为茫然不解。

方国涣道："不知赵伯父要实现的是怎样的一个心愿？何以要付出如此大的代价，亲自造船出海？"

赵琛道："几句话却也不能解释的请楚，我还是从头从这沉船说起吧。"

赵琛这时道："当年郑和第二次率船队出使西洋，由于沿途上的贸易和各国所赠送的奇珍异宝，可谓不计其数，然而主要的还不在这里。据这些航海志中所载，当年船队在海上遭遇了一伙强大海盗的拦劫，郑和率领船上的官兵击败了那伙海盗，为除后患直捣盗巢。航海志中载：'大军追至一岛上，诛盗魁班可及众，搜其盗巢时，意外于一洞穴中得宝藏，奇珍异宝之多所未见也，不知积群盗几代方可聚此之巨，可敌一大国也。'"叶晓生、赵昇风、方国涣三人闻之，惊讶不已。

赵琛接着又道："当时郑和意外地发现了这些海盗也不知积多少代掠夺的巨大宝藏，也自惊呆，随后命人移装于海船上，竟然装满了整整一艘最大的海船。"

叶晓生闻之大惊道："这么多！此宝藏如此丰巨，不知那些海盗们抢劫了多少商船，掠夺了多少国家？"

赵琛接着又道："那座宝藏被尽数装在了一艘大海船上，郑和见此意外收获，惊喜异常，即命扬帆回国。然而在海途中，被海盗班可的残部偷袭，那些海盗也不知怎么在这艘装满了奇珍异宝的海船底部做了手脚，后遇风浪，此海船便沉入了海底。郑和遣水手们入水打捞，可惜海水太深，水手们气力不够，以失败告终，竟连一件也未及捞起。郑和无奈之下，只好在航海图上做了沉船的标记，以图日后打捞。归国后，郑和对此事念念不忘，先后七下西洋，其中至少有三次是为了打捞此沉船上的奇珍异宝而出行的。每一次都在国中招募善水者，途经沉船之地打捞，可惜每次都有所牺牲而不能成功，郑和后来只得作罢，成为他一生中的憾事。"

叶晓生此时道："郑和如此注重此沉船，可见船上宝物奇盛。赵琛兄造船出海探险寻宝，商家本性，不为过也。"

赵琛闻之，摇头笑了笑，接着又道："郑和在最后一次出使西洋归来之后，把关于此事的文字海图都毁掉了，以防有异心之人得了去，想法子打捞而造祸天下。"

方国涣这时道："郑和当年既把此沉船的文字海图都毁掉了，而赵伯父的这些图卷又从何而来？"

赵琛道："此事说来话长，我在年轻时易货于江浙，曾救济过一家人，其家主人名叫刘海顺，也许见我与众不同吧，或是他守着这个秘密也自无用，当时便与了我这些图卷。同时又让我保证，日后永远保留这个秘密则罢，若出海寻觅，当在四十年之后，再行其事。我问其故，刘海顺便告之，其祖父曾六次随郑和出使西洋，所以详知此事。其祖父倒是一位有心人，把一切都记于自家的航海志中，自是想为子孙留些希望的财富吧，但嘱后人两代之后，方可行事，是想让人尽忘此事，再行打算的。"

叶晓生听罢，摇头道："那刘海顺的祖父私存这些航海志与图卷，仅能增些人的好奇探险之心而已，想郑和先后几次都打捞不成，别人也自枉然。并且那船宝物沉在西洋海底，远在万里之遥，而且航海图上所标，差之毫厘，失之千里，又怎能找到那沉船的具体位置？便是这一切都能做到，也是无法打捞的，海水深处，昏暗无光，水势压人，往往因气力不够，潜水之人是很危险的。赵琛兄是一实际之人，如何做这空幻之事？"方国涣一旁闻之，暗自点头。

赵琛这时叹然了一声道："晓生兄所言不差，这个秘密似乎是一个无法实现的梦想，但是，正是因为这个秘密之故，有了碧瑶山庄，有了今日的赵氏甲于江南的基业。"叶晓生、方国涣、赵明风三人闻之，大是诧异，皆不明赵琛所言何意。

赵琛此时接着道："当年得到这些航志海图时，令我兴奋不已，心知若是得到沉船上那些宝物的千分之一，也能富可敌国，但是当年财力有限，无出海远行之力，也是为了遵守刘海顺年限之约，便把这个秘密私下藏了。然而作为一种梦想，希望有朝一日能实现它，便自产生了一种强大的动力，始终推动着我四处奔波，经商不倦，以积聚出海寻宝的能力，成就一种不亚于帝王江山之业，因有此念支撑，竟创下了今日赵氏之基。"

叶晓生此时惊道："赵琛兄的这万贯家私，原来都是那沉船引来的，真是不可思议！但以赵琛兄今天的成就，却也如寻着了那宝船一般。"

赵琛笑道："不错，若无此沉船牵着，也无今天的成就，所以出海一行，是我一生中最大的心愿。如今家业已定，有了出海的能力，无论成功与否，但走上一回，才能心甘的。"

叶晓生闻之笑道："明白了，原来你这富家翁也有好奇冒险的性子，此番出海，虽说是为了实现自家的一个未了心愿，不如说是想沿郑和当年的航海之路，做一回海上闲游罢了。"

赵琛笑道："这正是我要出海的真正目的，说起来虽有些荒诞，实是心中最大所愿。好了，火把快燃尽了，我们且把这些海志图卷带回去细研究罢，

第八十二回 郑和航海图

寻那海底沉船也不是无可能的。"

赵明风此时释然道:"父亲造船出海,却是为了件不可能的事,而竟下了这般大的气力,好在不是千方百计地寻那沉船,姑且经受一回海上的风浪,做一番探险之旅吧。"随后与方国涣抱了那些海志图卷,和赵琛、叶晓生同出了洞穴。

到得岸边,仆人自划船来迎了,四人复又回到了齐仁殿。

落座后,赵琛道:"如今曾子平在海边船场总理一切出海事宜,两艘大海船也快完工,诸事齐备,但等择吉日出航。此行海途遥远,一年半载方能回转,对于那沉船,我也无意苛求,但走上一回,以了未遂之愿。"

叶晓生道:"赵琛兄为这次出海准备得很充分,虽不及郑和当年的声势大,但条件上更为完善,招募了许多能人异士,此番出航,若是成功,便可再造出一个赵氏基业来,人人都可获得一个富贵,不成功,权当作回冒险探宝的海客。"

赵明风道:"下了这么大的力气,还是成功的好,然而大海广阔,仅凭那些航海图,实难找到沉船的地点。"

赵琛道:"此番出海,虽是为了了去一个夙愿,但也不是无所凭。多年来,我研究了这些航志图卷,认为还是有可能寻到那艘沉船之处的。至于深水打捞,由广东的邓氏兄弟负责,他兄弟二人各习得闭气法,海底取物,经验尤著。"

赵明风道:"航海图上所标的沉船地点,仅指那片海域罢了,我们能寻到那里,但具体的位置还是难定的,总不能让邓氏兄弟在那片海底下一点点地摸索着找吧。"

赵琛道:"所以才请了你叶叔叔来,他善'海象之术'的。"

叶晓生笑道:"赵琛兄商家敛财的性子还是冲着那沉船去的,那沉船上若真载满了奇珍异宝,必有珠光宝气透水射天,只要在航海图所标的范围内,我便可以夜观到,却也不是什么难事。"

赵明风闻之喜道:"这便是叶叔叔的海象之术吗?"

叶晓生道:"这是一种望气术而已,真正的海象之术乃是天象应海之术,海上风云莫测,但可依日月星辰的变化、阴晴晦明的云态,可预测气象而利航向。"

方国涣闻之,惊讶道:"叶先生既精于天文,难道天上星势的布列变化,真的可以应于地,甚至于人事吗?"

叶晓生道:"天道刚正为乾,地道载物为坤,孕气而化人,故而人居天地之间,受天地运化之制,日月星辰散布天际,其象横列,世间大事的变动,无不应之,所谓天人相应,更是如此。"

方国涣闻之，心中暗讶道："昔日悟棋入幻境之时，因见天上星象的布列而修就了天元化境的棋道，看来棋道应天而置，故而可应合世事的。"

叶晓生这时道："赵琛兄所召请的能人异士中，有一位叫许九公的，听说是位老海客。"

赵琛道："不错，许九公现已八十余岁，仍健步如年轻人，出身于航海世家，七八岁时就随先祖出海遨游，自熟悉海上的群岛水域，风土人情，闻其先父就曾随郑和的船队三下西洋的。"

叶晓生点头道："看来这次在海船上可以见到不少能人豪杰了，如此出海同游，历险探宝，倒是一大壮举。若那郑和宝船尚在海底，也只有赵琛兄这等大福之人享得了，它沉睡了百余年，或许赵琛兄能让那些奇珍异宝重见天日的。"

赵琛笑道："我此番甘冒风浪之险，并非贪那郑和宝船之物，但想循郑和当年的海迹一游而已，虽有打捞那沉船所载的宝物之心，但并不太着意的。若天赐我那宝船之物，最好不过，若空手而归，也不虚此行的，毕竟依着自家心愿去了一回。并且此番出海远航，可重现郑和当年航海的壮举，又可领略异域风光，见识一番海外世界，也不枉人生一回了。"

叶晓生、方国涣闻之，点头称善。

方国涣随后道："若那沉船上的奇珍异宝重见天日，当可震动天下，朝廷知晓了，或有许多麻烦事的，因为那都是当年郑和宝船之物。"

赵琛道："这个不妨事，此番出海是以经商为名，内情也只有相知的人清楚，并且只取沉船上之物。不成功也就罢了，若有幸成功，载宝归来，以我赵氏声势，人多不疑的，但认为我们在海外掘了宝藏而已，对于同行的水手们，也会认为是打捞其他古沉船的财物罢了，与朝廷无涉的。"

第八十三回　风景盛宴

　　方国涣到了碧瑶山庄，得知赵氏父子要出海探险，寻那载满了奇珍异宝的郑和沉船，因被邀往，也自欣然。赵琛与叶晓生每日则研究郑和航海图和那些航海志，叶晓生细看了这些图卷之后，不由信心与兴趣大增。
　　过了两日，碧瑶山庄的大管家宋旅扬从海边回了来，告知赵琛，海船建造进行得很顺利，可如期完工，招募的水手、海客及其他与出海有关的一切事宜都已完毕，赵琛闻之大喜。宋旅扬见方国涣已到了碧瑶山庄内，并且应邀出海，也自高兴。
　　这日，方国涣正在翠雨轩内教小全子走棋，门一开，赵明风走了进来，叹然而坐道："今日早间，田阳午叔叔差人送来一封书信与家父，言已归隐鄱阳湖，家父见了信后急命人到城里去寻，田叔叔已于昨日离开了。"
　　方国涣闻之，倒也不惊讶，自是感叹道："田先生能在棋上善始善终，也是一件好事。"
　　赵明风道："田叔叔棋扬江南，如此隐去，却也可惜。"
　　方国涣道："如田先生这般，也是去了一处好归宿。"赵明风闻之，忙问原始委，方国涣便把菊花夫人托请自己传书的事情说了一遍。
　　赵明风听罢，惊讶道："没想到田叔叔情感上还有这般曲折，先前见田叔叔中年不娶，以为他务棋至深，无暇婚事，原来有这桩事在里头。"自是摇头感叹不已。
　　这时，有一名庄丁进来报道："少主人，庄门外有两位年轻人求见，说有要紧事。"
　　赵明风道："是两个什么样的人？"
　　庄丁道："他二人自称叫罗坤、卜元的，还说是六合堂的人。"
　　方国涣闻之大喜道："是卜大哥、罗坤贤弟他二人到了，当是来寻我的，竟然找到了这里。"
　　赵明风高兴地道："既是贤弟的朋友，快请了。"
　　方国涣、赵明风迎出庄门外时，果见是卜元、罗坤二人，见了方国涣，三人喜抱一团。
　　方国涣此时大喜过望道："卜大哥、罗贤弟，你二人如何到了这里？"

罗坤道："自黄鹤楼棋战后一别，我等众人便随了孙奇先生回到了鄱阳湖总堂处，告知总堂主，方大哥棋上一战成功，废去了李如川的杀人棋道，总堂主听了，高兴万分。谁知没有几日，忽得到消息，汉阳王府四处张贴缉拿方大哥与简良的告示，我等当时大惊，不知起了什么变故。总堂主随即派人到汉阳探听详情，同时四下寻找方大哥的下落。昔日分手时，方大哥曾说过来苏州办事的，我与卜大哥便奉了总堂主之命，前来寻护了。"

方国涣闻之大是感激地道："多谢大家对我关心备至，此事竟也拖累了连姐姐。"

卜元道："那汉阳王好没道理，竟敢乱意拿人，听到此消息时，大家好吓。先前听贤弟说起过，识得一位姓赵的大家公子，故而寻了来，不想却见着了，真是老天保佑。"

方国涣随后引见了赵明风道："这位便是赵明风公子，卜大哥、罗贤弟，快来见过。"卜元、罗坤二人忙上前与赵明风互见了礼。

卜元笑道："赵公子就是那位吃遍天下美味的美食家吧？"

赵明风忙道："惭愧！惭愧！让二位英雄见笑了。"

卜元笑道："早就听方贤弟讲过的，赵公子是有大口福的人，真叫人羡慕的。"言罢，四人大笑，赵明风忙请了卜元、罗坤进入了碧瑶山庄。

翠雨轩内，方国涣拉过小全子对卜元、罗坤二人高兴地道："这位是小全子，我在路上收下的。"

小全子见卜元、罗坤二人气宇不凡，知是有本事的人，忙自上前礼见道："小全子见过二位哥哥。"

卜元见小全子长得机灵可爱，不由拉到面前喜道："小全子！好极！卜某又多了一个小兄弟。"

方国涣笑道："小全子却是有过人本事的，日后烦二位在拳脚上多加指教了。"

罗坤笑道："小小年纪被方大哥看重，当是不简单的。"大家随后落了座。

卜元自对赵明风笑道："适才一路进来，见这园子大得很，可见赵公子这一辈子过得真是实在。"

赵明风笑道："在下别无他能，但于吃上用心罢了。"

罗坤道："今见方大哥平安无恙，我等这才放下心来，多多谢过赵公子才是。"

赵明风道："我与方贤弟相交甚厚，不分彼此，大家不要客气的。"

罗坤随后向方国涣问起汉阳王府变故的始末，方国涣便前后叙述了一遍。

卜元闻之怒道："好个老匹夫，竟然如此险恶，幸亏贤弟无事，否则必把他的汉阳王府搅个底朝天，一弹子打他个鸟样。"接着又哈哈大笑道："怪不

第八十三回 风景盛宴

得汉阳王这个老匹夫发这么大的火，原来他的宝贝公主被简良拐走了，这简良瞧着挺老实的，却也能做出这档子事来，好极！好极！当是那汉阳王的报应。"

罗坤这时道："总堂主闻之此事后，十分焦急，担心方大哥会遇到什么不测，已是寝食难安，明日当回总堂一封信去，叫总堂主和六合堂的弟兄们放心才好。"

方国涣道："不错，先前我很担心此事会把六合堂牵连进去，对大家不利，回信告知连姐姐我已平安无事，叫六合堂的弟兄们无所妄动，免得再出乱子。"

罗坤道："此言甚是，为了方大哥，连总堂主不惜和汉阳王刀枪相见的，到那时，事情会闹大的。"赵明风一旁，见方国涣和六合堂的关系如此密切，尤为惊讶。

卜元这时道："离开总堂时，总堂主吩咐我二人，若寻着了贤弟，当小心护了，待风声小些再做打算。日后贤弟可不要随便离开我二人左右，免得叫汉阳王府的人抓着了。"

方国涣笑道："为了此事，我准备随明风公子出海暂避，也是想到海上见识见识。明风公子的父亲赵伯父，造了两艘大海船，准备出海探险的，卜大哥、罗贤弟既然来了，不知可有兴趣同去？"

卜元闻之喜道："听说海上有神仙所居仙岛，能得出海一游，当真再好不过。"

罗坤道："方大哥走到哪里，我二人便护到哪里，总之以保证方大哥的安全为上。"

方国涣闻之大喜，忙对赵明风道："有他二人同行，海途上可保安全些，我这两位兄弟，皆有万夫不当之勇，若遇上些海盗水匪类，倒不足为虑。"

赵明风闻之大喜道："家父为了此番出海的安全，也招募了些江湖好汉，若得两位英雄堂主同行，再好不过了。"

方国涣随后便把卜元、罗坤二人向赵琛引见了，赵琛闻他二人乃是六合堂的堂主，大是惊喜道："两位堂主到来，实为天助。此番出海，恐有海盗倭寇相犯，故也招请了几位武术师傅同行护船，今有两位堂主亲自压船，可保无忧了。"遂以贵宾之礼相待。

罗坤这时忽想起一个人来，忙对赵琛道："赵先生此番亲自造船出海探险，也是一大壮举，我有一位朋友，现居洞庭，此人水性奇好，在水中如走平地一般，若把此人请来，在海途上当大有帮助。"

赵琛闻之喜道："如此水中的高人，正求之不得，烦请罗堂主去信将此人邀来。"

罗坤道："此事易办，他若见我相邀，必定前来。"赵琛大喜，忙命人笔墨侍候了。

罗坤便写了一封书信给洞庭湖君山朗月山庄的米迁，叙述了相邀出海之事，赵琛随即命一名精干的仆人立刻起程送信去了。

赵琛然后道："海上海盗横行，海船常遭不测，尤以近海海域，倭寇猖獗最甚，故此次出海，也是冒着极大风险的，所以在这方面也做了些准备，除了招募精干健勇的水手、经验丰富的海客、护船的武师外，还在船上备了几尊火炮，以防不时之需。"

"火炮！"方国涣闻之，忽地想起了火药专家阮方来，心中一喜，忙对赵琛道："赵伯父，我也有一位朋友，他精通于火药枪铳，所造火器，威力巨大，若邀来同行，对海船的防卫御敌之功则大有益处。"

赵琛闻之喜道："方公子怎么不早说，如此高人，正应请来，那海船上虽备了数尊火炮，却无人善用，但想吓唬吓唬海盗就是了，既有这等善火器之人，亟当邀请来。"

方国涣随即写了一封书信与阮方，要他与蔡晓雷一同前来，参加赵氏的出海探险之行，写清了地址，赵琛即派精练之人传送去了。

当日，赵琛摆酒宴相酬卜元、罗坤、方国涣三人同行相助及荐人之功。叶晓生在席中坐陪，闻及又有几位能人异士随行出海，也自欣然。就这样，卜元、罗坤便陪着方国涣在碧瑶山庄内住了下来，以候出海。

方国涣自给连奇瑛、孙奇去了书信，细叙了汉阳王府变故的始末，并告之自家平安脱险，且由卜元、罗坤相伴随赵氏海船出海一游等事。

小全子在卜元、罗坤面前展示了翻云手，令二人惊异不已，想不到小全子身怀如此绝技。因出海日期临近，碧瑶山庄内免不了为赵氏父子的出行忙碌一番，宋旅扬派人又从苏州城内及杭州、扬州购置了大量出海所需之物。方国涣、卜元、小全子、罗坤四人却落得无事，除了游园赏景，便是教小全子练武习棋。

方国涣又向卜元、罗坤二人讲了此番出海远航是要探捞那郑和沉船上的奇珍异宝，而赵琛则是为了实现自家的一个心愿。卜元、罗坤一时间却也不甚明白，一个大富豪的这般大举动，仅是为了了去一个愿望。不过打捞沉船之宝，倒令卜元、罗坤二人好奇不已，知道若是探宝不成，权当出海闲游一次罢了，二人也自欣然。

过了十余日，这天，方国涣、卜元、罗坤、叶晓生正在齐仁殿与赵琛商谈出海事宜，忽有庄丁来报道："洞庭湖君山朗月山庄庄主米迁求拜。"

众人闻是米迁到了，俱是欢喜，罗坤更为高兴。

一行人迎出庄门外时，但见一位年轻的白袍公子在门外站了，身后还有

第八十三回 风景盛宴

十余名仆人相随，此人正是"小龙王"米迁。

罗坤立时迎上前来，欢喜道："米贤弟，别来无恙否？"

米迁笑道："罗大哥去了多时，如何才与我消息？令小弟好生挂念。"

二人重逢，自是欢喜之极。罗坤随后向米迁介绍了赵琛、方国涣等人，彼此见了礼，众人自迎了米迁到齐仁殿落了座。

米迁的到来令赵琛高兴不已，随后设宴为米迁接风洗尘。

席间，赵琛道："赵某此番造大船出海，能得到各位奇人异士相助，实为幸甚，尤其是米庄主的到来，此番出海远航当更为完善。闻米庄主水性奇好，素有'小龙王'之称，龙入大海，方能显出本事的。"

米迁笑道："赵先生过奖了，得到先生相邀，出海一游，又能结识各位，也是在下的幸运。"

赵琛道："这次把米庄主请了来，是有大用处的，乃是出海打捞当年郑和下西洋时在途中沉掉的一艘宝船上的珠宝，因在海底深处，需要米迁庄主的这种水中本事才行。"

"郑和宝船？！"米迁闻之惊讶道，"罗大哥信上说的出海探宝，就是寻找郑和的海底沉船吗？"

罗坤道："不错，若能寻着那沉船所在，非贤弟不能潜水捞取的。"

米迁道："竟有这等奇事，不过海中不比江河湖泊，深水取物，需有具体位置才行。"

赵琛道："米庄主但有个心思就行了，不必过于着意的，此番出海，但沿当年郑和西行海迹走上一回，平安地归来，赵某就足矣了。"米迁闻之，心中诧异。

方国涣道："赵先生的意思，便是召集各方面的能人异士，出海探回险罢了，至于有无获利之处，则为次要的。"赵琛闻之，笑着点了点头。

米迁心中道："素闻赵氏富甲江南，本无一家之主冒险探宝的必要，但赵先生却生出这般大的举动来，或许是好奇心驱使的吧。"

卜元这时道："闻海上风浪大，不知可否能转得回来？若是去得远了，寻见一处神仙住的地方也是好的。"

方国涣笑道："海外的仙山，多是传说罢了，所谓的神仙，也都是人而已。"

当天晚上，米迁自和罗坤、卜元、方国涣同居翠雨轩中。米迁得知方国涣便是罗坤当年寻找之人，自是欣喜相识。

又过了数日，阮方接了方国涣的书信也自到了，还带了一马车的东西来，用油布遮着，不知为何物。赵氏父子自欢喜地迎了，待以贵宾之礼，设宴相请。

方国涣见了阮方尤为欣喜道:"先前恐阮大哥清闲的性子不会来的。"

阮方笑道:"贤弟邀我出海御寇,焉有不来之理,曾有几位故人在海上为海盗所劫杀,此事我一直念念不忘的,今番出海,顺势替他们报仇吧。况且出海一游,也是先前想之而不能行的事。"

方国涣道:"信中也邀了蔡晓雷大哥,他怎么没有来?"

阮方笑道:"蔡晓雷舍不得酒窖中的那些沉香酒,贪醉而已,几次劝他也不舍,我只好一人来了。"

方国涣笑道:"蔡大哥恐那些酒被别人夺了去的,也是想比阮大哥多饮些,占点便宜吧。"

阮方笑道:"也不出其间的,对了,贤弟棋上的那桩事可结了?"

方国涣道:"多承阮大哥相问,此事已做了了断。"

阮方闻之喜道:"物以类聚,人以群分,既是棋上事,终归要碰到一起的。"

方国涣随后向赵琛、赵明风、叶晓生、宋旅扬、卜元、罗坤、米迁等人讲了阮方在火器、火药上的本事,令众人惊叹不已。

阮方这时对赵琛道:"赵先生造船出海,除了风浪之险外,海盗倭寇这患也不能不防,为防患于未然,我这次带了些东西来,还烦请赵先生预备三十支火铳,以备不时之需。另外,还需要一些物件,已列于单上,望先生备齐,那么日后航行海上,当不虑盗匪之患。"

赵琛闻之大喜道:"海航上的防卫之事,我最是担忧,海上多不安宁,时有商船遭劫,阮壮士既善于火器,当使盗匪近不得前的,所需何物,但说无妨。"

阮方便从怀中摸出份单子来,递于赵琛道:"烦请赵先生照此单备齐了。"

赵琛接过一看,也是些易备的东西,便交于宋旅扬办了。

阮方这时又道:"我这次带来了几件新研制的火中利器,试之威力不小,用于海船防卫甚佳。"

叶晓生一旁道:"闻西洋人善火器,用于军旅中,比那刀枪弓弩的威力大得多。"

阮方道:"火药乃我中国人所发明,后传出中原。西洋人多巧于机械,合以火药为火器,用以杀伐,甚是酷毒,却也不失为攻防之利器。我中国人在这方面也自有巧思,尤过西洋人,然却不尽用,不能不说是一件憾事。"

叶晓生道:"我中国人自古便崇尚文治,持于武功,忽略了火器的威力。"

阮方道:"不错,在下也曾荐火器于军旅中,用以防盗御寇,然却得不到重视,后来也就罢了。"

赵琛叹道:"阮壮士一身本事,却不能为朝廷所用,实是朝廷的损失。"

第八十三回　风景盛宴

阮方苦笑道："终归是一种伤人之术，广用不益的。"

当天晚上，翠雨轩内，阮方因结识了卜元、罗坤、米迁而兴奋不已。

说起出海事，阮方道："赵先生舍了偌大个家业不顾，却也有些豪气的。"

米迁道："能创造这个机会让我们相聚一回，比寻到那海底沉船还要让人高兴的。"

阮方道："近日我在火器上又有新创，能在海面上一试，正是求之不得的，因财力有限，先前仅在家中小试而已。"

方国涣道："阮大哥研制的火器不同寻常，今番在海上，望一展身手，让大家见识见识。"

阮方笑道："都是些伤人的玩意儿，也自带些危险的，不过要比年节时放的那些烟花爆竹壮观得多了。"

方国涣笑道："阮大哥既精于火药，不知在烟花上有什么新创？"

阮方笑道："贤弟倒了解我的，这次我带来了十几枚'夜光弹'，于夜间射入空中，闪炸开来，方圆几百米内可亮如白昼。"

卜元闻之惊道："阮兄莫不是雷神再世？否则怎有这般本事。"

阮方笑道："借火药之巧罢了，'夜光弹'初成，于旷野中夜间一试，有偶见者，惊为神仙降世，天光夜现，纷纷赶往礼拜，唬得我以后再不敢轻易试放了。"

方国涣笑道："阮大哥所研制的新鲜玩意儿，旁人都不曾闻见过的，自然让人有些惊怪了。此番若在海上一试，可要惊动龙王的。"阮方笑道："不管龙王海魔，若敢来犯，我也能击之。"

阮方这时见小全子一旁听得津津有味，不由笑道："小全子，你在方大哥身边，可要好好护了他，我且送你一件防身的东西吧。"说完，阮方从腰间摸出一支乌亮的短筒火枪来，送于小全子道："这是一支火铳，连珠的，可连射三次，远近可击，要好生藏了，除了万不得已时，切勿乱用。"小全子见了大喜，忙接过谢了。

卜元见那枪铳短小，当不会有太大的威力，也没在意，阮方随后又教了小全子如何使用及装药纳弹丸。

方国涣笑道："以后可无人敢欺负我们的小全子了，阮大哥送的火器，可无人能挡得了。"小全子此时高兴之极，恐卜元要了去观赏，忙于怀中小心地藏了。

卜元见了笑道："小心走了火，伤了你自家。"

阮方道："不妨，不动机关，不会自射的。"众人听了，惊讶不已。

又过数日，赵琛召集了方国涣、叶晓生等人道："海边船场已传来消息，两艘海船已经完工，一切事宜都已准备妥当，这几日我们就要动身去海边。"

众人闻之大喜。

赵明风这时道:"杏儿为了给大家送行,特在美食楼仙品堂备了一桌奇妙盛宴,恭请大家光临。"

叶晓生闻之喜道:"少夫人乃有天下第一厨之誉,苏州的各大名厨都推她为首的,看来我们这次有口福得很,不知要品尝到什么样的美味佳肴。"

赵明风笑道:"杏儿为了这桌酒宴,已准备了一月有余,连我也不知她究竟在搞什么花样,但是说会叫我们大吃一惊的。"

方国涣笑道:"韩姑娘厨艺绝伦,时出新意,我已是有幸领略过几次了,至今仍感到口中似有余味。"

赵明风道:"杏儿这些日子忙得很,庄中的厨下师傅被她调去了十几个人做帮手,看样子这桌酒宴是要具备一定规模的。"众人闻之,诧异不已。

宋旅扬这时道:"杏儿是要做一桌古今无有的大宴,听说餐具是专门在苏州城内有名的银匠那里定做的,庄中的碗碟好像都用不上的。"

方国涣闻之一喜道:"看来我们有的美味尝了。"

叶晓生笑道:"少夫人的这桌酒宴却也神秘,不知要做出什么样的奇异风味来。"

卜元心中道:"这小丫头倒也会想着法子吊人胃口,一桌酒菜罢了,虽会讲究些,又能玩出什么花样来。"众人都知韩杏儿的这桌酒宴必定做得不同凡响,已然神往。

众人谈话间,不觉得便已到了中午,此时有丫鬟进来道:"少夫人请老爷及各位客人美食楼仙品堂用宴席。"

赵琛笑道:"我这位儿媳常在美食上别出新样,各位且去尝个新鲜吧。"随后与赵明风引了叶晓生、方国涣等人向美食楼而来。

到了美食楼下,又有侍女迎了,各呈惊喜之色,显是见着了绝妙的东西,随后韩杏儿带着满意的微笑迎了出来,自向赵琛等人见了礼,然后便把众人引到了二楼仙品堂内。

众人到了仙品堂内,立时被眼前的景象惊得呆了,赵琛更是一怔。

但见在一张长四米、宽两米的桌子上,活生生地坐落着一幅碧瑶山庄的风景全貌,实是那把整座庄园缩小了的模型。山丘起伏,湖泊错落;楼台亭阁,塘池桥廊;怪石假山,细柳修竹;水道互连,曲径通幽;又有那人群车马,戏台歌舞;虽然景致别成,却浑然一体,而这一切竟然都是用食物菜料雕琢布成的一席风景全宴。

韩杏儿这时见众人已看得目瞪口呆,忙自笑道:"大家勿要站着观赏,且请入座品尝吧。"

卜元惊异道:"这……这些可是吃的?"

第八十三回 风景盛宴

赵琛此时赞叹道:"好一席全景大菜!碧瑶山庄内的所有景致都在其中了。"

叶晓生一拍手,惊叹道:"妙!绝妙之极!"赵明风更是惊喜万分,忙请众人围着桌子落了坐。

方国涣这时发现桌上并无碗碟类,整席风景菜乃是由一面如桌子般大小的银盘托着的,而那"湖塘"蓄水之处,则又是凹如其形的,显是汤类盛其中的。

方国涣不由诧异道:"这种'银盘'如何做出这么大的来?"

韩杏儿笑道:"我依照碧瑶山庄凸凹不平的自然之势及整体轮廓,按比例缩小绘成图式,请了苏州城内高手银匠师傅特别加工定做的银盘底座,便是这张桌子也是请木匠师傅特制的,方公子不妨看看桌子下面。"

方国涣闻之,俯身朝下望时,但见那"雁湖"凹下去的部分从桌下凸出来,下面又有一只小泥炉炭火煨着,却是要始终保持"雁湖"内汤水的温度。

方国涣见了笑道:"原来这桌子的上下都有文章的。"

罗坤这时从眼前的这片"碧瑶山庄"内闻到了种种溢出的异香,实是透肠荡胃,不由惊讶道:"请问少夫人,这道全景大菜都是用何料做的?不但好看得很,而且奇香诱人。"

韩杏儿笑道:"这桌风景宴已容括了南北八大菜系的各种风味,所择菜料,是从山珍海味中精选出的,仅水族类,就有七十二种之多,禽畜的肉质,更达四十八种,其他的也有百余种,一景一菜,组成全席之景。"众人闻之,啧啧称奇不已。

赵明风这时起身道:"家父此番造船出海,承蒙各位相助同行,杏儿特备此宴,以表谢意。各位,不要客气,请用吧。"

卜元与阮方互相望了望,阮方摇头道:"如此奇妙景观,吃了岂不可惜?"

卜元也自道:"吃不得,不忍食。"

赵琛笑道:"美食之中,创作之巧,是如丹青高手,求其色香味,品尝之中,自生雅意,得无穷乐也。此宴虽精美,却都是入口可食之物,但用之无妨。"

卜元仍自摇头道:"一筷子下去,岂不破坏了景致?更浪费了这位天厨娘娘的一番心血,食之可惜!食之可惜!"众人闻之大笑。

方国涣笑道:"此宴过于精美,卜大哥乃是不敢用了,且先尝食几勺汤水吧,不伤景致的。"

说完,方国涣从面前的"荷塘"中取了一勺汤,送于口中,忽地惊喜道:"三味玉清汤!"

卜元见方国涣饮了一勺清清的汤水,也自欢喜,不由惊讶道:"这'湖'

内汤也好喝吗?"也自取了一勺来,入口尝了,随即闭目不动,如定住了一般。

阮方见了异道:"卜兄,如何发呆来?"

卜元随即摇头感慨了一声道:"妙!味美绝伦!"

众人见之大笑,互相让了让,便各自用了起来,遂闻一片赞叹声,赵明风与韩杏儿则相视一笑。

此风景宴丰盛之极,令众人赞不绝口。方国涣首先将自家居住的"翠雨轩"夹来一部分吃了,尝后乃知是鱼翅所雕做,滑软鲜嫩,异香满口,不知是如何做就的。

米迁与阮方将一座鹿肉做成的"山"体分食了,是如红烧一般,叶晓生尝了"流云阁""白石楼"等几处景致,发觉都是海鲜所制,味美异常。赵明风见众人吃得高兴,忙又起身劝了一圈"百花酒"。

卜元因饮那三味玉清汤将自家面前的一处"池塘"内的汤水饮去了大半,随见一种奇怪的现象发生了,与此"池塘"相通的"雁湖"中的汤水,竟沿着水道缓缓流了过来,将"池塘"注满。卜元瞧着奇怪,仔细看时,这才发现"雁湖"中的那座"湖心岛",内里却是虚的,蓄着汤水的,"水"位比"雁湖"水面高些,与此相通的那些"塘""池"的"水"位降低时,"湖心岛"内所蓄的汤水就顺势流了出来,制作十分巧妙。

叶晓生也见着了这种现象,不由惊讶道:"这宴席竟也能动得,真是不可思议,可谓古今第一道全景大菜了!"

赵琛点头感叹道:"雕琢、烹饪、布景、制巧,一桌风景大菜,已是百种技艺在里头了。"

方国涣也自慨然道:"如此美妙的享受,真是不枉人生一回了!"

赵明风笑道:"贤弟能有此感慨,已是懂得人生真谛了。"众人闻之大笑。

韩杏儿见小全子仅拣那些"草""木"来吃,显是舍不得动风景的,便笑道:"小全子,但放心用吧,这些东西做出来就是吃的,剩下了,放久了就会变坏的。"

小全子道:"如此好看又好吃的东西,还是多保留一会儿吧。"

卜元一旁笑道:"我们不比赵公子在美食上斯文讲究,自家吃饱了便是。"

酒菜用毕,赵琛望着眼前这片已是满目伤残、支离破碎的"碧瑶山庄",不由摇头叹道:"希望我的碧瑶山庄不要这般才好。"赵明风与韩杏儿听罢,相视愕然。

叶晓生笑道:"出海之际,少夫人做了这桌碧瑶山庄的风景菜,是要赵琛兄与明风公子吃在肚里,记在心里,要早日从海外回来的。"

赵琛摇头笑道:"为了这桌大菜,也够难为这孩子的了。"

第八十三回　风景盛宴

又过了两日，一切准备停当，赵琛便与叶晓生、赵明风、方国涣等人动身去海边船场。临行前，赵琛自把碧瑶山庄及一切事宜交给了宋旅扬掌管。韩杏儿强作欢笑地送走了赵明风之后，免不了回到房中大哭了一回。

因汉阳王府一事，为了安全起见，赵明风自让方国涣乔装改扮，乘车轿而行。除了叶晓生、方国涣、小全子、卜元、罗坤、米迁、阮方等人外，赵琛还从碧瑶山庄内带了三名厨师，二十名精干的庄丁仆人。宋旅扬也随同到海边船场送行，一行人马便自向海边而来。

第八十四回　群英出海

　　在长江入海口处，有一座小渔村，正是赵氏的海边造船场。赵琛等一行人马到时，曾子平领了几十人迎了上来，双方彼此引见了。那些人中有一位八旬老翁，人称许九公的，甚健谈。还有广东的邓龙、邓蛟兄弟，乃是一双善水之人。曾子平见方国涣也到了，还引来了卜元、罗坤、米迁、阮方四位求之不得的人物，不由高兴万分。

　　曾子平这时对赵琛道："如今'太玄''海浪'两船已经完工，但请赵兄率诸位到船上一观吧。"

　　赵琛满意地笑道："子平兄辛苦了。"

　　曾子平笑道："何苦之有？赵兄能促成此番出海的壮举，才是真正的辛苦。"

　　赵琛一笑，随后在曾子平相引下，率了众人来到海岸边，但见那里停泊着两艘崭新的大海船，两船各长三十余丈，宽十余丈，桅杆高耸，巨帆半落，并靠在那里十分壮观。众人见之，无不惊叹。

　　赵琛率众人登上船头，又有十余人迎了过来。赵琛抢先一步，上前握住一位老者的双手笑道："唐师傅，辛苦了。"

　　那老者躬身一礼道："老夫不才，今日造成了两艘船，所幸没有误期，已是自慰了，哪里敢言辛苦。"

　　赵琛笑道："唐师傅客气了。"随即回身对众人道："这位唐子青师傅，乃是当今世上第一造船名家，这两艘大海船，经过唐师傅的精心设计，比寻常海船又有所改良和创新，尤能乘风破浪，万里远航。"

　　唐子青旁边忙道："赵先生过奖了，这都是那些能工巧匠的船工们的汗水所成，唐某焉敢居其大功，唐某且引赵先生与诸位看过了。"

　　赵琛喜道："好极！烦请唐师傅导引。"

　　"太玄"号与"海浪"号两船，除了底仓外，顶仓又分三层，各有房间数十，洁净整齐，犹如精舍。每艘船上又备了十几只小船，以备浅滩上岸和应急之用。在底仓，众人见有一处大水槽，上面横列了数排木制机轮，唐子青介绍道："这是'踏轮'，在它的底下，也就是船底，又有十余排大木轮，只要踏动一排'踏轮'，因机械连动之力，自可带动船底的三排木轮，无风或逆风时，便可驱船而进，七八人操作，可胜几十名水手划桨之功，不但省人力，而且船行尤速。"众人闻之，惊奇赞叹不已。

众人在船上一路观来，见那厅堂华丽悉备，厨厕洁净俱全，如豪宅一般，各自欣然。观览了一番，赵琛等人复又到了船板上。

曾子平指了两旁立着的百余名水手对赵琛道："这些水手多从附近的渔民中招募而来，都是些善水健勇而忠厚之人，闻赵兄造船出海贸易，无不踊跃，还有些是从赵兄商船上的水手中挑选精拣调用了来。"

赵琛闻之，点头赞许道："子平兄遣人调度，不亚于宋旅扬的。"

曾子平笑道："此乃小事，岂能和宋先生的大才相比。"

宋旅扬在后面闻之，笑了笑。

阮方这时见船头船尾各竖了几尊火炮，上前拍了拍道："若在战船上，却也无用，安在此船上，仅能吓些小贼而唬不了大盗的。"

赵琛闻之笑道："这要靠阮壮士易手变其威力了，坚船还需利炮的。"

阮方道："若把寻常火药换了去，便能增其火势的。"

赵琛道："一切就于阮壮士看着办罢，只要是防卫上的需要，言无不从。"

阮方笑道："阮某这次是有备而来，专门对付海盗的，这方面但请赵先生不要顾虑的。"

赵琛闻之喜道："阮壮士既有此言，此番出海的风险可去大半了。"

方国涣、卜元初临海船，自感新鲜，便四下走去闲看。

这时，忽听有人唤道："方公子，别来无恙？"

方国涣闻声，回身看时不觉一怔，只见那木各庄的庄主木卉站在那里正笑吟吟地望着自己，旁边站着的是那个不苟言笑的葛郎宁。

方国涣惊讶道："木姑娘，你如何也在这海船上？"

木卉笑应道："方公子能上这海船，本姑娘如何就上不得？"

这时，赵明风一旁走过来，见此情形惊讶道："怎么？方贤弟与木庄主相识吗？"

木卉笑道："我倒与方公子有过一面之缘，不巧今日又在这海船上遇到了。"

方国涣惑然道："赵兄，这是怎么回事？"

赵明风道："这位木各庄的庄主木卉姑娘此番搭乘海船是出海寻父的。"

木卉道："家父十年前乘海船出海经商，至今未归，杳无音信，思父心切故搭此海船前往南洋诸国，觅查父踪，承蒙赵先生应允，有幸出海一行。"说完，神色间自有些感伤。

赵明风道："木庄主经熟人引见，且出千金作为此番出海之资。本来海船上不便载女客，家父念木庄主孝心可嘉，故应了此事，特备出两处船舱与她主仆十余人用。"

木卉此时狡黠地一笑道:"有幸同行,日后还要请教方公子高棋。"

方国涣疑虑之余,道声"不敢当"!即与卜元别去,将木卉冷落在了那里,乃是方国涣觉得那木卉此番出现在海船上似乎别有他图,出海寻父不过是个借口。

赵明凤见方国涣冷冷相别而去,不解其故,便对那处在尴尬境地的木卉讪讪笑道:"木庄主刚上船来,不如随我四处转转,熟悉一下环境罢。"

木卉忙道:"也好,有劳赵公子了。"神情颇不自然。

卜元见方国涣对那木卉态度上有些冷淡,便道:"贤弟,那位木姑娘可是得罪过你?"

方国涣道:"那倒没有,只是觉得她今番出现在海船上,不那么简单的。"随将昔日木客庄的情形叙述了一遍。

卜元闻之惊讶道:"她一介女子,何以强要学贤弟棋道化兵的本事?出海寻父当属乌有,乃是冲贤弟来的。"

方国涣道:"此女子颇为古怪,日后莫理会她就是了。"

赵琛随后率了众人在"太玄"号的正仓内坐了,此仓依议事厅所造,可容五六十人。

曾子平这时对赵琛道:"此次出海所邀请的人这两日就能都到齐了,五六日内便可起航了。"

赵琛点了点头道:"很好,这次出海邀请了很多能人异士,是为了照顾各方面的。对了,出海贸易的货物是否也备得齐全?"

曾子平道:"各种货物都已储于货仓内,茶水酒食也准备得丰足。就以此次所带的货物而言,海上沿途贸易当能获大利的,虽不抵此次出海的全部开销,但是做得好了,也能偿其一部分的。"

赵琛笑道:"闻海外贸易,常常能有几十倍的利息,故而有人舍了性命抢着做,专营此道。此番出海为免白走一遭,也自载了些货物同行,然而赵某之意也不在此,只要顺利去、平安归就足矣了。"

许九公一旁道:"赵先生此番造船亲自出海,不比寻常,有几个旧识想配些货物搭船同行,被老夫辞了,想是赵先生此行别有他意的。"

赵琛笑道:"赵某邀各位同行,是想各方面有个保障,此番出海,但沿郑和当年的海上之路走一回,且做回海客,探次险罢,看看这世界有多大,是否有个尽头,主要的是想实现一回自家多年来的航海心愿。"

许九公闻之笑道:"赵先生富甲神州,却有此闲情逸致。老夫在这海上跑了七十多年,所见异闻奇事,数不胜数,然而并没有把这海上走遍,方知海面之大,是无穷尽的。"

叶晓生一旁道："九公出海多年，阅历极广，自为我等向导，此次虽沿当年郑和下西洋的航线而行，但若行得兴趣高了，还可畅游四海，也趁机寻访些海上仙人。"

许九公闻之笑道："老夫游行海外多年，从没见过有什么神府仙岛，那些传说都是读书人闲着无事编的故事罢了。虽有异民与我中国人不同，但也都是食人间烟火的，也有土人居洞穴、食野果的，多是些蛮民罢了。出海航行可不是闹着玩的，什么意外的情况都可能发生，凡出海之人都是把性命赌进去的。"

赵琛因为尚未出航，所以郑和宝船的事不便先讲明，此时便笑道："九公航海七十余年而无事，看来是有海福之人，此行全依仗九公指导海途之事了。"

许九公道："虽然海龙王喜怒无常，但有赵先生这等贵人助镇，此行必当是顺利的。况且赵先生这般出海的气派声势，古今能有几个富家自己做得来？老夫也自乐意凑个热闹，去看一番西洋景致。"

赵琛笑道："此行顺利，当为大家都谋个富贵，若是不成，权当闲游一番罢了。"

这天晚上，众人便在船上各择房间住了。方国涣一人悄然出了仓，独立船头，望海沉思。此时两船各升起了长串灯笼，映在海里面，反照船身，甚是好看。海风轻拂，星空明朗，天地被海水连成一色。

方国涣但觉心情荡然，想起往事，皆如梦幻一般，今番要出海远游，心中更是感慨千万。忽见天边有流星滑落，方国涣立时有所感悟，人生短暂，也如这流星一般，过眼即逝，不由黯然长叹一声。

这时身后有一人道："方大哥，船头风大，回仓中吧。"原来罗坤不见方国涣在仓中，便寻了出来。

方国涣见是罗坤，摇摇头道："不妨事的，小全子可睡下了？"

罗坤道："已和卜大哥睡熟了。"

方国涣此时忽道："贤弟，我们是在海船上吗？我但觉此境不真，恍惚然如在梦中。"

罗坤闻之大惊，似感不祥，连忙道："方大哥切莫胡思乱想，可有什么心事不成？"

方国涣晃了几下头，这才释然笑道："没有什么，或许是初临海上不适吧。"

罗坤劝慰道："汉阳王府的事，方大哥不要挂在心上，也许我们从海外回来时，此事已经平息了。"

方国涣摇头叹道："我并非因此事而感不安，乃是叹息人生如梦而已。"

罗坤闻之惊讶道:"方大哥如何生出这般念头来?"

方国涣摇头一笑道:"一时感慨罢了,贤弟勿以为异。"罗坤闻之,这才稍安,又陪方国涣站了一会儿,然后二人便回仓中歇了。

第二天一早,有一中年武师率了十余名弟子上船拜会赵琛。

曾子平这边对方国涣笑道:"此人是吴中有名的武师毕法成,是赵先生请来护航的。"

时间不大,赵琛与那毕法成谈笑着执手从仓中走出,随后向众人引见了。

当介绍到罗坤、卜元二人时,毕法成惊喜道:"原来是六合堂的罗堂主、卜堂主,曾闻六合堂盖世六杰威震天下,今日能见到两杰,实为毕某之幸。"

毕法成接着指了身后的两名年轻人道:"这是小儿毕伟、毕强,还望罗堂主、卜堂主日后多多指教。"那毕氏兄弟忙上前见了礼。

卜元笑道:"毕师傅好福气,有两个虎壮的公子。"

毕法成道:"卜堂主过奖,闻卜堂主有'神弹子'之称,还望指教指教小儿毕伟,他幼好弹弓,但是习到如今也只能打些鸟类,无什么出息,今天遇到了卜堂主,实是他的幸运。"

卜元笑道:"好说!好说!"

那毕伟闻之大喜,忙上前拜了一礼道:"请卜堂主多多栽培。"

卜元扶了道:"都是江湖上的朋友,不必太客气。"毕氏父子得知罗坤、卜元二人也同行出海,各呈欢喜。

中午时分,又有一名儒士带了两名随从上船来见赵琛。

曾子平见了一喜道:"沈先生到了。"

方国涣道:"这位沈先生又是何人?"

曾子平道:"此人名叫沈秋勤,乃是'医圣'佟士儒的大弟子,医术高超,不亚其师。"

方国涣闻之惊讶道:"医圣?可是'南医圣、北药王'中的那位医圣?"

曾子平道:"不错,'南医北药'是当今天下两大医药名家,声震海内。赵先生数月前就邀请了医圣佟士儒的大弟子沈秋勤先生一同出海,此人果真来了,海途上当不必担心疾病之苦了。"

方国涣感叹道:"赵伯父为了此番出海,召集了各色人才,实费了不少心思,万事俱备,直如小国迁移一般。"

曾子平笑道:"这便是赵先生的过人之处。"这时,赵琛引了沈秋勤出来与众人介绍了,大家彼此互见了礼。

罗坤知道沈秋勤的师父是与自己师父齐名的人,礼数上也自恭敬。

沈秋勤虽不知罗坤是药王谷司晨武学上的弟子,但见罗坤神采异于常人,不由惊讶道:"这位罗堂主神采非常,不是先天所生,便是后天食以奇异之物。"

罗坤闻之笑道:"沈先生果然医道超凡,在下确实偶然食过一物,自觉精神了些。"

沈秋勤点头道:"罗堂主的这般神采气质,若是与生俱来,便是贵人之相,如今既是食以异物而得,则成福人之相了。观罗堂主的气色,所食那异物必是禀俱阴阳二性于一体的宝贝,当保罗堂主二百年的寿数。"

罗坤闻之笑道:"若如此,倒是在下的造化了。"船上众人闻之,各自惊讶不已。

这几日,连续不断地又来了数批人,都是赵琛邀请来出海的。其中有一位杭州人,叫梅乙南的,是常年惯走海上的老海客,博学多才,善识海中诸物。还有一位叫洪还章的,金陵人,其祖先唐时就侨居海外,本人壮年才归还中原,自熟悉海外诸国的风土人情,也善多国语言,与曾子平本是旧识。另外还有几位是赵氏商船的老海客,其中有两人叫杨北星、胡文书的,是赵琛平素所倚重的人物,专司此次出海贸易。

还有一位扬州人,江浙名士,叫西门光的,一生好猎奇涉险,最喜远游,曾著《奇游录》,六卷面世,市人争阅一时。闻江南首富赵氏造船出海,招募能人异士,一时心痒,便毛遂自荐,请求赵琛把他随带了去。赵琛也知其人,便笑着应了,也是想让西门光做个海途记事的文书。

还有一人是许九公的曾孙叫许七的,因在许九公的曾孙辈中排行第七故称。许七幼小便生长在海上,十二岁时得一异人所授,善一种"水戏"之术,就是口发怪声,能令海中鱼类跃出水面,易于捕捉。到海船上的当天,许七曾表演过一次,百余条鱼类跃出海面,倒也壮观,但无大者,许七所发之声类口技,而又似禁咒,令众人惊叹不已。叶晓生却不以为然,认为是一种魔术罢了。

就这样,"太玄"与"海浪"两船上的出海人员与水手共达五百余人,万事俱备,叶晓生便择了一吉日,于岸边设了香案,供了五牲果蔬,燃放了爆竹。随后"太玄""海浪"两船上的火炮齐发,巨帆徐徐升起,船体缓缓离岸而去。岸边前来欢送的渔民百姓达几千人,多是船上水手们的家眷。宋旅扬自率了众人在岸边摆酒相送,招手互别,场面颇为壮观感人。

赵琛、赵明风父子,与曾子平、毕法成父子、叶晓生等人乘"太玄"号,许九公、方国涣、卜元、罗坤等人乘"海浪"号。时值西南风盛,鼓动云帆,两船并行疾进。船上的水手们招手欢呼,以贺出行。待离岸远去,但见海面茫茫、遥无涯际,水鸟绕船低飞,盘旋不去。两船上的水手们不时又以号角相应,令方国涣、罗坤、卜元等初次出海的人,不免心旷神怡,激情万丈。

米迁这时高兴地道:"八百里洞庭之阔,果是不及万里海洋之广,今日亲身临之。境界迥然。"

卜元摇头道："在这船上，四望皆水，总觉得不踏实。"

方国涣闻之笑道："卜大哥一世神勇，却也怯于水上舟船，当是初次临海之故吧。"

罗坤笑道："卜大哥是手上痒吧？在这大海上，英雄可无用武之地了。"

卜元笑道："但射杀些大鱼来吃也是好的。"

由于船上设置了踏轮，水手们瞧着新鲜，都争着去试，唐子青则一旁看顾了，指导水手们的节奏与力度。

方国涣也自来看了，见那数排踏轮齐动，感觉船行愈速，而水手们又不甚吃力，不由赞叹其制作精巧，便对唐子青道："唐先生造此连动机轮，尤省人工，不愧为一代能工巧匠。"

唐子青笑道："算不得什么，但以机械之巧，小力引动大力罢了。若论能工巧匠，当今天下应首推一人，其所制器具奇巧绝妙，极尽神思，纵然鲁班在世，也是不及。"

方国涣闻之讶道："不知唐先生所言是哪位高人？"

唐子青道："此人姓石，名庆，与唐某也是旧识，其所造器具之巧妙，有如鬼斧神工，曾见他复现过三国时诸葛孔明的木牛流马之形，载货而行，不逊真牛马。"

方国涣惊异道："天下真有此能人，可再现诸葛亮的木牛流马!?"

唐子青道："不错，这是唐某亲眼所见，其所造木牛流马，外形但与牛马同，唯腹中设置机关，以计路程远近，驱动时，拨动内里机械，至所则停，中途但需一人导其方向而已。所奇者还不在此，石庆曾造出一架枣木飞车来，可载人飞行，尤为称绝。"

"飞车?!"

方国涣诧异道："史书中载过类似之事，不过是古人的幻想罢了，这位石庆先生当真有此神通？"

唐子青道："不错，此事说起来是两年前的事了。石庆所造的这架枣木飞车上有木制飞轮相牵，旁伸短翼，保其平稳，可飞升几百尺。其弟子曾试坐升空，犹如神仙乘鹤而行，轰动一时。后来不慎出了差错，一名弟子过于炫耀，不顾石庆临飞前的告诫，私自升以高度，遇以劲风，刮断飞轮，人车坠地，不幸车毁人亡，石庆自是大悔，不敢再乘人试飞了。虽如此，飞车巧妙，实是神造一般。"

方国涣此时惊叹道："人之所幻，看来并非皆虚，望鸟思飞，古人便曾有过，没想到真被石庆展现过一回。"

唐子青道："可惜，自石庆的弟子乘飞车出事后，石庆便把飞车的机械图

第八十四回　群英出海

示藏匿了，这里面的机关，也就无人知晓了。唐某还曾见过石庆制造了一只木鹤，可飞千米之外，落于人家，载去书信，顷刻间，木鹤又飞回，更载以复信，既是千里神驹，也不能达其速递之功。"方国涣闻之，称奇不已。

"太玄""海浪"两船在海上航行了两日，这天晚上停泊时，赵琛便把众人招集到"太玄"号的正仓内，讲明了此次航海的目的是打捞当年郑和那艘海底沉船上的宝物，并且说明了此举并不着意成功，但沿郑和下西洋的海迹探险一番，领略一回航海之趣。除了方国涣、赵明风、叶晓生三人能明白赵琛的意思外，其他人惊奇之余，都不甚理解。

赵琛见众人茫然的神情，摇头一笑道："赵某邀请各位前来，便是想集众人之力，探回大险，若能成功，人人皆可富贵，若与那宝船无缘，权当邀请大家出海闲游一回罢了。"说完，出示了那卷郑和航海图来，与众人看了。

许九公是航家的行家，看了航海图后，摇摇头道："大海茫茫，便是能到达沉船的那片水域，仅凭此图，实难寻着它的。此举虽有些荒唐，若是别人，老夫当笑他痴，但是偏偏赵先生有这般大举动，亲自造海船出海，除了好奇冒险的性子，或许想实现一回自家的梦想吧。"

赵琛闻之笑道："让九公见笑了，郑和的海底宝船，作为一个大秘密缠绕了我一生，若不亲自去探险一回，心有不甘，此念并非贪心之故，实是为了一桩未了心愿而已。"

许九公闻之，哈哈大笑道："赵先生的这等富贵之身，却也有小孩子家的脾气，童心未泯，不过召集了这么多能人出海航行，也是一大壮举。如此一来，此番航行倒也宽松得很，但陪着赵先生风里浪里地观些西洋景吧。"众人闻之，各都释然一笑，方知赵琛因被那艘海底沉船牵着，故而组织了一次颇具规模的出海闲游，众人都为自己能有幸被邀请来，经历一回万里航行而各自欣然。

梅乙南这时仔细研究了一番航海图后，对众人道："沉船地点远在西洋之上，是在一座叫卡伦岛的海岛附近，便是一帆风顺，我们也要在几个月后到达那里，如果能确定沉船地点的具体位置，凭赵先生此行准备的充分及各位的才智，捞取那沉船上的宝物，使之重见天日，也不是毫无可能的。"众人闻之，也自奋然。

叶晓生道："凡奇珍异宝聚集之处，月圆之夜必有珠光宝气透水射天，叶某曾习得一种望气之术，只要能到达沉船海域，巡视些时日，叶某便能查其所在。"

赵琛接着道："沉船具体位置一定，潜水打捞便由米迁庄主与邓龙、邓蛟几位负责，虽不能取尽宝船之物，但得少许，也不枉此行了。"

梅乙南点头道："赵先生虽然不是志在必得，但有备而来，当不能空手而回了。"许九公一旁，暗中却是摇头不已。

赵琛这时望着众人笑道："赵某喜交英雄豪杰，能人异士，曾有宏愿，要广集天下英才，今日在座各位，必为昔日群英会上客。"

方国涣初识赵琛时，赵琛便说过，以赵氏财力在碧瑶山庄举行一次天下群英大会，欲召尽各行各业中的顶尖人物，相会于一时。此时船上众人听罢，各俱欢喜，知道那必然是一场盛会。

葛郎宁私下找过方国涣两次，自是奉了木卉之命来请方国涣去指点棋道，都被方国涣以初次航海身体不适为由拒绝了。那木卉却也沉得住气，未曾再露过面，只是叫人送了几次精美的食物来，方国涣本欲拒收，却被卜元、罗坤、阮方等人抢去分食了。方国涣也曾想过自家如此失礼，是否过分了，但总是感觉木卉的再次出现异乎寻常，实是有些不对劲的地方，索性静观其变。木卉那边倒不再令葛郎宁来请了，也不曾与船上诸人交往，闭门自居，似乎在等待着什么。

"太玄""海浪"两船出海三日，一切还都顺利，尤以天气始终不错。阮方见阳光火热，便叫了些水手把那些火药搬到甲板上晾晒，以去潮气。西门光见其中有种奇形怪状的东西，形圆体重，长一米，顶端伸出两支铁锥头，尖而不锐，尺余长，貌似两铁角。西门光不识此物，便问道："阮壮士，这是何物？竟有铁角的。"

阮方道："这是我新研造的一种火器，叫'水飞弹'的，又称'火龙出水'，可几百米外追炸敌船，此行不知能否用得上？待回转时，寻个机会放它几枚，也让大家瞧个新鲜的。"西门光闻之，啧啧称奇不已。又见有几种似火器的东西，自家从没见过的，西门光蹲在旁边瞧了一会儿，也没看出个所以，摇摇头走开了。

方国涣这时在仓里教小全子走棋，卜元在旁边耐着性子看了一会儿，觉得甚是无聊，便转身到了甲板上。此时无风浪静，"太玄""海浪"两船并列停泊在海面上，水手们正在造饭，有十几名水手乘了小船在海上网鱼，其他人都在船头上看了。

毕法成带了两个儿子毕伟、毕强正和许九公、沈秋勤等人说话，见卜元出得仓来，毕法成便与了毕伟一个眼色。

毕伟会意，便上前迎住卜元施了一礼道："卜堂主，闲着无事，在下可否请教些弹弓上的本事？"

卜元正愁无人与他说话，见了毕伟大喜道："好说！好说！"随手一指空中低翔的一些海鸟道："你且把这些小鸟射下几只来，让卜某看看。"

毕伟欣然道："这个容易。"接着从腰间解下一张牛筋弹弓，扣了一枚石子，扬手一声"着"！一只海鸟便垂落海中。"太玄""海浪"两船上闲看的众人，不由齐声叫起好来，毕伟脸上也呈得意之色。

卜元这时微点了一下头道："准头还可以，不过力道弱些，打些小鸟尚可以玩玩，若是击人射马，全不济事的。"

毕伟见卜元说出了自家的短处，脸一红，忙恭敬地道："还请卜堂主明示了。"

卜元笑道："这也不难，你且将这弹弓换张力道劲些的，石子换成铁丸，开始要小些，以后再渐渐增大，弹弓也越换越硬，何时能达到断树裂石，便是成了。"

毕伟道："卜堂主开示的明白，在下谢过了，但不知弹弓上真正的力道可至什么程度？"显是想见识一下卜元的弹弓绝技。

卜元闻之，自晓得其意，微微一笑，从腰间解下"霸王弓"来，递与毕伟道："你来试试，可否拉得动？"

毕伟见此"霸王弓"与常有异，忙伸手接过，感觉甚沉，惊讶之余，双臂用力，却也没有将此弓拉开。

毕伟脸色大窘，又试了一次，也自枉然，不由红着脸还于卜元道："此乃神弓，在下无法拉开，还请卜堂主赐教。"

卜元接过弓来，笑道："此弓硬劲异常，威力也自大些，且看卜某能将这些海鸟扫下几只来。"说罢，取了一枚浑铁丸，扣弹拉弓，喊声"去"！

但闻弓弦一响，那枚浑铁丸疾入空中不见了踪迹，随见群鸟惊飞，羽毛飘散，十余只海鸟掉入了海水里，原是浑铁丸所带动的劲风竟将这些飞近的海鸟刮震而下，直如扫下一般。两边船上的人都自望见，立时欢声雷动，那毕伟已是看得呆了。

方国涣在仓里闻外面人声大动，忙领了小全子出来观看。

此时见那毕伟满面惊恐道："这……这要是打在人身上，焉有活理。"

卜元笑道："我但用它打杀些恶人，管他死活。"

赵琛这时在对面的船上高声道："卜堂主神弓绝技，实让我等大开眼界。"

毕法成一旁惊叹道："'神弹子'果然名不虚传！"

卜元笑道："雕虫打鸟的小技罢了，若有海盗来犯，那时再让诸位看看卜某的本事。"

赵琛笑道："有卜堂主在此，那些海盗倭寇自会如这些惊弓之鸟一般，来得去不得了。"众人闻之，哄然一笑。

这天晚上，海上忽然风云大变，狂风怒吼，暴雨如注，"太玄""海浪"两船如那树叶一般的浪头上飘来荡去，颠簸起伏。

西门光初次航海，以为大限临头，吓得在仓中抱头蒙被，懊悔不已。方国涣与小全子也自惊惧，紧紧地拥了。船上的水手们却司空见惯一般，扬帆整舵，乘势而行。赵明风晕船晕得厉害，大吐不已，沈秋勤忙与他一丸丹药吃了，这才好些，赵琛一旁则摇头苦笑。

　　天色微明时，狂风暴雨这才渐渐的息了，众人皆已筋疲力尽，但都松了一口气。

　　许九公查仓时，见小全子脸色苍白，便笑道："你这小海客，却也能支撑住了，好不简单。不过这是海上常见的事，日后还有比这更大更猛的风浪呢！"

　　西门光一旁听了惊道："怎么？这还算不上最厉害的？"

　　许九公笑道："西门先生初次航海罢，当有所不知，这海上比不得陆地上，风浪来得猛时，能把人船吹上天空，抛下海底，一点也由不得你，每次出海，都是冒着风险的。"

　　西门光听了，吓得没敢再言语。

　　方国涣笑道："经些大风大浪也是好的，知道这生存不易。"

　　许九公闻之，点头道："方公子所言不差，不经历鬼门关的人，是不知自家性命有时不值钱得很。"

　　这时，沈秋勤带了两名弟子来仓中巡视有无不适者，见了西门光的模样，便与了他半丸定心丹吃了。

　　罗坤见是沈秋勤，忙请于仓中坐了。言谈中，沈秋勤得知罗坤是药王谷司晨的弟子，不由大惊道："罗堂主如何不早说，原来药王先生便是尊师。"

　　罗坤道："我仅为家师武学上的弟子，至于医药，懂之甚少。"沈秋勤道："家师一生中最佩服的就是药王先生，令师不但在医学上的造诣与家师不差上下，并且武学上修为极高，尤令家师敬重的。"

　　罗坤道："师父也曾提起过医圣佟士儒前辈，说医圣前辈是医道上的古今第一人，能在医之理法上达至精至微处，常创神效，为其他医家所不及。"

　　沈秋勤闻之，笑了笑。这时水手送进茶饭来，大家便一起用了。

第八十五回　海王三

这日,"太玄""海浪"两船已行进了南海海域。正午时分,一个叫王常的瞭望水手,忽在瞭望塔楼上喊道:"船!一支船队向我们过来了。"

许九公闻之,忙向王常喊道:"什么样的船?有多少?"

王常应道:"离得太远,看不清楚,不过有十多艘船。"

"十多艘?"许九公闻之,微怔了一下,自语道,"商船十多艘联航的倒也少见,在这深海里,渔船也是不能的。"

王常这时忽然又喊道:"有一艘大船上面挂了一面蓝旗。"

"蓝旗?"许九公闻之,忽脸色大变,急对王常道,"你可看准了,是蓝旗而不是其他颜色的?"

王常应道:"是蓝旗没错,上面好像还有图案,不过看不清楚是什么。"

许九公骇然道:"坏了!坏了!"

这时,在海平面上有十几个黑点在人们的视野中逐渐增大,果是十二艘海船向这边驰了过来。此时众人听说遇上了船队,都出仓来观看。当叶晓生与梅乙南二人望见其中一艘船上挂着的那面蓝旗时,相顾色变。

叶晓生忙对赵琛耳语了几句,赵琛不由失声道:"海盗!"众人闻之大惊,两船上下立时都紧张起来,毕法成即命水手们预备了刀枪弓弩,船头警戒了。

曾子平这时喊道:"两船上的人注意了,我们遇上了海盗,大家准备一战吧。"

梅乙南此时疑道:"这伙海盗阵容强大,看来不下千人,难道是倭寇?"

许九公肃然道:"倭寇多出没于近海,并且这些年已有所肃清,不可能有此气势,从眼前的情形看,对方是有备而来,当是另一个人到了。"

梅乙南闻之,惊骇道:"九公说的可是海王三?怎么能让我们遇上?"

"海王三!"一些水手们听了,都慌乱得变了脸色。

由于对方的十二艘海船都比"太玄""海浪"两号要小得多,速度自然也快了些,所以要想摆脱,也是不能。毕法成、卜元、罗坤各率了水手,刀出鞘,箭上弦,准备一战。曾子平忙让赵琛、赵明风、方国涣、沈秋勤等人到仓中避了,众人不肯,执意要观看水手们御敌。

曾子平还欲劝说,忽听一人道:"各位不要着急,这些海盗我自不会让他们靠近我们就是了。"众人闻声看时，却是阮方。

方国涣见了一喜道："阮大哥，快使出你的本事吧。"

毕法成道："阮壮士，可用火炮吗？"

阮方道："暂时不用它，且用一回我的'水飞弹'吧。"说完，阮方招呼了十余名水手下了底仓，在船侧临海面上开启了一暗门，随见阮方指挥水手从仓内伸出一只长形的木槽来，两端却是空档的，可以滑出东西，此木槽便斜伸到海里，朝着了海盗的船队。接着两名水手将一枚长着铁角的水飞弹放躺于木槽内，阮方自持了一支火把，对那两名水手道："勿急，先把持稳了，待海盗船靠近些，我们再点火放射，让海盗们尝尝这玩意儿的厉害。"众人见阮方从容不迫，显是有恃无恐，不知他能搞出什么名堂来。

赵琛此时也自镇定，对梅乙南道："梅先生所说的海王三是什么人？"

梅乙南道："在这大海之上有一巨盗，人称海王三，横行海上多年，专抢劫些大商船、大船队。因其纠集的都是些亡命之徒，无所不为，有时甚至连官船也敢劫，作祸海上，无人能制，海客们自是闻之色变。"

许九公这时忧虑道："海王三此次倾巢出动，必有其因，好似专为赵先生而来的。"

赵琛闻之一惊道："九公何以这般说？"曾子平等人也自愕然。

许九公道："赵先生富甲天下，此番造船亲自出海，声势尤大，自然引起贼人的注意，想必早已被海盗们盯上了。"

梅乙南惊讶道："这海王三野心不小，想在海上劫走赵先生，进而敲诈那富甲天下的基业。"

许九公道："海王三是做大案的人，一般的海船不屑劫的。本来这伙海盗在海上已二三年没有动静了，老夫以为我们在海途上能安全些，不曾想把海王三亲自引来了。"

毕法成一旁道："赵先生勿担心，我父子就是拼了性命也会保护先生无恙的，自不会让海盗们的阴谋得逞。"

赵琛轻叹了一声道："生死有命，赵某也没什么可怕的。"

这时，十二艘海盗船并列地逼了上来，船上人的面目已然能看了个清楚。在一艘大船的船头之上，站了二十余名持了刀枪的汉子，为首的却是两位老者，一着青袍，一着灰袍，各自负手而立。

方国涣此时忽地一惊，识出那灰袍老者竟是昔日在太湖客船上，喝退了太湖帮，解了当日的一场危难之人，心中惊讶道："原来此人竟是海盗中的首领，怪不得昔日太湖帮的帮主对此人如此惧怕。"

此时，一艘盗船行得快些，船上的海盗们清一色的劲装，舞刀扬叉，杀气腾腾，中有一人高声喊道："船上的人听着，你们今日走不得了，快快投降，否则格杀勿论。"

阮方指挥水手们用那木槽对准了为首的这艘盗船，随即点燃了那枚水飞弹，但闻"嗖"的一声，那枚水飞弹被火药的推力送出了木槽，半激水面向那艘盗船射去，海面上一道水花飞溅，势如游龙一般，"太玄""海浪"两船上的水手们不由齐声欢呼。

那艘盗船上的海盗忽见有一怪物，以极快的速度贴着水面冲来，后面还拖着一道水花气泡，群盗哪里见过这种东西，纷纷挤于船头观看。

这时盗船船身忽地一震，那枚"水飞弹"前面似角的两支铁锥已穿钉进了船体，海盗们大惊道："什么东西？怎么回事？"

此时这枚"水飞弹"的推进火药还没有燃完，尾处仍呼呼地冒着气泡。紧接着也就燃及了里面的炸药，但听"轰"的一声巨响，烟扬物起，那艘盗船竟被炸飞了一半，显是水飞弹内被阮方装进了一种烈药。

此时双方人等都已看得呆了，那艘被炸毁的盗船喊叫声一片，船体已在慢慢下沉。那位站在大船上的青袍老者，惊骇之余，挥手止住了其他盗船的进逼之势。

赵琛、叶晓生、方国涣、许九公等人，这时惊喜万分，没想到阮方竟有如此神能。

曾子平倒不失冷静，见阮方一着得手，果是厉害异常，忙又向阮方喊道："阮壮士，射炸挂蓝旗的那艘大船。"

阮方也正有此意，随即掉转木槽，第二枚水飞弹火龙出水般地疾射出去。海盗们此时已乱了阵脚，没想到对方还预备了这种厉害的东西，忽见这怪物又第二次袭来，各自惊惧。

此时那灰袍老者大喊道："转舵！转舵！"随见盗船微微一转动，那枚水飞弹贴着这艘盗船的船身擦边而过，自射出三十余米时，忽听一声巨响，海面上激起了一道十余丈高的水柱，如龙出海一般，甚为壮观，双方人等一时间都看得呆了。

木卉、葛郎宁主仆二人不知什么时候已站在了船头上，见阮方的这种奇异武器竟有如此威力，不由相顾失色。

群盗已然尝到了厉害，见头船都险些被那怪物击中而炸沉了去，便都纷纷掉转船头。此时那位青袍老者也似无可奈何地摇了摇头，一挥手，喊了几声，似闽南口音，十一艘盗船便急退而去。"太玄""海浪"两船之人，见盗船退却一时间欢声雷动。

许九公望着远去盗船上的那位青袍老者，对身旁的梅乙南道："此人当是传说中的盗首海王三。"

梅乙南讶道："何以见得？"

许九公道："可令群盗进退。"
　　阮方见群盗退去，也自上得船头来，众人立时把他围了，赵琛上前喜迎道："阮壮士，神人也！"
　　阮方抱拳笑道："让先生受惊了。"
　　方国涣一旁兴奋道："阮大哥，没想到你还能造出这等神雷的。"
　　阮方笑道："这水飞弹我刚刚研制成半年有余，今日竟派上了大用场。"
　　赵琛随即命人在"太玄"号的正仓内摆酒相贺，曾子平则命"太玄""海浪"两船全速起航，以脱离海王三的追击。
　　抗击海盗成功，众人精神大振，对阮方及他的水飞弹更是赞叹不已。
　　赵琛自先敬了阮方一杯酒道："阮壮士所造的神雷飞弹，威力无比，足可称霸海上，今日真是让我等大开眼界。"
　　阮方回敬道："但能保证海途安全，阮某必当尽一切力，以谢先生所邀之情。"
　　赵琛笑道："今日所见，此行已然不虚了。"众人闻之一笑。
　　许九公这时道："阮壮士神雷惊海，将海王三退走，免去了一场拼搏，一次浩劫。但是这个海上巨盗此番吃了大亏，绝不会罢休，晚间必会来偷袭，我们应有所防范才是。"
　　阮方道："不错，夜间倒是危险得很，那水飞弹的威力虽大，但于夜间不易寻找目标，施展不开的。不过船上已备了三十支火铳的，也可应急。"
　　叶晓生道："还有毕师傅、罗堂主、卜堂主等神勇之人，倒无可畏惧的。"
　　许九公道："那海王三毕竟是海上的惯匪巨盗，在海面上可是他的天下，今晚我们万万大意不得。"
　　罗坤道："海盗人多势众，防不胜防，他们白天吃了大亏，晚间必来报复，我们当有个周密的计划才行。"众人闻之，点头称是。
　　邓龙道："海盗晚间来偷袭，必乘小船，我兄弟二人与米庄主可在水中截他一截。"
　　卜元道："船上的弓箭火铳，居高临下，可让海盗们有来无回。"众人于是又细商了一些具体事宜，做好了突变的准备。
　　方国涣这时对许九公道："九公，今日在盗船上的那位老者，都是什么人？"
　　许九公道："那位着青袍者，必是海王三，而那位着灰袍者，可能是海王三的结义兄弟，叫程必飞的，传说中海王三与此人少年时便入海为盗，靠着打劫起家的。"
　　方国涣道："姓程的？看来果是此人了。"
　　许九公诧异道："方公子识得此人吗？"

方国涣道:"说来也巧,我与此人倒有一面之缘。"座中诸人闻之大惊,忙问其详。

方国涣便把昔日在太湖上遇到的事情经过说了一遍。众人闻之,惊讶不已。

许九公点头道:"太湖帮是小水帮,自然不敢得罪海盗了,匪盗一家,果然如此的。"

梅乙南道:"程必飞既然在太湖出现过,看来是亲自探查赵先生出海之事了。"

许九公点头道:"不错,怪不得我们的航线海王三知道的很准确,原来海盗们早有预谋的。"众人闻之,愕然不已。

此时在"太玄""海浪"两船的后面,十一艘海盗船在悄悄地跟随着。

为了应付意外,赵琛父子、方国涣、许九公、梅乙南、沈秋勤等人,都集中于"太玄"号的正仓内避了,由罗坤、毕法成率众水手镇守此船,卜元、阮方率人防守"海浪"号。

天色将黑时,两船也就停泊了,曾子平命众水手加紧用过饭后,便都持了刀枪弓弩及火铳伏于船头藏了,一切准备就绪,夜幕已然降临了。众人知道不比白日,不由大为紧张起来,水手们更是格外的警惕。

这天晚上的天气却也作怪,乌云遮得一点星光都不见,加上两船灯火全熄,漆黑怖人,但闻得阵阵的海风与波浪声。

时近夜半,仍无海盗的动静,潜伏的水手们各都有些腰酸腿疼,暗中却也松了口气。在仓内的赵琛等人,见此时仍无动静,心中各自宽然。

赵明风道:"看来海盗们被阮壮士的神雷飞弹给吓住了,不敢来了吧。"

许九公摇头道:"海王三行事诡异,并且不达目的绝不罢手,白天失利,晚间必乘夜色而来,我们且不可大意了。"

曾子平道:"今晚夜色奇黑,正是偷袭的好时候,海王三不会错过的,外面的毕师傅、罗堂主他们也知今晚不比往常,更不会松懈戒备的。"

方国涣心中道:"可惜这是在海上,若在陆地,有罗坤、卜大哥、毕法成三人,做以阵眼,率水手们布以兵阵,敌那千余名海盗也不是什么难事,而此番一战,当要有许多凶险的。"

时至后半夜,全神戒备的罗坤忽闻海面上传来了隐隐的水声,似与风吹海水之声有异,探头查视,海面上黑乎乎的一片,什么也看不清,罗坤运耳细听,那水声渐渐大了些,也近了些。

罗坤耳力超凡,知道海盗们已经来了,便向暗伏的水手们及邻船的卜元、阮方发出了暗号。毕法成武功也非一般,此时也自察觉海面上有异,见罗坤先于自己发现敌情,心中大为敬服。这时水手们各自紧张起来,做好了迎战的准备。随着水声渐增，慢慢地、隐隐地，竟然响成了一片，也不知来了多少人船。

阮方此时见海面上已有模糊的无数黑影晃动，知道是时候了，便竖起了一根一米多长的通心竹筒，随即从怀中掏出一枚药球，点燃了信子，便往竹筒里一投。忽见一道火光喷射向五十余米高的夜空，遂见一火球光芒四射，照耀得海面上如同白昼一般，这便是阮方研制的"夜光弹"。

随着夜光弹光亮一现，海面上一览无遗，众人再看之时，不由大吃一惊，但见三十余条小船载了无数的海盗，已快接近大船了。海盗们乘着夜色偷袭而来，以为对方并无察觉和防范，正暗自得意之时，忽见火光一闪，如同升起一轮太阳一般，自家暴露无遗，不知又是什么玩意儿，各自惊骇。

但见为首一条船上的一名大汉，鬼头刀一举，喊了声道："弟兄们，杀啊！"众盗立时齐声呐喊，向"太玄""海浪"两船围攻过来。

此时一声枪响，持鬼头刀的那名海盗一个跟头翻落进海里，已是被阮方一枪击毙。"太玄""海浪"两船上这时亮起了无数的灯笼火把，水手们纷纷用火铳与弓弩向海盗们射击。

夜光弹的亮度慢慢暗了下来，但喊杀声已然大起。水手们潜伏了一夜的怒火一发而泄，射杀得海盗们纷纷落水。群盗虽然意外地遭此一击，但都是些凶悍的亡命之徒，立时喊杀着逼近了大船，同时纷纷抛出铁索钩，挂住大船的船舷后，各自口衔刀剑，攀登而上。

毕法成高喊一声道："勿让海盗上了船。"便率众水手奋力击杀。

这时天空忽地又是一亮，原是阮方又放射了一颗夜光弹，船上、海面被照得通亮，水手们士气大振，把一些攀登上来的海盗纷纷击落。

这时忽见有几只小船上的海盗慌乱大叫，随见船身竟然自己倾斜了去，把海盗们掀翻于海中。原来是米迁、邓龙、邓蛟三人潜伏水中，截击盗船。转眼间，已有五六只小船见了底。落水的海盗也都是善水之辈，便与水中米迁、邓氏兄弟厮杀起来。

米迁与邓氏兄弟都是水中的蛟龙，在水里神出鬼没，出其不意地便杀掉一个。随着夜光弹的亮度消失，海盗们更找寻不着三人的踪迹，自己人与自己人胡乱地打杀起来。

这时忽有一只盗船竟自燃起来了大火，疾速地向"太玄"号撞来，水中自是有海盗推着而行，原来这只船上载满了干柴草，上面都浇了油的，要来烧那"太玄"号。那海船都是木料所造，虽在水中，却也怕火。

阮方这边见了，不由大急道："勿让火船靠近。"罗坤、毕法成在船上见了，已然大惊失色。

就在这时，卜元大吼一声道："小贼们，这招你们也想得出，看我的。"

第八十五回　海王三

接着举起霸王弓一弹射去，正中那火船的船头，那浑铁丸的冲击力甚大，这一弹竟把火船震散了架，柴草带着火势散落水中，随闻两声惨叫，显是两名推船而行的海盗被火灼伤，各自潜入水中避了。

卜元这一弹丸击的恰到好处，若是力道过大，则能穿透船只，力道小些，则无济于事，唯用适中的力道才能将船体震散了架去。此时两船上的水手们不由为卜元齐声欢呼起来，士气又是一振，那些死命狂攻的海盗们已有些乱了分寸。

这时在仓中暂避的赵琛、沈秋勤、方国涣等人，闻外面打得激烈热闹，各自忍耐不住，忘记了罗坤、毕法成的告诫，便都出仓来观战了。此时那些海盗们虽然没有占到什么便宜，但都凶悍异常，仍然拼命死攻，不断地有铁索钩飞上来咬住船舷，好在水手们拼命相搏，自没有让海盗攻上船头。

然而就在这时，忽有人大喊道："海盗上船了。"接着便闻数声惨叫，赵琛等人回头看时，不由大骇。

但见一位灰袍老者，已率了二十余名海盗竟从太玄号的另一侧偷袭上来。原是那里有水手戒备的，但水手们多是渔民，没有什么经验，都被船尾的打杀声吸引了去，竟被那灰袍老者程必飞钻了空子，偷袭成功，上了船来。

原来程必飞率了一部分海盗乘着夜色迂回到了太玄号的背后，借双方正交战之机，轻而易举地抢攻上来。由于事发突然，数名水手挥刀拦截，但被那程必飞一拿一个，随手抛入海中，此人不用兵器，但却厉害异常，如入无人之境，身后二十余名凶悍的海盗已将众水手杀退，自无能挡者。而此时赵琛等人离得很近。各都手无寸铁，情景十分危急。

毕法成、罗坤二人忽闻身后大乱，一股海盗已经攻上船来，并且距赵琛等人甚近，伤了哪一个都是不行的，二人当时大惊，忙飞身回护。

程必飞这时忽指了人群中的赵琛，向身后群盗喊道："穿锦衣的那人是赵琛，旁人勿管，抓住他便是。"众盗闻之，呐喊一声围攻上来，虽有五六名水手死命上前阻拦，但都被群盗击杀。

程必飞见这里防备空虚，不由大喜，一个起跃，从空中直向赵琛扑来。危急时刻，忽有一人飞身迎住，与程必飞凌空对了一掌后，各自向后飘落，原来是毕法成及时赶来救护。毕法成落地之后，眉头忽地一皱面呈痛苦之色，已是受了内伤。程必飞一怔之下，暗里一笑，复又抢身攻上，直取赵琛而来。

此时罗坤已到，拦在程必飞面前道："休得无礼。"随即一掌拍去。

罗坤适才见毕法成与这灰袍老者对了一掌后，神色有异，显是受了内伤，知道对方是一高手，不敢大意，故而先发制人。程必飞见罗坤年纪轻轻，也自没放在眼里，一掌迎去，但听"砰"的一声闷响，震得程必飞手臂麻胀，心中大骇，身形立时暴退数步。罗坤却也不容他空闲，抢身攻上。程必飞惊骇之余，知道遇上了劲敌，也只得挥掌应战，与罗坤杀在了一处。

此时上船的那二十余名海盗已被毕伟、毕强兄弟率了水手们截杀在一起，但仍有几名海盗砍翻了数名水手，向赵琛这些手无寸铁的人逼来，众人大惊。

一名独眼海盗望着眼前的这些全无抵抗力的人，不由得意地哈哈大笑，一脚踢开了西门光，大模大样地直奔赵琛而来。

赵明风、梅乙南等人大惊，掩了赵琛急走，但是又有三名海盗围了上来。独眼海盗见赵琛近在咫尺，不由一阵狂喜，伸手向赵琛抓来。

忽闻一声枪响，这名独眼海盗猝然而倒，原来小全子见事情危急，一群人中没有一个会打的，本要冲上前来与那海盗死拼，忽然想起了阮方送他的那支短枪，便掏出来对准独眼海盗放了一枪，果是应声而倒，自解了赵琛之险。另三名海盗见小全子用火枪放倒了一个，愕然之下，齐向小全子攻来。

小全子倒也临危不惧，抬手又连放了两枪，两名海盗便应声仆倒。小全子见这火枪果然厉害，自是惊喜异常，抬手对最后一名海盗一扣机关，可是却没有响，原来这支连珠枪仅能连射三次，三发之后，里面的火药便已空了。

小全子当时一怔，慌乱间挥手将火枪投向那名海盗。那海盗一歪头躲过了，知道对方的弹子已经打光，没有什么可怕的了，随即狰狞地一笑，挥刀向小全子砍来，要大杀一番。小全子却也不退，一弯腰，反向那海盗扑去……

此时与罗坤酣战的程必飞，却也能分神顾及旁边，一开始见四名手下已冲到了赵琛面前，就要得手，心中不由一喜，忽又见横里冲出一少年，用一支奇特的火枪连续射杀了三人。程必飞当时一惊，识得小全子是在太湖渡船上的空手夺过斜眼道人拂尘的那位神奇少年，心中惊讶道："这个小孩怎么会在此船上？"

忽见那名海盗一刀走空，小全子反扑近前，程必飞不由大急道："小心，那孩子能空手夺白刃……"

由于分神太过，被罗坤寻机一掌击翻，随即又被罗坤封穴制住，程必飞已是被罗坤活擒了。

那名海盗还没有听到程必飞的示警，忽见小全子冲到了近前，双手在眼前疾速地一挥，自看得那海盗眼花缭乱，不知怎么，只觉手中一空，那柄单刀已被小全子夺了去。就在这名海盗一怔之时，一名水手从后面赶上，一刀将此盗杀了。赵琛等人见小全子危急时刻，扭转了局势，各自惊喜异常。方国涣见小全子立此殊功，欣然不已。

由于程必飞被擒，攻上船的群盗便无了斗志。罗坤又回身掌毙了数人，剩下的尽被毕强、毕伟兄弟率水手们歼灭了。这时攻船的群盗已伤亡了大半，"太玄""海浪"两船在曾子平、卜元、阮方指挥下，硬是没有让海盗从正面

第八十五回 海王三

攻上一人。

在水中参战的米迁、邓龙、邓蛟三人，已将盗船掀翻了十余只，群盗内先自乱了一阵，一名领头的海盗，发现太玄号上乱了一阵又没了动静，知道偷袭的那一路没有得手，见情形不大妙，一声呼哨，引了残兵败将狼狈退去，水手们见海盗大败而走立刻齐声欢呼。曾子平即命水手放船接应水中的米迁、邓龙、邓蛟三人，同时在水里活擒了三十余名海盗，一并押上大船来。

这一仗大获全胜，只可惜因程必飞偷袭上来，伤亡了十几名水手，沈秋勤忙命弟子给伤者包扎了。毕法成此时已受了内伤，被扶到仓中后，由沈秋勤亲自诊治了。罗坤命人将程必飞用链子锁了，并且叫人严加看守，所俘虏的海盗也自严押于仓中。此时天色微明，天际已隐见粉红色的霞光，曾子平命"太玄""海浪"两船全速起航，尽快离开此片海域。

这一战，赵琛险遭不测，令众人后吓不已。赵琛命人记录了阵亡水手的名单，以待归航后，厚恤其眷属。此战全胜，卜元、阮方、罗坤、米迁、邓氏兄弟、毕氏父子自是立下了大功，令众人敬服不已。尤其是小全子，危急之中解救了赵琛，保护了大家，并且射杀了三名海盗，让众人赞叹万分，更令赵氏父子感恩不尽。

赵琛此时拉了小全子在身边坐了，感激地道："小全子，你真是勇敢得很，若无你，赵某今日可就要丧命于海盗之手了，回去后，我要好好地感谢你的。"

小全子也自得意地笑道："赵老爷不要客气，海盗上来的也少些，若再多几个，我也照样能打发的。"众人听了，轰然一笑。

叶晓生笑道："小全子说的倒不是大话，若他的火枪中弹子多些，十个八个的海盗也能放倒了。"

阮方笑道："没想到那支火枪倒起了大作用，令小全子立了大功的。"

许九公这时感慨道："海王三横行海上几十年，不想今日两番都败在了我们手里，老夫航海多年，头一次看到了这么大的一场海战。赵先生为了此番出海的安全，准备得真是周全细密，尤其是请了这么多高人来，老夫活了大把年纪，这回算是开了眼界。"

赵琛也自感叹道："能请到各位英雄好汉同行，是赵某的幸运，此番已经不枉出海一回了，是比寻找到郑和的海底宝船都重要的，赵某已然欣慰了。"众人闻之，无不为赵琛的开明大义所动。

梅乙南这时道："此番一战，我们大获全胜，并且还擒住了一名盗首程必飞，此人是仅次于海王三的，不知如何处理他才好？"

卜元道："这老家伙也太狡猾，竟在我们的身后偷袭，杀了我们十几个人，把他干掉就是了。"

邓龙道："不错，杀了他为我们的人报仇，另一些海盗也都是作恶多端，罪行累累的，一起杀了干净。"

许九公这时摇头道："此事需从长计议，程必飞是个特殊的人物，若杀了他，海王三必会为他报仇，我们日后海途上可要多事了。"

卜元道："事情都到这个份儿上了，还怕得罪人不成？此番一战，海盗们死伤惨重，海王三怕是不敢再来了，便是再来大战一回，又怕他何来？"

许九公摇头道："并非老夫怕事，想那海王三是海上的巨盗，是霸王，此一战折了不少他的人船，若再把程必飞杀了，是必恼了他，会与我们周旋到底的。我们虽然能再退他几次，但时间久了，在这大海之上，上不着天、下不着地的，我们可要有大亏吃。"

曾子平道："九公说得不无道理，这个程必飞在海盗中地位极高，有幸被我们拿住，权且作为人质，海王三当不会有所妄动的。"

赵琛点头道："不错，此人暂杀不得，若杀了他，双方仇怨势必加深，于我们海途不利。海王三两次失败，不会不有所考虑，而改变他的计划。既是海盗，我们不能屈服他们，但也不要过于硬碰，以避免无谓的伤亡，这与我们出海远航的本意是相违的。"

方国涣想起程必飞曾在太湖为自己和小全子解过危难，也自有心帮他，主要的是不想和海王三结仇太深，影响这次海行的，于是站起身道："在下与程必飞在太湖上有过一面之缘，不妨我去与他谈谈，让海王三就此罢手，结束双方的冲突，我们在海上与海盗们耗不起的。如今海王三尝到了我们的厉害，再以程必飞为条件，或许能撤兵而去。"

赵琛点头道："不错，我们没有必要和海盗们干耗到底，并且也没有消灭他们的能力，能摆脱开他们，叫他们自己主动放弃最好不过了。"众人闻之，点头称是。

第八十六回　避风火山岛

方国涣由罗坤陪着来到了关押程必飞的船舱里，此时程必飞被铁索锁着，正闭目沉思，闻有动静，忙睁开眼来，自知凶多吉少，不免呈出几丝惊恐。忽见方国涣走进来，不由一怔，暗讶道："没想到这位年轻人也在船上。"

方国涣这时上前拱手一礼说道："程前辈，方国涣有礼了。"

程必飞点了一下头道："原来是方公子，为何也在这船上？"

方国涣道："因与赵琛先生相识，故乘机随其出海一游。"

方国涣接着对罗坤道："贤弟，程前辈伤势无恙吧？"

罗坤道："这位前辈功力深厚，虽受了点内伤，却无大碍。"程必飞见罗坤也对自己称呼前辈，不由对罗坤减轻了些敌意，感叹一声道："这位少侠内力雄厚，老夫输得也自心服，敢问高姓大名。"

罗坤道："在下不才，罗坤便是。"

程必飞点头道："原来是罗少侠，失敬！失敬！"

程必飞接着叹一声说道："可惜，那赵琛福气太大，船上竟有许多能人异士帮他，实在出乎我们的意料。"

方国涣道："程前辈，自上次在太湖解围，在下一直念念不忘，虽然在这种情况下相见，不免有些尴尬，但是希望……"

未等方国涣说完，程必飞苦笑一声道："既然落入了你们的手里，要杀要剐请随便罢。"

方国涣忙道："前辈误会了，虽然你们为财而来，欲劫持赵琛先生，却被我们两番败去，但我们不想与你们结怨太深，而影响这次航行，所以不想伤害前辈，仅希望你们能放弃这次行动。"

程必飞闻之一怔，望了望方国涣，见他一脸的坦诚，不由半信半疑地道："莫非是方公子在那赵琛面前求的情？老夫这里谢过了，但老夫此番失手，那赵琛又岂能轻饶了我等。"

方国涣道："赵先生的意思，是希望大家化解矛盾，不再刀枪相见，更希望程前辈能劝动那海王三，从此金盆洗手，改邪归正。"

程必飞闻之惊讶道："老夫与海三哥计划了很长时间，为的是能捉住赵琛这个大富翁，从此便不干这海上营生了，此番那赵琛当真不怨恨我们？不杀老夫，更不拿老夫去见官？"

方国涣道："不错，其实赵琛先生与一般的富商巨贾不同，乃是一位明事理的大义之人，不想多事的。当然，这并不是怕了你们，而是担心影响了此番航行。"

程必飞沉思了片刻道："赵琛倒也有些高明之处，果与他人不同的，若真把老夫杀了，海三哥势必调集所有力量与你们在海上厮杀，这大海之上，毕竟是我们的天下，时间久了，你们也是耗不起的。"

方国涣道："这样一来，双方都会有更大的损失，到了最后，我们顶多回航便了，而海王三始终也不会得手的，这对双方都不利，所以希望此事化解，大家各走各的路，不知前辈意下如何？"

程必飞叹然一声道："本来老夫与海三哥准备干这最后一宗大买卖，成功后，便可洗手不干了，当然没有想到会失败的。你们若真能放老夫回去，老夫倒也能劝海三哥就此罢手的。"

方国涣闻之喜道："这样最好不过，前辈也是一不凡之人，海盗这营生不干也罢。"

程必飞忽又摇头道："老夫是犯过大案子的人，在你们眼中是海上巨盗，是朝廷缉拿的要犯，那赵琛真的愿意放过老夫吗？"

方国涣道："这个自然，我们此番航行，但求平安顺利，不想惹太多的麻烦。"

程必飞点头道："方公子若想放老夫回去，希望马上就放，迟了些，恐怕海三哥会兴师动众前来报仇的，不杀老夫之恩，足以化解此次劫杀的。并非老夫贪生怕死，乃是不想就此了结一生。"

方国涣道："我且回去与大家商议一下，立刻放前辈回去就是。"

程必飞叹然一声道："赵琛福气太大，我们动不了他，这也许就是天意罢。多谢方公子从中斡旋，老夫回去后必定劝海三哥中止此次行动，你们船上能人高士太多，我们也不想损失太大的。"

方国涣点头道："前辈稍候。"随与罗坤一笑去了。

方国涣回到大仓内，把与程必飞商谈的结果与众人说了。

邓龙闻之，摇头道："方公子莫要上这海盗老贼的当，若马上放了他，必是放虎归山，他还会再率海盗来袭击我们的。"

卜元道："不错，有他在我们的手里，海盗们还不敢怎么样，海王三就算不管他的死活，再次来战，我们也不怕他们的，放了这老家伙，便给海盗们添了一个帮手，划不来的。"

阮方道："放了他去，若反悔怎么办？海盗们可都是些不义之徒。"

方国涣道："我并非因此人曾有助于我而为他说情，不过盗也有道，其中

第八十六回　避风火山岛

也有明事的，大家既有意早些摆脱海王三的纠缠，不如先放了程必飞去就是，否则扣住不放，海王三必然率盗前来，免不了又是一番血战，已非我们出海本意了。"

赵琛此时沉思了片刻道："方公子，你有把握那程必飞回去后，劝得了海王三就此罢手吗？"

方国涣道："虽无十足信心，但不妨一试，当还是有些机会的，若杀了此人，各方面对我们都不利。"

许九公这时道："方公子说得不错，在这大海之上，我们与海盗是耗不起的，程必飞既有退却之意，也自有办法说服海王三，曾闻此人与海王三联手干这海盗营生起家，相交甚厚。况且我们两次打败海王三，生擒程必飞，却又放他回去，海王三必当慎重考虑的。"

西门光一旁道："我看这个海盗头还是在我们手里妥当，有了他在，海王三必会有所顾忌的。"

梅乙南道："海王三此番专为赵先生而来，没有得手反而损兵折将，以海王三的凶残之性，就是放了程必飞回去，他也未必罢手。"

曾子平道："海盗不退，我们两船五六百人将始终不得安宁，此患不能不去，况且盗船日夜跟着我们，稍有松懈，必为其乘，这个程必飞还是放他去了好，总有些希望的，若海王三还是不退，我们再想办法。"

由于众人对程必飞的放与不放有不同意见，一时争执不下，最后大家都把目光投向了赵琛，因为赵琛毕竟是此行的主人，又是海盗们的目标，只好让他自家拿主意了。

赵琛沉思了片刻，随后缓缓地道："此番出海，没想到会遇上这种严重的情况，也是赵某连累了大家，尤其是危急时刻，各位奋勇杀敌护船，击退了海盗，保住了赵某及两船人的性命，实令赵某感激之至。事已至此，我们且冒一次险罢，将那程必飞放了就是，其余所俘海盗，也自一同放了罢，海王三若是罢手退去最好，不然的话，我们只好放弃西洋之行而回航了，凭我们的力量，还是可以安全退返的，这件事就交于方公子和罗堂主去办罢。"众人闻之，也不好再说什么，方国涣、罗坤二人便受命去了。

罗坤命人放了两只小船于海面上，把被俘的海盗都送到了小船上，然后和方国涣到仓中打开了程必飞的铁索。

程必飞见果然要放自己，不由一喜，对方国涣一拱手道："方公子救命之恩，老夫永生难忘，但请放心，此番定劝了海三哥收兵，从此以后，老夫便金盆洗手，隐居海岛，不再理世事了。"

方国涣道："前辈能有此念，便是一善举。"

程必飞道："惭愧！老夫在海上横行了几十年，从没失手过，这也许是天意，有幸能留下这条老命，自让老夫醒悟了。"说完，程必飞向方国涣、罗坤二人施了一礼。

在上小船时，程必飞又问方国涣道："老夫有一事不明，日前海上初遇，不知你们用了什么怪物？炸沉了我们一艘船，还险些把老夫与海三哥乘的主船也给毁了。"

方国涣闻之笑道："这是我的一位朋友研造的一种火器，叫'水飞弹'的。"

程必飞闻之惊讶道："原来竟有这等能人在贵船上，看来我等的这种海上营生，气数已尽了。"说完，程必飞摇头一叹。方国涣随后亲自送程必飞下了底仓。

底仓临海面处开了一角门，先前所俘众盗此时已被送到了三条小船上只等程必飞一人了。赵琛、罗坤、木卉诸人皆站在船头观看了，那木卉脸上此时尤呈出轻松神色，露出一丝得意的笑容。

程必飞扶了底仓角门，右脚抬起刚想踏上小船，忽犹豫了一下，似想起了什么事，回身见只有方国涣一人在侧，忙转过身来拉了方国涣隐于一旁，低声道："方公子，老夫此番活命全仗公子周旋，今有一事相告。"

方国涣道："前辈去了就是，难道还有什么事吗？"

程必飞道："这海船上可有一位木各庄的庄主木卉？"

方国涣惊讶道："前辈何以知道木姑娘？"

程必飞叹然一声道："公子有所不知，我等此番前来劫船，本是有那木卉率一干手下做内应的，不知何故，她们竟然没有动手，我等故遭此惨败。"

"什么！？"方国涣大吃一惊道，"那木卉也是你们海盗吗？"

程必飞摇头道："我等虽为盗，却无她这种失信之辈，此女子乃是关东女真人。"

"女真人！？"方国涣又是一惊。

程必飞道："那木卉乃是关东女真首领努尔哈赤的妹妹，现今努尔哈赤崛兴满洲，早有那立国自主的意思，今暗遣木卉率一干好手潜入中原，不知意欲何图？本来早已议好双方一同劫持海船，成功后我们仅拿赵琛一人。那木卉与我等内外联手说是也是为了劫走一个人，不知是船上哪位？令她如此感兴趣。"

方国涣暗自惊讶道："她也是为了劫一个人而来？可是我吗？当日在木各庄她便有机会得手，又何必兴师动众在这海上？况且劫走我又有何意？难道是奔另一人来的？"方国涣一时不得其解，惑异之极。

程必飞又道："那木卉虽一女子，却鬼灵精怪，计端百出，不易对付，今日便是将我等耍了一回，不知又要玩什么诡计？老夫现在举出她来，也是她

第八十六回 避风火山岛

失信于我等,望公子速告知船上众人,将此女及其手下除去,否则必为大患。"说完,程必飞一拱手,转身跳出底仓角门落在了小船上,自率众盗而去。

忽逢如此意外变故,方国涣一时间惊呆在了那里,没想到木卉竟勾结海盗劫持海船,幸亏没有动手,否则后果不堪设想,可又是在计划更大的阴谋?船上当留不得此人。方国涣恍过神来,急忙向船顶跑去。

方国涣刚出底仓,欲跑去船头将危险告知众人,忽有一人挡住了去路,却是那脸色阴沉的葛郎宁,葛郎宁低声喝道:"方公子哪里去?我家主人有请。"

方国涣见之骇然,转身欲走,却被那葛郎宁伸手扣住了右手腕,稍一用力,方国涣便觉手腕骨似被捏碎了一般,痛疼万分,立被制住,身形不由自主地跟随了葛郎宁去。

葛郎宁又低声威胁道:"公子若喊叫,我便即刻取了你性命去,纵然有人来救也是不及,待见了我家主人,自然饶你。"

方国涣被葛郎宁挟持而走,虽遇有一些水手见他二人并肩而行,也自无人起疑,都在兴高采烈地议论击退海盗的事。葛郎宁将方国涣带到木卉的船舱前,开了舱门将方国涣推了进去,遂与守在附近的几名汉子互相点头示意,已是有了戒备。

船舱内,木卉见了方国涣,自是得意地笑道:"那程必飞老贼可是将本姑娘的底都揭了罢?我在船头上见那老贼临走前忽拉了你躲在一旁说话,便觉得不大妙,故而先派人请了公子来。实话告诉你罢,本姑娘乃满洲芙蓉格格,姓爱新觉罗氏。今奉王兄之命,潜入中原来擒杀你,以报当年独石口天元棋阵内战亡的八万勇士之仇。"

"原来木姑娘是寻方某报仇的!"方国涣此时已镇静下来,摇头一叹道,"独石口关外一战,已与你们结怨,你们来寻仇也是合情合理,天元棋阵是我所布,杀我便是。"木卉见方国涣这种从容神态,颇感惊讶。

木卉缓了一下口气道:"公子棋道虽高,杀你却容易得很,在木各庄就有机会动手了。"

方国涣道:"既如此,为何不在木各庄对方某下手,却大费周折地跑到这海上来?"

木卉道:"杀你是因为你以棋道损我兵将,不杀你是因为你有棋道通兵的本事,这种兵棋之术古今罕遇,持之者自可平定天下。"

方国涣摇头道:"木姑娘抬举方某了,其实独石天元一战,乃是迫不得已而为之,虽布以棋阵一战成功,实为侥幸。况且木姑娘无高手棋力,若习练兵棋也是妄想。"

木卉笑道："方公子又自谦了不是，你有多大的本事我们知道，这个慢慢来，不着急的。本姑娘虽习不成兵棋之道，不是还有方公子你吗！"

方国涣闻之心中一凛，随即摇头道："今日落在你的手里，但求一死，若别有企图，木姑娘也是白费心机。"

木卉冷笑道："方公子看似文弱，却也有些英雄气概。实话说罢，你在独石口关外助六合堂与那些关东草寇布以天元棋阵损我八万勇士，族中人已对你恨之入骨，更是阻碍了我王兄一统天下的宏图伟志，今奉王兄命入关擒杀你是志在必得。昔日在中原遍寻你不得，本格格便在太湖岸边建木各庄，广结江湖朋友，寻你踪迹。后闻那简良设棋黄鹤楼，棋动天下，知道此棋家盛事必会将你引去，便将注意力放在了黄鹤楼。果然不出所料，你与那操杀人鬼棋的国手太监李无三同时被引了去。黄鹤楼上你一战成功，实令本格格刮目相看，公子棋上这种出神入化的修为若为我所用，真是大有好处呢。后来你被汉阳王府兵马追杀，我便命人截杀官兵替你解围，本格格要的人，岂容那汉阳王染指。"

听到这里，方国涣惊讶道："原来那些神秘的蒙面人是你所使。"

木卉得意道："当然，要杀你也轮不到汉阳王。黄鹤楼棋战之后，你已在我的人监视之下了。那日在木各庄，本想将你的兵棋本事学来，然后再杀死你，你却不肯指教。当时也想将你就地拿住，劫往关东，但虑及六合堂势力遍天下，加上汉阳王府正在通缉你，秘密将你劫往关东实非易事，所以暂且放你一马，以待时机，对公子这般高人，强硬不来的。后来见你进了碧瑶山庄，再没有出来过，而此时赵氏正在筹建海船出海，料定你必会随船出海，以躲避汉阳王府的追杀。这时本格格又从太湖帮那里得到一条消息，海上巨盗海王三正在计划从海上劫持江南首富赵琛，以勒索他万贯家私。于是通过太湖帮与那程必飞搭上关系，合议联手劫持海船，海盗要的是赵琛，我要的却是方公子，成功之后便可乘海船反航东海，直奔辽东上岸，从海上走六合堂便难插手了。"说完，那木卉对自己的计谋好是得意。

方国涣摇头叹道："木姑娘处心积虑地对待方某实为不值，便是将方某劫到了关东，也是一无用之人，棋盘上走走尚可，其他方面实在无法遂你所愿。"

木卉笑道："到时本格格自有办法令你为我王兄效命，以赎你天元棋阵杀我族人之罪。"

方国涣异道："你既与海王三联手劫船，为何又作壁上观？难道又另有图谋不成？"

木卉闻之，脸色微变，随即笑道："海王三空负盗名，竟然被那赵琛临时招集的人手两番击退，如此不济于事的海盗我自不屑与之为伍。我在关东长大，未曾乘船出海，此次机会难得，自想去看一番西洋景致，故而未曾命人动手。"

方国涣听了，将信将疑，觉得那木卉有些言不由衷。其实那木卉放弃了与海王三联手劫船，乃是其手下偷听到了赵琛讲与众人的话，此番出海之行乃是要打捞郑和宝船。木卉闻讯大喜过望，不料有此收获，自想在海船打捞上郑和宝船上的宝物之后，在回航时再寻机劫人抢船夺宝，然后出东海奔辽东，建那一大奇功，可谓深谋远虑呢！

方国涣见事已至此，索性将心一横道："方某不愿被人劫持后威逼利诱，情愿一死，否则一旦出了这仓门，死的可就是你们了。"

木卉闻之，笑道："不到最后本格格不会杀你的，我们的事待海船回航后再说，稍后我便放公子出去，想揭穿我请随便，与海盗合议联手之事你知我知，况且未曾动手，谁会信你。我乃满洲格格，便是朝廷知道了暂时也不敢对我怎样，船上诸人又奈我何来！便是你说服众人，将我主仆十余人拿住，我还有几十名高手混于水手当中，见我有事，势必发难，这海船就别想太平了，在这上不着天下不着地的大海之上，若打杀起来，胜负谁家还不一定呢！"

方国涣见那木卉果然鬼灵精怪，计端百出，谋划得滴水不漏。想起木卉所说的那几十名高手必是截杀汉阳王府追兵的蒙面人，心中一凛，这些高手厮杀的手段已见识过，若发难，势必难挡，且在暗处，难查其人，实在防不胜防，这些人潜伏海船上太危险了。方国涣惊急之下，不知如何是好。

木卉已看出方国涣的焦急神态，更为得意。方国涣闭目沉思了片刻，为了两船上诸人安危，已然做了一个决定，随后睁开双眼，慨叹一声道："你们既然专为我一人寻仇而来，就拿我一人是问好了，只要你们在海途上不生事，日后平安返航之后，方某答应你，情愿随你去关东，任凭处置。"

木卉闻之，立时大喜道："这可是方公子自愿的，非本格格逼的，只要方公子履行诺言，日后我自会保证大家相安无事。"方国涣无可奈何地点了点头。

木卉欢悦道："方公子果然深明大义，好极！好极！日后我还做我的出海寻父的木各庄主人，大家还是好朋友，方公子请保住你我之间的这个秘密，好了，公子请回罢，这两日还要请教棋道呢。"

方国涣拱手一礼，转身而出。木卉长吁了一口气，站在那里欣然道："得你一人，胜过百万雄兵，我岂舍得杀你。"

放走了程必飞及所俘众盗，赵琛即命"太玄""海浪"两船全速而行，以摆脱海王三的海上势力范围。随后众人回仓内叙话。

许九公此时感慨道："海王三此番兵败，或能从此收了盗志，若如此实为海客们的幸事。要说起这海王三甚是霸道，连倭寇都怕他的，当年有几百名倭寇在江浙沿海一带掠夺了大量财物，在返回他们老家的途中竟然被海王三来了个黑吃黑给反劫了去。也曾有广东的八艘官船载了满船的贡品，也叫海王三在渤海处劫了，杀死了二百多名官兵，朝野震惊。"

梅乙南道："此事也曾听说过的，后来朝廷派重兵到海上围剿，也都无功而返。"

那位洪还章一旁道："洪某居海外多年，也多能听到关于海王三的传闻，没想到我们今日却能击退这个海上巨盗，有幸历此奇事，实为幸甚，自为我中原豪杰骄傲。"

西门光一旁兴奋地说道："此番经历令人终生难忘，这更是一部传奇，笔之成书可传千古的。"众人闻之一笑。

赵琛随后看望了毕法成的伤势，由于沈秋勤的诊治已无大碍，赵琛便劝慰他安心静养了。

方国涣回到仓中时，罗坤、卜元、阮方等人正在逗小全子说笑。

见方国涣神色有异，卜元问道："贤弟，可有何不适吗？"

方国涣知道此时不能说破那木卉身份，否则便能引起激变，于是应道："不妨事，可能有些晕船罢。"

小全子道："方大哥去了木姐姐那里罢，木姐姐早上还派人送了份点心来。"

阮方笑道："这位木姑娘真是有心，我看是对贤弟有了些意思罢，一个姑娘家能如此主动，还真不易呢！"

罗坤认真地道："方大哥游棋天下也自辛苦，也该找个归宿了。"

方国涣此时有苦说不出，摇头叹道："你们莫要取笑我罢，此番出海能平安回去就已是万幸了，日后莫要谈那位木姑娘罢。"阮方等人闻之，相视一笑。

"太玄""海浪"两船航行了两日，没有发现海王三盗船的踪迹，显是程必飞回去后起了作用，海王三罢兵退去了，赵琛诸人心中稍安。两番海战，阮方、米迁、卜元、罗坤自是立了大功，深得船上诸人敬重，且四人都由方国涣引招而来，赵琛父子对方国涣尤为感激。小全子危急时刻挺身而出救护了赵琛，大家对他另眼相看，赵琛感激之余更是疼爱万分。

这几日倒是那木卉开始活跃起来，并且颇得人缘，加上她不顾风浪之险出海寻父的这片孝心，博得了船上诸人的好感，方国涣自被她弄得无计可施，私下里叹气而已。

这一日，瞭望的王常在塔楼上兴奋地喊道："岛！前方有一座岛。"众人看时，见前方海面上有一黑点，逐渐扩大来，显是一孤岛的形状。

第八十六回　避风火山岛

船至近前，见那岛上仅有几处光秃秃的褐色山头，不见草木。

许九公见状道："这是一座火山岛，不知什么时候爆发了一次山地震，岛上的草木都被烧光了，故呈此模样，倒无什么景致可观的，上去走走，活动活动腿脚罢。"

海船在近岸处抛了锚，开了底舱角门，大家便乘了小船高兴地上了岛。许九公、梅乙南等老海客却无什么兴致，陪了赵琛在船上望了，木卉见方国涣等人上岛闲走也自跟了来。

叶晓生此时站在船头上四下望了望，对曾子平道："适才看过航海图，这片海域没有一处可避风的大岛，不如且在此处停泊两日罢。"

曾子平道："叶先生有何高见？"

叶晓生道："昨日叶某夜观天象，见水星客犯，不日将有大风雨，我们需暂避才是，否则航行是有危险的。"

许九公一旁道："老夫瞧今日天空虽晴朗，却也感觉有些不对劲，有起大风的意思。"

叶晓生道："九公是老海客，对这海上的风云变化，倒也有些感应的。"

许九公道："一点经年积累的经验罢了，哪里及得上叶先生天象应海的'海象之术'看得准确。"

曾子平道："看来我们要择一避风处了。"

许九公道："老夫适才见此岛南面有处崖壁，它的侧面当是一处好的避风港，且将海船泊在那里罢。"曾子平随命"太玄""海浪"两船起锚移位，绕了个弯，泊在了避风处。

岛上闲走诸人，忽见两海船改向南行，不知何故，便站下望了。

西门光焦急道："莫不是船上的人抛下我们不管了？"随即飞跑回去，大喊道："等等我！"众人见状，皆不由哑然失笑。

此时见两海船行至崖壁侧，停泊在了避风处，米迁见状惊讶道："择此避风港有久驻之意，天气这么好，风从何来？"

众人一路行来，上了一座山头，四下望去，多是赤褐色的岩石地貌，不见草木绿气。此时望那"太玄""海浪"两船似乎小了许多，一些水手们也自陆陆续续地上岸来走动。赵明风这时摇头道："此岛荒凉，无可观处，连那海鸟都不愿光顾的。"

卜元笑道："不过站在这里，总比那海船上踏实些。"随后众人结伴四下闲走，赵明风见无甚趣味，便与几个人返回船上去了。

方国涣心中忧虑烦闷，索性往岛内走去，木卉却在后面不紧不慢地跟了来。卜元、阮方等人见了，也自知趣避开，引了小全子别处玩去了。

罗坤与沈秋勤师徒在岛上转了一圈后，便往回走。这时见小全子从一侧山谷里跑了出来，手里竟然握着一把灰青色的野草。见了罗坤，手一扬道："罗大哥，这秃岛上也长草的，那边山坡上一片，好多的。"

沈秋勤忽见了小全子手里的野草，先是一怔，忙要过来查看，见此草色泽灰青，叶细且薄，立时惊道："天意！真是天意！这种海外仙草竟然也长在这荒岛上。"

罗坤惊讶道："沈先生，这可是一种药草吗？"

沈秋勤兴奋道："不错，此药草唤作'神仙一扫光'，专治人身诸疮癣，煎水洗之，神效非常。当年家师曾以重金从一位海客的手中买过一些，以后便无所获了。因此草三山五岳不生，专长于海中岛屿上，极难采集。其性寒无比，能在这火山石土上生长，倒是寒热相济而生的。药王先生若见此草，也必喜欢。"

罗坤道："既遇如此神药，当不可错过，小全子，带路，我们去采集些回来。"几个人便转向山谷采药草去了。

海船上，赵明风闲着无聊，便请了许九公到仓中讲些海外奇闻，西门光与一些水手也自过来听了。

但闻许九公道："老夫二十岁光景上，曾经历过一番奇遇。当年随一艘大海船出海，途中遭遇风浪，海船被吹离了航向不知去了哪里。后来海船触礁沉没，船上的人都丧命海里了。唯老夫善些水性，死命挣扎，游至一座海岛上。此岛风光奇美，异花怪草，飞禽走兽，多是不曾见过的。有一种小鸟，纤巧无比，当时落在我手上，还以为是只蜻蜓，可细看之下，爪翼俱全，实是一只神奇的小鸟。就在这时，又飞来一只老鹰般的大蜻蜓，起初以为岛上有人在放飞风筝，可这只虎头巨蜻蜓俯冲下来要咬我，吓得我玩命跑了好一阵，才避开这只大怪物。后来饥渴，采了一种果子吃，说来也怪，这岛上的果子吃上几枚可数天不饿，甚是耐饥。直到有一天，在岛上终于遇见了一个人。此人奇丑无比，一张大嘴能开至耳根，足占了半个脑袋，没想到此风光秀丽之地，也能养出这般丑人来。此人却会说中国话，口音怪极，勉强听得懂。告诉我这里是大嘴国，未曾有外人来过的，并且还说我长得很丑，若被大嘴国的其他人发现会被杀死的。你们说怪不怪，他这般模样还说我长得丑，想当年，老夫可是一位人见人爱的美男子哩！"众人闻之，哄然一笑。

许九公接着道："或许是那家伙嫉妒我罢，不过心地还好，给了我一条船，让我尽快离开此岛，否则让其他人发现就死定了。我当时怕得很，便忙采了一些耐饥的果子驾着小船离开了此岛。在海上漂泊了数日，后幸遇一艘大海船这才获救，载我回到了中原。有好事者闻我奇遇，便央我带路，出海寻那大嘴国，可惜试了几次都无功而返，便有人疑我说谎，好在那时我手里还剩了一枚耐饥的果子，送与一人吃了，果然数天不觉饥渴，人们这才相信了。"

这时在船头上，曾子平、叶晓生等人正在观看那许七施演"水戏"之术。许七乘了条小船在海面上，掐指念咒，嘴里嘟囔了半天，并不见半条小鱼跃出水面，不是往日那般一试便应。

叶晓生见状笑道："怎么，失灵了罢？敢情是这海里的鱼不听召唤了。"

许七脸一红，思虑之余，忽恍悟道："当年授我此术的师父曾说过，'水戏不灵，并非无功，鱼走深处，以避大风。'看来这鱼都潜入深水里去了，海上要起大风浪了。"

叶晓生闻之一怔，忙抬头看了看天，脸色忽地大变道："不错，狂风暴雨马上就要到了。"

曾子平闻之大惊，忙命水手吹号角示警，招呼上岛诸人归船相避。此时天空已呈阴暗，风势渐起，天际处有黑云压了过来。

时间不大，岛上游玩的阮方、卜元、沈秋勤等人陆续回转了来，清查人数时，单不见了方国涣、木卉二人。此时风势大起，并夹杂着雨点落了下来。"太玄""海浪"两船虽有巨锚相稳，也自摇摆震荡不已。

卜元、罗坤、葛郎宁见方国涣、木卉滞留岛上，俱是惊骇，抢出仓外欲上岛寻找二人。可是已经晚了，风紧雨急，外面已容不得人了，几个巨浪翻压下来，迫使三人退回了仓内。

第八十七回　三战棋

却说方国涣心情忧闷，不知不觉已在岛上走得很远了。那木卉跟在后面觉得不是个意思，便主动搭话说道："方公子，无事罢？"

方国涣淡淡地道："只要木姑娘不生事，我自然无事。"

木卉听了，讪讪地道："方公子也忒小气了些，都已说好了的事情，何必再计较。"

方国涣不再理会她，独自向前走去。那木卉自讨了个没趣，很是后悔跟来。

上了一座山顶，四下望去，大海茫茫，水天一色，立此孤岛之上，自令人怀疑起这个世界的真假来，那般恩怨情仇也似淡化了。

方国涣长吁了一口气，心情自然舒畅了些。回头见那木卉，望海凝思，呈楚楚怜人状，如此一个娇柔少女，实在不像那个老谋深算、心机诡异、千里而来擒拿自己的满洲芙蓉格格。木卉此时轻轻叹息了一声，转头看方国涣，二目相视了片刻，方国涣随将目光避开了。

木卉心中不愿相信，眼前这个文弱的年轻人就是自己不远千里而来擒杀的目标，而正是这个年轻人所布列的天元棋阵耗杀了自己族中的数万勇士。本来计划寻到此人一刀杀了为族人报仇了事，可此人棋上的修为太厉害了，竟能化解诸般凶险，随布一阵，千军难敌，实是一位旷古奇人。且此人为了船上他人安危，竟然不顾自家性命情愿随自己去那对他充满敌意随时有可能丧命的满洲。此人直如他的棋道一般，深不可测，令人敬畏着呢！

这时风势渐起，有沙粒吹到脸上隐隐作痛。方国涣忙说道："起风了，回船上吧。"二人转身没有走出多远，那风势便大了起来，吹得身形都站立不稳了。

方国涣惊急之下，自己跑去也就罢了，犹豫了一下，偏偏回身拉了那木卉，掩面飞奔。木卉见方国涣竟然没有丢下自己，感激之余，心中自生出一种异样来。

海上风云变幻之速往往出人意料，此时方国涣、木卉二人再要回到船上已是来不及了，狂风暴雨令二人迷失了方向，跌倒了几回，险些滑下一侧的山谷。

第八十七回 三战棋

方国涣骇然之下，知道不能再走了，否则这大风能将二人刮飞到海里去，隐见前方有一巨石，其旁侧似乎可以避的，忙拉着木卉跑了过去。那木卉早已吓得惊慌失措，死命地握紧了方国涣的手，生怕方国涣丢了她。

那巨石之下有一处凹进去的低窄的浅洞，方国涣见之一喜，拉了木卉弯腰躲了进去。此石洞甚小，仅能容下二人身形，好歹将就避了。

外面此时已是昏天黑地，狂风暴雨发出可怕的声音，如鬼嘶魔叫。不时又感到地动山摇，原是山上的大石被风掀起，滚到山下去了，声势怖人。

木卉吓得"妈呀"一声，不顾一切地抱紧了方国涣，将头深埋在方国涣怀中。方国涣来不及多想，随将木卉的身形往洞里移了移，自家后背朝外堵住了洞口，乃是怕大风把那柔弱的木卉从洞里拽出去。接着双手捂住了木卉的两耳，以减少那恐怖的声音带来的恐惧。

有大石从洞前滚过，声响异常，瞬间远去。方国涣心中忽地一紧，这风势实在太大了，不知"太玄""海浪"两艘海船能否经受得住。木卉在方国涣怀中一动不敢动，自感到遭此巨变如大限将至、世界末日一般，怕是活不成了。而此时却又生出一种别样的暖意来，觉得这世上只剩下她与方国涣两个人了，洞外的一切都已天翻地覆了去。

木卉恐意大减，感到这石洞乃是世界上最安全的地方，外面再怎样变化都似与她不相干了，那些可怕的声音也都似淡化了去，自在雾里云中一般，飘飘然，奇妙之极，又将方国涣抱紧了些。

这番狂风暴雨一直折腾了一夜，方国涣也自紧张担心了一夜。不知几时，疲倦不堪的方国涣、木卉二人才昏昏然相拥睡去。

一丝凉气袭来，方国涣自是打了个冷战，睁眼看时，天已大亮了，外面异常的静。木卉也醒了，呆怔了一下，脸色一红，忙从方国涣怀中退开。

二人钻出石洞，再看时，柔和的阳光轻拂着孤岛，先前山顶上一些凸突裸露的石头，都已滚落到山谷里去了，更显得秃了。

方国涣此时忽觉右臂有些疼痛，撸起衣袖看时，那右臂上竟有几处整齐的红肿的牙痕。乃是昨晚那木卉自家情浓之际，情不自禁地狠咬了方国涣几口。方国涣眉头皱了皱，复将衣袖放了下来。木卉一旁见了，咬了咬嘴唇笑了一下，没言语。

方国涣这时忽想起了什么，惊呼了一声"海船"!? 起身跑去。木卉脸色也自一变，随后跟了来。

上了一处高坡，便可望到岸边了，而此时却不见了"太玄""海浪"两船的踪影，唯见海浪拍打着岸边的礁石。方国涣、木卉二人相视骇然，一时间惊呆了。想那两艘海船必是经不住昨日的风浪，遭了难了，船上诸人想必也无活理。此荒岛远处海外，草木不生，二人虽侥幸活下来，日后却也无法生存下去。方国涣知道事情严重了，转身走去。木卉见方国涣神色肃然，也自不敢说话，后面跟了来。

二人无目的地乱走，无意中走至一高处，偶一抬头，方国涣、木卉二人同时惊喜道："船！海船！"

但见那"太玄""海浪"两船正停泊在一侧岸边崖壁下，在阳光的照耀中显得格外清新漂亮。原来二人在岛上迷了方向，走错了地方，加上此岛岸边的景色多相似，故一时寻错了海船停泊的位置。

此时已从船上下来几十人向岛上寻来，显然是来找方国涣、木卉二人的。二人此时激动万分，挥臂高喊起来。船上的人与已上岛的人遥望见了二人的身影，立时欢呼雀跃起来。

那木卉避过一劫，此时激动得再想抱一下方国涣，再咬上他几口，然见卜元、罗坤、葛郎宁等人向这边跑来，便止了这种情不自禁的冲动，自嘲地笑了笑。经历此番变故，那木卉情窦初开，自对方国涣暗生情愫，已不是来取他性命的人了。

小全子第一个跑了过来，叫声"方大哥"！抱住方国涣大哭起来。

卜元、罗坤、阮方等人过了来，彼此相见无事，俱为欢喜。葛郎宁见木卉安然无恙，神情也自一松。

沈秋勤过了来，诧异道："二位滞留岛上，如何避过了昨日那般大风？"

方国涣释然道："所幸寻得一洞穴，否则便见不到诸位了。"

木卉笑道："方公子福大命大本事大，老天爷不敢收他的，我是借了方公子的神威才保住一条命呢！"说完，望了方国涣一眼，欢喜无限。

众人随后拥了方国涣、木卉二人回到了海船上，赵琛、曾子平、叶晓生等人上前迎了，大家相见，自有那劫后余生之感，庆幸不已。

许九公道："海上风云多变，日后要注意些，及时归船才好。"

方国涣歉意道："一时贪玩走远了些，起风时便来不及回来了，好在寻了一洞穴相避，侥幸躲过一劫，让大家担心了。"赵琛随后问候了木卉几句，木卉礼谢了。

唐子青率水手们检查了一下海船，修补了些破损处，船身安好无损，仍可继续航行。沈秋勤带了两名弟子本欲再去采集些"神仙一扫光"，谁知已被昨日大风一扫而光了，连片草叶都寻不得了，幸好昨日采集了些，沈秋勤自是叹惜不已。

小全子意外地在海滩上发现了一只大龟壳，因好奇的性子便请了水手们帮忙抬了回来，说是要做个此番出海的见证，惹得众人一笑。

"太玄""海浪"两艘海船离了这座火山岛又扬帆而进，将出南海海域时，发现有三艘渔船在后面跟着，显然又是另一伙海盗。阮方便指挥水手用

第八十七回　三战棋

火炮放了几炮，向那盗船示警立威。果然，那三艘盗船见对方船坚炮利，不似商船，知难而退，悄然隐去了。

木卉这几日时常来仓中向方国涣学棋，方国涣被缠得无法，便摆了棋盘教她些棋上正常的攻守之势，兵棋阵法之术则闭口不谈，乃是防着那木卉，恐她日后操此术用以杀戮，对大明江山不利。那木卉原本棋艺低劣，即便是授她兵棋也学不来，况且此时的心思已不在棋上，习了几盘棋之后便无了兴致，便扯了别的话题来谈。

木卉的有意无意问起些六合堂的事，方国涣立起了警觉，感到这木卉居心叵测。木卉见方国涣有了疑色，便改口言他。自火山岛石洞内经历了那不同寻常的一夜，方国涣对木卉到底是敌是友已无从判断，也不冷不热起来。

两船又顺风行了数日，这日前方遥望到了一座大岛，近些时，见岸边有人招手欢呼。

许九公对赵琛道：“这是到了海外的岛国了，可进行一些贸易的。”

船只近岸，便有一些岛上的土人围来观看。杨北星、胡文书二人，率了一些水手带着货物上岸交易去了。许九公在海上走惯了，懒得下船，其余人便分作几伙，结伴到岛上闲游而来。方国涣、小全子、卜元、罗坤、米迁、阮方、赵明风、洪还章等人走在一起，曾子平、叶晓生和毕法成父子陪了赵琛到岛上拜访酋长去了。

这岛上的风光景致果与中原不同，土人的皮肤略黑，如涂了桐油一般，乃是此地地处热带，久被阳光照射所致。此地民风古朴，一些年长的土人见了方国涣、赵明风等人，都热情地挥手打招呼，对中国人也是司空见惯，倒有一些孩童围了方国涣等人跑来跑去，好奇得很。洪还章则用当地的一种土语与几个土人说了些话，也都是一些礼节性的问候。

这时，从一座木楼内飘出一股肉香来，卜元道：“此处可是酒楼了？”

洪还章笑道：“酒楼倒称不上，不过也是一个吃饭的地方，我们且去尝尝当地的风味罢。”

赵明风闻之喜道：“这海上岛国不知能有什么佳肴美味？”众人都知赵明风是美食家，闻之各是一笑。

到得楼内，迎上前两个中年的土人，洪还章与他们说了几句话，各呈惊喜之色，忙请众人坐下，此处很简陋，仅有两张破旧的木桌和几条长凳而已。时间不大，有土人端上来两大盆熟肉和两大盆海味来，似连锅端上来一般。

卜元见了笑道：“虽然不甚讲究，却也实惠些。”

洪还章道：“此地不比中原，有厨中高手调制大菜，这里只烧熟了便是，不过此地酿的草酒，倒是在中原尝不到的。”随即有土人献上用竹筒装的酒来，众人各尝了一口，苦涩之中带着一种怪味，也不知什么东西酿制的。

阮方皱了皱眉头道："难饮！难饮！"赵明风摇了摇头，连那桌上的鱼、肉也不想用了。

　　方国涣见了笑道："出海多日，倒苦了赵兄，船上厨中做的菜肴也不尽合口味，这里的酒菜又倒胃口，看来只有等到回碧瑶山庄后才能吃得顺了。"

　　赵明风苦笑道："早知这般，莫不如把杏儿也带了来。"

　　卜元一旁道："守着那天厨娘娘，赵公子就不该出海的，这要折了多少口福去。"众人闻之大笑。

　　大家吃了一阵，所食甚少，那竹筒内的酒更是没动几口，洪还章见了道："此草酒大家还没有喝惯罢了，其实酿造它也很麻烦的，虽然苦涩难饮，对人身体却是大有益处，不醉人的。"

　　卜元道："喝不出兴致来，当算不得好酒。"这时，木楼内进来一名土人，与另外一名土人打了招呼后便坐在一块说起话来。

　　洪还章无意中一抬头，似发现了什么，便站起身来走到那土人跟前，指了指土人颈上的贝壳项链，说了几句土话，又从怀中掏出了一大锭银子来。那土人立时面呈喜色，忙把项链摘下来递于洪还章，接过银子后，高高兴兴地去了。

　　洪还章拿了那串项链复回到座位上，接着把项链拉断，去了那些贝壳不要，唯取了一粒石子般的东西，在衣袖上擦了擦，又细观了片刻，自露出了惊喜的神情。

　　赵明风在旁边见了，"咦"了一声道："洪先生手里的可是一粒宝石？"

　　洪还章欣然道："不错，是一粒尚未加工过的宝石。"

　　卜元笑道："洪先生真会做买卖的，占了大便宜。"

　　洪还章道："并非洪某欺人，当地土人多不识宝石，偶然捡了来做些饰物，便是丢掉了也不觉可惜，适才我用十两银子买下了那土人的项链，他还高兴得不得了，此物在他手里无用，回到中原后，我把它卖于珠宝商人，少说也值三百两的。"

　　卜元笑道："洪先生多做他几回，这辈子也够受用了。"

　　洪还章道："这种事情偶然有幸遇上罢了，哪里有那么多的好事让你来占便宜。"

　　方国涣笑道："这海外果然有些怪事，把宝石当作石头来卖。"

　　洪还章笑道："所谓的奇闻怪事，就是一些新鲜事罢了，不常遇的。"

　　方国涣、赵明风等人回到船上时，杨北星、胡文书陪了赵琛也回来了，互相在说些什么，随见赵琛点头笑道："这海上风险虽然大些，不过却有几十倍的利息来赚，值得！值得！我们此行回去后，还要在这方面增些力量才是。"杨北星、胡文书二人闻之，各自面呈喜色。

第八十七回　三战棋

　　不多时，到岛上闲游的水手们，还有沈秋勤、梅乙南等人陆续的都回来了，曾子平命人点了人数，并不缺少，随后令"太玄""海浪"两船扬帆起航。

　　曾子平、叶晓生、许九公和赵琛四人，仔细研究了郑和的航海图，但按其航线行驶，一路扬帆直下。又行了数日，前方海平面上现出了一片陆地来。

　　许九公告诉众人道："我们已到占城了，当年郑和出使西洋时，首先到达的便是此地。从这里上岸，由陆路而行，是可以绕回中原的，不过要多费些时日。"众人听了，各是欢喜不已。

　　占城在今天越南的中南部，在当时是一处港口。"太玄""海浪"两船寻着港口靠岸停泊了，当地的人见是两艘大海船，知道是来贸易的，一些生意人首先迎上来，杨北星、胡文书自与那些人联系了，曾子平作为翻译也随了过去。叶晓生建议海船在此停泊一天，以给船上储备些食物与淡水，赵琛应了，随后由方国涣、罗坤等人陪着，到岸上游览。

　　赵琛等人在岸上游览了一番，见此地的风土人情又与中原不同，当兴致勃勃地归来时，见一个人站在岸边往船上望着。这时那人一转身，见赵琛等人过了来，忙迎上前施了一礼道："请问各位是从中国来的吗？"

　　赵琛见那人服饰口音都与中原人士无异，便应道："不错，我们正是从中国来的。"

　　那人闻之喜道："真是太好了，刚才听说码头停泊了两艘大海船，好像是从中原来的，我便急忙跑来看了，果然不假。在下刘汉民，祖籍苏州，侨居此地已经六世了，每当见着来此地的中国人自是高兴得很。"说话间，那刘汉民的双眼自有些湿润。赵琛、方国涣等人见了，无不为之感动。

　　赵琛忙道："原来是刘先生，在下赵琛，也是苏州人士，你我当是同乡了。"

　　刘汉民闻之惊喜道："适才闻先生口音，便怀疑是老乡到了，真是太巧了。"

　　赵琛一笑，便把方国涣、罗坤等人引见了，大家纷纷与刘汉民见了礼。刘汉民兴奋异常，忙邀请道："敝舍离这里不远，还请赵先生与各位到家中做客。"

　　赵琛见刘汉民热情如此，也是异国逢同乡，自有些激动，于是笑应道："大家既是同乡，应该去拜访的。"

　　刘汉民闻之大喜，忙引了众人向家中走去。赵琛这时对一旁的赵明风耳语了几句，赵明风点头会意，对随行的两名水手交代了几句话，那两名水手便飞跑回船上去了，接着抬了些东西跟了上来。

　　赵琛等人随了刘汉民来到一处木楼树篱的宅院中，刚进院门，便迎出一个人来，那人见刘汉民引了五六位陌生人来，不由一怔。

刘汉民忙道："大哥，这几位是乘海船从中原来的。"

那人闻之喜道："欢迎、欢迎。"刘汉民又介绍道："这是家兄刘汉臣。"刘汉臣自与赵琛、方国涣等人见了礼，随后请入木楼内坐了。有一妇人献上茶来，刘汉臣请众人用茶。

刘汉民这时感叹道："曾闻中原江山秀丽，广阔无边，一直神往的。"

赵琛道："刘先生虽侨居海外，却对中原故土如此思恋，何不回去一观的？"

刘汉民叹道："因有家业之累，一直脱不开身去，也是那边无什么亲人投靠，走一次更是不易的。先祖曾搭海船回去过一次，可惜时逢战乱，中途又折了回来，但叫我等后人，守着千辛万苦挣下的一点祖业就是了。"

赵琛叹道："背井离乡，在他国异域求生，不知要吃多少辛苦才能活下来，实在不易得很。"

刘汉臣叹然一声道："先生说得极是，远离故土，侨居海外，其间的苦楚旁人是无法感受的。"方国涣、罗坤等人在一旁听了，各自感叹不已。

赵琛又与刘氏兄弟坐谈了一会儿，这才起身告辞，并以一些苏州的特产丝绸等物相赠。刘氏兄弟大为高兴和感激，送了赵琛等人回船上后，雇人抬了十筐当地盛产的椰子、香蕉等水果回赠，赵琛自赏了来人。

"太玄""海浪"两船在占城港口停泊了一日，第二天便又扬帆而进，刘汉臣、刘汉民兄弟自来岸边相送了。

离了占城，两船继续西行，谈起刘汉民兄弟，令赵琛感慨不已。

洪还章道："中国人侨居海外，生活之艰辛，要比在故土难得多，当地人都称我等为唐人、华人，以东南亚一带为最多，集中聚居在苏门答腊、爪哇、吕宋等地，尤以吕宋为最。我的先人也侨居于此的，后由叔父带我回到了中原，待我们回航时，当到吕宋一站，寻访些故人罢。"

方国涣道："洪先生，中国人为何有如此之多侨居海外的？"

洪还章叹然一声道："若在故土能生活下去，谁又肯背井离乡，远走异地的。据我所知，到海外谋生的人，多是因战乱、饥荒而被迫远走他乡的，以农民、匠人为多，商人、冒险者也不少，当然，还有一些罪犯。在爪哇，有李姓大族，在当地侨民中很有影响的，听说是唐朝皇室的后裔，因为战乱而避走海外的。"

曾子平道："我中国人本多，天下之大，当无所不在了。"

洪还章叹道："此事说起来，倒有些苦涩在里头，好在侨民们争气得很，在当地都有很大的影响，深受当地人的敬重，当然，也不乏歧视者。"

一路上，经过几座海岛，都见有华人与当地人居住在一起，"太玄""海

第八十七回　三战棋

浪"两艘海船的到来，令那些人很高兴，有的还上船来看了，赵琛便命水手们热情地接待。

按郑和的航海图，"太玄""海浪"两船舍了新村奔旧港而去，准备经由马六甲海峡至苏门答腊，然后直入西洋。

到达旧港时，有许多当地人和华人来迎了，杨北星、胡文书仍旧贸易去了。曾子平和赵琛商量了一下，准备让海船在此停泊两日，众人闻之，欢呼一声，各上岸游玩去了。洪还章对方国涣道："洪某幼时，家父曾带我到此地拜访过一位朋友，今番路过，我且去拜会一下旧识，方公子若无事，便陪了我去走动一回罢。"

方国涣笑道："也好。"便随了洪还章去了，小全子自跟了阮方、卜元、罗坤、米迁等人上岸玩耍闲游。许九公也曾到过旧港几次，也领着许七拜访故友去了，毕法成父子则陪护了赵琛、梅乙南等人游观本地的风土人情去了，唐子青自率了水手们检修船只。西门光由于不适应长途航行，大病了一场，沈秋勤配制了两副药与他用了，病情虽好转，但身子虚得很，只好一人在仓中躺了，眼巴巴地瞧着大家上岸游玩。

木卉为了掩人耳目，率了葛郎宁等几个手下上岸去寻她那父亲踪迹。路过几家店铺，问了些十年前可有什么木姓商人来此的话，那些店家自然都摇头摆手说不知。应付了一下公事，木卉便率了手下尽情游玩去了。

且说方国涣随了洪还章一路行来，走到一座颇有些气势的院落门前，洪还章道："就是这里了。"说着，上前敲了敲门。

时间不大，门一开，出来一位年轻人，问道："你们找谁？"

洪还章道："请问小兄弟，这里是宋雅斋先生的家吗？"

年轻人道："不错，但是我家主人今日没空闲，不会客，二位改日再来罢。"

洪还章忙道："在下刚刚乘海船从中国而来，因路过这里，便借机会拜访一下宋先生，还望小兄弟通禀一声。"

那位年轻人闻之喜道："从中原来的！怎么不早说？快快请进。"忙亲热地把二人让了进来，引到客厅上落了座。

那位年轻人道："二位稍等片刻，主人正在后院会客，旁人是打扰不得的。"

洪还章道："也好，我们候一候就是，不着急的。"

随后那年轻人端来两碗茶，放于桌上道："二位既然从中原远道而来，主人必然欢喜，暂候片刻罢，我还有些活计，少陪了。"说完，那位年轻人便转身出去了。

洪还章这时对方国涣道："这里的主人叫宋雅斋，是家父的旧交至友，洪某先前曾随家父来拜访过他的。这位宋伯父在当地是很有名气的,是这一带华人会的领袖,很有影响的人物。"方国涣闻之,点了点头。

二人等候了好一会儿,并不见人来,连刚才的那位年轻人也不知去了哪里。洪还章已是坐耐不住,起身对方国涣道:"这里的院子很大,你我出去走走罢,呆坐着好是烦人,待我那宋伯父来了再说。"

方国涣道:"也好。"便与洪还章出了客厅。

此间院落另成风格,也自有些江南小园林的模样,但多长着一些少见的热带植物。洪还章似乎还记得路径,便引了方国涣四下看了,无意中,二人步入了后园。

这时,从一片树丛后面传来了话语之声,似有几个人在说笑着什么。方国涣、洪还章二人这才发觉自家走得深了,有失礼数,正欲退回,偶闻树丛那面有一人道:"宋兄这一着不失为妙手,然则螳螂捕蝉,黄雀在后,岂能由你任意打入。"接着,传来了棋子落枰的清脆响声。

方国涣此时心中一动,棋家本性,不由自主地止步聆听。洪还章见了,倒也不争着催方国涣回去,一旁陪着站了。

随即又闻一人爽朗地笑道:"孙、刘联盟抗曹,虽为妙策,不过孙、刘也存互戒并吞之心,彼此相制的,看我这一子点你们荆州之要害。"自又有棋子落枰之声。

此时,却又闻另一人缓缓地道:"孙、刘联盟之弊,在于有始无终,最后被人家逐一灭掉。但如此盘棋局,朱某虽与童兄联棋以制宋兄,然我二人也有互杀相吃之处,宋兄在这一点上掌握得很好,令我二人暂处下风了,不过胜负未定,还需走来。"

方国涣此时听得越发糊涂起来,觉得树丛那边,似有三人同走一盘棋,实在令人不解。方国涣心中纳罕,自想看个究竟,不由得转过树丛,寻那棋局。随见在树丛的另一侧,有一座凉亭,此时正有三位老者围桌而坐,桌有棋盘,果是三人在同走一盘棋的。

方国涣见之一怔,大是惑然,不知在棋盘上三人如何走法,索性轻轻地走了过去,以看个明白。洪还章此时识出了其中的一位老者,心中一喜,也随了方国涣上得亭来。洪还章知道那三位老者在下棋,不便打扰,自与方国涣在一旁观看了。

当方国涣在一旁往棋盘上探视时,不由吃了一惊。原来棋盘之上共布列了黑、白、蓝三色棋子,这三色棋子彼此围绕,棋势错综复杂,蓝色比那黑白两色的棋势更为难查。方国涣惊异之余,自屏息静气,观那三位老者走棋。那三位老者也自聚精会神,没有发觉身后已然多了两个人,在棋盘上杀得正酣。

第八十七回 三战棋

洪还章头一次见着这古怪的三色棋走法，诧异之余，摇摇头，却也不甚理会。方国涣观看了片刻，心中愈加愕然，见这三人持此三色棋子，皆按围棋正常的理法落子应对，所不同的是三棋一盘走，都有互攻互防之势。如那黑白之棋，在棋路上可同紧蓝棋之气，围而攻之；蓝白之棋又可共刟黑棋之势，互可提杀，一方可吃两方，两棋又同封一色，彼此牵制，相互攻防，三分天下，抢占之机，看谁走得高明了。

方国涣此时也观明白了个大概，对这种闻所未闻、不可思议的三人同局的棋上走法，新奇之余，不由大为惊叹。因为走起这种棋路来，比两人对局更难走百倍，在一色棋子应了一手之后，另外两色棋子要各应一着的，前一色棋子才能再应对，如此一来，便不是两人对局时的那般简单了，棋势变得更难预料，更加难走了。并且方国涣发觉，这三位老者的棋力，俱是不凡，三棋同走，却也从容，若不是方国涣棋达化境，这种棋上走法一时间也很难看得明白。

那三位老者走起棋来入了神，自没有察觉方国涣、洪还章这两位外来客。结果一局终了，收官算子，白棋略战优势，占了一百二十四子之地，按棋枰上三百六十一格来算，三分之后又多出几子来，便是胜了，黑蓝两棋各落后几子，自是负了。

此时见那适才执白棋的老者笑道："宋某今日又胜了，承让、承让。"那位执蓝棋的老者笑道："今日让你抢了个先手罢了。"

另一位执黑棋的老者此时摇了摇头，叹然一声道："可惜，此种三战棋术，全天下只有我三人能走得，若是再多出几位对手来，当是一大乐事。"

洪还章这时见棋局已完，便上前对那位胜了棋的老者施了一礼道："小侄洪还章，参见宋伯父。"

此时那三位老者同时一惊，这才发现身旁还多了两位陌生人。那位胜棋的老者诧异道："二位是哪里来的？如何面生得很？"

洪还章道："宋伯父或许不记得小侄了，但是家父洪熊玉，宋伯父还记得罢？"

"洪熊玉兄？"那老者闻之惊喜道，"你是洪熊玉的儿子？小时候来过的那个孩子？"

洪还章道："不错，正是小侄洪还章，没想到宋伯父还如当年一般，硬朗得很。"

那老者闻之，摇头笑道："老了、老了。"接着指向方国涣道："洪贤侄，这位年轻人是谁？"

洪还章忙道："他是小侄的一位朋友，方国涣方公子，我们乘海船从中原刚到此地。"

方国涣这边忙上前见礼道："晚辈方国涣见过三位前辈。"

那三位老者听说方国涣、洪还章是乘海船从中原来的，各自惊喜地站了起来。

那胜棋的老者欣然道："原来洪贤侄二位是从中原来的，失迎了。"随即自家介绍道："老夫宋雅斋，方公子不要客气的，这两位是老夫的棋友，童亮先生和朱岩先生。"方国涣、洪还章二人，忙又上前见了礼，童亮、朱岩各自点头应了。

宋雅斋这时道："洪贤侄，你不是住在吕宋吗？如何乘了中原的海船到了这里？"

洪还章道："家父已经病逝了，临合眼之前，嘱托叔父把小侄送回了中原故里，此番小侄是应一位大商家之邀，出海一游的，因经过此地，小侄便借机来拜望一下宋伯父。"

宋雅斋道："令尊过世的事我已经知道了，没想到令尊让你返回故土，落叶归根，倒也实现了他的心愿。"

说到这里，宋雅斋摇头一叹，自有些感伤道："我们这些几辈子都生活在这里的人，做梦都想见到故国家园是什么模样，可惜，终究都要老死他乡的，连个寻根的机会都不曾有的。"童亮与朱岩在一旁，也自感叹不已。

方国涣这时道："虽然几位前辈因先人之故而侨居异国他乡，但却不曾断了中国人的本色，就拿这棋道来说罢，三位前辈竟然能另创出新法来，可以说是对棋道有所发展，实令晚辈佩服的。中原的棋家高手，纵观古今，也无人能造出这种三人同走之棋的。"

宋雅斋闻之，诧异道："方公子言棋之切，不比寻常，莫非也是棋道中人？"

方国涣道："不瞒前辈，晚辈幼入棋道，此生便唯棋是务，也自得小成。"

宋雅斋闻之喜道："方公子果是懂棋的，好极！好极！我等终于有一个新对手了。"

童亮也自喜道："我三人一盘棋走了几十年，没有个新对手来换换，已是厌得很，现在好了，可领略一回中原高手的风采了。"

朱岩一旁笑道："方公子有所不知，本地懂棋的人很少，能走成个模样的好手就更少了，唯我三人志同道合，也自命不凡，在这南洋倒也从无个对手。今日方公子有幸光临，老夫要请教一下中原棋家的棋力。"说完，那朱岩伸手把桌上棋盘中的棋子收了，去了蓝棋，便要和方国涣对上一局。

方国涣已被那种三人同走的棋术所迷，当下一拱手道："晚辈不才，见三位前辈三色棋子走得绝妙，可否向三位前辈中的两位共同讨教一盘如何？"此言一出，宋雅斋、童亮、朱岩三人不由一怔。

第八十七回 三战棋

宋雅斋随即摇头笑道:"方公子有所不知,此三人同走一盘棋的棋术为我三人所发明,走了几十年才走得顺了,不同于棋之常法的,方公子不熟悉这其中的路数,当走不通的,且与朱岩先生下一盘正常的棋罢。"

方国涣道:"晚辈适才在旁边也看明白了个大概,虽然三色棋子同应一局,棋路上却也循正常的理法,不过三棋混战,彼此间互相呼应,又互相杀伐,功收劫放,以不决定于自家之意,应统观三方的棋势,走起来比两人对局的下法更为复杂多变,也更显得奇妙了。此种棋术为晚辈生平首遇,但想一试,还望三位前辈成全。"

方国涣说出了三战棋的要旨,不由令宋雅斋、童亮、朱岩三人听得呆了。

第八十八回　珍珠匾

宋雅斋这时惊异道："三战棋为我三人首创，世上棋家自没有人能适应这种走法的，旁观能看明白者也少见，方公子仅看了半局便要应试，当是中原的高手到了。"

方国涣道："晚辈初试，自有不明白之处，还望三位前辈指教了。"宋雅斋、童亮、朱岩三人相视之下，各自示意地点了点头。

童亮道："看来方公子棋上是有大手段的，既有兴趣，且走上一局罢。"

本是宋雅斋、童亮、朱岩三人，见方国涣是乘海船从中原来的棋家，不知棋力高低，对方国涣提出试走三战棋的要求也不便拒绝。那宋雅斋三人对方国涣能旁观明白三战棋的要旨，自是感到惊奇，但在实战上，方国涣能否适应此种走法，宋雅斋三人却是没有什么信心的，只是主随客便罢了，不过也能试出对方的棋力来。

随后，由童亮、朱岩陪着方国涣试走三战棋，宋雅斋与洪还章在一旁观看了。

童亮这时道："方公子初次试走三战棋术，可执黑先行，抢占个先手之利，童某执白随后，朱先生执蓝居末，只要方公子黑棋之势占了全盘三分之一地，也就是一百二十子便算胜了。按三战棋规，先行之黑棋需占一百二十二子方可为胜，白棋一百二十子为胜，蓝棋一百一十八子为胜，反之，少于此数者均为负。"

朱岩又道："方公子初试此术，要注意这是三人同走之棋，而不是双方对弈之局，三色棋可互相围杀的，多呈'双活'或'三活'的局面，棋势细而复杂。"

宋雅斋一旁道："三人同走，是如三国混战，吴、蜀可联棋攻魏，共同紧对方之'气'，以至提杀。魏又可借吴势攻蜀，蜀又可乘魏势伐吴，击蜀防魏，打魏戒吴，三国混战，彼此相顾，三战棋便是如此，故又称为'三国棋'。"

童亮道："三战棋是又在棋盘上增加了一个对手，不比常势易走的，适当之时，我等自要缓一下，以让方公子适应，待熟练了，再放手搏杀。"

方国涣见对方想得周道，也自感激，但棋家本性，自想在三战棋上展示

第八十八回　珍珠匾

一下化境之棋，于是道："前辈好意，晚辈心领，既然是对棋，当尽棋兴，两位前辈但施棋力无妨，勿要顾及晚辈的。"方国涣也自出于诚意，并无骄狂之态，宋雅斋、童亮、朱岩三人见了，心知这位年轻人当非俗手，不可轻视了。

方国涣这时道声"承让"，手起棋落，开子天元。方国涣知道这种三战棋比不得两人对应之局，以星象定式布局之法是不适应的，故落子天元，中定全盘，走的是天元一星定式，此时宋雅斋、童亮、朱岩三人各自惊异不已。

宋雅斋心中惊讶道："此人开局便抢占天元，不去探制边角实地，虽有欠妥当，但气势逼人，难道真有超人的妙手神棋不成？"

朱岩这时已有了不屑之色，认为方国涣初试三战棋，便如此狂傲托大，未免有些不敬，当是年轻人气盛，不晓得深浅。

童亮暗中诧异道："这个年轻人气质不凡，隐含一种别样的神韵，一出手便有大家之风，棋上的修为当深不可测，且先行几手，试他棋力。"想到这里，童亮便于右上角目外应了一子，朱岩也随手应了一枚蓝棋。

方国涣心中道："权当对方同时走两手棋吧，虽难对付些，也自有大局的趣味。"心中立时一静，随手应棋。

宋雅斋见方国涣神态从容，颇有些自信，暗里摇头道："你便是棋上的顶尖高手，这三战棋毕竟初尝，还不晓得这其间变化的厉害，即使开局能应得来，三十手之后未必能走得顺。"

果然，三方在走至二十七手棋之时，棋盘上的复杂变化便已显现了出来，方国涣虽然有着准备，此时也自感到有些意外和吃力，因为白、蓝两方已展开了攻势，自家黑棋一方，有些棋路又不得不应，无形中却给蓝、白两方造成了有利条件。

方国涣细观了一下三方棋势，恍悟道："是了，三战棋的要旨乃是互借棋势而用之，两方若是联棋，可迫使另一方处于劣势，借此伐彼。"想到这里，释然一畅，连走了几招妙手。

数手棋过后，令宋雅斋、童亮、朱岩三人各自吃了一惊，宋雅斋心中愕然道："这个方国涣领悟得好快，好似一位已经把三战棋走熟了的老手，看来此人于棋上是别有天赋的。"

童亮心中道："果然是个高手，且紧一紧你罢。"随着后白棋的走势便对黑棋展开了围攻。朱岩见方国涣几着妙手就扰乱了白、蓝两方所占的优势，皱了皱眉头，不由得也对方国涣的黑棋围杀起来，随即棋盘上的局势立时大变，黑方又处了下风。

宋雅斋一旁见了，暗里摇头道："童兄、朱兄，你二人也太急了些，没个大家的风范，竟然联棋对付一个年轻人。"

方国涣这时心中道："果然来了，他二人合力围攻我，等于连走两手棋对应我的一手棋,如此下去,十分不利。不过他二人的蓝、白之棋攻势虽猛,但也要互相防范,想制住我的棋势,却也不易。"

三人同走一盘棋,单色棋子想独占一地极难,因为要受另外两色棋子的掣肘,只有两方有意走成一块"双活"区,才有机会算是共同占了一块实地。

但是方国涣不想给童亮、朱岩二人这样的机会,几手妙棋打入,通盘棋势便成了混乱的局面,乃是引蓝棋制约白棋,又乘机借白棋棋势扼住蓝棋棋势。蓝、白之棋初有联手共伐黑棋之意,但为了宽自家之气,无形中也不得不展开攻杀。

这样一来,方国涣乱中求胜,借着白棋的棋势,黑白合围,将蓝棋的六子提杀掉了,接着又借蓝棋的走势,黑蓝共防,将白方的一条小龙逼到了绝地。这一下,不由令童亮、朱岩二人大为惊骇,宋雅斋一旁已然看得呆了,心中惊异道:"此人难道是神仙降世不成?三战棋虽为我三人首创,却也没有走出过这等精彩的局面来。奇迹!真是奇迹!"原是方国涣施以天元化境之棋,竟也能得心应手地走通了这种三战之棋。

方国涣巧借蓝、白棋势,又将双方提杀掉了数子,自家黑棋的气位不由大松。童亮、朱岩二人,此时各于心中叫了声"惭愧"!二人互望了一眼,点头示意,随即从不同的方位,对方国涣的黑棋棋势展开了攻杀围剿,二人对初试三战棋的方国涣能走得如此顺手惊奇之余,也自全力应战,不信一个年轻人,能胜过他们已走惯了三战棋的老手。

方国涣这时发现,两人对局中的一些棋上正常走法,在这种三战棋中已不适用了,如"征""劫"之法,由于第三方的加入,不易再走出此种棋势了。方国涣妙手迭出,全盘照应,引蓝吃白,弃子让地;围魏救赵,声东击西,一时间将童亮、朱岩二人联棋之势击溃,借双方互制之弊,任意提杀,蓝白两棋棋形散落,此时纵然想共占一"双活"之地,也是不能了。

宋雅斋这时惊呼了一声道:"三国归一统!"童亮、朱岩望棋呆然。方国涣随后收手笑道:"三国归晋,侥幸!侥幸!"此时棋盘之上,黑方棋势已控制了全局。

童亮这时惊叹道:"方公子果是神仙妙手!这种三棋归一的局势,我三人从未走出过,没想到竟被公子初试而成。"

朱岩更是敬服道:"此三战棋术,因为三方彼此制约得厉害,变化复杂,两方想合力淘汰一方,已是很难,今被方公子一统全局,实在是太不可思议了!"

方国涣笑道:"两位前辈大意失荆州而已,若不是为了让晚辈适应此种走法,而缓了自家攻势,这盘棋只能走成三足鼎立局面。"

宋雅斋这时激动地道:"方公子勿自谦,以此局来看,公子的棋上修为已达仙化之境了，这是我等没有想到的，可见中原棋家，如方公子这般，有真正修得棋中大道者。"童亮、朱岩二人，叹服之余，各自欢喜。

方国涣道："不知三位前辈如何创出这种三战棋来？实比那两人对弈之局难走得多，更能激人棋兴的。"

宋雅斋道："我三人自幼交厚，皆循先人遗风，均好棋道，以为消闲遣兴第一乐事。奈何当地之人多不善此道，我等华人中虽也有懂棋者，但都不甚精通，与我三人走不上手的。而棋道正法，为两人对弈之局，不能三人同走，故而时常冷落一人，时间久了，技痒非常，都不甘愿旁观，但又无可奈何，只得轮流应战。后来，老夫偶然想出来一个法子，择白棋涂染成蓝色，凑成黑、白、蓝三色棋，而成三战棋。起初，我三人觉得新鲜，便试着走了，经过一段时间的研习修正，竟改成了一种三人同走一盘棋的异法，几十年走下来，端的是乐趣无穷。方公子天资过人，棋达化境，适才已是见过了，认为此术如何？"

方国涣点头赞叹道："所谓世事如棋，三位前辈依古代魏、蜀、吴三国争战之势，发明了这种三战棋术，开古今棋家所未开创之途，标新立异，大改棋风，棋道广博，看来三位前辈已自成一派了。"

宋雅斋闻之喜道："方公子能认同我三人所发明改创的三战棋术，实是我三人的知己。此术新成之时，曾演示于几位棋家观看，可惜，他们都不屑我三人所为，认为此术有违棋道雅正，岂能由自家私下胡乱改了棋路去，所以这些年来，我三人从未与他人在棋上走过三战棋的。"

童亮一旁道："也难怪，两人临枰对弈之局，世上棋家都走惯了的，棋上另生出新的走法来，不免让人徒生非议，认为异端的。"

朱岩道："棋为雅艺，在于其兴，一盘棋三人同走同乐竞技，他人是无法感受其中趣味的，一般的俗手棋家也是走不了这种三战棋的。适才棋上一战，方公子棋力超凡，自达化境，是为棋上第一人，能得到公子的认可，我三人已是欣慰之极了。"

方国涣道："棋无常式，千变万化，此三战棋走起来尤难，却也循围棋之理法，自是棋艺的一种发展，当属棋家正道。棋道广博，变化无端，中原就有一位高人，把五行八卦、奇门数术，推演于棋路中，使阴阳黑白棋子有了生克制化之能，故而发明了一种以推演运算棋路生克而走棋的'九宫棋'术。这与三战棋一样，都为棋道正法，可练慧开智，修心养性的。中原还有一种杀人棋道，视为棋上邪术，曾经害人不浅，此术反棋道而行之，可扰对手的棋境，从而戕伐其心之气力，夺其性命，这种魔境鬼棋，才是天下棋家所不能容，更不能习练的。"宋雅斋、童亮、朱岩三人闻之，惊讶不已。

宋雅斋赞叹道："方公子博学，在棋上竟有邪正之论，为我等所未闻，看来中原棋道，超乎人的想象。"

方国涣道："棋之道，可示万物理，是无止境的，非止于棋盘之上。"

宋雅斋、童亮、朱岩三人闻之，各自折服。洪还章在一旁听得不甚明了，但是见一盘棋之后，宋雅斋三人对方国涣的态度显得十分敬重起来，心中也自高兴。

这时，先前的那个年轻人跑了过来，见方国涣、洪还章已与宋雅斋在亭内说笑，不由茫然道："二位不在厅上候了，却寻到了这里来，可是主人去叫的？"

宋雅斋笑道："阿生，不得对贵客无礼，还不去上茶来。"

那位年轻人听了，摇摇头转身去了。

宋雅斋随后对洪还章道："洪贤侄，你们所乘的海船何时出发？"

洪还章道："海船要停泊两日。"宋雅斋闻之，点头道："很好，时间还算充裕，明日当请方公子去华人会一行的，要叫我侨民知道，中原来了位神仙般的人物。"

方国涣闻之，忙道："多谢前辈抬爱，今日随洪先生贸然造访，已然打扰，自不敢再惊动他人。"

宋雅斋笑道："公子勿要客气，明日到了华人会，我等有一件东西要送与公子的。"童亮、朱岩二人听了，各呈喜色。

朱岩点头道："只有方公子才配拥有此物的。"

方国涣茫然道："几位前辈的意思是……？"

宋雅斋笑道："公子棋高无敌，三战棋上，三棋一统，已令我等信服，要以一物相赠，以表敬意。"

方国涣连忙说道："晚辈不敢受前辈之物。"

朱岩笑道："方公子让我三人见识了一回化境之棋，当是棋仙应世的，我三人已不枉此生了。明日邀公子华人会一行，是要实现我等先人的一个愿望，公子去了便知的。"

方国涣心中纳罕，见对方盛情，也自应了，宋雅斋三人见了大喜。又坐谈了一会儿，方国涣、洪还章这才起身告辞，宋雅斋、童亮、朱岩三人亲自送了出来，双方拱手而别。

回海船的路上，洪还章高兴地道："没想到方公子棋上还有大本事，竟能得到宋伯父的青睐，明日去华人会，少不了好处的。"

方国涣自是感叹地道："海外侨民中，有宋前辈、童前辈、朱前辈这等棋上高手，不但技艺精湛，而且有所发展创新，实为不易。此地虽不如中原棋风之盛，却不曾使棋道断了，多有赖于宋前辈这样的有识之士，能把棋道发扬光大于海外，此功大矣！"

第八十八回 珍珠區

洪不章道："我中国人侨居海外，中原的文化也随之传播，除了保持传统之外，更显民族特色的。非止棋艺，就连那古人的诗词文章，都每每影响外国人的，有见识的，都争着来学，至于那医药、绘画、工匠之艺更不用说了。"

回到船上时，水手们正在做饭，卜元、罗坤、小全子正坐着，见了方国涣回来，各自有了喜色。

卜元道："贤弟去了哪里？让我们等得好苦，生恐有什么意外，外出寻了一圈也没见着，后来听说与洪先生一起走的，我们才放心。"

方国涣感激地笑道："让各位担心了，因与洪先生拜访了他的一位故人，以致回来得迟了些。"

这时，仓外传来了一阵说话声，随后有几个陌生人从仓门前走过。方国涣见了道："这些是什么人？怎么上了船？"

卜元道："都是来寻沈先生治病的，沈先生在岸上救治了一个病人，消息传出，自把当地的侨民引了来，已被沈先生诊治过几十人了。"

方国涣闻之，点头道："这些侨民还是十分相信中原医道的。"

卜元道："也是沈先生的医道高明，若是一个无能的庸医，谁来理会他。"

方国涣笑道："说得也是，沈先生是医家中的高手，自能招得人来了。"

罗坤笑道："医圣的大弟子，到了哪里都不会丢面子的。日后我跟着师父，也要在医药上下番功夫的。"

方国涣点头道："贤弟说得不错，要学药王先生一般，当个文武全才。"

晚间无事，由于许九公访友没有回来，卜元便拉了梅乙南来讲海上的奇闻。

方国涣则到赵琛父子的仓中叙话，曾子平、叶晓生二人也在。

赵明风告诉方国涣，海船修整两日后，经马六甲海峡，绕过苏门答腊，便可进入西洋了。方国涣闻之，兴奋不已。

赵琛笑道："看来除了郑和的船队外，我们的船队也要在西洋上航行一次了。"

曾子平道："从航海图上来看，当年西洋之旅，郑和最远处到达了红海沿岸的天方、阿凡，非洲东海岸的竹步、木骨都束，如此远程，实在叫人佩服。"

叶晓生笑道："能沿郑和当年的海迹而行，看来只有我们了。这天地不知到底有多大，我们不如借此机会，周游世界，贸易天下罢。"

赵琛笑道："人生在世，当以穷究天地之大，赵某也自有这个心思。不过走得远了，十年八年回不得中原去，两船上的水手们可不依的。"

方国涣道："闻海南岛尽头，有天涯海角之说，似乎是天地的边缘了，而今看来，这世界不知又有多大的。不过古书有载，天圆地方，也当有个极限处的。"

曾子平道："我先前识得一位叫罗斯的西洋教士，此人认为，陆地、海洋都是覆盖于一个大圆球上的，若从海上一点航行，至极处，仍可绕回始发点，此说似乎有些道理。"

叶晓生道："我国古人对此也有相同之论，'浑天地圆'之说，便见于古书中。《庄子》中有天地高远的限数，却也是一种逍遥的猜测罢了，因为地可测，天却不可测的。"

第二天一早，方国涣刚刚洗漱完毕，一名叫万付的水手进来道："方公子，岸上有五个人，要找你与洪先生，说是当地华人会的。"

方国涣闻之，知道是宋雅斋派来的人，便与卜元、罗坤打了声招呼。出得仓来，迎面遇上了洪还章，洪还章喜滋滋地道："方公子，快走、快走，华人会派人来请了。"

方国涣与洪还章下船到了岸上，见是阿生带着几个人抬着竹轿来迎。阿生此时上前施了一礼道："奉主人之命，前来恭迎二位。"说完，请了方国涣、洪还章上了轿子，阿生自在前面引路，起轿而行。

卜元在船头上目送方国涣乘轿而去，对罗坤道："方贤弟好大的面子，在这里还有人抬轿来请，莫不是也有喜欢下棋的，请方贤弟去对上一局？"

罗坤道："方大哥昨日回来得晚些，必被人晓得了棋上的本事，不过此地可没有人能在棋上与方大哥成对手的。"

方国涣、洪还章乘了轿子过了两道街巷，见一群人站在一处门前迎候，为首的正是宋雅斋，童亮、朱岩二人也在其中。行至近前，方国涣、洪还章忙下了轿，先与宋雅斋、童亮、朱岩三人见了礼。宋雅斋随后介绍了同来的那些人，双方彼此见了礼。其中有两人，也是当地华人会中的头面人物，一位叫程士初的，祖籍福建，另一位叫年文俊的，祖籍广东。

那程士初见了方国涣，不由点头道："方公子气质非凡，果是人中的龙凤，听说昨日一盘棋上，童亮先生与朱岩先生两人都不敌你一个，都已对公子折服，看来这棋上的真正好手，非中原人士莫属。"

方国涣道："棋道广传天下，并非仅限于中原出高手，如宋前辈他们改创的三战棋术，便是中原的一等棋上高手，短时间内也不能走得顺的，即使适应了，也无人能胜过宋前辈他们。"

程士初闻之惊讶道："方公子如此推崇三战棋术，看来宋先生他们这种改了棋路的走法，是不违棋道的。"

童亮一旁笑道："士初先生不好棋，为何也关心起棋事来了？"

程士初道："方公子是从中原来的高手，竟然也认同了你们私创的棋上三

第八十八回　珍珠匾

人走法，说明这种三国棋果然是有魅力的，能激人兴致的，你们日后也教教我罢。"众人闻之，各是一笑。

宋雅斋随后请了方国涣进入华人会的议事厅内，此时厅上安置着一物，用红绸遮盖着。

宋雅斋对方国涣说道："今日送与方公子一份礼物，以表我等对公子棋道的敬意。"说着，上前伸手扯去了红绸。

方国涣但觉眼前一亮，随即看得呆了。

原来这是一块珍珠匾额，由几百颗光彩夺目的大珠子镶嵌而成了"棋仙"二字，毫光隐透，彩气耀眼，典雅而华贵。

洪还章一旁惊叹道："乖乖！这得需要多少颗珍珠！"

宋雅斋道："此二字由三百六十一颗质地上等的珍珠拼嵌而成，应棋枰三百六十一路之数，此珍珠匾我们已保存很久了，今日当归方国涣公子所有。"

方国涣大惊道："万万使不得，如此贵重之物，晚辈怎敢接受。"

宋雅斋道："方公子勿要拒绝，此珍珠匾有一段来由，且让我来说于你听。老夫的先祖以棋艺盛名于南洋，并且教棋于华人子弟，使我中原棋道得以在海外流传。当时南洋有一位珠宝大商人，叫作朱全顺的，也为华裔，也就是朱岩先生的先祖，尤善棋道，未曾有过对手，闻老夫先祖之棋名，便上门讨教。结果几盘棋下来，二人互有胜负，彼此各生敬意，以后交往中，因棋之故，而成至友。在一次谈棋之时，认为棋之极者，当是仙家所为，朱全顺与老夫先祖一时性起，二人便合力出巨资，购置了三百六十一颗上等珍珠，请了高手匠人，镶嵌成了'棋仙'珍珠匾，欲赠送给棋达仙化之人。当然，他二人也知道，棋达仙化者，千年也难遇一人，故而遗训后人，若是机缘得逢于棋高无敌、艺达化境者，便是此珍珠匾的主人，要无偿赠之，乃是他二人好棋之甚，以此举表达崇尚棋道之意。老夫与朱岩先生继承先辈棋风，留藏珍珠匾，以赠送有缘人。昨日见方公子于棋盘上走出三国归一统的局势来，便知是棋达仙化之人，先祖的珍珠匾终有所主了。"

朱岩这时道："此珍珠匾表达了我等先祖的敬崇棋道之心，因棋道起源于中国，所以先祖的本意，也是要把此匾赠予中原人士的。中原距此地万里之遥，机会渺茫，不想方公子乘海船破风浪而来，实为天意使然，勿要推辞为是。"

方国涣自是为难说道："晚辈虽于棋上有所成就，但此珍珠匾太贵重了，晚辈接受不起。"

宋雅斋道："公子这般，实是拂了我等先祖一片敬棋的苦心，此匾虽贵重，却也显示了我等先祖热爱棋道的诚意，希望有真正的棋上高人拥有它，棋达化境，世间无敌，可与神仙论短长。"

童亮、程士初、年文俊等人也都上来劝了，方国涣见对方盛情难却，不能不收，只得道："既然如此，晚辈只有大胆地接受了。"

宋雅斋等人闻之大喜，随后方国涣施了受匾之礼，向宋雅斋、朱岩二人谢过。宋雅斋接着命人把珍珠匾复用红绸遮上，由洪还章引路，八名壮汉护着，直接送到船上去了。

送走了珍珠匾，宋雅斋等人很高兴，又请方国涣厅中落座。方国涣迫不得已接受了贵重异常的珍珠匾，心中自觉过意不去，想起随身还带着八枚天星棋子，暗里一喜，已有了回赠之意。但是由于嫌天星棋子沉重，被自己留在海船上了，于是打算回去后，再寻机会送来，此时心中这才稍安。宋雅斋、朱岩二人如完成了一项特殊的使命一般，各自释然。

程士初这时对方国涣道："方公子此番乘船出海，可是借机出来闲游的罢？"

方国涣道："不错，有位朋友贸易海上，故而借机会来开开眼界，长些见识。"

程士初又道："不知你们的海船要去哪里？"

方国涣不便说出此次出海的目的是寻找那海底宝船的，于是应道："这次走得远些，是准备绕过苏门答腊进入西洋的。"程士初、宋雅斋等人闻之稍有惊讶。

年文俊道："这位船主倒有些气魄，从中原不远万里而来，敢情是想效仿当年的郑三宝了。"

宋雅斋道："当年郑和的船队路过此地时，轰动极大，老夫的祖父也曾与郑和结识交往过，并且还派了人随郑和的船队一起到过非州，郑和航海之功，大大提高了我华人在海外的影响，古今无人可及。"

程士初这时道："看来昨日到我们华人会拜访的那位赵琛赵先生，就是方公子所乘海船的船主了？"

方国涣道："不错，赵琛先生是中原的大商家，这次是亲自造船出海的。"

宋雅斋问程士初道："怎么？昨日他们来过了？"

程士初道："不错，赵琛先生来访时，碰巧你不在，由我接待的。"

宋雅斋点头道："这位赵琛先生倒是一位有心人。"

方国涣与宋雅斋等人又谈了一会儿，这才起身告辞，宋雅斋等人送出，仍由阿生率人抬着轿子将方国涣送回。

到了港口岸边，方国涣对那阿生道："烦请稍后片刻，我去船上取些东西来，麻烦你回去转交宋先生、朱先生，也有一份与童先生的。"

阿生道："公子是主人的贵客，有什么事叫我办，遵命便是。"方国涣一笑，转身到了船上。

第八十八回 珍珠匾

此时海浪号船上除了一些水手外，卜元、罗坤等人都到太玄号上去了，原来洪还章代方国涣迎回了珍珠匾，直接送到了赵琛那里，引得众人都去看了。

方国涣回到仓中取了三枚天星棋子，准备分赠予宋雅斋、朱岩、童亮三人，作为对方赠珍珠匾的回报，心中自是寻思道："珍珠匾贵重异常，但对方盛情难却，不得不接。我这天星棋子也是一枚千金不易的，并且世间少有，权且回赠，意思意思罢。"

方国涣把三枚天星棋子用布包好，随后下了船，交于阿生道："请转交宋先生、朱先生和童先生，就说方国涣回赠棋中至宝天星棋子，以谢宋先生、朱先生义赠珍珠匾之恩。"阿生自接过三枚天星棋子，转身去了。

当方国涣来到太玄号的正仓内时，赵琛、曾子平等人正围观着珍珠匾赞叹不已。

梅乙南见方国涣回来了，便感叹道："此地的华人真是看得起方公子，赠送了这块珍珠匾来，这几百颗珠子质地上乘，至少也值万金的，他们真是大方得很。"

方国涣闻之惊道："虽然知道此物珍贵，却想不到能达万金之巨，实是不该接受的。"

赵琛这时笑道："我们已听洪先生说过了，本地的几位棋家被公子的棋艺折服，故赠了'棋仙'的珍珠匾来，'棋仙'二字，公子当受之无愧的。"

方国涣摇头道："惭愧！惭愧！此匾贵重，受之有愧。"

叶晓生道："没想到华人中也有如此敬棋之人，他们对棋境的感悟，至深至切，这是旁人所不能领会的。方公子棋达化境，故而令他们信服，义赠珍珠匾，以表达对公子棋上有此修为的敬意，棋道之奥妙，令人敬之尤甚，便展现在此间了。"众人闻之，各自点头不已。

曾子平笑道："我们此番出海探险寻宝，方公子意外有此收获，可谓先得了手去，不枉此行了。"

卜元一旁笑道："我这贤弟今日又发了财，看来只要有大本事，即便走到天涯海角也是吃得开的。"众人闻之大笑。

木卉听闻当地华人送了方国涣一块贵重的珍珠匾，也跑来看了。惊叹之余，喜悦溢于言表，好似那珍珠匾是送给她的一般。方国涣棋上每生奇迹，都令那木卉敬服万分，对方国涣的爱慕之意也暗升了几分。船上诸人都已看出木卉对方国涣有些个意思了，自为二人感到高兴，也自无人疑她。原本对方国涣一直充满敌意的葛郎宁，也不得不对方国涣生出几分敬意来。

第五部 棋定昆仑

第八十九回　蛇角吸毒

　　这日下午，宋雅斋代表当地的华人会，和朱岩、童亮等人到太玄号上回访了赵琛，同时带来了一些当地的特产相赠。由于方国涣回赠了三枚其中至宝天星棋子，自令宋雅斋、朱岩、童亮三人惊奇不已，也是来回谢的。双方众人谈得十分融洽，宋雅斋等人自对方国涣好一阵赞叹。
　　朱岩向赵琛提出个请求，待海船回航路过旧港时，恳请赵琛把他的长子捎带回中原去，以寻访故国家园，赵琛点头答应了，朱岩自是感激不已。临别时，赵琛又命人备了一份重礼回赠，宋雅斋等人推辞不去，只得谢过接受了。赵琛、方国涣、曾子平等人一直把宋雅斋等人送到了岸上，双方这才拱手相别。
　　到了晚间，许九公和许七也自回到了船上，见了那块珍珠匾，不由大为惊叹，知道了方国涣的棋上本事当是不可想象的高超，否则也不会使当地的棋家送了如此贵重的珍珠匾来。
　　第二天，"太玄""海浪"两船便扬帆起航，宋雅斋、朱岩等人率领当地的一些华人来送，双方挥手而别。两船驶离了旧港，穿过马六甲海峡，到了苏门答腊港湾后，又停泊了三天，船只进行了大检修，食物、淡水储备得也更加充足。这时候，有几名水手不慎染上了热病，虽然经过了沈秋勤的诊治，病情好了大半，但已不能再适应海上航行，便由洪还章出面，寻了一家当地的华人，暂寄居此处调养，待海船归航时，再回到船上。
　　这一日，天气晴朗，艳阳高照，"太玄""海浪"两船缓缓地离开了苏门答腊港湾，开始了西洋之旅。那时的西洋海域，就是现今的印度洋。"太玄""海浪"两船沿着郑和航海图所标示的航线行了十余日，天气越发得酷热起来，大家便到船头上来吹海风。
　　赵明风望了望四下茫茫的海面，摇摇头说道："离开中原快两个月了，越走越远，也没个尽头，不知这海洋到底有多大?!"
　　许九公一旁笑道："海途上是最寂寞、最难熬的，明风公子初次出海，能坚持下来，实属不易。"赵明风道："好在船上有许多身怀大本事的人，大家聚在一起，也不是那么无聊。"许九公笑道："这应该感谢令尊才是，邀请了这许多能人异士来，令海途上增添了无限的兴致，让人终生难忘。老夫也有幸同行，随船探险闲游，浪漫得很。"

西门光一旁说道："若真能寻到那艘沉船，把那船上的珠宝打捞上来，立能富可敌国，虽有风险，也值得一试的。"

赵明风摇头笑道："此番出海，倒不是家父的敛财之心强盛使然，而是实现一回未了的心愿罢了，成败与否，并不重要的。"

许九公笑道："令尊的心思真是不可捉摸，竟为了件愿望，亲自造船出海，甘冒那诸多风险，好在也成全了大家出海一游的愿望。"赵明风闻之一笑。

此时方国涣约了叶晓生、梅乙南二人在仓中试走那种三战棋，叶晓生、梅乙南二人都是懂棋的，初见方国涣演示以三战棋的走法，都觉得新鲜，待明白了基本规则后，便与方国涣试着走杀起来。奈何几十手棋过后，叶晓生、梅乙南二人便已乱了章法，不知如何应棋了，显是不适应这种三战棋术。方国涣耐心地指点了一阵，二人却是始终走不顺手。

梅乙南摇头道："罢了！罢了！三人同走一盘棋，应不来的，还是两人对弈的好。"

叶晓生自摇头道："这种走法，使棋势变化得更加复杂，棋路上实是难应，看来非顶尖高手不能走得顺应的。我等棋力一般，与方公子走不上手的，或许如江南棋王田阳午这般大棋家，才能与公子走得来。"方国涣闻之一笑，只得作罢。

这时，忽闻水手们齐声欢呼，方国涣、叶晓生、梅乙南忙自出仓看时，却见米迁、邓龙、邓蛟三人在海中随船而游，三人都是善水之人，行水的速度十分快，如龙似蛟，赢得水手们阵阵喝彩。接着，忽又不见了三人的踪迹，已是都潜到深水里去了。

曾子平赞叹道："邓氏兄弟幼习闭气之术，可在水中潜藏一日，不为人觉，堪称水中的高人。闻米庄主能在水里换气，如鱼游水中呼吸一般，更为神奇了。"

罗坤此时也在一旁，便应道："我这位贤弟的换气之法并非简单的吞吐，而是水从口入，再从鼻出，这其间便把气换了，此为一种天生的异能，不是后天练就了的。"

许九公闻之惊讶道："米庄主水里的本事果是不同寻常，似如传说中的人鱼了。"

洪还章一旁道："这水中的能耐，实在神奇得很，洪某幼时侨居吕宋，曾见过一位有'水眼'之能的当地人，此人可在水中视物，如我等在陆地上看东西一般，据说其母是在海水里产下的他，后来不知怎么就有了这种本事。"

许九公道："此人的这种异能，并非其母在海水中产他之故，当是天生

第八十九回　蛇角吸毒

的。海边有些渔民家的孩子，多爱在海里嬉水，时间久了，水性都好得惊人，这是后天练成的。"

这时，水手们又一阵欢呼，乃是米迁、邓龙、邓蛟三人浮出了水面，邓龙手里举着两只海星，邓蛟则捉了一条大海鱼，米迁却拉上来了一只乌贼。

三人上船后，米迁高兴地道："这海底下果比洞庭湖内好看得多，虽在几十米下不能辨物，却能见到有些发光的彩鱼游来游去，但感觉不是在海水中一般，恰如浮上夜空捉星星去了。"

邓龙笑道："米庄主虽然水性超凡，但却久居洞庭，不曾领略到这海底世界的奇妙，此番在海上，可要展尽了本事的。"

罗坤笑道："'小龙王'只有入了大海，才能尽兴扬威的。"

米迁笑道："海中畅游，果与那湖中嬉水的感觉不一样的。"

这时，忽闻水手王常惊喊了声道："大鱼！那里有一条大鱼！"众人闻声举目看时，但见不远处的海面上缓缓浮起一庞然大物，脊背如山，巨头浑圆，偶然喷起一道水柱。此物形状若鱼，长约十几丈，貌不甚凶恶。

卜元此时惊叹道："这是什么海怪？也太大了些！"

梅乙南在一旁说道："此物唤作鲸，是海中最大的东西。"

卜元惊讶道："这么大个家伙，多少东西才能喂饱它？看样子笨重得很，又如何去寻吃的去？"

梅乙南道："鲸取食，方法奇特，偶发出巨声，把附近的鱼类震昏，然后再进行吞食，很少用牙齿来咬的。"

许九公一旁点头道："梅先生善识海中诸物，博学广知，最为海客们所称道的。"梅乙南闻之，笑了笑。此时，阮方见了这头巨鲸，欣喜道："待我取它性命，让大家来分享一顿美餐罢。"说着，举起一支火铳就要射击。

梅乙南见了，忙阻止道："阮壮士勿要伤它，便是一弹击中了要害，也不一定取了它性命去，若激怒了它，当对我们不利，还是勿要惹它为好。"

阮方听了，便收了火铳道："有理，这家伙太大了，尾巴一扫，就能把我们的海船掀翻，还是离它远些为好。"

梅乙南道："鲸体虽大，性情还算温和，只要不主动攻击它，它也不会来找我们的麻烦。"果见那头巨鲸懒洋洋地浮在海面上，对经过的"太玄""海浪"两船，也不甚理会。

正在仓中休息的赵琛，听说海面上有大鱼出现，也出来观看。见了那头巨鲸，赵琛惊叹道："如此大物，可称得上海中的大王了！"

梅乙南道："别看它身体庞大，但不凶狠，厉害的当属鲨鱼，那才是真正的海中霸王。"海船渐渐地离那巨鲸远了，仍可见其蠢动的身形。

这一日,"太玄""海浪"两船正行驶间,不知何故,船行的速度慢了下来,接着也就停在了海面上,原已鼓动的风帆,此时已无了张力,显然是没有了海风。此时的海面也呈出异常的平静,隐见微波而已,太阳火毒,天气尤为酷热,这是出海以来,从未遇到过的事情。

许九公望了望海面道:"我们这是进了'无风带'了。"赵明风惊讶道:"这海上也会无风的?真是怪事。"许九公道:"仅是这一带海域无风而已。"

赵琛道:"与郑和航海图在一起的那些航海日志中,也记载着'无风带'的事,当年郑和的船队也曾在此困住过一时的,看来又被我们遇上了。"

许九公道:"此片海域无风又热,我们不能被困住的,应快些离开才是。"这时,船身又缓缓地前进了起来,原来是唐子青指挥水手们驱动了踏轮。

赵琛此时喜道:"唐先生设计安装的踏轮,就是在无风落帆时代替船桨而用的,看来这回起大作用了。"为了尽快离开这片无风带,曾子平又命两船上的水手们船桨齐动,配合踏轮一起驱船前进。

由于海上无风,"太玄""海浪"两船的船体又大,前行的速度比平时慢了许多。而此时天气极热,有十几名水手坚持不住,中暑而倒,沈秋勤忙命人把中暑的水手抬进舱中救治了。陷此困境,众人不由大急,卜元、罗坤、阮方、米迁及邓氏兄弟,各去了上衣,光着膀子,与水手们一起奋力划桨。赵琛父子、方国涣、曾子平、叶晓生、梅乙南等人也都加入进来,与水手们轮流划桨,一时间,士气大振,船行的速度又快了些。

好在唐子青设计的踏轮功效颇大,加上众人与水手们的通力配合,"太玄""海浪"两船缓缓地行出了无风带。船上的云帆这时已有鼓动,一丝清爽的海风吹了过来。

卜元大声喊道:"弟兄们!有风了,再加把劲,马上就离开这片鬼地方了。"水手们闻之奋然,喊着号子,全力地划动船桨,驱动踏轮。不多时,海风大起,船行疾速,两船之人立时欢呼起来。

"太玄""海浪"两船出了无风带,又赶上了一场大雨,这才将人们的烦闷与酷热的天气一洗而去。雨后,大家都出得舱来,站在船头上谈笑风生,尽情地饱览海上迷人的风光。这时,成群的海鸟也多了起来,绕着海船高低飞翔。

许九公见了说道:"这里海鸟众多,看来附近必有大岛屿。"

众人闻之欣然,都高兴起来,因为自海船进入西洋之后,已半月有余,自连一座海岛都没见着,在船上待得都已厌倦了。

不多时,果在前方海平面上现出了一座岛屿,众人指指点点,各自欢喜。船近岸边,于浅滩外停泊下来,方国涣、沈秋勤等人与水手们纷纷乘了小船到达岸上。

第八十九回　蛇角吸毒

　　小全子在船上熬了多时，脚一落地，便欢呼一声，在海滩上飞跑起来，甚为舒畅，忽然一不小心，跌了个大跟头，引得众人哄然大笑。

　　这是一座大海岛，花红草绿，山高林盛，风光秀丽迷人，自与他处不同。在海上行了多日，见到如此怡人的好地方，船上的人自都下来去岛上游玩散心。赵琛父子由毕法成陪护着，和许九公、曾子平、叶晓生等人就近走走，倒也不往深里去。沈秋勤率领两名弟子往岛内采药去了，卜元、毕伟则领了二十几名水手，持了刀弓去猎取岛上的鸟兽，以给众人换换口味。

　　方国涣带了小全子，和罗坤、阮方、米迁、梅乙南、西门光等人一路向岛内走去。走了不远，只闻前面树林中一阵喧闹，十多名水手从林中嬉笑着跑了出来，各抱了一些刚从树上采摘下来的果子，见了方国涣等人，便分过一些来。

　　方国涣见这种野果是自家没有见过的，咬了一口，倒也酸甜。西门光不识此果，恐有毒，不敢入口来吃。

　　梅乙南见了笑道："但吃无妨，此果名'颗果'，多见于海岛，水手们都识得的。"

　　方国涣尝了一口后，点头道："这果子倒别有一种香味，与杏子差不多。"

　　梅乙南道："美味不可多用，海岛上的野果，味酸甜而性寒，多食会导致腹胀的。"

　　方国涣、梅乙南等人一路说笑，待登上一座山顶，回头再望时，岸边的"太玄""海浪"两船小得如同纸折的一般，成群的海鸟在上空盘旋着，三三两两的水手们在海滩上歇息戏水。

　　米迁赞叹道："没想到这茫茫大海之上，竟也有如此风光奇胜之地。"

　　罗坤道："这海外景观与中原山水之色又是不同，天下之大，果不是人能饱览尽的。"

　　梅乙南一旁言道："天地广阔，自有人迹所不能到之处，也自有我等所不能见到的奇景，古书中所载奇闻逸事，虽多为妄言，但也并非都是失实之语，梅某历海多年，深有感触。"

　　这时，忽闻山下一阵呼喝，但见卜元与毕氏兄弟率一些持了刀弓的水手们，从林中赶出了一群岛上的野兽来，除了鹿、獐子外，还有几头野猪在里头。这些野兽从林中惊乱地跑出来，立时引得海滩上百余名水手围了上去，山下呈现出了一派狩猎的场面。

　　方国涣见了喜道："我们今天有野味吃了。"

　　小全子在一旁懊悔地说道："知道这般热闹，随了卜大哥他们去打猎好了。"

　　方国涣笑道："你太小，卜大哥不会带你去的，怕你被猛兽猎了去。"

小全子摇头道："不会的，我有阮大哥送的连珠枪，可以射杀那些猛兽的。"

　　阮方此时说道："知道岛上有这许多野兽，让水手们把那些火铳拿下船好了，可以猎杀些大野兽的，又可防止一些危险。"

　　罗坤道："有卜大哥的霸王弓，便是老虎也不怕的。"

　　方国涣、阮方等人，随后从山上走下来，准备回船上去。众人正说笑间，忽从一侧林中惊慌失措地跑出五六名水手来，后面一名水手还背负了一人，另一名水手在旁托扶着。

　　见方国涣等人走来，一名水手忙拦了道："各位可曾见到沈先生？"

　　梅乙南知道出事了，忙问道："发生了什么事？"

　　那名水手哭丧着脸说道："适才我们到林中玩耍，张二哥不小心被毒蛇咬伤了，腿肿得好是怕人，忙回寻沈先生救治，就怕沈先生不在船上的。"

　　梅乙南道："不错，沈先生早已到岛上采药去了，这会儿不在船上，也一时回不来的。"众水手们闻之，各是大急。

　　罗坤这时道："且把这位兄弟放下，看看伤势如何？你们快去分头寻找沈先生才是，见着了，立刻引来，我等先自看护了。"

　　水手们早已没了主意，听了罗坤的话，忙留下了那名被毒蛇咬伤的水手，各自分头跑去寻找沈秋勤了，只有两人留了下来。当方国涣、罗坤等人上前看那水手时，不由各是一惊。

　　此时那水手牙关紧闭，额头上渗出了层层黄汗，左腿的裤子已被扯去，小腿处早已黑肿得比正常大了一倍。

　　刚才背负他的那名水手见了，立时惊慌道："咦！一会儿工夫就肿这么粗了，这如何是好？"

　　罗坤见此水手的伤势险极，忙伸手点封了他膝上、腰间的数处穴位，以防毒势漫延。

　　梅乙南这时摇了摇头说道："海岛上多奇毒之蛇，这位兄弟的性命看来难保了。"

　　阮方急着说道："不如把这小腿给他断了去，留住性命也是好的。"

　　梅乙南叹道："已是晚了些，毒势已扩散到全腿了，此时就是给断了去，也只能截去整条腿了，这一样是害了他的性命。"

　　旁边的一名水手闻之，泣然道："张二哥家中母老子幼，全凭他一人过活，若是有个好歹，可苦了他家里人了。"

　　方国涣这时忽然想起身上藏有一物，忙从怀中掏出了那块龙蛇角说道："这是一块龙蛇角，能吸蛇毒的，我且试试，看看是否有些用处。"说着，找准了毒蛇所噬的牙印处，便把龙蛇角轻轻放了上去。

第八十九回 蛇角吸毒

顷刻间，本来呈黄褐色的龙蛇角，慢慢地变成了灰色，接着由灰转黑。方国涣见了大喜道："有希望了！"旁边众人见了，也自惊喜不已。

转眼间，龙蛇角通体皆成墨色，似如在墨池里捞出一般，那水手的小腿处也自见了红润血色，肿势明显地消退了些，脸色也自有些缓和，旁观诸人立时惊奇万分。

梅乙南惊叹道："宝物！宝物！真是一件神物！"

方国涣这时见一名水手的腰间挂着水袋，便道："把你的水袋借来一用，以把毒液浸洗去，本来是用乳汁浸的，如今但用清水代替吧。"

那水手闻之，忙解下水袋递过来。方国涣又在旁边寻了两支木梃，夹起了那块早已吸饱毒液的龙蛇角放进了水袋中，随即把水袋晃了晃，稚候了一会儿，便把水袋的水倾泻在了地上，本是一袋清水，如今变成了一摊黑水。

方国涣又扯下自己的衣衫一角，包起那块龙蛇角擦净了，复又安置在了那水手的伤口上。不多时，龙蛇角的颜色又成了灰色，比头一次淡了许多，罗坤、阮方等人忙解下自己的水袋递了过去。

如此四次，那水手的小腿这才趋于正常，人也清醒了过来。见方国涣正给自己医治，那水手忙道："多谢公子救治小人，公子好手段，小人倮觉全腿气血似往那伤口处汇注一般，舒服得很。"

方国涣此时欢喜道："这东西果然有大用，无意中救了你的性命。"见龙蛇角的颜色已不再变，方国涣便清洗擦干后，又收藏了起来。

那叫张二的水手已能坐立起来，见了满地的黑浊之水，不由大惊道："公子用的什么宝贝？竟把小人腿中的蛇毒全吸了出来。"

梅乙南在一旁松了口气，摇头笑道："你好造化，遇着了方公子救你性命。"

罗坤诧异道："方大哥哪里得来了这件宝贝？"

方国涣道："这是一块龙蛇角，先前险些被那龙蛇害了，幸得一老翁相救，治住了此蛇，锯其角，说是能吸治蛇毒的，并送了我一块，没想到今日派上了大用场。"

阮方一旁惊讶道："长角的蛇！那不是要变成龙了吗？贤弟好福气，能遇见这种神蛇。"

梅乙南道："'深山大泽，实生龙蛇'，此物处于蛇龙之间，是有灵气而少见的东西，同类克制，其角能反解蛇毒，倒也罕奇。"

此时水手张二站了起来，活动了一下，已无大碍，复又向方国涣大礼谢过了，由另两名水手扶了，高高兴兴地回到了船上。

到得船上时，沈秋勤师徒采药还没有回来，赵琛、曾子平、许九公等人听说方国涣救下了水手张二的性命，俱是惊喜。这时，沈秋勤已被先前的几名水手寻着，急匆匆的回了来，见那水手张二已安然无恙，这才松了一口气。

闻知事情经过，沈秋勤大是惊异，忙向方国涣借来那块龙蛇角看了，随后点头道："此物只听家师说起过，从未见识过，没想到方公子竟然身藏此物。依刚才的情形来看，若无方公子施此物医治，那张二性命定然不保，纵然有沈某在侧，也无此速捷神效之术，公子但携此物，堪称天下第一蛇伤医了。"

方国涣笑道："此物先前带在身上，一直未加理会，不想也有能救人性命之时，当令人欣慰。"

沈秋勤道："此龙蛇角是一药宝，又称吸毒石，非仅蛇毒，但凡人身上千般毒伤，皆可吸治，神效非常。家师年轻时曾见一道人用此物吸人疮毒，应手而愈，家师惊奇万分，问后方知为龙蛇之角，欲以重金购得，而道人不予。今番方公子机缘得遇，幸有此物，要好生收藏了，日后还会有大用的。"

这时，但闻岸上一片人声喧哗，众人出仓到船头看时，乃是卜元与毕氏兄弟率领水手们打猎满载而归，一些水手们欢呼着上前迎了。那些猎物中，除了鹿獐鸡等鸟兽之外，六名水手还抬了一头如牛一般的怪兽，四肢略短，皮呈灰青，耳尖嘴长，鼻上方但生一大角，乌黑透亮，甚为粗壮。

梅乙南见了，不由惊讶道："独角兽！这座海岛上竟也生有此兽。"

沈秋勤尤为惊喜道："卜堂主好本事，竟能猎到这等奇兽来。"赵琛道："二位说的可是犀？"

梅乙南道："不错，正是此兽，贵在其角，又名灵犀的。"

沈秋勤道："此独角兽尤喜夜空望月，似吸取月之精华，其角寒凉之性非他药可比，痰热心迷，一点即通，古人有'心有灵犀一点通'之语，便是指此，医家多重此物，实为难得。"

卜元这时命水手们把猎到的鸟兽都在沙滩上宰杀了。先割制了那头犀，卜元随后独提了其角上得船来，众人忙上前迎了。

赵琛笑道："卜堂主满载而归，辛苦！辛苦！"

卜元笑道："这猎打得甚是痛快，唯这头独角怪兽好是难制，连射了两弹丸才将它击倒。"

众人闻之，皆叹卜元神勇，因犀之性猛，不下虎豹的。

梅乙南这时道："此兽的独角是好东西，皮肉不甚美。"

卜元道："听水手们说此角能入药的，故取了来送于沈先生。"

沈秋勤闻之忙道："此角比寻常的大些，贵重得很，既是卜堂主所获，还是自家留着罢，回到中原，可换一大笔银子来用。"

卜元笑道："这种鸟东西，卜某可不稀罕，沈先生是大医家，但拿去治病救人罢，自比那卖了银子来用强得多。"

第八十九回 蛇角吸毒

沈秋勤闻之，暗里叫了声"惭愧"！连忙道："卜堂主如此慷慨大义，沈某谢过了，日后用此物施治病人时，不收诊金就是了，权当卜堂主的恩赐。"

卜元笑道："一只牛角罢了，沈先生何需这般，怎样来用，你自家随便吧。"沈秋勤摇头一笑，谢过收了。

当天晚上，"太玄""海浪"两船就依靠此海岛停泊了，准备明日起航。是夜，海面上风平浪稳，异常的安静，皎月临空，天海之间一派明亮的夜色。

叶晓生此时独立船头，细观天象，见近日并无大风之兆，心中也自安了些。无意中，叶晓生偶一回头，忽见海岛东南方向的海域里，有一片微弱的光晕隐浮在海面上，细观之下，心中不由吃了一惊，暗自惊讶道："光气隐现，必是海中宝物所映出，难道是……？"

叶晓生忽地一阵狂喜，自是激动地道："难道此岛就是郑和航海图上所标的那座卡伦岛？若如此，这片光晕必是那艘海底沉船上珠光宝气透水射天映于海面上的，并且离海岛很近，水位当不甚深，易于打捞的。"想到这里，叶晓生急忙回到船舱内唤醒了曾子平。

曾子平早已睡下，被叶晓生冒失失地拉起，不由诧异道："叶先生，深更半夜的何以如此兴奋？"

叶晓生高兴地说道："子平先生且随我到外面，有件事情保你喜欢。"曾子平只得披了衣衫，茫然不解地随叶晓生来到了船头上。

叶晓生便指了东南方向说道："子平先生，你看那里的海面上有何异处？"

曾子平望了望，摇头道："叶先生搞什么古怪？可是叫我来观海上夜景的？这四下茫茫，天海一色，月光映水，实在好看之极。"曾子平以为叶晓生是拉他来观赏这平静安和的夜色的，自也不想拂了他的意。

叶晓生此时摇头道："子平先生不要误会，叶某拉你出仓来并非看这西洋景致的，而是要告诉子平先生，我们此行的目标就在眼前。"

曾子平闻之一怔，随即喜道："此话当真？"曾子平知道叶晓生精通海象之术，又有望气之能，必是有所发现，忙又往那东南方向望了一阵，接着摇头一笑道："曾某是凡夫俗子，比不得叶先生有法眼的，实在看不出什么。叶先生既能察得异象，当乘夜色月光定其大概位置。"叶晓生道："我也正有此意。"

叶晓生、曾子平二人随后唤了两名当值的水手，乘了小船，向海岛的东南方向划去。到了近前，叶晓生看到的那片浮现海面上的光晕已不见了，明白是离得太近的缘故，忙命水手把小船驶远了一些，这才又隐见了那片光晕。

叶晓生便以此处与海岛的距离定了方位，然后点了点头道："就是那个位置了，回去告诉赵琛先生和大家这个喜讯吧。"

曾子平高兴地说道："出海以来，已两月有余，虽经些风浪海盗之险，终于将那沉船寻着了,看来不枉此行了。"

叶晓生笑道:"赵先生行事,并非依己愿一意孤行,还是有所计划的,那宝船上是个多大的宝藏,明日便见分晓了。"

回到了太玄号上,曾子平自去唤醒了赵琛、许九公二人,告知了此事。赵琛闻之大喜,忙出仓外观望了叶晓生所指之处,复又回仓中查对航海图。

许九公自有些怀疑地说道:"照这航海图上所标,以及我们所行的海程来看,还要再航行一段,才能到达卡伦岛所在的海域位置,寻那海底沉船所在。这里似与航海图上所标不符,未免近了些。"

曾子平道:"尺余海图,差之一寸,误之千里,或许有所误差的。"

叶晓生道:"况且我们已在西洋之上,是按郑和船队当年的航道而行的,尤以那片珠光宝气透水射天所映的光晕来看,其下宝物必然奇盛,除了那艘载满了奇珍异宝的沉船,当非他属。"

赵琛道:"既然如此,我们就以此岛为依靠,明日着手打捞就是。为免日后回到中原有什么麻烦,我们只对水手们说,打捞古沉船上之物而已,勿要提及郑和,若能成功,水手们也自有重赏。"

第九十回　海萤石

待到天一亮，赵琛便召集了水手们训话道："昨晚叶先生看见此岛东南方向有珠光宝气浮于海面上，其海底或许有载了珍宝的古沉船，我们暂且停泊这里几日，试着打捞船上之物，若有收获，大家都得好处，免得再受海上长途贸易之苦。"水手们闻之，立时群情振奋，欢呼不已。方国涣、米迁、罗坤、梅乙南等人听罢，知道寻了郑和沉船，各是惊喜，此番海行，终于有了结果。

木卉在仓中闻得此讯，大喜道："一定是寻到那艘郑和宝船了，真是不枉此行！"

葛郎宁也自兴奋说道："全是主人深谋远虑的结果，当初放弃与海王三联手劫船，专等赵琛他们打捞上沉船上的宝物后再动手，抢船夺宝，从海上直返辽东。日后以此宝藏招兵买马，壮我满洲力量，汗王一统天下之志，指日可待了，主人真是立了一件绝世奇功。"

木卉有些激动道："那是自然，没想到我们此番中原之行，竟又转到西洋上来，而有此意外收获。"接着又道："对了，吩咐我们的人不要急着动手，待宝物打捞上后回航时再寻机劫了它，到时将那方国涣一同带走，先不杀他，此人也是个宝藏，对我们大有用处，真是一举两得呢！"

葛郎宁恭敬道："属下遵命。"

随后用过了早饭，"太玄""海浪"两船在叶晓生的指引下，缓缓行到了指定位置。一些善潜深水的水手们早已按捺不住，如下饺子一般，一阵水花乱溅，跳下了五六十名水手，各自争先恐后，去探寻那海底宝藏。米迁、邓龙、邓蛟三人，倒没有急着下水，于船头上站着看了。时间不大，有五六名水手浮出了水面，自有小船上去迎了，回到海船上，水手们各自摇头道："太深！太深！不敢再往下潜了。"

结果不到一炷香的工夫，先前潜入水中的水手们纷纷钻出了海面，各自摇头喘息，待都接上大船来。

那名叫万付的水手叹道："本以为离海岛近能浅一些，谁知下潜了三十余丈，仍不探其底，恐气力不接，有什么闪失，故而浮了上来。这海底纵有万般宝贝，也捞取不得了。"

邓龙这时笑道："待我兄弟二人下去一探。"说完，自与邓蛟齐身跃入海中，众人都知邓氏兄弟水性奇好，能潜得更深些，便在船头上观望了。

方国涣这时对叶晓生道："叶先生，那艘海底沉船的位置能定得准吗？"

叶晓生道："差不多的，只要邓氏兄弟能潜到海底，几十丈内搜寻一番，必有收获的，这海面上的光晕，不会空映出来的。"

方国涣道："海底昏暗，即使探到了尽处，如何能辨物呢？不似在陆上，可持火炬照明的。"

叶晓生道："不妨，郑氏兄弟善于深水探物，并且持有亮水珠，几米之内，可看清东西的。"

众人在船上候了一个多时辰，仍不见邓氏兄弟的动静，一些人未免着急起来。又过了好一阵时间，忽见海面上浪花一翻，邓蛟在三十几丈外浮出了水面，曾子平忙乘小船亲自去接他，此时的邓蛟脸色苍白，喘息不已。

接着邓龙也在一旁钻出了水面，摇摇头，也似无可奈何。曾子平把邓氏兄弟接回了船上，邓蛟自是摇头叹道："不知叶先生如何定位这里的？这下面竟是一处大海沟，不知有几百丈深。我兄弟二人的闭气术，只适应于水下几十丈左右，再往深下去，那水势压迫肺中之气，便不能适应了。适才我尽力下潜，似达水下三十余丈，仍感海水深不可测，自感水势压人，憋闷异常，只好急速浮了上来。若是在百丈左右的深水里游上一天，我自也如常的。"

众人闻之，大感意外，没想到邓氏兄弟也不能探尽这海沟的，大家不由自主地把目光射向了米迁。

米迁望了望海面，去了上衣道："我来试试罢。"

邓龙点头道："米庄主能在水中呼吸换气，当不受水势之压，或许能探到海沟深底的。"

曾子平这时道："这下面既是大海沟，深不可测，自不比别处，舱中备有长绳，米庄主须系于腰间，以防意外。"

米迁道："也好。"随后有三名水手从仓中拖出了一捆长绳来，也是事先预备深水打捞沉船之用的。米迁持了一端系于腰间。

邓龙上前递于米迁一颗鸡卵大的黄色珠子道："这是颗亮水珠，米庄主带了去，水下用得上的。"

米迁谢过接了过来，接着向众人一拱手，飞身一跃，带绳跳入了海中，水手们忙在船头上把那长绳不断地放了。

赵琛这时叹道："没想到那艘船沉进了大海沟内，怪不得郑和当年几次组织人力打捞都不成，看来是太深了。"

叶晓生也自叹然道："先前以为离海岛近些，不会太深的，却撞上了大海沟，要有些困难了。"

第九十回 海萤石

赵琛感慨一声道："或许老天作弄我们罢！米庄主若不成功，也勉强不得，赵某也就死心了。"此时长绳已放下去了大半，放绳的几名水手各呈惊异之色。

待那捆长绳快要放尽时，曾子平也自变了脸色道："此绳长三百余丈，就要放尽，而米庄主仍有下潜之势，看来还没有探到沟底，这如何是好？"

此时长绳放尽，几名水手拉着绳端，不由得抬头寻望赵琛等人，不知怎么办好了。

赵琛这时断然道："此处海沟太深，长绳即尽，你等马上收绳，把米庄主拉上来，以免他在深水中有什么意外，若出了事，自非赵某所愿。"许九公、沈秋勤、方国涣等人闻之，各自点头赞服。

水手们这时奋力收绳，是如抢拉米迁性命一般。待那长绳将收尽时，水手们但觉手上一轻，长绳的另一端已无了米迁的踪迹，众人见绳尽人无，俱是大惊。

罗坤见众人惊慌之色，忙劝慰道："各位勿急，我这贤弟的水中本事天下第一，自不会有什么闪失，或许因绳子不够用，他自家解了去，看来他在下面还能适应的，若承受不了深水压人之势，自会浮上来的。"众人闻之，这才稍安了些。

再说米迁入水之后，持了邓龙的那颗亮水珠一路潜下去，水位越深，光线也就越暗，那亮水珠在水中的光度也不甚强，仅隐见二三丈内的游鱼浮藻。

米迁心中道："把朗月山庄水窖内的那颗亮水珠拿来就好了，更能看清这海底世界。"米迁下潜了多时，忽觉腰间一紧，知道那长绳已到了尽头，索性解下弃去，孤身又向下潜去。开始时，因亮水珠所引，有些奇形怪状的鱼类围绕着米迁追逐，随着水势深度的增加，游鱼也渐渐地少了。

忽觉水波大动，昏暗的珠光中隐见一条大鱼横在面前，米迁心中一惊，忙避了开去。海底深处寂静得很，旁边只有几条发着亮光的小鱼在游动，一些微弱的怪声不断传来，也自是增加了寂静的程度。

米迁心中惊讶道："这海底深处好静！如那万物都消失了一般，或许世界本来就是这个样子罢。"

黑暗中，米迁又下潜了多时，也不知下去了几十丈，仍未至其底。米迁惊叹这大海深远之余，好在自家还不觉得有何不适和异样之感，四肢游动，缓缓地又向下潜去。

这片海底，乃是一处天然的大海沟所在，米迁自已潜入沟谷之中了。黑暗中，米迁隐见前下方有一处发光点，心中一喜，便潜游探寻了过去。待近些时，其光愈显，随即亮成一片，是如白昼，其中还耸立着半截船身。

米迁此时惊喜万分，继而心中又惑然道："果真是那郑和沉船，所载什么宝物，散落海底，竟然亮成一片？"

然而当米迁身至其中时，才发现那发光之物，竟是清一色的乳白色的石块，遍地皆是，并无什么珠宝在其中。再看那半截船身时，比普通海船又小了许多，船形不像中原所造，不知是什么时代哪个国家的古沉船。令米迁惊异的是那些发光的白石头，拾起一块，也不很沉，自感觉有些润手，质硬而略呈弹性。此时手中的那颗亮水珠在这些发光石面前不由黯然失色，米迁便把亮水珠于裤角内系好。

米迁见这些发光石铺陈地上无数，互叠相压，巨者如坛，小者若珠，似乎遍布了周围几百米，光亮尤耀，当是海底原有，并不是从沉船中抛撒出的。米迁游进了沉船内，见一些瓷器和铜铁之物堆放仓中，船身长满了一种细形海草，此船似乎在此沉睡了几百年。米迁里外搜寻了一遍，倒也没有什么意外发现，便游出船来，四下又游走了一番，除了遍地的发光石外，海底生物却也少见，仅有几种怪形的海草生于其中。

忽有一物游来，通体透明，如丝如带，约有十数米长，头尾不辨，但以其游走，知为活物。米迁看得惊讶不已，心中道："这海底果然奇妙之极！"

忽又见一物，似水精母，触角数十，游走极快。米迁一时兴起，便追游上去，伸手执其一触角，却又滑手而出，尤若无物，米迁心中一笑，不再复追。这海沟深处，除了那些发光石和古沉船，还有一些不知名的透明生物外，别的东西倒也不见。米迁拣了几块拳头大小的发光石系于腰间，手中又持了一块，知道下来已久，上边的人必然等候得急了，吞吐了几口海水，这才浮游而上。

远离那片发光区，米迁又游进了黑暗无边的海水中，不过手中所持的那块发光石比先前的亮水珠光耀得多了，如在水中持了火炬一般，照水而行。米迁虽不知此石为何物，但也知道是一种神奇的宝石，此番下来，虽没有寻着郑和的载有珍宝的沉船，却意外见着了这种发光石，米迁心中也自高兴。

上游了多时，由于发光石的光亮所招，引来了一群五颜六色的彩鱼，那些鲜艳的鱼鳞在发光石光亮的照映下，其彩更斑斓，看得米迁眼花缭乱，心中大喜，引了鱼群浮游而上。

突然间，水波大动，周围的鱼群四下惊散，一庞然大物游到了近前，与米迁几乎撞个正着。米迁大骇之下，翻身旁避，借着发光石的光亮回头看时，不由一惊，寒气陡生。但见一条大鱼，巨齿白露，阴森吓人，虽眼小如豆，却凶光毕现，似被米迁手中发光石的光线所迷，胡乱游撞了一番，与米迁擦身而过，竟不知觉。

米迁心中骇然道："瞧此鱼形貌，必是梅乙南先生所说的那种吃人鲨鱼。"自往一旁游避。那鲨鱼便又尾随而来，但到了近前，又不辨米迁的位置，米

第九十回　海萤石

迁虽在其面前，却似看不见一般，蒙头乱撞。原来这鲨鱼见光逐来，近前则迷，不知目标所在。

米迁游避了几个来回，又都被它赶上，心中凛然道："如此下去，必被这恶鱼搞得筋疲力尽，不小心破伤了皮肉，流出血来，当是危险之极。"

米迁曾闻梅乙南讲过，鲨鱼对血腥味最为敏感，一点血腥的气味有可能引来一群。米迁知道自己已处凶险之境，急思逃身之策。

又游避了几个来回，米迁心中忽一喜道："原来这恶鱼是被我持的光亮所引，不知何故？到了近前又不辨得我，且舍了这块发光石罢。"想到这里，随手一丢，发光石发着光亮向海底沉去，那条鲨鱼果然被引着追去了。米迁见了，心中一喜，忙浮游而上。估计走得远了，脱离了危险，米迁复又从腰间解下一块发光石，持在手里在水中照路。

米迁又浮游了多时，感觉已升到了海面浅层，当有阳光射透进夹的，可是海水中仍旧黑暗一片，不见一丝的光亮，米迁心中惑然，不知何故。这时，但觉水势一轻，猛然间浮出了海面，此时见那月光如水，群星耀空，四下甚是宁静，清新的空气与爽和的海风使米迁神情一畅，发觉已是到了深夜。

一开始，米迁不知自己到了何处，似如梦中，待望见了远处的那座海岛，这才醒过神来，心中骇然，不想海底一游，已过了多时，竟至晚间了。米迁这时遥望到数里之外的海面上有灯火，辨出了是"太玄""海浪"两艘海船上的长串灯笼，在月光下尤显得迷人亲切。米迁望见海船所在，不曰松了口气，举着那块发光石向灯火游去，发光石一出水面，其光顿失，但凵隐射毫光。

游得近时，米迁见海面上有数条小船往来游弋，知道是寻找自己的，心中一喜。

这时，忽闻一条小船上的人道："卜堂主，那边水面上怎么有东西发光？"接着，米迁便见一条小船向自己划来。原来米迁手中的那块发光石虽离水光暗，但是经月光反照，又映出了光亮来，故被小船上的水手偶然望见了。

此时，米迁已听到卜元在那条小船上喊道："可是米迁贤弟出来了吗？"

米迁忙应道："卜大哥，是我。"小船上的人闻之，不由挥臂欢呼起来。

小船飞速而至，卜元伸手把米迁从水中拉上船来，自是大喜道："米贤弟，吓死我等了，等候了一天也没个动静，大家以为凶多吉少了。"

米迁这时才感到疲倦不堪，倚在船上笑道："没想到海底一游，竟忘了时辰，刚才出水面时，见已到深夜，连我自己都吓坏了。"

卜元见米迁无恙归来，心中一松，忙对一旁的手道："快点火把，告诉大船上，米贤弟已经安全地出来了。"

那名水手立刻燃了一支火把，举起来左右晃动，其余小船上的人见了，齐声高呼，惊喜异常。大船上的人望见这边火把摇晃，立时欢声雷动，接着忽见一道火光从"海浪"号上射出，至半空中炸响开来，天海间忽地一亮，如同白昼，原来是阮方发射了一颗夜光弹。

大船上的赵琛、方国涣、罗坤等人，见卜元船上载着米迁回来了，俱是惊喜万分。

自长绳收尽，不见了米迁，大家只好在船上等候了。天色将晚，海面上仍无米迁的动静，赵琛等人不由焦急忧虑起来。偶见有两条鲨鱼在海水中出没，众人见了，大是惊骇，认为米迁已凶多吉少，赵琛更是懊悔不已。曾子平便命水手们撒下小船四下寻找等候，以便米迁浮出水后就近接应。

但是到了明月当空，夜半之时，海面上仍无米迁的动静，众人已是恐慌起来，连罗坤也没了主意，尤为焦虑。邓龙、邓蛟兄弟冒着与鲨鱼遭遇的危险，水上水下游寻了几个来回，也无个结果。众人心情沉重，希望渺茫，但盼着奇迹出现。如今见米迁安然无恙地回来了，群情振奋，惊喜异常。

大家高兴万分地把米迁迎到了舱中，菜饭随即上了来，米迁也自饿了，一阵狼吞虎咽。赵琛在旁陪着，笑看着，亲自斟上茶水。米迁见了，欲起身相谢，赵琛忙伸手按住了他，米迁自是感激地一笑。许九公、梅乙南、方国涣等人，见米迁潜入海底将近一整天，仍然平安地回了来，俱为惊叹赞服。

米迁吃喝完毕，也自恢复了体力，这才笑着对众人道："没想到海底一游，竟误了时辰，让各位担心了。"

赵琛忙道："罪过！罪过！知道有此惊吓，当不会让米庄主下去了。"

米迁笑道："多谢赵先生关切，在下海底一行，倒也有些收获。"

叶晓生闻之，以为米迁探寻到了沉入海底的郑和宝船，忙自惊喜道："米庄主可是探到那宝船的位置了？"

米迁摇头道："沉船虽有一艘，却不是什么宝船，乃是一艘不知什么年代的古沉船，船上倒也没有什么稀罕之物。"赵琛等人闻之，不免有些失望。

米迁接着又道："不过这海沟的深处，却有着许多这种在水中发光的石头，我取了几块来，让大家见识见识。"说完，米迁把腰间的几块发光石尽数取出，放在了桌子上。

众人在火光下看时，见此石块纯白光滑，隐透毫光，然皆不识。

许九公异道："这石头果能在海水中发光？"

米迁道："不错，海沟内遍地皆是，光同白昼。"众人闻之，惊奇不已。

梅乙南这时上前持了一块，仔细端详了一阵，忽惊喜道："海萤石！"

"海萤石！？"许九公闻之惊讶道，"可是传说中的那种海底神石？"

梅乙南高兴地点头道："不错，正是此物。汉人刘颖的《博物志·海物》篇中载有此石，不过多在海底深处，世人罕得。如此看来，米庄主所探到的

第九十回 海萤石

是一处海萤石的海底天然矿藏了。"

叶晓生道："怪不得有奇盛的宝气透水映出海面，原来是这种矿石的缘故。"

梅乙南道："这种海萤石在水中异常光亮，如持火炬，故又称'海灯'，传说中为海底龙宫的照明之物。刘颖在他的《博物志》中列为奇宝，尊为神石，得之一块，便可价值连城，没想到这海沟深处竟有许多，是一处宝矿。"

米迁道："这处海沟也太深些，带不得许多上来，所以仅拣了几块，上浮时，又丢了一块，却也去了一回危险。"

"危险？"罗坤惊讶道，"可是遭遇了什么不测？"

米迁便把海底遇鲨鱼的事向众人讲述了一遍，大家听罢，后吓不已。

许九公赞叹道："米庄主果是大智大勇，临危不乱，在这海水里，遇上鲨鱼而能逃生的人可没有几个。"

米迁这时道："既然海萤石是种奇珍异宝，我明日下去再取些就是。"

赵琛闻之忙道："不可、不可，米庄主此行已让赵某惊吓万分，怎敢让你自家再去冒风险，此处沟深水厚，上下往返几乎需一天的时间，况且又有鲨鱼出没，米庄主不可再下去了。"

曾子平道："不错，米庄主能平安地回来，我们大家已感到万幸了，此处海沟深邃，吉凶难测，海萤石虽为罕见难得的珍宝，却也不可拼了性命去取。"许九公、方国涣、梅乙南等人闻之点头称是。

米迁自被赵琛、曾子平二人真诚的话语所感动，点头应道："也好，待日后探寻到郑和的沉船时，我们再尽力打捞罢。"

米迁这时见带上来的海萤石仅有三块，便取了两块和亮水珠递于邓氏兄弟道："海萤石对于二位日后潜水捞物极有用处的，这两块就送于二位吧。"邓龙、邓蛟见之大惊，推辞不受。

米迁笑道："宝赠有用之人，方能称之为宝，二位是水里的本事，有了此物照路，当能如龙似蛟，往来无碍的。"邓氏兄弟推却不过，万分感激地谢过接下了，各呈欢喜。许九公、梅乙南等人见了米迁此举，都点头赞许。

米迁复把剩下的那块海萤石送于赵琛说道："不是赵先生造船出海，邀请我等同行，此生实难领略到这海上迷人的风光，和那海底神奇的世界。这块海萤石就送于赵先生吧，以谢邀我等出海远游之情。"

赵琛见了，摇头笑道："米庄主客气了，此物为米庄主意外所得，也自贵重，还是自家留着罢，况且水中也用得着的。"

米迁笑道："在这海上用时，再向赵先生讨取，回到中原后，此物对我也无甚用处。赵先生的碧瑶山庄内，奇珍异宝虽多，不一定有此海萤石的，送予赵先生，但回去凑个数吧。"

赵琛见米迁执意相予，便笑道："米庄主如此慷慨，赵某就受之不恭了。"随后谢过接了，交于一旁的赵明风收了。本是因为米迁的朗月山庄内的水窖中，那颗亮水珠比这海萤石不知还要亮出多少倍，所以米迁对这海萤石也不甚着意，做个人情送予了人。

第二天一早，"太玄""海浪"两船，沿航海图的航线，又扬帆而进。出海这段时间里，方国涣闲时便教小全子习棋，如今小全子也能走出个大家模样来，令方国涣十分欣慰。全因小全子对棋艺着了迷，加上天资聪慧，又用心思尽力地去学，故而棋力提高得极快，也是海船一路漂泊，船上没有什么东西供他来玩，分不得神去，所有的心思都在棋上了。时间久了，棋上那种移情易性的功效便起了作用，小全子变得愈加稳重起来，活泼好动、淘气顽皮的性子收敛了许多，无事时自家打谱研棋，十分得用功。方国涣见了暗自高兴，每见小全子望着那珍珠匾上的"棋仙"二字发呆，只是摇头一笑。

方国涣也常与赵琛、叶晓生、曾子平、梅乙南、沈秋勤等几个懂棋的人走上几盘让子棋，也自在棋上点拨一二，令赵琛等人受益匪浅。有一次，梅乙南与小全子临枰对弈了一局，竟被小全子胜了数子去，梅乙南惊讶之余，自知方国涣棋上指教非常，对小全子敬慕不已。

叶晓生每与方国涣谈棋论道，时被方国涣高深的棋境所感，私下对赵琛赞叹道："此人境界之高，日后不入仙佛之列，也成圣贤之道，实为人中之龙凤！"

这日，海船正行间，瞭望塔上的王常对船头上的许九公喊道："九公，前方海面上有个人在小船上挥动衣衫，好像是求救的。"

许九公闻之，忙道："再看仔细些。"

这时，曾子平闻声赶了过来，搭手远望，果见前方海面上有人挥衣求救，便道："可能是遭了风浪，不幸落难的海客，不能见死不救。"随后命水手万付带了两个人，乘小船去把那位漂泊之人救回船上，万付自领命去了。

当万付等人转来时，救回的竟是一位毛发卷曲、皮肤奇黑的黑人，水手们从未见过黑种人，都好奇地跑来观看。此时，惊动了仓中的赵琛、叶晓生等人，出来见船上多了一位黑人，各是一怔。

那黑人长得也自强壮，见船上的水手们围观着他，不由显得有些恐慌和不安。曾子平上前试着与他讲话，那黑人嘴里自说了一些让人听不懂的话来。

曾子平闻之笑道："原来说的是非洲土语，我也曾习得的。"

曾子平便也用奇怪的话语对那黑人讲了几句什么，那黑人的神色这才安定下来，又对曾子平挥着手势说了一通，曾子平便笑着点了点头。

梅乙南一旁惊讶道："没想到曾先生也会讲非洲土语，不知他说了些什

第九十回 海萤石

么？"

曾子平道："他说他叫姆尔坦，乘坐的船只被风浪打翻了，船上的几十人只有他一人逃生，已在海上漂泊了十多天，并且说是从不剌哇港坐船出来的。"

"不剌哇？"沈秋勤道，"这是什么地方？"

曾子平见过郑和航海图上标有此地，便道："不剌哇在非洲海岸，是一处港口，当年郑和出使西洋时，也到过那里的。"

这时，那姆尔坦向曾子平又挥着手势说了些什么，神情甚是恭敬。

曾子平闻之笑道："他在感激我们救了他，问我们是不是神派来的。"众人闻之大笑。

叶晓生道："看来这位黑人兄弟也是信教的，不过不信奉佛道，而是另尊他神的。"

曾子平道："闻非洲土著人，信奉的神灵庞杂，每个部落都不同的。"接着，曾子平对姆尔坦回答了几句，又抬手向东方指了指。姆尔坦忽然面呈惊喜之色，很是兴奋地向曾子平又说了一大堆话。

曾子平闻之，复对众人笑道："我告诉他，我们是从东方来的，是中国人，他听了很高兴，说我们是东方的神，他的祖先就曾与东方来的神交往过的。"

赵琛笑道："当是指郑和下西洋时，到过他们那里的事了。"

曾子平摇摇头道："照他所言，似乎还要早些，看来早在郑和之先，我中国人就有到过非洲的，不知什么原因，或许是带去了高超的技艺吧，让姆尔坦的祖先们敬畏得很。"

曾子平随后命水手取了些食物给姆尔坦用了，并且告诉他，若有机会会把他送回国的，姆尔坦更显得高兴和感激，自对曾子平拜谢了。

由于船上多了一位黑人姆尔坦，令大家兴趣不小。那姆尔坦借"太玄""海浪"两船停泊时，经常过来过去，四下瞧个不停，显是没见过这般大海船，好奇得很，水手们也由他去了。姆尔坦却也十分勤快，拉帆划桨，帮水手们干了许多活，众人也很喜欢他，虽然语言不通，彼此打些手势，也能明白个大概意思。

卜元初见姆尔坦时，见他长得十分高大壮实，黑铁塔一般，不由赞叹道："好家伙！像头牛似的，我来试试你可有些力气。"说着，卜元上前伸手来扳姆尔坦的双肩，竟然一扳未动。卜元不由一怔，因为自家力气已然不小了。

姆尔坦知道卜元是与他闹着玩的，厚嘴唇一启，露出了洁白的牙齿，黑白分明，只是"嘿嘿"地一笑，十分的友善。

卜元摇了摇头道："好家伙！果有把子力气，看来只有吕竹风老弟能扳倒你了。"姆尔坦此时有些得意的样子，比画着胡乱地又说了一通。

曾子平一旁笑道："他说他们国家有一神力之人，能举起一头大象，很多人都怕他。"

卜元听了摇头笑道："可是只象仔罢，成年的大象谁能举得动？敢情这位黑人兄弟也能炫耀些。"众人闻之一笑。

这一日，姆尔坦偶见方国涣在仓中指点小全子习棋，不由得走了进来，拾了一枚棋子，好奇地看着。

方国涣见了，笑道："这围棋一道，你们国中可有人会走的？"姆尔坦似乎明白了方国涣的意思，竟自点了点头。

方国涣见了，不由大惊道："你们也懂棋吗？"忙示棋枰让他走来。那姆尔坦却在棋盘上胡乱地布子，全不成章法，棋子都排在了方格内，而不应在交叉点上，似乎是另一种棋术的。方国涣心中好奇，便去请了曾子平来翻译。

曾子平用土语和姆尔坦交谈了几句，这才对方国涣笑道："方公子误会了，他走的是一种非洲的'盘戏'之术，虽然也用两色石子，但走法与围棋的棋路是不同的，与我中原棋道全不相干。"

方国涣闻之笑道："我说呢！他的走法却也古怪，全应在格子里的，原来别有棋路的。"

方国涣接着请曾子平做翻译，试着让姆尔坦演示他的这种"盘戏"之术，自己在旁边看着学。结果方国涣耐着性子学了一天，也没弄明白怎么回事，只得罢了。那姆尔坦临走时，对方国涣竖起大拇指，嘟囔了些什么。

方国涣便转问曾子平道："什么意思？"

曾子平笑道："他在夸奖你哩！他说在他们国家，只有有智慧的人，像国王和酋长那般聪明的人，才会走'盘戏'之类的棋术。"

方国涣闻之一笑，随即诧异道："依他所言，在他们那里，只有国王和酋长这样的上等人物才会走这种棋类的游戏，而他尤为精通，看样子不是普通人，莫非是位王子不成？至少身份是很高的。"

曾子平闻之，点头道："方公子说得有理，待我问问他。"随对姆尔坦说了些什么，姆尔坦却只是摇头。曾子平问了一会儿，似无结果，摇摇头道："不知他想掩藏些什么，既不以实话相告，我们也不勉为其难，待遇到其他海船或有人居住的岛屿，把他送上去就是了。"

第九十一回　海市蜃楼

　　这一日，方国涣在太玄号的船舱内与赵琛、赵明风父子说话。赵琛告诉方国涣，按郑和航海图所标，海船就要到达郑和宝船沉下去的那片海域了，到达那里后，寻上些时日，若无所发现，当不滞留，自回航中原，因为出来得太久了。

　　赵琛随后感慨道："不管怎样，毕竟循郑和当年的海途航行了一回，见识了一番海外风光，心中的夙愿，也算是了去了。"

　　方国涣道："赵伯父这般大规模地造船出海，虽因那艘郑和宝船之故，却又不甚着急寻到它与否，起初令人不解，如今看来，赵伯父这是醉翁之意不在酒，在于航海之兴致了。"

　　赵琛闻之笑道："方公子所言甚是，自从年轻时偶然得到郑和的航海图，知道了西洋海底有宝船的秘密之后，出海心愿始终缠绕心头，日久尤甚，似不走上一回，此生当有所遗憾。当然，对那海底宝船，已无了苛求之意，权当出海的一个引子，若成功，是天助我再成就一个赵氏的基业；不成功，也是天成全了我一个愿望。"方国涣笑道："赵伯父的这个宏愿，也成全了我们大家出海一游，经历了一次冒险。"

　　这时，忽闻外面水手们喧声大动，似发生了什么惊奇的事。赵琛、赵明风、方国涣三人忙出仓看时，忽见东方海的上空，竟然出现了一片活生生的奇异景象，山水旁置，楼台中居，城阙街道，又似有行人往来。众人一时间看得呆了，那姆尔坦朝着景象处，俯身叩拜不已。

　　许九公是久经海上之人，忙对赵琛道："赵先生，这便是海蜃奇景，极难遇见。"西门光惊讶道："这便是那海市蜃楼了？"

　　许九公道："不错，正是此异象。"

　　这时，天边的那片奇景初呈模糊状态，此刻越发的清晰起来，如在近前，似闻鸡犬之声。

　　就在这时，一名叫史大柱的水手忽然惊呼道："我的妈！这不是我的家乡史家集吗？怎么跑到这西洋上来了？"众人闻之大惊。

　　赵明风离那史大柱近些，忙问道："你可看准了，是你家乡的景象吗？"

　　史大柱应道："回公子，这就是史家集的全貌，错不了的。看见没有，左边那座六角高楼叫'阳春楼',小人的家就在楼后面的那道街上住,南山头的那座'古驼塔'看得更是清楚。"众人闻之,各自惊异万分。

这时,那史大柱又喊道:"好家伙!我出海离家时,那座'醉乡酒楼'被大火焚烧了一半去,这会儿正在修建呢!"

众人注目看时,果见一侧高房之上,有些匠人正在上上下下忙着活计。忽又闻史大柱惊喊道:"爹!我爹也在那里帮工。"那史大柱竟忘了一切,对着天边的景象,大呼起"爹"来,喊了数声,景象中人并无一人回应他,船上众人见此,俱是大骇。

过了片刻,也许是史大柱识出家乡所在,大呼其父,扰了景象之故,那海蜃奇景慢慢淡了,接着似被风吹去一般,不见了踪迹。

史大柱如在梦里,仍喃喃道:"爹!我爹怎么不见了?"

旁边一名老成的水手,抬手拍了史大柱一巴掌道:"呆子!这是海蜃幻象,哪里是实的。"

那史大柱猛然醒悟过来,连忙摇头道:"是了、是了,这是海市蜃楼,都是假的,不过……"

史大柱又惑然道:"可是那史家集的景象,活生生地就在眼前,连我爹爹也在那里帮着干活修房,这一切又如何虚幻得来?"

"这个吗?……"那名老成的水手也自语塞。

许九公这时叹道:"海蜃奇景本已少见,没想到竟能幻照出一派活生生的史家集来,其中缘故,老夫实在不知。"

毕法成一旁道:"闻海市蜃楼多显现神仙居处,向世人示以天上的繁华,如何幻象出史家集来,真是不可解。"

叶晓生这时对史大柱喊道:"我且把今天的日期时辰记下,待回到中原后,到家里验证一下,令尊这日是否帮人做工?史家集又有什么异常。"史大柱自是惑然地点头应了。

梅乙南这时道:"曾闻海市蜃楼奇景,多是陆上实像幻影空中所致,然而我们远在西洋,离那中原不知有几万里之遥,中原实地景象,如何幻射到这西洋之上,这其间的道理,实在解不通的。"叶晓生道:"海市蜃楼幻出的奇景,被人识出其所在,倒是头一次见,这天地间的奥秘,人之智不能尽知的。"众人闻之,各是感叹不已。

此时那黑人姆尔坦,仍在不停地叩拜。赵明凤问曾子平道:"曾叔叔,他在念叨些什么?"

曾子平笑道:"他在感谢神,呈现出了神居的府邸。"众人闻之,纷纷摇头一笑。毕法成惊讶道:"他也知道这些?不简单呀。"

赵琛这时把那史大柱唤到近前,询问了几句,知道他适才所看到的不假,

第九十一回　海市蜃楼

摇头称奇不已。海市蜃楼的奇异景象过后,天水相接处,一片霞红,似火烧云一般,大异常日,直至夜半,天边仍有红云隐现,实令众人称奇叹异。

自见了那次实地幻象的海市蜃楼奇景之后,众人一直兴奋了好几天,卜元、阮方常在船头候着,以待那景象再出现一次。许九公见了,便对他们笑道:"这海蜃奇景罕见得很,若想看个实在,莫如回到中原,到那史家集上走一遭,身临其境,岂不更妙。"

阮方闻之喜道:"有理、有理!"一旁的叶晓生、梅乙南等人,点头称是。

后来回到中原,卜元、阮方、梅乙南等人,曾随了史大柱到史家集验看了,果与西洋之上所见的海蜃景象一丝不差。

那西门光一连数日埋头笔录海途上的所见所闻,此人倒也是个大才,在他的润色下,所历之事经他一番演义,更增加了几分传奇。稿子先拿来与赵琛、曾子平等人看了,令众人赞赏不已。

赵明风便道:"西门先生书成之后,但请拿到苏州城内我赵氏的书坊中刻印,保你满意。"

西门光笑道:"这个自然,日后还望赵公子帮助才是。"

赵琛笑道:"西门先生好文笔,此番出海,若无先生相随,日后想起来真要少些色彩的。"西门光见赵琛赞赏自家,不由有些得意起来。

按郑和航海图所标示,"太玄""海浪"两船已到达了预定海域,但是并没有见着那座叫卡伦岛的海岛,实难探寻沉船所在。曾子平、赵琛、许九公等人便仔细研究了那些航海图与航海志,以查找新的线索。

叶晓生则在夜间遥观海面,看是否有珠光宝气透水射天,却也发现了一处海面上有光晕显现。待米迁、邓龙、邓蛟三人潜水打捞时,竟然也从一艘古沉船内捞起了一些金币,上有文字,众人皆不识,经曾子平鉴别,说是阿拉伯文字,却也不知是哪个国家哪个年代的。

大家千辛万苦从中原乘海船到了这里,自不甘空手而归,但用心寻找了。方国涣、罗坤、卜元、阮方等人,心思不在这上,落个清闲自在,每日里与沈秋勤、梅乙南等人饮酒高谈,好不快活。赵明风也不甚着意寻那沉船,赶来与方国涣等人凑热闹,自让曾子平、叶晓生等人忙活去了。

这日,叶晓生因昨晚观得一处海面有光气浮出,但大海茫茫,四无旁借,难定其位置,便命"太玄""海浪"两船分开距离,择其一而为坐标,以待夜间细观定位。

出海日久,方国涣似乎忘记了木卉的身份及其来意,此时站在船头上已与木卉有了说笑。木卉见方国涣态度有了改变,自是欢喜无限。郑和宝船虽然还无确切消息,木卉在失望之余却又希望永远这般下去才好。

这时,水手万付一旁说道:"方公子,你看那里有座山怎么那么高?支着天似的。"

方国涣闻声，朝万付所指的方向举目望去，但见远处海平面上有一山，高万仞，直通天际，色呈灰暗，如粗大树干耸立那里。

木卉望了望，惊讶道："奇怪？此山似向这边移动的。"此时那如山之物逐渐大些、粗些，正缓缓向这边移来。

另一艘船上的曾子平也望见了此物，忙唤许九公来看。自是诧异道："此物好怪，直立海中，无岛相托，不知何来？且有推动之象，莫非是什么海怪？"

许九公遥观之下，脸色忽然大变，惊骇道："海旋！"

"大旋风！"曾子平更是一惊。一语提醒船上诸人，无不失色，因为那股掀起飞天巨浪的龙卷风正朝几百米外的"海浪"号移去，也就是方国涣等人所乘的海船。

许九公惊骇之余，忙命水手示警让海浪号避开。

此时海浪号上的水手们也发现了那座移动而来的怪山有异，来不及升帆，忙驱动踏轮划起船桨向旁边躲避。那股旋风裹着通天水柱，看似缓慢，其实速度极快，顷刻间，风浪万丈，遮天蔽日。海浪号走得快些，避开了这股旋风的中心，但仍被其边缘的风力所带，有欲吸进之势，水手们奋力驱船，死命挣脱。

事发突然，水手们忘记了告诫船头上的人归舱相避。而此时方国涣、木卉二人望着那移动而来的"高山"好奇，竟然忘记了危险。待方国涣发觉不对时，那旋风已至近前，其旋带之势将几名水手拽出了船外，船身随感巨烈震动。方国涣大惊之下，一把拉住身旁吓呆了的木卉用力向后推送去，自己被甩出船外。

罗坤在舱中忽闻外面有异，出来看时，正见方国涣推倒木卉后自己被风势带出了船外，惊呼一声"方大哥"！不顾一切地全力跃起，半空中抓住了方国涣的衣衫，兄弟二人随即被旋风吸裹了进去。

这股强劲的旋风来得迅猛，去得也快，转眼间，已数里之外。海浪号因避得及时，虽被旋风的边缘风势所带，也自挣脱了出来。旋风过后，船上忙着清点人数，已是少了方国涣、罗坤和三名水手，知是不及归舱相避被旋风吸去了。

那木卉坐在船头上，懵懵懂懂，实不敢相信刚才发生的事，方国涣推了自己一下，救下了她，而自己却被风势带走了。

卜元、阮方、梅乙南等人惊魂未定，忽闻方国涣、罗坤二人被旋风吸走，俱为惊骇。小全子哭喊一声"方大哥"！急奔仓外。卜元等人随之而出，望那旋风时，已走得远了，唯见一线挂天，遥遥而去。

第九十一回 海市蜃楼

这时，太玄号急驶了过来。两船靠近，曾子平于船头上喊道："船上可有伤亡？"见海浪号船上的卜元、阮方、米迁、梅乙南等人和众水手，站在船板上都默然不语，曾子平心中一惊，知道出事了。

待赵琛、曾子平、叶晓生、许九公等人上了海浪号，闻方国涣、罗坤和三名水手失了踪时，都自惊得呆了。

阮方急得一跺脚道："这如何是好？"小全子自扑在卜元怀中大哭起来，卜元与米迁二人几乎不敢相信眼前的事实，赵琛、赵明风父子，相视之下，一时无言。

叶晓生这时道："平日里叶某观方公子与罗堂主之相，骨质奇清，都非短寿之人，虽被旋风吸卷去，未必身亡，我们且于海面上寻找。"

赵琛随后命"太玄""海浪"两船，停止探查郑和宝船的行动，全力寻找方国涣、罗坤及三名水手。

两船朝旋风去的方向搜寻了几日，捞起了两名水手的尸体，已然被海水浸泡得不成模样，卜元、阮方、米迁三人见了，心中凛然。

又搜寻了十余日，方国涣、罗坤和另一名水手则毫无踪迹。曾子平又命小船悉数而出，朝发夕归，搜寻附近的海域。米迁与邓氏兄弟也常潜入水中尽力寻找，但都无什么结果，众人皆知，方国涣、罗坤与另一名水手已然凶多吉少，生还无望了，各自叹惜不已。小全子每日啼哭，卜元、阮方、米迁三人自忍着悲痛劝他，赵琛便把小全子接到自己舱中同住，每见小全子时常于梦中哭醒，尤令赵琛愧叹不已，对此番出海，已有了懊悔之意。赵明风更闷闷不乐，每见卜元、阮方垂头叹息，深感歉疚。

"太玄""海浪"两船又在海面上搜寻了十余日，仍旧毫无收获，连叶晓生也自没了主意，不再说那些吉人天相的话了。曾子平见事已至此，悲叹之余，一面命海船继续搜寻，一面与叶晓生、许九公等人接着探查那艘郑和的海底沉船。

再说那日，方国涣、罗坤二人不慎被卷进了旋风之中，立时被风水所击，皆失去了知觉，被那股旋风不知带到了几千里外。后来这股龙卷风的风势遇到了一股强劲暖流的冲击，风力弱了些，方国涣、罗坤二人被甩落海水中。罗坤昏迷中，仍旧紧紧地抓着方国涣的衣衫不放，二人倒也未曾分脱开。方国涣因为身上穿有入水不沉的那套无缝天衣，故而与罗坤漂浮海面，不曾沉入水去，后来二人被海水冲到了一座海岛的沙滩上。

也不知过了几时，罗坤首先醒了过来，茫然地四下望了望，忽见了一旁的方国涣，神情一惊，不由打了个冷战，忙伸手探去，气息尤在，心中这才一喜，忙把方国涣从水中拖出。罗坤先自调顺了气脉，自觉无碍，见方国涣仍昏迷不醒，便手抵其腹，运送了一股真气过去。接着，方国涣喉间一响，呕出几口水来，罗坤见了，知已无事，更是欢喜，随后把方国涣的四肢展开，自已在旁边坐着守候，以待方国涣醒来。

罗坤四下望了望，见此岛颇大，虽孤零零地坐落在茫茫大海之上，却也山高林密，深邃得很。罗坤不知这是到了哪里，心中寻思道："那股旋风好大，竟把我和方大哥吹到了这里，万幸的是我二人保存了性命，不曾分开了去。赵先生、卜大哥他们的海船不知能不能找到这里？或许都认为我和方大哥被风卷了去，已经遇难身亡了罢。"

这时，方国涣身子一动，慢慢地睁开了双眼。罗坤见了，欢喜道："终于醒来了！方大哥，无事罢？"

方国涣由罗坤扶着坐起，茫然地道："我们怎会到了这里？海船呢？"

罗坤摇头苦笑道："我二人被旋风从船上卷起，便到了这里来，方大哥可是忘了？"

方国涣这才猛然惊悟道："我……我们还活着？"

罗坤笑道："不错，看来小弟与方大哥命不该绝，从海飞天，从天落地，不知死了几回，或许此间的龙王不收我们罢。"

方国涣此时大急道："这怎生是好，赵先生他们的海船如何能找到我们？"说着，支撑着站了起来，四下望了望，摇头叹道："如此孤岛，让我二人如何过活？"

罗坤忙扶了方国涣坐下道："方大哥勿急，你我兄弟二人大难不死，必有活路的，赵先生、卜大哥他们的海船，一定会找到这里的，我二人但耐心地盼着罢。"

方国涣摇头苦笑了一声道："没想到我二人竟会落到如此地步，能被旋风卷了来，也只有等着赵先生、卜大哥他们的海船来寻了。"

罗坤道；"方大哥刚刚醒来，体力未复，暂且歇了，小弟去岛内看看，弄些吃的来。"

方国涣道："贤弟去罢，可要小心了。"

罗坤去了一阵，回来时，抱了一怀野果，喜滋滋地放于方国涣面前道："这岛上果子颇多，可惜却无人家。"

方国涣道："有些野果充饥就足矣了，希望赵先生他们早日来寻才是。"

方国涣食了些野果，体力也自有所恢复，便和罗坤到岛内寻看，见此海岛也别有一番好景致。

方国涣笑道："你我兄弟暂做几日野仙罢。"

罗坤笑道："看来也只得如此了。"到了晚间，二人便寻了一处岩穴，拾了些枯草，在里面睡了。

第九十一回　海市蜃楼

第二天一早，方国涣、罗坤二人便来到海边候望，希望能看到来寻找他们的"太玄""海浪"两船的影子。结果一整天，除了见些海鸟在海面上低翔外，一无所获。

就这样，一连十余日，莫说"太玄""海浪"两船，就连其他的过往船只也无半点踪迹可寻，方国涣、罗坤二人自是焦急起来。虽然每日有野果充饥，晚间眠于岩穴内，但二人哪有久居之想，眼巴巴地盼望着奇迹的出现。

可惜过了一个多月，海面上仍无一点船的影子，渐渐地，方国涣、罗坤二人便把此心思放下了，无奈之余，准备久住下去。好在罗坤身上带有打火的刀石，晚间倒也能燃火照明，烧烤些食物。白日里，罗坤自采些野藤，做成套子，却也能网住一些鸟兽来吃，岛上又有河流，也不乏淡水来用。

如此一晃，半年时间已过，方国涣、罗坤二人自知归还中原无望了，知道"太玄""海浪"两船上的人必认为他二人已遭了海难，寻找不着，先回归中原去了。方国涣、罗坤二人失望之余，每日闲时仍坐在岸边的岩石上观望，希望能有过往的船只，或许能捎带他二人离开这座孤岛，然后再想法子转回中原去。但是此岛坐落在西洋偏远之地，自无其他海船往来，时间久了，方国涣、罗坤二人的这种企盼也就淡漠了。

方国涣、罗坤二人落难孤岛，半年来，因候望过往的船只，故一直未往这座海岛的深里去，此岛也大些，群山耸立，一望无际，也有个大陆地的模样。

这日，方国涣对罗坤道："贤弟，你我困在此岛有日子了，今生恐怕再回不得中原去了，这段时间，也没有把此岛探个究竟，反正无他事，你我且去探游一番如何？"

罗坤闻之，苦笑道："此岛大得很，看来是我兄弟二人的天下了。也好，去探游一番，寻个好的所在，建屋围园，就在此岛上过活罢。"

方国涣自是苦涩地摇头一笑，随后兄弟二人便向此海岛的腹地探寻而来。此岛偏远，虽独处海上，却也是山高涯陡，草茂林密；巨石旁卧，大木横陈，似有些原始林子的味道。其间岛兽颇多，见人不惊，罗坤自猎些壮实的来吃。二人此时除了方国涣身上无缝天衣依旧外，原有的衣衫早已破烂不堪，但用些兽皮粗制成衣服的样子来穿了，真如久居山中的野人一般。

方国涣、罗坤二人在山林中走了四五天，这日见地势有些平坦起来，也自闻见了海水的涛声与气味，二人已是横穿海岛，到达另一侧了。

待望见了树林外的沙滩地，罗坤忽然惊喜道："方大哥，你看，船！"方国涣举目望去，果见海边的沙滩上，有一艘大木船横卧在那里，二人随即欢呼一声，跑将出来。

待至近前一看，不免大失所望，原来这是一艘破旧不堪的残船，只剩得半截船身了。瞧其样式，似一艘小型的海船，当是在海中遇难后，被海水冲上岸的，用手一碰，朽木断落，也不知有多少年代了。

罗坤摇头叹了声"可惜"！

方国涣道："此残船是被海水冲激到岸上的，这说明还是有船只从附近海面经过的，也是证明以前有人登上过这座海岛的，不过从船身来看，年代久了些。"

罗坤道："不知是哪位老兄如我等一般落难于此？或许是船只在海上遭风浪坏了，船上的人都葬身鱼腹，未必踏上这岛上半步。"

方国涣与罗坤又守着半截船身在岸边候望了几日，并不见海上有白帆的影子，二人随后不再理会，复绕着岸边闲走。偶见一块破旧的船板，又令方国涣升起了一丝能有海船经过此岛的希望。

二人沿海滩走了一段，方国涣见一侧山坡上但有些矮草，树木甚少，便对罗坤笑道："可惜没有带些菜蔬的种子来，否则把那里开垦了，倒是一块好菜地。"

罗坤见了，笑道："此岛安宁，与世无争，世外桃源或许就是这般了，我二人便在这里住上一辈子罢。"

方国涣笑道："否则又能怎样呢？"二人一边说笑一边闲走，也自悠然得很。方国涣、罗坤二人共患难于此，自知归还中原无望，索性也就安心地居住下来。岛上的野果、鸟兽颇多，罗坤猎取时也不甚费力，日子倒也过得安宁。

罗坤暗自思念鄱阳湖六合岛上的弓英儿，每当想起，私下叹息不已。方国涣常常凝目东望，尤思中原故人，心中自是免不了几番感慨。偶念及木卉，情感也自复杂，摇头一叹而已。如此又过了两个月，二人也习惯了这岛上生活。

这日，罗坤猎了一只獐子，并且活捉了一只野兔来。方国涣见那野兔好是可爱，不忍伤它，准备日后养着来玩，便用草绳系在一旁，与罗坤在沙滩上烧烤獐子肉吃。那只野兔见二人烧火烤肉，也许知道自己将来如那獐子一般，性命不保，寻个空，用力一挣，断了草绳，自往林中跑了。

方国涣见了，不由童心大起，忙叫道："跑了！跑了"！随即起身追了去。罗坤见方国涣高兴的样子，也自欣然，在火堆旁烤着肉等候了。

等了一阵，并不见方国涣回来，罗坤恐生什么意外，便把肉架撤下，又往火堆里添了几根木柴，然后起身向林中寻来。

罗坤到了树林中，并不见方国涣的影子，知是追那兔子走得远了，便沿着一些新倒伏的草迹寻去。

走了一程，上了一面土坡，忽见方国涣呆呆地站在那里，瞧着什么发呆，

第九十一回　海市蜃楼

罗坤便走了过去道："方大哥，看些什么？"

方国涣见是罗坤赶了上来，便用手指了指前面道："贤弟，你看那里。"

罗坤朝方国涣所指的方向看时，见一片齐人高的草丛后面，隐现有一处洞穴，阴森恐怖。

罗坤见了，却自喜道："看来是一处山洞，比我们住的岩穴大得多了，进去收拾收拾，换个大些的住处罢。"

方国涣道："适才那只野兔闪进去便不见了，我怕里面有什么大兽，未敢进去。"

罗坤道："不妨，有小弟在，惧它何来。"说完，随手在一旁折了一根粗实的树干，持在手里权作武器防身，又寻了几支松明，作为火把，与方国涣分着拿了。

罗坤接着上前拨开了那片草丛，再看时，见是一处宽阔的洞口，洞内似有光线从旁边射入，不甚暗，宽敞得很。

罗坤见了喜道："好一处神仙洞府！今日该有主人了。"引了方国涣，抢先进了来。

进入洞内，见里面显得有些空荡。有石阶通下，微弱的光线中，几套旧石凳摆在那里，灰尘布得很厚，不知空置了几百年。

方国涣这时惊讶道："看样子有人曾经在此居住过。"

罗坤道："或许就是沙滩上那艘残船上的人罢，不知几时漂泊到了这里，落了个遗骨他乡的境地，却也可怜！"罗坤说完，忽想起目前的处境，与方国涣相视黯然。二人四下看了看，见又有内洞通向深处，却是黑暗吓人。

罗坤便点燃了一支火把，先前而走，方国涣随后跟了。这时，忽有一物从二人脚面上跑过，直出洞外去了，方国涣、罗坤不由被那东西吓了一跳，回头看时，却是那只野兔的影子。

罗坤笑道："这只兔子倒有些灵气，似故意把方大哥引到这里的。"

方国涣道："这洞内倒可以做个久居之所，且要里外查看一遍，莫要有什么野兽穴居这里，日后住起来了安心。"

二人又向前探寻了十几米，拐过一道弯后，里面越加宽敞起来。

罗坤这时喜道："好极了！却也有个内洞外洞之分，只是我二人住起来未免嫌空荡了些。"又前行了十余米，到了一开阔处，已是尽头了。

就在这时，方国涣忽然惊呼了一声道："贤弟，前面有人！"

罗坤闻之一惊，忙抢护在了方国涣身前，定目看时，见对面有一石桌，有一人端坐在石椅上，在火光映照下，此人的面目显得尤为可怕，但坐在那里一动不动。

罗坤暗中运气提防，与那人对峙了一会儿，见对方无动静，罗坤恍然而悟，哑然失笑道："原来是个死人，方大哥勿怕。"接着上前用火光照看，竟是一具干尸，僵坐在那里，皮肉干枯而缩，不知死去几时了，身上的衣饰倒还完整。

方国涣缓了缓神，上前看了道："进来时，便发现此洞干燥，竟使得此人的尸体没有腐烂，不知是哪国人？"

罗坤惊讶道："从其所穿的衣衫来看，好像是中原人士。"

方国涣视之果然，不由诧异道："此岛远在西洋之上，不知距中原几万里，这位前辈如何到了这里的？"

罗坤道："或许是位前代的海客罢，被海风吹漂至此，坏了船只，被困在此岛上了，和我二人一般的境地，倒是一位前辈难友了。"

方国涣道："却也奇怪，这位前辈如何走得这般远？"

这时，罗坤见石桌上似摆放有东西，便移了火把来照，见灰尘之中横卧着一柄带鞘的古剑。更为奇怪的是，石桌上竟然安有一张棋枰，上面布列着一盘棋势，只是枰上的棋子被灰尘蒙蔽了，已分不出黑白来，又见有棋子从灰尘中凸出而已，旁边的两罐棋子更是灰遮其口。

方国涣见了，大是惊异道："原来这位前辈也是棋道中人，竟然把棋具带到了这里，在此深洞内，摆出这盘棋是什么意思？"

罗坤一旁笑道："敢情这位前辈与方大哥棋气相感，从中原把你引到了这海外的孤岛上，想讨教讨教罢。"

方国涣知罗坤在说笑，自是摇了摇了头，也是棋家本性，急着要看枰上的棋势能有何高明之处，便俯身轻轻吹拂那棋枰上的灰尘。吹了两口，灰尘激扬，不由令方国涣眼迷喉呛，一阵干咳。

罗坤见了，笑道："方大哥棋上的性子也急些，请退后，让小弟来去这灰土罢。"说着，运气于双掌，欲以掌风扇去灰尘。

方国涣知罗坤内力雄厚，可以掌风扫拂枰上灰尘，心中一喜，但恐掌风强劲，动乱了棋子，扰了棋势，连忙提示道："贤弟轻些，勿动乱了棋子。"

罗坤道："这个我晓得，搅不了局的，方大哥在此岛上无对手可下棋，且与这位前辈走一回隔代棋罢。"随即双掌轻推，那棋枰上的积尘如被风吹扫一般，飘落桌下，顷刻间，灰尘去尽，现出了一盘黑白分明的棋势来。

第九十二回　奇遇大西岛

方国涣待棋枰上的浮尘落尽，上前细观时，忽地吃了一惊道："化合棋！这……这怎么可能？"

罗坤见方国涣神情有异，忙问道："方大哥，这盘棋有什么不对吗？"

方国涣惊叹道："从这盘棋势上来看，黑白双方已走成了一种化合之势，全局容融，都无占地攻防之举，自呈一派化合的棋境，这位前辈的棋力已达化境，不下于我的。"

罗坤闻之，愕然道："方大哥竟能从这盘古人棋上看出布棋者棋达化境了！难道这位前辈如方大哥一般，曾是棋高无敌之人？"

方国涣点头道："不错，古人棋达化境者，《棋经》未载，乃是不逢其时，故后世棋家，多认为棋达化境，是那传说中的神话，无人能至此棋境的，没想到这位前辈就是其中的一个。"

罗坤道："可惜，他是一位仙逝的古人，不能与方大哥临枰较以高下了。"

方国涣望着棋枰上的棋势又道："这是一盘没有走完的棋局，不知这位前辈设此残局何意？"

罗坤道："定是他一人在这孤岛上无聊，自家走着玩罢。"

方国涣摇头道："这是一种极尽棋力的棋势，普通的对弈之局及打谱自研走不出的，当别有深意，或许向后人展示，他已达化境之棋了罢。"此残局方国涣也自能接着走下去，但不想变其原貌，所以也未动。

罗坤这时拾起了石桌上的那柄古剑，拂去了剑鞘上的灰尘道："看来这位前辈不但走得一手好棋，还是一位武林中人呢！"说话间，双手一分，自把那柄古剑从剑鞘中拔了出来，但闻一阵清吟的悦耳之声，呈现在罗坤手中的竟是一柄精光隐现、寒气透发的宝剑。

"好剑！"罗坤立时被此剑气所激，豪情大增，按捺不住，自挥剑向那石桌的角端削去。但感剑势走空一般，如削无物，竟然没有丝毫的阻力，而那石桌的一角，已被削切了去。罗坤见之一惊，以为那桌子不是石质的，忙伸手触摸，自感坚硬无比，确实是一种山石制作的。

罗坤不由惊叹万分道："世上竟有这般神兵利器！"

方国涣一旁大喜道："削石如泥，锐利无比，如此宝剑，当是天赐贤弟了。"

罗坤此时欢喜异常，见剑身凸有"真如"二字，不由高兴地笑道："'真如'宝剑！好名字！可赛过'干将''莫邪'了。"

方国涣笑道："贤弟一直没有一件可手的兵器，今日当祝贺贤弟得此'真如'宝剑，可与卜大哥的霸王弓、吕竹风贤弟的精钢重铁竹相媲美了。"

罗坤闻之，兴奋不已，随即整衣而跪，向那具干尸拜道；"多谢前辈遗剑在此，今被罗坤所得，日后若能回到中原，一定用此剑铲奸除恶，替天行道。"说完，罗坤又叩了三个头，这才起身喜滋滋地，安心将真如宝剑自家佩了。

方国涣也自高兴地道："贤弟得此宝剑，当如虎添翼，武林中，人罕匹敌了。"

罗坤笑道："以为方大哥在棋上有所遇，没想到小弟也能有所得的，这座孤岛，也不算枉来一回了。"

这时，插在一旁的火把快燃尽了，罗坤又上前换了一支，当火光大亮之时，方国涣无意中一转头，忽然发现，周围的石壁上似有字迹连忙道："贤弟，过来看，这石壁上写些什么？"

罗坤持了火把，到近前一照，但见石壁之上刻满了方正的汉字，形体流畅，极具神韵，且又深凹石壁内寸余。

罗坤见了道："看来是用真如宝剑刻写的。"

方国涣这时见四面石壁上皆刻满了字迹，便道："不知这位前辈都写了些什么，待从头看了。"

罗坤持火把寻找了一圈道："在这里了，方大哥过来读。"

方国涣上前读道："到此大西岛，入此藏宝洞，观壁上文字诸君，当是有缘人……"

罗坤一旁道："原来此岛叫大西岛，这洞是藏宝洞，洞内别无他物，看来所藏之宝是指真如宝剑了。"

方国涣又读道："鄙人杨汉生，长安人……"

罗坤道："原来这位前辈叫杨汉生，果从中原来的，还是长安人。"

方国涣又读道："幼习剑术，尤好棋道，棋能增慧，为超凡入圣之途，偶悟得其中玄机，至无上妙境，棋枰之上，一时无敌天下……"

方国涣读到这里，点头道："杨前辈果是悟得化境之棋了。"接着又念道："后遇奇人，授吾真如宝剑，此剑为天下第一利器，三十年来，天下硬物无有挡其锋者……"

罗坤一旁喜道："果是件神器！可击万物了。"

方国涣也自惊异，接着又读道："遍寻天下棋上好手，竟无激我棋兴者，

第九十二回　奇遇大西岛

叹无对手，每至不乐，以为棋道至吾，已达极矣！海内既无对手，吾生还有何趣？闻海外有仙岛，为神人所居，便欲寻访神仙，以较高下……"

罗坤这时惊讶道："这位杨汉生前辈，比那国手太监李如川还要狂傲些，世间无人是他的对手，便要寻神仙斗棋去，好大的志气。"

方国涣叹然道："棋高无敌，便生孤独，这是旁人所不能领会的。"接着又读道："时，武后专权，天下改周而治，吾自羞为一长发妇人之子民，故负剑携棋，搭舟出海，寻仙斗棋……"

罗坤一旁道："原来杨前辈是唐代的高人，不想做武则天的百姓，故而出海，其实是一心想找神仙般的对手斗棋罢了。"

方国涣又接着读道："出海日久，历经数岛国，竟无神仙之迹，异国之人更无善棋者，吾大失所望。闻海之尽头，或许有仙人居处，故择大舟，至南海，而又西行……"

罗坤这时摇头叹道："这位杨前辈却也是一个十足的棋痴，可惜生不逢时，没有遇上方大哥，否则真是一双对手。"

方国涣也自一叹，随后又读道："经大岛，见有中国人与土人杂居，是为侨民，寻问之，皆曰：'仙岛无有，神人更无。'始疑神仙之说乃为世人妄语，然吾志仍有不甘，泛舟西行。漂泊月余，似至传说中的西洋神海，改乘异国海船，其人金发碧眼，是与长安街上偶见者同……"

方国涣读到这里，点头道："唐时国势强盛，天下各国使节多汇集长安，与大唐交好。杨汉生前辈能在长安街上见到一些奇装异貌的外邦人士，也是自然。"

接着，方国涣又读道："有能言中国话者，与之交谈，方知天地浑圆，但有上帝主宰，凡俗之人，不能见及诸神，唯有死升天堂，方可与群神叩见，而为极乐，所言与佛道之理不尽相同。忽悟自家为神道所误，神佛上帝，皆为世人盗食之语，然已至此，不愿再回中原，只以海上漂游为乐事。经数国，其民肤色不一，有黑白者，有红绿者，与我中国人黄肤黑发尽不相同，视之奇丑，或许其人视吾也自为丑罢……"

读到这里，方国涣惊讶道："杨汉生前辈寻访神仙斗棋不着，竟然漂游天下，另觅他趣，以代棋兴。那黑白肤色之人，倒也闻见得，这红绿之人，不知是何模样？"

罗坤道："莫非杨前辈所见的红绿之人是一些化成人形的海妖精怪不成？"

方国涣接着又读道："其人貌相似妖若怪，尤以红绿者为怖，然，甚是友善，久之不觉为恶。所惑者，皆不知棋为何物，方知棋道为吾中原所独有。出海多年，竟连一俗手都遇见不着，懂棋者也自无人。叹然！天下之大，棋之教化不能广尽唉！……"

方国涣此时感叹道："棋之雅艺，不能广博天下，当是一件憾事。"

罗坤道："这位杨前辈实在迷得很，访神仙不着，却也想寻些土人来斗棋，而他们丝毫不知棋为何物，莫不如回到中原的好，或许还能有几位好手来与他走上几盘，总比胡乱闯的强些。"

方国涣道："杨汉生前辈那时已在中原无敌了，故而出海寻仙斗棋的。看来杨前辈棋上虽达化境，却也是不能与世事相化通的，如此远走海外，实是一种无对手时的避世之法，倒也难为杨前辈之极了。"

方国涣摇头感慨之余，接着又读道："后乘一西人海船，欲抵身毒……"

罗坤道："身毒是何所在？"

方国涣道："便是今日的印度。"又自读道："茫茫海上行十余日，忽遇大风吹偏航向，不知所往，溺水死者十三人，举船惊恐，祸不单行，又遭海盗劫杀。吾不能坐视，挥剑斩盗五十余人，群盗惊骇退去……"

罗坤赞叹道："杨前辈果然是一位武学高人，这一仗杀得真是痛快，让那些船上的西洋人和海盗也见识见识我中原武功的厉害。"

方国涣接着又读道："盗退，船中诸人视我为神，叩拜不已，问吾所来，吾但指东方，诸人惊异。后两日，群盗竟去而复来，其中有会中国话者，对吾言，其家大王，即盗酋，欲与吾斗，问吾敢应否。"

罗坤一旁道："这伙海盗也如海王三之类，然而却不知深浅，敢向杨前辈挑战，也是不知厉害的。"

方国涣接着又读道："吾见群盗甚众，恐船上诸人有失，便应其所邀，也自想借机驯服群盗，使之不再为祸海上……"

罗坤此时赞叹道："杨前辈一身是胆，侠气冲天，孤身独赴盗巢，普通人不能为也！"

方国涣心中也自敬服，接着读道："群盗见吾应允皆喜，自放海船而去，唯吾独留，至盗船，群盗也甚恭敬。行半日，至一岛，乃盗巢也。有盗酋迎出，身丈许，伟岸一丈夫也！能言中国话，对吾言：'汝杀吾党几十人，过大矣！今与汝斗，汝胜，则安全送归，不仇也，败则以命相抵。'吾见其也豪爽，笑而应之。吾因真如宝剑霸道，不忍用，便夺一盗手中长刃为兵，盗酋也自持双刀。待与之斗杀之时，惊其刀法似承中原武学，三百回合竟不分上下……"读到这里，方国涣与罗坤俱是惊异。

罗坤惊讶道："没想到这名西洋上的海盗首领不简单得很，也自是一位武学高手了。"

方国涣急着知道结果，忙又读道："吾与盗酋斗至五百回合，竟成平手，互生敬意。盗酋酣兴未尽，约吾明日再战。后三日，三战三平，斗杀中竟成至交。盗酋喜之，留为饮，相谈甚欢洽。因吾先前杀盗甚众，恐有私下寻仇

第九十二回 奇遇大西岛

者，盗酋便亲自送吾离岛……。"

罗坤这时点头赞道："这名海盗却也讲些义气，英雄惜英雄罢。"

方国涣这时又读道："至舟中，盗酋忽见吾所携之棋具，惊问曰：'先生善棋否？'吾见盗酋识得棋，异而应曰：'善也！'盗酋喜曰：'又一对手矣！'……"

读到这里，方国涣惊讶道："没想到这名海盗首领不但武功惊人，与杨前辈不分伯仲，竟也善通棋道，不过在棋上可要输于杨前辈了。"接着又读道："复请归岛，盗酋设棋具，其棋枰、棋子皆玉质也，珍贵异常。吾虑盗酋必为俗手，自显中原人士之雅气，但亦喜其懂棋，欲让先其三子，以缓棋势。盗酋闻之怒曰：'羞我呼？先生棋艺可赛拳脚？'随临枰而走。数子下，自布大势，吾心异。待至三十手，吾大惊，难想海外一盗酋，棋力竟也达化境……"方国涣此时一惊，忙又读道："一局终，吾尽棋力仅险胜盗酋四分之一子……"

罗坤惊讶道："这名海盗真的是杨前辈的对手。"

方国涣尤感意外，忙又接着读道："盗酋败而愕然，愈敬吾。吾出海日久，虽仙人不见，每有失落，然逢此盗酋，则胜神仙百倍也！惊其神技，异而问曰：'大王一身绝学，皆源于中土，何也？'盗酋曰：'吾，塔达也，棋道武学，俱为父传，又过父也。吾父，有王者之威，闻中土地广物丰，山川奇美，故欲统中土之民而为帝。乘海船，行数月，至中土，先将所携巨资藏于海岛，孤身潜游，以伺时机。途中忽遇一人，相貌伟岸，真男子也！叩其姓氏，曰为李世民……'"读到这里，方国涣、罗坤二人俱是愕然。

罗坤道："这怎么可能，海盗塔达的父亲如何能与唐王李世争夺天下？"

方国涣诧异道："野史中曾载李世民遇以海外奇人虬髯客的事，难道是指此事？"忙又顺着石壁读道："'吾父见李世民语气豪迈，也有夺天下之志，图谋帝王之心。与其相处数日，见李世民雄韬伟略，尤过己也，叹其为真命天子，不欲与之争，暂把天下让于李家，准备待李世民死后再来复取。父与李氏别后，遍寻中土之学，择武技、兵法、棋道三者习之，以待取天下之用，遇以奇人，又将兵法、棋道演化贯通……'"

方国涣点头道："这种可能倒是有的。"接着又读道："'吾父中土之行图霸业不成，便泛舟归海。后，父染疾死，临终嘱吾，用心习棋，化通于兵道，待中土李世民死后，可取天下治之。吾循父志，一心修棋，棋成后，率众为盗，攻略他国，无不胜之，嫌其国小民贫，但取其财而走。十数年，加之父与祖辈为盗所集，甚为丰巨，足可以招募兵马，做取中土之资。且现已集数万之众，待明年东南风盛，漂洋过海，直取中土为王矣。'盗酋所言，令吾大惊，知其棋通兵法，胜于诸葛，自可天下无敌，且拥有巨资，足可以作乱中原，即使不能成就帝王之业，但也能祸乱一时，生灵涂炭矣！盗酋问曰：'先生棋高于吾，可助吾夺取中土如何？业成，分而治之，共享富贵。'吾闻之惊骇，伪曰：'大王误矣！汝之棋，不足以敌中国人，岂可妄以称王。'盗酋大惊曰：'闻中国人善棋，皆如先生乎？'伪答曰：'吾为中原棋上最差者，因不忍人辱我，故羞避海外。'盗酋闻之惊曰：'吾自以为棋之兵道无敌天下矣！而先生棋上胜吾，吾之棋未达极矣！'吾应曰：'任择中原一人，足可胜大王数子。'盗酋闻之颓然曰：'如此，吾志不行矣！若去中土，必又遇若李世民之人，况且又负于先生。'忽又曰：'先生欺吾乎？'吾曰：'不敢。'盗酋笑曰：'先生诈吾，恐吾祸乱汝之故国，如先生棋者，中土当无几人。也罢，待吾择一地，再与先生棋上一战，先生胜，则输汝一洞事物，吾志不行矣！先生败，则杀之，吾即刻发兵中土。'闻盗酋言，吾惊骇，知盗酋豪气激发，棋境无扰，而吾知盗酋之志后，恐其发难中原，棋境已乱，棋上或不能敌也……"

方国涣读到这里，担心道："杨汉生前辈忧虑的不无道理，此番棋上一战，当是险极。"

罗坤心中道："看来是杨前辈输了棋被那海盗害死在这里了。"

方国涣接着又读道："次日，盗酋引吾至一舟，又有数盗驶之所行数日，皆循盗酋亲指航向。后至一岛，即此大西岛，离舟登岸，盗酋竟尽杀同来诸盗，吾惊问其故，盗酋曰：'此岛有大秘密，不便人知。'吾闻愕然，知处险境，然见盗酋孤身一人，也不为惧。后至此洞，见所藏珠宝甚为丰巨，数洞俱满，堆积如山，吾望之惊惧，若运至中原，招募兵马，当可大乱天下。盗酋指诸宝曰：'汝胜皆归汝，吾隐之，吾胜杀汝后，运宝中土以换王位。'因以棋战。吾知中原安危系我一身，且此时中原武后临政，诸王不满，各有反意，若此时盗酋胡乱进去，势必烽火遍燃，战乱立起，此棋战关系重大，更关系自家安危，于是宁心定志，安气和神，运棋应战……"读到这里，方国涣已是激动不已。

罗坤一旁感叹道："杨前辈真乃大英雄也！那个海盗竟想盗我中原江山，虽为妄想，却也可畏。"

方国涣怀着崇敬的心情，又接着读道："吾尽全力，终又险胜盗酋一子，恐其暗下杀手，防之尤慎。盗酋负而叹曰：'吾输矣！中土当有如先生这般手段者，也自有棋通兵道者，吾若征发中土，亦是枉然。'随指洞中诸宝曰：'归先生矣！'言毕，出洞而去。吾恐盗酋悔而复来，故于洞内守之。两日后，盗酋再不至，知其隐矣！宝洞所藏，甚为丰巨，恐日后为歹人发觉，生出祸事，故设机关以封之，唯布一棋局，以启动之。此局为吾尽毕生棋力所成，纵使盗酋再来，也不能取洞中诸宝。此大西岛，处西洋偏远之地，罕有人至。

第九十二回　奇遇大西岛

能启动洞中机关者必是有缘人，更是棋上奇才，棋境纯而无邪者，洞中诸宝，但随取去，善用为是。盗酋先自乘船而走，是想困留吾于此岛，也是无可奈何中杀吾一计。几十年来，自知归还中原无望，且日感气力衰弱，大限将至，故留此语，以示后来有缘人：'棋之为艺，亦能救国矣！'大唐长安杨汉生剑书于此。"读完石壁上的字迹，方国涣、罗坤二人呆呆地站着。

这时，洞内忽一暗，原来是火把快要燃尽了，罗坤忙又继接了一支。

方国涣此时感叹万分道："以棋济世，杨汉生前辈当属古今第一人！"

罗坤道："没想到还有这般传奇之事，更有如此曲折，杨前辈用心良苦，实为大智大勇之人，竟在此大西岛孤守了一生，大唐李家能夺天下，不能不说没有杨前辈的功劳，但又有谁相信呢！"

方国涣叹然一声道："这些已无关紧要了，所敬者唯杨前辈的舍我精神，非历代棋家能为，没想到我棋道中，竟有杨前辈这等奇人。"言罢，自朝杨汉生的遗体整衣叩拜，罗坤复又随着方国涣礼拜了。

起身后，罗坤道："此洞到此已是尽头了，不知那些奇珍异宝藏在何处？莫非有暗洞？"

方国涣道："一定是有了，桌上的这盘棋就是启动暗洞的机关。"

罗坤道："方大哥有法子走得动吗？"

方国涣道："此残局颇难，乃是杨汉生前辈极尽棋力布成的机关棋局，我细加研究走全它也不是什么难事。"

罗坤闻之，倒也没有什么喜色，摇头一叹道："就算看到了堆山似的财宝又有何用？我二人还不是如杨前辈一般，老死此岛。"

方国涣闻之，宽然地一笑道："你我虽落难于此岛，却是大有收获的，毕竟知道了杨汉生前辈的一段传奇经历。"

罗坤笑道："说得也是，杨汉生前辈的壮举有人知道总比无人知道的好，看来我二人要做一回天下第一富的空头财主了，方大哥既能走此残局，不妨把它走开罢，看看洞里有多少好宝贝，竟让杨前辈守了一辈子。"

方国涣道："那个盗首塔达，已然棋化于兵道，可以说是天下无敌的兵家了，不想被杨汉生前辈单于棋上胜住、唬住，使那塔达灭了志向，此人若在中原，当真为祸不小。"罗坤点头称是。

方国涣随后来到了石桌旁，在棋罐中各取了几枚棋子，但觉这些棋子大异常棋，奇沉压手，抹去浮尘细看时，乃是罕见的玄铁、精铁铸成的黑白铁棋子，其压手的程度竟不亚于天星棋子。方国涣见了，大是惊奇，知道用此棋布局启动洞中机关，是有道理的。方国涣随即按棋枰上双方的棋势，施以化境之棋走了下去，每落一子，但闻石壁内有沉闷的声音传了出来。

方国涣闻之，与罗坤惊讶地四下望了望，见并无洞穴出现，知道还未完全启动机关，不由对杨汉生这种奇思巧想佩服之极。方国涣知道，循棋枰上的棋势，要完全走对棋路时才能有效应，而这盘棋势布得极难，相当于两位棋上同达化境之人在对弈，好在方国涣慎重小心地应子，但闻石壁内的响声愈大。

待方国涣一人互应了十八子之后，显是每一手棋都没有走错，棋路顺序当是符合杨汉生布局之意，忽感石壁内有风吹来，险将火把吹灭。方国涣与罗坤回身看时，但见对面的石壁开裂了一道缝隙来，里面射出了万道毫光，二人一时看得呆了。

随着缝隙的扩大，竟是一扇石门被开启了，但见一大洞穴内，珠光宝气，杂乱耀眼，各色的金银珠玉堆满了十丈高的山洞内。方国涣、罗坤二人惊呼了一声，缓缓走上前来，几乎不敢相信眼前的景象是真的，此洞似将天下间所有的珠宝都积聚在这里了，珠光宝气似有逼人之感。

方国涣、罗坤二人惊呆地看了好一阵，神情这才稍定。罗坤摇头叹道："天下富人，莫如盗者，纵使十分的贪利小人站在此间，也不会再为他利所动了。"

方国涣道："这个海盗塔达，不知攻破了多少国家，才掠得如此宝藏来，莫说乱我中原，就是祸乱世界诸国，都是有可能的，好在这海盗的狂志有干天和，竟让杨汉生前辈于棋上给化解了，真乃天下苍生之幸。"二人不由对杨汉生又生起了一万分的敬意来。

罗坤这时摇头道："罢了！罢了！这个天下第一的财主我是不敢做了，如何守得了它？"

方国涣感叹道："如此宝藏，若呈现世间，即使有大贤德之人，也不能把它们尽数造福天下，而自能祸乱苍生的，杨汉生前辈寻仙斗棋不着，却无意中从海盗手里得了这处宝藏，实是为天下苍生做了件大好事。"

方国涣接着又道："赵琛先生造船出海，意在寻那艘载满了宝物的郑和沉船，不曾想我二人被旋风带到了这里，无意中发现了比那宝船还要丰巨百倍的宝藏，想起来真是不可思议。"

罗坤摇摇头道："就算'太玄''海浪'两船寻了来，不知要运几个来回才能把这些宝物尽数运回中原去？"

方国涣道："这些财宝的数量已大大超出人的好奇探宝之心了，赵先生他们的海船还是不要寻来的好，宁可我二人老死此岛，也勿让此宝藏大白于天下，因为那样，不知要生出什么样的祸事来。"

罗坤闻之，赞许道："方大哥与杨前辈一般都有慈悲之心，看来你二人棋境相通罢。"

方国涣叹道："艺精自可出神入化，若把持不住自家，也可为祸的，李如

第九十二回 奇遇大西岛

川、塔达二人虽然棋达化境，却有乱天下之心，实为可惜得很。"

罗坤此时将脚前的一颗珠子踢了去道："不知这东西能乱人心，还是人心自乱？"

方国涣笑道："两者兼而有之罢。"

二人此时退出了宝洞，不知将那石门如何关闭。方国涣想了一会儿，便于棋枰上逆着顺序把刚才所走落的棋子尽数拾起，果见那扇石门又慢慢封闭了。

罗坤见了，赞叹道："杨汉生前辈神思机巧倍于常人，设如此机关，堪称一绝！"接着，罗坤俯身观看，发觉棋枰与石桌都呈中空，有东西连着地下，但不知小小的棋子如何启得动厚厚的石门，自呈惑然之色。

方国涣笑道："这种以棋势启门的机关，不是一时看得通的，入洞多时了，有些腹饥，不知那架獐子肉还在否？莫让野兽给偷吃了。"

罗坤闻之大急道："不好，那些发香的獐子肉能引来狼的，可不能便宜了这些家伙，快走！快走！"说完，持了那柄真如宝剑，拉了方国涣转身向洞外跑去。

待方国涣、罗坤二人回到沙滩上的火堆旁时，并不见得有什么狼豺野兽，而是看见成群的海鸟已把那具半熟的獐子肉啄食得干干净净，空剩了一具骨架，海鸟们尤不甘心，仍在地上寻食残物。方国涣、罗坤二人相视苦笑，已是无可奈何了。

罗坤复又在林中猎了几只雉兔来，烤熟了后与方国涣胡乱用了。随后二人又回到了洞内，扫去了灰尘，把先前的一些兽皮铺在了那几张石桌上，算是在此洞府安了家。方国涣又用棋启了石门，在宝物堆里拣了七八件银盆金碗、玉瓶宝坛等器物，当作家什来用。罗坤见了笑道："你我也太奢侈了些，用这么贵重的东西来装水盛物，若叫他人知道了我二人如此享受，可要眼慕死的。"

方国涣笑道："守着这处宝藏，但做一回富家翁罢。"

从此以后，方国涣、罗坤二人便在洞中守宝藏而居，由先前的盼望有海船经过，如今又怕有海船来了，并非二人有贪财之心，但恐此宝藏一旦泄露出去，当为祸不浅。罗坤因有了真如宝剑，猎兽伐木更是便利得很，二人也常在海中捉些鱼虾来换换口味，二人彼此照应，在这大西岛上过得倒也很惬意。

如此这般又过了一年，这日，方国涣对罗坤道："贤弟，你我兄弟真的要老死在这大西岛不成？"

罗坤闻之，叹然一声道："小弟很是思念中原的故人，梦里常回，自是不敢说出，恐引得方大哥感伤。然而想离开此岛却也不能，大海茫茫，没有船只，如何去得？"

方国涣长叹一声道："在此大西岛，虽然吃住不愁，又守着一处巨大的宝藏，可是这般无闻而死，未免有些遗憾，真得如杨汉生前辈一般，弃骨海外孤岛不成？"

罗坤摇头道："又能有什么法子？也只能这般耗时光了。"

方国涣道："莫不如做一个大些的木筏，漂流而去，或许能碰上其他的海船。顺利了，还能到达有人烟的岛屿或陆地，然后再想办法转回中原。即便遭了风浪，葬身鱼腹，与在这岛上老死无闻同是一样的，况且还有机会生还回到中原。"

罗坤点了点头道："方大哥说得有道理，大西岛虽是世外桃源，但不是久居之地，应该想法子离开的，那就做一个大木筏罢，权且搏它一回。"

方国涣道："那么就着手准备罢，若是你我命不该绝，一定能回去的。"

罗坤决然道："我们一定能回去的，便有天大的困难，又惧它何来。"

此后，方国涣、罗坤二人便开始准备离岛的事宜，首先做那木筏，好在有真如宝剑，自可伐断些长木来，用野藤连接，做成了个木筏的模样。二人见了大喜，便去海水中试划，离岛数里，却也稳当，索性围着大西岛走了一天。

晚上回来时，方国涣、罗坤二人高兴异常，希望大增。谁知第二天一早，二人到海边看时，那木筏早已被海水冲击得散了架，绑在上面的野藤尽数断了。方国涣、罗坤相视无言，心中各是凉了半截，想不到这木筏如此不耐用，若漂行海上，当是有去无归。

第九十三回　西洋海船

方国涣、罗坤二人初制木筏失败,自被海水冲击得散了架去。方国涣摇头道:"这种木筏是不能久行海上的,就算遇不上风浪,也自不耐用的。"

罗坤道:"这样等于自杀一般,我们再想法子做一个更大些更耐用的罢。"

这日,罗坤在山中猎野物时,见有一种野藤,柔韧非常,运些气力也自扯它不断。罗坤见了一喜,割了一大捆,拖到岸边于海水里浸泡了,然后系了一根长木,放入海中,另一端于岸边稳了,以试其韧性。第二天跑去看时,长木仍在,罗坤大喜,知道此种野藤可用,便又去割了许多来,放于海水中泡了。

每日里,罗坤与方国涣在就近的林中伐些粗大的长木,然后二人奋力拖到岸边,以备再做一只大木筏。因在海上漂泊,仅以人力划行,是为不妥,可惜又无大布来做风帆,方国涣便想了个法子,把兽皮去了毛,再用真如宝剑尽量刮薄些,如此十余张兽皮便缝制了一面皮帆来。帆成,方国涣、罗坤二人大喜。

方国涣又把每日里剩下的兽肉,用海水淹制后,晒干做腊肉收存以备日后食用。罗坤见方国涣想得周全,也自欣喜,每日又去多猎些野物来。

就这样过了半月有余,二人便做了一只宽三丈、长八丈的大木筏来,任它海水冲击,自是牢固得很,并在上面造了一间小木屋,以挡风雨及存放食物,竖了几支桅杆,挂起皮帆来,却也如海船一般,方国涣、罗坤二人见了大是欢喜。同时又做了另一面皮帆,以备用,二人又在洞中的宝物堆里尽量拣了些可储存水的金银器皿,装满了淡水后搬到木筏上的木屋内,用野藤绑得牢固了。罗坤又去寻了些薄些的金银器来,用石头砸扁,做盖子用,以防储存的淡水水分蒸发。方国涣把自己收存的许多腊肉也搬于木筏上放好,这些腊肉足够二人几个月食用。

一切准备就绪,计划明日离岛漂行,这一夜,方国涣、罗坤二人兴奋不已,深夜才睡去。

天一亮,方国涣、罗坤二人起身后来到了内洞,开启了宝藏石门。罗坤持了一只兽皮缝制的皮袋,二人便胡乱地装了些珠宝,备以日后之用。罗坤见一些珠子下面有一颗拳头大的水晶球,甚是可爱,便随手拾起放入了皮袋中。

待装满了一皮袋，罗坤用力提了提，甚沉，不由笑道："这些做盘缠够了，取它一点，看不出少的。"

方国涣笑道："小财可以致福，大财则能招灾，中原万里，途中或许有些花费，杨汉生前辈当不会怪罪的。"

罗坤笑道："方大哥能把杨前辈布的棋盘机关走开了，杨前辈地下有灵，巴不得让方大哥都拿了去。"

方国涣道："这处宝藏希望日后有贵人来取，想法子尽数造福天下，我二人自无这个本事了。"复与罗坤走出，封闭了石门。

罗坤道："莫不如把这棋势扰乱了，让后来人再走开它不得，岂不保险些？"

方国涣道："不然，能多一人走全此棋局，杨前辈的灵魂或许更安慰些，况且杨前辈的英灵在这守护了千余年，当不会让歹人得逞的，那些居心不良的人也自不能走开棋上机关的，还是保存它原貌的好。"

随后二人在杨汉生的尸体前拜了三拜，方国涣恭敬地道："前辈的传奇事迹，我等不能相忘，但请前辈在天之灵，保佑我二人平安回到中原。"

罗坤这时用真如宝剑在石壁的空当处，刻写道：大明百姓方国涣、罗坤曾游此洞，后来诸君当慎之又慎，勿让洞中秘密轻易泄于世间，以防旁生灾祸，切记！刻毕，宝剑归鞘，罗坤自笑道："留个纪念罢！但让这些字陪伴杨前辈，不至于寂寞。"随后，罗坤提了那一皮袋珠宝，和方国涣又回头望了杨汉生的尸体一眼，这才叹然一声，持了火把出了洞穴，来到了海边的木筏上。

时值东南风大起，罗坤、方国涣便升起皮帆，木筏自随风漂去，二人回望了一眼大西岛，不胜感慨。木筏在海上漂游了两日，倒还顺利，虽然前途渺茫，不知何往，但方国涣、罗坤二人自有着归还中原的希望。

站在简陋的木筏上，想起先前在海船上与众人的说笑，似在昨日。如此又漂行了十余日，四面海阔天空，遥无涯际，海岛与海船更是不见一点影子，望着食物与淡水的逐日减少，方国涣、罗坤二人不免有些后悔起来，一旦水尽肉绝，当是一点法子也没有了，还不如在那大西岛上孤独寂寞的好，但是已不知木筏随风漂到了哪里，即使想回转大西岛也是不能了。

谁知就在这天夜里，海上起了风浪，那木筏虽做得大些，但在风浪里如同树叶一般，上下颠覆，几个浪头打来，似翻入了水里一般。方国涣、罗坤二人骇然之极，彼此紧紧抱了，又用野藤把身子绑在木筏上，恐木筏被颠散了架，得一浮木也是好的。

如此一夜，折腾得二人疲惫不堪，也不知几时，竟在风浪中惊吓着昏睡了过去，也是二人倦极，自是听天由命了。

第九十三回　西洋海船

　　当方国涣、罗坤二人从昏睡中醒来时，天已大亮，风浪不知何时早已止了，木筏仍在漂泊，外面似乎静得很。二人自有些不相信能从风浪里逃脱出来，相视了一眼，忙起身出了木屋。一道刺眼的阳光，让方国涣、罗坤二人感觉到这个世界还存在，见木筏倒还无恙，唯桅杆折了一根，上面的皮帆但剩了零散的几块，本是那兽皮拼凑得不甚结实。

　　罗坤摇头一叹道；"侥幸！还以为葬身海底了呢。"好在皮帆与桅杆都有备用的，方国涣与罗坤便都换上了，检查了一下木筏，把松的地方紧了紧。那种野藤果然柔韧异常，不曾断了几根，竟然经受住了大风浪。方国涣见那些腊肉都已被海水浸湿了，恐其腐坏，忙尽数搬出来摆在木筏上晾晒。

　　这时，忽闻罗坤在木屋内似喷了一口水道："怪了，这水怎么是咸的？"方国涣进去看时，见罗坤持了一玉瓶水，正在那皱眉头。方国涣心中一惊，忙上前接过玉瓶尝了一口水，口中但感咸咸的，是那海水无异，待查看其他的贮水器皿时，虽都用野藤固定的，但里面的水都少了许多，并且换了味，已非淡水，显是封闭得不严密，昨晚风浪又大，颠出去了不少，又混进了些海水来。方国涣此时大急，忙尽数验看了，唯有一银罐封闭的还好，没有混进海水去，但所贮之水，仅够两人省着用几天的。

　　方国涣抬头望了罗坤一眼，二人不由骇然，在这茫茫大海之上，缺少淡水，就意味着失去生命，一种无形的恐惧笼罩着二人。

　　在以后的几天里，方国涣渴极时才饮上一口水，尽量节省。而罗坤不饮不食，常坐在木筏的一端闭目运气行功。方国涣知道罗坤是省下水来与自己用，摇头一叹，倒了一金碗水，来到罗坤身旁道："贤弟，这水虽然少些，但省着用就是了，勿要苦了自家，且将这碗水喝了罢。"

　　罗坤这时缓缓地吞吐了一口气，慢慢地睁开了双眼，随对方国涣笑道："方大哥一人用罢，小弟已运气行功辟谷三日了。"

　　方国涣知道罗坤曾食有异物，又经药王谷司晨的指点，可练就一种绝食的辟谷之术。方国涣接着对罗坤道："真是难为你了，时间久了，恐怕也对身体有碍，勿要硬撑下去，几日不进食物倒也罢了，这水却是不能不饮的。"

　　罗坤感激地一笑道："放心罢，小弟辟谷食气，坚持月余也是不妨的，这水少些，不饮也罢了，并且辟谷也能缓些干渴的。"

　　方国涣不放心地道："你要自家把持住了，不要强忍着。"接着叹然一声道："事已至此，要死我兄弟二人便一起死罢，多活几天又能怎样？"

　　罗坤激动地道："苦了方大哥了！"兄弟二人双手紧握，自是生死与共了。

　　木筏在茫茫的大海上毫无目标随风漂行着，火毒的太阳，酷热的天气，使得方国涣、罗坤更在难耐的干渴中煎熬，那罐淡水已被方国涣饮尽了，并且已断水三天了。

罗坤食过宝参，可以辟谷绝食，但这水却是不能绝了的，但为了方国涣能多坚持几天，自家也强忍耐了。方国涣见罗坤饮食全绝，不知就里，还以为罗坤辟谷食气，连水也辟了去，倒也没有硬劝。如今滴水皆无，已是到了无可奈何的地步，罗坤真气充沛，辟谷食气，自能坚持下去，而方国涣嚼了些腊肉后，更是极渴，忍不住饮了几口海水，以缓急，但过了一阵，尤是干渴难耐，喉中似烟火全出，又要俯身去饮那海水，被罗坤强行制止，因为这般下去，更是接近死亡。

　　罗坤也自教些方国涣食气的法子，然而效果甚微。方国涣又苦撑了两日，到了第三日，再也坚持不住，昏倒在了木筏上。罗坤见了大惊，在自己疲惫不堪之下，仍然运送了一股真气于方国涣丹田处。少顷，方国涣这才慢慢醒来，见罗坤憔悴的面容，知道他用即将耗尽的真气暂救醒了自己。方国涣唇裂喉干，已说不出话来，但向罗坤摇了摇头，告诉罗坤不要枉费真气了。罗坤自是摇头苦笑，复把方国涣安置在木屋内，然后在一旁养气和神，以图恢复些内力。

　　就这样，又过了两日，方国涣自躺于木屋内，甘等受死，亏有罗坤传送了几次真气来，生命才得以维持。罗坤此时已是疲惫之极，恍惚然，也自欲达昏迷之态，若有水来饮，罗坤自能无碍，毕竟食有关东的那支参王，只是无水润泽，虽有神功，也无可奈何。

　　天不绝方国涣、罗坤二人，就在这天夜里，乌云密布，电闪雷鸣，下起了瓢泼大雨来。罗坤此时，忽地精神一振，惊喜万分道："雨！下雨了！"连忙把方国涣拖出木屋外，以让雨水激苏，接着罗坤又把那些金银器皿尽数搬出来接雨水。

　　大雨下了一整夜，天明时方止，那些金银器皿等家什俱已满溢。由于得水相润，方国涣也自苏醒过来，罗坤又上前喂了些腊肉丝，这才恢复了些气力。躲过了这场大难，方国涣、罗坤二人俱是欣慰，见那些腊肉还可食得月余，淡水又足，二人自又希望大增，借海风之势，扬帆而进，企盼遇上艘海船及有人烟的岛屿。

　　这日，方国涣正在木筏上四肢展开来大睡午觉，忽听得罗坤惊喜地喊道："船！方大哥，有船！"方国涣立时惊醒，忙起身看时，但见前方天水相接处，一点白帆，正向这边驶来。方国涣、罗坤二人欢喜万分，忙在木筏上挥臂高呼。

　　那是一艘途经的海船，此时船上的人发现了海面上飘荡着一只木筏，并且见有人挥舞求救，那艘海船便行驶了过来。方国涣、罗坤二人终于盼来了希望，立时百感交集，抱哭一起。

第九十三回　西洋海船

海船靠近，方国涣见船头上尽是些穿奇装异服、高大猛壮的西洋人，知道遇见的是一艘外国海船了。此时海船上放下一只小船来，两名水手划船过了来。

罗坤望见其中一人，不由惊讶道："方大哥你看，姆尔坦怎么在他们的船上？"

方国涣看时，见是一名与姆尔坦身形差不多的黑人，便摇头道："比人肤色虽与姆尔坦相同，相貌却不是的。"

罗坤也自识出不是那姆尔坦了，不由摇头笑道："长得也像些，莫不是姆尔坦的兄弟罢？"

此时那名黑人水手与一名金发碧眼的白人水手划船到了木筏前，见了方国涣、罗坤二人，不由各呈怪异之色。原来方国涣、罗坤二人久居大西岛，毛发皆长，面色桐黑，并且身裹兽皮，是如野人一般。此时那位白人水手摇头"NO"了两声，显是不愿救助这两位野人，回头向大船上咕噜呱啦地说了一通，船头上一名似船主的人回应了几句，那白人水手摇摇头，耸了耸肩，这才向方国涣、罗坤二人招了招手，意思是让他二人上船。

方国涣、罗坤二人见了大喜，弃了诸物不要，但把那些金碗银坛之类的家什往船上搬。那两名水手见了，忽然各自惊呼了一声，齐跳上木筏来，见了玉瓶金碗之类的器皿便抢。罗坤以为他二人是来帮忙的，便感激地道："谢谢二位！谢谢二位！"自持了真如宝剑，提了那皮袋珠宝和方国涣上了小船。

两名水手把木筏上的金银等器皿尽数搬到了小船上，手中各玩弄着玉瓶金碗，眼呈惊喜之色，连着"OK"了数声。罗坤心中笑道："这两个好心的蛮子，倒也认得宝物。"此时方国涣、罗坤二人，这才各自松了口气，相视释然一笑。

上得船来，那些金银器皿不待方国涣、罗坤二人动手，立即被船上的其他水手上前哄抢了个干净。方国涣、罗坤二人感激海船前来相救，也自无意那些金银器物，任由水手们分抢了去。

此时忽闻一阵严厉的呼喝之声，方国涣、罗坤二人自然听不懂，但见那些水手们却乖乖地把手中的东西放到了船板上。回头看时，但见一位身材魁梧、人高马大而又长着满腮卷须的碧眼之人怒叱着那些水手，神色威严，显是不满水手们所为。

方国涣见了，猜知此人当是船主，忙上前拱手一礼道："多谢贵船搭救之恩，让我兄弟二人得以脱险，这些东西送于各位就是了。"

那人闻之摇摇头，显是听不懂方国涣说了些什么，继而惊异地打量着方国涣、罗坤二人一番，又转头看了看海面上的木筏，神情感然，摇着头乱七八糟地说了一通。方国涣、罗坤自是听不懂，不过看对方的意思不太相信他二人能驾着木筏在海面上航行，并且活了下来，果见那人又伸出大拇指，"OK、OK"地说了几句似赞叹的话。

方国涣知道与此人话语不通，说也无用，但笑着摇了摇头。那人也似发现了双方语言不通的，忙回身招呼了一名水手来，这名水手与那些金发碧眼的水手们长相又有所不同，黑发黄肤，与方国涣、罗坤在苏门答腊港口见过的当地人相同。这名水手上前打着手势说了一番，语音又与那位船主的语音有所不同，但是方国涣、罗坤二人还是听不懂，不由想起了曾子平来，真希望他在跟前，把这些奇怪的语言翻译过来。

那名水手见了方国涣、罗坤二人茫然的神情，不由皱了皱眉头，又仔细打量了二人一番，忽地点头一笑，转身往舱中跑去。

时间不大，那名水手从舱中拉了个睡眼蒙眬的人出来，此人穿戴相貌，很明显的是一位中国人。此人来到了方国涣、罗坤面前，睁大了眼睛，惊异地看了好一会儿，忽然问道："你……你二人可是中原人士？"终于遇到了一个知音，方国涣、罗坤二人不由惊喜万分。

方国涣连忙点头道："不错，我二人正是从中原来的，这位大哥也是中国人。"

那人闻之喜道："真不敢相信，在这西洋之上还能见到两位故国同乡，在下程万，不知二位如何称呼？"

方国涣、罗坤二人自报了姓名，那程万喜道："原来是方兄弟、罗兄弟，好极！好极！幸遇二位，乃是佛祖保佑！"

程万接着又道："适才我正在睡觉，被人拉起来，说是船上救了两个人，谁也说不上话的，让我来瞧瞧，原来都是中国人的。二位兄弟如何漂泊西洋之上？莫不是坏了船只？或是遭了盗劫？"

方国涣道："此事说来话长，我二人本乘海船从中原远航到了西洋之上，不想遭遇旋风，竟把我二人卷到了一座荒岛上，与原来的海船失去了联系。我二人不想老死在孤岛之上，故冒险乘木筏漂游，希望能到有人烟的地方或被海船搭救，再转回中原去。九死一生，终遇此船，实为万幸得很。"

一席话，听得程万目瞪口呆，望了望海面上的木筏与二人野人般的模样，仍是半信半疑，接着译成了外国话，对那位船主及众水手们讲了一番。众人闻之，各呈惊异之色，向方国涣、罗坤二人投以敬佩的目光。

程万这时介绍了那位船主道："这位是约翰船长，英格兰人，年轻时流落到阿丹，得了机遇，一下子发了起来，买了这艘船，往来西洋各国贸易。我等众人都是约翰船长雇用的水手，约翰船长是个好人，两位兄弟也多亏遇上了我们，这是佛祖的保佑。"方国涣、罗坤闻之，对那约翰船长心生敬意，各上前施了一礼。

第九十三回　西洋海船

那约翰船长也自微笑着，礼貌地欠了欠身，然后对程万说了些什么，复对方国涣、罗坤二人点头一礼，转身回仓去了。

程万便道："约翰船长让我照顾二位，随我来罢。"说完，引了二人来到一处狭窄的船舱内，几名水手也自帮着把那些金银器皿搬了过来。

程万刚才没有注意到这些，此时见了，大吃一惊道："看低了二位，原来是个富身。"

方国涣道："因乘木筏飘行，无储水之器，故而用来装水的。"

程万闻之诧异道："二位落难海岛，可是掘了什么宝藏？这些东西可不易得的。"

方国涣不想把大西岛的宝洞说出来，以免旁生祸端，但也不想欺骗程万，于是便道："这是我二人被旋风卷到那孤岛上之后，偶然在一处山洞内发现的，尽数拿来当家什用了，知其贵重，乘木筏离岛时，也都带了来，也是用它们贮水的。"

程万点头道："看来是海盗藏于那洞里的，被二位发现也是造化。"瞟了一眼那只装满珠宝的皮袋，知道掘了海盗的宝藏，也自有宝贝在里面了。程万倒也是一位忠厚之人，见方国涣、罗坤身边多是金银之物，知道他二人得了奇遇，却也不再追问，自寻了些食物和水，拿来与他二人用了。方国涣、罗坤二人大吃了一顿，更觉得精神了些。

方国涣随后寻问程万道："不知此船到哪里去？我兄弟二人如何能转回中原？"

程万道："约翰船长这次贩货去巴剌港，那里是榜葛剌国地，也就是印度，是与西域相接的。二位从巴剌港上岸后，出印度入西域，自可返回中原，从海上走，一年半载没有合适的船。"

罗坤忙道："还是从陆地上走的好，虽然辛苦些，总比这海上踏实，海上航行，我已怕了。"

程万道："从陆地上返回中原，可是不易，翻山越岭，极艰苦的，更多些危险。不过听说从印度也自有道路通往西域的拉萨城，到了拉萨再回中原，当是不难了，不过这一程颇费时日，很难成功的。"

方国涣道："再困难，我们也要走一回，总是有些希望的。"程万闻之，心中叹服。

罗坤这时道："程大哥是中国人，为何远离中原与这些西洋人混在了一起？"

程万道："我祖上乃江苏金陵人，后值郑和郑大人率船队出使西洋，曾祖父作为一名买办也自随了来，到达印度的阿枝时，便留了下来，也是我程家历代奉佛，到了印度佛国，故有久参佛祖之意。郑大人便命曾祖父为大明使者，驻留阿枝，后来又有一些中国人来到这里居住下来，育子生孙，做了个侨民。"

方国涣闻之，惊讶道："原来程大哥祖上是随郑和下西洋的船队到达印度的，如此说来，程大哥当不知中原是何模样了？"

程万闻之，叹然一声道："我因生在海外，自不知故国家园的情景，尤为思念得很，好在先人教训我等不要忘祖，中原的语言文字和一些习俗都延续下来，不敢忘了。佛法无边，待成就个大同世界，再找机会回中原寻根祭祖罢。"说完，程万又是一阵感叹，随后问了一些中原之事，方国涣、罗坤二人便讲述了一些，自令程万无限神往，接着也讲了些在印度和西洋各国的所见所闻，但言语中多及佛事。

程万随后找了几件衣衫换去了方国涣、罗坤身上的兽皮，这些多是西洋人的服饰，穿起来窄小紧凑，令方国涣、罗坤二人十分不舒服。

程万见了笑道："这些是水手们的衣服，将就着穿罢，待到了巴剌，寻个华人旧识，讨几件合身的来穿。"方国涣、罗坤二人自谢过了。

到了晚间，约翰船长派人请了方国涣、罗坤到他的舱中用宴，程万也自坐陪了，权当翻译。那约翰船长倒也十分友善，劝酒劝肉，甚为热情，也是对方国涣、罗坤二人传奇般的经历叹服敬佩。

方国涣、罗坤二人自是感激相救之恩，尝那酒时，尤为性烈，与中原的纯酿又是不同，碍着约翰船长的面子，二人只好皱着眉头强饮了几杯。好在约翰船长也不甚强劝，让程万翻译，问了些如何驾驶木筏漂行海上之事，大为"OK"不已。当天晚上，方国涣、罗坤二人自在程万的舱中睡了。

夜深时，罗坤内功精湛，偶闻仓门响动，一警而醒，感觉舱外有人，踌躇了一番又去了，罗坤知是船上的水手被那些金银器物引了来，见没有妄动，也就没做理会，但心中知道，日后可就不太顺利了。

早上起来，用毕饮食，程万便引了方国涣、罗坤二人在船上闲走，二人见船上的水手们，服饰都有明显的不同，多不是一国一地的。果然，程万指了某某是天方人，某某是暹罗人，某某是锡兰人，那用长布缠头的是阿拉伯人。众水手们都对方国涣、罗坤二人木筏航海的勇敢行为十分敬佩，各人都热情地打着招呼，唯有三四名强悍的水手站在一旁，对二人嘿嘿冷笑不已。

程万见了，心中一凛，暗中对方国涣、罗坤二人小声说道："船上的水手都是从各地临时招募雇佣来的，善恶不一，未免鱼龙混杂，多几个亡命之徒，性急时，做些害人的勾当。二位身边有贵重之物，不能不令这些有歹意的人心动，虽有约翰船长在，不敢明目张胆地来抢，但暗里也会做些手脚，两位兄弟睡觉时要提防些，一旦真的弄出事来，约翰船长也镇不住的。"方国涣、罗坤二人暗暗吃惊，心下也自有了戒意。

第九十三回　西洋海船

这天晚上，赶上程万当值，不在舱中，仅剩下了方国浼、罗坤二人。程万临走时，又叮嘱了二人一番，不要睡得太实，若有动静，便大声喊叫，然后关紧了仓门去了。方国浼此时自有些不安起来，知道所携珠宝颇丰，难免有不良的水手为此而来铤而走险。

罗坤一旁笑道："方大哥勿要紧张，可忘了小弟的本事？"

方国浼闻之，恍然悟道："是了，莫说几个歹人，就是船上的人合起来也不是贤弟的对手，很久不见贤弟施展武功，倒把这件事忘了。不过真要有事，下手但要轻些，勿给船长惹麻烦，我二人毕竟是这船上的人搭救的。"

罗坤道："小弟理会得，不过这些西洋人吃饭都用刀叉铁器，性情也会粗野的，只要不来狠的，我且教训他们一番就是了。"

方国浼又道："那些显眼的金银器物，明日就送于船上的人罢，先绝了有些人的歹意。"

罗坤道："此主意甚好，待下船时，皮袋里的珠宝还要赏些他们的，只要识时务，不要乱来，自不会有亏吃。"

方国浼道："约翰船长与程万二人另要重谢的。"

罗坤道："这个自然。"接着又笑道："你我这般大手脚，珠宝带来的未免少些，空堆在那山洞里，实在可惜了，多拿来些，不至于生祸罢。"

方国浼摇头道："俗语说财不外露，如今已被人家搭上眼了，睡觉也不落个安稳，有了这些珠宝，也不知是好事还是坏事？"

罗坤笑道："金银珠宝是无心无血肉之死物，只有人的贪心一动才能生出祸事来，但善念一动，也能用它们做些好事，我看一切都要取决于人心之善恶，怪不得这些金银死物的。"

方国浼点头道："贤弟说得有道理，虽然人之善恶有时随环境而移，也是他的心根不太净。"

由于有罗坤在侧，方国浼也自安心地睡去了。罗坤复又把那些金银器物往床下移了移，那皮袋珠宝只于身旁放着。罗坤知道自己和方国浼能否顺利地回到中原，全靠这些东西了，也不敢太大意了。夜逐渐的深了，但闻得海风阵阵，涛声不断，偶又闻得水手们醉酒的吆喝声与嬉闹声，后半夜时，也自静了。

罗坤虽呈睡态，却甚是警觉，此时忽闻舱外有一阵轻微的脚步声，细辨之下，共有四人。走到舱门前，这四人便停下了，似有一人俯耳察听舱里面的动静，罗坤心中好笑，便故意打了几个鼾响。接着，便觉舱门的门闩被薄刃轻轻地拨动，罗坤心中道："看来这天下盗贼都是一路货色，尽有着一样的打劫手段。"却也不惊动舱外的人。

顷刻间，舱门被悄然地推开了，显是个老成的做的活。罗坤斜眼看时，黑暗中摸进来了四个人，隐有寒光闪动，都是持了利刃来的。罗坤心中道："这四人是想做它一大票了，也太狠毒些，放着好好的水手不做，干起这谋财害命的勾当，今日多亏被我遇上，换了别人，便被这四个家伙害了。"

　　罗坤恐这四人弄出声响，惊着了方国涣，知道是该出手的时候了，舍那真如宝剑不用，身形忽地一起，如鬼魅般地在这四人身旁走了个遍。这四名想做歹事的水手，摸进舱来，以为得手，自不惧这两个身形瘦小的东方人，各自暗喜时，忽见眼前似有黑影闪动，惊愕间，但自觉冷风扑面，遂感胁下、腰间一麻痛，便已动弹不得，自被罗坤顷刻间皆点封了穴位。

　　那四名水手各以为遇到了魔鬼，被施了法术，皆骇然地定在了那里。罗坤一着得手，忙出得舱外，见四下无动静，便转回来，一手一个，走了两个来回，把这四名水手提到船头上横放了，随后悄然地回到舱中安心地睡了，一切神鬼不觉，干净利落。

第九十四回　印度商队

第二天一早，方国涣被舱外阵阵喧杂声惊醒，不知发生了什么事。罗坤见方国涣醒来，便笑道："今日有得热闹看了。"

方国涣被罗坤说了个糊涂，正想起身出去看个究竟时，舱门一开，程万满脸的惊异走了进来，直是摇头道："怪事！怪事！汤姆他们可是撞见鬼了？"

方国涣忙问道："程大哥，出了什么事？"

程万道："说起来你们二位也不会相信，今天早上，大家发现水手汤姆、波恩、杰端，还有那个天方人阿卡奇，如中邪了一般，直挺挺地躺在船板上，各自睁大了眼睛，却说不出话来，四人身上又无酒气，不像是醉酒僵卧而致中风的样子，看来是被邪鬼迷住了，这四人也不是什么善辈，自把邪鬼带到船上来了，好在佛祖保佑，没有祸及他人。"

方国涣闻之惊讶道："竟有这等怪事？"忽见罗坤朝自己眨眼偷笑，这才明白，定是那四名水手晚间来谋财，被罗坤制住了。中原武学的点穴之法，西洋人多不知，程万虽是中国人，但生长在海外，也自不晓得这种武技了。

方国涣随后道："出去看看，成什么模样了？"便与罗坤、程万出了船舱，来到了船头。

此时船上的水手们正怀着恐惧的神情望着躺在船板上的四个人，一些水手还在胸前横竖画着十字，嘴里默念着什么，似在祈祷，几名黑人水手也自面向大海，叩拜不已，都在祈求他们所信奉的神灵饶恕这四名水手。而这四名水手正是昨日对方国涣、罗坤嘿嘿冷笑的四人，如今躺在那里，各呈惊恐之色。

此时约翰船长见了那四名水手古怪惊吓的样子，不断地在胸前画着十字，也似在祈祷着什么。

罗坤一旁对程万道："程大哥，约翰船长在念什么法语？"

程万道："约翰船长信奉基督教，他在说：'主啊！饶恕这四个罪人吧！保佑我们这些善良无辜的人平安到达陆地。'"

程万接着摇头道："哪里是他们的上帝降祸给这四个家伙，而是恶鬼附了他们的身，所以才成了这个样子。"罗坤闻之，自与方国涣相视一笑。

罗坤随即来到那四名水手近前，装着好奇观看的样子来回走动，暗中则用脚尖点触四人的腰、肋部，在旁人毫无察觉下，将这四名水手的穴道给解了。众水手正在慌张无措时，忽见躺在船板上的四人各自坐了起来，接着纷纷跪在罗坤面前叩头不已，神情甚是敬畏，这一异常举动令约翰船长与众水手们大惑不解。

方国涣见程万惊愕的样子，便对他道："昨晚这四人来舱中谋财，被我这贤弟点封了穴位，算是惩戒一回他们罢。"

"点穴？"程万闻之诧异道，"罗坤兄弟竟会传说中的那种定人法术？中原真的有此点穴术？"

方国涣道："这是中原武学中的一种技击之术，算不得稀奇的，程大哥侨居海外，不能见到就是了，中原的武学好手中，多善用此术的。"

程万闻之惊喜道："这位罗坤兄弟原来身怀武技的，敢情是位剑侠了！"

约翰船长这时从那四名水手向罗坤跪而请罪的话语中听出了些意思，知这四人定形不动乃是罗坤的缘故，不由上前惊讶万分地对罗坤说了一通。

罗坤听不懂，便转头望着程万，意思是让他来翻译。程万于是笑道："约翰船长说罗兄弟是位大巫师，会魔法的，请看在他的面子和上帝的情分上，饶了这四个罪人罢。"

罗坤闻之笑道："好说！好说！我本来也无伤他四人之意。"程万便又向约翰船长说了几句他们之间才能懂的话，约翰船长听了面呈感激之色，忙向罗坤躬身拜谢，罗坤也自还了一礼。

约翰船长随后对那四名水手严厉地斥责了一番，挥手让他们退去了，那四名水手便惶恐地躲进了舱中。此时船上的众水手们也明白了个大概，自对罗坤、方国涣二人升起了无比的敬畏之情。

罗坤随后回到舱中把那些金银器物搬了出来，对程万道："这些东西在身边无甚用处，又能招惹人来，请程大哥告诉约翰船长，就送予各位分了罢。"程万闻之惊讶道："这些金银之物如此贵重，便是这艘海船也能买得下的，二位如何舍得？"

方国涣旁边笑道："若不是遇上约翰先生的海船及各位水手们，我二人此时或许葬身海底了，这些东西权且赠送各位，以表我二人感激之情罢。"

程万闻之点头赞叹道："二位真是轻利重义之人，如此慷慨大度，自会感动佛祖保佑的。"说完，便指着那些金银器物，把方国涣、罗坤二人的意思向约翰船长讲了。

约翰船长与众水手们闻之各呈惊喜之色，齐向方国涣、罗坤二人拜谢了，然后欢欢喜喜地把那些金银器物搬到了船长舱内。似乎商议了一番，约翰船长便拿了些金币出来，分与了众水手，显是那些金银器物不便均分，拿这些金币来抵了，众水手们得了金币，各自欢呼不已，程万自多得了一份，欣喜

第九十四回 印度商队

尤加。

罗坤在那些金银器物中唯留下了一只玉瓶，私下予了程万，令程万更是万分的感激。自此船中上下对方国涣、罗坤二人又是另眼看待，不敢有丝毫的怠慢，饮食方面，水手们自挑了好的送来。方国涣暗中感叹道："这金银财宝，果有它的好处，倒不能短少了的。"

这艘海船又航行了十几日，也自一帆风顺。这日傍晚，程万陪着方国涣、罗坤二人在船头上观西洋日落。初见空中霞红一片，天水同色，似厓丹砂染过一般，颇为壮观。慢慢地日沉海底，赤光渐隐，天色也自暗了下来，唯见海天尽处，残留着一道微弱的光晕而已。此时海风也显得有些凉爽，程万便唤了方国涣、罗坤二人归舱。

就在三人欲转身时，突然间，天海之间忽地一亮，数道耀眼的白光从东南方海面上冲天而起，光芒四射，照得四方如同白昼一般，并且还要亮上几倍。方国涣、罗坤、程万三人大惊失色，竟自呆立，船上的水手们惊恐万分，慌作一团。

顷刻间，那数道强烈的白光冲天而没，接着便不见了踪迹，天海之间又暗淡了下来，恢复了常态，船头上的人都已呆住了。

过了好一会儿，程万才惑然之极道："海光！？当真有这种现象的。"方国涣、罗坤二人此时的惊异程度，如同那次见到的海市蜃楼一般，然而仍自不解其故。

其实众人所见的，是海洋上一种罕见的"极光"现象，产生于陆地海洋运行中的激变之时，尚属自然。船上水手们此时甚是畏惧，不知要发生什么事，好在那"海光"消失之后，海面上也无他异，众人以为奇事，议论了一整夜。约翰船长当时正在舱中睡觉，醒来后，对水手们的集体"谎言"却也不甚理会，水手们说得急了，便被约翰船长斥退了去，也自无人再与他谈及此事了。

海船又航行了十余日，这日在前方海平线上出现了群山的影子。罗坤见了道："好一座大岛！该是有人居住的罢。"

程万一旁笑道："这哪里是什么海岛，我们已是到陆地了，再过一会儿，便可到达巴刺港了。"

方国涣、罗坤闻之大喜，果见前方那海岸线逐渐看得清楚，两边扩展无限去。此时海船所至之处，便是当今的孟加拉湾，那巴刺港便是当今的印度与孟加拉国海岸沿线上的一处港口所在。海船进港靠岸，在经历了长时间海上旅行的众水手们，在船头上高兴地欢呼不已，方国涣、罗坤二人也自松了口气，感觉踏实了些。

下船时，方国涣于皮袋中取了些珠宝送给了约翰船长和程万二人，二人自又一番千恩万谢。随后方国涣、罗坤二人便辞别了约翰船长和众水手们，由程万引着下船上岸，走了不长时间，来到了一户程万识得的当地的侨民家中。

这家主人姓宋，名思年，祖籍云南，在此地侨居数辈了。经过程万介绍，知道了方国涣、罗坤二人是落难的中原人士时，那宋思年尤如见到了故乡亲人一般，欢喜地迎了，又叫妻子刘氏和两个儿子，还有一个小孙子出来见了礼，一家俱是欢喜，忙着置办酒席，为方国涣、罗坤接风洗尘。

宋家人的热情，令方国涣、罗坤二人十分感动，也是二人在大西岛生活了一年多，离群索居，又大西洋上生死漂泊了两个月，初被人家盛情款待，自生出无限的感慨和亲切。

方国涣这时从皮袋中取了一串大珠子来，与那宋思年的幼孙，作为见面之礼。宋思年见这串珠子贵重异常，哪里敢叫自己的孙子收下，忙谢绝了。

方国涣便道："宋先生勿要见外的，在这印度国地，能见到我中国人实属不易。"接着笑道："一串珠子，不成敬意，且与小孩子家做个玩物罢。"

宋思年父子见方国涣说得轻松，出手大方，各是诧异，以为方国涣是中原有钱的大富翁，但见那珠子贵重，死活不敢收的。程万知道方国涣、罗坤二人掘了海盗的宝藏，提了一皮袋的金玉珠宝来，重礼送人已是惯了的，哪里在意它的珍贵，于是帮着方国涣说了几句。宋思年推却不去，只得谢过，叫自己的孙子拜礼收下了。

酒席间，宋氏父子对方国涣、罗坤二人热情地劝酒劝菜，那酒竟是一坛浙江绍兴的"女儿红"，是十多年前从中原来此贸易的海客们送的，宋思年此时也自不惜拿了出来待客。很久没有闻到中原故国的酒香了，方国涣、罗坤二人尤感意外的惊喜，那坛"女儿红"陈放贮存了十几年，甘醇香洌，众人自饮了个痛快酣畅，极尽兴致。

席间说起回中原的事，宋思年道："乘海船从海上走，虽然远些却也便当，不过机会很少，想候着去中原的海船，少则一两年，多则五六年，也不一定能行的。"

罗坤道："我们还是从陆地走罢，也自踏实些。"

宋思年道："从这里出印度入西域，再转回中原，倒是可行的，但是却有着千山万水的险阻，道途中出没的虎豹蛇虫、杀人抢劫的强盗，多如牛毛，单身或少数的客人是不敢走动的，便是那有着惊人的胆色和毅力，自家也需耗上几年时间，辗转万里，拿着性命冒险，或许有能成功的。"方国涣、罗坤二人闻之愕然。

宋思年的长子宋青又道："除去危险不说，单是那数百里内无人烟的荒凉之地，缺水少食，饥寒交困，比那狼虫盗贼还要可怕许多，两位哥哥要回中原可不是什么件易事。"

宋思年又道:"二位若执意返回中原,也不是没有办法的,需伴一个去西域贸易的大商队才有把握,只要路途上一帆风顺,几个月便能走到西域的拉萨城,再从那里费些时日转回中原。"

程万这时道:"这两位兄弟是落难的故土之人,还望宋伯父想个法子,帮助他们回到中原去,在这异国他乡,你我不帮衬,又有何人来助的。"

宋思年道:"程贤侄说这话见外了,毕竟我中国人都是炎黄子孙,在这离家万里之地有了困难,我等岂有旁视之理。二位但请放心在此住下,寻个机会,打听了有商队去西域的,托个熟人把你们介绍进去,结伴同行,若是你二人单独而走,我自是不放的,因为你二人道路不熟,言语又不通,等于白白送死。"

方国涣、罗坤二人闻之,好生感激,方国涣忙道:"一切就拜托宋先生了。"

宋思年笑道:"好说!"接着对次子宋健道:"健儿,这几日到集镇上打听打听,是否有结伙的商队去西域的,若有的话,费些银钱,托他们把你这两位哥哥带上同行,附近的集镇打听不着,可走远些。"

宋健道:"拉斯尔城的喀伦老爷,每年都要组织个商队到西域的拉萨城走上一回的,明日到那里问问,或许能有消息,不然让喀伦老爷介绍些要出行的其他商队也是好的。"

宋思年闻之喜道:"我怎么把这茬儿忘了,我们饮的茶叶都是喀伦家的商队从西域运来的,能请上他们帮助最好不过了。"

宋思年随后对方国涣、罗坤二人道:"我们适才所饮之茶,便是产于中原的,中原的商家把茶叶、丝绸等货物运到西域,再转由别的商家运到印度,以至各地。天下虽大,又有国度地域之隔,但商人们都能走得通的。"

程万一旁喜道:"如果方兄弟两位随印度的商队顺利地到达西域立萨城,再凑巧碰上一伙中原的商家,就又可以同路回去了,也是人多有个照应,比二人独自行走安全多了。"

宋思年笑道:"我也正有此意的。"方国涣、罗坤二人闻之欣喜,自向宋思年谢过了。

酒席用毕,程万因为船上还有事,先辞去了。宋思年收拾了一间干净房间让方国涣、罗坤二人住了,宋氏兄弟又在自家箱子里挑了两套衣衫与二人换了。当晚,宋氏父子陪了方国涣、罗坤饮茶,说些海外奇闻怪事,方国涣、罗坤也自讲了些中原之事,尤令宋氏父子感叹不已。

第二天一早,宋健便去拉斯尔城打听喀伦家商队的消息去了,方国涣、罗坤二人闲着无事,便到街上游玩。

这巴剌港是当时的一处重要的港口，往来西洋各国的商船颇多，也是一个热闹所在。街面上见得多是印度的僧侣和一些商贩，更多的是一些乞丐。建筑上，除了几座寺院有些规模外，其他的房屋楼台，自显得有些简陋，风土人情，更与中原有异。

罗坤身上带了几件珠宝，在一家当铺内换些当地的银钱来用，由于语言不通，随那掌柜的给多少就是多少，倒不甚计较它的价值，也自换了一大堆的银钱。罗坤又向店家讨了一只布袋装了，用手提着，复与方国涣到一家饭铺内吃了些东西。饭后结账时，伙计但伸出了三个手指，罗坤便于钱袋中拣了三个大银钱与了他。那伙计见了直摇头，又退回了两个，并且剩下的那个银钱似乎还有零可找。罗坤一笑，但把那两个大银钱往伙计的手里一塞，拉了方国涣便走开了，饭铺中的另外几位客人见了大是诧异。那伙计呆怔了一下，随即狂喜般地跑向了后堂，显是讨了极大的便宜。

在街上，方国涣、罗坤又碰见了海船上的几名来岸上寻开心的水手，其中两人曾是划着小船到木筏旁营救他们的水手。见了面，打了招呼，任那两名水手一阵比画，也不明白什么意思，罗坤便于钱袋中抓了几把银钱与了他二人，那两名水手这才欢天喜地地去了。

方国涣、罗坤二人闲走了一阵，见街上的乞丐颇多，都面无表情地伸手乞讨，二人便施舍了三十几人，后来觉得没有些意思，也自走开了。

回来的路上，迎面遇上了宋青。宋青见了二人喜道："两位哥哥去了哪里？令小弟好找。"

方国涣道："二公子可有消息捎来吗？"

宋青道："二弟还没有回来，什么情况还不清楚，小弟来寻二位是因为当地的几位中国人想见见你们。"方国涣、罗坤二人闻之，忙随了宋青而来。

宋青引了二人来到一家酒楼上，见宋思年与几位年长些的华人已在那里候了，见了方国涣、罗坤二人，大家自上前迎了，双方彼此见了礼。

原来当地的几位中国侨民闻有中原人氏到了这里，大家便凑个份子请请客，尽些故国人情。方国涣、罗坤二人自向大家谢过了，众人随后各自落了座。席间，两位老者问了些中原的近况，方国涣、罗坤便将自家知道的一一答了。

这时，座中有一位叫张远的人，闻起中原之事，不由得落下泪来。宋思年忙劝了，随后对方国涣、罗坤二人道："这位张远先生是生在扬州的，幼时随了海船来此侨居，如今离开故乡已六十多年了，对中原的风土人情自有些记忆的，不像我等对中原无个印象，不如他思念的深切。"一席话说得那张远越发得伤心起来，已是泣不成声，旁边的两位老者忙劝了。

方国涣、罗坤二人此时也自生出漂泊异乡为异客的感触，别有一种感伤，

第九十四回　印度商队

也自对那张远劝慰了。

张远落了一番泪水，随后叹道："闻二位小哥要返回中原，张某有个不情之请，不知可否应允？"

方国涣道："张先生有何事但说无妨，只要我们能办到的，当尽力而为。"

张远闻之，感激地点了点头道："我这里先谢过了，张某四岁离开扬州时，记得还有一个长两岁的哥哥在家中，倘若不死，也是上了年纪的人了。烦请二位捎封家书，回到中原后，有时间去扬州一次，把信交给我那思念的哥哥，让家兄知道，我这个兄弟还在世间的，可惜年纪大了，身子不爽实，路远天隔，不能再回去看望亲人拜祭祖先了。"说完，那张远又自感伤不已。

方国涣听罢，连忙道："只要我们能平安地回到中原，一定会把张先生的家书带到扬州的，但请放心便是。"张远随后起身拜谢，方国涣、罗坤二人忙扶了。

第二日，张远自又在原酒楼复请了方国涣、罗坤二人，宋思年自被请来坐陪了。张远便把一封写好的书信交于方国涣道："张某的哥哥叫张新，扬州故居的地址写在信封上了，照着寻找差不了的。"方国涣接过书信，放入怀中藏好。

张远自又感谢了一番，接着取出了三十两银子道："这些个不成敬意，烦请二位小哥收下，路上买些酒吃。"

方国涣推辞道："举手之劳，何需先生破费，但请收回罢。"张远执意不肯，争来让去，自又有落泪的样子，方国涣见了，只得收下，张远这才现出欣喜之色，忙请大家用酒菜。

当天下午，宋健高兴地回了来，显是带来了好消息。果然，宋健对方国涣、罗坤二人道："二位哥哥好运气，小弟在附近的集镇上打听不着消息，便去了拉斯尔城喀伦老爷家，真是碰巧了，喀伦老爷正准备十天后带商队去西域的拉萨城，家中正在备办马匹货物，瞧那架势，规模大得很！"方国涣、罗坤、宋思年、宋青四人闻之大喜。

宋思年忙问道："你可把这两位哥哥的事情向喀伦家说了？是否同意？"

宋健道："我在门口碰见了喀伦老爷的大公子拉布尔，说明来意后，拉布尔欣然同意，叫两位哥哥十日后在拉斯尔城外候了就是。"

宋健接着又对方国涣、罗坤二人道："小弟是与拉布尔相识的，他虽是富家子弟，却是一个有见识的人，最喜欢与我中国人结交，说我们重义气。他也会说些我们汉话，为人也慷慨大义，答应把二位哥哥的马匹、饮食都包了，但请二位哥哥在途中给他讲些中原的奇闻，他便自满足了，是一个向往东方的人。我想予他些银钱，图个照应，他却不收的。"

方国涣此时感激地道："如此多谢二公子了，为这事跑了两日，不知怎生感谢才是！"

宋健笑道："这算不得什么。只要二位哥哥能平安的回到中原，是比什么都好的。"方国涣、罗坤二人见宋氏父子都如此重情义，感激之情自不必说。

因在十日之后，拉斯尔城的印度商队才能出发，方国涣、罗坤便又请了几回客，请的自然是宋氏父子和张远等几位先前的侨民。张远等人闻知方国涣、罗坤二人回中原有了结果，也都各自高兴。

两天后，程万来了，因海船在巴剌港的贸易已经结束，准备随船去阿丹，特来告辞的。听说方国涣、罗坤二人联系上了去西域的印度商队，也自为二人高兴不已。方国涣、罗坤二人感激程万的相助之恩，自请他畅饮了一回，然后一同把他送到了海船上，又与约翰船长和众水手们告了别。约翰船长的海船于第二日一早，便扬帆向阿丹去了。

方国涣、罗坤二人虽然听宋健说过，那位拉布尔许诺二人的马匹、饮食都包管了，但二人还是买了三匹马，两匹为坐骑，一匹驮物品，又在宋青的帮助下，购置了帐篷、毡毯等旅行必备之品。听说出印度之后，进入西域高原时，极是寒冷，二人便又在当地买了两套不伦不类的棉衣备用了。

一切就绪，那袋银钱才用去了少许，剩下的便予了宋思年，罗坤又从皮袋中取了一些珠宝相赠。宋氏父子推辞不受，在方国涣、罗坤二人的执意相赠下，宋氏父子只得谢过收下。

宋思年也自命宋青购置了些旅途中的日常用品，一匹马不够驮，宋思年又买了一匹，也自驮满了，方国涣、罗坤二人见了，只好谢过了。张远也自送来了些礼物，方国涣推却不去，也只好收下了。随后由宋青、宋健兄弟，送方国涣、罗坤二人来到了拉斯尔城的城门外。

此时在拉斯尔城城门外的道路两旁，聚集着几百匹马，其中百余匹马驮着货物，百余匹马上骑着持了刀矛的印度武士，还有几十名马夫照管着马匹和货物，显然是整装待发的喀伦家的商队了。

宋氏兄弟和方国涣、罗坤便把自家的马匹牵于一旁等候，以待拉布尔出来。

不多时，从城里驰出一队武士来，马上尽是些粗悍的印度大汉，腰佩弯刀，手持长矛，甚是威武。

宋健对方国涣、罗坤二人道："这些武士们都是喀伦家的商队护卫，路途遥远，多有狼虫盗贼，少了武士保护是不行的。"方国涣、罗坤闻之，暗暗吃惊，知道这路途上果是伏着许多凶险的。

这队武士过后，由城门内又缓缓地出来了十余骑，马上之人皆着华丽的锦衣。为首一老者，高大威猛，二目锐厉，却一副旁若无人的样子，身旁一骑，是一位披红袍挎腰刀的年轻人。后面又有两骑很显眼，一人持着长刀，

第九十四回　印度商队

一人握了铁叉，都是满脸横肉的性狠之人。

宋健这时指了指那位老者对方国涣、罗坤二人道："这位就是喀伦老爷，拉斯尔城内首屈一指的大富翁，附近几个省都很有名气的，旁边的那位年轻人就是喀伦老爷的公子拉布尔。"

这时拉布尔已望见了宋健等人，便驱马跑了过来，宋健忙上前迎。二人打了招呼后，宋健便指了指方国涣、罗坤二人对拉布尔道："我这两位哥哥就是要借助贵商队去西域的人。"

方国涣、罗坤二人各在马上拱手一礼，自报了姓名。拉布尔见了，很是欢喜，用生硬的汉话道："欢迎你们，东方朋友。"

宋健、宋青兄弟见事情已经办完，便对方国涣、罗坤二人说了声："一路保重！"接着辞别了拉布尔，双双打马去了。

拉布尔然后唤过来一名大胡子的马夫，交代了他几句，显是让他照顾方国涣、罗坤二人的。大胡子马夫点了点头，随后把驮着方国涣、罗坤二人旅途用品的两匹马牵到了马队中。

拉布尔见方国涣、罗坤二人的马匹、物品自家都备足了，笑了笑，接着驱马到了父亲喀伦的马前，说了几句话，又朝这边指了指。那喀伦漫不经心地瞟了方国涣、罗坤二人一眼，不甚理会，朝着拉布尔点了一下头，领着身后的十余人先走了。

拉布尔复又驱马回来，对二人笑道："放心好了朋友，商队会平安的把你们送到拉萨城的。"

方国涣一拱手道："如此多谢了。"

拉布尔见方国涣、罗坤二人均是气质不凡，心中早已喜欢，便并马与二人同行。

此时商队已缓缓开拨，二百余人、三百多匹马和满载着的货物，浩浩荡荡地离开了拉斯尔城，道路两旁及野地里站满了来欢送的人群，一种印度古乐器在悠扬地弹奏着，似为远行的人们壮行。

拉布尔引了方国涣、罗坤二人，骑马在商队的后面跟了，此人也很豪爽热情，指了指那名大胡子马夫道："他叫达西，是我家的老仆，日后两位朋友就有他照看了，有事找他便可。"

方国涣忙道："能随贵商队同行，我们已是万幸了，不敢再劳公子费心的。"

罗坤也自道："途中但有差遣，言无不从。"

拉布尔笑道："你们是我的朋友，就应该接受我的好意，不要客气的。"

方国涣见拉布尔的汉话说得流利，便赞叹道："公子的汉话说得真好！不知哪里学来的？"

拉布尔道："我的汉话是西域的一位大活佛教的，他住在拉萨城的布达拉宫里，还有一些是向拉萨城内做生意的汉人学的。"

拉布尔这时见罗坤腰间佩着一把剑，便笑道："罗朋友，你既然带了刀，遇见强盗时，可不要先跑的。"

罗坤闻之笑道："若有强人，但与我一人打发了便是，不劳公子与商队中的人动手的。"拉布尔以为罗坤在说笑，摇了摇头，也不甚着意。

商队一路行来，经过几处村落，引得一些人急跑来看了，这里的人很是贫穷，有些小孩子但光着身子，站在路边好奇地望着。又走了一程，午饭尽在马上用了，拉布尔告诉方国涣、罗坤二人，要走很晚才能宿营的。

商队一直走至天色全黑时，这才在路边的一处开阔地搭帐宿营，拉布尔便驱马到前面去了。那位叫达西的马夫帮着方国涣、罗坤支好了帐篷，安顿了马匹，便一言不发地去了。时间不长，便端来了半盆热气腾腾的肉汤送于帐中，方国涣、罗坤二人连声道谢，那达西也自听不懂，但嘿嘿笑了两声去了。方国涣和罗坤随后就着干粮用了，接着在地了上铺了毛毯，便自睡了。

第二天天未亮，商队众人便开始收拾行装，各自胡乱地吃了一口，又继续赶路。到了下午，拉布尔才又转了回来。如此行了十几日，村庄渐渐地少了，所见的是那荒凉的旷野。偶经过几处寺庙，方国涣发现喀伦领了几个人都去寺里待上一阵，好一会儿才出来，知道他们是佛教徒，去寺里参拜的。

这些日子，拉布尔和方国涣、罗坤二人已是熟悉了，话语也自多了起来，有时拉布尔就与二人同在一帐中宿了，虽有人来叫，也自打发去了，显是方国涣、罗坤二人所讲的一些中原奇事，以及他二人在海上的不凡经历让他着了迷。

第九十五回　黑衣盗

商队又前行了十几日,已是进入了荒凉地带,这些天来,一路上不见人烟,那些武士们也开始变得紧张起来,各自警惕地巡视着四周。

罗坤知道进入了非常地段,便问拉布尔道:"这一带可是强盗出没的地方?"拉布尔道:"不错,不过不要担心,我们商队人多势众,又有武士护了,小伙的土匪强盗也是有心无胆,自不敢来拦劫的。你们看,保护商队的人马比看管货物的人马还要多,就算能碰上百八十人的大伙强盗,武士们也能应付得来。跟在家父身边的班加、哈布二人,都是印度有名的勇士,有些强盗听了他二人的名字,都远远地避开了。我喀伦家的商队,每年都去西域一次,从来没有出过大事的,十几年来,一直顺利安全得很。"罗坤闻之,点了点头。

又行了一程,罗坤无意中一抬头,忽见一侧的山顶上,有一人一马立在那里,观望着山下的商队。罗坤见了,知非善辈,忙提醒拉布尔道:"那山顶的可是强盗?"

拉布尔抬头望了两眼,点头笑道:"不错,确实不是什么好人,不过也只是一个眼馋的强人罢了,人马力薄,吃不动我们的,也自不敢来劫的。"

罗坤闻之心中惊讶,抬头再看时,山顶上的那人已引马去了。商队中的武士们,早已发现了那人,但却司空见惯一般,不甚理会,不过仍然是全神戒备了,一路行来,也自顺利。方国涣、罗坤二人对那些有经验而又警觉的武士们,心中敬服不已。

商队马匹所激起的尘土呛人咽喉,尤其被风一吹,更是迷眼。那些武士们似将灰尘当作香气一般,张大嘴巴,呼吸自如,毫不理会,拉布尔则示意方国涣、罗坤二人拿块丝巾遮住面部。

这一带的山间地上尽是些石头,树木很少见,偶有几丛野生的灌木,却也自矮小枯细,可怜兮兮地长在那里。商队的马蹄声惊醒了几只睡在灌木丛里的野鸦,怪叫几声,低飞而去。一侧山坡上的几块石头不知何故滚了下来,惊得武士们刀剑出鞘,如临大敌,即有两名武士飞马驰上山顶,四下查看了。当天夜里,商队便在一处即将干枯的湖边宿了营,燃起了几十堆篝火。

方国涣、罗坤与达西等几名马夫一起围火取暖烧汤,吃着生硬的干粮,罗坤又从自家马背上取了两皮囊酒，一份自己与方国涣用了，另一份送与了达西等几名马夫，马夫们点头表示感谢，也将自家的腊肉回送他二人吃。

就在这时，前面忽然传来一阵呼喝声，似起了什么变故，达西忙跑去看了。时间不大，便与拉布尔一起回来了，拉布尔告诉方国涣、罗坤二人，适才有几只饿极了的野狼，来偷袭商队的马匹，被武士们惊走了。

第二天起程时，拉布尔便引了方国涣、罗坤二人驱马到了前面与喀伦等人同行。方国涣、罗坤自对喀伦点头示礼，喀伦但微微地收了一下颏，算是应了，打量了二人一遍，也没言语。

拉布尔接着又指了指两名雄壮的印度大汉道："这便是哈布、班加两位勇士，我们商队的保护神。"

方国涣、罗坤心生敬意，各自抱拳拱手一礼。那哈布、班加二人望了方国涣、罗坤一眼，没有理会，神态上甚是傲慢，轻蔑得很，使得一旁的拉布尔十分尴尬，自嘲般地笑了笑。方国涣、罗坤二人也不甚着意，摇了摇头而已。

商队又前行了一程，野地山谷中草木的绿气才渐渐浓了起来，但仍掩不住空旷的荒凉。

这时，方国涣发现前方远处有几座山体皆成灰黑色的奇怪的"黑山"，不知是山上的石土颜色黑，还是长满了一种什么"黑草"，并且遥望之下，又似有移来之势，微风吹过，空气中竟然混杂着一种异常的醋酸的气味，自有些刺鼻。

此时商队的人马都已止住不行，有几匹马似受了什么惊吓一般，狂躁不安，看喀伦等人时，各成惊异之色，方国涣已感到了一种不祥之兆。

这时，两名先行的探路武士飞马狂奔而来，到了近前，急收坐骑，那马匹似不听驱使一般，乱踢乱跳，一名武士强行收紧缰绳，一边大声疾喊着什么，喀伦父子等人脸色立时大变，各自骇然。

此时另一名武士手指了西南方向，说了几句话，打马先去了，商队人马急忙改变路线，随那武士而来。哈布、班加则大声呼喊着，催促后面的人马货物跟上。方国涣、罗坤二人，不知道要有什么事发生，茫然不知所措。

拉布尔见了，忙向二人喊道："两位朋友，赶快跟上队伍，前方涌来了大批过路的蚂蚁群，那边有条河流，我们且到对岸避一避。"说完，便骑马招呼后面的商队去了。方国涣、罗坤二人此时一惊，果见那一大片灰黑色，似乌云的阴影一般，缓缓地向这边移来，二人望之怖然，忙驱马紧跟了喀伦等人，躲避蚁群。

商队改了路线，折道旁行，来到了一条水势很急的河流旁，立有十几名武士驱马到河流中探试了。几名武士择了浅处，试着前行，先到了对岸，便

第九十五回　黑衣盗

向这边人马急急招手，哈布、班加二人便指挥商队沿着探水武士所指的位置过河，人马一时慌乱。

一匹驮着货物的马不慎误入了深水里，即被迅急的水流冲了去，众人不及相救，只得任它去了。

这时，空气中刺鼻的酸气大盛，那移动的黑色已到了对岸，漫山遍野，分不清个数，但见一团团滚动而来。此时对岸仍有两匹马不堪惊吓，狂跳着不听使唤，几名马夫虽尽力驱赶，可那两匹马死命不肯过河，而那蚁群离他们仅有十几米了。

班加这边忙大声呼喝了几嗓子，那几名马夫这才舍了马匹货物不要，跳入河中游了过来。那两匹受惊的马驮着货物不甚便利，竟然失了方向狂奔入蚁群之中，几个颠扑，便在地上翻滚起来，顷刻间，全身俱变成了黑色，已是爬满了蚂蚁。众人在对岸见了这般惨不忍睹之象，无不骇然，好在蚁群没有过河的意思，沿对岸而行折向一处山谷中去了。

约过了一个多时辰，庞大的蚁群才算过完，对岸空剩了那两匹马的白色骨架，众人望之，惊愕不语。方国涣、罗坤二人，心中暗自庆幸不已，二人知道若单独而行，迎面遇上这蚁群，纵有天大的本事，也无可奈何，伴上了这伙有经验的商队，令二人尤为感激。

待蚁群完全消失在山谷中之后，商队人马这才又陆续地回到了对岸。方国涣见那马骨残骸下面有数十只压死的蚂蚁，个头奇大，比中原常见的大蚂蚁还要大上三四倍，是一种凶猛的印度巨蚁。喀伦此时望了望空空的马骨架，摇了摇头，然后一挥手，示意商队上路。此番遭遇，虽然损失了三匹马和一些货物，但有惊无险，众人自松了一口气，又继续赶路。

拉布尔心有余悸地对方国涣道："这种野蚁群当是厉害无比，曾闻有一群大象与这些东西遭遇，要知道，大象是百兽不惧的。竟然也被这种蚁群啃了个百余具骨架林立，尤为惨观。好在这蚁群避水，否则我们今日也将如那两匹马一般了。"方国涣、罗坤二人闻之，心中凛然。

拉布尔接着又道："曾有一人，竟能在蚁群中安然无事。"

方国涣闻之惊讶道："这如何可能？"

拉布尔道："此人是我印度国的一位神僧，有一次在野外修行，忽见蚁群四面涌来，躲避不及，便把一种药粉撒于周围十米之外，说来也怪，那蚁群竟避开绕行而去，这是老管家马德在远处的山顶上亲眼所见。"

罗坤闻之惊讶道："这种神奇的药粉竟能驱蚁的！真是不可思议。"

拉布尔又道："也曾有人在山上遭遇蚁群，闪避不及，于是燃了大火堆而以此脱险的。"方国涣惊讶道："这蚂蚁也怕火的？"

拉布尔道："那倒不是这个缘故，听一位苦行僧讲，蚂蚁遇火，被光所耀，其性自迷，便不主动噬人了。"

商队一路行来，但见沿途上的树木枯立，草叶全无。又见有几具动物的骨架，显是躲避不及，被野蚁群顷刻间啃光了血肉。行了十多里，才见蚁路是从一侧山谷内折出来的，蚁群到过之处，便没有了生命的迹象。

方国涣这时问拉布尔道："贵府商队，每次出行都是这般危险吗？"

拉布尔道："也不尽然，不过一路上什么事都能遇到，也不那么顺利就是了，只要大家齐心协力，自会克服诸般困难和危险的。从拉斯尔城至西域的拉萨城，有着万里之遥，往返一次，交易货物，利息极大，所以商人们都甘愿吃这种辛苦，冒几番风险的。"

拉布尔接着笑道："二位只管放心，到时候自有中土来的大商人在拉萨城候着我们了，到时寻个相识的，再把二位同路带回中土去。"方国涣忙自谢过了。

喀伦见拉布尔与两个搭伴的中土青年人一路有说有笑，倒也不觉寂寞，心中对方国涣、罗坤二人也自产生些好感，但是大商家的脾气，面子上也不甚表露。罗坤随着商队同行之后，时常想起先前在中原时，为了寻找方国涣，误投关东，曾随了那位广东商人王怀的商队走了一回，而今两番境况有些相同，自令罗坤心中不胜感慨。

这日，商队正行间，一名武士叫嚷着，用手指向一侧高崖，众人看时，见那高崖顶端立了一骑，一名黑衣人正居高临下地观察着商队。方国涣、罗坤知道，这又是一名探路的强盗，喀伦、班加、哈布三人见了，也不甚理会。

拉布尔笑道："又是一伙小股土匪，但让他们去劫些人马少的客商罢。"

罗坤道："这一路上强盗果然出没频繁，却不敢有下手的，看来贵府商队在这条路上也是走惯了，名气大得很。"

拉布尔笑道："这是当然，那些凶悍的强盗一见到我喀伦家的旗号，避开都来不及，哪里还有胆子来劫。"

罗坤这时抬头望了山崖上一眼，见那名黑衣人仍旧骑马立了，心中道："这印度的土匪与中原的绿林强盗做事的途径都是相同的，但先派出个探风的来，看是否能做得了，商队人马武士众多，也自把这个强盗镇住了，当会知难而退的。"

第二日，武士们发现那名黑衣人又远远的出现在了商队的后面，继而又出现在一侧的山冈上，立马而观，没有离去的意思，不像先前的探路土匪，见事情做不了也就去了。

黑衣人的再次出现，让商队中人颇感意外，那哈布举起手中的一杆大铁叉，扯着嗓子向山冈上吼了几声，似在显示自家的身份，而那黑衣人视若无睹，不为所动，仍旧骑马立了。哈布见了不由大怒，驱马挥叉便向山冈上冲

第九十五回 黑衣盗

去，那黑衣人见了，这才调转马头隐去了。哈布冲上山冈，收住坐骑，四下看时，已不见了那黑衣人的踪迹，于是仰天哈哈大笑两声，这才驱马回了来。

在以后的几天里，那黑衣人似幽灵般地经常出现在商队的前后及左右山冈上，待武士们去拿他时，黑衣人便引马先隐去了。罗坤见了，心知这不是一般的强盗，他的同伙必会在前方某个地点设伏而对商队发难。哈布、班加都是深知强盗行径的人，见这名黑衣人死缠着不放，已感到不妙，料定前方必有危险在等待着他们，二人虽然表面上不在乎，心里已是先虚了。喀伦、拉布尔父子也呈出忧虑不安来，武士们更是全神戒备。

罗坤见商队中人对黑衣人的屡次出现都呈出不安之色，便想把此人擒住，问个明白，于是把自己的意思对方国涣悄悄地说了。方国涣见黑衣人一路跟踪监视商队，必有异常之举，也知罗坤武功高强，当无危险，便同意道："这样也好，免得让大家心烦，没个底数，不过那个强盗机灵得很，一见商队人马有所行动，他便先去了，贤弟如何拿得住他？"

罗坤道："我自有法子擒他，也让这些印度人见识见识我们的本事。"

方国涣道："贤弟千万小心了，这地方的强盗不比中原的，务必要擒个活的回来，让拉布尔他们问个明白，商队也好事先做个准备。"

罗坤道："这些小弟晓得，方大哥放心便是，那黑衣人虽然机警，毕竟是单身独骑，容易对付的。"

此时那黑衣人又出现在商队的后面，不紧不慢地跟着，已经跟踪监视商队七天了。班加这时已忍耐不住，提了长刀，率了十多名武士驱马向那黑衣人冲去。黑衣人见了，回马便走，班加等人一路追了下去。待到晚间商队宿营时，班加才率了十多名武士回转了来，见了喀伦、拉布尔、哈布等人，摇了摇头，显是没有得手，径直入帐中喝闷酒去了，喀伦等人也自无可奈何。

罗坤见了，知道那黑衣人还会去而复归的，便与方国涣打了声招呼，悄然地离开了武士们戒备极严的营地，展开轻功，向原路疾行而去。连行了五六里，却也没有见着那黑衣人的行踪，此时虽近深夜，好在明月悬空，四周仍可辨物。罗坤索性登上了一处高岸，四下遥望，见远处数十点篝火点缀在空旷的夜色之中，似一片耀眼的群星，罗坤知道这是商队的宿营地。

当罗坤转头向右看时，忽地一惊，但见一座高冈之上，孑然独立一骑，在月光下显得尤为神秘，正是那黑衣人，此时望着商队宿营地的方向似有所思。

罗坤见此人紧跟不舍，果是不一般的强盗，便悄然下了山崖，在夜色掩护下，展开轻功向那高冈飞奔而去。罗坤到了山冈之上，几个起落便已摸到了那黑衣人的身后，此人正立马远望，全无戒备，哪里会想到有人摸了上来。

罗坤却也不想偷袭他，咳嗽了一声道："朋友，为何如此鬼鬼祟祟？"忽然想道："不对！他听不懂我的话。"

　　此时那黑衣人已然惊觉，猛地转过身来，见身后多了一个人，不由大吃一惊。此人却也临惊不乱，忽地翻身下马，从腰间拔出一把明晃晃的弯月刀，一言不发，向罗坤当头劈来。罗坤见此人雄壮威猛，足比自己高出一个头来，见其刀势甚急，忙闪避一旁，却也不动腰间的真如宝剑，右手一伸，二指斜点此人胁下。

　　那黑衣人一刀破空，不由一惊，反见罗坤空手来攻，更是一怔，欲收刀回护。哪知罗坤身形甚快，出手疾速，已然点封了黑衣人的胁间期门穴，黑衣人便哼了一声，一头顺势栽倒。

　　罗坤见轻易得手，不由摇头笑道："敢情你们这里的强盗都凭借蛮力欺人。"接着又伸手加封了黑衣人的几处穴道，防其逃逸，回头查看那匹马时，马背上自驮了水袋、干粮等物，罗坤知道此人为了跟踪观察商队，实下了一番苦心，随手把黑衣人的面纱扯去，月光下见是一名满脸胡须、面目狰狞、神色惊恐的大汉。罗坤接着把此人提上马背，自家也骑了上去，复引马下了山冈，向商队的宿营地驶去。

　　将近营地，便已被巡逻的武士发现，惊呼了一声，即有几十人围了上来，火把光中，忽见是伴随商队同行的一位年轻人，众武士都是识得的，便各自收回了刀枪，纷纷茫然相顾，不知罗坤何时骑马离开的，竟然无人发觉。

　　此时帐中的喀伦、拉布尔、方国涣等人闻外面有动静，都出了来，见罗坤骑于马上，似刚刚回来的样子，马上还驮了一个人，喀伦等人见了，各自诧异。方国涣一旁见了，知道罗坤已然得手，心中暗喜。

　　罗坤此时把那黑衣人扔于马下，对拉布尔道："拉布尔公子，这个神秘的强盗已被我擒了来，你们要审问过了，看是否有同伙。"

　　拉布尔闻之一惊，见此人一身黑衣，果是这些天来一直跟踪商队的那名强盗。喀伦、班加、哈布及众武士见了，各自惊讶。班加此时一声怒吼，上前挥刀欲砍，被哈布抱住劝开了。

　　拉布尔这时惑异道："罗朋友，你如何把这强盗抓住的？"

　　罗坤笑道："趁天黑，悄悄出了营地，待他来时，没留神，便被我拿住了。"

　　拉布尔闻之，惊异不已，复对喀伦、哈布、班加三人说了几句话，喀伦三人各呈惊异之色，班加自对罗坤伸出大拇指，话语间似赞叹了几句。

　　拉布尔这时命武士把那黑衣人绑了，罗坤上前似帮忙的样子，暗里给黑衣人解了穴，以待拉布尔等人盘问。拉布尔复命武士们把黑衣人押进帐中细审，也自请了罗坤、方国涣二人进帐坐下。

　　那黑衣人虽被擒住，却也蛮横，站立着怒目而视。哈布上前问了几句，

第九十五回 黑衣盗

黑衣人并不回答，哈布大怒，一巴掌打去，打得黑衣人口流鲜血，牙齿也不知掉了几颗，倒也倔强，反而哈哈大笑起来，接着说了几句话，喀伦、拉布尔、班加、哈布四人闻之，脸色不由大变。罗坤、方国涣见了，也自惊然，不知黑衣人说出了什么威胁之语。

罗坤便问拉布尔道："他说了些什么？"

拉布尔忧虑道："这个强盗说，他们的人正在前面等待着我们，让我们交出货物和马匹投降，看来这是一股力量不小的强盗，专门对我喀伦家的商队来的。"

方国涣道："既然前方有险情，商队不宜再行，免遭盗劫。"

拉布尔摇头道："商队这次带着的货物又多又重，纵然回转拉斯尔城，也是不便，强盗们都是轻装快马，很快会赶上的，况且我们印度人并不是胆小之辈，岂能让一个强盗的几句话吓住，这一带的小股土匪虽多，却也没有大宗人马的盗贼，他们充其量百余人罢了。"

罗坤道："不管怎样，他们毕竟有备而来，还是避开这势头为好，商队武士虽多，但是强盗们在暗处，人数也不详，不能不防。"

拉布尔闻之，点头道："罗朋友说得有理，待我与父亲商量一下。"说完，命武士把黑衣人押了出去，严加看管，复对喀伦说了一番话。

喀伦自在帐中来回走了几步，沉思了片刻，复对拉布尔交代了几句，拉布尔点了点头，转身对方国涣、罗坤二人道："父亲说既然前方有危险，为了商队的安全，准备绕路进入西域，虽然多走五六天的路程，却是安全些的，回去是不可能的，这不符合我喀伦家的规矩，会被拉斯尔城的商人们笑话的。"

方国涣道："这倒是一个避开强盗的好办法，多走几天也值得。"

罗坤道："商队改道而行，但愿不要被强盗们再发现了行踪。可是到了西域，做完生意后，商队回来时怎么办？"

拉布尔道："强盗们这次劫不着商队，也就去了，哪里会还候在路上等我们回来。并且商队这次还要从拉萨带几十名僧侣一道回印度，去年约定好了的，对于有僧侣同行的商队，强盗们一般是很少打劫的。"

罗坤闻之，点头道："若是这样，最好不过。"

第二天商队起程，舍了道路，转向了一处山谷，谷中虽然崎岖难行，却还走得开。那名黑衣人被绑在了马上，见商队改变了路径，不由大急，在马上挣扎了一番，后被一名武士抽打了几棍，这才老实了些，垂头丧气的样子，自令拉布尔一阵嬉笑。

由于罗坤生擒了探路的强盗，令商队避开了前方的危险，喀伦、拉布尔父子和班加、哈布二人自对罗坤、方国涣起了敬意，吃喝歇息时，拉来一同坐了，已是另眼相看。商队虽然改道而行，众武士们却丝毫不敢放松警惕。如此行了两日，道路虽然不好走，却还顺利。拉布尔告诉方国涣、罗坤二人，再走几日，就可见到喜马拉雅山脉了，翻过喜马拉雅山脉，就进入西域了。方国涣、罗坤二人闻之大喜，也自觉得越往前走，地势也就明显的高些，天气也渐渐地凉了。

　　又行了几日，商队进入了一道宽阔的山谷内。拉布尔告诉方国涣、罗坤二人，穿过这道山谷，就能望见喜马拉雅山脉了。罗坤此时四下望了望，见此山谷两侧尽是悬崖峭壁，十分险恶，对于兵家来说当属绝地，忌入的，心中不免有些担心起来。此山谷内罕有人行，地上堆满了大大小小的石头，几十名武士便下马搬石开路，商队前行的速度又慢了下来，罗坤见了，更是着急。

　　方国涣见这山谷内，除了乱石外，空荡荡的，草木不见，鸟兽绝踪，又有阵阵风沙扑面，心中暗道："若有强盗在此设伏，当是万分危险的。"喀伦、哈布等人也自感觉进入此山谷之后不大自在，便督促武士、马夫们加紧搬石开路。如此行了百余米，地上的石头渐渐的稀了，人马可行，并且地势也愈加开阔起来，已远远望见山谷的出口了，罗坤与喀伦等人这才略松了一口气。

　　就在这时，忽觉得地动山摇，一阵阵巨大的声响从后面传来，众人回头看时，都自大惊失色，但见十几块巨石从两侧的悬崖上滚落而下，顷刻间塞满了来时的路径。紧接着，山谷两侧的峭壁上，响起了阵阵奇怪的哨声，众人抬头望时，忽见人马喧动，无数黑衣人扬刀立马出现在两侧的崖顶上，商队诸人，见之惊骇。

　　此时又见谷口处尘烟大起，百余骑黑衣人封住了出口，皆用黑布缠头遮面，清一色的长刀。为首一骑，端坐着一粗壮的大汉，腰间系了一黄丝带，似首领模样。这时，哈布、班加及众武士刀矛出鞘，准备决一死战。

　　方国涣见四面的黑衣强盗约有四五百人之众，若是与之硬战，武士们恐怕不敌，商队会吃大亏的，于是便对罗坤道："贤弟，事情危急，擒贼先擒王，逼群盗就范。"

　　罗坤会意，拔出真如宝剑道："看我的罢！"说完，驱马前奔，向谷口的群盗冲来，此时商队众人中，也只有罗坤能冒险一试了。

　　拉布尔忽见罗坤单骑迎敌，不由大急道："罗朋友，危险！"哈布、班加欲率武士们前去死战，方国涣忙驱马拦住了众人，对拉布尔道："拉布尔公子，先叫大家稳住阵脚，待我那贤弟把盗首擒住，挟制群盗，商队才能脱险。"

　　拉布尔闻方国涣所言，这才意识到，伴随商队同行的这两位中国人可不是一般的人物，诧异之余，忙对喀伦、哈布、班加三人说了几句话，三人闻

第九十五回 黑衣盗

之惊愕。

此时群盗忽见一年轻人单骑冲来，各自一怔，即有十几骑迎了上来。罗坤运以真如宝剑随手一挥，削断了几把刺过来的长刀。群盗见罗坤手中持的是利刃，各自惊呼。罗坤驱马挥剑，直取那位腰系黄丝带的盗首，立有几十骑上前截住。

罗坤手中真如宝剑一抖，剑气激发，将已近身前的四盗击落马下，余盗惊骇，齐来拦截，已是看出罗坤的意图了。此时那盗首虽立马不动，不过眼中却露出了惊异之色，商队中的喀伦、拉布尔、哈布、班加及众武士们都看得呆了。

罗坤被群盗围攻，毫不畏惧，但将宝剑舞作一团，寒光闪处，血肉横飞，惨叫声不绝，顷刻间连斩了十几名强盗。罗坤拼杀之余，见群盗堆堵在前面，一时近不得那盗首身前，索性从马上弹起，一个起跃，从群盗头上掠过，凌空直取那名盗首，群盗哪里见过这般飞人，仰头惊呼。

那盗首忽见罗坤飞跃空中，直向自家而来，大是惊骇，忙把手中长刀向罗坤投去。罗坤宝剑一挥，将那长刀荡开，随感手腕一震，感觉对方力道不小，在以宝剑荡开长刀的同时，罗坤又借其力跃升了数尺，一剑自向那盗首当空刺下。那盗首倒也临危不乱，遂将腰间的黄丝带一抽而出，顺手前送，那条黄丝带如软鞭一般向罗坤手腕卷来。

罗坤在半空中见之一惊，没想到此地也有善软兵器之人，当下不敢大意，凌空一个"鹞子翻身"向旁避开，同时长剑随手一挥，反削断了黄丝带。那盗首见了，惊呼一声，回马便走。

罗坤此时身形已落地，接着一个地滚，便已抢到了盗首的马前，挥手一剑，向马的前蹄削去，这匹马负痛不过，一声惨嘶，将那盗首掀翻落地，罗坤随即上前用剑尖抵住了盗首的前胸，那盗首眼呈惊恐，自是不敢乱动了。

罗坤一笑，上前将盗首拉起，剑横其颈中，傲然而立。群盗见首领被制，立时惶恐，却也无人敢上前。罗坤头一摆，示意群盗让开道路，群盗迟疑了一下，往两旁一分，只因首领被制，也是无可奈何，不敢不从。

这边的方国涣见罗坤得手，不由大喜，忙对早已看呆了的拉布尔等人道："此时不走，更待何时！"拉布尔一怔，即刻恍悟过来，手一挥，与哈布、班加护了喀伦，率着商队人马一阵风似的冲出了谷口。

此时两侧山崖上的强盗，见下面起了变故，各自惊骇，纷纷抢下山来，欲拦截商队。罗坤即把腰刀架于盗首的脖子上，大声对群盗喊了几句，群盗立时镇住，欲攻而止。罗坤便示意拉布尔等商队人马先行，然后挟持盗首断后，待退出了谷口，又后退了几十步，与群盗拉开了距离。

首领被制，群盗束手无策，自不敢有所妄动，但与罗坤对峙着。此时那盗首极快地对罗坤说了些什么，罗坤听不懂，笑着摇了摇头，剑刃更往其颈中靠了靠，那盗首吓得再不敢出声了。这时，群盗中忽然冲出一骑，马上一盗，似已忍耐不住，举刀飞马冲了过来。罗坤双手未动，但用脚踢起了一块石子，去势疾速，竟将那人击落马下。群盗惊然，相顾失色。

第九十六回　三王之乱

此时商队的人马已经走远，唯有哈布牵着马匹在远处等候。罗坤便伸手点封了那盗首的几处穴位，使其短时间内不能有所举动，为了震慑群盗，罗坤随后运足气力，仰天长啸，天地为之大动，山谷两侧高崖上有些松动的石土滚落而下，群盗惊畏，各自引马急退。罗坤见了，畅然一笑，向后跃开数步，复转身一阵疾行，会着哈布，二人乘马去了。

罗坤与哈布放马走了一程，不时回头观望，见强盗并没有追赶来的迹象，这才放下心来。哈布十分兴奋地说了些罗坤听不懂的话，罗坤也自笑了笑。二人追了一个多时辰，才赶上了商队，众武士见二人平安回来，欢声雷动。

喀伦、拉布尔父子自向罗坤施大礼相谢，罗坤忙扶了。拉布尔感激地道："商队能脱此劫难，全仗罗朋友神勇，先前有怠慢之处，还望罗朋友与方朋友原谅。"

罗坤笑道："勿要客气，我兄弟二人全靠贵府商队携带同行，才有机会返回中原，应该感谢你们才对的。"喀伦也自向罗坤和方国涣说了些感激的话，二人虽听不懂，也自笑着应了，哈布、班加及商队众武士对罗坤尤为敬服，视为神人一般。

罗坤此时见那名黑衣人仍被绑在马上，便对拉布尔道："放了他罢，群盗已被我镇服，估计不敢再追来了，留他在此已是无用。"拉布尔欣然从命，叫人把那黑衣人放了，训斥了一番，随后给了他一匹马，叫他走人。黑衣人大感意外，向众人叩了一个头，起身上马，慌张地去了。

商队复又继续赶路，为防意外，哈布、班加二人殿后警戒了。

拉布尔这时感叹地道："曾闻中土的武技博大精深，今日一见，果然非同凡响，罗朋友是与我印度国的瑜伽大师一般，有着神能的，这是佛祖的安排，让我喀伦家脱此灾难。"

方国涣笑道："我这贤弟武功高强，莫说这些强盗，就是在千军万马中，也自能来去无碍的。"

拉布尔点头道："尤其是罗朋友那种会飞的本事，只有甘多寺法扎普大尊者才会的。"罗坤、方国涣闻之，猜想这位法扎普大尊者一定是位印度国的得道高僧。至此商队中人，对方国涣、罗坤二人甚为恭敬，各方面照顾得也更加周道。

　　此时前方已遥见喜马拉雅山的轮廓了，但见山势绵延，巍峨耸立，尤以那山体间终年不化的积雪最为耀眼，使人望之肃然。方国涣、罗坤二人在中原时，就曾闻乌思藏有喜马拉雅山，极为神秘，此时竟呈现在眼前，似欲激起万丈的豪壮之情。二人知道，翻过喜马拉雅山就如同将要回到中原一般，方国涣、罗坤心中自是激动不已。

　　商队前行的地势逐渐高了起来，待到了群山脚下，天色已黑了，商队便择了一处避风地宿了营。方国涣、罗坤二人被喀伦父子请去同帐而饮，即将进入西域，大家都感到很高兴。用过酒饭，方国涣、罗坤辞别了喀伦父子回自家帐中歇息，此时达西早已布置好了一切，二人自感激地向他一笑。达西却指了指自家身上，又指了指地上的毛毯，然后才去了，方国涣、罗坤不明白他的意思，也自歇了。

　　这时帐帘启动，火光一亮，拉布尔与一名持了灯笼的马夫走了进来，那马夫还扛了一卷毛毯。方国涣、罗坤二人以为拉布尔要来同住，快让地方，拉布尔笑道："这毛毯是给你们的，这里地势高，晚间奇冷，二位明日起程时也要多着些衣衫才是。"方国涣、罗坤这才明白达西刚才的意思是告诉他二人晚间睡觉时要注意防寒。

　　拉布尔又与二人谈了一会儿，这才起身去了。这天夜里，气温果然下降得极大，寒气彻骨，方国涣、罗坤没有料到晚间和白天的温度竟会如此悬殊，便把所有毛毯都盖在了身上。好在方国涣身上穿有那套调解冷热的无缝天衣，虽感寒气重些，却也适应，此时又感到了一回这天衣的妙处来。罗坤后半夜受冷不过，便运功行气，来抵御这异常的寒冷，恐方国涣被冻坏了身体，二人便相拥着睡了。

　　也不知过了几时，方国涣、罗坤二人睡得正香，却被达西进来吵醒了，二人知道商队要起程上路，忙起身收拾东西。待到帐外看时，满天寒星，冷气逼人，天还没有亮，商队的人马却已乱哄哄地喧声一片，各自整理着行李货物。方国涣、罗坤不知商队为何走的这般早，见众人都在忙活，也加紧收拾自己的东西。随后商队便起程赶路，此时阴冷之气仍未散去，行走时尤感寒战不已。

　　行走了约一个时辰，天色才渐渐放亮起来，方国涣回头看时，不由大为惊讶，发现不知不觉中已上了山路，昨晚宿营的地方就在脚下。这条山路位于两座山峰之间宽阔的谷地中，不算很陡，是通向西域的仅有的几条道路之一。

　　行至中午，商队在一处谷口前停了下来，没有急着进谷，唯有达西一人骑马上前去了，似有探路的意思。拉布尔告诉方国涣、罗坤二人，此谷口在

第九十六回　三王之乱

这周围三百里之内，是通向西域的唯一入口，舍此别无他径，除非回绕三百里外另寻道路。此谷口又叫"黑风口"，每隔一个时辰，便有大风经过，因为是多风的地段，故叫达西去查看一下，达西生长在山区，对山里的异常变化很是摸得准。方国浼、罗坤二人听了，诧异不已，不知达西能探出什么结果来。

不多时，忽见达西骑马狂奔而回，离着很远就向这边惊喊着什么，喀伦、拉布尔等人闻之色变，忙招呼商队人马急往旁边的一处山谷里避去。方国浼、罗坤二人不知要发生什么事，也只得随了众人相避。

到了山谷内，马夫和武士们便把马匹聚于一处，并使法子叫马匹跪卧地上，驮载货物的马匹和人员则在中间，众人也自俯下身来，抱作一团。一切刚刚准备就绪，便闻一阵轰轰的声响从谷口内传了出来，整个大地似乎都在震动。方国浼觉得奇怪，欲要起身来看，却被一旁的达西用手按住了，方国浼心知有异，忙自俯身不动。

顷刻间，天昏地暗，飞沙走石，一股强劲的风团从谷口内滚动而出，夹杂着一些巨大的石块呼啸而过。方国浼心中骇然，不管旁边的一人是谁，一把紧紧地抱住。这阵大风足足过了半个时辰，忽然间地止住了，四周立时又恢复了平静。

方国浼听见了武士们欢呼跃起的声音，也忙睁眼站了起来，才知胡乱间抱住的那人是班加，自是不好意思地对班加一笑，班加也自嘿嘿笑了两声一旁去了。当方国浼、罗坤二人转身看时，不由愕然，见那谷口两旁尽是从大风中甩出的石块，散落了一地，多亏商队避得远些，若是迎头遇上，人马货物已不知飞到何处去了。方国浼、罗坤二人在海上已经遭遇过一次旋风旅行，但知这谷口的大风可是与海上不同的，二人相望之下，似心有余悸。

这时商队急速前行，以在下次大风来临之前通过这处谷口，好在谷内不算很长，不到半个时辰商队人马就安全通过了。出了另一端谷口看时，前方却是开阔之极，不知这股大风是从哪来的，方国浼、罗坤二人尤为惊叹，这喜马拉雅山果是神秘得很。

商队一路前行了数日，这天走到了深夜。前面发现了几点火光，行得近时，见是一伙藏民在燃火取暖，旁边支有几顶帐篷。那些藏民见来了一伙商队，自都起身打着招呼欢迎了，商队也就在此宿营。方国浼这时发现藏民所燃烧的火堆多是些马粪、牛粪，不由感到奇怪，四下望时，附近空荡荡的，不见有一棵树木，此时商队的马夫们从马背上取了些事先备好的木材点火燃了十几堆篝火。

拉布尔见方国浼惑然的样子，便笑道："西域这地方很缺少树木，所以他们都用晒干的牲口粪便来燃火取暖烧饭。"

罗坤一旁摇头笑道："我还道他们过日子竟会仔细到如此地步，原来是有缘故的。"马夫们这时用食物与藏民换了些奶茶来，先与喀伦、拉布尔、方国涣、罗坤等人用了。由于到了藏区，方国涣、罗坤二人兴奋得自是睡不着，也是晚间寒冷，大家便围了火堆取暖，饮着奶茶，听拉布尔讲些当地的风土人情。

第二天一早，商队人马便又收拾了行装，别了藏民，沿着大道继续赶路。此时展在眼前的是那雪域高原的壮阔景象，远处的高山峻岭被皑皑的积雪覆盖着，似与天上飘浮的白云连成了一片。空荡的荒原上有一湖泊，水波涟漪，泛着满湖的粼光，湖边一片稀疏的灌木丛似给荒原上添了些生气。一群牦牛在悠闲地啃着枯草，牧人骑着马，手持长鞭，来回驱赶着脱了群的牲口归队。

前面出现了一条河流，水位很浅，商队人马自趟了过去。拉布尔告诉方国涣、罗坤二人，明天日落之前，便能到达拉萨城了，令二人高兴不已。晚间，商队在一处湖泊旁宿了营，天色微明时又继续起程赶路。

一路上所见的牧人与牛群、羊群渐渐多了起来。牧人们见了这伙印度商队，都热情地打着招呼，很是欢迎远道而来的客人。一群野生的牦牛在放性狂奔，气势壮观，令方国涣、罗坤二人心中激荡不已。午后，商队过了雅鲁藏布江，长途跋涉，终于快到目的地了，大家脸上都露出了笑容，自是忘却了先前路上所经历的一切艰险。

此时在山坡谷地间，大大小小的寺院逐渐多了起来，成群的僧侣们进进出出，偶尔听到一种悠长的法号声，在雪山、草地、牛群和牧人们的映衬下，自给人一种神秘别样的气氛。这时，商队的武士和马夫们都欢呼起来，拉布尔也自高兴地道："到拉萨城了！"

方国涣、罗坤抬头看时，在远处的一座山上，一座寺院依山势而建，那宫殿的金顶闪耀着迷人的金光，遥望之下，使人肃然起敬。

拉布尔兴奋地道："这就是布达拉宫了！"

拉萨城处于一谷地，南北两面是突起的崇山峻岭，几座大的寺院分布于四周。喀伦的印度商队一进城，便引起了人们的注意，见了这些风尘仆仆的远方来客，都热情地扬手打着招呼。拉萨城是藏地的宗教、文化、经济的中心，每天都有来自四面八方的朝圣者。街面上店铺林立，商人、小贩彼此大声吆喝着招揽顾客，多见的是藏民、僧侣和乞丐，也有来自内地的汉人。

拉布尔告诉方国涣、罗坤二人，商队的歇脚地是拉萨城内最大的商人扎巴家，每次都是与他交易的，也自有汉地来的商人与他贸易。自从过了喜马拉雅山进入藏地之后，方国涣、罗坤二人就如同回到了中原，心情放松下来，不那么急切了。

商队沿着街上的石头路行了一阵，快到一座大宅院时，有许多人欢喜着

第九十六回 三王之乱

拥了上来，乃是那扎巴闻印度的商队到了，忙派人来迎。有一管家模样的人，上前与喀伦、拉布尔父子见了礼，互相寒暄了几句，显是相识的。接着院门大开，商队人马被迎进了院内，一些仆人上前接了。

这处宅院极大，房屋错落，马厩整齐，多为石头所建，本因藏地少木料，除了门窗外，都用石头建房筑屋的。此时院中人喊马嘶的忙作一团，马夫与扎巴家的仆人们正在卸货入库，几百人与几百匹马同在这大院中，却也不显得拥挤。

一名似管事的人上前对方国涣、罗坤二人道："拉布尔公子说，二位是随商队一起来的，也是我们的客人了，一路辛苦，请随小人到房间内歇了罢。"罗坤便从马背上单提了那一皮袋珠宝，然后和方国涣随了那人一起向后院走去，马匹自有仆人接过照料了。

方国涣这时见有几位汉人站在一侧的房门前向院中观望，从衣着服饰来看，像是从中原来的商家，不知何故，这几个人都面带愁容，望了一会儿，各自叹了口气，摇摇头回屋去了。那名管事的人把方国涣、罗坤领进一间房子里，交代了几句，也就转身去了。

罗坤这时笑道："看来这扎巴家与商队的关系不一般，吃住全管的。"

方国涣道："拉布尔他们来这里做生意，扎巴家自然是他们的老主顾了，互利互惠，这也是大商家们的好处。"二人一边说着一边卸下行装，长途旅行的劳顿，终于可以放心地安歇了。

时间不大，一名仆人送来了两份糌粑和奶茶，那糌粑似中原的点心，吃起来别有一种怪味，二人但将就吃了。

傍晚时分，拉布尔过了来，一见面就说道："对不住二位，刚到这里，事务繁忙，怠慢了。"

罗坤笑道："有吃有住的，正合我二人心意。"

拉布尔这时叹了一声道："适才我与父亲见过了扎巴老爷，谈了些生意上的事，当问起近日可有商队回汉地时，才得知汉地发生了兵乱，几位汉地的商家都滞留在这里了。"

方国涣、罗坤二人闻之一惊，方国涣惊讶道，"中原发生了战乱？这是怎么回事？"

拉布尔道："详情我也不知，听说回汉地的道路因兵乱已经不通了，这次商队的一些货物都配不齐了，看来二位要在拉萨城住上一阵子，待汉地兵乱平息后再回去不迟，我已跟扎巴家的大管家说好了，二位在此地留住多长时间都没有关系。"方国涣、罗坤听罢，一时愕然。拉布尔坐了一会儿，安慰了二人几句，因为还有事情要办，随后起身辞去了。

送走了拉布尔，方国涣摇头叹道："不知中原起了什么战事？竟会如此紧张，我二人千辛万苦，九死一生，终于到了这里，自以为回中原指日可待，没想到又要阻留于此。"

罗坤道："自从我们乘海船离开中原，一路直下西洋，后又被旋风卷到大西岛，再经海船搭救转到印度，出印度入西域，已经三年有余。三年来，中原发生了什么变故，我二人自然不知，看来这场战乱不小，不知什么人举兵反叛？"

方国涣道："白日里在院中看到几位中原来的商家，都显得愁眉苦脸，也是回不去了，待我去问问他们，或许能知些详情。"说完，方国涣起身来到了前院。

此时院子里火把通明，拉布尔正和扎巴家的人清点着货物，两旁的房子里不断传出武士们醉酒的声音。方国涣寻到了几位中原商家住的房间，见里面还亮着灯，便上前轻轻地敲了敲门，随即传出一声音道："进来吧！门没闩。"

方国涣便推开门走了进去，见屋中的一块地毯上，胡乱地坐卧着五六个人，中间摆着些牛羊肉，众人手里持着酒杯正在醉饮。见是一个年轻人进了来，其中一位年纪大些的问道："这位公子要找谁？"

方国涣拱手一礼道："在下方国涣，刚刚随了一伙商队从印度而来。本想回中原去，但是听说中原起了变故，道路已经不通了，不知是何原因，故来向各位打听些详情。"这几个人听了，都摇头叹息，先前那人指向一坐垫道："公子先坐罢。"

方国涣道了声谢，便坐下了。但听那人叹道："公子久离中原，看来是不晓得了，如今中原刀兵大起，三王叛乱已半年有余了。"

"三王叛乱？"方国涣惊讶道："不知是哪三王？"

那人道："还能有谁，便是那汉阳王、晋王、福王三人犯上作乱，惹下了这等祸事，让我们有家不能回。"

方国涣闻之一惊道："汉阳王终于反了！没想到这么快。"闻三王之乱，实令方国涣吃惊不小。接着又问道："不知各位是哪里人氏？滞留此地多久了？"

那人叹道："在下王永安，与这几位兄弟分别是云南、四川的商家，常年到这藏地来做些买卖。本来云南、四川地处偏远，虽有三王作乱，一时还不能涉及，故而我等依旧相约合伙到这拉萨城扎巴家交易些货物，谁知我们刚刚入藏，由于战事吃紧，朝廷恐边疆发生意外，进出的道路都封死了。这不，我等众人与一批货物都阻在了这里，折了本钱倒是小事，就怕长年累月的战火不息，落得个他乡之鬼。扎巴家虽是我们的老主顾，可住久了，终究不是个法子。"说完，王永安摇头叹息不已。

第九十六回　三王之乱

方国涣又问道："不知三王叛乱已到了什么程度？"

王永安道："如今湖北、河南、安徽、江西已被叛军占了大片土地，虽然作乱刚刚半年，却势如破竹，朝廷来清剿的大军被打得纷纷溃败，这个天下已无老百姓的日子过了，那个汉阳王想自家做皇帝，却不顾他人的死活。"说完，王永安又是一阵叹息。方国涣心中惊讶万分，随后辞了王永安等人回见了罗坤，述说了一切，二人不胜忧虑。

罗坤吃惊之余，摇头叹道："当年方大哥多亏从汉阳王府逃了出来，那时纵然不死，到了今日也是难逃厄运的。"

方国涣道："昔日便见汉阳王包藏野心，是一个作乱天下的人，没想到他反得这么快，也是朝廷腐败，造就了这个祸根。如今三王之乱声势浩大，一年半载恐怕也结束不了，我二人只有等等看了。"

罗坤这时道："天下大动，不知六合堂的弟兄们会不会乘机举事？"

方国涣闻之一怔，随即摇头道："不会的，连姐姐不会的。"方国涣知道，连奇瑛是大明朝的一位公主，自不会率众乱以自家天下的。

罗坤道："希望六合堂的弟兄们先稳住才好，观以局势如何变动，然后再做打算，连总堂主英明得很，当会虑以周全的。中原兵乱既起，也不是我们所能改变的，既来之则安之，候一候再说罢。明日且与方大哥游览一番拉萨城，这里的寺院很多，值得一看的。"当天晚上，方国涣心事重重，一晚上都没有睡好。

第二天一早，罗坤便拉着闷闷不乐的方国涣上街游玩散心，偶见有人谈及中原兵乱的事，虽说的是藏语，却也夹杂着一两句汉话，都各自摇头叹息。迎面遇上了王永安和几个上街游玩的同伴，双方彼此见了礼，方国涣便拉了他几个到一家酒肆内饮酒。

当王永安问起方国涣、罗坤二人，如何随了印度商队一路同来时，方国涣便把从江苏出海至西洋，然后又经印度转到西藏的事大致说了一遍，王永安等人听罢，不由对方国涣、罗坤二人传奇的历险经历惊异万分，尤对二人敬服不已。酒菜用毕，王永安说好明日由他们复请，方国涣、罗坤二人但笑着应了，随后王永安等人先辞别去了。

方国涣、罗坤二人又在街上闲走了一阵，正准备返回扎巴家时，忽闻身后有一洪亮的声音道："两位年轻施主请留步。"二人回头看时，见是一位穿着黄色僧袍、面色慈祥的喇嘛站在身后，旁边还跟了两名小沙弥。

方国涣忙施了一礼道："大法师可是唤我二人的？"

那喇嘛笑道："不错。"

方国涣道："不知大法师唤我二人何事？"

那喇嘛笑道："本座安木，适才见二位施主气宇不凡，灵光罩体，乃是具有大慧根之人，万人中也难择其一，而二位竟走在了一起，实是难得，故而相唤。"一席话说得方国涣、罗坤各是一怔。

罗坤随即笑道："街上这么多人，大法师却单单唤住我二人，莫非想讨些施舍不成？"

安木喇嘛笑道："本座从不妄语，街上行人虽多，但都无二位施主这般耀眼的灵气。"

罗坤笑道："大法师不妄语却在妄言，我二人身上哪有什么灵气、光气。"

安木喇嘛摇头道："二位施主本慧根清静，奈何被尘世间的魔障所迷，不能认识真我，尚属无明。二位施主若能信奉佛法，迷途知返，当能修得大圆满。"

罗坤笑道："这是大法师的教谕吗？可否说得详细些。"

安木喇嘛道："我三人相遇便是有缘，本座还有他事，不便耽搁，二位施主若感兴趣，明日可往大昭寺一见。"

罗坤道："好极！明日去见大法师就是。"

安木喇嘛道："一言为定，本座先去了。"说完，合掌一礼，领了两个小沙弥转身去了。

方国涣望着安木喇嘛的背影，不由自语道："这喇嘛好怪，话中隐有玄机。我二人漂泊海上，大难不死，辗转于此地，其间当有什么机缘不成？"

罗坤笑道："或许是来点化我二人的罢！管他呢！反正明日无事，就到他那里走走，听他讲些大道理的经文也是好的，这些出家人，都喜欢点化人来显弄本事。"二人一路说着回到了扎巴家，守门人也自识得，便放了进去。

方国涣、罗坤刚到房间内，拉布尔过了来，对二人道："晚间扎巴家要请客，二位无事过去坐陪罢。"

方国涣道："你们商家的事，我二人不便参与，况且出去游玩了一天，也是倦了，就不过去了。"

拉布尔道："也好，到时叫人送来份酒菜就是了。对了，我已和扎巴老爷说过，因为汉地正在闹兵乱，二位回转不去，暂在此住下，请他们多多关照的。"

方国涣感激地道："公子如此费心，不知怎生报答才好。"

拉布尔笑道："客气！我拉布尔也是一个讲义气的人，扎巴家是我们的老主顾，这点事情算不得什么的。拉萨城内寺院很多，二位无事多去走走，权当消遣。这些日子商队要尽量多配些货物，以便早日回去，就没有空闲来陪二位了。"

方国涣道："公子请自便，有得吃住，我二人已经很满足了。"

拉布尔又与二人闲谈了一会儿，便辞去了。

第九十六回　三王之乱

到了晚间，果然有人送来丰盛的酒菜，方国涣便去找王永安等几位商家一同过来用，去寻时，王永安等人已被扎巴家请去赴宴了，方国涣只得作罢，回来与罗坤二人用了。藏地少桌椅，二人但于地毯上坐食，互相劝饮间，各呈醉意，顺势躺在一旁睡了。

第二天一早，又有扎巴家的仆人送来了糌粑、奶茶，罗坤因吃不惯糌粑，便叫来人又端了回去，准备与方国涣出去吃。二人到了前院，见达西正和马夫们捆装着一些藏地的特产，如地毯、铜器之类。达西见了方国涣、罗坤二人，忙上前打着手势，有问候的意思。方国涣、罗坤但笑着点头应了，达西便又躬身一礼，转身忙活去了。

这时，王永安从一旁走了过来，对方国涣、罗坤二人道："二位哪里去？今日该我们请客的。"

方国涣笑道："改天罢，今日我二人要去大昭寺。"

王永安闻之，摇头道："大昭寺不随便让游人进的，便是来朝拜的香客，也只能在寺前的广场上叩两个头罢了。"

方国涣道："是大昭寺的一位大喇嘛邀请我二人去的。"

王永安笑道："方公子说笑了，你二人刚到此地，谁人识得你们。听说大昭寺的寺规很严的，一般闲游的人进不得内的，只有藏历年时才对香客开放。二位若有兴致，不如让王某陪着去哲蚌寺走走，那里有一位喇嘛我倒识得的。"

方国涣道："多谢王先生了，不过昨日与人家约好了，爽约不得的。"

王永安道："莫不是有人寻你二人开心？勿要上当的，若不信，去了一看就知道了。"说完，摇摇头走开了。

罗坤这时犯疑道："莫不是昨日那喇嘛欺生，唬我二人的？"

方国涣道："安木大法师不像是妄语之人，倒像是有大修行的，好歹去看一看罢。"

方国涣、罗坤二人出了扎巴家，见路旁有一名摇着法轮的藏民，嘴里还不时念着"唵嘛呢吧咪吽"。

罗坤上前问道："请问，大昭寺怎么走？"那藏民抬头看了二人一眼，说了几句藏话，摇了摇头，方国涣、罗坤听不懂，只得走开了。后来遇了一个会讲汉话的，指了方向，二人便一路寻了来。

行了一程，到了一座寺院的山门前，此寺院雄伟壮观，气势非凡，前面广场上有许多朝拜者，三步一跪，嘴里"喃喃"个不停，虔诚得很。还有些人风尘仆仆，像是刚从很远的地方来的。虽然寺门紧闭，却另有道路通向里面的，香客们沿着一条石路缓缓而进，并非王永安所说的那般，进入不得的。

方国涣、罗坤二人却不想加入香客们的行列，直接来到了寺门前，罗坤便上前敲了两下。时间不大，门一开，里面出来位中年喇嘛，面相长得凶恶，身材高大，堵在门前望着方国涣、罗坤二人，面无表情地道："这里不准闲人进入，若是朝拜的，走那边好了。"

方国涣忙道："我二人并非香客，是贵寺的安木大法师邀请我们来的。"

"咦？"那喇嘛闻之，立呈一脸惊异之色，上下打量了二人一番，忽然狞笑道，"两个汉家小子，不知好歹，安木大活佛岂是你们随便要见的，快走开，否则休怪我不客气。"

罗坤见这喇嘛虽以汉话应答，却不甚礼貌，不由怒道："是那个叫安木的大喇嘛约我们来的，谁知你如此无礼，也好，我二人不见他就是。"说完，拉了方国涣转身就走。忽听身后有一人道："两位施主留步，大活佛正在等你们呢！"

方国涣、罗坤回头看时，见是昨日安木喇嘛身边的一名小沙弥。

此时那小沙弥对守门的喇嘛道："洛嘎，不得无礼，活佛有法旨，让这两位汉地的施主进去。"

那位叫洛嘎的喇嘛闻之，惊异之余，忙向方国涣、罗坤二人现出满脸的堆笑，赔着不是道："对不住二位，适才冒犯了。"

那小沙弥道："活佛请二位来大昭寺，门上不知，还请勿怪罪，里面请罢。"说着，引了方国涣、罗坤二人进入了大昭寺。

第九十七回　脉　卜

　　方国涣、罗坤随了那位小沙弥进了大昭寺，二人心中很是惊讶，没想到昨日见到的安木喇嘛竟是一位活佛。在藏地的寺庙中，有活佛之称的人，无论身份和地位都是很特殊的。方国涣此时见大昭寺内的建筑风格与中原的寺庙又有些不同，正殿高四层，梁架斗拱，气势威严，尤以那浮雕最为精美，人物、鸟兽生动活现，四侧走廊壁上，又有着色彩鲜艳的壁画，大殿内香烟缭绕，传出了阵阵喇嘛们诵经的声音。方国涣、罗坤二人都是初入喇嘛寺，自被寺内的景观与气氛所感染，一时看得入了迷。

　　那位小沙弥便笑着提醒道："二位施主这边请。"方国涣、罗坤这才相视一笑，随那小沙弥进了殿堂内，沿着走廊左拐右转了好一阵，最后进了一间大屋内。

　　当方国涣、罗坤二人再看时，不由各自惊叹不已，原来屋内有三尊金装佛像，观其色泽，当为纯金，庄穆肃然，令人油然而生一种敬畏之情，方国涣、罗坤二人的脚步也放轻了些。

　　那小沙弥引了二人穿过此屋，又到了里面一内室的门帘前，小沙弥便止步不行，轻声对二人道："二位施主稍候，我去通禀一声。"说完，小沙弥自入帘内去了。

　　罗坤见四下无人，轻声对方国涣道："方大哥，我看这位安木喇嘛不是一般的人物，不知为何要约了我二人来？当真要讲经说法吗？"

　　方国涣道："该不会有恶意的，你我但随机应变罢，切勿顶撞人家。"

　　罗坤道："这个小弟理会得，不过这里面有些古怪，竟如此神秘兮兮的。"

　　方国涣："既来之，则安之，听说有活佛身份的人都是很难见到的，这也许是我二人的幸运。"

　　这时，那名小沙弥出了来，对方国涣、罗坤二人道："活佛在里面等候了，二位施主请进罢。"说完，小沙弥轻施一礼退去了。方国涣此时忙正了正衣襟，罗坤见了，也将衣衫整了整，然后二人拨开门帘走了进去。

　　此内室之内又有一房间，门正开着，里面飘出一股奇特的香味，方国涣、罗坤二人便蹑手蹑脚地走了进去。此时那安木喇嘛正笑吟吟地坐在一团宽厚的坐垫上，见二人进来有些拘束，便笑道："二位是初到藏地的汉人，不习这里的礼法，也就用不着多礼了，但在本座面前的垫子上坐罢。"

方国涣、罗坤二人见那安木喇嘛祥色慈言，一身的和气，也自合掌各施一礼，寻了坐垫坐了。

安木喇嘛见了，点头笑道："很好！你二人今日能来，足见是与本座有缘的。"方国涣道："大法师约了我兄弟二人前来贵寺，不知有何见教？"

安木喇嘛没有正面回答方国涣，而是问道："二位施主身上有飘零之气，似远离汉地久矣！可是由海至陆，又经长途跋涉才到这里的？"方国涣、罗坤二人闻之一惊，没想到这位安木喇嘛如神人一般，竟知道他二人的漂泊之事。

罗坤心中道："莫不是这喇嘛识得印度商队的人，得知我二人的来历？"于是笑道："大法师耳目果然灵些，便是如此，又能怎样？"

安木喇嘛笑道："这位施主光彩照人，容颜焕发，必是有幸食了奇异之物所致，不像这位施主，神清骨秀，以先天的灵性，悟达了一种无上的妙境，故其透发神采，尤异常人，用句汉地的话来说，二位都是神仙般的人物。"方国涣、罗坤听罢，立时愕然，眼前这位喇嘛似知道过去未来一般，不能不令二人感到吃惊。

安木喇嘛这时又道："二位慧根不浅，当珍惜自家的生命之轮，否则大限临近之时，则悔之晚矣！"

方国涣闻之，暗自惊讶道："这喇嘛的语调却也与昔日的袁灵口气上有些相似，都隐含一种劝诫之意的。"

罗坤这时笑道："大法师莫非想劝化我二人，随了大法师出家，做一名佛家弟子不成？"

安木喇嘛闻之笑道："出家与在家，都无关紧要，人之一生最重要的莫过于认识自我。"

罗坤道："大法师可是说，人贵有自知之明吗？"

安木喇嘛笑道："这位施主好悟性，不过自知之明，却不是常人所理解的那般，而是要识得自家本性。"

方国涣闻之，心中道："却也与中原佛家之理同的。"于是问道："中原佛家有'明心见性'而成就佛身之说，闻贵教为喇嘛教，又称密教，不知又如何修性成佛的？"

安木喇嘛道："我教中人，当使身、口、意三业清静，'三密加持'，进而修成大圆满之身，也即佛身。"

方国涣道："'三密加持'是为何意？"安木喇嘛道："三密乃指语密、身密、意密，倘若修习到三密相应，便是得我真身了，也即成就了佛身。"

罗坤一旁笑道："依大法师所言，若想成佛，只要使心口相一罢了，这有何难的。"

安木喇嘛正色道："观天下的世人，有几位真正能做到心口一致的呢？"罗坤闻之哑然，心中惊讶道："这个喇嘛还真有些道行的，不可小看了。"

安木喇嘛这时又道："二位施主虽不是佛门中人，但却与我佛有缘，只因这一点机缘，本座便想开示些罢了，二位前途无量，日后必会成就正果的。"接着又对方国涣道："尤以这位施主，境界高深，就连本座也难达及，可见成佛之道，并非佛门中事。施主能来拉萨城，乃是天意，因为这地方与施主极为有缘的。"

罗坤异道："曾闻藏地有灵童转世之说，莫非我这位哥哥也是活佛转世不成？"

安木喇嘛摇头笑道："那倒不是，本座所说的机缘，乃是指其他方面的，日后必见分晓。"

罗坤道："说来说去，贵教的佛法也是劝人修行的，免得死的时候自家后悔，这与中原的道教、佛教都是一样的。"

安木喇嘛道："人生最大的悲苦，莫过于不能明生死，更不要说解脱生死了。"

罗坤笑道："依大法师所言，生死可是由得人的？"

安木喇嘛道："其实人是能驾驭生死的，但并非人人皆能。"

罗坤道："生死也自无所谓的，但能明白来明白去，足可以心慰了。"

安木喇嘛闻之笑道："施主心中的一点灵性一动，便不算白来。"

方国涣这时道："闻藏地有黄教、红教之分，不知是何缘故？"

安木喇嘛道："我藏地密宗，流派甚众，多以其所倚的修持法门不同之故，主要的有三派，宁玛派又称红教，噶举派又称白教，格鲁派又称黄教。唯本派黄教，虽创教晚些，由于宗祖师宗喀巴大师吸取各派之长，使教中弟子更能修己度人，故而发展迅速。二位施主若要多知些详情，日后可随时来大昭寺见本座。"

方国涣闻之忙感激地道："多谢大法师抬爱，承蒙垂训，获益匪浅，日后当来请教的。"安木喇嘛道："我三人有缘，谈得也自尽兴，你二人若于拉萨城有事不能办者，但来大昭寺寻本座。"方国涣、罗坤二人听了，忙自谢过了。随后二人起身告辞，那安木喇嘛却也不送，仍由先前的那名小沙弥把二人领了出去。

出了大昭寺，罗坤见方国涣一脸庄重严肃的样子，不由笑道："这喇嘛的话虽有些道理，方大哥切勿因此绝了尘念，削发出家做了和尚去，若如此，当是小弟的罪过了。"

方国涣叹然一声道："闻安木大法师所言，令我想起了一位故人，他是夺得天地造化之机的人，也曾劝过我出家修道的。"

罗坤闻之大惊道："方大哥莫要有这些想法，那些和尚道士有几个修得真仙真佛的，还不是一样在世间混日子。方大哥可不要被那喇嘛的话感化了，成佛成仙，都是些令人激动的虚幻之事，这种寺院日后还是少来的好，免得绝了凡心去。"

方国涣道："我并非有出家修行之念，而是因为棋道也有与世事相合之处，似与修行同，故而想把它们之间的关系尽力想通罢了。"

罗坤闻之喜道："不出家做和尚就好。"说完，拉了方国涣急急走开了。

二人到了街上，才发觉还没有吃过东西，已有些腹饥了，便寻了家酒肆，用了些饭菜，罗坤又把几件珠宝卖了，换了些藏地的银钱来用。

当二人回到扎巴家的时候，有位二管家叫作丹巴的，听王永安说方国涣、罗坤二人去过大昭寺了，便过来问道："二位今日可是去了大昭寺？"

方国涣道："不错，还见着了安木喇嘛。"

"什么？"丹巴一惊道，"二位当真见着了安木大活佛？"

罗坤一旁笑道："这有什么奇怪的，见着了就见着了。"

丹巴见方国涣、罗坤不像是说谎的样子，不由惊叹道："二位好福气！竟能见到安木大活佛的真佛面！"

方国涣闻之惊讶道："怎么？见一回安木喇嘛很难吗？"

丹巴道："二位有所不知，大昭寺的安木活佛从不露面，我们这些小民很难见到的，甚至于安木活佛长得什么样，一般人都不知道的。"

方国涣心中道："怪不得昨日安木喇嘛走在大街上也无人识得。"

丹巴这时又道："安木活佛是我们藏地声誉很高的大活佛，在黄教中的身份和地位不下前三位的。"方国涣、罗坤二人闻之一惊，方国涣诧异道："安木活佛的身份当真这么特殊，地位这么高吗？"

丹巴道："不错，安木活佛是一位法力极高的大宗法师转世，据说安木活佛出生在唐古拉山的一座山顶上，当时周围的积雪都融化了，一个月后竟长出了青草来。"

罗坤闻之，暗里摇头道："这安木喇嘛虽然有些神秘古怪，单于大昭寺内莫名其妙地见了我和方大哥，却又被人敬畏出神话来，可是一位能融冰雪的'火佛'转世了，不堪信的。"方国涣此时对安木喇嘛极特殊的身份尤为惊异，对意外的结识了安木喇嘛更是感到庆幸不已。

一连四五天都没有见着拉布尔了，只见商队的达西等人在院子里忙碌着。这天下午，方国涣、罗坤二人才被拉布尔请进了一间屋子里，喀伦、哈布、班加三人也在，大家互相打了招呼各自坐了。

拉布尔告诉方国涣、罗坤二人，由于中原战乱的影响，有些货物配不齐了，另买了些藏地的特产来补充，也都办理妥当了，商队准备明日起程回印

第九十七回　脉　卜

度，大家但做最后的一聚。接着，喀伦拿出些珠宝赠送方国涣、罗坤二人，二人推辞不去，只得谢过收了，哈布、班加也自有礼物相赠。

方国涣、罗坤又向喀伦谢过了商队的一路照顾之恩，大家即将分别，都有不舍之意，当晚饮酒至深夜，极尽兴致。

第二天一大早，喀伦的印度商队又满载着货物出发了，方国涣、罗坤二人亲自送出了拉萨城。又送了很远，在拉布尔的回劝下，大家这才互相依惜而别。送走了印度商队，方国涣、罗坤二人便驱马回到了拉萨城。

这时，方国涣心不在焉地无意中一转头，忽见一个熟悉的背影在人群中一闪不见了。

"简良？"方国涣心中一惊，忙收住马匹再寻看时，已无了简良的影子，不由摇头自语道，"难道看花眼了？简良如何能万里迢迢地来这里？"说与罗坤听，罗坤也感到奇怪，二人便在街上寻找了一番，也没见着简良的踪迹。方国涣只道自己看花了眼，自是感叹了一声，复与罗坤回到了扎巴家。

这时，王永安等几位商家正坐在院子里眉飞色舞地谈论着什么，暂把因中原战乱而回不得家乡的事忘在了一边。其中有一人叫胡庆的，见方国涣、罗坤二人经过，便招呼道："两位公子过来坐坐，有件稀罕事要说与你二人听。"

方国涣道："可有什么稀奇古怪的事？"也自与罗坤过来在石头上坐了。

那胡庆这时道："两位公子不想算算自家命里的吉凶吗？"方国涣闻之笑道："难道此地还有占卜先生不成？"

胡庆道："这藏地哪来的阴阳先生，乃是一位叫格仁多的医家，却不是习我中原医道，而是另习了藏医的，能诊脉知人吉凶祸福，极为灵验。"

方国涣闻之惊讶道："有这种事？"接着摇头笑道："定是此人精通脉理，知人的病情轻重，故而断定人的吉凶罢了。"

罗坤一旁也笑道："又是一位故弄虚玄的江湖术士罢。"

王永安这时道："两位公子有所不知，这位格仁多所持的脉象之术，与我汉地医家的那种以三部九候脉诊之法测之以脏腑疾病的道理不尽相同的。此人诊脉不但能知人的疾病，更能测知人的吉凶祸福，甚至父母兄弟等亲人的病患之兆，无不了如指掌，是有先知一般。午前，我几个人央了一位熟人引着去了那格仁多家，把脉算了一回，简直神人一般，灵验之极，比汉地的那些江湖术士说些模棱两可的话实了许多，先前也曾闻藏医中的脉象内是有此一术的。"

方国涣闻之诧异道；"以脉象查吉凶、断祸福，测人之命运，此术不知有何道理？"

罗坤一旁道："莫不是此人事先打听了几位底细去，叫人中间做了个扣，骗你们衣袋里的几两银子去花？"

胡庆摇头道："那格仁多除了给人医病收些诊金外，把脉测以命中祸福事却不收钱的。"

罗坤笑道："说得如此神奇，我却是不信，脉象乃诊病之术，岂能又生出别的作用来。"胡庆道："不亲眼见了，亲身一试，我等也是不信的，可是人家说得极准，实为令人信服的。那格仁多说藏医中的脉象分什么家族脉、宾脉、敌脉、友脉、神鬼脉、反脉、死脉，还有妇人的妊娠脉。曾说胡某家族脉衰，可不是吗！先前我胡家也是一大户，可是到我祖父那里，越发得不兴旺了，尤其到了我这辈上，更是天南地北地奔波，赚些养家糊口的蝇头小钱。"

王永安一旁也道："那格仁多以脉象卜占极准是不差的，说王某母病父亡，张口而出，是如亲眼所见，容不得你不信。下午无事，二位公子若感兴趣，同去见识见识罢。"

方国涣点头应道："既然有此异人，去看看也好。"

罗坤道："江湖上的术士、巫人的话，我从不尽信的，且去看看，若是骗人的家伙，便挑了他的摊子。"

胡庆摇头道："到时候你自然就信服了，此人老成，医术也高，不像诈食妄语之辈。"

随后王永安、胡庆等人便拉了方国涣、罗坤去那格仁多家诊脉测命，方国涣、罗坤二人也自好奇，便欣然而来。

路上，胡庆告诉二人道："听上午的那位熟人说，格仁多本是药王庙内的一位喇嘛，后来还了俗。藏人有病，多去寺院做祈祷，真正看医家的极少，格仁多每日却也清闲，但有几位拉萨城中有身份的人，常年做他的主顾，格仁多尤喜与我们汉人交往的，说我们想得多、见识广。"

众人一路行来，拐了两道街，来到了一座小院落门前，胡庆上前轻轻敲了敲门。时间不大，出来一位藏族少年，见是胡庆、王永安等人，识得是上午来过的，也自开了门把众人让进院内。此间院落虽不宽阔却也整齐，正面是几间石砌的房屋，西面是马厩，东墙脚下堆了一些杂草和树枝，溢着满院子的药味，显是主人采来而未切割的草药。

那藏族少年把众人让进了一间大屋子里，一位中年藏民迎上前道："欢迎、欢迎！几位汉人朋友你们又来了。"此人显然就是那位格仁多了。

胡庆这时拱手一礼道："有两位朋友慕名而来，请教以脉上吉凶，还望勿推却。"

格仁多笑了笑道："来则欢迎，各位请坐。"自让了众人于坐垫上坐了，那藏族少年便每人上了一杯奶茶，然后退去了。

第九十七回 脉 卜

胡庆指了指方国涣、罗坤二人对格仁多道："我这两位朋友很想知道些自家命里的事，请多多关照。"

格仁多笑道："不必客气，不知哪位朋友先来？"

罗坤上前道："我来罢，还请神医细查。"说完把右手往前一伸。

格仁多却摇头笑道："男左女右，我要测的是这位朋友左手的脉象。"

罗坤闻之心中道："与中原那些看人手相的算命先生也无多大区别，一般的男左女右的路数，且看他如何胡说。"也自把左手伸了过去。

那格仁多便如医家诊脉一般，右手三指轻轻地搭在了罗坤左手腕脉位之上。格仁多忽地一怔，诧异道："这位朋友精气大盛，不同于常人，实在少见。"

罗坤心中道："我是习武之人，内力自然强些，你既是医家，当然能查得出了。"

格仁多此时又道："这位朋友自幼便父母双亡，六亲不投，吃得许多流浪之苦，但友脉气盛，与那股异常的精气尽将其他脉象的不吉之处掩了，日后虽有小惊却无大险，并且还是一位多福多寿之人，大吉之脉也！"罗坤、方国涣闻之愕然。

格仁多收手笑道："我说得可全对吗？"

罗坤惊讶之余，自呈愧色，深施一礼道："神医高明，在下佩服。"

格仁多一笑，又拿了方国涣的左手脉位来测，脸色忽然大变道："这位朋友敌脉气盛，死脉反复，三个月内，必历极凶险之事，当有性命之忧，要万般小心了。"方国涣与罗坤、胡庆等人闻之一惊。

罗坤忙道："神医既能测人祸福，可有趋吉避凶的法子？"

格仁多摇头道："我只能医病，不能治命，这位朋友还是早晚多诵些经文，求得佛祖保佑罢。"罗坤闻之，不由大急。

方国涣却不以为意，宽然笑道："若是命中有凶险事，自然避它不得，天意与否，由它便了。"说完，暗留了三两银子，与罗坤、胡庆等人辞别格仁多离去了。

出了格仁多的家，众人皆自不乐，胡庆等人但劝方国涣三个月内少出门。

罗坤此时有些恼火道："方大哥吉人天相，哪里有什么性命之忧，竟然胡乱说话来吓人，却不要信他的。"

方国涣见罗坤焦虑的样子，不由摇头笑道："此事我并不在意的，不要理会它好了，想我二人先前历经许多凶险，可谓九死一生，也都平安地过去了，还怕它日后再有什么不吉吗？"

罗坤道："这些江湖术士的话，有的蒙对了，有的自然胡乱说，三个月内小弟寸步不离方大哥左右，看它能有什么事情发生？三个月后无事时，再找此人算账。"

方国涣笑道："人定胜天，怕它何为？"胡庆、王永安等人见方国涣豁达轻松的神态，都暗自叹服不已。

这几日，不断有消息传来，三王之乱，愈演愈烈，前去围剿的朝廷大军屡战屡败，叛军声势日大，并且汉阳王的一支兵马已经攻入四川，破了成都。虽在此藏地，人们也都呈出焦虑之色来，方国涣、罗坤、王永安、胡庆等人更是忧心忡忡。

罗坤见方国涣不乐，便拉了他到街上闲走散心，见地摊上有藏民卖藏腰刀的，十分精美别致，罗坤便挑选了两把买了，分于方国涣佩带腰间。

方国涣道："入乡随俗，比不得藏民们带了实用，我等且做个装饰物罢。"

罗坤笑道："方大哥佩了刀剑，也英武得很。"

兄弟二人在街上一路走来，罗坤抬头望见了布达拉宫的金顶在阳光下泛着金光，不由摇头道："听说过里寺院的金顶和一些佛像多是用金子做的，那些喇嘛们在金屋内念经拜佛，也不枉出家一回了。藏地的金银多用来奉佛，不知是佛受用，还是那些喇嘛们受用？"

方国涣道："黄金为纯洁耐久之物，故用以敬佛，佛法博大深奥，隐含着生命之秘，日后若有机会回到中原，我自要着意探究一番这种天人之间的道理。"

罗坤道："仙佛之言多虚，方大哥勿要被那安木喇嘛的话迷住了，生出那些玄怪的念头来。"方国涣一笑不语。

二人在街上闲逛了一阵，正要往回走时，方国涣忽见街头站着一位年轻人，白布缠腰，似戴孝状，正在四下张望，寻找着什么，背影是那么的熟悉。

方国涣心中一惊，忙紧走几步，上前喊道："前面可是简良兄吗？"

那年轻人闻声回头望时，立与方国涣同呈惊喜之色，此人正是简良。

简良、方国涣、罗坤三人相见，不由百感交集。

简良惊愕之余，大喜道："原来方大哥与罗堂主还活着，听说你们出海遇上了大风，遭了海难，本以为今生无缘相见了，不知如何又到了这里？"

方国涣道："说来话长，稍后再与简兄细说，对了，简兄为何单身来此藏地？兰姑娘可好？"

简良闻之，叹然一声道："一言难尽！"自呈悲伤之色。

罗坤这时道："此地说话不方便，方大哥与简公子回到住处再细讲罢。"三人随后便回到了扎巴家。

回到了扎巴家的住处，简良这才对方国涣、罗坤二人道："一年前，小弟在山西道上遇见了六合堂的朱维远堂主，问起方大哥的事，朱堂主说方大哥

第九十七回 脉 卜

与罗堂主、卜堂主随姑苏赵氏的海船出海了，后来只有卜堂主一人回了来，而方大哥与罗堂主不幸遇难，亡身海外了，没想到二位劫后余生，竟转到藏地来了，真是万幸！"

方国涣闻之道："看来卜大哥、赵先生他们的海船早已平安回到中原了。"

罗坤叹道："卜大哥他们认为我与方大哥必死无疑了，没想到漂泊了三年多，大难不死，又活着转到了这里，是如梦幻一般。"

方国涣随后便把他和罗坤二人如何在西洋上被风卷走，又如何离开大西岛被西洋海船搭救，辗转到了印度，最后又随印度商队长途跋涉进入西域的事大致说了一遍。简良听罢，惊叹不已。

方国涣这时又道："前些日子偶在街上见到简兄的背影，还以为看花了眼，没想到真的是你。对了，简兄不远万里，孤身一人来此藏地何干？"

简良叹然了一声道："方大哥与罗堂主漂泊海外这几年，自然不知中原起了许多变故，小弟今番来此西域的目的，说出来二位或许不信，我是来查寻关于李如川的一件大事的。"

"什么?！"方国涣、罗坤二人闻之，各自大吃一惊。

罗坤诧异道："那太监当年不是被方大哥在黄鹤楼的棋局上人棋两废了吗？纵然他命大不死，也是一无用之人了，简公子为何要查他的事？"

简良道："如今中原的三王叛乱，二位可是知晓的？"

方国涣道："不错，正因为这个缘故，道路不通，我二人才被阻留在此，不然早已回中原了。"

简良道："二位有所不知，此番三王叛乱，似乎与李如川有着直接的关系，故而我才来西域查寻此事，以弄清其中的关联。"方国涣、罗坤二人闻之惊愕，一时间呆愣住了，相视愕然。

简良这时长叹了一声道："此事说起来十分复杂曲折，我还是从头来讲罢。当年小弟与方大哥从汉阳王府逃出来相别之后，我与兰儿恐王府卫士追来，一路未敢停留，星夜兼程。由于兰儿的贴身侍女翠环受了惊吓，病倒在车中，沿途请些医家来诊治，耽搁了时日，汉阳王府的卫士竟追踪而到……"

方国涣闻之一惊道："兰姑娘可是被汉阳王府的人抢回了去？"

简良摇头叹道："这时候倒还没有出事，那些追兵尽被我用棋子击退了。"

罗坤曾听方国涣说过，简良在棋上别成一种"无相棋"的防身绝技，远近可击，置人于顷刻，闻简良把汉阳王府的众高手击退，罗坤心中惊叹不已。

简良此时又道："我与兰儿见行踪暴露，一路上更是不敢停留，好在兰儿机警，吃饭投店都十分小心，倒也摆脱了汉阳王府卫士的追杀。到了简家村后，接了家父便潜入山中而居，乔装易姓，不敢露出半点痕迹与人知道，就这样，却也平安过了两年。"

说到这里，简良自呈出无限的喜悦，沉浸在一种幸福之中，接着又道："这两年，是我简良一生中最快乐的日子，兰儿放弃了公主的尊贵，与我一起侍奉家父，下地耕种，闲时弈棋自娱，一家人过得甚是安宁，将先前的诸般不快尽都忘却了，谁知……"

简良说到这里，叹然一声道："谁知后来，汉阳王府的卫士不知如何得到的风声，还是追寻到了山里……"

方国涣闻之一惊道："结果怎样？"

简良道："没想到这次来的竟是汉阳王府中的第一高手西门子晏，兰儿曾说过，此人在江湖上极具名气，不但武功高强，而且心狠手辣。"

罗坤这时惊讶道："家师曾对我提起过江湖上几位成名的顶尖高手，其中就有这位西门子晏，没想到此人竟然效命于汉阳王。"

简良接着又道："那西门子晏果然奸诈，趁我与兰儿下地耕种之机，闯入山中的木屋，劫持了家父。当时翠环见事情不妙，忙跑出给我和兰儿送信，竟被汉阳王府的卫士追上杀害了。我与兰儿正在地里忙着活计，忽见家中的方向起了浓烟大火，甚是惊惧，急赶回家中，见家父已被他们捆绑在树上，四下布满了伏兵，是在专等我与兰儿自投罗网。兰儿见家父被他们挟持，我又身陷重围，为了救我父子性命，便忍痛答应西门子晏跟他回王府去，但必须放了我父子二人，否则以死相抗。"

方国涣闻之叹道："兰姑娘真是女中的豪杰！"

罗坤心中也自敬服道："没想到那位兰玲公主私奔了简良去，还有这等大义之举。"简良这时悲叹道："兰儿忍辱求全，迫使西门子晏当场放了我父子二人，兰儿也自流泪随他们去了。谁知道家父见自己连累了我与兰儿，便撞树自尽了，以让我日后无牵挂，临咽气前，叮嘱我一定要把兰儿找回来。"说到这里，简良已是悲痛万分。

方国涣、罗坤二人，更是吃惊不已，才知简良腰缠白带，是给其父戴孝的。方国涣也自痛心道："没想到伯父他老人家已经仙逝了，天道为何如此不公？"

第九十八回 谜 团

简良这时叹道:"祸事连发,叫我一时间不知如何是好,谁知那西门子宴为了除掉我,竟暗伏下了卫士,待兰儿随他们去远后,便向我突下杀手,我当时正处在妻散父亡之际,毫无戒备,被汉阳王府的一名卫士击成重伤,仓促间,但以棋子开路,制倒了数人,拼命地逃了出来。"

方国涣、罗坤二人听到这里,都暗中庆幸道:"好险!"

简良接着又道:"我因受了重伤,逃脱汉阳王府的追杀之后便昏了过去,所幸被人救了,睁眼看时,却是一位故人——神针秋海林。"

"神针秋海林!?"

罗坤闻之惊讶道:"简公子如何识得这位高人?曾听家师说过,当今天下又出现了一位可与'药王''医圣'齐名的神医,便是这位秋海林,善运金针之道,手段极是高明,家师甚为敬服的。"

方国涣也自道:"此人可是曾经以针道配合简兄的棋道,一同治愈过被李如川棋上所伤的河北棋上名家快棋手钟世源先生的那人?简兄先前对我讲起过的。"

简良道:"不错,正是此人。我的无相棋绝技,就是经秋海林先生诱发引导出来的。"

罗坤道:"家师还说过,神针秋海林不但以金针济世救人,而且还可以伤人于无形,在针道上别成绝学,是医家中的一位奇人。"

简良点头道:"不错,秋海林先生确实是一位神奇之人,我当时被汉阳王府的高手击成了重伤,连及五脏,伤势着实不轻,多亏秋先生的神针救治,才使我转危为安。当知道了我与兰儿的事情经过之后,秋先生也很受感动。一个月后,我伤势平复,因思兰儿心切,便要去汉阳寻找兰儿,并报那破家之仇。秋海林先生见我执意要走,知道劝不住的,也没有阻拦,只告诫我不要鲁莽从事,勿与汉阳王府正面冲突,我自是感激地应了。别了秋海林先生之后,我便一路向湖北汉阳而来,在道途中遇见了六合堂的朱维远堂主,告知了方大哥和罗堂主海上遇难的事,当时令小弟万分悲痛,没想到方大哥棋高天下,竟然亡身海外。好在方大哥与罗堂主吉人天相,死里逃生,也是苍天不忍毁去方大哥所负这种无上棋道的。"

方国涣道："当时随赵氏海船出海，也是为了躲避汉阳王府的追杀，虽有大难，所幸不死。"

简良道："没想到你我兄弟二人都在棋上有此磨难，实为不公。"

方国涣感叹道："所谓世事如棋，人世间的这盘大棋，你我走不通的。"

简良这时又道："别了朱维远堂主之后，我又继续赶往汉阳，这时忽然传来了汉阳王联合晋王、福王举兵叛乱的消息，并且路途上每日都见有大批的难民逃亡。当时心中很是吃惊，没想到汉阳王这么快就起兵了，知道与兰儿相见的机会更是渺茫了。所庆幸的是当年与方大哥及时逃出了汉阳王府，倘若做了汉阳王的棋客，今日可就惹上大祸事了。"

罗坤道："汉阳王早已图谋不轨，他的王府乃是是非之地，当年方大哥与简公子真是明智之举。"

方国涣苦笑道："那时也是迫不得已，纵使不逃，也要遭杀身之祸，汉阳王暴戾，岂容不顺他之人？"

简良这时又道："兵乱一起，百姓争相逃难，其惨状目不忍睹，有人告之于我，前面打得正凶，去不得的，但为了寻找兰儿，我却也顾不及这许多。又前行了一日，竟意外地遇上了白兆山的黄严老英雄一家人，也是躲避战乱外迁的。"

罗坤道："白兆山离汉阳很近，战火自然涉及，并且汉阳王也容不得黄严这些占山立寨的人，只能远避了。"

简良接着又道："当时见着了黄严黄老英雄一家人，惊喜之状自不必说，但是黄老英雄却带来了一个惊人的消息，让我大感意外，说出来方大哥、罗堂主可能不信。黄老英雄在汉阳王举兵叛乱的头三天，因去汉阳拜见一位朋友，却于街上意外地看见了一个人，你道此人是谁？他正是被方大哥废了棋道的李如川。"

"李如川！？"方国涣、罗坤二人听罢，各是大吃一惊。

方国涣愕然道："不可能的，昔日黄鹤楼棋上一战，李如川被自家的鬼棋棋力反伤，已经人棋两废，后来虽被那五位红衣喇嘛所救走，也再无生还之理，如何还能走在汉阳的大街上？黄严前辈莫非识错人了罢？"

罗坤也自道："就算那太监命大没有死掉，又回到了中原，可是他因棋上杀人之故，仇家甚多，纵有于若虚护卫，也自不敢明目张胆出来走动的，定是黄严认错了人，那人也是个太监身，年老的太监们都一个模样的。"

简良摇头道："闻此消息，我也不信，可是黄老英雄说，昔日在黄鹤楼上，他见过李如川的，当不会认错人，当时黄老英雄也觉得奇怪，李如川如何会又出现在汉阳？然而更让人奇怪的是，李如川的身旁竟有汉阳王府的众高手护着，前呼后拥，好像重要得很，却是不见了于若虚的影子。"

第九十八回 谜 团

方国涣此时惊讶道:"李如川怎么会和汉阳王府的人在一起?难道他没有因棋而废,返投靠了汉阳王,此番三王之乱当真与他有关?这如何可能呢?太不可思议了。"

简良这时又道:"黄老英雄见李如川复现汉阳,并且与汉阳王府的人在一起,觉得事情有些蹊跷。那黄老英雄也是好事之人,艺高人胆大,当天晚上就潜入了汉阳王府,想探个究竟,谁知这一去,竟然发现了一件惊天的大秘密。"

罗坤一旁道:"李如川即使成为汉阳王的座上宾,却也做不出什么大事来,莫非那黄严夜探王府,发现了汉阳王要谋反的事?"

简良道:"罗堂主只说对了一半,那天晚上黄老英雄不但查知了汉阳王要联合晋王、福王在近日谋反,并且还发现了三王急着举兵叛乱是与那李如川有着极大关系的。"

方国涣惊讶之极道:"三王之乱果与李如川有关?这件事情越发古怪离奇了。"

罗坤这时摇头道:"那太监可没有方大哥这般能把棋上本事化通于兵道,摆兵布阵,搏杀于百万军中的本事,莫不是他得了什么夺取天下的大略,献策汉阳王,举兵反叛,他便乱中取那荣华富贵?"

方国涣闻之,忽然想起一件事,不由大惊道:"昔日在京城中,曾闻宫里的一位齐公公说过,李如川习练成杀人的鬼棋邪术,是得益于一册《地煞棋经》,而此书的开篇首语就是'以棋乱天下'一句,难道此书另载有化合于棋道的韬略大术,可助那些有野心的人图谋天下的?"

罗坤道:"此《地煞棋经》不是在黄鹤楼棋战之后被小弟毁了吗?"

方国涣道:"李如川事先可能都熟记了的,所谓的'以棋乱天下',不但要乱棋上的天下,还要乱大明朝的江山,不知这是一种怎样的大略棋术?简直太可怕了!不过……。"

方国涣又摇了摇头道:"不可能的,李如川棋道已废,虽保存了性命,已无力再施展棋术了,即便有夺取天下的棋上韬略,他也不可能有极高的棋境去领会化通的。"

简良这时道:"此事还真与李如川棋上本事有关的。"方国涣闻之,惊异道:"果是与棋道有关!简兄快细讲来,到底是怎么回事?"

简良道:"黄严老英雄夜探汉阳王府,那李如川不知住在什么隐蔽之处,竟然寻他不着,后来黄老英雄便捉了个深知王府底细的管家,就在邝管家的房间内细加审问。起初那管家强硬不说,黄老英雄一急之下便点了他的几处'痛穴',那管家负痛不过,便依黄老英雄所问尽实说了。那管家讲道,半年前,有一位曾在江湖上名气很大的太监来投汉阳王,此人汉阳王府的人竟然都尽知的，因为他曾在黄鹤楼上被一棋上高手废了棋道，还险些丢了性命，后来此人被西域的五位喇嘛救走，并且在西域得到了异人救治，不但恢复了棋道，还从西域带回了一个大秘密献于汉阳王……"

方国涣听到这里，不由惊讶道："李如川原来得到了西域异人的救治，怪不得又能重返中原，但是李如川在黄鹤楼棋上一战，他作茧自缚，被自家棋上的杀伐之力反伤，按道理来讲，李如川已棋毁心衰，人棋两废，不死已是万幸了，再无复原的可能，不知这西域有何神人，竟然救治了李如川这等恶人？"

罗坤道："却也怪了，就算那太监能被什么高人治好，却又带回了什么大秘密献给汉阳王，使得汉阳王如此大胆兴兵作乱，并且声势日盛，连败朝廷兵马，果真是得了神助一般？"

简良接着又道："李如川在西域被异人救治之后，不知是什么原因，发现了一个关系着中原安危的大秘密，当时那管家也说不清楚是何秘密，但说李如川一到汉阳王府，便被汉阳王礼遇甚厚，竟私下拜为国师，说是李如川可助汉阳王夺取天下。那管家还偶然听到汉阳王与李如川密谈中经常提到什么石头落地有光、棋势应天下之类的话，好像与李如川自身的棋上本事有关的，并且李如川常去一处极其隐蔽的地下暗室，不知他在里面作弄着什么。由于李如川的到来，竟使得汉阳王加紧了与晋王、福王的秘密联络，说是近日就要兴兵谋反的。当时黄严老英雄听完那管家的话后大吃一惊，他也知汉阳王早有叛乱之心的，但是没想到近日就要发难。黄老英雄惊讶之余，也自十分好奇，便想寻到李如川，看他做什么古怪，于是点封了那管家的穴位，在汉阳王府内寻找起来。不巧被那西门子晏发觉，二人动起手来，黄老英雄竟然不敌，幸亏走得快，才没有遭西门子晏的毒手。黄老英雄脱身回到白兆山后，知道被汉阳王府的人识出，并且白兆山离汉阳甚近，自是不能再久住了，也是知道汉阳王近日要起兵谋反，必然祸及白兆山，于是黄老英雄遣散了白兆山的人马，带了家人，避走他乡。黄老英雄刚刚离开白兆山，便传出了三王叛乱的消息。当时我听了黄老英雄所述之后，大感惊异，不知李如川如何牵扯在了里头？黄老英雄也知道了我与兰儿两年前出逃的事，听说兰儿又被劫回了汉阳王府，我要去搭救时，黄老英雄便劝我说，现在战事正紧，汉阳是去不得了，纵使我有天大的本事，也难敌汉阳王的千军万马。我于是暂且放下了寻找兰儿的事情，也是觉得李如川突然意外地复出甚为古怪，助汉阳王举兵叛乱更是离奇，为探查清楚此事的究竟原委，我便只身一人来到了西域。"

方国涣惊讶道："李如川远在汉阳王府，不知简兄在此藏地如何查法？"

简良道："三王叛乱是迟早的事，但如此意外的提前，依黄老英雄所言，

第九十八回 谜 团

当是与李如川有着莫大关系的。当年李如川被西域红教的五位喇嘛救走，回到了西域，在得到某位异人救治之后，李如川不知发现了什么秘密，竟然带回中原，促使汉阳王迫不及待地举兵谋反。那五位喇嘛或许能对此事知道一二，先前他们曾到中原迎取教中的圣物，因此之故我与他们识得，所以此番来寻他们，希望能知道些李如川来到西域后的经历，把他复转中原促成兵乱的原因查个水落石出。"

方国涣这时叹道："此事不可思议，有着许多不可解之处，倘若中原兵乱真的与李如川有关，他将是一个祸国殃民的罪人。"

方国涣转而又摇头道："但是凭他一己之力，如何能使汉阳王举兵发难呢？难道他发现的那个秘密真的能有助于汉阳王夺取天下吗？不可能的，这其中或许另有缘故。"

罗坤道："那太监既然得到了异人救治，恢复了棋力，可能又在棋上悟得了什么玄机罢。所谓世事如棋，中原的局势便如棋势一般，方大哥能以棋事化通于兵事，摆兵布阵，可奇胜于两军之中。那李如川也许更能变通棋道，审时度势于天下，否则他别的本事是没有的，只能在棋上别成一种韬略的棋术了。"

方国涣闻之，点头道："这种可能不是没有的，棋道博大精深，至极者可化通于万物，应变于万事，李如川在棋盘上不能独领天下，便要在棋盘外以棋乱天下了。不过，他能走得通这盘世间之棋吗？"

罗坤道："正因为他走不通，所以才乱走一气，把这天下走乱了才好。"

简良摇头道："这种大本事可不是李如川能达到的，先前他虽然习成了杀人的鬼棋邪术，也只限于棋上的邪正，后来被方大哥于棋盘上废去了棋道，即使得异人救治，棋力恢复，棋境却是不能再提高到可应变化通于万事万物的境界了，此人心术不正，如何能达到这种无上修为。"

方国涣点头道："简兄说得不错，这种以棋道贯通于世道的无上境界，你我二人尚不能达到，李如川也自不能的。看来李如川能得到汉阳王的如此器重，竟然拜为了国师，当是另有原因的，也就是与他发现的那个大秘密有关，这是一个不解之谜。还有一个谜团就是，救治李如川的那位异人不知是仙是神。当年黄鹤楼上，李如川受棋上的杀伐之力反伤，五脏俱损，神智全废，纵然不死，也是一无用之人，已无可救药了，没想到竟被人救治得痊愈，实为不可思议。这两个谜团，我们应找到那五位喇嘛搞清楚才好，尤其是关于李如川发现的那个所谓大秘密，是与三王叛乱有关，我们且要搞清楚它，虽然对中原的局势于事无补，也要查明其原因所在，日后回到中原时，寻机会找到李如川，以此事迫使他罢手归隐，不要助纣为虐。"

罗坤道："只要找到那五位红衣喇嘛，李如川在藏地的一切经历自能明了。"

简良道："我来西域已一月有余，一直找不到红教中人，更不知那五位喇嘛所在，听说拉萨城是喇嘛教僧侣的聚集地，故而寻了来，希望能打听到那五位红教喇嘛的消息，不想与方大哥、罗堂主遇上了，实为庆幸得很。"

方国涣道："藏地广大，寺院众多，实难查出那五位红教喇嘛的所居寺庙。对了，前些日子识得一位大昭寺的安木喇嘛，此人的身份奇特，地位很高，应该知道红教中的事，且去向他打听些消息，必能告诉我们的。"

罗坤听了喜道："不错，就去找他，没想到认识这个喇嘛也有些好处，他对我二人的印象不错，去求他帮忙，当会指点一二的。"简良闻之，也自高兴。

此时天色已晚，三人便准备明日去大昭寺。当天晚上，简良、方国涣又叙了些别后之情，尤对这几年的巨大变化各自感慨不已。

第二天一早，方国涣、简良、罗坤三人便出了扎巴家，向大昭寺而来。

到了寺门前，罗坤上去叫门，先前那位守门的洛嘎喇嘛出来见是方国涣、罗坤，还有一位陌生的年轻人，知道是来访安木喇嘛的，态度自不像头一次那般蛮横了，满脸堆笑着把三人迎进寺门，先让于一旁的门房内坐了。

洛嘎喇嘛随后对另一位喇嘛耳语了几句，那喇嘛立呈惊异之色，望了三人一眼，匆匆去了。

洛嘎喇嘛这时赔着笑道："三位尊贵的施主稍等片刻，我已让人通禀活佛了。"罗坤但笑着点了点头。

时间不大，便见那位先前的喇嘛飞跑了回来，对三人恭敬地道："活佛有法旨，请三位施主入内相见。"说完，便引了方国涣、简良、罗坤三人出了门房，沿着一条满是壁画的长廊走至一侧殿堂门前，已不是方国涣、罗坤头次来的路径。

那名喇嘛这时对三人道："活佛就在里面，三位施主请罢。"

三人进了殿内，见里面供着那立佛、跏趺佛、卧佛三式尊像，神态安详而庄严。这时，先前的那名小沙弥迎了出来，施了一礼，指了一侧门道："活佛在里面等候了，三位施主请进罢。"说完，那小沙弥便躬身而退。

方国涣、简良、罗坤三人进了门内。里面乃是一间宽敞的内室，此时安木喇嘛正居中而坐，见三人进来，放下了手中的一卷古书，笑着道："今日又多了一位施主，很好！三位但请随便坐罢。"

方国涣知道安木喇嘛身份虽特殊，却是一位通达之人，不拘礼节的，自上前施了一礼道："今日带了一位朋友来，有件事情烦请活佛指点的。"

安木喇嘛望了望简良，不由点头道："这位施主内里的修为非同凡响，可见三位都是汉人中的龙凤，能同来大昭寺，实让本座高兴得很，灵慧之人是

第九十八回 谜 团

很难遇的。"方国涣、简良、罗坤三人各施了一礼,于一旁的坐垫上坐了。

简良这时道:"大法师,今有一事烦劳请教,有五位能齐诵'梵音天咒'神功的喇嘛,大法师可知晓?"

"哦!"安木喇嘛诧异道,"施主说的是红教中的五位'伏龙尊者',五位尊者远居西域,很少接触外人,施主可是识得他们?"

简良道:"这五位喇嘛曾到中原寻找其教中流失的一件圣物,我有缘帮过他们一点忙,因此结识。"

"是这样。"安木喇嘛点头道,"数年前曾闻这五位尊者离开西域去了中原,后来迎回了红教中的神器圣物昆吾刀。此昆吾刀失传了几百年,没想到竟然从汉地寻得,实为奇事。闻此昆吾刀乃天地间一神器,有'遇土而震,入水而遁'之性,红教宗师祖莲花生大士曾持此刀扫荡天下群魔,使其更具有了无上法力。今番重归故教,实为幸事!"

安木喇嘛接着道:"红教中的这五位伏龙尊者远居在昆仑山大雪峰甘兰寺,那里山高雪寒,人迹罕至,且路途遥远,艰难险阻重重,寻去那里可不是一件易事。"闻那五位喇嘛有了下落,方国涣、简良、罗坤三人暗里松了一口气。

简良道:"今有一件极其重要的事,非要找到那五位喇嘛不可,即使有天大困难,我们也要寻去的。"

安木喇嘛闻之对三人自生敬意,点了点头道:"三位施主不畏路途艰险,去寻那昆仑山大雪峰甘兰寺,果然是有重要事情办的。既然如此,本座便帮你们一回,过两天本寺碰巧要遣一队僧侣护送一批经卷去西宁的塔尔寺。三位施主执意去那昆仑山,就随了本寺的僧队顺路同行吧,也好有个照应,本座回头与寺里说一声就行了。否则三位施主草率而行,纵使不在路途上被狼群和匪盗夺了性命去,也会在茫茫的高原上迷失了方向路径,极易冻死饿死,在这雪域高原上旅行是十分危险的。"

方国涣、简良、罗坤三人闻之大喜,忙向安木喇嘛谢过了,随后约好了两日后随大昭寺的僧队同行远赴昆仑山,接着三人辞谢去了。

回到了扎巴家,方国涣见先前随印度商队时所用的马匹、帐篷乃可用,倒也不必另行配备了,单准备些食物、水就可以了。罗坤找来了二管家丹巴,告之过两日要去昆仑山的事。

那丹巴闻之惊讶道:"三位莫不是因道路不通等得急了,想绕道回汉地去?这可是不值的。一路上千山万水,大耗时日不说,路途上更有诸多艰险。说不定你们在半路上,汉地的兵乱就已息了,通往云南、四川汉地的道路就开通了。三位此行未免急躁了些,还是再候一候罢。你们是印度喀伦家商队的朋友,多住些时日不打紧的,老爷和大管家都已吩咐过,对几位要格外看顾的。"

罗坤听了，笑道："多谢管家的一番好意，我兄弟三人并非想绕路回汉地去，乃是去昆仑山办一件要紧的事，而后还要回来的，并且是随大昭寺的僧队同行的。"

"哦!?"那丹巴闻之，颇感意外。

罗坤随后给丹巴几把银钱，道："还烦请管家多备些食物和御寒的衣物与我们路上用，剩下的就送了你吧，自家买酒吃，也是个意思。"

丹巴见罗坤银钱使得大方，知道是个富主，欢喜地应允道："三位但请放心，一切物事我包办了，你们的房间还给你们留着，把不便带的东西存在屋里就是了，放足了心，短缺不了的。"那丹巴管家随后高兴地带着些疑虑去了。

过了两日。这天一大早，方国涣、简良、罗坤三人便做好了长途旅行的准备。罗坤将那袋珠宝寻一隐蔽处藏了，自取了一些路上备用。管家丹巴已装备好了马匹行装，又当着罗坤的面将房门锁了。方国涣向王永安、胡庆等几位商人打了声招呼，说是要外出办事，可能耽搁些时日。

随后有大昭寺的僧人来唤，告之护送经卷的远行僧队已在城外等候了。方国涣、简良、罗坤三人便别了丹巴管家，牵了驮着装备的马匹向拉萨城外而来。

拉萨城外，不远处有一队即将远行的僧侣，二十余匹骡子驮满了装捆好的货物，除了一些旅行用的物品外，多是大昭寺运往塔尔寺的经卷。此行僧队约有五十余人，除了几名年老的喇嘛外，都是些身强力壮，雄武赳赳带着兵器的壮年喇嘛，乃是大昭寺的武僧，负责保护此行僧队的人货安全。

一名叫唐戈的领队喇嘛迎了方国涣、简良、罗坤三人，恭敬地施了一礼道："三位便是安木活佛所说的尊贵的朋友吧。"方国涣三人忙上前礼见了。

僧队诸喇嘛见了三人皆呈惊讶之色，不知三人如何通过安木喇嘛而加入到他们远行僧队的，这是普通人办不到的事情，况且还是三个年轻的汉人。

双方见了礼，唐戈喇嘛又道："安木活佛特别交代过，三位尊贵的客人日后在路途上有什么事尽管提出，我等全力相助便是，三位请放心，我们会安全地将你们带到昆仑山口的。"三人听了，甚是感激那安木喇嘛，自向唐戈喇嘛谢过了。随后三人加入了僧队，开始了漫漫的昆仑山之行。

开始的十余天里，沿途所见尽显示着雪域高原的生机，蓝天白云，雪山碧水，浅草平铺，牛羊遍野，这种雄浑瑰丽的高原风光令人心旷神怡，尤增壮志和豪情。

随着道路的延伸，地势逐渐高了起来，少见了那草地和湖泊，空气也变得冷了，一切都显得那么空旷和凄凉。

第九十八回 谜团

这时，右前方远处呈现出一片雾气来，一团团的水汽从地下冒出，弥漫开去，好似开了锅的沸水。唐戈喇嘛告知那里是一片热水塘，水汽炽热，人不可近。正说话间，大地不知何故剧烈地震动起来，僧队众喇嘛立呈骇然之色。紧接着一声巨大的轰响，如炸雷般从地下蹿出，遂见那片热汽处有一巨股浓黑色的冲天水柱射向了三四百米外的高空，其所夹带的大量水汽、泥沙、石块四下散落去，遮天蔽日，天地间随之一暗，此般异景气势磅礴，实为旷古奇观。

这场突如其来的变故惊得僧队中的骡马四散奔逃，乱作一团。方国涣、简良、罗坤三人自是看得目瞪口呆，旁边的几名喇嘛忙拉了三人卧地躲避。好在那爆炸处离此地甚远，仅有一些泥沙水点落了下来，少许拳头大的石块落在了不远处。这是一种"水热爆炸"现象，为浅层地下水被岩浆加热后骤然喷发所致。来势急猛，去势也快，待杂物落尽，高空中的水汽也被风吹得淡了去，只剩下了一片狼藉杂乱的湿漉漉的地面，余热未尽的泥沙石块还散发着缕缕的热气，触之烫手。

惊魂未定的喇嘛们忙着驱赶惊散了的骡马，好在清查之后行李经卷并无短缺和损坏，众人心下稍安。唐戈喇嘛理顺了僧队之后，告诉方国涣、简良、罗坤三人，这种水热爆炸现象在水热区内偶有发生，时有牧人在近距离内与之遭遇，避之不及者往往被夺了性命去，牛羊伤亡无数。三人闻之，啧啧惊奇不已，对这神秘的雪域高原更是充满了敬畏。

僧队一路前进，朝行暮止，偶尔投宿在途经的寺庙内，更多的是宿营在空旷的野地里和树林中。由于和僧队结伴同行，对方国涣、简良、罗坤三人来说，实在是安全和方便多了。时常听唐戈喇嘛讲述些西域的历史和奇闻，也自减了旅途中的寂寞。一路上跋山涉水，这一日，僧队越过了唐古拉山口，进入了青海境。

明朝廷于洪武六年便在西藏和青海设立了乌思藏都司、卫所和朵尔干都司、卫所，皆任命藏人为大小官吏自治，巩固了西部边防。

漫长的旅程似没有个尽头，时间也似失去了意义。方国涣甚至对此番昆仑山之行起了怀疑，仅仅因对李如川的一种猜测，如何经安木喇嘛手一指便将三人引向了昆仑山？即便到了昆仑山大雪峰甘兰寺，见着了喇嘛教中的那五位伏龙尊者又能怎样？对前途的那种迷茫，每令方国涣惴惴不安，又似预感将要发生什么事一般。私下里与简良、罗坤二人论起此番昆仑山之行，二人也有些迷惑起来，毕竟中原战乱离此地太过遥远了，三人这次长途跋涉不知会有什么意义，但事已至此，也只好硬着头皮向前走了。

僧队在一座寺院内休整了两日，以缓解些旅途的疲劳，然后备足了给养又出发了。这一日越过了沱沱河进入了可可西里，这里是一片壮丽迷人的天然牧场，动物的乐园。天蓝草绿，地广林稀；繁花锦绣，蜂蝶飞舞；野驴狂奔，麝鹿突窜；鹰鹫虎视，雁鹤低旋；更有那成群的黄羊，大批的牦牛，遍布草野，一望无际。

一群机警可爱的羚羊驻步昂首，奇怪地望着这支旅行的僧队。罗坤见状，童心大起，驱马冲向了羚羊群，众羚羊立时敏捷地四下惊窜去，远远地停下，仍然迷惑地望着这些不速之客。罗坤追逐了一会儿，这才笑嘻嘻地引马回了来。望着这一群群数不清的肥硕的野驴、黄羊，罗坤本想猎杀一只烧烤来吃，然虑及同行的喇嘛们当与中原佛家的和尚一般，都是不杀生戒荤腥的，恐在他们面前犯忌，也就忍了。方国涣、简良二人也本有此意，然看得久了，感觉行走在这些动物之间，与它们彼此相安无事实在是一种奇妙的气氛，别生境感，也制止了猎取之念，自不想破坏这种大自然的和谐。

雪域高原的天气变幻无常，刚才还阳光大好，白云飘游，转眼间突然乌云密布，似黑山压顶，竟自下起大雨来。随之冰雹齐下，大雪纷飞，竟有那"六月飞霜"之奇。一路行来，因地势高低起伏之不同，而有那一年四季冷暖之变换。方国涣、简良、罗坤三人初涉此境，自不如那些已习惯了的喇嘛们，加之高原反应，直被折腾得头脑昏昏，百趣全无。好在有喇嘛们照应，勉强地坚持住了。

路途上曾遇上几股盗匪，然见是远行的僧侣而非商队，踌躇了一番便放弃退去了。偶碰上狼群，但见僧队人众，也自不敢贸然相犯。除了恶劣的气候环境外，一路上倒也无意外变故。

第九十九回　金圣法王

这一日，僧队诸人正在默默地赶路，唐戈喇嘛忽指了前方说道："三位施主，就要到昆仑山口了。"

早已疲倦不堪、骑在马背上昏然欲睡的方国涣、简良、罗坤三人，闻声精神一振，抬头看时，但见远处昆仑横卧，雪峰巍立，端的是雄浑壮豪。

到了昆仑山口，唐戈喇嘛指了去大雪峰的方向路径，随后别了方国涣、简良、罗坤三人，率领护送经卷的僧队择道西宁往塔尔寺去了。

谢别了唐戈喇嘛，三人离了僧队入昆仑山口改道大雪峰而来。行至傍晚，三人在一巨大的岩石后面择一避风处支起帐篷宿了营。因没有了僧队喇嘛们在场的忌讳，罗坤在附近轻易地猎杀了一只野羊，提回来料理后在火上烧烤了，随后兄弟三人就着酒吃喝起来。多日不沾肉味，便觉得这只野羊肉格外的香美，也驱散了一些连日来旅途上的疲劳。

用毕晚餐，简良、罗坤二人去附近拾木柴去了，以维持晚间取暖的篝火。方国涣待着无事，闲步登上了一座山冈。时已夜幕降临，山峦淡隐，星河显出。皓月当空，撒下万般银辉，与远处雪山上的白雪相映，天地间素然一色。方国涣身处昆仑山高地势，仰望夜空，但见群星低挂，各式了然，好似身在其中，几乎与当年修悟成天元化境时的境感相同，神思浮游，竟怀疑起了此时此地的真实感来。

"方大哥，晚间寒冷，且回去休息吧，明日还要赶路的。"一声呼唤，唤醒了几近虚幻态的方国涣。回头看时，见是简良不知什么时候站在了身后。

"哦！简兄。"方国涣忙拉过简良，指了夜空道，"看，多美呀！"

简良道："此处星空比在中原夜观时是近一些，也明亮多了，感觉真是不同的。"

方国涣慨然道："星星还是那些星星，只不过我们在万里之外看它罢了。对了，那唐戈喇嘛说，我们明日傍晚便可到达大雪峰山脚下了，不知明日会有什么结果。"

简良摇了摇头道："谁知道呢，尽人事以听天命罢。那李如川真是个棋魔，当年虽在棋上废去了他的杀人鬼棋，不曾取他的性命，今日却要满天下地找寻他，你我兄弟真是与他有缘分的。"

方国涣苦笑道:"看来李如川一日不死,我们与他的缘分是不能尽的。"这时,西南方向出现了一颗耀眼的流星,划破寂静的夜空之后隐没东北方向去了。

第二天天色蒙蒙亮时,方国涣、简良、罗坤三人便又起程赶路。行至中午时分,遥见前方一雪山巍峨直立,高耸入云,知道便是那大雪峰了。不远处现出几顶帐篷来,有藏民出入其间。三人见前方地势愈高愈陡,已不适马匹行走了,便寻至那藏民处将马匹行李暂时寄存在了那里。问知前方果是那大雪峰所在,甘兰寺就在山上,三人随后辞谢了那些好客的藏民,加了层寒衣,徒步向大雪峰而来。

那大雪峰看似在前方不远处,走起来却是甚远,所谓望山跑死马便是喻此。时近傍晚,方国涣、简良、罗坤三人才好不容易走到了大雪峰山脚下。大雪峰山高雪厚,极是险峻。四下望寻,却不见那甘兰寺的影子。

三人稍作休息后,便登山寻来。时已日垂西方,天色将暮,若寻不到甘兰寺,晚上只能睡在这冰天雪地里了,三人心中不免焦虑起来。

待转过一道山梁,罗坤忽惊喜道:"在那里了!"

方国涣、简良抬头看时,果见前方一缓坡上,坐落着一处颇具规模的寺院,此时隐隐传来阵阵法号声。寺中呈现的庙宇与围墙皆呈大红之色,在夕阳下雪山中显得十分耀眼和神秘。这便是那甘兰寺了,当地的藏民又称之为"红庙"。

终于寻到这里了,三人相视一笑,各松了一口气,来到甘兰寺山门前,却见寺门紧闭。

简良便朗声道:"中原简良前来拜山,烦请引见贵寺的五位伏龙尊者。"连呼数声,并不见寺里人回应。简良皱了皱眉头,刚想上前叩击寺门,忽觉眼前红光闪动,两名红衣喇嘛似从天而降拦在了三人面前。

一喇嘛面呈怒意道:"你们这三个汉人不知死活,竟跑到了这里来。本寺不接纳外人,速速离去。"态度极不友善。罗坤见状,忙护在了方国涣身前。

简良拱手一礼道:"大法师切莫误会,我等非闲游之人,更非冒犯之客,乃是有要事拜见贵寺的五位伏龙尊者,还望通禀一声。"

那喇嘛闻之一怔,惊异道:"各位是什么人?见本教的五位尊者有何事?"

另一名喇嘛疑惑道:"适才可是有位简良施主叫山门吗?"简良微微一笑道:"在下简良,曾与贵寺的五位尊者交过朋友,今日前来拜会一下故人,打听个事。"两名喇嘛闻之,皆呈惊讶之色,神情立缓,一喇嘛忙转身飞跑入寺通报去了。

另一喇嘛甚是恭敬道:"原来是本教的恩人到了,小僧不知,适才多有冒犯,还请见谅。"说完侧立一旁,将三人请进了甘兰寺。

第九十九回　金圣法王

当年简良在武昌蛇山将那件昆吾刀交给吉桑等五位尊者之后，其五人十分感激，归还甘兰寺后自将简良的名姓与教中人说了，故而那两名喇嘛见简良到了甘兰寺，便自动容，不敢怠慢了。

方国涣、简良、罗坤三人被请进了甘兰寺，于一座大殿上坐了。刚饮了几口茶，随闻殿外一声佛号，两位喇嘛并肩进入殿来，正是五位伏龙尊者中的吉桑、巴拉二人。当年黄鹤楼棋战之后，五位尊者从中原群雄刀下救下李如川，方国涣、罗坤也自见过此二人。

简良起身拱手一礼，笑道："两位大法师，别来无恙？"

吉桑、巴拉两位尊者得到通报，说是中原的简良到了甘兰寺，二人自有些不信，如今见简良笑吟吟地站在面前，两位尊者颇感意外惊喜，眼中也自掠过一丝的疑虑。

吉桑喇嘛讶道："简施主如何来到这世外冰寒之地？"

简良道："无事不登三宝殿，两位大法师且先见过我的两位朋友。"随后引见了方国涣、罗坤二人，双方彼此礼见了，尤其是介绍到方国涣时，两位尊者不由一怔。

简良笑道："方大哥就是当年在黄鹤楼上棋废李如川杀人鬼棋的人，后来李如川被几位从中原群雄刀下救走了。"吉桑、巴拉两位尊者闻之呈惊异之色，尤见罗坤神扬形稳，当是一位身怀武功的高手，今见三人意外地造访甘兰寺，自感来者不善，疑心大起。

双方落座。

简良道："今日我兄弟三人贸然来访拜见几位尊者，实在是有一件要紧的事情必须查清，还望两位尊者直言相告，我等将感激不尽。"

吉桑喇嘛道："简施主曾有恩于我教，今日不远万里跋山涉水而来，或有什么大事需我等相助，但讲无妨，若有效命处，教中上下当尽全力。"

简良道："不劳贵教出力，但向大法师打听一件事而已。"两位尊者闻之，互望了一眼，心中各自稍安。

巴拉喇嘛道："只要与本教的那件神器圣物无关，其他的事都好办。"

简良听了，摇头笑道："大法师想到哪里去了，未免忒小气了些，我若有心谋求那件昆吾刀，当年在蛇山时便有机会得了手去，又何须这般不远万里地跑一回西域。"

巴拉喇嘛闻之暗叫了一声"惭愧"！歉疚道："是我等多虑了，还请见谅，但不知三位历诸般辛苦，所为何事？"

简良肃然道："我们想知道，五位尊者当年从中原群雄刀下救走李如川之后，他所经历的一切事情。"

吉桑喇嘛闻之，释然道："原来是这件事。当年天下第一剑客于若虚曾对我五人有过恩情，故应他之邀前去黄鹤楼以助一臂之力。那日从中原众高手的刀剑下救出他二人时，李如川已奄奄一息，后来得知他是与方施主斗棋时被棋局上逆生出的一种神秘力量所伤。应于若虚的恳求，我师兄弟五人一齐发功，暂时护住了李如川的性命。"方国涣、简良、罗坤三人听了，知道若无这五位功力高深的喇嘛发功救治，李如川当活不了几日的。

吉桑喇嘛接着又道："为避开中原高手的再度追杀，我们便将李如川、于若虚二人带回西域。也是他二人伤势严重，尤其是李如川，若无我等发功续命，他熬不过一日的，救人救到底罢。当年回到本寺之后，李如川已性命垂危，没想到棋上一斗能伤人若此，不可思议。我五人虽发送功力将李如川衰竭的心脉暂时护住，但时日久了仍无能力保住他性命。经不住于若虚的苦苦恳求，无奈之下，只好求助于本教的金圣法王。"

"金圣法王！？"方国涣、简良、罗坤三人闻之，皆自惊异，知道那李如川果被喇嘛教中的高人救了。

吉桑喇嘛又道："本教的金圣法王隐居在雪山极顶修行，不理凡世间事，持有无上神功。起初，法王闻我等禀告之后不愿出手救治李如川，可后来听说李如川是一位棋中的高手，因与人斗棋之故而致人棋两废。不知何故，法王竟然对李如川起了兴趣，便命我等将他送上雪峰极顶施功救治。前后救治了月余，竟令李如川奇迹般地康复了，也是他的造化，幸遇法王施以神功救治，世上再无第二人了。这期间，于若虚养好了伤先行返回汉地去了。"

听到这里，方国涣、简良、罗坤三人互望了一眼，惊讶之极，那金圣法王竟有起死回生的神功，将那濒死的李如川奇迹般地救活了，匪夷所思！

吉桑喇嘛又道："法王以无上神功救活了李如川之后，亲自送他下了雪峰，到了本寺，又在本寺的秘道内闭关调理了五六日。随后法王送李如川出了昆仑山，两个月后法王才回来，事情的经过就是这样。曾听于若虚说起过，李如川棋上有杀人之力，故被一高人，也就是方施主在黄鹤楼的棋局上将他的棋道废了。难道李如川又以棋术杀人了吗？不可能罢，听法王说起过，李如川是在棋局上被双方走出的一种神秘的'棋气'所伤，命虽保住了，但棋上已无了杀人之力，仅为棋中好手而已。"

方国涣问道："以后的事情，大法师就一无所知了吗？"

吉桑喇嘛道："本寺建于雪山之中，十分偏远，很少涉及世事。自李如川走后，我们便无了他的消息，当是回汉地了罢，这些事我们不便向法王细问的。后来于若虚又到了本寺，闻李如川已被法王救活后走了，高兴之余，也自辞谢去了，或是寻那李如川去了罢，从此便绝了他二人的音讯。我们所知，就是这些。"

简良沉思了片刻，道："大法师，可知现今汉地发生了什么事吗？"

吉桑喇嘛道："曾闻本教外出归来的弟子说过，汉地发生了兵乱起了战祸，其他的事情倒未听说。"

方国涣道："大法师有所不知，当今汉地兵乱可能是与李如川有关的。"

"咦！？"吉桑、巴拉两位尊者闻之大惊。

方国涣接着道："李如川被贵教的金圣法王救活后，不知在哪里发现了一个关系着中原安危的秘密，并将这个秘密带回了中原，献给了一直有着野心的汉阳王，并助汉阳王举兵叛乱，使得叛军声势日大。这其中的联系似乎有些牵强，但李如川出现在汉阳王府，并被汉阳王私下拜为国师，这是已经有人证实了的。"

吉桑喇嘛惊讶道："竟会有这等事？李如川如何能生出这等大祸来？"

简良道："只有查清李如川在西域的一切经历，才能明白其中缘由。"

巴拉喇嘛道："当年李如川伤愈被法王送出昆仑山后，我们便没有了他的任何消息，至于他以后又经历了什么事，似乎只有本教的金圣法王知道了，不过……"

巴拉喇嘛随又摇头道："本教的法王圣明仁慈，虽救了李如川，乃是敬他棋上的本事。法王广博汉地诸学，自好结交其中的高人，当不会助那李如川做出什么有违天道之举来。"

简良道："或许法王能知道李如川离开昆仑山之后的一些经历，应会对我们有所启示的，还请大法师给我们引见一回法王如何？"

"这个……"吉桑、巴拉两位尊者不由呈出了为难之色。

一直未曾言语的罗坤，此时缓缓地说道："如今中原刀戈四起，生灵涂炭，虽非李如川一人之故，但却与他有着一定的牵连。佛法教人以慈悲为怀，岂有坐视之理！况且李如川是被你们喇嘛教中人救了后才回中原助人作乱的，中原的战祸，贵教当脱不了干系。"吉桑、巴拉两位尊者闻之色变。

简良也自道："不错，李如川本非善辈，先前曾以鬼棋杀人取乐，后被我于黄鹤楼上设伏棋将他引出，方大哥则在棋上废去了他的杀人棋道。为了除去此人，不知耗了我等多大的精力。谁知贵教善恶不分，两番救他，令他闯出了更大的祸事来，五位尊者与贵教的法王难脱其责的。我三人远道而来，为的就是将李如川在西域的经历查个水落石出，看他到底发现了什么秘密促成了这场兵乱。即使于事无补，也应知其缘由所在，两位尊者应助我们见上法王一面才是。当年法王送李如川出昆仑山，过了两个月才回来，难道这其间不会有什么事吗？"

吉桑喇嘛摇头叹道："没想到那李如川会将本教拖入这场是非中，当年真不该救他的。本教的金圣法王独居雪峰极顶修炼，不见外人，便是我等见上一面也很难，除非有特殊的情况，当年救治那李如川也是意外开恩。这几年来法王未曾下过雪峰，汉地的兵乱也是不知晓的，各位想见法王真是难的很。"

简良见吉桑喇嘛有推辞之意，不悦道："此事非常，不见上法王一面我等不甘心，大法师若不给引见，我们只好自己上雪峰上找了，惊扰了法王静修可怪不得我们。贵寺若有人想拦阻，我们也只好得罪了。"

吉桑喇嘛听了，忙说道："本教中人不敢对简施主无礼，既然此事重大，当属特殊情况，三位且在寺中住上一晚，本座连夜走一回雪峰极顶请示法王，请法王定夺如何？"

简良道："也好，希望大法师能带回来好消息。"吉桑喇嘛随后安排了三人的饮食住处，接着匆匆去了。

原来甘兰寺中的五位伏龙尊者就剩下了吉桑、巴拉二人，其他三位尊者外出办事了，寺中好手无多。吉桑喇嘛甚是惧惮简良的无相棋，知道他的棋子粘人厉害，若是性急之下使将出来，寺中无人能挡。并且见方国涣、罗坤二人也都似高手，高深难测的。因昆吾刀之故，吉桑喇嘛也不想对简良有所冒犯，迫不得已之下才答应请示金圣法王。金圣法王在红教中的地位极高，没有特殊的事，教中人是不敢上雪峰打扰的。

由于简良语气强硬，迫使吉桑喇嘛请示金圣法王去了，三人在甘兰寺内候了。此行虽见到了两位伏龙尊者但对李如川在西域的经历仍无所知，且那金圣法王能否愿见他三人也未可知，对这一切，三人不免有些忧虑起来。

方国涣道："金圣法王能出手救治李如川，这其中必有古怪，明日若能见到他，我们要谨慎了，只有这个法王知道李如川的去向。甘兰寺中的喇嘛对我们还算友善，倘若有变，勿与他们冲突，全身而退后再作打算，否则就事与愿违了。"简良、罗坤二人，点头称是。无形中，三人自有些紧张起来。

第二天一早，巴拉喇嘛过了来，告知三人，吉桑喇嘛昨晚已连夜赶往雪峰绝顶面呈金圣法王去了，晚间才能带回消息来。然后陪了三人说话，言语间也自随和，方国涣便乘机问起金圣法王。

巴拉喇嘛道："法王在本教中地位尊贵，终年独居雪峰极顶修炼本教的无上神功，喜欢研究你们汉人的学问，每有弟子去汉地，必让其带回一些关于天文地理的书卷，广博汉地杂学。"

方国涣听了暗里道："果是一位大智大圣的法王，却又如何救活李如川这个恶人呢？看来只有见到法王才能明白的。"

巴拉喇嘛又道："那个李如川果有恶行的话，法王知道了会不悦的。唉！也怪我们多事，当年不把他带回西域就好了。"随后又对简良道："当年我等迎回本教圣物后，曾对法王说起过简施主的棋子粘人神功，法王认为简施主

第九十九回 金圣法王

心意修达真境所至，世间罕有的。法王不见外人，若闻简施主到了，或能接见三位的。"

简良道："最好不过。五位尊者的梵音天咒神功端的是厉害非常，当年曾两番领教，果是威力无比。"

巴拉喇嘛道："梵音天咒神功又称'五音咒'，要五人配合齐诵方可出其威力，缺一不可，是我等五位师兄弟苦练三十年而成，但诵梵语'唵嘛呢吧咪吽'而已，有如汉地武学中的音波功，又不尽相同。当年简施主能抵御住梵音的振荡之力，实令我等折服。"

简良笑道："能以棋境抗御化解五位尊者梵音之力者，非简某一人，还有这位方大哥的，当年黄鹤楼上唯我二人无恙，目送五位尊者救了李如川、于若虚二人远去的。"

巴拉喇嘛闻之惊异道："二位施主的棋境竟能感化于万物，实在不可思议！"接着感慨道："本教建此甘兰寺已有五百余年，接待过的汉人不足二十位，都是奇人异士。今日三位施主驾临本寺，实是本寺的荣幸呢！"方国涣、简良、罗坤三人闻之一笑。

到了晚间，吉桑喇嘛才回了来。见了三人，高兴道："三位施主好运气，本座已面禀法王一切事由，法王大感意外，邀请三位明日上雪峰相见。"方国涣、简良、罗坤三人，闻之大喜。

吉桑喇嘛又道："法王听说对本教有恩的简良施主到了，很高兴，命我等好生招待了。并且听说简施主与同来的方国涣施主都是棋上的高手，李如川就是被二位于棋局上废了的，更是想见上一见。"

方国涣惊讶道："贵教法王可是懂棋的吗？"

吉桑喇嘛道："法王广博汉地杂学，自然也通晓棋道了。当年救活李如川时，多是因为他是棋上的高手缘故，否则即便皇帝来了，法王也未必理会的。"

"法王原来是懂棋的！？"方国涣此时心中不由一动，与简良互望了一眼，似有所悟。

第二天一早，吉桑喇嘛送方国涣、简良、罗坤三人出了甘兰寺，指着前方那座高耸入云的大雪峰，叮嘱道："法王就在这雪峰极顶之上，独请三位前去，本座不便陪送。此番前去风寒雪冷，路陡坡滑，实是难走，三位应小心了。并且不可在路上滞留太久，否则误了时辰天黑之前到不了峰顶，便会迷失方向的。峰顶空气稀薄，奇寒难耐，三位或不能适应，要有个准备才是。"

方国涣、简良、罗坤三人谢别了吉桑喇嘛，来到了大雪峰下，各自鼓足了勇气沿吉桑喇嘛所指的路径向雪峰极顶攀登而来。大雪峰陡峭难行，时有劲风刮面，是如刀割一般。由于空气稀薄，呼吸有些憋闷不畅，三人但咬牙攀行。好在罗坤真气充沛，内力悠长，见方国涣、简良二人有些吃不住劲，便不时地扶持而行。因有吉桑喇嘛的告诫，三人不敢放慢速度，否则误了时辰天黑迷了方向，极易冻死雪中的。

　　上行了约两个时辰，三人这才停下来暂歇片刻，缓解些脚力。待三人回头下望时，不由各自惊呼了一声，似感身子已到了天上，茫茫然，群峰低小，雪气游浮，高山峻岭呈现脚下，那座甘兰寺，仅见一点红色而已。

　　方国涣喘着气道："如此高寒之地，那金圣法王独居峰顶，终年不下，不知是何般神圣？"

　　罗坤道："非常之人必有非常之举，择此雪山奇寒地，当是在修炼旷世神功了。"

　　简良这时喊了声："快看！雪狐！"

　　方国涣、罗坤忙朝简良所指方向望去，但见一只银白色的雪狐，恐惧地望了三人一眼便飞速地在雪坡上疾驰而去。

　　罗坤惊讶道："没想到这大雪峰上还有活物的！"

　　方国涣道："鸟兽择地而居，自有它适应环境而生存的本事，此雪狐必是生性耐寒的。"

　　罗坤道："不会是金圣法王养着来玩的罢？"方国涣笑道："此狐惧人，当是野外的……"

　　话音未落，忽从旁侧传来一声轰响，三人转身看时，脸色俱变。原来是远处的一山体间发生了一场大雪崩，巨大的雪浪滚落山谷中，激起了弥天雪雾，更引发了一连串的雪崩，整面山体松动的雪层纷纷滚塌而下，如天河决堤，奔泻谷底，气势骇人，景象壮观，三人竟自看得呆了。

　　待那雪崩之势稍弱了些，三人这才恍过神来，相视惧然，知道若是这大雪峰上发生了此般雪崩，三人则是逃生无望了。三人于是不敢再说话，恐惊动了雪峰上的雪层，又继续攀登而上。

　　上攀了多时，偶然回头下望，山脚下已是阴暗起来，群山隐没在了暮色之中，不知不觉中已至傍晚了。由于此座雪峰高耸，比那山下暗得要迟些。好在三人将至峰顶，没有误了时辰，三人又上行了一程，忽觉眼前一阔，终于登上了雪峰极顶。但见白雪皑皑，甚为宽广，然却不见那金圣法王的影子。

　　方国涣、简良二人已累得气喘吁吁，躺在雪地上再不想起来了。唯有罗坤无碍，四下巡视了一番，见有一串轻浅的足印伸向了一处雪包的后面，知道是那吉桑喇嘛昨日来时留下的。

　　歇息了片刻，恢复了些体力，三人便沿着那串足印向雪包后面寻去。当

第九十九回　金圣法王

三人转过雪包，不由被眼前情形惊呆了。

前方一块雪地上，一名赤身裸体胖身红须的喇嘛正跏趺而坐，双手结着法印，其周围雾气腾腾，乃是将身旁的积雪融化了，水汽蒸发之故。那喇嘛此时头上白气缭绕，皮肤血脉红胀，还在不断地在透发着热量。方国涣、罗坤、简良三人已经猜到这喇嘛必是那金圣法王了，没想到他竟能在冰天雪地里裸身而坐，并将周围的积雪融化了，立生敬畏之情。三人不敢出声，站立一旁看了。

过了片刻，才见那金圣法王做吐纳状，长吁了一口气，朗声道："三位上来得好快，本座以为还需一会儿才能见到你们呢。"言罢，忽哈哈大笑，三人随觉眼前红光晃动，那金圣法王已罩了一件红色僧袍站在了三人面前。身形之快，便是罗坤也未能看清金圣法王如何将那红色僧袍罩上身的。三人惊异之余，慌忙施礼相见。

金圣法王望着面前的方国涣、简良、罗坤三人，微讶道："难道你们汉人都是这般神采不凡的？为何本座所见的汉人皆非俗辈？"金圣法王未曾到过中原，也极少下雪峰，所见生人有数，其神功盖世，过眼之人便能识其高低。

方国涣、简良、罗坤三人上前施礼见了金圣法王，各报了姓氏。金圣法王一一应了，随后道："三位贵客幸临大雪峰，不便在这雪地里叙话，且请洞中一坐罢。"说完，引了三人走进了旁边的一处洞穴，显是金圣法王在这雪峰极顶的栖身之处。

三人随金圣法王刚进洞口，便觉暖风扑面。三人心中奇怪，不知在这雪峰极顶，奇寒之地，何以有着这一处暖洞来。此洞穴向下延伸，有石阶通向山体内部，初窄后宽，洞势似自然而成。洞壁上每隔五六步便挂着一盏耐燃的酥油灯，照得洞内也自明亮。

三人随金圣法王在洞内拐了两处弯，前面愈加开阔起来。在十数盏酥油灯照耀下，洞尽头处竟有着一眼七八米见方的温泉，水面上正冒着气泡，热气缭绕，令洞内暖融融，如处温室。温泉一侧摆放着石桌石磴，石桌上列着几件简单的金银器皿，另一侧的石床上堆放着一些经书古卷。

方国涣、简良、罗坤三人自对那眼温泉感到惊奇，在这雪峰极顶之上竟然有此散发热气的温泉，别有一番奇异的景致。

金圣法王这时道："本座见三位当中，除了罗施主内力精湛，可抵御这雪山寒气外，简施主与方施主意境虽高，却无力抗寒之功。但请二位将手脚放入这温泉中，以解上山时的寒气，否则一会儿缓过劲来，将痛痒异常难以忍受的。"

方国涣、简良二人闻之，对金圣法王识人之能感到惊讶之余，也自觉得手脚麻木。本是冻得几乎失去了知觉，因这洞内暖和，寒热相激，手脚已经开始有些麻痒难耐了。二人不由对金圣法王的一番好意提示大为感激，忙去了鞋袜将手脚泡进了温泉里。随感一股热量透皮入骨，缓缓上蹿而来，方知这眼泉水竟有着异常的祛寒之功，二人大喜，舒服地继续泡了。

第一百回 地 象

方国涣、简良二人以温泉之热缓解去了身上的寒气,随后谢过金圣法王一旁坐了。

简良这时忽觉掌侧一凉,抬手看时,吃了一惊,但见一枚白色棋子贴在了左手合谷穴上,虽见金圣法王身形未动,却也知是他所为。简良心中惊异,没想到金圣法王也会些"无相棋"的,好在这枚棋子的贴粘力不是很强,简良自家意念一松,右手将棋子轻轻摘了去。

"咦!?"金圣法王这边见状,惊奇道,"简施主的念力好强,本座施出的棋子,若不将其所吸附着之物毁了,是不能将棋子取下的。吉桑所说的这种'无相棋'神功,被简施主修炼得如此自如,实出本座意料"

简良道:"在下久务棋道,对棋子'情有独钟',也仅能意动棋子而已,法王若施以他物,我却是不易取下的。"

金圣法王惊讶道:"精诚所至,物之为动。原来简施主在棋上引出了自家的真神,棋盘外别成绝技,不可思议!看来独自冥想一物,也可练意通神的。"

金圣法王又道:"请简施主将这枚棋子还施我身如何?"

简良闻之,知金圣法王要试自己无相棋的威力,随即微微一笑,手势轻扬,那枚棋子无形而出,意施在了金圣法王的右肩肩井穴上。

金圣法王眉头一皱,左手抬起轻拍了一下右肩,便将那枚棋子抄在了手中,点头道:"无形无相,附肉吸骨,气血速聚,神魔难抗!不过简施主这枚棋子用念太轻,仅达三成真意,无定人伤人之力的。"

简良忙说道:"这已经是冒犯,在法王面前,在下不敢造次。"

金圣法王笑道:"不妨事,你我之间勿拘礼数。适才简施主若动以七成真意,这枚棋子本座是不易取下的,身子或许被你制住了,简施主在这无相棋上乃是修成了意密高境。"

方国涣、罗坤一旁闻之,惊讶不已,自为简良被金圣法王青睐感到高兴。西域密宗讲究身、口、意三密相应,与道家的精、气、神有相似之处,都是一种修炼的法门。

金圣法王这时叹然一声道:"三位的来意,本座已经知晓,没想到无意中闯下了这般祸事，本座深感自责。当年因敬李如川棋上有国手的本事，也是为了一件好奇之事，才出手救他的。不想此人心地不善，蒙骗了本座。能识其人，却不能辨其心。"说到这里，金圣法王尤呈懊悔之意。

方国涣道："李如川在棋上习了一种杀人的鬼棋邪术，当年操此邪术害人甚众，后被在下与简良在棋上反制，将他人棋两废，应无复原可能，不知法王以何种神功将他救活的？"

金圣法王闻之，慨然道："棋为雅艺，竟也有邪正之分，善恶之争。当年本教的五位伏龙尊者从汉地迎回教中神器圣物昆吾刀，同时还带回来两个汉人。其中的那个李如川已奄奄一息，一路上因有五位尊者发功续命，他才未死。后来五位尊者请求本座救治李如川，本座避居雪峰极顶，不理世事，故拒绝了五位尊者所请，因为人之罪过，皆为自造。五位尊者又二番恳请，并说那李如川是汉地棋上的高人，有国手太监之称，因与人斗棋之故，导致心之气力衰竭，五脏俱废，天下间除了本座无人能救。本座因心中有一件费解的好奇之事，需一位棋上的真正高手才能指示明白，而西域难寻善棋之人，故有了救治那李如川之意。也是念在五位尊者迎回圣物昆吾神刀，对本教有功，不能拂了五位尊者的再番恳求。李如川也是造化，本座当时刚刚修炼成了宝瓶气神功，便施法救他，灌气输功，激复了他的心力，并激复了已被废去的大部分棋力。当时本座并不知李如川有以邪棋害人的恶迹，但敬他棋道，希望让他能证明一件奇异的事。"

方国涣、简良、罗坤三人听了，惊叹金圣法王神功之余，明白了金圣法王救活李如川，原是要借他的棋上本事解自家心中之惑事。

简良道："不知法王救活了李如川，究竟是要证明一件什么样的奇异之事？而致善恶不辨，纵他连起祸端？"简良自知言语太过，忙歉意地欠了欠身形。

金圣法王未在意，摇头叹道："当时本座并不知道李如川是一个城府极深的不善之人，但以敬他棋道，虽被你们在棋上废去了他的杀人棋力，却仍不失为一高手，足以解本座心中的那件久悬未决的秘密。"

简良道："如此说来，法王的那件秘密之事，果是与棋有关的？"

金圣法王道："不错，此事正与棋道有关，如今汉地的兵祸，都是因为一局棋之故。"方国涣、简良、罗坤三人闻之，惊异不已。

罗坤摇头说道："法王何出此言，难道此番兵祸关系着一盘棋不成？未免荒唐些。"

金圣法王道："此事并非罗施主所想象的那么简单，这是一局关系到天下安危的大棋，更是一件大秘密。"

罗坤仍自摇头道："法王说得我越发糊涂了，棋本雅艺，止于二人弈博，

第一百回　地　象

虽有鬼棋邪术，也只是在棋盘上论生死，再往大里说，棋道化兵，也仅限于两军阵前。方大哥与简公子都是棋达化境的高人，棋外也自别生异能，但都是以棋济世的本事。依法王所言，李如川是借那个秘密来以棋乱天下了？他可没有这份本事。"

金圣法王道："棋道虽为人所发明，然其奥妙却非人之智所能穷尽的，棋盘上纵然天下无敌，也只是限于术内。棋盘外，仍有玄机的。本座见简施主与方施主，还有那个李如川，棋上的修为都自达到那种传说中的化境，已非术艺可言了。并且两位施主棋道刚正，曾废过李如川的鬼棋邪术，棋上修为自比那李如川有过之而无不及，当有机会挽回和补救本座不慎所犯的过失，因为这个秘密是与棋道有关的。"

金圣法王接着道："当年本座为了一件好奇之事而救了李如川，并将他的棋力激复之后带到了甘兰寺，进入了寺中的秘道地下岩洞内。"

方国涣听了一惊道："法王所说的这个秘密就在甘兰寺？并且藏在甘兰寺的地下？"

金圣法王道："不错，甘兰寺所居山体在古时是一座火山，在一次爆发后，由于岩浆的挤压，在它的下面形成了无数的岩洞，洞之尽头有一片地海，本座所说的秘密就在其中。"

"地海！？"方国涣、简良、罗坤三人闻之，相视愕然。

金圣法王接着道："西域在远古时是一片汪洋大海，后来由于地势的变动，海底上升，水位下降，形成了今日这般雪域高原的地貌，时有牧民在山上的洞穴中捡到些贝壳类海中之物，当是可以证明的。"

简良惑然道："法王说的莫不是一处地下湖或地下河罢？海之广阔无边，这地下如何会有那么大的水面？"

金圣法王道："你等有所不知，整个雪域高原几乎是漂浮在这片地海之上的。本座曾在地海上探过险，是无尽头的。传说地海从昆仑山下可延伸至拉萨城，布达拉宫的地下岩洞便有其入口处。本教的甘兰寺地下岩穴纵横，延伸地下，便有一入口。这里面有着无数喇嘛教和藏地历史的秘密，被列为禁地，只有喇嘛教中身份地位特殊的喇嘛在特殊的情况下才能进去。早些年代曾有不少好奇探险的喇嘛在地海中遇难，更是一处神秘所在。这片地海中有岛屿无数，有一座地元岛，离洞底的岸边略近些，约有两日的水程。本座所说的这个秘密就在这座地元岛上，堪称神奇！"方国涣、简良、罗坤三人，惊诧之余，自屏息静听这种离奇之事。

金圣法王接着道："要说起这个秘密，还要先从藏地的历史讲起。佛法未入藏地以前，乃是格萨尔王的天下。格萨尔王是藏民的先祖，神勇大智，威震四方。后来佛陀入藏，以佛法度人，格萨尔王的大军便放下刀枪，皈依佛门。格萨尔王的麾下有一个叫扎登兰普的法师，是个有神术的人。有一天，忽然有一个叫伊平的汉人不远万里从汉地而来，与扎登兰普相遇并结成朋友。伊平是一奇人，精通汉地诸学，尤善相舆大法，更是一位棋中的高手。其所善相地大法，便是当今汉地盛行的地理风水之术。伊平与扎登兰普法师机缘偶遇，各敬服对方的修为，相交甚厚。伊平告知扎登兰普，自己是从汉地一路跋山涉水寻龙探穴而来，发现天下的龙脉竟然都是从昆仑山脉出，延伸中原，散布四方。他是来探寻地脉之源的，只要找到地脉之源，便可以探得地穴，进而控制天下之势。这一切都记载在一册《地象经》中，此奇书载此天地之秘，已为孤绝之本，当今之世仅本座一人幸览。事关天机，恕本座不能告之此书秘藏所在。"

金圣法王接着又道："当年本座从《地象经》中阅此天地之秘，惊奇之余，甚是不解，难以相信会有此等异事。据《地象经》载，那伊平所寻找的地脉之源在昆仑山下，也就是在此大雪峰甘兰寺地下那片地海中的地元岛上。伊平是循着一种神秘的'地气'寻到这里的，与扎登兰普历经一番曲折，最终发现了这地下岩洞，以及地海、地元岛。甘兰寺后来建在此岩洞之上地海的入口处，当是别有深意。当年本座从《地象经》中看到这些后，好奇心使然，便进入地下，乘着木筏持着火把在地海上试着寻找那座地元岛。前行了约两日水程，黑暗中到了一座石头岛上，见岛上有一片发光之物，知道是《地象经》中所载的地石，此岛便是生有地脉之源的地元岛了。到了近前看时，呈现眼前的是一片奇异景象，妙不可言状。那些发光的地石共计三百六十一块，应一枰棋格之数，并且每一块地石都压在一处微凹的'地穴'上。当年伊平与扎登兰普发现此地脉之源后，在无数的地穴上，择其大穴，依自然之位，用石块循棋势按天下之势而布，竟然布成了一盘复杂的大棋局。其所布石块吸附地气，日久生光而为地石，堪称神奇。地象布成，只要有着极高的棋力，方能循棋势而移动地石，从而改变某些地穴内地气的强弱，进而遥控改变天下的局势，否则便无其功，好似这些地穴间存在着相生相克之力。本座当年不懂棋，但想试着走走，看这地象有何变化。谁知压在地穴上的地石如生了根一般，被地气紧紧地吸附住而不能移动，显是不得棋上走法，动不了它。本座却也不敢运以功力硬行变动它，恐有所损坏，乱了地象，对天下局势不利。这些都是《地象经》中所载，当时一见，果真不差。"方国淉、简良、罗坤三人，已是听得呆了。

金圣法王这时叹息了一声，又道："从地元岛归来之后，本座的好奇心愈盛，便广泛地收集汉地的棋谱，想通晓了棋道之后再去试移地石，易变地象，以验天下局势有何变动。但是本座没有棋上的天赋，终不能达棋家高境，也就没有再入地海变动那地象。后来感悟，此举有干天和，也就止了此念，但作为一件不解的秘密留在了心中，挥之不去。后来李如川的出现，又引动了这种好奇之心，便想借他的棋力，再番一试。当年本座将此秘密告诉了李如川，并将他带到了甘兰寺，以继续闭关调理伤势为由带他进入了岩洞到了地海上。事关天地大秘，不便为教中人知。我二人寻到了地元岛上，来到了那片奇异的地象前。李如川看罢果然惊喜，说世事如棋当是指这片以棋势布成的能变动天下的地象了。本座于是请李如川依棋势变应之法移动一些地石，改变地象，当然是让他加固大明天朝的国运，使国家兴旺长久，百姓安居乐业。那李如川果然棋高一筹，随手变动地石竟不甚费力，可见这地象被那伊平布列得精妙绝伦，非走对了棋路不能启动地石。而今看来，那李如川当时欺本座棋力不及他，看不出地象的奥妙，私自变动了某一处地穴，使相应的汉阳一地的地气大盛，以此想助汉阳王背叛朝廷，夺取天下，呈己之能。如今战祸已发，想必是这地象被变动之故。"

金圣法王说到这里，摇头叹道："本座引李如川私下地海验证了一回地象之后，便将他送出了昆仑山，万般叮嘱事关天机勿泄于人知，他也发下了重誓。后遇一伙去汉地的商队，李如川便伴随商队返回汉地去了。本座走访了几位故交中的隐士高人，耽搁了些时日，之后返回了大雪峰。归来后，每念及此事，自觉过于孟浪，暗生悔意。那李如川棋力虽高，可以走动地象，然此人性情阴沉，当非善辈。不知他所变动的地穴是否有助于国运的昌盛，若是逆变，其祸大矣！对此冒失之举，本座懊悔不已，也自祈告上苍，希望日后不要生变才好。昨日忽见吉桑尊者来告之，说是汉地起了兵乱，有三位年轻汉人特来甘兰寺查寻李如川在西域的经历，本座便知出事了。那李如川忘了活命之恩竟然蒙骗了本座，私下逆乱地象，改变了地气的正常运化，致使天下动荡。唉！这是本座一时好奇之故，而酿此大祸，悔之晚矣！"说到这里，金圣法王懊悔不已。

方国涣、简良、罗坤三人听到这里，自是惊异万分，不敢相信竟有这般奇事。方国涣惑然道："法王所言，未免古怪离奇，昆仑山下面的所谓地象，如何能影响到相距千里甚或万里之遥的汉地？李如川仅仅移动了几块石头，就能助汉阳王起兵叛乱，变动天下局势吗？这或许是一种巧合罢，否则如何令人信的。"

金圣法王道："初阅《地象经》时，本座也自不信，以为是古人传下来的神话。然而亲临地元岛，见了那片奇异的地象之后，不能不令人相信了。没想到昆仑山与汉地因地气相连，竟关系着安危祸福。那伊平果是一位空前绝后的地理大师，万里寻龙探穴到昆仑山，巧布地象，制衡天下，这其中乃是有番大道理的。汉地奇书《易经》有谓'在天成象，在地成形''天地定位，山泽通气'。"

"汉地的地理之学博大精深，认为大地如万物之灵的人一般，有着一种精气所流注的穴位，大地之中也自有地气循地脉流布的。为了弄明白这其中的道理，本座广博汉地杂学，尤以天文地理为主，几十年来，似乎也明白了一些。"

　　方国涣道："地理风水之术，中原颇为盛行，有验有不验者，多拘于某一块地方而言。至于测龙脉定国基之事也曾有闻，也仅限于中原。那伊平果真有遍查天下地象的眼力，看出这大地之下有什么联系吗？"

　　金圣法王道："本座探究此事多年，认为地理术中果有道理存在的，《易经》有谓：'仰以观于天文，俯以察于地理，是故知幽明之故。'人居天地之间，观天象以知世事，查地象以治世事。查地象便是查地势的起伏，天下地势为西高东低，高者为尊，青藏高原的雪山之水，顺势东流，汇成了长江、黄河两主干注入汉地，而成滔滔东去之势，地气随之流布，成此天下的风水格局。地脉之表为江河，江河水气的流布可引动地气，地气所聚为地穴，便是'地眼'，可决定地脉的变化，进而影响世事。天之象，为日月星辰；地之象，为山川河流。大地运行变化，不知何故，将天下地势的穴眼生在了地海中的地元岛上，这是令人不解的，或是昆仑山脉为长江、黄河源头之始罢。伊平与扎登兰普发现了地脉之源的这片地穴后，布局成象，以地石镇以地穴，压盛扶弱，使地气保持平衡稳定，希望天下万年永和。那三百六十一眼地穴的自然位置代表着天下各地的主要方位，镇以地石依其势循棋势布之，便形成了一盘决定天下安危的大棋局。"

　　方国涣始觉金圣法王说得有些道理，又自道："既然伊平将此地象以棋势布成了中和大局，天下便应当永久安定了，为何又有战争的杀伐，朝代的更替，祸乱从古至今没有止时？"

　　金圣法王道："伊平怀着安世之心布此地理大局，但毕竟是人力所为，地穴中的神秘变化人不能测的，人为改变的地象只能变动天下一时，是不能全部改变天地运行之大势的。虽然如此，却也能暂时转动天地乾坤。《地象经》中曾载一事，唐时有棋道中的高人误入甘兰寺地下岩洞内，发现了地海，探险之心大起，乘木筏前行无意中寻到了地元岛上，发现了这片奇异的地象。此人不知这其中玄机，但见那些地石似循棋势而布，便随手走动了几块也就离去了，却不知他所变动的这几处地穴竟然影响了大唐的国运，令那武后当政专权，改变了李家天下于一时。"

　　罗坤一旁听了，暗里摇头道："又是古怪，如何扯得上那个武则天，实在荒诞了些。"

　　简良这时道："李如川已经改动了地元岛上的地象，使汉阳一地的地气大盛，势必想助汉阳王夺取天下。汉阳王是一无德之人，当不会得逞的。但是

第一百回 地象

叛军现在气盛一时，中原烽火遍燃，百姓处于水深火热之中，不知这场战祸何时才能息的？"

金圣法王道："本座私下将李如川引至地元岛上，被他逆变地象，扰乱了天下的正常局势，这是本座的罪过。然而地象既然能以人为改变，也可以人为地再易变回来，简施主与方施主都是棋达化境之人，自能易变地象而扭转天下局势的，令战乱早息，百姓少受苦楚。"

方国涣讶道："法王之意，是让我们进入甘兰寺地下的岩洞，去寻地海中的那座地元岛，以棋力变动地象，压制与汉阳相应的地穴之气，以此来改变中原的战局？"

金圣法王点了点头道："不错，这正是本座要见三位的原因，希望能改正地象，以补救本座一时不慎所犯之过。"

方国涣点头道："李如川既然能以棋力变乱地象，我们也能以棋力改正它，不管此事真假与否，应验与否，当应一试。但愿此举能改变中原的战局，令叛军早败，战乱平息，目前来说不失为一上策，可我们如何能到达地海中的地元岛上呢？"

金圣法王道："这件事我来帮助你们，待本座修书一封，你们持了下雪峰回到甘兰寺后，呈于寺中的加错喇嘛，他会帮助你们的。事关天机，切勿泄于他人知，以免再生变故，便是寺中的五位尊者也勿告之。三位回到甘兰寺后，无须多言，但将本座的手书与加错喇嘛就是了，他会安排一切的，否则三位是无论如何也进入不了甘兰寺的地下的。简施主与方施主都是棋达化境之人，到了地元岛后，一眼自能看出地象的奥妙所在，但在棋势上压制与汉阳相应的地穴则可。"方国涣、简良、罗坤三人，闻之欣然。

方国涣道："多谢法王成全此事，所谓世事如棋，看来是应在那地象上了，我等但走上一回，尽人事以听天命罢。"

金圣法王点头道："方施主与简施主能以棋道济世，堪称棋侠！实令本座钦佩。此事说起来过于离奇，然天地运化如此，但尽人事罢。"这时洞口处已呈现出了光色，天已亮了，显是坐谈了一夜。

金圣法王取了些食物与三人用了，随后寻了纸笔用梵文书了一封信，加盖了自家印记后用火漆封了，递与简良道："且将此信交与加错喇嘛就是了，他自会安排好的。本座曾立下过誓言，此生终老不再下雪峰极顶，所以不便前往，还望见谅。"简良双手接过书信，于怀中藏了。

金圣法王又面呈感激道："若无三位来访，本座还不知道自家已犯下了错事，希望能有所补过，祝三位此行事遂人愿。"随后金圣法王送三人出了石洞，指了下山路径，目送三人下了峰顶，站在那里心中祝愿不已。

三人别了金圣法王，下山而来。所谓上山容易下山难，大雪峰雪滑坡陡，更是难行。罗坤索性一手持了一个，携带着展开功力向下滑雪而行，甚是疾速，是如凌空飞渡一般。吓得方国涣、简良二人不敢睁眼来看，但觉耳边风夹雪雾呼呼而过。立时间，心狂意荡，展臂飞奔，激情澎湃不已。仅仅一个多时辰，三人便已到了雪峰脚下，比那上山时省力多了。方国涣、简良二人似梦里做了回飞人一般，意犹未尽。此时已望见甘兰寺了，三人刚下了雪峰来，暂且歇了。

方国涣望着远处的高山险峰，摇了摇头，感叹一声道："昨晚听那金圣法王所言，是如梦里一般，实不敢相信其真实，想不到这昆仑山下竟有着变动天下局势的地象之位。大千世界，无奇不有，这天地间的奥秘真是不可测的！"

罗坤道："先前曾有一个广东的商人，说那万里长城乃是秦始皇修建的一条龙脉，是地理风水术中的'长龙引水局'，又叫'苍龙引水局'，因那长江、黄河两条'水龙'东入大海，但以长城的万里苍龙之势引那海水的水气回归，以承风水轮转之意，求保那秦朝子孙万世的基业。当时闻此言，以为荒诞之极，私下里还曾笑过，而今想起来，还真有一番道理呢。"

方国涣道："看来地元岛上的地象更是一种风水大术了。"

三人回到甘兰寺，吉桑、巴拉两位尊者迎了。简良便将金圣法王的手书呈上道："烦请大法师将法王的书信交给寺中的加错喇嘛，一切自有分晓。"吉桑、巴拉两位尊者不知就里，相顾愕然。

吉桑喇嘛惊讶之余，接过金圣法王的手书，说了声"三位稍候"。转身去了。巴拉喇嘛随后请三人坐了用茶，却也不问三人上雪峰的事。乃是红教教规颇严，法王所主之事，容不得教中人打听。

时间不大，吉桑喇嘛回了来，满脸怪异之色，尤自恭敬道："加错喇嘛有口谕，且请三位施主先歇息一日，明日晚间再行进入本寺的地下秘道。"

"咦！？"巴拉喇嘛一旁惊起，心中惑疑之极，不知三人雪峰极顶一行，如何便被金圣法王允许进入寺中的秘道岩洞，此为教中禁地，让三位汉人进去做甚。两位尊者心中怪极，却也不问，随后招待三人歇了。

昨晚虽在雪峰极顶与那金圣法王说了一夜的话，但三人心中有事，仍不觉得困倦，晚饭后，三人躺在床上说话。

简良道："我从中原来时，汉阳王的叛军气焰尤盛，连破城池，朝廷兵马几无能挡者，看来那地象果然助了叛军之势。好个李如川，真的凭借这风水地穴，以棋乱天下了。"

罗坤道："看来这恶人果是留不得的，谁能想到这个太监棋盘上杀不得人了，却又在棋盘外兴风作浪呢！"

方国涣道："依金圣法王与简兄先前所言，李如川逆变那地象之后，回到

第一百回 地 象

中原直接投靠了汉阳王，泄此地理玄机，得到了汉阳王的器重并私下拜为国师，接着便有了以汉阳王为首的三王之乱。如此看来，诸多事情联系紧密，那地理风水之术，当真有此一说了。"

罗坤道："那地元岛上所谓的地穴，或是岛上自然而成的一种异象罢，如何人为的变动几下就能遥改天下之势呢？《地象经》所载，我看也是古人依此杜撰的一个传说罢了。金圣法王是汉学大师，不免对某些东西着了迷，多了些牵强附会，他所认为的乃是一种巧合，不堪信的。中原兵乱，到了该息时自然就息了，此为天意，非人力所为。"

简良道："这或许就是一件荒唐事罢，棋道如何能融合于地理术中？明日之行不知会有什么结果。"

方国涣感叹道："自入棋道以来，屡经奇事，似乎都与棋有关，想起来殊不可解，冥冥之中似有定数。此事过于古怪离奇，令人难以置信，既来之则安之，宁可信其有，不可信其无，明日且去验证一回罢。纵使那地象与中原战事无关，也不打紧的，权且探回险罢。"一时间，三人又对那地象之说产生了怀疑。

方国涣暗叹一声，想起离开中原甚久，又经历此番战乱，当是物是人非了罢。当年那两艘海船可是顺利回航了？那木卉已率手下返回关东了罢？昔日那股大旋风幸好卷走了自己而不是木卉，否则她的那干手下必会在海船上产生激变，后果难料了。自己经历了那番变故至今，可谓九死一生，不过摆脱了木卉的要挟控制，不会被她劫往关东了。木卉到底是好是坏呢？唉！这个女人说不清的，由她去罢。每念及木卉，方国涣的心情自是复杂得很。

方国涣、简良、罗坤三人在房间内一直睡到了第二天下午才醒。傍晚时，吉桑喇嘛过了来，引了三人去见加错喇嘛。三人此时才有机会略览甘兰寺。在高悬着的酥油灯的光照下，见那门廊过道布满了色彩鲜艳的鬼神画图，给人一种神秘之感。路过几处大的殿堂，从敞开的门内向内望去，多是高大庄严的金佛塑像。又有金塔耸立，装饰奇特，望之肃然。在这座甘兰寺内，每一处壁画，每一间房屋，甚至脚下的过道台阶，似乎都隐藏着一种古老的秘密，令人好奇敬畏。

第一百〇一回　地下之旅（上）

　　吉桑喇嘛引了方国涣、简良、罗坤三人穿过复杂的走廊过道，最后来到了一间屋子内。屋中坐着一位上了年纪的清瘦喇嘛，显是那加错喇嘛了。

　　吉桑喇嘛上前俯下身来，轻声道："他们来了。"说完，礼退而去，甚是恭敬，可以看出那加错喇嘛在甘兰寺中的身份很高。方国涣、简良、罗坤三人上前施礼相见。加错喇嘛缓声道："三位施主且坐罢，本座看过法王的手谕，已备好了入岩洞游地海的一切事宜。既是法王格外开恩允许三位地海一行，自有他的理由，本寺当开方便之门，全力协助便是。"显是加错喇嘛也不知三人此番地下之行的目的。

　　加错喇嘛接着又道："这地下比不得地上，暗伏着许多危险。尤其是那地海水面宽广无限，不能探其尽头，里面究竟潜藏着什么，千百年来，未曾有人探个明白。水面上黑暗怖人，虽无风浪之险，但有迷失方向之虞，还有那漩涡存在，以及一些不可预料的奇异的危险水域。三位甘愿冒险领略地海中的神秘，要万般小心才是，一旦有事，无法救应。"

　　方国涣、简良、罗坤三人闻之，相视无语，此番地海之行要比原先想象中困难得多，事已至此，硬着头皮也得走一回了。

　　加错喇嘛看了一眼罗坤腰中佩带的那柄真如宝剑，摇了摇头道："地下无活物，没有刀剑相搏的机会，但壮胆色而已。"说完，起身道："三位随我来罢。"引了方国涣、简良、罗坤三人出了房屋。左拐右转，逐渐往地势低了走。

　　走了多时，加错喇嘛引了三人来到了一间石室内，已是到了甘兰寺的地下、山体之中了。石室内燃着几支火把，一旁坐了两名身材高大的喇嘛。见加错喇嘛领方国涣、简良、罗坤三人进了来，两名喇嘛忙起身施了一礼，并不说话，转身至墙边用力推开了一道石门。一处黑森森的洞口呈现出来，显是那地下岩洞和地海的入口处了。

　　一名喇嘛取了支火把递与加错喇嘛，复取了一支递与了罗坤。加错喇嘛此时严肃道："这地下岩洞是本寺的禁地，神灵所居之所，三位且不可高声讲话，以免扰了神灵的安静，会怪罪我们的。"说完，前面带路，引了三人进入了岩洞，那两名喇嘛自在洞口处守了。

第一百〇一回　地下之旅（上）

　　岩洞内有石阶通向地下深处，两侧是光滑的石壁，上面刻画着种种奇异的图案，古朴而又诡谲。洞愈深，洞内也愈加宽阔和高敞。有隧道纵横，四下通去，不知所往。加错喇嘛轻声介绍道："这些隧道内有着喇嘛教的许多秘密，只有身份很高的喇嘛才能有机会进去，修炼神功和体验生命的奥秘。"

　　向下行走了很长一段路，已是到了地层深处。两旁与头顶的石壁逐渐扩展开去，以至于火把的光亮映射不到那石壁的影子，四下空荡荡的，无一点声息。台阶的尽头是一块平坦的乌黑的石面，走在这石面上又前行了三十余米，便走到了岩洞的尽头，一处水的岸边。火把光下，漆黑一片，寂然不动，好似世界的本来状态，不知静止了几千万年。方国涣、简良、罗坤三人此时惊讶不已，这地下深处果有一片地海的存在，望那水面，黑暗怖人，幽深无际，令人自生莫名的恐惧。

　　加错喇嘛在水边摸索了一阵，寻着了一根绳子。绳子的一端连着一只很大的木筏，上面载着一些袋囊和一堆松明。

　　加错喇嘛指了这些东西道："木筏上已备好了食物、淡水和火把，其中糌粑多些，这东西耐饥。"随即又从怀里摸出一只小方盒，打开来乃是一支指向针，递于方国涣道："这是一支指向针，法王手谕上说，按此针所指东向而行，便能寻到你们要去的岛了。回来时反向西行，自可又返回到这里来。顺利的话，往返需四五日的水程，到时本座还在这里迎候三位。切记，黑暗中行驶勿要断了火把的光亮，否则令人生惧，重要的是会迷失了方向，是比那在海洋上迷了航向还危险的，那样麻烦可就大了。另外切要护好这支指向针，失了它便无所从了。"方国涣忙谢过接了。

　　三人辞别了加错喇嘛上了木筏，罗坤划桨，简良持着火把，方国涣则握了指针，驱动木筏缓缓地离了岸边向那黑暗无边的水面行去。加错喇嘛持了火把站在岸上，默然相送。

　　方国涣、简良、罗坤三人乘着木筏离岸而去。待走得远了，回头看时，远处的黑暗中加错喇嘛持着火把闪动着的一点亮光显得格外耀眼，但也逐渐地消失在视线之中。

　　这时，三人忽然感到陷入了无边的黑暗里面，似乎无所适从，一种莫名其妙的恐惧从心中升起。方国涣紧紧地握了指向针，引导着木筏东向而行，是如夜间航行海洋之上一般。

　　罗坤抬头望了望黑暗无边的头顶，摇头道："这地下竟如此空荡，若有星辰在上面，真感觉是在地面上呢。"

　　简良用手抄了一些水送于口里尝了尝，眉头不由皱了皱。

　　罗坤一旁道："味道如何？"

　　简良道："水质重滞，似海水而淡，若湖水微咸，难道真的是在很古以前，地势上升，海水下降，才成了今天这般模样？藏地高原都是漂浮在这地海之上的？天地变动也太大了些！"

　　简良接着又四下望了望道："这片地海深藏地下，不见阳光，水中当无活物，除了这黑暗有些怖人外，倒没有再叫人生惧的理由。"

　　罗坤笑道："放心罢，有真如宝剑在我身旁，但有怪物，斩杀便是。"

　　方国涣这时道："在这地海上，真遇有什么地下怪物，也由不得你我。"接着又摇头叹道："想在那海洋之上，经受了许多惊吓，没想到又会来到这地海中走一遭，实如梦幻一般，不知真假。"三人的说话声，暂时扰动了这无边的黑暗和寂静，开始时倒能听到些回声，后来便无了这种现象，显是离周围的石壁远了。

　　木筏一路前行，黑暗中也不知走了多远，火把已经换了六七支。这地下深处的地海水面上，倒不甚冷，唯感有阴气逼人而已，木板划水之声，似与地面上在河水中行桨的声音有异，但感有些沉滞。

　　黑暗中也不晓得时间长短，已经过了几时了，但以驱动木筏前行。

　　火把又连换了几支，方国涣这时忽见前方水面上卧着一庞然大物，心中一惊，借火把光亮仔细辨认时，不由大喜道："地元岛！一定是地元岛。"原来前方水面上出现了一座石头岛，简良、罗坤二人也自大喜，加快了木筏前进的速度。

　　到了近前，见此岛如一整块巨石一般，通体成黑色，幽然独居水面上，也不知有多大面积。罗坤寻了一上岸处，先跳上岛来，把绳子套在了一块凸起的石头上，复把方国涣、简良扶上岸来，又随手拾了几支火把，提了装着水和糌粑的皮袋，由于走了多时，准备在岛上用些食物。

第一百〇二回　地下之旅（中）

到了石头岛上，方国涣四下望了望，见并无异处，不由惑然道："怎么不见金圣法王所说的那种能发光的地石呢？此岛莫非不是地元岛，我们上错了？"

简良道："此岛颇大，我们且找一找罢，即使不是地元岛，也可以暂时歇下脚。"

方国涣道："也好。"三人便持了火把，向岛上查看而来。

岛上石面很滑，三人但寻平坦处走了。简良这时忽觉脚下有东西绊了一下，用火把照看时，见是一断残木，一端有烧过的痕迹。

简良不由惊喜道："这是一支残剩的火把，看来是有人来过的，这里是那地元岛不假了。"方国涣、罗坤二人也自欢喜。

三人一路前行了约百余米，罗坤忽然惊异道："我们是不是走出了地下，到地面上来了？前方的空中怎么会有星星呢？"方国涣、简良抬头看时，但见前方一片点点的亮光悬于半空之中，是如夜晚的星辰一般。

方国涣此时惊喜万分道："地象！"急忙向前方跑去，随感地势渐高，原来那片光亮是从一座石山上映射下来的。

当方国涣、简良、罗坤三人到得石山硕上，再看时，不由惊呆了。见此石山顶端几十米的平坦开阔处，布列着几百块大小不一，而又透发亮光的所谓地石，而那地石所布之势，却如天上的星象之式，有"北斗七星"，有"南恒七宿"，而又统成一种大势。

方国涣此时惊异道："此地象乃是应天象而成，天地相应！这……这怎么可能？"方国涣见这几百块地石，有些虽按星象成形，但在布势上又似有"板块"之别，东西分置，如在那东端的中心部位，有九块大些的地石被其他地石围绕，似如中原的九州位置。

方国涣立时惊悟道："这片地象不仅仅布有中原的地势，而是全天下的地势都在这里了，藏地高原为天下最高处，因地势之因，地气四布故而此处地象可以影响天下间世界诸国的国运，此乃为关系着全天下安危的风水大格局。"简良、罗坤二人闻之，惊讶之极。

简良愕然道："这怎么可能？此地象能影响中原的局势，已经令人难以置信了，如何还能影响到天下诸国？"

方国涣道："这几百块地石星罗棋布，所呈现的是天下大势，非限于中原，看来天下间的地脉都是相连的，地气暗中无形的运化、变动，自可影响到相应的地理位置、相应的国家。这些地穴乃是全天下的地眼所在，是大地的心脏，决定着地脉的强弱、地气的盛衰、相应的地势上所在国家的安危。但不知何故，这些地穴都聚在了地海中的地元岛上，成此奇异的地象，最是不可思议的。天难测，地也难测，其间道理，无法知的。"

罗坤这时道："那金圣法王曾经说过，大地如人体一般，有着地穴和地脉之气，是和人体有着穴位和经脉之气一样，要想制住一个人，点封他的一处要穴便可以了，乃是阻断了他的经脉之气，气血不能畅通。看来这大地也是一样，地元岛乃是大地的要穴聚集之处，地穴成象，所谓牵一发而动全身，地虽广大，也有此地穴相制，动地穴而变地象，地气一变，便可影响相应之地，局势随之而变。天大地大，都有相应的相制相成之处，地理风水中的道理可能就是这般了。"

简良点头道："有道理，先前随神针秋海林先生习练无相棋时，也曾习得经络穴位之学，秋海林先生说过，人体是最奇妙的，动一穴而激全身，调一经而顺百脉，刺手头应，点足腹动，不因其远而有遥治之功。地之理也然，既然有地脉的相承，地气的运化，变动地穴，自可遥控千里、万里之外的相应之地。至于天下间的地穴为何聚集于这地下深处的地元岛上，虽有些不可思议，但也可以认为如人体一般，内部的变化可反应于体表某一处，依其特征而可以调理之。秋海林先生的针灸之道尤高，可刺某一部位的穴道而医全身之疾，如手、如足，好似全身的病患都可以反射到手足之上。刺手足之穴，便可以医治全身了，这些地穴有集中遥控天下地势之功，可以认为是同一个道理了。"

方国涣闻之点头感叹道："简兄与罗贤弟所言有理，看来这地理之间，是与天人相应的。人因世事繁杂，七情内动，而生疾患，人心险恶，思叛谋反，有违天道，而又生世间之乱，天地有性，也能感应。看来这地象的变化，非地之变，而是人使之变，天地本平和，祸乱之生，都是人之所为。而天地又有好生之德，不使人乱之太过，各呈其象，以示吉凶，人察之，便可因势利导，再使天地趋于平和，也可被奸人所利用，旁生激变。然，天地性稳，终保平和，古往今来，便是如此了。"简良、罗坤二人，点头称是。

当方国涣、简良细观整片地象时，心中都各自吃惊，见这几百块地石虽然都清一色，但都依地穴的自然之位按棋势所布，彼此间互成互制，棋上非达化境者不能看出。"世事如棋"！方国涣、简良二人惊叹不已。

罗坤这时异道："金圣法王曾说过这些地石共有三百六十一块，应一周天之数，我怎么查数了两遍，只有三百六十块，好像少了块不知哪里去了？"

方国涣闻之，也自数了一遍，果然是少了一块。简良这时心中一动，忙道："莫不是李如川在改变地象之时窃走了一块？"

方国涣闻之，惊讶道："李如川偷走一块地石有何用处？"

简良道："此地石饱吸地气，故呈光色，李如川可能是以此来查验汉阳王叛乱之势的盛衰，来断吉凶的。"

方国涣点头道："或许是有此目的。"

罗坤这时道："方大哥、简公子，你二人便使出棋上的本事罢，扶正李如川变动过的地象，让中原的战乱就此息了罢。"方国涣与简良相视之下点了点头。

方国涣道："此地象之东应中原之位，应扶正那里的地势。"

简良道："这些地石所压地穴虽按棋势而布，却也按中原九州地势所成，依此思路走动，当是不难的。"

方国涣道："且先查出李如川在何处动了手脚。"随后二人便步入了地象之中。

罗坤此时在边缘处弯下腰去，伸手试着去动近前的一块地石，谁知地穴内似有什么东西紧紧吸着地石一般，提它不动。罗坤心中惊讶，却也不敢运功力去取，以免扰了地象的正常之势，知道这不是自家的本事，便站在一旁观看了。

见方国涣、简良二人在地石中走来走去，似在寻找什么，罗坤不由问道："方大哥、简公子，为何还不动手扶正地象？"

简良摇头道："还没有找到李如川变动之处，不能轻意走动的。"

罗坤道："这么多石头，谁知道被李如川动了哪块？"

方国涣道："在这片地象内，地穴有如蜂窝，不计其数，而有地石压着的地穴也有三百六十处，依地石光色所言，李如川变动之位，必是使其地气大盛，所置地石的亮度也应是强的，可是看这些地石的光色都差不多的，不知下手压抑何处？"

罗坤听了，摇头不解道："方大哥、简公子，你二人难道被这些发光的石头扰得迷乱了吗？你们所在的东方中原之位，有几块亮度极强的石头，如何辨识不出？"简良、方国涣二人闻之一怔，低头查看，仍无发觉有何异处。

罗坤见了，大急道："方大哥身后就有一块，亮度异常，怎么能看不出来？"

方国涣回身看时，见身后的几块地石也无特别之处，亮度光色都是一样的，自对罗坤摇了摇头，不知他说的是哪块。

罗坤见了，急忙道："你二人在里面辨不清，且到我这边来，一看便知。"

方国涣、简良二人闻之，觉得有理，便从地象中走了出来，至罗坤身边再回头看时，果见有几块地石亮度异常，非其他地石的光色可比。方国涣此时恍悟道："当局者迷，旁观者清，看来就是这个道理了。"

　　在地象内，应于中原之位的地石当中，唯有三块亮度最盛，一块在东北方向，一块在西北方向，一块在南方。

　　方国涣见了道："李如川所变动者当是南方那块，与汉阳一地相应，使其地气大盛，令叛军得势于一时的，但不知另外两块为何也如此光亮？"

　　简良疑道："莫不是日后这两个地方也有兵乱的？如此一来，天下将无宁日了。"

　　方国涣道："我将南方的这处地穴内的地气压制下去，简兄变动另外两块，使天下大势趋于平和。"

　　简良道："如此甚好，用这清一色的地石走一回和合棋，这可是天下棋家所没有走过的，也是他们走不了的。"

　　方国涣闻之点头笑了笑，接着又道："此处地象容括天下各处方位，又依棋势而布，棋道应天而置，贵在夺势，李如川变动的这处地穴居君位，有使周围地穴臣服之意，看来他的野心不小，但将此格局改变一下，日后再观其是否应验。"说完，便与简良复进地象之内，依其所布之势，以棋力走动地石。

　　方国涣在那处地气强盛的地穴周围，伸手移动了几块地石，对其造成了压镇之势，"气眼"全封，抑制得十分厉害。每移动一块地石，感觉呈凹处的地穴内有气冒出，手上似感两块磁铁突然分离了一般。

　　方国涣心中惊讶道："这里的地气极盛，竟能感觉得到，当真是大地的中枢之位了。那金圣法王所言，观天象以知世事，察地象以制世事，果是有道理的，这大地但如有孔穴的皮囊一般，压此盛彼，而遥控于万里之处，这或许就是夺了天地造化了罢。"简良此时也在走动地石，压制东北方向与西北方向的两处地气极盛的地穴。

　　罗坤一旁暗中称奇道："方大哥与简良移动这些地石竟然毫不费力，看来是路子走对了罢，真乃怪哉之极！"接着心中又一喜道："中原的局势真的要让方大哥、简良二人这般改变了的话，当是古今第一大奇事，我罗坤能有此机会在旁看他二人扭转天地大乾坤，实在是幸运得很。"

　　此时见方国涣压制的那处地穴上的地石的亮度，无形中已减弱了许多，不由令罗坤一惊道："果然响应如灵！"忙向方国涣喊道："方大哥，那块地石的光色已变黯淡了，看来是大功告成了。"

　　方国涣闻之，忙跑出了地象内，回头再看时，见那块地石已变得黯淡，无了多少光色，不由惊喜道："果然应了，看来中原的兵乱要平息了。"

方国涣尤为惊奇，没想到这地气使地石的变化其效甚速，立竿见影，殊不知是自己在棋势上压制得十分厉害的缘故。再看简良时，已将那两块地石的亮度抑制得淡了一些，但是光色仍强盛于他石，尤其是东北方向的那块地石，其光最盛。

方国涣心中此时忽一懔道："中原的东北方位，乃是关外游牧的女真人所居之地，难道女真人日后要成气候不成？当年独石口关外天元一战，亲眼目睹了女真铁骑剽勇善战，日后必有问鼎中原之势，不行，不能让东北方位的地气太盛。"想到这里，方国涣便走上前来，欲助简良以棋势强行压制这处地穴。

然而当方国涣近前看时，见简良已将地石的棋势走到了极点，已是无法再压制东北方位的这处地穴了，不由一惊道："简兄，此穴的地气过于强盛，看来抑制它不得了。"

简良摇头道："不错，这好像不是我们人力所能为的，我虽尽了全力，也只能暂缓其势，日后不知这东北方位和西北方位要起什么变故的？本来还有一法可以压制东北方位的这处地穴，可是它旁边的那块地石如生根了一般，移动不得，或许是此地穴因时间未到，地穴未开，我们没有赶上此穴开气的时候，这可能是天意，待日后有机会再来压制它罢。"

方国涣闻之一怔，细观了片刻，不由点头赞叹道："简兄已有未来之法应对了，我却险些没有看出。"

简良道："刚才不是方大哥没有看出，而是担心中原日后的安危，心思全被这处地气极盛的地穴所乱，扰了棋境之故。"

方国涣闻之叹道："不错，我正是担心东北方位的女真人日后将是大明朝的劲敌。"

简良道："此处地穴奇特，虽有未来之法压制，却也希望渺茫，因为要恰逢其时才行。我已延缓了其暴盛之势，短时间内当生不出祸乱来，我们已尽了人力，也不要过于勉强，这是天地运化的大势所决定的，人为的仅能改变一时。"

方国涣见西北方位的那块地石光色尤亮，若要强行压制，是必扰乱了全局之势，天下或许会因此乱它一百年的，只得摇头一叹，与简良转身退出，随其自然了。

简良见方国涣将南方的那处地穴压制得十分厉害，地石的亮度黯淡了许多，趋于平和，心中叹服，钦佩道："方大哥果然是神仙妙手，把地气削弱得这般快，中原的这场兵乱看来就要息了。"

方国涣道："但愿汉阳王能因此一败涂地，他要是成了气候，天下将无宁日了。"

简良道："李如川因变动地象，促使三王叛乱，一时气盛，而方大哥已将此地穴压制，中原的局势势必要扭转的。"

罗坤一旁喜道："倘若如此，真是一件无量的大功德。"

方国涣感叹一声道："棋道也能济世救国，实出想象之外。"

简良笑道："方大哥以棋济世之志，今番得以实现，当真是可喜可贺。"

方国涣道："这都是简兄的功荣，若无简兄只身来到藏地，我们哪里会遇上这等奇异之事。"

罗坤一旁笑道："方大哥、简公子都是棋达化境之人，能以棋道做些好事，也是你们棋家的本分。想那个国手太监，空有一身本事，尽做些害人乱世的勾当，实足一个大奸大恶之人。"简良道："善恶有报，李如川和那汉阳王，势必逃不了兵败身亡的下场。"

方国涣此时又望了望整片地象，慨然一声道："那位伊平前辈，真是一位旷古绝伦的奇人，能寻龙探穴到此，发现了这片关系到全天下地脉之气的地象，依其自然之位用地石以棋势布之，使之有了抑强扶弱之能，保持天下平和之功，虽不能尽改天地运行的大势，但也能变动缓和一时一地的安危，使生灵少受涂炭，也自为无上的大功德。这座地海中的地元岛，是大地的中枢，有控制改变世界各地的地象，实为天地间最大的秘密，关系着全天下的安危，为防日后再有李如川这等奸人潜入，变乱地象，改动天下，此秘密除了我三人知外，出去后，勿要再让他人知晓，以免旁生祸端。此地下入口，有甘兰寺镇其上，喇嘛们固守，可保无失，但让大地的地脉之气随自然而运化罢，人之力勿要介入才好。"简良、罗坤二人闻之，点头称是。

方国涣接着又道："地象已被我们扶正，此事已了结，去了我们的一块心病，不知到这地下几时了，不宜久留，但回转罢。"

罗坤道："这地下深处黑暗，无昼夜之分，谁晓得过了多长时间，想必是一天有余了罢，且先吃些东西再走，那水上行程很长的，要攒些力气才行。"

方国涣道："也好，休息一下，再离岛也不迟。"罗坤又换燃了一支火把，打开皮袋，取了些糌粑与方国涣、简良分用了。由于事情进行得顺利，且不管它应验于否，三人心中格外舒畅，虽在这地下深处，黑暗无边的地海之上，已无了先前的那种怖人的幽境之感。

用毕饮食，方国涣、简良、罗坤三人便持了火把，提了食物的袋子，向岸边寻木筏而来。下了石山，三人禁不住又回头望了一眼，见那片点点光亮的地象依旧，在半空中闪烁着星星般的光辉，却不知暗里已经起了惊天动地的变化。

到了岸边，罗坤解了绳索，先跳上了木筏。方国涣这时取出了指向针，知道此番回去是要循西向前行，试了一下方向，随即往木筏上一跳。不料木筏在水中不稳，方国涣跳上去后振荡了一下，身子险些跌入水中，摇摆间，那支指向针滑手而出，坠落了水里。

罗坤这时忙伸手扶住了方国涣道："方大哥，小心些。"

忽见火把光下，方国涣脸色惨白，罗坤一惊道："方大哥，怎么了？"

方国涣黯然道："指向针掉进水里了。"

罗坤、简良二人闻之，脸色大变，罗坤忙用划水的木板向水中探寻，岂知这地元岛的近岸处，水位竟然极深，探不及底。

罗坤无可奈何地摇了摇头道："指向针已沉入深水里，捞起不得了。"三人一时无语，失去了指向针，在这片黑暗无边的地海之上，就会迷失方向，意味着要被困在这深深的地下了。

过了片刻，方国涣叹然一声道："我无用，连支针也拿不稳，这叫我们如何回去？"神情甚是愧疚。

罗坤劝慰道："掉就掉了，方大哥也勿自责，想这里距岸边也不甚远，摸索着也能找回去的。"

简良也自道："不错，只要按来时的方向回去，便会寻着岸边的，加错喇嘛还会持了火把在岸边迎接我们，只要见着了火把的光亮，就不会迷失方向的。"

罗坤又道："虽不能按来时的水路直接回去，也不过多耗些时间而已，火把、水和食物都很充足的，即使偏些航向，也能最终寻绕回去了。"

方国涣叹道："但愿如此罢！"

随后三人驱动木筏，进入了无边的黑暗之中。由于没有了指向针，逐渐感受到了黑暗的恐怖，四周静得一点声音都没有，三人彼此间都能听到些呼吸之声。罗坤和简良则划动木筏而行，方国涣持了火把辨认来时的方向，然而见那四下漆黑一片，哪里分得清东西南北，一时间无所适从，不由大是焦急。

罗坤道："但朝一个方向划行就是，不信能把我兄弟三人困在这地下。"

简良见方国涣神情忧虑，便劝道："方大哥勿要性急，想那甘兰寺的喇嘛见我们多时不回去，定会乘了木筏来寻的。"

罗坤也自宽慰笑道："想昔日与方大哥漂泊海上，不也是过来了，这地海中虽然黑暗，却比地上的海洋中安全得多，无风浪之险。这地下是喇嘛教的禁地，更是一处神秘所在，除了我三人之外，恐怕再没有他人了，多领略一些这种感受也是好的。"

方国涣知道简良、罗坤二人在安慰自己，摇头一叹道："事已至此，听天由命罢，但愿不要误走深远处才好，否则将永远不见天日了。"

三人乘着木筏又行了一程，连换了几支火把，越来越感到方向不对，但又不知向哪里去才好。茫茫无际的黑暗，仿佛是一种无形的重负，压得人有些喘不过气来。

罗坤这时忍耐不住，仰头喊了一嗓子，忽感觉声音微弱，不知这片水域的四周有什么古怪，那无尽的黑暗似把声音吸去了一般，不由令罗坤、方国涣、简良三人大为惊异。

三人张口讲话时，但见对方口形开合而已，所闻声音极是微弱，辨之不清，便是极力呼喊也然。起初以为自家嗓子哑了，但是感觉喉中并无异样，三人一时惊骇，忙划动木筏，向旁边躲去，以避开这片神秘吸音的水域。行了好一阵，三人再试着说话时，声音才渐渐听得清楚了起来，这种奇异的现象，令三人大为不解，想起进入地下之前，布达拉宫的波尼多喇嘛曾说过，地海中有许多异常的水域，看来是有此一处了。

木筏漫无目的又行了好长时间，火把又换了几支，仍寻不见岸边，方国涣、简良、罗坤三人这才有些害怕起来，一旦粮尽，便要丧命在这地海之中了。罗坤此时抬头望了望黑暗中不能见到的岩顶，顺手从木筏上折了一断残木，运足气力向上抛去，希望能听到击中岩顶的声响，以此来判断距离岸边的远近。谁知那断残木被罗坤抛上去之后，便无了动静，过了好一阵，才听得旁边一声水响，显是那断残木不及岩顶复落水中了。

罗坤自是讶道："我这用力一投，虽不至百米之高，但七八十米还是有的，如此还没有击中岩顶，不知究竟有多高的？太不可思议了，这藏地似悬在地海上一般。"

方国涣道："可能是我们行到某座高山底下了，是这山体内部中空的缘故罢，否则不会高不可及其顶的，我们毕竟是在大地之下。"

罗坤道："如此看来，离那岸边越发得远了，这如何是好？"

简良道："不管怎样，木筏是不能停下的，再继续向前划罢。"

木筏一路前行，因无个目标相引，只是盲目而走。方国涣、简良、罗坤三人又很节省的吃了两次食物，三人又轮换着各睡了一觉，自是不敢让木筏停下，也无心计较过了几个时辰甚至几日了，似乎已忘记了是处在这深深地地下，漂泊在这黑暗而漫无涯际的地海之中。

不知又过了几时，方国涣一觉醒来，无意中看见旁边不远处有一点微弱的光晕，在黑暗中很是显眼。方国涣立时精神一振，忙爬起身来，对划动木筏的简良、罗坤二人喊道："快看！加错喇嘛持了火把在岸边引导和迎接我们呢。"简良、罗坤二人闻之，各自惊喜，忙朝方国涣所指方向望去。

罗坤看罢，不由惑疑道："火把的光亮不会这么弱罢？不像是火光所发出的。"

方国涣道："那是离得太远的缘……"话还没有说完，方国涣便已停了下

第一百〇二回 地下之旅（中）

来，因为发现前面出现了一座小岛，那点光晕似从岛上一块石头后面发出的，而不是火光的亮度那般耀眼。

简良这时讶道："又一座小岛，莫非上面有什么宝贝不成？否则哪里来的这般彩光？"

罗坤道："且上去瞧瞧罢，看看又有什么古怪，这空荡荡的地下可真是让人好奇得很！"

方国涣道："这里是喇嘛教的禁地，我们私自上去恐有不便罢？能让我们进入地下，寻地元岛扶正地象已是万幸了。"

简良道："这地海面积广大，那些喇嘛们未必能探查个遍，这座小岛有没有人来过还不知道，我们如今迷失了方向，被困在了地海上，以这座小岛做个落脚点也好，否则火把燃尽了，木筏上可不是能久待的。"

方国涣道："也好，不过到了岛上，无论见到什么奇珍异宝，我三人都不可妄取，这里毕竟是喇嘛教的禁地，也是他们的'圣地'，我们不要对人家有所冒犯才好。"

罗坤道："依了方大哥的意思就是，这空荡的地下和广阔的地海，是古时大地运动的结果，这岛上有什么秘密，喇嘛们不一定能知的，我兄弟三人但上去瞧个新鲜而已，反正不知何时才能到得地面上去，纵有宝贝，在这不见天日的地下深处也无甚用处。"方国涣知道简良、罗坤二人都有着好奇的性子，摇头笑了笑。

木筏到得小岛近前，见此岛比地元岛小了许多，方圆也就二三十米的模样，火把光线不能尽照，看得也不甚清楚。方国涣、简良、罗坤三人离木筏上了岸，便朝着那块石头后面有着彩光的地方寻了去。此时见光色越发得强了起来，但不如火光那般耀眼，而是别有一种柔和的光晕映出。三人知道定有奇异之宝在那块石头后面，各怀着激动之情。

当绕过大石到其后再观看时，方国涣、简良、罗坤三人立时目瞪口呆，惊骇之极，几乎喊出了声来。

原来这石头后面的发光之物并不是什么奇珍异宝，而是一位仅半米高的小人盘坐在那里，宽大的僧袍脱落身下，褴褛不堪，观其相貌，似一位上了年纪的喇嘛，双目垂帘，跏趺而坐，双手呈一式奇怪的手印，不知在这里盘坐几百年了，更不知何故，身体缩小如婴，映罩彩光，虽僵坐那里，却呈现出了一种安静祥和之态。

方国涣、简良、罗坤三人惊奇万分，各怀着敬畏的心情躬身施了一礼，随后相互示意，轻步而退。待三人从那块石头后面退出来，罗坤轻声讶道："老天！怎么会有这么一位小老喇嘛坐在那里？看样子坐死有年头了，似成了佛一般。"

方国涣惊异道:"这必是一位喇嘛教的前辈高僧,乘了木筏到这座小岛上修炼神功,这地下深处乃是极静之地,旁无干扰,可以孤处独修,但不知何故,竟成如此模样?"

罗坤道:"师父曾经说过,西域喇嘛教中有一种'虹化'的神功,练成此功之人,身体可放异彩,大小自如,临死时,身形可缩小至无,光散而去,尤为神异。"

简良闻之讶道:"莫非这位喇嘛已修炼到了'虹化'的程度?却为何坐死在那里,缩小如婴孩,而不光散了去?"

罗坤道:"谁知道呢!总之这位喇嘛也是仙佛中的人物,肉身虽死,神灵犹在,我们且不可惊扰了他,这就去罢。"

方国涣摇着头叹道:"没想到这地下果然有喇嘛教的秘密,此岛不便久留,速速离开罢。"随后三人向岸边而来。

这时,在火把光亮的照射下,罗坤见旁边有一堆木柴之类的东西,过去看时,乃是一堆松明火把,虽有年头了,却并未腐朽,仍可燃用。

罗坤不由一喜道:"这是那位喇嘛上岛时带来的,我们且取了用罢,以备不足。"

简良这时道:"这位前辈高僧能来到此岛修炼,说明岸边距此不远,我们且在附近寻找便是。"

罗坤闻之喜道:"不错,说不定我们的头上就是甘兰寺呢!"自是高兴地把那堆火把抱到了木筏上。火把充足,光亮不断,三人自增强了回到地面上的希望,各自显得高兴起来。

三人在木筏上又用了些水和糌粑,这种糌粑由奶油和面粉等料配制而成,十分耐饥,吃上一回,便可挺得住多时,三人不由对那加错喇嘛十分感激,感激他想得如此周道,给多带了一些来,不曾断了饮食。吃喝完毕,方国涣、简良、罗坤三人自又划动木筏而行,志在回到岸边。

第一百〇三回　地下之旅（下）

方国涣、简良、罗坤三人乘了木筏在地海中盲目漂行，不知已经过了几时，更不知到哪里去。方国涣心中忧虑道："如此下去，怎生是好，我三人莫不是也如那'虹化'的喇嘛一般，要成为这地下的秘密了。"转而又思道："这大地的运动变化果然奇特，竟造就了这片广阔无边的地下海的存在。此番航行，如与罗坤贤弟乘木筏漂泊在西洋上一般，只不过这地海上过于黑暗宁静了，两次经历却也相似。"

就在这时，木筏忽然猛地一震，站立的方国涣险些被掀落水中。

"漩涡？"方国涣心中一惊，猛然想起波尼多喇嘛说过，他所认为的地下湖中暗伏着吸力极强的漩涡，看来是不幸误入漩涡中了。

而此时罗坤却惊呼了声道："方大哥、简公子，快趴下，水中有东西。"接着便见旁边的水浪一翻，从水中拱露出一怪物的脊背，随即那怪物的头部也从水中探出，如牛首状，眼大而凸，闪动着碧绿的幽光，身生鳞甲，在摇动不定的火把光亮映照下，反耀出一种诡异的色彩。

方国涣、简良二人大是惊骇，忙伏于木筏上。

罗坤处乱不惊，抽出真如宝剑朝那怪物的脊背随手一挥。那怪物立即发出了一种沉闷而奇怪的吼声，似负痛不过，水波大动，潜入水底去了。

罗坤忙乘机稳住木筏，飞快地向一旁划去。等避得远了一些，见水面上沉寂依旧，那水中怪物并无追来之意，罗坤心中稍安，握着宝剑举着火把又四下查看了一番，见无有异常，这才和方国涣、简良各松了一口气，觉得安全了。

方国涣此时大为不解道："这地下深处，黑暗无比，不见天日，水中如何会有活物呢？刚才那东西不知是兽是鱼？"

罗坤道："这怪物生有鳞片，当属鱼类，是一条异种的大鱼罢。"

简良惑然道："却也古怪，即是鱼类，头部怎么如牛首一般？这地海中实在神秘可怖，我们还是尽快找到岸边上岸罢。"

真如宝剑，剑不沾血，罗坤便于木筏上寻去，果见有一摊怪物的血水溅在了木筏上，罗坤用一支未燃的火把沾起一些近观时，见些血水色呈黄绿，腥臭无比。罗坤心中诧异，恐方国涣、简良二人见到生厌作吐，便都于水中洗刷去了。

由于受到水中怪物的惊扰，三人自知这水面上不是那么很安全，便加快了木筏前行的速度。

不知何时，罗坤忽然发现三人的说话声音似有了回音，不像先前，四下空荡荡的远传不回。或者被什么东西吸去了一般。而此时声音似应石壁而转，知道这附近必有岩壁，离岸边不远了。方国涣、简良、罗坤三人立时兴奋起来，高声呼喊，划动木筏向回声之处寻去，自是让那岩壁的回声引路，已然顾及不上加错喇嘛的告诫：在这地下不要大声讲话，以免惊动了沉睡着的神灵。

木筏循着回声的方向行了一程，火光中隐隐看到了耸立如山的石壁，方国涣、简良、罗坤三人不由激动的欢呼起来。木筏到了岸边，三人寻了一平坦处跳了上去，随即三人又自一怔，原来此处并不是先前的离岸之地。

罗坤大惊道："上错岸了！不经地下岩洞的入口，是不能回到地面上去的。"

方国涣持了火把四下探寻了一遍，发现有隧道向上连通，不由一喜，忙回头对简良、罗坤二人道："这里有往上去的岩洞，可能是一处出口，我们虽然上错了岸，也勿要再回寻先前的岸边了，就从这里上去找出口罢，若是死洞，再想办法不迟。"

简良点头道："也好，姑且试一试罢。"接着和罗坤到木筏上取了火把、食物和水袋，罗坤自把木筏系到了岸边的一块石头上，以备前方无路时，回头再用。方国涣此时发现隧道内竟然有石阶向上延伸去，虽然粗糙简陋些，却有着人工雕凿过的痕迹，显得古老而久远。

方国涣大喜道："这一定是条活路，必然有出口的，否则不会有整治过的石阶，不再回水上另寻出路最好了。"简良、罗坤二人也自欢喜，终于有机会可以回到地面了，这地下深处的黑暗，已是让人受够了，企盼着重见天日。

方国涣、简良、罗坤三人沿着石阶一路登上去，走了好长一段，那台阶似无尽头一般，不见其端，方国涣、简良二人已是累得气喘吁吁，腰酸腿软，只得坐于一旁暂歇了。

罗坤内力悠长，自无倦感，便持了火把四下照看，忽地惊讶道："方大哥、简公子，快来看看这石壁上画着些什么？"

方国涣、简良二人闻声，忙站起身来观看，见那刚才没有注意到的石壁上刻画着一幅幅奇异的图案，有人物状，有鸟兽状，有战车状，又有一些似机械类状，画面古朴，而又诡异，似远古之时的人类所刻。

简良这时惊讶道："这些图案里没有鬼神等佛教的痕迹，似在佛法入藏之前就已存在了。"

第一百〇三回 地下之旅（下）

方国涣点头道："不错，这确是藏地佛前的远古文化，可能是金圣法王所说的格萨尔王时期的痕迹，或许更古老些。"

简良道："没想到我们误走到这里来了，不知道那些喇嘛们有没有到过此地看过这些的？"

方国涣道："这地下空间广阔，岩洞众多，是古时地势运动和火山爆发所造成的一个奇特的地下世界，这里不但有喇嘛教的秘密，更有着藏地史前文化的痕迹和秘密，甘兰寺建在这地下的入口处果是别有深意的。虽经历代喇嘛们的探险，也未必能把这地下所隐藏的秘密探查个遍，喇嘛教把这地下世界列为禁地，禁外人出入，不是没有道理的。如此神秘和神圣之地，不但隐藏着天地间的秘密，更隐藏着人类的秘密，这是我们所不能想象的，现能亲临和感受这种神秘，实是我们的幸运。"

简良敬畏地道："不错，今生有此一回奇异的经历，也算满足了。"

罗坤感慨道："此番一行，见识许多，方感人类对自己所在的世界知之甚少，却也可怜。"

方国涣笑道："知道太多，也会坏了这个世界的，还是任其自然的好。"

三人一面观赏一边而走，所见石壁上的图案越发的古怪难懂，有一幅车状图案，刻画了二十余米，有窗有门又好像有轮子，远观始辨其形，近看则什么都不像。

罗坤见了讶道："藏地的远古之人刻画这些稀奇古怪的东西做什么？"

方国涣道："可能是藏民的祖先想给后人指示些什么。"

简良道："不错，那些古人一定看到了奇怪的东西或现象，感到惊异，故而刻画下来，开示后人，或许还有其他用意，也未可知。"

罗坤这时望着一幅人面图案惊讶道："这张脸画得好怪，怎么有三只眼睛在上面？"

方国涣过去看时，见这幅人面图案画得奇特，有一大眼竖立在两眼之间，近印堂穴处，如传说中的二郎神的那只天眼。

方国涣心中讶道："远古之人能具有天眼，必是神人。"

这时洞势一转，脚下变得平坦起来，罗坤将快燃尽的火把又换了一支。

又前行了一段，见岩洞又向下折去，罗坤道："这岩洞好怪，忽上忽下的，那些古人也不怕累。"

方国涣道："这地下的岩洞是火山作用而成，非人力所为，只是人工的刻凿了些台阶壁画而已，我们但沿着洞势走，寻其尽头找到出口就是了。"

此时洞内显得开阔起来，方国涣、简良、罗坤三人已走到了一处十几丈高的大岩洞内，在火把光线的照映下，石壁上反耀出一片眩晕的金光来。

罗坤走到石壁前，上举火把照看时，不由惊异道："这是黄金还是黄铜？

竟然有如此宽大的一条！"

方国涣、简良二人上前看罢，也自惊奇，发现石壁上竟然有一条两丈多宽，向两旁延伸去的金带，曾有高温使它融化，而后冷却，欲流则止，可见此地本为一原始金矿，因火山爆发之故，才成此形状。

简良此时感叹道："如此大的金脉真是少见，闻藏地多金矿，今日一见果然如此。"三人站在这条金带之前，啧啧称奇不已。

方国涣见四下又有数处洞穴通向他处，便对罗坤、简良二人道："我们再走走罢，以便早些找到出口，否则食物与水耗尽了，我三人就会被困死在这里，当真要做一回古人了。"

罗坤笑道："老天爷不会把方大哥和简公子这等能以棋变动天下的大才埋葬在此的。"

简良笑道："可惜我三人不会那种能练成'虹化'的神功，否则在此清修一回也别有趣味的。"

方国涣见罗坤、简良二人倒也坦然，无那种被困于险境之怯感，自摇头笑道："这岩洞内是绝静之地，倒是个修炼的好地方，不过目前要紧的是出去，到得地面才行。"说着，持了火把进入了一处洞穴内。

此处岩洞似人工修整过，道路整齐平坦，两侧石壁光滑，每隔十余米但有一凹处。罗坤见里面似有东西，伸手一摸，掏出了两节木棍来，细看之下是松明，做火把用的，虽然年代久远，有些枯朽，但仍存有一部分油性，可以燃火的。

罗坤见了大喜道："这么多火把，当可取之不尽，不怕没得用了。"说完燃了一支，倒可将就用。

方国涣诧异道："此洞整齐，又配有明火之物，看来是有些特殊的用途。"简良道："这洞内似有通风之处，我三人手中的三支火把齐燃，烟气却无呛鼻之感，但向上飘去，定有风气流动，看来离地面不远了。"

方国涣、简良、罗坤三人走到了此洞的尽头，一处高敞的石室内，见有一具长棺悬在石室的半空中。细观时，竟然发现这是一具长两丈开外的巨形金棺，由八条似石非石、似铁非铁的粗大链索牵吊着，岩顶上方又有粗环相扣，此悬吊的金棺离地面有两丈多高，却无盖顶，独然高悬，看上去古远而浑朴。

简良此时惊异道："这么重的金棺如何吊上去的？真是不可思议！不知什么人葬在里面？"

罗坤道："这是一副巨棺，能葬下两个人，还宽容些。"

简良道："可惜离地面太高，里面躺着什么人看不真切。"

罗坤道："这有何难！"说着，持了火把身形一纵，已然跃到了金棺之上，

第一百〇三回 地下之旅（下）

随即火把下照。

忽地，罗坤脸色大变，一个跟头翻身下来，站在那里骇然之极。方国涣、简良二人见了一惊，见罗坤神态异常，显是受了惊吓一般。

方国涣讶道："贤弟，可是看到了什么？"

罗坤稳了稳神，惑然之极道："竟有如此怪事，此金棺里面竟然躺着一位身材高大的巨人。"

"巨人！？"方国涣、简良二人闻之一惊。

罗坤此时已恢复了常态，摇头叹道："不错，金棺里面躺着一位赤身裸体的巨人，全身呈金色，干枯不腐，似睡着了一般，小弟一时意外惊恐，不敢再看，险些跌倒下来。"

简良望了望悬吊着的金棺，愕然道："世间哪里有这等两丈长的巨人？怪不得此金棺如此之大，敢情都是装他一人的。"

方国涣道："《山海经》中载有'蛮古之人，身大而长'，莫非就是指此？看来此人必是一位远古之人，不知悬在这里有几千年了？又不知为何以金棺悬葬？这地下果然神秘之极，古怪迭出，我们且退出去，另寻出路罢。"

方国涣、简良、罗坤三人退出了悬吊金棺的石室，原路返回。罗坤心有余悸，紧握了真如宝剑，不再回头观看。方国涣见以罗坤之神勇都被金棺中的巨人惊骇成这样，不知那巨人是何模样，或许别有人之形状，自家也不好细问，暗里摇了摇头。

三人退回了空荡的大洞内，见数处洞道通向他处，不知走哪一处才好。简良这时道："地下黑暗，无日月可辨，无昼夜之分，不知过了多少天了？我们现已倦累，先歇息一下，睡上一觉，集些气力，再遍寻每一处岩洞找出口不迟。"

方国涣也自感饥困难忍，便道："也好，缓些体力再做计较罢。"三人于是各食了一些糌粑，饮了几口水，旁边寻了一处小洞，和衣而卧，方国涣劳累倦极先自睡去了。简良又寻了一些火把，以备后用，因为身上带着打火的刀石，所以任火把燃尽熄灭了，也不去管它，洞内立时变得漆黑一片，寂暗无比。罗坤虽知这地下岩洞内并无活物来袭，仍握了宝剑，守在近洞口处，以防不测。

黑暗中，简良道："罗堂主，此番经历实在艰险离奇，若能平安出去，当是我三人的万幸，日后还要让方大哥避开这种险境为好。"

罗坤知方国涣已经睡去了，自是叹然道："方大哥少小孤苦，飘零天下，没有过上一天好日子，我们若大难不死，回到中原，一定要让方大哥过上安稳的生活。"

简良道："方大哥棋高天下，境界悠远，怀有以棋济世之心，这是历代棋家所不能有的无上德为,尤令简某敬服。昔日若无方大哥的教诲,我简良也只能埋棋于村野之中,不会今日这般游棋天下,历经各种奇事,简某此生已然心慰了,若能重返中原,寻回兰儿,从此隐居,这世间当无憾事了。"

简良此时想起远在汉阳王府的兰玲公主,不免一阵惆怅。罗坤也自思念一别三年多的弓英儿与六合堂人众,尤有些感伤,知道六合群英必认为自己和方国涣亡身海外了,摇头一叹道:"世事无常,当年随方大哥乘船出海,几经风险,没想到在天下走了一圈绕到了这里,仍有地下之困,难道冥冥中真有定数不成?"

简良感慨道:"天意也好,地意也罢,此番经历非常,生死难料,但能与两位知心的哥哥在一起,一切也就无所谓了。"二人又闲谈了一阵,不知不觉中各自睡去了。

也不知过了几时,方国涣一觉醒来,见四下漆黑一片,伸手不见五指,更是静得吓人,一时间不知身在何处,简良、罗坤也不知去了哪里。无边的黑暗中,方国涣但感剩下了自己孤独的一个人,不由大是惊骇,急忙喊道:"坤弟、简良兄,你们在哪里?"

连喊数声,心中已是大怖。此时,旁边的简良、罗坤二人已被惊醒,不知方国涣如此惊喊发生了什么事。罗坤忙摸索着划了刀石,燃着了火把,见方国涣额头上已渗出了一层冷汗。

简良上前扶了道:"方大哥,我们在这里,可是惊了梦?"方国涣见罗坤、简良二人都在身旁,心情这才一松,长吁了一口气道:"一觉醒来,黑暗中不知在哪里,又不见你二人,一时间怕得很故而喊叫,原来你二人都在的,这就好!这就好!"

罗坤道:"这地下深处让人感觉异常,即使在黑暗中,也感觉与地面上的夜晚不同的,静得令人生惧,好在我们是三个人,可以减些怯意,若是孤独无依的一人,将会发疯的。"

方国涣叹然一声道:"此为幽境,意感别常,不是久待之地,还是再找出口罢。"

简良道:"好在我三人都有一定的修为,可以适应的,若换了常人,即便不被饿死,也会意乱神迷,失了常的,这地下奇异,久待伤人。"随后三人持了火把,又寻那出口所在。

寻了几处相连的岩洞,有向上延伸的,有向下延伸的,纵横相通,不知所往。简良便道:"岩洞越向上者,越是接近地面,我们当循这样的岩洞走才是。"

方国涣道:"有理,如此大的地下岩洞,该不会只有一个出口的。"三人一路寻来,谁知这岩洞交错复杂,如迷宫一般,三人绕了一圈,发现又回到了原地，明明是择地势高的岩洞走，无形中仍在原地打转转。

　　简良便用燃过的火把残端在石壁上做了标记，见有标记的地方，便知已走过了，回头寻他路。方国涣、简良、罗坤三人在这岩洞内，四下探查出口，倦极就睡，醒来就走，不知在这地下又过了多少日，那些糌粑和水，三人虽尽量省着用，饿极时才吃上一些，但也渐渐地用尽了，三人这才感觉到，困在这地下已有日子了，也更加艰难了，好在三人彼此鼓励，相互安慰，仍有信心和希望走出这地下岩洞。后来三人在洞内发现了几处地下泉水，试尝之，甘淡可用，解了断水之急，食物虽尽，但有水相润，自可勉强维持体力。

　　方国涣、简良、罗坤三人但择地势高的岩洞走，备用的火把渐渐的燃尽了，不可能再回到深处的岩洞内去取了，最可怕的黑暗就要遮住火把的光明，那时将无计可施，只有坐以待毙了，三人已感到了真正的可怕是绝望，忧虑之极。

　　这时，渐渐地感觉洞内的温度与先前有些差异，变得冷了些，火把的浓烟被风吸着向上蹿去。罗坤见了惊喜道："就是没有出口，也有通风口了。"方国涣、简良精神各是一振，向上急走，待到了此洞的顶端尽头，果有一丝光线从岩石缝隙中射了进来，异常的耀眼。

　　方国涣、简良、罗坤三人齐声欢呼，暂忘了一切的疲劳，奔到那岩石缝隙处，觉得这丝微弱的光线是那么的亲切和柔和，三人犹如几百年没有见到阳光一样，欣喜非常。

　　罗坤忙用真如宝剑把这处岩石缝隙捅得大了一些，一道强劲的阳光直射进来，洞内立时间撒满了光辉，三人觉得甚是刺眼，忙避于一旁，过了好一阵才适应过来，觉得这阳光也太强烈些，眩晕中险些伤了眼睛。久处黑暗之人，最怕立见强光，而有盲疾之险，但是由于火把的光亮未曾断过，方国涣、简良、罗坤三人才能适应些阳光的照射，否则会被刺瞎了眼去。

　　罗坤此时用真如宝剑把那通风口不断地扩大，碎石与泥土纷纷地落下，一股清新凉爽的空气涌进洞来，吸起来格外的舒畅。待那洞口可容一人进出了，罗坤这才先爬了出去，然后回手把方国涣、简良二人拉了出来。终于重见天日了，三人兴奋非常，激动得说不出话来，握手相贺。

　　方国涣、简良、罗坤三人爬出了洞口，起身看时，已在一座高山之上了。蔚蓝的天空飘浮着朵朵白云，显得是那么的悠远。天地交接处，是那唐古拉山的轮廓，雪山的巍峨雄姿。三人竟然奇迹般地从地下走出几百里之外了。

　　三人此时不知身处何方，茫然四顾。高山下是一处平坦的草原，点缀着湖泊河流和羊群，还有十数顶牧人的帐篷。几名少年策马飞奔，追逐嬉闹。望着这陌生的地方，三人一时间惊得说不出话来。

　　就在这时，忽听身后一声巨响，数块大石从那洞口处崩塌下去。原是罗坤扩展洞口时，震动了本不牢固的岩石，自将那出口封死了。三人面面相觑，知道若是出来晚一些，就要葬身洞内了，皆又惊出了一身冷汗。

　　三人相互搀扶着下了山。待到山脚下时，几名牧人骑马过了来，见这三人衣衫褴褛，蓬头垢面，不成个模样，好似山上下来的野人，不由大是惊异。三人此时已虚弱之极，未及搭话，简良、方国涣二人便已昏倒在地。罗坤朝牧人们拱了拱手，示以求助之意，坐在地上也自无了说话的力气。牧人们见状大惊，忙将三人救回了帐篷内。

　　方国涣、简良、罗坤三人此时却不知道，自他们从昆仑山大雪峰甘兰寺的地下岩洞进入后，因在地元岛水边不慎丢落了指向针，在地海上迷了方向，一路偏向而行不知不觉中已在地下经历了一月有余。这一个月来，三人以那些仅能维持五六日的食物保住了性命，是因为在地下黑暗中辨不得昼夜，无时间上的长短观念。更主要的是三人凭着坚强的意志和彼此鼓励着，才得以在此险境中极限生存，可谓创造了一个奇迹。

　　且说好心的牧人们救下了三人，方国涣、简良由于身体极度虚弱，需调养些时日才能恢复体力。只有罗坤无大碍，歇了两日便无事了，于是照料起方国涣、简良二人，待他二人复元后再行打算。当向牧人问过此地的方位后，不由令三人大吃一惊，这里距沱沱河沿仅几十里的路程，已是离那昆仑山大雪峰甘兰寺五百里之外了，三人竟然在地海上无意中朝拉萨城方向回返了近一半路程。始信地海广阔无边，果是如那海洋一般了。

　　粗略计算了一下时日，乃是在地下经历了一月有余，尤令三人目瞪口呆。惊讶之余，俱是庆幸不已，简直是在地府中走了一回。若是在地下再耗上些时日找不到出口，三人便会饿死、困死在这幽深的地下了。甘兰寺是回不去了，那加错喇嘛必定认为三人在地海上已遭难了，也自无法通知他了。先前寄存在大雪峰山脚下藏民处的马匹等物件索性也不要了，只待方国涣、简良恢复体力之后再想办法回拉萨城。

　　牧人们对三人很热情，每日都送来奶茶、羊肉等食物。方国涣、简良二人的体力逐渐恢复，先前苍白的脸上已养得有了血色。罗坤见了很是高兴，感激之余，将身上原先带来的那些珠宝分发给了牧人们，以感谢他们的相救款待之恩，只留下两三件准备回程之用。

第一百○四回　幽灵再现

　　过了半月有余，方国涣、简良二人才恢复过来。与罗坤商议了一下，三人决定在此地再休息几日。准备好马匹及路上所需之物，然后再返回拉萨城。因罗坤曾送给牧人们一些珠宝，牧人们很是感激，答应三人走时送给三匹马，罗坤自行谢过了。

　　这日方国涣、简良、罗坤三人正在帐篷内说话，商量明天返回拉萨城的事。忽闻外面人声喧杂，像是出了什么事。三人忙出来看时，见牧人们持了刀弓等武器正在聚集，人人呈愤怒之色，有去拼斗的意思，当是起了什么变故。

　　罗坤忙上前询问，一牧人告之，不知哪里来了两个强盗，杀伤了几个牧民抢了些食物往山上去了，牧人们正准备去山上搜寻擒拿那两个强盗，以给几个死伤的同伴们报仇。罗坤、简良听罢，立刻来了精神，牧人们有事当不能袖手旁观，自要前去助一臂之力。方国涣见状，也自要跟了去。罗坤、简良自没把那两个强盗放在眼里，见方国涣跟来也没阻拦，权且让他跟去看个热闹。牧人们见三人来助，很是感激，佩服三人勇气，也自增些人多势众的意思。

　　众人一路上山寻来，并未见那两个强盗的踪迹。待至山顶的雪地里，见有两个人的足迹向前方延伸去，显是刚刚走过的。"在这里了！"牧人们群情激愤，沿足迹寻去。

　　绕过一处雪坡，见前方的雪地里有两个人正坐在那里狼吞虎咽地吃着食物，显是饿了多时了。闻有人声过来，那两个人先是有些惊慌，忙扔了手中的食物站起来。见是一些牧人们追寻了来，那两个人神色稍松，站在那里并没有要逃走的意思。此二人一身劲装打扮，面容憔悴，显得疲惫不堪，自有些狼狈的模样。

　　待至近前看时，方国涣、简良、罗坤三人不由惊呼了一声："李如川！？"

　　看另一人时，简良更是一惊道："西门子晏！？"那二人正是李如川与汉阳王府中的第一高手西门子晏。

　　李如川、西门子晏二人见了方国涣、简良、罗坤三人，也自一惊。双方在此地意外遭遇，彼此感到惊异之余，又都似乎明白了些什么。

原来方国涣、简良二人扶正地象之后，中原战局形势便急转直下，汉阳王的叛军连遭重创。李如川见形势忽然逆转，顿感不妙，猜测那昆仑山下地海中地元岛上的地象可能被人动过了，地气起了变化，对叛军产生了不利。李如川惊疑之余，立刻率了西门子晏与汉阳王府中的一批卫士，昼夜奔驰赶往昆仑山大雪峰甘兰寺，欲再入地海中查看地元岛上的地象。若是地象被人动过，他再改变回来，若是地象因自然之力而变令那地气弱了，他便设法再增强，使那处与汉阳一地相应的地穴中的地气再呈暴盛之势。

李如川率西门子晏等一批王府卫士，乔装改扮，一路上几乎是马不停蹄地赶到昆仑山大雪峰，在甘兰寺附近潜伏下来，以待夜间突袭，抢进那地下岩洞的入口。但是他们的可疑行踪被一名在野外练功的喇嘛发觉，回报甘兰寺。吉桑等五位伏龙尊者闻讯大惊，他们正在为方国涣、简良、罗坤三人地下失踪许久感到焦虑不安，闻有一批神秘的人物出现在甘兰寺附近，当是别有企图。忙调集高手在寺内设伏，以防他变。当天晚上，李如川率西门子晏等王府卫士夜袭甘兰寺，凭着曾经来过一次的记忆，直奔那地下岩洞入口处。好在甘兰寺内早已设防，李如川率人刚进寺内便遭到了五位尊者等一大批寺内高手的阻击。

一场激战，汉阳王府的卫士尽数被击毙，只有西门子晏护了李如川死命冲出重围，逃脱出了甘兰寺。一击不成，李如川便知道大势已去，夜袭甘兰寺势必惊动金圣法王。李如川在激战中被吉桑喇嘛认出，虽侥幸逃脱，但恐金圣法王率寺中高手追杀，所以不敢按原路返回中原，也自无返回去的必要了，二人于是改路西逃。

李如川甚是惧惮金圣法王，若是金圣法王下山擒他，必死无疑。夜袭甘兰寺图改地象不成，李如川已是心灰意冷，但逃命要紧。他与西门子晏二人一路西逃，沿途抢夺牧人们的食物和马匹，杀伤了许多无辜。二人改向西逃，虽避开了甘兰寺高手的追杀，却与方国涣、简良、罗坤三人不期而遇，可谓是天意呢！

却说牧人们见了杀伤他们同伴的两个强盗，呼喝一声围攻了上来。罗坤、简良欲阻拦已是不及，西门子晏手中挥动一对金钩，立时击倒了数人，余者惊骇，退在一边不敢上前了。

罗坤高声道："大家退后，这个人是武功高手，你们打不过他的。"随手亮出真如宝剑，护在了方国涣、简良面前。

李如川意外地见到了方国涣、简良，惊讶之余，脸上的肌肉自是一阵颤动，凶光毕现，阴沉沉道："没想到你们两个小子竟然在这里出现，那地海中的地象可是你们变动的了，为何总与老身过不去，坏我大事。"

方国涣闻之一喜道："如此说来，汉阳王的叛军已现败象了？"接着恍悟道："是了，汉阳王的叛军若不显败迹，李如川也不会出现在这里，那地象真是响应如灵！"随即与简良相视一笑，知已大功告成。

简良这边欣然道："李如川，你的命可真大啊！被金圣法王救了还不思悔过，棋上杀不得人了，却又想在棋外作乱天下。瞧你现在的这般狼狈模样，想必是去那甘兰寺地下图改地象不成，被寺中的喇嘛打跑了吧？"

李如川闻之诧异道："你们……你们可都知晓一切了？见过金圣法王了？怪不得如此，果是你们在捣乱。"杀机复现。

方国涣摇头叹道："李如川，早知今日，当年就不该让你活着离开黄鹤楼。你应该算是死过一回的人了，既然有幸得以高人救活一命，自当洗心革面，悔悟前生。没想到你劣性不改，无意中得以地象秘密，又以棋力作乱天下，你这种恶人真是留不得。"

李如川此时身形微颤，恼怒道："方国涣，用不着你来教训我，为了习练成无敌棋道，我不惜自废人道，可是又让你这小子给毁了，而今你又变正了那地象，更是毁了我生存的希望，你真是我的克星。实话告诉你，那金圣法王施以神功不但救了我的命，还激复了我的棋力，更激复了先前被那和尚废去的武功，可谓是因祸得福。今日是谁活命还不一定呢！"

"什么？你的武功也恢复了？"方国涣闻之一惊。

简良这时问那西门子晏道："公主她怎么样了？"尤是担心兰玲公主的安危。

西门子晏缓缓地道："公主怎样，与你何干？今日你们坏了王爷与国师的大事，当一个也走不得。"说着，抬起了手中的一双金钩。

李如川此时得意地哑着嗓子干笑了几声，道："西门将军且去料理了其他人，这两个小子先交给我罢，他两个除了棋上的本事外，手无缚鸡之力的，我们的账由我们自己算罢。"西门子晏望了简良一眼，心存忌惮道："此人棋子上倒有些邪门，汉阳王府的卫士多吃过他的苦头。"

西门子晏见罗坤横剑于前，知为高手，自想先将罗坤制住，其他的牧人不屑一顾，于是双钩舞动攻上前来。罗坤见状，知道今日诸人安危多系于自家一身，不敢大意，手中真如宝剑一抖，便与西门子晏战在了一处。那些牧人们哪里见过这般杀斗，都自看得呆了。

李如川见罗坤被西门子晏缠住，便狞笑一声，向方国涣、简良二人走来。简良忙护在方国涣身前，手一扬，一枚棋子施出，意施了在李如川胸前的膻中穴上，自想一棋子将他制住了事。不料李如川身形先自一顿，随后竟然慢慢地抬手将贴在胸前膻中穴上的棋子摘了下去。

简良见状一惊，忽而恍悟道："是了，李如川棋上也达高境，对棋子用意极深，无相棋制他不得。"李如川这时看了看手中那枚似有吸力的棋子，望着简良诧异道："你这是在棋子上练的什么本事？竟能粘人的。好在老身见是一枚自家走熟了的棋子，能着意地把它摘下来，你这种本事制不了我的。"

　　简良惊讶之余，猛一推方国涣道："大家快跑！"方国涣见简良的无相棋竟然制不住李如川，知道今日凶多吉少了。慌乱中，几个牧人拉了方国涣一旁跑去，今日遇上了两个厉害的强盗，当是逃命要紧。

　　简良的无相棋在李如川面前失去了威力，也自无可奈何。两个愤怒的强壮牧人攻上前来，被李如川一手拿住一个，随即抛出摔昏在了地上。简良不及转身走避，也被李如川拿住肩头摔了出去，吐口鲜血昏了过去。

　　李如川意在方国涣，见简良不堪一击，未加理会，想回转来再取简良性命，径直追寻方国涣去了。昏倒在雪地里的简良随被沾在脸上化了的雪水激醒了过来，起身看时，罗坤与西门子晏拼杀得难解难分，远处是李如川不紧不慢的身影，正是去追杀方国涣的。"方大哥！"简良知道方国涣正处于危险之中，也自追了过去。

　　方国涣与五六名牧人慌不择路，竟跑到了一处悬崖之上。望了一眼那万丈不测之渊，又回头看了看逼上来的李如川，方国涣自是摇头一叹，听天由命了。两名牧人急红了眼，挥起手中的腰刀扑向李如川，是要与这个强盗拼了命去。

　　那李如川今非昔比了，不慌不忙地避过牧人的攻势，接着疾速地出手。仍就一拿一个随手抛下了悬崖，遂闻两名牧人的惨叫声逐渐消失在了崖下，另几名牧人吓得站在一旁不敢动了。

　　望着凶残成性的李如川，方国涣愤然道："李如川，不要再滥杀无辜了，你取我的性命便是了。"

　　李如川见方国涣已成掌中之物了，得意之余，狞笑一声道："你便是想死，也不会让你死得太快，我要让你尝尽天下间所有的痛苦再死去，方泄我心头之恨。想不到吧方国涣，棋盘上你虽天下无敌，便是天上的神仙恐怕也敌你不过，但是今天却落在了我的手里，老天真是公平得很呢！"

　　方国涣临危反静，凛然道："李如川，你作恶太多必遭报应，方某今日虽死，但也不愿死在你这个恶人的手里。"说完，方国涣仰天长叹一声，忽转身投崖而去。"你……！"李如川见方国涣竟然投崖自尽，颇感意外，一时间也自惊呆了。

　　"方大哥！"一声悲切，简良赶了过来。眼见方国涣被李如川逼得跳了崖去，简良立感天地失色，震惊在了那里。

　　李如川回身见是简良，凶相毕露，逼过来道："小子，来得正好，送你去地下与方国涣见面罢，免得他寂寞，你二人于棋上也成一双对手的。"右手抬起，欲要击杀简良。

第一百〇四回　幽灵再现

简良悲愤之余，不失冷静，右手探入怀中，扣了一枚天星棋子。方国涣曾赠送简良八枚天星棋子，因其贵重异常，为棋中至宝，简良施无相棋时从来不用。但是今日情形特殊，普通棋子对李如川不起作用的，因为自己加在棋子上的意念之力会被李如川本身的棋力化解去的，制不住他，只有全力施出能激增真意的天星棋子，才有可能将李如川制住。

李如川见简良探手怀中，知道是取棋子的，不由冷笑一声道："你那种棋子粘人的本事对付别人尚可，对付老身却是毫无用处的，棋子也是认人的。"

简良举起了手中的那枚天星棋子，淡淡地道："李如川，你可认得它吗？"

李如川见之一怔，眼前这枚圆润光亮的棋子再熟悉了不过。当年棋战黄鹤楼，方国涣持天星棋子应对，当时封吃了一块李如川所用的骷髅棋子，并且"自提"出棋枰外，李如川受激不过棋境大乱，被自家棋上走出来的杀伐之气反噬，结果人棋两废。如今李如川望着这枚天星棋子，不觉汗然。

简良这时见李如川神色有变，知时机已到，二指将天星棋子甩手施出，愤然道："它可是识得你的！"天星棋子为棋中至宝，有激增人的棋力之功，今被简良以无相棋施出，尤其是在目睹了方国涣被李如川逼落悬崖之后，全力施出的真意和仇恨但凝聚于这枚天星棋子上了，意施李如川面门印堂穴处。

李如川忽见眼前精光闪动，遂觉脑中一凉，有重物坠沉，下意识地伸手向额前抓去，却空空无物，这枚天星棋子被简良全力施出无相棋而进了李如川的颅内脑中。李如川此时如那木偶般，本能地在额前一摸一抓，如此反复数次，动作便逐渐缓了下来，直至僵立不动，脸上仍凝固着那种惊骇之色，已是气绝身亡了。

简良见一击奏效，这才长吁了一口气，释然道："我的棋子真是制不住你吗！"旁边那几名早已吓呆了的牧人，忽见那个强盗被简良不知用什么法子制住了，立时怳过神来，愤怒着，冲上前去乱刀砍下，将李如川的尸身分解了去，此时便是大罗金仙降世，也救他不得了。

李如川中棋而亡，被愤怒的牧人们乱刃分尸。简良不忍睹其惨状，便走至崖边下探寻方国涣踪迹，唯见几只秃鹫盘旋，凄鸣嘶叫。简良见方国涣从此高崖坠去，当是生还无望了，不由悲痛万分。

这时一名牧人跑了过来，告诉简良，罗坤与那个强盗苦战多时，已是险象环生。简良闻之大惊，忙转身跑去，几个牧人随后跟了来。

罗坤与西门子晏一仗拼杀得十分激烈。西门子晏武功之高出乎罗坤意料，当在师父谷司晨之上。好在罗坤手持真如宝剑，加上深厚的内力才能勉强支撑，肩头、腿部已被西门子晏的金钩击伤了三处。也是罗坤拼杀之余，担心方国涣、简良的安危，不能全神应战，以至于处在下风，险象环生。西门子晏这边则暗暗惊异，不想一个年轻人内力如此深厚，仗着一柄宝剑，百余招内竟奈何对方不得。心急之下，时出杀手，罗坤全力苦撑。

　　简良这时飞跑过来，见罗坤血迹斑斑，几欲不敌，情形万分危险。大惊之下，一枚棋子扬手施出。就要得手的西门子晏忽感左腿风门穴外一紧，身形不由自主地向旁倾倒。罗坤见状一喜，趁势攻进，击落了西门子晏手中的一对金钩，随即用剑尖抵住了对方的咽喉。

　　简良忙上前阻了道："罗大哥暂勿动手杀他，我有话要问。"随对西门子晏道："告诉我，公主怎么样了？"

　　西门子晏知道刚才是被简良的棋子制住了，又不见了李如川，自知大势已去，叹然一声道："近日战事不利，王爷为防不测，已将公主和王府家眷送走了。"

　　简良急切道："送去了哪里？"

　　西门子晏摇了摇头道："这个在下也不知。"简良心中一时酸楚，几要落下泪来。

　　西门子晏苦笑一声道："今被你们拿住，不能再回去为王爷效命了。"说着，头项前伸，竟令那剑尖穿喉而过，立时毙命。罗坤见了，收回宝剑，摇头叹息不已。牧人们从周围聚了过来，见两个厉害的强盗已被罗坤、简良杀死，都大为感激。

　　当罗坤听闻方国涣被李如川逼落悬崖，是如晴天响了个霹雳，震惊万分。随后由牧人们引至谷底，寻找方国涣和那两名被李如川打下崖去的牧人的尸体。谷底布满了石块，先自寻见了那两名不幸的牧人尸体，因由高崖落下，已摔得不成个模样。罗坤、简良见状，相视无语，实不敢想象方国涣会是什么样子。找遍了谷底，却不见了方国涣的踪迹，见天色已晚，罗坤、简良二人这才哭拜而去，准备明日继续来寻找。

　　罗坤、简良二人一夜未曾合眼，只待天明。没想那地象一经变动便将李如川引了来，竟然在这里和他遭遇上而生此意外之变。罗坤悲痛之余，尤恨自己没有保护住方国涣，此番一人回去，如何向卜元、连奇瑛等六合堂群英交代，深深自责不已。

　　第二天一大早，罗坤、简良和一些牧人复至谷底，继续寻找方国涣的尸体。结果一天下来仍不见方国涣的踪影，罗坤失望之余无意中一抬头，见半空中盘旋着一群秃鹰，心中不由一惊。一牧人见状，便说方国涣的尸体有可能被那群秃鹰啄食尽了"天葬"了去，这种事情在高原上时有发生的。罗坤、简良闻之骇然，没想到方国涣竟然尸骨不存。二人无奈之下，又哭拜了一番，这才去了。

　　失去了方国涣，罗坤、简良心情沉重，于第二天乘了牧人们赠送的马匹，返回拉萨去了，准备会着那里的几位汉地商人，结伴同行回返中原。

第一百○四回　幽灵再现

且说有一个牧人对未寻见方国涣尸身一事仍不甘心，即便被那群秃鹰啄食尽了，不可能一点痕迹都不留下，那牧人便又自家寻了来。在那悬崖旁侧的缓坡上，发现了昏迷不醒的方国涣。见身体尚温，还有气在，那牧人惊喜之余负着方国涣回到了驻地。原来方国涣不愿遭李如川毒手，自家投崖而去。坠落途中适有一股劲风吹来，将方国涣顺势吹落在了那处缓坡上，侥幸活命。

方国涣被好心的牧人救回，昏迷了三四天才醒了过来。牧人们见了，欢喜不已，"噢！真是佛祖保佑呢！"皆自为方国涣感到庆幸。听说罗坤、简良二人误认为自己已死，已先行返回拉萨了，方国涣感慨万分，也真是死而复生一次呢！又闻李如川、西门子晏二人已被罗坤、简良杀死，方国涣心中稍安。

过了两日，适值有一商队路过，是去拉萨的，牧人们便将方国涣送在了商队中。方国涣谢过了牧人们，加入商队回返拉萨而来。商人们的消息是最灵通的，议论起中原战事，三王之乱已经平息，通往汉地的道路已通畅了。方国涣闻之，欣慰不已。

这一日，商队到了拉萨城。

大昭寺内，安木喇嘛见了方国涣，大为惊喜。见方国涣身体尚虚弱，便请留寺中调养。得知罗坤、简良已返回汉地多日了，追赶已是不及，应安木喇嘛所请，方国涣便留在了大昭寺调养身体。

过了几日，方国涣身体已无大碍，便向安木喇嘛辞行。

安木喇嘛道："如今汉地战乱平息，道路通畅，施主是该返回去了。也是方施主与我佛有缘，今有一事相托，不知可否？"

方国涣忙道："活佛曾帮过我们很大的忙，但有所请，无不尽力。"

安木喇嘛点头道："很好，施主且随我来。"

第一百〇五回　转世灵童

安木喇嘛引着方国涣来到了一座殿堂之内，里面供奉着几座金像。安木喇嘛但拉了方国涣来到其中一座金像前道："方施主这次回汉地之后，烦请寻找一位本教的转世灵童。"

"转世灵童？"方国涣闻之，不由大为惊讶。

安木喇嘛接着道："这座金像便是请施主所要寻找的那位转世灵童的前身。"

方国涣也曾闻喇嘛教有转世人之说以及中原民间有人死后可以再投胎转世之论，此时见安木喇嘛却要自家回汉地后寻找一位转世灵童，一时茫然不解。

安木喇嘛已看出了方国涣的心事，便道："方施主经过多番磨砺，不同常人，又与本座投缘，更与我佛有缘，乃知寻那转世灵童的事情是要应在施主身上的。"

方国涣摇头道："在下一个汉人，如何能寻得贵教的转世灵童？况且人海茫茫，又到哪里寻去？"

安木喇嘛道："佛祖面前，不分藏汉的，此番并不是要施主着意去寻，但逢机缘遇上罢了。"说完，从怀里取出一串念珠道："此串念珠施主自拿了去，日后逢着有人见了此物，爱不释手，似有相识旧物之感者，便是这座金像——西桑的转世灵身了。此事说起来有些神奇，施主或许不信，但这确实是存在的，其间的道理，施主日后必会明白。此事办起来也很容易，施主但把此串念珠带回汉地就是了。以西桑前世的星宫图推算，他今世当生于汉地，到现在应是一位少年了，他若是见着这串念珠，必有相识之感，因为此串念珠是西桑前三世所喜爱之物，每一世都是不曾离身的，无论奉佛念经，饮食坐卧，自是手不离珠，每一次寻找西桑的转世灵童时，都是凭此念珠识出他的，如今已经三世了。这一次西桑投生汉地，因机缘未到，故未寻找，自本座见着了方施主之后，便知此事要应在施主身上，到时本座自会派人前去迎回他。西桑的前世与本座的前世相交甚厚，今生又同为转世人，本座盼望与他相见，这是需要方施主相助的。"

方国涣便接过了那串念珠，于怀中藏了道："活佛既然说此事应在我身

第一百〇五回 转世灵童

上，我且试一试罢，在下一生所遇奇事甚多，也是见奇不异了，虽不明白怎么回事，也相信有它存在的理由。"

安木喇嘛点头笑道："施主的一生当处于神奇的历险之中，日后也是有正果的人，说起来施主也许不信，你到藏地的这一番经历，乃是今生注定的。我佛法之所以传到今日，播向四方，便是代有高人明白了人世间的一切道理的缘故。生命的秘密，有许多是我们暂不能理解的。自古得大道之人，皆先修己身，而后通晓万物之奥，再普度众生。"

方国涣感叹道："与活佛谈话，令在下每有感触，看来人和这个世界的关系果然玄奥得很，回到中原之后，要参悟这其中的道理才是。"

安木喇嘛笑道："施主有此感悟，便是启动了灵性，可喜可贺，有些事情，你日后自然会知晓的。"方国涣此时又望了望那座金像，摇摇头，随后和安木喇嘛退出了这座殿堂。

方国涣接着便辞别了安木喇嘛，离了大昭寺，回到了商人扎巴家，果知罗坤、简良和王永安等人都已走了多日。扎巴与家中上下见方国涣忽然回来了，各是惊喜异常，闻方国涣死里逃生后是在大昭寺养伤而归，无不敬慕。扎巴因有批货物要运往云南的德钦，便请了方国涣随了他的商队回汉地，方国涣大喜，忙自谢过了。

第二天一早，方国涣便随了扎巴家的商队结伴同行，此番重返中原，方国涣兴奋不已，激动了一路。

且不说路途上的千辛万苦，单说这一日，商队便已进入了云南地界，到了德钦后，方国涣便辞别了商队，一人独行而来。

云南是少数民族聚居之地，风光景致又比那藏地高原秀丽了些。方国涣一路行来，心情格外的舒畅，想起当年乘海船出海，历经磨难，在天地间绕了个大圈，九死一生，终于又得以归还，就要见着昔日的故人旧友了，恨不能身生双翼，一气飞回中原去。

前行了几天，这一日，方国涣正行走间，忽从前面传来一片喊叫之声，随见路上涌来一群百姓，个个惊慌失措，乱跑而来。

方国涣见之一惊，不知起了什么变故，忙拉住一位汉子问道："这位大哥，发生了什么事？如此惊乱？"

那汉子急应道："小兄弟快逃命罢，一伙被朝廷大军打散的贼兵流窜到了这里，杀人放火，无恶不作。快走罢，迟了就来不及了。"说完，那汉子急急地去了。

方国涣闻之惊讶道："原来还有汉阳王的叛军残余在四下流窜。"抬头向前方望时，但见尘土大起，夹杂着一片哭喊之声，有百余名兵士在追杀着一群手无寸铁的百姓。

方国涣见之大骇，欲转身相避时，却被涌过来的百姓冲撞在地，后面的兵士杀人杀红了眼，挥舞着刀枪狂叫而来，起身走时已是来不及了。

　　就在这危急时刻，忽从一侧冲出一支人马，将这股乱兵截住厮杀起来，为首的是一位英武的轻年人，手持一杆金枪，飞马直入乱兵之中，四下挥舞，一连挑刺了十余人。紧随其后的人众皆青衣打扮，各持刀枪，围杀乱兵，都自奋勇争先。这伙兵士突遭冲击，毫无准备，慌忙应战。有一名领头的武官，挥刀迎战那位年轻人，仅一个照面，便被那年轻人一枪刺杀于马下，其余兵士见之惊呼，四下乱走。

　　方国涣和众百姓得以这支从天而降的人马相救，幸免于难，各自惊魂未定，远远站着围观。待方国涣望见那位年轻人时，立时惊喜万分道："韩梦超！"原来是六合堂的金枪无敌将，云南分堂的堂主韩梦超到了，方国涣不由喜出望外。

　　这时那伙乱兵被韩梦超所带领的六合堂人马，捉的捉，杀的杀，不曾走了一个。韩梦超此时立马横枪，对旁边的一名大汉道："陈香主，带领弟兄们四下仔细搜寻了，不要走掉了一个贼兵，以免百姓再受伤害。"那名香主领命去了。

　　这时忽听有人高喊道："韩堂主！韩堂主！"韩梦超闻之一怔，转头看时，见路旁的百姓当中有一名年轻人正在朝自己挥手呼喊。

　　韩梦超一见之下不由大吃一惊，几乎不敢相信自己的眼睛，愕然之极道："可是方国涣公子吗？"

第一百〇六回　医　圣

方国涣得以韩梦超等六合堂人马及时相救，免遭乱兵之害，此时走上前来，拱手一礼笑道："韩堂主，别来无恙？"

韩梦超见面前站着的果是一个活生生的方国涣，不由惊喜万分，急忙跳下马来，一把抱住道："国涣公子，苍天有眼，你还活着！"二人自是欢喜一团。

接着，韩梦超仔细端详了方国涣一番，摇头笑道："听说公子在海上遇着大风遭了海难，韩某却是不信，以公子这等神仙般的人物，阎王哪里敢收。"

方国涣高兴地道："见着韩堂主像是在做梦，各位如何到了这里？若再晚些，方某真的就没命了。"

韩梦超道："前些日子接到消息，有一股被朝廷大军打散的贼兵流窜到了这一带，杀人放火，搅得地方不安，韩某气恼不过，便带了弟兄们追杀而来，不想遇着了国涣公子，真是万幸。"

这时那名陈香主来报道："启禀堂主，四下搜查过了，并无漏网的贼兵。"

韩梦超道："很好，此番一战，不枉了我们几天来的辛苦。"接着又道："陈香主，你带弟兄们把这些俘虏押送官府，交了人后勿要领赏，即刻返回。"

陈香主道："属下遵命。"转身去了。

韩梦超又对另一人道："张香主，你带弟兄们把这里清理一下，安抚那些受害的百姓。"张香主应了一声，也自去了。

韩梦超复拉了方国涣道："国涣公子今番平安归来，乃是六合堂的大喜事，且到前面镇子上暂歇罢。"说完，把方国涣扶上了自己的坐骑，自家又另择了一匹马，在十几个人护卫下，沿着大路而来。

韩梦超这时在马上对方国涣笑道："说起来也快有四年了，当年卜元堂主从海外归来，带回了公子与罗坤右使在海上遇难的消息，六合堂上下俱为震惊，连总堂主和孙奇先生尤为痛惜不已。卜元堂主自那时起，一直闷闷不乐，弄得连总堂主也毫无办法。对了，罗坤右使他……"韩梦超见方国涣孤身一人，心中不由一沉。

方国涣感叹之余，言道："放心罢，当年我与罗坤贤弟在海上大难不死，归还陆地，后来却是漂泊到了印度佛国，又随一商队出印度入西域，到了藏地，前些日子，因为其他原因，罗坤贤弟已经先回来了。"

韩梦超闻之喜道："罗右使平安而归，实是我六合堂的大幸，想我六合堂盖世六杰，怎么能有所缺呢。"韩梦超接着又道："公子漂泊海外数年，必然有一番奇异的经历，今天晚上可要讲来我听。"

方国涣笑道："这个自然。对了，有件事方某一直担心得很，还请韩堂主告之一二。"

韩梦超笑道："国涣公子不要客气，有事情但讲无妨，可是离中原日久，想打听些旧事？"

方国涣道："也是有些的，只因三王叛乱，暴动一时，方某很担心六合堂的安危，有没有牵连进去？"

韩梦超闻之，点头赞叹道："国涣公子对六合堂恩重如山，即使身在异地，也关心着六合堂的安危兴衰，连总堂主和六合堂的兄弟们没有白交你这个朋友。"

韩梦超接着正色道："自汉阳王联合晋王、福王起兵叛乱，连总堂主便飞传天下各处分堂人马，尽可能撤离叛军的势力范围，勿要参与进去，如今看来，连总堂主此举真是英明。想当日，三王一乱，天下立时动荡不安，便有人力劝总堂主乘机扬旗举事，鼎足中原，争夺天下，连总堂主有先见之明，自然没有答应。"

方国涣闻之心中稍安，寻思道："连姐姐是大明朝的公主，当今皇上的亲妹妹，哪有反自家天下的道理，那汉阳王是有野心而无德行的人，连姐姐更不会助纣为虐的。"

韩梦超这时又道："当时天下大乱，人心思变，连总堂主为了压制六合堂内兄弟们不安的情绪，六合金牌令不知动用了多少回，告诫各处分堂人马不可妄动，把那唯恐天下不乱的诸葛容先生也好不容易说服了。"

方国涣闻之惊喜道："诸葛容先生没有妄动，当真不易的，我最担心的就是此人，恐他把六合堂拉下水。"

韩梦超感叹一声道："为此连总堂主不知耗费了多少心思，诸葛容敬畏连总堂主的威严和地位，才没有闹出事来，在孙奇先生的协助下，连总堂主多方周旋，终保六合堂无恙。如今三王兵败被诛，弟兄们哪一个不佩服总堂主的英明之举。"

方国涣心中叹然道："能保六合堂乱中不动，将是何等的不易，真是苦了连姐姐了。"

行了一程，前方出现了一座小镇。韩梦超对方国涣道："此镇有一处香堂所在，公子先歇息几日，然后由韩某亲自护送到鄱阳湖六合堂总堂处。"

进了镇内，至一所大宅院前，众人下了马匹，韩梦超自拉了方国涣的手走了进去。此时有十几位打扮不俗的汉子上前迎了，韩梦超向他们介绍了方国涣时，各呈惊喜之色，知道六合堂的大恩人到了，俱是恭敬有加，随即设酒宴为方国涣接风洗尘。

　　当天晚上，韩梦超索性搬来床铺与方国涣同住一室之中，听他讲出海后的传奇经历。方国涣因地象一事不便讲外，自把所经历的一切奇异之事讲与韩梦超听了，听得韩梦超惊叹不已，一时入了迷，后悔当年没有机会与方国涣同行。

　　讲述完一切之后，方国涣感叹一声道："当年出海至今，一晃竟有数年之久，想起来似如梦幻一般，几经生死，几番磨难，犹是心有余悸。而今中原又发生如此变故，世事无常，实是难以预料。"

　　韩梦超也自不胜感慨，叹然道："公子棋高无敌，天生的一个贵人，虽有坎坷艰险，也会逢凶化吉的，此番重返中原，似从天而降，过两日韩某把公子护送到鄱阳湖总堂处，自会让连总堂主、孙奇先生和卜堂主他们惊吓欢喜一回的。"

　　方国涣道："一切就有劳韩堂主了，连姐姐、孙奇先生他们还好罢？"

　　韩梦超道："还是先前的样子，但多了些憔悴，也是经此兵乱之故。汉阳王谋反之前，曾派人下书游说连总堂主，要六合堂与他们一起举事，并许诺六合堂将来可统管大半江南，连总堂主见汉阳王反心已决，知道不妙，急把总堂从鄱阳湖六合岛上撤出，势力外避，以防不测，现在江湖上谁不称赞连总堂主有先见之明，是女子中的豪杰，能识得清天下的大势。"方国涣笑道："连姐姐虽是个女子，却也有王者之风，自不屑理会汉阳王这等无德之人。"

　　时至夜半，先前的那位陈香主才回了来，自向韩梦超复命道："禀堂主，属下已把那些抓获的贼兵送到县上，县里的曹大人十分感激韩堂主能助官府维持地方治安，捕杀流窜到此的贼兵，救下了许多无辜的百姓，特封了一千两赏金，因堂主有话，属下没有收。"

　　韩梦超点头道："做得很好，此次围歼乱兵是不得已而为之，那曹大人若有心，但用赏金抚恤那些被乱兵伤害的百姓就是了，官府中人，我们还是敬而远之的好。陈香主和弟兄们此番辛苦，且下去安歇罢。"陈香主施了一礼转身去了。

　　韩梦超随后对方国涣道："国涣公子晚来了些日子，否则就能见着棋上名家，蜀中的刘诃刘敏章堂主了。"

　　方国涣闻之忙道："久闻刘诃先生棋上大名，企盼能有机会一见，没想到竟错过了，不知刘诃先生何时到这里的？"

　　韩梦超道："先前叛军攻入四川时，刘诃堂主率本堂兄弟遵连总堂主之命撤出蜀中到云南相避，前些日子战乱平息，又值总堂处有召，故而先去了。

公子日后必会有与刘堂主相见之时，刘堂主也因一直未见公子之面，而有所遗憾。"

方国涣道："几年未与人走棋了，但愿能与刘诃先生临枰对弈一局罢。"

韩梦超笑道："公子漂泊异国他乡，自没有对手来走棋的，棋艺上可是生疏了罢？日后莫要让刘堂主讨了便宜去。"

方国涣笑道："棋在心中，不曾丢了的，倒也希望因久疏棋盘而以此缓些棋力，与人对弈时，便可走出兴致了。"

韩梦超笑道："公子棋高无敌，没想到也会有无敌时的孤独寂寞。"方国涣和韩梦超意外地在此重逢，兴奋不已，彻夜长谈，天色见亮时，二人这才小睡了一会儿。

第二天，韩梦超处理了一些堂中事务，叫人订租了一艘客船，准备走水路沿金沙江入长江，护送方国涣顺江直下直抵鄱阳湖。方国涣见一切都有韩梦超安排，也自省了心，在房中又睡了一觉。醒来后，起身来到了户外，见后院有一处花园，便一路走了过去。这座花园不算很大，里面倒种了许多茶花，方国涣不尽识，觉得也无甚趣味，抬头偶见花园的后墙有一缺口，便信步走了过去。走至近前，见外面是镇上的一条道路，没有什么可观的。

方国涣欲转身回房间时，见有一个人低着头从墙外走过，方国涣起初没有理会，可是不知怎么，觉得此人的身影好像在哪里见过一般，不由探出头来多望了那人一眼。这个人本来是低头走路，但是觉得路边墙内好似有人在窥视他，也是无意中地一回头，正与方国涣的目光相对。

这一下，令方国涣与那人同时大吃一惊，那人一见方国涣，是如惊弓之鸟，不由转身就跑。此人正是那位精于"换脑术"的如意神医玉满堂。方国涣此时大为惊异，万万没有想到会在这座小镇子上遇见玉满堂，见他已不如以前那般神气活现了，像一个落难之人，灰头土脸的，没了些气质，手中先前玩弄着的那支细长珍贵的玉如意，不知是丢了还是卖了。

方国涣识出是玉满堂，惊讶之余不及多想，转身急忙向前院跑去，迎面遇上了韩梦超。韩梦超见方国涣神情焦急的样子，不由惊讶道："国涣公子，为何如此模样？"

方国涣一见韩梦超，连忙道："韩堂主，快去捉住一个人。"

韩梦超闻之茫然道："捉人？捉什么人？"

方国涣道："适才在后花园，无意中见墙外有一人经过，竟然是昔日的一位仇人，此人恶极，几乎害了我的性命，不知何故却出现在了这里，一见我吓得转身就跑，故来请韩堂主帮我拿他。"

韩梦超闻之大惊道："原来是公子的仇家，既然到了这里，当容不得他去。"忙回身喊道："陈香主。"随见陈香主跑来道："堂主有何吩咐？"

第一百〇六回 医 圣

韩梦超道:"这几天镇上可来了什么生人?"

陈香主道:"前几日来了一位山东的郎中,自称姓王的,因医术高明,镇上的人舍不得他去,便留他在镇上诊疾医病。"

方国涣一旁忙道:"就是此人,山东来的不假,却是叫玉满堂的,虽然医术高明,但是曾经以医害人,乃是一个无德行的医家。"

韩梦超立即道:"且把此人拿来审问。"陈香主应了一声,转身招呼了一群人,急急地去了。

方国涣便把先前遇见玉满堂的经过向韩梦超简单地叙述了一遍,韩梦超闻之大惊道:"天下间竟有这等缺德狠毒的医家,把人的脑子换来换去,成何道理?如此不顾人的死活,医术再高也该杀的。"

方国涣担心道:"此人刚才识出了我,恐怕要跑掉的。"

韩梦超道:"公子但请放心,在这里,纵使他有天大的本事,也逃不脱的。"见方国涣有些焦虑之色,韩梦超便道:"这是个恶人,当不能放过他的,公子稍候,待韩某去探个动静。"说完,转身到前厅去了。

方国涣哪里坐的下,来回走动,甚是不安,因为这是除掉玉满堂的一个绝好机会,若让他走掉,可就无处寻了。想起当年和卜元护送国手状元曲良仪回江苏老家,在山东道上与玉满堂等众劫匪相遇,幸亏有吕竹风相助,才得以脱险。后来在卢家庄,玉满堂又欲施毒手相害时,被卢紫云主仆惊走。想起这些,方国涣不胜感慨,接着又想起了为自己以身试棋而亡身在李如川杀人棋上的卢紫云,尤令方国涣伤感和愧疚。

时间不大,韩梦超转了回来,一见方国涣便道:"此人果然心虚得很,直接跑出镇子逃入山中去了。"

方国涣闻之大急道:"这岂不叫玉满堂走掉了吗?"

韩梦超笑道:"此人虽恶,却也如一位文弱的书生罢了,哪里逃得过弟兄们快捷的腿脚,我们暂且饮酒候着消息罢。"说完,命人摆上了酒菜,与方国涣对饮起来。方国涣哪有心思在此,不时地向门外张望。韩梦超见了,笑了笑,但以劝酒。

过了一会儿,忽见一名大汉跑来报道:"禀堂主,那小子慌不择路一气跑上了悬崖顶,见弟兄们追得紧,也不知怎么那么害怕,不小心失足跌落了崖去。"

方国涣闻之忙道:"无论死活,此次一定不能放过他,免得日后再以医术害人。"

韩梦超便对那汉子道:"即刻派人到崖底搜寻,是死是活,一定要找到他。"

那汉子道:"陈香主他们已经下去找了,特派属下回来禀告一声,叫堂主与方公子不要着急。"

韩梦超道："很好,你马上回去,告诉陈香主,活要见人,死要见尸,人手不够,再调些去。"那汉子应了一声,转身飞跑去了。

韩梦超随后对方国涣笑道："公子这回放心了罢,那玉满堂此番跌落崖去,必会粉身碎骨,纵使命大一时死不了,弟兄们也会把他拿回来的。"

方国涣心中稍安,叹然一声道："这也是他害人的报应,说来也怪,他如何出现在这里?"

韩梦超笑道："管他呢!总之这回他是跑不掉的。"

天色将黑时,陈香主等人才抬了一具尸体回了来。方国涣上前看时,不由一怔,虽然识得是玉满堂的尸体,却见头部血肉模糊,不成样子。

韩梦超见了道："落下崖去如何会摔成这般模样?"

陈香主道："回堂主,此人跌下山崖后,弟兄们转到谷底搜寻了好久时间,最后才在一处野狼窝子里发现了他的尸体,说来好怪,那只狼不食他身上的骨肉,但啃坏了脑袋,吸去了脑髓,流了一地白花花的脑浆,所以才成了这个样子。"

方国涣一旁闻之,惊呆住了,心下骇然,摇头叹道："报应!报应!玉满堂不会想到他能有此下场的。"

陈香主不明其中原委,接着道："或许那只野狼事先吃饱了,吸了些脑子后就去了。"

韩梦超这时感叹道："这等恶人,他的血肉连狼都不愿食的。"

陈香主随后递与韩梦超几张信笺道："这是从此人身上搜出来的文卷,请堂主过目。"

韩梦超接过看罢,不由惊讶道："原来此人投靠了叛乱的晋王,做了幕僚宾客。是了,此番三王叛乱未成,兵败后,一些要犯同党被朝廷通缉,此人也必在其中了,故而隐姓埋名逃到了此地,不想却撞在了方公子的眼里,终归难逃一劫。"

方国涣道："原来玉满堂投靠了晋王,他的医术必能得到晋王的青睐,这期间不知又害死了多少人。"说完,不忍再看玉满堂的尸体,韩梦超便命人把尸体抬到野地里埋了。

过了两日,韩梦超便把云南分堂的堂务交付给了陈香主等几位得力的香主,带了家人韩启和几十名手下,护了方国涣来到了江边渡口,租订的客船已在那里候了。陈香主率了众人在岸边相送,人人都送了方国涣一些礼物,方国涣推辞不去,只得谢过收了。韩启指挥一些人抬了箱笼等行李上了船后,韩梦超便命船夫扬帆起航,船只自离岸而去。

走水路顺江直下甚是便利,一路风顺水急,也不知走了几千里,已是进入了长江水道。方国涣望着两岸起伏不断的崇山峻岭，忽然想起金圣法王所言，天下地势，西高东低，众多支流从青藏高原流出后，汇集成了长江、黄河两大水系，地气随之流布，形成了与那地象相应的地理风水格局。

方国涣心中此时惑然道："事实所验，那金圣法王说的也似有些道理，不过江河水流也窄些，如何影响得了大片的地势？那地脉、地气终属无形之说，如何能关系到国家的安危来？"又想起了以棋力变动那地象之局，方国涣此时又不相信起来，如经历了回梦幻一般，也自惊讶当时自己如何就信了，硬着头皮进入了那黑暗无边的地下。此番回想，大是茫然，怎么也不能把那地象与眼前的江山联系起来，自是摇头感叹不已。韩梦超见了，只道方国涣重返中原，免不了一番感慨，也不去打扰他。

这一日，船只到了一座小镇，船家便寻了一渡口停泊了，韩启带人到镇上买了些酒菜来，韩梦超便陪了方国涣在舱中用了。二人谈起一些旧事，尤其是当年独石口关外天元血战，至今回想起来，不胜感叹。

这时，忽闻岸上有人喊话道："船家，你们的船只可要经过荆州？我主仆二人搭个脚如何？少不了与你船钱。"闻声是一位嗓音洪亮的老者所发。

此时船家应道："这船是云南的客人包下的，不便另载客，老爷子另寻它船罢。"

岸上那老者道："大家都是出门在外的人，行个方便罢，老夫问过几只船，都是走近程的，不得便，贵船若是经过荆州，捎带上我二人又能如何？船钱加倍付就是了。"

船家道："这件事我们可做不了主。"

这时，韩启闻声走出仓来，对岸上喊道："老爷子休要再胡缠，此船我家主人已包下，哪里再容得外人上来打扰，速速到别处寻罢，勿惊动了我家主人。"

岸上那老者道："你这小哥，说话也勿太倔强，搭你们的船走个便路又有何妨，船钱、饭钱多付些就是了。"

韩启有些恼了道："你这老头，好没道理，此船不载你，还要硬爬上来怎么地？快快走开，迟了勿怪我不客气。"

岸上那老者笑道："年轻人，有话好说，何须发这么大的火，你又不是主人，如何做得了主。"

韩启闻之怒道："老头，好大的派头，待我上岸赶你走。"韩梦超在舱里听得不大对劲，便与方国涣走了出来，喝住了握着拳头要跳上岸的韩启，待往岸上看时，韩梦超与方国涣各自暗里赞叹了一声："好一位长者！"

但见岸上站着老少主仆两人，那老者鹤发童颜，容光焕发，雪白长须垂布胸前，宽袍大袖，二目含神，笑吟吟地望着船上众人，无一丝的不恭之色，实是慈祥得很，另一位是挎着一木箱的俊俏僮仆。

韩梦超见那老者气宇不凡，知道不是一般的人，便在船头上一拱手道："老人家请了，适才下人有所冒犯，还望见谅。我们的船只要去鄱阳湖，正好路过荆州，此船也大，多你二人不多，少你二人不少，但请上船走个同路吧。"

那老者见韩梦超举止言谈颇有礼数，是个大家公子的气质，当即还礼道："那就多谢公子了，我主仆二人当感激不尽。"船夫见韩梦超应了，便搭上跳板，接了那主仆二人过了来。韩启自有些不愿，见韩梦超发了话，便嘟囔了两声，转身归舱中去了。

韩梦超这时对船家道："且把后舱收拾出一处睡卧的地方，日后船上多备出两份饭菜就是了。"

那老者一旁忙谢道："公子果是大义之人，老夫这里谢过了，到得荆州，费用加倍付的。"

韩梦超笑道："老人家勿客气，既搭此船，些许茶饭不足挂齿，又何多此一举。"

那老者复谢了一声，倒也不再说什么，主仆二人便随了船家转向后舱去了，韩梦超仍拉了方国涣回舱中饮酒。

船只在此渡口停泊了一夜，第二天一早，便扬帆而去。

这一日，天气酷热异常，太阳火毒，热得人几乎无法忍受，虽在江面上，有些水气微风，但也无济于事。待挨到了傍晚，才感到了些凉爽。韩梦超这时正与方国涣在船头纳凉，忽闻韩启在舱中呻吟，嘴里吵着热，讨叫着要冷水吃。

一名手下焦急地出来对韩梦超道："堂主，韩启大哥好像白日里中了酷暑，这会难受得不成样子，属下不知怎么办才好。"

韩梦超闻之一惊，忙进舱中看视，但见韩启赤着膀子，躺在床上辗转反侧，烦躁之极，自有些昏迷谵语。

韩梦超忙俯身问道："韩启，怎么了？"左手无意间抚在了韩启的背上，忽觉烫热异常，韩梦超一惊，收手近观时，见韩启背部暗红一片，试他额头时，却不甚热。

韩梦超诧异道："这是何症？如此奇怪！"抚试了几回，那韩启除了背部烘烫之外，四肢胸头并无异处，虽有微汗渗出，却不像中暑状。

这时，旁边的一名手下道："白日里太热，韩启大哥便光了膀子俯睡在窗前，背部被太阳晒了一天，属下见他睡得香熟，也自没有惊醒他，谁知一觉醒来，便成这般模样，不知是何种暑症？"

韩梦超此时急道："这里远近并无村镇码头，哪里去寻医家来？这如何是好？"

此时韩启愈加烦乱，坐卧不安，韩梦超、方国涣等人见了，虽心中不忍，却也无可奈何，无计可施，众人一时急得团团转。

就在这时，旁边有一声音道："韩公子，这位小哥乃是白日里受了阳光曝晒，火毒内侵肌肤所致的阳毒症，纵有医家在此，施些针药也不济事的。"韩梦超回头看时，却是搭船的那位白须老者。

韩梦超此时心中一动，忙上前施了一礼道："老人家，可有法子医他？"

那老者道："好在没有超过十二个时辰，否则治不得法，火毒自可侵透五脏六腑，那时可就没得救了。"

韩梦超闻之一惊，连忙道："如此说来，前辈必是懂医理的人，还望出手相救。"说完，深施一礼。

那老者忙扶了道："韩公子莫要这般客气，治此症也不难，这位小哥火气方刚，背部又受阳光暴晒，使得阳毒大盛，背为诸阳之会，火毒侵之尤甚。此时天色将晚，江面水气凉爽，阴气浮升，但让他坐于窗口，背部朝露于外，时间久了，水阴之气自可驱散火毒，阴阳相抵，一夜可愈。"

韩梦超闻之大喜，即命人扶了韩启背朝于江面坐了。方国涣一旁心中惊讶道："这位老者不知是什么人？竟出如此治法，且看看效果如何。"

韩启被扶到窗前，背露于外坐了，开始还有些烦躁，欲挣扎，被人按得紧了，也自挣脱不开去。约过了一个时辰，倒有些安静下来。众人见了，个个称奇，那老者却无事般地回后舱去了。

待到半夜，江面上水气甚重，愈加变得阴冷起来，每个人也自感到了有些寒意，江面上昼夜温差如此之大，倒也出人意外。韩启此时觉得舒服起来，与人谈笑，无了先前的烦躁，韩梦超心中这才一松，暗吁了一口气。

天色将明时，韩启但说背部有些冷了，寻衣衫来穿，那阳毒症却是好了，船上众人俱为欢喜。韩启知是那位搭船的老者出的法子，愧疚之余，央了韩梦超带了他去谢过，那老者却先过了来，见了韩启笑道："好了吗？可勿要再晒毒日头了。"韩启忙跪倒拜谢，老者笑着扶了，韩梦超随后请老者于舱中坐了。

待用过茶，韩梦超便感激地道："多谢老人家示法救了家人，否则我等不知如何是好。上得船两日，一直未敢问教前辈名姓，不知如何称呼？"

那老者笑道："老夫姓着个少见的姓，姓佟，名士儒。"

"医圣佟士儒！"方国涣一旁大惊道，"原来老人家就是名扬天下的医圣佟士儒前辈！"

佟士儒笑道："一点微名，却还有人晓得。"

韩梦超不由惊起道："原来是医圣到了，失礼！失礼！"那韩启自在一旁惊得呆了。

佟士儒此时摇摇手道："各位切莫客气，能识得几位，老夫也自高兴得很。"

韩梦超欣然道："南医圣、北药王，天下两大闻名的医家谁人不知，今番巧遇前辈，实是我等之幸，没想到前辈尊颜是如老神仙一般，医病的法子也是与众不同的，能不药而治那火毒之症。"

佟士儒笑道："韩公子过奖了，那火毒也只是对症施治而已，老夫一生但以医术活人，博了些虚名，听人谈起来每自不安。其实老夫也是一位凡夫俗子，并不像各位心中所想象的那般入了圣的。"

方国涣闻之，敬服佟士儒的豁达，此时想起一个人，便道："前辈的高徒沈秋勤先生，在下曾经识得的，是如前辈一般，有着高超的医技和大医家的风范。"

佟士儒闻之道："老夫这个徒弟在医道上也自有些成就罢了，值不得夸的。"接着，佟士儒打量了一番方国涣道："自上得船来，老夫便见这位公子神采气质不一般，当为自家内里修养出来的，却是得了养生的大法，百万人中也难觅一个的，难得！难得！"

方国涣闻之心中惊讶道："棋道自能修心养性，变人气质，却被此人瞧个大概，果然厉害！"

韩梦超这时笑道："这位方国涣公子乃是棋道上的国手，棋境之高，古今罕有。前辈真是好眼力，一眼便看出方公子与众不同来。"

佟士儒闻之惊讶道："原来这位方公子是专修棋道的，望其神气，当是达通仙化之境了，失敬！失敬！"说完，佟士儒忙起身拱了拱手。

方国涣忙自还施一礼道："不敢当。"心中尤是惊异道："医家虽然多通相法，辨人贵贱，可这位医圣先生竟能看出人的修为高低来，果然不简单，不愧为医家中的奇人、圣人！"

佟士儒这时又对韩梦超道："韩公子雄武赳赳，透着威猛之气，当是习武之人。"

韩梦超闻之，大笑道："前辈果然如神仙一般，天下之人在前辈面前，竟然没有看走眼的。"

佟士儒道："人之善恶愚智，文武习性，不见于貌，必显于气，尤如医家诊病一般，内症外测，由表知里，其实天下万物莫不如此。"韩梦超、方国涣二人闻之叹服，敬佩不已。

第一百〇七回　惊走鄱阳湖

方国涣、韩梦超结识了医圣佟士儒，二人自是欣喜，方国涣高兴地道："南医圣、北药王，享誉天下的两大神医，在下都有缘识得，实是一生中的快事。"

佟士儒闻之惊讶道："怎么？方公子也识得药王先生吗？"

方国涣道："在下的一位朋友是药王先生的徒弟，故有此缘。"

佟士儒点头道："原来如此，想药王谷司晨，文武全才，辨药之能，识药之性，可谓古今第一，是老夫一生中最敬佩之人。两年前在洛阳，老夫得缘与药王先生相见，当时老夫被人请去为一位患了怪疾的公子医病，开出药方来，对其家中说，照方服药，十日可愈。时值药王先生也到了，其家人便把药方先呈于药王先生看了，并未说出此方是老夫所开。药王先生见了老夫的方子后，便说非此方不能治此病，非此病不能用此方，照方吃药，十日可好，病家的双亲十分惊讶，告之此方是老夫所开，我二人这才相见了。"

韩梦超一旁道："两大神医遇在了一起，实为一大奇事。"

佟士儒接着又道："当时药王先生对老夫说，若照原方，他亲自配照，并且不动方子上的药量味数，可让病人七日痊愈，老夫觉得奇怪，便请了药王配药去，那病人果然七日后便好了。老夫见药王未变动方子，如何他亲自配的药就有异常的疗效，暗问其故。药王先生告知，凡药皆有'药头'，药性多积于此处，倍于常药，原来他在药橱里亲自挑挑拣拣，乃是专择'药头'之故，这药头并非质好优良者，而是一种药中的精华，唯有药王能识，医家多不懂的。"

方国涣、韩梦超二人，见佟士儒坦诚开朗，胸襟博大，心中甚是敬服。那佟士儒却也健谈，一说开来，便口若悬河，滔滔不绝，方国涣、韩梦超等人尤是听得津津有味，一路上自减少了许多寂寞。每日酒菜，韩梦超自请佟士儒主仆过来同用了，佟士儒却也不推却，但如自家一般，韩梦超、方国涣二人敬其豁达，心中也自高兴。

这一日，船进巫峡，中午时分，船家便寻了一水缓处，停船造饭。佟士儒闲着无事，便到船头上看风景，忽见一侧崖壁上，长着一丝青草，开着粉红色的小花。

"江崖草！"佟士儒立时惊喜道，"没想到在这里真的能见着你！"

这时，韩梦超、方国涣出得舱来，见佟士儒面呈喜色，仰头观望着什么，方国涣便道："前辈，在看什么好东西？"

佟士儒指着崖壁上的那丛青草道："这是一味奇药，唤作江崖草，治妇人诸病如神，专生长在三峡两侧的悬崖陡壁上，他处不生，药书不载，实为难遇。"

韩梦超见了笑道："前辈果是医家的性子，既然是味好药，采来就是了。"

佟士儒摇头道："可惜此崖壁又高又陡，人不能攀，采它不得，也是世人不识这味草药的原因，罢了！罢了！老夫没有会飞的本事，也只能望药兴叹了。"

这时，韩启从一旁过了来，抬头望了望那石壁，不由笑道："老神医前些日子救过小人一命，今日且还你些自家稀罕的药草罢。"说完，让船夫把船靠那石壁近了些，两手攀住石壁，双脚离船，竟自登了上去。

佟士儒见了大惊道："小哥快下来，太危险，莫要为这些药草折了自家性命。"

韩梦超一旁笑道："前辈但请放心，他没有别的本事，唯这登崖越壁的绝活是他一家独有，莫说这处石壁，就是万丈高崖，他也能赤手上下自如。"

佟士儒闻之喜道："原来这位小哥还有这等过人的本事，若能采回一棵江崖草来，老夫也要重谢他的。"

此时见那韩启已如猿猴般疾速地攀上了陡峭的崖壁，自想在众人面前显示一回本事，于是左手抓住了一石棱，随后身形离石壁悬空，手脚摆动，是如吊在上面一般，并且嬉笑作弄，无一丝怕的意思，自把那几名船夫吓得变了脸色。

佟士儒见了不由惊急道："小哥注意些，莫要卖乖。"

方国涣一旁赞叹道："好本事！"

那韩启卖弄了一回，接着便游攀到了生长江崖草的地方，把那一丛青草胡乱地采尽了，揣于怀中后，手脚并用，但如在平地上伏着后退一般，飞速地退下，顷刻间便已跳到了船上，众人欢声雷动，那韩启尤是得意。

韩启这时把采集的那些江崖草尽数予了佟士儒，佟士儒高兴地道："这些药草，千金难觅，日后可救得很多人的性命，也自有小哥的一份功劳。"

韩启笑道："老神医不必客气，日后但发现有什么仙草之类的，长在悬崖峭壁上无人能上去采的，只要送个信给我，我自会给老神医取了来。"众人闻之大笑。

佟士儒点头笑道："好！好！小哥的这种过人的本事天下难遇，老夫日后还真会求得着的。"说着，从怀中掏出一只小锦盒道："老夫适才说过，小哥

第一百〇七回 惊走鄱阳湖

若采下一棵江崖草来，老夫也自有重谢的，这是一丸'回还丹'，有起死回生之效，是昔日药王先生赠送的一些九香石加以他药配制的，神验得很。小哥好生收了，不一定自家用着，但遇有刀伤兽咬、水溺石压等垂死之人，汤化半凡进服，即可还生，也算小哥的一份功德。"

韩启闻之大喜，拜谢收了。韩梦超一旁笑道："这是你的造化，遇着医圣前辈赠以神丹妙药，小心收好，不要丢了。"说完，请了佟士儒到舱中饮酒。

佟士儒无意中得了些难遇的药草，心中高兴，多饮了几杯，话也就多了起来，见方国涣饮了几口酒后，脸色就红了，便笑道："方公子不善酒道，勿要强饮，免得有伤身子。"说着，从怀中摸出一料黄豆大小的药石来，递于方国涣道："这是一丸化酒石，公子且收下了，日后与人对饮，酒兴尽时，人家还强劝，推不开去，但把此药石暗中含于舌下，那酒入口中，自化为水，任他有海量也不是公子的对手，百用百灵的。"

方国涣闻之大喜道："多谢前辈赐此妙药，日后倒能解些酒桌上之急。"自是欢喜地接过藏了。佟士儒又转身对韩梦超道："韩公子也要吗？老夫还有一丸。"

韩梦超摇头笑道："在下是酒兴无尽头的人，饮那化成水的酒，还有什么趣味，方公子不胜酒力，用着解急尚可，在下却不愿欺自家好酒的肠胃。"

佟士儒闻之大喜道："韩公子原来是善饮之人，好极！老夫可遇着对手了，今日且醉他一回。"说罢，自与韩梦超接连地对饮起来。一坛酒尽，二人毫无醉意，不由执手大笑，开坛再饮，乃是互相激起了对方的酒兴。

在一旁侍候酒的韩启，看得惊讶，附于方国涣耳边轻声道："方公子，我家主人善饮不假，可那老神医未必有如此海量，莫不是自家偷着含了那种化酒石，来与主人较酒的？"

方国涣听了，摇头笑道："医圣前辈是世间的高人，豪饮酣畅之时，自不会有假，这种酒中的趣味，不是我们这等浅量的人所能理会得的。"

此时佟士儒似已看出了韩启的意思，便对着韩启像孩子一般，张嘴翘舌道："你这小子，看看老夫嘴里可有化酒石吗？"佟士儒此举搞得韩启一时呆愣，韩梦超与方国涣则捧腹大笑。

船只顺江一路下来，两岸所见多是那战乱后的凄凉景象，荒废的村落，流离失所的百姓。方国涣重返中原的兴奋和喜悦，自被眼前的凄凉冲得一干二净，早已忘却了自己曾是变动那地象而使这场战乱早息的人，因为无法把眼前的景象与那神奇的地理效应联系起来，心中茫然，慨叹不已。一路观来，船上的人都已无了先前的兴致，自多了一些忧愁和沉闷。

佟士儒站在船头上感叹道："依老夫看来，国家兴亡与人之生死一样，君无道，则臣子乱，灾祸生，经此战乱，元气恐难恢复，其他隐患日后必会更加地暴露出来，大明朝的气数也就还有那么几十年的光景可看了，唉！大病不死，又能挨到几时。"方国涣、韩梦超闻之，默然不语。

船到宜昌，见前方江面上停泊了无数船只，原来有兵船设卡搜查。耽搁了两日，费了番周折，破费了些银两，船只才得以过去。在几处码头渡口上，方国涣见有官府缉拿人犯的告示，兰玲公主的名字也在其中，心中自是忧喜参半，忧的是因汉阳王谋反叛乱而殃及无辜，先前的皇亲国戚，娇贵的公主，如今落得个被朝廷通缉的要犯；喜的是兰玲公主逃脱在外，日后必有和简良相逢之时。方国涣想起当年自己和简良、兰玲公主一起逃出汉阳王府后，曾见有缉拿自己的告示，如今物人两非，不免感慨万千。一路行来，江面上时有兵船设卡搜查，少不得又误了些行程。

这一日，船到荆州，寻靠一渡口停了。佟士儒向韩梦超、方国涣二人拱了拱手道："二位公子，这就别了罢，有劳贵船相送，一路照顾，不胜感激，日后若有用得着老夫之处，但于每年的八九月间，杭州的太和堂医馆寻老夫便是。"说完，复施一礼，大袖摆动，转身与僮仆下船去了。方国涣、韩梦超、韩启站在船头相送。

望着佟士儒的背影，方国涣感叹道："佟士儒前辈不但医道入圣超凡，更是一位豁达之人，天下医家若皆如此人，实为万民之幸。"

韩梦超也自慨然道："想那位落崖而死去的如意神医玉满堂，哪里及得上佟士儒前辈一分的洒脱，同为神医，下场迥别，可见善恶终有报的。"

船只经洞庭湖至赤壁时，见前面多有船只返回，问时才知，官兵攻下汉阳后，除了官船、兵船外，其他客船、商船一律禁止通行，江面封锁，已有数月不通航了。韩梦超见汉阳过不去，只好弃船登岸，走陆路至鄱阳湖。

方国涣见此地距连云山天元寺没有几日的路程，心中寻思道："待到鄱阳湖见了连姐姐、孙奇先生、卜大哥他们之后，再回去拜祭师父和众师兄们相见罢，一晃数年之久，不知师兄们都怎么样了？天元寺远离尘世，我一身的棋道又在那里修成的，将来归根之所，或许便是此处了。"

方国涣随韩梦超等人一路而行，进入了江西地面，离鄱阳湖已是不远了。韩梦超便命人先到湖边联络，并让韩启先行一步，先入湖至六合岛上，告之方国涣已转回中原，由云南分堂护送到此，以叫总堂主有个准备。方国涣想起就要与连奇瑛、孙奇、卜元、吕竹风等人相见了，心中也自高兴起来，知道罗坤比自己回来得早，这会儿已经在六合岛上了。

到得鄱阳湖岸边的一座小镇上时，天色已经晚了，韩梦超寻了一家客栈先安排方国涣住了下来，准备明日一早进湖。

这时，几名到湖边联络的手下回了来，自与六合堂的人联系上了，但是带回一个消息，总堂主连奇瑛和孙奇等人并不在六合岛上，去了何处，却不知晓。韩梦超听了，并未在意，等候韩启回来再做打算。

众人在客栈中刚刚用过晚饭，韩启便风尘仆仆地回了来，见了韩梦超便道："回主人，我中午到了六合岛总堂处，唯见两名香主带了少数人在岛上守着，连总堂主一干人马不知去了哪里，问那两名香主时，都推说不知，六合岛上的气氛也好生古怪，人人都显得有些紧张，不像先前那般热闹了。"

韩梦超、方国涣闻之一惊，韩梦超惑疑道："如此异常，难道岛上起了什么变故？"

方国涣闻之，心情一下子变得沉重起来。

韩梦超继而摇头道："不会的，不会的，因三王之乱，六合堂势力外避，总堂迁出鄱阳湖虽达一年之久，但仍与各处分堂有联系，连总堂主依旧发施号令，战乱既息，总堂回迁，当有许多事情要处理。不过，连总堂主、孙奇先生他们外出办事，却为何留下两名不济事的香主守岛？"

韩梦超想到这里，越是觉得可疑，便问韩启道："你上岛时，一路上可顺利吗？"

韩启道："与先前一样，都知是我云南分堂的人，自有舟船接送，只是问起连总堂主的去向时，那两名香主支支吾吾地说不清楚，神色紧张，岛上也自冷清，小人见有些异常，便没有说出方公子到的事，连忙赶了回来。"

韩梦超沉思了片刻，摇摇头道："难道是我多心了？总堂处能起什么变故。"随即对韩启道："这镇子东头有一家酒店，是总堂在此开设联络外方用的，我写一书函，你去把酒店的掌柜唤来，便能清楚岛上出什么事了。"韩梦超便提笔写了几行字，复把纸笺折了递于韩启。韩启接过，带了两个人去了。

方国涣这时忧虑道："韩堂主，连姐姐他们不会出什么事罢？"

韩梦超道："不会的，总堂处若有什么风吹草动，天下各处分堂不会不知，未来之前，我还与总堂处通过消息，此时不应有这么快的变故罢，不过……"韩梦超此时也有些不托底起来。

时间不大，韩启领了一位中年人来到客栈内。那人一见韩梦超，忙上前礼见道："不知韩堂主已到了镇上，在下张朋有失远迎。"

韩梦超见了这张朋，不由一怔道："怎么？换了人，先前的王掌柜哪里去了？"

张朋道："王掌柜被总堂处调派别处做事去了，酒店的一切已由在下接管，适才见了韩堂主的训示，特来相见，不知有何吩咐？在下一定照办。"

韩梦超道："这些日子，总堂处还好吗？"

张朋道："因为战乱，总堂迁出一时，如今回迁，一切还都顺利。"

韩梦超又问道："连总堂主好吗？"

张朋迟疑了一下道："连总堂主为堂务操劳，废寝忘食，不过身体还好。"

韩梦超见张朋迟缓了一下，心中大是起疑，盯着张朋道："总堂主可在岛上？"

张朋忙道："在下只负责酒店与外面的联络，岛上的事情和总堂主的行踪，在下多不知晓。"

韩梦超见那张朋回答的还算自然，便又问道："孙奇先生可好吗？"张朋道："孙先生很好，不离总堂主左右，至于行踪，也不是在下所能知道的。"

"嗯？"韩梦超追问一声道，"我又没有问你孙先生的行踪，你为何如此回答？"

那张朋忙道："适才韩堂主问过连总堂主的行踪，故而在下认为也会问及孙奇先生的。"

韩梦超见此人倒也机智，沉思了片刻，又问道："先前的王掌柜对岛上的事情很熟，你是几时来接替王掌柜的？"

张朋道："十天前，总堂处有令，把在下从瑞昌分堂处调了来，自对许多事情还不太熟悉，不过无关在下职责范围的，在下也不敢多问。"

韩梦超见此人老成，又问道："瑞昌分堂的堂主是谁？"

张朋道："是五十一堂的鲁丰年堂主。"韩梦超点了点头，见张朋很是自然恭敬地站在那里，自无可疑之处，于是道："明天一早我们要进湖，烦请张掌柜的亲自把韩某送上六合岛，去拜见连总堂主。"

张朋闻之，连忙道："韩堂主有令不敢不从，只是酒店无人照应，在下走不开的。"

韩梦超见他推脱，疑心大起，便道："找个人替代一天就是了。"

张朋忙道："岸边自有人接送的，这……这恐怕不是在下的职责所在，叫上面知道了，会怪罪的。"

韩梦超越发觉得有异，只道岛上出了事，那张朋不敢随同自己一起去的，便决然道："一切自有我韩梦超担当，你不要多虑，明日必要同去不可。"

张朋见了，只好道："好吧，韩堂主不远千里而来，在下依了就是，明日一早恭请韩堂主进湖。"

韩梦超道："如此最好，你且先去罢。"

那张朋复施一礼，转身退去。韩梦超递向韩启一个眼色，韩启会意，带了一个人尾随那张朋而去。

方国涣这时忧虑道："连姐姐、孙奇先生他们不在岛上，又能去了哪里？怎么会无人知晓的？该不会出什么事罢？"

韩梦超皱了皱眉头道："总堂处若真起了什么变故，并且把这姓张的安排在此，那么此人必是一位奸猾老练之人，当真这样，六合岛上一定出了大事。"说到这里，韩梦超心中不由一凛。

第一百〇七回　惊走鄱阳湖

时间不大，韩启回了来，见了韩梦超便道："回主人，我跟了那姓张的回酒店后，监视了片刻，见那姓张的也没什么异常举动，便叫同去的石兴兄弟继续监视了。"

韩梦超沉思了片刻，拿起笔来欲要写些什么，忽又摇头道："这样不安全。"随后从腰间解下一只铜环，递于韩启道："我们远道而来，容易让人识出，你且乔装改扮了，带了这只铜环连夜赶往南昌，去见南昌分堂的黄万龙堂主，你脚程快，一夜之间可走个来回。切记，一定要亲自见着黄万龙堂主，才能把此铜环示与他，告诉黄堂主，连夜来此与我议事。若是黄堂主不在，或是换了别人，勿要耽搁，即刻返回。此事重大，莫要疏忽。"

韩启道："这个我晓得。"说完，接过铜环于怀中藏了，转身急忙去了。

方国涣见韩梦超如临大敌，心中更为不安。韩梦超见了，安慰道："公子但请放心，无论发生什么事，有韩某在，自会保护公子的安全。"

方国涣道："在下的安危是小，若是六合堂内部真的发生了什么大事，韩堂主不要顾及于我，且以大局为重，查清原委，制止他变。"

韩梦超道："三王谋反叛乱，总堂主尽力压制各分堂弟兄们奋然欲起的情绪，如今战乱既平，应该不会有什么大事的。连总堂主虽是一女子，但威信之高是历代总堂主所不能比及的，自然无人敢闹内讧动她，若真有胆大妄为、犯上作乱之辈，我韩梦超的金枪自不会饶他。"

方国涣忧虑道："六合堂内我倒担心一个人，若此人起内乱，当真不好对付。"

韩梦超道："方公子说的是诸葛容，不过有连总堂主在，他还无这个胆量。"

方国涣道："我也只是猜测而已，不过人心难测，我们明日进湖到六合岛上还要小心为是。"

韩梦超点头道："韩启虽然去过一次，并且安全回来，但我感觉六合岛上已暗伏了重重杀机，明日一行倒不能不防的。就看韩启能否把南昌的黄万龙堂主请来，若是黄堂主来了，一切都好办，或许是咱们虚惊了一场，倘若黄堂主没有来……"韩梦超把那杆金枪持在手中道："韩某只有为六合堂拼死一战了。"

方国涣与韩梦超一夜都不曾合眼，天色快亮时，韩启才疲惫不堪地回了来，乃是往返急奔了一夜，却是孤身一人而归。

见了面，不及韩梦超相问，便言道："回主人，我连夜赶往南昌，到了那里时，城门已闭，我便寻了个暗处，攀上城墙进了城内，寻到黄万龙堂主的分堂，叫开门，欲让人传话进去见黄堂主，可是门上的人说，黄堂主半个月前被总堂主派往山东办事去了。我见黄堂主不在，便又翻出城外，急忙赶了回来。"

"黄堂主不在南昌？"韩梦超此时心中一紧，惊异道，"怎么会有如此凑巧的事？看来今天六合岛一行，只有靠我们自己了。"随即对方国涣道，"国涣公子，今日湖上一行，凶多吉少，一会儿那张朋来迎时，公子且留在房中，乘人不备离开此地，到镇子东头六里外的一座土地庙内暂避一时，那里空废，无人留意，待韩某去岛上探明虚实之后，再去迎你。"

方国涣忙道："我自是担心连姐姐和大家的安危，岂能一人走开，还是让在下随了韩堂主同行罢。"

韩梦超摇头道："此事异常，岛上到底出了什么事还不知晓，此行或许会有一番打斗，公子若有何意外，韩某将来如何向连总堂主和众兄弟们交代，公子还是避一避的好。"

方国涣知道自己不会武功，万一动起手来，必会让韩梦超有所顾虑，放不开手脚，也许因此而误了大事，只好道："这样也好，不过我有一样东西，韩堂主且带了去，或许能用得上。"

说完，方国涣从怀中掏出了那块六合金牌令，递于韩梦超道："此六合令是连姐姐所赠，帮了我不少忙，虽历经风险，一直藏而未失。如今事急，韩堂主且带了去，见机行事，也许能起些作用。"

韩梦超接过令牌，沉思了一下，复又还与方国涣道："这里是六合堂的势力范围，方公子还是留着备急罢，也是一件保身的命符。六合堂内人人都知道连总堂主赠送公子令牌之事，韩某若带了去岛上总堂处，可能适得其反，引起不必要的误会，岛上若真起了变故，韩某自会想办法应付的。公子持此令牌，必要时可表明自家身份，六合堂内无人敢冒犯，在此非常之时，公子还是留着防身罢。"

方国涣听了，只好又收了起来。韩梦超见天色已大亮，便命随从吃饱早饭，又交代了几句，做好了应变的准备。

这时，那位负责监视酒店的石兴跑了进来，对韩梦超道："堂主，他来了。"韩梦超便对方国涣点示意，率了手下迎出。

此时那张朋已进了客栈，见韩梦超等人刀枪在手，站在门前候了，先是一怔，继而上前拱手道："韩堂主与各位兄弟早。"

韩梦超点了一下头道："张掌柜，我们这就走吗？"

张朋道："船只已在岸边备好，韩堂主请罢。"韩梦超见那张朋神情越是自然，心中愈是起疑，也是想挟持住他，进湖后若发现有变，便可先击杀此人，当下率了韩启等人随张朋出了客栈。

方国涣见韩梦超等人走得远了，便自悄然地离了客栈出了镇子，向东而行。果在六里外寻见了一座破旧空废的土地庙，见里面杂草丛生，灰尘四布，

第一百○七回 惊走鄱阳湖

也不知断了多少年的香火。方国涣便在庙中寻了一块木板坐了,心中寻思道:"不知六合堂内究竟发生了什么事,叫人如此紧张,想连姐姐身边有孙奇先生、卜元大哥、罗坤、吕竹风两位贤弟,还有众多忠肝义胆的堂主、香主,当不会发生什么内讧的,不过连姐姐她们不在六合岛上,又能去了哪里?但愿韩堂主到了岛上一切安好,快些来把我接过去。"

转而又思道:"虽然叛乱初平,不过人心却尚未安定,六合堂内自有野心狂大之人,若有人想趁局势未稳,继起波澜,挟持逼迫连姐姐以六合堂的力量再乱天下,那将是很可怕的。"方国涣想到这里,不由摇头叹道:"可惜自己空负一身棋艺,却无缚鸡之力,不能亲自去弄个明白,而逃避在这里,唉!但候一候消息罢。"

方国涣在这土地庙内坐等了一整天,也不见韩梦超派人来接他,心中自有些忐忑不安道:"莫非韩梦超出事了?"继而又安慰自家道:"六合岛距岸边甚远,这会儿可能已经在来的路上了罢。"方国涣耐着性子又坐等了一会儿,抬头见天色渐渐暗了下来,便下了决心道:"事已至此,管他有无危险,但到六合岛上看个究竟罢。"

想到这里,起身欲走,忽听庙外有说话声,一人道:"到这土地庙里歇会儿罢。"方国涣见有人来,忙寻一隐蔽处把身藏了。

这时有两名粗大的汉子走了进来,各持刀剑,显是江湖上的人物。这两人距方国涣藏身处远远的坐了,一人道:"这次连总堂主……"下面的话便低了些,不甚清楚,方国涣此时一惊,知道是六合堂的人,忙侧耳细听。

但闻另一人道:"杀掉算了,有什么不敢动手的,何须费了许多口舌。"方国涣闻之,心中惊骇道:"果然是六合堂内出了变故,看来连姐姐有危险。"此时又听一人道:"弟兄们本来都准备好了,并且诸葛先生……"

方国涣暗自惊讶道:"看来是诸葛容闹内讧了,好像挟持住了连姐姐。"这时又听另一人道:"借此机会都杀掉,反了就是,没有点狠心,哪能做成大事。"一人道:"六合堂生死存亡在此一举,来者不善,不知总堂主如何应付?诸葛先生……"

下面的话又不甚清楚,方国涣心下道:"看来诸葛容预谋已久,此番突来总堂发难,连姐姐她们没有防范,才着了暗算。"想到这里,方国涣大为焦急,听这两人口气,好像是与诸葛容一伙的,方国涣此时恨自己不会武功,否则把这两个人擒住,必能问个明白,知道六合堂内多有认识自己的,所以方国涣心中虽急,躲在一旁却也不敢动。

这时,一名汉子四下望了望道:"这土地庙倒也僻静,一会儿后面的人到了,就在此过一夜罢,天色晚了,已进不得湖了。"

另一人道:"堂主好静,厌烦人杂处,在这里也好。"方国涣闻之惊道:

"一会儿他们还有人来，不知是哪位堂主？我且离开这里才好，待来的人多了，必会被他们发现的。"想到这里，方国涣便慢慢地向后退去。

此时那两名汉子起身收拾地上的杂物，以待后来之人，方国涣无意中见二人背上各负了一只长匣，似曾在哪里见过，猛然想起，六合堂的精锐，五百龙虎军中，每人负有一只威力无比的箭匣，方国涣心中骇然道："他们是龙虎军中的人，怎么也投向了诸葛容那边？看来六合堂内的这场激变不小，连姐姐的护卫军都倒戈了，当真危险之极。"

方国涣又惊又怕，悄悄地从土地庙后门退了出来，忽听里面有一名汉子异声道："好像有人在这里待过，搜他一搜。"方国涣闻之大惊，转身急跑。跑出了好远，这才回头望了一眼，忽见那土地庙的方向，灯笼火把亮成一片，人声喧杂，也不知来了多少人。

方国涣此时呆然道："这如何是好？"接着摇头一叹道："也罢，且离开此是非之地，连姐姐，小弟无能，这回帮不得你了。"说完，转身跑去。

第一百〇八回 口 技

方国涣慌不择路，竟跑到了鄱阳湖的岸边，此时天色已黑了下来，见远处有一处灯光，近前看时，是一条渔船，船夫正在烧饭。

方国涣便在岸上喊道："这位大哥，可否送我一程？银子少不了的。"那船夫抬头见是一位年轻人，便问道："这位公子要去哪里？"

方国涣道："但将我送出湖口便可。"说完，朝船上扔了一锭五两银子过去。

船夫见了大喜，忙自拾起道："公子好慷慨，本来天色已晚，不出船了，瞧在银子的面上，送你一程罢。"说完，接了方国涣上得船来，双桨划动，渔船离岸而去。

方国涣心中这才稍安了些，此时觉得腹中甚饥，已是一天没有吃东西了，见船上有现成的饭菜，便向船夫讨来吃了。那船夫平白得了五两银子，心中高兴，也自把船划得飞快。

方国涣暗思道："先且避避罢，日后再打听些消息，可惜自己没有罗坤、吕竹风那般的本事，连姐姐他们有大难，帮不了还要逃避。"想到这里，不由摇头一叹。

这时，忽见前方湖而上出现了数串灯光，乃是五艘挂着长串灯笼的大船驰了过来，船头上站着些持了刀枪的汉子。

船夫见了，忙把渔船划向一旁避了，边划船边说道："这是六合堂的船，这几日人马不停地调动，不知发生了什么事？"

方国涣见了，心惊道："这些船必是去六合岛的，船上可能是诸葛容的人。"想到这里，忙于舱中避了。待那五艘大船过去了，船夫自又划舷而行，天色渐亮时，便已出湖口进长江了。方国涣谢了船夫，搭上了一艘去金陵的商船，一路顺江下去了。

方国涣刚刚回到中原，就遇上了这等大事，心中焦虑，自是无可奈何。那船上的商人见方国涣举止不凡，私下里也自敬他，一路上酒菜自请了来吃，方国涣虽然忧心忡忡，也只好强笑应付了。

这一日，船到金陵，方国涣便辞谢了那商人，上了岸。

金陵是有名的古都，尤显一时的繁华，风景名胜奇多，方国涣却无心情于此，先自寻了一家客栈住了下来，在房间内睡了一大觉。醒来后，但坐于床上呆思，心下道："如今六合堂内部激变，连姐姐她们的安危不知几何？六合堂的分堂虽然遍布天下，但是一时间分不清敌我，暂不能去寻的，免得被诸葛容的人抓住坏了性命。"

想到这里，方国涣不由长叹一声道："这几年不知经历了多少奇险之事，没想到回至中原，还要逃难于此，一切是如做了场大梦一般！"感慨之余，方国涣把身上的东西清查了一遍，见着了那封先前在印度时，侨民张远所托带的家书，是寻交他那多年不见居住在扬州的哥哥张新的。

方国涣心中道："既已回到中原，且去扬州一回，把这件事办了罢，无论能否寻到那张新，尽了自家心思就是，六合堂的事无力能为，日后再做计较。扬州之行后，需往苏州去见赵明风，不知他们当年是否探寻着了那郑和的宝船。对了，小全子必然能在其庄上，几年不见，不知长得多高了？"

想到这里，方国涣忽失声笑道："他们都以为我已经在海上遇难死掉了，日后见面时，倒能把他们惊吓一回的，想这人生真是无常得很！"方国涣随后离了金陵，寻路扬州而来。

方国涣先自到了镇江，此时天色已晚，便寻了家客栈住了，准备明日一早去扬州。也是连日的惊吓与奔波，方国涣自感倦极，躺在床上便睡去了。

不知何时，蒙眬中，方国涣似感有人在床前走动，睁眼看时，忽见一把明晃晃的钢刀架在了脖子上，借着窗外的月色，见是一位蒙面人站在床前。方国涣心中一惊，知道遇上了歹人，便默不作声，以观其变。

那贼人见方国涣醒来，便低声道："小子，勿要喊叫，否则一刀杀了你，爷爷取财不取命的。"接着，把方国涣的衣衫搜了个遍，摸出了几十两银子与那块六合金牌令来。

那贼人立时喜道："小子，竟然还带着这么一大块金子，该着爷爷发财。"说完，自揣入了怀中。

方国涣见了急道："好汉，银两尽管拿去，这块金牌乃是大用处的，不比寻常，还望好汉给我留下罢，将不胜感激。"

那贼人"嘿嘿"一笑道："小子，在说梦话吗？到手的金子岂能还了你，爷爷今天高兴，但与你留下几两碎银子做个盘缠，也算是对你的格外看顾。"说完，那贼人扔下了几两碎银，弃了他物不要，竟揣着那块六合金牌令越窗去了。

方国涣知道此时喊叫也自无用，呆呆然，躺在床上自语道："罢了！罢了，如今六合堂被人占了，金牌又被人劫了去，看来我方国涣与六合堂的缘分尽了。"继而叹然一声道："由他去罢，此番重返中原，看来是不如以前的日子了。"摇摇头，苦笑一声，稀里糊涂地又睡去了。

第一百○八回 口 技

第二天一早，客栈内的十几位客人大呼小叫起来，显然都失了盗，店主人与伙计们慌作一团。方国涣望了窗外乱哄哄的场面，也自无心找那店主的麻烦，知道已经无济于事了，寻思道："如今六合堂内部激变，那贼人把六合金牌令抢了去，未必能做出什么祸事来，或许看作普通的金子换银子花了罢。"

正在胡思乱想的当，房门一开，一名伙计进了来，满脸惶恐地道："客官，昨晚小店失了盗，不知你这里可曾短少些什么财物？请告知数目，好一同报官去。"

方国涣见昨晚那蒙面人一连盗尽了店中所有的客人，也是有些手段的大盗，便摇了摇头道："报了官又能怎样？还能追回来吗？"

那伙计听了，也知方国涣失了东西，慌忙道："小店戒备不周，失了盗总是要报官的。"

方国涣无心随他们一起报官，添些麻烦，便对那伙计道："昨晚失些银两倒也罢了，可恨那贼人把我的一块金牌也劫了去，你且把此物向官府报失罢，日后若拿住那贼人，我再回来讨取。"

那伙计听了，忙记录下来，退了出去。方国涣简单地收拾了一下，出了门，见客人们与店主人吵得正凶，拉扯在一起不可开交，摇了摇头，出了客栈，择路扬州而来。

一系列的巨变，使得方国涣的心情大为低落，过了江后，把身上仅剩的二两碎银子索性都与了路旁的乞丐，觉得身无分文，也落个干净，徒步但向扬州而来。

方国涣沿着运河堤岸走了一程，见有运送蔬菜的船只，便在岸边招呼了一声，欲搭往扬州。船夫见方国涣孤身一人，好似一个落魄的大家公子，也自载了他去。

方国涣上得船来，才觉得饥肠辘辘，需要进食了，见船上的蔬菜中有一筐青萝卜，欲掏钱来买，才发觉已身无分文，原有的一点银子被自己索然之时都送于了乞丐。方国涣无奈之余，便向船家招呼了一声，用手指了指那筐萝卜，意思是要讨个来吃。

那船夫见了，自是点头笑着应了，只道方国涣闲着解渴，哪里知道是用来充饥的。方国涣谢过船家，便挑了个萝卜啃食起来，想起先前曾有六把的银子花度，如今落得如此境地，却也凄惨，不由摇头苦笑。

不多时，船到扬州，方国涣谢过船家上了岸，一路进了扬州城。这扬州自古为烟花之地，多为巨商富贾、浪荡公子的闲情遣乐之处，更是那些青楼女子的断肠所在。也自有那多情文人的感慨，如柳咏的"杨柳岸，晓风残月"，姜夔的"青楼梦好，波心荡冷月无声"，尽说那醉生梦死的日子过后，必有一番的凄凉让你来感受，多道是人世间的穷欢极乐，可不是永久不变的。其实扬州梦好，也只是那些有钱有势的人家，寻欢作乐的天堂罢了，只要战乱不波及此地，那些人还道是天下太平一般。

　　方国涣一路寻来，不胜感叹。想起身无分文，着实不是个办法，摸了摸怀中的那几枚天星棋子，忽而摇头道："就是饿死，也不能用它换银子来用的，此物为棋中至宝，世间无有，怎能负故人赠棋之恩。"想到这里，方国涣心中坦然，便持了张远的那封家书，按其所标的地址一路寻了来。

　　到了一所宅院前，一打听，其家主人果然是姓张的，方国涣心中喜道："就是这里了。"抬头看时，这是一座大院落，显然是一户殷实的人家，见大门虚掩着，方国涣便走了进去。

　　此时院子里虽有丫鬟仆人来往，倒也无人注意方国涣，在大厅上，有一管家模样的人正在对七八位少年训话，那些人好像是刚雇请来做仆的，听管家讲些要遵守的规矩。

　　方国涣一路行来，却也无人过来阻拦盘问，只因房间众多，不知其家主人张新住的地方，想找个人问问，才发觉已走到后庭院来了，多不见闲人。

　　方国涣正四下茫然张望的时候，忽听有人唤道："喂！你是新来的罢，把那张椅子搬进屋来。"方国涣循声看时，见一名粗壮的汉子坐在一处厅堂内，正望着自己。

　　方国涣心中笑道："这个人把我当成新来的仆人了，也好，且把椅子帮他搬进屋内又有何妨，乘机问问主人家在哪里。"想到这里，方国涣便把院中的一张竹椅搬进了厅堂内，于那汉子身旁放了。

　　那汉子见了，点点头道："倒也听话，既是新来的，且在我身边做个听随，比派下去做那些粗活好许多，怎么样？你可愿意？"

　　方国涣见自己此时身无分文，更无个着落，不如暂且依了对方，待寻着此家主人张新，交付了那封信后再做打算，于是点头应道："一切悉听尊便。"

　　那汉子打量了方国涣一番，点头道："也是个懂礼数的，很好！你叫什么名字？"

　　方国涣道："在下方国涣，不知主人张新老先生可在？"

　　那汉子闻之道："你原来是我祖父的熟人介绍来的，放心罢，不用见他老人家，我张文定自会看顾你的，并且祖父到江都去了，过几日才能回来，自不必再麻烦他老人家了。"

　　方国涣闻之，才知这张文定是那张新的孙子，也就是那张远的侄孙，心中寻思道："张新不在，我应亲自把书信交付给他才好，且在这里冒充几天仆人，候一候罢。"想到这里，方国涣忙施了一礼道："多谢少主人看重，在下谢过了。"

第一百〇八回 口 技

张文定道:"好了,你且到刘管家那里,领套衣衫换了。"

方国涣离了张文定那里,转身来到了前院,见那管家正指派着新来的仆人,某某做这个,某某做那个,分配完了,又严肃道:"我刚才说过的话你们一定要记牢了,既来这里讨饭吃,就要守本分,勤快些……"那管家说到这里,忽看见了一旁站着的方国涣,瞧着眼生,便问道:"哪里来的?有什么事?"

方国涣忙道:"可是刘管家?"那管家愕然地点了点头。

方国涣便道:"少主人叫我来取一套衣衫,以便在他那里听用。"

刘管家闻之惊讶道:"你是何人?"

方国涣笑道:"我是老主人新找来做工的。"

刘管家异道:"府里上下的人员安排都经我手,你既是新来的我怎不知?莫不是诈食的?"

方国涣笑道:"管家勿要误会,在下是老主人张新老先生介绍来的,刘管家若不信,请去问少主人。"

"咦?"那刘管家越听越惑疑道,"听口音你是外地人,我家老主人如何识得你来?又如何介绍你来张府做事?"

方国涣笑道:"我是老主人的一位朋友引荐来的,今天刚到,直接见了少主人,未及拜见刘管家,多有得罪,还望见谅,管家倘若不信,去少主人那里验证一下就是。"

"是这样!"那刘管家见方国涣答得自然,心中道,"这个年轻人气宇不凡,定是老主人识得的大户人家介绍来的,否则不能一来就被少主人留在身边听用。"于是点头道,"原来是这么回事,既然少主人那边喜欢留你,你要小心侍候了。"

方国涣意外地在张府内做了个少主人张文定的听随,自家也不说破,但等其家老主人张新回来,亲自交付了那封书信了事。方国涣随叫随到,深得那张文定的喜欢,府中上下,自无一个疑心他的。

在那张文定的身边也是清闲,没有多少事情可做,张文定见方国涣言谈举止俱是不凡,极爱与他讲话,时间久了,也自犯下疑心来,感觉方国涣不像是一个做下人的,却又看不出有什么不对,以为刘管家那里自然知道方国涣的来历,倒也放心,只是觉得方国涣不俗,言语间也生出些敬意来,不把方国涣当成下人看待。那刘管家与府中上下见少主人对方国涣客气得很,以为方国涣果是一位大有来头的,哪里有谁还去查他的来历。就这样过了三天,一切安然无事,方国涣从刘管家那里得知,张新去江都办事去了,还要两三天才能回来,只好耐着性子等了。

这日晚间,张文定因城里有户人家做寿宴,被请去吃酒了,方国涣落得无事，便在房间中歇了，方国涣住的是张文定卧室旁边的一间侧室，便于招呼。这些天来，方国涣对六合堂的事一直放心不下，却又无从打听消息，暗里焦急自不必说。寻思道："不知连姐姐、孙奇先生，还有卜元大哥他们怎么样了？此番六合堂内部激变不知达到何种程度？韩梦超去六合岛上探以虚实，当是凶多吉少的，没想到重返中原，竟有这许多意外的变故，唉！希望大家都无事才好。"

就在这时，闻窗外似有起风之声，接着又有雨点落下，方国涣知道门窗都已关好，懒得再动。忽然间，风雨大作，霹雳般的雷声贯窗入耳，自夹杂着仆人、丫鬟们在院中奔走喊叫之声，显是这场风雨来得太迅猛，让人始料不及。

方国涣躺在床上虽感雷声阵阵，并不见有闪电相随，开始时也没做理会，无意中侧头瞟了一眼，虽有门窗相隔，闻那外面的风雨之势虽急，却尤有月光照窗映纸，方国涣见了，心中大是惑然。就在方国涣诧异间，万声忽静，一切声音突然间都消失了，好似从未发生过的一般，随闻院中有人喊道："文定、文定，还不出来见我。"

方国涣闻之，大是惊讶，忙起身出了房间，但见月光之下，庭院中站着一位黑袍儒士。此时万籁俱寂，地上更无半点雨迹可寻，方国涣见了，心中甚是不解，一时茫然。

那黑袍儒士见是一位年轻的仆人出了来，便轻问道："你家少主人呢？为何不出来见我？"

方国涣忙道："少主人日间被人请去吃酒了，还未归家，不知阁下找少主人何事？"

那黑袍儒士闻之一笑道："你是文定身边新来的随从罢，我说怎么瞧着眼生。"

方国涣闻此人话语间似和张文定很熟悉的，以为是张文定的好友良朋，便道："少主人不在，还请这位先生房中入座，等一等罢。"

那黑袍儒士摇摇头道："文定怎么养出这般贪酒的性子，这个时辰了还不归还，你且回房去歇了，我明日再见他罢。"说完，那黑袍儒士诧异地望了方国涣几眼，这才转身去了。

方国涣此时见皎月临空，地无潮湿，不知刚才那场风雨哪去了，心中万分地怪异，忽恍悟道："今天晚上如此晴朗，哪里会有迅来急去的风雨，莫不是刚才那人施的什么幻听的法术不成？"摇摇头，但回房中坐等张文定回来。

时至夜半，方国涣听见院子里有人走动，出来看时，乃是刘管家扶着醉醺醺的张文定回来了，忙上前迎了。

待把张文定搀扶到卧室，安于床上躺了，刘管家便交代了方国涣几句，

第一百〇八回 口 技

转身去了。方国涣见张文定醉酒而归，晚间或许口渴，便泡了壶茶水备了。

果然时间不大，张文定吵着讨水喝，方国涣便把茶水递上，那张文定连饮了数杯，待酒劲过了，便翻身坐了起来，见方国涣在身边侍候，不由感激地道："多饮了几杯，弄得如此醉态，连累你不得歇息。"

方国涣道："少主人不必客气，在府上几日，多承照顾，在下所为，应该的。"接着问道："在下有一事不明，少主人回来路上，可曾下雨？"

张文定闻之，摇头笑道："你这老弟，莫非睡糊涂了，梦里见着了雨不成？这一晚上，我与几位公子饮酒赏月，十分尽兴，哪里有什么雨水下来。"

方国涣道："这就怪了，在下明明闻窗外风雨大作，当非幻觉。"

张文定闻之，忽问道："那风雨声过后，院中可有人唤我？"

方国涣闻之惊讶道："正是，有一位黑袍先生在院中呼少主人名字来着，可是少主人怎么知晓的？"

张文定此时哈哈大笑道："我说呢！平白无故你怎么说出这般话来，原来是我那阿舅到了。"

方国涣越发不解道："在下实在不知这里有什么古怪，还望少主人明言。"

张文定笑道："你先前在屋子里所听见的那些风雨雷声都是假的，乃是我那阿舅口中所发。"方国涣闻之大惊道："难道少主人的那位阿舅会施什么法术不成？"

张文字摇头道："我那阿舅并不会什么法术的，而是自幼习成的一种绝活，那就是口技，天地间的各种声音莫不能学得来的，鸟兽之声、波涛之声、闹市之声、争战之声，可同时而发，便有人身临其境之感，一时间不辨真伪。平常喜欢造些风雨的气势来唬人，你刚才在屋里被他骗住了，若是出来一看，不就明白了。"

方国涣惊异道："世上竟然还有这等高人，若非亲身所经，实不敢相信有如此神奇的口技。先前出来看时，并不见风雨的迹象，便觉得大有古怪，原来那风雨雷声、仆人呼声，都是从少主人阿舅的口中同时发出的，太不可思议了！"

张文定道："我那阿舅姓赵名杰中，是昨晚到的，想用他那口技来戏我，不曾想我不在，空演示了一回。你若感兴趣，待天亮后我给你引见引见罢，他那口技上，神着呢！"说完，张文定打了个哈欠，又睡去了。

方国涣回到自己的房间内，忆起刚才那一场风雨大作之势，暗暗吃惊，知道那赵杰中的口技已然达到出神入化的境界了。

第二天，张文定领了方国涣去拜见了赵杰中，方国涣恭敬地道："昨晚有幸感临先生的口中绝技，敬佩万分，还以为真的是天降大雨呢！"

赵杰中笑道："本来是想扰一扰你家主人的，不料却惊了你，一点薄技，不足称道。"

方国涣道："先生口技能以假乱真，超乎寻常，在下实在不知，先生一张口，何以能同时发出那许多声音来？"

赵杰中笑道："熟能生巧罢了，赵某自幼便喜习仿效各种声音，时间久了，自得些窍门在里头，只要肯下些功夫，并不是很难学的，此技无济世之用，但以之取乐罢了。"方国涣暗自赞叹不已，又闲谈了几句，便告退去了。

赵杰中望着方国涣的背影，自有些惑疑道："这年轻人，言谈气质不像是一个做下人的，如何做了府中的随仆？"

张文定道："此人刚来没有几天，好像是祖父的熟人介绍来的，我见他乖巧，就留在身边做了个听随，却也没有拿他当一般的仆人看待，等到祖父回来再做计较。"

赵杰中点点头道："此人气宇不凡，或许是位没有发迹的圣贤，且不可轻慢了他。"

张文定道："都是家中招来的一批新仆，虽有些来头，也未必如舅舅说得那般好。"

赵杰中摇摇头道："文定，此言切莫轻出，我看这个年轻人大有来历，你可知他的底细？"

张文定道："他是随同新仆一天来的，刘管家那里有文册记录，差不了的。"赵杰中听了，沉思不语。

那赵杰中觉得方国涣不同凡俗，当是大有来头，心中委决不下，便寻至刘管家那里问道："新来的那个叫方国涣的，你这里可有他来做工的契约？保人是谁？家住哪里？"

刘管家闻之，愕然道："前几日府中来的这些仆人都经我手，都是些托底的人，唯独这个姓方的，贸然而来，说是老主人介绍来的，少主人又极敬他，好似熟得很，所以我也就未在意，难道……"

赵杰中此时吃了一惊道："文定那边还以为你这里知他底细，原来也是一无所知，看来此人是冒充的。"

那刘管家闻之，立时惊吓道："先前老夫虽有些疑虑，也自没有当回事，如今看来，这小子冒充仆人，潜居府内，必有所图，不过……"

刘管家又道："瞧他也是个本分人，不似那种怀有歹意的，常在少主人卧室书房出入，金银器皿并不见短少的，不知有何企图。既是冒充的，当非善辈，且报了官去，让官府处置罢，以防日后真的做出什么麻烦事来。"

赵杰中道："先不忙，暂且稳住他，有我在，自不怕贼人来算计张家的家私，此事你知我知，连文定也莫要告诉他，免得惊了那姓方的，一时性急做出什么歹事来，我倒要看看他有何用心。"

第一百〇八回　口　技

原来扬州一地，多有些无赖光棍，专门勾结在一起，算计有钱的富家，时常派个老练忠厚的混进某一家当工作仆，摸些底细，博得主人信任，然后寻机骗偷些钱财，每有大户人家被席卷了去许多贵重之物，赵杰中对此事也有耳闻，故对来历不明的方国涣戒备上了。

方国涣此时还不知那赵杰中已对他起了疑心，一直盼望着张新快些回来，把那封书信交付了事。由于记挂六合堂的安危，心中有事，一路沉思走来，不提防与迎面而来的赵杰中撞了个满怀。

方国涣忙自歉意道："在下一时走得急，还望赵先生见谅。"

赵杰中笑道："不妨、不妨，我正要寻你上街买些东西。"

方国涣闻之欣然道："好极！少主人那里也无事，且随先生走一趟罢。"方国涣敬服赵杰中的神奇口技，尤是愿意与他结交。

赵杰中心下道："此人没有一丝下人的样子，果是有些来头的。"

赵杰中约了方国涣上街是想探些口风，于是随便买了些东西让方国涣来拿，边走边寻问道："不知小兄弟是何方人氏？听口音不是扬州人。"

方国涣哪里有心提防他，便回答道："在下幼时便转落江湖间，乃是一个无根的人，不知是哪里人了。"

赵杰中闻之，心中冷笑道："果是个老练的手，不露底细，然则欲盖弥彰，倒是说明了你是一个来历不明的人。"

不过见方国涣答的自然，却也真诚，赵杰中心下愈加疑道："此人装得比我的口技还要真些，当是一个大奸大恶之徒，幸亏被我识破，否则文定那里要吃大亏的。"

方国涣哪里晓得赵杰中的心思，但自家高兴识交了赵杰中这等奇人，一路走来，唠些闲话，十分敬重。

赵杰中见方国涣谈吐不俗，心中惊讶道："此人倒也有些见识，可惜都是装出来的，否则交上这样一位朋友，也是乐事。"赵杰中故意多买了些东西让方国涣拿着，方国涣手脚齐忙，大包小捆的自有些不堪重负。不过觉得为赵杰中做点事，也没有什么可推却的，便尽力地都一人拿了，额头上已渗出汗来。

赵杰中见了，暗里冷笑道："你想算计人家，我且来先算计算计你，待你做歹事时，把你的同伙一网打尽，也让你知道赵某的厉害。"自家也不帮忙，但把方国涣当作下人一般。方国涣却也不计较，只是觉得奇怪，不知赵杰中买这许多东西做什么，不便相问，吃力地在后面跟了。

那赵杰中还故意问道："累吗？"

方国涣苦笑道："自然累些，要知道先生买这许多东西，多叫一个人来就好了。"

赵杰中闻之，笑了笑，随后进了一家酒楼，拣了一间雅座坐了。方国涣把那些包盒放于一边，这才松了一口气。赵杰中要来了一些酒菜来吃，假意地让了一下方国涣，方国涣早已又累又饿，谢了一声，自家便吃喝起来。

赵杰中见了，心下道："你这小子却也不客气，仆人冒充的也不像，今日且累你一回，待文定的祖父回来，一发揭穿了你，拿去见官，容不得你私下得了手去。"

方国涣、赵杰中二人回到张宅时，见门口停了一溜车马，刘管家正在指使仆人们从车上搬箱笼。见赵杰中和方国涣回了来，刘管家忙迎上前，对赵杰中耳语了几句。

赵杰中点了点头，命仆人接过了方国涣手中的东西，然后笑着道："老主人回来了，小兄弟可要见的？"以为这两句话能把方国涣吓跑，那刘管家已暗示了几名粗悍的家丁断了去路。

方国涣此时大喜道："张新老先生终于回来了，我候了多日，就是想亲手交付一样东西的。"说完，忙转身跑进门去。

赵杰中见了一怔，不知方国涣为何如此，愕然道："难道此人不是歹人，果是与老主人相识的？"随后忙跟了进来。

方国涣跑进门内，直至大厅上，见张文定正在与一位老者说话，便上前拱手一礼道："请问可是张新老先生吗？在下方国涣有礼了。"

那老者忽见一位陌生的年轻人，不由惊讶道："正是老夫，请问公子是……"

张文定自在一旁诧异道："爷爷，你也不识得他吗？"

张新茫然地摇摇头道："这位公子面生得很，从未见过的。"

张文定闻之大吃一惊道："你如何说是祖父介绍你来的？"

方国涣忙道："张公子切莫误会，在下此番前来，为的是亲手交付张新老先生一封家书，因张老先生外出，故而多候了几日。请问张老先生，您可有一位在海外的弟弟，叫张远的？"

"你……你说什么？"张新不由惊得站了起来。

张文定一旁惊异道："我那二爷爷自幼出海，从此便无了音讯，至今生死未卜，你到底是什么人？怎么知道我们的家事？"

方国涣道："数年前，在下曾随姑苏赵氏的远航海船出海一游，后遇海难不死，漂泊到了印度佛国，识得几位侨民，其中就有张远先生。张远先生便托在下回到中原时，到扬州一趟，替他捎封家书。"说完，方国涣便把那封身藏许久的书信递了上去。

第一百〇九回 盲 棋

方国涣见着了张新,便把张远的书信递了上去,那张新忙起身颤抖着双手接过,急拆开来看,未读上几行字,已是老泪纵横,大哭道:"兄弟,没想到你还活着,哥哥以为你先走一步了……"一时间泣不成声。张文定愕然之余,忙自劝了。

这时,从后面赶来的赵杰中见此情景,方明白了一切,暗叫一声"惭愧"!忙上前歉意道:"原来方公子是到这里送书信的,险些误会了,失礼!失礼!"

张文定此时大悔道:"方公子何不早说,这几日实在委屈了你,罪过!罪过!"

方国涣笑道:"那日在下到府上时,因张新老先生不在,索性将错就错,虽做了几日仆人,多承张公子照顾,也落得清闲。"

张文定闻之脸一红,忙自赔罪。此时那张新读完了张远的书信,已是激动万分,上前拉了方国涣的手,感激地道:"公子大义,从万里外的异国他乡带来了我兄弟的书信,使老夫多年不安的心思终于得以安慰,想我那兄弟自幼出海后,便无了音讯。这些年来,老夫不知托了多少位海客在海外寻访,吕宋、爪哇等地不知寻过多少回了,始终无任何消息,没想到他走得竟如此之远,好歹还尚在人世,让我想得好苦!"那张新说着,忍不住又落下泪来。

方国涣道:"张远先生也是思念故土亲人甚切,奈何年迈路遥,不能回归故国家园,但让在下捎封平安的家信,以述亲情。"

张新感激地道:"方公子带回了老夫亲人的平安家信,此等大恩,不知如何谢过,且受老夫一拜。"说完,那张新起身欲施大礼。

方国涣忙扶了道:"张老先生切莫如此,否则便折煞在下了。"说着,扶了张新于椅中坐了,随后道:"能把此信亲手交付张老先生,已是不负昔日张远先生的重托了,也算了结了在下的一桩心事。"

赵杰中这时道:"适才闻方公子所言,当年是随姑苏赵氏的远航海船出海的,如何这时才回转了来?"

方国涣道:"当年在西洋上遇上了大风,在下与一位朋友不慎被卷到了千里之外,所幸大难不死,漂泊到了印度佛国,后经印度至西域,才又回转到了中原来，可谓九死一生。"赵杰中、张新、张文定三人闻之惊异不已。

赵杰中随后感叹道："方公子果是守信之人，万里而来，到了这里，自家又甘受委屈，实让人佩服之至。"立刻对方国涣肃然起敬。

张文定在一旁诧异道："几年前，曾闻江南首富，苏州的大商人赵琛亲自造船出海，并且招募了一些奇人异士，原来方公子也是那海船上的客人，失敬！失敬！"

此时那张新收敛了些感伤之态，对方国涣感激地道："公子从异国他乡带来了此信，成全了老夫对兄弟的思念之情。大恩不言谢，还请公子在舍下多住几日，让我张家尽些地主之谊。"

方国涣忙道："张老先生不必客气，能把张远先生的书信亲自交到您老手上，在下也自感到欣慰，算是了结了一桩心事。刚刚回转来，还要拜访些故人，这就告辞吧。"说完，方国涣起身欲别。

张新见了，忙拦阻道："公子再急，也短不了这几日，叫公子这般去了，老夫如何心安。"赵杰中、张文定二人一旁也苦劝了，方国涣推辞不过，只得答应暂住两日，张新大喜，忙命人摆酒设宴。

席间，张新又把张远的书信反复读了几遍，免不了又一番的感伤和激动，又向方国涣寻问了张远的近况，方国涣便如实地答了，闻那张远生活得还好，张新心中这才稍安了些。

赵杰中敬了方国涣几杯酒，问起了出海之事，方国涣便大致地叙说了一遍。闻方国涣有此神奇经历，令赵杰中、张新、张文定三人惊叹不已，对方国涣更是恭敬有加。赵杰中随后道："方公子历尽艰险，重返江南，此番可是要到苏州拜会赵琛先生的？"

方国涣道："不错，在下打算先到苏州拜访赵氏父子，示我已然生还，当年并未遇难。有可能的话，还要从苏州接走一位故人。"想起分别近四年的小全子，令方国涣尤为思念。

赵杰中这时道："方公子回来的真是及时，正好能赶上碧瑶山庄的群英大会。"

"群英大会？"方国涣闻之一怔，随即想起当年出海之时，赵琛曾有过要举办群英大会之语，没想到真的实施了，心中也自惊讶。

赵杰中此时道："赵琛先生不但富甲天下，而且还是一位豪情之人，为了举办这次群英大会，准备了近两年，要遍请天下间的能人异士，聚会于碧瑶山庄，届时当是一场空前的盛会。"

张文定在旁边道："听说所请的人必须有一技之长，人所不能及的，方有资格被请了去。半年前便广发请柬了，是要请尽天下间各行各业的豪杰英才，不知要请到多少人来？"

第一百〇九回 盲棋

赵杰中道："天下能人异士甚多，虽不能都被请了来，但能请其大半，也是盛况空前了。如今三王之乱刚平，天下稍定，举办此次群英盛会，多少也能安定一下人心，故而苏州府也是大力支持的，届时能遍识天下英杰，实是一件快事。"

方国涣惊叹之余，忙问道："不知此次盛会何时举行？"

赵杰中道："八月十五，中秋佳节，还有二十几日，赵某不才，也接到了群英会的一份请柬。"

方国涣闻之喜道："赵先生口技出神入化，群英会上怎能少了的。既然如此，赵先生且随在下同往苏州如何？"

赵杰中道："离群英大会尚早，赵某不便早去，方公子且先行一步，待于群英会上再见吧。"

方国涣道："也好，到时在下于碧瑶山庄内恭候赵先生。"张新、张文定随后又敬了方国涣几杯酒，极尽感激之情。

方国涣在张宅住了两日，那张新自是盛情款待。两日后，方国涣便要辞行赶往苏州，张新苦留不住，只好封了三百两银子相赠，方国涣哪里受得下这许多，但谢受了十两做盘缠，其余固辞不受，张新不依，执意相赠。赵杰中知道方国涣不是那种施恩求报之人，便上前互劝了。方国涣盛情难却，只好又接了五十两，随后张新、赵杰中、张文定三人一直把方国涣送出了扬州城，双方这才挥手作别。

方国涣离了扬州，因路径不熟，自家随便走去，傍晚时至江边，寻船过江到了对岸，天色已黑了下来，自在一座小镇上择了家客栈投了。偶听得店中的客人谈论起碧瑶山庄举办群英会的事，方国涣心中欣喜，庆幸自己回来的及时，赶上了此次盛会。

方国涣简单地吃了些东西，又向店家讨了壶茶水，便回房中歇了。想起要与赵琛、赵明风等人相见，不知带给他们的是何等的意外，心中免不了又一番的感慨，寻思道："此番生还而归，实是万幸得很，几年不见，小全子不知怎样了？当年海船从海外回来，小全子是随卜大哥去了，还是与明风公子住在碧瑶山庄？那艘郑和宝船，赵琛先生他们是否探查到了，捞得船上宝物没有？"想起这些，方国涣更是不胜感慨，转而又想起六合堂的事，尤为忧虑起来。

就在这时，隐隐听到从隔壁传来说话的声音，一人道："长夜寂寞无聊，对它一局如何？"

另一人应道："好吧，且请刘兄先行。"

先前那人道："那我就不客气了，且开子右上星位置。"另一人道："我应左下三·三之位便是。"

方国涣这边闻之，心中道："原来是两位投宿的客人，却也有如此棋兴。"忽而诧异道："这两人说走棋就走棋，并不摆枰布子，但用嘴说着棋盘上的路数，难道是走的一局盲棋不成？"细听时，果闻隔壁那二人继续用嘴说着棋路，已走将起来，如临枰对弈一般。

这纹枰之上横竖各十九道，那二人所言但以横先竖后为准，如三·三之位、七·九之位，便示意出了棋盘上的位置，口谈虚对，却也不乱路数。

方国涣此时大为惊异道："曾闻象棋中有高手能强记棋路，可走得成盲棋，而这围棋上复杂变化，就是临枰对弈之人有时都迷惑其中，不知这二人如何将围棋上的盲棋走法施展得这般畅顺？"

侧耳细听了片刻，尤令方国涣惊讶万分，隔壁那二人但以口谈弈对，彼此虚应，杀得正酣，方国涣棋达化境，自将那二人所言的棋路听了个清楚，且从这二人所布成的棋势上看，乃是两位罕见的高手。

此时但闻一人道："我这一子于七·十三之位紧气围吃如何？"

另一人沉思了片刻，随后笑道："刘兄也太贪了些，我那六子之地如何让你轻易得了手去，六·八之位打入，这一招怎样？"

方国涣这边暗道："此着为妙手，便是我也要应此位的。"果闻先前那人微讶道："围魏救赵！没想到这边走得缓了，却被你抢了个先手，亏了！亏了！"言语中自有些悔意。

方国涣此时心中叹然道："这二人的棋力都已达大棋之境，此盲棋走法真是不可思议，多亏我棋达化境，才能勉强听得明白，便是我与简良试着走此盲棋法，也不能像他二人走得这般自如的。却也怪了，他二人如何成就的这种棋道？"

此时隔壁房间的那二人一局盲棋走完，先前那人负了一目半。遂闻二人哈哈一笑，不再言语，立时变得寂静无声，显是各自歇了。方国涣心中敬服道："如此棋上高人不能不识，现已夜深，不便相扰，待明日一早去拜见吧。"

恐那二人早起走了，失之交臂，方国涣一夜未眠，坐等到天色渐明时，闻隔壁有那二人起身说话的声音，方国涣忙整了整衣衫，出了房间，来到隔壁的房门前，轻咳了一声，敲了敲门道："二位前辈起了吗？晚辈方国涣求见。"

随闻屋内有人言道："阁下莫非走错了门？我等在此地并无熟人的，更不识得阁下。"方国涣忙道："晚辈是昨晚在店中投宿的过路客人，就住在隔壁，偶闻二位前辈谈棋，易'手谈'为口谈，晚辈也是棋道中人，觉得新鲜，欲以请教。因昨晚夜已深，故未敢惊扰，今晨特来拜会的，恳请一见。"

屋内之人闻之道："原来也是一位好棋的君子，门没闩，进来吧。"方国涣闻之一喜，便推开门轻轻走了进去。

第一百○九回　盲　棋

　　这间客房分设东西两床，此时各端坐了一位老者，目光平视，并不理会进来的方国涣。方国涣见之先是一怔，继而恍悟道："惭愧！原来是两位目盲的老人。"随即躬身一礼道："见过二位前辈。"

　　此时东床上的那位老者道："阁下既是棋道中人，不必多礼，我们两个老朽昨晚闲谈，声音大了些，可是吵了你吧？"

　　方国涣忙道："两位前辈易'手谈'为'口战'，别生妙境，并且棋力之高，世上难寻，令晚辈佩服之至，庆幸遇此口弈虚对之棋，哪里怕吵来，而是领略到了一种大棋之境。"

　　那两位老者闻之，神色各是一动，西床上的那位老者讶道："昨晚我二人以口谈棋应对，阁下从头到尾可是听得明白吗？"

　　方国涣道："两位前辈虽用口示以棋路，却如在枰上弈对一般清楚，令人称绝，晚辈尽力去听去想，才勉强跟得上棋势的进展，尤以两位前辈在七十三路棋和一百二十四路棋上，走的是妙手，当今天下，没有几位棋家能走得出的。"

　　那两位老者听到这里，各呈惊异之色，东床上的老者愕然道："这种盲战棋术，除了我们两个老朽外，其他人若不是边听边在棋盘上示出，是很难清楚三十手之后棋路上的变化。如此看来，阁下是棋上的高人，失敬！失敬！"说着拱了拱手。

　　方国涣也自拱手一礼道："前辈过奖了，晚辈自幼便迷恋此道，故而熟悉其中的变化，然这盲战之术，却是生平首遇，听得也自艰难，不如二位前辈那般顺畅的。对了，还敢问二位前辈高姓大名。"

　　东床上的那位老者应道："阁下既是棋道中人，我等也不隐瞒自家名姓，老夫刘安顺便是。"西床上的老者道："老夫王法之。"

　　方国涣闻之，忙恭敬道："原来是刘老前辈和王老前辈，今日得遇，实为晚辈之幸。"

　　方国涣随后又道："盲战之术实为棋中一绝，棋盘上的千变万化，便是临枰者有时也自迷，而两位前辈竟能强记棋路，口弈而对，实为不可思议，不知如何习成的？况且……"

　　方国涣见刘安顺、王法之二人目盲不睹物，尤为奇怪其二人如何晓得棋上变化的。

　　此时刘安顺道："这盲战口弈之棋，普天之下也只有我二人走得通、应得顺，既然被阁下偶然听了去，并且能听得懂，当是有缘的，说说无妨。我二人自幼交好，因喜好棋道之雅，便时常对弈寻趣，久之成癖，不愿歇手，日间的工夫多耗在了棋上。三十年前，我二人在一次对局时，走到兴头上，忘记了白天黑夜，也不知共走了多少盘棋，以至于耗竭了精力，把各自的双眼累瞎了。"

方国涣闻之，大吃一惊道："原来二位前辈的眼睛是在棋上累的！"

刘安顺接着道："双目废用，令我二人当时痛苦万分，此生若不能再走棋，当生之无趣。悲痛之余，我二人但彼此相慰，试着口示棋路，摆子布局，走以盲棋。"

方国涣心中暗暗惊奇道："此二人要棋不要命，好棋到这种程度，实为天下难寻，也自令人叹服。"

王法之这时淡淡地道："棋势上的千变万化，在棋路上实是难记得很，开始的一年里，脑中混乱，不能成局，但我二人执意成就盲棋之法，日子久了，棋路熟了，心静脑明，慢慢地似把那棋盘摆在脑子里一般清楚，黑白棋子意想而布，尤能统顾全局，明其始末，可谓得心应口，脑成其象。"

刘安顺感叹一声道："这种盲棋口弈之法竟被我二人习成了，随口而斗，应声而走，自比那摆棋布子、临枰对弈省事多了，无论坐卧行止，都可以意成棋局，顺口而应，三十年来，其乐无穷。"

王法之这时苦笑道："世上之事，好坏难分，我们虽然在棋上被累瞎了眼睛，却意外地成就了这种绝技来，一失一得，竟也有这般的好处。"

刘安顺又道："目不及万物，心境无扰，在棋上更可专一，我二人棋力自是大长，比先前高出了许多，进一层地领略了棋上的妙趣，此生当无憾事了。"说完，刘安顺与王法之的脸上自泛起了欣慰的笑容，呈出了无限的快意。

方国涣知道刘安顺、王法之二人因多年走习盲棋之故，无形中已达大棋之境，比那天下间负有盛誉的高手名家自又让人多出十分的敬意来，当下赞叹道："两位前辈以身献棋，苦习成了盲棋之术，是为棋中又增一绝，当令棋道中人敬服。"

刘安顺道："棋之为艺，高雅绝妙，身心不投入者，自难领略到其别样的境界，世人好此道者虽多，却是附庸风雅，闲时遣乐而已，虽有以其明心开智、修养性情者，也只是视棋为一种'小术'罢了，故而古今罕有得其奥旨之人。"

王法之接着道："棋道之妙，在于阴阳二子之间的万般变化可示万事万物之理，明棋便是明世，这是多少棋家迷于其中而不能知的。阁下语音清亮，老夫虽不识你面容，但阁下刚刚进来时，与我等棋气相感尤烈，棋上的修为当在我二人之上，故而陈述一切，以报同炁气相知之感。"

刘安顺又道："我二人目盲多年，自用心神棋境感知周围的一切，比那常人用眼睛看到的还要真些、实些。我二人但在棋上自家遣乐，从不与人对弈，乃是世间好手难寻之故，更是无有能口对盲棋之人。今与阁下偶遇，并能听懂我盲棋术，实让我二人感到欣慰，有阁下这等高人应世，棋之道不绝了。"言罢，刘安顺遂与王法之默言不语。方国涣感慨之余，也自躬身告退。

回到房间内，方国涣暗自叹然道："没想到重返江南之际，竟幸遇如此棋家高人，领略到了这种盲棋异法，棋道广博，虽自家已达化境，也不能尽知的。想那李如川的杀人鬼棋、海外巧遇的那种三人同走的三国棋，还有传闻中的那位巫马氏的以阴阳数术算尽棋路的九宫棋，都是棋中的奇异之法，这万般的变化真是不可思议。师父曾言：'棋者，道也。'悟棋得道博万物，方是棋家所追求的吧。"

方国涣随后来到客栈的柜台上，与了掌柜的三两银子，要他备上一桌丰盛的酒菜，欲宴请刘安顺、王法之二人。待酒菜上桌，方国涣去房间请时，已不见了刘安顺、王法之二人的踪迹。方国涣忙唤来伙计问时，才知刘安顺、王法之二人已结账走了。方国涣懊悔不已，知道高人性情大凡如此，也只好作罢，随后择路苏州而来。

方国涣一路走来，将近午时，忽闻前方传来两声炸响，抬头望去，但见不远处的半空中升起了两团红、黄色的两种烟雾，聚浮空中久久不散。此时方国涣一喜，识得是六合堂用以联络的彩云弹，又称"响云箭"，当乇在独石口边关外曾经见识过的，心知附近有六合堂的人，来不及多想，拔腿向彩云弹升起之处跑去。

跑了没多远，便见前方人马喧杂，似有很多人向这里聚来。方国涣知道六合堂此时内部有变，不知这些人会集这里有何目的，自不敢贸然现身，忙躲进一片草丛中藏了。当方国涣在草丛中向外寻看时，心中不由一喜，但见前方一片空地上，已聚集了三四十骑，百余号人，为首的正是当年方国涣在黄河岸边见过的那刘、齐、马三位六合堂的老堂主。

此时那马堂主对众人道："可有消息？"众人皆自摇了摇头。

马堂主见了，眉头不由皱了皱道："又能去了哪里？"刘堂主一旁道："六合金牌令既然在镇江府出现，估计也走不了多远。"

"六合金牌令!？"方国涣闻之，暗里讶道，"难道我在镇江客栈中被盗贼劫去的那块六合令落到了六合堂的人手里？"

此时但闻齐堂主道："那贼人招供说，六合金牌令是从一位年轻人身上劫来的，必是方国涣公子无疑了，可惜不知方公子去了哪里。"

方国涣闻之，心中一喜道："原来六合堂的众好汉在找我。"刚要起身走出，又自摇头道："六合堂内到底起了什么变故，现在还不知晓，连姐姐她们吉凶未卜，我且不可贸然现身，看看动静再说吧。"想到这里，方国涣仍伏于草中不动。

这时那马堂主摇摇头，叹然一声道："方公子历尽万般艰险才得以生还，不料却误会我们六合堂内起了什么变故，不晓内情，一时惊走，如今连总堂主命令弟兄们千方百计地一定要找到他。前些日子方公子在镇江出现过，不慎又遭了劫，但愿现在不要出什么意外才好。"

方国涣在草丛中听了个清楚，不由惊讶万分道："六合堂内原来无事！可是那日……？"当下来不及多想，忙从草丛中走出来道："三位老堂主，我在这里。"

马、齐、刘三位堂主及六合堂百余号人众，忽见一旁草丛中走出一位年轻人来，俱是一怔，随即欢声雷动。那马、齐、刘三人尤是惊喜万分，各自翻身下马，飞跑过来。

马堂主抢先一步抱住了方国涣的双肩，异常激动地道："方公子，果真是你！让我等好找！"

方国涣顾不上施礼，忙自问道："三位老堂主，六合堂内到底出了什么事？"

马堂主笑道："我六合堂能出什么事，那日方公子与韩梦超堂主都误会了，虚惊了一场。"

方国涣闻之，茫然道："误会？这……这究竟是怎么回事？"

刘堂主一旁笑道："方公子不要太急，找到你便是天大的喜事，至于事情缘由回头再细说，如今连总堂主正在镇江等候消息呢。"

"什么？"方国涣闻之大喜道，"连姐姐已到镇江了！"

马堂主点头道："不错，那日韩梦超到了六合岛，碰上了刚刚归岛的卜元堂主，便明白了是他的一场大误会，忙与卜堂主去接方公子，往返之间耽搁了时辰，方公子已不在土地庙了，后来又会着了吕竹风堂主，大家寻了好一阵，也不见公子的踪迹，以为公子先行寻船去六合岛了，便都回寻而来。时值连总堂主与孙奇先生归岛，闻方公子返而复失，互相一说，知道公子被惊走了，连总堂主急命各处分堂寻找公子的下落。前些日子，堂中的兄弟在镇江偶然从一位正在销赃的贼人手里得到了一块六合金牌令，觉得关系重大，忙飞递总堂处。大家见了六合令，知道是公子身上的那块无疑，也自知道方公子到了镇江府，连总堂主便率领大家亲自来寻了。"

方国涣听罢，顿足大悔道："原来如此，果真是场天大的误会！"

齐堂主这时笑道："那韩梦超机警过了头，把方公子惊走了，害得大家不能当日相见，又使公子受了许多苦头，如今韩梦超正悔着呢！"

马堂主这时对一位香主道："李香主，火速报于连总堂主，方国涣公子已经找到，由我等护送随后就到。"那李香主领命，率了几骑，打马飞似的去了。接着众人各上马匹，拥着方国涣向镇江而来。

路上，方国涣问起昔日在鄱阳湖岸边误会的原因，马堂主道："当时也是

第一百〇九回 盲 棋

有一件事情与六合堂有着重大关系的,使得气氛有些紧张,碰巧韩梦超护送方公子到了,阴阳差错,闹出一场虚惊来,把方公子惊走了,其间的一切颇有些复杂,待见着了连总堂主,自会明白一切的。"

方国涣释然道:"是场虚惊就好,那日真是好吓!"

马堂主道:"难为公子了,当年卜元堂主从海外归来,带回了公子与罗坤堂主遇难的消息,令大家悲痛万分,以为再无缘相见了。一个月前,罗坤堂主忽然回了来……"

方国涣此时大喜道:"罗坤贤弟真的回来了!"

马堂主道:"罗堂主正与总堂主在镇江等候消息呢。"

方国涣闻之笑道:"我这次回来,罗坤贤弟尤感意外的。"

马堂主又道:"那日罗堂主一回来,实如天降一般,大家惊喜万分。当问起方公子时,罗堂主悲痛地告诉大家,公子在藏地被昔日那个李如川打落山崖去,尸骨无存。闻此噩耗,大家尤为震惊,痛惜不已。罗堂主又述说了与公子在海外诸般奇遇,更令大家惊异,因公子不能再生还江南,卜元堂主与吕竹风堂主一直不乐。"

方国涣感叹一声道:"多年不见他二人了,实是想念得很。"

马堂主又道:"那日韩梦超到了总堂处,说是护了公子同来的,大家这才知道,公子命大,死而复生,不想却又惊走了,真是好事多磨。"

刘堂主一旁道:"公子历经凶险,死了几回,又生了几回,看来吉人自有天佑,大难不死,必有后福。"

方国涣叹然道:"想起来是如做了回大梦一般,生死几次,倒也无关打紧,而我所最担心者,莫如那日在鄱阳湖边,不知六合堂内部起了什么变故,以至于虚实不辨,惊走了自己,想起来真是惭愧。"

马堂主道:"公子心系六合堂的安危,实令我等感动,六合堂没有白交你这个朋友。"

刘堂主道:"连总堂主对弟兄们恩重如山,哪里会有胆大妄为的小人敢犯上作乱。公子惊走之后,韩梦超后悔得不知打了自家多少个嘴巴。"

齐堂主笑道:"孙奇先生曾笑韩梦超护送方公子回来本是大功一件,不想又意外地让公子走失了,叫大家伙空欢喜一场。"

方国涣笑道:"那日情形确实有些异常,也难怪韩堂主起了警觉,让我独避于土地庙内,也是为我的安全着想,好在是虚惊一场。"

刘堂主笑道:"韩梦超聪明反被聪明误,不过总算带回来了一个让大家放心的好消息,方公子死而复生,回到中原来了。"

就在这时,忽见远处有一骑飞奔而来,转眼间便已到了近前,速度之快令人瞠目结舌。再看时,乃是一位英武的年轻人,跨下神驹名为"乌云托月"，手中持了一杆十八节精钢重铁竹，正是吕竹风到了。

"竹风贤弟！"方国涣欢喜一声，忙翻身下马迎了上去。

吕竹风望着方国涣先自怔了一下，似乎不敢相信自己的眼睛，随即叫了声"方大哥"！扔掉铁竹，跳下马来，上前将方国涣一把抱住，兄弟二人激动地拥在一起。

吕竹风自是含着泪水道："小弟以为这辈子再也见不着方大哥了，老天有眼，又让方大哥回了来。"

方国涣端详了一番吕竹风，点头笑赞道："好贤弟！几年不见，又壮实了许多，神力又长了吧？"

吕竹风道："也没有个使尽的时候，倒也不曾弱了。"

方国涣笑道："有六合堂这样的大饭馆养着，贤弟的天生神力自不会失了的。"

吕竹风的惊人神力乃是与他奇大的饭量有关，此时不好意思地一笑道："小弟这几年在六合堂内倒不曾饿着，过得也自快活，单是不见着方大哥，吃睡都不香的。"

方国涣笑道："贤弟有了这般好去处，我也自欣慰了。"

吕竹风道："这都是托方大哥的福。对了，卜元大哥和罗坤大哥就在后面，小弟的马快，故先到了。"

话音刚落，便见迎面有十几骑飞奔而来，有两人驱马跑在最前面，其中一人挥臂大喊道："贤弟！贤弟！果真是你吗？"

方国涣抬头看时，不由大喜，原来是卜元、罗坤二人到了。

马到近前，罗坤、卜元二人各从马上翻身而下，方国涣复与二人拥抱在一起，欢喜无尽。卜元此时兴奋地道："贤弟，真的是你吗？不会是在做梦吧？"

方国涣激动地道："就算是在梦里，小弟也满足了。"

方国涣、卜元、罗坤、吕竹风四人曾同处于生死之间，共患过危险，相交甚厚，情感上自比那亲兄弟又胜过许多，历经磨难，复又相见，恍如隔世，四人高兴异常。

第一百一十回 重　逢

方国涣、卜元、罗坤、吕竹风四人得以重逢，俱是欢喜，千言万语一时间不知从何说起，随后上马缓缓而行。刘、齐、马三位堂主知他四人要有许多话说，自引了众人在后面跟了。

罗坤慨叹一声道：" 方大哥果是吉人天相！那日在谷底寻不见方大哥的踪迹，一时少些见识，便自去了。没想到方大哥大难不死，真是万幸得很，不知如何生还的？" 方国涣便将自己被那牧人救回的事说了一遍。

罗坤听罢，懊悔道："那两日就限在谷底找了，若是周围山上找一遍，也就寻见方大哥了，也不至于延误今日才相见。"

方国涣道："不管怎样，你我都安全回来了，便是幸事。对了，简良与你同返中原，他去了哪里？"

罗坤道："简良去寻兰姑娘了。"

方国涣闻之叹道："也苦了他了，希望他夫妻二人早日相聚罢。"

卜元这时兴奋道："贤弟今番回来，真是天大的喜事。刚才接到消息时，大家都高兴坏了，我等性急，先赶了来，连总堂主率大队人马随后就到。"

方国涣道："为了我一个人而兴师动众，着实令人不安的。"

卜元笑道："能见到贤弟，自比见着皇帝老子还要令人高兴，六合堂的弟兄们若都知道贤弟到了，势必都赶了来。"

方国涣听了，摇头笑了笑，随后问道："卜大哥，当年在西洋上，小弟与罗坤贤弟被怪风卷走，后来的情形怎样了？"

卜元叹道："当年你二人被那股奇怪的旋风卷走之后，'太玄''海浪'两艘海船便朝风去的方向在海上搜寻了月余，除了捞起同时遭难的两名水手的尸体外，你二人与另一名水手从此便无了踪迹，当时大家认为你们生还无望了，无不痛惜。据说贤弟是为了救下木各庄的木卉姑娘才被风势带走的，自你失踪之后，那木姑娘性情大变，无了往日的说笑，自闭舱中不见任何人。后来探寻海底宝船也无个结果，大家也自无了兴致，又赶上十几位水手患了热病，赵琛先生便命两艘海船回航。如此这般，算是扫兴而归。"

"哦！" 方国涣听到这里，点了点头，又问道，"海船回航时，那位木姑娘没有生出什么事罢？"

卜元道："那木姑娘是出海寻父的，访了几处地方也无个结果，后来也就作罢了。海船回归中原后，她便率人辞去了，后来听说弃了木各庄，举家北迁了，从此也无了她的消息。"

"是这样。"方国涣心中暗道，"那木卉念我两次救她性命，没有在海船回航时生事。既然弃了木各庄北去了，该是返回关东了罢。这样也好，当年若不是我被风卷去，回来时也要随她去关东的。事已到此，不说破你的满洲格格的身份也罢，就当你这个人从来没有出现过罢。"方国涣暗叹一声，感慨不已。

方国涣接着又问道："小全子可好？如今在哪里？"

卜元道："自当年你二人被那股通天的旋风卷走之后，小全子便日夜哭个不停，我与阮方、米迁、赵公子等人好生劝慰不得。"

方国涣闻之，鼻中一酸，险些掉下泪来，摇头叹道："小全子本是一个苦命的乞儿，好不容易跟随了我，却又让他受了许多苦难，安生不得，想起来真是惭愧。"

卜元又道："小全子因整日思念贤弟，也是悲伤过度，回来的途中在船上病倒了。"

方国涣闻之一惊道："后来怎样？"

卜元道："贤弟放心，有沈秋勤这等神医在侧，小全子自然无碍，海船归来后，赵明风见小全子体质虚弱，你又离开了他，不忍他去，便留在了碧瑶山庄。后来我又去见了他几次，想带小全子回六合堂，赵琛先生与赵明风夫妇却是不依，自是舍不得小全子去，我见小全子生活在赵家也自妥当，只得作罢。后来汉阳王起兵叛乱，六合堂势力外避，想来一年多未见着他了，倒是想得很。"

方国涣闻之，心中稍安。

卜元又道："当年出海一游归航之后，赵琛先生以为你与罗坤贤弟遭了难，当是生还无望了，便书了封信函，让我转交于连总堂主，述事情始末，深表歉意。得此意外凶讯，连总堂主与六合堂的兄弟们大感震惊，要不是我是个在现场的见证，六合堂非去碧瑶山庄向赵家要人不可。"

方国涣摇头叹道："世事无常，以至于此，要不是当年在西洋上被那股怪风卷去，自不能经历以后的许多奇异之事，虽然有几回生死，却也值得。"

卜元道："当年的那股旋风好怪，为何单单卷了你二人去，抛下了我一个？"

罗坤笑道："那日卜大哥不在船板上，否则也就一同去了。"

方国涣此时心有余悸道："想起来也自好怕，要是没有罗坤贤弟，我虽生落孤岛，也终难逃一死的。"

第一百一十回　重　逢

吕竹风这时道："当年小弟因护孙奇先生外出办事，错过了一回与三位哥哥出海的机会，少经历了许多奇异之事，方大哥这回要给小弟仔细讲了。"

方国涣笑道："有时间我一定讲与你听。"吕竹风闻之大喜。

正行间，前方忽驰来一骑，马上是一位汉子，到了近前忙止住马匹。卜元识得是六合堂的流星探，便问道："连总堂主现在到了哪里？"

那汉子于马上拱手一礼道："回卜堂主，总堂主一行人马已到了前面镇子上，特令小人前来告知。"

卜元道："很好，你且回禀总堂主，我等众人护送方公子随后就到。"那汉子应了一声，打马飞似的去了。

刘堂主这时上前道："前面镇子上有我们的一处香堂所在，总堂主是要在那里为方公子接风洗尘了。"

方国涣欣喜道："就要见着连姐姐了。"

卜元笑道："那日罗坤贤弟突然回了来，总堂主已是高兴万分，如今再见着你，更是皆大欢喜。"

吕竹风这时笑道："韩梦超堂主这些日子好是难挨，急得什么似的，这回见着方大哥平安归来就好了。"

方国涣道："对了，卜大哥，那日六合堂内到底发生了什么事，使得鄱阳湖一带气氛异常，令韩堂主起了警觉，如临大敌？"

卜元道："那日正好发生了一件大事，是与朝廷有关的。"

方国涣闻之一惊道："这是何缘故？"

卜元道："此事说来话长，一时间说不清楚，待见着了总堂主，自会晓得一切的，此事已经过去，六合堂的弟兄们也自紧张了一回。"方国涣闻之，心中愈加茫然。

行了一程，前方现出了一座镇子，此时早已迎出了一群人。方国涣注目看时，但见连奇瑛一身劲装打扮，英姿勃发，风采尤赛当年，正笑吟吟地站在人群前面望着他，身后是金枪无敌将韩梦超及十几位堂主。

"连姐姐！"方国涣欢呼一声，忙自翻身下马飞跑上去，到了近前俯身下拜。

连奇瑛忙伸出双手扶了，欣喜道："好弟弟，想煞姐姐了！"显得尤为激动。旁边六合堂人众，见他二人姐弟情深，都十分感动。

方国涣此时兴奋道："连姐姐，小弟以为今生再也无缘见着你了。"

连奇瑛摇头笑道："国涣弟弟却也说些呆话，想你吉人天相，哪有见不着姐姐的道理。你自家倒也能走，离开中原近四载，毫无消息，实在让人担心得很，今日总算平安见到你了。"

韩梦超这时上前道："国涣公子，这些日子去了哪里？你若再不回来，韩某真的无法向总堂主和弟兄们交代了。"

连奇瑛笑道:"这是你韩堂主自家造成的,延误了我等见着国涣弟弟的日子,勿要责怪他人来。"

韩梦超释然道:"这是属下的不是,害得方公子吃了许多苦头,今日总算把方公子盼回来了,属下也就心安了。"

方国涣道:"这也怪韩堂主不得,都是我一人之过,胆小心虚,受不得惊吓。"

连奇瑛笑道:"当年独石口关外,面对二十万女真铁骑,国涣弟弟尚可从容地稳定天元,指挥调动全阵人马拼杀,眼睛都不眨的,此番从海外归来,竟消磨了英雄胆色吗?"

方国涣认真地道:"当年在独石口关外,有六合堂的英雄们压阵,但求绝处逢生,故而无什么可惧怕的。可是那日在鄱阳湖边,气氛异常,唯恐六合堂内出了什么事,小弟的心先自乱了,乃是担心连姐姐与大家的安危。"

六合堂众人闻之,皆肃然起敬,连奇瑛感激地一笑道:"好弟弟,你曾解救过六合堂的一场劫难,如今又心系六合堂的生死存亡,六合堂几十万兄弟,岂敢对你有冒犯的。"说完,执了方国涣的手,由众人拥着进了镇内。

此时在镇上的香堂内,已备好了十几桌酒席,众人分主次落了座,连奇瑛自拉方国涣于自己身边坐了。未曾与方国涣见过面的几位堂主见了,尤感惊讶,各自寻思道:"这位传说中的方国涣,果与总堂主的交情不一般,日后可不能怠慢了。"

连奇瑛这时对众人道:"各位兄弟,今天是我们六合堂的一个大喜日子,因为我们六合堂的大恩人方国涣兄弟平安回了来,当是要庆贺的。"说完,举杯对方国涣道:"国涣弟弟,姐姐代表六合堂的全部兄弟敬你一杯,祝贺你重返中原故国。"

方国涣忙起身道:"连姐姐,小弟何德何能,敢受这般大礼。"

连奇瑛笑道:"勿要客气,这杯酒你当得起的。"方国涣只得谢过,端杯饮尽。连奇瑛随后又向方国涣介绍了几位六合堂的堂主,彼此礼见了。

方国涣应了众人的一番敬酒,这才对连奇瑛道:"连姐姐,那日六合堂内到底发生了什么事?小弟一直想弄个明白。"连奇瑛笑道:"一场虚惊,害得你走失了多日。"

韩梦超一旁道:"这都是韩某的罪过,那日我到了六合岛上,正遇上了归岛的卜元堂主,寻问之下,便知道是自家多心了,忙与卜堂主去那土地庙迎公子时,却不见了公子的踪迹。"

方国涣道:"那日在土地庙里来了两位龙虎军中的兄弟,说了一些话,我在暗中听得,感到有些不对头,为防不测,故避开了。"

第一百一十回　重　逢

连奇瑛闻之讶道："原来把国涣弟弟惊走的是两位龙虎军中的兄弟。"

吕竹风一旁道："那日傍晚，我率了龙虎军经过那座土地庙，准备在那里歇息的。"

"什么？"方国涣闻之讶道，"那日贤弟也去了土地庙？"

吕竹风道："不错，当时还遇上了韩堂主和卜大哥，说是来迎方大哥的，里外寻了几遍，也不见方大哥的影子，令小弟一场空欢喜。"

方国涣闻之大悔道："再晚走一步，便与大家见着了，可是那两位龙虎军兄弟的话中，有六合堂生死存亡之语，让人听起来似起了什么变故一般。"

连奇瑛这时道："因为那日确实发生了一件不同寻常的事，与六合堂的前途有着莫大的关系，故而人马调动，气氛紧张。"

方国涣愕然道："何事如此异常？"

连奇瑛道："朝廷派大将军李培烁平息了三王之乱后镇守汉阳，命了一位叫高仁的特使到了九江，要见我。"

方国涣闻之讶道："那李培烁派特使来见连姐姐何干？"

连奇瑛道："六合堂势力遍天下，没有随三王齐动而乱，朝廷不能不知，李培烁派特使高仁以安抚慰问为名，乃是来探个虚实，朝廷对六合堂是存有戒心的。当时不知高仁来意吉凶，六合堂自是加强了戒备，人马调动，以防不测，有当年独石口前车之鉴，不能不顾虑朝廷对六合堂有不良之心的。"

方国涣听到这里，想起那日在土地庙听到的谈话，这才回过味来，忙又问道："后来又怎样了？"

连奇瑛道："在九江会了高仁，言谈间我便告诉他，六合堂成就的是江湖事业，大局上也自为国家着想，三王之乱，六合堂丝毫没有介入便是证明了的。那高仁也自信服，留了些朝廷的赏赐便去了。后来我率了弟兄们乘船由湖口入鄱阳湖回六合岛，吕堂主带领龙虎军由陆路回来。"

方国涣此时忽然想起了什么，连忙问道："当日晚间，连姐姐可是在那几艘挂着长灯的大船上？"

连奇瑛闻之讶道："不错，当晚我是乘着大船回来的，怎么？你见着了？"

方国涣此时懊悔道："当时小弟就在旁边的一条渔船上，见了六合堂的大船，船家先自避开了，小弟不知实情，也未敢现身，没想到竟与连姐姐当面错过了。"连奇瑛等人闻之，愕然之余，各自大笑起来，方国涣也自摇头苦笑不已。

明白了事情原委，方国涣心中畅然，多日的忧虑一时间都去了，又值故人重逢，便与卜元、罗坤、吕竹风、韩梦超等人开怀畅饮，又述说了自家在海外他国所经历的许多新奇之事，众人闻之，各自惊异不已。一直到了深夜，大家这才兴尽而散。

卜元、罗坤、吕竹风三人自拉了方国涣在一房中歇了，兄弟四人又叙了一番别后之情，天色渐亮时，才各自睡去。

待方国涣醒来时，已是第二天的中午了，卜元、罗坤、吕竹风三人不知何时已去了。此时候在门外的一名仆人，见方国涣醒来，忙进来道："回方公子，总堂主有吩咐，公子醒来后，请于书房相见。"

方国涣听了，忙简单地洗漱了，然后随那仆人来到了一间雅致的书房内。

此时连奇瑛正坐候在那里，见了方国涣，忙起身笑迎道："国涣弟弟，昨晚睡得好吗？"

方国涣礼见了道："一晚上都与卜大哥他们说话来着，很是兴奋，好像天快亮时才睡去，以至于误了时辰，现在才来见连姐姐。"

连奇瑛笑道："多年不见，你们兄弟间自有许多话要说的，今天早上我见他三人脸上虽有倦容，却是很高兴的样子。"

方国涣道："他三人去了哪里，怎么不见？"

连奇瑛道："他们自有事情要做，这会儿也快回来了。"

有侍女端上茶水点心来，连奇瑛便陪方国涣用了些。方国涣随后道："那日在鄱阳湖边，真把小弟好吓，还以为是那诸葛容起了内讧呢。"

连奇瑛道："诸葛容虽然怀有异志，却也是一个识大体的人，当初三王叛乱，我便命六合堂势力外避，以免涉及。诸葛容曾想乘机扬旗举事，力劝了我数回，后见我态度坚硬，也自不敢违抗，暂作观望。此番兵乱乱得大，平息得也快，使得诸葛容没有妄动，否则会把六合堂拖下水的，想起来也自有些后怕。这次战乱，已使大明朝的元气大伤，日后兵戈再起，便无法收拾局面了。"说完，连奇瑛摇头叹息一声，呈出无限的忧虑。

方国涣知道连奇瑛是大明朝的公主，故有些感伤，便劝慰道："连姐姐也勿忧愁，经此战乱，朝廷当会有所醒悟的。"

连奇瑛长叹一声道："但愿我那位皇兄能明白就好，励精图治，重振祖上的江山大业。"

连奇瑛随又话头一转道："此事不谈也罢，对了，当年国涣弟弟和神棋简良竟携带了兰玲公主一起逃出了汉阳王府，后来你自家虽在出海之前与了我一封书信，但有些事情我还不尽知的，且说详情与我听，当年实在把大家惊吓了一回。"

方国涣于是把昔日在汉阳府的一系列变故说了一遍，连奇瑛闻之点头道："好在当年你随姑苏赵氏的海船出海相避，否则留在中原会有许多麻烦的。"接着又道："当年卜元堂主从海外归来，带回了你与罗坤堂主遭海难的消息，整个六合堂为之震动，直到一个月前，罗堂主突然回转六合堂，尤令大家感到意外的惊喜。当罗堂主述说了你二人在西洋上死里逃生，在经历了一番奇遇之后，由印度至西域，竟然在那里遇见了昔日被你在黄鹤楼上废去棋道的李如川，并发生了一场激斗，你被那李如川击落崖去，尸骨无存，而今你自家却无恙生还，这又是怎么回事？"

方国涣听罢，知道罗坤并没有把他与简良变动地象而扭转中原战乱的事告诉连奇瑛，心中寻思道："昔日我与简良及罗坤曾有约在先，那地象的秘密事关天机，不宜外泄的，并且此事说起来有些荒诞，令人难以置信，连姐姐还是不知道的为好。"

想到这里，方国涣便道："因中原战乱，小弟与罗坤滞留藏地，偶然遇到了李如川，此人在黄鹤楼上一战之后，人棋两废，后得以喇嘛教中的高僧救治，得以复原，与小弟遭遇之后，欲报以昔日棋上之仇，便将小弟击落崖去。也是小弟命不该绝，被一位好心的牧人所救，时值中原战乱平息，小弟便回转了来，一入云南，便遇上了韩梦超堂主。"

连奇瑛闻之，点了点头道："国涣弟弟历经艰难险阻，总算平安回了来，这就最好，日后勿要再涉远冒险了，免得让姐姐担心。"

方国涣闻之，大为感动，想起那不便直言相告的地象秘密，心中不免生出几丝歉意来。

连奇瑛这时从旁边取了一件红布裹着的东西，放于方国涣面前道："国涣弟弟，你看这是什么？"

方国涣忙展开来看，不由惊喜了一声道："六合金牌令！"

连奇瑛笑道："这便是你丢失的那块，若不是被那贼人劫去，销赃时被堂中的弟兄们发现，还不知你到了哪里呢，这就还了你罢，可要好生藏了。"

方国涣自感愧疚道："小弟无能，竟把这样重要的东西丢了，若让小人得了去，造出祸事来，实是小弟的罪过。"

连奇瑛劝慰道："不妨，如今六合堂的弟兄们都知道你我手中各有一块六合令，若是出现在不相干的人手里，定是贼人无疑，便不起它的作用了。不过日后注意些，勿要再丢掉了，关键时候，此令牌可以帮助你的。"

方国涣随后谢过收了。连奇瑛又听了一些方国涣在异国他乡所经历的奇异之事，尤是惊叹不已。

方国涣这时问道："连姐姐，怎么不见孙奇先生？"

连奇瑛道："孙先生与刘诃堂主去金陵处理几件堂务，过些日子你们便能见面了。"

方国涣闻之喜道："刘诃先生也在，久闻其名，一直未有机会谋面。"

连奇瑛笑道："刘堂主也自敬慕于你，可惜先前没有相见的机会，当年闻你亡身海外，尤为痛惜，此时若知道你生还而归，一定会很高兴的。"

方国涣欣然道："棋上三大名家，江南棋王田阳午小弟结识过了，再结识了刘诃先生，实为人生乐事。"

连奇瑛道："刘堂主此番来到江南，乃是要与我们同赴一次盛会的，否则你二人不知又推到何时才能相见了。"

"盛会？"方国涣连忙问道，"连姐姐与刘诃先生所要赴的盛会，可是那姑苏赵氏在碧瑶山庄举办的群英大会？"

连奇瑛点头道："不错，江南首富赵琛先生所要举办的群英大会，要遍请天下各行各业的豪杰英才、奇士高人，欢聚于一时一地，这是盛况空前的大会，实为非常之举，六合堂作为第一江湖势力，首先接到了二十份请柬。"

方国涣道："六合堂内人才济济，二十份请柬未免少了些。"

连奇瑛笑道："天下间能人高士甚多，岂能都在我六合堂内，赵琛先生能送二十份请柬来，已是顾着六合堂的情面了。"

连奇瑛接着又道："这次群英大会，赵氏准备得很是充分，天下各行各业中出了名的人，几乎都被请了去，凡持一技之长，人所不能及者，行业不分贵贱，人员不论僧俗，同并群英之列，可以同席而语，把酒言欢，不以身份定高下的。这是赵氏的过人之处，也是群英会上的非常之处，如今已是天下震动，能以被邀请而为荣幸。"方国涣这时点头道："赵琛先生虽富甲江南，却无那种巨商大贾的习性，每每要成就一次豪情壮举。当年造船出海，远航西洋，日后的群英大会，实在不是一般人所能为的，除了雄厚的财力之外，还需要异于常人的魄力。"

连奇瑛这时道："国涣弟弟回来的尤为及时，正好能赶上这次群英大会，那二十份请柬就送于你一份吧，国涣弟弟棋高天下，群英会上不能少了的。"

方国涣道："小弟与赵家父子交厚，再向他们讨一份就是了，不应让六合堂少一个机会的。"

连奇瑛笑道："也好，这二十份请柬堂中的兄弟实在不够分。"

方国涣道："除了连姐姐是六合堂的总堂主必定要去的以外，其余的都是哪些人随连姐姐同赴群英会？"

连奇瑛道："在赵氏的请柬中，几位有特殊本事的堂主，如善棋的刘诃堂主，是被指了名邀请的，还有堂中的六杰，孙奇、诸葛容二人，剩下的几份只好分于几位职位高些的大堂主了。"

方国涣道："小弟此番是准备去苏州的碧瑶山庄与赵氏父子相见的，不想在这里遇上了连姐姐，这次群英大会既然古今难逢，六合堂内应该多去些人才是，待见着了赵氏父子，小弟多向他们讨几份请柬吧。"

连奇瑛笑道："这样也好，能增些六合堂的气势。"

方国涣道："既然如此，明日连姐姐且与小弟同赴碧瑶山庄如何？"

连奇瑛摇头道："离群英大会的期限还有二十几日，不便早去的，况且我与罗坤堂主还要赶往金陵，会同孙奇先生与刘诃堂主处理几件堂务。明日先让卜元堂主和吕竹风堂主护送国涣弟弟去苏州，也叫他二人为六合堂参加群英大会打个前站，我与孙奇先生等其他人马过些日子再与你在碧瑶山庄相会吧。"

方国涣道："这样也好。"

到了第二日，卜元、吕竹风二人便率了十余名精干的手下，护着方国涣先行到苏州碧瑶山庄去了，连奇瑛则由罗坤、韩梦超等众堂主护着转向金陵，双方约定，待于群英会上见。卜元、吕竹风二人此时非常高兴，方国涣见了笑道："连姐姐派了卜大哥与竹风贤弟来，是怕我再出什么意外的，倒也成全了我兄弟三人，可以多在一起说些话的。"

卜元道："那是，总堂主是最理解人心的，并且贤弟九死一生回转了来，当不能再有何事的。对了，我兄弟三人此番重行，不由令人想起了当年我三人护送国手状元曲良仪先生回他老家的事，在山东道上遇着了那个能换人脑子的如意神医玉满堂，要劫了曲先生去，经过了一场打杀，将那些贼人击退。"

方国涣感慨道："不错，此事令人难忘，想起来尤有些后怕，当时若不是竹风贤弟及时赶了来，真要出事的。"

卜元笑道："倒也多亏了那个玉满堂，要不是他一番胡闹，怎能把如此神勇无敌的竹风贤弟引了来。"

吕竹风此时感激地道："小弟当年要不是遇上两位哥哥，哪里有今天的这般风光，说不定此时还在给东家放牛，饿着肚子哩！"方国涣、卜元二人闻之大笑。

方国涣随后道："对了，如意神医玉满堂已经身亡，韩堂主没有说过吗？"

卜元道："韩梦超因为贤弟走失一事，那几日自家烦着呢，哪里有心思说这事，不知那玉满堂怎生死掉的？"

方国涣道："小弟从藏地返回时，在云南遇到了韩梦超堂主，那玉满堂是被我无意中识出的，当时是个罪身，逃亡在外的，后来韩堂主派人去追拿他，惊慌中，玉满堂不小心掉落崖底摔死了。说来也怪，当找到玉满堂的尸首时，他的脑子竟被野狼吸食去了。"

卜元闻之大为惊讶道："竟有这等事，那玉满堂不知换了多少人的脑子，害死了多少人，落得这般下场，也是他的报应。"说罢，摇头感叹不已。

路过无锡时，方国涣、卜元、吕竹风等一行人马便寻了家酒楼歇了，要了两桌酒菜来吃。无意中听到邻桌有两个人在谈话，一人道："这西门光所写的《出海记》也太玄虚了些，那些奇事怪事岂能都被他遇上，我看多半是编造的。"

另一人把手中的一册书扔于桌上道："当作故事看罢了，你还以为是真的吗？"卜元此时与方国涣对望了一眼，自是诧异道："西门光？莫不是当年在海船上的那位？"

方国涣点头道："当年西门光随船出海，就是记录航海见闻的，看来已经成书了。"

卜元这时起身来到邻桌，见桌上的那册书正是《出海记》，于是对那二人道："两位，此书是从哪里买的？"

一人应道："街头的书馆，三钱银子一册，新刻印的苏州版。"

卜元道："我急着要看，耐不得性子跑去买了，且与你三两银子，卖与我吧，你自家回头再买一册，不曾亏了的。"那人闻之一怔，望了望卜元，见卜元已把三两银子放于桌上，知道对方是真要买，立呈喜色道："好说、好说！"

卜元一笑，拾起那册《出海记》，回身递于方国涣道："贤弟，你看看果是那西门光写我们当年出海的事吗？"

方国涣接过来，翻开看时，见此书著者果是西门光，并且有"苏州赵氏书坊刻印"的字样，点了点头道："不假的。"随手翻阅，果是当年出海的见闻。

方国涣大致览了一遍，赞叹道："西门先生好手笔！当年我们所经历之事都跃然纸上，奇之愈奇，而不失真。"

卜元闻之喜道："两败海中巨盗海王三，那西门光也都写进去了吗？"

方国涣道："不错，并且卜大哥神弹射敌，写得尤为精彩。"

"还有我的名字？"卜元忙接过来看，立时眉飞色舞道，"还真有卜某的名字，那西门光真是做了件好事，我要买它几百册，分给堂中的弟兄们看。"

方国涣笑道："卜大哥神勇威武，如今被载进书去，可要流传千古了。"

卜元嘿嘿一笑道："看来这被人写进书的感觉真是不错。"

吕竹风在一旁惊讶道："卜大哥可是被列入经传中吗？那样可要受后人崇拜的。"

方国涣笑道："差不多，野史杂闻中也自有不失其真的英雄好汉。"

由于看到了西门光所著的《出海记》，卜元、方国涣二人重温了一回当年的海上之旅，各自欣喜，一路上照着书讲给吕竹风听，令吕竹风羡慕不已。

这日便已到了碧瑶山庄的庄门前，此时不断地有载着货物的车马进进出出，偌大个庄园比平时热闹了许多，显是在筹备群英会。

有守门的庄丁见方国涣、卜元、吕竹风等十余人到了庄门前，忙迎上前道："不知各位有何贵干？"

卜元道："我们是来参加群英大会的。"

那庄丁闻之一怔道:"离群英会还有二十几日,各位如何来的这般早?上面没有交代的。"

卜元笑道:"听说此次群英大会是管吃管住的,早来几日,可以在这人间天堂内多受用些。"

这时忽听门内有一人应道:"群英大会上岂能有这等爱占便宜的人,各位请回吧,碧瑶山庄不欢迎你们。"说话间,从庄门内转出一位锦衣少年来。

第一百一十一回　小活佛

　　方国涣、卜元、吕竹风等人到了碧瑶山庄的庄门前，卜元的几句戏话引出了庄内的一名少年来，那些庄丁见了，各自恭敬地施礼道："小主人。"

　　方国涣、卜元二人见了那少年，齐声惊喜道："小全子！"

　　那少年先是一怔，继而狂喜道："卜大哥，方大哥！"随即扑上前来，抱住方国涣放声大哭，此少年正是昔日的小全子。

　　方国涣此时激动万分，也自泪下道："小全子、小全子，你让方大哥好想。"

　　小全子哽咽道："方大哥，真的是你吗？我……我真不敢相信的。"

　　方国涣摇头一笑道："呆小子，不是我又能是谁，几年不见，你却长得越发英俊了。"

　　小全子此时茫然道："方大哥，当年那股旋风……"

　　方国涣笑道："那阵大风把我送到了一个绝好的去处，后经几番辗转又回了来。"

　　卜元一旁笑道："你的方大哥福大命大，不容易死的。"

　　小全子欢然道："我一直相信方大哥会回来找我的，不会丢下小全子不管的。对了，当年罗坤大哥……"小全子遂呈忧虑之色。

　　方国涣笑道："放心罢，罗大哥也已回了来，过些日子就可以见着他了。"

　　小全子闻之喜道："太好了，没想到了方大哥、罗大哥都能安全回来，实在不可思议。"

　　此时吕竹风正笑呵呵地望着方国涣与小全子相见的情景，卜元这时介绍道："小全子，来见过吕竹风大哥，我先前给你讲过的。"

　　小全子惊喜的望了望吕竹风道："你就是用一根竹子扫遍天下无敌手的吕大哥吗？"

　　吕竹风笑着点了点头道："小全子，听说你也很有本事的。"

　　小全子敬慕道："哪里及得上吕大哥天下第一好汉。"

　　卜元旁边笑道："你这个吕大哥可有好几个天下第一的称号。"吕竹风自是不好意思地一笑。小全子此时欢喜之极，拉了方国涣、卜元、吕竹风进了碧瑶山庄内，随同而来的十余人自有庄丁上前招呼了。

小全子引了方国涣、卜元、吕竹风向齐仁殿而来,边走边兴奋地道:"义父要见方大哥回了来,不知要有多高兴的。"

"义父?"方国涣闻之一怔,继而恍悟道,"小全子,赵琛先生可是收了你做义子了?"

小全子道:"不错,我也有个家了。"卜元道:"怪不得刚才在庄门外,那些人叫你小主人,敢情你自家认了个爹来。"

方国涣此时高兴地道:"小全子,这真是你的造化!"方国涣知道小全子当年在海船上,连毙了数名海盗,救下了赵琛,故得赵琛厚爱,收为义子,也是自己与赵明风的关系,加上小全子聪明机警,令赵氏父子另眼相待。方国涣心中尤为感激,随后对小全子道:"小全子,你有这般好的安身之处,我也就放心了。"

小全子道:"方大哥既然回了来,我们日后还要云游天下呢。"方国涣闻之,摇头一笑。

齐仁殿内,赵琛、赵明风、曾子平、叶晓生四人见了似从天而降的方国涣,俱是惊喜万分。

赵明风上前一把抱住方国涣道:"贤弟,你每每都出人意料地创出奇迹来,这回可是有神仙保佑的吗?"

方国涣笑道:"赵兄过奖了,不过我的命硬,阎王收不去的。"

叶晓生这时惊叹道:"奇迹!真是奇迹!没想到还能见到方公子,太不可思议了。"

方国涣也自有些激动道:"能与各位在此重逢,这也是在下所没有想到的。"

赵琛此时释然道:"能再见到方公子,赵某心中最是安慰,当年出海一游,实在是愧对方公子的。"

方国涣忙道:"赵伯父言重了,那次事故纯属意外,怪不得别人的。"

赵琛点头笑道:"好在方公子平安生还,没有出什么事,大家都落得个心安了。"

随后卜元、吕竹风与赵琛等人彼此各见了礼,赵氏父子、曾子平、叶晓生四人自与卜元都已熟了的,见吕竹风英武不凡,也是六合堂的一名堂主,言语上也自恭敬,接着众人各自落了座。

有仆人献上茶来,众人相让用了,曾子平便自道:"当年方公子遭了海难之后,大家皆以为公子生还无望了,没想到数年之后竟能无恙而归,看来这其间必有一番奇遇,且请公子讲来与我们听罢。"

赵琛这时叹然一声道:"可惜当年与公子一同出事的还有罗坤罗堂主,看来罗堂主是真的遇难了,这都是赵某的罪过。"

方国涣忙道："赵伯父勿自责，罗坤也已生还，因六合堂内有事，所以未赶了来与各位相见，待到群英会时，自会到碧瑶山庄的。"赵琛、赵明风、曾子平、叶晓生四人闻之大喜。

赵琛忙道："罗堂主也自与方公子一般，大难不死，并且一起返回来的吗？"

方国涣道："也差不多。"

赵明风一旁急切道："贤弟快快讲来，你二人是如何死里逃生的？当年实在是把大家痛惜得不知怎生是好。"

方国涣道："让大家受惊了，也许是天意罢，当年西洋上那股通天的旋风，把我和罗坤不知卷到了几千里外，最后落到了海里并被冲到了一座海岛的沙滩上，因罗坤把我抓得紧，故我二人未曾分开去。此座海岛叫大西岛，位居西洋上的偏远之地，我与罗坤命大，没有被那旋风夺了性命去，又得幸流落此岛，得以生存。本来无生还之希望，但我二人不愿老死孤岛，便做了一木筏，冒险随风漂去，以求一线生机。"

方国涣知道大西岛上藏宝洞内的无数珍宝及杨汉生的生平事迹事关重大，所以避开了，没有讲出，倒不是怕赵琛等人再出海一次探寻的。

方国涣接着又道："我与罗坤在茫茫无际的西洋上漂泊了多日，几经风浪之险，后得以一艘路过的西洋海船搭救，又航行了近月余，方得见陆地，到达了印度佛国。"

曾子平这时惊讶道："方公子可是由印度经陆路绕回中原的吗？"

方国涣道："不错，我与罗坤在当地识得了几位中国去的侨民，在他们的帮助下，加入了一伙去西域做生意的走远程的印度商队，结伴同行，历尽艰难险阻，出印度，到达了藏地的拉萨城。"

听到这里，赵琛、赵明风、曾子平、叶晓生四人各自惊异不已，叶晓生摇头叹道："原来方公子与罗堂主是在天下间绕了个大圈，实是吃尽了苦头，不简单！不简单！"

方国涣接着又道："我与罗坤望东思归之情尤是迫切，奈何此时汉地发生了兵乱，道路不通，我二人在藏地被阻留了数月，这其间又几经磨难，可谓九死一生，后值兵乱平息，我二人才得以复归。前后辗转近四年余，而今想起来是如梦幻一般，不敢断其真假。"方国涣一席话，听得赵琛等人感慨万千，惊叹不已。

赵琛这时慨然道："当年方公子与罗堂主出事之后，赵某便有些后悔那次西洋之旅了，好在你二人都无恙而归，实为幸甚之至。"

叶晓生笑叹道："方公子与罗堂主都是吉人天相，当不会有横折之理，不过当时实在把大家惊吓一回，皆无了航海的兴致。"

方国涣道："听卜元大哥说，当年并没有探寻到那艘载满珍宝的郑和海底沉船。"赵琛摇头笑道："也算是兴尽而归罢。"

曾子平笑道："当年赵兄造船出海，本是为实现一次西洋之旅，沿郑和的航海图走上一回，虽然无功而返，却也实现了赵兄的心愿，全了大家一次远航探险的兴致。本来是一件圆满的事，不想意外地把方公子与罗堂主给丢了，谁知四年之后，方公子与罗堂主又奇迹般地平安而归，世事变化无常，实在难以预料的。"

叶晓生道："照此看来，那西门光的《出海记》还不完整的，应该补上方公子与罗堂主后来所经历的一番奇遇才行。"

卜元一旁道："不错、不错，叶先生说的最为有理，应该续上这一段的，也叫那些读书人知道，世上的事，离奇古怪得很，是经常超乎他们想象的，信与不信，由他们便是了。"赵琛、方国涣等人，闻之一笑。

方国涣这时起身对赵琛拱手一礼道："我这几年不在，小全子得到了赵伯父的百般照顾，并且收为义子，此等恩情，令晚辈感激万分，这里先谢过了。"

赵琛忙道："方公子勿要客气，小全子天性聪明，机智过人，能收他为义子，也是赵某的福气，与明风一般，视为己出。要不是当年在海船上，小全子奋勇拒贼，赵某恐怕已被那海王三劫去了，如今已是一家人，就不要分你我了。"

赵明风这时笑道："方贤弟，我这位义弟的棋上本事可了不得，恰如当年你的本事一般，如今苏州城内的几位有名的棋师都已不是他的对手，被誉为'江南小棋王'呢！"

方国涣闻之一喜，转头对小全子笑道："几年不见，我还以为你的棋艺生疏了呢。"

小全子恭敬地道："方大哥教的本事，小全子不敢丢的。"

方国涣满意地点了点头道："很好，棋艺没有丢，又稳重了许多，各方面都有长进，也不枉了我带你一回。"

赵明风道："这几年来，小全子每日都念着贤弟，倒也想苦他了。"

方国涣闻之，心中自有些酸楚，叹然一声道："一别数年，没想到还有重见之日的。"

小全子一旁道："如今好了，小全子再也不离开方大哥了。"赵琛、曾子平等人见方国涣、小全子二人如此情深义厚，备受感动。

赵明风这时对方国涣道："贤弟可还记得当年我们的海船在西洋上救起的那个黑肤人叫姆尔坦的吗？"

方国涣道："自然记得，此人后来怎样了？"

赵明风道："没想到这个姆尔坦却是有着特殊身份的人，在海船回航的时候，遇上了来寻找他的船只，方知道他是非洲东海岸一个大国的王子。"

方国涣闻之惊讶道："当初见他懂一种非洲的'盘戏'之术，便猜他不是普通人，果是有着身份的，竟然是一位大国的王子。"

曾子平这时道："当年方公子对曾某说起过此事，可是我寻问姆尔坦时，他却隐瞒自家身份不肯说的，直到后来遇上了来寻他的本国船只，这才道出了实情。原来姆尔坦当年乘坐的海船是被敌国的战船击沉的，他死里逃生，漂泊海上数日才被我们救起，起初对我们是有些戒心的，后来大家也就交上了朋友。"

赵明风这时笑道："贤弟想见他吗？姆尔坦现在就居住在苏州城内的寓所里。"

方国涣闻之惊讶道："怎么？姆尔坦当年没有随他本国的船只去，而是跟大家一起来到了中国？"

赵明风道："这位姆尔坦王子却是个有着心计的人，当年他倒是回国去了，不过向唐子青先生要了一份造船的图纸，回国后造了一艘与'太玄''海浪'两船相仿的大海船来。今年年初，便载了许多礼物、货物，不远万里、乘风破浪，出使中国来了。"

方国涣闻之赞叹道："这个姆尔坦倒是一位有见识的王子，是想效仿当年下西洋的郑和，回访一次罢。"

赵明风道："也自有些寻访我们报恩的意思，姆尔坦王子先到了京城，作为他本国的使节朝见了皇上。自郑和下西洋以来，开创了我中国与西洋各国友好交往的先例，朝廷也自重视西洋各国来访的使节，那姆尔坦王子得到了朝廷隆重的礼遇，随后遍游中原风光，一路到了江南，寻到了碧瑶山庄，赠送了许多礼物来。"

方国涣听到这里，点头道："姆尔坦王子能游览到江南秀丽的山水，也不枉来中国一回了。"

赵明风笑道："贤弟有所不知，这位非洲王子已被江南奇美的景色迷住了，说是到了天堂，不愿再回国了，要久驻江南，半个月前已打发了他所乘的海船回国复命，自家带了几个随从便在苏州城内住了下来。"

方国涣惊讶道："看不出来！这位姆尔坦王子倒也有如此兴致。"

赵琛这时笑道："姆尔坦王子喜欢中国，也是件好事，此举不是常人所能为的，正好赶上群英大会，也自下柬请了他来。"

方国涣点头道："应该的，群英会要遍请天下间的豪杰英才，那些外邦的奇人异士也要请的。"

赵琛道："公子所言极是，这方面已考虑到了，届时会见到一些异域高人的。"

赵明风这时笑道："姆尔坦王子明日可能要到庄上来，见着国涣贤弟可能要惊讶一番，曾叔叔一定要对他解释明白了，我们这些人可与他说不上话。"曾子平笑道："这个自然。"

卜元这时对赵琛道："赵先生，卜某此番奉六合堂连总堂主之命护送方贤弟来贵庄与各位相见外，还要为六合堂来参加群英大会打个前站，若有帮忙之处，我等会尽力相助的。"

赵琛道："天下第一大帮六合堂能参加赵某举办的群英会，并且连总堂主亲自驾临，实为本庄的荣幸，更为群英会增加气势和光彩，到时赵某会亲自去迎接连总堂主和六合堂的英雄好汉。如今碧瑶山庄内已为六合堂准备出了庄内最大的一处宅院'宁园'，专供六合堂使用，其他方面也请卜堂主放心，一切都有照应的。"

卜元闻之，忙起身谢道："如此最好，卜某代六合堂向赵先生谢过。"

赵琛道："应该的，卜堂主勿要客气，并且今晚卜堂主与吕堂主就可进住'宁园'，倘若发现有不适当的地方，也好提前改进，以待连总堂主到来之时，满意庄中的安排。"卜元、吕竹风二人闻之，忙自谢过了。

赵琛随后又对方国涣道："先前不知方公子竟然能平安回来参加群英会，公子的旧居翠雨轩已安排了人，不便再变动，就请公子与六合堂的好汉们同住宁园罢。"

方国涣闻之喜道："正合我意。"

小全子一旁道："义父，我也要和方大哥进住宁园"

赵琛笑道："也好，几年不见，你二人自有许多话要说的，不过待连总堂主到来之后，你进出要小心些的，勿要有所惊扰。"

小全子大喜道："多谢义父，只要能和方大哥住在一起，我会注意的。"赵琛笑着点了点头。

方国涣见赵琛为了举办群英会，竟安排得如此周全细备，自是叹服道："看来赵伯父为群英大会，实是耗费了不少心血，当令人敬服。"

赵琛笑道："能把天下间各行业中的奇人高士请聚于碧瑶山庄，可在一时一地遍识天下英杰，实为人生快事。此会盛况空前，前后诸事繁忙，常人未必理顺得开，不过有一人总管全局，加上子平兄、晓生兄大力相助，一切进行得非常顺利，我自也落个清闲。"

方国涣闻之惊讶道："不知何方高人在总管大局？竟安排得如此周全。"

曾子平这时道："此人非宋大管家莫属了。"

方国涣闻之，恍悟道："是了，除了宋旅扬先生，谁人能有此大才。"

曾子平道："这次群英大会，虽由赵琛兄出资承办，一切却都由宋先生安排，调人遣物，仆役分工；消息传递，迎送安置，无不面面俱到，明确而有序。"

方国涣闻之叹服，知道这次群英大会，规模空前。

方国涣的到来，令赵琛等人感到意外的惊喜，韩杏儿得到消息，也忙赶来相见了，随即亲自下厨，设宴美食楼仙品堂，为方国涣接风洗尘。

酒席间，吕竹风对满桌的美味佳肴赞不绝口，却也不敢放开肚量来吃，卜元晓得他的心思，忍着笑，知道饭后需另补上一顿才行。酒菜用毕，赵明风便引了方国涣、卜元、吕竹风到宁园安歇了。

这"宁园"地处雁湖岸边，傍山映水，景色雅致，有三套院落几十间房屋，为一清静地。卜元见了大喜，知道来参加群英会的众堂主及随从都可住得下。方国涣见碧瑶山庄给六合堂有此安排，也自满意。

赵明风领了方国涣、卜元、吕竹风三人在宁园前后大致观览了一遍，随后回到厅上饮茶叙旧。小全子忙着指使仆人搬自家行李去了，要与方国涣同住。

赵明风与方国涣谈了些往事，二人不胜感慨，随后赵明风从怀中取出一份请柬来，递于方国涣道："这份请柬请贤弟收了罢，群英会上来的人很多，接待的庄丁是认柬不认人的，只有持请柬者，方可坐于正席。"

方国涣闻之，谢过接了，忽想起一件事来，于是便道："对了赵兄，我与六合堂的关系你是知道的，此次群英大会，六合堂接到了二十份请柬，而六合堂内都是些当世的英雄豪杰，能多来几个人参加群英会，自能增些气势，不知可否多送六合堂几份请柬来？"

赵明风道："也好，且从散帖中分出五份罢。"

"散帖？"方国涣道，"也是请柬吗？"

赵明风道："不错，召集八百多份请柬已分发天下，遍请各行各业中身怀绝技殊能，而又有名气的奇士高人。不过有一些异人，游走江湖间，神龙见首不见尾，不易正面请到，于是散发消息，邀请他们来参加群英会，不来则罢，来则更好，故备了三十份散帖。"

方国涣闻之，点头道："果然想得周全，像'药王'谷司晨先生这等高人，不易寻他，但是若听到群在会的消息，一定会赶来的。"

卜元这时道："看来群英会上，要识得很多天下英雄才俊了。"

赵明风道："此次群英大会，虽不能尽请天下间的高人，但能遍请到各行业中的奇人名士。为了此次盛会，当年出海归来之后，家父便命人筹备这件事了。"

方国涣感叹道："伯父的豪情，古今罕有。"

赵明风又坐谈了一会儿，便起身别去了，约好明日再见。

第一百一十一回 小活佛

送走了赵明风，方国涣先到了为自己准备的房间内，把身上的物件理顺了一下，于床头放了，见小全子搬自家行李还没有回来，便又来到了大厅上，与卜元、吕竹风二人饮了一会儿茶，见天色还早，知道吕竹风初到碧瑶山庄，还不晓得这庄中的仙境美景，便拉了他二人到庄中散步游园。

傍晚时分，方国涣、卜元、吕竹风三人才回到了宁园，吕竹风自对那碧瑶山庄内的园林景色惊叹不已，只是觉得奇怪，这么美的一片地方，如何叫赵氏一家占了，比六合岛还要气派的，一路上自是摇头不解。卜元笑他呆气，二人不免辩论了几句，方国涣便劝了二人各回房中歇了，随后回到了自己的住处。

进得房门，方国涣见外间的地上、桌上放满了东西，都是刚搬过来的一些居室用品、金银器物。方国涣知道是小全子来了，不由摇头笑道："你一个人却也有这许多家当，全都搬过来，当是要长住的。"随朝里间卧室喊道："小全子，是你来了吗？"卧室内并无人回应，方国涣道是小全子又出去了，便坐下来等他。

此时见桌上有红绸遮着一物，方国涣随手掀开看时，不由惊喜道："珍珠匾！"原来是那块当年南洋侨民赠送方国涣的，以质地上等的珍珠镶嵌成"棋仙"二字的珍珠匾额，睹物情生，方国涣自是感慨不已。

见珍珠匾光洁照人，显然每日都擦拭过的，方国涣更是有些激动，知道小全子常常在此匾下打谱研棋，日夜苦思自己的，不觉中，方阵涣的双眼已经湿润。想起当年在路上遇见并收留小全子时，他还是一个顽劣的乞儿，后来带他出海远游，历经了诸多风险，一场意外的变故，又分离了数年之久，而今小全子已长成一名英俊的少年，并且棋道已成，想起这些，方国涣心中尤感欣慰。

这时，里间的卧室内有轻微的声响传出来，显是有人的。方国涣起身入内看时，却见小全子一人呆坐桌旁，神情茫然，似在想些什么。

方国涣便道："你原来在的，并未出去，我适才唤你怎不应声？"小全子却仍坐在那里，并不理会方国涣，显是还没有发现有人进来。

方国涣见了，不由摇头道："你这孩子，如何这般发痴。"见小全子仍在皱眉呆怔，果是有什么茫然不解的事，方国涣觉得奇怪，于是走到桌旁唤道："小全子，何事这般入神？"说话间，又拍了拍桌子。

小全子这才被惊动，猛然恍过神来，见是方国涣，忙起身道："是方大哥。"

方国涣道："你自家在想些什么？唤你也不应声。"

小全子这时举起手中一物道："方大哥，这东西是你的吗？是从何处得来的？"

方国涣看时，见小全子手里拿着的是昔日大昭寺安木喇嘛托付自己的那串念珠，原本和几件随身物品存放床头的，却被小全子寻来玩了。

　　方国涣此时摇头笑道："我当是什么好玩的东西，一串念珠也能把你迷住，可还是先前贪玩好动的性子，此念珠是藏地的一位喇嘛托付我的，有别的用途，你莫要丢掉了。"

　　小全子此时忽呈认真而茫然地道："方大哥，这串珠子我以前好像见过的，却……却似我的一般。"

　　"你说什么？"方国涣闻之一震，随即惊异道，"小全子，这串念珠，你……你当真很熟的？"

　　小全子点了点头道："我适才在方大哥的床上见到这串珠子时，便觉得有识旧物之感，似曾在哪里见过的一般，可是回想起来，先前却是未曾见过的，然而又熟得很，如我自家的一般。说来也怪，把它拿在手中，好像能想起些什么，可细想起来，却又什么都不知道的，恰是做了回梦。"说完，小全子又是一脸的茫然。

　　方国涣此时已是惊得呆了，愕然道："小全子，没想到你不简单的，竟……竟然是个佛身！"接着又摇头道："不可能的，不可能的，世上哪有这般离奇凑巧的事。"

　　方国涣对此事本不大相信的，更无多大的信心，但受安木喇嘛所托，也自应了，万万没有想到小全子竟然是那位西桑的转世灵身。方国涣实在不敢相信这个事实，但是眼前的情景如安木喇嘛所说的一般，凡机缘巧遇，有视此串念珠而生旧物之感者，便是西桑的转世灵身了。

　　小全子见方国涣神色有异，不由惊讶道："方大哥，你怎么了？"

　　方国涣知道此时不便把事情的原委告诉小全子，于是摇头道："没什么。"接着又探问道："小全子，这串念珠你喜欢吗？"

　　小全子道："本来和尚念经用的珠子我不甚理会的，可是这串珠子给我的感觉不一样，拿着它心中舒坦得很，便如丢了许久的好东西又寻着了一般。"

　　方国涣闻之，知道假不了的，摇头一叹道："你既然喜欢，就送予你罢。"

　　小全子闻之大喜道："多谢方大哥，我会永远把它带在身上的。"一时间显得欢悦无限。方国涣见了，心中别有一番感触，忽然想到，此事既然应在小全子身上，日后大昭寺的安木喇嘛必会派人来迎他的，当是不该隐瞒下去，于是道："小全子，方大哥若是日后给你寻一个好的去处，你可喜欢去吗？"

　　小全子一边摆弄着手中的那串念珠，一边应道："日后方大哥去哪里，小全子就跟着去哪里，不再与方大哥分开就是。"

　　方国涣闻之，心中大为感动，知道小全子对自己情深意切，早已视作亲人一般，抛舍不开了。然则此事关系重大，自己虽然也不舍小全子日后远走藏地，但关系着小全子一生的命运前程，不应把他永远带在身边的。方国涣于是又道："小全子，你知道吗？你是一位转世的小活佛。"

"小活佛！？"小全子闻之一怔，随即笑道，"小全子自从跟了方大哥之后，就如神仙一般的快活，就是真仙真佛，我也不稀罕做了。"

方国涣摇头道："小全子，你现在的身份很特殊的，并且日后也要做一件特殊的事情，方大哥不能永远在你身边的。"

小全子闻之诧异道："我就是我，能有什么特殊的？方大哥难道以后不理我了吗？"说话间，小全子神情大急，几乎要落下泪来。

方国涣见了，心中不忍，便转了话头道："我怎会不理你，方大哥是想给你寻一个好的去处，让你成就一个好的前程来。"

小全子闻之，决然道："我哪里也不去的，只跟方大哥走。"小全子接着又欢然道："日后且随方大哥游棋天下，以棋济世，如从前那般，逍遥自在。"

方国涣闻之，心中自是一热，随即又摇头道："小全子，方大哥一生虽以棋道自负，但漂游江湖间，终无个安身定处，岂能再让你跟着受这般无根之苦。你天性聪慧，日后必有所作为，勿要贪闲游之乐，而误了自家前程。"

小全子听罢，迷惑不解地望着方国涣，忐忑不安地道："方大哥，你……你真要离开我吗？"

方国涣望着小全子一双乞怜的眼神，实在不忍再说下去，道出事情的原委，令小全子无法接受，心中思量道："此事过于离奇，说出来也许会吓着小全子的，并且刚刚见面，不宜拂了他这番重逢时的欢喜，还是从长计议吧。"

想到这里，方国涣便宽然一笑道："傻小子，方大哥怎么会离开你呢，只是希望你有所作为罢了。好了，几年不见，听说你的棋艺大有长进，被人称做'江南小棋王'，我且要验验你的棋力，是否属实的。"

小全子闻之，心中立时一松，高兴地摆出了棋枰、棋子。

方国涣、小全子二人临枰相对，几十手棋过后，方国涣惊喜地发现，小全子棋走大势，攻防兼备，端的是已成就了一流高手的棋力，心中赞叹道："小全子果在棋上有着灵性，进展之快，倒出乎我的意料。"遂在棋上尽力引着小全子往妙处走。

棋至中盘，小全子诧异道："与方大哥走棋，怎么和别人走棋时的感觉不一样？"

方国涣笑道："怎么不一样法？"

小全子道："与方大哥走棋，不但顺手，而且棋路愈走愈高，心中畅然自生奇妙之感；与他人走棋，展不尽棋力的，我若一着走得高了些，他自家先是急了，便是他的棋力本比我强的，却也自输于我。"

方国涣闻之笑道："你少年新手，人家本不防的，见你锐不可当时，心悔棋乱，便被你讨了便宜去。"一局终了，小全子虽败犹荣。

第一百一十二回　寻　仇

　　由于方国涣知道了小全子便是安木喇嘛托请自己所要寻找的那位转世灵童，不免思绪万千，一夜未成眠，知道此事非常，需与赵琛等人商计。
　　一大早，赵明风先自过了来，陪了方国涣、卜元、吕竹风用了茶点，随后从怀中取出五份请柬道："这是群英会的五份请柬，就交于卜堂主转给六合堂的英雄吧。"卜元见之大喜，忙谢过接了。
　　方国涣也自感激地道："有劳赵兄了。"
　　赵明风道："不要客气，要不是预定的请柬已发尽，还应多邀六合堂的几位英雄才是。对了，"赵明风接着又道："当年与我们一同出海的梅乙南先生到了，听说国涣贤弟死而复生，并且已到了庄内，急着要见的。"
　　方国涣闻之喜道："是梅乙南先生到了，真是太好了，当年在海船上，我二人甚是谈得来。"
　　吕竹风这时道："方大哥去见客吧，小弟与卜大哥还要游览这园中仙境的，否则日后没得机会了。"
　　方国涣知道吕竹风被碧瑶山庄秀丽奇美的园林景色迷住了，便笑道："也好，不饱览一番这人间胜境，实是枉来一回。"
　　此时见小全子一旁站着，方国涣便道："小全子，这庄园中的路径尔一定很熟了的，就领着卜大哥、吕大哥四下游一游吧。"方国涣故意把小全子从身边支开，是为了方便与赵琛等人谈他的事。
　　小全子这时喜道："好极！有我在，保管卜大哥、吕大哥玩得高兴。"
　　卜元一旁笑道："不要让我二人迷了路就行，否则时间久了，你的吕大哥要饿肚子的，昨晚补了一顿还不饱哩！"
　　吕竹风闻之神情大窘道："卜大哥莫要笑我，你又不是不知我的。"
　　赵明风不知其中缘由，便笑道："庄园内凡有楼阁之处，都备有饮食的，二位堂主随游随歇就是了。"
　　齐仁殿内，方国涣、梅乙南二人相见，各自惊喜不已，闻罗坤也已无恙生还尤令梅乙南感到惊叹，述说当年航海旧事，在座诸人无不感慨万分。
　　梅乙南这时对方国涣道："方公子可还记得在西洋上我们看到的那次实景幻象的海市蜃楼吗？"

方国涣道："此奇异景象，怎不记得，当时海船上的一名水手竟然识出了此蜃景是其家居集市所在，熟悉得很。"

梅乙南道："不错，当时大家都感到很奇异，在几万里之遥的西洋海面上，竟能看到幻成蜃景的江南集镇。后来海船归航，我们一些好奇的人，还随了那位叫史大柱的水手到史家集看了一次。"

方国涣闻之忙问道："结果怎样？可是那史家集的一般景象？"

梅乙南道："当年梅某与许九公、明风公子、曾子平先生、米迁庄主，一同随了那名叫史大柱的水手到了其居住的史家集上，果然与我们在西洋上所看到的海市蜃楼一般景致，丝毫不差的。"

方国涣闻之惊讶道："果真有这种稀奇怪异之事？"

赵明风一旁道："当时大家到史家集观那实景，都自看得呆了，感到不可思议。尤其问到史大柱的父亲时，与我们在西洋上看到蜃景时的日期相对照，果与史大柱看到的蜃景中的情形一样，他父亲那日果然在帮人做工的，却是相差了几个时辰，史大柱的父亲是在那日的上午帮人做工的，而我们乘坐海船的西洋上是于下午看到的海市蜃楼，并且史家集在那一天风和日丽，无甚异处，实不知是何道理？"

叶晓生这时道："那史家集距西洋数万里之遥，时辰上相差些倒也说得通，只是那史家集的实景幻射到了西洋的上空，当是不可解的。"

梅乙南道："海市蜃楼的景象多是虚幻不实的，但我们确实看到了一座活生生的史家集，这或许是天地之间因日光之故所成的一种异象吧，与那传说中的神仙府邸，蜃吐气成景无关的。"

赵琛、方国涣、曾子平、叶晓生、赵明风等人闻之，各自点头称善。

方国涣这时道："此时各位都在，有件事情我心中委决不下，还请赵伯父及各位共同商议。"

赵琛道："方公子有事但说无妨。"

方国涣道："此事与小全子的前程有关的。"

赵琛闻之笑道："小全子如今已是我的义子，并且我已视他如亲生的一般，方公子的意思是日后要将他带走的，这件事我可不依，小全子的前程是在我赵家。明风玩世不恭，耽于美食之间，而小全子聪明灵慧，将来赵家的这份家业需他兄弟二人共同管理才行。"

曾子平、梅乙南等人知道小全子在海船上救过赵琛的性命，今见赵琛有此大义之举，各自赞服。

方国涣这时摇头道："赵伯父如此厚爱小全子，这是他的造化，他若能留在碧瑶山庄，享这人间富贵，倒也了去了我的一件心事，可是你我二人都留他不住的。"

赵琛闻之惊讶道："方公子如何说出这般话来？只要公子不将他带走，赵某将感激之至，哪里再会有留他不住的道理。"

方国涣道："赵伯父有所不知，小全子如今有着一种特殊的身份：他是藏地喇嘛教中的一位转世灵童，现在已长成少年，是被称作小活佛的。"

"转世灵童？"

"小活佛！？"

赵琛、赵明凤、曾子平、叶晓生、梅乙南等人闻之，各自吃了一惊，皆现惑然之色。赵琛诧异道："方公子，此话如何说起？"

方国涣感叹一声道："这件事过于离奇，说起来大家或许不信，先前我与罗坤滞留在藏地时，于拉萨城中，结识了一位大昭寺内的安木喇嘛，此人是一位得道的高僧，被称作活佛的。喇嘛教中有活佛之称者，据说大多是转世人。因为许多原因，我自在藏地经受了一番神奇的经历和磨难，所幸在安木喇嘛相助下，才得以无事。后来我要返回汉地时，安木喇嘛便托付了我一件事，寻找一位生在汉地的转世灵童，没想到却应在小全子身上。"方国涣的一番话，令赵琛等人惊异万分，相望愕然。

梅乙南这时道："曾闻喇嘛教中有转世灵童之说，世人多以为妄论，如今看来真是有其事了。"

叶晓生道："江南民间也自有转世投胎之说，多缘于佛家因果轮回之论，然则此事多荒诞怪异，为儒家所不屑，杂闻逸事中虽曾载有例证，也不堪信的，不知方公子如何对此事深信不疑？又如何断定小全子就是那位转世灵童？"

赵明凤一旁道："贤弟定是被那喇嘛的话迷惑了，世上哪有这等古怪的事，我这位义弟虽有不同于常人的灵性气质，却也是他自家先天带来的，哪里会是什么转世的喇嘛、活佛。"

方国涣道："这种异于常理之事，先前我也不信的，安木喇嘛在托付我此事时，交给了我一串僧人诵经礼佛时所用的念珠，但让我回到汉地后，机缘得遇，有视此念珠萌生旧物之感者，便是所要寻的转世之人，因为那串念珠是这位转世人前三世所持之物。就在昨晚，小全子偶然发现了我放在床头上的那串念珠之后，便痴了一般，说是找到了自家的旧物，却又是不曾见过的，但感到亲切、熟悉，而又陌生，百思不解，把他自家搞得茫然之至，不知怎么回事，而这一切正应安木喇嘛所言，令人不得不信。"

赵明凤听罢，摇头道："贤弟所言，不能让人信服，一串珠子就能认出一位转世的小活佛吗？小全子天性贪玩，对好玩的东西都喜欢的，可能以前也见过一串类似的珠子，便说些曾见过而又记不起的话来，也是自然，怎能就敢断定小全子就是那位转世灵童呢？"

叶晓生道："不错，明风公子说得有理，曾闻喇嘛教要认定一位转世人，而所施的程序是很复杂的，岂会这么简单地就认了来。"

曾子平也自道："小全子是一位汉人，生长在江南，其祖上也自为汉人，如何会是一位藏地的喇嘛转生的来。喇嘛教固有其神秘之处，但也与汉地的佛门道教一般，有着许多玄虚之论。"

方国涣道："各位所言，不无道理，但自从我在藏地经受了一番不同寻常的经历之后，发现人与天地之间有着某种不可捉摸的契机，虽然不明白这其中的道理，却有所感悟。我所成者为棋道，棋上的千变万化总要受控于人，而人领略棋道的妙境，又要得之于棋上的变化，且又随棋力的高低而异。小全子自见了那串念珠之后，给我的感觉与平常不同，乃是合了那种人与物的契机。"

梅乙南闻之，点头道："方公子棋境高深，感悟自与我等不同，佛家既认为有转世人的存在，或许真有他存在的道理，人与天地间的奥妙，我等不能尽知。小全子若果是一位转世灵身，喇嘛教中的小活佛，实是他最大的造化了。"

多时不语的赵琛，这时叹了一声道："方公子可还记得寒山寺的月明长老？"

方国涣道："月明长老是一代高僧，当年在寒山寺，我二人曾谈棋论道，相交甚厚的。"

赵琛点了点头，随后道："一年前，我带了小全子到寒山寺进香，月明长老见了小全子后，曾私下对我说，小全子是个佛身，与佛有缘的，当时我未加着意，如今想起来，小全子果然很特殊，当是那位转世灵童无疑了。赵某经商敛财之余，也多涉及佛法，虽然所悟不深，却也领会了些道理。"

赵琛接着又慨然叹惜一声道："小全子既是喇嘛教的一位转世人，日后可是要回藏地的罢？"

方国涣道："安木喇嘛曾说过，到时会派人来迎的，或许是在几年之后吧。"

赵琛摇头道："方公子刚刚回到江南，那位安木喇嘛所托之事便应在了小全子身上，大昭寺也自会很快派人来迎他的，我们应早些准备才行，小全子可知道这件事？"

方国涣道："此事过于离奇，并且小全子与我刚刚见面，不忍过早地告诉他，以免惊了他。"

赵琛道："事已至此，还是早些让小全子知道的好，小全子与方公子的感情最亲、最近，也只有公子能说通他了。虽然你我都不舍他离开，但是这关系到他的命运前程，我们日后也只好容他进藏入教归佛了。"

第一百一十二回 寻 仇

方国涣点头道："我会慢慢开导他的。"

赵琛道："不要操之过急，在与他讲清了原委道理之后，还要看他本人的意愿，不能勉强的。"

梅乙南道："此事非常，小全子或不能接受得来。"

方国涣道："小全子既然是个佛身，必有着别样的灵性，道理与他说得通了，他必会有所感悟的。"

赵明风这时道："就算小全子与众不同的，可是听说藏地贫瘠苦寒，岂能让他去受许多非常之苦？"

方国涣道："小全子身份特殊，到了大昭寺必会受到优待，当然，初到陌生之地，孤单、寂寞，也会有的。"

赵明风摇头道："不可思议的事你们也能信了，平白地就让小全子做了喇嘛去，未免过于无情了罢。我看就当没有这回事一般，仍让小全子留在碧瑶山庄，自比他去做什么活佛的日子快活得多。"

方国涣叹然一声道："此事已由不得你我了，希望来迎小全子的人晚些到吧，以便与他多聚些日子。"

赵明风还想说些什么，赵琛止了道："佛家的事，你不懂的，小全子留在我们身边固然富贵，但他慧根超凡，能得以归佛修行，必得圆满之果的，这才是他真正的归宿。"

方国涣、梅乙南点头称是，赵明风、曾子平、叶晓生三人则摇头感叹不已。

午后，那位非洲王子姆尔坦到了碧瑶山庄，忽见了方国涣，不由惊吓了一跳，大声喊了些只有他自家才懂的话。曾子平便对姆尔坦解释了一番，令那姆尔坦惊愕不已，引得众人笑过一回。当天傍晚，方国涣才见到了宋旅扬，宋旅扬意外惊喜之余，自是欢迎方国涣能得以参加群英大会。

方国涣回到宁园时，见小全子、卜元、吕竹风三人正在谈笑，游览了一天园林景致，尤令吕竹风兴奋。方国涣与他三人又坐谈了一会儿，随后和小全子回到房间内。

方国涣在棋上指点了小全子一番，然后道："小全子，你学棋数年，可有何心得？"小全子道："先前习棋是觉得好玩，也想如方大哥一般让人敬的，而如今知道这棋上别有一番天地，走将起来，妙感自出，雅气怡然得很。"

方国涣道："棋为雅艺，可移情易性，这在你身上已证明了的，虽然也能在这上面走出一个锦绣前程来，但不是一个真正的棋家所追求的最高所在，棋道之妙，在于其千变万化中所感悟到的棋境，进而博及万物万事。"

小全子道："方大哥的天元化境是最高的，不知如何达到方大哥的这般棋上修为？或让我的棋力长进些也好。"

方国涣道："你的棋道已成，在棋路上再无法子教你了，欲长自家棋力，必要修自家棋境，修棋境当先修心境，也即修心，修心之法……"

方国涣顿了一下道："修心之法，莫过于参悟佛法。"

"佛法？"小全子惑然道，"这佛法与棋有何关系？"

方国涣有意引导小全子，于是道："棋道能益慧开智，佛法则静心明性，参悟佛法自能使心静棋合，无形中修以棋境。我的先师和师兄们，都是棋佛两修的僧人，各自棋力高深，多得益于佛法。"

小全子道："既然佛法能提高棋力，我自然要学的。"

方国涣闻之喜道："佛法深奥，可明万物之理，你莫如做了僧人罢。"

小全子闻之笑道："那些和尚们都呆头呆脑的，枯坐打禅，也不知厌烦，我可不想如他们一般的。"

方国涣听了，不由皱了皱眉，知道此事急不来的，便打算群英会之后，再慢慢地引导小全子。小全子此时望着手中的那串念珠，似有所思。

离八月十五，也就是群英大会的日子越来越近，碧瑶山庄已显得忙碌起来，宋旅扬、曾子平、叶晓生等人，更是忙着准备那些具体事宜。宋旅扬其人是位人才，总管全局，一切都在他的指挥调动下有条不紊地进行。方国涣、卜元、吕竹风等人却落得无事，饮酒赏园，安闲自在。对于小全子是位转世灵童的事，由于群英会的临近，大家对此事也就慢慢地淡了，觉得小全子与普通的孩子无异，当不会发生那种离奇的事，唯有方国涣心中忧虑不已。

这一日，忽有消息传进宁园，连奇瑛已率了来参加群英会的六合堂诸位堂主到了碧瑶山庄的庄门外，方国涣、卜元、吕竹风三人闻之大喜，忙起身去迎。未到庄园门口，赵琛、曾子平、宋旅扬等人已把连奇瑛、罗坤、孙奇诸人迎进了庄内，正笑谈而来。

方国涣见了，急忙迎上前去。

孙奇忽见了方国涣，立时大喜道："国涣公子，想煞孙某了。"

方国涣拱手一礼笑道："孙先生，别来无恙罢。"

孙奇摇头笑道："国涣公子果然命硬得很，即便被大风卷了去，自家也能回来的。"

方国涣笑道："没有和孙奇先生再摆一回天元大阵，在下岂能轻易就去了的。"

连奇瑛这时笑道："好了、好了，国涣弟弟和孙奇先生怎么说也是熟人了，日后有机会再布你们的天元大阵罢，这里有一位真正的棋家高手，国涣弟弟且来见过了。"

方国涣抬头看时，但见连奇瑛身旁站着一人，葛巾长袍，玉面长须，儒雅之致。方国涣立有所悟，不由惊喜道："前辈可是棋上名家刘诃先生？"

那人微微一笑道："正是刘某。"

方国涣惊喜之余，忙自恭敬地道："久仰先生大名，请受方国涣一拜。"随即长施一礼。

刘诃忙扶了道："方公子棋高天下，古今罕见，这一礼刘某受不得的。"

连奇瑛这时笑道："刘堂主一直怪我没有给你寻到一位棋上的对手，我的这位国涣弟弟保你满意的。"

刘诃忙自摇头道："惭愧！惭愧！方公子棋名动天下，刘某今日才知人外有人、天外有天的道理，先前枉在棋上自以为是一回，总堂主勿要笑我罢。"

连奇瑛闻之一笑，此时一旁的韩梦超、罗坤、朱维远、赵青杨等六合堂诸位堂主上前与方国涣礼见了，朱维远、赵青杨等人尤为感到惊喜。

赵琛这时道："六合堂内果然是英雄之地，今日承蒙连总堂主率众参加群英大会，实为鄙庄增光添色，且请连总堂主与各位英雄里面叙话罢。"

连奇瑛道："赵先生过奖了，六合堂能参加此次盛会，实感荣幸，我等自是敬佩先生豪情，有此壮举的。"

赵琛一笑，引了连奇瑛等人入内而来。

方国涣此时发觉六合堂群雄中似乎少了一位重要人物，便对孙奇道："孙先生，群英大会盛况空前，诸葛容先生怎么没有来？"

孙奇笑道："自六合堂避开了三王叛乱之后，诸葛容变得愈加稳重了，本来群英会上有他一个，可是听说了公子也在的，他便推故不来了，想必是他怕见着公子，对当年客留凤阳城一事有些介怀罢。"

方国涣闻之，摇头一叹道："群英会上少了诸葛先生，倒也有些可惜的。"

这时在碧瑶山庄外面的一片树林里，站着一名年轻人和一位年老的妇人，二人凝望着碧瑶山庄已经很久了。

年轻人这时言道："婆婆，群英会的日子就要到了，已经来了很多人，我们要找的那个人会来吗？"

老妇人道："此人名气大得很，必在邀请之列，寻他数年不着，今日也该在群英会上现身了。"

那年轻人犹豫了一下道："婆婆，此人若真如传闻中的那般，必是一位古今罕遇的奇才，我们非要取他性命不可吗？"

老妇人道："对仇人不可有仁慈之心，况且传闻中的事，多半是渲染出来的，哪里会有那般神奇，我们历代先人都做不到的事，此人怎会做得出。"

过了片刻，那年轻人又道："十七叔现今生死不明，未必真的是被此人害了，况且究其缘由，也多有十七叔的不是。"

老妇人"哼"了一声，自有些不悦道："你十七叔纵有万般不是，也该由我们自家处置，岂容外人插手。当年我们晚去了几日，你十七叔便栽在了那人手上，这几年无他的任何消息，想必是死了。此等大仇，岂能不报，我是丧子之痛，你是亡叔之恨，都是不共戴天的。从今天晚上开始，我们便夜探碧瑶山庄，直至寻到此人，取了他性命为止。"

那年轻人闻之，只得点头应道："事已至此，一切依了婆婆就是。"

老妇人叹然一声道："为了寻找你十七叔，我们出来太久了，也该回李家坪了。"

由于连奇瑛等六合堂群英的到来，赵琛大设酒宴款待，至晚方散，六合堂诸人自进住宁园安歇了。连奇瑛、孔奇等人见了小全子，尤为喜爱，各有礼物相赠。小全子见了这许多江湖人物竟然都是方国涣的朋友，心中很是惊讶，望望这个，瞧瞧那个，看个不够。

众人都知小全子是方国涣当年在路上收的一名乞儿，也都喜他、怜他，甚至逗他，小全子知道这些人都不好惹，便胆怯地于方国涣身后站了。方国涣说起当年收留小全子的经过，尤令连奇瑛、孙奇、刘诃等人惊讶不已，方知小全子是身怀绝技的，各自赞叹。

方国涣、刘诃二人一见如故，在其他人都歇了之后，便在厅中临枰相对，以领教对方棋艺。此时在场观棋的除了孙奇、小全子之外，还有刘诃的两名棋上弟子，一个叫陈文，另一个叫邢胜。方国涣、刘诃二人开了布局，竟然都应在了棋盘的中腹，走出了一种势盖全盘的模样，二人见了，不由相视一笑。

刘诃便对身旁的陈文、邢胜二人道："你二人且将这种'苍龙挂珠'的定式好生记了，此定式出中腹之天，而统盖四方之地，与那些抢边占角的走法不同，棋上的形、神、意境在十二手之内都走尽了，实为你们后辈学棋的典范。"

那陈文、邢胜二人虽口中唯唯，却望棋茫然。孙奇一旁则暗自点头，小全子已是看得呆了。方国涣、刘诃二人彼此应对，棋子落枰时的清脆响声传出厅外，隐没夜空。

结果一局终了，二人执手大笑，刘诃畅然道："与公子对弈，如沐清风，如饮甘露，果有那般海阔天空的气势。刘某一生以棋为务，直至今日才真正领会了棋上的妙境。"

方国涣笑道："先生妙手迭出，棋路全新，令在下感受非常，实是尽了一回棋兴，淋漓尽致矣！"

刘诃这时敬然道："当年在独石口关外，方公子以棋势布以天元大阵，挡退了女真二十万铁骑，保全了我六合堂的几乎全部精英，这种以棋道化通于兵事的境界，古今可谓无人能为。刘某当年未能亲临天元阵，观公子布阵杀敌，是为遗憾，今日有幸得见公子，还敢请教棋布天元阵的奥妙。"

方国涣道："当年天元一战，乃是不得已而为之，最为主要的是得益于孙奇先生的孙武兵阵式，固守住了九星之位，以及中腹的天龙大阵。观阵中的变化，以棋上的变化应之，此战不在求胜，在于大量地消耗敌人，令女真人不敢玉石俱焚，知难而退，加上六合堂和关东绿林的众好汉，同仇敌忾，拼死苦战，以求绝处逢生，故而一战成功。"

刘诃闻之，赞叹道："古人有以棋道演化成兵法者，看来果是有道理的，公子棋境高深，竟能贯通于兵事，指挥以大兵阵搏杀，以少胜多，救下了众多英雄好汉，达到了以棋济世之功，实为我辈中的棋侠！"

方国涣摇头一笑道："先生过奖了，当年此举乃冒险得很，日后再不敢为的。"

孙奇笑道："再来一次又何妨，公子的棋阵，可无敌于百万军中，只是公子宅心仁厚，不忍以之杀戮罢了，否则当年也不会有许多人打你的主意。"方国涣闻之，叹然一笑。

小全子一旁暗道："方大哥的棋上本事竟然达到了这种程度，看来是与那参悟佛法有关的罢。"

刘诃这时又道："方公子在棋上造就了常人所不能想象的神话，以之证明了棋道广博，可应万物之变的，当令棋道中人敬服。另外，刘某还想请教一件棋上事。"

方国涣道："可是那李如川的杀人鬼棋？"

刘诃道："不错，当年李如川以杀人棋肆虐天下，专访名家高手，一局终了，则杀人于无形，使许多高手棋家深受其害，刘某远居蜀中，得以幸免。后来李如川被公子废在了黄鹤楼的棋局之上，此事当年震动天下。刘某不解，棋为雅艺，何以有杀人之能？并且公子又如何化解了的，使那李如川反受其害？"

方国涣此时叹然一声道："这种杀人棋术不知何人所创，源于何时，欲修习此术者必须先毁其身，自废人道，而后方能习练成这种邪术，又称地元鬼棋，说是地府黑白无常之间所修的棋道。这种自废己身而修棋的方法，大概是令自家心态上的异变而导致棋上的异变罢，久修成魔，入棋上的魔境。与人临枰对弈时，可使棋势上的变化，产生一种杀伐的棋气，乱对手棋境，耗竭其心之气力，无形中置人于死地，对方棋力愈高，受害愈深。那李如川曾教棋宫中，偶从大内藏书中得到一册《地煞棋经》，便修成了这种杀人棋术，先废去了国手状元曲良仪，而后遍访天下高手名家，棋上杀人取乐，在下的恩师故友三人，便是死在了李如川的棋上。后来棋神简良设棋黄鹤楼，意在引来李如川，与他棋上一斗。当年我接手简良应战，和李如川在棋盘上进行了一场性命攸关的正邪相搏，其凶险之至，不亚于独石口关外的那场天元血战。杀人鬼棋，毕竟有违棋道之雅正，邪不胜正的，我以自家天元化境抵御住了那种棋上的杀伐之力，以至李如川惊讶之余，棋境大乱，棋气反击，令他自食恶果，人棋两废。"刘诃听到这里，不由惊叹道："公子棋道已达通神仙化之境了，那李如川棋上害人终得棋上报，也怨不得别人。"

就在这时，忽从房顶之上传来一人不经意的叹息之声，遂闻院中有人喊道："房上有人！"接着人声大哗，乱了起来。

方国浼、刘诃、孙奇等人一惊，忙起身到门外看时，见罗坤、朱维远等几名善轻功的堂主已跃上房顶朝远处两条疾飞的人影追去，韩梦超、卜元正指挥众人在院中四下查看了。

孙奇道："出了什么事？"

韩梦超上前道："回孙先生，宁园中闯入了两名来历不明的夜行人，罗堂主他们已经追去了。"

孙奇闻之讶道："这两人夜闯宁园是何目的？难道是冲我六合堂来的？"这时已惊动了连奇瑛，也自出来问了。

宁园这边一有事，消息很快传到了赵琛那里，赵琛、曾子平等人闻之大惊，急忙赶到了宁园。

见了连奇瑛，赵琛自是歉意道："庄内防备不周，以致被歹人闯进宁园，惊了连总堂主。"

连奇瑛道："赵先生勿自责，此事看来不简单，那两名夜行人夜探碧瑶山庄，当是有目的而来，不是普通的盗贼。"赵琛闻之愕然。

这时罗坤、朱维远等人已回了来，各呈惊异之色，显是无功而返。

罗坤自上前礼见了连奇瑛、赵琛，然后道："这两名夜行人身形极快，实为罕见，一出碧瑶山庄便无了踪迹，我等四下追寻了一番，见无结果，只好回了来。"

赵琛讶道："为了群英会，庄中的护院武师及庄丁都增加了几倍，竟对这两人来去无察觉，不知是何方高人？"

孙奇道："赵先生举办的此次群英大会，盛况空前，所邀请的都是名门正派及各行业中的豪杰英才，那些黑道人物则不在被邀之列，或许其中有些人感到不满，特来滋扰生事的。"众人闻之，各自点头称是。

第一百一十三回 群英会（上）

　　由于有人夜探碧瑶山庄，惊动了庄中诸人，赵琛命护庄的武师率庄丁加强了戒备。为防有黑道上的高手来扰，连奇瑛特命朱维远、韩梦超、吕竹风等十几位堂主协助碧瑶山庄搞好群英会期间的安全，赵琛自是十分地感谢了。宁园的安全，则由罗坤、卜元、赵青杨等人负责。孙奇命人把六合堂大队人马进驻碧瑶山庄的消息散发出去，以绝胆敢来生乱之人。宋旅扬见六合堂无论在行动上还是声势上，都给群英会以大力援助，尤为感激，诸事愈加顺利进行。

　　昨晚宁园受了外人的惊扰，方国涣与小全子自在房间内补睡到了午时才醒，出门看时，院中显得有些冷清，知道连奇瑛、孙奇等人已与赵琛等人议事去了。

　　有仆人送来茶点，二人少许用了些。

　　这时门一开，赵明风过了来，见面便道："贤弟，听说昨晚这里进来了外人，你与小全子受惊了罢？"

　　方国涣笑迎道："不妨事，群英会盛况空前，免不了令一些人来凑凑热闹。日期临近，赵兄已开始忙了吧?!"

　　赵明风道："有舅舅和曾叔叔他们总理一切，我倒不甚忙的，只是负责些迎送之类的事，群英会没有几天就要举行了，庄中已开始了接待事宜。对了，江湖上有一位人称'飞天和尚'的僧人，叫法无的，贤弟可认得？"

　　方国涣闻之惊喜道："他是我的法无师兄，如何不认得。"

　　赵明风道："这就对了，法无和尚两年前还来过碧瑶山庄，打听贤弟的消息，说是你的师兄，后来听说贤弟在海上遇难身亡，很是悲痛地去了。此次召开群英会，法无和尚是属散帖内被邀请的江湖人物，于午前已到了，被安排在庄中明法寺内。我想起此人曾说过是贤弟的师兄，故赶来通知你一声，让你师兄弟相见。"

　　方国涣此时有些激动道："没想到法无师兄来了，我这就去见他。"

　　赵明风道："我还有事，先忙去了，明法寺贤弟是知道的，让小全子陪你去好了。"

　　方国涣便道："多承赵兄告知我此事，回头再谢过。"说完，别了赵明风，领了小全子寻明法寺而来。

明法寺是建在碧瑶山庄内的一座庙宇，有十几名僧人主持佛事，供庄中之人礼佛上香之用，也为庄中一景。在一间僧房内，方国涣、法无二人意外地相见，不由激动拥抱在一起，随后四目相对，慨然而笑。

法无这时见了一旁站着的小全子，便问道："这位小公子是何人？"

方国涣道："他叫小全子，是我当年在路上收留的，聪明得很，几年时间便成了棋上的好手。"

法无闻之喜道："看他的模样与师弟当年一般，灵慧之至，日后也必有大作为的。"

小全子忙上前礼见道："见过法无大师。"

法无笑抚了道："不要叫我大师的，应该叫师伯才对。"

方国涣道："师兄，小全子的身份有些特殊，我二人不便以师徒相称的，详情日后再对师兄解释罢。"

法无闻之微讶。小全子心中诧异道："方大哥便是收我做了贤弟又有何不可？这几天方大哥的话语中总有些古怪，不知是何道理？"

方国涣、法无二人随后坐了，法无道："当年黄鹤楼棋战一别之后，没有几日，忽然看到了汉阳王府缉拿师弟的告示，后来法阳大师兄收到了师弟的书信，悉知了事情的缘由，也知道了师弟随赵氏的海船出海避难了。岂知后来又听到了师弟遇海难身亡的消息，令人震惊万分。没想到今日还能见到师弟，必是师父在天之灵保佑的。"

方国涣叹然道："当年本应回天元寺拜祭师父的，谁知事情突变，以致避走海外。"接着，方国涣便把在海外的一番奇遇向法无大略说了一遍，令法无惊异不已。

方国涣随后又道："群英大会之后，我要回天元寺拜祭师父，以及与众师兄们相见的。几年不归，实是对不起师父他老人家的在天之灵。"说完，方国涣自有些感伤。

法无劝慰道："师父之仇得以师弟而报，师父在天之灵当以欣慰了，况且师弟历经磨难，身不由己，能生还而归，已是万幸了。天元寺的师兄弟们，若得知师弟还尚在人世，死而复生，不知会有多高兴的。"

方国涣望了望旁边的小全子，心中道："法阳大师兄佛法高深，需让小全子在他身边参习佛法，时间久了，自会有影响的，日后大昭寺的安木喇嘛派人来迎小全子时，他自家愿意去的程度也大些。"

想到这里，方国涣便对小全子道："小全子，群英会后我回天元寺，你可去吗？"

小全子闻之喜道："方大哥去哪里我就去哪里的，天元寺可是方大哥说的那个好去处？"

方国涣笑道："差不多的。"接着又对法无道："师兄，且随我去见一些当世的英雄罢。"

法无道："师弟与六合堂的诸豪杰相交甚厚，可是他们？"

方国涣道："不错，如今六合堂的有名人物都已到了庄内。对了，棋上名家，蜀中的刘诃刘敏章也在其中，此人棋有大气，与师父当年的棋力不差上下。"

法无闻之讶道："蜀中的刘敏章也到了？此人不能不见。"

方国涣、法无、小全子三人出了明法寺，迎面遇上了赵明风的那位表弟叫赵胜的，手里持了封书信，见了方国涣一喜道："方公子原来在这里，叫我好找，适才门上传进来一封书信，是给方公子的。"说完，赵胜便把书信递上。

方国涣讶道："是什么人送来此信的？"

赵胜道："听说是一位年轻的公子，指了名要把此信交于方公子的，或许是方公子的朋友罢。"

方国涣惑然道："不知是哪一位故人？"当下来不及拆阅，自把那封书信于怀中藏了，谢别了赵胜，和法无、小全子一路到了宁园。

此时连奇瑛、孙奇、刘诃等人正在厅上饮茶叙话，见方国涣引了法无进来，孙奇、罗坤、卜元、朱维远等人与法无当年在黄鹤楼上曾见过面的，此时各自一喜，起身相迎，彼此互见了礼。

方国涣接着引见了连奇瑛道："这是六合堂的总堂主连奇瑛连姐姐，我曾对法无师兄讲过的。"

法无忙上前合掌一礼，敬服道："小僧久闻连总堂主的英名，今日得见，实为幸甚。"

连奇瑛自还了一礼道："原来江湖上盛传的'飞天和尚'法无大师，是国涣弟弟的师兄，幸会！幸会！不知国涣弟弟如何没有大师这般举世无双的轻功？"

法无摇头笑道："我二人虽同承一师之教，但小僧的这位师弟自通神感，不以形求，师弟的本事，连总堂主知道的，实赛过小僧百倍。"

连奇瑛等人闻之一笑，方国涣又引见了刘诃道："这位便是当今的棋上名家刘诃先生。"

法无深施一礼道："家师苦元大师曾多次提起先生的大名，示为我等学棋的楷模。"

刘诃闻之讶道："原来天元寺的苦元大师是你们的棋上师父，怪不得方公子有此修为。天元寺满寺棋僧，皆为高手，是为天下先，世上习棋者莫不神往。当年刘某与江南棋王田阳午论以天下棋事时，推天元寺为第一棋地，棋公子尉迟云璐的玉棋山庄为第二。"

方国涣道："天元寺居方外，少与世交，棋声之盛者，当首推玉棋山庄的。"

刘诃笑道："天元寺出了方公子这般高手，便是神仙府第也要逊色的。"众人谈至深夜这才散了，法无自回明法寺安歇了。

方国涣回到房间内，先安排小全子睡了，想起身上还有一封不知何人送给自己的书信，便坐于灯下拆开来看，那信上写的是：

方国涣公子台鉴，在下李庆……

"李庆？"方国涣摇头道，"不曾识得的。"接着读道，

"在下李庆，昨晚与婆婆夜探碧瑶山庄，欲寻公子而取性命……"

读到这里，方国涣大吃一惊道："原来昨晚夜闯宁园的是他祖孙二人，我与他们无仇无怨，又不相识，何故取我性命？"急忙又读道：

"方公子有所不知，被公子于黄鹤楼棋局上废去的李如川乃是李某的十七叔，同为李家坪人……"

方国涣一惊而起道："原来是李如川的家人寻仇来了！"接着又读道："我李家坪人世代习棋练武，代出国手，然祖训族人不得以棋名显世，故不得天下知。但十七叔沉于功名，私出李家坪，欲以棋响世，后来竟习成了棋中杀人夺命的鬼棋之术，以致祸乱天下于一时。此术为李家坪先人修棋不慎，于魔境中所创，因有违棋道雅正，族中禁绝，后不知何故竟流传于外，而造祸一时，是为遗憾。"

读到这里，方国涣惊异道："原来这种杀人棋术是源于李家坪的，怪不得李如川为习此术，竟然毫不犹豫地自废人道，乃是确信有此鬼棋一术的。"

接着又读道："十七叔以鬼棋乱以棋道，族人惊之，特命李某与婆婆外出寻访，找回十七叔于族中治罪。然十七叔踪迹不定，久寻无果。后闻黄鹤楼棋局动天下，恍悟有高人设伏棋以候十七叔，当有生死战，李某与婆婆日夜兼程，以求黄鹤楼上息此事。然晚至几日，十七叔已人棋两废于公子棋上，性命垂危，虽被人抢走，却是生死去向不明。李某与婆婆追寻十七叔不得，知其棋上反伤，其害尤烈，十七叔定是性命不保，亡身他处了。婆婆因丧子之痛，欲寻方公子报仇。"

读到这里，方国涣摇头一叹道："这位婆婆却也是非不分，李如川害人之多，虽死不足惜，看来当年他们并不知李如川是被红教中的五位伏龙尊者救走了，并且得到神僧救治，得以复元。"

方国涣接着又读道："后来不知何故，竟无了方公子的任何消息，是如消失了一般，想必公子是隐居世外，不复人间，以至于李某与婆婆数年来寻仇

不得。"

　　看到此处，方国涣摇了摇头道："我远走海外，你们如何寻得到我，这几年倒也苦了你祖孙二人了，当年若是不出海，却也危险得很，必被你们杀错了人。"

　　接着又读道："后闻碧瑶山庄召开群英大会，遍请天下豪杰英才，知公子棋名响世，必在邀请之列，李某与婆婆故夜探碧瑶山庄，查寻公子所在。偶被棋声所引，见一厅堂之上，灯光人语，便暗伏窥之。观二人对弈，闻话语中谈及棋事，知方公子便在其中。婆婆欲下杀手，忽闻方公子谈起十七叔棋上事，述其原委，皆为十七叔之过，且知公子恩师故人也亡身于十七叔鬼棋之上，我等当无对公子再寻仇之理。同时知道有关方公子的传闻皆真，棋上修为，通神入化，尤过我李家坪先人中棋上造诣最高者。婆婆也为棋道中人，惊慕公子是古今罕遇之奇才，不忍伤之，叹息而去。若无谈及当年棋上事，则公子性命休矣！纵有六合堂群雄在侧，也奈何我祖孙二人不得。"

　　看到这里，方国涣心中骇然，冷汗自下，知道与刘诃的那一番谈话，无意中救了自家性命。

　　方国涣接着又读道："我李家坪避居世外，不愿人知，且十七叔一事有碍李家坪声誉，望方公子勿向他人泄之，阅罢此信，灯火焚去，李某将不胜感激。因敬公子为古今棋道中第一人，故相述一切。就此言罢。李家坪李庆拜上。"

　　方国涣读罢此信，不由摇头一叹道："没想到这其中还有许多曲折，真是不可思议，李如川被那金圣法王救治之后的一番作为，你们是不知道的，唉！不知道也好。"方国涣又把此信复阅了一遍，随手于灯火中烧了，知道日后不便向人说起的，自家明白便是了。

　　方国涣这时又自语道："李家坪？这是何处所在，竟有着如此高人？"

　　忽然间，方国涣猛地记起一件事来，当年游走江湖时，曾寄宿在一座破庙里，经历了一场雨夜棋话。

　　"不错，一定是他祖孙二人！"方国涣恍然而悟，一时间感慨万千，激动不已，回想当年旧事，呆呆地坐在桌旁，直到天亮。

　　群英会日期临近，碧瑶山庄便显得热闹起来，并且苏州城也设了点，同时接待四方来客。当年随海船出海的许九公、许七祖孙，邓龙、邓蛟兄弟，还有米迁、阮方、西门光、唐子青、沈秋勤等人陆续地到了，方国涣、罗坤二人与众人相见时，彼此欢喜无尽。尤以阮方、米迁二人，各抱住方国涣、罗坤，激动得说不出话来，旁边诸人无不感动。

　　沈秋勤是与师父医圣佟士儒一起到的，接着药王谷司晨也到了，天下两大名医聚会碧瑶山庄，令参加群英会者无不感到惊喜。谷司晨、罗坤师徒二人相见，恍如隔世一般，犹生感慨。方国涣与韩梦超上前参见了佟士儒，佟士儒见了二人，上前拉住，高兴不已，如那十年、八年未见的故人知己一般。最令方国涣感到高兴的是，隐居在鄱阳湖菊花岛上的江南棋王田阳午与菊花夫人也到了，三人一见面，方国涣拱手相贺，田阳午、菊花夫人二人感激拜谢不已。赵琛知是方国涣促成了二人，尤感惊喜。

棋公子尉迟云璐和快棋手钟世源二人是结伴同来的，一到碧瑶山庄，二人便被刘诃、方国涣连同田阳午请到了宁园，叙谈了一天棋上事。方国涣见同时与三大棋上名家，及天下第一好棋的棋公子，谈棋论道，自是兴奋非常。钟世源见方国涣棋达化境，果然是一位神仙般的人物，暗中赞叹不已。

此刻，碧瑶山庄又接到了一位重要人物，那就是神针秋海林。秋海林的到来，令谷司晨和佟士儒师徒大为惊喜，药王、医圣、神针三人之间都是互相敬慕已久的，能同时相见，各自欣然。方国涣、钟世源听说秋海林到了，也自过来礼见了，钟世源又复谢过先前因遭李如川鬼棋所伤而被秋海林救治之恩。

方国涣知道秋海林与简良相识，故过来打探简良的消息。方国涣虽从赵明风那里得知简良在散帖所邀请之列，但候了多日不着，不免有些急切。秋海林见了方国涣，惊其与简良同为意境高深之人，暗自惊叹，但告诉方国涣，一年前与简良会过一次面后，便无了简良的消息，方国涣闻之怅然。方国涣接着又见到了几位故人，便是那铜陵的白光耀，还有那吴中有名的武师毕法成、扬州的赵杰中也自见着了。

八月十五是群英会的正日，八月十四这一天，群英会所邀请的八百余位豪杰英才基本都到了，可谓群英荟萃，各行各业的都有，尽是些身怀绝技巧活、极具名气的人物。这些当世的英才，有的单身而来，有的骑马坐轿，前呼后拥，自带了不少随从，总计不下几千人来。在接待安排上，碧瑶山庄内的楼阁殿堂，苑园轩榭，临时收拾出了三百余间客房，又在苏州城内租占了官宅私院一百多套，包下了三十几家大客栈、大酒楼。

碧瑶山庄内虽仆役成群，但是难以应付此次盛会，故于苏州城内赵氏的各店铺中、生意行内抽调了百余名精干的伙计，又在苏州一地雇佣了二百余名杂役。除了在大江南北采购大量的山珍海味有专门的商队负责之外，苏州城内三十几位有名的大厨师尽请于庄中，又重金从杭州、扬州聘请了四十几位名厨。群英会规模宏大，盛况空前，一时间震动天下。

八月十五的这一天清晨，碧瑶山庄内外便已热闹起来，尤以庄门外，车水马龙，人山人海，宛如大集市一般，除了应邀来参加群英会的外，更有许多来看热闹的人。碧瑶山庄四门开放，接待八方来客，又开通了一处水门，乘船来者，由此而入，江南水乡，水道互通，舟船也自便利。每处庄门控制

第一百一十三回　群英会（上）

得严格而有序，那些庄丁认柬不认人，持柬来者有专人引入庄内，其所带随从则转接庄内他处，自有酒菜款待。那些来看热闹的人都被挡在了庄门外，吵吵嚷嚷的，好不失望。在正门处，轿子车马排到了数里之外。

此时发生了一件意外的事，有一广东人叫黄达的，以驯兽出名，无论多凶猛的虎豹，到了他手里都自被驯得服服帖帖，顺从得很。此人驯养了一只白猿，极具灵性，端茶送水，见客施礼，做起事来如人一般。那黄达与此白猿形影不离，此次被邀参加群英会也自带了它来，但在庄门处被庄丁拦住了。

那庄丁验了黄达的请柬后，望了望黄达身边的那只白猿，摇头道："群英大会请的是人，畜生不能入内，还请黄先生把它安置别处罢。"

黄达闻之怒道："你怎么敢称黄某的白猿为畜生，简直无礼之至，你可知人猿同祖，我等都是猿猴变化来的，黄某把它当作亲娘老子一般看待，岂容别人轻慢了它。"

一番话引得旁观诸人大笑，有人嬉笑道："碧瑶山庄可要变成大戏园子了。"那庄丁自是阻拦黄达不让进，二人便争执起来。

这边一吵闹，惊动了里面的宋旅扬，出来问明了原委，便对黄达拱手一礼道："黄先生驯兽之技天下皆知，能应邀而来参加群英会，实为碧瑶山庄的荣幸，但是群英会上人兽不能同座，还请先生把此白猿交于下人看管，保无闪失。"

黄达见宋旅扬恭敬有礼，知道是个管事的，也自还了一礼道："贵主的请柬上不是说，遍请天下能人各献其艺吗？我的本事都在这只白猿身上，离开了它，叫黄某如何参加群英会？"

宋旅扬道："稍后庄中要摆宴席，白猿不便杂在其中，以防惊扰了其他客人。在群英献艺之时，黄先生可招呼一声，下人自会把白猿送到，影响不了先生登台献艺的。否则依照群英会所定的规矩，只好撕柬走人，此次盛会千载难逢，还望先生三思。"

宋旅扬的这一番话有理有据，又含着刚硬，实在厉害，令周围不少人暗自点头称赞。群英会所邀请的八百余人，乃是筛选了不知多少次，才最终确定下来，能被列入群英之名，也自为一种荣耀，有许多人是想来都来不了的。那黄达此时也不好再固执，只得点头应了，宋旅扬心中这才松了一口气。

由于群英会所邀请的高人甚多，有彼此间互闻互识的，见了面后都暗感惊讶，方知道此次群英大会大大超出了他们的想象之外，可谓盛况空前。

有相识交好的，则低声告诫道："群英会上来的能人太多，我们这几天说话可要小心些，谁知道谁有什么样的本事，莫要被人家笑话了去。"

一些有着恶名劣迹的江湖匪类，见碧瑶山庄的群英大会没有邀请自己，尤其听说平日被他们看不起的几位唱戏玩耍的江湖艺人也被视作豪杰英才请了来，不免心怀怨恨，私下聚了些亡命之徒欲在群英会上挑衅生事。然而到了碧瑶山庄门前，见到了许多令他们敬畏的人物，更有闻名天下的六合堂维持秩序，这些人虽为不善之辈，却也知天高地厚，心中一虚，各自悄然鸟散了去，哪里还有敢闹事者。

持请柬应邀而来的群英，一步入碧瑶山庄便被眼前的景色吸引住了。碧瑶山庄为当时的江南园林之胜，园景明洁清逸，百色自然，充满着诗情画意。群英们为自己能亲临此人间仙境，参加古今不遇的这次群英盛会，各自欣然不已。

群英会的主会场设在"五凉亭"，其傍山映水，四下开阔，可容千人，本为庄中跑马射箭之地，此时五凉亭已装饰成了一座"彩亭"，算是会台。亭下空地上已摆置了百桌酒席，每席八人，总计八百人，此时多已坐满，可谓天下英才尽聚于此了。群英百宴席围五凉亭圈设，排列有序，端送酒菜的仆人穿梭其间，忙而不乱。

席上共设十六道大菜，尽括南北风味，皆出自名厨之手。本来天下第一厨韩玉公也在被请群英之列，但是韩玉公隐居久了，性静烦闹，故而没有来，却让人送来了一些礼物，便是用那五谷配五蔬的法子炼制出了大量的"菜精"。韩杏儿、赵明风二人接到后，大喜过望，都安置于了厨下，以调高菜肴的美味，自令那些雇请来的名厨们惊叹不已。

群英百宴席的首席由赵琛、曾子平、连奇瑛、孙奇、谷司晨、佟士儒等人坐了，还有一位是苏州太守田望，此人作为地方父母官自被请了来，另一人是当今的书法大家徐井伦。那田望、徐井伦都是苏州人，另外还有江南第一才子寒文玉、以刺"苏绣"闻名的才女高小环，又有一目十行、过目不忘的苏州府衙的文书齐善，他们都来自苏州城内，群英会上以苏州人氏最多，乃是那近水楼台先得月之故。

方国涣、刘诃、田阳午、钟世源、尉迟云璐等棋家同桌而坐，小全子作为一位特殊的人物，也与方国涣等人一桌坐了。百宴席中设有四桌素席，以侍僧道，还有两桌回回席，另外还专设了三桌女宾席。八百群英中，被邀请而来的女子，除了连奇瑛、韩杏儿、菊花夫人、高小环等人外，还有扬州名旦宋三娘子、精通音律的杭州歌女董慧莹、工于丹青的西安才女上官芙珠、擅化轻身技巧于杂技中的江湖艺女李琼燕，这些女子总计也不过二十三人，可见天下间女子中的巾帼英才少得可怜。

外邦人士中，除了那位非洲王子姆尔坦外，赵琛还邀请了六位在生意上有来往的外国大商人，这些人金发碧眼，举止怪异，全不同于中国礼法，自让一些人瞧了个新鲜。另外还有十几位来自东瀛、高丽国的名士，七八位远域奇客异人。

第一百一十三回　群英会（上）

　　八百群英中，有一位是于两天前才被意外地邀请来的人，他便是韩梦超的家人韩启，乃是得益于医圣佟士儒之功。那韩启先前在三峡的绝壁上为佟士儒采集了药草，佟士儒见韩启攀崖登壁涉险的本事也算得上冠绝天下了，便向赵琛讨了份请柬与他，赵琛也自给了医圣的面子。能与天下群英平起平坐，同桌而语，把那韩启高兴得狂喜不止，也不知向佟士儒叩谢了多少个头，韩梦超也自感到意外的惊喜，专门向佟士儒谢过了。

　　八百群英会聚碧瑶山庄，场面盛大，规模空前，到会者无不感到奋然。群英大会由曾子平和江南才子寒文玉二人主持，由赵琛先自登台讲话。

　　赵琛今天非常高兴，自家一生中的几个宏愿都实现了，尤感欣然。此时站在五凉亭上，四下巡视一番，亭下八百人立刻鸦雀无声。

　　赵琛随即拱手一礼道："多谢各位应邀而来，赵某不才，一生虽务于商贾，却有结交天下英才之心，今日举办群英大会，是要遍请天下间的豪杰英才，聚于我碧瑶山庄，登台献艺，彼此互识，尽人生之豪情。"

　　赵琛富甲江南，却富而不俗，别有着一番豪情雅致，自令群英佩服仰慕，亭下立时响起一阵掌声。

　　赵琛又一拱手道："多谢各位，此次群英大会，来的都是能人高士，庄上若有招待不周之处，还望海涵。"说完，赵琛施礼而下。

　　寒文玉接着上前一抱拳道："各位，下面有请苏州太守田望田大人讲话。"

　　亭下群英闻之一怔，不知这群英会上如何来了个当官的，随即有人恍悟，这么大的盛会，自少不了本地的官员，见那田望穿着便服走上亭来，下面便响了几处稀落的掌声。

　　此时那田望拱了拱手，尽力压着自家的官腔道："赵琛先生豪气冲天，举办这次群英大会，实为天下间的一大盛事，如今三王叛乱平息，人心思治，本官要借这个天下英豪聚集的机会，招贤纳才，举荐于朝廷。"

　　忽闻下面有一人轻声笑道："不知会看中了谁的取乐本事，抓了去献媚于朝廷，便可升官发财了。"群英闻之，哄然一笑。

　　那田望虽被嘲弄，却也沉稳，此时不自然地一笑道："其实无论什么本事，只要能取悦于人而令人服，便算是大本事了，本官便能取悦于朝廷而令百姓服，否则哪里还会做着这官的。"群英见田望倒也机智，又自笑过。

　　接着，曾子平上前讲了一番群英会上的规则，随后邀请群英登台献艺，虽有跃跃欲试者，但在天下群英面前，一时间却没有第一个敢应的。

　　此时，方国涣心中道："能显示台上本事的，需一鸣惊人才行。"随后便招呼了一名仆人来，耳语了几句。

　　那仆人示意，忙跑到亭上曾子平身边低语了几句，曾子平闻之大喜，便朗声道："有请扬州赵杰中先生演示口中神技。"

赵杰中闻之，知道恭敬不如从命，起身来到亭上。曾子平与赵杰中见了礼，随后引手相让，一笑退下。

赵杰中面对群英拱了拱手道："既有朋友暗中举荐，赵某便不谦让了，抢个先献丑罢。"说完，默言而立，许久不动，乃是在凝神运气。

接着，一阵清脆婉转的鸟鸣声传了出来，悦耳之极，接着又似有它鸟飞至，随声而和。忽然间百鸟齐鸣，禽声大作，似有千万只鸟类在林中喧杂。细闻之，尤可辨那燕语莺声，雕嘶鹤鸣，且又有远近层次之分，听那近的时，声清而脆，闻那远的时，音悠隐隐，稍一分神，便又混喧一片，而此时赵杰中仅仅微动双唇而已。

亭下众人都已听呆，无有敢大动者，恐将群鸟惊飞。就在众人似身临其境，都入迷的当，百鸟忽歇，万声悉静，立时间无了一点声息，赵杰中已是将那口技止了，而此时群英仍沉浸在百鸟齐鸣的妙境中。

就在群英欲恍过神的时候，半空中忽传来一阵鸟叫。

"咦!?"群英惊异赵杰中的声音竟然上了天，纷纷抬头看时，原来空中飞来了一群鸟雀，显是赵杰中的口技之声引来的。

"哗……!"群英立时欢声雷动，空中那群欲觅同类的鸟雀，立时惊散了去。

第一百一十四回　群英会（下）

　　赵杰中口技演示的百鸟之声一鸣惊人，令群英惊奇不已。
　　一位老者惊叹道："老夫久居山林，自熟悉许多鸟鸣的声音，适才竟然同时听出了八种鸟鸣之声，这……这实在不可思议！"
　　另一人诧异道："就凭一张嘴、一片舌头，竟然同发这许多声音，莫非得了什么仙术？"亭下群英议论纷纷，皆惊叹赵杰中口技通神入化。
　　此时赵杰中一拱手道："献丑了。"施礼而下，曾子平惊喜地上前迎了。
　　接着第二位上场的是四川的张勇凡，此人为川剧名家，善"变脸"绝技。"变脸"乃川剧独有，能于瞬间变换剧中各种脸谱，为蜀中八绝之一，此技为传男不传女的家中秘传。那张勇凡上得台来，先自转过身去，以长袖遮面，暗里于脸上做了一番准备，似乎那袖子里藏着乾坤，可以偷天换日的。接着见那张勇凡一转身，呈现出了一张滑稽的大花脸来，群英见了，哄然大笑。
　　然而笑声未绝，忽见张勇凡背负双手，头部开始了前后转动，立时间变化出了一张张形态各异的脸谱，速度之快，不知如何得了闲工夫去换的，看得群英眼花缭乱，拍案叫绝，欢声大动。张勇凡一连变幻出了几十种脸谱之后，忽然又是一变，竟然变化出了十几种男女老幼呈喜怒悲哀的不同面容相貌来，实如真人一般，似乎超出了"变脸"内容了，达到了更加高超绝妙的境界。
　　张勇凡在变换出了四十八种不同的脸谱和面容之后，随即身形一转，复现出了自家本来面目，先前那些似贴在脸上的脸谱都不知哪里去了。台下群英立时掌声如雷，张勇凡微微一笑，躬身而退。
　　群英中有一位精通易容之术，叫商景岩的，见了张勇凡的变脸绝技，不由叹服之至。殊不知变脸与易容术是两种不同的技巧，面具上各有异处的。
　　赵杰中、张勇凡二人精彩绝伦的表演，自激起了许多人的兴趣，纷纷登台亮相，演示自家绝技绝活，时时博得满堂喝彩。群英会上高潮迭起，奇士能人不断涌现，每每有惊人之举。方国涣巡视一番八百群英，相识者倒也有百人，自都已打过招呼见过面了，可惜仍未见到简良的身影。方国涣知道简良没有寻找到兰玲，自无心思参加群英大会，然而群英会盛况空前，可结识得见天下间的豪杰英才，奇人异士，对简良失去了这个机会，方国涣自感到有些惋惜。

此时，方国涣又想起一个人来，便是那黄山居士冷飞凌，暗中叹惜道："冷大哥若负龙凤琴而来，当可曲惊群英，名扬天下的。"

方国涣继而又摇了摇头，寻思道："冷大哥是世外高人，厌世间的喧杂，早已淡泊名利，自不会人前现身显技的，几年未见，不知冷大哥现在怎样了？待日后有机会再去黄山寻访他罢，还要告诉冷大哥我出海所经历的诸多奇遇，他一定会很高兴的。"

此时群英会上发生了一件令人啼笑皆非的事，有一山西人名唤刘林的，因以说书闻名，也在被邀请的八百群英之列。这刘林的书不但说得好，而且演得好，边说边演，形象生动，把那书中的人物表达得淋漓尽致，惟妙惟肖，忠奸善恶，一看便知，不用说出书中人物的姓名，听书的一看刘林的表情举止，便知道谁是谁了，该说谁了，经常让人听得入了迷，忘了回家吃饭去，时称一绝。

且说刘林本一寒士，接到群英会的请柬后惊喜万分，为了赴此次盛会，向朋友借了一件新长袍。也是那长袍的颜色款式一般了些，虽持有请柬进了碧瑶山庄的大门，但是人太多，还是被那接引的庄丁不慎忽略了，令刘林迷了路。

那刘林在碧瑶山庄内一阵乱走，见了风景如画的园林景色，先自迷了，惊叹自家书中描述过的仙境也不过如此。走至一处，见有十几桌丰盛的酒席，以为正席，那刘林便坐了下来喝酒吃菜。然而发现席间诸人的言谈举止，皆非豪杰英才、奇人异士的模样，刘林心中惑疑起来。此时群英会已至大半，才被人于招待群英随从的席间发现，急送至五凉亭正席处，被群英哄堂笑过。宋旅扬则暗叫了一声惭愧，亲自向那刘林赔了罪后，暗中派人四下查巡了一遍，以防有类似者。

此时登台献艺者是那驯兽的黄达，他带来的那只白猿已由山庄中仆人引到了五凉亭上。这只白猿长得精壮，立起来有一人多高，通身上下一色雪白的长毛，二目机警，灵光闪动，面对亭下群英却无一丝惧意，此猿实为世上罕见。

"好一只白猿！"群英见之，无不赞叹。

那黄达此时自有些得意，双手一抱拳道："各位，黄某不才，也来献献丑，这只白猿自幼便由黄某驯养，极具灵气，今日若让它表演些普通的把戏，乃是屈了它，更让大家见笑的。黄某要说明的是，这只白猿能领会我话中的意思，比人还要聪明许多。比如说家中来了位客人，若是投缘的，黄某也自真心待客，便对白猿说'拿酒来'，它自会把酒拿来的；若是来了位不相得的，想赖你一顿酒食吃，黄某也自不想拂了他的面子，便对白猿说'拿酒去',它于是一去不复返了,来客会知趣而去。"群英闻之,哄堂大笑。

一老者摇头不信道:"这只白猿若不是成了精,通了人性,当不会驯养调教到这种程度的,黄先生必是用了其他的法子。"

黄达闻之笑道:"各位若不信,黄某可当场来试。"说完,对那白猿喊道:"今有贵客,拿酒来。"那白猿似听懂了一般,转身蹿到台下,在一酒席桌上提了壶酒,大摇大摆地回了来,交给了黄达。

先前那老者见了,惊讶道:"果然听话的。"

一年轻人道:"未必见得,普通的猴子训练好了,也会取物的。"

黄达听了,微微一笑,随后对那白猿又道:"今有贵客,拿酒去。"便见那白猿蹿到一旁,却是站在那里不动了,还不时地抓耳挠腮,呈出嘲弄之意。

群英见了,各自惊讶,一人惊叹道:"乖乖!果是个猴精,真晓得主人的意思。"

赵明风此时羡慕道:"若养着这么一只善解人意的白猿,实为一大乐事。"

与赵明风同桌的梅乙南,则在一旁轻声道:"此猿虽有灵性,但毕竟是兽类,怎能理会主人好客厌客的意图,这位黄达为驯兽名家,自有他别样的法子引导白猿的。"

赵明风闻之,诧异道:"如何见得?"

梅乙南低声道:"这只白猿训练有素,适才低头盯着黄达的脚面,黄达说拿酒来之时,左脚前伸,说拿酒去时,右脚前伸,以此暗示白猿,大家目光都在白猿身上,无人注意到黄达私下的动作,故而愈演愈真了。"

赵明风闻之,恍悟道:"原来是这样,我还真以为这白猿善解人意,智能超凡呢!"

梅乙南道:"能把白猿训练到这种程度,也自不俗了,黄达不愧为驯兽名家,可以暗示白猿作为的。"

那位江湖艺女李琼燕表演了一种轻身的杂技,尤令群英称绝不已。乃是以六名童子按方位站定,每名童子双手各持一根柔细的红丝线,交织成网状,那李琼燕便在丝线上步行而舞,竟然如履实地一般,悬而不坠,六名童子虽互扯丝线,却也不甚着力。群英见到如此高超的绝技,俱为惊服。

曾子平惊叹道:"闻汉时的李飞燕身轻如燕,可在盘子上跳舞,没想到李琼燕姑娘更胜几倍,能立于若踏无物的丝线之上。"

赵琛这时对谷司晨道:"药王先生不但是医中的国手,更是一位武学大家,不知李姑娘的这种轻身绝技可否是武学中的轻功?"

谷司晨道:"赵先生倒是问对人了,谷某与李姑娘自是识得的,她的这种轻身绝技虽得益于武学中的轻身术,但更多的是李姑娘苦练而成的轻身技巧,也就是善于借力分力。这六名童子所持的十二根红丝线,交织成网,各有不同的着力点，普通人可能用指头一压就断了，便是轻功极高者，也不能在上面步行而舞、左右自如。李姑娘却能施展高超的技巧，把自己的重力分散了去，全凭巧力行其上，绝妙之极，此术江湖上称为'十二金丝舞'的。"

赵琛闻之，赞叹道："达到这般境界，当是仙家所为了。"

群英会上，高人献艺，愈演愈奇，自令八百群英互开眼界，知道这天下间能人怪才多得是，各自庆幸有此际遇。此次大会所邀请的豪杰英才多是善一技之长人所不能为者，涉及广泛，各种行业持各种技能的人都有。

如那民间出了名的"泥人张""糖人李"，自都在被邀群英之列。群英会不以富贵贫贱、身份尊卑论英才豪杰，尤令群英敬服，也是赵琛、曾子平等人有见识，知道无论什么行当，都有龙虎藏其中的，自想请尽天下间的能人。

那"泥人张"的传人叫张沛，暗里揣摩了八百群英的模样，私下捏出了八百个泥人，形态逼真，一眼就能瞧出谁是谁来，令群英惊叹万分。赵琛见了尤为惊喜，立时将这八百个泥人收藏于碧瑶山庄，以之纪念此次群英会。

群英会共开了三天，有二百一十七人登台献技献艺。盛会期间，碧瑶山庄派出了十余名主笔，尽录八百群英姓氏籍贯、才学技艺，详细笔录，不列名次，合之一部《群英谱》。又有才高的贤士，作诗词歌赋百余篇，以纪念此次盛会。到了第四天，碧瑶山庄全部开放，邀请群英游园赏景，互相结识，自把气氛推向了高潮。

有一河南名士，叫管钟玲的，约了十几人到宁园拜会了连奇瑛、孙奇等六合堂诸人，乃是想见当年独石口关外布列棋阵帮助六合堂挡退了女真二十万铁骑的棋上高人。连奇瑛欣然而允，自把方国涣向众人引见了，管钟玲等人见方国涣竟然是一位年轻人，各自惊叹不已。消息传开，群英纷纷来宁园见方国涣，目睹这位棋上能走出大本事，另生异能之人。方国涣一时间应接不暇，也自高兴与天下群英结识。连奇瑛、法无等人见方国涣得到群英敬慕，尤感欣慰。

畅游碧瑶山庄之后，群英大会也就宣告结束，群英兴尽而散，纷纷辞别而去。因小全子之故，方国涣应赵琛父子之请，暂留碧瑶山庄多住几日，准备于数日后带小全子与法无同回连云山天元寺。连奇瑛、孙奇、刘诃等六合堂诸人先辞别回鄱阳湖了，同行的还有江南棋王田阳午与菊花夫人。罗坤、卜元、吕竹风三人虽不愿离开方国涣，也自依依不舍别去了。

方国涣送走了六合堂诸人，随后又送走了钟世源、尉迟云璐，接着谷司晨、佟士儒师徒、阮方、米迁、梅乙南、许九公、赵杰中等人也相继别去，曾子平、叶晓生二人是最后离开的。盛大的群英会顺开顺结，碧瑶山庄又恢复了往日的平静，只有宋旅扬在处理些会后诸事。

群英散尽，只有方国涣、法无留在了碧瑶山庄，准备于三日后带小全子回天元寺。方国涣与赵琛已商定,小全子在天元寺住一段时间之后,仍返回碧瑶山庄,至于他是喇嘛教转世的小活佛一事,日后再议。

此时,方国涣、法无、赵琛、赵明风四人在齐仁殿内饮茶聊天,小全子被韩杏儿唤去于百花厅调酿百花酒了。

谈起群英会上的奇异见闻,方国涣不胜感慨道:"没想到天下间竟有这许多能人高士,此次群英会真是让人大开眼界。"

赵琛道:"此次大会也自超出我的意外,料不到会这般的成功,前后虽耗去十几万两银子,却也值得。"

方国涣笑道:"赵伯父做事,每生壮举,当年造船出海,今日群英大会,这等气魄可不是常人所能为的。"

法无一旁道:"赵先生的豪情实不像一位大富家所有的,古人也有豪富者,多耽于自家之乐,耀于人前,而无如先生这般,可使豪情荡气于天下人。"

赵琛笑道:"二位过奖了,人生在世,当有所作为,只要尽力去做了,成功与否则在其次,主要的是让自家心中无所遗憾,不产生悔念便是了。"

这时,一名庄丁持了封书信进来报道:"禀老爷,庄门外来了一些喇嘛,打听方国涣公子是否在庄上,小人说在,有一位喇嘛便递上来一封书信,说是呈与方公子一看便知。"

"找我?"方国涣闻之,大为惊讶。

赵琛问道:"可问清了,哪里来的喇嘛?"

那庄丁道:"说是来自西藏的拉萨城大昭寺。"

"大昭寺!?"方国涣一惊而起道,"难道是安木喇嘛派人来迎小全子了?"

"不会吧?"赵琛愕然道,"公子回到江南没有多久,识出小全子的身份也无几日,那安木喇嘛如何这么快就派了人来?"

赵明风一旁道:"莫非那安木喇嘛等得急了,派人来催的?否则怎么能知道他们的小活佛已经找到了?!"

法无已听方国涣说过小全子的事,此时便道:"安木法师既有书信来,师弟一看便知原委了。"方国涣忙取过庄丁手中的书信,急拆来看。

赵明风这时疑道:"也怪了,那些喇嘛如何知道国涣贤弟在我碧瑶山庄?"

法无道:"或许是群英会引来的罢。"

赵明风点头道:"有道理,以国涣贤弟的棋名,必在群英会上出现的,那些喇嘛倒也聪明,得到消息便寻了来。"

赵琛见方国涣读完那封书信后,呆坐不语,尤显为难之色,忙问道:"方公子,不知安木喇嘛是何用意?"

方国涣叹然一声道:"安木喇嘛果是派人来迎小全子的,可是小全子目前一无所知，让他如何接受这个现实？"赵琛、赵明风、法无三人闻之一惊。

赵琛诧异道："那位安木喇嘛是位神人不成，竟然知道地这么快？"

方国涣道："安木喇嘛是位得道的高僧，似乎清楚世间的一切缘由，对事情都有预知的。当初在藏地与安木喇嘛相识之时，他便知道寻找教中小活佛的事会应在我身上，并且知道我一回到汉地便会有结果的，所以随后就派了人来，这些安木活佛在信中都已说明了的。"

赵明风惊讶道："看来小全子是那喇嘛教的一位转世的小活佛已经是真的了，他真的要走吗？"

方国涣叹惜一声道："不错，小全子的前世是大昭寺内的一位地位很高的喇嘛，从哪里来，还回哪里去。此事说起来令人难以置信，不知小全子能否接受得了？"

赵琛道："事已至此，只好对小全子讲明一切了，尽量劝解他罢。那些喇嘛既已到了庄门外，我先去接待了，小全子那边只能由方公子去解释了。"

方国涣道："这样也好，先安置了那些喇嘛，小全子由我慢慢来说。"随后，赵琛、赵明风、法无三人去接待从大昭寺远道而来的喇嘛，方国涣急忙寻小全子去了。

大昭寺喇嘛们的到来，令方国涣大感意外，没有料到会来得这么快，安木喇嘛虽在信中说明了一切，方国涣仍感突然。方国涣自从在藏地经历了一番奇遇之后，知道天地之间与人本身的秘密深奥不可解，不过也有些感悟。此番小全子意外地成为喇嘛教的一位转世人，令方国涣更加茫然之余，尤增加了一些探奇之心，似乎触动了自家早先便有的一点模糊愿望。

方国涣到百花厅寻小全子不着，便回到了宁园，时间不大，小全子也自回了来。

一见方国涣，小全子便笑道："方大哥，庄上刚刚来了一群称作喇嘛的和尚，像是参加群英会来迟了的，他们却是走了个远道，赶了个晚集，好是可笑。"

方国涣闻之，摇头一叹道："小全子，你且坐下，我有话跟你说。"

小全子道："可是明天回天元寺的事？我也要如方大哥一般，在天元寺修出无上的棋道来。"

方国涣摇了摇头道："小全子，你不能去天元寺了，有一处新的地方要你去的。"

小全子闻之一惊道："方大哥，这……这是怎么回事？"说话间，神情大急。

方国涣叹然一声道："小全子，我也料想不到事情会进展的这般快，实话对你说罢，你适才见到的那些喇嘛是专门为你来的。"

"为我来的?"小全子闻之一怔,随即笑道,"方大哥这些日子总是说些奇怪的话,那些喇嘛我又不识得他们,如何是为我来的?"

方国涣道:"这些喇嘛来自西藏的拉萨城大昭寺,此番来到江南,是要迎归他们教中的一位转生在汉地的小活佛。"

小全子闻之,愈加茫然道:"这与我有何关系?"

方国涣拍了拍小全子的肩头道:"因为你就是那位喇嘛教中转世的小活佛。"

"我!?"小全子大吃一惊道,"怎么会是我?那些喇嘛莫非搞错了,胡乱抓个人来充数的?"

方国涣摇了摇头道:"此事说起来离奇得很,也难怪你不信的,我且从头对你讲罢。你手中的这串念珠便是来自大昭寺,也就是说,凭此物来认人的,正好应在了你身上。"

小全子闻之诧异道:"方大哥是说,这串我所熟悉的念珠与那些喇嘛们同来自大昭寺?"

方国涣道:"不错,先前我与你罗坤大哥滞留藏地之时,结识了一位大昭寺的高僧安木喇嘛,人人都称他为活佛的。喇嘛教中有转世灵童一说,与我们民间盛传的投胎转世之说相似的,不过喇嘛教中的转世人都是些前世有修行的高僧。当初我离开藏地回汉地时,安木喇嘛便托付我一件事,寻找他们教中的一位转世人,并以此串念珠为凭,有见此珠萌生旧物之感者,便是他们所要找的人。"

小全子惊异万分道:"会有这种事?"不由得呆了。

过了好一阵,小全子摇头道:"不会的,世上哪里会有这等古怪的事,这串珠子我虽然熟悉得很,也自喜它,或许是梦中见过的罢,不能因此断定我便是那些喇嘛要找的人,方大哥莫如把这串珠子还了他们罢,我是不会跟他们去的。"

方国涣摇头道:"不可以的,此事既然应在你身上,必有其中的道理,勿要轻易地推脱了去。喇嘛教的事我不懂的,更不知其中的奥秘,故而无法与你说深了去,但是有一点我要告诉你的,你是一位有着特殊慧根灵气的人,以喇嘛教的说法便是一名转世的佛身。"

方国涣缓了一下又道:"世上的宗教,无论是西藏的喇嘛教,还是中土的佛教、道教,它的形成除了社会、历史等诸多因素之外,最主要的便是人的本身,也就是追求探索生命的奥秘,以及明白这世间万事万物的道理。宗教中虽有许多虚妄之论,但并非都是无稽之谈,有些奥秘非常人之智所能解的、所能悟的。"

方国涣接着又语重心长地道:"小全子,人生在世,当要有所作为,探求一些事物道理的。方大哥欲以棋道博及万物，但棋道虽能示万物理，却不能明其因、不能达其本，仍有其所限。而你则不同，可以回归故教，利用内外的条件，亲自去领会感悟这天地间的玄机奥妙。当年方大哥收留你，便希望你日后有所作为，没想到你却有着先天的特殊机缘，为喇嘛教的转世佛身，这其中的奥妙你不想了解吗？还有，我于当年在西洋上遭海难死里逃生，辗转到了西藏，经历了许多奇险之事，并因此证明了你的特殊身份，这一切说起来好像是巧合，其实都是有着某种必然联系的。从某种意义上来说，宗教是探索天人之间大道奥秘的一种途径，你既是喇嘛教中的一位转世人，自然有着别样的灵性，就应该去探求明白这一切为何这样的道理，知其然而知其所以然，才不至于负了你的这场机缘。"

小全子此时惊讶地望着方国涣，听得似懂非懂，慢慢地摇了摇头道："方大哥，小全子哪里也不去，不想成就那些佛仙之道，只想跟着方大哥游走天下，就是吃再大的苦头也不怕的，求求你方大哥，不要丢下小全子不管。"说话间已是泪流满面，显是难过之极。

方国涣见了，心中一酸，也险些掉下泪来，望着小全子可怜的模样，不由得犹豫起来。方国涣、小全子二人情深至切，自不忍有这般悲伤离别。

方国涣沉思了片刻，忽下了决心道："小全子，方大哥不想勉强你，此事由你自家决定好了，若不想随来迎你的喇嘛入藏归教，我且把他们打发走便是，日后再亲自去大昭寺向安木喇嘛解释，方大哥不想逼着你改变自家意愿。"

小全子闻之，立时感动得泣不成声，方国涣上前抚慰了道："其实方大哥也舍不得你的，好了，这件事情你自家再考虑考虑罢，我先去见见那些喇嘛，明天早上听你的最后决定，方大哥保证，绝不勉强你的。"小全子自是含着泪水点了点头，方国涣宽然一笑，暗叹一声去了。

方国涣在齐仁殿内礼见了一位叫索里不扎的喇嘛，二人先前在大昭寺也自见过面的。索里不扎先自谢过了方国涣替喇嘛教寻到了一位小活佛之恩，方国涣摇了摇头道："大法师勿要先谢我，贵教的小活佛虽已找到，却未必肯随你们去的。"

索里不扎道："此事安木活佛早已预料到，特备了一幅佛像来，此画像是小活佛的前世西桑活佛打坐修炼之时经常面对的，只要与小活佛看了，便有思归之念。"说完，索里不扎从袖中取了一卷画轴献上。

方国涣打开来看时，见是一幅跏趺佛的画像，古朴庄严，显得年代久远。索里不扎又道："安木活佛有法旨，小活佛转生汉地，受诸多苦，本性迷失，需他自家认清真我之后，方可迎归，不得勉强。"

方国涣点头道："安木活佛通晓人情，实为难得。"

第一百一十四回　群英会（下）

　　赵琛这时道："贵教可都是这般寻找转世人的吗？"

　　索里不扎道："本教寻找转世灵童都有特殊的仪轨，很是严格的，唯独这次寻找西桑活佛的转世身是例外，此中机缘，我等也不知的。"

　　方国涣持了那幅佛像见了小全子，对他道："这佛像是那些喇嘛带来的，似对你有开示的作用，你自家参悟了罢。"说完，便不打扰他，竟自去了。

　　小全子把画轴打开，忽见了这幅跏趺佛像，不由惊讶道："怪了，又似在哪里见过的，我……我真的是那活佛转世不成？"

　　小全子惑然之余，寻思道："看来方大哥说的都是真的，我果然是喇嘛教的人，这到底是何缘故呢？"小全子随后把那幅佛像挂于墙上，依那佛像跏趺而坐，手里持了那串念珠，观望着画像慢慢静心宁神，不知不觉入定了去。

　　不知过了几时，小全子忽然恍然大悟，释然一声道："我知道我是谁了！"忙起身去找方国涣，出了房门，才发觉已是第二天清晨了。

　　方国涣刚刚起床，忽见小全子兴冲冲地进来道："方大哥，我知道我是谁了，并且从哪里来的。"

　　方国涣闻之，惊异道："小全子，你……？"

　　小全子感慨一声道："方大哥，我都明白了，我还是随他们回去的好。"

　　方国涣惊讶之余，大喜道："小全子，恭喜你了！"

　　小全子叹然一声道："这个世界奇妙怪异得很，我要回到原先的地方探求个明白，今日就走。"

　　方国涣道："我送你。"

　　小全子摇头道："不劳方大哥了，只要日后方大哥有机会去看我，小全子就心满意足了。"说完，泪水流下。

　　方国涣激动地道："小全子，方大哥向你保证，日后一定去大昭寺看你。"

　　小全子要与索里不扎等众喇嘛入藏归教，立时震动碧瑶山庄。赵琛与赵明风、韩杏儿夫妇感叹不舍之余，赠送了大量的金银器物，恐小全子初入藏地生活不习惯，赵琛又命人急在苏州城内购置了许多日常用品。为了迎归小全子，索里不扎等众喇嘛还带来了喇嘛教的金銮仪仗，十分隆重。

　　众喇嘛见了小全子，纷纷免冠罗拜，小全子也自遍摩众喇嘛顶，随后又换上了僧衣僧帽。小全子忍着自家伤感，对方国涣、赵琛、赵明风、法无、宋旅扬等人深施一礼，含泪别去，众喇嘛便拥护了小全子回归西藏大昭寺。

　　送走了小全子，方国涣心中怅然，于第二日便和法无辞别了赵氏父子，起程回连云山天元寺。那块镶有"棋仙"二字的珍珠匾，也自带了，准备收藏于天元寺。

第一百一十五回　巧破徐州案

　　方国涣、法无二人回转连云山天元寺，这日走得晚了，到了一座小镇上，镇上仅有的一家客栈已人满为患。法无便让方国涣在一家茶肆内吃着东西候了，自己去寻住处。

　　一壶茶的光景，法无便转了回来，对方国涣道："镇子南头有一户有宽余房屋的人家，倒也洁净，我予了主人家两钱银子，讲好住上一晚。"

　　方国涣道："天色已黑了，有的地方住就可以了。"随后师兄弟二人便出了茶肆，向镇南而来。

　　到了一户人家的宅院前，法无自开了院门，引了方国涣进入西边的一间屋子，放下了那块珍珠匾道："主人家已歇了，让我们自行方便就是。"

　　方国涣见此房间倒也简洁，有东、西两张床，地上一张桌子，一盏油灯，一壶茶水，墙角堆了些家什。法无饮了一碗茶水，自在西床上歇了。方国涣灭了油灯，在东床上躺了，想着就要与天元寺的众师兄们相见，心中不免一番感慨。方国涣的这张床是靠着东侧墙壁的，那墙壁为木板所制，不甚厚，故不甚隔音，偶尔听到隔壁有男女小声说话之音，方国涣知道是主人家夫妇，便不去理会，侧过身子，催自家入睡。

　　不知何故，隔壁的说话声逐渐大了起来，那主人家夫妇似吵架的样子。但闻那妇人数落道："你这千刀杀的，好没良心，老娘真后悔跟了你这无用的东西，若不是老娘当初的主意，哪里有你今天的好日子过。"

　　接着便听那男人狠狠地道："你这臭婆娘，说话没个遮拦，隔壁有借宿的客人，要小声些的。"

　　那妇人似有股子泼劲，当下拉着嗓子喊道："怎么？你怕了？怕那些冤死鬼来索你的命……"

　　没等那妇人说完，便听"啪"的一声脆响，显是挨了一记耳光，接着便听那男人压低着声音，自有些恼怒道："不知死活的东西，闭上你这张臭嘴。"

　　法无这时对方国涣轻声笑道："师弟，被扰得睡不着罢，这两口子，也不顾些体面，我去叫他们住了罢。"

　　方国涣连忙轻声止了道："这是人家的家事，莫管他们罢，我们将就一晚就是了。"

第一百一十五回　巧破徐州案

　　这时听隔壁那妇人抽泣了几声，低声骂道："你这变了黑心的王八蛋，竟敢打起老娘来了，也不想想，如今吃的、用的，哪一样不是从那死鬼的家中带来的。想起来真后悔，那死鬼虽然不知疼爱人，却也从来没有打过我。"

　　接着听那男人低声央求道："我的姑奶奶，你不要说了好不好，明日我把那输掉的十两银子赢回来就是，保证以后不再赌了还不成吗！"

　　那妇人似不知深浅，不依不饶地道："你这王八蛋，说话哪有算数的时候，别以为当初做的神不知鬼不觉，把老娘惹恼了，可没你好果子吃，到官府首了你。"

　　"闭嘴！不知死活的娘们儿。"那男人自有些惊恐道，"老子出了事，你他妈的也好不了。"

　　那妇人毫无顾忌地"格格"一笑道："老娘怕什么，从徐州躲到这里，整天担惊受怕、心神不得安宁的日子老娘已过够了，当初要不是你在棋子上做了手脚，害得那两个没头脑的死鬼发起疯来乱杀……"

　　没等那妇人说完，嘴巴好像被那男人一把捂上了，随闻那男人慌乱地道："真想找死吗？隔壁有借宿的客人。"

　　那妇人适才一时性起说走了嘴，此时也自悔悟，不再言语，隔壁立时肃静下来。

　　然而，方国涣这边已是大吃一惊，从这对吵嘴夫妇的话语中，令方国涣忽然想起了一件事，当年途经徐州时，遇上的那件轰动一时的徐州棋案。

　　方国涣此时心中一凛道："此案当年便有许多疑点，难道会与这对夫妇有关？"

　　方国涣随后悄然下了床，来到法无的床边，轻声唤道："师兄，你睡了吗？"

　　法无翻身坐了起来，轻声应道："哪里睡得着，看来隔壁这对狗男女有些来历不明，定是谋财害命之辈，躲到这里避难的。"

　　方国涣悄声道："事情不那么简单，法无师兄，你能否帮我一下，证实一件事？"

　　法无闻之惊讶道："师弟，你要做些什么？"

　　方国涣轻声道："我想认一认这对男女，详情稍后再说。"

　　法无闻之，吃了一惊，知道事情有些蹊跷，便点头应了。先静了一会儿，法无故意打了一阵鼾声，似睡熟的样子，隔壁那对男女此时也无了声息。

　　过了约半个时辰，法无悄然起身，轻启房门来到了院中，然后纵身一跃上了房顶，掀了几片瓦胡乱地丢在院中，激起了一阵声响，法无又自极快地回到了房间内。

　　此时隔壁的那对男女已被惊动，那男人声呈颤抖道："什……什么声音？"

那妇人尤为慌乱地道："你……你出去看看罢。"接着便听隔壁的房门一响，灯光一亮，一名男子持了火烛战战兢兢地走了出来。

当方国涣从窗扇的缝隙中向外看时，一见之下，险些惊喊出来，此时又从门内探出那妇人的头颈来，寻问道："喂！怎么回事？"

方国涣借着那男人手中的烛光，看清了这妇人的面容时，又是一惊，心中立时都明白了。

那男子此时举着火烛四下照了照，又见西边的房间内寂然无声，这才略松了一口气道："可能是野猫上房动落了瓦片，你这婆娘胡说一气，搞得老子心惊肉跳。"那男人嘟囔了几句，便转身回了屋去，接着烛光一暗，这对男女又睡下了。

法无这时对方国涣轻声道："师弟，可识得他们？"

方国涣轻叹一声道："不错，这是一对杀人的凶犯，天网恢恢，疏而不漏，却也让他们逃脱了数年之久。"

法无闻之，惊讶道："这对狗男女果然不是什么好人，不知他们犯下了什么命案来？"

方国涣便拉了法无于西床上坐了，轻声道："此事说来话长，当年我途经徐州时，正好遇上徐州城内两名好棋的武师薛勇、王国付二人，因棋争执，互相残杀而死命还殃及三位徒弟的一桩血案。此案看起来虽重大却也简单，只因棋上争子，产生口角，进而演化成一场杀斗，徐州府衙便很快地结了案。但我去过案发现场，见过薛勇、王国付二人走过的那盘棋，发现大有古怪，棋盘上棋子布列完全乱了章法，毫无棋路、棋势可言，不知道薛勇、王国付二人是如何产生争执的。当时虽有疑点但无结果，官府又结了案，也就不了了之。今日偶然听到这对男女话中之意，联想起当年徐州棋案，他们乃是主谋之人。"

法无闻之，惊讶道："竟有这等怪事，比那李如川棋上杀人还要厉害的，师弟是如何识得这对狗男女的？"

方国涣道："当年在徐州那起棋上血案的现场见过他们，故而有些印象，这男子是薛勇的徒弟宋乾，妇人是薛勇的妻子王氏，看来是他二人在棋上动的手脚，殃及了五条人命。但令人不解的是，不知他们如何在棋上动的手脚，以至于令薛勇、王国付二人争执得过了头，如仇人一般杀红了眼睛。那薛、王二人虽为武师，脾气暴躁些，棋上也时有争执，但二人情同手足，从未动过手的，人称他二人为'刀枪兄弟，棋上冤家'。一盘棋是不会令他二人大打出手的，并且祸及三位徒弟，他们五人可谓死得不明不白，问题看来是出在宋乾、王氏二人身上。"

法无这时恼了道："瞧这对狗男女说话的模样，便不是什么好人，一个徒

第一百一十五回 巧破徐州案

弟勾搭上了师娘，还能做出什么好事来。待我去把这对狗男女杀了，替那两位武师及三个弟子报仇，老天也自公道，虽让他们多活了几年，却撞上了师弟这个知情者。"

方国涣止了道："我们不可贸然行事，他们无意中说出的话虽有疑点，但无确凿的证据，况且杀了他们便无法弄清当年徐州棋案的真相。"

法无道："那就把他们送到官府，让衙门里审问定罪就是了。"

方国涣摇头道："也不妥当，此案徐州府衙当年已结了案的，没有确凿的证据是不能轻易翻案重审的。他们又是外地人，嘴上硬些，只字不吐，当地的官府也奈何他们不得。"

法无听了，性急道："杀了算了，免得麻烦。"

方国涣道："师兄勿急，我有一个法子，可让他们自家认罪，说出当年徐州棋案的真相，不但能解我对那盘古怪棋局的疑团，更有证据把他们捉送官府，押回徐州，为那些受害者伸冤。"

法无闻之喜道："不知用什么法子可令这对狗男女主动招供？"

方国涣便对法无如此这般，这般如此了一番，法无闻之，拍手称妙。

此时隔壁的那宋乾、王氏二人，并不知道自家的罪行已经败露了。他二人当年在徐州合谋害死了薛勇、王国付，并且殃及赵飞、李海、徐子涛三人之后，恐令他人生疑，便席卷了薛勇多年积下的金银细软，逃到了这里一起过起活来。他二人认为事情做得周密，官府又结了案子，只要远走他乡，从此便可高枕无忧了。宋乾、王氏到了这小镇上定居之后，不谋营生，坐吃山空，手头渐渐拮据了些。这天，宋乾偷了家里十两银子背着王氏去赌，不想输了个干净，王氏发现后便与宋乾吵了一天嘴，无意中被碰巧借宿于此的方国涣听出了些端倪，也是他二人恶有恶报，那般快活的日子到头了。

再说宋乾、王氏二人毕竟是心虚的，被院中的响声惊吓了一回。那宋乾回到屋内后，把耳朵贴在墙上，听隔壁的客人并无动静，稍稍松了口气，也自放下心来，瞪了王氏一眼，低声狠道："要想多活几年，就把那件事忘掉，你若再提起来，休怪我不客气。"

那王氏毕竟是一个妇人家，知道隔壁有借宿的客人，自家说走了嘴，若被人听了去是要惹祸的，也自有些怕了，不敢再言语，倒于一头睡了。

蒙眬中，那王氏感觉到屋中有种奇怪的声响，心中不由一惊，害怕起来，用手捅了一下宋乾道："你……你醒醒，屋内好像有动静。"

宋乾睡得也不甚踏实，自有些不耐烦道："你这婆娘，真多事……？"

说话间，忽见墙上似有黑影晃动，那宋乾头皮立时一麻，吓得一哆嗦。宋乾毕竟是习过武的，通几套拳脚，当即稳了稳神，摸索着燃亮了蜡烛。此时王氏一声惊叫，一下子躲到了宋乾的身后。

宋乾一惊，当他抬头看时，不由吓得魂飞魄散，但见墙面上悬立着一个青面长舌的鬼魂，瞋目怒喝道："你们这对狗男女害得我好苦，还我命来。"

"你……你是谁？"宋乾硬着头皮问了一句。

那鬼魂阴沉沉地道："宋乾，怎么连师父都不认得了？"

"师……师父！？"自把宋乾惊得十魄飞出了九魄去，那王氏早已吓得抖作一团。

此时那鬼魂轻叹了一声道："你们躲在这里快活，可忘了自家做的事吗？"

宋乾、王氏早已吓得六神无主，哪里辨得出真假，王氏指着宋乾道："不……不是我干的，是他，是他。"

宋乾见鬼魂叫出了自家名字，以为师父薛勇索命来了，一时间汗流遍体，跪地叩头，口中讨饶道："师父饶命，师父饶命。"

王氏也自跪地颤声道："当……当家的，念你我当年夫妻一场，饶了我罢。"

那鬼魂摇了摇头道："阎王见我等死的冤屈，特叫我来索你二人性命，快快还了我等命来。"

宋乾忙自辩解道："师父，不是弟子要害你的，而是师娘叫弟子在棋上涂了毒的，一切主意都是她出的。"

王氏闻之，惊慌道："你这没良心的，怎么怪起我来……"

鬼魂见他二人互相推脱罪责，怒斥道："你二人勿要为自家狡辩，快快说出当年如何在棋局上做的手脚，害得我与王国付大哥一时心智迷乱，互残而死，又殃及三位无辜之人，若有一丝隐瞒，我即刻索了你二人性命去。"

宋乾忙道："弟子不敢，当年师父好棋成瘾，每日与王国付师父走棋，冷落了师娘，师娘于是就和弟子……"

鬼魂怒斥道："勿要说这等见不得人的事，快快招出你们如何害死我等的。"

宋乾道："师娘见师父每在棋上与王国付师父争执，便生出一个主意来，叫弟子在棋上涂了毒。"

"什么毒药？竟如此害人不留痕迹。"鬼魂惊问道。

王氏颤声道："那……那是我娘家后山上生长的一种野茉莉花根，把其浆汁涂在物件上，人若接触了，便会意乱神迷，始觉口渴，继而激起人的疯狂之性来。"

鬼魂闻之，叹然一声道："你这贱人，好是狠毒，竟然生出这等毒计来。"接着又质问宋乾道："你又是如何做的？当年官府为何没有验出毒来？以致令你二人逃脱了法网。"

宋乾忙叩了几个头道："弟子该死，弟子该死。当年师娘把一瓶毒汁给了

第一百一十五回 巧破徐州案

我,弟子便把师父常用的那付棋子偷了出来,用毒汁逐个浸了,阴干后又暗里送回了原处。那日师父与王国付师父走棋时,便触了毒,一时心智狂乱,不认亲疏,连杀了赵飞、李海、徐子涛三位师弟,后又互残而死。弟子趁这时候将棋盘上的棋子用无毒的换下,因为弟子不懂棋,便在上面胡乱摆了,后来又把那些有毒的棋子埋掉了。当年徐州府衙的官差自没有发现什么异常来,只道师父与王国付师父因下棋争执,日久积怨,故而一触立发,残杀而死。其实这些都是师娘的主意,是她逼着弟子干的,钻了师父好争棋的空子,令官府不起疑的。"

王氏一旁听了,发急道:"你这千刀杀的,都推到我的身上来,当年要不是你下了狠心,我如何敢做的。"

鬼魂这时怒喝道:"你们这对贱人勿要多辩,由于你们一起害死了五条人命,已经震动地府,阎王责成你们把事情经过一一写出,然后画押,我要带回供词呈献阎王,死活再行定夺。"宋乾、王氏二人听了,一时犹豫不决。

鬼魂大怒道:"若不如实写来,我即刻索了你们性命去。"随即身形闪动,自在宋乾、王氏二人头上盘旋了一圈,复归原位。

那宋乾、王氏二人但感阴风扑面,觉得那鬼魂轻若无物,是那幽灵般,果能摄人魂魄的,一时惊骇之极,连声讨饶,愿写供词。

接着宋乾、王氏二人寻了纸笔,将当年徐州棋案的经过一一笔录了,然后各又画了押。宋乾跪呈鬼魂道:"还请师父在阎王面前讨个人情,让弟子多活几年。"

那鬼魂接过供词,忽然冷笑一声道:"便是阴间能饶得你们,阳间也不能饶得,阎王那里,还是日后由你们自家去说罢。"

宋乾、王氏二人觉得那鬼魂的声音不对,不由各自一怔,惊愕间,房门忽地一声被推开了,一位年轻人走进来道:"早知现在,何必当初,二位,还认得我吗?"

宋乾、王氏二人见了这位年轻人,自觉得有些面熟,似曾在哪里见过的,一时间都惊呆了。

进来的年轻人正是方国涣,那鬼魂自是法无所扮,法无在江湖上有"飞天和尚"之称,轻功极高,适才的那一番演示把宋乾、王氏二人吓住了,招出了当年徐州棋案的真相。方国涣在门外听了个清楚,心中的疑团立解,对宋乾、王氏二人所为惊讶之余十分愤然,便推门进了来。

那王氏一见方国涣,不由惊呼了一声,已是识出了方国涣是当年随六合堂的张林平去家中验棋的那位年轻人,知道事情败露,立时瘫软在地。

法无这时持了那份供词笑嘻嘻地对方国涣道:"师弟,这对狗男女不经吓的,把一切都招了。"

宋乾此时已明白着了道、上了当，惊悔不已，仗着练过几年武功，欲作垂死挣扎，发起狠来，嚎叫一声扑向法无，想要抢回那份供词。

　　法无哪里容他得逞，回身一脚飞出，将那宋乾的肋骨踢断数根，痛得宋乾大叫一声，滚落旁边。

　　方国涣此时摇头一叹道："苍天有眼，让你二人的罪行终得暴露，没想到你二人竟能下此毒手，一起害死了五条人命。当年我便觉得那盘棋有些古怪，原来被你们偷天换日易了棋子，一点痕迹都不留的。今日遇上了我这个知情者，也是你们的气数尽了，还有何话说？"宋乾、王氏二人，各自低头不语。

　　此时天色大亮，这边一闹，惊动了不少邻人，不知发生了什么事情，都围过来观看，见宋乾、王氏二人竟被绳子捆了，两个陌生人站在那里，俱为惊异。

　　方国涣见镇上的地保过来寻问，便对那地保道："这户人家的主人宋乾、王氏，乃是杀人潜逃的凶犯，现有他二人的亲笔供词在此，可做证据，你等可把他们押往本地县衙审问，便会明白一切，再由官府押回徐州。"

　　那地保见事情重大，忙选了邻里的几名壮汉，把宋乾、王氏捆送县衙。围观诸人见了他们的邻居夫妻竟是一对杀人的罪犯，不由议论纷纷，都感怪异。

　　当那地保回头再找方国涣、法无二人去县衙作个见证时，已不见了二人的踪迹。原来方国涣、法无二人早已悄然离去，赶往连云山天元寺了。

　　宋乾、王氏二人被绑送到当地的县衙门，那县官看罢供词不由大吃一惊，因为当年的徐州棋案曾轰动一时，也自有所耳闻的。那县官知道此案重大，不敢耽搁，立即查封了宋乾、王氏二人现有的家当，并把他二人连夜押解回徐州。当年的那位徐州太守林圭，已调任广西去了，新任太守是一个叫李广成的，日前查阅旧案宗时，见到了这桩棋上命案的案卷，发觉有许多疑点。此时正好宋乾、王氏二犯押到，那李广成便翻案重审，徐州棋案的真相这才大白于天下。

　　无意中巧破了当年的徐州棋案，方国涣心情舒畅之极，和法无一路奔连云山天元寺而来。

　　路途上，方国涣和法无听到了一则消息，关东满洲的努尔哈赤已自立为帝，建元天命，国号大金，公开与明朝分庭抗礼，朝廷正在调集兵马准备出关讨伐。方国涣闻听此讯，自是吃了一惊，那努尔哈赤果然做出大事来了。想起昆仑山下地海中地元岛上的地象所显示的，东北方位的地气呈暴盛之势，那努尔哈赤真要成气候的，方国涣心中一凛，不免为战事将起忧虑重重。

　　这一日，方国涣、法无二人正走在路上，隐闻身后有人唤道："方公子留步，方公子留步。"二人回身看时，见远处驰来十余骑，到了近前却见是六合堂的水明伞和十余名手下。

水明伞见了方国涣自是一喜，忙侧身下了马，上前礼见道："终于追上方公子了。"

方国涣讶道，"水堂主，如此急着赶来，是为何事？"

水明伞道："在下奉连总堂主之命，特来迎请方公子前去相见。"

"连姐姐！？"方国涣讶道："连姐姐急着见我，所为何事？她与孙奇先生不是返回鄱阳湖去了吗？"

水明伞道："群英会后，连总堂主一行本要返回鄱阳湖六合岛总堂处的，但有急警传来，关东的女真人建国自立，朝廷准备关外用兵。六合堂北方的各处分堂出现了躁动迹象，为了防止意外，连总堂主一行已经北上，特遣在下来迎护公子北上相见，说是有要事相商。在下奉命去碧瑶山庄迎接公子时，庄上的赵公子说方公子已去往连云山天元寺了。在下沿途一路追来，幸好赶上了。"

"哦？"方国涣听了，眉头皱了皱，心中道，"连姐姐、卜大哥他们已经北上了，唤我前去何为？可要出关和女真人作战吗？再布一座天元棋阵？不会罢，有朝廷大军前去讨伐，不日即可荡平关东，六合堂应该不会介入战事的。不管怎样，既是连姐姐相召，或有他事相议，走一回便是了。"

想到这里，方国涣对法无道："法无师兄，六合堂连姐姐那里有事唤我去，暂时不能回天元寺了，请回告众师兄们，晚些时日再与他们相见罢。"

法无知道方国涣与六合堂的关系非同一般，今日连奇瑛遣一位堂主来迎方国涣，必有大事相商，于是道："既然是六合堂的朋友请师弟前去议事，不可耽搁了，师弟去了便是。天元寺法阳大师兄那里我会转告的，他们若知师弟从海外生还，不知有多高兴呢！晚见些时日不打紧的。"法无随后别了方国涣、水明伞等人，独负了珍珠匾回转天元寺去了。

送走了法无，水明伞请方国涣上了一辆马车，这马车四下遮得很严实，里面备足了食物，显是要走远程的，接着，水明伞等人便护了方国涣择路北向而去。

一路上，水明伞等人摧马加鞭，走得甚急，却是避过城市大集，专择小镇打尖，稍歇即走，不做停留，方国涣知道是他们心急赶路而已。偶问起诸葛容，为何没有参加群英会。水明伞说是诸葛容堂务累身，不便前往，现已接了连奇瑛一行北去了。

过了黄河，出河南入河北，天气渐渐变得凉爽了。方国涣闲得无事，每日自在车中大睡。问起何时与连奇瑛等人相见，水明伞但说"快了、快了"，自愈显出焦虑之色来。

这一日，方国涣在车中一觉醒来，不知已到了哪里，有意无意地拨开车帘向外望了眼，但见远处崇山峻岭之中，那万里长城的雄姿蜿蜒伸去。

"长城!?"方国涣自是吃了一惊，显然已到了关外。

"水堂主!?"方国涣惊异之下忙唤那水明伞，随行诸人却无一人应他。

方国涣忙掀起车帘看时，已不见了水明伞的影子，同行之人也都换了陌生面孔。

一汉子低声喝道："公子且在车中老实坐了，否则勿怪我等得罪。"

方国涣惊讶之下，颓然而坐，此时已意识到，自己被劫持了。

"这是怎么回事？"方国涣愕然呆坐。随闭目将事情细想了一遍，这才发觉一路上那水明伞有诸多可疑之处，总是避开城镇大集走，生怕有人发现他的行踪似的。

"水明伞劫我意欲何图？"方国涣又自摇了摇头，"不可能的，有连姐姐在，水明伞不敢对我怎样的，难道是……？"

方国涣猛然想起一个人来，"难道是她？"

方国涣随又摇了摇头道："不会罢，她岂能与六合堂的人有联系，水明伞又怎敢与她勾结诱拿我。可是半路上遭袭，水明伞他们有了不测，我被车外这些人劫走了？不像，我在车中不能一点不觉查到的，这是他们主动易换了人马，水明伞将我交于另一伙人了，他们是什么人？"方国涣百思不得其解。转思脱身之计，也自无可奈何。

又走了几日，时闻车外不断有人接应，偶听得一人道："请转告主人，关内已经得手现已转换关外，不日将到。"

方国涣在车内听得明白，心中道："果是水明伞与人联手谋我，他说是奉了连姐姐之命来接我也是假的了。六合堂内看来发生大事情了，连姐姐、孙先生他们现在不知怎样了。"方国涣心中一紧，焦虑万分。

这一日，马车行至一个地方停了下来。一名汉子进入车内，道声"得罪"！随用黑布将方国涣的双眼遮了。接着下了马车，穿门过道，引至一座楼上，显是到了一处大宅院。

进了一间房屋，方国涣被去了遮眼的黑布，随有两名侍女呈上清水、面巾，请方国涣洗漱。既来之，则安之，方国涣处变不惊，洗了把脸，又用了些茶水点心。两名侍女见状，相视一笑，施礼退去，自将房门掩了。

方国涣见屋内已无他人，忙走到窗旁，轻推窗扇，见楼下院中布满了岗哨，清一色劲装的汉子。方国涣复回身坐了，暗忖道："此地戒备森严，若想逃走已无可能，什么人将我困在这里呢？意欲何为？水明伞已变节，他劫持我可是为了要挟连姐姐？六合堂内究竟起了什么变故？难道……"

方国涣猛然间想起了一个人，自是一惊道："诸葛容！这件事一定是诸葛容谋划的,他没有出现在群英会上,必是在策划一个大的阴谋,当是对六合堂不利的。可他为什么将我劫往关外呢?或许这样能令他感到安全些罢。"

这时,门外传来一阵急促的脚步声,接着房门被推开,闯进一个人来。

"木卉!?"方国涣一惊而起。

木卉接到消息后显然是跑着过来的,此时喘着气,惊喜地望着方国涣,激动得眼泪在眶里打转,二人就这么相望着,一时呆默无语。

方国涣这时明白了,原来是木卉劫走了自己。然而此时望着木卉见到自己时的惊喜神情,却是怨她不起来。

方国涣摇了摇头,宽然一笑道:"木姑娘,你还好罢。"

木卉自觉有些失态,强忍了泪水,哽咽道:"你……你果真活着,这几年公子去了哪里?"

方国涣见木卉如此关切自家安危,着实有些感动,忘了自己怎么来的,半开玩笑道:"当年那股大旋风将我卷走后,天上地下游走了一圈,别见了一番西洋景致,后来那旋风又将我送了回来。"

木卉听了,嗔怪道:"公子说话好没道理,你可知人家是怎么担心你的吗?当年公子生死不明,中原一行几乎令我空走一回……"

方国涣此时意识到了自家的处境,打断了木卉的话,肃然道:"当年之事不谈也罢,不知今日木姑娘为何劫方某至此?"

木卉见方国涣口气有变,讪讪道:"当年出海,公子曾两番救我性命,今日谁敢劫你来,乃是公子当年曾有诺,待海船平安归航后,自愿随我到关东,此番是……是迎请了公子来的。"

"是吗!"方国涣叹然一声道,"没想到事隔多年,木姑娘仍然念念不忘此事,你这又是何苦呢!对你们来说,方某实在是一无用之人。"

木卉摇头道:"公子的兵棋之道现在对我来说已无关紧要了,今日大费周折请了你来,我就是想证明公子是否真的从海外生还了,实是想见一见公子的。"言语间,甚为真诚和恳切。

方国涣知道,当年在海途上经历了一系列变故,至少那木卉本人对自己已无了恶意,面对目前这种尴尬境地,方国涣无奈之余,自想弄清楚心中的疑惑,于是问道:"不知木姑娘如何勾结上六合堂的诸葛容,竟令你们联手劫持了我?"

木卉闻之一惊,诧异道:"方公子如何知道的这件事?"

方国涣道:"若想人不知,除非己莫为,六合堂内敢对我动手的只有诸葛容一人,水明伞之流,只能受人役使罢了。"

木卉讶道:"此事机密,却也被公子猜到了。事已至此,说也无妨。当年我奉皇命率人手潜入中原擒杀公子,报那独石口天元棋阵亡我数万将士之仇,后辗转海上，不料公子竟被旋风卷去。海船回航之后，不想空手而归，于是改图六合堂。"

方国涣闻之，吃惊之余，摇头道："想图谋六合堂，木姑娘怕还没那个本事。"

一百一十六回　浴血辽东

木卉此时笑道："不错，六合堂有连奇瑛当家，我自然撼不动它。但是百密一疏，六合堂也自有弱处可寻。诸葛容志野心狂，是一个唯恐天下不乱的人，且在六合堂中的身份很不一般，便自令我有机会可乘。当然，对诸葛容来说，重金收买是搞不定他的，只有助他实现那个狂大之志，他才有兴趣合作，我们之间已达成了一个合作计划。"

"什么计划？"方国涣闻之，大吃一惊。

木卉得意地笑道："至于什么计划公子日后便会知晓，并且公子也是这个计划的一部分。"

木卉接着兴奋道："如今我满洲已自立皇帝，建元天命，国号大金，我那皇兄早晚会率满洲铁骑入主中原的。"

方国涣暗暗吃惊道："诸葛容竟与满洲勾结，不知与这木卉议成了什么阴谋，当对六合堂不利，甚至威胁到大明江山。"

这时，门外有一人道："格格，属下有要事禀告。"

木卉便道："进来罢。"遂见那葛朗宁进了来。望了一眼方国涣，葛朗宁犹豫了一下，低声对木卉道："格格，皇上那边已经听到些风声了，八旗中的几位王爷要过这边来查看，方公子的性命怕是不保了。"

木卉闻之，脸色大变，愤怒道："是哪个该死的奴才透出了风去？此事做得周密，皇上怎么会晓得。"自有些惊慌。

葛朗宁道："事已至此，还望格格早做打算。"

木卉此时镇静了下来，双眉颦蹙，缓缓道："只要我的计划成功，待战事结束，皇上得胜而归，我便有机会在皇上面前保公子无事。大战在即，皇帝还无暇顾及此事，至于八旗方面……"

木卉随呈忧虑道："不能让他们见到方公子，这方面你一定要注意了，严密监视，一有异常，立将方公子转移别处，若有闪失，拿你们是问。"

葛朗宁忙道："属下遵命！"

木卉望了一眼方国涣，有些凄然道："公子放心，即便丢掉我的性命，也会保证公子无事。"说完，转身去了。

方国望着离去的木卉，心中已无了怨恨，那木卉顶着族人报仇的压力在力保自己，虽被她劫来，更为她这种真诚的情义所感。方国涣处在了矛盾之中，不知该如何对待木卉的这番情意，因为二人不会有什么结果的，他们之间充满了种种的障碍。

当天晚上，方国涣被秘密转移了住处。途中，方国涣见满洲兵马频繁调动，正在大规模地聚集，知道要与明军开战了。想起木卉所说的计划，当是对付明军的计划，有些稳操胜券的意思。

方国涣心中忽一惊道："那木卉可是要与诸葛容内外联手共破朝廷大军？"随即又摇头道："不可能，有连姐姐在，诸葛容不可能调动六合堂人马。三王之乱六合堂都没有参与进去，六合堂的好汉们更不会听命诸葛容与满洲联手共同对抗朝廷的。况且当年独石口一战，六合堂是与满洲结了怨的。虽然诸葛容愿意天下大乱，他好从中建那不世之功，成己狂志，可他暂时还不能令动六合堂的。那么诸葛容拿什么与木卉作交易呢？他们所谓的这个计划究竟有什么阴谋呢？"这一切令方国涣困惑不已。

方国涣被秘密转移到了一座山寨内，囚在了一座木楼上。一连五六日，那木卉未再露面，山寨中人也都显得有些紧张，呈出一种不安的气氛。看来战事已起，此役关乎到满洲的生死存亡，尤令山寨中人慌恐不安。

看护方国涣的守卫，时常低声议论前方战事，说是明军竟有四十七万之众，可谓大军压境。努尔哈赤也自倾国而出，率十万铁骑抵御明军，当是一场恶战。方国涣在屋中偶然听得，知道明军势众，努尔哈赤未必抵得住，心中稍安。

这一日，有飞骑传来消息，寨中人显是得了捷报，互相传递着，皆成惊喜之色。方国涣在木楼上望见外面情形，惊讶之余，自家安慰道："初战侥幸，终未必胜。"心中也自焦虑起来。

这日晚间，睡梦中的方国涣忽被一阵喧沸声惊醒。方国涣不知发生了什么事，忙起身推窗看时，但见整座山寨灯笼火把亮同白昼，所有的人都在欢呼雀跃，显是在庆祝着自己的胜利。方国涣望之惊愕，知道明军败了。

且说方国涣见明军兵败，呆呆然坐在那里不知所以。山寨中人却是欢庆到天亮。有十几骑飞驰到寨中，乃是那木卉赶了来。

木卉一见到方国涣，惊喜之极道："那诸葛容果是个奇才，大金国亏他保全呢！"

方国涣惊起道："告诉我，诸葛容如何令朝廷几十万大军就这样败了？"

木卉兴奋之余显然没有看到方国涣的愤怒之色，自是得意道："明军未出关之时，我便联系上了诸葛容，叫他设法分散明军兵力，好叫我那皇兄各个击破，否则一股脑儿地杀来，还真不易对付呢！"

方国涣诧异道："这样做对诸葛容有什么好处？"

木卉笑道："好处大了，这位诸葛先生是个唯恐天下不乱的人。为了平息三王之乱，明廷几乎耗尽了兵力物力，元气大伤。我那皇兄趁中原内乱之际，建国自立，明廷迫不得已搜集家底来战，此番一役又令他全军覆没。如今国内空虚，几无可调用之兵马，六合堂正好扬旗举事，顺势将那大明江山夺了，诸葛容想做一个开国元勋呢！他这是想把六合堂硬拖下水，不反也得反了。这就是我们商议好的计划，双方都得利的。至于日后大明江山改谁来坐，就看谁的本事大了。"

方国涣听罢，惊怒道："一个异想天开的祸国殃民之徒！"

那木卉正在兴头上，接着道："昔日我与诸葛容议此大事时，无意之中得到了公子从海外生还的消息。我便请诸葛容设法将公子迎往关东，他竟然也神鬼不知地做成了，六合堂到现在也无人知晓呢！"

方国涣望着得意忘形的木卉，此时才真正地意识到，面前的这个女子是多么的可怕，甚至可憎。为了达到目的竟然不择手段，与诸葛容勾结施此恶计，令二十几万明军覆军塞外，大明朝几乎被她亡了。

原是诸葛容趁明军出关讨叛之际，欲借满洲兵马令明军败没，至少也杀个两败俱伤，然后趁国内兵力空虚之际，顺势逼迫连奇瑛率六合堂造反起事。经人引见，诸葛容见了兵部尚书杨镐，大谈数年前独石口一役，全是他诸葛容率六合堂人马击退了二十万满洲铁骑。那杨镐早闻诸葛容之名，也知当年独石口战事，自是大喜，请诸葛容出谋划策，荡平满洲。

诸葛容便让那杨镐将二十几万明军分作六路并进，可以逼迫努尔哈赤分兵来挡，那时以多吃少保胜不败。又虚造声势号称四十七万，那努尔哈赤莫说打，吓也吓跑了。杨镐闻计大喜，重赏了诸葛容，并说得胜还朝之后，保荐诸葛容入朝做那大官呢，不想落得个全军覆没的下场。

诸葛容与那木卉虽说是联手共谋"大计"，实是都在互相利用对方，达到自家的目的。木卉借诸葛容之计，解了大兵压境之围。诸葛容借明军败没之际，迫使六合堂顺势造反，待得天下之后再来荡平满洲。且应木卉所请，将方国涣劫往关东，落个顺水人情。

诸葛容劫持方国涣送给木卉一事，尤是私心所使。待日后六合堂造反天下大乱之际，诸葛容便不想受连奇瑛所控了，除去方国涣，日后便少了一个能棋布兵阵的对手，既不为我所用，也不能为他人所用。诸葛容深知，有独石口天元棋阵一事，方国涣落在满洲人手里必死无疑，实是又一个借刀杀人的毒计。

且说那木卉忽见方国涣神色有异，不由讶道："公子无事罢？"

方国涣冷冷地道："有人就要毁了你的故国家园，你说有事没事？"

木卉闻之，一时语塞，随后叹了一口气道："为求自保，也无办法，否则惨遭杀戮的便是我们。况且这本来就是一个弱肉强食的世界，谁有本事谁来做皇帝就是了，不图强便灭亡，自古皆然。"

　　方国涣摇了摇头道："你们这里连女人都有争强之心，这个天下将来怕是你们的了。"说完，方国涣不再言语，闭上眼睛默默地坐在那里，自是一种无声的抗议。

　　木卉见状，无了刚才胜利后的兴奋，讪讪道："公子先歇息罢，我有事先走了。"说完，极不情愿地转身去了。

　　方国涣没有想到，此番生还中原，却又逢此大变，世事无常，真是难以预料，暗自感慨不已。

　　一连两日，木卉未再露面，不知又忙什么去了。到了第三天晚上，那木卉急匆匆赶了来，见着方国涣，痴呆呆地望着，只是不说话，且双目红肿，显是哭泣过。方国涣不知发生了什么事，望着木卉也自无语，室内的空气似凝固了一般。

　　过了许久，木卉这才有些哽咽道："公子，你……你愿意随我去长白山，从此隐居世外，不再过问天下事吗？"说完，双目中自呈出一种急切的期盼。

　　方国涣眉头皱了皱，未言语。

　　木卉见状，不免大失所望，转过身去，叹息了一声道："皇上正在修整兵马，准备杀你祭旗，然后挥师南下，夺山海关后直捣京城。"

　　方国涣闻之大吃一惊，倒不是担心自家性命，乃是顾念满洲兵马大破征讨的明军之后，士气正锐，若是夺取山海关，便可长驱直入，京城防卫空虚，极易被攻陷，大明朝岌岌可危了。

　　木卉见方国涣呈出惊惧之色，误以为被杀之祭旗一句话所至，不由摇了摇头道："但请公子放心，你不会有事的，我说过，便是丢掉我的性命不要，也会保你安全的。"说完，怅然若失，缓步离去，别有一番无奈的伤感。

　　得知努尔哈赤欲乘胜攻明，方国涣坐立不安。明军新败，与满洲铁骑抗衡的力量只有六合堂了。可是六合堂为江湖势力，且为朝廷所忌，又有独石口前车之鉴，六合堂不可能大规模调集人马出关应战。即便连奇瑛有意率六合堂出关拒敌，但无朝廷征召之令，六合堂不可能变民为兵的，并且那万历皇帝惧惮六合堂尤甚于满洲，不可能给六合堂猛虎添翼的机会。这如何是好呢？方国涣已忘记了自家的安危，忧虑起大明朝的命运来。

　　方国涣一夜未眠。天色将亮，忽闻外面一阵人马喧动，接着杂乱的脚步声由远而近。房门随被推开，十几名汉子拥了一身劲装的木卉进了来。

　　那葛郎宁在一旁哀求道："还请格格三思，皇上的圣旨不能抗的，否则吃罪不起的。"

木卉已不耐其烦，怒叱道："不要再说了，有什么事我顶着。"

望了望一脸茫然的方国涣，木卉缓了缓口气道："请方公子准备一下，我马上送你走，皇上那里我已经保不住你了。"

方国涣讶道："要送方某去哪里？"

木卉欲泪暗止，淡淡地道："从哪里来，回哪里去。"

木卉率了十余骑护了方国涣离了山寨，择路南向驰去，飞奔了一程，忽见前方旌旗招展，数千名甲兵布列阵式拦住了去路。

"神机营！"木卉见之，脸色大变，自收住了坐骑。那神机营乃是努尔哈赤的近卫队，好似于御林军。

此时神机营中有一领队的武将，见了木卉等人，颇感惊讶，引马上前道："格格哪里去？可是要将那方国涣交于本将军吗？"

木卉掩了惊慌之色，故作镇静道："原来是索伦将军，本格格奉旨押送人犯前往兴京，还请将军让路。"

索伦摇头道："兴京在东面，格格为何往南走？"

"这个……"木卉一时语塞。

索伦道："就不劳烦格格了，本将军奉旨前来押解人犯，请将那方国涣移交给神机营罢。"

木卉眼中忽透出杀机来，冷冷道："本格格已奉旨在先，皇上岂能再下旨给你，索伦将军莫不是想矫旨抢功？既有圣旨，拿来我看。"

那索伦闻之，不悦道："格格信不过本将军吗？此人犯至关重要，皇上怕生意外，故命我率神机营前来押解。"说着，索伦举起手中的一黄卷道："圣旨在此，格格看过便是，皇上防你有变，早已准备好了。"

那木卉阴沉着脸，下了马走上前来。索伦见了，也自下马，双手将那圣旨呈上。

木卉走至近前，望了一眼那索伦手中的圣旨，忽从腰间抽了一柄锋利的匕首，身形前欺，抵住了索伦的咽喉。那索伦虽为武将，不防木卉忙急之下有此一招，立时被制住，数千甲兵相顾愕然。这边的葛郎宁、方国涣等人见状，大惊失色。

索伦身形被制，惊惧道："格格切莫乱来，有话好说。"显是知道这位芙蓉格格性急之下什么事都能做将出来的。

木卉低喝道："叫神机营让开道路。"

索伦为难道："这个人犯乃是我满州第一仇人，放他不得了，圣命难违，末将获罪不起的。"

木卉嗔怒道："一切自有本格格来承担，索伦将军若不下令让路，唯有一死了。"说着，手腕向内用力，一股鲜血从索伦颈中涌出，顺着那匕首滴淌下来，木卉已是毫无顾忌。

索伦惊吓道："格格饶我，末将令神机营让路便是。"说着，朝数千甲兵摆了摆手，立时间阵形变动，两侧分开去，将那道路让了出来。

木卉见了，手劲稍缓，忙朝方国涣喊道："方国涣，你走吧，前面有六合堂的人在等你。"说话间，泪水已是流了下来。

方国涣万万没有想到，木卉为了他竟然敢挟持满洲大将，已是不顾那皇命圣旨了，惊呆呆地望着，实是去留两难。

木卉见了，摇头哭道："方国涣，你快走吧，迟了就走不了了。请你记住，当年海岛之上，避风之夜，啮臂之情，我忘不了的，永远忘不了的。"

"木姑娘！"方国涣此时被那木卉的一片痴情，真正地、深深地感动了。

木卉见方国涣还在迟疑，不由大急道："方国涣，你再不走，我就立刻死在你的面前。"说完，左手从腰间又抽出了另一柄匕首来，自抵胸前。

方国涣见状，大惊道："不要乱来，我走就是了。"忙引马上了前来，望了一眼木卉，强忍了泪水道："木姑娘，保重！"随后放马飞奔，疾驰而去。

木卉望着方国涣远去的背影，凄然一笑，从方国涣刚才望她那一眼无奈的眼神中，木卉终于看见了自己想要的那一份真情，心中尤感欣慰。

直至不见了方国涣的踪影，木卉这才撤了抵在索伦颈中的匕首，随手扔在了地上，已是心情坦然。

那索伦惊魂未定，长吁了一口气，摇头叹道："格格，你这是何必呢！此人当年害我族人甚酷，罪不容赦，格格能擒到他本是大功一件，何故又纵他去了？格格虽然施妙计大破明军，有护国之奇功，可是放走了此人，皇上那里怕是过不去的。"

木卉笑了笑道："刚才多有冒犯，索伦将军勿要怪罪，皇上那里由我来处理，不会牵连将军的。"显得很是轻松。

索伦道："不过格格勿要担心，这个方国涣跑不掉的，八旗兵马已封锁了南去的所有道路，再将他擒回来交给皇上处置就是了，末将不会在皇上面前提起今天的事。"

"什么？道路都给封锁了。"木卉闻之一惊，喃喃道，"方国涣，我不该让你来关东的，不该令你处此险境的，我……我已是尽了力了。"

方国涣策马飞奔，驰出了三十余里。忽见对面迎来十余骑，住马细看时，方国涣不由大喜，果是有六合堂的人来接应了，来者乃是卜元、朱维远、吕竹风等十余位堂主。见方国涣独骑而来，卜元等人大是惊喜。

卜元高兴道："那个满洲的什么公主格格木卉果是言而有信的，虽将老弟劫了去却又放回来，当年在海船上我就觉得她心眼不是太坏的。"

方国涣讶道："卜大哥，你们怎么会在这里？可是木姑娘她……"

卜元笑道："不错，是那个木卉暗里派人通知了我们，约好在这里接应老弟的。"

朱维远这时道："此地不便久留，且去会合了后面的众位堂主再说罢。"

众人随后拥了方国涣向后退去。待至一座山脚下，只听得一声呼哨，从树林中涌出了三四十人，为首的是那赵青杨。见了安然无恙的方国涣，众堂主俱为欢喜。这时有探马回报，满洲兵已封锁了所有回去的道路，且在大规模集结，似乎要有大的军事行动。

朱维远闻之讶道："满洲新胜，可要乘势入关吗？"

方国涣道："不错，那努尔哈赤此番是要夺取山海关，然后长驱直入，直扑京师。"

朱维远大惊道："山海关兵力不足两万，难以抵御满洲虎狼之师，山海关若失守，大明朝势危了。并且连总堂主和孙先生他们正在那里，这样太危险了。"

方国涣讶道："怎么？连姐姐已到了山海关？"

朱维远道："十天前，连总堂主便获得了方公子被劫走的消息，立率我等准备出关营救。却不料朝廷大军在关外全军覆没，朝廷另任兵部侍郎熊廷弼为辽东经略，至山海关收拾残局。孙奇先生却与那熊廷弼是同乡，少时曾为至交，于是引连总堂主见了熊廷弼，暂候山海关，以待有公子确切的消息后再出关营救。"

方国涣道："朝廷覆军关外，乃是诸葛容施恶计所至，这些事连姐姐知道吗？"

朱维远愤慨道："诸葛容这种祸国殃民的卑劣行为总堂主已经知道了，并且也知道是那诸葛容指使水明伞诱骗公子至关外，如今这两个不义之徒已被总堂主下令斩杀了。"

"哦！"方国涣闻之，不由一怔，颇感意外。

卜元这时道："群英会后，总堂主便接到密报，那诸葛容没有参加群英会却暗里与一个满洲的格格接触，欲图谋不轨。现在知道那个满洲格格就是当年的木卉，当年她潜入中原就是冲着贤弟去的，没想到数年之后仍被她得了手去。好在她良心发现，不忍加害贤弟，暗里遣人通知了我们前来接应，倒也是一个性情中的女子！"

卜元接着又道："总堂主获知诸葛容有异常的举动后，即刻北上调查此事。时值朝廷兵覆塞外，没想到那诸葛容竟然大着胆子来见总堂主，说是已为六合堂报了当年独石口关外之仇了。并说朝廷现已无力与六合堂抗衡，请总堂主下令天下各处分堂同时起事，他自愿率下属分堂人马直袭京城，天下一举可定。总堂主震惊之余，果断下令斩杀诸葛容。诸葛容临死前还口口声声狡辩他是为了六合堂的前途才这么做的，已是给六合堂夺取天下创造了一个绝好机会。后来总堂主不知何故，附在诸葛容耳边说了些什么，那诸葛容立时惊呆得再说不出话来，随后与水明伞一起被斩杀，余者不究。"

方国涣闻之，暗里恍悟道："是了，连姐姐乃是一位大明公主，在杀诸葛容之前必是向他说破了自己的真实身份，岂可反自家天下。诸葛容临死前才算死了劝连姐姐造反的心，若是换了别人主持六合堂，十有八九被那诸葛容劝反了事。唉！真是人算不如天算，诸葛容临死前才明白怎么回事，倒也不算晚。"

赵青杨这时道："既然接应到了方公子，我们且杀出去罢。"

朱维远抬头看了看天，摇头道："此时不易突围，满兵势重，我们会吃亏的。天色将晚，天黑了之后再动手，他们摸不清我们的状况，那时候便有机会冲出去。"众堂主闻之，皆点头称善。

朱维远随后对吕竹风道："吕堂主神勇无敌，满洲兵将多是怕了你的，并且你的胯下神驹速度极快，就同载了方公子一马走罢。"

吕竹风高兴道："我也正有此意，方大哥与我同乘一骑，保无闪失。"

朱维远道："临行前总堂主与孙奇先生再三嘱咐，命我等不惜任何代价一定要平安地救回方公子。如今重兵相困，吉凶难料，吕堂主但有机会护了方公子去了便是，勿要顾及我等。"

卜元道："不错，方老弟的性命比我等重要，朝廷几十万大军都被那满洲铁骑击败，日后能制住他们的，只有老弟棋上的本事了。

众人随后避入林中，暂作休息以养精蓄锐，待天黑后再行突围。为保方国涣的安全，朱维远又做了一些安排。此番来了三十余位堂主及六合堂中的高手五十余人。

卜元又告诉方国涣，罗坤、韩梦超等人护了连奇瑛、孙奇，协助那熊廷弼驻守山海关，以防他变。因各种缘故，六合堂不便大量召集人马，山海关那里也仅连奇瑛等几十人而已。方国涣听了，知道形势已变得相当严峻了。

天色将暗，朱维远便命众人准备突围。方国涣、吕竹风二人同乘那"乌云托月"，吕竹风则用一布带将自己和方国涣围腰系在了一起，以防方国涣在混战中闪掉马下。二人周围有卜元等十几位堂主掩护，朱维远自率二十几人居前锋，赵青杨率十几人居后卫。

布置妥当，朱维远肃然道："各位，生死在此一战！"言罢，引马先行。五十余骑随后跟上。

行了一程，已是望见了那满洲兵营，灯火阑珊，一望无际。朱维远大喝一声，挥动六合双刀抢先攻入。满洲兵见有人袭营，立时示警，号角四起，军营随之大乱。

一百一十六回　浴血辽东

六合堂诸人如下山猛虎，杀得那满洲兵人仰马翻。兵营中也是有所准备，稍乱之后，兵将四集，自将朱维远等人围困当中，喊杀声响彻一片。

朱维远急红了眼，大声喊道："不可久战！"接连砍翻数将，死命冲出了第一合围圈。那努尔哈赤训军有方，六合堂诸人刚刚冲出了第一合围圈，便又陷在了第二合围圈。

有满洲大将率马队冲断了后尾处，将赵青杨等人与前面的卜元、朱维远等人分割开来。

卜元见情形危急，大喊一声"竹风老弟，你先去了便是"，跃马前扑，拼命杀出了一个空当。吕竹风顺势前冲，铁竹横扫，自是杀出了第二合围圈。

当年独石口天元一战，满洲兵将多目睹了吕竹风的神勇，今日在火光之中早已有人识出他来，不断有人惊呼道："神力将来了！神力将来了！"都不由自主地向两旁避去，也是无人能挡得住吕竹风。

此时在一山包之上，那努尔哈赤正望着这边的拼杀场面。忽见有一骑冲出了第二合围圈，马上竟乘了两个人，知道后面一人必是方国涣，且见自家兵将几乎在给对方让着路，不由惊怒道："速命神机营将此二人拦住，死活勿论！"遂有数千甲兵迎向了吕竹风。在甲兵后面，一排排的弓箭手已做好了准备。

吕竹风这时见身旁已没有了六合堂的人，知道都被杀散了，只有靠自己了，心下一横，跃马挥竹，冲向了那数千甲兵。方国涣紧紧靠在吕竹风的后背，自是不敢看这种近在眼前的拼杀场面，索性闭了双眼，结果怎样，由他去了。

那数千甲兵自挡不住吕竹风的神勇，铁竹四下飞舞，连杀二十余将。余者惊骇，攻势稍缓，吕竹风趁机冲杀了出去。迎面却遇上了几百名弓箭手，立时间箭如雨发。

吕竹风将那铁竹舞作一团，护住了人马，驱动跨下神驹，一跃而过，将那些弓箭手抛在了后面，再射之已是不及。但是吕竹风背后终是负着一人，动作受些限制，有几支长箭射中了身上。吕竹风此时忘却了疼痛，嫌那长箭插在身上碍事，顺手拔落，任血自流。

吕竹风一路冲杀，仗着马快，竟被他独骑杀出了层层重围。放马狂奔而去，将那喊杀声抛在了身后。此时天色已见亮了，乃是苦战了一夜。

待至一高坡之上，吕竹风这才止住了坐骑，与方国涣回身望去，可怜！竟无一人跟上来，显是都已经战殁了。

"卜大哥！朱堂主！"方国涣放声大哭，悲痛欲绝，吕竹风自是惊得呆了。

这时远处尘土大起，乃是努尔哈赤亲率十万铁骑尾追而来，此番是要夺那山海关了。吕竹风见状，知道苦战还在后面，悲痛之余，牙关一咬，驱马直奔那山海关而去。

当方国涣、吕竹风二人赶到山海关时，不由一怔。但见前方约有两万官兵在关前布列了一座当年天元棋阵的阵势，阵中一土台上，遥见孙奇站在其上，阵前所列是罗坤、韩梦超等几十位六合堂堂主，似在严阵以待。尤在阵前一旗杆上，高挂两副字联。

一幅字为"当年弈战独石口"；另幅字为"今日对决山海关"。

吕竹风见了前方那阵势，精神一振，惊喜道："好好好！今日必将那满洲十万兵马折在阵中。"

然而当方国涣细看之下，不由大是惑然。乃是见那阵式虽有两万官兵布列，只是排列有形而已，自无一式那威力无穷的孙武兵阵。

此时阵中人已望见了归来的吕竹风、方国涣二人。六合堂诸堂主见仅他二人回了来，相顾惊愕，都已猜测到了发生了什么事。孙奇惊愕之余，见了方国涣自是一喜。

罗坤忙驱马迎上前来，愕然道："方大哥……？"

方国涣不及言他，急问道："这是怎么回事？满洲十万铁骑将至，此阵如何能抵御？"

罗坤轻声道："关上兵力不足，孙奇先生情急之下仿布天元阵，意在效施空城计，能吓走满洲兵马则罢，否则死战而已。"

"原来如此！"方国涣恍然大悟。

本是明军关外败没，朝廷改任兵部侍郎熊廷弼经略辽东。那熊廷弼却也是个将才，然而到了山海关才发现，几无可遣用之兵，都被那前任杨镐给败光了，急忙传檄各地，征调援兵。而此时侦骑回报，那努尔哈赤亲率十万铁骑来抢关了。熊廷弼闻讯大惊，欲率仅有的两万守兵死战。

孙奇见事危，想起当年独石口天元棋阵一战，尤令满洲兵将惧惮，于是向熊廷弼献计，仿布天元棋阵，冒险一试，当有吓退满洲兵马的可能。熊廷弼无奈之下，只好应允，因为反正都是一场死战。又依孙奇计，在阵后暗伏着五百刀斧手，严令在满洲兵未至跟前而有惧怯退缩，擅动一步者，立斩不赦，意在令那努尔哈赤看不出破绽，吓退他。

方国涣得知孙奇在施空城计，自是一惊，太冒险了，不过在目前兵力悬殊之下，也只能一试了。

罗坤这时道："方大哥且去回关上暂避罢，总堂主在等你呢。"

方国涣摇头道："既布天元棋阵，少了我怎么成。"说完，自入阵中土台会合孙奇去了。罗坤、吕竹风只好自列阵前，准备死战。

此时阵中的两万官兵被莫名其妙地布了一个阵式，说是不战即可退敌，擅动者死，都自在看这个奇迹怎么出现，其实人人暗中都已怀了战死之心了。

孙奇见了方国涣，叫了声"方公子"！自有些激动，因为方国涣能及时到来出现在此阵中，更增加了几分胜算，更为方国涣不顾个人安危的行为所感动。

方国涣、孙奇二人相视无语，一切尽在不言中了。今日仿布天元阵，虚张其势。虽有两万官兵布成，比当年天元棋阵的人数多了一倍，但都未经训练，空成其势而已，一冲即溃。两万官兵便是在关上据险而守，终难抵御十万敌师，倒不如大胆一试了。

此时十万满洲铁骑风卷而至，忽见了山海关前这阵势，以及那"当年弈战独石口，今日对决山海关"的字幅，十万兵马为之气夺，立止不前。

努尔哈赤登高而望，隐见阵中土台上的方国涣，大吃一惊道："六合堂死命抢回方国涣，原是要他指挥这座大阵来对付我们。"心中已是怯了。

努尔哈赤身旁有一谋士，还是当年的那位李莹生，观望之下，凛惧道："这阵势比当年大了一倍，威力不知要增出多少倍来，这……这如何是好？"

努尔哈赤心中已是惧惮，当年独石口天元一战历历在目，他岂敢再重蹈覆辙，摇头惊叹道："这个方国涣乃是我满洲克星，有他在，我等不能入中原一步。待他死后，我们再来谋这明室江山罢。"说完，垂头一叹，罢兵归去。

那努尔哈赤收兵而回，自是迁怒于私放方国涣的芙蓉格格木卉，竟下旨赐死芙蓉格格，可怜那木卉一代红颜，就此香消玉殒了去。

满洲兵马退去，山海关前欢声雷动。孙奇借方国涣仿布天元阵，巧施空城计，竟吓退了十万满洲铁骑，堪称奇迹。只可惜吕竹风因那箭伤未及包扎，竟血尽而死，那匹"乌云托月"神驹，围绕僵立的吕竹风悲嘶数声，逃匿树林中，从此不见了踪迹。清代纪晓岚《阅微草堂笔记》中曾载，清乾隆年间此马曾显迹世间，但相去近百年，或是此马的遗种罢。

后山海关有各地兵马来援，达十数万，熊廷弼依孙奇计，屯兵要塞，坚守不出。努尔哈赤探得边防甚严，无懈可击，只得作罢，大明朝又苟安了数年。后，努尔哈赤殁，其子皇太极即位，是为太宗，时犯边关，甚至兵逼北京城下。有中兴之将袁崇焕力挽狂澜，数退满兵。皇太极便施反间计陷害他。明朝廷一群糊涂蛋，中敌计令那袁崇焕沉冤碧血。后满洲铁骑终趁明朝内乱之机，入主中原，夺去了那大明江山。

且说六合堂经此番变故，从此一蹶不振。方国涣随连奇瑛等人返回中原后，心灰意冷，归隐天元寺，从此再无消息。棋道自此中落，后世便绝了棋达化境之人。有人曾见简良与兰玲牧马天山，终有一个好的结局呢！

黄粱梦醒，一部《仙子谱》就此结束。世事如棋，古往今来又有谁人能走得通呢！自增些感慨罢了。

（全书完）